中国古代民间故事类型研究

典藏版

卷上

祁连休 著

河北出版传媒集团
河北教育出版社

图书在版编目（CIP）数据

中国古代民间故事类型研究：典藏版 ／ 祁连休著
． —— 石家庄：河北教育出版社，2024.9
ISBN 978-7-5545-8532-0

Ⅰ．①中… Ⅱ．①祁… Ⅲ．①民间故事－文学研究－中国－古代 Ⅳ．①I207.7

中国国家版本馆 CIP 数据核字（2024）第 092436 号

书　　名	中国古代民间故事类型研究（典藏版）
	ZHONGGUO GUDAI MINJIAN GUSHI LEIXING YANJIU DIANCANG BAN
著　　者	祁连休
责任编辑	郝建东　张　静
	孙雪松
装帧设计	郝　旭
出　　版	河北出版传媒集团
	河北教育出版社　http://www.hbep.com
	（石家庄市联盟路705号，050061）
印　　制	河北新华第一印刷有限责任公司
开　　本	787毫米×1092毫米　1/16
印　　张	100.25
字　　数	1400千字
版　　次	2024年9月第1版
印　　次	2024年9月第1次印刷
书　　号	ISBN 978-7-5545-8532-0
定　　价	360.00元

版权所有，侵权必究

序

笔者从事民间故事类型研究，起步酝酿于20世纪80年代后期，初步发端于20世纪90年代中期，当时撰写的《智谋与妙趣——中国机智人物故事研究》（河北教育出版社，2001年），该书在上、中、下三编中就有"类型编"一个重要组成部分。而笔者专门进行中国民间故事类型研究，则正式开启于21世纪初，最先完成的是《中国古代民间故事类型研究》（河北教育出版社，2007年）这部三卷本的专著。此书问世以后，又先后进行了两次重大的修改、补充。第一次修改、补充，是用三四年完成的《中国古代民间故事类型研究（修订本）》（河北教育出版社，2011年）。第二次修改、补充，是用十多年完成的这部即将付梓的《中国古代民间故事类型研究（典藏版）》。典藏版的刊行，标志着笔者的《中国古代民间故事类型研究》这部著作竣工。

中国学界对于中国民间故事类型的研究，发端于20世纪20年代末30年代初。钟敬文等前辈学者的有关研究成果，具有奠基的意义。由于种种原因，国内学界有关民间故事类型的研究工作中断了很长一段时间。20世纪刊行的两部有关中国民间故事类型的著作，即德国学者艾伯华著的《中国民间故事类型》（1937年）、美籍华人学者丁乃通编著的《中国民间故事类型索引》（1978年），都涉及中国古代民间故事类型，但它们均不是出自国人之手。直到最近二三十年，国内学界才改变了对中国民间故事类型缺乏足够关注的状况，并且对中国古代民故事类型逐渐开展系统梳理、研究。

本书从中国古代民间故事类型的判定、命名、排列到论析，均不涉及"AT类型分类法"，所论列的全部故事类型，无一不是从大量古籍文献中梳理、概括出来的。每一个故事类型的确定，都以中国古代民间故事类型自身的特点为依据，其命名也是按照中国人的思维方式，并且适当参照中国老一辈学者曾经采用的做法来确定的。笔者认为，如此运作不但可以关注"AT类型分类法"不涉及的传说类型，而且可以充分关注到中国特有的故事类型，以期更好地展示中国古代民间故事类型的全貌。同时，又可以避免按"AT类型分类法"操作时出现削足适履的尴尬，避免"AT类型分类法"里面诸如确定的类型过于宽泛，或者将一个完整的故事硬分为几个类型等弊端。笔者认为，对中国古代民间故事类型的梳理和研究，没有必要也不可能将民间故事与民间传说截然分开。对于民间故事研究，包括民间故事类型研究在内，两者之间应当有一定的模糊带存在，过于严格地将民间故事与民间传说划分开来，这无异于削足适履。这样做既不可能，也无必要。

笔者在撰写和修订本书的过程中，十分尊重既往学术成果，始终将所梳理和论析的中国古代民间故事类型同丁乃通编著的《中国民间故事类型索引》、艾伯华著的《中国民间故事类型》进行对比，凡是与这两本书有关的民间故事类型，均在书中逐一标示出来，以资查考。不仅如此，笔者也非常重视现当代中国各地区、各民族口头流传的民间故事。对于本书梳理出的全部中国古代民间故事类型，凡现当代在各地区、各民族尚有流传的，均反复查找，并且一一列出例证，以便沟通古今，对研究中国民间故事类型有所补益。

本书在撰写和修订的过程中，一直得到民间文学界、出版界同人的热情支持和帮助，不仅如此，本书的初版、修订本、典藏版均得到中国社会科学院出版基金资助，在此一并表示诚挚的感谢！本书虽然几经修改、补充，仍然难免存在一些不足与缺憾，敬请读者不吝赐教。

祁连休
二〇二二年九月十五日于北京

目　录

上　编

卷　上

第一章　绪　论 ·· 3
第二章　中国古代民间故事类型的发展态势 ················· 20
　　第一节　古代发展甚大的民间故事类型 ··················· 20
　　第二节　古代发展不大的民间故事类型 ··················· 29
第三章　中国古代民间故事类型中的亚型 ······················ 37
　　第一节　中国古代民间故事类型中的亚型概览 ········ 37
　　第二节　中国古代民间故事类型中的原类型与亚型的
　　　　　　相对准确性 ·· 41
　　第三节　中国古代民间故事类型产生亚型的一些特点 ·········· 45
第四章　中国古代民间故事类型中的民间故事与民间传说
　　　　互换现象 ··· 48
　　第一节　中国古代民间故事类型中民间故事与民间传说
　　　　　　互换现象概览 ·· 49

第二节　民间故事与民间传说的互换主要是故事主人公
　　　　　的转化 …………………………………………………… 54
第四章　民间故事的录写与选编对中国古代民间故事类型
　　　　发展的推动作用 ………………………………………… 58
　　第一节　作品录写对中国古代民间故事类型发展的推动
　　　　　作用 …………………………………………………… 58
　　第二节　作品选编对中国古代民间故事类型发展的推动
　　　　　作用 …………………………………………………… 65
第六章　文艺创作对中国古代民间故事类型发展的促进作用 ……… 77
　　第一节　通俗小说创作与中国古代民间故事类型 …………… 78
　　第二节　戏曲创作与中国古代民间故事类型 ………………… 86
　　第三节　曲艺创作与中国古代民间故事类型 ………………… 92

下　编

卷　上

第七章　春秋战国时期的民间故事类型 ………………………… 101

鬼魂报冤型故事	103	揠苗助长型故事	108
介子推型故事	108	黄雀伺蝉型故事	113
戏后误国型故事	115	夸年高型故事	118
不死药型故事	120	放鳖喝水型故事	121
守株待兔型故事	121	呆人买鞋型故事	122

夫妻祷祝型故事	123	哭夫不哀型故事	124
射石饮羽型故事	126	刻舟求剑型故事	128
鬼欺老翁型故事	130	狐假虎威型故事	132
鹬蚌相争型故事	133	愚公移山型故事	134
机关木人型故事	135		

第八章　秦汉时期的民间故事类型 …………………… 139

塞翁失马型故事	140	孟姜女型故事	142
城陷为湖型故事	150	河伯娶妇型故事	159
换代物型故事	164	烁身铸剑型故事	167
凭污捉盗型故事	168	不死酒型故事	170
二妇争子型故事	172	山神娶亲型故事	177
东食西宿型故事	178	鲍君神型故事	179
桑中生李型故事	181	石贤士神型故事	182
断绢得奸型故事	184	巧析家产型故事	186
鲛人泪型故事	191	古冢奇迹型故事	193
众鸟举网型故事	195		

第九章　魏晋南北朝时期的民间故事类型 …………… 197

不识镜型故事	200	隐身草型故事	206
治驼背型故事	208	长竿入城型故事	210
痴婿吊丧型故事	211	煮竹席型故事	212
董永行孝型故事	213	巧卖鬼型故事	216
凶宅得金型故事	220	行善积德型故事	229
相思树型故事	234	空中落龟型故事	238
猴子取心型故事	243	瞎子摸象型故事	256

千日酒型故事	258	"升仙"奥秘型故事	261
羽衣仙女型故事	267	牛郎织女型故事	273
赶山鞭型故事	280	五仙五羊型故事	283
田螺女型故事	287	龙子祭母型故事	297
黄粱梦型故事	310	仙窟艳遇型故事	316
云中落绣鞋型故事	319	狐精为祟型故事	322
蛴螬炙型故事	324	兽异避祸型故事	326
蚁蝼感恩型故事	327	烈火救主型故事	329
兽穴接生型故事	333	临危救主型故事	336
鱼腹失物型故事	338	斩除蛇精型故事	340
人兽婚配型故事	341	卧冰求鱼型故事	349
郭巨埋儿型故事	354	丁兰刻木型故事	357
画女钉心型故事	359	虎报恩型故事	360
观仙对弈型故事	367	蛇郎娶妻型故事	377
义兽救人型故事	383	义犬除奸型故事	389
两蛇相斗型故事	391	鹅笼书生型故事	394
生妪相嘲型故事	399	孝妇神鞭型故事	400
猴子救月型故事	400	晒腹书型故事	403
驱走缢鬼型故事	403	望夫石型故事	425
人参精型故事	428	象报恩型故事	437
蛇衔草型故事	441	不误反误型故事	442
金人现身型故事	444	妒妇改过型故事	448
病鬼延医型故事	449	放驴捉贼型故事	451
剖鸡辨食型故事	454	鞭丝破案型故事	457

紫荆树型故事	458	祭屈原型故事	459
端午竞渡型故事	461	看门戏主型故事	462
谁先开口型故事	463	半饼充饥型故事	464
全都试过型故事	465	贫人瓮算型故事	466
折箭训子型故事	467	弃老复归型故事	470
问活佛型故事	476	巧媳妇型故事	481
呆子学舌型故事	487	双头鸟型故事	489

卷　中

第十章　隋唐五代时期的民间故事类型 …… 495

服"毒"寻死型故事	499	学狗叫型故事	501
痴人买帽型故事	502	健忘者型故事	503
石发者型故事	507	梁山伯祝英台型故事	508
书家题扇型故事	514	换鹅书型故事	516
逆妇恶报型故事	518	智审匿产案型故事	525
寡妇讼子型故事	536	觇妪获贼型故事	539
钥匙尚在型故事	540	麻风女型故事	541
见屈原型故事	556	狮子与豺型故事	558
木鸢姻缘型故事	559	虎送亲型故事	559
制伏灭虎型故事	562	虎恤人型故事	571
狼外婆型故事	573	入仙洞型故事	582
夜宿听棋型故事	585	画佛募缘型故事	588
书僧笔冢型故事	589	拷打羊皮型故事	590

猫喇嘛型故事	591	定婚店型故事	595
变畜赎罪型故事	600	县令除虎型故事	603
白蛇传型故事	604	枯井尸案型故事	611
虎妻子型故事	615	虎为媒型故事	622
蛇精行淫型故事	625	拾金自累型故事	629
灰姑娘型故事	631	长鼻子型故事	638
画中人型故事	641	柜中熊型故事	647
旅客变驴型故事	649	庙宇画鸽型故事	652
神言发迹型故事	653	巧求笔迹型故事	659
江中宝镜型故事	659	燕化女子型故事	663
换刀擒凶型故事	665	无头尸案型故事	667
银人求宿型故事	670	烧猪判案型故事	672
举哀还儿型故事	674	抱瓜伏罪型故事	676
金银化蛇型故事	677	茶酒争高型故事	679

第十一章　宋元时期的民间故事类型 …………… 681

聚宝盆型故事	685	刮地皮型故事	691
问靴价型故事	693	熟能生巧型故事	695
智毁赝品型故事	696	摸钟辨盗型故事	699
辨尸察奸型故事	701	借官衔型故事	702
罗汉骗局型故事	704	小名和尚型故事	706
何地可容型故事	707	明年同岁型故事	709
兔杀狮型故事	713	打是不打型故事	719
对偶亲切型故事	721	秀才康了型故事	723
妻妾镊须型故事	723	四官争大型故事	724

画扇判案型故事	727	移鱼谐谑型故事	729
鬼母育儿型故事	729	尸变奇案型故事	738
相互暗算型故事	753	三毛饭型故事	756
冶银致富型故事	759	片言决狱型故事	760
水鬼得升型故事	766	以文断案型故事	780
孝媳善报型故事	781	海岛历险型故事	781
退物无忧型故事	785	巫祝毒计型故事	786
天妃救厄型故事	788	海岛妇人型故事	794
人妖公案型故事	799	夺妻阴谋型故事	810
羽客钱库型故事	811	干红猫型故事	813
辨毒平冤型故事	813	义犬鸣冤型故事	822
后夫伏法型故事	829	野兽求医型故事	831
虱异致祸型故事	835	勘钉案型故事	837
"我来也"型故事	838	娶妇得郎型故事	840
邻僧积饭型故事	844	抄斩淫僧型故事	844
定水带型故事	856	铁杵磨针型故事	858
假亲骗局型故事	860	禽兽相争型故事	864
慢性子型故事	867	男人生子型故事	868
酷好古物型故事	871	拾金不昧型故事	873
井水化酒型故事	885	道人画鹤型故事	888
鲁班造桥型故事	890	巧借地型故事	891
巧判还银型故事	893	迎请文成公主型故事	899
戏髑髅型故事	900	救命得报型故事	902

卷　下

第十二章　明代时期的民间故事类型 ……………………… 911

虎口救亲型故事	918	假鬼骇巫型故事	921
受罚背石型故事	923	尼庵命案型故事	928
捉弄女巫型故事	933	觅凳脚型故事	934
拔树防盗型故事	935	中山狼型故事	936
失印复归型故事	940	杀姘妇型故事	942
某生被诬型故事	944	"活佛"骗局型故事	950
失尸冤案型故事	955	十七字诗型故事	959
雨中疑鬼型故事	962	三笑事型故事	963
一字笑话型故事	964	辘角庄型故事	966
假假真真型故事	967	八王四鬼型故事	968
袋中奸夫型故事	969	吾冻汝儿型故事	971
救产妇型故事	973	沉尸讹人型故事	977
真假新娘型故事	980	忠娘孝娘型故事	984
十兄弟型故事	986	猫儿更名型故事	987
我今何在型故事	991	奈何姓万型故事	995
瞎子坠桥型故事	997	多忧者型故事	998
兄弟争雁型故事	998	刻意炫耀型故事	999
戴高帽型故事	1000	草荐挂须型故事	1003
剖伞决疑型故事	1004	验刀擒凶型故事	1006
新妇制贼型故事	1008	取书作枕型故事	1009

搬坏祖师型故事	1010	如此贺银型故事	1012
跳窗者我型故事	1014	合穿靴型故事	1016
雨中逐客型故事	1017	定不出来型故事	1018
幸戴毡帽型故事	1019	做屁文章型故事	1020
石敢当能言型故事	1021	秀才买柴型故事	1022
代打致谢型故事	1023	和尚"放生"型故事	1023
剪箭管型故事	1024	鸡卵梦型故事	1026
让墙诗型故事	1028	如此吃菱型故事	1030
梦得金型故事	1031	邻家去痛型故事	1033
诱出户型故事	1034	捞鱼去型故事	1036
错死人型故事	1038	何以做人型故事	1041
阎王访名医型故事	1042	等桌"知音"型故事	1044
急送公文型故事	1046	肚里无有型故事	1047
悭师授术型故事	1048	信风水型故事	1050
落几尺型故事	1052	恶少剃眉型故事	1053
心在哪里型故事	1054	一钱莫救型故事	1055
假银也收型故事	1057	去年历日型故事	1058
化缘簿型故事	1058	大浴盆型故事	1060
只选瘦人医型故事	1061	止风药型故事	1063
放不放由你型故事	1063	才在口边型故事	1064
七德鸡型故事	1065	打得好型故事	1066
长江作浴盆型故事	1067	智判牛案型故事	1068
动物鸣冤型故事	1070	瓜异案型故事	1073
刘三妹型故事	1075	观音负石型故事	1081

咬奶头型故事	1082	锯酒杯型故事	1085
想得利市型故事	1086	是个虱子型故事	1087
不肯下剪型故事	1088	落地与及第型故事	1088
热得好型故事	1090	不臭不好型故事	1090
仙女寄信型故事	1091	索烛觅菜型故事	1091
父子扛酒型故事	1092	请客留茶型故事	1093
苏空头型故事	1094	待诏掏耳型故事	1096
宁受脚踢型故事	1097	姓氏伍陆戚型故事	1098
莫射虎皮型故事	1098	独行生意型故事	1100
不识翁仲型故事	1101	补针鼻型故事	1102
剔灯棒型故事	1102	食不厌精型故事	1103
跨鸭归去型故事	1104	请贼关门型故事	1106
书是印成的型故事	1107	妻手如姜型故事	1108
学官索节型故事	1109	禁蚊符型故事	1110
如何下得手型故事	1111	劝阻念佛型故事	1111
讽观竞渡型故事	1113	出米洞型故事	1115
石佛出世型故事	1116	助寡改嫁型故事	1117
官多法乱型故事	1122	买猪千口型故事	1123
聂字三耳型故事	1123	有天无日型故事	1124
难熬三年型故事	1127	判鱼判棺型故事	1127
吏人立誓型故事	1128	服渣相见型故事	1129
不语禅型故事	1129	驱蚊符型故事	1131
吃"而已"型故事	1133	蝉可跟主型故事	1133
葡萄架倒型故事	1134	江心贼型故事	1136

雪上加霜型故事	1138	死后不赊型故事	1139
蝙蝠弄乖型故事	1141	摘瘿还瘿型故事	1143
近视认匾型故事	1144	鹅变鸭型故事	1145
三婿赞马型故事	1146	未会尊师型故事	1147
丢失钱袋型故事	1148	"川"与"三"型故事	1148
士人求签型故事	1149	讳输棋型故事	1149
腌鸭生蛋型故事	1151	奶奶属牛型故事	1152
骆驼蹄型故事	1154	吃冻水型故事	1154
藏锄头型故事	1155	垛子助阵型故事	1156
跳蚤药型故事	1157	包殡殓型故事	1157
仨马虎型故事	1158	打半死型故事	1160
独脚管裤型故事	1160	愿换手指型故事	1161
你是瞎贼型故事	1163	愿为母狗型故事	1163
戴笆斗型故事	1164	我是取笑型故事	1165
合本做酒型故事	1165	不肯相让型故事	1166
皮匠"本钱"型故事	1167	家父烧了型故事	1167
懒得活型故事	1168	隔夜变粗型故事	1169
母猪肉型故事	1170	吊我罢型故事	1170
梦中酒型故事	1171	抢婚误背型故事	1172
谢周公型故事	1172	和尚食虾型故事	1173
偷自家型故事	1173	待诏剃头型故事	1174
自咬耳朵型故事	1174	第一声像型故事	1175
写"滑"字型故事	1176	贼遇偷型故事	1176
床底羊眼型故事	1178	金漆盒型故事	1178

因梦致争型故事	1179	和尚挨打型故事	1180
拉屎留名型故事	1182	红米饭型故事	1183
吊孝坠帽型故事	1184	靠父养活型故事	1186
王和尚型故事	1187	幸不属虎型故事	1188
借牛自来型故事	1189	豆腐是命型故事	1190
合种田型故事	1192	牛鼓大话型故事	1194
老爷糊涂型故事	1195	勿许日子型故事	1196
我也败家型故事	1197	吃糟饼型故事	1198
一笑姻缘型故事	1199	婆奸媳型故事	1205
害人反害己型故事	1205	计夺新靴型故事	1206
折芦辨盗型故事	1208	丹客行骗型故事	1209
试骑骗马型故事	1212	东门王皮型故事	1214
春雨似油型故事	1216	步步高型故事	1217
东坡戏联型故事	1218	须虱颂型故事	1218
藏金失窃型故事	1219	咬耳授计型故事	1227
真老乌龟型故事	1231	咸杀他型故事	1233
如此搬家型故事	1235	割股救亲型故事	1236
讼失牛型故事	1236	盗牛巧言型故事	1237
戏弄蛋贩型故事	1238	抬桶过桥型故事	1240
锯茅桩型故事	1243		

第十三章 清代时期的民间故事类型……1245

巧制官衣型故事	1253	"旦白堂"型故事	1254
嘲死秃型故事	1256	望娘滩型故事	1258
望夫云型故事	1259	仙佛留像型故事	1261

目 录

妄击贼型故事	1262	冥府延师型故事	1266
寿诞题诗型故事	1270	见鸡行事型故事	1272
亡八无耻型故事	1273	什么东西型故事	1274
佛寺人猬型故事	1277	虎口余生型故事	1278
接生奇遇型故事	1280	马曳贼亡型故事	1284
斫蟒救亲型故事	1286	水灾救母型故事	1287
舍命护金型故事	1289	鬼孝子型故事	1291
晒银字型故事	1293	浮脂辨盗型故事	1300
误哭遭打型故事	1303	满盘都是型故事	1304
望孙出气型故事	1305	脚像观音型故事	1305
插草标型故事	1306	连偷骂型故事	1306
贪官誓联型故事	1307	烂盘盒型故事	1308
再出恭型故事	1309	吃人不吐骨型故事	1310
今年好晦气型故事	1311	活脱话型故事	1311
笑话一担型故事	1312	驱鬼符型故事	1313
长生药型故事	1314	瞌睡法型故事	1314
不利语型故事	1315	出门一时好型故事	1317
赵钱孙李型故事	1318	三字同形型故事	1319
迁居送药型故事	1320	门上贴道人型故事	1321
打喷嚏型故事	1321	他更有理型故事	1322
误杀奇案型故事	1323	九九翁娶亲型故事	1335
骗人参型故事	1337	售墙行骗型故事	1340
雷击皮鼓型故事	1342	沙弥思虎型故事	1342
除恶情虎型故事	1343	棺中鬼手型故事	1346

获盗银型故事	1348	斗阎王型故事	1351
戏谑大头鬼型故事	1354	咎由自取型故事	1355
还叩头型故事	1361	巧辨子型故事	1363
审案济困型故事	1364	审笆斗型故事	1366
犀牛毛型故事	1368	娶木偶型故事	1369
八钱宴客型故事	1374	倍与之钱型故事	1375
激怒发痘型故事	1377	换画骗局型故事	1379
吃粪解"毒"型故事	1384	出游现丑型故事	1387
桃花女斗法型故事	1389	父子同拜堂型故事	1390
平上去入型故事	1393	寺僧辨诬型故事	1394
父似董卓型故事	1395	再打三斤型故事	1397
妙计换人型故事	1398	移尸免祸型故事	1401
乌须药型故事	1405	谋夫疑案型故事	1407
老头子型故事	1414	新娘互换型故事	1416
谋杀奇案型故事	1419	日久见人心型故事	1422
柳絮飞来型故事	1425	盛暑披裘型故事	1426
鼠窃卵型故事	1431	零买缸型故事	1432
戏僧罚资型故事	1434	戏父遗矢型故事	1436
举手裤脱型故事	1437	甲乙争妻型故事	1438
个个草包型故事	1439	报荒减粮型故事	1442
嘲太监型故事	1443	圣贤愁型故事	1445
萝卜对型故事	1449	恭喜也罢型故事	1450
求你别写型故事	1451	先生妙喻型故事	1452
匾嘲二匠型故事	1453	堂属问答型故事	1453

目 录

白字先生型故事	1454	嘲医诗型故事	1455
半"鲁"席型故事	1457	老前辈型故事	1458
糊涂虫型故事	1459	五大天地型故事	1460
问猴妙答型故事	1462	读白字型故事	1462
官读别字型故事	1463	不改父业型故事	1464
诓骗老虎型故事	1465	城乡蚊子型故事	1467
一厚一薄型故事	1469	黄鼠狼型故事	1469
武弁看戏型故事	1470	瞎子吃鱼型故事	1471
懒人吃饼型故事	1471	还愿戏神型故事	1473
不知修（羞）型故事	1474	死鱼复活型故事	1475
乡人拭粪型故事	1478	媒婆巧言型故事	1481
名医遇骗型故事	1482	改石磅型故事	1486
假订货型故事	1487	一女三配型故事	1488
端午妙对型故事	1494	要加盐（檐）型故事	1494
鸡鸣停工型故事	1495	不识一字型故事	1496
斗米斤鸡型故事	1497	请上坐型故事	1498
过去未来妙品型故事	1499	门中一龟型故事	1500
是狼是狗型故事	1501	咬舌案型故事	1502
巧审"善人"型故事	1503	改字免死型故事	1504
农妇巧答型故事	1506	被子官司型故事	1507
落臼关型故事	1510	清和桥型故事	1512
先生我儿型故事	1514	父子骑驴型故事	1515
狗爹妈型故事	1516	粗心妇型故事	1517
父满门型故事	1518	此地无银型故事	1519
拆字酒令型故事	1519		

中国古代民间故事类型的汉字笔画索引…………………………… **1521**

中国古代民间故事类型的汉字拼音索引…………………………… **1536**

主要引用书目……………………………………………………… **1551**

初版后记…………………………………………………………… **1570**

修订本后记………………………………………………………… **1571**

典藏版后记………………………………………………………… **1575**

·上编·

卷　上

上卷

第一章 绪 论

一

所谓民间故事类型，是指一则民间故事在相当长的时间内，在相当广阔的地域中流传、扩展，产生不同程度的变化，形成各种不同的异文，因而构成故事类型。同一故事类型中的各种异文出现的变化、发展，不能脱离该故事类型最基本的情节——我们可将其称为"故事类型核"。故事类型核通常由一个或多个母题（情节单元）组成。故事类型核，是我们鉴别各种民间故事是否属于某一故事类型最主要的，甚至可以说是唯一的准绳。倘若脱离了这个准绳，在判定故事类型时便可能出现这样那样的偏颇，往往会模糊故事类型的界限，扩大故事类型的范围。而此种现象，在我国学界并非不存在。

广为流布和发生变异，是生成民间故事类型的两个互有关联的重要前提条件。口头文学各种体裁的作品，在流布过程中无一例外都会产生变异。作为散文体口头叙事文学的民间故事，这个特征尤其普遍和突出。故事类型产生的变异，首先是故事情节以及相关的时间、地点、人物、道具、习俗等的变异，同时也包括语言文字、表达方式、详略程度乃至民族特色、艺术风格等的变异。就通常的情况而言，流布的时间跨度、地域跨度、民族跨度越大，故事类型所产生的变异越显著。而全面、系统地了解故事类型的各种发展、变化，从不同的视角对这些变异进行比较研究，是故事类型学的历史使命，它对于故事学的建设具有重要的理论价值和学术意义。

　　从全球的民间故事类型来审视，其流布的地域跨度显然是存在差别的。有一部分故事类型具有世界性的特点；有一部分故事类型则具有区域性的特点，而且其流布范围的广度尚有各种差别。也即是说，具有世界性的故事类型，其流传遍及世界各国，流布的空间最为广阔；具有区域性的故事类型，仅在世界上的某个局部的区域内流传，其流布空间的大小尚有所不同：一部分故事类型具有跨国性乃至跨洲性，在一个大洲甚至不止一个大洲的若干个国家内流传，其流布的空间仅次于世界性的故事类型；一部分故事类型则无跨国性，只在一个国家的范围内传播。而在一些幅员辽阔、民族众多、历史悠久的大国（譬如中国），其流布范围尚有全国性故事类型与地区性故事类型的区别。换言之，此种无跨国性故事类型，尚有在一国之内普遍流传的故事类型与在一国之内的局部地区（如中国的长江中下游地区、云贵高原地区，甚至个别省、区）流传的故事类型之分。因此，倘若细分的话，区域性故事类型，可分为跨国乃至跨洲型区域性故事类型与一国型区域性故事类型。而一国型区域性故事类型，则有全国型故事类型与地区型故事类型之分。正是基于上述认识，我们切不能因为部分故事类型的流布范围仅在一国之内的局部地区而否认其故事类型的属性。因为故事类型流布范围的广阔程度是相对而言的，应当从总体上把握故事类型的基本特征，而不必拘泥于流布范围的广阔程度。这种流布范围的程度是难以具体量化的。

　　总之，民间故事类型的世界性与地域性，都有各自的内涵，具有相对的独立性，彼此之间不能相互取代，但同时又相互关联，彼此之间没有不可逾越的鸿沟。长期以来，两者总是相比较而存在，相影响而变化，从而形成全球民间故事类型的大格局。如果只看到两者之中的任何一个方面，则失之偏颇，既不符合民间故事类型的实际情况，也不利于民间故事类型研究的发展。

这里还须提及民间故事类型的时间跨度问题。因为故事类型的地域跨度往往与时间跨度是相关联的。一般说来，时间跨度的延长会在不同程度上促进地域跨度的拓展。这在中国古代不同时期出现的故事类型中，不乏其例。像魏晋南北朝时期的凶宅得金型故事、驱走缢鬼型故事，隋唐五代时期的麻风女型故事、恶媳得报型故事，宋辽金时期的鬼母育儿型故事、尸变奇案型故事，元明清时期的拾金不昧型故事、"活佛"骗局型故事、救产妇型故事，都是相当典型的，随着时间跨度的延长而引起的地域跨度的拓展。对于某些古代产生的故事类型的判定，更具有特殊的意义。因为此类故事类型，在古代仅仅有个别作品存在，如若不将流布的时间加以延伸，把它与现当代涌现的诸多异文一并审视，就不容易认清其故事类型的特征。

二

世界各国的民间故事千姿百态，蕴藏丰富。每一个国家对于全球民间故事类型的形成和发展，都无一例外地作出了自己的贡献。毋庸讳言，各个国家的具体情况各不相同，它们对民间故事类型的贡献也不尽相同。那些历史悠久的文明古国，那些口传故事浩如烟海、至今仍然十分活跃的国度，对于全球民间故事类型的形成和发展，贡献尤为显著。

平心而论，世界各国的民间故事几乎都在不同程度上直接、间接受到过印度这样的文明古国的影响。在我国的民间故事发展史上，也不难发现这种影响的存在。但是，倘若过分夸大这种影响，甚至将其提升到一个很不恰当的地位，显然是有悖科学精神的。传播学派创始人德国学者特奥多尔·本菲提出的"印度起源说"，认为欧洲的民间故事都起源于印度，然后经由各种途径传播到世界各地。这一理论，如同英国学者格拉夫顿·史密斯和威廉·佩里提出的极端传播论"埃及中心说"一样失之偏颇。

从世界范围来审视,民间故事类型是在各国各民族的民间故事广泛传播过程中逐渐形成和发展的。对于世界各国而言,民间故事类型既有相互渗透、相互影响的一面,又有各自创造、各自建树的一面。这两个方面都是客观存在的事实,都不可忽视。特别是像中国这样有数千年文明史的多民族大国,民间故事至丰至厚,举世瞩目,民间故事类型数量之大,也是世所罕见的。长期以来,中国的民间故事和民间故事类型在其发展过程中,一方面不断接受外来影响(尤其是来自印度、阿拉伯世界的影响),进一步充实自己,一方面又不断对外国(首先是亚洲的邻国)产生影响,使世界民间故事类型更加充实、丰富,让世界民间故事宝库越发光焰耀目。

如果说世界民间故事有发祥地的话,那么它的发祥地不是一处,而是多处。古印度、古埃及、古希腊、古巴比伦等,毫无疑问都是世界民间故事的发祥地之一。中国这样的东方文明古国,当然也是世界民间故事的发祥地之一。大量的古代文献说明,世界上流布的许多民间故事,首先出现在中国的大地上;世界上的不少民间故事类型,也首先在中国的大地上形成。遗憾的是,对于中国在世界民间故事发展史上的地位以及中国对世界民间故事类型的形成和发展所作的贡献,长期以来在国际学界关注甚少,至今缺乏足够的研究。中国学界在这个领域内虽然已经作了一定的努力,并且有不少建树,但是还远远不够。只有中国学界在这个领域内继续深入研究,在诸多方面都有更多的突破,才可能从根本上改变现有的状况。

对于中国古代民间故事类型,尽管20世纪刊行的两部有关中国民间故事类型的著作——德国学者艾伯华著《中国民间故事类型》(1937)和美籍华裔学者丁乃通编著《中国民间故事类型索引》(1978)都有所涉及。它们在研究中国古代民间故事类型方面,起到了一定的先导作用。但是,它们都不是这方面的专门著作。对于中国古代民间故事的研究而言，由于种种原因，不但未作全面、系统的梳理和论述，而且在文献资料的占有上尚有许多欠缺，在作为印证的现当代口传资料的占有上也存在极大的不足。

国内学界对于中国民间故事类型的研究，发端于20世纪20年代末30年代初。钟敬文等前辈学者在这方面的研究成果，可以说具有奠基的意义。近二十年来，国内学界在中国民间故事类型方面十分活跃，不但涌现了一批学术质量较高的论文，而且有一些专门性的研究著作和以较大篇幅论析中国民间故事类型的研究著作问世，不但使有关中国民间故事类型的研究向前推进了一大步，而且在中国古代民间故事研究方面有了更多的积累。但是，迄今为止，仍无专门论述中国古代民间故事类型的著作问世。中国民间故事类型研究的这一领域，尚有待学界同仁作更多的关注和耕耘。

三

民间故事跟其他民间文学门类一样，同属口头文学范畴。口传心授无疑是民间故事的主要传播方式，但并非唯一的传播方式。对于有文字的国家、民族而言，以书面形态进行传递和交流，是民间故事的另外一种有效的传播方式。中国有数千年的文明史。汉文是世界上最古老的文字之一，已存世数千年之久，是中国各民族通用的正式文字。在中国悠久的文化历史中积有大量的汉文典籍。另外，尚有藏、蒙古、维吾尔等少数民族文字，已有数百年至一千多年的历史，亦用以编著和翻译许多典籍，留传于世。在中国的汉文和少数民族文字的古代典籍中，保存了不计其数的民间故事。这些古代典籍，在中国民间故事传播史上产生过无比巨大的作用，对于古代民间故事类型的研究，具有非常重要的价值。

我国自先秦以来，历朝历代的有识之士出于不同的动机和目的，将当时在民间口传的各种各样的故事录写下来，收进自己的著作，从而使这些口传形态的民间故事以文字为载体得以保存，传诸后世。自唐宋以来，我国的知识界还以不同的方式编辑刊行类书、小说总集、小说丛书、小说选本、笑话集等，其中收录的民间故事为数不少，有好些本已失传的民间故事赖以存世，同样值得重视。

伴随着古籍文献的传世，有相当一批被历代有识之士录写和保存下来的民间故事，又通过各种不同的渠道回流到民众之中，重新以口耳相传的方式四处流布，并且在流布过程中发生变异。因此，自先秦以来的两三千年间，中国民间故事一直以口承和书面两种方式传播，两种传播方式相互依存、相互渗透、相互影响、相互推进，促使民间故事在中华大地上的各民族民众中不断生成、发展、演变，日益走向繁荣。

中国的民间故事类型，也正是在中国民间故事以口承和书面两种方式交替传播的过程中逐渐形成和演变的。由于历代古籍文献中保存的相关作品，能够在相当程度上反映出不同历史时期中国民间故事的基本面貌，展示出中国古代民间故事类型形成、发展、演变的轨迹，充分重视古籍文献，尽最大的努力查阅并梳理古籍文献资料，是研究中国古代民间故事类型最为关键的环节。

涉及中国古代民间故事类型的古籍文献，首先值得关注的是录写民间故事最多的历代文言小说，包括志怪小说、逸事小说、传奇小说、笔记小说等。绝大多数与中国古代民间故事类型有关的作品，都出自历代的文言小说，其中有三分之二以上的中国古代民间故事类型，首先见于各种文言小说。像魏晋南北朝时期的《笑林》《博物志》《搜神记》《搜神后记》《幽明录》《异苑》，隋唐五代的《启颜录》《朝野佥载》《广异记》《续玄怪录》《集异记》《酉阳杂俎》《河东记》《玉堂闲话》《疑狱集》《稽神录》，宋辽金元时期的《梦溪笔谈》《北窗炙輠录》《遁斋闲览》《睽车志》《夷坚志》《湖海新闻夷坚续志》《辍耕录》，明代的《九朝野记》《七修类稿》《应谐录》《雪涛谐史》《耳谈》《笑赞》《笑府》《解愠编》《古今谭概》,清代的《池北偶谈》《坚瓠集》《聊斋志异》《笑倒》《笑得好》《子不语》《咫闻录》《志异续编》《客窗闲话》《笑笑录》《嘻谈录》等,在中国古代民间故事类型研究方面,都是很值得关注的。

应当指出,由于作为一门独立学科的民间文艺学及其分支学科故事学,在我国建立较晚,长期以来,大量的古代民间故事一直被作为文言小说对待,而没有将其作为民间故事进行专门的研究。这种状况,直到近一二十年才有了较为明显的改观。对于从事民间故事研究的学人而言,从卷帙浩繁的中国典籍文献里面搜寻、鉴别出民间故事,将其作为本学科的研究对象进行全方位、多角度的探究和论析,建立起中国古代民间故事研究的学科体系,仍然是今后一个十分艰巨的重大使命。

除了文言小说外,与中国古代民间故事类型有关的古代典籍文献尚有诸子经籍、史书、文集、地理著作、地方志、宗教典籍以及变文、通俗小说、写卷等等。其中也保存了相当多的民间故事资料,在进行中国古代民间故事类型研究时,它们都各有其特殊的价值和作用,绝不可以忽视。

还须特别提及的是,我国历代参与民间故事采集、录写,使之载入典籍文献而得以传世的,大部分是从事文艺创作的知识分子,包括文学家,如汉代的刘向,三国的邯郸淳、曹丕,晋代的张华、陶潜,南朝的吴均、任昉,唐代的段成式,五代的王仁裕、徐铉,宋代的吴淑、欧阳修、苏轼、王谠,金代的元好问,元代的陶宗仪,明代的祝允明、江盈科、陈继儒、冯梦龙,清代的王士禛、袁枚、纪昀;小说家,如南朝的刘敬叔、刘义庆、殷芸,隋代的侯白,唐代的张鷟、李复言、薛用弱、郑还古、张读,宋代的刘斧、王清明、洪迈、周密,明代的田汝成、谢肇淛、王同轨,清代的钮琇、褚人获、蒲松龄、石成金、吴沃尧;戏曲家,如明代的何良俊、陆采;书画家,如唐代的张怀瓘、张彦远,宋代的米芾、廉布,明代的沈周。

我国历代参与民间故事采集、录写的，尚有思想家、哲学家，如春秋战国的墨翟、孟轲、庄周、韩非；政治家，如唐代的房玄龄、李德裕、牛僧孺；史学家，如汉代的司马迁、班固，晋代的干宝；唐代的李延寿，宋代的司马光，明代的谈迁；科学家，如南朝的祖冲之，宋代的沈括；地理学家，如北魏的郦道元，宋代的乐史、王象之；学者，如明代的方孝孺，清代的俞樾；僧人、方士，如晋代的王嘉，宋代的释文莹，藏族的格西博多哇、仁钦拜，蒙古族的察哈尔格西·罗桑楚臣。此外，还有署名和不知名的下层知识分子和粗通文墨的民众。他们采集、录写的民间故事，往往以手抄本的形式流布，对于我国古代民间故事的推广，发挥了不可替代的作用，在古代民间故事的发展中有着特殊的功绩。但是，他们抄录的民间故事，大都难以保存下来。敦煌石窟中遗存的汉文写本句道兴撰《搜神记》，《孝子传》和古藏文写本《金波聂基兄弟俩和增格巴辛姐妹仨》《白噶白喜和金波聂基》等，是不多的存世民间故事手抄本，十分珍贵。

在论及与中国古代民间故事类型有关的古代典籍文献时，还不能不提到汉文以及藏文、蒙古文翻译的佛教文学经典。用汉文翻译佛经的劳作，从佛教传入中国不久的东汉末年便着手进行，随着时间的推移，规模日盛，直到宋代以后才告终止。据唐《开元释教录》载，到唐代开元年间即公元8世纪前期，汉文佛教经典译著已达一千零七十六部，五千零四十八卷。以后各个时期尚有所增加，成为举世闻名的汉文佛教典籍丛书《大藏经》。除汉文本外，中国尚有藏文《大藏经》、蒙古文《大藏经》、满文《大藏经》以及西夏文《大藏经》（残本）等。其中，像东汉至十六国时期译的《杂譬喻经》，三国时期编译的《六度集经》（又名《六度无极经》《六度无极集》《六度集》《杂无极经》等），西晋时期译的《生经》，北魏时期译的《杂宝藏经》、《贤愚经》（全名《贤愚因缘经》），南朝时期译的《百喻经》（全名《百句譬喻经》，又名《百譬经》《痴华鬘》），隋代译的《佛本行集经》，唐代译的《根本说一切有部毗奈耶破僧事》等包含大量取材于古印度民间故事的佛经故事的佛教文学经典,对中国古代民间故事类型的形成、发展、流变,影响甚大。

少数民族的佛经翻译,晚于汉译佛经。藏译佛经始于松赞干布时期(7世纪),至赤松德赞时期(8世纪)规模更大,一直延续到吐蕃王朝末期(9世纪)以后。藏文《大藏经》(分为《甘珠尔》和《丹珠尔》两个部分)中的译文是8—9世纪和11—13世纪翻译的。蒙古文译佛经起始于13—14世纪。17世纪随着黄教(藏传佛教格鲁派)在蒙古地区的普及、深入,更为兴盛。16世纪末17世纪初完成《大藏经》《甘珠尔》的蒙译,18世纪中叶完成《大藏经》《丹珠尔》的蒙译。收入藏、蒙译《大藏经》中的佛教文学经典,如《贤愚经》《百缘经》《本生经》《狮子师本生鬘》《圣者义成太子经》《佛说月光菩萨经》《金色童子因缘经》等,对藏族和蒙古族的民间故事的影响颇为深远。这在中国古代民间故事的发展、演变过程中,也得到了反复的印证。

四

中国古代民间故事类型,两三千年间经历了逐渐形成、发展乃至变为历史陈迹的过程。其中除一小部分民间故事类型在现当代流传不广,甚至已不复流传,成为存留于古籍文献中的书面形态的民间故事类型外,大部分民间故事类型仍在现当代广为流布。亦即是说多数中国古代民间故事类型,从最初被录写的时间算起,尽管已经历一二百年、数百年乃至一两千年的漫长岁月,但到了现当代仍然颇为活跃,甚至蔚为大观,在中国南北各地的汉族和少数民族聚居区不胫而走,保持了旺盛的生命力。

在梳理、研究中国古代民间故事类型时,如何进行鉴别、认定,是一个必须认真解决的问题。笔者认为,最主要、最根本的是依据其在不同时期的流传、演变情况来判定。这当中包含有主次的两个考察的着眼点：以古代文献记载为主，以现当代口传资料为辅。

一般来讲，过去时代的各种典籍文献资料是鉴别、认定古代民间故事类型最重要、最根本的依据，对于现当代不再流传、已经变为历史陈迹的古代民间故事类型而言，可以说是唯一的依据。但是，我们在鉴别、认定古代民间故事类型时，现当代口头流传的活态民间故事绝不可以忽视。因为口传资料与文献资料，就时间而论仅仅有相对意义上的差别，两者之间并不存在截然划分的界限。

对于世界性的民间故事类型来讲，尽管我们在中国古籍文献中只发现一篇作品，我们也能毫不犹豫地认定其民间故事类型的特征。譬如我们看到唐·段成式撰《酉阳杂俎》续集卷一《支诺皋上》"旁㐌"，便能肯定其为中国古代录写的狗耕田型故事，而无须参照现当代口头流传的诸多异文。但是对于相当一批在中国古籍中仅有一篇作品的非世界性民间故事类型来讲，参照现当代采录的各种口传异文，方能作出准确的鉴别和认定。设若避开现当代口传故事资料，就难以判定古籍文献记载的一批故事是不是古代民间故事类型的早期形态，就不可能认定一批古代民间故事类型。兹举例加以说明，譬如巧借地型故事古代只有元·无名氏撰《湖海新闻夷坚续志》后集卷二《卢六祖》"借地"，假鬼骇巫型故事古代只有明·方孝孺撰《逊志斋集》卷六《越巫》，补针鼻型故事古代只有明·潘游龙撰《笑禅录》"补针鼻"，捞鱼去型故事古代只有明·江盈科撰《雪涛谐史》"捞鱼去"，耳朵在此型故事古代只有明·江盈科撰《雪涛谐史》"心在哪里"，沙弥爱虎型故事古代只有清·袁枚撰《续子不语》卷二《沙弥思老虎》，报荒减粮型故事古代只有清·独逸窝退士编《笑笑录》卷四《告荒》，日久见人心型故事古代只有清·许奉恩撰《里乘》卷六《甲与乙为善友》，如果不参照现当代采录的诸多口传异文，就难以确定其为古代民间故事类型。上述现象的出现，大约有几种可能性：一是某些故事在古代露面后，在相当长的时间内并未得以流布，到了现当代才广为传播，出现各种异文；一是某些故事在古代露面之后，虽然有所传播，但其异文却未被录写下来，我们在后来的古代文献资料中无从查找；一是某些故事在古代虽然已有异文流布，但由于笔者的疏漏，未曾发现，留待日后补充、订正。

五

民间故事有广义与狭义之分。广义的民间故事，包括神话、民间传说和狭义的民间故事。本书梳理和论析的中国古代民间故事类型，以狭义的民间故事类型为主，兼及民间传说类型，而不涉及神话类型。

本书之所以这样确定研究对象，是由于中国古代的民间故事类型与神话类型的界限比较明确，比较容易将两者区分开来，而中国古代民间故事与民间传说关系相当密切，倘若说区分两者有一定难度的话，那么要将中国古代民间故事类型与传说类型区分开来就更为困难。具体分析起来，造成这种困难的原因是多方面的。

首先，中国古代民间故事由于讲述人与录写者等方面的缘故，往往带有一定的传说色彩。这就为类型的划分带来一定的难度。最典型的例证是《酉阳杂俎》续集卷一《支诺皋上》的"叶限"，它属于世界各地流布的"灰姑娘型故事"（AT民间故事类型510），其民间故事类型的属性不言自明。然而，这则故事恰好带有较鲜明的民间传说色彩。故事一开头便交代：

> 南人相传，秦汉前有洞主吴氏，土人呼为吴洞。娶两妻，一妻卒，有女名叶限。

另外，像"桑中生李型故事"的《风俗通义·怪神》"李君神"，"凶宅得金型故事"的《列异传》"何文"，"田螺女型故事"的《发蒙记·谢端》,"云中落绣鞋型故事"的《搜神记》卷十一《望夫冈》,"放驴捉贼型故事"的《宋书》"顾宪之为建康令","定婚店型故事"的《续玄录怪》卷四《定婚店》,"刮地皮型故事"的《南唐近事·掠地皮》,"熟能生巧型故事"的《归田录》"卖油翁","摸钟辨盗型故事"的《梦溪笔谈·摸钟辨贼》,"勘钉案型故事"的《折狱龟鉴·张咏》,"中山狼型故事"的《中山狼传》,"藏金失窃型故事"的《智囊补》察智部卷十《诘奸·吴复》,"真老乌龟型故事"的《驹阴冗记·郑唐诙谐》,"雷击皮鼓型故事"的《续子不语·九华山》,"什么东西型故事"的《履园丛话·什么东西》,"柳絮飞来型故事"的《香饮楼宾谈·飞红》,"圣贤愁型故事"的《笑笑录·一毛不拔》等,都是在不同程度上带有传说色彩的民间故事。

其次,在中国古代民间故事类型中,有不少类型同时包含民间故事与民间传说两个门类的作品,亦即是说,这些类型在流布过程中,往往交替出现民间故事性质的异文和民间传说性质的异文。要将此种类型定性为民间故事类型或者民间传说类型都不无道理,可是也不十分确切。对此,本书第五章还将作专门的论析,此不赘述。

再次,在中国古代民间故事类型中,难以将民间故事类型与民间传说类型准确区分开来,还跟我国学界对民间传说和民间故事的见解不尽一致以及民间故事的某些类别与民间传说之间存在模糊带有关。我国学界对民间传说和民间故事的见解的不一致之处,主要表现在对于具体作品与某些类别的认识上。譬如,对于牛郎织女、孟姜女、梁山伯与祝英台、白蛇传四大民间传说,有的学者认为是民间故事。又如,对于中国的机智人物故事,有的学者认为应分为机智人物故事与机智人物传说。而此类学术认识上的分歧,都直接影响到中国古代民间故事类型与民间传说类型的区分、判定。但这种学术见解上的分歧,不可能完全统一,也没有必要完全统一。至于某些民间故事类别与民间传说之间存在模糊带的现象,主要表现在写实故事中的案狱故事、诗对故事、俗语故事等以及民间寓言中的人事寓言,同民间传说中的人物传说、民俗传说等之间，存在一定的模糊带，很难将彼此截然分开，这也或多或少地影响到中国古代民间故事类型与民间传说类型的区分、判定。

顺带指出，丁乃通编著《中国民间故事类型索引》是采用狭义的民间故事进行取舍的。尽管丁先生避开民间传说，仍不免在此书中收进了一些民间传说类型或带有鲜明民间传说色彩的故事类型，如411（相当于白蛇传型故事）、681（相当于黄粱梦型故事）、750D$_1$（相当于井水化酒型故事）、825A*（相当于城陷为湖型故事）、906P*（相当于智审匿产案型故事）、926E*（相当于摸钟辨盗型故事）、935A*（相当于邻僧积饭型故事）、1097A*（相当于鸡鸣停工型故事）、1526A$_2$（相当于圣贤愁型故事）、2400A（相当于巧借地型故事），足见区分民间故事类型与民间传说类型之不容易。丁先生讲得好："我觉得扫除中国神话不难，但是区别中国的传说与故事却需要十分小心。在任何一门学问里，分类工作都不能绝对没有错误，甚至精密的自然科学分类也是如此。民间讲述里，变体不是例外，而是经常的现象，我们对民间讲述的了解又是有那么多的不足，要求分类完美无瑕，在现阶段简直没有可能。何况中国的传说在数量上远远超过民间故事，许多中国民间故事又是从传说尤其是地方传说演变出来的。有些故事类型在古书里已有记载，特别是那些说书人爱讲的故事。为了引起听众的兴趣，常常加上了具体的人名和地名。"（《中国民间故事类型索引·导言》[①]）

总之，在中国古代民间故事类型中，纯粹的民间故事类型和民间传说类型并不是没有，但数量不很多，而多数的民间故事类型兼有民间故事类型与民间传说类型的特征，实难截然分开。鉴于此种状况，本书在梳理和论析中国古代民间故事类型时，不但涉及兼有故事类型与传说类型特征的类型，而且也涉及传说类型，而不以狭义民间故事

---

① 丁乃通：《中国民间故事类型索引》，中国民间文艺出版社1986年版，第7页。

来界定中国古代民间故事类型。笔者认为，只有如此，才可能避免分类时因为过分的拘谨而出现失误，在一个广阔的民间故事的传播背景上充分展示中国古代民间故事类型的全貌，认识中国古代民间故事类型的特征及其发展规律。

六

由芬兰学者阿尔尼创制、美国学者汤普逊增订的《民间故事类型》，现在一般称为"阿尔尼—汤普逊分类制"，或简称"AT类型分类法"，因检索方便，其故事类型分类体系已为世界各国所通用。然而，正如许多国家的学者指出的那样，此分类法也存在一些不足之处，令不少国家在进行故事类型编制工作时感到困惑。本书无意对"AT类型分类法"作全面的检讨和评价。笔者认为，这并不属于本书要讨论的范围。

对于编制全面的中国民间故事类型索引是否采用"AT类型分类法"，我国学界见解并不一致，尚有待进一步探讨。本书的研究对象并非全部的中国民间故事类型，而仅仅是其中的古代部分。因此，笔者认为，本书不但可以不必对"AT类型分类法"作全面评价，而且可以避开中国是否采用"AT类型分类法"的争论，而选择有利于梳理和论析中国古代民间故事类型的方式来运作。

毋庸讳言，本书在梳理和论析中国古代民间故事类型时，没有采用"AT类型分类法"，从故事类型的确定、命名、排列到论析，均基本上不涉及"AT类型分类法"。本书所论列的六百余个故事类型，完全是立足本国，从大量的古籍文献中梳理、概括出来的。每一个故事类型的确定，都是以中国古代民间故事类型自身的特点为依据的，其命名也是按照中国人的思维方式并且适当参照中国学界过去的一些做法来确定的。这样运作，不但可以关注"AT类型分类法"不涉及的传说类型，而且可以充分关注中国特有的故事类型①，以期更好地展示中国古代民间故事类型的全貌，并且避免按"AT类型分类法"操作时出现削足适履的种种尴尬，避免"AT类型分类法"中诸如确定的类型过于宽泛②，或者将一个完整的故事分为几个类型③一类的弊病。

为了给学界和读者提供便利，本书把所梳理和论析的中国古代民间故事类型与丁乃通编著《中国民间故事类型索引》、艾伯华著《中国民间故事类型》进行对比，凡是与这两本书中的故事类型有关的，本书均逐一标明，以资查考。

七

本书所梳理和论析的中国古代民间故事类型，时间的上限为先秦，下限为清末民初，即包括中国史学上所指的古代和近代两个阶段。因为民间故事被录写、刊行与其形成和流布之间，往往存在一定的时间差。我们把本书的时限稍微移后一点，可以尽可能地减少遗漏，以期

---

① 关于中国特有的故事类型的比重，丁乃通曾说："百分之几的中国故事类型可以认为是国际性故事呢？本书（指《中国民间故事类型索引》）列入843个类型和次类型，仅有268个是中国特有的，就连这些也有少数和西方同类的故事差距并不很大（参见1341B_1和1341C），也有类型在中国邻近地方，例如越南曾经发现过的。"（《中国民间故事类型索引·导言》）其实，按丁先生的统计，中国特有的故事类型约占总数的30%，比重不算小。倘若从本书梳理的六百余个中国古代民间故事类型来看，比重还要大得多，应当引起充分的重视。

② 例如《中国民间故事类型索引》一书400A[仙侣失踪]包罗了董永行孝型故事、羽衣仙女型故事等与仙女、女神相当的类型故事。又如该书888C*[贞妻为丈夫复仇]包罗了孟姜女型故事、连理枝型等若干类型故事。再如该书1341C_1[胆小的主人和贼]包罗了请贼关门型故事、藏贼衣型故事等与盗贼有关的类型故事。

③ 譬如，仨马虎型故事由《中国民间故事类型索引》的1288[笨人寻腿]与1293[笨人溺毙]组成。

更好地展示中国古代民间故事类型的全貌。

本书所征引的古籍文献资料，既包含大量的汉文资料，亦包含一定数量的少数民族文字资料。而少数民族文字资料，均采用汉文的译文，恕不征引少数民族文字的原文。为了便于进行具体的对比研究，深入了解中国古代民间故事类型形成、发展、变异的状况，本书将大量征引中国古代民间故事类型的相关文献资料的原文，个别文献资料则以梗概的方式进行介绍，使学界和读者能够从本书中获得尽可能多的信息。

如上所述，考察、认定中国古代民间故事类型有两个着眼点，一是古籍文献资料，一是现当代口传故事资料。本书在梳理和论析中国古代民间故事类型的过程中，除了全面展示古籍文献资料外，还涉及现当代口传故事资料，包括自20世纪20年代以来各个阶段采录的口传故事资料，用以勾画出中国古代民间故事类型在现当代流布情况的大致轮廓。展示这两种资料的方式为详古略今，差异非常大。显示是本书研讨的重点不同所致。而这样做，丝毫不削弱现当代口传故事资料的重要性。

在审视现当代口传故事资料时，我们格外关注20世纪80—90年代在民间文学三套集成（《中国民间故事集成》《中国歌谣集成》《中国谚语集成》）工作开展过程中全国各地进行的民间故事普查和随后编印的从县（乃至乡、村、镇）到省市自治区各种范围的民间故事集成。它的重要意义，首先体现在它是我国一次空前绝后的、科学性较强的全面普查的成果，其数量之多真可谓汗牛充栋，世所仅见，成为我国民间故事的宝库，为我国的故事学建设打下了坚实的基础，同时也为日后编制更具有权威性的《中国民间故事类型索引》提供可靠的保障。它的重要意义还体现在它是我国乃至世界上最为鲜活的口传故事的大展示。大体上说来，20世纪各个阶段采录的民间故事都可视为活形态的口传故事。但是，随着时间的推移，离今天的时间愈远，其鲜活的程度愈差。而距今仅有一二十年时间的这次普查的成果，加之采录的科学性总体而论超过以前的调查采录，因而最能体现口传故事的活形态的特征和面貌，其学术价值更强，更值得珍视。

还须提及的是，在20世纪80—90年代中国大陆进行全面的民间故事普查不久，我国的台湾以及澎湖、金门等地也先后开展了多次民间故事的调查采录，不但在汉族聚居区进行调查采录，而且在九个山地民族聚居区进行调查采录，并且陆续出版了许多民间故事集。这方面的成果，在我们梳理、论析中国古代民间故事类型时，同样值得珍视。

第二章 中国古代民间故事类型的发展态势

中国古代民间故事类型在长期的流传过程中，其发展的态势不尽相同，总的看来，呈现出发展甚大、发展不大和逐渐消亡三种发展、演变的态势。倘若联系现当代的流传情况来考察，以上三种发展态势更为清晰，而且也更富于变化。对上述三种不同发展态势的审视和分析，无疑有助于加深对中国古代民间故事类型发展、演变的认识，进而从中发现民间故事类型发展、演变的一些带规律性的东西。

第一节 古代发展甚大的民间故事类型

这一部分民间故事类型，在古代发展一直比较健旺，甚至达到十分兴盛的状态。但进入现当代时期以后，发展态势则各有不同，有的仍然保持健旺的态势，有的流传范围缩小，健旺的态势不复存在，有的则急剧萎缩，以至不复流传。

一、古今发展一直健旺的民间故事类型

此种故事类型，不但在古代流传甚广，文献记载较多，而且在现

当代亦广为流布，一直保持了健旺的发展、演变态势。此种故事类型，大都具有情节曲折、生动有趣、适应性强、易于不同历史时期的民众接受和传诵等特点，因而经久不衰，富有生命的活力。此种故事类型，数量将近一百一十个，占中国古代民间故事类型的五分之一强。其中，时间较早的，即出现于先秦至宋元时期的故事类型五十余个，将近半数，魏晋南北朝时期出现的故事类型数量较多。计有夸年高型故事、二妇争子型故事、鲍君神型故事、不识镜型故事、治驼背型故事、隐身草型故事、巧卖鬼型故事、董永行孝型故事、凶宅得金型故事、猴子取心型故事、空中落龟型故事、"升仙"奥秘型故事、赶山鞭型故事、羽衣仙女型故事、龙子祭母型故事、云中落绣鞋型故事、虎报恩型故事、田螺女型故事、观仙对弈型故事、驱走缢鬼型故事、人参精型故事、弃老复归型故事、开仙洞型故事、健忘者型故事、孟姜女型故事、梁山伯与祝英台型故事、智审匿产案型故事、麻风女型故事、见屈原型故事、剖鸡辨食型故事、猫喇嘛型故事、定婚店型故事、虎妻子型故事、白蛇传型故事、画中人型故事、逆妇恶报型故事、聚宝盆型故事、刮地皮型故事、明年同岁型故事、鬼母育儿型故事、摸钟辨盗型故事、水鬼得升型故事、海岛妇人型故事、娶妇得郎型故事、辨毒平冤型故事、兽穴接生型故事、抄斩淫僧型故事、井水化酒型故事、拾金不昧型故事、还判还银型故事等。对于这一批故事类型，兹举数例作具体展示：

巧卖鬼型故事，首见于《列异传》，此后分别见于《搜神记》《睽车志》（宋·欧阳玄撰）、《夷坚志》、《耳食录》、《水月镜花》等，现当代仍在川、陕、甘、豫、鄂、湘、渝等地汉族和个别少数民族聚居区流布。

凶宅得金型故事，首见于《列异传》，此后分别见于《搜神记》《灵怪集》《玄怪录》《博异志》《潇湘录》《稽神录》《群书类编故事》《菽园杂记》《庚巳编》《闻纪》《稗史汇编》《涌幢小品》《坚瓠集》《秋灯丛话》《续子不语》《萃史》《右台仙馆笔记》等，现当代仍在陕、晋、鲁、辽、吉、沪、苏、浙、闽等地流布。

龙子祭母型故事,首见于《搜神记》,此后分别见于《搜神后记》《广州记》《幽明录》《集异志》《岭表录异》《稽神录》《测幽记》《南越志》《岭南异物志》《舆地纪胜》《方舆胜览》《道家杂记》《续夷坚志》《涌幢小品》《玉芝堂谈荟》《赤雅》《枣林杂俎》《夜航船》《觚賸》《古今图书集成》《子不语》《里乘》《札记小说》《近五十年见闻录》等,现当代仍在鲁、黑、吉、辽、冀、京、津、皖、苏、沪、浙、闽、粤、湘、鄂、陕、宁等地汉族和一些少数民族聚居区流布。

驱走缢鬼型故事,首见于《幽明录》,此后分别见于《夷坚志》《说听》《昨非庵日纂》《记缢鬼》《聊斋志异》《子不语》《夜谭随录》《耳食录》《道听途说》《小豆棚》《咫闻录》《埋忧集》《客窗闲话》《闻见异辞》《里乘》《虫鸣漫录》《右台仙馆笔记》《香草谈荟》《金壶七墨》《仕隐斋涉笔》《南皋笔记》《清稗类钞》《茶馀随笔》等,现当代仍在闽、浙、苏、沪、湘、川、云、辽等地汉族和个别少数民族聚居区流布。

人参精型故事,首见于《异苑》,此后分别见于《续神仙传》《神仙感遇传》《稽神录》《埔城集仙录》《夷坚志》《湖海新闻夷坚续志》《五杂俎》《玉芝堂谈荟》《咫闻录》《客窗闲话》《雪窗新语》《茶香室丛抄》等,现当代仍在新、川、沪、皖、闽、鄂、豫、冀、鲁、晋、吉、黑等地汉族和某些少数民族聚居区流布。

梁山伯祝英台型故事,首见于《十道四蕃志》,此后分别见于《宣室志》《义忠王庙记》《菽园杂记》《情史》《潜确类书》《夜航船》《宁波府志》《桃溪客语》《祝英台小传》《茶香室丛钞》等,现当代仍在浙、苏、皖、沪、闽、粤、桂、湘、鄂、川、豫、冀、津、辽、黑、鲁、贵等地汉族和苗、壮、布依等少数民族聚居区流布。

麻风女型故事,首见于《朝野金载》,此后分别见于《癸辛杂识》《秋灯丛话》《小豆棚》《客窗闲话》《香草谈荟》《虫鸣漫录》《夜雨秋灯录》《近人笔记大观》《近五十年见闻录》等，现当代仍在沪、赣、闽、粤、湘、鄂、川、豫、冀、鲁、辽等地汉族和个别少数民族聚居区流布。

此种故事类型，时间较晚的，即出现于明清时期的六十余个，超过二分之一，以明代出现的故事类型居多，计有觅凳脚型故事、十七字诗型故事、八王四鬼型故事、真假新娘型故事、我今何在型故事、奈何姓万型故事、诱出户型故事、错死人型故事、何以做人型故事、阎王访医型故事、等桌"知音"型故事、肚里无有型故事、信风水型故事、一钱莫救型故事、禽兽相争型故事、巧判牛案型故事、刘三妹型故事、咬奶头型故事、应试忌落型故事、锯酒杯型故事、劝阻念佛型故事、讽观竞渡型故事、有天无日型故事、葡萄架倒型故事、吊孝坠帽型故事、死后不赊型故事、近视认匾型故事、不肯相认型故事、莫射虎皮型故事、愿为母狗型故事、贼遇偷型故事、幸不属虎型故事、借牛自来型故事、合种田型故事、牛鼓大话型故事、藏金失窃型故事、无头疑案型故事、咬耳授计型故事、巧夺新靴型故事、春雨似油型故事、真老乌龟型故事、盛暑拥裘型故事、戏弄蛋贩型故事、抬桶过桥型故事、缝制官衣型故事、寿诞题诗型故事、见鸡行事型故事、救产妇型故事、浮脂辨盗型故事、不利语型故事、误杀奇案型故事、受罚背石型故事、吃粪解"毒"型故事、移尸免祸型故事、一女三配型故事、戴高帽型故事、圣贤愁型故事、老头子型故事、个个草包型故事等。对于这批故事类型，前一章已作过一些具体论析，下面再举数例：

何以做人型故事，首见于《雪涛谐史》，此后分别见于《时兴笑话》、《笑林》、《笑府》、《笑得好》、《笑林广记》（游戏主人辑）、《笑林博记》等，现当代仍在京、晋、豫、宁、苏、浙、闽、粤等地流布。

死后不赊型故事，首见于《解愠编》，此后分别见于《广笑府》、《笑林评》、《笑林广记》（游戏主人辑）、《笑林博记》等，现当代仍在豫、晋、鲁、皖、苏、沪、闽、鄂、陕、冀、甘、川等地流布。

藏金失窃型故事，首见于《智囊补》，此后分别见于《咫闻录》《蝶阶外史》《右台仙馆笔记》《中国侦探案》《百家公案》《龙图公案》《施公案》等，现当代仍在甘、宁、晋、鲁、苏、琼、桂等地汉族和个别少数民族聚居区流布。

春雨似油型故事，首见于《古今谭概》，此后分别见于《解学士诗》《坚瓠集》《笑话大观》《嚼舌录》等，现当代仍在赣、苏、沪、鄂、豫、冀、陕等地流布。

吃粪解"毒"型故事，首见于《三异笔谈》，此后分别见于《庸闲斋笔记》《仕隐斋涉笔》《清朝野史大观》《大清见闻录》《滑稽故事类编》等，现当代仍在台、闽、赣、沪、苏、浙、粤、湘、鄂、川、贵、云、桂、陕、豫、晋、宁等地的汉族和一些少数民族聚居区流布。

误杀奇案型故事，首见于《子不语》和《耳食录》，此后分别见于《北东园笔录》《蝶阶外史》《涂说》《香草谈荟》《醉茶志怪》《札记小说》《清朝野史大观》等，现当代仍在浙、苏、川、晋、冀、辽、吉、内蒙古汉族和一些少数民族聚居区流布。

二、古代发展健旺、现当代稍有流传的民间故事类型

此种故事类型，跟前一种故事类型一样具有曲折生动、易记易传的特点，不同的是，由于所反映的生活内容与现当代社会有较大的距离，或者地方性较强以及其他原因，它们尽管在古代流布较广，至现当代流布势头大为减弱，传播范围已比较狭小。此种故事类型有九十多个，占中国古代民间故事类型的五分之一弱。其中，时间较早的，即出现于先秦至宋元时期的故事类型有四十多个，出现于魏晋南北朝时期的故事类型最多，有二十多个。计有戏后误国型故事、狐假虎威型故事、机关木人型故事、河伯娶妇型故事、巧析家产型故事、凶宅获金型故事、瞎子摸象型故事、千日酒型故事、五仙五羊型故事、黄粱梦型故事、仙窟艳遇型故事、蚁蝼感恩型故事、烈火救主型故事、

卧冰求鱼型故事、郭巨埋儿型故事、义兽救人型故事、猴子救月型故事、望夫石型故事、妒妇改过型故事、祭屈原型故事、病鬼延医型故事、折箭训子型故事、放驴捉贼型故事、智审匿产案型故事、寡妇讼子型故事、钥匙尚在型故事、制佉灭虎型故事、虎送亲型故事、书僧笔冢型故事、蛇精行淫型故事、旅客变驴型故事、烧猪判案型故事、断绢得奸型故事、智毁赝品型故事、罗汉骗局型故事、打是不打型故事、四官争大型故事、尸变奇案型故事、片言决狱型故事、铁杵磨针型故事、人妖公案型故事、拾金不昧型故事、道人画鹤型故事、假亲骗局型故事等。兹举例说明如下：

义兽救人型故事，首见于《搜神后记》，此后分别见于《广异记》《辍耕录》《涌幢小品》《虞初新志》《池北偶谈》《坚瓠集》《夜雨秋灯录》《明代轶闻》《铜山县志》《右台仙馆笔记》等，现当代流传于皖、赣等地。

智审匿产案型故事，首见于《朝野佥载》，此后分别见于《唐阙史》《疑狱集》《折狱龟鉴》《棠阴比事》《雪涛小说》《智囊补》《志异续编》《北东园笔录》《客窗闲话》《棠阴比事续编》《中国侦探案》《清稗类钞》等，现当代流传于沪、豫等地。

烧猪判案型故事，首见于《疑狱集》，此后分别见于《折狱龟鉴》《册府元龟》《麈余》《昨非庵日纂》《智囊补》《夜航船》《中国侦探案》《古今情海》等，现当代流传于晋、冀等地。

智毁赝品型故事，首见于《新五代史》，此后分别见于《疑狱集》《益智编》《秋灯丛话》《咫闻录》《清稗类钞》等，现当代流传于天津等地。

尸变奇案型故事，首见于《清尊录》，此后分别见于《投辖录》《夷坚志》《湖海新闻夷坚续志》《九朝野记》《古今说海》《枝山前闻》《耳谈》《情史》《子不语》《听雨轩笔记》《耳食录》《里乘》《珊海余谈》《惊喜集》《埋忧集》《右台仙馆笔记》《清稗类钞》《大清见闻录》《折狱奇闻》等，现当代流传于沪、甘等地。

片言决狱型故事，首见于《北窗炙輠录》，此后分别见于《枝山前闻》《九朝野记》《谈丛》《皇明诸司廉明奇判公案》《智囊补》《蕉轩摭录》《祥刑古鉴》《绍兴师爷轶事》《古今情海》等，现当代流传于浙、苏等地。

拾金不昧型故事，首见于《湖海新闻夷坚续志》，此后分别见于《金陵琐事》《庚巳编》《说听》《耳谈》《复斋日记》《坚瓠集》《觚賸》《续子不语》《果报闻见录》《逌斋偶笔》《熙朝新语》《客窗闲话》《续修庐州府志》《宝应县志》《茶馀随笔》等，现当代流传于鄂、晋、宁等地。

此种故事类型，时间较晚的，即出现于明清时期的五十多个。以明代出现的故事类型居多，计有虎口救亲型故事、捉弄女巫型故事、"活佛"骗局型故事、失尸冤案型故事、吾冻汝儿型故事、奈何姓万型故事、剖伞决疑型故事、新妇处盗型故事、搬坏祖师型故事、跳窗者我型故事、合穿靴型故事、雨中逐客型故事、定不出去型故事、幸戴毡帽型故事、跨鸭归去型故事、东门王皮型故事、请贼关门型故事、驱蚊符型故事、江心贼型故事、有钱者生型故事、未会尊师型故事、讳输棋型故事、打半死型故事、奶奶属牛型故事、腌鸭生蛋型故事、垛子助阵型故事、仨马虎型故事、和尚挨打型故事、愿换手指型故事、一笑姻缘型故事、试骑行骗型故事、"旦白堂"型故事、嘲死秃型故事、再出恭型故事、咎由自取型故事、娶木偶型故事、审案济困型故事、八钱宴客型故事、水灾救母型故事、什么东西型故事、平上去入型故事、谋夫疑案型故事、谋杀奇案型故事、柳絮飞来型故事、嘲太监型故事、乡人拭粪型故事、斗米斤鸡型故事等。兹举数例说明如下：

跳窗者我型故事，首见于《笑赞》，此后分别见于《雪涛谐史》、《笑府》、《嘻谈录》、《笑林广记》（程世爵撰）、《笑林博记》等，现当代流传于宁夏等地。

愿换手指型故事，首见于《笑府》，此后分别见于《广笑府》《笑得好》《广谈助》《笑林博记》等，现当代流传于贵、苏等地的汉族和

第二章　中国古代民间故事类型的发展态势　　　　　　　　　　　　·27·

个别少数民族聚居区。

咎由自取型故事，首见于《梦厂杂著》，此后分别见于《小豆棚》《此中人语》《履园丛话》《凉棚夜话》《中国恶讼师》《清稗类钞》等，现当代流传于沪、苏、湘等地。

乡人拭粪型故事，首见于《金壶七墨》，此后分别见于《慧因室杂缀》《香草谈荟》《清朝野史大观》《折狱奇闻》《近人笔记大观》《觉园笔记》等，现当代流传于沪、宁等地。

三、古代发展健旺、现当代已基本不再流传的民间故事类型

此种故事类型，亦具有曲折生动、易记易传的特点，但因所反映的生活内容与现当代社会的距离很大，不再引起民众的关注，因而逐渐消失，已基本上不在民间流传。此种故事类型共五六十个，以先秦至宋元时期出现的故事类型居多。计有冤魂报冤型故事、守株待兔型故事、射石饮羽型故事、哭夫不哀型故事、鬼欺老翁型故事、刻舟求剑型故事、塞翁失马型故事、鲛人泪型故事、不死酒型故事、哭夫不哀型故事、行善积德型故事、蛴螬炙型故事、临危救主型故事、人兽婚配型故事、义兽除奸型故事、鹅笼书生型故事、象报恩型故事、拾金自累型故事、拷打羊皮型故事、变畜赎罪型故事、县令除虎型故事、枯井尸案型故事、闻哭辨奸型故事、江中宝镜型故事、燕化女子型故事、辨尸察奸型故事、对偶亲切型故事、何地可容型故事、三毛饭型故事、以文判案型故事、海岛历险型故事、定水带型故事、戏髑髅型故事、虎口救亲型故事、虎除奸徒型故事、尼庵命案型故事、杀姘妇型故事、某生被诬型故事、失尸冤案型故事、三笑事型故事、真真假假型故事、袋中奸夫型故事、雨中逐客型故事、跨鸭归去型故事、放不放由你型故事、嘲死秃型故事、一笑姻缘型故事、丹客行骗型故事、妾击贼型故事、佛寺人蜪型故事、活脱话型故事、马曳贼亡型故事、九九翁娶亲型故事、骗人参型故事、售假墙型故事、除害情虎型故事、获盗银型故事、激怒发痘型故事、谋杀奇案型故事等。兹举例说明如下：

哭夫不哀型故事，首见于《韩非子》，此后分别见于《论衡》《搜神记》《华阳国志》《益都耆旧传》《独异志》《酉阳杂俎》《疑狱集》《折狱龟鉴》《智囊补》《古今情海》等，现当代不再流布。

鬼欺老翁型故事，首见于《吕氏春秋》，此后分别见于《搜神记》、《朝野佥载》、《稽神录》、《睽车志》（宋·欧阳玄撰）、《夷坚志》等，自元代以来未见记载，现当代亦不再流布。

鲛人泪型故事，首见于《汉武帝别国洞冥记》，此后分别见于《博物志》、《搜神记》、《述异记》（南朝梁·任昉撰）、《记事珠》、《夜航船》、《谐铎》等，现当代不再流布。

行善积德型故事，首见于《列异传》，此后分别见于《益都耆旧记》《后汉书》《阴德传》《水经注》《尚书谭录》《集异记》《独异志》《新唐书》《唐语林》《稗史汇编》等，现当代未见流布。

人兽婚配型故事，首见于《博物志》，此后分别见于《搜神记》《广异记》《太平广记》《夷坚志》《湖海新闻夷坚续志》《稗史汇编》《子不语》《八纮译史》《埋忧集》《仕隐斋涉笔》等，现当代未见流布。

鹅笼书生型故事，首见于《灵鬼志》，此后分别见于《续齐谐记》《玄怪录》《酉阳杂俎》《类说》《古今谭概》《池北偶谈》《阅微草堂笔记》等，现当代未见流布。

拾金自累型故事，首见于《刘宾客嘉话录》，此后分别见于《北窗炙輠录》《睽车志》《权子》《贤奕编》《池北偶谈》等，现当代未见流布。

何地可容型故事，首见于《渑水燕闲录》，此后分别见于《何氏语林》《五杂俎》《谑浪》《舌华录》《解愠编》《广笑府》《滑稽故事类编》等，现当代不再流布。

三毛饭型故事，首见于《宋朝事实类苑》，此后分别见于《高斋漫录》《曲洧旧闻》《漫笑录》《七修类稿》《何氏语林》《稗史汇编》

《解愠编》《广笑府》《古今谭概》《字触》《坚瓠集》《笑笑录》《笑话大观》《滑稽故事类编》等，现当代仅在浙江等地流布。

定水带型故事，首见于《癸辛杂识》，此后分别见于《涌幢小品》《玉芝堂谈荟》《书影》《记古铁条》《蓴乡赘笔》《听雨轩笔记》等，现当代不再流布。

某生被诬型故事，首见于《九朝野记》，此后分别见于《治世余闻》《谰言长语》《智囊补》《情史》《右台仙馆笔记》《古今情海》等，现当代不再流布。

失尸冤案型故事，首见于《猥谈》，此后分别见于《古今谭概》《续子不语》《夜谭随录》《虞初支志》《北东园笔录》《右台仙馆笔记》《折狱奇闻》等，现当代不再流布。

第二节　古代发展不大的民间故事类型

这一部分民间故事类型，在古代发展不大，而进入现当代时期以后，发展态势各不相同，与前一部分民间故事类型一样出现三种发展、演变态势，有的日益兴盛，甚至蔚为大观；有的仍然保持发展不大、流传不广的状态；有的则走向衰亡，不复流布。

一、古代发展不大、现当代广为流传的民间故事类型

此种故事类型，在古代发展并不大。其中大约三分之一的故事类型，古代仅仅保存一篇作品，在一二百年、数百年乃至一千多年期间没有异文出现。但是，到了现当代时期，它们突然传播开来，有一些甚至在全国各地的汉族和许多少数民族聚居区广为流布。此种故事类型七十余个，计有长竿入城型故事、丁兰刻木型故事、蛇郎娶亲型故事、晒腹书型故事、看门戏主型故事、谁先开口型故事、换代物型故事、问活佛型故事、巧媳妇型故事、呆子学舌型故事、服"毒"寻死型故事、灰姑娘型故事、狗耕田型故事、狼外婆型故事、神言发迹型故事、兔杀狮型故事、男人生子型故事、鲁班造桥型故事、巧借地型故事、假鬼骇巫型故事、十兄弟型故事、捞鱼去型故事、悭师授术型故事、心在哪里型故事、长江作浴盆型故事、让墙诗型故事、动物鸣冤型故事、父子扛酒型故事、剔灯棒型故事、石佛出世型故事、不语禅型故事、吃"而已"型故事、三婿赞马型故事、合种田型故事、豆腐是命型故事、不畏新鬼型故事、作诗贺喜型故事、巧改竹对型故事、被子官司型故事、锯茅桩型故事、望娘滩型故事、烂盘盒型故事、赵钱孙李型故事、三字同形型故事、沙弥爱虎型故事、斗阎王型故事、审笆斗型故事、父子同拜堂型故事、父似董卓型故事、再打三斤型故事、桃花女斗法型故事、日久见人心型故事、告荒减粮型故事、萝卜对型故事、恭喜也罢型故事、官读别字型故事、半"鲁"席型故事、五大天地型故事、零买缸型故事、圣贤愁型故事、堂属问答型故事、糊涂虫型故事、城乡蚊子型故事、懒人吃饼型故事、媒氏巧言型故事、改石磙型故事、是狼是狗型故事、落臼关型故事、清和桥型故事、狗爹妈型故事、粗心妇型故事、拆字酒令型故事等。兹举例说明如下：

蛇郎娶亲型故事，首见于《搜神后记》，此后见于《尸语故事》等，现当代流传于云、贵、川、藏、湘、鄂、桂、赣、闽、台、琼、粤、浙、沪、皖、豫、晋、冀、内蒙古、吉、黑、陕、甘、宁等地汉族和藏、回、苗、彝、壮、布依、侗、瑶、白、土家、傣、黎、水、仫佬、羌、高山、畲、土、东乡、裕固、撒拉、毛南、仡佬、达斡尔、鄂伦春、德昂、京、基诺等少数民族聚居区。

问活佛型故事，见于《贤愚经》，此后一千五六百年未见文字记载，现当代流传于台、琼、粤、桂、闽、赣、浙、湘、鄂、川、云、陕、新、宁、冀、黑、甘、青、内蒙古、吉、辽、鲁、沪等地的汉族和回、藏、彝、壮、朝鲜、瑶、土、毛南、达斡尔、乌孜别克等少数民族聚居区。

神言发迹型故事，首见于《传奇》，此后见于《咫闻录》，现当代流传于藏、新、青、甘、宁、陕、晋、豫、沪、浙、赣、闽等地的汉族和一些少数民族地区。

狼外婆型故事,首见于敦煌古藏文写卷《白噶白喜和金波聂基》《金波聂基兄弟俩和增巴辛姐妹仨》,此后见于《虎媪传》《尸语故事》等,现当代流传于云、川、贵、桂、粤、闽、台、琼、湘、鄂、皖、苏、沪、浙、豫、冀、晋、内蒙古、吉、黑、新、青、宁、京、陕、辽等地的汉族和回、藏、苗、彝、壮、布依、朝鲜、侗、瑶、满、白、土家、傈僳、仫佬、畲、土、东乡、毛南、达斡尔、撒拉、普米等少数民族聚居区。

十兄弟型故事,见于《憨子杂俎》,此后三百多年间未见文字记载,现当代流传于闽、浙、沪、苏、鲁、豫、冀、吉、黑、内蒙古、晋、陕、青、宁、新、川、贵、云、桂、湘、鄂、琼等地的汉族和蒙、回、苗、彝、壮、朝鲜、瑶、哈萨克、黎、傈僳、土家、畲、纳西、达斡尔、普米、保安、塔塔尔等少数民族聚居区。

斗阎王型故事,见于《小豆棚》,此后近百年未见文字记载,现当代流传于晋、内蒙古、黑、辽、京、宁、冀、豫、鲁、鄂、湘、浙、渝、川、云、藏、青、新、陕等地的汉族和一些少数民族地区。

日久见人心型故事,见于《里乘》,此后数十年间未见文字记载,现当代流传于赣、粤、闽、皖、沪、湘、鄂、豫、鲁、苏、冀、晋、陕、黑、辽、内蒙古、青、宁、新、云等地。

圣贤愁型故事,首见于《笑笑录》,此后又见于《嘻谈录》、《笑林广记》(程世爵撰),现当代流传于川、渝、云、桂、赣、湘、鄂、闽、浙、沪、苏、皖、鲁、豫、晋、冀、内蒙古、黑、吉、京、陕、甘、宁、青等地汉族和某些少数民族地区。

以上七十余个故事类型,大都情节曲折生动,富于可传性,颇受民众喜爱,具有广为流布的潜力,它们与前面论及的古今发展一直健旺的民间故事类型大致相同。但是此种故事类型所具有的广为流布的潜力,在古代相当长的一段时间内并未得到释放,成为我国民间故事传播史上的一个奇特的现象,很值得学界关注和深究。当然,这种现象的出现,也不排除古代知识阶层录写民间故事时存在疏漏以及古籍散亡造成有关异文缺失的可能性。不过,这种录写疏漏和古籍散亡造成的缺失,只是局部的、个别的,并不带普遍性。

二、古代发展不大、现当代流传不广的民间故事类型

此种故事类型,无不具有一定的可传性和吸引力,但由于所描述的生活内容存在这样那样的局限性,或者地方性较强、宗教色彩较浓等原因,其传播潜力并不太大,所以在古代发展不明显,现当代只在局部地区流布,传播范围不广。此种故事类型数量较大,约一百四十个,占古代故事类型将近十分之三。其中,先秦至宋元时期的故事类型较少,仅有三十多个,计有夫妻祷祝型故事、鹬蚌相争型故事、愚公移山型故事、凭污捉盗型故事、东食西宿型故事、石贤士神型故事、众鸟举网型故事、勘钉案型故事、画女钉心型故事、孝媳神鞭型故事、两蛇相斗型故事、蛇衔草型故事、端午竞渡型故事、贫人瓮算型故事、半饼充饥型故事、双头鸟型故事、买果遍尝型故事、学狗叫型故事、痴人买帽型故事、书家题扇型故事、虎送亲型故事、夜宿听棋型故事、画佛募缘型故事、书僧笔冢型故事、巧求笔迹型故事、柜中熊型故事、茶酒争高型故事、银人求宿型故事、举哀还儿型故事、抱瓜伏罪型故事、妻妾镊须型故事、画扇判案型故事、移鱼谐谑型故事、冶银致富型故事、掷井还子型故事、兽求医型故事、邻僧积饭型故事等,兹举例说明如下:

凭污捉盗型故事,首见于《汉书》,此后又见于《夷坚志》《贤弈编》《智囊补》,现当代流传于沪、冀等地。

画女钉心型故事,见于《搜神记》,现当代流传于苏、豫等地。

虎送亲型故事,首见于《广异记》,此后见于《续玄怪录》《原化记》《虎荟》等,现当代流传于广东等地。

书僧笔冢型故事,首见于《书断》,此后见于《唐国史补》《霞外

麈谈》《会稽县志稿》《善化县志》《夜航船》等，现当代流传于湖南等地。

柜中熊型故事，首见于《酉阳杂俎》，此后见于《贤弈编》《埋忧集》等，现当代流传于闽、鲁、黑等地。

金银化蛇型故事，首见于句道兴《搜神记》，又见于《菽园杂记》《听雨轩笔记》《客窗闲话》等，现当代流传于陕西等地。

此种故事类型，明、清、近代时期数量甚多，明代尤多，大约一百一十个，计有种树防盗型故事、雨中疑鬼型故事、辘角庄型故事、嘲争雁型故事、瞎子坠桥型故事、多忧者型故事、取书作枕型故事、如此贺银型故事、卜者巧言型故事、秀才买柴型故事、鸡卵梦型故事、梦得金型故事、如此吃菱型故事、邻家去痛型故事、恶少剃眉型故事、落几尺型故事、瓜异案型故事、观音负石型故事、索烛觅菜型故事、补针鼻型故事、食不厌精型故事、妻手如姜型故事、窃印还印型故事、买猪千口型故事、聂字三耳型故事、难熬三年型故事、判鱼判棺型故事、摘瘿还瘿型故事、吏人立誓型故事、蝉可跟主型故事、藏锄头型故事、家父烧了型故事、隔夜变粗型故事、自咬耳朵型故事、拉屎留名型故事、红米饭型故事、老爷糊涂型故事、我也败家型故事、婆奸媳型故事、折芦辨盗型故事、步步高型故事、盗牛巧言型故事、吊我罢型故事、仙佛留像型故事、望夫云型故事、官多法乱型故事、虎口余生型故事、亡八无耻型故事、晒银字型故事、误哭遭打型故事、满盘都是型故事、连偷骂型故事、望孙出气型故事、插草标型故事、贪官誓联型故事、借官衔型故事、今年好晦气型故事、活脱话型故事、笑话一担型故事、床底羊眼型故事、瞌睡法型故事、跳蚤药型故事、打喷嚏型故事、母猪肉型故事、他更有理型故事、出门一时好型故事、犀牛毛型故事、换画骗局型故事、出游现丑型故事、妙计换人型故事、乌须药型故事、戏僧罚资型故事、系裤带型故事、戏父遗矢型故事、鼠窃鸡卵型故事、一字笑话型故事、倍与之钱型故事、读白字型故事、白字先生型故事、先生妙喻型故事、求你别写型故事、老前辈型故事、二匠骤富型故事、问猴妙答型故事、问靴价型故事、死要钱型故事、嘲医诗型故事、一厚一薄型故事、瞎子吃鱼型故事、不知修（羞）型故事、死鱼复活型故事、鸡鸣停工型故事、名医遇骗型故事、一字不识型故事、要加盐（檐）型故事、过去未来妙品型故事、门中龟型故事、请上坐型故事、改字免死型故事、咬舌案型故事、巧审"善人"型故事、父子骑驴型故事、先生我儿型故事、父满门型故事、此地无银型故事等。兹举例说明如下：

如此贺银型故事，首见于《笑赞》，此后见于《笑林广记》（游戏主人辑）等，现当代流传于豫、闽等地。

难熬三年型故事，首见于《解愠编》，此后分别见于《广笑府》《笑林博记》等，现当代流传于冀、鄂等地。

隔夜变粗型故事，首见于《笑府》，亦见于《广笑府》等，现当代流传于赣、晋、冀等地。

摘瘿还瘿型故事，首见于《笑府》，此后又见于《志异续编》《笑林博记》等，现当代流传于藏、川、冀、辽等地汉族和个别少数民族地区。

望夫云型故事，首见于《古今图书集成》，亦见于《重印大理府志》《大理县志稿》《茶香室丛抄》等，现当代仍流传于云南白族聚居区等地。

官多法乱型故事，首见于《昨非庵日纂》，此后分别见于《坚瓠集》《遣愁集》等，现当代流传于江苏等地。

换画骗局型故事，首见于《志异续编》，亦见于《镜花水月》《妙香室丛话》等，现当代流传于豫、沪等地。

不知修（羞）型故事，见于《此中人语》，现当代流传于陕、豫、苏、皖等地。

先生妙喻型故事，见于《嘻谈录》，此后仅见于《笑林广记》（程世爵撰），现当代流传于贵、豫等地汉族和个别少数民族地区。

三、古代发展不大、现当代已基本上不再流传的民间故事类型

此种故事类型，在古代原本没有多大的发展，进入现当代时期，由于所反映的生活内容大多比较陈旧等原因，逐渐被民众遗忘，基本上不再流传。此种故事类型共五十多个，先秦至清代各个时期都有，而以时间较早者居多，计有揠苗助长型故事、黄雀伺蝉型故事、呆人买鞋型故事、不死药型故事、山神娶亲型故事、桑中生李型故事、煮竹席型故事、狐精为祟型故事、蛴螬炙型故事、兽异避祸型故事、人兽婚配型故事、生妪相嘲型故事、换鹅书型故事、狮子与豺型故事、鞭丝破案型故事、拷打羊皮型故事、除恶虎型故事、枯井尸案型故事、虎为媒型故事、蛇精行淫型故事、旅客变驴型故事、江中宝镜型故事、换刀擒凶型故事、无头尸案型故事、举哀还儿型故事、孝媳善报型故事、虱异致祸型故事、杀奸妇型故事、僧道医止风型故事、做屁文章型故事、假银也收型故事、教官索节型故事、如何下得手型故事、不见一尺型故事、合本做酒型故事、慢性子型故事、谢周公型故事、偷自家型故事、我是取笑型故事、因梦致争型故事、丹客行骗型故事、斫蟒救亲型故事、鬼孝子型故事、脚像观音型故事、吃人不吐骨型故事、活脱话型故事、驱鬼符型故事、长生药型故事、售墙行骗型故事、不吃素型故事、冥府延医亲型故事、除恶情虎型故事、获盗银型故事、梦美酒型故事、新娘互换型故事、不改父业型故事、激怒发痘型故事、智妇溺贼型故事等。兹举例说明如下：

狐精为祟型故事，首见于《搜神记》，此后分别见于《朝野佥载》《夷坚志》等，现当代未见流传。

蛇衔草型故事，见于《异苑》，此后见于《子不语》等，现当代未见流传。

庙宇画鸽型故事，见于《宣室志》，此后见于《墨庄漫录》等，现当代未见流传。

巫祝毒计型故事，见于《梁溪漫志》，此后见于《夷坚志》《子不

语》等，现当代未见流传。

虱异致祸型故事，首见于《夷坚志》，此后分别见于《湖海新闻夷坚续志》《聊斋志异》《稀奇古怪不可说》等，现当代未见流传。

杀姘妇型故事，首见于《菽园杂记》，此后见于《病逸漫记》《雪涛小说》《昨非庵日纂》《凤凰台记事》等，现当代未见流传。

草荐挂须型故事，首见于《谐语》，此后分别见于《应谐录》、《笑府》、《解愠编》、《广笑府》、《华筵趣乐谈笑酒令》、《笑林广记》（游戏主人辑）等，现当代未见流传。

只选瘦人医型故事，首见于《雪涛谐史》，此后分别见于《谐史》、《解愠编》、《广笑府》、《笑笑录》、《笑林广记》（游戏主人辑）等，现当代未见流传。

鬼孝子型故事，首见于《虞初新志》，此后分别见于《坚瓠集》《熙朝新语》等，现当代仅在四川等地流传。

冥府延师型故事，首见于《觚剩》，此后分别见于《坚瓠集》《旷园杂志》《此中人语》等，现当代未见流传。

除恶情虎型故事，首见于《谐铎》，此后见于《此中人语》等，现当代未见流传。

激怒发痘型故事，首见于《志异续编》，此后分别见于《清朝野史大观》《大清见闻录》《清代野史》等，现当代未见流传。

第三章 中国古代民间故事类型中的亚型

亚型又称次类型。它是由民间故事类型中的一些可变性比较强的故事类型衍生出来的。那些衍生亚型的故事类型,学界称为原类型。一个原类型可以衍生一个或多个亚型。亚型与原类型既有相似之处,又有明显的差异。两者存在相似之处,表明彼此之间有着渊源关系;两者有明显差异,则表明各自的独立性。

民间故事类型衍生各种亚型,是民间故事发展过程中必然出现的一种值得研究的有趣现象,历来为故事学界所关注。对于中国古代民族故事类型中的各种亚型作细致审视和深入分析,将有助于加深对中国古代民间故事类型发展、演变的了解和认识。本章拟从三个方面,对中国古代民间故事类型中的亚型进行论析。

第一节 中国古代民间故事类型中的亚型概览

我国自春秋末至清末民初的两千四五百年间,共产生六百多个民间故事类型,其中包含有五十来个亚型。大体上讲来,由原类型衍生出亚型，需要一定的流传、演变时间，时间愈长，衍生亚型的可能性愈大。当然，亚型与原类型出现在同一个时期乃至见诸同一部古籍的情况在我国也不是不存在的。因为，时间较近也不是绝对不可能衍生出亚型，而且所谓时间较近，也有十数年、数十年光景，并不算太短。更为重要的是，我们用以判断时间远近的依据是录写相关故事的古籍，并非此等故事在民间流布的实际时间。古籍刊行的时间与故事流布的实际时间显然是存在一定距离的。以鲍君神型故事及其亚型桑中生李型故事、石贤士神型故事为例，虽然它们都首先见诸《风俗通义》一书，却不一定是同时产生的。只不过我们今天已不可能知道它们各自形成的具体时间，无从了解由原类型衍生亚型的过程。

一、出现于同一时期的原类型与亚型

本文所讲原类型、亚型出现的时间，均指它们在古籍中最早出现的时间。出现于同一时期的原类型与亚型，又可分为两类。

（一）见于同一时期不同古籍的原类型与亚型

河伯娶妇型故事及其亚型山神娶亲型故事，分别见于秦汉时期的《史记》与《风俗通义》。

兽穴接生型故事及其亚型野兽求医型故事，分别见于魏晋南北朝时期的《搜神记》与宋代的《夷坚志》。

海岛历险型故事及其亚型海岛妇人型故事，分别见于宋代的《睽车志》与《夷坚志》。

大浴盆型故事及其亚型牛鼓大话型故事，分别见于明代的《雪涛谐史》与《笑林》。

还叩头型故事及其亚型乡人拭粪型故事，分别见于清代的《明斋小识》《金壶七墨》。

甲乙争妻型故事及其亚型一女三配型故事，分别见于清代的《虫鸣漫录》与《南亭笔记》。

(二) 见于同一古籍的原类型与亚型

鲍君神型故事及其亚型李君神型故事、石贤士神型故事，均见于《风俗通义》。

二、不同时期出现的原类型与亚型

不同时期出现的原类型与亚型，根据时间跨度的大小，又可分为两类：

(一) 时间跨度较大的原类型与亚型

不死药型故事及其亚型不死酒型故事，分别见于战国时期的《韩非子》与晋代的《博物志》。

哭夫不哀型故事及其亚型勘钉案型故事，分别见于战国时期的《韩非子》与宋代的《折狱龟鉴》。

鬼欺老翁型故事及其亚型狐精为祟型故事，分别见于战国时期的《吕氏春秋》与晋代的《搜神记》。

二妇争子型故事及其亚型举哀还儿型故事，分别见于汉代的《风俗通义》与五代的《疑狱集》。

断绢得奸型故事及其亚型剖伞决疑型故事，分别见于汉代的《风俗通义》与明代的《益智编》。

"升仙"奥秘型故事及其亚型县令除虎型故事，分别见于晋代的《博物志》与唐代的《博异记》。

义犬除奸型故事及其亚型动物鸣冤型故事，分别见于东晋的《搜神后记》与宋代的《夷坚志》。

兽穴接生型故事及其亚型接生奇遇型故事，分别见于宋代的《夷坚志》与清代的《述异记》。

(二) 时间跨度较小的原类型与亚型

书家题扇型故事及其亚型画扇判案型故事，分别见于唐代的《晋书》与宋代的《春渚记闻》。

摸钟辨盗型故事及其亚型折芦辨盗型故事，分别见于宋代的《梦溪笔谈》与明代的《古今谭概》。

虎口救亲型故事及其亚型斫蟒救亲型故事，分别见于明代的《元史》与清代的《聊斋志异》。

"活佛"骗局型故事及其亚型佛寺人猾型故事，分别见于明代的《九朝野记》与清代的《觚賸》。

蝉可跟主型故事及其亚型穿叶喝风型故事，分别见于明代的《解愠编》与清代的《笑得好》。

驱蚊符型故事及其亚型驱鬼符型故事，分别见于明代的《解愠编》与清代的《笑得好》。

东门王皮型故事及其亚型个个草包型故事，分别见于明代的《古今谭概》与清代的《嘻谈录》。

"活佛"骗局型故事及其亚型佛寺人猾型故事，分别见于明代的《九朝野记》与清代的《觚賸》。

三、多种时间跨度的原类型与亚型

此种原类型在流传过程中，不止衍生一个亚型。而这些亚型出现的时间各不相同，形成了多种时间跨度的格局。

夫妻祷祝型故事（见于战国时期的《韩非子》）先后衍生出贫人瓮算型故事（见于南朝时期的《殷芸小说》）、鸡卵梦型故事（见于明代的《雪涛谐史》）、因梦致争型故事（见于明代的《广笑府》）。

凶宅获金型故事（见于三国时期的《列异传》）先后衍生出金人现身型故事（见于南朝时期的《述异记》）、银人求宿型故事（见于五代的《稽神录》）。

烈火救主型故事（见于晋代的《搜神记》）先后衍生出临危救主型故事（见于晋代的《搜神记》）、舍命护金型故事（见于清代的《聊斋志异》）。

鞭丝破案型故事（见于唐代的《宋书》）先后衍生出拷打羊皮型故事（见于唐代的《北史》）、审笆斗型故事（见于清代的《咫闻录》)。

巧辨子型故事（见于清代《咫闻录》）先后衍生出甲乙争妻型故事（见于清代《虫鸣漫录》）、一女三配型故事（见于清代《南亭笔记》）。

就总体而言，民间故事类型在发展、演变过程中由原类型衍生亚型，都要经过相当长的孕育、形成的时间。从以上的概述可以看出，中国古代民间故事类型中由原类型衍生亚型的两个特点：其一，衍生亚型的原类型，以时间较早者居多。在三十二个原类型里面，先秦至宋元时期的原类型为二十二个，约占三分之二，而明清时期的原类型为十个，约占三分之一。其二，由原类型衍生亚型以流传时间长即时间跨度长者居多。在四十个亚型里面，与原类型出现在同一个时期的只有十个，仅占四分之一。由于被录写的时间往往与其流传的时间有一定的距离，在这批与原类型出现在同一个时期的亚型里面，也不排除流传时间较长的可能性。

第二节 中国古代民间故事类型中的原类型与亚型的相对准确性

众所周知，民间故事类型里面的亚型是由原类型衍生出来的。某个故事类型在流传的过程中，反复出现不同程度的、显著的局部变异，而且这种局部的变异逐渐得以定型，于是便衍生出一个或多个亚型——与原有的故事类型既存在相似之处又有显著变化的新故事类型。原类型出现在先，亚型衍生在后，这本是不争的事实，不应有任何存疑之处。但是，如若联系中国古代民间故事类型的实际来考察，对原类型与亚型的判定，在好多情况下只是相对而言的，不一定十分准确。

按常理来讲，判定彼此存在相似之处的两则故事类型孰为原类型，孰为亚型，决定性的因素是出现时间的先后。然而，对于本书研究对象中国古代民间故事类型而言，有时候运用这个原则来判断原类型与亚型就有一定的难度。最难判断的是，有一些彼此存在相似之处的故事类型同时出现在一部古籍之中，无从寻找其时间先后的线索。譬如，鲍君神型故事与桑中生李型故事、石贤士神型故事同时见诸东汉·应劭撰《风俗通义·怪神》。又如，烈火救主型故事与临危救主型故事同时见诸晋·干宝撰《搜神记》卷十一。

不仅如此，有些彼此存在相似之处的故事类型，并非同时出现于一书或见于同一作者的不同著作中，而是出现在同一时期的不同著作中，由于成书的时间比较接近，实际上也难以准确断定其先后。因为我们所凭借的都是前人留下的文献资料，而前人在录写民间故事时，未曾记载相关的流传情况，对作品产生的时间无从查考。试看以下两组故事类型：

海岛历险型故事与海岛妇人型故事，分别见于郭彖撰《睽车志》与洪迈撰《夷坚志》，两书均成于南宋初期，相距不超过三四十年。

大浴盆型故事与牛鼓大话型故事，分别见于江盈科撰《雪涛谐史》与墨憨斋主人（冯梦龙）编《笑府》，两书均成于明代后期，相距不超过四十年。

由于以上两组故事类型当中的每一对作品被录写的时间都相去不远，录写早一点的未必一定比录写晚一点的产生的时间早，因此我们所作的原类型与亚型的判断不一定很准确，只能是大致的划分。

尚须指出的是，好些古籍的亡佚也是造成中国古代民间故事类型判断原类型与亚型只有相对准确性的一个重要因素。我们知道，古代知识阶层人士录写民间故事本是在自发状态下进行的，采录必定有所遗漏。而被录写下来的民间故事又存在散佚的问题。因为中国古代，主要是距今久远的各个时期，古籍的保存和传播受到很大的限制，由于种种原因，文献资料的亡佚多有所见。其中，也包括许多载有民间故事的古籍出现部分散失和全书亡佚的现象。这种现象在魏晋南北朝时期尤为突出。试以与本书关系较为密切的一些古籍为例：

三国魏·邯郸淳撰《笑林》，原书三卷，宋后亡佚。今有清·马国翰辑本、鲁迅《古小说钩沉》辑本等，总数不足三十则。

旧题三国魏·曹丕撰《列异传》，原书三卷（或作一卷），宋时亡佚。鲁迅《古小说钩沉》辑遗文五十条，较为完备。

晋·郭璞撰《玄中记》，原书一卷，已佚。鲁迅《古小说钩沉》辑遗文七十一条，较为完备。

东晋·干宝撰《搜神记》，原书三十卷，今传本二十卷，系明·胡应麟所辑。中华书局1974年版汪绍楹校注本尚辑有佚文四十三条，较为完备。

旧题东晋·陶潜撰《搜神后记》，今存本十卷，并非原佚，疑为明·胡应麟所辑。中华书局1981年版汪绍楹校注本尚辑有佚文数则，较为完备。

东晋·祖台之撰《志怪》，原书四卷（一作二卷），大约亡佚于宋代。鲁迅《古小说钩沉》辑有佚文十五条。

东晋·荀氏撰《灵鬼志》，原书三卷，大约亡佚于北宋。鲁迅《古小说钩沉》辑有佚文二十四条。

南朝宋·刘义庆撰《幽明录》，原书二十卷（或三十卷），大约宋末亡佚，鲁迅《古小说钩沉》辑有佚文二百六十多条，较为完备。

南朝宋·虞通之撰《妒记》，原书二卷。早佚。鲁迅《古小说钩沉》辑有佚文七条。

南朝齐·祖冲之撰《述异记》，原书十卷，约亡佚于宋代。鲁迅《古小说钩沉》辑有佚文九十条。

南朝梁·吴均撰《续齐谐记》，原书一卷，今本十七条，另有佚文五条，散佚不少。

南朝梁·殷芸撰《小说》，原书十卷，明初已佚。上海古籍出版社1984年版周楞伽辑注《殷芸小说》，共辑佚文一百六十三条，较为完备。

隋唐至宋代亦多有古籍亡佚现象，兹举数例如下：

传隋·侯白撰《启颜录》，原书十卷，宋代已佚。现存各本均非原书，以上海古籍出版社1990年版曹林娣等辑注本最为完备。

唐·张鷟撰《朝野佥载》，原书二十卷，早佚。今有一卷本、六卷本等，均不全，以中华书局1979年版赵守俨点校本较为完备。

唐·戴孚撰《广异记》，原书二十卷，早佚。有旧抄本六卷，似为后人辑佚。《太平广记》存佚文近三百条。

唐·李复言撰《续玄怪录》，原书十卷，已佚。现存一卷本、四卷本，均非原书。

唐·薛渔思撰《河东记》，原书三卷，已佚。今存各本均残，不全。

唐·李亢撰《独异志》，原书十卷，已佚。明清有二卷本、三卷本，均由原书残本编辑而成。

唐·卢肇撰《逸史》，原书三卷，已佚。现存各本均不全，《太平广记》存佚文近八十条。

唐·皇甫氏撰《原化记》，原书四卷（或作一卷），已佚。今存各本均不全，《太平广记》存佚文六十余条。

五代·王仁裕撰《玉堂闲话》，原书十卷，久佚。今存各本均不全，《太平广记》存佚文一百六十多条。

宋·吴淑撰《秘阁闲谈》，原书五卷，已佚。今存佚文二十多条。

宋·陈正敏撰《遁斋闲览》，原书十四卷，久佚。现存各本均不全，共有佚文一百四十余条。

宋·廉布撰《清尊录》，原书一卷，今存残本，仅十余条。

宋·洪迈撰《夷坚志》，原书四百二十卷，元代已有散佚。近人张元济编《新校辑补夷坚志》，二百零六卷。中华书局1981年版何卓点校《夷坚志》，以张本为底本，又增加一卷，卷数最多，然而也只有原书的二分之一。

中国古籍文献的大量亡佚，致使古代录写的民间故事未能得以全部流传下来。因此，仅凭我们今天能够见到的文献资料来判断相关故事类型产生时间的先后，确定孰为原类型，孰为亚型，显然是不十分准确的。

综上所述，由于中国古代民间故事在录写与保存方面存在着许多具体困难和问题，古代民间故事的实际流传状况与现存古籍所揭示的情况不一定完全吻合，我们对于古代民间故事类型中的原类型与亚型的鉴别与判断无疑不可能绝对准确、可靠，而只有相对意义上的合理性、准确性。笔者认为，就世界范围而论，对于民间故事类型中的原类型与亚型的判定，大体上也应作如是观，原类型与亚型只有相对的准确性。

第三节　中国古代民间故事类型产生亚型的一些特点

一、衍生亚型的原类型很少是纯粹的传说类型

在中国古代民间故事类型中，衍生亚型的原类型大都是纯粹的故事类型，也有少量带有一定传说色彩的故事类型，却很少是纯粹的传说类型。上面已作过具体展示，中国古代民间故事类型里面有三十二个原类型衍生亚型，其中有二十五个原类型为纯粹的故事类型；另有四个带传说色彩的故事类型，即鞭丝破案型故事、断绢得奸型故事、摸钟辨盗型故事、还叩头型故事；属于纯粹的传说类型的原类型仅有三个，即不死药型故事、河伯娶妇型故事、书家题扇型故事。

在中国古代民间故事类型当中，衍生亚型的原类型很少为纯粹的传说类型，是因为传说类型与相关的人物、风物等结合得颇为紧密，定型化的倾向较为明显，可变性远不如一般的故事类型强，不容易衍生亚型。极个别能够衍生亚型的传说类型，也是由于其故事情节与相关的人物、风物等结合得不十分紧密，可变性较强的缘故。而且它们所衍生出来的亚型，往往流布不广，有的在古代便已消亡，有的现当

代仍有流传，但影响不太大。倘若它们与相关的人物、风物等结合的紧密程度进一步受到削弱，定型化的倾向逐渐减退，那么，其传说类型的特征也就不再显著，最终会变成一般的故事类型或者带有一些传说色彩的故事类型。

二、由原类型衍生亚型的途径

中国古代民间故事类型由原类型衍生亚型的历程，大体上与民间故事的发展史是同步的，至少长达两千多年。在如此漫长的历程中，由原类型衍生亚型的演化、形成的途径，显然是有规律可寻的，概括起来，其演化、形成主要有如下途径：

（一）原类型中重要角色的演变导致亚型的衍生

原类型中发挥关键作用的角色（包括人、鬼、精怪、野兽以及拟人化的人体器官等）发生变化，并且逐渐固定下来，因而导致亚型的产生。例如：

鬼欺老翁型故事衍生狐精为祟型故事，主要是化为老翁作祟与害人的鬼魅演变为狐狸精所致。

"升仙"奥秘型故事衍生县令除虎型故事，主要是吞食一心期盼得道升仙者的蟒精演变为虎精所致。

义兽除奸型故事衍生义犬鸣冤型故事，主要是被严惩的对象由作恶的奸夫淫妇演化为图财害命的歹徒所致。

同样，河伯娶妇型故事衍生山神娶亲型故事、鲍君神型故事衍生桑中生李型故事和石贤士人型故事、虎报恩型故事衍生象报恩型故事、二蛇相斗型故事衍生二牛相斗型故事、病鬼延医型故事衍生兽求医型故事、兽穴接生型故事衍生替仙鬼接生型故事、四官争大型故事衍生口脚相争型故事、虎口救亲型故事衍生斫蟒救亲型故事、动物鸣冤型故事衍生义犬告状型故事、蝉可跟主型故事衍生穿叶喝风型故事、甲乙争妻型故事衍生一女三配型故事等，也是由于原类型中的重要角色发生变化所致。

（二）原类型中重要道具的演变导致亚型的衍生

原类型中重要的道具或类似道具的物件发生变化，并且逐渐固定下来，因而导致亚型的产生。例如：

鞭丝破案型故事衍生拷打羊皮型故事和审笸斗型故事，主要是审案时关键性的证物由蚕丝演化为羊皮或笸斗所致。

摸钟辨盗型故事衍生折芦辨盗型故事，主要是官吏问案时用以测试盗贼的物件由涂墨的钟演化为芦管所致。

同样，断绢得奸型故事衍生剖伞决疑型故事、鬼母育儿型故事衍生鬼母成衣型故事、大浴盆型故事衍生牛鼓大话型故事、驱蚊符型故事衍生驱鬼符型故事等，也是由于原类型中的重要道具或类似道具的物件发生变化所致。

（三）原类型中重要行为方式的演变导致亚型的衍生

原类型中主角或配角的重要行为方式发生变化，并且逐渐固定下来，因而导致亚型的产生。例如：

二妇争子型故事衍生举哀还儿型故事、巧辨子型故事，主要是把审案时借以判断真伪的方式由双方抢夺小儿演化为妄称小儿暴死所致。

凶宅获金型故事衍生金人现身型故事、银人求宿型故事，主要是由主人公无意中发现金、银等精怪演化为金人向主人公求载以遗金，或者银精登门求宿以现身所致。

还叩头型故事衍生乡人拭粪型故事，主要是官吏让武秀才向乡民叩头演化为让富商为乡民赔衣服所致。

同样，夫妻祷祝故事衍生贫人瓮算型故事和鸡卵梦型故事以及因梦致争型故事、烈火救主型故事衍生临危救主型故事和舍命护金型故事、"活佛"骗局型故事衍生佛寺人蝎型故事、吾冻汝儿型故事衍生我打你儿型故事、东门王皮型故事衍生个个草包型故事等，也是由于原类型中的重要行为方式发生变化所致。

第四章　中国古代民间故事类型中的
民间故事与民间传说互换现象

在中国古代民间故事类型里面，有相当一批故事类型，既非纯粹的民间故事类型或带一定传说色彩的民间故事类型，也非纯粹的民间传说类型，而是兼有民间故事与民间传说特点的故事类型。在此种故事类型里面，不但包含民间故事方面的异文，而且包含民间传说方面的异文，亦即是说，在同一个故事类型当中，民间故事与民间传说交替出现，构成了中国古代民间故事类型的一个奇特现象。这种奇特的现象，说明有一部分中国古代民间故事和民间传说，存在着这样那样的联系，彼此是可以相互转换的。而在中国古代民间故事类型当中，有一部分故事类型，由于包含着民间故事与民间传说两类异文，介乎民间故事类型与民间传说类型之间，很难将它们明确地归入两者之中的任何一类。对于这种奇特现象的关注，无疑会促使学界在进行中国民间故事类型索引的编制工作时，作更加全面、更加周到的思考。下面将从两个方面，对这种奇特的现象作具体的介绍和论析。

第一节　中国古代民间故事类型中民间故事与民间传说互换现象概览

在中国古代民间故事类型当中,此种存在民间故事与民间传说交替出现、相互转换的故事类型,情况各异,不尽相同。我们可以分别从故事类型首见作品的属性和故事类型中异文属性的比重两个不同的视角进行考察。

从首先出现作品的属性来考察,可分为首先出现民间故事与首先出现民间传说两类。

一类为民间故事出现在先的故事类型,例如:

鬼欺老翁型故事,首先出现的《吕氏春秋》中的《黎丘奇鬼》为纯粹的民间故事。

画中人型故事,首先出现的《酉阳杂俎》中的"屏妇踏歌"为纯粹的民间故事。

鹅变鸭型故事,首先出现在《笑府》中的《卖鹅》为纯粹的民间故事。

咬耳授计型故事,首先出现的《智囊补》中的《啮耳讼师》为纯粹的民间故事。

同样,二妇争子型故事、"升仙"奥秘型故事、义兽救人型故事、虎报恩型故事、驱走缢鬼型故事、相互暗算型故事、虎口救亲型故事、某生被诬型故事、尼庵命案型故事、"活佛"骗局型故事、邻家去痛型故事、急送公文型故事、抢婚误背型故事、床底羊眼型故事、咎由自取型故事、粗心妇型故事等,首先出现的也是纯粹的民间故事。

另外,其中亦有一些带有传说色彩的民间故事出现在先的故事类型,例如:

鲍君神型故事,首先出现的《风俗通义·鲍君神》为带有传说色彩的民间故事。

聚宝盆型故事，首先出现的《秘阁闲谈·青磁碗》为带有传说色彩的民间故事。

官多法乱型故事，首先出现的《昨非庵日纂》"官多法乱"为带有传说色彩的民间故事。

冥府延师型故事，首先出现的《觚剩·李通判》为带有传说色彩的民间故事。

同样，桑中生李型故事、石贤士人型故事、黄粱梦型故事、仙窟艳遇型故事、云中落绣鞋型故事、人妖公案型故事、辨毒平冤型故事、义犬鸣冤型故事、抄斩淫僧型故事、井水化酒型故事、藏金失窃型故事、还叩头型故事等，首先出现的也是带有传说色彩的民间故事。

一类为民间传说出现在先的故事类型，例如：

凭污捉盗型故事，首先出现的《汉书》"偷长汙赫捕盗"为纯粹的民间传说。

刮地皮型故事，首先出现的《南唐近事·掠地皮》为纯粹的民间传说。

画扇判案型故事，首先出现的《春渚纪闻·写画白团扇》为纯粹的民间传说。

巧判还银型故事，首先出现的《山居新话》"聂以道断钞"为纯粹的民间传说。

审案济困型故事，首先出现的《咫闻录》"葛青天审厕石"为纯粹的民间传说。

同样，龙子祭母型故事、观仙对弈型故事、智审匿产案型故事、寡妇讼子型故事、摸钟辨盗型故事、拾金不昧型故事、一字笑话型故事、剖伞决疑型故事、禽兽相争型故事、智判牛案型故事、吊孝坠帽型故事、一笑姻缘型故事、步步高型故事、真老乌龟型故事、望夫云型故事、浮脂辨盗型故事、个个草包型故事、乡人拭粪类型故事等，首先出现的也是纯粹的民间传说。

第四章 中国古代民间故事类型中的民间故事与民间传说互换现象

从此种故事类型中异文属性比重来考察，可分为以故事居多、以传说居多和故事、传说大致相等三类。

此种故事类型的异文以民间故事（含带传说色彩的民间故事，下同）居多的，或者几乎都是民间故事，例如：

"升仙"奥秘型故事，历代共有十则异文，其中的《博物志》"蟒气"、《玉堂闲话》"狗仙山"与"选仙场"、《夷坚志》、《道人符诛蟒精》与《武当刘先生》、《湖海新闻夷坚续志·蟒精为妖》、《宦游纪闻·真人止怪》、《聊斋志异·蛰蛇》、《咫闻录·乌蟒》等九则为民间故事，仅《善化县志》"射蟒台"一则为民间传说。

鬼母育儿型故事，历代共有十四则异文，包括《铁围山丛谈》"亡妇乳儿"、《睽车志·李大夫妾》（宋·郭彖撰）、《夷坚志·宣城死妇》、《夷坚志·鬼太保》、《睽车志·鬼太保》、《笑府·万姓》、《南墅闲居录·鬼官人》、《姑苏志》"鬼官人"、《稗史汇编·死妾乳子》、《耳谈·鬼王指挥》、《耳新》"鬼生朝奉"、《鬼母传》、《庸庵笔记·鬼买糕哺子》、《此中人语·黄老虎》、《庄谐笔记大观·买糕桥》等，都是民间故事。

辨毒平冤型故事，历代共有十六则异文，其中的《夷坚志·营道孝妇》、《洗冤集录》"荆花毒案"、《智囊补》"荆花毒案"与"老鸡毒案"、《夜航船》、《鱼羹荆花》与《花瓶水杀人》、《留仙外史》"某氏子"、《不用刑审判书》"蝎毒奇案"、《醉茶志怪·蜥蜴》、《中国侦探案》、《荆花毒》与《蝎毒》、《清稗类钞·郑州蜥蜴毙人案》、《折狱奇闻》"蝎毒杀人"等十三则为民间故事，仅《智囊补》"鳝毒案"、《广新闻·蛇冤》、《不用刑审判书》"验鳝辨毒"等三则为民间传说。

"活佛"骗局型故事，历代共有九则异文，其中的《九朝野记》"焚身骗局"、《稗史汇编·奸髡》、《续子不语·凡肉身仙佛俱非真体》、《里乘·活佛》、《清稗类钞》、《僧以肥白之人为活佛》与《僧以江南某生为活佛》等六则为民间故事，仅《清朝野史大观·佛升天》、《新世说》"'活佛'升天"、《大清见闻录·佛升天》等三则为民间传说。

奈何姓万型故事，历代共有八则异文，包括《应谐录·万字》、《笑府·万姓》、《广笑府·万姓》、《笑林广记·训子》（清·游戏主人辑撰）、《一笑》"万姓"、《滑稽故事类编·万字》、《姓氏嘲谑录·奈何姓万》、《笑林博记·万字难写》等，都是民间故事。

此外，龙子祭母型故事、仙窟艳遇型故事、云中落绣鞋型故事、虎报恩型故事、义兽救人型故事、驱走缢鬼型故事、人妖公案型故事、义犬鸣冤型故事、某生被诬型故事、藏金失窃型故事等，异文亦以民间故事居多。

此种故事类型的异文以民间传说居多的，或者几乎都是民间传说，例如：

寡妇讼子型故事，历代共有十二则异文，其中的《朝野佥载》"李杰察奸"、《隋唐嘉话》"李杰察奸"、《大唐新语》"李杰察奸"、《疑狱集·李杰杀奸》、《折狱龟鉴·李杰》、《折狱龟鉴》"曾孝序"与"葛源"、《新唐书·李杰传》"察奸"、《棠阴比事》"李杰买棺"、《智囊补·母讼子》"李杰"与"仓恢"等十一则为民间传说，仅《绿窗新话·王尹判道士犯奸》一则为民间故事。

何地可容型故事，历代共有七则异文，包括《渑水燕谈录》"好讲水利"、《何氏语林》"贡父献策"、《谑浪·何地可容》、《五杂俎》"决太湖"、《解愠编·痴好水利》、《古今谭概·荆公水利》、《滑稽故事类编·梁山泊》等，都是民间传说。

真老乌龟型故事，历代共有六则异文，其中的《驹阴冗记》"精老乌龟"、《古今谭概·皇老乌龟》、《坚瓠集·郑唐诙谐》"精老乌龟"、《坚瓠集·皇甫氏》、《姓氏嘲谑录·皇老乌龟》等五则为民间传说，仅《嘻谈录·题真》"画老乌龟"，则为民间故事。

一女三配型故事，清代以来共有异文七则，其中的《南亭笔记》"一女许三家"、《大清见闻录·一女三婚案》、《新世说》"陆春江巧断婚案》、《清稗类钞·上海三姓娶女案》、《杂谈掇拾·一女三婚案》等五则为民间传说，仅《不用刑审判书·三夫一妻》《中国侦探案·三夫一妻》二则为民间故事。

此外，黄粱梦型故事、智审匿产案型故事、井水化酒型故事、巧判还银型故事、剖伞决疑型故事、禽兽相争型故事、救命得报型故事、智判牛案型故事、吊孝坠帽型故事、审案济困型故事、个个草包型故事等，异文亦以民间传说居多。

此种故事类型的异文民间故事与民间传说大致相等的，例如：

观仙对弈型故事，历代共有异文十九则，其中的《郡国志》"王质"、《述异记》"王质"、《兼明书》"烂柯山"、《逸史》"黄尊师"与"张公洞"、《夷坚志·张圣者》、《夜航船·烂柯山》、《崖州志》"樵夫遇仙"、《水经注异闻录·倚柯》等九则为民间传说，《搜神后记·仙馆玉浆》、《幽明录》"仙馆棋者"、《异苑》"二翁樗蒲"、《殷芸小说》"仙馆棋者"、《神仙传拾遗》"嵩山叟"、《类说·洞中道士对棋》、《夷坚志·仙弈》、《夷坚志·石溪李仙》、《释常谈·手谈》、《建瓯县志》"仙枰岩"等十则为民间故事。

抄斩淫僧型故事，历代共有异文十一则，其中的《行都纪事》"流僧废寺"、《行营杂录》"废精严寺"、《耳谈·临安寺僧》《智囊补》"书生智杀淫僧"、《详刑公案·蔡府尹断和尚奸妇》、《客窗闲话·奸僧狱》等六则为民间故事，《行营杂录》"破毁鹿苑寺"、《稗史汇编·鹿苑寺僧》、《智囊补·僧寺求子》"宝莲寺"与"崇庆州西寺"、《铁冷丛谈·秘密室》等五则为民间传说。

虎口救亲型故事，历代共有异文五则，其中的《元史·列女传》"姚氏救母"、《虎苑》"少女扼虎救父"等二则为民间传说，《蝶阶外史》"虎口夺母"、《右台仙馆笔记》"虎口救母"、《清稗类钞·刘某杀虎救母》等三则为民间故事。

此外，聚宝盆型故事、刮地皮型故事、相互暗算型故事、拾金不昧型故事、一字笑话型故事、让墙诗型故事、仙佛留像型故事、还叩头型故事、乡人拭粪型故事等的异文,亦是民间故事与民间传说大致相等。

第二节　民间故事与民间传说的互换主要是故事主人公的转化

在此种故事类型当中,其异文以民间故事与民间传说的形态相互转换,交替出现,是基于以下两个特点:一是此种故事类型的作品的故事性、趣味性大都比较强,对听众具有较大的吸引力,比一般的故事类型更容易传播,为故事的变异提供了有利的条件;二是此种故事类型的故事情节与作为民间传说构成因素的历史人物以及地方风物等结合的牢固程度比较差,稳定性不太强,容易被替换成不带传说色彩的一般人物以及随意性强的一般地域。故事角色以及作为故事背景的地方风物等的变化,具体讲来,由历史人物替换为一般性人物或者由一般性人物替换为历史人物,以及由特定的地方风物替换为一般性地域与景物或者由一般性地域与景物替换为特定的地方风物等,便完成了历史人物、地方风物等与此种故事类型的故事情节的结合或分离,从而构成不同异文以民间传说与民间故事的形态在此种故事类型当中相互转换,交替出现。而在此种故事类型当中民间故事与民间传说的互换,最主要是故事主人公由历史人物与一般性人物的互换引起的。试举数例以见一斑。

龙子祭母型故事共有异文二十七则,其中民间故事十五则,民间传说十二则,故事略多于传说。以民间传说形态出现的异文都与历史人物或地方风物、地方习俗有关,《搜神记·窦氏蛇》中产蛇者为后汉窦奉之妻;《太平广记·张鲁女》中产龙者为后汉张鲁之女;《涌幢小品》"小龙祭母"解释乐清县的一种习俗;《玉芝堂谈荟》"龙母坟"写容县一地方风物的由来;《赤雅》"龙母山"亦写容县一地方风物的由来;《夜航船·与蛇同产》记后汉窦武与蛇同产;《古今图书集成》"龙母庙"写温州一地方风物的由来;《古今图书集成》"望娘湾"写高淳县一地方风物的由来;《文登县志》"龙母庙"写文登县一地方风物的由来;《子不语·秃尾龙》写文登县一地方风物的由来;《子不语·产龙》写常熟一地方风物的由来;《小说札记·龙》"龙泉"写胶州一地方风物的由来。以民间故事形态出现的异文,产龙、断龙尾者均为一般人物,而且与地方风物、地方习俗无关,《搜神后记·蛟子》产蛟者为无名女;《幽明录》"谢妇生蛇"产蛇者为一般民妇;《集异志》"产龙子"产龙者为一妓;《岭表录异》"温媪"龙母为一孀妇;《稽神录》"史氏妇"产鱼者为一村妇;《太平寰宇记》"龙母"产龙者为无名妇;《太平寰宇记》"掘尾龙"断龙尾者为一民妇;《舆地纪胜》断龙尾者亦是一民妇;《测幽记》"龙母墓"产鱼者为一农妇;《续夷坚志·产龙》龙母为一老妇;《枣林杂俎·龙》"龙出拇甲"产龙者为一海边女子;《觚剩·产龙》龙母为一佃农妇;《睢宁县志》"白龙祭母"产龙者为一民女;《小说札记·龙》"秃尾龙"断龙尾者为某童子;《近五十年见闻录·秃李》产龙者为李某妻。

　　驱走缢鬼型故事共有异文二十九则,其中民间故事十九则,民间传说十则,故事的数量远多于传说。以民间故事形态出现的,驱走寻找替代的缢鬼因而搭救上吊之人的,都是一些一般性人物,《幽明录》"救女得妻"为无姓名者,《夷坚志·包氏仆》为仆人,《虞初新志·记缢鬼》为张某,《聊斋志异·商妇》为偷儿,《子不语·蔡书生》为一书生,《子不语·豁达先生》为吕某,《夜谭随录·青衣女鬼》为管姓少年,《道听途说·谋代鬼》为田翁,《小豆棚·僵鬼》为张某,《咫闻录·普依祠》"戏弄缢死鬼"为一生,《咫闻录·鬼死》为韩生,《客窗闲话》"捣鬼手"为一衙役,《闻见异辞·篙入鬼圈》为一舟子,《虫鸣漫录》"金陵击柝者"为击柝人,《右台仙馆笔记》"贝翁击鬼"为一老翁,《香草谈荟·鬼替》为武弁周某,《仕隐斋涉笔》"贼救妇"为一窃贼,《南皋笔记·董甲》为贫人董甲,《南皋笔记·

缢鬼》为寡妇蔡氏。以民间传说形态出现的，驱走寻找替代的缢鬼因而使上吊者得救者，都是有姓有名的人物，《子不语·陈清恪公吹气退鬼》为陈鹏年，《耳食录·刘秋崖》为刘秋崖，《埋忧集·缢鬼》为汪如洋，《客窗闲话》"陆都阃"与"俞少宰"分别为陆、俞二人，《闻见异辞·救缢投军》为罗恩举，《此中人语·典史》为吴春山，《金壶七墨》"杀缢鬼"为叶于戎，《清稗类钞·韩文懿却退缢鬼》为韩文懿，《茶馀随笔·缢鬼》为汪筱村。

聚宝盆型故事共有异文八则，其中民间故事三则，民间传说五则，传说多于故事。以民间传说形态出现的，都涉及相关的历史人物或地方风物、地方习俗，《秘阁闲谈·青磁碗》故事主人公为巴东县下岩院主僧水际；《稗史汇编·聚宝盆》物主为巨富沈万山；《夜航船·聚宝盆》写朱元璋取盆投龙潭，涉及金陵南门不打五更习俗；《坚瓠集·聚宝盆》盆主为沈万山，写金陵聚宝门的由来；《柳亭诗话》"聚宝门"写金陵聚宝门的由来。以民间故事形态出现的，都为一般人物，《舆地纪胜》"石盂"，故事主人公为广福寺僧某；《咫闻录·瓦盂》故事主人公为一田妇；《清稗类钞·聚饿鬼于一堂》为有关聚宝盆的讽刺故事。

拾金不昧型故事共有异文十三则，其中民间故事五则，民间传说八则，传说多于故事。在以民间传说形态出现的异文中，品德高尚的拾金不昧者都是有名有姓的人物，《湖海新闻夷坚续志·弃银复得》为季梢，《湖海新闻夷坚续志·不取他物》为杨存，《金陵琐事·两次还金》为何岳，《金陵琐事·还银生子》为高仲光，《耳谈·高中丞还金》为高玉华，《觚剩·还金》为黄中，《遁斋偶笔·方解元》为方君，《茶馀随笔·拾金不昧》为张孝忠。在以民间故事形态出现的异文中，拾金不昧者则为虚拟的一般人物，《坚瓠集·丐儿还金》为丐儿，《果报闻见录》"还金之报"为孙生，《熙朝新语》"老者还金"为一老者，《续修庐州志》"义丐"为一乞丐，《宝应县志》"王大还银"为王大。

个个草包型故事共有异文九则，其中民间故事三则，民间传说六则，传说多于故事。以民间传说形态出现的异文，题匾嘲讽权贵者都是清代名人，被嘲讽者大多实有其人，《锄经书舍零墨》"竹苞堂"题匾者为郭友松，被嘲讽者系一武弁；《清朝野史大观》"竹苞"题匾者为纪晓岚，被嘲讽者为和珅；《破涕录》"竹苞"、《新世说》"竹苞"、《滑稽故事类编》"竹苞"、《笑林博记·个个草包》亦为纪晓岚题匾嘲讽和珅。以民间故事形态出现的异文，题匾者与被嘲讽者均为虚拟人物，《嘻谈录·竹苞堂》与《笑林广记·竹苞堂》（程世爵撰）题匾者均为坐馆先生，被嘲讽者均为学生；《清稗类钞·个个草包》题匾者为某名士，被嘲讽者为一归里总兵。

从以上列举的数例不难看出，在流传过程中，此种故事类型的各种异文里面的故事主人公，由虚拟人物转化为历史人物，或者由历史人物转化为虚拟人物，通常都加上或者隐去历史人物的姓名，从而构成历史人物与故事情节的挂钩或者脱钩，但仍然保留其在故事中的作用，对于故事情节的推进并不带来任何不利影响，丝毫不会有碍于此种故事类型的发展。

第五章 民间故事的录写与选编对中国古代民间故事类型发展的推动作用

录写与选编是我国历代知识阶层有识之士在民间故事所做的两项相互关联的很有意义的工作，自先秦以来一直持续不断，成果卓著，有着极为丰厚的积累，为世所罕见。这两项工作对于促进中国古代民间故事的发展、繁荣，起着巨大的推动作用，并且为现当代民间故事的采录与选编工作提供了有益的经验，为建立民间文艺学的科学体系打下了坚实的基础。

历代知识阶层中的有识之士在录写与选编方面的努力，也有力地推动了中国古代民间故事类型的发展、演变，十分引人注目。今天，我们在进行中国古代民间故事类型研究时，无疑应当对历代知识阶层中的有识之士录写与选编民间故事所发挥的推动作用作具体、深入的论析，以期有所发现，有所总结。

第一节 作品录写对中国古代民间故事类型发展的推动作用

在现代时期我国的民间文艺学及民俗学等相关学科建立之前，我国已经有采录包括民间故事在内的民间文学作品的悠久历史，只不过在两千多年的历史进程中，此类采录活动严格讲来，一直是一种非自觉的个人行为，缺乏科学规范，见仁见智，水平参差不齐，并且无不带有不同程度的偶然性。然而，在这些偶然性当中，又蕴含着一定的必然性。因为从一个时期来审视，众多的带有偶然性的录写，往往能够揭示出这个时期民间故事的大致面貌，从而体现出一定的必然性。对于古代民间故事类型而言，不同时期众多带有偶然性的录写，往往能够揭示出古代民间故事类型的发展轨迹，体现出一定的必然性。多个历史时期录写的大量民间故事，是我们今天研究古代民间故事类型形成、发展、演变的最主要的依据。毫无疑问，对于历代知识阶层中的有识之士在录写民间故事、促进中国古代民间故事类型发展方面的作用，应当给予充分的肯定。

民间故事类型的生命在于流布。民间故事类型在流布中逐渐形成，在流布中不断发展，一旦停止流布，它的生命便宣告终结，成为历史的陈迹。历代诸多与各种民间故事类型有关的异文不断被录写下来，使它们鲜活的口传形态转化为书面形态得以存世，并且因此而促进各种故事类型的流布，拓宽其发展空间，使其保持了旺盛的生命力。古代许多有名的故事类型，都是经过历代知识阶层中的有识之士将当时流布的不同异文录写下来，进而加速其传播，呈现出多彩多姿的发展、演变形态。除了前文所引述的一些古代民间故事类型外，这里再举出数例：

城陷为湖型故事是一个很古老的故事类型，东汉时期已见诸文字记载，大约有一千八百年的流布史。它最早见于东汉高诱撰《淮南子注》以及《说文解字注》。在此之后，三国魏·曹丕撰《列异传》、晋·干宝撰《搜神记》、南朝齐·祖冲之撰《述异记》、南朝梁·任昉撰《述异记》、南朝梁·刘之遴撰《神录》、北魏·郦道元撰《水经注》、唐·李冗撰《独异志》、宋·刘斧撰辑《青琐高议》、元·盛如梓撰《庶斋老学丛谈》、明·张岱撰《夜航船》、清·毛祥麟撰《墨余录》、清·宣鼎撰《夜雨秋灯录》、近人任松如编《水经注异闻录》等，都载有不同时期的异文，现当代仍在沪、闽、鄂、鲁、川、藏、苏等地流布。

智审匿产案型故事也是一个较为古老的故事类型，初唐时期已见诸文学记载，有近一千三百年的流布史。它最早见于唐·张鷟撰《朝野佥载》，在此之后，唐·高彦休撰《唐阙史》、五代·和凝撰《疑狱集》、宋·郑克撰《折狱龟鉴》、宋·桂万荣编《棠阴比事》、明·江盈科撰《雪涛小说》、明·冯梦龙编纂《智囊补》、清·青城子撰《志异续编》、清·梁恭辰辑《北东园笔录》、清·吴芗厈撰《客窗闲话》、清·佚名编《棠阴比事续编、补编》、清·吴趼人撰《中国侦探案》、近人徐珂编《清稗类钞》等，都载有不同时期的异文，现当代仍在沪、豫等地流布。

尸变奇案型故事是一个有八九百年流布史的故事类型。它最早见于宋·廉布撰《清尊录》，在此之后，宋·洪迈撰《夷坚志》、南宋·王明清撰《投辖录》、元·无名氏撰《湖海新闻夷坚续志》、明·祝允明撰《九朝野记》与《枝山前闻》、明·王同轨撰《耳谈》、明·冯梦龙编纂《情史》、清·袁枚撰《子不语》、清·清凉道人撰《听雨轩笔记》、清·乐钧撰《耳食录》、清·玉珊道人撰《珊海余谈》、清·朱翊清撰《埋忧集》、清·俞樾撰《右台仙馆笔记》、近人徐珂编撰《清稗类钞》、近人葛建初编《折狱奇闻》等，都载有不同时期的异文，现当代仍在沪、甘等地流布。

通过许多例证不难看出，历代知识阶层中的有识之士对于各种故事类型的不同异文的关注与采录，对于古代民间故事类型的发展作出了有益的贡献。他们并不因为所遇到的故事类型的异文与以往曾经出现过的作品类似而弃之不顾，仍然怀着浓厚的兴趣以常有的热情将其录写下来，从而使各种故事类型的不同异文得以保存，为古代民间故事类型的发展、演变留下了宝贵的文献资料。倘若他们在采录民间故事时，单纯追求作品的新颖、奇特，忽视民间故事类型变异的特性，大量与旧有的故事既相似又有变化的异文，势必因被弃置而湮灭，我们今天就很难找到民间故事类型的相关文献资料。在录写与民间故事类型有关的各种异文时，他们无疑是独具慧眼的。千百年来，历代知识阶层中的有识之士采录民间故事各种异文的这种兴趣和热情代代相传，从未减退，成为我国民间故事采录史上的一个优良传统。从这个方面来考察，中国古代民间故事的采录活动，既是一种不自觉的个人行为，又带有一定的自觉性成分。

特别值得提及的是，历代知识阶层中的有识之士在录写各种民间故事的异文时所表现出来的兴趣和热情，不仅体现在一般的采录中，而且体现在同一本著作对某些故事类型的两则甚至多则异文的采录中。从以下的许多例证里面不难窥见他们所作的努力。

《墨子》一书录有"鬼魂报冤型故事"的两则异文：《杜伯报冤》与《庄子仪报冤》。

《搜神记》一书录有"城陷为湖型故事"的两则异文：《长水县》与《古巢老姥》。"卧冰求鱼型故事"的两则异文：《王祥》与《楚僚》。"旧宅除怪型故事"的两则异文：《安阳亭书生》与《丹阳道士》。

《述异记》（任昉撰）一书录有"田螺女型故事"的两则异文：《谢端》与《吴龛》。

《广异记》一书录有"象报恩型故事"的两则异文：《阆州莫徭》与《安南猎者》。

《书断》一书录有"书僧笔冢型故事"的两则异文：《铁门限与退笔冢》与《僧怀素》。

《逸史》一书录有"观仙对弈型故事"的三则异文：《黄尊师》《瞿道士》与《张公洞》。

《疑狱集》一书录有"智审匿产案型故事"的两则异文：《子云断狞》与《赵和籍产》。"闻哭辨奸型故事"的三则异文：《严遵疑哭》《子产闻哭》与《韩滉听哭》。

《夷坚志》一书录有"'升仙'奥秘型故事"的两则异文：《武当刘先生》与《道人符诛蟒精》。"观仙对弈型故事"的三则异文：《仙弈》《张圣者》与《石溪李仙》。"蛇精行淫型故事"的三则异文：《蛇妖》《巴山蛇》与《池州白衣男子》。"鬼母育儿型故事"的两则异文：《宣城死妇》与《鬼太保》。"海岛历险型故事"的三则异文：《昌国商人》《长人国》与《长人岛》。"海岛妇人型故事"的两则异文：《海岛妇人》《海王三》。"金人现身型故事"的两则异文：《姜彦荣》与《张待制》。"银精托梦型故事"的两则异文：《张拱之银》与《景德镇妇人》。

《行营杂录》一书录有"抄斩淫僧型故事"的两则异文：《废精严寺》与《毁鹿苑寺》。

《湖海新闻夷坚续志》一书录有"病鬼延医型故事"的两则异文：《鬼求针灸》《鬼扣医门》。"兽求医型故事"的两则异文：《猿请医士》与《猴劫医人》。"逆妇恶报型故事"的两则异文：《七嫂变牛》与《金氏化狗》。

《金陵琐记》一书录有"拾金不昧型故事"的两则异文：《两次还金》与《还银生子》。

《古今谭概》一书录有"丹客行骗型故事"的两则异文：《富翁受骗》与《监生被骗》。

《广东新语》一书录有"五仙五羊型故事"的两则异文：《五羊石》与《五谷神》。

《子不语》一书录有"驱走缢鬼型故事"的三则异文：《蔡书生》《陈清恪公吹气退鬼》与《豁达先生》。

《听雨轩笔记》一书录有"获盗银型故事"的两则异文：《泗州渔人》与《跳白船》。

《北东园笔录》一书录有"逆妇恶报型故事"的两则异文：《逆妇变驴》与《逆妇变猪》。"误杀奇案型故事"的两则异文：《误杀案》与《邻妇被杀》。

还应当特别提及的是，少数民族文字的文献对有关民间故事类型的各种异文的录写，在一定程度上展现出古代民间故事类型在我国少数民族聚居区的流布状况和我国古代民间故事类型的多民族特征，同时也在一定程度上揭示出我国现当代民间故事类型在各少数民族聚居区广为流布的历史渊源。这方面的故事类型又可分为首先流布于少数民族地区的故事类型与少数民族地区有异文流布的故事类型两类。前一类故事类型，例如：

折箭训子型故事，首见于北齐·魏收撰《魏书》列传第八十九《吐谷浑》，原本发端于古代的吐谷浑①地区。6世纪以后仍在北方少数民族地区流布。13世纪成书的《蒙古秘史》卷一录有一则异文"阿阑豁阿折箭诲王子"。此则异文在蒙古文古籍《黄金史纲》《黄金史》《蒙古源流》《阿萨拉克齐史》《水晶鉴》等书中亦有记载。

狼外婆型故事，首见于敦煌石窟中发现的吐蕃时期（7—9世纪）古藏文写卷《金波聂基兄弟俩和增格巴辛姐妹仨》《白噶白喜和金波聂基》。它们比清嘉庆间黄承增编《广虞初新志》所收黄之隽撰《虎媪传》早一千年左右，比法国沙·佩罗著《鹅妈妈的故事或寓有道德教训的往日的故事》里的《红帽子》早九百年左右。现当代在全国各地的汉族和藏、回、苗、彝、壮等近三十个少数民族聚居区广为流布。

兔杀狮型故事，首见于12世纪藏传佛教僧人仁钦拜撰《萨迦格言注解》，现当代仍在藏、甘、新、川、贵、闽等地的汉、藏、维吾尔、苗、东乡、仡佬、门巴等族聚居区流布。

辘角庄型故事，首见于明·杨慎辑《南诏野史》，现当代仍在云南白族聚居区流布。

观音负石型故事，首见于明万历《云南通志》，另外在《南昭野史》《白国因由》等史籍亦有此白族传说的记载。明·张岱撰《夜航

---

① 吐谷浑：古族名。鲜卑族慕容部的一支。其先祖居徒河青山（在今辽宁义县境内）。西晋时西迁至今甘肃、青海间，从事游牧，使用汉文。

船·妇负石》、清·俞樾撰《右台仙馆笔记》"观音负石",是汉族地区的两则异文。现当代仍在云南白族聚居区等地流布。

望夫云型故事,首见于清·陈梦雷等原辑《古今图书集成》引《大理府志》及《重印大理府志》,《大理县志稿·望夫云》为其异文。现当代仍在云南白族聚居区流布。

少数民族地区有异文流布的故事类型,例如:

二妇争子型故事,首见于东汉·应劭撰《风俗通义》。藏文古籍名著《巴协》① 录有一则异文——金城公主的传说"两王妃争子"。此则异文在藏文古籍《西藏王统记》《贤者喜宴》《西藏王臣记》等书中亦有记载。

田螺女型故事,首见于晋·束皙撰《发蒙记》。吐蕃时期(7—9世纪)古藏文写卷《金波聂基兄弟俩和增格巴辛姐妹仨》《白噶白喜和金波聂基》均有此故事类型的异文。

蛇郎娶亲型故事,首见于旧题东晋·陶潜撰《搜神后记》。藏文民间故事集《尸语故事》② 里的《自讨苦吃的姑娘》,是此故事类型的一则异文。

猴子救月型故事,首见于东晋·佛陀跋陀罗与法显合译《摩诃僧祇律》,12世纪藏传佛教噶当派名僧格西博多哇口述、喜绕多吉整理的《喻法宝聚》"水中捞月"、18世纪蒙古族察哈尔格西撰《学习宝贝珠》"猴子捞月",是此故事类型在藏族、蒙古族地区的异文。

猫喇嘛型故事,首见于唐·义净译《根本说一切有部毗奈耶破僧事》,15世纪藏族洛卓白巴撰《益世格言注释》"猫喇嘛讲经"、18世纪蒙古族察哈尔格西撰《学习宝贝珠》"带佛珠的猫",是此故事类型

---

① 关于《巴协》的作者有巴·塞囊(法名益希旺布)说、库敦·尊珠雍仲说、桑喜说等不同说法。关于《巴协》的成书年代有8世纪说、11世纪说、13世纪说、14世纪说等不同说法。据马学良等主编《藏族文学史》考证,成书年代不晚于12世纪。

② 《尸语故事》现存有多种木刻本与手抄本,各种版本的回目不尽相同,合并起来近四十则故事。这一藏族民间故事集系不断汇集而成,对其最初结集成书的时代尚无定论。

在藏、蒙古族地区的异文。

戏髑髅型故事,首见于元·无名氏撰《异闻总录》,清·杨凤辉撰《南皋笔记·克梗克梗》是此故事类型在川西北藏区流布的一则异文。

第二节 作品选编对中国古代民间故事类型发展的推动作用

中国素有选编文学作品的传统。在民间文学作品方面,这一传统也有悠久的历史。对民间故事而言,历代的选编促进了作品的传播,并且推动了民间故事类型的发展、演变。自宋元以来,随着商业经济的迅速发展,城市平民文化生活的逐渐兴盛,这种推动作用越来越显著。

中国古代民间故事的选编,大致可分为三类,即带选编性的抄录,编辑大型作品集、丛书、类书,编选专题作品集。三者在推动古代民间故事类型的发展、演变方面,都曾产生过不同程度的影响。

一、带选编性的抄录对中国古代民间故事类型发展的推动作用

所谓带选编性的抄录,是指古代在录写民间故事汇编成书的过程中,有选择地抄录一些旧籍中的故事将其收进自己的集子。这种抄录既有按原书一字不动的迻录,也有作小幅度的改动、加工者,两者均带有选编性质。这种带选编性的抄录,几乎历代都有,时间较早者尤多。这里首先要提及的是《搜神记》。晋·干宝大约用了三十年光景才完成这部著名的志怪小说集的编撰。内中载有大量的神话、传说、故事,其资料来源有三:除了他在《〈搜神记〉序》中所说的"收遗逸"与"采访近世之事",即广泛搜集未曾见诸文字记载的旧有神话、传说、故事以及魏晋之世出现的口传故事外,便是"承于前载",即

抄录前人著作中的相关作品。今本二十卷系明人所辑，为四百六十四则，连同今人汪绍楹校注本所辑佚文三十四则，共五百则，其中约二百则抄录自前人的志怪书和其他著作，有一些与前载几乎相同，有一些则经过一定的加工、润饰。兹列举若干与古代民间故事类型有关的作品以见一斑。与前载几乎相同的作品，譬如：

卷五《张助》，属"鲍君神型故事"，抄自东汉·应劭撰《风俗通义·怪神·鲍君神》，除两处少一二字外，悉同。

卷十二《鲛人》，属"鲛人泪型故事"，抄自晋·张华撰《博物志》卷二"鲛人泣珠"，文字小有变化。

将前载作过一定加工、润饰的作品，譬如：

卷十二《猳国马化》，属"人兽婚配型故事"，抄自晋·张华撰《博物志》卷三"猴玃"，文字有所改动，更为晓畅。

卷十四《毛衣女》，属"羽衣仙女型故事"，抄自晋·郭璞撰《玄中记》"毛衣女"，文字有所改动，使故事情节更为合理。

卷十六《宋定伯》，属"巧卖鬼型故事"，抄自旧题三国魏·曹丕撰《列异传》"宋定伯"，略有改动，使文字更为严密。

卷十八《细腰》，属"凶宅得金型故事"，抄自旧题三国魏·曹丕撰《列异传》"何文"，略有改动，描写更为细致。

与《搜神记》一样，在采集口传民间故事的同时，带选编性的抄录旧籍中的民间故事的笔记小说集尚有南朝宋·刘义庆撰《幽明录》、南朝梁·任昉撰《述异记》、唐·段成式撰《酉阳杂俎》、唐·李亢撰《独异志》、唐·陆勋撰《集异志》、宋·高怿撰《群居解颐》、宋·司马光撰《涑水记闻》、宋·洪迈撰《夷坚志》、元·陶宗仪撰《辍耕录》、明·戴冠撰《濯缨亭笔记》、明·王同轨撰《耳谈》、明·朱国祯撰《涌幢小品》、清·袁枚撰《子不语》、清·朱翊清撰《埋忧集》等。他们所抄录的一些作品，也都与古代民间故事类型有关。

古代并无明确的著作权意识。带选编性的抄录旧籍所载民间故事之风,在中国古代颇为盛行。而上面这种抄录旧籍所载民间故事的做法,增加了民间故事传播的机会。更不用说历代的抄录者又曾对许多所抄的作品进行了不同程度的加工、润饰,这些都无疑对古代民间故事类型的发展、演变有着不可忽视的推动作用。

二、编辑大型作品集、丛书、类书对中国古代民间故事类型发展的推动作用

我国自唐宋以来,尤其是从宋代开始,编辑大型作品集、丛书、类书之风日渐盛行,涌现了大量的成果。编辑此类作品集和类书,十分有利于包括民间故事在内的古代文学作品的保存和传播。其中的许多作品与古代民间故事类型有关,因为编辑此类作品集和类书,无不涉及许多与古代民间故事类型的作品,对于古代民间故事类型的发展、演变,产生了积极的推动作用。

古代编辑的大型作品集、丛书、类书,有的纯粹是叙事性的文学作品,有的则以叙事性文学作品为主,兼收其他。而对于文学作品,有的所收为原文,有的所收则是经过删节或缩写的,而非原文,现分述如下:

(一)作品集

《太平广记》,古小说集。宋·李昉等编纂。全书共五百卷,按题材分为九十二大类,内容多取自汉至宋初的野史传记和小说家著作,也收入一部分道家、佛家的作品,引书约四百种。所引典籍,宋以后大多亡佚,赖此书保存大量佚文。此书载有大量民间故事,宋初以前出现的民间故事类型的大多数异文在此书中均有记载。许多已失传的古籍中的民间故事赖此书得以保存佚文。有传本的古籍中的民间故事,也可以用此书来校勘和进行比较研究。

《分门古今类事》,文言志怪、轶事小说集。南宋·委心子编。共二十卷,分为十二类。引书达一百六十多种,保存了不少晚唐至北宋中期已失传的古籍佚文,其中有一些为民间故事类型的异文。

《湖海新闻夷坚续志》，文言小说集。元·无名氏编。每前后二集，每集各二卷，另有补遗一集，共收故事二百二十则，大多为宋代故事，间有少数元代或前代故事，以志怪故事居多，均经过编纂者重新加工改写。所收作品的出处，有些尚可查考，有些则已无从查考。其中有不少故事为古代民间故事异文，尚有不少古代民间故事类型首见于此书，如拾金不昧型故事首见于此书的前集，井水化酒型故事、道人画鹤型故事、鲁班造桥型故事、巧借地型故事首见于此书的后集。

《稗史汇编》，文言笔记集。明·王圻纂集。共一百七十五卷，分为二十八门、三百二十类。所引明代以前各朝著作以及明人著作，有的标明出处，有的不标出处。内容庞杂，收有大量民间故事，不少是古代民间故事类型的异文。

《虞初新志》，文言小说集。清·张潮辑。二十卷，共收录八十多家的二百二十多篇作品，少量为明末之作，多数为清初之作。其中一些作品录写的是民间故事，有的为古代民间故事类型异文，如卷十三《记缢鬼》（王明德撰）属"驱走缢鬼型故事"、卷十《鬼母传》（李清撰）属"鬼母育儿型故事"、卷十六《记古铁条》（詹钟玉撰）属"定水带型故事"、卷六《鬼孝子传》（宋曹撰）属"鬼孝子型故事"。

《坚瓠集》，笔记小说集。清·褚人获纂辑。共十五集，六十六卷。主要是辑历代笔记、野史而成，以明人著作居多，也有一些自撰作品。兼收博采，内容丰富。其中采集了大量的民间故事、轶闻，不少作品为古代民间故事类型异文。有一些古代民间故事类型首见于此书，如寿诞题诗型故事、见鸡行事型故事首见于《坚瓠十集》，亡八无耻型故事首见于《坚瓠广集》。

此外尚有南宋·江少虞编《宋朝事实类苑》、南宋·皇都风月主人编《绿窗新话》、明·施显卿编纂《古今奇闻类记》、明·徐应秋撰《玉芝堂谈荟》、明·张岱撰《夜航船》、清·郑澍若辑《虞初续志》、清·黄承增辑《广虞初新志》、近人徐珂编撰《清稗类钞》等。

(二) 丛书

《类说》，丛书。南宋·曾慥编。《宋史·艺文志》作五十卷，今传本六十卷。采辑汉代以来"百家之说"二百五六十种，按书摘编，文字均经过删削，种类繁多，具有小说性质的志怪、传奇、轶事、杂史的著作比重甚大，许多著作已失传，赖此书摘引而保存其部分内容。它是《太平广记》之后的一部资料丰富的小说文献，向为学界重视。其中收有许多民间故事，不少与古代民间故事类型有关，譬如，聚宝盆型故事首见于宋·吴淑撰《秘阁闲谈》，其佚文即引自此书卷五十二。

《说郛》，丛书。元·陶宗仪编。一百卷。收汉魏至宋元的各种笔记达千余家，至明成化年间已散佚了一部分。现存多部明抄本已非原帙。目前通行的百卷本系1927年上海商务印书馆排印本，即涵芬楼一百卷本，是近人张宗祥据六种明抄本校理而成，为现今学界用以考证、研究的主要版本，所辑之书仅七百二十五种，远不及原本所收。此书所收著作多数仅选录若干条，但只选不删，存其原貌，其中有些原书亡佚者则从类书辑录，已非原貌。由于成书年代较早，其中选录不少宋元旧本，一些明清以后失传之书赖此书而存世，一些有传本之书则可从中辑补佚文或进行校勘。此书收有大量民间故事，不少与古代民间故事类型有关。譬如，对偶亲切型故事、秀才瘝了型故事、妻妾镊须型故事均首见于宋·陈正敏撰《遁斋闲览》，其佚文引自此书卷三十二；尸变奇案型故事首见于宋·廉布撰《清尊录》，其佚文引自此书卷十一；抄斩淫僧型故事首见于宋·杨和甫撰《行都纪事》，其佚文引自此书卷二十。

《说郛》（重编本），丛书。元·陶宗仪编，明·陶珽重辑。一百二十卷，收书达一千二百多种，增加了一批原本未收之书，但其中包含不少伪书伪文，版本情况颇为复杂。其中亦有大量民间故事，不少与古代民间故事类型有关，譬如，此书卷六十一晋·刘澄之撰《鄱阳记·望夫冈》，系"云中落绣鞋型故事"的异文；此书卷一一七唐·

佚名撰《续玄怪录·临海射人》,系"二蛇相斗型故事"的异文;此书卷一一八宋·欧阳玄撰《睽车志·卖鬼》,系"巧卖鬼型故事"的异文。

《古今说海》,丛书。明·陆楫辑。一百四十二卷,分说选、说渊、说略、说纂四部。收唐代至明代正德、嘉靖间笔记小说等书一百三十五种。每种各自为帙,而略有删节。其中大量民间故事,不少与古代民间故事类型有关。譬如,此书卷七十八说渊五十八唐·佚名撰《求心录》,系"猴子取心型故事"的异文;此书卷八十六说略二南宋·佚名撰《宣政杂录》"崔氏女卧冰",系"卧冰求鱼型故事"的异文;此书卷一二四说纂八宋·赵葵撰《行营杂录》"废精严寺",系"抄斩淫僧型故事"的异文;此书卷四十九说渊二十九明·佚名撰《中山狼传》,系"中山狼型故事"的异文。

此外,尚有明·吴琯编《古今逸史》、明·陈继儒编纂《宝颜堂秘笈》、明·商濬辑《稗海》、明·佚名辑《稗乘》、明·秦淮寓容辑《绿窗女史》、明·高承埏编集《稽古堂新镌群书秘简》、明·闵景贤辑集《快书》、清·汪士汉编《秘书二十一种》、清·马俊良编《龙威秘书》、近人王文濡编《说库》等。

(三)类书

《艺文类聚》,类书。唐·欧阳询等奉唐高祖敕编纂。一百卷,分为四十八部,所引古籍一千四百多种,十分之九已亡佚,皆赖此书以存世。其中保存了许多民间故事资料,有的与古代民间故事类型有关。譬如,东晋·祖台之撰《志怪》佚文"骞保缚怪"见此书卷八十八,属"旧宅除怪型故事";南朝宋·刘义庆撰《幽明录》佚文"刘阮共入天台山"见此书卷七,属"仙窟艳遇型故事"。

《太平御览》,初名《太平总类》,类书。宋·李昉等奉宋太宗敕编纂,一千卷,分五十五门,五千三百多类,引书二千多种。其中保存了大量民间故事资料,不少与古代民间故事类型有关。譬如,三国魏·邯郸淳撰《笑林》佚文"以叶障目"见此书卷九四六,属"隐身草型故事"；旧题三国魏·曹丕撰《列异传》佚文"宋定伯"见此书卷八八四又三八七，属"巧卖鬼型故事"，《列异传》佚文"望夫石"见此书卷八八八，属"望夫石型故事"；东晋·荀氏撰《灵鬼志》佚文"外国道人"见此书卷三五九又七三七，属"鹅笼书生型故事"；南朝宋·刘义庆撰《幽明录》佚文"谢祖妇生蛇"见此书卷九三四，属"龙子祭母型故事"。

《古今图书集成》，原名《古今图书汇编》，类书。清·陈梦雷等原辑，蒋廷锡等重辑。一万卷。分历象、方舆、明伦、博物、理学、经济六编，三十二典，六千余部。内容繁复，是集经史子集大成之大型类书。其中保存的民间故事资料至为丰富，许多与古代民间故事类型有关。譬如，此书《博物编·神异典》卷二六九引《广州通志》"五仙观"，属"五仙骑五羊型故事"；此书《方舆编·职方典》卷一六八引《高淳县志》"望娘湾"与《博物编·神异典》卷二五一引《温州府志》"龙母庙"，属"龙子祭母型故事"；此书《方舆编·山川典》卷一九五引《大理府志》"望夫云"，属"望夫云型故事"。

此外，尚有唐·虞世南辑《北堂书钞》、唐·吴坚等辑《初学记》、宋·吴淑撰《事类赋》、明·王罃编《群书类编故事》、清·潘永固（或作清·李宗孔）编《宋稗类钞》、清·姚之骃撰《元明事类钞》等。

三、编选专题作品集对中国古代民间故事类型发展的推动作用

宋元以来，在编辑大型作品集的基础上，又逐渐兴起编选专题文学作品之风，以适应各类读者，首先是广大市民阶层读者的欣赏趣味和审美需求。而这一类专题文学作品集，大都包含大量的民间故事。此风的盛行，非常有利于民间故事的传播和古代民间故事类型的发展、演变。因为在编选此类专题文学作品集的过程中，编选者除了抄录旧有作品外，还将自己采录的有关民间故事收进专集，或者对旧有的作品作必要的加工、润饰，这些无不在扩大古代民间故事类型的影响和

促进古代民间故事类型的发展、演变方面颇有裨益。在编选过程中，涌现了一批编选家，如宋代的郑克、桂万荣，明代的乐天大笑生、孙能传、陈眉公（继儒）、冯梦龙，清代的张贵胜、石成金、游戏主人、独逸窝退士、小石道人，其中以冯梦龙最为著名。

这一类专题文学作品集，大都以选编旧作为主，亦收有一部分自撰、自采的作品，除了作品内容、题材的一致性、趋同性外，就是文学性突出，包含大量的民间故事，一般都不收没有故事性的作品①。按专题的内容、题材可分为案狱、谐谑、智谋、爱情四类。

（一）案狱类专题文学作品集

《折狱龟鉴》，一名《决狱龟鉴》。宋·郑克纂集。原书二十卷，部分已散佚，清人整理、校订为八卷。此书以五代·和凝撰、宋·和㠓续编《疑狱集》三卷六十七条为基础，采集旧闻，加以扩充。分为辨诬、鞫情、议罪、宥过、惩恶、察奸等二十门，共二百七十六条、三百九十五事。其中大多为民间故事，与古代民间故事类型有关的作品。像智审匿产案型故事、寡妇讼子型故事、放驴捉贼型故事、觋妪获贼型故事、破鸡辨食型故事、鞭丝破案型故事、拷打羊皮型故事、换刀擒凶型故事、烧猪判案型故事、断绢得奸型故事、辨尸察奸型故事、枯井尸案型故事、辨毒平冤型故事等一大批故事类型，此书都有一则至数则异文。

此外，尚有南宋·桂万荣编《棠阴比事》、明·张景撰《补疑狱集》、明·归正宁辑《详刑公案》、明·佚名辑《详情公案》、托名明·汤海若（显祖）辑《律条公案》、明·余象斗编纂《皇明诸司公案》与《皇明诸司廉明奇判公案》、清·魏息园辑《不用刑审判书》、清·胡文炳编纂《折狱龟鉴补》等。

---

① 像《解愠编》卷五"口腹"收有《酒戒》《酒祸》，卷十三"杂记"收有《下第言志》《前粗后细诗》，卷十四"隐语"（即谜语）的情况并不多见。

(二) 谐谑类专题文学作品集

《解愠编》，明·乐天大笑生纂集。十四卷。所收作品大多为民间笑话，不少古代民间故事类型，像买猪千口型故事、聂字三耳型故事、有天无日型故事、难熬三年型故事、判鱼判棺型故事、吏人立誓型故事、不语禅型故事、驱蚊符型故事、吃"而已"型故事、蝉可跟主型故事、葡萄架倒型故事、江心贼型故事、蝙蝠弄乖型故事、服渣相见型故事、雪上加霜型故事等，均首见于此书。明·冯梦龙辑《广笑府》系由此书扩充而成，大部分作品与此书相同。

《笑府》，明·冯梦龙辑。分为古艳部、腐流部、世讳部、殊禀部、刺俗部等十三卷。其中所收入作品，大多是明代的民间笑话。近视认匾型故事、摘瘿还瘿型故事、三婿赞马型故事、未会尊师型故事、丢失钱袋型故事、士人求签型故事、讳输棋型故事、奶奶属牛型故事、骆驼蹄型故事、垛子助阵型故事、仨马虎型故事、打半死型故事、愿换指头型故事、待诏掏耳型故事、我是取笑型故事、合本做酒型故事、不肯相让型故事、皮匠"本钱"型故事、慢性子型故事、家父烧了型故事、隔夜变粗型故事、母猪肉型故事、谢周公型故事、吊我罢型故事、抢婚误背型故事、和尚食虾型故事、化缘簿型故事、偷自家型故事、自咬耳朵型故事、第一声像型故事、写"滑"字型故事、贼遇偷型故事、床底羊眼型故事、金漆盒型故事等，均首见于此书。

《古今谭概》，又名《谈概》《古今笑》《古今笑史》。明·冯梦龙纂辑。分为迂腐部、怪诞部、痴绝部、专愚部、谬误部等三十六部，每部为一卷。系选录历代子史经传和稗官野史、笔记丛谈汇编而成。大多以戏谑和嘲讽为题旨，洋溢着幽默、诙谐的趣味。其中收录了大量的民间故事，不少与古代民间故事类型有关。首见于此书的故事类型为：婆奸媳型故事首见于"谬误部"，不畏新鬼型故事首见于"越情部"，计夺新靴型故事首见于"贪秽部"，丹客行骗型故事、折芦辨盗型故事、试骗行骗型故事首见于"谲智部"，东门王皮型故事首见于"儇弄部"，春雨似油型故事、步步高型故事首见于

"机警部"。

《笑得好》，清·石成金撰。分初集、二集两集，作品后面大多附有"评列"。其中录写有大量民间笑话，不少与古代民间故事类型有关。烂盘盒型故事、贪官誓联型故事、再出恭型故事、吃人不吐骨型故事、今年好晦气型故事、活脱话型故事、笑话一担型故事、驱鬼符型故事、长生药型故事等首见于此书初集；不利语型故事、瞌睡法型故事、赵钱孙李型故事、三字同形型故事、出门一时好型故事、迁居送药型故事、门上贴道人型故事等首见于此书二集。

《嘻谈录》，清·小石道人纂辑。分初录、续录，各二卷。初录收诗文、腐流、闺风、贫窭、术业五类，计一百九十四条；续录收谬误、形体、诙谐、殊禀四类，计一百六十二条。作品多采自明代《应谐录》《雅谑》《笑林》、清代《笑得好》等书，文字有所改动；也有好些作品系纂辑者自己录写的。其中收有大量民间笑话，不少与古代民间故事类型有关。萝卜对型故事、恭喜也罢型故事、先生妙喻型故事、求你别写型故事、半"鲁"席型故事、老前辈型故事首见于此书初录；官读别字型故事、白字先生型故事、读白字型故事、五大天地型故事、堂属问答型故事、问猴妙答型故事、糊涂虫型故事、不改父业型故事、嘲医诗型故事、诓骗老虎型故事、城乡蚊子型故事、一厚一薄型故事、武弁看戏型故事、黄鼠狼型故事、还愿戏神型故事、瞎子吃鱼型故事、懒人吃饼型故事初见于此书续录。这一类作品均系纂辑者录写。清·程世爵撰《笑林广记》大都抄自此书。

此外，尚有明·陈禹谟撰《广滑稽》、明·许自昌撰《捧腹编》、明·陈眉公辑《时兴笑话》、明·墨憨斋主人（冯梦龙）编《笑府》、清·游戏主人纂辑《笑林广记》、清·独逸窝退士编《笑笑录》等。

（三）智谋类专题文学作品集

《智囊补》，明·冯梦龙编纂。冯梦龙于明代天启六年（1626）编成《智囊》一书，嗣后对其部类及部分内容作了增补、修正，重刻行世，名为《智囊补》，或称《智囊全集》《增广智囊补》《增智囊补》。

此书采辑经史百家、野史丛谈中有关智术计谋的故事近两千则，分为上智、明智、察智、胆智、术智、捷智、语智、兵智、闺智、杂智十部，各部内设二至四类，合计二十八类，每类为一卷，共二十八卷。其中收有大量民间故事（有一些与《古今谭概》相同，文字略有出入），不少与古代民间故事类型有关。初见于此书的故事类型有藏金失窃型故事（见"察智部"卷十）、咬耳授计型故事（见"杂智部"卷二十七）等。凭污辨盗型故事、河伯娶妇型故事、二妇争子型故事、妒妇改过型故事、智审匿产案型故事、烧猪判案型故事、巧析家产型故事、罗汉骗局型故事、枯井尸型故事、片言决狱型故事、干红猫型故事、智妇处盗型故事等三十来个故事类型在此书中均载有异文。

此外，尚有明·孙能传撰《益智编》等。

（四）爱情类专题文学作品集

《情史》，又名《情史类略》《情天宝鉴》。明·詹詹外史（冯梦龙）编纂。分为情贞类、情缘类、情私类、情爱类等二十四类，每类为一卷，共计八百七十余篇有关男女情爱的故事。大多选录自历代笔记、戏曲、小说等，编者略有删改；也有一些故事系编者自撰或改写。其中收有大量民间故事，不少与古代民间故事类型有关。譬如，卷二《刘奇》属"人妖公案型故事"，《昆山民》属"娶妇得郎型故事"，《韦固》属"定婚店型故事"；卷五《唐寅》属"一笑姻缘型故事"；卷八《孟姜》属"孟姜女型故事"；卷十《祝英台》属"梁山伯祝英台型故事"，《草市吴女》属"尸变奇案型故事"；卷十一《望夫石》属"望夫石型故事"，《连理枝双鸳鸯》属"相思树型故事"；卷十二《勤自励》属"虎送亲型故事"；卷十四《王武功妻》属"夺妻阴谋型故事"；卷十八《张荩》属"某生被诬型故事"，《赫应祥》属"尼庵命案型故事"；卷十九《白螺天女》属"田螺女型故事"，《天台二女》属"仙窟艳遇型故事"；卷二十一《海王三》属"海岛历险型故事"，《虎精》属"虎妻子型故事"等。

此外，尚有题明·王世贞撰《艳异编》、明·吴大震辑《广艳异编》、近人曹绣君编《古今情海》等。

除了上述四类外，还有以有关鬼魂的专题文学作品集，如南宋·无名氏集辑《鬼董》（一名《鬼董狐》）；以有关虎事的专题文学作品集，如明·王穉登撰《虎苑》、明·陈继儒撰《虎荟》。

第六章　文艺创作对中国古代民间故事类型发展的促进作用

采用民间故事素材进行创作，是我国文艺创作的一个优良传统，历史悠久，大致发端于唐代，宋元以来日渐兴盛。这与我国的商业、手工业经济的发展，城市文娱生活的活跃，戏曲、曲艺演出活动的普及，以市民文学为主体的通俗文艺创作逐渐兴旺发达直接相关。大众化的通俗文艺创作的发展，必然会促使创作者要在长期以来深得民众喜爱的民间故事中去寻找创作素材，以期更为生动地描绘多彩多姿的现实生活场景，展示处于下层社会的广大民众的思想感情和生活追求，从而让通俗文艺作品更加贴近民众，为越来越多的普通老百姓所喜闻乐见。

采用民间故事素材进行通俗文艺再创作，涉及中国古代民间故事类型者为数甚多，据不完全统计约七十个，绝大多数是隋唐五代以来，尤其是宋元明时期出现的故事类型。而采用有关故事类型的作品进行再创作的，主要是以白话小说为主体的通俗小说（包括话本、拟话本、公案小说等）和戏曲（包括南戏、杂剧、传奇等）两大门类。自宋元以来，这两个门类的创作力量都比较强，涌现出一批接近下层社会的知名作家，创作活动一直相当活跃，在中国文学发展史上影响甚大。他们创作的作品，情节引人入胜，思想感情真挚，口语化程度较高，通俗易懂，有着颇为深厚的群众基础，其读者、观众包括城市中文化水平有限的下层民众，其普及面之广是用文言文创作的高雅文艺作品不可能达到的。除了通俗小说和戏曲两大门类外,采用民间故事素材进行创作,涉及古代民间故事类型的还有曲艺这一门类。它们也具有通俗文艺的大众化特色,只不过其创作的活跃程度和社会影响略逊于上述两大门类。

第一节 通俗小说创作与中国古代民间故事类型

采用古代民间故事类型作为素材进行创作的通俗小说,包括话本、拟话本小说、章回体公案小说以及其他通俗小说。

一、话本、拟话本小说与古代民间故事类型

(一)宋元话本以古代民间故事类型为创作素材的有:

宋代话本《西湖三塔记》(作者不详)取材于"白蛇传型故事";

宋代话本《合同文字记》(作者不详)取材于"巧析家产型故事";

宋元话本《董永遇仙传》(作者不详)取材于"董永行孝型故事"。

(二)明代"三言"[①]以古代民间故事类型为创作素材的有:

《古今小说》卷二《陈御史巧勘金钗钿》"入话"取材于"巧判还银型故事";

《古今小说》卷四《闲云庵阮三偿冤债》取材于"尼庵命案型故事";

《古今小说》卷三十五《简帖僧巧骗皇甫妻》取材于"夺妻阴谋型故事";

---

① 明·冯梦龙编纂的《古今小说》(后改名《喻世明言》)、《警世通言》、《醒世恒言》总称"三言",内中收有少量宋元话本(《古今小说》七篇,《警世通言》十二篇,《醒世恒言》六篇),其余皆是明代的作品,包括冯梦龙个人的创作。

《警世通言》卷十七《钝秀才一朝交泰》"入话"取材于"邻僧积饭型故事";

《警世通言》卷二十六《唐解元一笑姻缘》取材于"一笑姻缘型故事";

《警世通言》卷二十八《白娘子永镇雷峰塔》取材于"白蛇传型故事";

《醒世恒言》卷五《大树坡义虎送亲》"入话"取材于"虎送亲型故事";

《醒世恒言》卷八《乔太守乱点鸳鸯谱》"入话"取材于"娶妇得郎型故事";

《醒世恒言》卷十《刘小官雌雄兄弟》"入话"取材于"人妖公案型故事";

《醒世恒言》卷十四《闹樊楼多情周胜仙》取材于"尸变奇案型故事";

《醒世恒言》卷十五《赫大卿遗恨鸳鸯绦》取材于"尼庵命案型故事";

《醒世恒言》卷十六《陆五汉硬留合色鞋》取材于"某生被诬型故事";

《醒世恒言》卷三十一《郑节使立功神臂弓》取材于"二蛇相斗型故事";

《醒世恒言》卷三十九《汪大尹火焚宝莲寺》"正话"取材于"抄斩淫僧型故事"。

(三)明代"两拍"[①]以古代民间故事类型为创作素材的有:

《拍案惊奇》卷十三《赵六老舐犊丧残生 张知县诛枭成铁案》"入话"取材于"咬耳授计型故事";

《拍案惊奇》卷十五《卫朝奉狠心盘贵产 陈秀才巧计赚原房》

---

① 明·凌濛初撰《拍案惊奇》(又称《初刻拍案惊奇》)与《二刻拍案惊奇》合称"两拍"。

"入话"取材于"和尚挨打型故事";

《拍案惊奇》卷十六《张溜儿熟布迷魂局　陆蕙娘立决到头缘》"入话"取材于"假亲骗局型故事";

《拍案惊奇》卷十七《西山观设箓度亡魂　开封府备棺追活命》"正话"取材于"寡妇讼子型故事";

《拍案惊奇》卷十八《丹客半黍九还　富翁千金一笑》"正话"取材于"丹客行骗型故事";

《拍案惊奇》卷二十一《袁尚宝相术动名卿　郑舍人阴功叨世爵》"正话"取材于"拾金不昧型故事";

《拍案惊奇》卷二十六《夺风情村妇捐躯　假天语幕僚断狱》"入话"取材于"抄斩淫僧型故事";

《拍案惊奇》卷三十三《张员外义抚螟蛉子　包龙图智赚合同文》"入话"取材于"巧析家产型故事";

《拍案惊奇》卷三十四《闻人生野战翠湖庵　静观尼昼锦黄沙衖》"入话"取材于"人妖公案型故事";

《拍案惊奇》卷三十六《东廊僧怠招魔　黑衣盗奸生杀》"正话"取材于"枯井尸案型故事";

《二刻拍案惊奇》卷十八《甄监生浪吞秘药　春花女误泄风情》"入话"取材于"人参精型故事";

《二刻拍案惊奇》卷二十五《徐茶酒乘闹劫新人　郑蕊珠鸣冤完旧案》"入话"取材于"计识盗贼型故事";"正话"取材于"尸变奇案型故事";

《二刻拍案惊奇》卷二十八《程朝奉单遇无头妇　王通判双雪不明冤》"入话"取材于"无头疑案型故事";

《二刻拍案惊奇》卷三十六《王渔翁舍镜崇三宝　白水僧盗物丧双生》"正话"取材于"江中宝镜型故事";

《二刻拍案惊奇》卷三十九《神偷寄兴一枝梅　侠盗惯行三昧戏》"入话"取材于"我来也型故事"。

（四）其他话本、拟话本以古代民间故事类型为创作素材的有：

《解学士诗》（明末佚名撰）"春雨滑似油"取材于"春雨似油型故事"；

《解学士诗》"门对千竿竹"取材于"巧改竹对型故事"；

《西湖二集》（明末周楫编纂）卷六《姚伯子至孝受显荣》"入话"四事之一取材于"逆妇恶报型故事"；

《西湖二集》卷十六《月下老错配本属前缘》"头回"取材于"定婚店型故事"；

《西湖二集》卷二十九《祖统制显灵救驾》"头回"二事之一取材于"田螺女型故事"；

《西湖二集》卷三十三《周城隍辨冤断案》"正话"九案之五分别取材于"动物鸣冤型故事""藏金失窃型故事""片言决狱型故事""剖伞决疑型故事""断绢得奸型故事"；

《欢喜冤家》①（明末西湖渔隐主人撰）第八回《铁念三激怒诛淫妇》取材于"杀姘妇型故事"；

《欢喜冤家》续集第二回《一宵缘约赴两情人》二事之一取材于"无头疑案型故事"；

《西湖佳话古今遗迹》（清·墨浪子搜辑）卷三《六桥才迹》"巧判案"取材于"画扇判案型故事"；

《西湖佳话古今遗迹》卷十五《雷峰怪迹》取材于"白蛇传型故事"。

二、公案小说、其他通俗小说与古代民间故事类型

（一）公案小说以古代民间故事类型为再创作素材的有：

《龙图公案》②（不题撰人）卷二《石狮子》取材于"城陷为湖型

---

① 此书又名《贪欢报》《欢喜奇观》《艳镜》《三续今古奇观》《四续今古奇观》等。

② 这部明代公案小说，又名《新评龙图神断公案》《百断奇观包公全传》《包公七十二件无头案》等。

故事";

《龙图公案》卷二《白塔巷》取材于"哭夫不哀型故事";

《龙图公案》卷二《鸟唤孤客》取材于"义犬鸣冤型故事";

《龙图公案》卷三《阴沟贼》取材于"藏金被窃型故事";

《龙图公案》卷三《杀假僧》取材于"枯井尸案型故事";

《龙图公案》卷五《骗马》取材于"放驴捉贼型故事";

《龙图公案》卷六《夺伞破伞》取材于"剖伞决疑型故事";

《龙图公案》卷六《红牙球》取材于"尸变奇案型故事";

《龙图公案》卷七《三娘子》取材于"片言决狱型故事";

《龙图公案》卷八《审遗嘱》（一作《味遗嘱》）取材于"巧析家产型故事";

《龙图公案》卷八《扯画轴》取材于"巧析家产型故事";

《龙图公案》卷九《桷上得穴》取材于"抄斩淫僧型故事";

《龙图公案》卷九《黑痣》取材于"乳痣夺妻型故事";

《龙图公案》卷九《青粪》取材于"剖鸡辨食型故事";

《海公案》①（明·李春芳编次）第四十二回《判明合同文约》取材于"巧析家产型故事";

《海公案》第五十四回《判奸友劫财误董贤置狱》取材于"巧判还银型故事";

《海公案》第五十九回《判给家财分庶子》取材于"巧析家产型故事";

《海公案》第六十一回《乌鸦鸣冤》取材于"动物鸣冤型故事";

《新民公案》②（明·吴迁撰）卷一《断妻给还原夫》取材于"乳痣夺妻型故事";

《新民公案》卷一《断客人失银》取材于"巧判还银型故事";

---

① 此书全名《海刚峰先生居官公案传》，又名《海忠介公居官公案传》《海瑞案传》。
② 此书全称《郭青螺六省听讼录新民公案》。

《新民公案》卷二《猿猴代主申冤》与卷三《水蛙为人鸣冤》均取材于"动物鸣冤型故事";

《新民公案》卷三《争鹅判还乡人》取材于"剖鸡辨食型故事";

《新民公案》卷三《争子辨其真伪》取材于"举哀还儿型故事";

《新民公案》卷四《净寺救秀才》取材于"抄斩淫僧型故事"与"'活佛'升天型故事";

《新民公案》卷四《追究恶弟田产》取材于"智审匿产案型故事";

《详刑公案》①卷六《邓县尹路傍失布》取材于"断绢得奸型故事";

《详刑公案》卷七《项县尹断二仆争鹅》取材于"剖鸡辨食型故事";

《详情公案》②（不题撰人）"人命类"《听妇人哀惧声》取材于"哭夫不哀型故事";

《详情公案》"索骗类"《断二仆争鹅》取材于"剖鸡辨食型故事";

《皇明诸司廉明奇判公案传》（明·余象斗集）"人命类"《杨评事片言折狱》取材于"片言决狱型故事";

《明镜公案》③（明·葛天民、吴沛泉汇编）"人命类"《朱太尊察非火死》取材于"烧猪判案型故事";

《施公案》④（清·无名氏撰）第六回《施公审银子 断姜酒烂肺》取材于"晒银字型故事";

《施公案》第四十四回《贤臣审竹床 判断告妻案》取材于"藏

---

① 此书全称《鼎镌国朝名公神断详刑公案》。
② 此书全称《新镌国朝名公神断详情公案》。
③ 此书全称《新刻名公神断明镜公案》。
④ 此书全称《绣像施公案传》，又名《百断奇观》《施案奇闻》等。

金失窃型故事";

《施公案》第五十九回《奸夫与尼对词　判结人头公案》取材于"无头疑案型故事";

《施公案》第七十八回《当堂审张氏　张氏吐真情》取材于"烧猪判案型故事";

《施公案》第七十九回《瞎子生心讹钞　清官审断铜钱》取材于"浮脂辨盗型故事";

《施公案》第八十七回《关太施英勇　倭刀破双拐》取材于"抄斩淫僧型故事";

《施公案》(续集)第四〇三回《极恶穷凶飞燕授首　奇谈怪事麻雀鸣冤》与第五一七回《见乌鸦漕督究奇案　起尸骇县令赴尸场》均取材于"动物鸣冤型故事";

《施公案》(续集)第四四七回《李公然香闷众淫僧　众英雄大破关王庙》取材于"抄斩淫僧型故事";

《于公案》①(清·无名氏撰)第四十回《争米筛公堂告状为雨伞彼此兴词》取材于"剖伞决疑型故事";

《于公案》第四十一回《打米筛皮匠实招设巧计顾进授首》取材于"审笆斗型故事"。

(二) 其他通俗小说取材于古代民间故事类型的有:

《牛郎织女传》②(明·朱名世编)取材于"牛郎织女型故事";

《天妃娘妈传》③(明·吴还初编)取材于"天妃救厄型故事";

《黄粱梦境记》(明·苏汉英撰)取材于"黄粱梦型故事";

《东游记》④(明·吴元泰撰)第二十三回《洞宾店遇云房》取材

---

① 此书原名《于公案奇闻》。
② 此书全称《新刻全像牛郎织女传》。
③ 此书又名《新刻宣封护国天妃林娘娘出身济世传》《新刊出像天妃济世出身传》。
④ 此书又名《上洞八仙传》《八仙出处东游记传》。

于"黄粱梦型故事";

《东游记》第二十六回《洞宾酒楼画鹤》取材于"道人画鹤型故事";

《东游记》第二十九回《三至岳阳飞度》取材于"井水化酒型故事";

《北游记》①（明·余象斗编）第九回《太子被戏下武当》部分情节取材于"铁杵磨针型故事";

《醒世姻缘传》②（明末清初西周生撰）第六十二回《张茂实信嘲殴妇　狄希陈诳语辱身》中的"捉弄卖蛋人"与《抬粪过高桥》取材于"戏弄蛋贩型故事"与"抬桶过桥型故事";

《醒世姻缘传》第三十三回《劣书生厕上修桩　程学究裤中遗便》中的"削树橛"取材于"锯茅桩型故事";

《雷峰塔奇传》③（清·玉山主人撰）取材于"白蛇传型故事";

《上洞八仙全传演义》④（清·无垢道人撰）第三回《试道心特设迎龙闸　解凡体投入孝女怀》取材于"龙子祭母型故事";

《上洞八仙全传演义》第十回《鳏鱼惊艳　田螺报恩》取材于"田螺女型故事";

《上洞八仙全传演义》第四十三回《见老妖钟离用计　保丈夫孟姜受灾》取材于"孟姜女型故事";

《上洞八仙全传演义》第九十八回《白蛇历劫成正果　孝子割臂遇神仙》取材于"白蛇传型故事";

《阴阳斗异说奇传》⑤（清·佚名撰）取材于"桃花女斗法型故

---

① 此书又名《北方真武玄天上帝出身志传》。
② 此书原名《恶姻缘》，又名《醒世姻缘》《醒世姻缘全传》。
③ 此书又名《雷峰野史》。
④ 此书原名《八仙得道传》。
⑤ 此书又名《桃花女斗法奇书》《桃花女阴阳斗传》《桃花女斗法》《桃花女阴阳斗异传奇》。

事";

《阴阳显报水鬼升城隍全传》①（不题撰人）《水鬼升城隍》取材于"水鬼得升型故事"。

第二节　戏曲创作与中国古代民间故事类型

宋元南戏、金院本以古代民间故事类型为创作素材的有：

宋元南戏《吕洞宾黄粱梦》（已佚）取材于"黄粱梦型故事"；

宋元南戏《孟姜女送寒衣》②（有残曲）取材于"孟姜女型故事"；

宋元南戏《祝英台》（有残曲）取材于"梁山伯祝英台型故事"；

宋元南戏《董秀才遇仙记》（有残曲）取材于"董永行孝型故事"；

宋元南戏《王祥行孝》③（有残曲）取材于"卧冰求鱼型故事"；

金院本④《孟姜女》（已佚）取材于"孟姜女型故事"。

元杂剧、明杂剧⑤以古代民间故事类型为再创作素材的有：

《包待制智勘灰阑记》（元·李行道撰）取材于"二母争子型故事"；

《烂柯山王质观棋》（元·佚名撰）取材于"观仙对弈型故事"；

《晋文公火烧介子推》（元·狄君厚撰）取材于"介子推型故

---

① 这部清代小说又名《新阴阳显报鬼神传》。
② 另外尚有《贞节孟姜女》《孟姜女死哭长城》，见明·晁瑮编《宝文堂书目》，剧本存佚情况待考。
③ 此剧又名《王祥卧冰》《卧冰记》《王祥》。
④ 金院本体裁与宋杂剧相同，是宋杂剧向元杂剧过渡的形式。
⑤ 明杂剧即南杂剧，是明代中叶以后出现的一种戏曲形式。

《孟姜女送寒衣》(元·郑廷玉撰)取材于"孟姜女型故事";

《邯郸道省悟黄粱梦》①(元·马致远等撰)取材于"黄粱梦型故事";

《破阴阳八卦桃花女》②(元·王晔撰)取材于"桃花女斗法型故事";

《祝英台死嫁梁山伯》(元·白朴撰,已佚)取材于"梁山伯祝英台型故事";

《刘晨阮肇误入桃源》③(元·王子一撰)取材于"仙窟艳遇型故事";

《西湖三塔记》(元·郏经撰,已佚)取材于"白蛇传型故事";

《包待制勘双钉》(元·无名氏撰,已佚)取材于"哭夫不哀型故事";

《包待制智赚合同文字》④(元或明初佚名撰)取材于"巧析家产型故事";

《中山狼》⑤(明·康海撰)、《中山狼院本》(明·王九思撰)、《中山狼》(明·陈与郊撰)、《中山救狼》(明·汪廷讷撰,已佚)均取材于"中山狼型故事";

《没头疑案》(明·傅一臣撰)取材于"无头疑案型故事";

《花前一笑》(明末清初孟称舜撰)取材于"一笑姻缘型故事"。

明清传奇以古代民间故事类型为再创作素材的有:

《邯郸记》(明·汤显祖撰)取材于"黄粱梦型故事";

《雷峰记》(明·陈六龙撰)取材于"白蛇传型故事";

---

① 此剧一作《开坛阐教黄粱梦》。
② 此剧一作《智赚桃花女》《桃花女破法嫁周公》。
③ 此剧一作《刘晨阮肇误入天台》。
④ 此剧一作《包龙图智赚合同文字》《清官断合同文字》。
⑤ 此剧一作《东郭先生误救中山狼》。

《织锦记》（明·顾觉宇撰）取材于"董永行孝型故事"；

《举烽取笑》（明·邓志谟撰）取材于"戏后误国型故事"；

《画中人》（明·吴炳撰）取材于"画中人型故事"；

《长城记》（明·佚名撰，仅存曲词残篇）、《杞梁妻》（明·佚名撰，已佚）均取材于"孟姜女型故事"；

《同窗记》①（明·佚名撰，已佚）取材于"梁山伯祝英台型故事"；

《醒世魔》（明·佚名撰）取材于"枯井尸案型故事"；

《雷峰塔》（清·黄图珌撰）、《雷峰塔》（清·方成培撰）均取材于"白蛇传型故事"；

《玉蜻蜓》（清·佚名撰）取材于"尼庵命案型故事"；

《介山记》（清·宋廷魁撰）取材于"介子推型故事"。

近现代戏曲以古代民间故事类型为创作素材的有：

《介子推》（晋剧、京剧、赣剧等）取材于"介子推型故事"；

《烽火台》（秦腔、山西梆子、河北梆子、山东梆子等）取材于"戏后误国型故事"；

《双钉记》②（京剧、川剧、豫剧、越剧、绍剧、扬剧、湘剧、秦腔等）取材于"哭夫不哀型故事"；

《愚公移山》（秦腔、山西梆子、河北梆子、山东梆子等）取材于"戏后误国型故事"；

《孟姜女》（昆剧、京剧、川剧、豫剧、越剧、粤剧、黄梅戏、评剧、庐剧、秦腔、赣剧、潮剧、锡剧、曲剧、吕剧、淮海戏、荆州花鼓戏、湖南花鼓戏等）取材于"孟姜女型故事"；

《河伯娶妇》③（京剧、川剧、秦腔等）取材于"河伯娶妇型故

---

① 此剧一名《访友记》。
② 又名《判双钉》。
③ 又名《西门豹》。

事";

《铸剑》（京剧、豫剧、川剧等）取材于"烁身铸剑型故事";

《灰阑记》（川剧、昆剧、越剧、汉剧、河北梆子、婺剧等）取材于"二妇争子型故事";

《天仙配》①（黄梅戏、川剧、粤剧、吕剧、丹剧、蒲剧、河南花鼓戏等）取材于"董永行孝型故事";

《天河配》②（京剧、川剧、秦腔、晋剧、粤剧、豫剧、山东梆子等）取材于"牛郎织女型故事";

《田螺姑娘》③（越剧、庐剧、评剧、甬剧、壮剧、高甲戏、赣南采茶戏、泉州采茶戏等）取材于"田螺女型故事";

《黄粱梦》（京剧、河北梆子、秦腔、平调落子等）取材于"黄粱梦型故事";

《刘阮遇闲》④（越剧、豫剧、庐剧等）取材于"仙窟艳遇型故事";

《云中落绣鞋》（越剧等）取材于"云中落绣鞋型故事";

《李寄斩蛇传》（秦腔等）取材于"斩除蛇精型故事";

《王祥卧冰》（秦腔、眉户、川剧、黄梅戏、豫剧、越剧、曲剧、吕剧、推剧、庐剧、柳琴戏、太康道情戏、南屏戏等）取材于"卧冰求鱼型故事";

《郭巨埋儿》（秦腔、川剧、豫剧、河南曲剧、吕剧、陇剧、郿剧、山东马提吹腔、眉户曲子戏、晋北道情戏、东北二人转、东北拉场戏等）取材于"郭巨埋儿型故事";

《丁郎刻母》（秦腔、眉户、锡剧、豫剧、曲剧、赣彩茶戏等）取

---

① 又名《槐荫记》。
② 又名《牛郎织女》。
③ 又名《螺蛳姑娘》。
④ 又名《天台山》。

材于"丁兰刻木型故事";

《蛇郎》①（川剧、壮戏、云南花灯戏、师公戏、南平牛歌戏、闽南歌仔戏等）取材于"蛇郎娶妻型故事";

《人参娃娃》（昆剧等）取材于"人参经型故事";

《变羊记》（京剧等）取材于"妒妇改过型故事";

《巧媳妇》（京剧、高甲戏、赣彩茶戏等）取材于"巧媳妇型故事";

《梁山伯祝英台》②（越剧、川剧、滇剧、湘剧、粤剧、赣剧、豫剧、楚剧、琼剧、桂剧、吕剧、师公戏、湖南花鼓戏、二人转等）取材于"梁山伯祝英台型故事";

《王羲之题扇记》（绍剧等）取材于"书家题扇型故事";

《恶媳妇》（黄梅戏、豫剧、曲剧、五河小调等）取材于"逆妇恶报型故事";

《麻风女》（豫剧、河南曲剧等）取材于"麻风女型故事";

《知县审鸡》（豫剧、高安采茶戏、二人转等）取材于"剖鸡辨食型故事";

《白蛇传》（昆曲、京剧、越剧、川剧、秦腔、豫剧、汉剧、粤剧、徽剧、婺剧、晋剧、扬剧、曲剧、吕剧、淮剧、潮剧、黄梅戏、莆仙戏、梨园戏、河北梆子、云南花灯戏等）取材于"白蛇传型故事";

《画中人》（评剧、同州梆子等）取材于"画中人型故事";

《审瓜》③（川剧、评剧、龙江剧、二人转等）取材于"抱瓜伏罪型故事";

---

① 又名《蛇郎君》、《七妹与蛇郎》。
② 又名《柳荫记》。
③ 又名《张飞审瓜》。

《井尸案》①（昆曲、京剧、川剧、豫剧等）取材于"枯井尸案型故事";

《聚宝盆》（京剧、越剧、评剧、荆河小戏、歌仔戏等）取材于"聚宝盆型故事";

《苏东坡画扇》（川剧等）取材于"画扇判案型故事";

《水鬼升城隍》（潮剧等）取材于"水鬼得升型故事";

《海神妈祖》（京剧、越剧、黄梅戏、莆仙戏、陆丰正字戏等）取材于"天妃救厄型故事";

《义妇》（豫剧、评剧等）取材于"义妇复仇型故事";

《火烧红莲寺》（越剧、京剧、歌仔戏等）取材于"抄斩淫僧型故事";

《拾金不昧》（评剧、沁源秧歌戏等）取材于"拾金不昧型故事";

《文成公主》（藏戏）取材于"迎请文成公主型故事";

《玉蜻蜓》（越剧、川剧、沪剧、扬剧、淮剧、锡剧、川剧、吕剧、姚剧、湖南花鼓戏、皖南花鼓戏等）取材于"尼庵命案型故事";

《望娘滩》（川剧、豫剧、评剧等）取材于"望娘滩型故事";

《望夫云》（白剧）取材于"望夫云型故事";

《一只鞋》（川剧）取材于"兽穴接生型故事";

《唐伯虎点秋香》（粤剧、扬剧、黄梅戏、莆仙戏等）取材于"一笑姻缘型故事";

《桃花女》（京剧、豫剧、黄梅戏、越剧、庐剧、扬剧、叶青歌仔戏、河洛歌仔戏、赣南采茶调、太平调等）取材于"桃花女斗法型故事";

《咬舌计》（越剧、锡剧等）取材于"咬舌案型故事"。

---

① 又名《枯井案》。

第三节 曲艺创作与中国古代民间故事类型

在曲艺方面采用古代民间故事类型进行创作的活动，时间早于通俗小说和戏曲，远在唐五代时期就有艺术实践了，并且一直延续到近代以后，涉及的地方曲种相当多。自清代以来，各地新的曲种不断涌现，其传统曲目大都包含以古代民间故事类型为创作素材的作品。但是，总的来讲曲艺方面采用古代民间故事类型进行创作涉及的故事类型并不多，主要集中在白蛇传型故事、孟姜女型故事和梁山伯祝英台型故事这些常见的古代民间故事类型上，涉及的古代民间故事类型几乎没有一个超出通俗小说和戏曲所涉及的范围。

唐五代变文、俗赋以古代民间故事类型为创作素材的有：

敦煌卷子写本变文《孟姜女变文》取材于"孟姜女型故事"；

敦煌卷子写本变文《董永变文》取材于"董永行孝型故事"；

敦煌卷子写本俗赋《韩朋赋》取材于"连理枝型故事"；

敦煌卷子写本俗赋《茶酒论》取材于"茶酒争高型故事"。

明代陶真与清代宝卷、弹词等曲种以古代民间故事类型为创作素材的有：

陶真《雷峰塔》取材于"白蛇传型故事"；

宝卷《孟姜女》取材于"孟姜女型故事"；

宝卷《白蛇传》取材于"白蛇传型故事"；

宝卷《梁山伯》取材于"梁山伯祝英台型故事"；

宝卷《董永》取材于"董永行孝型故事"；

第六章 文艺创作对中国古代民间故事类型发展的促进作用

弹词《义妖传》① 取材于"白蛇传型故事";

弹词《孟姜女寻夫》取材于"孟姜女型故事";

弹词《新编东调大双蝴蝶》取材于"梁山伯祝英台型故事";

弹词《玉蜻蜓》② 取材于"尼庵命案型故事";

弹词《三笑姻缘》③ 取材于"一笑姻缘型故事";

子弟书《孟姜女哭城》取材于"孟姜女型故事";

鼓词《新刻梁山伯祝英台夫妇攻书还魂团圆记》取材于"梁山伯祝英台型故事";

木鱼书《英台回乡》取材于"梁山伯祝英台型故事"。

近代各地方曲种以古代民间故事类型为创作素材的有:

滩簧《白蛇传》、杭州评词《白蛇传》、歌腔《白蛇传》、粤曲《雷峰塔》、山东琴书《白蛇传》、四川扬琴《白蛇传》、四川竹琴《白蛇传》、恩施扬琴《水漫金山》、琴书《白蛇传》、乐亭大鼓《水淹金山寺》、四川清音《断桥》等,均取材于"白蛇传型故事";

台湾歌仔《孟姜女》、九江清音《孟姜女》、太平鼓《孟姜女哭长城》、湖北大鼓《孟姜女》、河南坠子《孟姜女》、四川清音《寻夫》、零零落《孟姜女》、四川清音《寻夫》、竹板歌《孟姜女万里寻夫》、宴席曲《孟姜女》、五句落板《孟姜女万里寻夫》等,均取材于"孟姜女型故事";

翼城琴书《梁山伯祝英台》、河南坠子《梁山伯祝英台》、木鱼书《梁祝》、竹板歌《梁山伯与祝英台》、山东琴书《梁祝姻缘记》、壮族蜂鼓《梁祝》、零零落《祝英台》、俚歌《英台山伯》等,均取材于"梁山伯祝英台型故事";

---

① 此曲目又名《白蛇传》《雷峰塔》。
② 此曲目又名《节义缘》《芙蓉洞》。
③ 此曲目又名《点秋香》《笑中缘》。

京韵大鼓《愚公移山》、鼓书《愚公移山》、快板书《愚公移山》等，均取材于"愚公移山型故事"；

快板书《铸剑》，取材于"烁身铸剑型故事"；

快板书《隐身草》，取材于"隐身草型故事"；

快板书《宋定伯捉鬼》，取材于"巧卖鬼型故事"；

河南坠子《天河配》，取材于"牛郎织女型故事"；

太康道情《田螺姑娘》，取材于"田螺女型故事"；

祁东渔鼓《王祥卧冰》、河南坠子《王祥卧冰》、凤阳花鼓《王祥卧冰》、陕北道琴《王祥卧冰》、通渭小曲《王祥卧冰》、上党鼓书《王祥卧冰》、环县道情《王祥卧冰》、武乡鼓书《王祥卧冰》等，均取材于"卧冰求鱼型故事"；

豫东大鼓《郭巨埋儿》、大鼓书《郭巨埋儿》、西河大鼓《郭巨埋儿》、岳阳北花鼓《郭巨埋儿》、河南坠子《郭巨埋儿》、沙河坠子《郭巨埋儿》、京东大鼓《郭巨埋儿》、荷泽坠子《郭巨埋儿》、凉州孝贤《郭巨埋儿》、河州孝贤《郭巨埋儿》、晋北道情《郭巨埋儿》、义乌道情《郭巨埋儿》、洪洞道情《郭巨埋儿》、莲花落《郭巨埋儿》、徐州琴书《郭巨埋儿》、鲁南琴书《郭巨埋儿》等，均取材于"郭巨埋儿型故事"；

青海孝贤《丁郎刻母》、沂蒙小调《丁郎刻母》等，均取材于"丁兰刻木型故事"；

渔州鼓词《火烧红莲寺》、温州鼓词《火烧红莲寺》等，取材于"抄斩淫僧型故事"；

苏州评弹《玉蜻蜓》、绍兴莲花落《玉蜻蜓》、四明南词《玉蜻蜓》、平胡调《玉蜻蜓》、锣鼓书《玉蜻蜓》等，均取材于"尼庵命案型故事"；

五河小调《逆妇恶报》，取材于"逆妇恶报型故事"；

四川金钱板《张飞审瓜》，取材于"抱瓜伏罪型故事"；

八角鼓《中山狼》、单弦《中山狼》、岔曲《中山狼》、天津快板

《东郭先生》等，均取材于"中山狼型故事"；

凉州孝坚《老鼠嫁女》、青海孝贤《老鼠嫁女》、山西大鼓《老鼠嫁女》、快板书《老鼠嫁女》等，均取材于"猫儿更名型故事"；

湖北大鼓《聚宝盆》、绍兴莲花落《聚宝盆》等，均取材于"聚宝盆型故事"；

河南坠子《小寡妇改嫁》、数来宝《小寡妇改嫁》，取材于"助寡改嫁型故事"；

鼓词《咬舌计》，取材于"咬舌计型故事"。

通俗小说、戏曲、曲艺等群众性较强的艺术形式，以古代民间故事类型作为素材进行创作，对于中国古代民间故事类型的发展、演变产生了推动作用。一方面，通过通俗小说、戏曲、曲艺的创作和演出，在不同程度上扩大了各有关民间故事类型的影响，进一步促进了它们的流布。好些古代民间故事类型翼飞胫走，广为人知，不但是它们自身以口耳相传的方式不断流布的结果，而且是它们借助通俗小说、戏曲、曲艺的艺术形式进一步扩大影响的结果。另一方面，通俗小说、戏曲、曲艺等艺术形式采用有关的古代民间故事类型作为素材进行创作时，在不同程度上进行了艺术加工，其中有一部分古代民间故事类型因而有所变化，有所提高，使其日臻完美。白蛇传型故事的发展、演变颇具典型性。这一故事类型，发端于唐·郑还古撰《博异志》"李黄"，再由宋·洪迈《夷坚支戊》卷二《孙知县妻》到明·田汝成撰《西湖游览志》卷三《南山胜迹》、清·陆次云撰《湖壖杂志·雷峰塔》等，由最初的蛇精故事的雏形到将白娘子的爱情故事与金山寺、雷峰塔联系在一起，形成一个完整的民间故事类型，八九百年间经历了一个相当长的发展、演变过程。在此期间，历代从事通俗小说、戏曲、曲艺创作的一些署名的和不知名的作家对这一民间故事类型的发展、演变倾注了自己的心血，贡献突出的当数明代的冯梦龙和清代的黄图珌、方成培。冯氏根据民间传说加工、再创作的《白娘子永镇雷峰塔》，通过对白娘子、许宣、青青、法海等人物的刻画，描写了蛇仙追求爱情幸福的动人故事，宣告了白蛇传型故事的正式形成，是这一著名的古代民间故事类型发展的一个重要里程碑。黄氏与方氏分别于清代雍正、乾隆之际与乾隆中期创作的《雷峰塔》传奇，将白蛇传型故事搬上戏曲舞台，不但更为生动地塑造了白娘子以及许仙、青儿、法海等人物形象，而且进一步丰富了故事情节，展现了白娘子同以法海为首的封建势力的尖锐冲突，增强了这一爱情悲剧的社会意义，使白娘子的故事在思想上、艺术上都达到了一个更新的高度。通俗小说、戏曲、曲艺在白娘子故事方面的艺术成就，又反过来影响口耳相传的民间传说，推动民间传说的发展和提高。现当代形态的白蛇传型故事之所以如此优美动人，家喻户晓，显然是与冯梦龙、黄图珌、方成培等知名和不知名的通俗小说、戏曲、曲艺作家的有关创作分不开的。此外，像梁山伯祝英台型故事、孟姜女型故事、董永行孝型故事、巧析家产型故事、一笑姻缘型故事等古代民间故事类型的发展与普及，也与宋元明清各代通俗小说、戏曲、曲艺创作密不可分。

尚须指出的是，宋元以来的通俗小说、戏曲在从古代民间故事类型中发掘创作素材的时候，有少数作品甚至成为某些古代民间故事类型最早的文字记载。它们有的比较接近口传形态，有的则改变较大，但无论情况如何，都提供了相关的文献资料，对于研究中国古代民间故事类型颇为有用。上述奇特现象的出现至少有两种可能性：一种可能性是作家在进行创作时所采用的古代民间故事类型的素材，不是从文献中获得的，而是直接来自民间，在该作品问世之前，并无有关的故事类型的文字记载；另一种可能性是作家所见到的有关故事类型的文献资料已散佚，无从查考。

有关通俗小说、戏曲作品是某些古代民间故事类型最早的文字记载，数量不多，兹举例论析如下：

元·王晔撰《桃花女破法嫁周公》是现存最早见诸文字记载的"桃花女斗法型故事"，比成书于清道光二十六年（1846）的许秋垞撰《闻见异辞》卷一《桃花女斗法》早五百年左右。

第六章　文艺创作对中国古代民间故事类型发展的促进作用

明·佚名撰《解学士诗》中的"门对千竿竹"是现存最早见诸文字记载的"巧改竹对型故事"。此故事类型现当代广为流布，但明清并未见到别的文字记载。

明·佚名撰《龙图公案》卷十《床被什物》是现存最早见诸文字记载的"被子官司型故事"，比近人刘铁冷撰《铁冷丛谈》卷二《恶讼师》早三百多年。

明末清初西周生撰《醒世姻缘传》第二十六回中的"捉弄卖蛋人"和"抬粪过高桥"是现存最早见诸文字记载的"戏弄蛋贩型故事"和"抬桶过桥型故事"，分别比成书于清道光七年（1827）的许仲元撰《三异笔谈》卷三"售碎蛋"和成书于清光绪三年（1877）的采蘅子撰《虫鸣漫录》卷二"舁桶过桥"近二百年或一百五十年。

清·无名氏撰《施公案》① 第六回《施公审银子　断姜酒烂肺》是现存最早见诸文字记载的"晒银字型故事"，比成书于清嘉庆二十二年（1817）的慵讷居士撰《咫闻录》卷五《晒银》至少早二十年。

---

① 此书最早刊印于清嘉庆三年（1748）。

·下编·

卷　上

第七章　春秋战国时期的
民间故事类型

中国古代民间故事类型，初见于春秋战国时期。由先秦至清代，经历了春秋战国时期、秦汉时期、魏晋南北朝时期、隋唐五代时期、宋元时期、明代时期、清代时期七个发展阶段。在两三千年的发展过程中，中国古代民间故事类型的数量由少至多，呈递增的发展态势。民间故事类型的门类，由最初较为单一，发展到丰富多彩，涉及民间故事、民间传说的各个门类。民间故事方面的故事类型，早期即春秋战国时期至魏晋南北朝时期，幻想故事及寓言方面的类型比重较大，中后期即隋唐五代时期至清代时期，则以写实故事及笑话方面的类型为主。民间传说方面的故事类型，早期即春秋战国时期至魏晋南北朝时期门类不全，中后期即隋唐五代时期至清代时期门类颇为齐备。

从现存的古籍文献资料来看，中国古代的民间故事类型最初出现在春秋战国时期，主要见于《墨子》《左传》《孟子》《庄子》《韩非子》《吕氏春秋》《战国策》以及《列子》①等书。其中，以《墨

---

① 《列子》又名《冲虚真经》，相传为战国·列御寇撰，早佚。今本《列子》八篇，学界大都认为是魏晋时的作品，亦有人认为作于汉末。但学界也有人认为它并非伪书。由于聚讼纷纭，莫衷一是，本书暂将此书放在先秦时期论析。

子》出现的故事类型时间最早，以《韩非子》出现的故事类型数量最多。

  在春秋战国时期的数百年时间内，共出现近二十个故事类型。对于故事类型刚刚形成的最初阶段而言，数量可谓不少。这同当时百家争鸣的文化学术背景下先秦诸子及其学生、门客善于借助讲故事的方式来阐述自己的见解密切相关。有的故事类型，在这个时期已不止见诸一书。举例来讲，鬼魂报冤型故事，见于《墨子》《汲冢琐语》；介子推型故事，见于《左传》《庄子》《吕氏春秋》《韩非子》；戏后误国型故事，见于《韩非子》《吕氏春秋》；不死药型故事，见于《韩非子》《战国策》；狐假虎威型故事，见于《战国策》《尹文子》。这个现象正好说明春秋战国时期已经有一些故事类型流布较广，并且在流布过程中逐渐发生了变异，甚至对后世产生了较大的影响。

  这个时期的民间故事类型，门类可以说比较齐全，已包含幻想故事、写实故事、民间寓言、民间笑话等几个属于狭义民间故事范畴的类型和民间传说类型，但凡后世有的各种故事类型大门类，在这个时期基本上都已出现。这个时期的故事类型无疑为中国古代民间故事类型的发展，奠定了一个良好的基础。

  在这个时期的故事类型当中，数量最多的是民间寓言方面的故事类型。其中，既有我国古代一直比较兴盛的人事寓言方面的故事类型——揠苗助长型故事、不死药型故事、守株待兔型故事、刻舟求剑型故事、愚公移山型故事，又有在古代不甚发达，至现当代方才蔚为大观的动物寓言方面的故事类型——狐假虎威型故事、黄雀伺蝉型故事、鹬蚌相争型故事等，共计八个，将近占这个时期故事类型总数的二分之一。从民间故事类型的角度，也不难窥见先秦寓言繁荣兴盛的情势。

  在这个时期的民间故事类型当中，其他类别的故事类型数量都不大，幻想故事方面的故事类型有鬼欺老翁型故事、鬼魂报冤型故事；

写实故事方面的故事类型有夸年高型故事、哭夫不哀型故事、放鳖喝水型故事；民间笑话方面的故事类型有呆人买鞋型故事、夫妻祷祝型故事；民间传说方面的故事类型有介子推型故事、戏后误国型故事、射石饮羽型故事、机关木人型故事。

在这个时期的民间故事类型当中，有些故事类型在流传的过程中还衍生出一个甚至多个次类型（又称亚型），举例来讲，不死药型故事到了秦汉时期就衍生出不死酒型故事；鬼欺老翁型故事到了魏晋南北朝时期就衍生出狐精为祟型故事；夫妻祷祝型故事，到了魏晋南北朝时期衍生出贫人瓮算型故事，到了明代又衍生出鸡卵梦型故事。

在这个时期的民间故事类型当中，有一些故事类型在古代虽然多有流传，影响不小，但是却未能延续到现当代，属于在古代便已逐渐消亡、业已变为历史陈迹的故事类型。譬如，鬼欺老翁型故事，大约流传至南宋；射石饮羽型故事，大约流传至明代；鬼魂报冤型故事，大约流传至清代。当然，也有一些故事类型一直流传至现当代，至今仍具有相当的生命活力，诸如夸年高型故事、介子推型故事、机关木人型故事、愚公移山型故事、狐假虎威型故事、戏后误国型故事、放蟹喝水型故事、夫妻祷祝型故事等。

鬼魂报冤型故事 大致写先秦时期一大臣无辜被君王所杀。大臣发誓不出三年必定雪冤。到了三年，君王出游时大臣显灵将其射死。这一故事类型，最早见诸战国时期的《墨子》和《汲冢琐语》①。《墨子》中的两则，一则是关于杜伯射周宣王的，一则是关于庄子仪射燕简公的：

---

① 《汲冢琐语》本名《琐语》，因出自汲郡古墓，故称《汲冢琐语》，又因系以战国时古文字写成，亦称《古文琐语》。原简早已失传。清学者洪颐煊、严可均、马国翰、王仁俊等辑有佚文二十余则，较完整者十五六则。

> 今执无鬼者言曰:"夫天下之为闻见鬼神之物者,不可胜计也。"亦孰为闻见鬼神有无之物哉?子墨子言曰:"若以众之所同见,与众之所同闻,则若昔者杜伯是也。"周宣王杀其臣杜伯而不辜,杜伯曰:"吾君杀我而不辜,若以死者为无知,则止矣;若死而有知,不出三年,必使吾君知之。"其三年,周宣王合诸侯而田于圃,田车数百乘,从数千人,满野。日中,杜伯乘白马素车,朱衣冠,执朱弓,挟朱矢,追周宣王,射之车上,中心折脊,殪车中,伏弢而死。当是之时,周人从者莫不见,远者莫不闻,著在周之《春秋》。为君者以教其臣,为父者以警其子,曰:"戒之!慎之!凡杀不辜者,其得不祥,鬼神之诛,若此之憯速也!"以若书之说观之,则鬼神之有,岂可疑哉!

《墨子·明鬼》下"杜伯报冤"

> 非惟若书之说为然也,昔者燕简公杀其臣庄子仪而不辜,庄子仪曰:"吾君王杀我而不辜。死人毋知亦已,死人有知,不出三年,必使吾君知之。"期年,燕将驰祖。燕之有祖,当齐之社稷,宋之有桑林,楚之有云梦也,此男女之所属而观也。日中,燕简公方将驰于祖涂,庄子仪荷朱杖而击之,殪之车上。当是时,燕人从者莫不见,远者莫不闻,著在燕之《春秋》。诸侯传而语之曰:"凡杀不辜者,其得不祥,鬼神之诛,若此其憯速也!"以若书之说观之,则鬼神之有,岂可疑哉!

《墨子·明鬼》下"庄子仪报冤"

《汲冢琐语》中的一则是关于杜伯射周宣王的,又甚为简略:

> 宣王之妾女鸠欲通杜伯,杜伯不可,女鸠反诉之王。王囚杜

伯于焦，杀之，后三年，而杜伯射王。

《汲冢琐语》"杜伯射宣王"

北魏·郦道元撰《水经注》中的一则异文是关于杜伯射周宣王的，亦甚简略：

杜伯与其友左儒仕宣王，儒无罪见害，杜伯死之，终能报恨于宣王。故成公子安五言诗曰："谁谓鬼无知，杜伯射宣王。"

《水经注》卷十九"杜伯"

北齐·颜之推撰《还冤记》中的两则异文，有关杜伯的一则比较曲折，情节有所发展，有关庄子仪的一则比较简略，没有超出《墨子》的记载：

杜伯名曰恒，入为周大夫。宣王之妾曰女鸠，欲通之，杜伯不可。女鸠诉之宣王曰："窃与妾交。"宣王信之，囚杜伯于焦，使薛甫与司空锜杀杜伯。其友左儒九谏而王不听。杜伯既死，为人见王曰："恒之罪何哉？"王召祝，而以杜伯语告。祝曰："始杀杜伯，谁与王谋之？"王曰："司空锜也。"祝曰："何以不杀锜以谢之？"宣王乃杀锜，使祝以谢之。伯犹为人而至，言其无罪。司空锜又为人而至曰："臣何罪之有？"宣王告皇甫曰："祝也为我谋而杀人，吾杀者又皆为人而见诉，奈何？"皇甫曰："杀祝以谢，可也。"宣王乃杀祝以兼谢焉，又无益，皆为人而至。祝亦曰："我焉知之，奈何以此为罪而杀臣也？"后三年，宣王游圃田，从人满野。日中，见杜伯乘白马素车，司空锜为左，祝为右，朱冠起于道左，执朱弓彤矢，射王中心，折脊，伏于弓衣而死。

《还冤记》"杜伯"①

燕臣庄子仪，无罪而简公杀之。子仪曰："死者无知则已，若其有知，不出三年，当使君见之。"明年，简公将祀于祖泽。燕之有祖泽，犹宋之有桑林，国之大祀也，男女观之。子仪起于道左，荷朱杖击公，公死于车上。

《还冤记》"燕臣庄子仪"②

敦煌句道兴本《搜神记》"杜伯报冤"，情节比较简略：

昔有周宣王，信谗言，枉杀忠臣杜伯。杜伯临死之时，仰面向天曰："（杜伯无罪，）王曲取谗佞之言，枉杀臣。（今死亡矣，无罪知复何言。如其当先天下。）经三年，必杀王。王莫不知。"王知之，大怒曰："我是万乘之主，纵枉杀三五人，有何罪过！"遂杀之，后更至三年，宣王遂出城田猎，行至城南（门外），见杜伯前后侍从鬼兵队仗，乘赤马，朱笼冠，赫奕，手执弓箭，当路向宣王射之。（王）走退无路，百寮已下，咸而（面）见之。政射著王心，（王心痛，）便即还宫。不经三日，宣王死矣。古诗云：凡人不可枉杀，立当得报。事出《太史》。

五代以后之人伪托干宝撰《稗海本搜神记》卷三"杜伯雪冤"，情节略有变化：

---

① 引自《太平广记》卷一一九。
② 同上。

> 昔周宣王信谗言，杜伯无罪，王信佞而诛之。杜伯曰："臣无罪而加戮，若死有知，臣将上报，不越三岁，必雪冤矣。"王曰："汝但努力，我是万乘之君王，枉杀三五个之类，何有患乎？"乃戮之。经三年余，宣王出猎，行至城外山泽之间，将欲布猎。忽见杜伯着朱衣，乘白马，冠盖，前后鬼兵数百，当道而来。弯弓执矢射王。王慞，无处避之。百僚悉见，射中王心。王即心痛，归宫至日而薨。故语云："凡人不可枉滥，冤必至矣。"
>
> 《稗海本搜神记》卷三"杜伯雪冤"

明·王圻纂辑《稗史汇编》① 卷一三五《祠祭门·鬼物下·冤鬼》，抄自《还冤记》，文字相同，仅个别字句小有出入。《稗史汇编》卷一六九《祸福门·报恶类》之《杜伯彭生》与《燕臣庄子仪》，分别抄自《墨子》与《还冤记》，前者为《墨子·明鬼下》"杜伯报冤"的缩写，后者与《还冤记》"燕臣庄子仪"相同。

近人任松如编《水经注异闻录》② 收有一则风物传说，简略但有所变化：

> 杜伯与其友左儒，仕宣王。儒无罪，见害。杜伯死之，终能报恨于宣王。故成公子安五言诗曰："谁谓鬼无知？杜伯射宣王。"
>
> 《水经注异闻录》卷上"杜伯冢"

---

① 《稗史汇编》，北京出版社1987年版。
② 《水经注异闻录》，上海文艺出版社1991年据上海启智书局1935年版影印。

揠苗助长型故事 大致写一人担心禾苗长得不快,便将其拔高。他儿子到田中一看,禾苗全枯萎了。这一故事类型见诸《孟子》①:

> 宋人有闵其苗之不长而揠之者,芒芒然归,谓其人曰:"今日病矣!予助苗长矣!"其子趋而往视之,苗则槁矣。

《孟子·公孙丑》上"揠苗助长"

近人杨汝泉编纂《滑稽故事类编》第十编《宋人》、今人王利器辑录《宋人愚事录·揠苗助长》,均出自《孟子》,文字相同。

介子推型故事 大致写晋献公之子重耳遭难,流亡在外十九载。介子推(又作介之推、介之绥等)紧随其身,极尽忠心。重耳归国即位为晋文公,奖赏众有功之臣,却忘了介子推。介子推怒而隐居绵山。文公知过,追至绵山纵火,欲使介子推出,介子推竟抱树焚死。文公不胜哀嗟,伐树制屐以为纪念,并于介子推焚死之日禁火志痛,后世成为寒食节。有关晋文公赏从亡诸臣、介子推退隐至死的记载,初见于《左传》②:

> 晋侯赏从亡者,介子推不言禄,禄亦弗及。推……遂隐而死。晋侯求之不获,以绵上为之田,曰:"以志吾过,且旌善人。"

《左传·僖公二十四年》"介子推不言禄"

---

① 《孟子》是儒家的经典著作,战国中期孟子及其弟子万章、公孙丑等著。南宋朱熹将《孟子》与《论语》《大学》《中庸》合定为"四书",使之成为儒家基本经典之一。

② 《左传》亦称《春秋左氏传》或《左氏春秋》。儒家经典之一。旧传春秋时左丘明所著。清代经今文学家认为系西汉刘歆改编。近人认为是战国初年人据各国史料编成。有西晋杜预《春秋左氏经传集解》、唐孔颖达等《春秋左传正义》、清洪亮吉《春秋左传诂》等。

第七章　春秋战国时期的民间故事类型

此处的记载比较简略，并无割股、焚死、制屐、寒食等情节。而这些情节是从战国时期开始，在数百年乃至上千年的时间逐渐发展、充实起来的。

战国时期的有关记载，见诸《庄子》《韩非子》《吕氏春秋》等书。试看：

> 介子推至忠也，自割其股以食文公。文公后背之，子推怒而去，抱木而燔死。
>
> 《庄子·盗跖》"介子推"

> 晋文公反国，介子推不肯受赏，自为赋诗曰："有龙于飞，周遍天下，五蛇从之，为之丞辅。龙反其乡，得其处所。四蛇从之，得其露雨。一蛇羞之，桥死于中野。"悬书公门，而伏于山下。文公闻之曰："嘻！此必介子推也。"避舍变服，令士庶人曰："有能得介子推者，爵上卿，田百万。"或遇之山中，负釜盖簦，问焉，曰："请问介子推安在？"应之曰："夫介子推苟不欲见而欲隐，吾独焉知之。"遂背而行，终身不见。
>
> 《吕氏春秋·季冬记·介立》"介之推"

两汉时期的有关记载，见诸《韩诗外传》《淮南子》《说苑》《新序》《新论》《史记》及蔡邕撰《琴操》等。试看：

> 文公即位，赏不及推。推母曰："盍亦求之？"推曰："尤而效之，罪又甚焉。且出怨言，不食其食。"其母曰："亦使知之。"推曰："言，身之文也，身将隐，安用文？"其母曰："能如是，与若俱隐。至死不复见……"（文公）使人召之，则亡，遂求其所在，闻其入绵上山中。于是文公表绵上山中而封之，以为介推田，

号曰介山。

《说苑·复恩》"介子推"

晋文公反国，酌士大夫酒，召咎犯而将之，召艾陵而相之，授田百万。介子推无爵齿而就位……遂去而之介山之上。文公使人求之，不得，为之避寝三月，号呼期年……文公待之不肯出，求之不能得，以谓焚其山宜出。及焚其山，遂不出而焚死。

《新序·节士》"介子推"

魏晋南北朝时期的有关记载，见诸晋·王嘉撰《拾遗记》、南朝宋·刘敬叔撰《异苑》、南朝梁殷芸撰《小说》等。试看：

僖公十四年①，晋文公焚林以求介之推，有白鸦绕烟而噪，或集之推之侧，火不能焚。晋人嘉之，起一高台，名曰："思烟②台。"……或云戒所焚之山数百里居人不得设网罗，呼曰"仁鸟"。

《拾遗记》卷三"思烟台"

介子推逃禄隐迹，抱树烧死。文公拊木哀嗟，伐而制屐。每怀割股之功，俯视其屐曰："悲乎足下！""足下"之称，将起于此。

《异苑》卷十《足下之称》

随着这一故事类型的发展，逐渐衍生出寒食节的风俗传说。最早

---

① 应当僖公二十四年，此作"十四年"，误。
② 烟，"四库笔记小说丛书"之《拾遗记》作"贤"。

见于东汉·蔡邕撰《琴操》。

　　《龙蛇歌》者,介子绥所作也。晋文公重耳,与子绥俱亡。子绥割其腕股,以救重耳。重耳复国,舅犯、赴衰俱蒙厚赏,子绥独无所得。绥甚怨恨,乃作《龙蛇之歌》以感之,遂遁入山……文公惊悟,即遣求,得于绵山之下。使者奉节迎之,终不肯出。文公令燔山求之,火荧自出。子绥遂抱木而烧死。文公哀之,流涕归,令民五月五日不得举发火。

《琴操》卷下"五月五日禁火"

南朝宋·范晔撰《后汉书·周举传》正式使用"寒食"一词：

　　太原一郡,旧俗以介之推焚骸,有龙忌之禁。至其亡月,咸言神灵不乐举火。由是士民每冬中辄一月寒食,莫敢烟爨。

明·张岱撰《夜航船》卷一《天文部·春·寒食》云：

　　冬至后一百六日谓之寒食,以介子推是日焚死,晋文公禁火而志痛也。

清·俞樾撰《茶香室续抄》卷一《寒食在冬月》云：

　　宋洪迈《容斋三笔》云《邺中记》云：并州俗,冬至后一百五十日为子推断火,冷食三日。
　　按：《后汉·周举传》云：太原旧俗,以介子推焚骸,有龙忌之禁,士民每冬中,辄一月寒食。举为并州刺史,作书置子推庙,言盛冬去火,残损民命,非贤者之意。然则所谓寒食,乃是冬中，非今节令二三月间也。

此外，明·徐应秋撰《玉芝堂谈荟》卷二十一《寒食断火》还扼要引述了桓谭《新论》、陆岁翔《邺中记》、范晔《后汉书》、蔡邕《琴操》、崔鸿《十六国春秋》、张鹭《朝野佥载》、郑樵《通志》等有关寒食断火习俗的记载。

以上有关寒食节的记载，说法不尽相同，但无不与纪念介子推相关。

除了有关寒食节的风俗传说之外，尚有与介子推有关的庙宇传说出现。明·谈迁撰《枣林杂俎》中集《残苦庙》云：

介子推从重耳出亡，追者甚急，子推以其子林代死。重耳入晋，子推妻及林妻，寻推，闻焚死于绵山，俱投井死。乡人即其地立庙祀之，曰残苦庙，在曲沃西关外。

《古今图书集成·神异典》卷四九引《山西通志》"残苦庙"，与此则相同，仅个别文字稍有出入。

近人任松如编《水经注异闻录》卷上《割肉》云：

昔子推逃晋文公之赏而隐于绵上之山也。晋文公求之不得，乃封绵为介子推田，曰："以志吾过，且旌善人。"因名斯山（绵山）为介山。故袁山松《郡国志》曰：界休县有介山绵上聚子推庙。王肃《丧服要记》曰：昔鲁哀公祖载其父。孔子问曰："宁设桂树乎？"哀公曰："不也。桂树者，起于介子推。子推，晋之人也。文公有内难，出国之狄。子推随其行；割肉以续军粮。后文公复国，忽忘子推。子推奉唱而歌。文公始悟，当受爵禄。子推奔介山，抱木而烧死。国人葬之，恐其神魂贯于地，故作桂树焉。吾父生于宫殿，死于枕席，何用桂树为？"

这一故事类型，现当代仍在山西、黑龙江、河北、山东等地流布，如《介子推的传说》①《寒食节》②《寒食节的由来》③《寒食节》④。

黄雀伺蝉型故事　大致写螳螂欲捕蝉，而不知黄雀在其旁。黄雀欲啄螳螂，而不知弹丸在其下。童子欲弹黄雀，而不知前有深坑后有断树桩。这一故事类型，初见于《庄子》：

> 庄周游于雕陵之樊，睹一异鹊自南方来者，翼广七尺，目大运寸，感周之颡而集于栗林。庄周曰："此何鸟哉，翼殷不逝，目大不睹？"褰裳躩步，执弹而留之。睹一蝉，方得美荫而忘其身；螳螂执翳而搏之，见得而忘其形；异鹊从而利之，见利而忘其真。庄周怵然曰："噫！物固相累，二类相召也！"捐弹而反走，虞人逐而谇之。
>
> 　　　　　　　　　　　　《庄子·山木》"游雕陵"

《战国策》中的一则异文，情节有所变化：

> 独不见夫蜻蛉乎？六足四翼，飞翔乎天地之间，俯啄蚊虻而食之，仰承甘露而饮之，自以为无患，与人无争也。不知夫五尺童子，方将调饴胶丝，加己乎四仞之上，而下为蝼蚁食也。
>
> 　蜻蛉其小者也，黄雀因是以。俯啄白粒，仰栖茂树，鼓翅奋翼，自以为无患，与人无争也。不知夫公子王孙，左挟弹，右摄

---

① 见《中国民间故事集成·山西卷》。
② 见《中国民间故事集成·黑龙江卷》。
③ 见《耿村民间文化大观》。
④ 见《中国民间故事集成·山东卷》。

丸，将加己乎十仞之上，以其类为招。昼游乎茂树，夕调乎酸咸，倏忽之间，坠于公子之手。

《战国策》楚策四"蜻蛉与黄雀"

汉·刘向撰《新序》卷二《杂事》第二"蜻蛉与爵"，出自《战国策》，文字与此则大同小异：

且君王独不见夫蜻蛉乎？六足四翼，蜚翔乎天地之间，求蚊虻而食之，时甘露而饮之，自以为无患，与民无争也。不知五尺童子，胶丝竿，加之乎四仞之上，而下为蝼蛾食已。

蜻蛉犹其小者也，夫爵俯啄白粒，仰栖茂树，鼓其翼，奋其身，自以为无患，与民无争也。不知夫公子王孙，左挟弹，右摄丸，定操持，审参连，故昼游乎茂树，夕和乎酸咸。

汉·韩婴撰《韩诗外传》中的一则异文，增强了故事性，形成三段体结构形态。

园中有榆，其上有蝉。蝉方奋翼悲鸣，欲饮清露，不知螳螂之在后，螳螂方欲食蝉，而不知黄雀在后，举其颈，欲啄而食之也。黄雀方欲食螳螂，不知童子挟弹丸在榆下，迎而欲弹之。童子方欲弹黄雀，不知前有深坑，后有掘株也。此皆贪前之利，而不顾后害者也。非独昆虫众庶若此也，人主亦然。君今知贪彼之士，而乐其士卒。

《韩诗外传》卷十第二十一章"螳螂食蝉"

汉·刘向撰《说苑》中的一则异文，与《韩诗外传》的一则较为接近，文字多有变化。

> 园中有树，其上有蝉。蝉高居悲鸣饮露，不知螳螂在其后也。螳螂委身曲跗欲取蝉，而不知黄雀在其傍也。黄雀延颈欲啄螳螂，而不知弹丸在其下也。此三者皆务欲得其前利，而不顾其后之有患也。
>
> 《说苑》卷九《正谏》"螳螂捕蝉"

戏后误国型故事 大致写古代一君王为了取悦皇后（或酒醉），竟举烽击鼓作乐，诸侯、百姓赶到方知被戏弄。后果有敌情，君王又举烽击鼓，诸侯、百姓不至，君王兵败身亡。这一故事类型，最早见于春秋战国时期的文献。《韩非子·外储说左上》"酒醉击鼓"，是有关楚厉王的轶闻：

> 楚厉王有警，为鼓以与百姓为戒。饮酒醉，过而击之也，民大惊。使人止之，曰："吾醉而与左右戏，过击之也。"民皆罢。居数月，有警，击鼓而民不赴，乃更令明号而民信之。

这一则轶闻，后世流传不广，其影响远不如见诸《吕氏春秋》的另一则轶闻大，这便是：

> 周宅酆、镐，近戎人，与诸侯约：为高葆（堡）祷于王路，置鼓其上，远近相闻。即戎寇至，传鼓相告，诸侯之兵皆至，救天子。戎寇当（尝）至，幽王击鼓，诸侯之兵皆至，褒姒大说，喜之。幽王欲褒姒之笑也，因数击鼓，诸侯之兵数至而无寇。至于后戎寇真至，幽王击鼓，诸侯兵不至，幽王之身乃死于骊山之下，为天下笑。
>
> 《吕氏春秋·慎行论·疑似》"幽王击鼓"

这一则轶闻后世流传极广，对此故事类型的发展影响深远。后世的诸多异文,均以周幽王为故事主人公,而此处的击鼓情节,则演化为举烽击鼓。

西汉时期的两则异文,分别见于司马迁撰《史记》与刘向撰《列女传》。《史记》中的一则较简约,首次出现了"举烽"的情节:

> 褒姒不好笑,幽王欲其笑万方,故不笑,幽王为烽燧,大鼓有寇,至则举烽火。诸侯悉至,至而无寇,褒姒乃大笑。幽王说之,为数举烽火。其后不信,诸侯亦不至。

《史记》卷四《周本纪》"幽王数举烽火"

《列女传》中的一则较为详细:

> 幽王惑于褒姒,出入与之同乘,不恤国事,驱驰弋猎不时,以适褒姒之意。饮酒流湎,倡优在前,以夜续昼。褒姒不笑,幽王乃欲其笑,万端,故不笑。幽王为烽燧大鼓,有寇至则举;诸侯悉至,而无寇,褒姒乃大笑。幽王欲悦之,数为举烽火。其后不信,诸侯不至。忠谏者诛,唯褒姒言是从。上下相谀,百姓乖离。申侯乃与缯、西夷、犬戎共攻幽王。幽王举烽燧征兵,莫至。遂杀幽王于骊山之下,虏褒姒,尽取周赂而去。

《列女传》卷七《孽嬖传·周幽褒姒》"举烽戏姒"

北魏·郦道元撰《水经注》中的一则异文带有山川传说特征,在此故事类型中可谓别具一格:

> 苏林曰:戏,邑名,在新丰东南三十里。孟康曰:乃水名也,今戏亭是也。昔周幽王悦褒姒,姒不笑,王乃击鼓举烽,以征诸

侯，至无寇，褒姒乃笑，王甚悦之。及犬戎至，王又举烽以征诸侯。诸侯不至，遂败幽王于戏水之上，身死于骊山之北，故《国语》曰：幽灭者也。

《水经注》卷十九《渭水下》"戏亭"

近人任松如编《水经注异闻录》①卷上《戏姒》，抄自《水经注》，文字悉同。

唐·佚名撰《琱玉集》引《帝王世纪》的一则异文，描写又有其不同之处，将"击鼓"与"举烽"并列，同时出现：

褒姒，周时褒国之美女也。褒人献于周幽王，王敉之，遂逐申后，立褒姒为皇后。其一笑有百二十种媚，然褒姒非集大众不笑。幽王于是举烽打鼓。诸侯闻之谓言有贼，皆赴殿前。王曰："无贼，欲使褒姒笑耳。"如是非一。后犬戎来伐，王使放烽，诸侯谓言无贼，止为褒姒笑也，遂□不往。犬戎来至，王及褒姒并皆被杀。

《琱玉集》卷十四"幽王打烽打鼓戏褒姒"②

明·冯梦龙编纂《情史》卷七情痴类《周幽王》，与以上诸则亦有不同之处。

王宠褒姒，废申后及太子宜臼，而立褒姒为后，以其子伯服为太子。褒姒好闻裂缯声，王发缯日裂之，以适其意。褒姒不好笑，幽王欲其笑，诱之万方，故不笑。王与诸侯约：有寇至，举

---

① 《水经注异闻录》，上海文艺出版社1991年据上海启智书局1935年版影印。
② 引自王汝涛编校《全唐小说》，第三卷，山东文艺出版社1993年版，第2392页。

烽火为信，则举兵来援。王欲褒姒笑，乃无故举火，诸侯悉至。至而无寇褒姒乃大笑，王悦之，为数举烽火。其后不信，诸侯亦不至。申后之父申侯，怒与鄫人召西夷犬戎攻幽王。幽王举烽火征兵，兵莫至，遂杀幽王骊山下，虏褒姒，尽取周赂而去。

这一故事类型，现当代仍在陕西等地流布，如《褒姒一笑失江山》①。

夸年高型故事　大致写有二人（或三老）相遇，互相竭力夸饰其年纪如何之大，被人讥笑。《韩非子·外储说左上》"郑人争年"，是这一故事类型的雏形：

　　郑人有相与争年者。其一人曰："我与黄帝之兄同年。"讼此而不决，以后息者为胜耳。

宋·苏轼撰《东坡志林》卷二《三老语》的出现，标志着这一故事类型的正式形成：

　　尝有三老人相遇，或问之年。一人曰："吾年不可记，但忆少年时与盘古有旧。"一人曰："海水变桑田时，吾辄下一筹；尔来吾筹已满十间屋。"一人曰："吾所食蟠桃，弃其核于昆仑山下，今已与昆仑山齐矣。"以余观之，三子者，与蜉蝣朝菌，何以异哉？

由宋人纂辑、旧题苏轼撰《仇池笔记》卷下《三老人问年》，与此则完全相同。明·王圻编纂《稗史汇编》卷五十九《方外门·仙类一·

---

① 见《中国民间故事集成·陕西卷》。

三老语年》、明·冯梦龙编纂《古今谭概》荒唐部第三十三《三老人》、清·独逸窝退士辑《笑笑录》卷《三老言年》，均出自《东坡志林》，文字稍有出入。

明·陆灼撰《艾子后语》"大言"，使这一故事类型有了较大的发展、变化：

> 赵有方士好大言，艾子戏问之曰："先生寿几何？"方士哑然曰："余亦忘之矣。忆童稚时与群儿往看宓羲画八卦，见其蛇身人首，归得惊痫，赖宓羲以草头药治，余得不死。女娲之世，天倾西北，地陷东南，余时居中央平隐之处，两不能害。神农播厥谷，余已辟谷久矣，一粒不曾入口。蚩尤犯余以五兵，因举一指击伤其额，流血被面而遁。苍氏子不识字，欲来求教，为其愚甚，不屑也。庆都十四月而生，尧延余作汤饼会。舜为父母所虐，号泣于旻天，余手为拭泪，敦勉再三，遂以孝闻。禹治水，经余门，劳而觞之，力辞不饮而去。孔甲赠予龙醢一胾，余误食之，于今口尚腥臭。成汤开一面之网以罗禽兽，尝面笑其不能忘情于野味。履癸强余牛饮，不从，置余炮烙之刑，七昼夜而言笑自若，乃得释去。姜家小儿钓得鲜鱼，时时相饷，余以饲山中黄鹤。穆天子瑶池之宴，让余首席；徐偃称兵，天子乘八骏而返；阿母留余终席，为饮桑落之酒过多，醉倒不起，幸有董双成、萼绿华两个丫头相扶归舍；一向沉醉，至今犹未全醒，不知今日世上是何甲子也。"艾子唯唯而退。俄而赵王堕马伤胁，医云："须千年血竭傅之乃差。"下令求血竭，不可得。艾子言于王曰："此有方士，不啻数千岁，杀取其血，其效当愈速矣。"王大喜，密使人执方士，将杀之。方士拜且泣曰："昨日，吾父母皆年五十，东邻老姥携酒为寿，臣饮至醉，不觉言词过度，实不曾活千年。艾先生最善说谎，王其勿听。"赵王乃叱而赦之。

这一故事类型，现当代仍在河北、北京、浙江、江苏、吉林等地流布，如《比岁数》①《彭祖输妻》②《比岁数》③《彭祖夸口》④《比岁数》⑤。

不死药型故事 大致写射箭卫士将献给君王的不死药吃了，君王大怒要杀他，他说："臣吃此药而被杀，可见是死药，是献药的人欺骗了君王。"君王便放了他。这一故事类型，见诸《韩非子》：

> 有献不死之药于荆王者，谒者操之以入。中射之士问曰："可食乎？"曰："可。"因夺而食之。王大怒，使人杀中射之士。中射之士使人说王曰："臣问谒者，曰'可食'，臣故食之。是臣无罪，而罪在谒者也。且客献不死之药，臣食之而王杀臣，是死药也，是客欺王也。夫杀无罪之臣，而明人之欺王也，不如释臣。"王乃不杀。
>
> 《韩非子·说林》上"不死之药"

《战国策·楚策四》"不死之药"与《韩非子·说林》上"不死之药"小有出入。

宋·周文玘撰《开颜录》"不死之药"系据《韩非子》缩写，文字简约：

> 有献不死之药于荆王，射士取而食之，王欲杀射士，曰："臣谓不死药而食之，今杀臣，是杀人药。"王乃笑而赦之矣。

---

① 见《中国民间故事集成·河北卷》。
② 见《中国民间故事集成·北京卷》。
③ 见《浙江民间文学集成·洞头县卷》。
④ 见《中国民间故事集成·江苏卷》。
⑤ 见《中国民间故事集成·吉林卷》。

明·王圻纂辑《稗史汇编》卷九十三《人事门·俳调上·不死药》，亦据《韩非子》缩写，文字与《开颜录》略有不同。

有荐不死药于荆王，射士取而食之。王欲杀射士，射士曰："臣谓不死药而食之，今杀臣，是杀人之药，而食之何也。"王乃笑而赦之。

放鳖喝水型故事 大致写一人买鳖归，半道上放鳖下河饮水，竟让其逃走。这一故事类型，见诸《韩非子》：

郑县人卜子妻之市，买鳖以归。过颍水，以为渴也，因纵而饮之。遂亡其鳖。

《韩非子·外储说左》上"买鳖亡鳖"

这一故事类型，现当代仍在广西等地流布，如《放蟹喝水》（壮族）①。

这一故事类型，相当于丁乃通编著《中国民间故事类型索引》1310D。

守株待兔型故事 大致写一农夫见兔子触树而死，于是放下农耕，守在树下等有兔子再来送死，被人耻笑。这一故事类型，初见于《韩非子》：

宋人有耕者，田中有株，兔走触株，折颈而死。因释其耒而守株，冀复得兔。兔不可复得，而身为宋国笑。

《韩非子·五蠹》"守株待兔"

---

① 见《中国机智人物故事大观》。

旧题南朝宋·求那跋陀罗译《宾头卢突罗阇为优陀延王说法经》（简称《说法经》）"守树待肉"，有类似的母题：

野干①见甄叔迦树，其果似肉。见落地时，便往欲食。知其非肉，更复生念："今此非肉；彼树上者，必当是肉。"遂便守之，为其所困。

明末张岱撰《夜航船》所收的一则异文，出自《韩非子》，文字稍有改动：

宋人有耕者，田畔有株，兔走触之，折颈而死，因释耕守株，觊复得兔，为宋国笑也。

《夜航船》卷十七《四灵部·走兽·守株待兔》

近人杨汝泉编纂《滑稽故事类编》第十编《守株待兔》以及今人王利器辑《宋人愚事录·守株待兔》，均抄自《韩非子》，文字相同。

这一故事类型，相当于丁乃通编著《中国民间故事类型索引》1280＊。

呆人买鞋型故事 大致写一人到市中买鞋，拿到鞋后，却因忘记带事先量好的尺寸，又回家去取。返回时已经散场，其无法买到鞋。有人问他为何不穿在足上试鞋？他说我宁可相信比好的尺寸。这一故事类型，初见于《韩非子》：

郑人有欲买履者，先自度其足，而置之其坐。至之市，而忘

---

① 野干：兽名，梵语悉伽罗的音译，似狐而小，夜鸣如狼。

操之。已得履,乃曰:"吾忘持度。"反归取之。及反,市罢,遂不得履。人曰:"何不试之以足?"曰:"宁信度,无自信也。"

《韩非子·外储说左》上"郑人买履"

宋·周文玘撰《开颜录》"郑人买履"、明·冯梦龙辑《古今谭概》专愚部第四《宋人·郑人等》"郑人买履"均抄自《韩非子》,仅个别字句有出入。

这一故事类型,相当于丁乃通编著《中国民间故事类型索引》1332D*。

夫妻祷祝型故事　大致写有夫妻俩求神祷告,妻子希望不费力气便得到一百串钱。丈夫问为何要得这样少?妻子说多了你就会拿去买小妾。这一故事类型,见诸《韩非子》:

卫人有夫妻祷者,而祝曰:"使我无故得百束布!"其夫曰:"何少也?"对曰:"益是,子将以买妾。"

《韩非子·内储说》下"夫妻祷者"

明·冯梦龙辑《古今谭概》闺诫部第十九《不乐富贵》,除全文引此则,还增加了一则类似的传闻,相映成趣:

《韩非子》云:卫人有夫妻祷者而祝曰:"使我无故得百束布。"其夫曰:"何少也?"对曰:"益是,子将以买妾。"上谷都尉王琰以功封,其妻大哭于家。人问之。曰:"如此富贵,必更娶妾矣!"

这一故事类型，现当代仍在湖北等地流布，如《财神爷让位》①。

哭夫不哀型故事　大致写某官外出时闻一妇人哭夫不哀，顿生疑窦，于是进行追查，因而破获一桩谋夫案。这一故事类型，最早见于先秦时期，这便是《韩非子·难三》"子产闻哭"：

> 郑子产晨出，过东匠之闾，闻妇人之哭，抚其御之手而听之。有间，遣吏执而问之，则手绞其夫者也。异日，其御问曰："夫子何以知之？"子产曰："其声惧。凡人于其亲爱也，始病而忧，临死而惧，已死而哀。今哭已死，不哀而惧，是以知其有奸也。"

东汉·王充撰《论衡》卷十《非韩篇》"子产知奸"，出自《韩非子》，文字略有变化：

> 郑子产晨出，过东匠之宫，闻妇人之哭也，抚其仆之手而听之。有间，使吏执而问之，手杀其夫者也。翼日，其仆问曰："夫子何以知之？"子产曰："其声不恸。凡人于其所亲爱也，知病而忧，临死而惧，已死而哀。今哭夫已死，不哀而惧，是以知其有奸也。"

唐·李亢撰《独异志》卷下"哭夫不哀"、五代·和凝撰《疑狱集》卷中《子产闻哭》、宋·郑克撰《折狱龟鉴》卷五《子产》、明·冯梦龙编纂《智囊补》察智部诘奸卷十《子产》、清·魏息园辑《不用刑审判》卷一"郑子产晨出"等，均出自《韩非子》，文字亦有所改动。

至晋代，这一故事类型首次发生变异，出现了淫妇以铁锥贯顶杀害丈夫的情节，见于晋·干宝撰《搜神记》。

---

①　见《中国民间故事集成·湖北卷》。

> 严遵为扬州刺史，行部，闻道旁女子哭声不哀。问所哭者谁，对云："夫遭烧死。"遵敕吏舁尸到，与语讫，语吏云："死人自道不烧死。"乃摄女，令人守尸，云："当有枉。"吏曰："有蝇聚头所。"遵令披视，得铁锥贯顶。考问，以淫杀夫。
>
> 《搜神记》卷十一《严遵》

严遵为东汉阆中（今属四川）人。这一则故事又见晋·常璩撰《华阳国志》与宋·李昉等编辑《太平广记》。《太平广记》卷一七一《严遵》，出晋·陈寿撰《益都耆旧传》，文字与《搜神记》略有出入。

> 严遵为扬州刺史，行部，闻道傍女子哭而声不哀。问之，亡夫遭烧死。遵敕吏舆尸到，令人守之曰："当有物往。"更日，有蝇聚头所。遵令披视，铁锥贯顶。考问，以淫杀夫。

此外五代·和凝撰《疑狱集》卷上《严遵疑哭》、宋·郑克撰《折狱龟鉴》卷五《严遵》、明·王圻纂辑《稗史汇编》卷二十七《人物门·循吏类上·严遵》、明·冯梦龙编纂《智囊补》察智部诘奸卷十《严遵》、清·魏息园辑《不用刑审判》卷一"严遵为扬州行部"等，均出自《搜神记》，文字稍有改动。试看：

> 严遵为扬州刺史，巡行部内，忽闻哭声，惧而不哀，驻车问之，答曰："夫遭火烧死。"遵疑焉，因令吏守之，有蝇集于尸首，吏乃披髻视之，得铁钉焉。即按之，乃伏其罪。
>
> 《疑狱案》卷上《严遵疑哭》

至唐代，这一故事类型进一步发生变化，增加了破案的具体描写，故事主人公及故事发生地亦有所不同，见于唐·段成式撰《酉阳杂俎》：

> 相传云，韩晋公滉在润州，夜与从事登万岁楼，方酣，置杯不悦，与左右曰："汝听妇人哭乎，当近何所？"对在某街。诘朝，命吏捕哭者讯之，信宿狱不具。吏惧罪，守于尸侧。忽有大青蝇集其首，因发髻验之，果妇私于邻，醉其夫而钉杀之。吏以为神。吏问晋公，晋公云："吾察其哭声疾而不悼，若强而惧者。"
>
> 《酉阳杂俎》续集卷四《贬误》"韩滉"①

五代·和凝撰《疑狱集》卷下《韩滉听哭》、宋·郑克撰《折狱龟鉴》卷五《韩滉》皆出自《酉阳杂俎》，文字有所压缩。近人曹绣君编《古今情海》卷三十二《情中案·哭声》，引自《酉阳杂俎》，文字悉同。

射石饮羽型故事　大致写一名将见草中石以为虎而射之，中石没羽。视之乃石，更射终不能入石。这一故事类型，最早见诸《吕氏春秋》，文字极简略，故事主人公为春秋时楚国养由基：

> 养由基射兕，中石，矢乃饮羽，诚乎兕也。
>
> 《吕氏春秋·季秋纪·精通》"养由基射石"

自汉代以来，异文渐多，故事主人公除养由基外，尚有楚国熊渠子、西汉李广、北朝李远。汉·韩婴撰《韩诗外传》中的一则主人公为熊渠子：

---

① 《太平广记》卷一七二《韩滉》，出《酉阳杂俎》，文字稍有出入。

勇士一呼而三军皆避，出之诚也。昔者楚熊渠子夜行，见寝石以为伏虎，弯弓而射之，没金饮羽，下视知其石也，因复射之，矢跃无迹。熊渠子见其诚心，而金石为之开，而况人乎？

《韩诗外传》卷六"熊渠子射石"

汉·刘向撰《新序·杂事四》"熊渠子射石"与此则相同，仅个别字有出入。

汉·司马迁撰《史记》中的一则，主人公为李广：

（李）广出猎，见草中石，以为虎而射之，中石没镞，视之石也。因复更射之，终不能复入石矣。

《史记》卷一〇九《李将军列传》"李广射石"

东汉·班固撰《汉书》卷五十四《李广苏建传》"射石没矢"与《史记》的此则相同，仅个别字句有出入。明·王穉登撰《虎苑》①卷下"李广射石"出自《史记》，文字大致相同。

东汉·王充撰《论衡》，对这一故事类型有所论及：

儒书言：楚熊渠子出，见寝石，以为伏虎，将弓射之，矢没其卫。或曰：养由基见寝石，以为兕也，射之，矢饮羽。或言李广。便是熊渠、养由基、李广主名不审，无实也。

《论衡》卷八《儒增》"射石饮羽"

---

① 见《说郛续》卷四十二（《说郛三种》第十册）。

晋·张华撰《博物志》与《搜神记》各收有一则，前者记熊渠子事，极简略。后者记熊渠子、李广事，稍详细一点，文字与《韩诗外传》《史记》的记载接近。

唐·令狐德棻等撰《周书》中的一则主人公为李远。

> （李远）尝校猎于莎栅，见石于丛蒲中，以为伏兔，射之而中，镞入寸馀，就而视之，乃石也。太祖闻而异之，赐书曰："昔李将军广亲有此事，公今复尔，可谓世载其德。虽熊渠之名，不能独擅其美。"
>
> 《周书》卷二十五《李贤传》"李远射石"

唐·李延寿撰《北史》卷五十九《寇洛等传》"李远射石"与《周书》中的这则相同，文句小有出入。

宋·刘昌诗撰《芦浦笔记》① 卷一《射寝石》、宋·吴曾撰《能改斋漫录》卷十四《射石饮羽》，系汇集《新序》《汉书》《世说新语》有关熊渠子、李广、李远射石的条文而成。宋·戴埴撰《鼠璞·虎石》②，系汇集《汉书》《韩诗外传》有关李广、熊渠子射石的条文而成。明·王罃编集《群书类编故事》卷十四《技艺类·射虎乃石》系汇集《韩诗外传》《史记》《北史》有关熊渠子、李广、李远射石的条文而成。

刻舟求剑型故事 大致写一人渡江时其剑落水中，乃刻舟为记。等舟停下才入水寻找其剑。这一故事类型，初见于《吕氏春秋》：

> 楚人有涉江者，其剑自舟中坠于水，遽契其舟，曰："是吾

---

① 见《笔记小说大观》第三册。
② 见《说郛》卷九十九（《说郛三种》第二册）。

剑之所从坠。"

舟止，从其所契者入水求之。

舟已行矣，而剑不行，求剑若此，不亦惑乎？

《吕氏春秋·慎大览·察今》"刻舟求剑"

明·冯梦龙编纂《古今谭概》专愚部第四《宋人、郑人等》"刻舟求剑"，出《吕氏春秋》，与此则相同。

汉·刘安撰《淮南子》中一则异文，情节大体相似：

客之乘舟，中流遗其剑，遽契其舟栀，暮落而求之，其不知物类亦甚矣。

《淮南子·说林训》"契舟求剑"

南朝齐·（印度）求那毗地译《百喻经》（全名《百句譬喻经》，印度僧伽斯那编撰）亦收有一则异文，情节多有变化，落水中者为钎，而不是剑。

昔有人乘船渡海，失一银钎，堕于水中。即便思念："我今画水作记，舍之而去，后当取之。"

行经二月，到师子诸国，见一河水，便入其中，觅本失钎。

诸人问言："欲何所作？"

答言："我先失钎，今欲觅取。"

问言："于何处失？"

答言："初入海失。"

又复问言："失经几时？"

言："失来二月。"

问言："失来二月，云何此觅？"

答言:"我失钘时,画水作记。本所画水,与此无异,是故觅之。"

又复问言:"水则不别。汝昔失时,乃在于彼;今在此觅,何由可得?"

尔时众人无不大笑。

亦如外道,不修正行,相似善中,横计苦因,以求解脱,状如愚人,失钘于彼,而于此觅。

《百喻经》卷上《乘船失钘喻》

鬼欺老翁型故事 大致写一老者酒醉还家,半道上被假扮其子(或孙,下同)之鬼欺侮。回家后方知鬼魅所为。不久,老者佯醉而归,竟将前来迎接他的儿子当成鬼杀死了。这一故事类型,最早出现于战国时期,见诸《吕氏春秋》:

梁北有黎丘部,有奇鬼焉,喜效人之子侄昆弟之状。邑丈人有之市而醉归者,黎丘之鬼效其子之状,扶而道苦之。

丈人归,酒醒,而诮其子曰:"吾为汝父也,岂谓不慈哉?我醉,汝道苦我,何故?"其子泣而触地曰:"孽矣,无此事也!昔也往责于东邑人,可问也。"其父信之,曰:"嘻!是必夫奇鬼也,我固尝闻之矣!"

明日,端复饮于市,欲遇而刺杀之。明旦之市而醉,其真子恐其父之不能反也,遂逝迎之。丈人望其真子,拔剑而刺之。丈人智惑于似其子者,而杀其真子。

《吕氏春秋·慎行论·疑似》"黎丘奇鬼"

宋·欧阳玄撰《睽车志·黎丘鬼》①，系据此则缩写而成：

> 梁北丈人有之市而醉归者。黎丘鬼喜效人子姪之状，扶而迫苦之。归而诮其子，始知奇鬼也。明旦复往，其真子往迎之。丈人望其真子拔剑而刺之。

晋·干宝撰《搜神记》录写的一则异文，情节有明显的变化：

> 琅琊秦巨伯，年六十。尝夜行饮酒，道经蓬山庙，忽见其两孙迎之，扶持百余步，便捉伯颈着地，骂："老奴，汝某日捶我，我今当杀汝。"伯思惟某时信捶其孙。伯乃伴死，乃置伯去。伯归家，欲治两孙。两孙惊愕叩头，言："为子孙，宁可有此？恐是鬼魅，乞更试之。"伯意悟。数日，乃诈醉，行此庙间。复见两孙来，扶持伯，伯乃急持，鬼动作不得。达家，乃是两（偶）人也。伯著火炙之，腹背俱焦坼。出著庭中，夜皆亡去，伯恨不得杀之。后月余，又伴酒醉夜行，怀刃以去，家不知也。极夜不还，其孙恐又为此鬼所困，仍俱往迎伯，伯竟刺杀之。

《搜神记》卷十六《秦巨伯》

唐·释道世撰《法苑珠林》卷三十一《妖怪篇·引证部》"晋时有老狸作父怪"，由《搜神记》卷十六《秦巨伯》改写，文字多有变化：

> 晋时吴兴一人，有二男，田中作。作时见父来骂詈打拍之，儿归以告母。母问其父，其父大惊，知是鬼魅，便令儿斫之。鬼

---

① 见《郛说》卷一一八（《说郛三种》第八册）。

便寂不复往。父忧恐儿为鬼所困，便自往看。儿谓是鬼，便杀而埋之。鬼便逐归，作其父形，语家："二儿已得杀妖矣。"儿暮归，共相庆贺。遂积年不觉。后有一师过其家，语二儿云："君尊候有大邪气。"儿以白父，父大怒。儿出以语师，令速去。师便作声入，父成大老狸，入床下，遂得之。往所杀者，乃真父也，改殡治服。一儿遂自杀，一儿忿懊亦死。

五代·徐铉撰《稽神录》采录的一则异文，不但故事发生地有所变化，结尾也不同于"黎丘奇鬼"和《秦巨伯》，使这一故事类型得以进一步发展。

  望江李令者，罢秩居舒州，有二子甚聪慧。令尝饮酒暮归，去家数百步，见二子来迎，即共擒而殴之。令惊怒大呼，而远方人竟绝无知者，且行且殴，将至家，二子皆却走而去。
  及入门，二子复迎于堂下，问之，皆云未尝出门。
  后月余，令复饮酒于所亲家，因具白其事，请留宿，不敢归。而其子恐父暮归复为所殴，即俱往迎之。及至中途，见其父怒曰："何故暮出！"即使从人击之，因而获免。
  明日，令归，益骇其事。不数月，父子皆卒。郡人云："吾舒有山鬼，善为此厉，盖黎丘之徒也。"

《稽神录》卷二《望江李令》

狐假虎威型故事　大致写虎捉到狐后要把它吃掉，狐谎称它是天帝派来统领百兽的，让虎随它去见百兽。百兽见虎都跑光了，虎还以为是怕狐呢。这一故事类型，初见于《战国策》：

  虎求百兽而食之，得狐。狐曰："子无敢食我也！天帝使我长百兽。今子食我，是逆天帝命也！——子以我为不信？吾为子先行，子随我后，观百兽之见我而敢不走乎？"

　　虎以为然，故遂与之行。兽见之皆走。虎不知兽畏己而走也，以为畏狐也。

《战国策·楚策》"狐假虎威"

《尹文子》佚文、汉·刘向撰《新序·杂事二》均收有此则故事，文字与《战国策》相同，仅个别字句有出入。

　　明·王罃编集《群书类编故事》① 卷二十四《鸟兽类·狐假虎威》，明·张岱撰《夜航船》② 卷十七《四灵部·走兽·狐假虎威》，内容亦与《战国策》相同，只不过前者的文字与《战国策》接近，后者文字简约，是经过压缩的。

　　这一故事类型，现当代仍在内蒙古、广西等地流布，如《兔假虎威》（蒙古族）③、《老虎、狐狸和狗熊》（毛南族）④。

鹬蚌相争型故事　大致写鹬鸟啄河蚌的肉时被河蚌死死夹住长嘴，互不相舍。后来竟被渔人把它们捉住了。这一故事类型，见诸《战国策》：

　　蚌方出曝，而鹬啄其肉，蚌合而拑其喙。鹬曰："今日不雨，明日不雨，即有死蚌！"蚌亦谓鹬曰："今日不出，明日不出，即有死鹬！"两者不肯相舍，渔者得而并禽之。

《战国策·燕策二》"鹬蚌相争"

---

① 《群书类编故事》，书目文献出版社1993年版。
② 《夜航船》，四川文艺出版社1996年版。
③ 见《中国民间故事集成·内蒙古卷》。
④ 见《中国民间故事集成·广西卷》。

唐·冯贽撰《云仙杂记》①卷九《鹬蚌》、宋·无名氏撰《释常谈》卷上"鹬蚌相争",均出《战国策》,文字相同,仅个别字句有出入。

愚公移山型故事　大致写愚公年九十,面太行、王屋二山而居,深感出行不便,乃率领子孙去移山。天帝被其感动,命夸娥氏二子负山而去,分别置放在朔东与雍南。这一故事类型,见诸《列子》:

> 太行、王屋二山,方七百里,高万仞。本在冀州之南,河阳之北。
>
> 北方愚公者,年且九十,面山而居。惩山北之塞,出入之迂也,聚室而谋,曰:"吾与汝毕力平险,指通豫南,达于汉阴,可乎?"杂然相许。
>
> 其妻献疑曰:"以君之力,曾不能损魁父之丘,如太行、王屋何?且焉置土石?"
>
> 杂曰:"投诸渤海之尾,隐土之北。"
>
> 遂率子孙荷担者三夫,叩石垦壤,箕畚运于渤海之尾。邻人京城氏之孀妻有遗男,始龀,跳往助之。寒暑易节,始一反焉。
>
> 河曲智叟笑而止之,曰:"甚矣!汝之不惠。以残年余力,曾不能毁山之一毛,其如土石何?"
>
> 北山愚公长息曰:"汝心之固,固不可彻。曾不若孀妻弱子。虽我之死,有子存焉。子又生孙,孙又生子,子又有子,子又有孙,子子孙孙,无穷匮也。而山不加增,何苦而不平?"
>
> 河曲智叟亡以应。
>
> 操蛇之神闻之,惧其不已也,告之于帝。帝感其诚,命夸娥氏二子负二山,一厝朔东,一厝雍南。自此,冀之南,汉之阴,

---

① 见《全唐小说》第四卷,山东文艺出版社1993年版。

无陇断焉。

《列子·汤问》"愚公移山"

唐·李亢撰《独异志》卷下"愚公移山",系据《列子》改写,文字极简约:

> 昔者愚公居山之阴,而出入有阻,乃勖励子孙移之。山神见曰:"山极崇高,汝何可移?"公曰:"吾生有子,子复有孙,子子孙孙,誓而移之,何为不可!"于是神命夸娥氏为移之。

宋·谢维新撰《古今合璧事类备要》中的"愚公移山"与元·王鹜编纂《群书类编故事》卷三《地理类·愚公移山》,均据《列子》改写,文字亦多有压缩。

这一故事类型,现当代仍在河南等地流布,如《愚公移山》①。

这一故事类型,相当于丁乃通编著《中国民间故事类型索引》911A*。

机关木人型故事　大致写古时一巧匠,技艺超群,巧思无与伦比。曾制作一木人,能歌善舞,与真人无异。君王(或市人)见了,感叹其人之巧乃可与造化者同功。这一故事类型,最早见于《列子》:

> 周穆王西巡狩,越昆仑,不至弇山,返还。未及中国,道有献工人,名偃师。穆王荐(进)之。问曰:"若有何能?"偃师曰:"臣唯命所试。然臣已有所造,愿王先观之。"穆王曰:"日以俱来,吾与若俱观之。"翌日,偃师谒见王。王荐之,曰:"若与偕来者,何人邪?"对曰:"臣之所造能倡者。"穆王惊视之,

---

① 见《中国民间故事集成·河南卷》。

趋步俯仰，信人也。巧夫领其颐，则歌合律；捧其手，则舞应节；千变万化，惟意所适。王以为实人也，与盛姬内御并观之。技将终，倡者瞬其目而招王之左右侍妾。王大怒，立欲诛偃师。偃师大慑，立剖散倡者以示王，皆傅会革、木、胶、漆、白、黑、丹、青之所为。王谛料之，内则肝、胆、心、肺、脾、肾、肠、胃；外则筋、骨、支、节、皮、毛、齿、发；皆假物也，而无不毕具者。合会，复如初见。王试废其心，则口不能言；废其肝，则目不能视；废其肾，则足不能步。穆王始悦而叹曰："人之巧乃可与造化者同功乎？"诏贰车载之以归。夫班输之云梯，墨翟之飞鸢，自谓能之极也。弟子东门贾、禽滑釐，闻偃师之巧，以告二子，二子终身不敢语艺，而时执规矩。

《列子·汤问》"偃师献所造能倡者"

西晋·竺法护译《佛说生经》卷三"巧工"与《列子·汤问》"偃师献所造能倡者"颇为相似。两则是否有渊源关系，值得探究。

时第二工巧者，转行至他国。应时国王喜诸技术。即以材木作机关木人，形貌端正，生人无异。衣服颜色，黠慧无比；能工歌舞，举动如人。辞言我子，生若干年。国中恭敬，多所馈遗。国王闻之，命使作技，王及夫人升阁而观。作伎歌舞，若干方便，跪拜进止，胜于生人。王及夫人欢喜无量。便角瞚眼，色视夫人。王遥见之，心怀忿怒，促敕侍者斩其头来："何以瞚眼，视吾夫人？"谓有恶意，色视不疑。其父啼泣，泪出五行，长跪请命："吾有一子，甚重爱之。坐起敬退，以解忧思。愚意不及，有是失耳。假使杀者，我共当死。唯以加哀，原其罪衅。"时王恚甚，不肯听之。复白王言："若不活者，愿自手杀，勿使馀人。"王便可之。则拔一肩楄，机关解落，散碎在地。王乃惊愕："吾身云何瞋于材木！此人工巧，天下无双，作此机关，三百六十节，胜于生人。"即以赏赐亿万两黄金。

《佛说生经》卷三"巧工"①

唐·张鷟撰《朝野佥载》采录的一则异文，情节简略，然颇生动有趣，拓展了这一故事类型的发展及演变空间。

将作大匠杨务廉甚有巧思，常于沁州市内刻木作僧，手执一碗，自能行乞。碗中钱满，关键忽发，自然作声云："布施。"市人竞观，欲其作声，施者日盈数千矣。

《朝野佥载》卷六"刻木作僧"

明·冯梦龙编撰《古今谭概》灵迹部第三十二《木僧》抄自《朝野佥载》，文字小有出入。

唐·段成式撰《酉阳杂俎》续集卷四《贬误》"鲁般"，其主要情节为造木鸢，但也包含造木人的母题，并且进一步拓宽了这一故事类型的发展及演变空间。

今人每睹栋宇巧丽，必强谓鲁般奇工也。至两都寺中，亦往往托为鲁般所造，其不稽古如此。据《朝野佥载》云：鲁般者，肃州燉煌人，莫详年代，巧侔造化。于凉州造浮图，作木鸢，每击楔三下，乘之以归。无何，其妻有姙，父母诘之，妻具说其故。父后伺得鸢，击楔十余下，乘之，遂至吴会。吴人以为妖，遂杀之。般又为木鸢乘之，遂获父尸。怨吴人杀其父，于肃州城南作一木

---

① 引自《古译佛经寓言选》，人民文学出版社 1988 年版。

仙人，举手指东南，吴地大旱三年。卜曰："般所为也。"赍物具千数谢之，般为断一手，其日吴中大雨。国初，上人尚祈祷其木仙。六国时，公输般亦为木鸢以窥宋城。

这一故事类型，现当代仍在甘肃、辽宁、北京等地流布，如《木人挑担》①《鲁班和张班·弓人》②《没有量（良）心》③。

---

① 见《中国民间故事集成·甘肃卷》。
② 见《鲁班传说故事集》。
③ 同上。

第八章　秦汉时期的民间故事类型

　　秦汉时期的时间跨度达四百多年，然而见诸古籍文献记载的民间故事却不甚丰富，与之相应的是这个时期出现的民间故事类型数量也不多，只有近二十个。它们多数见于东汉·应劭撰《风俗通义》，此外尚见于汉·淮南王刘安及其门客撰《淮南子》、汉·刘向撰《列女传》与《孝子传》、汉·司马迁撰《史记》、东汉·赵晔撰《吴越春秋》、东汉·班固撰《汉书》、旧题东汉·班固撰《汉武故事》、旧题东汉·郭宪撰《汉武帝别国洞冥记》、东汉·陈寔撰《异闻记》以及汉译佛经《杂譬喻经》等。
　　这个时期出现的民间故事类型，除少量的民间寓言、民间传说方面的类型外，大多数是写实故事方面的类型。在写实故事方面的类型中，新出现了案狱故事类型，如凭污捉盗型故事、二妇争子型故事、断绢得奸型故事、巧析家产型故事。此种故事类型，后世与日俱增，逐渐兴盛，数量达五十多个，占总数将近十分之一，成为中国古代民间故事类型的一个重要组成部分，颇引人注目。在民间传说类型中，新出现了地方传说类型，如城陷为湖型故事。此种故事类型，后世亦有增加，但数量不大，而且由于大部分都与特定的地方城池、山川、风物有关联，流传往往仅限于局部地域，一般都不广泛。但是，这个时期出现的城陷为湖型故事却比较特殊，它在后世流布甚广，影响很大，其后在魏晋南北朝、唐、宋、元、明、清各个时期的文献中都有记载，异文达二三十种之多，历久不衰，现当代仍在不少地方的汉族和少数民族聚居区流布。这无疑与一两千年间此类地质灾害不断在我国各地出现有直接的关联。

在中国古代民间故事类型中，这个时期首次出现原类型与次类型共生的奇特现象。这就是鲍君神型故事、桑中生李型故事、石贤士神型故事这三个有着原类型与次类型关系的故事类型，同时出现在《风俗通义》之中，我们实在难以判断其流传时间的先后。笔者在本书第一章绪论中曾提出原类型与次类型的区分只是相对而言的论断，上述三个同时出现于一书的故事类型，正是一个很好的佐证。

中国古代民间故事类型在形成与发展过程中，曾经受到过外来故事的影响。这种影响，在一个相当长的历史阶段，是通过翻译佛教文学经典而产生的。而这种影响，开始于这个时期的末尾。在这个时期新出现的十三个故事类型中，有一个故事类型——众鸟举网型故事，最初见于东汉末年汉译《杂譬喻经》。尽管数量非常少，但它却开风气之先，代表着后世中国古代民间故事类型形成与发展的一个不可忽视的方面。到了下一个时期，此种故事类型将大量涌现出来，展现出一个新的发展态势。

这个时期的个别故事类型，为后世的文艺创作提供素材。譬如，元·李行道撰杂剧《灰阑记》（全名《包待制智勘灰阑记》）便是以首见于《风俗通义》的二母争子型故事为题材编写而成的。中国古代民间故事类型对后世的文艺创作提供素材，产生积极影响，最早可以追溯到这个时期。

塞翁失马型故事 大致写塞翁失马，人来慰问，翁曰："安知非福？"后其马引骏马归，人来祝贺，翁曰："安知非祸？"后其子骑马折肢，人又慰问，翁曰："安知非福？"后起战事，丁壮者皆出征，其子因跛相保。这一故事类型，初见于汉·淮南王刘安及其门客撰《淮南子》：

近塞上之人，有善术者，马无故亡而入胡，人皆吊之。其父曰："此何遽不能为福乎？"

居数月，其马将胡骏马而归，人皆贺之。

其父曰："此何遽不能为祸乎？"

家富良马，其子好骑，堕而折其髀；人皆吊之。其父曰："此何遽不能为福乎？"

居一年，胡人大入塞，丁壮者控弦而战，近塞之人，死者十九。此独以跛之故，父子相保。

《淮南子·人间训》"塞翁失马"

汉·刘向撰《说苑》的一则异文，与《淮南子》的这则相同，仅个别字句有出入：

北塞上之人，其马亡入胡中，人皆吊之。其父曰："此何讵知不为福。"居数月，其马将胡骏马而归，人皆贺之。其父曰："此何讵知不为祸？"家富马良，其子好骑，堕而折髀，人皆吊之。其父曰："此何讵知不为福？"居一年，胡夷大出厐，丁壮者皆控弦而战，塞上之人，死者十九，此子独以跛故，父子相保。

《说苑》佚文"北塞上之人亡马"①

唐·李亢撰《独异志》的一则异文，情节略有变化，文字亦不同于《淮南子》：

塞翁失马，乡人皆唁，翁曰："未必不为福。"明年，引群马至。人复贺，翁曰："未必不为祸。"子孙、家僮出入多爱乘马，

---

① 引自《太平御览》卷八九六。

坠折四肢。乡人复唁，翁曰："未必不为福。"又明年，西胡入国，国中但能披甲者，皆征行之。子孙、家僮以残毁免。

《独异志》卷上"塞翁失马"

元明时期又出现元·王罃编纂《群书类编故事》卷十七《人事类·失马得马》、明·郑瑄编纂《昨非庵日纂》卷八"塞翁失马"、明·张岱编《夜航船》卷十七《四灵部·走兽·塞翁失马》等一些异文，均由《淮南子·人间训》"塞翁失马"演变而来。试看：

塞上翁家有走马，突入胡地，邻人叹其失马。翁曰："安知非福？"居数日，其马多引胡虏骏马归。邻人贺之，翁曰："安知非祸？"既得骏马，其子堕马折臂。邻人又来拊问，翁曰："安知非福？"居一年，虏炽，丁壮皆控弦死战，翁子以臂折得免。

《昨非庵日纂》卷八"塞翁失马"

孟姜女型故事　大致写孟姜女之夫婚后服劳役去修筑长城，惨死于城下。孟姜女历尽千辛万苦为征夫送寒衣，至长城下得噩耗，哀痛无比，竟将长城哭倒。这一故事类型，源远流长，历久不衰。先秦时期，尚处于萌芽阶段，仅有关于春秋时齐国大夫杞梁战死，其妻哀哭的片言只字的零星记载：

齐侯还自晋，不入。遂袭莒……莒子亲鼓之，从而伐之，获①杞梁……齐侯归，遇杞梁之妻于郊，使吊之。辞曰："殖②之

---

① 获：此处指死获，即杀死。
② 杞梁，名殖，字梁。

有罪，何辱命焉？若免于罪，犹有先人之敝庐在，下妾不得与郊吊。"齐侯吊诸其室。

《左传·襄公二十三年》"齐侯吊唁"

齐庄公袭莒于夺，杞梁死焉。其妻迎其柩于路，而哭之哀。

《礼记·檀弓下》

华周、杞梁之妻，善哭其夫，而变国俗。

《孟子·告子下》

两汉至魏晋时期，有关杞梁之妻的故事得到了相当的发展，并且出现了哭崩城墙的重要情节。最有影响的当推汉·刘向撰《列女传》卷三《仁智传·齐杞梁妻》：

齐杞梁殖之妻也。庄公袭莒，殖战而死。庄公归，遇其妻，使使者吊之于路。杞梁妻曰："今殖有罪，君何辱命焉？若令殖免于罪，则贱妾有先人之弊庐在，下妾不得与郊吊。"于是庄公乃还车诣其室，成礼然后去。杞梁之妻无子，内外皆无五属之亲。既无所归，乃就其夫之尸于城下而哭。内诚动人，道路过者，莫不为之挥涕，十日而城为之崩。既葬，曰："吾何归矣！夫妇人必有所倚者也，父在则倚父，夫在则倚夫，子在则倚子。今吾上则无父，中则无夫，下则无子，内无所依，以见吾诚，外在所倚，以立吾节，吾岂能更二哉？亦死而已。"遂赴淄水而死。君子谓杞梁之妻贞而知礼。《诗》云："我心伤悲，聊与子同归。"此之谓也。

颂曰：杞梁战死，其妻收丧。齐庄道吊，避不敢当。哭夫于城，城为之崩。自以无亲，赴淄而薨。

在刘向撰《说苑》中，亦有此类记载，颇为简略：

> 昔杞梁战而死，其妻悲之，向城而哭，隅为之崩，城为之阤①。
>
> 《说苑·善说》"杞梁妻哭城"

晋·崔豹撰《古今注》卷中《音乐第三》"杞梁妻"，则从文艺创作的角度来叙写这个故事，情节与《列女传》大同小异。

> 《杞梁妻》，杞植妻妹朝日之所作也。杞植战死，妻叹曰："上则无父，中则无夫，下则无子。生人之苦至矣。"乃抗声长哭，杞都城感之而颓，遂投水而死。其妹悲其姊之贞，乃为作歌，名曰《杞梁妻》焉。

至隋唐五代时期，这一故事类型便基本上定型，并且开始改编为其他文艺形式在民众中传播，进一步扩大其影响。这个时期最引人注目的是佚名撰《琱玉集》引《同贤记》记载的一则故事：

> 杞良秦始皇时北筑长城，避苦逃走，因入孟超（据下文，当作起字）后园树上。起女仲姿浴于池中，仰见杞良而唤之，问曰："君是何人，因何在此？"对曰："吾姓杞名良，是燕人也。但以从役而筑长城，不堪辛苦，遂逃于此。"仲姿曰："请为君妻。"良曰："娘子生于长者，处在深宫。容貌艳丽，焉为役人之匹？"仲姿曰："女人之体，不得再见丈夫，君勿辞也。"遂以状陈父，而父许之。夫妇礼毕，良往作所。主典怒其逃走，乃打杀之，并筑城内。起不知死，遣仆欲往代之，闻良已死，并筑城中。仲

---

① 阤（zhì志）：小崩。

姿既知，悲哽而往，向城啼哭。其城当面一时崩倒，死人白骨交横，莫知孰是，仲姿乃刺指血以滴白骨，去（按，疑当作云字）若是杞良骨者，血可流入。即沥血。果至良骨血即流入，使将归葬之也。出《同贤记》。二说不同，不知孰是。

《琱玉集》感应篇第四"杞良妻"

此篇作品，将男主人公描写成服劳役的征夫，而且同秦始皇修长城联系起来，还增加了女主人公哭崩长城、滴血认夫等情节，扩大了作品的思想内涵和社会意义，与后世口传的孟姜女故事颇为接近，成为这一故事类型发展的一个里程碑。

这个时期，另一个值得关注的变化，是将杞梁妻定名为孟姜女。晚唐五代敦煌曲子中有一首《捣练子》，其中称孟姜女即杞梁妻：

孟姜女，杞梁妻，一去烟（燕）山更不归。造得寒衣无人送，不免自家送征衣。长城路，实难行，乳酪山下雪霏霏。吃酒则为隔饭病，愿身强健早还归。

敦煌石窟中所藏晚唐五代变文《孟姜女变文》①，虽系残卷，不仅缺前段，而且结尾也不全，但是仍然可以窥见其故事情节与《琱玉集》大致相同，兹引述如下：

（前缺）
□贵珍重送寒衣，未□（委）将何可报得？
热（执）别之时言不久，拟如朝暮再还乡。
谁为忽遭槌杵祸，魂销命尽塞垣亡。

---

① 见王重民等编《敦煌变文集》，人民文学出版社 1984 年版。

当别已后到长城，当作之官相苦克，
　　命尽便被筑城中，游魂散漫随荆榇（棘）。
　　劳贵远道故相看，冒涉风霜捐气力。
　　千万珍重早取还，贫兵地下长相亿（忆）。
　　其妻闻之大哭叫，不知君在长城妖（夭）。
　　既云骸骨筑城中，妾亦更知何所道。
　　姜女自雹哭黄天，只恨贤夫亡太早。
　　妇人决列（烈）感山河，大哭即得长城倒。

古诗曰：
　　陇上悲云起，旷野哭声哀，
　　若道人无感，长城何为颓？
　　石壁千寻列，山河一向迥，
　　不应城崩倒，总为妇人来。
　　塞外岂中论，寒心不忍闻。

哭之以（已）毕，心神哀失，懊恼其夫，掩从亡没。叹此贞心，更加愤郁。髑髅无数，死人非一，骸骨纵横，凭何取实。咬指取血，洒长城已（以）表单（丹）心，选其夫骨。
　　姜女哭道何取此，玉貌散在黄沙里，
　　为言坟陇有标楬（题），埌埌髑髅若个是？
　　鸣呼哀哉难简择，见即令人愁思起，
　　一一捻取自看之，咬指取血从头试。
　　若是儿夫血入骨，不是杞梁血相离。
　　果报认得却回还，幸愿不须相惟（违）弃。
　　大哭咽喉声已闭，双眼长流泪难止。
　　黄天忽尔逆人情，贱妾同向长城死。

三进三退，或悲或恨，鸟兽齐鸣，山林俱振。冤魂□□，□□□□，点血即肖（消），登时渗尽。□脉骨节，三百余分，不少一支，□□□□□□。更有数个髑髅，无人搬运，姜女悲啼，

第八章　秦汉时期的民间故事类型

向前供问:"如许髑髅,佳俱(家居)何郡?因取夫回,为君传信。君若有神,儿当接引。"

　　髑髅既蒙问事息,已得传言达故里,
　　魂灵答应杞梁妻,我等并是名家子。
　　被秦差充筑城卒,辛苦不襟(禁)俱役死。
　　铺尸野外断知闻,春冬镇卧黄沙里。
　　为报闺中哀怨人,努力招魂存祭祀。
　　此言为记在心怀,见我耶孃方便说。
　　叩头□□□□□,□□□□□□□。
　　□骨今岁无人取,不免□□□□□。
　　□□□□更加悽,领纳鬼词答□□。

　　□□□□□骨,自将背负,懊恼其□□□□□□,文祭曰:"△年△日,□□□□□庶修(羞)之奠,敬祭□□□□□□行俱备,文通七篇。昔有之日,名振饗(响)于家邦,上下无嫌,刚柔得所。起为差充兵卒,远筑长城,吃苦不襟(禁),魂魄皈于蒿堇(里)。预若红花标(飘)落,长无靓荽之晖;延白雪以词(祠)天,气(岂)有还云之路。呜呼,贱妾谨馔单杯,踈兰尊于玉席,增韵饗以金杯。惟魂有神,应时纳受。"

　　祭之已了,角束夫骨,自将背负,□□□□,来(下缺)

此变文的女主人公杞梁妻叫姜女,即孟姜女,与敦煌曲子词是一致的。不仅如此,在南宋时期,有据该故事改编的南戏《贞节孟姜女》《孟姜女送寒衣》《孟姜女死哭长城》问世。元、明、清及近现代,仍不断有据该故事改编的戏曲、曲艺作品被搬上舞台。这些都有助于扩大此一故事类型的影响,使之更加深入人心。

自宋代以来,随着此一故事类型的扩播,还出现了一些相关的地方传说,兹举数则如下:

八日过雍丘县……次过范郎庙,其地名孟庄,庙塑孟姜女。

宋·周焊撰《北辕录》"范郎庙"

秦时孟姜为富家女,嫁范杞良为妻。婚后三日其夫修长城,日久不归。孟姜为杞良送冬衣,至长城闻夫已死,顿足恸哭,哭声震地,长城崩坏。孟姜觅丈夫遗骨,难以辨认,乃咬指滴血相认。孟姜将丈夫尸骨扛回家,至潼关力竭,遂置尸骨于岩下,坐死其侧。潼关人敬重其节义,乃立像纪念。

明·冯梦龙编纂《情史》卷八《情感类·孟姜》

曲沃县西南三十里,侯马镇南河西堰中,世传姜女托堰哭夫,手印于堰,至今土虽屡倾,遗迹犹存。

明·谈迁撰《枣林杂俎》中集《姜女手迹》

孟姜石,山海王长城北,石上有妇人迹,相传为秦时孟姜女寻夫之地。

明·张岱撰《夜航船》卷二地理部《古迹·孟姜石》

女姓姜,楚地澧人。行一,故曰孟姜。秦始皇筑长城,夫范郎往赴其役。久不归,制寒衣躬往送之。至则范已死,痛哭城崩,沥血求夫骨函归。行至同官山,力竭死。土人即其遗骸,立祠以祀。

清·钱也是撰《读书敏求记·孟姜女集》下"姜女祠"

这一故事类型,现当代仍在黑龙江、河北、北京、山西、陕西、甘肃、宁夏、湖北、湖南、广西、广东、福建、浙江、上海、江苏、安徽、山东、内蒙古、辽宁、四川、河南、吉林等地汉族和某些少数民族聚居区流布，譬如《孟姜女》①、《孟姜女与万喜良》②、《长城和孟姜女》③、《孟姜女的传说》④、《孟姜女和范喜良》⑤、《孟姜女选婿》⑥、《孟姜女的故事》⑦、《孟姜女寻夫》⑧、《孟姜女和范喜郎》⑨、《孟姜女送衣》（毛南族）⑩、《孟姜女哭长城的传说》⑪、《孟姜女变花报夫仇》（畲族）⑫、《孟姜女的传说》⑬、《孟姜女与鱼肠米》⑭、《孟姜女与银鱼儿》⑮、《孟姜女出生》⑯、《杞梁和孟姜》⑰、《孟姜女的传说》⑱、《秦始皇之死》⑲、《孟姜女和李桂郎》⑳、《孟姜女》㉑、《孟姜女

---

① 见《中国民间故事集成·黑龙江卷》。
② 见《耿村民间文化大观》。
③ 见《中国民间故事集成·北京卷》。
④ 见《中国民间故事集成·山西卷》。
⑤ 见《中国民间故事集成·陕西卷》。
⑥ 见《中国民间故事集成·甘肃卷》。
⑦ 见《中国民间故事集成·宁夏卷资料丛书·银川市集成》。
⑧ 见《中国民间故事集成·湖北卷》。
⑨ 见《中国民间故事集成·湖南卷》。
⑩ 见《中国民间故事集成·广西卷》。
⑪ 见《中国民间故事集成·广东卷》。
⑫ 见《中国民间故事集成·福建卷》。
⑬ 见《中国民间文学集成浙江省·绍兴市上虞县卷》。
⑭ 见《中国民间文学集成·上海卷·普陀区分卷》。
⑮ 见《中国民间故事集成·江苏卷》。
⑯ 见《中国传说故事大辞典·传说》。
⑰ 见《中国民间故事集成·山东卷》。
⑱ 见《孟姜女资料选集》（第二辑·故事）。
⑲ 见《孟姜女资料选集》（第二辑·故事）。
⑳ 见《孟姜女资料选集》（第二辑·故事）。
㉑ 见《中国民间故事集成·河南卷》。

出世》①。

这一故事类型，相当于艾伯华著《中国民间故事类型》"十四、主人公和英雄210. 孟姜女"。

城陷为湖型故事　大致写一老妪由于善待路人（或不食鱼），受到厚报，预知城门见血（或石龟口、眼出血）便会地陷。妪每日往视。人知其故，乃以血涂城门（或石龟）。妪见血即远走（或登山），城遂沦陷为湖（或谷）。这一故事类型，正式形成于汉代，然而先秦时期已有类似的母题出现，可视为这一故事类型的雏形：

有侁氏女子采桑，得婴儿于空桑之中，献之其君。其君令烰人养之，察其所以然。曰："其母居伊水之上，孕，梦有神告之曰：'白出水而东走，毋顾！'"明日，视白出水，告其邻，东走十里而顾，其邑尽为水，身因化为空桑。故命之曰伊尹。此伊尹生空桑之故也。

《吕氏春秋·孝行览·本味》"伊尹生空桑"

到了汉代，这一故事类型陆续见诸文字记载。西汉时《淮南子·俶真训》已有"历阳没为湖"的记载：

历阳之都，一夕反而为湖，勇力圣知与罢怯不肖者同命。

东汉时期，高诱撰《淮南子注》，为上述"历阳没为湖"作注时，引述了以下一则传说，其故事发生地在今安徽境内。

历阳，淮南国之县名，今属江都。昔有老妪，常行仁义。有

---

① 见《中国民间故事集成·吉林卷》。

> 二诸生过之，谓曰："此国当没为湖。"谓妪："视东城门阃有血便走上北山，勿顾也。"自此，妪便往视门阃，阃者问之，妪对曰如是。其暮，门吏故杀鸡，血涂门阃。明旦，老妪早往视门，见血便上北山，国没为湖。与门吏言其事适一宿耳，一夕旦而为湖也。

高诱注《说文解字》亦有"历阳没为湖"①，文字相同，仅无最后一句"一夕旦而为湖也"数字。

旧题三国魏·曹丕撰《列异传》中的一则异文，与高诱注"历阳没为湖"相似，细节有一定变化：

> 和州历阳沦为湖。先是有书生遇一老姥，姥待之厚，生谓姥曰："此县门石龟眼血出，此地当陷为湖。"姥后数往候之。门吏问姥，姥具以告，吏遂以朱点龟眼。姥见，遂走上北山，城遂陷。
>
> 《列异传》"历阳沦为湖"②

南朝齐·祖冲之撰《述异记》、南朝梁·任昉撰《述异记》均有"历阳沦为湖"，并且与《列异传》的文字完全相同。

晋·干宝撰《搜神记》录写的两则异文，情节有了较明显的发展变化，故事发生地分别在今天的安徽与浙江。

> 古巢，一日江水暴涨，寻复故道。港有巨鱼重万斤，三日乃死。合郡皆食之。一老姥独不食，忽有老叟曰："此吾子也，不幸罹此祸。汝独不食，吾厚报汝。若东门石龟目赤，城当陷。"

---

① 见《诸子集成》第七册，中华书局1954年版。
② 出《类林杂说》卷十。

姥日往视。有稚子讶之，姥以实告。稚子欺之，以朱傅龟目。姥见，急出城。有青衣童子曰："吾龙子也。"乃引姥登山，而城陷为湖。

《搜神记》卷二十《古巢老姥》

由拳县①，秦时长水县也。始皇时，童谣曰："城门有血，城当陷没为湖。"有妪闻之，朝朝往窥。门将欲缚之，妪言其故。后门将以犬血涂门，妪见血便走去。忽有大水欲没县。主簿令干入白令。令曰："何忽作鱼？"干曰："明府亦作鱼。"遂沦为湖。

《搜神记》卷十三《长水县》

后一则异文，《太平广记》卷四六八亦题作《长水县》，出《神鬼传》，文字稍有出入：

秦时，长水县有童谣曰："城门当有血，则陷没为湖。"有老妪闻之，忧惧，旦旦往窥焉。门卫欲缚之，妪言其故。妪去后，门卫杀犬，以血涂门。妪又往，见血走去，不敢顾。忽有大水，长欲没县。主簿何干入白令。令见干曰："何忽作鱼？"干曰："明府亦作鱼矣。"遂沦陷为谷。

这一则异文，北魏·郦道元撰《水经注》卷二十八《由卷县》② 出《神异传》，文字也有一些出入，并且带上地方传说色彩。

《神异传》曰：由卷县，秦时长水县也。始皇时，县有童谣

---

① 由拳县，又作由卷县，旧治在今浙江嘉兴南。
② 近人任松如编《水经注异闻录》卷下《作鱼》，与此则文字相同。

曰:"城门当有血,城陷没为湖。"有老姬闻之,忧惧。旦往窥城门,门侍欲缚之。姬言其故。姬去后,门侍杀犬,以血涂门。姬又往,见血,走去不敢顾。忽有大水,长欲没县。主簿令干入白令。令见干曰:"何忽作鱼?"干又曰:"明府亦作鱼!"遂乃沦陷为谷矣,因目长水城水曰谷水也。

宋·乐史撰《太平寰宇记》卷二十二《海州朐山县》亦引《神异传》的这则传闻,但其中加入了新说,文字出入颇大。

硕濩湖,在县南一百四十二里。《神异传》曰:"秦始皇时童谣云:'城门有血,城将陷没。'有一老母闻之忧惧,每旦往窥城门。门传兵缚之。母言其故。门传兵乃杀犬,以血涂门上。母往,见血便走。须臾大水至,郡县皆陷。老母牵狗北走六十里,至伊莱山得免。"西南隅今仍有石屋,名曰神母庙,庙前石上,狗迹犹存。

南朝梁·刘之遴撰《神录》①"长水县",前一部分的文字与《搜神记》卷十三《长水县》几乎相同,但后面又增加一段文字,亦带有地方传说的色彩。

由拳县,秦时长水县也。始皇时,县有童谣曰:"城门当有血,城陷没为湖。"有姬闻之忧惧,每旦往窥城门;门侍欲缚之,姬言其故。姬去后,门侍杀犬,以血涂门。姬又往,见血走去,不敢顾。忽有大水,长欲没县,主簿令干入白令。令见干曰:"何忽作鱼?"干又曰:"明府亦作鱼!"遂乃沦陷为谷。老母牵狗北走六十里,移至伊莱山得免。西南隅今乃有石室,名为神母庙,庙前石上,狗迹犹存。

---

① 见鲁迅校录《古小说钩沉》。

唐·李亢撰《独异志》中的一则异文，由《搜神记》卷十三《长水县》缩写，文字极简约，"长水县"改作"长安县"：

> 始皇时，长安县忽有大水涨而欲没县。主簿令干入白，明府谓干曰："今日卿何作鱼面？"干曰："明府亦作鱼头。"言讫，遂陷为湖。

《独异志》卷下"长安县为湖"

唐·李亢撰《独异志》中的另一则异文，由高诱撰《淮南子注》"历阳没为湖"演化而来，情节小有变化：

> 历阳县有一媪，常为善。忽有少年过门求食，媪待之甚恭。临去，谓媪曰："时往县门，见门阃有血，即可登山避难。"自是，媪日往之。门吏问其状，媪答以少年所教。吏即戏以鸡血涂门阃。明日，媪见有血，乃携鸡笼走山上。其夕，县陷为湖。今和州历阳湖是也。

《独异志》卷上"历阳湖"

唐·焦璐撰《穷神秘苑·邛都老姥》①，故事发生地在四川，城陷为湖的缘由是县令滥杀无辜。

> 益州邛都县有老姥，家贫孤独。每食，辄有小蛇，头上有角，在桦之间。姥怜而饲之，后渐长大丈馀。县令有马，忽被蛇吸之。令因大怒，收姥。姥云："在床下。"遂令人发掘，愈深而无所见。县令乃杀姥。其蛇因梦于县令曰："何故杀我母？当报仇耳！"自此每常闻风雨之声。三十日，是夕，百姓咸惊相谓曰：

---

① 引自《太平广记》卷四五六。

"汝头何得戴鱼?"相逢皆如此言。是夜,方四十里,与城一时俱陷为湖,土人谓之邛河,亦邛池。其母之故宅基独不没,至今犹存。鱼人采捕,必止宿。又言此水清,其底犹见城郭楼槛宛然矣。

宋·刘斧撰辑《青琐高议》后集卷一《大姆记》,故事发生地在今安徽,记因食龙子之肉而陷巢州事,由《搜神记》卷二十《古巢老姥》演化而来,描写生动,笔触细密,将复仇母题与报恩母题糅合在一起,扩大了这一故事类型的容量。

究地理,今巢湖,古巢州也。或改为巢邑。一日江水暴泛,城几没。水复故道,城沟有巨鱼,长数十丈,血鬐金鳞,电目赭尾,困卧浅水,倾郡人观焉。后三日,鱼乃死。郡人脔其肉以归,货于市,人皆食之。

有渔者与姆同里巷,以肉数斤遗姆,姆不食,悬之于门。一日,有老叟霜鬓雪须,行步语言甚异,询姆曰:"人皆食鱼之肉,尔独不食悬之,何也?"姆曰:"我闻鱼之数百斤者,皆异物也。今此鱼万斤,我恐是龙焉,固不可食。"叟曰:"此乃吾子之肉也,不幸罹此大祸,反膏人口腹,痛沦骨髓,吾誓不舍食吾子之肉者也。尔独不食,吾将厚报尔。吾又知尔善能拯救贫苦,若东寺门石龟目赤,此城当陷。尔时候之,若然,尔当急去,无留也。"叟乃去。

姆日日往视,有稚子讶母,问之,姆以实告。稚子欺人,乃以朱傅龟目,姆见,急去出城。俄有小青衣童子曰:"吾龙之幼子。"引姆升山,回视全城陷于惊波巨浪,鱼龙交现。

大姆庙今存于湖边,迄今渔者不敢钓于湖,箫鼓不敢作于船,天气晴明,尚闻水下歌呼人物之声。秋高水落,潦静湖清,则屋宇阶砌,尚隐见焉。居人则皆龙氏之族,他不可居,一何异哉!

金·元好问撰《续夷坚志》中的一则异文，故事情节较为简略，着重彰显因孝免祸的题旨：

> 镇城欲陷日，州长佐史率妓乐迎官出城，坐待驿亭次，见一妇披发跣足，喘汗入城。问之，云其姑卒病，买药欲救之。良久，亭中人闻空际有相问答者，云："出城未？"答者言："未。"吏卒闻之，大骇怪，不知所谓。少之，妇得药而出，城随陷，城中无一人免者。此妇殆以孝感脱此祸欤！

《续夷坚志》卷四《镇城地陷》

元·盛如梓撰《庶斋老学丛谈》卷二《地陷为湖》，记载了安徽巢湖地陷与四川邛都地陷之事。其中的巢湖地陷，与《淮南子注》《列异传》《搜神记》的相关记载一致；邛都地陷，与《穷神秘苑》的相关记载一致。

> 《庐江郡志》载，巢湖事。昔有巫媪居，县有老叟曰："石龟口出血，此地陷为湖。"未几有人以猪血置龟口，巫媪见之南走，其地遂陷……西南夷邛都县地陷为湖，因名邛池。注引李膺《益州记》，邛都县有老姥家贫，每食有小蛇在床，姥怜而食之。后长丈馀。令有骏马，蛇吸杀之。令怒杀姥，蛇为姥报仇，每夜闻风雷之声，四十余日，百姓相见，咸惊语："汝头那戴鱼！"是夜方四十里俱陷为湖，唯姥宅无恙，至今犹存。巢湖地陷，并缘于此。

明·张岱撰《夜航船》中的两则异文，是由《搜神记》中的《古巢老姥》《长水县》演化而来，文字简略，带有地方传说色彩，而且包含了一些未曾出现的信息。

巢湖，合肥。世传江水暴涨，沟有巨鱼万斤，三日而死，合郡食之。独一姥不食。忽遇老叟，曰："此吾子也。汝不食其肉。吾可忘报耶？东门石龟目赤，城当陷。"姥日往窥之。有稚子戏以朱傅龟目。姥见，急登山，而城陷，周四百余里。

《夜航船》卷二地理部《山川·巢湖》

硕项湖在安东。秦时童谣云："城门有血，当陷没。"有老姆忧惧，每旦往视。门者知其故，以血涂门，姆见之，即走。须臾，大水至，城果陷。高齐时，湖尝涸，城址尚存。

《夜航船》卷二地理部《山川·硕项湖》

清代出现的异文使这一故事类型有了进一步的发展和变化，显示出由古代文本向现当代口传形态过渡的特征。清同治年间成书的毛祥麟撰《墨余录》采集的一则异文，增加了善恶对比的内容，强化了善恶有报的题旨。

涝河，陕西八水之一，在鄠县西南，出终南山涝圩谷，近河有沙滩三十里。相传宋元时，腊姓居此，富甲一郡，常自书其门曰："若要腊家穷，天坍涝水空。"盖指门前稻田八百顷，资涝水灌溉，坐收万斛也。一日，有道人踵门化斋，而竟日不与。一媪怜之，啖以茶饼。道人临去曰："此间将有难，汝心颇善，尚可救，然无漏泄也。"媪求计，道人曰："汝但见石狮眼红，即避勿顾。"未几，馆童弄硃，戏涂狮眼，媪遂仓皇遁去。至晚，风雨大作，水溢堤崩，果将腊氏所居冲为平地。闻今疾风暴雨之夕，鬼哭尚闻。

《墨余录》卷三《腊氏故墟》

清光绪初年成书的宣鼎撰《夜雨秋灯录》采集的一则异文在避难的情节方面增加了新的内容，更趋于多样化。

> 吾乡泗州城，沦为洪泽湖久矣。土人云，为大禹命庚辰所系水怪巫支祈逸出为害，此无稽也。州城之沉，乃明末事。其时画士恽南田正寓僧伽禅寺，门前一水环绕，出入须楫。时已四十五日雨，淮流七十二道山溪之水全归于此。童谣早有"石龟滴血泪，要命上东山"之语，恽甚忧之。夜静，偶闻神鬼满堂私议曰："时已至矣，乞施行。"神曰："尚有一僧一道未归，一主一仆未出，姑须臾。"恽披衣起，殿黑无人，知水厄至，急呼仆起，携随身文具，仓皇拔关出走。过渡，见庙僧携杖打包归，曰："先生何往?"曰："吾有急，须登第一山耳。"所谓第一山者，盱山也。主仆踯躅，甫逾岭，天遽明，回头一眺，则白茫茫一片水国，成巨浸矣。
>
> ——《夜雨秋灯录续集》卷四《古泗州城》

近人任松如编《水经注异闻录》所录一则异闻，故事发生地在今河北，情节与《穷神秘苑·邛都老姥》有一些相似之处。

> （武强县）耆宿云：邑人有行于途者，见有小蛇，疑其有灵，持而养之，名曰担生。长而吞噬人，里中患之，遂捕系狱。担生负而奔，邑沦为湖，县长及吏，咸为鱼矣。今县治东北半里许落水。
>
> ——《水经注异闻录》卷上《担生》

清·昭梿撰《啸亭杂录》所收一则异文，故事情节变化很大：

> 乾隆庚子，城南火灾，毁焚数千家，延及城楼雉堞，经月乃

已。或言火灾之先，有卖菜佣梦一人告曰："京师将有火灾。汝视火神寺庙额字如朱，即其期矣。"某日往视，其守者询知，因暗涂豕血以戏之。次日果有是灾。人皆以为妄言。按《淮南子》云，历阳有老妪，颇行仁义，有两书生过之告曰："此国当为湖，妪视东城门有血，便走上山，勿反顾也。"妪数往视，门吏问之，妪对如其言。东门吏杀鸡血以涂其门。明日妪早往视，便走上山，国没为湖。然则古即有此事情也。

《啸亭杂录》卷十《庚子火灾》

这一故事类型，现当代仍在上海、江苏、福建、山东、湖北、四川、西藏、安徽等地的汉族和个别少数民族聚居区流布，譬如《神仙试人心》①、《水淹泗州城》②、《石狮子吐血》③、《陆不平与庞人踩》④、《石狮子口里流血》⑤、《石狮子眼睛发红的时候》⑥、《石狮眼里掉血泪》（藏族）⑦、《小白龙怒陷巢州府》⑧。

这一故事类型，相当于丁乃通编著《中国民间故事类型索引》825A*，艾伯华著《中国民间故事类型》"五、创世、混沌初开、最初的人47.洪水1"。

河伯娶妇型故事　大致写西门豹为邺令，得知三老、廷掾、巫祝每岁

---

① 见《中国民间文学集成·上海卷·长宁区分卷》。
② 见《中国民间故事集成·江苏卷》。
③ 见《中国民间故事集成福建卷·晋江县分卷》。
④ 见《临沂地区四老人故事集》。
⑤ 见《湖北民间故事传说集·黄冈地区专集》。
⑥ 见《中国民间故事集成·四川省宜宾县资料卷》。
⑦ 见《中国民间故事集成·西藏卷》。
⑧ 见《中国民间故事集成·安徽卷》。

为河伯娶妇，借机敛财、坑害百姓，即往会河上，故意对将投水女子的容貌表示不满，先后投巫祝、三老等于河中以告河伯。当再要投廷掾、豪长时，群奸皆叩头乞命。从此废掉为河伯娶妇恶俗。这一故事类型，最早见诸汉·司马迁撰《史记》：

  魏文侯时，西门豹为邺令。豹往到邺，会长老，问之民所疾苦。长老曰："苦为河伯娶妇，以故贫。"豹问其故，对曰："邺三老、廷掾常岁赋敛百姓，收取其钱得数百万，用其二三十万为河伯娶妇，与巫祝共分其余钱持归。当其时，巫行视小家女好者，云是当为河伯妇，即娉取。洗沐之，为治新缯绮縠衣，闲居斋戒；为治斋宫河上，张缇绛帷，女居其中。为具牛酒饭食，（行）十余日。共粉饰之，如嫁女床席，令女居其上，浮之河中。始浮，行数十里乃没。其人家有好女者，恐大巫祝为河伯取之，以故多持女远逃亡。以故城中益空无人，又困贫，所从来久远矣。民人俗语曰'即不为河伯娶妇，水来漂没，溺其人民'云。"西门豹曰："至为河伯娶妇时，愿三老、巫祝、父老送女河上，幸来告语之，吾亦往送女。"皆曰："诺。"
  至其时，西门豹往会之河上。三老、官属、豪长者、里父老皆会，以人民往观之者三二千人。其巫，老女子也，已年七十。从弟子女十人所，皆衣缯单衣，立大巫后。西门豹曰："呼河伯妇来，视其好丑。"即将女出帷中，来至前。豹视之，顾谓三老、巫祝、父老曰："是女子不好，烦大巫妪为入报河伯，得更求好女，后日送之。"即使吏卒共抱大巫妪投之河中。有顷，曰："巫妪何久也？弟子趣之！"复以弟子一人投河中。有顷，曰："弟子何久也？复使一人趣之！"复投一弟子河中。凡投三弟子。西门豹曰："巫妪弟子是女子也，不能白事，烦三老为入白之。"复投三老河中。西门豹簪笔磬折，向河立待良久。长老、吏旁观者皆惊恐。西门豹顾曰："巫妪、三老不来还，奈之何？"欲复使廷掾与豪长者一人入趣之。皆叩头,叩头且破,额血流地,色如死灰。西门豹曰:"诺。且留待之须臾。"须臾,豹曰:"廷掾起矣。状河伯留客之久,若皆罢去归矣。"邺吏民大惊恐,从是以后,不敢复言为河伯娶妇。

《史记》卷一二六《滑稽列传》"西门豹废恶俗"①

北魏·郦道元撰《水经注》收有一则异文,文字多有变化且与地名、风俗传说相关:

漳水又北迳祭陌西,战国之世,俗巫为河伯取妇,祭于此陌。魏文侯时,西门豹为邺令,约诸三老曰:为河伯娶妇,卒来告知,吾欲送女,皆曰诺。至时,三老、廷掾赋敛百姓,取钱百万。巫觋行里中,有好女者,咒当为河伯妇,以钱三万聘女,沐浴脂粉如嫁状。豹往会之,三老、巫、掾与民,咸集赴观。巫妪年七十,从十女弟子,豹呼妇视之,以为非妙,令巫妪入报河伯,投巫于河中。有顷,曰何久也?又令三弟子及三老入白,并投于河。豹声[磬]折曰:三老不来,奈何?复欲使廷掾、豪长趣之,皆叩头流血,乞不为河伯取妇。淫祀虽断,地留祭陌之称焉。

《水经注》卷十"为河伯娶妇"

宋·谢廷芳撰《辨惑论》②所收一则系据《史记》的有关记载改写,文字简洁:

西门豹为邺令,问民所疾苦,长老曰:"苦为河伯娶妇。"豹

---

① 《史记·滑稽列传》是西汉史学家褚少孙补写。此处的"西门豹废恶俗"出自褚少孙的手笔。

② 见《说郛》卷七十三(《说郛三种》第六册)。

曰："至时幸来告吾。"及告，豹往会河上，见巫女数十人立大巫后，豹呼河伯妇视之，曰："是女不好，烦大巫为妪投之河中。"有顷曰："何久也？"弟子趣水投三弟子。豹曰："巫妪女子不能白事，烦三君为人白之。"复投三老河中。良久，欲使廷掾等人趣之。皆叩头流血，乃免。自是不复言河伯娶妇。

《辨惑论·巫觋》"河伯娶妇"

明·冯梦龙撰《智囊补》所收一则亦由《史记》有关记载改写，文字比较接近《史记》：

魏文侯时，西门豹为邺令，会长老，问民疾苦。长老曰："苦为河伯娶妇。"豹问其故，对曰："邺三老、廷掾常岁赋民钱数百万，用二三十万为河伯娶妇，与巫祝共分其余。当其时，巫行视人家女好者，云是当为河伯妇，即令洗沐，易新衣，治斋宫于河上，设绛帷床席，居女其中。卜日浮之河，行数十里乃灭。俗语曰：'即不为河伯娶妇，水来漂溺。'人家多持女远窜，故城中益空。"豹曰："及此时，幸来告，吾亦欲往送。"至期，豹往会之河上，三老、官属、豪长者、里长、父老皆会，聚观者数千人。其大巫，老女子也，女弟子十人，从其后。豹曰："呼河伯妇来。"既见，顾谓三老、巫祝、父老曰："是女不佳。烦大巫妪为人报河伯，更求好女，后日送之。"即使吏卒共抱大巫妪投之河。有顷，曰："妪何久也？弟子趣之。"复投弟子一人河中。有顷，曰："弟子何久也？"复使一人趣之，凡投三弟子。豹曰："是皆女子，不能白事，烦三老为人白之。"复投三老。豹簪笔磬折，向河立待良久，旁观者皆惊恐。豹顾曰："巫妪、三老不还报，奈何？"复欲使廷掾与豪长者一人入趣之，皆叩头流血，色如死灰。豹曰："且俟须臾。"须臾，豹曰："廷掾起矣，河伯不娶妇也。"邺吏民大惊恐。自是不敢复言河伯娶妇。

《智囊补》明智部卷七《剖智·西门豹》

明·王圻编纂《稗史汇编》卷一三四《祠祭·巫觋·投巫》、明·王罃编集《群书类编故事》卷三《地理类·河伯娶妇》、明·孙能传撰《益智编》与明·陈禹谟撰《广滑稽》中的"河伯娶妇",均据《史记》改写,详略介乎以上两则之间。而明末张岱撰《夜航船》卷七政事部《烛奸·河伯娶妇》,文字更为简练,别具一格:

西门豹为邺令,俗故信巫,岁为河伯娶妇以攫利,选室女以投于河,豹及期往视其女曰:"丑!烦大巫先报河伯,如其不欲,还当另选美者。"呼吏投巫于河。少顷,曰:"何久不复我?"又投一人往速。群奸惊惧,乞命。从此弊绝。

近人任松如编《水经注异闻录》卷上《祭陌》,抄自《水经注》,文字稍有压缩。

魏文侯时,西门豹为邺令。约诸三老曰:"为河伯娶妇,幸来告知,吾欲送女。"皆曰:"诺!"至时,三老、廷掾赋敛百姓,取钱百万。巫觋行里中,有好女者,祝当为河伯妇,以钱三万聘女,沐浴脂粉如嫁状。豹往会之,三老、巫、掾与民咸集赴观。巫妪年七十,从十女弟子。豹呼妇视之,以为非妙。令巫妪入告河伯。投巫于河中。有顷,曰:"何久也?"又令三弟子及三老入白,并投于河。豹磐折曰:"三老不来,奈何?"复欲使廷掾、豪长趣之。皆叩头流血,乞不为河伯取妇。淫祀虽断,地留祭陌之称焉。

这一故事类型，现当代仍在河北、河南等地流布，如《河神娶妻》①《河神娶妇》②。

换代物型故事　大致写从前某国（或某地）有个恶俗：父亲年老后便给一条毯子，让他去守门（或用筐抬去抛弃到深山里）。一家父亲年迈时，兄长（或老人之子，下同）就要按照这个恶俗行事。小弟（或老人之孙，下同）却剪下半截留着（或将抬老人的筐子拿回家中），并对兄长说，日后你老了，还可以派用场。兄长顿时感悟，便带头废除这个恶俗，加倍孝敬老人。这一故事类型，初见于汉·刘向撰《孝子传》：

> 原榖者，不知何许人。祖年老，父母厌患之，意欲弃之。榖年十五，涕泣苦谏。父母不从，榖乃作舆舁弃之。乃随收舆归，父谓之曰："尔焉用此凶具？"榖云："后父老不能更作得，是以取之耳。"父感悟愧惧，乃载祖归侍养，克己自责，更成纯孝，榖为纯孙。
>
> 《孝子传》"原榖"③

北魏·吉迦夜、昙曜译《杂宝藏经》中的一则故事，这样讲道：

> 当知往昔波罗奈国，有不善法，流行于世：父年六十，与著敷屡④，使守门户。尔时，有兄弟二人，兄语弟言："汝与父敷屡，使令守门。"屋中唯一敷屡，小弟便截半与父，而白父言：

---

① 见《耿村民间文化大观》。
② 见《河南民间故事集成·安阳故事卷》。
③ 引自《太平御览》卷五一九。
④ 敷屡：破毡。

第八章 秦汉时期的民间故事类型

"大兄与父,非我所与,大兄教父使守门。"兄语弟言:"何不尽与敷屡?截半与之?"弟答言:"适有一敷屡,不截半与,后更何处得?"兄问言:"欲更与谁?"弟言:"岂可得不留与兄耶?"兄言:"何以与我?"弟言:"兄当年老,汝子亦当安汝置于门中。"兄闻此语,惊愕曰:"我亦当如是耶?"弟言:"谁当代兄?"便语兄言:"如此恶法,宜共除舍。"兄弟相将,共至辅相所,以此言论向辅相说。辅相答言:"实尔,我等亦共有老。"辅相启王,王可此语,宣令国界:孝养父母,断先非法,不听更尔。

《杂宝藏经·波罗奈国弟微谏兄遂彻承相劝王教化天下缘》

敦煌石室遗书句道兴撰《搜神记》录写的一则异文,记述的是一个地道的中国故事,与后世的口传形态的作品更为接近。

《史记》曰:孙元觉者,陈留人也。年始十五,心爱孝顺。其父不孝。元觉祖父年老,病瘦渐弱,其父憎嫌,遂缚筐舁异弃深山。元觉悲泣谏父。父曰:"阿翁年老,虽有人状,悟毫如此,老而不死,化成狐魅。"遂即舁父弃之深山。元觉悲啼大哭,随祖父归去于深山,苦谏其父。父不从。元觉于是仰天大哭,又将舁归来。

父谓觉曰:"此凶物,更将何用?"觉曰:"此是成熟之物,后若送父,更不别造。"父得此语,甚大惊愕:"汝是吾子,何得弃我?"元觉曰:"父之化子,如水之下流。既承父训,岂敢违之?"

父便得感悟,遂即却将祖父归来,精勤孝养,倍于常日。

句道兴本《搜神记》"孙元觉劝父"

元明时期的几则异文，包括元·王罃编纂《群书类编故事》卷六《人伦类·舁舆传代》、明·王圻编纂《稗史汇编》卷四十二《伦敦门·父子类·原穀》、明·郑瑄编纂《昨非庵日纂》卷四《敦本》"原穀祖"等，均由原穀的事迹演变而来，亦颇感人。试看：

> 原穀有祖，年老，父母厌憎欲弃之。穀年十五，谏不从，作舆舁祖弃于野。穀随，收舆归，父曰："尔何收此凶具？"穀曰："他日父母老，不能更作此具，是以收之。"父感动，乃载祖归养。
>
> 《昨非庵日纂》卷四"原穀祖"

这一故事类型，现当代仍在台湾、云南、海南、福建、浙江、上海、广东、江苏、湖南、湖北、河北、河南、北京、安徽、山西、陕西、宁夏、青海、黑龙江等地的汉族和某些少数民族聚居区流布，如《巧媳妇巧劝不孝婆》（泰雅族）①、《破碗》②、《背架》（拉祜族）③、《子学父样》④、《传家"宝碗"》⑤、《一只传代碗》⑥、《聪明的孙媳妇》⑦、《一只猫饭碗》⑧、《葫芦瓢》⑨、《巧劝家娘》⑩、《踩泥盆》⑪、

---

① 见《台北县乌来乡泰雅族民间故事》。
② 见《台湾桃竹苗地区民间故事》。
③ 见《中华民族故事大系》第8册。
④ 见《中国民间故事集成·海南卷》。
⑤ 见《中国民间故事集成·福建卷》。
⑥ 见《中国民间故事集成·浙江卷》。
⑦ 见《中国民间文学集成·上海卷·普陀区分卷》。
⑧ 见《中国民间文学集成·广东卷》。
⑨ 见《中国民间故事集成·江苏卷》。
⑩ 见《中国民间故事集成·湖南卷》。
⑪ 见《中国民间故事集成·河北卷》。

《新媳妇摔碗》①、《留给婆婆用》②、《木碗》③、《摔碗劝母》④、《葫芦碗》⑤、《豁豁碗》（回族）⑥、《摔饭盆》⑦、《袁肖救爷爷》⑧、《葫芦碗》⑨。

这一故事类型，相当于丁乃通编著《中国民间故事类型索引》980A，艾伯华著《中国民间故事类型》"十三、人201．榜样"。

烁身铸剑型故事　大致写一著名工匠奉名铸剑（或铸钟、烧瓷器等），久而无果。后来，其妻子（或女儿）投入炉（或窑）中，乃获成功。这一故事类型，见于东汉·赵晔撰《吴越春秋》：

> 干将作剑，采五山之铁精，六合之金英。候天伺地，阴阳同光，百神临观，天气下降，而金铁之精不销沦流。于是干将不知其由。莫邪⑩曰："子以善为剑闻于王，使子作剑，三月不成，其有意乎？"干将曰："吾不知其理也。"莫邪曰："夫神物之化，须人而成。今夫子作剑，得无得其人而后成乎？"干将曰："昔吾师作冶，金铁之类不销，夫妻俱入冶炉中，然后成物。至今后世，即山作冶，麻绖菅⑪服，然后敢铸金于山。今吾作剑不变化者，其若斯耶？"莫耶曰："师知烁身以成物，吾何难哉？"于是干将

---

① 见《河南民间文学集成·贵地新野的传说》。
② 见《中国民间故事集成·北京卷》。
③ 见《中国民间故事集成·安徽卷》。
④ 见《山西民间故事大系·晋南卷》。
⑤ 见《中国民间故事集成·江苏卷》。
⑥ 见《中国民间故事集成·宁夏卷资料丛书·同心民间故事》。
⑦ 见《中国民间故事集成·青海卷》。
⑧ 见《中国民间故事集成·黑龙江卷》。
⑨ 见《中国民民间故事集成·湖北卷》。
⑩ 莫邪：干将之妻。
⑪ 菅（jiān 肩）：兰草。

妻乃断发剪爪，投于炉中。使童女童男三百人鼓橐装炭，金铁乃濡，遂以成剑。阳曰"干将"，阴曰"莫邪"。

《吴越春秋》卷四《阖闾内传》"烁身成剑"

这一故事类型，现当代仍在江西、河北、北京、江苏、广西等地流布，如《龙凤瓷床》①《磁州红缸"亲娘"声》②《铸钟厂和钟楼的钟》③《神龙大缸》④《铸钟》⑤《龙女化铜鼓》⑥。

凭污捉盗型故事 大致写某夜有一伙强盗入富家抢劫，将家中人等全抓起来。一婢女假意举烛引领众强盗开箱箧抢走大量贵重物品。此婢女举烛时故意将烛泪滴在众强盗的背上。事后报官，凭据烛泪将所有强盗捉拿归案。东汉·班固撰《汉书》卷七十六《张敞传》"偷长⑦污赭捕盗"，可视为这一故事类型的雏形。此轶闻略云：

汉张敞守京兆尹，市偷盗尤多，百贾苦之。上以问敞，敞以为可禁。乃求问长安父老偷盗酋长，皆召以为吏，令致诸偷。偷长归置酒，小偷悉来贺，饮且醉。偷长以赭污其衣裾。吏坐里间收缚之，一日捕得数百人。由是枹鼓⑧稀鸣，市无偷盗。

---

① 见《中国民间故事集成·江西卷》。
② 见《中国民间故事集成·河北卷》。
③ 见《中国民间故事集成·北京卷》。
④ 见《陶都宜兴的传说》。
⑤ 见《南京民间传说》。
⑥ 见《中国民间故事集成·广西卷》。
⑦ 偷长：窃贼头目。
⑧ 枹（fú浮）鼓：用鼓槌击鼓。

宋·洪迈撰《夷坚丙志》卷十三《蓝姐》[①]的出现，标志着这一故事类型的正式形成。故事发生在南宋初年之江西新淦。

>绍兴十二年，京东人王知军者，寓居临江新淦之青泥寺。寺去城邑远，地迥多盗，而王以多赀闻。尝与客饮，中夕乃散，夫妇皆醉眠。俄有盗入，几三十辈，悉取诸子及群婢缚之。婢呼曰："主张家事独蓝姐一人，我辈何预也！"蓝盖王所嬖，即从众中出应曰："主家凡物皆在我手，诸君欲之非敢惜。但主公主母方熟睡，愿勿相惊恐。"秉席间大烛，引盗入西偏一室，指床上箧笥曰："此为酒器，此为彩帛，此为衣衾。"付以钥，使称意自取。盗拆被为大复，取器皿蹴踏置于中。烛尽，又继之，大喜过望，凡留十刻许乃去。去良久，王老亦醒，蓝始告其故，且悉解众缚。明旦诉于县，县达于郡。王老戚戚成疾，蓝姐密白曰："官何用忧？盗不难捕也。"王怒骂曰："汝妇人何知！既尽以家赀与贼，乃言易捕，何邪？"对曰："三十盗皆著白布袍，妾秉烛时，尽以炧泪污其背，但以是验之，其必败。"王用其言以告逐捕者，不两日，得七人于牛肆中，展转求迹，不逸一人，所劫物皆在，初无所失。

明·王文禄撰《机警》"蓝姐"、明·刘元卿撰《贤弈编》卷二《干局第十·蓝姐擒贼》、明·冯梦龙编纂《智囊补》卷二十六《闺智部·雄略·蓝姐》，均根据此则缩写，文字颇为简洁。

这一故事类型，现当代仍在上海、河北等地流布，譬如《蜡烛油破案》[②]《小丫环纵贼擒盗》[③]。

---

① 见《夷坚志》第二册，第473—474页。
② 见《中国民间文学集成·上海卷·卢湾区故事分卷》。
③ 见《耿村民间故事集成》。

这一故事类型，相当于《中国民间故事类型索引》956B。

不死酒型故事 系"不死药型故事"的亚型。大致写汉武帝遣人自君山取回不死酒，东方朔将其一饮而尽。帝大怒欲杀之，朔道："杀朔若死，此为不验。以其有验，杀亦不死。"帝乃赦之。这一故事类型，初见于旧题东汉·班固撰《汉武故事》①：

> （汉武）帝斋七日，遣栾宾将男女数十人至君山，得酒，欲饮之；东方朔曰："臣识此酒，请视之。"因即便饮。帝欲杀之，朔曰："杀朔若死，此为不验；如其有验，杀亦不死。"帝赦之。
>
> 《汉武故事》"东方朔识酒"

对于《汉武故事》的作者及成书年代，历来多有存疑。其作者聚讼纷纭，莫衷一是。其成书年代当在魏晋时期，很可能为魏建安末年。

晋·张华撰《博物志》采录的一则异文，与《汉武故事》的一则大体相同，略有变化：

> 君山有道，与吴包山潜通，上有美酒数斗，得饮者不死。汉武帝斋七日，遣男女数十人至君山，得酒，欲饮之，东方朔曰："臣识此酒，请视之。"因一饮至尽。帝欲杀之，朔乃曰："杀朔若死，此为不验。以其有验，杀亦不死。"乃赦之。
>
> 《博物志》卷八"不死酒"

---

① 引自鲁迅校录《古小说钩沉》，齐鲁书社1997年版。

宋·范致明撰《岳阳风土记》① 引庾穆之撰《湘川记》的一则异文，与地方风物联系起来，有一定的发展：

> 庾穆之《湘川记》云：君山上有美酒数斗，得饮之即不死为神仙。汉武帝闻之，斋居七日，遣栾巴将童男女数十人来求之，果得酒，进御未饮，东方朔在旁窃饮之。帝大怒，将杀之。朔曰："使酒有验，杀臣亦不死；无验，安用酒为？"帝笑而释之。寺僧云，春时往往闻酒香，寻之莫知其处。
>
> 《岳阳风土记》"不死酒"

明隆庆《岳州府志》卷十七引《湘川记》"东方朔窃酒"，与上面这一则同出一书，内容相同，只是文字较为简约。

明·浮白斋主人撰《雅谑》中的一则异文，系据《汉武故事》缩写：

> 汉武帝时，有贡不死之酒者，东方朔窃饮焉。帝怒，欲杀之，朔曰："臣所饮，不死酒也。杀臣，臣必不死；臣若死，亦不验。"帝笑而赦之。
>
> 《雅谑·不死酒》

清·张贵胜辑《遣愁集》卷九滑稽类"仙酒"，亦甚简略：

> 岳阳有酒香山，相传古有仙酒，饮之得不死。汉武求得之，东方朔窃而先饮焉。上怒，欲诛之，朔曰："陛下杀臣，臣必不死。臣若果死，酒亦不验。"帝笑而释之。

---

① 见《说郛》卷六十二（《说郛三种》第六册）。

清·钱德苍重订《增订解人颐广集》卷四《涤烦集》"仙酒"与上面这则相同，仅个别字句有出入。

近人憨斋士纂辑《笑林博记》卷五《不死酒》，抄自《雅谑》，文字相同。

二妇争子型故事　大致写二妇为一子发生争执，告到官府长期不能决断。后一大官来审案，命二妇当堂夺子，假母竭力争抢，生母恐有伤害，只得放弃。大官因此识别真伪，将孩子还与生母，让假母受到惩罚。这一故事类型，最早见诸东汉·应劭撰《风俗通义》：

> 颍川有富室，兄弟同居，两妇俱怀妊，大妇数月胎伤，因闭匿之。产期至，到乳舍，弟妇生男，夜因盗取。争讼三年，州县不能决。丞相黄霸出殿前，使卒抱儿去两妇各十余步，叱妇自往取之。长妇抱持甚急，儿大啼。弟妇恐伤害之，因乃放与，而心甚怜怆。霸曰："此弟妇子也。"责问大妇，乃伏。

《风俗通义》"颍川富室"①

五代·和凝、和㠓撰《疑狱集》卷上《黄霸察姒》，宋·郑克纂集《折狱龟鉴》卷六《黄霸》、明·王圻纂集《稗史汇编》卷二十七《人物门·循吏上·黄霸》、明·孙能传编纂《益智编》卷二十五刑狱类·折狱上《黄霸》、明·冯梦龙编纂《智囊补》察智部卷九《得情·黄霸》均由《风俗通义》"颍川富室"改写，文字不尽相同。其中，《折狱龟鉴》变化较为明显，既有删削，亦有添补。

> 前汉时颍川有富室兄弟同居，其妇俱怀妊，长妇胎伤匿之，

---

① 见《太平御览》卷六三九引《风俗通义》。

弟妇生男，夺为己子，论争三年不决。郡守黄霸使人抱儿于庭中，乃令娣姒竞取之，既而长妇持之甚猛，弟妇恐有所伤，情极凄怆。霸乃叱长妇曰："汝贪家财，固欲得儿，宁虑或有所伤乎？此事审矣，即还弟妇儿！"长妇乃服罪。

在《风俗通义》"颍川富室"出现之前，《圣经·旧约》的《历史书·列王纪上》记载了一个与其类似的故事：

一日，有两个妓女来，站在王面前。一个说："我主啊，我和这妇人同住一房，她在房中的时候，我生了一个男孩。我生孩子后第三日，这妇人也生了孩子。我们是同住的，除了我们二人之外，房中再没有别人。夜间，这妇人睡着的时候，压死了她的孩子。她半夜起来，趁我睡着从我旁边把我的孩子抱去，放在她怀里，将她的死孩子放在我怀里。天要亮的时候，我起来要给我的孩子吃奶，不料，孩子死了。及至天亮，我细细地察看，不是我所生的孩子。"那妇人说："不然，活孩子是我的，死孩子是你的。"这妇人说："不然，死孩子是你的，活孩子是我的。"她们在王面前如此争论。王说："这妇人说：'活孩子是我的，死孩子是你的。'那妇人说：'不然，死孩子是你的，活孩子是我的。'"就吩咐说："拿刀来。"人就拿刀来。王说："将活孩子劈成两半，一半给那妇人，一半给这妇人。"活孩子的母亲为自己的孩子心里急痛，就说："求我主将活孩子给那妇人吧！万不可杀他。"那妇人说："这孩子也不归我，也不归你，把他劈了吧！"王说："将活孩子给这妇人，万不可杀他，这妇人实在是他的母亲。"以色列众人听见王这样判断，就都敬畏他，因为见他心里有神的智慧，能以断案。

《所罗门审断疑案》

《风俗通义》"颍川富室"的故事,是不是与上述《所罗门审断疑案》的故事有历史渊源,无从查证,在此引出,仅供研究人士和各位读者参考。

这一故事类型在发展过程中,曾受到过汉译佛经故事的影响。北魏·慧觉等译《贤愚经》①中有一则类似的故事:

> 二母人共诤一儿,诣王相言。时王明黠,以智权计,语二母言:"今唯一儿,二母召之。听汝二人,各挽一手,谁能得者,即是其儿。"其非母者,于儿无慈,尽力顿牵,不恐伤损;所生母者,于儿慈深,随从爱护,不忍曳挽。王鉴真伪,语出力者:"实非汝子,强挽他儿。今于王前,道汝事实。"即向王首:"我审虚妄,枉名他儿。大王聪圣,幸恕虚过。"儿还其母,各尔放去。

《贤愚经》卷十一《檀腻䩭品第四十六》"二母争子"

而《贤愚经》中的"二母争子"故事,源于巴利文《佛本生故事》这部古老的寓言故事集。

> 有个妇女带着儿子去智者的池塘洗脸。她替儿子沐浴后,让儿子坐在自己的外衣上,自己洗完脸,下池塘沐浴。这时,有个母夜叉看见这孩子,想要吃他。她捏着这妇女的外衣,说道:"大姐,这孩子长得真俊!是你的儿子吗?""是的,大妈!""我给他喂点奶。""你喂吧!"母夜叉抱起孩子,逗弄了一会儿,就带着他跑了。这妇女看见后,追上母夜叉,抓住她,问道:"你怎么抱走我的儿子?"母夜叉说道:"这哪里是你的儿子?这是我的儿子。"她俩争吵着,走过游戏厅门口。智者听到吵架声,把

---

① 《贤愚经》,花城出版社1998年版。

她俩召来，问道："怎么回事？"听罢案情，他凭其中一个妇女那双不会眨眼的红眼睛，就知道她是母夜叉。尽管他心中有数，仍然问道："你们愿意服从我的判决吗？""我们愿意。"于是，他划一条线，把孩子放在线中央，吩咐母夜叉抓住孩子的双手，母亲抓住孩子的双脚，说道："你们两个拽这孩子，谁能拽过去，这孩子就是谁的。"她们两个开始拽，这孩子痛得哇哇啼哭。母亲的心仿佛要碎了，松手放开儿子，站在那里哭泣。智者问众人道："真母亲和假母亲，哪个心疼孩子？""真母亲，智者！""那么现在，抓住孩子站着的和放开孩子站着的，哪个是真母亲？""放开孩子站着的，智者！""你们知道这个抢儿子的女贼是什么东西吗？""不知道，智者！""她是母夜叉，想把这孩子抓去吃掉。""你是怎么知道的？智者！""她的那双眼睛不会眨巴，身体没有影子，胆子大，心肠硬。"然后，他问母夜叉："你是谁？""我是母夜叉，尊者！""你为什么要抓这个孩子？""想吃掉他，尊者！""蠢货！你过去作恶，转生为母夜叉。你现在还要作恶，唉，你真是个蠢货！"智者训诫了她，嘱咐她遵守五戒之后，再把她放走。孩子的母亲向智者祝福道："尊者，祝你长寿！"然后，带着儿子走了。

《佛本生故事·大隧道本生·儿子》①

藏族古籍《巴协》② 以及其后的《西藏王统记》《贤者喜宴》《西藏王臣史》等所记载的金城公主的传说，也有二母争子的母题。《巴协》的有关描写为：

---

① 郭良鋆、黄宝生译《佛本生故事选》，人民文学出版社1985年版。
② 《巴协》正文部分为巴·塞囊著，成书于公元8世纪；增补部分为库敦·尊珠雍仲著，成书于公元11世纪。此书有民族出版社1980年版。

后来，公主于兔年生了一位王子。这时，赞普赤德祖赞正在扎玛尔地方的翁布才宫中。使者前来禀报："公主生了王子。"赞普便回雅隆旁塘去看刚生的王子。不料公主刚生的婴儿被纳囊妃喜登抢去，并说："这是我生的。"两位王妃争执不下，大臣们也莫知谁是，便把婴儿放在平坝一头的坑里，让二人去抢，看谁先抢着，便是谁的。公主先跑到，把婴儿抱在怀中。喜登后到，心想：孩子死就死吧！便拼命去抢夺。公主怕把孩子拉扯死了，便放手道："孩子就是我的，你这泼妇！"于是大家都知道孩子是公主的。但因纳囊氏家族势力大，都不敢明言。

　　过了一年，到了举行王子的周岁"迈步"庆宴的时候。赞普将汉族亲友和纳囊氏亲友请来做客。赞普在金盏中斟满酒交给王子，叫他把酒献给亲舅舅。这时，纳囊氏亲友的手中拿着斗篷等孩子喜爱的物品，逗着王子说："到舅舅怀里来！"王子说："赤松德赞我是汉家好外甥，纳囊家族怎能当舅舅！"说完，把酒献给汉族舅舅，投入汉族舅舅怀中。"赤松德赞"的名字，也这样由自己取定了。

　　这一故事类型，现当代仍在浙江、上海、山东、陕西、西藏、云南、湖北、新疆等地的汉族和一些少数民族聚居区流布，如《粉圈断案》①、《包公巧断子归生母》②、《兄弟争子》③、《孩子到底是谁的》④、《明察秋毫的法官》（藏族）⑤、《抢娃娃》（傣族）⑥、《巧断小儿案》

---

① 转引自马学良等主编《藏族文学史》，四川民族出版社1994年版，第134页。
② 见《浙江民间文学集成·杭州市故事卷》下。
③ 见《中国民间文学集成·上海卷·长宁区分卷》。
④ 见《中国民间故事集成·陕西卷》。
⑤ 见《西藏民间故事》第四集。
⑥ 见《云南民族民间故事选》。

（土家族）①、《知县断案》（回族）②。

这一故事类型，相当于《中国民间故事类型索引》926。

山神娶亲型故事 系"河伯娶妇型故事"的亚型。大致写九江一带每年都要为唐居山山神娶亲，被选定者，男不得再娶，女不得再嫁。百姓让借机敛财的巫觋害得很苦。九江太守宋均上任后，下令将巫觋与山神成亲。巫觋连连叩头服罪，被绳之以法，自此禁绝这一恶俗。这一故事类型，首先见于东汉·应劭撰《风俗通义》：

> 九江逡遒有唐、居山。名有神。众巫共为取公妪。岁易，男不得复娶，女不得复嫁。百姓苦之。时太守宋均到官。主者白出钱，给聘男子女。均曰："众巫与神合契，知其旨欲，卒取小民不相当。"于是敕条巫家男女以备公妪，巫扣头服罪，乃杀之，是后遂绝。

《风俗通义·怪神》"山神取公妪"

南朝宋·范晔撰《后汉书》所收的一则异文，内容与《风俗通义》相似，而文字多有变化。

> 浚遒县有唐、后二山，民共祠之，众巫遂取百姓男女一，以为公妪，岁岁改易，既而不敢嫁娶，前后守令莫敢禁。宋均乃下书曰："自今以后，为山娶者，皆娶巫家，勿扰良民。"于是遂绝。

《后汉书·宋均列传》"皆娶巫家"

---

① 见《中国民间故事集成·湖北卷》。
② 见《中国民间故事集成·新疆卷》。

明·冯梦龙编纂《智囊补》中的一则异文，由《后汉书》改写，内容一致，文字更为通俗易懂。

> 光武时，宋均为九江太守，所属浚道县，有唐、后二山，民共祠之。诸巫初取民家男女以为公妪，后沿为例，民家遂至相戒不敢娶嫁。均至，乃下教，自后凡为祠山娶者，皆娶巫家女，勿扰良民。未几祠绝。

《智囊补》明智部卷七《剖智·西门豹》"宋均绝亚祠"

清·褚人获撰《坚瓠广集》卷五《娶巫女》，出《谭辂》，亦由《后汉书》改写，较为简略。

> 《谭辂》载浚道县祠唐、后二山，众巫每岁取民女为公妪。有妨嫁取，前后守令，莫敢禁。宋均命今后山娶者，皆娶巫家女，勿扰良民，其事遂绝。较之西门豹投巫之事，更不恶而严，从政者所当知。

东食西宿型故事　大致写两家同求一女，东家子丑而富，西家子好而贫。父母让女儿表态，女示意两家均可，并云："欲东家食而西家宿。"这一故事类型，见诸东汉·应劭撰《风俗通义》：

> 俗说：齐人有女，二人求之。东家子丑而富，西家子好而贫。父母疑不能决，问其女，定所欲适："难指斥言者，偏袒，令我知之。"女便两袒。怪问其故。云："欲东家食，而西家宿。"此为两袒者也。

《风俗通义》"东食西宿"①

---

① 引自《艺文类聚》卷四十。

明·冯梦龙撰《古今谭概》所收的一则,与《风俗通义》相似,文字稍有变化:

《风俗通》云:齐人有女,二家同往求之。东家子丑而富,西家子好而贫。父母不能决,使其女偏袒示意。女便两袒。母问其故。答曰:"欲东家食,西家宿。"

清·游戏主人辑《笑林广记》卷六《两坦》,根据《风俗通义》改写,更为通俗易懂。

有一女择配,适两家并求,东家郎丑而富,西家郎美而贫。父母问其欲适谁家?女曰:"两坦。"问其故,答曰:"我爱在东家吃饭,西家去眠。"

这一故事类型,现当代仍在上海、湖北等地流布,譬如《两全其美》[1]《东拼西凑》[2]《东食西住》[3]。

鲍君神型故事 大致写某人在田中捕得一麇(或獐、鳝),被别人换成一只鲍鱼(或将其放入朽树中),某人(或村民)见了以为是神灵再现,便辗转相告,纷纷前来治病求福,宰牲祭祀,盖起一座庙以供奉。后鲍鱼主(或某人)复至,说明原委,供神之事才得以了结。这一故事类型,初见于东汉·应劭撰《风俗通义》:

汝南鲖阳有于田得麇者,其主未往取也。商车十余乘经泽中

---

[1] 见《中国民间文学集成·上海卷·普陀区分卷》。
[2] 见《野山笑林》。
[3] 见《民间笑话大观》。

行,望见此麏著绳,因持去,念其不事,持一鲍鱼置其处。有顷,其主往,不见所得麏,反见鲍君。泽中非人道路,怪其如是,大以为神。转相告语,治病求福,多有效验。因为起祀舍,众巫数十,帷帐钟鼓,方数百里皆来祷祀,号鲍君神。其后数年,鲍鱼主来历祠下,寻问其故。曰:"此我鱼也,当有何神。"上堂取之,遂从此坏。传曰:"物之所聚斯有神。"言人共奖成之耳。

《风俗通义·怪神·鲍君神》

晋·葛洪撰《抱朴子内篇》收入的一则异文,情节有一定变化:

昔汝南有人于田中设绳胃以捕獐而得者,其主未觉。有行人见之,因窃取獐而去,犹念取之不事。其上有鲍鱼者,乃以一头置胃中而去。本主来,于胃中得鲍鱼,怪之,以为神,不敢持归。于是村里闻之,因共为起屋立庙,号为"鲍君"。后转多奉之者,丹楹藻棁,钟鼓不绝。病或有偶愈者,则谓有神,行道经过,莫不致祀焉。积七八年,鲍鱼主后行过庙下,问其故,人具为之说。其鲍鱼主乃曰:"此是我鲍鱼耳,何神之有?"于是乃息。

《抱朴子内篇》卷九"鲍君"

《太平广记》卷三一五《鲍君》出《抱朴子》,文字与上述引文小有出入。明·王圻纂集《稗史汇编》卷一三三《祠祭门·百神下·鲍君》,亦出《抱朴子》,与《太平广记》卷三一五《鲍君》的文字几乎完全相同。

南朝宋·刘敬叔撰《异苑》录写的一则异文,情节变化更为明显,其故事发生地在今浙江,而《风俗通义》《抱朴子》所收录两则故事的发生地在今河南。

会稽石亭埭，有大枫树，其中朽空，每雨，水辄满。有估客携生鲐至此，辄放一头于朽树中。村民见之，以鱼鲐非树中之物，咸神之。乃依树起室，宰牲祭祀，未尝虚日，目为鲐父庙。有祷请及秽慢，则祸福立至。后估客复至，大笑，乃求鲐臛食之。其神遂绝。

《异苑》卷五"鲐父庙"

这一故事类型，现当代仍在广西、宁夏、浙江、江苏、湖北、湖南、吉林等地汉族和个别少数民族聚居区流布，譬如《干鱼庙》[1]（壮族）、《鱼王庙》[2]、《鱼干成神》[3]、《范仲淹火烧鲝鱼庙》[4]、《干鱼庙》[5]、《干鱼庙》（土家族）[6]、《鱼骨庙》[7]。

桑中生李型故事　系"鲍君神型故事"的亚型。大致写一农人种田时随意将李核（或幼苗）种在空桑中。来年有人息于桑中长出的李树下，其眼痛便好了。他误以为李神保佑，一下传开。远近乡民都来祭神，酒肉祭品堆积如山。过一年多其人远出归来，见了非常吃惊，于是说明实情，并且砍掉那棵李树。这一故事类型，初见于东汉·应劭撰《风俗通义》：

汝南南顿张助，于田中种禾，见李核，意欲持去。顾见空桑中有土，因植种，以余浆溉灌。后人见桑中反复生李，转相告语，

---

[1] 见《中国民间故事集成·广西卷》。
[2] 见《中国民间故事集成·宁夏卷》。
[3] 见《中国民间故事集成·浙江卷》。
[4] 见《中国民间故事集成·江苏卷》。
[5] 见《巧媳妇》，长江文艺出版社1982年版。
[6] 见《湘西民间文学资料》第一集。
[7] 见《中国民间故事集成·吉林卷》。

有病目痛者，息阴下，言："李君令我自愈，谢以一豚。"目痛小疾，亦行自愈。众犬吠声，因盲者得视，远近翕赫。其下车骑常数千百，酒肉滂沱。间一岁余，张助远出来还，见之，惊云："此有何神，乃我所种耳。"因就斫也。

《风俗通义·怪神》"李君神"

晋·干宝撰《搜神记》卷五《张助》，与《风俗通义·怪神》"李君神"相同，仅个别字句小有出入。

晋·葛洪撰《抱朴子内篇》中的一则，文字与《风俗通义·怪神》"李君神"内容相同，文字多有变化：

南顿人张助者，耕白田，有一李栽应在耕次，助惜之，欲持归，乃掘取之，未得即去，以湿土封其根以置空桑中，遂忘取之。助后作远职，不在。后其里中人见桑中忽生李，谓之神。有病目痛者，荫息此桑下，因祝之言："李君能令我目愈者，谢以一独。"其目偶愈，便杀独祭之。传者过差，便言此树能令盲者得见。远近翕然，同来请福，常车马填溢，酒肉滂沱。如此数年。张助罢职，来还见之，乃曰："此是我昔所置李栽耳，何有神乎？"乃斫去，便止也。

《抱朴子内篇》卷九"桑生李"

石贤士神型故事　系"鲍君神型故事"的亚型。大致写一老妪在路旁歇凉，将所买之饼放在石人头上，离去时忘记拿走。路人见了开玩笑说是病愈者前来酬神的。于是人们辗转相告，远近之处不断有人来求神治病，纳鸡猪牛羊供奉，称其为"石贤士神"。数年后忘饼妪听到这件事，便给大家讲明原委，从此再没人来求神了。这一故事类型，初见于东汉·应劭撰《风俗通义》：

> 汝南汝阳彭氏墓路头立一石人，在石兽后。田家老母到市买数片饵，暑热行疲，顿息石人下小瞑，遗一片饵去，忽不自觉。行道人有见者，时客适会，问[何]因有是饵，客聊调之："石人能治病，愈者来谢之。"转语："头痛者摩石人头，腹痛者摩其腹，亦还自摩，他处（于）[放]此。"凡人病自愈者，因言得其福力，号曰"贤士"。辒辌毂击，帷帐绛天，丝竹之音，闻数十里。尉部常往护视，数年亦自歇，沫复其故矣。

《风俗通义·怪神》"石贤士神"

晋·葛洪撰《抱朴子内篇》录写的一则异文，情节有了变化，安排似比《风俗通义》更为合理。

> 汝南彭氏墓近大道，墓口有一石人，田家老母到市买数片饼以归。天热，过荫彭氏墓口树下，以所买之饼暂著石人头上，忽然便去，而忘取之。行路人见石人头上有饼，怪而问之。或人云：此石人有神，能治病，愈者以饼来谢之。如此转以相语，云头痛者摩石人头，腹痛者摩石人腹，亦还以自摩，无不愈者。遂千里来就石人治病，初但鸡豚，后用牛羊，为立帷帐，管弦不绝，如此数年。忽日前忘饼母闻之，乃为人说，始无复往者。

《抱朴子内篇》卷九"石人有神"

明·王圻纂辑《稗史汇编》卷一三三《祠祭门·百神下·着饵石人》，出《抱朴子》，文字与"石人有神"小有出入。

断绢得奸型故事　大致写二人争绢（或布，下同），太守乃命吏断绢各与其半，使人追听，从而惩罚了奸徒。这一故事类型，初见于东汉·应劭撰《风俗通义》：

> 临淮有一人持一匹缣到市卖之，道遇雨，披戴。后人求共庇荫，授与一头。雨霁当别，因共争，各云我缣，诣府自言。丞相薛宣呼骑吏中断缣，各与半。后人滥受，因前撮之，缣主称怨。宣然后知，责之具服。
>
> 　　　　　　　　　　　　《风俗通义》"薛宣断缣"①

五代至明清时期，相继出现一些异文。五代·和凝撰、宋·和㠠编《疑狱集》中的一则异文，由《风俗通义》"薛宣断缣"改编而成，文字有所变化：

> 前汉时有一人持一缣入市，遇雨以缣自覆，后一人至求庇荫，因授与缣一头。雨霁当别，因争云："是我缣。"太守薛宣，命吏各断一半，使人追听之，一曰"君之恩"，缣主乃称冤不已。宣知其状，拷问乃伏。
>
> 　　　　　　　　　　　　《疑狱集》卷一《薛宣追听》

宋·郑克撰《折狱龟鉴》卷六《薛宣》对此则故事做了加工，使故事情节有所丰富。

> 前汉时，临淮有一人持匹缣到市卖之，道遇雨披覆。后一人至，求共庇荫。雨霁当别，因相争斗，各云我缣，诣府自言。太守薛宣核实良久，莫肯首服。宣曰："缣直数百钱，何足纷纭，

---

① 引自《太平御览》卷四九六。

自致县官！"呼骑吏中断缣，人各与半，使追听之。后人曰太守之恩，缣主乃称冤不已。宣知其状，诘之服罪。

宋·桂万荣编撰《棠阴比事》"薛宣断缣"，据《疑狱集》改写，文字有所压缩。

明·归正宁辑《详刑公案》卷六《邓县尹判路旁失布》，内容也与《疑狱集》相似。

清·吴趼人撰《中国侦探案》所收的一则异文，断布所用手段有了明显的变化。

布肆伙某甲，负布百匹，送于某地，途次值雨，乃避路旁茶亭中，亭先有某乙在焉。既霁，甲负布行，乙起强争之，谓是因我物也。甲不服，与理论，乙复蛮执，路人聚观者，亦莫知所左右也。不得已，鸣诸官。官诘问原委毕，呼役取百匹布尽启之，曰："吾将察其左证也。"布尽抖散，堆置庭下，官诏甲乙曰："吾遍视百匹布，均无应是谁物之证据，若为我折叠之，吾将再为若判曲直也。"甲乙诺，趋庭下折布，折不三四匹，官怒呼乙责之，乙辄讼冤，官曰："凡执其业者，必熟于其技，吾视若之折布知之矣。此既汝物，则汝亦业布者，何以所折布，左支右撑，不得成一匹；而甲所折，提掣振抖，左右咸宜，是知汝为诬赖矣。"乙拜服罪，乃薄责而遣之。

《中国侦探案·断布》

这一故事类型，现当代仍在河北、西藏、陕西、山西等地汉族和个别少数民族聚居区流布，譬如《包公巧断白布案》[①]、《机智的法

---

① 见《耿村民间文化大观》。

官》（藏族）①、《巧断争布案》②、《纪县长审布断案》③。

巧析家产型故事　大致写某家亲子与赘婿为遗产发生争执，讼于官。官认真研读遗书后，按立遗书老翁的本意分割家产，众人皆叹服其明断。这一故事类型，最早见于汉·应劭撰《风俗通义》：

> 沛郡有富家公，资二千余万。小妇子年裁数岁，顷失其母，又无亲近。其女不贤，公痛困思念，恐争其财，儿必不全。因呼族人为遗令书，悉以财属女。但遗一剑云："儿年十五，以还付之。"其后，又不肯与。儿诣郡，自言求剑。谨案：时太守，大司空何武也。得其辞，因录女及婿，省其手书，顾谓掾吏曰："女性强梁，婿复贪鄙，畏贼害其儿，又计小儿正在得此，则不能全护，故且俾与女，内实寄之耳。不当以剑与之乎？夫剑者，亦所以决断。年限十五者，智力足以自居。度此女婿必不还其剑。当问县官，县官或能证察，得以见伸展。此凡庸何能用虑强远如是哉？"悉夺取财以与子，曰："弊女恶婿，温饱十岁，亦以幸矣。"于是论者乃服。
> 　　　　　　　　《风俗通义》逸文"沛郡有富家公"④

这一故事类型，宋代多有记载，变化比较明显，初见于宋·王君玉撰《国老谈苑》：

> 张咏镇杭州，有诉者曰："某家素多藏，某二岁而父母死。

---

① 见《中国民间故事集成·西藏卷》。
② 见《中国民间故事集成·陕西卷》。
③ 《山西民间故事大系·晋西卷》。
④ 见《太平御览》卷六三九。

有甲氏赘于某家,父将死,手券以与之曰:'吾家之财,七分当主于甲,三分吾子得之。'某既成立,甲氏执遗券以析之。数理于官,咸是其遗言而见抑。"咏嗟赏之,谓曰:"尔父大能。微彼券,则为尔患在乳臭中矣。"遽命反其券而归其赀。

《国老谈苑》卷二"反券析赀"

宋·田况撰《儒林公议》① 所录的一则异文,亦写张咏审家产案,内容与《国老谈苑》相同,文字表述殊异。

张咏守余杭……有民家子与姊之赘婿争家财者,讦曰:"妻父遗命,十之七归婿,三与子,手泽甚明耳。"咏竦然,命酒醉之,谓其子曰:"尔父可谓有智者矣。死之日,尔甫三岁,故托育于婿也。若尔有七分之约,则尔死于婿之手矣。今当七分归尔,三分归婿也。"其子与婿皆号泣,再拜而去。人称神明焉。

《儒林公议》卷上"子七婿三"

明·无名氏撰《资谈异语》中的一则异文,由《儒林公议》卷上"子七婿三"改写而成,略有变化:

宋张咏知杭州时,民有姊夫与妻弟讼曰:"吾如翁临终,是子终三岁,令我掌赀产。遗书曰:'十分之中,三与子而七与婿。'"张咏览其书曰:"汝妇翁智人也,以子幼,故托汝,倘以七与子,子必死于汝矣,故汝多而子寡。"遂断令七与子,三与婿。是事传

---

① 见《笔记小说大观》第四册。

诸远近，无不称焉。

《资谈异语·折狱分明》

宋·赵善璙撰《自警编》中的一则异文，与上面两则内容相似，文字则与两则有所不同。

张忠定公在杭，有富民病将死，子方三岁，乃命其婿主其赀，而与婿遗书曰："他日欲分财，即以十之三与子，七与婿。"子时长立，果以财为讼。婿持其遗书诣府，请如原约。公阅之，以酒酹地，曰："汝之妇翁，智人也。时以子幼，故以此属汝。不然，子死汝手矣。"乃命以其财三与婿，而子与其七。皆泣谢而去，服公明断。

《自警编·狱讼》"子婿争财"①

明·何孟春撰《余冬序录·内篇》"婿三子七"、明·冯梦龙编纂《智囊补》察智部卷九《得情·张咏》，均几乎与《自警编》相同。但前者云出《国老谈苑》。

宋·施德操撰《北窗炙輠录》卷下"子婿分赀"，情节与《国老谈苑》《儒林公议》有所不同，审案者不是张咏，而是程颢（明道先生）。

又有一富人，亦有一子，方孩，无母，乃有一婿。将死，属其婿曰："吾以子累君，善抚之。他日吾子长，当使家赀中分之。"乃出手泽付其婿。及其长，不肯如父约。其婿乃以手泽诉于县。明道乃密谓其子曰："汝父，智人也。不如是，汝之死久矣。惟其婿有半赀之望，放汝保全得至今。虽如是，某人亦贤也。

---

① 转引自谭正璧编《三言两拍资料》下，上海古籍出版社1980年版，第729页。

不然，方汝幼时，岂不能杀汝取全赀耶？今岂当较其半耶？"其子悟，遂半分之。

元·脱脱等撰《宋史》卷二九三《张咏传》"明断家财"，与上面几则内容相似，文字颇为简略。

有民家子与姊婿讼家财，婿言妻父临终，此子裁三岁，故见命掌赀产，且有遗书，令异日以十之三与子，余七与婿。（张）咏览之，索酒酹地曰："汝妻父，智人也。以子幼，故托汝。苟以七与子，则子死汝手矣。"亟命以七给其子，馀三给婿。人皆服其明断。

近人曹绣君编《古今情海》卷三十二《情中案·汝妻父智人也》，出《宋史·张咏传》，文字相同。明·佚名撰《资谈异语·折狱分明》由《宋史·张咏传》演化而来，文字稍有变化。

明·郑瑄编纂《昨非庵日纂》卷十五"奉使者"，记述的也是子与婿争家财之事，然遗嘱的写法不同，有司断案之法别出心裁，自有其独到之处。

富民张老无子，赘婿于家。后妾生子，名一飞，甫四岁而张卒。张病时谓婿曰："妾子不足任吾财，当畀汝夫妇。尔但养彼母子不死沟壑，即阴德矣。"于是出券书云："张一非吾子也，家财尽与吾婿，外人不得争夺。"婿乃据之不疑。后妾子壮，告官求分，婿以券呈官，遂置不问。他日奉使者至，妾子复诉，婿仍前赴证。奉使者因更其句读曰："张一非，吾子也，家财尽与。吾婿外人，不得争夺。"曰："尔父翁明谓吾婿外人，尔尚敢有其业耶？诡书'飞'作'非'者，虑彼幼为尔害耳。"于是断给妾子，人称快焉。

明·冯梦龙编纂《智囊补》察智部卷九《得情·奉使者》、清·胡文炳编《折狱龟鉴补·犯义》"券书改句"、清·魏息园辑《不用刑审判书》"奉使者改句定案"均与此则相同，仅某些字句略有出入。

明代通俗短篇公案小说集《龙图公案》（又名《新评龙图神断公案》《百断奇观包公全传》《包公七十二件无头案》等）卷八《味遗嘱》，与《昨非庵日纂》中的"奉使者"较为近似，略云：

> 富民翁健年老无子，仅一女，嫁夫杨庆。庆为人多智，性甚贪财。翁健八十岁偶妾林氏，生得一男，名叫翁龙。翁健恐死后此子为杨庆鱼肉，乃想出一个两全之计。过三月他病重时，出遗嘱："八十老翁生一子，人言非是吾子也。家产田园尽付与女婿，外人不得争执。"随即交与杨庆，杨庆读罢喜不自胜。翁健去世后，杨庆得了这许多家业，将及二十余年。
>
> 翁龙成人时，欲要回原业，因告之官。上下官司均照遗嘱断还杨庆。翁龙不服，径去京城投告于包公。审案时，包公读过遗嘱，对杨庆道："你外父藏有个真意思在内，你反看不透。"于是解读遗嘱："八十老翁生一子，人言非是，吾子也，家产田园尽付与，女婿外人不得争执。"杨庆无词可对，即将原付文契一一交还翁龙管业，允服供招。共称以为神断。

这一故事类型，现当代仍在上海、河北、广东、山西等地流布，譬如《活络的遗嘱》①《巧断家产案》②《遗产风波》③《一张字据》④。

这一故事类型，相当于丁乃通编著《中国民间故事类型索引》

---

① 见《中国民间文学集成·上海卷·黄浦区故事分卷》。
② 见《杏林春梦》。
③ 见《中国民间故事集成·广东卷》。
④ 见《山西民间故事大系·晋南卷》。

926M*，艾伯华著《中国民间故事类型》"十三、人199. 罕见的遗嘱"。

鲛人泪型故事　大致写南海有鲛人，水居如鱼，不废机织，其眼能泣珠。这一故事类型，最早见于旧题东汉·郭宪撰《汉武帝别国洞冥记》：

> 吠勒国……去长安九千里，在日南。人长七尺，被发至踵，乘犀象之车。乘象入海底取宝，宿于蛟人之舍，得泪珠。则蛟所泣之珠也，亦曰泣珠。
>
> 　　　　　　　　　　　《汉武帝别国洞冥记》卷二"蛟人泪珠"

这一故事类型，魏晋南北朝时期多有记载，首先见于晋·张华撰《博物志》：

> 南海外有鲛人，水居如鱼，不废织绩，其眼能泣珠。
>
> 　　　　　　　　　　　　　　　《博物志》卷二"鲛人泣珠"

晋·干宝撰《搜神记》卷十二《鲛人》、南朝梁·任昉撰《述异记》卷下"南海鲛人"，文字与此则相同，个别字句稍有出入。

唐·冯贽撰《记事珠》中的一则异文，更为简略：

> 鲛人之泪，圆者成明珠，长者成玉筯。
>
> 　　　　　　　　　　　　　　　　《记事珠·鲛人泪》①

明末张岱撰《夜航船》收录的一则异文，出自《博物志》，然内

---

① 见王汝涛编校《全唐小说》第四卷，山东文艺出版社1993年版，第3164页。

容已有明显的变化,增强了作品的故事性。

《博物志》:鲛人从水中出,曾寄寓人家,积日卖绡,临去,主人索器,泣而出珠。

《夜航船》卷十二宝玩部《珍宝·鲛人泣珠》

清·沈起凤撰《谐铎》卷七《鲛奴》,系根据鲛人为主泣珠的故事创作的一篇小说,情节生动,富于传奇色彩,使鲛人泪的母题得以拓展。

茜泾景生,客闽三载,后航海而归。见沙岸上一人僵卧,碧眼蜷须,黑身似鬼,呼而问之。对曰:"仆鲛人也,为水晶宫琼华三姑子织紫绡嫁衣,误断其九龙双脊梭,是以见放。今飘泊无依,倘蒙收录,恩衔没齿。"生正苦无仆,挈之归里。其人无所好,亦无所能。饭后赴池塘一浴,即蹲伏暗陬,不言不笑。生以其穷海孤身,亦不忍时加驱遣。

浴佛日,生随喜昙花讲寺。见老妇引韶龄女子,拜祷慈云座下。白莲合掌,细柳低腰,弄影流光,皎若轻云吐月。拜罢,随老妇竟去。迹之,入于隘巷。访诸邻右,知女吴人,姓陶氏,小字万珠,幼失父,为里党所欺,三年前,随母僦居于此。生以孀贫可啖,登门求聘,许以多金,卒不允。生曰:"阿母居奇不售,将使令千金以丫角老耶?"老妇笑曰:"蓝田双璧,索聘何嫌?且女名万珠,必得万颗明珠,方能应命;否则,千丝结网,亦笑越客徒劳耳!"生失望而回,私念明珠万颗,纵倾家破产,亦势难猝办;日则书空,夜则感梦,忽忽经旬,伏床不起。延医诊视,皆曰:"杂症可医,相思疾未可药也。"瘦骨支床,恹恹待毙。

鲛人入而问疾。生曰:"琅琊王伯舆,终当为情死。但汝海角相依，迄今半载，设一旦予先朝露，汝安适归？"鲛人闻其言，抚床大哭，泪流满地。俯视之，晶光跳掷，粒粒盘中如意珠也。生蹶然而起，曰："愈矣！"鲛人讶其故。生曰："予所以病且殆者，为少汝一副急泪耳！"遂备陈颠末。鲛人喜，拾而数之，未满其额。转叹曰："主人亦寒乞相，得宝骤作喜色，何不少缓须臾，为君尽情一哭也。"生曰："再试可乎？"鲛人曰："我辈笑啼，由中而发，不似世途上机械者流，动以假面向人。无已，明日携樽酒，登望海楼，为主人筹之。"

生如其言，侵晨，挈鲛人登楼望海，见烟波氾没，浮天无岸。鲛人引杯取醉，作旋波宫鱼龙曼衍之舞。南眺朱崖，北顾天墟，之罘、碣石，尽在沧波明灭中。喟然曰："满目苍凉，故家何在？"奋袖激昂，慨焉作思归之想；抚膺一恸，泪珠迸落。生取玉盘盛之，曰："可矣。"鲛人曰："忧从中来，不可断绝。"放声一号，泪尽乃止。生大喜，邀之同归。鲛人忽东指笑曰："赤城霞起矣。蜃楼十二座，近跨鼍梁，琼华三姑子今夕下嫁珊瑚岛钓鳌仙史。仆灾限已满，请从此逝！"耸身一跃，赴海而没。生怅然独反。

越日，出明珠，登堂纳聘。老妇笑曰："君真痴于情者。我不过以此相试，岂真卖闺中女，靦颜求活计哉？"却其珠，以女归生。后诞一子，名梦鲛，志不忘作合之缘也。

古冢奇迹型故事 大致写某人为躲避乱世（或大饥馑）出逃时，无法带走一小女（或小儿，下同），不得不忍痛将其放入道旁古冢中。过了很长时间，此人返乡后竟发现小女尚活着。原来小女在古冢中模仿大龟伸颈吞气（或呼吸大蟾蜍所出之气），不复饥饿，因而存活。这一故事类型，最早见于东汉·陈寔撰《异闻记》，故事发生地为河南。

郡人张广定者，遭乱避地。有一女年四岁，不能步涉，又不可担负，计弃之，固当饿死，不欲令其骸骨之露；村口有古大冢，上颠先有穿穴,乃以器盛缒之,下此女于冢中,以数月许干饭及水浆与之,而舍去。候世平定,其间三年,广定得还乡里,欲收冢中所弃女骨,更殡埋之。广定往视,女故坐冢中,见其父母,犹识之,甚喜。而父母犹初恐其鬼也,入就之,乃知其不死。问从何得食,女言:粮初尽时甚饥,见冢角有一物,伸颈吞气,试效之,转不复饥;日月为之,以至于今。父母去时所留衣被,自在冢中,不行往来,衣服不败,故不寒冻。广定乃索女所言物,乃是一大龟耳。女出食谷,初小腹痛,呕逆,久许乃习。

《异闻记》"张广定女"

晋·葛洪撰《抱朴子内篇·对俗》"张广定"、唐·李亢撰《独异志》"张广定",均据此则缩写,文字简略明晰。试看:

陈仲弓《异闻记》曰:张广定者,遭乱避地,有一女子,四岁,不能走,又不忍弃之,乃悬笼于古冢中,意谓他日得骸骨。及三年,归引取之,见其尚活。问之,女答曰:"食尽则馁,见其旁有一物,引颈呼吸,则效之,故能活。"广定入冢视之,乃一龟也。陈实之言,固当不妄。

《独异记》"张广定"

南朝宋·刘义庆撰《幽明录》所收的一则异文,情节有了明显的变化:

汉末大乱,颍川有人将避地他郡。有女七八岁,不能涉远,势不两全。道边有古冢穿败,以绳系女下之。经年余还,于冢寻觅,欲更殡葬。忽见女尚存,父大惊,问女得活意。女云:"冢中有一物,于晨暮际辄伸头翕气。为试效之,果觉不复饥渴。"

家人于冢寻索此物，乃是大龟。

《幽明录》"颍女效龟"

宋·苏轼撰《东坡志林》（又称《东坡手泽》）所收的一则异文，故事发生地在河北，情节亦多有变化。

> 富彦国在青社。河北大饥，民争归之。有夫妇襁负一子。未几，迫于饥困，不能皆全，弃之道左空冢中而去。岁定还乡，过此冢欲收其骨，则儿尚活，肥健愈于未弃时。见父母，匍匐来就。视冢中空无有，惟有一窍，滑易如蛇鼠出入。有大蟾蜍如车轮，气咻咻然出穴中。意儿在冢中，常呼吸此气，故能不食而健。自尔遂不食，年六七岁，肌理如玉。其父抱儿来京师，以示小儿医张荆筐。张曰："物之有气者能蛰，燕蛇虾之类是也。能蛰则能不食。不食则寿，此千载虾蟆也。法不当与药。若听其不食、不娶，长必得道。"父喜，携去，今不知所在。张与余言，盖嘉祐六年也。

《东坡志林》卷五"河北饥民子"

宋人袁聚苏轼随笔文字而成的《仇池笔记》卷上《小儿吸蟾蜍气》，与此悉同。

众鸟举网型故事　大致写捕鸟师张网网住众鸟后，一身强力壮之鸟带领同伴举网飞走。捕鸟师随而追逐。日暮时众鸟各奔东西，互相牵制，不久便落到地上。捕鸟师随即将众鸟一一捕杀。这一故事类型，见于东汉末的汉译佛经《杂譬喻经》[①]：

[①] 东汉末的汉译佛经《杂譬喻经》，一为支娄迦谶译，一为佚名译。

昔有捕鸟师，张罗网于泽上，以鸟所食物著其中。众鸟命侣，竞来食之。鸟师引其网，众鸟尽堕网中。时有一鸟，大而多力，身举此网，与众鸟俱飞而去。鸟师视影，随而逐之。有人谓鸟师曰："鸟飞虚空，而汝步逐，何其愚哉。"鸟师答曰："不如是告。彼鸟日暮，要求栖宿，进趣不同，如是当堕。"其人故逐不止，日以转暮，仰观众鸟，翻飞争竞，或欲趣东，或欲趣西，或望长林，或欲赴渊。如是不已，须臾便堕。鸟师遂得次而杀之。

《杂譬喻经》卷二十六"捕鸟师"①

比丘道略集，或十六国时鸠摩罗什译《众经撰杂譬喻经》卷下"网鸟"，与此则大同小异。

---

① 转引自陈麟辉主编《佛经故事选》，上海社会科学院出版社 1993 年版，第 570 页。

第九章　魏晋南北朝时期的
民间故事类型

魏晋南北朝时期历时三百六十多年，是中国古代民间故事的第一个大发展的时期，同时也是中国古代民间故事类型第一个发达的时期。这个时期除原有的鬼魂报冤型故事、戏后误国型故事、不死药型故事、射石饮羽型故事、鬼欺老翁型故事、河伯娶妇型故事、城陷为湖型故事、鲍君神型故事等一批故事类型继续得以流布并且有所发展外，还涌现出七十多个新的民间故事类型。新出现的故事类型，门类相当齐全，内容颇为丰富，比较充分地显示出多样性的特点，对后世的民间故事类型的发展很有影响。

这个时期有不少古籍在录写民间故事方面相当引人注目。在此期间新出现的民间故事类型大多首见于这些古籍。其中最为突出的当数晋·干宝撰《搜神记》。这个时期新出现的故事类型，大约有四分之一首先见于该书，包括龙子祭母型故事、黄粱梦型故事、仙窟艳遇型故事、云中落绣鞋型故事、狐精为祟型故事、蛴螬炙型故事、兽异避祸型故事、蚁蝼感恩型故事、烈火救主型故事、兽穴接生型故事、临危护主型故事、鱼腹失物型故事、斩除蛇精型故事、人兽婚配型故事、卧冰求鱼型故事、郭巨埋儿型故事、丁兰刻木型故事、画女钉心型故事、虎报恩型故事等。略逊于《搜神记》的典籍，计有三国魏·邯郸淳撰《笑林》（不识镜型故事、隐身草型故事、治驼背型故事、长竿入城型故事、煮竹席型故事、痴婿吊丧型故事等首见于此书），旧题三国魏·曹丕撰《列异传》（巧卖鬼型故事、相思树型故事、凶宅得金型故事、行善积德型故事等首见于此书），三国吴·康僧会译撰《六度集经》（猴子取心型故事、瞎子摸象型故事首见于此书），晋·张华撰《博物志》（千日酒型故事、牛郎织女型故事、"升仙"奥秘型故事等首见于此书），旧题东晋·陶潜撰《搜神后记》（蛇郎娶亲型故事、义兽救人型故事、义犬除奸型故事、两蛇相斗型故事等首见于此书），南朝宋·刘义庆撰《幽明录》（驱走缢鬼型故事、望夫石型故事等首见于此书），南朝宋·刘敬叔撰《异苑》（人参精型故事、象报恩型故事、蛇衔草型故事等首见于此书），南朝梁·吴均撰《续齐谐记》（病鬼延医型故事、紫荆树型故事、祭屈原型故事等首见于此书），南朝齐求那比地译《百喻经》（看门戏主型故事、谁先开口型故事、半饼充饥型故事、全都试过型故事首见于此书），北魏吉迦夜、昙曜译《杂宝藏经》（弃老复归型故事、呆子学舌型故事、双头鸟型故事首见于此书），北魏慧觉等译撰《贤愚经》（问活佛型故事、巧媳妇型故事首见于此书）。这个时期新出现的民间故事类型，尚首见于唐僧会译《旧杂譬喻经》、晋·郭璞撰《玄中记》、晋·束皙撰《发蒙记》、晋·伏琛撰《三齐要略》、晋·顾微撰《广州记》、晋·袁山松撰《郡国志》、晋·郭缘生撰《续述征记》、东晋·荀氏撰《灵鬼志》、佛陀跋陀罗与法显合译《摩诃僧祇律》、南朝宋·刘义庆撰《世说新语》、南朝宋·虞通之撰《妒记》、南朝宋·盛宏之撰《荆州记》、南朝齐·祖冲之撰《述异记》、南朝梁·殷芸撰《殷芸小说》、南朝梁·宗懔撰《荆楚岁时记》、北齐·魏收编撰《魏书》等。

这个时期新出现的故事类型，数量最多、影响最大的当推幻想故事方面的故事类型，共二十余个，占总数近三分之一。其中像田螺女型故事、羽衣仙女型故事、龙子祭母型故事、蛇郎娶亲型故事、问活佛型故事、云中落绣鞋故事、人参精型故事、猴子取心型故事、观仙对弈型故事、孝妇神鞭型故事等一批故事类型，都颇为著名。它们不但在现当代广为流布，异常活跃，而且多数在古代早就传播开来，甚至在魏晋南北朝时期已屡见记载。譬如田螺女型故事，在这个时期分别见诸《发蒙记》、《搜神后记》、《述异记》（祖冲之撰）、《述异记》（任昉撰）、《幽明录》、《异苑》等书，此后在唐、五代、宋、元、明、清、近代各个时期亦不断有所记载。又如，龙子祭母型故事，在这个时期分别见诸《搜神记》《搜神后记》《幽明录》《异苑》等书，此后在唐、五代、宋、金、元、明、清、近代各个时期亦不断有所记载。再如，观仙对弈型故事，在这个时期分别见诸《郡国志》、《搜神后记》、《幽明录》、《异苑》、《述异记》（任昉撰）、《殷芸小说》等书，此后在唐、五代、宋、元、明、清、近代各个时期亦不断有所记载。

这个时期新出现的写实故事方面的故事类型，数量与幻想故事方面的故事类型不相上下，但影响不及幻想故事方面的故事类型。其中的一些故事类型，也有一定的知名度。它们不但在古代记载颇多，如"升仙"奥秘型故事（首见《博物志》，此后在唐、五代、宋、元、明、清各个时期亦不断有所记载）、虎报恩型故事（首见于《搜神记》，此后在唐、宋、明、清各代亦不断有所记载）、义兽救人型故事（首见于《搜神后记》，此后在唐、五代、宋、元、明、清各代亦不断有所记载），而且到了现当代仍流传较广。

这个时期新出现的民间传说方面的故事类型有十多个，涉及人物、山川、城池、物产、风俗等诸多门类，而以人物传说方面的故事类型居多，除中国四大传说之一的牛郎织女型故事外，像董永行孝型故事、赶山鞭型故事、相思树型故事、五仙五羊型故事、祭屈原型故事、龙舟竞渡型故事、卧冰求鱼型故事、郭巨埋儿型故事、丁兰刻木型故事等，大多在古代不但见诸文献记载，而且在现当代仍然流传较广，知名度颇高。

这个时期新出现的民间笑话和民间寓言方面的故事类型，数量都不太多，但包含一些比较有影响的类型，譬如不识镜型故事，首见于《笑林》（邯郸淳撰），其后在隋、唐、明、清、近代均有流传，现当代流布更广。又如，折箭训子型故事首见于《魏书·吐谷浑传》，原本是北方少数民族的一则寓言，其后在唐、宋、元、明、清各个时期亦有记载，现当代在汉族和一些少数民族地区仍有相当的影响。再如，不误反误型故事，首见于《荆州记》（南朝宋·盛宏之撰），其后在北魏、唐、宋、元、明、清各个时期亦有记载，现当代仍在一些汉族地区流布。

值得特别提及的是，汉译佛教文学经典对中国古代民间故事类型的形成和发展，产生过长时间的影响，而这种影响首先集中展现在这个时期。这个时期首见于汉译佛教文学经典的民间故事类型共有十四个，为数不少，涉及《杂譬喻经》《六度集经》《摩诃僧祇律经》《百喻经》《杂宝藏经》《杂宝藏经》等一批汉译佛经，而以《百喻经》和《贤愚经》较为突出。首见于这一时期汉译佛经的民间故事类型，无论数量较多的写实故事和民间寓言方面的故事类型，还是数量较少的幻想故事和民间笑话方面的故事类型，大部分知名度颇高，在流传过程中逐渐中国化，深受民众喜爱。其中，像猴子取心型故事、空中落龟型故事、弃老复归型故事等故事类型，不但古代不断见诸文献记载，而且至今广为流布；像问活佛型故事、看门戏主型故事、巧媳妇型故事、换代物型故事、谁先开口型故事等故事类型，古代的记载虽然不多，在现当代却流传广泛，在各地汉族和少数民族地区涌现了大量的异文。在中国古代民间故事类型中，以上几种都相当引人注目。

不识镜型故事　大致写一乡人买镜归家，其妻不识，照而惊告其母："某又娶一妇回矣！"其母取视曰："奈何又领一亲家母来也！"这一故事类型，最初见诸三国魏·邯郸淳撰《笑林》：

有民妻不识镜。夫市之而归,妻取照之,惊告其母曰:"某郎又索一妇归也。"其母亦照曰:"又领亲家母来也。"

《笑林》"不识镜"

传隋·侯白撰《启颜录》中的一则异文,情节曲折,描写较为细致,喜剧色彩浓郁,使这一故事类型得到进一步变化、发展:

鄠县董子尚村,村人并痴,有老父遣子将钱向市买奴,语其子曰:"我闻长安人卖奴,多不使奴预知之,必藏奴于余处,私相平章,论其价值,如此者是好奴也。"其子至市,于镜行中度行,人列镜于市,顾见其影,少而且壮,谓言市人欲卖好奴,而藏在镜中,因指麈镜曰:"此奴欲得几钱?"市人知其痴也,诳之曰:"奴值十千。"便付钱买镜,怀之而去。至家,老父迎门问曰:"买得奴何在?"曰:"在怀中。"父曰:"取看好不?"其父取镜照之,正见眉须皓白,面目黑皱,乃大嗔,欲打其子,曰:"岂有用十千钱,而贵买如此老奴?"举杖欲打其子。其子惧而告母,母乃抱一小女走至,语其夫曰:"我请自观之。"又大嗔曰:"痴老公,我儿止用十千钱,买得子母两婢,仍自嫌贵?"老公欣然。释之余,于处尚不见奴,俱谓奴藏未肯出。时东邻有师婆,村中皆为出言甚中,老父往问之。师婆曰:"翁婆老人,鬼神不得食,钱财未聚集,故奴藏未出,可以吉日多办食求请之。"老父因大设酒食请师婆,师婆至,悬镜于门,而作歌舞。村人皆共观之,来窥镜者,皆云:"此家王相,买得好奴也。"而悬镜不牢,镜落地分为两片。师婆取照,各见其影,乃大喜曰:"神明与福,令一奴而成两婢也。"因歌曰:"合家齐拍掌,神明大歆飨。买奴合婢来,一个分成两。"

《启颜录》"买奴购镜"

明·冯梦龙辑《笑府》中的一则异文，又趋于简约，但故事情节却有相当变化，绝非简单重复：

> 有出外生理者，妻嘱回时须买牙梳，夫问其状，妻指新月示之。夫货毕将归，忽忆妻语，因看月轮正满，遂买一镜回。妻照之，骂曰："牙梳不买，如何反取一妾？"母闻之，往劝，忽见镜，照云："我儿，有心费钱，如何取个婆子？"遂至评讼。官差往拘之，见镜慌云："如何就有捉违限的？"及审，置镜于案，官照见，大怒云："夫妻不和事，何必央乡宦来讲？"

《笑府》卷十一谬误部《看镜》

明·浮白主人辑《笑林·看镜》与《笑府·看镜》完全相同。而冯梦龙辑《广笑府》中的一则，内容与《笑符·看镜》虽有相似之处，却有一些变化，并不重复。

> 一乡人，走贩大都。其妻嘱买小梳。时新月在天，因指月为记，免致遗忘。乡人临归，值月半，举头见圆，乃照样买一镜回。入门，妻取出一照。不知是自影，便发怒曰："你不务勤俭，在外漂荡，取妓女回来！"妻母闻闹声，急取一照，不知是自影，乃大叫曰："果如是漂荡！如何连老虔婆也带来！"

《广笑府》卷六《虔婆》

清·游戏主人纂辑《笑林广记》中的一则亦出自《笑府·看镜》，然有所添改，使之更为通俗易懂。

> 有出外生理者，妻要捎买梳子，嘱其带回。夫问妻状，妻指

新月示之。夫货毕，忽忆妻语，因看月轮正满，遂依样买了镜子一面带归。妻照之骂曰："梳子不买，如何反娶了一妾回来？"两下争闹，母闻之往劝，忽见镜，照云："我儿有心费钱，如何讨恁个年老婆儿？"互相埋怨遂至讦讼。官差往拘之，差见镜，慌云："才得出牌，如何就出添差来捉违限？"及审，置镜于案，官照见大怒云："夫妻不和事，何必央请乡官来讲分上？"

《笑林广记》卷十二《看镜》

清·俞樾撰《俞楼杂纂》卷四十八《一笑》中的一则，由《笑林》"不识镜"胎脱而来，亦颇有趣味。

有渔妇素不蓄镜，每日梳洗，以水自鉴而已。其夫偶为买一镜归，妇取视之，惊告其姑曰："吾夫又娶一新妇来矣！"姑取视之，叹曰："娶妇犹可，奈何并与亲家母俱来！"

《一笑》"渔夫买镜"

近人憨斋士纂辑《笑林博记》卷一《乡人顾影》抄自《广笑府》，与《虔婆》完全相同。

近人李铎撰《破涕录》（六）"乡人买镜"，由《广笑府》卷六《虔婆》改写，情节略有变化，文字较为通俗。

乡人某甲，性愚。一日因事赴杭，其妻嘱其买梳。甲不知梳为何物，妻告以梳头之用，又以手指月曰："其形如此。"时方上弦也。甲至杭，即欲购之，苦不知其名，询之友人，无知之者。一友曰："既是梳头之用，而其形又如月（时方望），非镜也耶？"甲然之。返家，妻索所买物，甲出镜授妻。妻见镜中之影大骂道：

"你倒买一个婊子来,好不气死我也。"甲母闻言,急对镜观之,笑曰:"我道是一个美人,原来是一个白发的老妪。"

值得提及的是,东汉末年至三国时期汉译《杂譬喻经》中的一则《瓮中影》亦有类似情节,它对这一故事类型的发展,会产生一定影响。

> 昔有长者子,新迎妇,甚相爱敬。夫语妇言:"卿入厨中,取蒲桃酒来共饮之。"妇往开瓮,自见身影在此瓮中,谓更有女人,大恚,还语夫言:"汝自有妇,藏著瓮中,复迎我为?"夫自入厨视之,开瓮见己身影,逆恚其妇,谓藏男子。二人更相忿恚,各自呼实。
>
> 有一梵志,与此长者子素情亲厚,遇与相见夫妇斗,问其所由。复往视之,亦见身影。恚恨长者:"自有亲厚藏瓮中,而佯共斗乎!"即便舍去。
>
> 复有一比丘尼,长者所奉,闻其所诤如是,便往视瓮,中有比丘尼,亦恚舍去。
>
> 须臾,有道人亦往视之,知为是影耳,喟然叹曰:"世人愚惑,以空为实也!"呼妇共入视之,道人曰:"吾当为汝出瓮中人!"取一大石,打坏瓮,酒尽,了无所有。
>
> 二人意解,知定身影,各怀惭愧。

另外,唐·释道世编《法苑珠林》中的一则故事亦有类似母题:

> 夫妇二人向葡萄酒瓮内欲取酒。夫妻两人互见人影。二人相妒,谓瓮内藏人。二人相打,至死不休。有道人为打破瓮,酒尽了无。二人意解,知影怀愧。
>
> 《法苑珠林·愚戆篇·杂痴部》"妒影"

这一故事类型，现当代仍在安徽、山东、江苏、浙江、福建、广西、四川、陕西、新疆、宁夏、山西、北京、河北、河南、湖北、贵州、江西、内蒙古等地的汉族和某些少数民族聚居区流布，譬如《买宝镜》①、《二大爷买镜子》②、《买镜》③、《不识镜子》④、《傻媳妇照镜》⑤、《买梳子》⑥、《镜子的笑话》⑦、《第一面镜子的故事》（柯尔克孜族）⑧、《穿衣镜》（回族）⑨、《买木梳》⑩、《照镜子》⑪、《婆媳俩看镜子》⑫、《办年货》（土族）⑬、《街上买来的杂货摊》（回族）⑭、《一家人照镜子》⑮、《稀奇物件儿》⑯、《镜子》⑰、《镜子的风波》⑱、《买宝镜》⑲、《镜子》⑳。

这一故事类型，相当于丁乃通编著《中国民间故事类型索引》1336B，艾伯华著《中国民间故事类型》"滑稽故事7. 傻媳妇Ⅲ：镜子"。

---

① 见《中国民间故事集成·安徽卷·涡阳县分卷·涡阳民间故事集成》。
② 见《潍坊民间故事》。
③ 见《江苏民间故事集成·泗洪县资料本》。
④ 见《中国民间故事集成·浙江卷》。
⑤ 见《中国民间故事集成·福建卷·大田县分卷》。
⑥ 见《中国民间故事集成·广西卷》。
⑦ 见《中国民间文学集成·陕西卷·咸阳民间故事集成》。
⑧ 见《中国民间故事集成·新疆卷》。
⑨ 见《中国民间故事集成·宁夏卷》。
⑩ 见《中国民间故事集成·山西卷》。
⑪ 见《中国民间故事集成·北京卷》。
⑫ 见《中国民间文学集成·武安县民间故事卷》。
⑬ 见《中国民间故事集成·青海卷》。
⑭ 见《中国民间故事集成·新疆兵团卷》。
⑮ 见《中国民间故事集成·河南太康卷》。
⑯ 见《野山笑林》。
⑰ 见《中国民间故事集成·贵州卷》。
⑱ 见《鹰潭民间文学集成》。
⑲ 见《中国民间故事集成·安徽卷》。
⑳ 见《中国民间故事集成·内蒙古卷》。

隐身草型故事 大致写某甲得一叶（或草、棍）以为可以隐身，于是拿着到街市上取人财物，被送官府，说明本末才让放回家，或者被人拳打，直嚷："任你打，只是看不见我。"这一故事类型初见于三国魏·邯郸淳撰《笑林》：

> 楚人贫居，读《淮南方》："得螳螂伺蝉自障叶，可以隐形。"遂于树下仰取叶——螳螂执叶伺蝉——以摘之，叶落树下；树下先有落叶，不能复分别，扫取数斗归，一一以叶自障，问其妻曰："汝见我不？"妻始时恒答言"见"，经日乃厌倦不堪，绐云："不见。"嘿然大喜，赍叶入市，对面取人物，吏遂缚诣县。县官受辞，自说本末，官大笑，放而不治。

《笑林》"隐身叶"

明·王圻编纂《稗史汇编》卷九十六《人事门·谬误类·叶障》，抄自《笑林》，与此相同。

唐·朱揆撰《谐噱录》中的一则异文，故事情节发生变化，与顾恺之有了关联：

> 顾恺之痴信小术，桓玄尝以柳叶绐之，曰："此蝉翳叶也，以自蔽，人不见己。"恺之引叶自蔽，玄就溺焉，恺之信其不见己，以珍重之。

《谐噱录·就溺》

明·冯梦龙编纂《古今谭概》痴绝部第三《愚痴》"蝉翳叶"，出自《谐噱录》，文字稍有变化。

明·赵南星撰《笑赞》录写的一则异文，情节变化较大，短小明快，亦颇逗乐。

有遇人与以一草，名隐身草，手持此，旁人即看不见。此人即于市上取人之钱，持之径去。钱主以拳打之，此人曰："任你打，只是看不见我。"

《笑赞》"隐身草"

明·无名氏撰《笑海千金》中的一则异文，故事情节变化更大，竟与盗贼发生关联：

昔一做贼的人，常有钱买东西。一痴子见而问曰："你何以善做贼？"贼答曰："我所以善做者有故：凡去偷人财物之时，拿一根鸦鹊做窠的柴放手中，人就不见我。"痴子见贼说，一日，果往鸦鹊窠中取一根柴放手中，遂而日上去人家盗财物，被人捉住乱打。痴子且曰："我打倒被你打，你实不见我。"

《笑海千金·笑痴子》

近人憨斋主纂辑《笑林博记》共收三则异文，卷六《隐身》与《笑林》"隐身叶"相同，卷五《隐身》与《笑赞》"隐身草"相同，卷三《笑痴子》，与《笑海千金·笑痴子》相同。

这一故事类型，现当代仍在河北、河南、湖北、湖南、四川、青海、陕西、上海、安徽、江西等地流布。譬如《智治老财迷》[①]《仙人草》[②]《隐身草》[③]《隐身草》[④]《隐身草》[⑤]《巧治李剥皮》[⑥]《一叶障

---

① 见《丰润民间故事选》。
② 见《河南民间故事集成·新野县卷》。
③ 见《湖北民间故事传说集·黄冈地区专集》。
④ 见《中国民间故事集成·湖南卷·道县资料本》。
⑤ 见《中国民间故事集成·仁寿县资料集》。
⑥ 见《中国民间故事集成·青海卷》。

目》①《隐身草》②《隐身草》③《隐身叶》④。

这一故事类型，相当于丁乃通编著《中国民间故事类型索引》1539A。

治驼背型故事 大致写某人自夸善医驼背，一人重金求治，某欲上背踏之，或以板压之，驼背大叫（或被压死），医者道："我只知医直，哪管人的死活。"这一故事类型，初见于三国魏·邯郸淳撰《笑林》：

> 平原人有善治伛者，自云："不善，人百一人耳。"有人曲度八尺，直度六尺，乃厚货求治。曰："君且□。"欲上背踏之。伛者曰："将杀我。"曰："趣令君直，焉知死事。"

《笑林》"善治伛者"⑤

南朝梁·殷芸撰《殷芸小说》卷五"善治伛者"与《笑林》的此则相同。《笑林》中的"君且□"，《殷芸小说》作"君且伏"。

明·江盈科撰《雪涛小说》录写的一则异文，情节有所变化，文字亦颇生动，使这一故事类型得以发展。

> 昔有医人，自媒能治背驼，曰："如弓者、如虾者、如曲环者，延吾治，可朝治而夕如矢。"一人信焉，而使治驼。乃索板二片，以一置地下，卧驼者其上，又以一压焉，而即蹦焉，驼者随直，亦复随死。其子欲鸣诸官，医人曰："我业治驼，但管人

---

① 见《笑话拾零》。
② 见《中国民间文学集成·上海卷·青浦县故事分卷》。
③ 见《中国民间文学集成·安徽卷·涡阳民间故事》。
④ 见《抚州地区民间文学集成·宜黄县卷》。
⑤ 见鲁迅校录《古小说钩沉》，齐鲁书社1997年版，第42页。

直,那管人死。"

《雪涛小说·催科》"治驼背"

清·石成金撰《笑得好》所收的一则异文,由《雪涛小说》改写而成。

> 有一医人,自夸能治驼背:"虽湾如弓,曲如虾,即或头环至腰,但请我一治,即刻笔直。"有驼背人信其言,请其治之。乃索大板二片,以一板放地,令驼人仰睡板上,又将一板压上,两头用粗绳着紧收捆,其驼人痛极,喊声求止,医总不听,反加足力重踹。驼背随直,亦即随死。众揪医打。医者曰:"我只知治驼背,我那里管人的死活呢。"

《笑得好》二集《医驼背》

近人憨斋主纂辑《笑林博记》卷二《治驼》,抄自《笑得好》,文字相同,仅两字有出入。

明·顾起元撰《客座赘语》的一则异文,与《雪涛小说·催科》"治驼背"不同,故事情节略有变化,读来也颇为有趣。

> 昔有病伛者,自以为丑也,日购医于市,曰:"谁能直我者,予千金。"或绐之曰:"我实能直汝。"伛喜,问其方。曰:"蠡尔背,断尔筋,束版而夹之,三日直之。"左右曰:"害于生。"曰:"吾与其直尔,不保其生也。"

《客座赘语》卷六《谑语》"治伛者"

这一故事类型,现当代仍在西藏、四川、陕西、河北、广东等地的汉族和个别少数民族聚居区流布，譬如《治驼背》（藏族）①、《医驼背》②、《治驼背》③、《王五治罗锅》④、《医治驼背》⑤、《包医驼背》⑥。

这一故事类型，相当于丁乃通编著《中国民间故事类型索引》1862D。

长竿入城型故事　大致写一人执长竿入城门，竖执、横执都进不去，后经人指点，将长竿锯断（或将长竿递给城上人）才进了城门。这一故事类型，初见于三国魏·邯郸淳撰《笑林》：

> 鲁有执长竿入城门者，初竖执之，不可入，横执之，亦不可入，计无所出。俄有老父至曰："吾非圣人，但见事多矣。何不以锯中截而入。"遂依而截之。
>
> 《笑林》"执长竿入城门"

清·小石道人辑《嘻谈录》所收的一则异文，前半部分由《笑林》"执长竿入城门"演变而来：

> 有一人持长竹竿进城，直进城门矮，横进竹竿长，踌躇良久，总进不去。城上人见而告之曰："你将竹竿递与我，我给你拏过那边去。你进城，我再交与你。岂不甚妙？"其人如其言，递与城上之人。进得城来，接过竹竿，与城上人相见。彼此甚为相得，愿结为兄弟：城上者为兄，城下者为弟。二人叙家常，问及有无

---

① 见《中国民间故事集成·西藏卷》。
② 见《中国民间文学三套集成·彭水民间故事》。
③ 见《笑话拾零》。
④ 见《中国民间文学集成·保定市故事卷》。
⑤ 见《民间笑话三百则》。
⑥ 见《中国民间故事集成·广东卷》。

儿女。把弟云："我有一女，刚一岁。"把兄曰："我有一子，才两岁。"把兄说："我二人何不作了亲家？"把弟说："甚好。"二人言定而散。把弟回家，甚觉得意。妇人问曰："你今日回家，因何这样高兴？"夫将拏竹进城，遇人作亲之事告之。妇大怒，说："你真糊涂极了。我女一岁，他儿两岁。若我女十岁，他儿已二十岁矣，何得许这样老婿！"夫妻吵闹不休。邻居一明公先生，劝之曰："你二人何必吵闹。你女今年虽一岁，等到明年此时，便与他儿同庚。何可不许？"

《嘻谈续录》卷上《谬误》

清·程世爵撰《笑林广记·谬误》抄自《嘻谈录》，文字相同。

这一故事类型，现当代仍在湖南、湖北、河南、上海、福建、河北、山西等地流布，如《锯竹竿》[1]《竹竿进门》[2]《进城》[3]《笨人买竹竿》[4]《断竿进城》[5]《省一锯》[6]《进城门》[7]。

这一故事类型，相当于丁乃通编著《中国民间故事类型索引》1248A，艾伯华著《中国民间故事类型》"滑稽故事1. 傻子Ⅷ：过城门"。

痴婿吊丧型故事 大致写一痴婿去给岳父吊丧，过河时丢了一只袜子，到后竟忘记吊丧的规矩，单足独立学斑鸠叫，让孝子忍不住发笑。这一故事类型，初见于三国魏·邯郸淳撰《笑林》：

---

[1] 见《中国民间故事集成湖南卷·华容县资料本》。
[2] 见《白鹤井》。
[3] 见《山阳城民间故事》。
[4] 见《中国民间文学集成·上海卷·静安区故事分卷》。
[5] 见《中国民间故事集成·福建卷·漳浦县分卷》。
[6] 见《中国民间文学集成·保定市故事卷》。
[7] 见《中国民间文学集成·山西卷·阳泉矿区民间故事集成》。

有痴婿，妇翁死，妇教以行吊礼。于路值水，乃脱袜而渡，唯遗一袜。又睹林中鸠鸣云："鹁鸪，鹁鸪。"而私诵之，都忘吊礼。及至，乃以有袜一足立，而缩其跣者，但云："鹁鸪，鹁鸪。"孝子皆笑。又曰："莫笑莫笑。如拾得袜，即还我。"

《笑林》"痴婿吊丧"

这一故事类型，现当代仍在青海等地流布，譬如《吊孝》①。

煮竹席型故事　大致写吴人请汉人吃笋，问知是竹。其人回家煮竹席，不熟，便骂："吴人欺我如此！"这一故事类型，初见于三国魏·邯郸淳撰《笑林》：

汉人有适吴，吴人设笋，问是何物？语曰："竹也。"归煮其床箦而不熟，乃谓其妻曰："吴人辀辘，欺我如此！"

《笑林》"煮床箦"

晋·陆云撰《笑林》"煮竹箦"、唐·朱揆撰《谐噱录·煮箦》，明·冯梦龙辑《古今谭概》专愚部第四《宋人郑人等》"煮床箦"均由《笑林》改写而成，文字有一定变化。

这一故事类型，现当代仍有流布，譬如《煮竹席》②。

这一故事类型，相当于丁乃通编著《中国民间故事类型索引》1339F。

---

① 见《中国民间故事集成·青海卷》。
② 见《民间笑话三百则》。

董永行孝型故事　大致写董永父亡，自卖身为奴以供丧事。葬毕，道逢一女愿为董妻，遂同至主家。主人令女织绢百（或三百）匹。女十日织出，主人即放其夫妇还家。此女乃天帝派遣来助董永还债之天女，她向董永讲明原委后便凌空飞去。这一故事类型，汉魏时已有流布，三国魏·曹植在《灵芝篇》中已略述故事梗概：

> 董永遭家贫，父老财无遗。举假以供养，佣作致甘肥。责家填门至，不知何用归。天灵感至德，神女为秉机。

晋·干宝撰《搜神记》卷一《董永》，是最早的一则故事文本：

> 汉董永，千乘人。少偏孤，与父居，肆力田亩，鹿车载自随。父亡，无以葬，乃自卖为奴，以供丧事。主人知其贤，与钱一万，遣之。永行三年丧毕，欲还主人，供其奴职。道逢一妇人曰："愿为子妻。"遂与之俱。主人谓永曰："以钱与君矣。"永曰："蒙君之惠，父丧收藏，永虽小人，必欲服勤致力，以报厚德。"主曰："妇人何能？"永曰："能织。"主曰："必尔者，但令君妇为我织缣百匹。"于是永妻为主人家织，十日而毕。女出门，谓永曰："我，天之织女也。缘君至孝，天帝令我助君偿债耳。"语毕，凌空而去，不知所在。

明·王圻纂集《稗史汇编》卷六十四《方外门·女仙·董永妻》，出《搜神记》，文字有所删节：

> 董永父亡无以葬，乃自卖为奴，主知其贤，与钱千万遣之。永行三年丧毕，欲还诣主，供其奴职。道逢一妇人曰："愿为子妻。"遂与之俱，主谓永曰："以钱丐（与）君矣。"永曰："蒙君之恩，父丧收藏。永虽小人，必欲服勤致力，以报厚德。"

主曰："妇人何能？"永曰："能织。"主曰："必尔者，但令君妇为我织缣百匹。"于是永妻为主人家织，十日而百匹具焉。

唐五代时期出现的三则异文，均与伪托为汉·刘向撰《孝子传》或《孝子图》相关，而故事情节多有不同。唐·释道世撰《法苑珠林》卷四十九《忠孝篇·业因部》"董永有自卖之感"，出引刘向撰《孝子传》，与《搜神记》卷一《董永》比较接近：

董永者，少偏孤，与父居。乃肆力田亩，鹿车载父自随。父终，自卖于富公，以供丧事。道逢一女，呼与语云："愿为君妻。"遂俱至富公。富公曰："女为谁？"答曰："永妻，欲助偿债。"公曰："汝织三百匹，遣汝。"一旬乃毕。女出门谓永曰："我天女也，天令我助子偿人债耳。"语毕，忽然不知所在。

敦煌遗书中的句道兴撰《搜神记》"董永"，故事情节虽与干宝撰《搜神记》卷一《董永》等出入不大，但描写较为细腻，而且带有口语化的特色。

昔刘向《孝子图》曰：有董永者，千乘人也。小失其母，独养老父。家贫困苦，至于农月，与辘车推父于田头树荫下，与人客作，供养不阙。其父亡殁，无物葬送，遂从主人家典田，贷钱十万文。语主人曰："后无钱还主人时，求与殁身主人为奴一世常（偿）力。"葬父已了，欲向主人家去。在路逢一女，愿与永为妻。永曰："孤穷如此，身复与他人为奴，恐屈娘子。"女曰："不嫌君贫，心相愿矣，不为耻也。"永遂共到主人家。主人曰："本期一人，今二人来，何也？"主人问曰："女有何伎能？"女曰："我解织。"主人曰："与我织绢三百匹，放汝夫妇归家。"女织经一旬，得绢三百匹。主人惊怪，遂放夫妻归还。行至本相见处，女辞永曰："我是天女，见君行孝，天遣我借君偿债。今既偿了，不得久住。"语讫，遂飞上天。

敦煌遗书中的写本《孝子传》"董永"，出自文化水准不高的下层民众之手，其文多错别字，就总体而言，与句道兴本《搜神记》"董永"接近，文末"天子徵永，拜为御史大夫"，则未见于其他文本。

> 董永，子（千）柔（乘）人也。少失其母，独养于父，家贫佣力，蔦（笃）于孝养。至于农月，永以鹿车推父至于畔上，供养如故。后数载，父殁（殁），葬送不办。遂［与］圣人［贷］钱一万，即千贯也，将殡其父。葬殡已毕，遂来偿債［债］。道逢一女，愿欲与永为妻。永曰："仆贫寒如是，父终无已殡送，取主人钱一万，今充身偿债为奴，乌敦（敢）屈娘子。"妇人曰："心所相乐，诚不耻也。"永［不］得已，遂与妇人同诣主人。主人曰："汝本言一身，今二人同至，何也？"永曰："买一得二，何怪也。""有何所解也。"答曰："会织绢。"主人［云］："但与［织］绢三百匹，放汝夫妻饭还。"涓（织）经一旬，得涓（绢）三百匹。主人惊怪，遂放二人归回。行至本期之处，妻辞曰："我是天之织女，见君至孝，天帝故遣我助君偿债。今既免子之难，不合久在人间。"言讫，由升天。永掩泪不已。天子徵永，拜为御史大夫。
>
> 敦煌写本《孝子传》"董永"

这一故事类型，现当代仍在台湾、广西、湖北、江苏、陕西、河北等地汉族和一些少数民族聚居区流布，如《七仙女的故事》[①]、《董

---

① 见《澎湖县民间故事》。

永与刘姑娘》（京族）①、《童永》（毛南族）②、《日头国落籍》③、《七仙女与董永》④、《七仙女下凡》⑤、《七仙女生董卓》⑥。

巧卖鬼型故事　　大致写某人夜行遇鬼，共去一市，相互轮换背着赶路。某自称新鬼，问鬼有何畏忌。鬼答曰："惟不喜人唾。"某背鬼急行至市，鬼落地化为一羊。某恐其变化，便唾之，卖了五百文钱而去。这一故事类型，初见于旧题三国魏·曹丕撰《列异传》：

> 南阳宗定伯年少时，夜行逢鬼，问曰："谁？"鬼曰："鬼也。"鬼曰："汝复谁？"定伯诳之，言："我亦鬼。"鬼问："欲至何所？"答曰："欲至宛市。"鬼言："我亦欲至宛市。"遂行数里，鬼言："步行太亟，可共递相担也。"定伯曰："大善！"鬼便先担定伯数里。鬼言："卿太重，将非鬼也？"定伯言："我新鬼，故身重耳。"定伯因复担鬼，鬼略无重。如是再三，定伯复言："我新死，不知鬼悉何所畏忌？"鬼答言："惟不喜人唾。"于是共行。道遇水，定伯令鬼先渡，听之，了无声音。定伯自渡，漕漼作声。鬼复言："何以作声？"定伯曰："新死不习渡水故耳，勿怪吾也。"行欲至宛市，定伯便担鬼着肩上，急持之。鬼大呼，声咋咋然，索下。不复听之，径至宛市中下，着地化为一羊。便卖之，恐其变化，唾之，得钱千五百，乃去。于时石崇言："定伯卖鬼，得千五百文。"

《列异传·宗定伯》

---

① 见《中华民族故事大系》第十五卷。
② 见《中华民族故事大系》第十二卷。
③ 见《中国民间故事集成·湖北卷》。
④ 见《中国民间故事集成·江苏卷》。
⑤ 见《中国民间文学集成·陕西卷·咸阳民间故事集成》。
⑥ 见《耿村民间文化大观》。

晋·干宝撰《搜神记》亦收有此则故事，文字略有改动：

南阳宋定伯，年少时夜行逢鬼，问之，鬼言："我是鬼。"鬼问："汝复谁？"定伯诳之，言："我亦鬼。"鬼问："欲至何所？"答曰："欲至宛市。"鬼言："我亦欲至宛市。"遂行数里，鬼言："步行太迟，可共递相担，何如？"定伯曰："大善。"鬼便先担定伯数里。鬼言："卿太重，将非鬼也。"定伯言："我新鬼，故身重耳。"定伯因复担鬼，鬼略无重。如是再三，定伯复言："我新鬼，不知有何所畏忌？"鬼答言："惟不喜人唾。"于是共行。道遇水，定伯令鬼先渡，听之，了然无声音。定伯自渡，漕漼作声。鬼复言："何以有声？"定伯曰："新死，不习渡水故耳。勿怪吾也。"行欲至宛市，定伯便担鬼，着肩上，急执之。鬼大呼，声咋咋然，索下，不复听之，径至宛市中。下着地，化为一羊，便卖之，恐其变化，唾之，得钱千五百，乃去。当时石崇有言："定伯卖鬼，得钱千五。"

《搜神记》卷十六《宋定伯》

宋·欧阳玄撰《睽车志·卖鬼》①，据《搜神记》缩写，文字甚为简约。

南阳宗定伯年少时，夜行逢鬼，问鬼所忌。答云："惟不喜人唾。"定伯便担鬼着头上，急持行，径至市中。下着地化为一羊，唾之，恐其变化。卖之，得钱千五百。

清·乐钧撰《耳食录》与清·娄东羽衣客撰《镜花水月》各采录

---

① 见《说郛》卷一一八（《说郛三种》第八册）。

的一则异文，情节变化都比较大，描写亦颇为生动，使这一故事类型更具活力。

　　有田乙，素不畏鬼，而尤能伏鬼，遂以卖鬼为业。衣食之需，妻孥之供，悉卖鬼所得。人颇识之，呼为"田卖鬼"云。

　　年二十余，时尝夜行野外，见一鬼肩高背曲，头大如轮。田叱之曰："尔何物？"鬼答言："我是鬼，尔是何物？"田欲观其变，因绐之曰："我亦鬼也。"鬼大喜跃，遂来相翩抱，体冷如冰。鬼惊疑曰："公体太暖，恐非鬼。"田曰："我鬼中之壮盛者耳。"鬼遂不疑。田问鬼有何能，鬼曰："善戏，愿呈薄技。"乃取头颅着于腹，复着于尻，已复着于胯，悉如生就，无少裂折。又或取头分而二之，或三四之，或五六之，以至于十数，不等。掷之空，投之水，旋转之于地，已而复置之于项，奇幻之状，靡不毕贡。既复求田作戏。田复绐之曰："我饥甚，不暇作戏，将觅食绍兴市，尔能从乎？"鬼欣然愿偕往，亻于而行。

　　途次，田问曰："尔为鬼几年矣？"曰："三十年矣。"问住何所，鬼言无常所，或大树下，或人家屋角，或厕旁土中。亦问田，田曰："我新鬼也，趋避之道，一切未谙，愿以教我。"盖欲知鬼所喜以诱之，知鬼所忌以制之也。鬼不知其意，乃曰："鬼者，阴属也，喜妇人发，忌男子鼻涕。"田志之。

　　方行间，又逢一鬼，癯而长，貌类枯木。前鬼揖之曰："阿兄无恙。"指田示之曰："此亦我辈也。"癯鬼亦来近通款洽焉，亦与俱行。将至市，天欲晓，二鬼行渐缓。田恐其隐遁，因二手捉二鬼臂，牵之左右行，轻若无物。行甚疾，二鬼大呼："公不畏晓耶？必非鬼，宜速释手，无相逼也！"田不听，持愈急。二鬼哀叫，渐无声。天明视之，化为两鸭矣。田恐其变形，乃引鼻向鸭喷嚏，持入市卖之，得钱三百。

　　后每夜挟妇发少许，随行野外索鬼，鬼多来就之，辄为所制。

或有化羊豕者，变鱼鸟者，悉于市中卖得钱以市他物。有卖不尽者，亦自烹食之，味殊甘腴。

《耳食录》卷九《田卖鬼》

杨大胆者，高阳一酒徒也。工拳棒，有勇略，遇事一往无前。

七月晦日，相传为地藏菩萨诞辰，郊外寺僧盛设斋筵，建盂兰道场。有二友拉杨出城往看，先于酒家夜饮，拇战无休，两人已醉倒酒垆旁矣。时漏下三鼓，杨以大胆，虽多饮，尚未醉，出门独行踽踽，仍欲往观。

不二里，前面有星星磷火，趋而视之，乃一黑瘦汉，诘曰："子为谁？"答曰："我鬼也。"鬼亦诘杨，杨曰："我亦鬼也。欲赴会，同行可乎？"鬼曰："甚妙。"遂握手闲谈。相将入寺，灯火辉煌，斋筵丰洁，一白眉老僧率四侍者，已登坛说法。钟磬微鸣，口宣贝叶，手持散花香，俗所云施食者是也。维时入声寂然，屏息无哗。忽闻有声自空来，乍扬复沉。檐溜啾啾，阴霾惨惨，恍忽如满寺彭生，一庭伯有。但觉鬼浮于人，杨固毫无惧色，唯变目注定前鬼。见其于筵间以口吸气，觉饱饫已极，遂拉同出寺。

行未半里，鬼已蹩䠣不良于行，谓杨曰："盍彼此交易褫负以舒足力？"杨应之曰："汝须先施。"鬼以肩承之，诧曰："客何太重？"杨答曰："我新鬼，大，故重。"鬼勉荷数武，力不能胜。杨遂下肩，即负鬼而行，如举一羽，曰："汝何太轻？"鬼曰："我故鬼，小，故轻。"谈笑之间，时交五鼓。杨走如飞，鬼于肩上疾呼："速放我下！"杨置若罔闻，走如故。鬼怒，詈之。不答，哀恳之。亦不答，转以两手抱持益固。未几，晨光熹微，鬼于肩上寂然无声。杨负之入城。

其时市肆方开，入见芒芒然归之状，且背负一大鹅，无不狂笑。一人大呼曰："此鹅卖否？"杨独不解。拍其肩，果见白毛红掌，右军所爱之物也。笑而售之，获一饼金。

《镜花水月·盂兰会》

这一故事类型，现当代仍在四川、重庆、湖南、湖北、河南、陕西、甘肃等地的汉族和个别少数民族聚居区流布，譬如《吊颈鬼害怕酒醉鬼》[1]、《张木匠卖鬼》[2]、《背鬼》（苗族）[3]、《卖鬼》[4]、《陈净白背鬼》（土家族）[5]、《宋定伯卖鬼》[6]、《骗鬼》[7]、《捉鬼》[8]、《顺定卖鬼》[9]。

凶宅得金型故事　大致写某人购得一凶宅，入住后夜间多有异人（或怪物，下同）现身。天明时其人于异人出没处掘得大量金银，于是此宅便平安无事。这一故事类型，最早见于旧题三国魏·曹丕撰《列异传》：

魏郡张奋者，家巨富。后暴衰，遂卖宅与黎阳程家。程入居，死病相继，转卖与邺人何文。文日暮，乃持刀上北堂中梁上坐。至二更，忽见一人，长丈余，高冠黄衣，升堂呼问："细腰！舍中何以有生人气也？"答曰："无之。"须臾，有一高冠青衣者，

---

[1]　见《中国民间故事集成·四川卷》。
[2]　见《中国民间故事集成·合川县卷》。
[3]　见《中国民间故事集成·湖南卷》。
[4]　见《伍家沟村民间故事集》。
[5]　见《孙家香故事集》。
[6]　见《河南民间故事集成·贵地新野的传说》。
[7]　见《河南民间故事集成·河南桐柏县卷》。
[8]　见《中国民间故事集成·陕西卷》。
[9]　见《中国民间故事集成·甘肃卷》。

次之，又有高冠白衣者，问答并如前。及将曙，文乃下堂中，如向法呼之，问曰："黄衣者谁也？"曰："金也！在堂西壁下。""青衣者谁也？"曰："钱也！在堂前井边五步。""白衣者谁也？"曰："银也，在墙东北角柱下。""汝谁也？"曰："我杵也！在灶下。"及晓，文按次掘之，得金银各五百斤，钱千余万。仍取杵焚之，宅遂清安。

《列异传》"何文"

晋·干宝撰《搜神记》卷十八《细腰》、明·王圻纂集《稗史汇编》卷一四一《珍宝门·金银类·宅中藏金》，均与此则相同，仅个别字句略有出入。

这一故事类型在唐代得到了进一步发展，出现不少异文，显示出它的旺盛活力。张荐撰《灵怪集》采录的一则异文，故事发生在汧陇（今陕西陇县），通过异人吟咏来表现世人的生活乐趣，只是没有得到金银的情节。三个异人乃铁铫子、破笛、秃黍穰帚。

太原掌书记姚康成，奉使之汧陇。会节使交代，入蕃使回，邮馆填咽。遂假邢君牙旧宅，设中室，以为休息之所。其宅久空废，庭木森然。康成昼为公宴所牵，夜则醉归，及明复出，未尝暂歇于此。一夜，自军城归早。其属有博戏之会，故得不醉焉，而坐堂中。因命茶，又复召客，客无至者。乃命馆人取酒，遍赐仆使，以慰其道路之勤。既而皆醉。康成就寝，二更后，月色如练。因披衣而起，出于宅门，独步移时，方归入院。遥见一人，入一廊房内，寻闻数人饮乐之声。康成乃蹑履而听之，聆其言语吟啸，即非仆夫也。因坐于门侧，且窥伺之。仍闻曰："诸公知近日时人所作，皆务一时巧丽，其于托情喻己，体物赋怀，皆失之矣。"又曰："今三人可各赋一篇，以取乐乎？"皆曰："善。"乃见一人，细长而甚黑，吟曰："昔人炎炎徒自知，今无烽灶欲何为。可怜国柄全无用，曾见人人下第时。"又见一人，亦长细而黄，面多疮孔，而吟曰："当时得意气填心，一曲君前直万金。今日不如庭下竹，风来犹得学龙吟。"又一人肥短，鬅发垂散，而吟曰："头焦鬓秃但心存，力尽尘埃不复论。莫笑今来同腐草，曾经终日扫朱门。"康成不觉失声，大赞其美。因推门求之，则皆失矣。俟晓，召舒吏询之，曰："近并无此色人。"康心疑其必魅精也。遂寻其处，方见有铁铫子一柄，破笛一管，一秃黍穰帚而已。康成不欲伤之，遂各埋于他处。

《灵怪集·姚康成》

牛僧孺撰《玄怪录》采录的一则异文与上面一则相似，故事发生在扬州郊外，也描述了异人的吟咏，同样没有获得金银的情节。四个异人乃旧杵、烛台、水桶、破铛。

宝应中，有元无有，尝以仲春末独行维扬郊野。值日晚，风雨大至。时兵荒后，人户逃窜，入路旁空庄。须臾霁止，斜月自出，无有憩北轩，忽闻西廊有人行声。未几至堂中，有四人，衣冠皆异，相与谈谐，吟咏甚畅，乃云："今夕如秋，风月如此，吾党岂不为文，以纪平生之事？"其文即曰口号联句也。吟咏既朗，无有听之甚悉。其一衣冠长人曰："齐纨鲁缟如霜雪，寥亮高声为子发。"其二黑衣冠短陋人曰："嘉宾良会清夜时，辉煌灯烛我能持。"其三故弊黄衣冠人，亦短陋，诗曰："清冷之泉俟朝汲，桑绠相牵常出入。"其四黑衣冠，身亦短陋，诗曰："爨薪贮水常煎熬，充他口腹我为劳。"无有亦不以四人为异，四人亦不虞无有之在堂隍也，递相褒赏，虽阮嗣宗《咏怀》亦不能加耳。四人迟明方归旧所，无有就寻之，堂中惟有故杵、烛台、水桶、破铛，乃知四人即此物所为也。

《玄怪录》卷一《元无有》

第九章　魏晋南北朝时期的民间故事类型

唐·谷神子撰《博异志》采录的一则异文，故事发生在长安，情节变化较大，而且出现了获得财富的描述，进一步显示出这个故事类型的活力。

天宝中，长安永乐里有一凶宅，居者皆破，后无复人住，暂至亦不过宿而卒，遂至废破。其舍宇唯堂厅存，因生草树甚多。有扶风苏遏，悾悾遽苦贫穷，知之，乃以贱价于本主质之。才立契书，未有一钱归主。至夕，乃自携一榻，当堂铺设而寝。一更已后，未寝，出于堂，徬徨而行，忽见东墙下有一赤物，如人形，无手足，表里通彻光明，而叫曰："咄！"遏视之不动。良久又按声呼曰："烂木，咄！"西墙下有物应曰："诺。"问曰："甚没人？"曰："不知。"又曰："大硬锵。"烂木对曰："可畏。"良久乃失赤物所在。遏下阶，中庭呼烂木曰："金精合属我，缘没敢叫唤？"对曰："不知。"遏又问："承前杀害人者在何处？"烂木曰："更无别物，只是金精。人福自薄，不合居之，遂丧逝。亦不曾杀伤耳。"至明更无事，遏乃自假锹锸之具，先于西墙下掘，入地三尺，见一朽柱，当心木如血色，其坚如石。后又于东墙下掘两日，近一丈，方见一方石，阔一丈四寸，长一丈八寸，上以篆书曰："夏天子紫金三十斤，赐有德者。"遏乃自思："我何以为德？"又自以为计曰："我得此宝，然修德亦可禳之。"沉吟未决。至夜又叹息不定。其烂木忽语曰："何不改名为有德？即可矣。"遏曰："善。"遂称有德。烂木曰："君子倘能送某于昆明池中，自是不复挠吾人矣。"有德许之。明晨，更掘丈余，得一铁瓮，开之，得紫金三十斤。有德乃还宅价，修葺，送烂木于昆明池，遂闭户读书。三年为范阳请入幕，七年内获冀州刺史，其宅更无事。

《博异志·苏遏》

明·王圻纂集《稗史汇编》卷一四一《珍宝门·金银类·苏遏》，出自《博异志》，文字相同。

柳祥撰《潇湘录》采录的一则异文，故事发生在长安附近，情节更为曲折生动。其中不但出现三精——玉精、金精、枯树精，还出现一鬼魂，越发显得离奇。

咸通末年，张斑自徐之长安。至圃田东，时于大树下。俄顷，有三书生继来，环坐。斑因问之，一书生曰："我李特也。"一曰："我王象之也。"一曰："我黄真也。"皆曰："我三人俱自汴水来，欲一游龙门山耳。"乃共闲论。其王象之曰："我去年游龙门山，经于是。路北一二里，有一子，亦儒流也。命我于家再宿而回。可同一谒之。"斑因亦同行，至路北一二里，果见一宅，甚荒毁。既扣门，有一子儒服，自内而出，见象之颇喜，问象之曰："彼三人者何人哉？"象之曰："张斑，秀才也，李特、黄真，即我同乡之书生也。"其儒服子乃并揖入，升堂设酒馔，其所设甚陈故。儒服子谓象之曰："黄家弟兄将大也。"象之曰："若皇上修德，好生守帝王之道，下念黎庶，虽诸黄齿长，又将若何。"黄真遽起曰："今日良会，正可尽欢，诸君何至亟预人家事，波及我孙耶？"斑性素刚决，因大疑其俱非人也。乃问之曰："我偶与二三子会于一树下，又携我至此，适见高论，我实疑之。黄家弟兄竟是谁也？且君辈人也，非人也？我平生性不畏惧，但实言之。"象之笑曰："黄氏将乱东夏，弟兄三人也。我三人皆精也，儒服子即鬼也。"斑乃问曰："是何物之精也，是何鬼也？"象之曰："我玉精也。黄真即金精也。李特即枯树精也。儒服子即是二十年前死者郑适秀才也。我昔自此自化精，又去年复遇郑适，今诣之。君是生人，当怯我辈。既君不怯，故聊得从容耳。"斑又问曰："郑秀才既与我同科，奚不语耶？"郑适曰："某适思得诗一首以赠。诗曰：'昔为吟风啸月人，今是吟风啸月身。冢坏路边吟啸罢，安知今日又劳神？'"斑览诗怆然，叹曰："人之死也，反不及物。物犹化精，人不复化。"象之辈三人，皆闻此叹，怒而出。适亦不留。斑乃拂衣，及至门外回顾，已见一坏冢。因逐三精，以所佩剑击之，金、玉精皆中剑而踣，唯枯树精走疾，追击不及。遂回，反见一故玉带及一金杯在路傍，斑拾得之，长安货之，了无别异焉矣。

《潇湘录·张斑》

五代·徐铉撰《稽神录》采录的一则异文，故事发生地为安徽寿州，情节又有了新的变化，写的是鬼魅送窖银之事，颇为有趣。

寿州大将赵璘，本州有凶宅，人莫敢居。璘往居之，独据中堂，夜有物推床曰："我等在此已久，为君所压甚不快，君可速去。"鬼乃相与移其床于庭下，璘亦安寝。明日，于堂上置床处掘得银一窖，宅遂安。

《稽神录》佚文《凶宅掘银一窖》①

清·王希廉撰《孪史·杂志·凶宅得金》"赵璘"，出《稽神录》，与此则相同，仅个别字句小有出入。

元·王罃编纂《群书类编故事》卷十九《宫室类·买宅得金》，出自《列异传》，经过压缩、改写，别具面貌。

魏郡张本富，卖宅与程应。应举家疾病，卖与何文。文先独持大刀，暮入北堂梁上。一更中，有一人长丈余，高冠赤帻，呼曰："细腰细腰。"应诺。"何以有人气？"答："无。"便去。文因呼细腰，问："向赤衣冠是谁？"答曰："金也，在西壁下。"

---

① 今本《稽神录》无此条，转引自南宋·曾慥编《类说》卷十二。

问:"君是谁?"答云:"我杵也。今在灶下。"文掘得金三百斤,烧去杵。由此大富,宅遂清宁。

明·陆容撰《菽园杂记》采录的一则异文,变化更大,不但故事发生地改在江西,而且为祟者乃恶鬼,不同于先前所见各种异文:

江西南丰县一寺中佛阁有鬼出没,人不敢登。徐生者素不检,朋辈使夜登焉,且与约日先置一物于阁,翌日持以为信,则众设酒饮之,否则有罚。及暮,生饮至醉而登,不持兵刃,惟拾瓦砾自卫而已。一更后,果有数鬼入,自其牖方上梁坐。生大呼,投瓦砾击之。鬼出牖去,生观其所往,则皆入墙下水穴中,私识之而卧。翌旦日高未起,众疑其死矣,乃从容持信物而下。众酾饮之。明日,率家僮掘其处,得白金一窖,六十余斤。佛阁自是无鬼。

《菽园杂记》卷三"徐生击鬼"

明·陆粲撰《庚巳编》采录的一则异文,变化颇为明显:

三原县按察公署素多怪,居者辄死,使官莫敢入。士子梁泽以气自负,常谓诸友:"吾能宿此。"诸友出钱与赌之,泽许诺。以夜入,坐堂上。三鼓月色明朗,闻庑间有人切切私语,若相推而前者,久之不至。泽便厉声云:"何不速来?"俄有三人列跪庭下,稍前者一青衣,次一黄衣、一白衣,貌色不可辨识。泽骂曰:"老魅敢数害人?"青衣答曰:"非敢然也,乃见者自恐怖死耳。"泽曰:"汝何为者?"青衣曰:"我笔也。"问:"居何在?"曰:"在仪门屋上第三瓦沟中。"问黄衣,低回未。青衣代答曰:"彼金钗也,在庭中槐下。"问白衣,曰:"我剑也,在堂东柱础下。"泽曰:"汝等今来为欲相苦耶?"皆曰:"不敢。"共献一纸,曰:

"此公一生履历,今报公,令前知。"泽受而麾之曰:"去。"三物各投所言处,一时都灭。泽便卧。达曙,友人忖谓必死,来见之,惊。泽为说向所见,未信,去,将人操锸来,按次求之,尽得三物。出其纸,如故楮币,都无一字,及夕映视之,迹瞭然。从是廨中永无害怖。泽后登第为御史,成化年间巡按山东,以监试事诖误谪官。卒如其纸上语。

《庚巳编》卷九《梁泽》

明·江盈科撰《闻纪·纪妖幻》"梁泽",由此则改写,文字有一定变化。

明·朱国祯撰《涌幢小品》采录的一则异文,故事发生地在姑苏,精怪首次以女性面貌出现,别有情致。

陆道判,嘉禾人。洪武初薄游姑苏,得一废宅。先是居者多祟,遂以微价售于陆。始居之,张灯夜坐堂中,有二女笑语于前。陆之为怪,叱问之。二女曰:"妾乃大青小青也。"言讫跃出。陆急飞剑击之,若中其臂,没。早视剑处,庭下有大小冬青二树,因斧之,其声铮铮。启下一石版,版数罂,满贮黄白。陆遂用饶富。

《涌幢小品》卷十九《精爽》"陆道判"

清康熙中期成书的褚人获撰《坚瓠集》引《碣石剩谈》录写的一则异文,由凶宅中得到的是可使银子倍增的宝物——银精,在这一故事类型中自有独特之处。

一宅每多鬼怪,有人买之,夜宿其中,遥闻嘈嘈人语。起听,在西壁下,其语谓:"吾辈主来矣!"似庆贺者。顷之,又闻愁叹声,谓:"相聚多年,今将分离矣。"主人暗喜,冀有所见,忽见一白衣老人至曰："吾乃银精也。壁下有银若干，待公久矣，任君掘出营运，惟吾银精不可凿，亦不可镕化。倘得存守，且能增益多金。"次日，果于壁下掘银若干锭。内一锭晶光夺目，识为银精，谨藏筒中，焚香祝拜。或杂之群银中，则倍增益。

《坚瓠集》卷一《银精》

清代乾隆年成书的笔记小说所采录的一些异文，如王椷撰《秋灯丛话》卷九《窖金扣抵》、袁枚撰《续子不语》卷二《女鬼守财待婿》，均有凶宅得金的母题，但不甚典型。

清末·俞樾撰《右台仙馆笔记》采录的一则异文，虽情节多有变化，却属于比较典型的凶宅得金型故事，让我们看到了这一故事类型由古代文本过渡到现当代口传形态的发展演变轨迹：

楚人某以丞倅官蜀中。其所官之地甚瘠苦，虽有衙署，相传有怪物居之，其前任皆僦民屋而居。某穷甚，无僦屋之资，不得已，携一仆居署中。其夜不敢寝，素善饮酒，姑取酒痛饮，腰间悬利刃以自卫。至夜半忽有一巨人排闼入，势甚猛。视之，皑如霜雪。某即拔利刃力斫之，铿然有物坠地。其人返奔，某大呼追之，仆自旁屋闻声亦出。某胆益壮，共追至一处而灭，以物识之。复还入室，视所坠何物，则血淋漓一臂也。乃坐以待旦，亦无他异。及明，视此臂乃银也，大异之。至夜所识处，掘而视之，中埋一银人，但少一臂，以所断臂配之，适合。荷以归，权之，重数千两。

《右台仙馆笔记》卷六"银人为祟"

这一故事类型，现当代仍在陕西、山西、山东、辽宁、吉林、上海、浙江、江苏、福建等地流布,如《金娃与银娃》①《百忍遇金人》②《平头鬼》③《哥儿仨》④《贤媳妇得吉事》⑤《只认衣衫不认人》⑥《捉田鸡阿三》⑦《小大胆斗三妖》⑧《巧戏菜刀鬼》⑨。

这一故事类型,相当于丁乃通编著《中国民间故事类型索引》326E*。

行善积德型故事 大致写一位品德高尚之人,义无反顾地安葬了素不相识的病死者,并且妥善保存病死者的遗物,日后将其归还给死者的亲人。这一故事类型,初见于旧题三国魏·曹丕撰《列异传》,其中描述鲍子都安葬一位素不相识的书生,情节颇为感人。

> 故司隶校尉上党鲍宣,字子都,少时举上计掾;于道中遇一书生,独行无伴,卒得心痛,子都下车为按摩,奄忽而卒。不知姓字,有素书一卷,银十饼,即卖一饼以殡殓,其余银以枕之,素书着腹上。哭之,谓曰:"若子灵魂有知,当令子家知子在此。今奉使命,不获久留。"辞而去。至京师,有骏马随之,人莫能得近,唯子都得近。子都归,行失道;遇一关内侯家,日暮住宿,见主人,呼奴通刺。奴出见马,入白侯曰:"外客盗骑昔所失骏马。"侯曰:"鲍子都上党高士,必应有语。"

---

① 见《中国民间故事集成·陕西卷》。
② 见《中国民间故事集成·山西卷》。
③ 见《中国民间文学集成·山东省日照民间故事卷》。
④ 见《大连民间故事》。
⑤ 见《中国民间故事集成·吉林卷》。
⑥ 见《中国民间文学集成·上海卷·黄浦区故事分卷》。
⑦ 见《中国民间文学集成·浙江省嘉善县卷》。
⑧ 见《中国鬼话》。
⑨ 见《中国鬼话》。

侯问曰:"君何以致此马?昔年无故失之。"子都曰:"昔年上计,遇一书生,卒死道中。"具述其事。侯乃惊愕曰:"此吾儿也!"侯迎丧开椁,视银、书如所言。侯乃举家诣阙上荐,子都声名遂显。至子永孙昱,并为司隶。及其为公,皆乘骢马。故京师歌曰:"鲍氏骢,三入司隶再入公。马虽疲,行步工。"

《列异传》"鲍子都"

晋·陈寿撰《益部耆旧记》中的一则异文,情节发生很大变化:

王忳尝诣京师,于空舍中见一书生疾困,愍而视之。书生谓忳曰:"我当到洛而得病,命在须臾。腰下有金十斤,愿以相赠,死后乞藏骸骨。"未及问姓名而绝。忳即鬻金一斤,营其殡葬,余金悉置棺下,人无知者。后归数年,县署忳大度亭长。初到之日,有马驰入亭中。其日,风飘一绣被复堕忳前。即言于县,马遂奔走,牵忳入他舍,主人见之,喜曰:"今擒盗矣!"问忳得马,忳说其状并绣被。主人怅然良久,乃曰:"被随飘风与马俱亡,卿何阴德而致此二物?"忳自念有葬书生事,因为说之。道书生形貌及埋金之处。主人惊曰:"是我子,姓金名彦,前往京师不知所在,何意卿乃葬之。大恩久不服,天以此彰卿德耳。"忳悉以被马还之,彦父不取,又厚遗忳。忳辞让而去。时彦父为州从事,因告新都令,假忳休息,与俱迎彦丧。余金且存。由是显名。

《益部耆旧记》"王忳"①

---

① 引自《太平御览》卷四百三。

南朝宋·范晔撰《后汉书》中的一则异文，情节与《益部耆旧记》"王忳"略有不同：

> 王忳字少林，广汉新都人也。忳尝诣京师，于空舍中见一书生疾困，愍而视之。书生谓忳曰："我当到洛阳，而被病在此。命在须臾，腰下有金十斤，愿以相见赠。死后乞藏骸骨。"未及问姓名而命绝。忳即鬻一斤，营其殡葬，余金悉置棺下，人无知者。后归数年，县署忳大度。亭长初到之日，有马驰入亭中而止。其日大风飘一绣被，复堕忳前，即言之县，县以归忳。忳后乘马到雒县，马遂奔走，牵忳入它舍。主人见之，喜曰："今擒盗矣。"问忳所由得马，忳具说其状，并及绣被。主人怅然良久，乃曰："被随旋风与马俱亡。卿何阴德而致此二物？"忳自念有葬书生事，因说之，并道书生形貌及埋金之处，主人大惊号曰："是我子也。姓金名彦，前往京师，不知所在。卿乃葬之，大恩久不报，天以此卿德耳。"忳悉以被、马还之。彦父不取，又厚遗忳，忳辞让而去。时彦父为州从事，因告新都令，假忳休息，自与俱迎彦丧。余金具存。忳由是显名，仕郡功曹。

《后汉书》卷一百十一《独行列传第七十一王忳传》

南朝时期《阴德传》中的一则异文，描述的是陈翼的感人事迹：

> 陈翼字春卿，庐江舒人也。行到县郭，见道上马旁有卧疾人，呼翼与语曰："吾是长安魏公卿，闻庐江乐土，来下。道病困，不能复前。傥可相救？"翼答云："家有弊庐，可俱归乎？"公卿曰："幸甚！"即扶与俱到家，养视积日。既困，公卿谓翼曰："马上有金千余饼，素二十四，可卖殓，余以相谢。"言绝而亡。翼卖素，买衣衾殡殓之，葬埋高敞之地，以金置棺下，不使人知，

乘马去。公卿兄长公见翼乘马，谓必杀公卿，阴告官收翼，具以状对。长公迎丧发棺，下得金如数，叩头谢。以金投其门中，翼送长安还之。

《阴德传》"陈翼还金"①

北魏·郦道元撰《水经注》中的一则异文，描述简略，情节多有不同：

昔汉桓帝十三年，西幸榆中，东行代地，洛阳市大贾赍金货随帝后行，夜迷失道，往投津长，曰："子封送之。"渡河，贾人卒死，津长埋之。其子寻求父丧，发冢举尸，资费一无所损，其子悉以金与之，津长不受。事闻于帝，曰："君子也。"即名其津为"君子济"。

《水经注》卷三"君子济"

《太平广记》卷一六五引《尚书谭录》中的一则异文，描写的唐代天宝年间的故事：

天宝中，有书生旅次宋州。时李勉少年贫苦，与一书生同店。而不旬日，书生疾作，遂至不救。临绝语勉曰："某家住洪州，将于北都求官，于此得疾且死，其命也。"因出囊金百两遗勉，曰："某之仆使，无知有此者。足下为我毕死事，余金奉之。"勉许为办事，余金乃秘置于墓中而同葬焉。后数年，勉尉开封，书生兄弟赍洪州牒来，而累路寻生行止。至宋州，知李为主丧事，专诣开封，诘金之所。勉请假至墓所，出金付焉。

《尚书谭录·李勉》

---

① 引自《太平御览》卷五五六。

宋·王谠撰《唐语林》卷一《德行》"李勉"、明·王圻纂集《稗史汇编》卷二十二《人物门·德行类·李勉》，均与此则相同。宋·欧阳修撰《新唐书》卷一三一《列传第五十六》"李勉传"中，也有类似的故事情节。

《太平广记》卷四〇二引唐·薛用弱撰《集异记》的一则异文，描写的是唐开元初发生的故事：

> 司徒李勉，开元初作尉浚仪，秩满，沿汴将游广陵。行及睢阳，忽有波斯胡老疾，杖策诣勉曰："异乡子抱恙甚殆，思归江都，知公长者，愿托仁荫，皆异不劳而获护焉。"勉哀之，因命登舻，仍给饘粥。胡人极怀惭愧，因曰："我本王贵种也，商贩于此，已逾二十年。家有三子，计必有求吾来者。"不日，舟止泗上，其人疾亟，因屏人告勉曰："吾国内顷亡传国宝珠，募能获者，世家公相，吾衔其鉴而贪其位，因是去乡而来寻，近已得之，将归即富贵矣。其珠价当百万，吾惧怀宝越乡，因剖肉而藏焉。不幸遇疾，今将死矣。感公恩义，敬以相奉。"即抽刀决股，珠出而绝。勉遂资其衣衾，瘗于淮上。掩坎之际，因密以勉含之而去。既抵维扬，寓目旗亭，忽与群胡左右依随，因得言语相接。旁有胡雏，质貌肖逝者，勉即询访。果与逝者所叙契合。勉即究问事迹，乃亡胡之子，告瘗其所。胡雏号泣，发墓取而去。
>
> 《集异记·李勉》

《太平广记》卷四〇二引唐·李亢撰《独异志》中的一则异文，描写的是唐代埋葬胡人的故事，其情节与前一则不甚相同：

> 李灌者，不知何许人，性孤静。常次洪州建昌县，倚舟于岸。岸有小蓬室，下有一病波斯。灌悯其将尽，以汤粥给之，数日而卒。临绝，指所卧黑氎曰："中有一珠，可径寸，将酬其惠。"及

死，瞳有微光溢耀。灌取视得珠，买棺葬之，秘以珠内胡口中，植木志之。其后十年，复过旧邑，时杨凭为观察使，有外国符牒，以胡人死于建昌逆旅，其粥食之家，皆被栲讯经年。灌因问其罪，囚具言本末。灌告县寮，偕往郭墦伐树，树已合拱矣。发棺视死胡，貌如生，乃于口中探得一珠还之。其夕棹舟而去，不知所以往。

《独异志·李灌》

宋·王谠撰《唐语林》中另外一则异文，情节多有变化，被埋葬的是个富商：

兵部李约员外尝江行，与一商胡舟楫相次。商胡病，因邀相见，以二女托之，皆绝色也。又与一珠，约悉唯唯。及商胡死，财产钜万，约悉籍其数送官，而以二女求配，始殓商胡，约自以夜光含之，人莫知也。后商胡有亲属来理资产，约请官可发掘检之，夜光果在，其密行皆此类也。

《唐语林》卷一《德行》"李约"

相思树型故事 大致写宋康王为了霸占韩凭（亦作韩冯或韩朋）美妻，竟将韩害死。后韩妻与王登台时，投身而死。王怒，令分埋其夫妇。经夜忽有大梓木生于二冢之端，屈体相就，根交于下，枝错于上，因号"相思树"。这一故事类型，在魏晋之际已逐步形成，只不过尚无较完整的记录文本存世。现在能见到的，一是《艺文类聚》卷九二引三国魏·曹丕撰《列异传》"韩冯夫妇"片段：

宋康王埋韩冯凭夫妇，宿昔文梓生。有鸳鸯雌雄各一，恒棲树上，音声感人。一云化为蝴蝶。

一是《太平寰宇记》卷一四引晋·袁山松撰《郡国志》"韩凭之妻"片段：

> 宋王纳韩凭之妻，使凭运土，筑青陵台。

到了东晋时期，这一故事类型才正式形成。干宝撰《搜神记》卷十一《韩凭妻》，将这个反抗强暴、赞颂爱情的动人故事录写下来，传诸后世：

> 宋康王舍人韩凭，娶妻何氏，美，康王夺之。凭怨，王囚之，论为城旦。妻密遗凭书，缪其辞曰："其雨淫淫，河大水深，日出当心。"既而王得其书，以示左右，左右莫解其意。臣苏贺对曰："其雨淫淫，言愁且思也。河大水深，不得往来也。日出当心，心有死志也。"俄而凭乃自杀。
>
> 其妻乃阴腐其衣。王与之登台，妻遂自投台。左右揽之，衣不中手而死。遗书于带曰："王利其生，妾利其死。愿以尸骨，赐凭合葬。"王怒，弗听，使里人埋之，冢相望也。王曰："尔夫妇相爱不已，若能使冢合，则吾弗阻也。"
>
> 宿昔之间，便有大梓木生于二冢之端，旬日而大盈抱，屈体相就，根交于下，枝错于上。又有鸳鸯，雌雄各一，恒栖树上，晨夕不去，交颈悲鸣，音声感人。宋人哀之，遂号其木曰"相思树"。相思之名起于此也。南人谓此禽即韩凭夫妇之精魂。
>
> 今睢阳有韩凭城，其歌谣至今犹存。

唐·李亢撰《独异志》卷中《相思树》，系据《搜神记》改写，文字颇为简约：

> 《搜神记》曰：宋康王以韩朋妻美而夺之，使朋筑青凌台，

然后杀之。其妻请临丧，遂投身而死。王令分埋台左右。期年，各生一梓树，及大，树枝条相交，有二鸟哀鸣其上，因号之曰"相思树"。

唐·刘恂撰《岭表录异》"韩朋鸟"，从禽鸟传说的角度来介绍此一故事，亦出自《搜神记》：

> 韩朋鸟者，乃凫鹥之类。此鸟每双飞，泛溪浦。水禽中，鸂鶒、鸳鸯、鸤鹈岭北皆有之，惟飞韩朋鸟，未之见也。案干宝《搜神记》云：大夫韩朋①，其妻美，宋康王夺之。朋怨，王囚之，朋遂自杀。妻乃阴腐其衣。王与之登台，自投台下，左右捉衣，衣不胜手，遗书于带白，愿以尸还韩氏而合葬。王怒令埋之。二塚相望。经夜忽见有梓木生二塚之上，根交于下，枝连其上。又有鸟如鸳鸯，恒栖其树，朝暮悲鸣。南人谓此禽，即韩朋夫妇之精魂，故以韩氏名之。

敦煌石室中发现的《韩朋赋》，是唐代根据这一故事类型编写的俗赋，略云：贤士韩朋出游，仕于宋国，六载未归。宋王将韩朋美貌的妻子贞夫骗至宫中，强行霸占。贞夫思念丈夫，整日愁忧不乐。在奸臣梁伯的挑唆下，宋王毒打韩朋，并将其发放到清陵台做苦役，折磨致死。贞夫让宋王以三公之礼葬韩朋后，随即自尽。宋王见韩朋夫妇墓地，唯有青、白两石埋于道路东、西两侧，两侧生出的桂树、梧桐枝叶相笼，根下相连，下有流泉，绝道不通。他命人伐树，三日三夜，血流汪汪。两树落水，变成一对鸳鸯举翅高飞，返回故里。宋王拾到一根羽毛，觉得光彩端正，便用以磨拂颈项，其头立即落地。未至三年，宋国灭亡。这篇俗赋，较之《搜神记》中的《韩凭妻》，不

---

① 原注：一云"凭"。

但情节有了改动和充实，而且还增加了梁伯这样的反面角色，进一步扩大了这一故事类型的影响。

明·陈耀文撰《天中记》卷十八引宋·路振撰《九国志》"韩凭妻"，增加了作《乌鹊歌》见志的描写，对于人物性格的刻画颇有裨益。

> 韩凭，战国时为宋康王舍人。妻何氏美，王欲之，捕舍人筑青陵台。何氏作《乌鹊歌》以见志，遂自缢死。"南山有乌，北山张罗，乌鹊高飞，罗当奈何！乌鹊双飞，不乐凤凰；妾是庶民，不乐宋王。"

明·冯梦龙编纂《情史》卷十一《情化类·连理枝双鸳鸯》，综合历代的说法，重新梳理了故事情节，简要而完整：

> 韩凭，战国时为宋康王舍人。妻何氏，有美色。康王乃筑台望之，竟夺何而囚凭。何氏乃作《乌鹊歌》以见志。曰："南山有乌，北山张罗。乌自高飞，罗当奈何？"又曰："乌鹊双飞，不乐凤凰。妾自庶人，不乐君王。"后闻凭自杀，乃阴腐其衣，与王登台，自投台下。左右引衣，衣绝，得遗书于带中。曰："愿以尸还韩氏而合葬。"王怒，命分埋之，两冢相望。经宿，忽有梓木生于两冢，根交于下，枝连于上。又有鸟如鸳鸯，双栖于树，朝暮悲鸣。人皆异之，曰："此韩凭夫妇精魂也。"故诗云："君不见，昔时同心人，化作鸳鸯鸟。和鸣一夕不暂离，交颈千年尚为少。"何氏又有寄凭歌曰："其雨淫淫，河大水深，日出当心。"康王以问苏贺，贺曰："雨淫淫，愁且思也。河水深，不得往来也。日当心，日过午则徂，明有死志也。"韩凭家，今在开封府。

这一故事类型，现当代仍在四川、浙江、广西、湖南、辽宁等地汉族和一些少数民族地区流布，譬如《丹珍和塔尔基》（藏族）①、《相思树》（壮族）②、《婆婆树》（土家族）③、《连理杨》（满族）④。

这一故事类型，相当于丁乃通编著《中国民间故事类型索引》970，艾伯华著《中国民间故事类型》"十四、主人公和英雄211. 韩朋"。

空中落龟型故事　大致写某处池水（或湖泽）枯竭，龟（或鳖、蛙，下同）求天鹅（或大雁，下同）将其带往他处。天鹅带着乌龟咬的木棍（或以嘴衔着乌龟）飞上天空后，因为乌龟说话（或回答乌龟），竟让乌龟堕地而死。这一故事类型，最早见于三国吴·康僧会译《旧杂譬喻经》。

　　昔有鳖，遭遇枯旱，湖泽干竭，不能自致有食之地。时有大鹄，集住其边，鳖从求哀，乞相济度。鹄遂衔之，飞过都邑上，鳖不默声，问："此何等？"如是不止，鹄便应之。应之口开，鳖乃堕地，人得屠裂食之。

　　夫人愚顽无虑，不谨口舌，其譬如是也。

《旧杂譬喻经》"鳖鱼"

而《旧杂譬喻经》的这则寓言，源出于古印度的《佛本生故事》与《五卷书》。《佛本生故事·乌龟本生》⑤为：

---

① 见《丹珍和塔尔基》。
② 见《铜鼓老爹》。
③ 见《湖南民间故事选集》。
④ 见《中国传说故事大辞典·故事》。
⑤ 见郭良鋆、黄宝生译《佛本生故事选》，人民文学出版社1985年版。

古时候,当梵授王在波罗奈治理国家的时候,菩萨转生在一个大臣家里,长大后,成为国王的宰相。这国王是个饶舌的人,只要他一张嘴,别人就别想插话。菩萨想纠正国王饶舌的恶习,一直在寻找合适的机会。

那时,在喜马拉雅山区的一个水池里,住着一只乌龟。两只小天鹅前来觅食,与乌龟结识,成为好友。一天,这两只小天鹅对乌龟说:"乌龟朋友,我们住在喜马拉雅山吉多峰坡面的金洞里。那是个可爱的地方,你愿意跟我们一起去吗?""我怎么去呢?""我们可以带你去,只要你能闭紧嘴巴,不跟任何人说一句话。""我能闭紧嘴巴,你们带我去吧!""好吧!"说完,它们让乌龟咬住一根小棍,它们自己咬住小棍的两端,飞上高空。村童们看见天鹅带着乌龟飞,叫喊道:"两只天鹅衔着一根小棍,把乌龟带走了!"乌龟张开嘴,想要说:"朋友们带我走,关你们这些坏小子什么事!"这时,天鹅正飞过波罗奈王宫的上空。乌龟一张嘴,牙齿脱离小棍。它坠落在王宫庭院里,摔成两半。顿时人声鼎沸:"乌龟掉在庭院里,摔成两半了!"国王在大臣陪同下,与菩萨一起来到这里。看到了乌龟,国王问道:"智者,这乌龟怎么会掉下来的?"菩萨想:"很久以来,我一直琢磨着要告诫国王,现在机会来了。事情一定是这样的:这只乌龟与天鹅交上朋友。天鹅说:'我们带你到喜马拉雅山上去。'它们让乌龟咬住小棍,带着它飞到空中,而这乌龟听到有人说闲话,不肯保持沉默,想要回嘴,结果松开棍子,从空中掉下,葬送了性命。"于是,菩萨对国王说道:"国王啊!这完全是饶舌招来的灾祸。"说罢,念了两首偈颂:

　　这只乌龟,咬住棍子,

　　饶舌多言,害死自己。

　　国王鉴戒,谨言慎行,

　　记取乌龟,饶舌丧生。

国王明白菩萨是在说他,说道:"智者啊,你在说我哩!"菩萨解释道:"不管是你还是别人,谁要是饶舌,都会遭此灾祸。"

《五卷书》①第一卷第十六个故事为:

在某一个池子里,有一个乌龟,名字叫做金部羯哩婆。它有两个朋友,是两个天鹅,一个叫做珊迦吒,一个叫做毘迦吒。时间过去了,来了一次大旱,有十二年没有下雨。它们两个就琢磨起来:"这个池子里的水已经干了。我们俩到另外一个有水的地方去吧!不过呢,我们一定要跟我们相识很久的亲爱的朋友金部羯哩婆商量商量。"它们这样做了以后,乌龟说道:"为什么跟我商量呢?我是一个水里生的东西,现在,在这里,只剩下一点点水了;而同你们俩分离,我心里又难过,我不久就完蛋了。如果你们俩对我真正有什么感情的话,就请你们把我从这个死神的嘴里救出去吧。你们俩在这一个水很少的池子里所缺少的,仅仅只是吃的东西,而我呢,却就要死在这里。因此,你们请想一想吧,没有吃的和没有性命,究竟哪件事情严重呢?"它们俩说道:"我们俩没有法子把你这样一个没有翅膀的生在水里的东西带走呀!"乌龟说道:"有一个法子。你们拿一块木头棍子来!"木头棍子拿来以后,乌龟用牙咬住棍子的中间,说道:"你们俩用嘴牢牢地咬住棍子的两端,飞起来,在天空里平平稳稳地飞过去,一直到找到一个非常好的水池子。"它们俩于是说道:"这个法子看起来很危险呀!如果你稍微说上那么一句话,你就会离开棍子,从老高的地方掉下去,摔成碎片。"乌龟说道:"从现在起,我就坚持沉默戒,在空中飞行多久,我就坚持多久。"事情就这样做了,那两个天鹅好歹把乌龟从水池子里拖上去,当它们带着它飞过附

---

① 季羡林译《五卷书》,人民文学出版社 1959 年版。

近的一个城市的上空的时候，下面的人看到了乌龟，就从低处发出了一阵低低的呼声：“这两只鸟在天空里拖的是一辆什么样的车子呀？”乌龟听到了这呼声，它注定要死了，它竟轻率地说起话来：“这些人胡说一些什么呀？”刚一张嘴说话，这个傻瓜就从棍子上掉下去，落在地上。就在这时候，那些想肉吃的人就用尖刀子把它撕成碎块。

唐·释道世编《法苑珠林》卷八十二《双雁衔龟》，情节有所变化：

水边有二雁与一龟，共结亲友。后时，池水涸竭，二雁作是议言："今此池水涸竭，亲友必受大苦。"议已，语龟言："此池水涸竭，汝无济理。可衔一木；我等各衔一头：将汝着大水处。衔木之时，慎不可语！"即便衔之。经过聚落，诸小儿见，皆言："雁衔龟去！雁衔龟去！"龟即瞋言："何预汝事！"即便失木，堕地而死。

这一故事类型，在信奉藏传佛教的藏族、蒙古族古籍中亦有记载。12世纪藏传佛教僧人仁钦拜撰《萨迦格言注解》与15世纪藏族央金噶卫洛卓约编著《甘丹格言注释》均收有"乌龟自夸落地"这则寓言故事，其故事情节又有进一步变化，生活气息更为浓郁，活泼而且富有情趣。

从前，在一个池塘里，住着一只乌龟和两只天鹅及许多水鸟。因为连着十二年大旱，池塘的水干涸了。当世界形成不久的时候，那时的动物都会讲话。两只天鹅商量道："咱们到别的池塘去吧！"乌龟说道："朋友们！别扔下我！我可以用嘴咬住一截树枝，你们俩抬着树枝的两头，带着我去吧！"天鹅嘱咐说："这样的话，你可别讲话，要闭紧嘴巴！"于是两只天鹅就这么抬着乌龟在天空飞行着。这时,山村的孩子们看见了,便嚷道:"看呀!天鹅带着乌龟飞哪!"飞到另一个山村时,孩子们也是这么喊叫。乌龟憋不住了,说道:"不是天鹅带着我,是我自己想走而出的主意!"一张口,松开了树枝,落在地上,被孩子们捉住,吃了很多苦头。

《甘丹格言注释》"乌龟自夸落地"①

18世纪蒙古族察哈尔格西撰《学习宝贝珠》所收"青蛙和鸿雁",与藏文古籍中的"乌龟自夸落地"相似而又有一定变化。这则寓言故事略云:

某地二十年未雨,湖水干涸。二鸿雁愿将一青蛙带至有水之地,随即让青蛙衔一木棍,然后各用爪子抓住木棍两端,飞向远方。行前,鸿雁再三叮嘱青蛙凌空后千万不可叫喊。飞行途中,地面有人呼喊:"看呀,两只鸿雁抬着一只青蛙飞行!"青蛙忙说:"是我自己在飞行。"于是,青蛙便落地而亡②。

这一故事类型,现当代仍在青海、宁夏、内蒙古、四川、河北、山东、贵州、新疆等地的汉族和一些少数民族聚居区流布,譬如《爱夸口的青蛙》(土族)③、《两个鸭子抬鳖》(回族)④、《爱显示自己的青蛙》(蒙古族)⑤、《乌龟的背纹》⑥、《癞蛤蟆上天》⑦(回族)、《乌

---

① 见《藏族文学史》(下),四川民族出版社1994年版。译自拉萨木刻版《甘丹格言注释》。
② 参见《蒙古族文学史》第二卷,内蒙古人民出版社2000年版。
③ 见《土族民间故事选》。
④ 见《中国民间故事集成·宁夏卷》。
⑤ 见《蒙古族寓言故事》。
⑥ 见《中国民间故事集成·四川卷》。
⑦ 见《中国传说故事大辞典·故事》。

龟上天》①、《青蛙想飞》(侗族)②、《好自夸的青蛙》③。

猴子取心型故事　大致写一日鳖(或鳄、虬,下同)背负好友猴去家中聚会,游到河中时告知欲取猴肝为其妻治病,猴谎称其肝尚挂在树上,让鳖送回岸边去取肝。猴上岸后骂道:"岂有腹中肝而悬于树上之理!"这一故事类型,屡见于古代汉译佛经,最早的一则出自三国吴·康僧会编译《六度集经》④:

> 昔者菩萨,无数劫时,兄弟资货,求利养亲。之于异国,令弟以珠现其国王。王睹弟颜华,欣然可之,以女许焉,求珠千万。弟还告兄,兄追之王所。王又睹兄容貌堂堂,言辄圣典,雅相难齐。王重嘉焉,转女许之。女情泆豫。兄心存曰:"婿伯即父,叔妻即子,斯有父子之亲,岂有嫁娶之道乎?斯王处人君之尊,而为禽兽之行。"即引弟退。
>
> 女登台望曰:"吾为魅蛊,食兄肝可乎!"
>
> 展转生死,兄为猕猴,女与弟俱为鳖。鳖妻有疾,思食猕猴肝。雄行求焉,睹猕猴下饮。鳖曰:"尔尝睹乐乎?"答曰:"未也。"
>
> 曰:"吾舍有妙乐,尔欲观乎?"曰:"然。"
>
> 鳖曰:"尔升吾背,将尔观矣。"升背随焉。半溪,鳖曰:"吾妻思食尔肝,水中何乐之有乎?"
>
> 猕猴心愿然曰:"夫戒守善之常也,权济难之大矣。"曰:"尔不早云,吾以肝悬彼树上。"

---

① 见《中国民间故事集成·山东卷》。
② 见《中国少数民族寓言故事选》。
③ 见《中国民间故事集成·新疆卷》。
④ 《六度集经》,花城出版社1998年版。

鳖信而还。猕猴上岸曰："死鳖虫！岂有腹中肝而当悬树者乎？"

佛告诸比丘："兄弟即吾身是也，常执贞净，终不犯淫乱，毕宿余殃，堕猕猴中。弟及王女俱受鳖身。雄者调达是，雌者调达妻是。"菩萨执志度无极，行持戒如是。

《六度集经》卷四《见（猕猴）本生》

西晋·竺法护译《佛说生经》中的一则译文为：

过去无数劫时，有一猕猴，处在林树，食果饮水，悯念一切……时与一鳖以为知友，亲亲相敬，初不相忤。鳖数往来到猕猴所，饮食言谈，说正义理。其妇见之数出不在，谓之于外淫荡不节，即问夫："卿数出为何？所至凑将无于外放逸无道？"其夫答曰："吾与猕猴结为亲友，聪明智慧，又晓义理，出辄往造共论经法，但说快事，无他外逸。"其妇不信，谓为不然。又瞋猕猴诱讶我夫数令出入，当图杀之，吾夫乃休。因便佯病困劣著床，其瞻劳医药疗治，竟不肯差。谓其夫言："何须劳意损其医药，吾病甚重，当得卿所亲亲猕猴之肝，吾乃活耳。"其夫答曰："是吾亲友，寄身托命，终不相疑，云何相图以活卿耶。"其妇答曰："今为夫妇，同共一体，不念相济，反为猕猴，诚非谊理。"其妇逼夫……往请猕猴："吾数往来，到君所顿，仁不枉屈诣我家门。今欲相请到舍小食。"猕猴答曰："吾处陆地，卿在水中，等得相从？"其鳖答曰："吾当负卿，亦可任仪。"猕猴便从。负至中道，谓猕猴言："仁欲知不？所以相请，吾妇病困欲得仁肝，服食除病。"猕猴报曰："卿何以故不早相语，吾肝挂树，不赍拣来，但还取肝，乃相从耳。"便还树上，跳踉欢喜。时鳖问曰："卿当赍肝，来到我家，反更上树跳踉踊跃，为何所施？"猕猴答曰："天下至愚无过于卿！何所有肝而挂在树？共有亲友，寄身托命；而还相图，欲危我命。从今已往，各自别行。"

《生经》卷一《鳖与猴》①

隋·阇那崛多译《佛本行集经》中的一则译文为：

尔时佛告诸比丘言：我念往昔，于大海中，有一大虬。其虬有妇，身正怀妊，忽然思欲猕猴心食。以是因缘，其身羸瘦，痿黄宛转，战慄不安。时彼特虬，见妇身体如是羸瘦，无有颜色。见已问言：贤善仁者，汝何所患？欲思何食？我不闻汝从我索食，何故如是？时其牸虬，默然不报。其夫复问，汝今何故，不向我道？妇报夫言：汝若能与我随心愿，我当说之，若不能者，我何假说。夫复答言：汝但说看。若可得理，我当方便，会觅令得。妇即语言：我今意思猕猴心食，汝能得不？夫即报言：汝所须者，此事甚难；所以者何，我居止在大海水中，猕猴乃在山林树上，何由可得？妇言：奈何！我今意思如此之食；若不能得如是物者，此胎必堕，我身不久，恐取命终。是时其夫复语妇言：贤善仁者，汝且容忍，我今求去。若成此事，深不可言，则我与汝，并皆庆快。尔时彼虬，即从海出，至于岸上。去岸不远，有一大树，名优昙婆罗。时彼树有一大猕猴，在于树头，取果子食。是时彼虬，即见猕猴在树上，坐食于树子。见已渐渐到于树下。到已，即便共相慰喻，以美语言，问讯猕猴：善哉善哉，婆私师咤，在此树上，作于何事，不甚辛勤受苦恼耶？求食易得。无疲倦不？猕猴报言：如是仁者，我今不大受于苦恼。虬复重更语猕猴言：汝在此处，何所食啖？猕猴报言：我在优昙婆罗树上，食啖其子。是

---

① 见王邦维选译《佛经故事选》，重庆出版社1985年版。

时虬复语猕猴言：我今见汝，甚大欢喜。遍满身体，不能自胜。我欲将汝作于善友，共相爱敬。汝取我语，何须住此。又复此树子少无多，云何乃能此处。愿乐，汝可下来，随逐于我，我当将汝渡海彼岸，别有大林，种种诸树，花果丰饶。所谓菴婆果、阎浮果、梨拘阇果、颇那婆果、镇头迦果、无量树等。猕猴问言：我今云何得至彼处？海水深广，甚难越渡。我当云何堪能浮渡？是时彼虬，报猕猴言：我背负汝，将渡彼岸。汝今但当从树下来，骑我背上。

尔时猕猴，心无定故，狭劣愚癡，少见少知。闻虬美言，心生欢喜，从树而下。上虬背上，欲随虬去。其虬内心，生如是念：善哉善哉，我愿已成。即欲相将至自居处。身及猕猴，俱没于水。是时猕猴，问彼虬言：善友何故忽没于水？虬即报言：汝不知也。猕猴问言：其事云何？欲何所为？虬即报言：我妇怀妊，彼知是思欲汝心食，以是因缘，我将汝来。

尔时猕猴，作如是念：呜呼！我今甚不吉利，自取磨灭。呜呼！我今作何方便，而得免此急速厄难，不失身命！复如是念：我须诳虬。作是念已，而语虬言：仁者善友。我心留在优昙婆罗树上寄著，不持将行。仁于当时，云何依实，不语我知，今须汝心。我于当时，即将相随。善友还劮，放我取心，得已还来。尔时彼虬，闻于猕猴如是语已，二俱还出。猕猴见虬，欲出水岸。是时猕猴，努力奋迅，捷疾跳踯，出大筋力，从虬背上跳下，上彼优昙婆罗大树之上。其虬在下，少时停待，见彼猕猴，淹迟不下，而语之言：亲密善友，汝速下来，共汝相随，至于我家。猕猴嘿然，不肯下树。虬见猕猴，经久不下，而说偈言：

  善友猕猴得心已，愿从树上速下来；
  我当送汝至彼林，多饶种种诸果处。

尔时猕猴，作是思惟：此虬无智。如是念已，即向彼虬，而说偈言：

> 汝虮计校虽能宽，而心智虑甚狭劣。
> 汝但审谛自思忖，一切众类谁无心。
> 彼林虽复子丰饶，及诸菴罗等妙果，
> 我今意实不在彼，宁自食此优昙婆。

尔时佛告诸比丘言：汝诸比丘，当知彼时大猕猴者，我身是也。彼时虮者，魔波旬是。于时犹尚诳惑于我，而不能得；今复欲将世间自在五欲之事，而来诱我，岂能动我此之坐处。

《佛本行集经》卷三十一《虮与猕猴》①

以上汉译佛经中有关猴子取心型故事，都源出《佛本生故事》与《五卷书》。《佛本生故事》系印度巴利文三藏《小部》的一部经典，约成书于公元前几世纪。今有人民文学出版社1985年出版之郭良鋆、黄宝生译《佛本生故事选》行世。《五卷书》系古代印度故事集，约成书于公元前1世纪。今有人民文学出版社1959年季羡林译本行世。

《佛本生故事》有关这一故事类型的作品为《鳄鱼本生》：

> 古时候，当梵授王在波罗奈治理国家的时候，菩萨转生为喜马拉雅山上的一只猴子，力大如象，身材魁梧，容貌漂亮，住在恒河拐弯处的森林中。那时，有一条鳄鱼住在恒河里。它的老婆看到菩萨的身躯，渴望吃菩萨的心，对丈夫说道："夫君啊！我想要吃猴王的心。""亲爱的，我们是水中动物，它是陆上动物，我们怎么能抓到它呢？""反正你得想办法把它抓来，如果我得不到它，我就会死去。""别担心，我有个办法，会让你吃到它的心。"鳄鱼安慰老婆之后，就去找菩萨。
>
> 这时，菩萨喝了恒河水，坐在恒河岸边。鳄鱼走近菩萨，说

---

① 见常任侠选注《佛经文学故事选》，上海古籍出版社1982年版。

道:"猴王啊!你为什么老在这个地方吃些坏果子呢?恒河对岸有无数的芒果、面包果等甜果子,你为什么不到那儿去吃各种各样的果子呢?""鳄鱼啊,恒河水深河宽,我怎么过得去呢?""如果你想去,我可以驮你过去。"猴子听信鳄鱼的话,同意道:"好吧。"鳄鱼说:"那么来吧,登上我的背。"于是,猴子登上鳄鱼的背。鳄鱼游了一段,就把猴子掀在水中。菩萨问:"朋友啊,你把我掀在水中,这是干什么呀?""我不是出于好心带你过河的。我的老婆想吃你的心,因而我要让她吃到你的心。""朋友啊,你把实话告诉了我,做得很对。你知道,如果我们把心搁在肚子里,在树枝上跳来蹦去,早就颠碎了。""那么,你们把心搁在哪儿呢?"菩萨指着不远处一棵结满一嘟噜一嘟噜成熟果子的无花果树,说道:"你看,我们的心都挂在那棵无花果树上。""如果你把心给我,我就不杀你。""那么,你带我到那里去吧,我把挂在树上的那颗心给你。"鳄鱼驮着菩萨到达那里。菩萨从鳄鱼背上跳起,坐在无花果树上,说道:"伙计,傻鳄鱼!你当真以为这些猴子的心是挂在树上的,你这傻瓜,我是骗骗你的。那些果子你留着自己吃吧!你的个儿倒不小,就是没有脑子。"菩萨说明这个意思,念了两首偈颂:

芒果阎浮面包果,它们长在河对过,
我不稀罕不垂涎,宁愿吃这无花果。

鳄鱼个儿倒不小,可是智力太可怜,
如今败在我手中,愿去哪儿随你便!

鳄鱼像输掉一千元钱的赌徒,垂头丧气,萎靡不振,返回自己住处。

《五卷书》有关这一故事类的作品是第四卷的基干故事"海怪与猴子交朋友":

在大海的附近,有一棵阎浮树,永远结着果子。这里住着一个猴子,名字叫做罗多车迦。有一天,一个叫毘迦罗罗车迦的海怪从海水里爬上来,爬到树下面,就在那布满了非常柔软的沙子的海岸上躺了下来。罗多车迦对它说道:"你是我的客人,请你吃我送给你的这些跟甘露一样的阎浮果吧!常言道:

　　不管他是朋友,还在敌人,
　　不管他呆头呆脑,还是满腹文章,
　　只要他在一切神之日来到,
　　这个客人就是上天的桥梁。
　　举行过祭一切神的典礼以后,
　　在祭祀祖先的典礼上,
　　来了客人不问家世、学业和原籍:
　　摩奴就是这样地主张。

同样:

　　客人从远处来,走路走得疲倦,
　　祭一切神典礼举行后来到跟前;
　　谁要是向这样的客人致敬,
　　他就会走上最高的路,走上天。

另外:

　　一个客人从谁的房子里走出来,
　　长吁短叹,没有受到尊敬和款待;
　　那么谁的祖先就会同神仙们一起
　　怒气冲冲地离开这一个住宅。"

这样说过以后,就把阎浮果递给它。它吃完了,痛痛快快地说了挺长时间的话,然后才回到自己家里去。就这样,猴子和海怪它们俩经常待在阎浮树的树荫里,谈着各种各样的美妙的闲话,来消磨时间,愉快地过下去。但是那一个海怪回到家里以后,把吃剩的阎浮果给了自己的老婆。有一天,老婆问它道:"夫主呀!

这些含着甘露的果子你是从什么地方拿到的呢？"它说道："亲爱的！我有一个非常要好的朋友，名字叫做罗多牟迦，是一只猴子。是它这样好心好意地给了我这些果子。"老婆说道："谁要是常吃这种甘露果子，他的心里面一定也有甘露。如果你认为我，你的老婆，还有什么用处的话，那就请你把它的心带给我，我吃了以后，再不至衰老等等，好跟你痛痛快快地玩耍。"它说道："亲爱的！一方面，它已经成了我们的弟兄；另一方面，它又给了我们果子：它是杀不得的。不要这样毫无意义地固执了！常言道：

是谁给自己生了兄弟？

一个是母亲，一个是语言。

人们说，语言产生的那一个，

甚至比同胞兄弟还要在前。"

它说道："我说的话你从来还没有不听的。现在呢，一定是那只母猴子使你着了迷，你才天天往那里跑，而且不再满足我的愿望。由于这个缘故，当你在夜里跟我一块寻欢取乐的时候，你也是经常长吁短叹，叹出的气跟火一般热，懒洋洋的，不愿意搂我、亲我。你的心里一定是有了另一个女人。"它于是就愁容满面地对自己的老婆说道：

"我虽然跪在你的脚下，

虽然是你的奴仆；

但是你这可爱的爱生气的人，

总要无缘无故地发怒。"

听了它的话以后，它就泪流满面地说道：

"流氓呀！你的那个情人，

装模作样，忸忸怩怩；

她带了一百多个心愿，

就住在你的心里。

对我来说，那里面

第九章 魏晋南北朝时期的民间故事类型

没有留下什么余地；

因此，你跪在地上，

也只能是逢场作戏。

此外，如果它不是你的情人的话，为什么我这样说了以后你还不肯把它杀掉呢？它是一只猴子，你怎样能同它结成朋友呢？简单地说吧，如果我吃不到它的心，为了你的缘故，我就要绝食死去。"

它看到了老婆这样坚决，心里真是七上八下，它说道："哎呀，人们说得好：

胶泥、傻子，还有女人，

螃蟹、鱼、蓝靛和醇酒：

它们一抓住什么东西，

就决不会再放手。

那么我怎么办呢？我怎样杀掉它呢？"它想着想着，就到了猴子那里。猴子看到它来得这样晚，又是满怀心事，说道："喂，朋友呀！为什么今天这样晚才来呢？你为什么不高高兴兴地说话，不说一些格言、谚语等等呢？"它说道："朋友呀！你兄弟媳妇今天跟我说了一些很粗暴的话，它说：'喂，你这个忘恩负义的家伙呀！你不要再让我看到你那一副嘴脸！你天天吃你的朋友，你竟不想报答，你连自己家里的大门都不指给它看一下。你这个罪是没有法子赎的。常言道：

杀了婆罗门，喝了烧酒，

偷了东西，破坏了誓言；

好人们都规定了赎罪办法，

忘恩负义的人却罪无可逭。

因此，你要把我的大伯哥带到家来，好向它道谢。不然的话，我到阴间里才能同你会面了。'它这样跟我说过以后，我就到你这里来了。为了你的缘故，我同它争吵，所以就费了这样多时间。

你现在就到我家里去吧！你兄弟媳妇已经在天井里布置好了一个四方形的迎接客人的地方，自己穿上好衣服，戴上宝石、红宝石等等装饰品，在门口挂上了欢迎客人的花环，正在那里望眼欲穿地等你哩。"猴子说道："唉，朋友呀！我弟妹说对了。因为常言道：

给人东西，也接受人家的东西，
谈一谈问一问各人的秘密，
吃别人的饭，请别人吃饭；
这六种标志就叫做友谊。

可是，我们是住在树林子里的，你的家却在水里，我怎样到你那里去呢？因此，你把弟妹带到这里来吧，我好向它致敬，并且接受它的祝福！"它说道："朋友呀！我们的房子是在海里面一个美丽的小岛上。因此，你爬在我背上，舒舒服服地，一点不用害怕，到那里去吧！"听了这话，它愉快地说道："伙计呀！如果是这样的话，那就快一点吧！还耽误这样多时间干嘛呢？我已经爬到你背上来了。"这样做了以后，猴子看到海怪在没有底的大海里浮过去，心里吓得直打哆嗦，对海怪说道："兄弟呀！你走慢一点！我身上已经给波浪打湿了。"听了这话，海怪就在心里琢磨起来："如果这家伙从我背上滑下去，海水这样深，它连一个芝麻粒远也游不了：它现在是在我支配之下了。因此，我就要把我的打算告诉它，好让它有时间祈祷自己的保护神。"于是它就说道："伙计呀！我听了老婆的话，骗得你相信了，把你弄了来，是想杀你的。你现在就祈祷你的保护神吧！"它说道："兄弟呀！我做了什么对不起它或你的事情，你才想法子把我杀掉呢？"海怪说道："啊，它想吃你的心，你总是吃充满了甘露一般的果汁的果子，你那心一定很好吃。因此，我才干了这一手。"于是猴子心生一计，说道："伙计呀！既然是这样，你为什么不在那里就告诉我呢？好让我把我那放在阎浮树树洞里非常好吃的心一块儿拿了来。

你现在没有让我把那美味的心带来就把我这一个没有心的家伙糊里糊涂地弄来了。"听了这话，海怪高兴地说道："伙计呀！既然是这样，你就把那个心给我吧，我那坏老婆吃了以后，就不再绝食了。我把你送到那一棵阎浮树那里去。"

　　说完了，它就回转身子，浮到那一棵阎浮树底下。那一只猴子，早就对自己的保护神祷告了一百遍，还没有到岸，它从老远老远的地方一跳，就跳到那一棵阎浮树上去，心里想道："哎呀！我这一条命算是有了救了！人们说得实在很对：

　　　　不能相信不相信我们的人，

　　　　相信我们的人也不能相信：

　　　　从盲目相信中产生的危险，

　　　　这样一来就可以连根拔尽。

今天又成了我的生日。"海怪说道："喂，朋友呀！把那个心给我吧，你兄弟媳妇吃了，好停止绝食！"猴子大笑起来，讥讽它道："呸，你这个糊涂蛋！你这个没有良心的家伙！有什么人有两个心吗？你快滚回你那窝子里去吧，你不要再到这一棵阎浮树下来了！常言道：

　　　　同一个朋友闹翻了，

　　　　如果再想讲和，

　　　　他就会遭到死亡，

　　　　像那一匹母骡。"

听了这话，海怪觉得很难为情，心里想道："哎呀！我这个糊涂蛋怎么竟把我的想法告诉它了呢？因此，如果有什么办法再让它相信我的话，我就要让它相信我。"这样想过以后，说道："朋友呀！你的心对它一点用处都没有。我只是想试一试你的心，所以才这样跟你开了一个玩笑。你还是到我家里做客去吧！你兄弟媳妇正在那里迫不及待地等着你哩。"猴子说道："喂，你这个混蛋呀！快滚蛋吧！我不去了。因为：

肚子饿的人什么坏事干不成？

在苦难里面的人不懂什么同情。

好人哪！你告诉毕哩耶达梨舍那吧：

恒迦多陀不会再回到井中。"

唐·张读撰《宣室志》卷八"杨叟"是这一故事类型发生较大变异，走向中国化的产物。作品在相当程度上曲折地反映了唐代社会的宗教信仰和民情风俗。

乾元初，会稽民有杨叟者，家以资产丰赡，甲于郡中。一日，叟将死，卧而呻吟，且经数月。叟有子曰宗素，以孝行称于里人。迫其父病，罄其产以其求医术。后得陈生者，究其原，曰："是翁之病，心也。盖以财产既多，其心为利所运，故心已离去其身。非食生人心，不可以补之。而天下生人之心，焉可致耶？舍是，则非吾之所知也。"宗素闻之，以生人之心固莫可得也，独修浮屠氏法，庶可以间其疾。即召僧转经，命工绘图铸像，已而自赍衣粮，诣郡中佛寺饭僧。一日，因挈食去，误入一山迳中，见山下有石龛，龛有胡僧，貌甚老瘦枯瘠，衣褐毛缕成袈裟，踞于磬石上。宗素以为异人，即礼而问曰："师，何人也？独处穷谷，以人迹不到之地为家，又无侍者，不惧山野之兽有害于师乎？不然，是得释氏之法者耶？"僧曰："吾本是袁氏。某祖世居巴山，其后子孙，或在弋阳，散游诸山谷中，尽能世修祖业，为林泉逸士，极得吟啸。人好为诗者，多称其善吟啸，于是稍闻于天下。有孙氏，亦族也，则多游权贵之门；亦以善谈谑，故又以资游于市肆间，每一戏，能使人获其利焉。独吾好浮屠氏，脱尘俗，栖心岩谷中不动，而在此且有年矣。常慕歌利王割截身体及萨埵投崖以饲饿虎，故吾啖橡栗，饮流泉，恨未有虎狼噬吾。吾于此候之。"宗素因告曰："师真至人，能舍其身而不顾，将以饲山兽，可谓仁勇俱极矣。然弟子父有疾已数月，进而不瘳，某夙夜忧迫，计无所出。有医者云，是心之病也，非食生人心则固不可得而愈矣。今师能弃身于豺虎以救其馁，岂若舍命于人以惠其生乎？愿师详之。"僧曰："诚如是，果吾之志也。檀越为父而求吾心，岂有不可之意？且以身委于猛兽，曷若救人之生乎？然今日尚未食，愿致一饭而后死也。"宗素且喜且谢，即以所挈食置于前。僧食之立尽，而又曰："吾既食矣，当亦奉命，然俟吾礼四方之圣也。"于是整其衣，出兔而礼，礼四方已毕，忽跃而腾上一高树。宗素以为神通变化，殆不可测。俄召宗素，厉声问曰："檀越向者所求何也？"宗素曰："愿得生人心，以疗吾父疾。"僧曰："檀越所愿者，吾已许焉。今欲先说《金刚经》之奥义，尔亦闻乎？"宗素曰："某素尚浮屠氏，今日获遇吾师，安敢不听乎？"僧曰："《金刚经》云：过去心不可得，现在心不可得，未来心不可得。檀越若要取吾心，亦不可得矣。"言已，忽跳跃大呼，化为一猿而去。宗素惊异，惶骇而归。

明·陆楫编《古今说海》卷七十八《求心录》，文字与《杨叟》相同，仅个别字句小有出入。

清·金埴撰《不下带编》①卷一"却道心肝不带来"，涉及这一故事类型：

> 昔有老僧一偈云：鼍与猿交结不开，两身如一绝疑猜。如何话到相忘处，却道心肝不带来。此用《法苑珠林》"我心留在优昙婆罗树上，寄著彼交结于名利场"者，就是心肝带来者耶！埴有感事诗云："知心莫问心何处，我心寄在婆罗村。海水茫茫不带来，天风荡荡从吹去。"亦用之。

---

① 《不下带编》，中华书局1982年版。

这一故事类型，现当代仍在山东、上海、河南、山西、陕西、宁夏、甘肃、内蒙古、黑龙江、吉林、辽宁、福建、西藏、湖南等地的汉族和一些少数民族聚居区流布，譬如，《哪有闲心挂树梢》①、《乌龟和猴子》②、《鳖猴交朋友》③、《无义之人不可交》④、《猴子和鳖打老庚》⑤、《猴子和鳖》（回族）⑥、《猴子与乌龟》（回族）⑦、《乌龟和猴子》（蒙古族）⑧、《猴子和乌龟》（鄂温克族）⑨、《猴跟老鳖绝交》⑩、《猴子与乌龟》⑪、《兔子和乌龟》（朝鲜族）⑫、《海母丞相》⑬、《猴子和乌龟》（藏族）⑭、《猴子和团鱼》（土家族）⑮。

这一故事类型，相当于丁乃通编著《中国民间故事类型索引》91。

瞎子摸象型故事　大致写国王命大臣引众盲人至象厩摸象，盲人所摸的部位各不相同。当国王问他们象类似何物时，摸足者说像柱，摸尾者说像扫帚，摸尾本者说像杖，摸腹者说像鼓，摸肋者说像壁，摸背者说像高几，摸耳者说像大箕，摸头者说像小丘，摸牙者说像角，摸

---

① 见《临沂地区四老人故事集》。
② 见《中国民间文学集成·上海卷·杨浦区分卷》。
③ 见《中国民间故事集成·河南卷》。
④ 见《中国民间故事集成·山西卷·长治市民间故事集成》。
⑤ 见《中国民间故事集成·陕西卷》。
⑥ 见《中国民间故事集成·宁夏卷》。
⑦ 见《中国民间故事集成·甘肃卷》。
⑧ 见《中国传说故事大辞典·故事》。
⑨ 见《鄂温克民间故事》。
⑩ 见《中国民间故事集成·黑龙江卷》。
⑪ 见《中国传说故事大辞典·故事》。
⑫ 见《朝鲜族民间故事讲述家金德顺故事集》。
⑬ 见《中国民间故事集成·福建卷》。
⑭ 见《藏族动物故事》。
⑮ 见《中华民族故事大系》第5册。

鼻者说像大索，争执不休。这一故事类型，在我国广为流布，源出汉译佛经。最早为三国吴·康僧会译撰《六度集经》卷八十九《镜面王经》（又称《镜面王本生》）"众盲摸象"：

> 过去久远，是阎浮提地有王，名曰镜面，讽佛要经，智如恒沙。臣民多不诵，带锁小书，信萤灼之明，疑日月之远见。目瞽人以为喻，欲使彼舍行潦游巨海矣。敕使者，令行国界，取生盲者，皆将诣宫门。臣受命行，悉将国界无眼入到宫所，白言："已得诸无眼者，今在殿下。"王曰："将去以象示之。"臣奉王命，引彼瞽人，将之象所，牵手示之。中有持象足者、持尾者、持尾本者、持腹者、持胁者、持背者、持耳者、持头者、持牙者、持鼻者。瞽人于象所争之纷纷，各谓己真彼非。使者牵还，将诣王所。王问之曰："汝曹见象乎？"对言："我曹俱见。"王曰："象何类乎？"持足者对言："明王，象如漆筒。"持尾者言如扫帚，持尾本者言如杖，持腹者言如鼓，持胁者言如壁，持背者言，言如高机，持耳者言如簸箕，持头者言如魁，持牙者言如角。持鼻者对言："明王，象如大索。"复于王前共讼言："大王，象真如我言。"镜面王大笑之曰："瞽乎，瞽乎！尔犹不见佛经者矣。"便说偈言：
>> 今为无眼曹，空诤自谓谛。
>> 睹一云余非，坐一象相怨。

三国吴·月支优婆塞支谦译《佛说义足经》"瞎子摸象"[①] 与前面一则大同小异。

> 过去久远，是阎浮利地有王，名曰镜面。时敕使者，令行我

---

① 引自常任侠选注《佛经文学故事选》，上海古籍出版社1982年版。

国界无眼人悉将来至殿下。使者受敕即行，将诸无眼人，到殿下，以白王。王敕大臣，悉将是人去示其象。臣即将到象厩，一一示知，令捉象。有捉足者、尾者、尾本者、腹者、肋者、背者、耳者、头者、牙者、鼻者，悉示已。即便诣王所。王悉问：汝曹审见象不？对言：我悉见。王言：何类？中有得足者，明王象如柱；得尾者曰如扫帚；得尾本者言如杖；得腹者言如堆；得肋者言如壁；得背者言如高岸；得耳者言如大箕；得头者言如臼；得牙者言如角；得鼻者言如索。便复于王前，共诤讼象。

两晋时期的汉译佛经，包括西晋·法炬共法立译《大楼炭经》、东晋·法显译《涅槃经》都收有这一类型的故事，情节亦大同小异。譬如《涅槃经》"盲者摸象"①：

有王告大臣："汝牵一象来示盲者。"……时彼众盲各以手触，大王即唤众盲各各问言……"象类何物？"触其牙者即言"象形如萝蕨根"；触其耳者言象"如箕"；触其头者言象"如石"；触其鼻者言象"如杵"；触其脚者言象"如臼"；触其脊者言象"如床"；触其腹者言象"如瓮"；触其尾者言象"如绳"。

千日酒型故事 大致写一善饮者往酒家饮千日酒，一杯而醉。归家即醉死，家人哭而葬之。三年后造酒者至其家探访，说明情由，命发冢破棺。但见其人方醒，大呼："快哉！"看者被其酒气冲鼻，犹醉卧三月（或三日）。这一故事类型，初见于晋·张华撰《博物志》。

昔刘玄石于中山酒家酤酒，酒家与千日酒，忘言其节度。归至家当醉，而家人不知，以为死也，权葬之。酒家计千日满，乃

---

① 引自常任侠选注《佛经文学故事选》，上海古籍出版社1982年版。

忆玄石前来酤酒，醉向醒耳。往视之，云玄石亡来三年，已葬。于是开棺，醉始醒，俗云："玄石饮酒，一醉千日。"

《博物志》卷十"千日酒"

晋·干宝撰《搜神记》卷十九《千日酒》，不但造酒者已有姓名，而且故事情节得到发展、丰富，细节描写颇为生动，生活气息相当浓郁。

狄希，中山人也，能造千日酒，饮之千日醉。时有州人姓刘，名玄石，好饮酒，往求之。希曰："我酒发来未定，不敢饮君。"石曰："纵未熟，且与一杯，得否？"希闻此语，不免饮之。复索曰："美哉！可更与之。"希曰："且归，别日当来，只此一杯，可眠千日也。"石别，似有怍色。至家，醉死。家人不之疑，哭而葬之。

经三年，希曰："玄石必应酒醒，宜往问之。"既往石家，语曰："石在家否？"家人皆怪之，曰："玄石亡来，服以阕矣。"希惊曰："酒之美矣，而致醉眠千日，今合醒矣。"乃命其家人凿冢破棺看之。冢上汗气彻天，遂命发冢。方见开目张口，引声而言曰："快哉，醉我也。"因问希曰："尔作何物也，令我一杯大醉，今日方醒，日高几许？"墓上人皆笑之，被石酒气冲入鼻中，亦各醉卧三月。

敦煌石室遗书句道兴撰《搜神记》"千日酒"，造酒者作刘义狄。作品内容与干宝撰《搜神记》相似，文字描述有所不同。

昔有刘义狄者，中山人也。甚能善造千日之酒，饮者醉亦千日，时青州刘玄石善能饮酒，故来就狄饮千日之酒。狄语玄石曰：

"酒沸未定，不堪君喫。"玄石再三求乞取尝，狄自取一盏与尝，饮尽。玄石更索，狄知克醉，语玄石曰："今君已醉，待醒更来，当共君同饮。"玄石嗔而遂去。玄石至家，乃即醉死。家人不知来由，遂即埋之。

至三年，狄往访之玄石家，借问玄石。家人惊怪，玄石死来，今见三载，服满以除脱讫，于今始觅。狄具言曰："本共君饮酒之时，计应始醒，但往发冢破棺，看之的不死尓。"家人即如狄语，开冢看之，玄石面上白汗流出，开眼而卧，遂起而言曰："你等是甚人，向我前头？饮酒醉卧，今始得醒。"冢上人看来，得醉气，犹三日不醒，是人见者，皆云异哉。

五代以后的作者据北魏·昙永撰《搜神论》残卷增补而成的《稗海》本《搜神记》卷三"千日酒"，文字与干宝撰《搜神记》基本上相同。仅个别字句小有出入。

狄希，中山人也，能造千日酒，饮之亦千日醉。时有州人姓玄名石，好饮酒，欲饮于希家。朔日，往求之。希曰："我酒发来未定，不敢饮君。"石曰："纵未熟，且与一杯得否？"希闻此语，不免饮之。既杯复索，曰："美哉！可更与之。"希曰："且归，别日当来。只此一杯，可眠千日也。"石即别，似有怍色。旋至家，已醉死矣。家人不知疑，哭而葬之。

经三年，希曰："玄石必应酒醒，宜往问之。"既往石家，语曰："石在否？"家人皆怪之，曰："玄石亡来，服已阕矣。"希惊曰："酒之美矣，而致醉眠千日。计日今合醒矣。"乃命家人凿冢，破棺看之。即见冢上汗气彻天，遂命发冢，方见开目张口，引声而言曰："快哉！醉我也。"因问希曰："你作何物也，令我一杯大醉，今日方醒。日高几许矣？"墓上人皆笑之，被石酒气冲入鼻中，亦各醉卧三月。世人之异事，可不录乎？

明·钱希言撰《戏瑕》①"千日酒"称:

> 刘玄石于中山酒家沽酒,酒家与千日酒,三年已葬,开棺复醒。故俗云:"玄石饮酒,一醉千日。"此载《博物志》诸书,可考《搜神记》。

明·冯梦龙编纂《古今谭概》荒唐部第三十三《奇酒》,除引述张华撰《博物志》之"玄石饮千日酒"外,尚有一则"田及之造千日酒":

> 齐人田及之,能为千日酒,饮过一升,醉卧千日。有故人赵英饮之,逾量而去。其家以尸埋之。及之计千日当醒,往至其家,破冢出之,尚有酒气。

这一故事类型,现当代仍在河北、陕西、黑龙江等地流布,譬如《刘伶醉的传说》②《杜康卖酒》③《杜康造酒》④。

"升仙"奥秘型故事 大致写某处多有求"升仙"者,往往站立林(或崖、洞)下,便飞升而去。后有一智者过此,以为必有妖孽为祟,于是领众人将吸食"升仙"者的蟒精除掉。这一故事类型,初见于晋·张华撰《博物志》:

> 天门山,山多峻秀,岩谷逶迤。有大岩壁直上数千仞,草木

---

① 见《说郛续》卷二十(《说郛三种》第九册)。
② 见《中国民间故事集成·河北卷》。
③ 见《中国民间故事集成·陕西卷》。
④ 见《中国民间故事集成·黑龙江卷》。

交连，云雾拥蔽。其下有径途微细，行人经过，忽然踊出林表，状如飞仙，遂绝迹。年中如此甚数，遂名此处为仙谷。

时有乐于道者，不远千里而来，洗浴岩畔，以求升仙。在此林下，无不飞去。

会一夕，有智能者谓他人曰："此必妖怪，非是仙道。"因以大石自坠，牵一犬入谷中，犬复飞去。其人还告乡里，募年少者数十人，执兵器，持大棒，而先纵火烧其草，及伐竹木，至山顶观之；遥见一物，长数十丈，高下隐隐，垂头下望，及更渐逼，乃一大蟒蛇。于是命少年鼓跃击射，然后斫刺，而口张尺余，尚欲害人，力不加众，久乃卒。其所吞人骨与他兽之骸，积此左右如阜焉——前后失人，皆此蟒气所噏上。

于是此地遂安稳无患。

《博物志》卷十"蟒气"

五代·王仁裕撰《玉堂闲话》录写的两则异文，使这一类型故事呈现出新的发展趋势。一则"升仙"者不是人，而是猎犬，别开生面：

巴赍之境，地多岩崖，水怪木怪，无所不有。民居溪壑，以弋猎为生涯。嵌空之所，有一洞穴，居人不能测其所住。猎师纵犬于此，则多呼之不迴，瞪目摇尾，瞻其崖穴。于时有彩云垂下，迎猎犬而升洞。如是者年年有之。好道者呼为"狗仙山"。

偶有智者，独不信之。遂拽一犬，挟弦弧往之。至则以粗绠系其犬腰，系于拱木，然后退身而观之。及彩云下，犬纵身而不能随去，嗥叫者数四。旋见有物，头大如瓮，双目如电，鳞甲光明，泠照溪谷，渐垂身出洞中观其犬。猎师毒其矢而射之，既中，不复再见。顷经旬日，臭秽满山。猎师乃自山顶，缒索下观，见一大蟒，腐烂于岩间。狗仙山之事，永无有之。

《玉堂闲话》"狗仙山"①

另一则异文描写较为细致，情节与《博物志》卷十"蟒气"接近而又有一定的变化，对以后的发展颇有影响。

  南中有选仙场，场在峭崖之下，其绝顶有洞穴，相传为神仙之窟宅也。每年中元日，拔一人上升。学道者筑坛于下，至时，则远近冠帔，咸萃于斯，备科仪，设斋醮，焚香祝数。七日而后，众推一人道德最高者，严浩至诚，端简立于坛上。余人皆掺袂别而退，遥顶礼顾望之。于时有五色祥云，徐自洞门而下，至于坛场。其道高者，冠衣不动，合双掌，蹑五云而上升。观者靡不涕泗健羡，望洞门而作礼。如是者年一两人。

  次年有道高者合选，忽有中表间一比丘，自武都山往与诀别。比丘怀雄黄一斤许，赠之曰："道中唯重此药，请密寘于腰腹之间，慎勿遗失之。"道高者甚喜，遂怀而升坛。至时，果蹑云而上。后旬余，大觉山岩臭秽。数日后，有猎人自岩旁攀缘造其洞，见有大蟒蛇腐烂其间，前后上升者骸骨，山积于巨穴之间。盖五色云者，蟒之毒气，常呼吸此无知道士充其腹，哀哉。

《玉堂闲话》"选仙场"②

南宋·洪迈撰《夷坚志》共采录了这一故事类型的两则异文。其中的一则是据《玉堂闲话》"选仙场"改写的：

---

① 引自《太平广记》卷四五八。
② 引自《太平广记》卷四五八。

南中有选仙道场，在一峭崖石壁之下，其绝顶石洞穴，相传以为神仙之窟宅，时有云气蒙霭。常有学道之人，筑室于下，见一神人现前曰："每年中元日，宜推选有德行之人祭坛，当得上升为仙。"于是学道慕仙之人咸萃于彼。至期，远近之人，赍香赴坛下，遥望洞门祝祷，而后众推道德高者一人，严洁衣冠，伫立坛上，以候上升，余皆惨然诀别而退。于时有五色祥云，油然自洞门而至坛场，其道高者，衣冠不动，蹑云而升。时至洞门，则有大红纱灯笼引导，观者靡不涕泗健羡，遥望作礼。如是者数年，人皆以道缘德薄，未得应选为恨。至次年，众又推举一道高者，方上升间，忽一道人，云自武当山来挂搭，问所以。具以实对。道人亦嗟羡之曰："上升为仙，岂容易得？但虚空之人，在罡风浩气，必能遏截。吾有一符能御之，请置于怀，慎勿遗失。"道高者怀之，喜甚。至时果有五色祥云捧足，冉冉而升。逾日，道人遭众登视洞穴，见飞升之人，形容枯槁，横挂于上，若重病者，奄奄气息，久方能言。问之，则曰："初至洞门，见一巨蟒，吐气成云，两眼如火，方开口欲吞啖间，忽风雷大震，霹死于洞畔。视之，蟒大数围，长数十丈，又有骸骨积于岩穴之间，乃前后上升者骨也。"盖五色云者，乃蟒之毒气，红纱灯笼者，蟒之眼光也。

《夷坚志再补》《道人符诛蟒精》①

　　这则异文较"选仙场"的情节更为丰富，安排更为合理，而不是简单地迻录。元·无名氏撰《湖海新闻夷坚续志》后集卷二《蟒精为妖》抄自《夷坚志》，文字与此则相同，只有个别字句小有出入。

　　《夷坚志》的另一则异文，情节较简略，重点在显示五雷法的威力，与一般的除蟒精故事有所不同。

---

① 见《夷坚志》第四册，第1798—1799页。

均州武当山王道士，行五雷法，效验彰著。其师刘先生，道业颇高。一日昏暮间，云雾拥门，幢幡旄节，相望踵至，一仙童持上天诏，召刘上升。刘大喜，王道士白言："常闻升天者多在白昼，今已曛黑，正恐阴魔作奇祟，切宜审谛。"刘不听，叱之使去，曰："吾平生积功累行，时节因缘至此而集，无多言！"乃沐浴更衣，趺坐磻石上，与众诀别，将即腾太空，王密反室，敕呼雷部神将。忽霹雳一声震起，仙童与幡节俱不见。俄顷再震，有黑气一道，长数十百丈，直下岩谷中，道众遂散。明旦出视，一路血迹斑斑，穷其所之，有巨蟒死岩下。

《夷坚志补》卷二二《武当刘先生》①

明·张谊撰《宦游纪闻》采录的一则异文，故事发生地在四川，情节亦颇简略：

四川绵竹县有吞道观，每岁一道士修善，至期有白云载之而去，名曰"升天"。江西一真人过而见之曰："此物乃在此为祟，宜除之。"即弯弓仰射，怪堕落巢穴。人踪迹其处，乃蟒成精也。搜索穴中，遗留道冠无数。

《宦游纪闻·真人止怪》

清·蒲松龄撰《聊斋志异》采录的一则异文，故事发生地在山东，与"升仙"无关，仍保留了消灭吸食世人之蟒蛇的框架结构，读来颇有新意。

予邑郭生，设帐于东山之和庄，蒙童五六人，皆初入馆者。

---

① 见《夷坚志》第四册，第1756页。

书室之南为厕所，乃一牛栏；靠山石壁，壁上多杂草蓁莽。童子入厕，多历时刻而后返。郭责之，则曰："予在厕中腾云。"郭疑之。童子入厕，从旁睨之，见其起空中二三尺，倏起倏坠；移时不动。郭进而细审，见壁缝中一蛇，昂首大于盆，吸气而上。遂遍告庄人共视之。以炬火焚壁，蛇死壁裂。蛇不甚长，而粗则如巨桶。盖蛰于内而不能出，已历多年者也。

《聊斋志异》附录《蛰蛇》

清·慵纳居士撰《咫闻录》采录的一则异文，故事发生地在广西，它不仅淡化了"升仙"的因由，而且除蟒之举措变为武弁炮轰，使这一故事类型更接近现代人的思维模式，是这一故事类型由古代过渡到现当代的一则转换时期的典型故事，很值得注意。

广西螺蛳山层峦叠嶂，林菁深邃，溪流成河，溉田千顷，旁有峭壁千寻，人迹不到。下有平地，儿童牧牛开玩之所。每日午时，诸童跳跃，是能离地数尺，凭空而立，移时始下，俱以为身轻有仙骨矣。

一日，有李姓童子之父，耕于田间，瞥见山顶洞中有乌蟒头如斗大，垂然下视，张目闪舌，嘘吸有声，口开则童子跃高数尺，飘然若仙。口闭则童子轻身如坠云雾，游行自得。诸童嬉笑，不自知也。骇极，曰："将来众儿童必遭其毒也。"离城不远，奔报营中。适武弁捕盗回营，即带用余火药观之。蟒末入洞，筑炮轰之，一击而中，臭闻数里。

《咫闻录》卷七《乌蟒》

清光绪《善化县志》卷三十"射蟒台"，所录写的是一则旧有的传说故事，其情节与以上诸则出入不大，但有两处值得注意，其一是对蟒精的描绘自有特点，形象颇为生动；其二是将灭蟒之举附会在东晋任荆江二州刺史、都督八州诸军事的陶侃身上，从未见诸其他异文。

> 相传晋时白鹤观有高楼与抱黄洞对，洞有妖蟒，能吐舌为桥，奋鬣为仗，翼角为天门，熠目为笼炬，作声为八音。每岁七月十五夜飞瞰于楼。道士以为导引升仙，岁次一人，沐浴以俟。徒众醮送之。都督陶侃异而不信，引弓射其炬，即摔灭，洒血如雨。次日踪迹得之，蟒毙于洞。剖其腹，人骨羽冠斗许。郡人因建此台颂其功德。

这一故事类型，现当代仍在上海、湖北、浙江、河北等地流布，譬如《为民除害》①《莲花寺》②《和尚修仙》③《杀蟒蛇》④《安知县除蛇精》⑤《老大修仙》⑥。

羽衣仙女型故事　大致写一男子望见几个毛衣女在浴池中戏水，便潜往藏下一女的毛衣。其后众女穿上毛衣飞去，独留下一女与男子结为夫妻。过若干年其女通过儿女找到毛衣，当即飞去，不久又飞转来将儿女接走。这一故事类型，初见于晋·郭璞撰《玄中记》。

> 姑获鸟夜飞昼藏，盖鬼神类。衣毛为飞鸟，脱毛为女人。一名天帝少女，一名夜行游女，一名钩星，一名隐飞。鸟无子，喜取人子养之，以为子。今时小儿之衣不欲夜露者，为此物爱以血

---

① 见《中国民间文学集成·上海卷·闸北区分卷》。
② 见《中国民间文学集成·上海卷·虹口区故事分卷》。
③ 见《湖北民间故事传说集·荆州地区专集》。
④ 见《中国民间故事集成·湖北卷》。
⑤ 见《中国民间故事集成·浙江卷》。
⑥ 见《耿村民间文化大观》。

点其衣为志，即取小儿也。故世人名为鬼鸟，荆州为多。昔豫章男子，见田中有六七女人，不知是鸟，匍匐往，先得其毛衣，取藏之，即往就诸鸟。诸鸟各去就毛衣，衣之飞去。一鸟独不得去，男子取以为妇，生三女。其母后使女问父，知衣在积稻下，得之，衣而飞去。后以衣迎三女，三女儿得衣亦飞去。今谓之鬼车。

《玄中记》"毛衣女"①

晋·干宝撰《搜神记》卷十四《毛衣女》引自《玄中记》，文字基本上相同，首句作"豫章新喻县男子"。

北魏·郦道元撰《水经注》引《玄中记》的一则异文，文字多有变化：

……江之右岸，富水注之，水出阳新县之青溢山，西北流，迳阳县，故豫章之属也。地多女鸟，《玄中记》曰：新阳男子于水次得之，遂与共居，生二女，悉衣羽而去。豫章间养儿，不露其衣，言是鸟落尘于儿衣中，则令儿病，故亦谓之飞夜游女矣。

《水经注》卷三十五《江水三》"新阳男子"

敦煌石室遗书唐·句道兴撰《搜神记》中的一则异文，情节曲折生动，人物形象鲜活，语言质朴生动，富有民间故事特色，标志着这一故事类型有了新的变化，将这一故事类型的发展推进了一大步。

昔有田昆仑者，其家甚贫，未娶妻室。当家地内，有一水池，极深清妙。至禾熟之时，昆仑向田行，乃见有三个美女洗浴。其

---

① 见鲁迅校录《古小说钩沉》。

昆仑欲就看之，遥见去百步，即变为三个白鹤，两个飞向池边树头而坐，一个在池洗垢中间。遂入谷荄底，匍匐而前，往来看之。其美女者乃是天女，其两个大者抱得天衣乘空而去。小女遂于池内不敢出池。其天女遂吐实情，向昆仑道："天女当共三个姊妹，出来暂于池中游戏，被池主见之。两个阿姊当时收得天衣而去；小女一身邂逅中间，天衣乃被池主收将，不得露形出池。幸愿池主宽恩，还其天衣，用盖形体出池，共池主为夫妻。"

昆仑进退思量，若与此天衣，恐即飞去。昆仑报天女曰："娘子若索天衣者，终不可得矣。若非吾脱衫，与且盖形，得不？"其天女初时不肯出池，口称至暗而去。其女延引，索天衣不得，形势不似，始语昆仑："亦听君脱衫，将来盖我着出池，共君为夫妻。"其昆仑心中喜悦，急卷天衣，即深藏之。遂脱衫与天女，被之出池。语昆仑曰："君畏去时，你急捉我着。还我天衣，共君相随。"昆仑生死不肯与天衣，即共天女相将，归家见母。

母实喜欢，即造设席，聚诸亲情眷属之言，日呼新妇。虽则是天女，在于世情，色欲交合，一种同居。日往月来，遂产一子，形容端正，名曰田章。

其昆仑点着西行，一去不还。其天女自夫之去后，养子三岁，遂启阿婆曰："新妇身是天女，当来之时，身缘幼小，阿耶与女造天衣，乘空而来。今见天衣不知大小，暂借看之，死将甘美。"其昆仑当行去之日，殷勤嘱告母言："此是天女之衣，为深弃，勿令新妇见之，必是乘空而去，不可更见。"其母告昆仑曰："天衣向何处藏之，时得安稳？"昆仑共母作计，其房自外，更无牢处。惟只阿娘床脚下作孔，盛着中央，恒在头上卧之，岂更取得。遂藏奔讫，昆仑遂即西行。去后天女忆念天衣，肝肠寸断，胡至竟日无欢喜，语阿婆曰："暂借天衣着看。"频被新妇咬齿，不违其意，即遣新妇且出门外少时，安庠入来。新妇应声即出。其阿婆乃于床脚下取天衣，遂乃视之。其新妇见此天衣，心怀怆切，泪落如雨，拂摸形容，即欲乘空而去。为未得方便，却还分付与阿婆藏着。

于后不经旬日，复语阿婆曰："更借天衣暂看。"阿婆语新妇曰："你若着天衣弃我飞去？"新妇曰："先是天女，今与阿婆儿为夫妻，又产一子，岂容离背而去，必无此事。"阿婆恐畏新妇飞去，但令牢守堂门。其天女着衣讫，即腾空从屋窗而出。其老母捶胸懊恼，急走出门看之，乃见腾空而去。姑忆念新妇，声彻黄天，泪下如雨，不自舍死，痛切心肠，终朝不食。

其天女在于阎浮提经五年已上，天上始经两日。其天女得脱到家，被两个阿姊皆骂："老婢！你共他阎浮众生为夫妻！"乃此悲啼泣泪。其公母乃两个阿姊语小女曰："你不须干啼湿哭，我明日共姊妹三人，更去游戏，定见你儿。"

其田章年始五岁，乃于家啼哭，唤歌歌娘娘，乃于野田悲哭不休。其时乃有董仲先生来贤行，知是天女之男，又知天女欲来下界，即语小儿曰："恰日中时，你即向池边看，有妇人着白练裙，三个来，两个举头看你，一个低头伴不看你者，即是母也。"田章即用董仲之言，恰日中时，遂见池内相有三个天女，并白练裙衫，于池边割菜。田章向前看之，其天女等遥见，知是儿来，两个阿姊语小妹曰："你儿来也。"即啼哭唤言："阿娘。"其妹虽然惭耻不看，不奈肠中而出，遂即悲啼泣泪。三个姊妹遂将天衣，共乘此小儿上天而去。

天公见来，知是外孙，遂即心肠怜愍，乃教习学方术伎艺能。至四五日间，小儿到天上，状如下界人间，经十五年已上学问。公语小儿曰："汝将我文书八卷去，汝得一世荣华富贵。傥若入朝，惟须慎语。"小儿旋即下来，天下所有闻者，皆得知之，三才俱晓。

天子知闻，即召为宰相。于后，殿内犯事，遂以配流西荒之地。

于后，官家游猎，在野田之中，射得一鹤，分付厨家烹之。厨家破割其鹤嗉中，乃得一小儿，身长三寸二分，带甲头牟，骂辱不休。厨家以事奏上官家，当时即召集诸群臣百寮乃左右问之，并言不识。王又游猎野田之中，复得一板齿，长三寸二分，赍将归回，捣之不碎。又问诸群臣百官，皆言不识。遂即官家出敕，颁宣天下：谁能识此二事，赐金千斤，封邑万户，官职任选。尽无能识者。时诸群臣百官，遂共商议，惟有田章一人识之，余者并皆不辩。

官家遂发驿马走使，急追田章到来。问曰："比来闻君聪明广识，甚事皆知。今问卿天下有大人不？"田章答曰："有。""有者谁也？""昔有秦故彦是皇帝之子，当为昔鲁家斗战，被损落一板齿，不知所在。有人得者，验之官家，自知身得。"更款问曰："天下有小人不？"田章答曰："有。""有者是谁也？""昔有李子敖身长三寸二分，带甲头牟，在于野田之中，被鸣鹤吞之，犹在鹤嗉中游戏，非有一人猎得者，验之即知。"官家道好。又问："天下之中有大声不？"章答曰："有。""有者何也？""雷震七百里，霹雳一百七十里，皆是大声。""天下有小声不？"章答曰："有。""有者何也？""三人并行，一人耳声鸣，二人不闻，此是小声。"又问："天下之中，有大鸟不？"田章答曰："有。""有者何也？""大鹏一翼起西王母，举翅一万九千里，然始食，此是也。"又问："天下有小鸟不？"曰："有。""有者何是也？""小鸟者无过鷦鷯之鸟，其鸟常在蚊子角上养七子，犹嫌土广人稀。其蚊子亦不知头上有鸟，此是小鸟也。"帝王遂拜田章为仆射。因此以来，帝王及天下人民始知田章是天女之子也。

句道兴本《搜神记》"田昆仑"①

---

① 见《敦煌变文集》下集，人民文学出版社1984年版。

明末张岱撰《夜航船》收入的一则异文，文字简约，情节略有变化，并且带有地方传说的色彩。

《职方乘》云：南昌洗马池，尝有年少见美女七人，脱彩衣岸侧浴池中。年少戏藏其一，诸女浴毕就衣，化白鹤去。独失衣女留，随至年少家，为夫妻，约以三年还其衣，亦飞去。故又名"浴仙池"。

《夜航船》卷十七四灵部《飞禽·化鹤》

这一故事类型，现当代仍在广西、海南、台湾、云南、贵州、西藏、四川、湖北、内蒙古、吉林、黑龙江、山东、新疆等地的汉族和藏、回、苗、壮、朝鲜、侗、瑶、傣、黎、佤、毛南、锡伯、鄂伦春、赫哲等少数民族聚居区流布，譬如《五彩带》（瑶族）①、《勇敢的阿刀》（壮族）②、《天仙下凡》③、《阿德哥和七仙女》（黎族）④、《七仙女的故事》⑤、《庄稼哥找仙女妈妈》（苗族）⑥、《召树屯和兰吾罗娜》（傣族）⑦、《好心的牛哥哥》（佤族）⑧、《朗追和朗锤》（毛南族）⑨、《曲吉郎桑》（藏族）⑩、《郎都和七妹》（侗族）⑪、《天牛郎配夫妻》⑫、

---

① 见《中华民族故事大系》第五卷。
② 见《勇敢的阿刀》。
③ 见《中国民间故事集成·海南卷》。
④ 见《黎族民间故事选》。
⑤ 见《澎湖县民间故事》。
⑥ 见《中国民族民间文学集成·永平县卷》。
⑦ 见《傣族民间故事选》。
⑧ 见《云南民族民间故事选》。
⑨ 见《毛南族京族民间故事选》。
⑩ 见《湖北民间故事传说集·郧阳地区专集》。
⑪ 见《西藏民间故事选》。
⑫ 见《天牛郎配夫妻》。

《天鹅仙女》（鄂伦春族）①、《牧童和仙女》（朝鲜族）②、《攸来》（鄂伦春族）③、《放牛娃和仙女》（锡伯族）④、《天鹅与猎人》（回族）⑤。

牛郎织女型故事　大致写织女为天帝之女（一说为天帝孙女），常年在天河东边织锦。天帝怜之，许嫁河西牛郎。织女婚后乃废纺织，天帝怒，责归河东，但使其与牛郎一年一度于七月七日相会。有关牛郎织女的传说，由来久远。《诗经·小雅·大东》已提及牵牛、织女二星，并将其想象为天汉中的两个人。东汉《古诗十九首》："迢迢牵牛星，皎皎河汉女，纤纤擢素手，札札弄机杼，终日不成章，泣涕零如雨。河汉清且浅，相去复几许？盈盈一水间，脉脉不得语。"此前，在西汉时期已有织女渡鹊桥的传说，唐·白居易撰《白帖》卷九五引《淮南子》佚文云："乌鹊填河成桥渡织女。"另外，唐·韩鄂撰《岁华纪丽》卷三引《风俗通义》亦称："织女七夕当渡河，使鹊为桥。"这表明至汉代这一故事类型已具有雏形。魏晋时期，有关牛郎织女的记载不少，三国魏·曹植《九咏》中有"目牵牛兮眺织女，交有际兮会有期"的吟咏。晋·傅玄《拟天问》称："七月七日，牵牛织女，时会天河。"晋·张华撰《博物志》更有乘槎人在天河见到牛郎、织女的描述：

旧说云天河与海通。近世有人居海渚者，年年八月有浮槎去来，不失期，人有奇志，立飞阁于查上，多赍粮，乘槎而去。十余日中，犹观星月日辰，自后茫茫忽忽，亦不觉昼夜。去十余日，奄至一处，有城郭状，屋舍甚严。遥望宫中多织妇，见一丈夫牵

---

① 见《中国民间故事集成·内蒙古卷》。
② 见《朝鲜族民间故事讲述家金德顺故事集》。
③ 见《鄂伦春民间故事集》。
④ 见《新疆兄弟民族民间故事选》。
⑤ 见《回族民间故事》。

牛渚次饮之。牵牛人乃惊问曰："何由至此?"此人具说来意,并问此是何处,答曰："君还至蜀郡访严君平则知之。"竟不上岸,因还如期。后至蜀,问君平,曰："某年月日有客星犯牵牛宿。"计年月,正是此人到天河时也。

《博物志》卷十《杂说下》"乘槎至天河"

唐·李亢撰《独异志》卷上"乘槎至天津",抄自《博物志》,文字有所改动。

至南北朝时期,这一故事类型才正式成形。明·冯应京撰《月令广义·七月令》引《小说》(当为南朝梁·殷芸所著)云:

天河之东有织女,天帝之子也。年年机杼劳役,织成云锦天衣,容貌不暇整。帝怜其独处,许嫁河西牵牛郎,嫁后遂废织纴。天帝怒,责令归河东,但使一年一度相会。①

清·褚人获撰《坚瓠二集》卷二《牵牛织女》引《述异记》佚文,与此则略有出入:

天河之东有美女,天帝女孙也,机杼劳役,织成云雾天衣,容貌不暇整理。帝怜之,嫁与河西牵牛,自后竟废织纴。帝怒,责归河东,使一年一度与牵牛相会。

南朝梁·吴均撰《续齐谐记》"成武丁",从一个侧面记述七夕织女渡河暂会牛郎之事:

---

① 清·张玉书等编《佩文韵府》"牛"字韵载此文,又引作《荆楚岁时记》。

> 桂阳成武丁有仙道常在人间，忽谓其弟曰："七月七日织女当渡河，诸仙悉还宫，吾向已被召不得停与尔别矣。"弟问曰："织女何事渡河去？当何还？"答曰："织女暂诣牵牛，吾复三年当还。"明日失武丁，至今云织女嫁牵牛。

明·王罃编集《群书类编故事》卷二《时令类·织女嫁牵牛》，据此条缩写，其文云：

> 桂阳成武丁有仙道，谓其弟曰："七月七日织女当渡河，诸仙悉还宫。"弟问曰："织女何事渡河？"答曰："织女暂诣牵牛。"世人至今云织女嫁牵牛也。

明·冯梦龙编纂《情史》卷十九《情疑类·织女》亦引述了此条，然而称出自《列仙传》：

> 牵牛织女二星，隔河相望。至七夕，河影没，常数日复见。相传织女者，上帝之孙，勤织日夜不息。天帝哀之，使嫁牛郎。女乐之，遂罢织。帝怒，乃隔绝之：一居河东，一居河西。每年七月七夕，方许一会，会则乌鹊填桥而渡，故鹊毛至七夕尽脱，为成桥也。《列仙传》云："桂阳成武丁有仙道，常在人间。忽谓其弟曰：'七月七日，织女当渡河，诸仙悉还宫。吾向已被召，不得停，与尔别矣。'弟问曰：'织女何事渡河去？当何还？'答曰：'织女暂诣牵牛，吾复三年当还。'明日失武丁。"至今云："织女嫁牵牛。"

有关七夕织女与牛郎相会之事，宋·罗源撰《尔雅翼》亦有记述：

> 涉秋七日，鹊首无故皆髡。相传是日河鼓（即牵牛）与织女会于汉东，役乌鹊为梁以渡，故毛皆脱。

《尔雅翼》卷十三"乌鹊渡牵牛"

清·褚人获撰《坚瓠补集》卷三《鹊桥》，多有征引，情节更为丰富。

> 《淮南子》有乌鹊填河成桥，渡织女之说……《尔雅翼》云：涉秋七日，乌鹊首无故皆髡。相传以为是日，牵牛与织女会于汉东，役乌鹊为梁以渡，故毛皆脱去。今七月七日，绝不见乌鹊。翌日验之，鲜不髡者。郎仁宝《七修》载王一槐尹湖之日，七夕停舟刘家沟，见云际隐隐二条，如幡非幡，如龙非龙，闪耀空中。当驿门数丈之上，或分或续，往来不定，隐隐闻万鹊噪杂之声，或时明闻一二声。饭顷，云气纷郁，香馥满室，飘小雨数点而散。则鹊桥之说，似真有之矣。

牛郎织女的传说故事，经历了两千多年的演变过程，至现当代已发生很大的变化。而在其演变过程中，总是表现出对天帝的不满，颇有微词。宋·陈元靓撰《岁时广记》卷二六引《荆楚岁时记》云：

> 尝见道书云，牵牛娶织女，取天帝二万钱下礼，久而不还，被驱在营室①。言虽不经，有足为怪。

《太平御览》卷三一引此故事，文字基本上相同。明·冯梦龙纂辑《古今谭概》在引用此故事时，多有议论，倾向性较为明显。

---

① 营室：星名。

道书云：" 牵牛娶织女，向天帝借二万钱下礼。久之不偿，被驱在营室间。"则天亦有嫁娶，亦有聘财，亦有借贷。而牵牛之负债不还，天帝逼债报怨，皆犯律矣，可笑。

自魏晋以来，与牛郎织女相关的风俗传说亦不断见诸文字记载。唐·徐坚等辑《初学记》卷四引晋·周处撰《风土记》云：

七月七日，其夜洒扫于庭中，露施几筵，设酒脯时果，散香粉于河鼓①、织女。言此二星神当会，守夜者咸怀私愿。或云见天汉中有奕奕正白气，有耀五色，以此为征应，见者便拜，而愿乞富乞寿，无子乞子。唯得乞一，不得兼求，三年乃得言之。颇有受其祚者。

南朝梁·宗懔撰《荆楚岁时记》云：

七月七日，为牵牛织女聚会之夜。是夕，人家妇女结彩缕，穿七孔针。或以金银输石为针，陈瓜果于庭中以乞巧，有喜子网于瓜上，则以为符应。

清·俞樾撰《茶香室四抄》卷一《鹊桥渡织女俗说》云：

国朝何琇《樵香小记》云：初读马缟《中华古今注》，称俗说七月七日，乌鹊为桥渡织女，以为缟述流俗之说耳。后读《隋书·经籍志》，杂录有沈约《俗说》三卷，乃知《俗说》为书名，乌鹊桥事为约所记也。
按：《古今注》所云俗说，自谓世俗相传之说，不得因沈约

---

① 河鼓：亦作"黄姑"，即"牵牛"。

书名适与之合，遂以为本，自体文也。姑录其说，为谈资耳。

随着这一故事类型的不断扩布，民间渐兴为故事主人公立祠祭祀之风。宋·龚明之撰《中吴纪闻》卷四"织女祠"云：

> 昆山县东，地名黄姑。传牵牛织女降此地。织女以金篦划河水，水涌溢，牵牛不得渡，因名为百沸河，乡人立祠祀之，列二像。建炎兵火时，士夫多避地东冈。范生题诗祠壁曰："商飙初至月埋轮，乌鹊桥边绰约身。闻道佳期惟一夕，因何朝暮对斯人！"乡人遂去牵牛像，独存织女焉。

明·王圻纂集《稗史汇编》一二二《黄姑祠》、清·褚人获撰《坚瓠二集》卷二《织女祠》，均抄自《中吴纪闻》，文字悉同。清·陈梦雷等原辑、清蒋廷锡等重辑《古今图书集成·神异典》卷五〇引《苏州府志》"织女庙"，出自《中吴纪闻》，更为翔实。

> （织女）庙在太仓州南七里黄姑塘。宋咸淳五年嘉定知县朱象祖重修。故老相传，常有牵牛、织女二星降于此，女以金篦划河，河水涌溢，牵牛不得渡。今村西有百沸河，乡人异之，为立庙。旧立牛、女二像。建炎时士大夫避地东冈，有经庙中，壁间题云："商飙初起月埋轮，乌鹊桥边绰约身；闻道佳期惟一夕，因何朝莫（暮）对斯人？"乡人因去牵牛，独存织女。

明代有根据这一故事类型敷演而成的小说《牛郎织女传》（全名《新刻全像牛郎织女传》）行世。该书四卷，题"儒林太仪朱名世编，书林仙源余成章梓"，大约刊印于万历、天启间。写牛郎与天帝孙女织女常在天河边相会，经太上老君牵线而成亲。二人婚后，贪图玩乐，不事劳作，竟被天帝分开，一在河西，一在河东，不得相见。后来，天帝见二人勤于耕织，加之众星官上本求情，乃准许二人每年七月七日相会一次。从此，牛郎织女每年七夕便得以在鹊桥上团聚①。

此外，尚有清·无名氏撰小说《牛郎织女》（见路工、谭天合编《古本平话小说集》），共十二回，清末石印本，内容与《牛郎织女传》多有出入。

这一故事类型，现当代仍在广东、海南、福建、上海、江苏、新疆、河北、内蒙古、宁夏、山东、湖北、四川、贵州、黑龙江、广西、河南等地汉族和个别少数民族聚居区流布，如《牛郎和织女》②、《牛郎织女》③、《牛郎织女会七夕》④、《牛郎织女的传说》⑤、《牛郎织女的后代》⑥、《牛郎织女》⑦、《傻牛郎和织女》⑧、《天牛郎配夫妻》⑨、《牛郎与织女》⑩、《鹊桥会》⑪、《刘牛郎与周织女》⑫、《牵牛花的来历》⑬、《牛郎织女的故事》（苗族）⑭、《牛郎与织女》（朝鲜族）⑮、

---

① 参见《中国古代小说百科全书》《牛郎织女传》条，中国大百科全书出版社1993年版，第366—367页。

② 见《中国民间故事集成·广东卷》。

③ 见《中国民间故事集成·海南卷》。

④ 见《中国民间故事集成·福建卷》。

⑤ 见《中国民间文学集成·上海卷·卢湾区故事分卷》。

⑥ 见《中国民间故事集成·江苏卷》。

⑦ 见《中国民间故事集成·新疆卷》。

⑧ 见《中国民间故事集成·河北卷》。

⑨ 见《天牛郎配夫妻》。

⑩ 见《中国民间故事集成·宁夏分卷资料丛书·同心县卷》。

⑪ 见《中国民间故事集成·山东卷》。

⑫ 见《中国传说故事大辞典·传说》。

⑬ 见《中国传说故事大辞典·传说》。

⑭ 见《爱情传说故事选》。

⑮ 见《朝鲜族民间故事选》。

《牛郎和织女》①、《牛郎织女》②。

赶山鞭型故事 大致写秦始皇作石桥，欲过海观日出处。有神人驱石下海，石去不速，辄鞭之，皆流血。这一故事类型，初见于晋·伏琛撰《三齐要略》：

> 秦始皇作石桥，欲过海，观日所出处。传云，时有神能驱石下海，阳城十一山，今尽起立，嶷嶷东倾，如相随行状。又云，石去不速，神人辄鞭之，皆流血，石莫不悉赤，至今犹尔。

《三齐要略》"驱石下海"③

明·王圻编纂《稗史汇编》卷一三二《祠祭门·百神类·桥成神助》，出《三齐要略》，文字小有出入。明·陶宗仪编纂《说郛》卷四《三齐略记》"神人驱石"④，文字有一定的出入：

> 始皇作石塘，欲过海看日出处。有神人能驱石下海。石去不速，神辄鞭之，皆流血，至今悉赤。阳城山石尽起立，嶷嶷东倾，状如相随行。

南朝梁时的两则异文，由《三齐要略》演化而来。殷芸撰《殷芸小说》的一则与之接近：

---

① 见《中国民间文学三套集成广西卷·玉林市民间故事集》。
② 见《中国民间故事集成·河南卷》。
③ 此则《太平广记》卷二九一作《秦始皇》，出《三齐要略》。
④ 见《说郛三种》第一册。

> 始皇作石桥，欲过海观日出处。时有神人能驱石下海，石去不速，神人辄鞭之，皆流血，至今悉赤。阳城十一山石尽起东倾，如相随状，至今犹尔。
>
> 《殷芸小说》卷一"神人鞭石"

旧题任昉撰《述异记》的一则颇为简约：

> 秦始皇作石桥于海上，欲过海观日出处。有神人驱石，去不速。神人鞭之，皆流血。今石桥其色犹赤。
>
> 《述异记》卷上《神人驱石》

宋·曾慥编《类说》卷八《神人驱石》出《述异记》，文字仅个别字句有出入。明·冯梦龙编撰《古今谭概》荒唐部第三十三《鞭石》，与《述异记》的这则基本上相同。

《太平御览》卷七十三引《齐地记》的"以术召石"，其说与上述几则有所不同，文字极为简略：

> 旧说始皇以术召石，石自行，至今皆东首，隐轸似鞭挞痕。

明·张岱撰《夜航船》卷十八荒唐部《鬼神·海神》，文字与《三齐要略》等书的有关记载相似，又独有自己的表述：

> 文登召山，始皇欲造桥度海，观日出处。有神人召巨石相随而行。石行不驶，鞭之见血。今山下石皆赤色。

在驱山（石）鞭传闻之外，尚有驱山铎的传闻，最初见于五代·王仁裕撰《玉堂闲话》：

宜春界钟山,有峡数十里,其水即宜春江也。回环澄澈,深不可测。曾有渔人垂钓,得一金锁,引之数百尺,而获一钟,又如铎形。渔人举之,有声如霹雳,天昼晦,山川震动,钟山一面崩摧五百余丈,渔人皆沉舟落水。其山摧处如削,至今存焉。或有识者云,此即秦始皇驱山之铎也。

《玉堂闲话》"驱山铎"①

明·陈耀文撰《天中记》卷七引《玉堂闲话》"驱山铎"、明·王圻纂集《稗史汇编》卷一四二《祠祭门·宝器类·驱山铎》,文字均与此相同。

明·张岱撰《夜航船》,亦有关于驱山铎的记载,文字有所不同。

分宜晋时,雨后有大钟从山流出,验其铭,乃秦时所造。又渔人得一钟,类铎,举之,声如霹雳,草木震动。渔人惧,亦沉于水。或曰此秦驱山铎也。

《夜航船》卷十八荒唐部《怪异·驱山铎》

清道光《会稽县志稿》所记驱山铎,文字甚简约,也与秦始皇相关。

相传唐时有人于越嶲获铎,以问僧一行,答曰:"此秦始皇驱山铎也。"

道光《会稽县志稿》卷十六"驱山铎"

明·朱国祯撰《涌幢小品》卷十五《奔石》乃一般的有关神人驱

---

① 见《太平广记》卷三九九引《玉堂闲话》。

石的记载，颇为有趣。

> 昔有神人驱石之海，祝曰："苍苍为牛，凿凿为羊。羊牛来斯，日骤而骧。"石皆群奔，鞭之流血。既出谷，遇老姥，问之："见吾羊否？"姥曰："奔石也，羊吾不知。"又问："见吾牛否？"曰："奔石也，牛吾不知。"神人曰："惜为汝道破。"忽不见，惟群石存焉。

清·褚人获纂辑《坚瓠广集》卷五《石牛石羊》，出《涌幢小品》，文字有所压缩。

这一故事类型，现当代仍在四川、贵州、陕西、河南、河北、北京、江西、山东、浙江、安徽等地流布，如《赶山鞭》[1]《杨应龙的赶山神鞭》[2]《赶山鞭》[3]《秦始皇强取赶山鞭》[4]《赶山鞭》[5]《秦始皇的赶山鞭》[6]《秦始皇赶山》[7]《木郎赶山》[8]《秦始皇赶山》[9]《赶山鞭》[10]。

五仙五羊型故事　大致写昔有五仙乘五色羊至广州，仙人手持五谷穗（或五羊衔谷），遗穗与广人。后羊化石，五仙腾空飞去。州人乃建"五仙观"祭祀，称广州为"五仙城""五羊城"。这一故事类型，最

---

[1] 见《中国民间故事集成·重庆市长寿县卷》。
[2] 见《中国民间故事集成·贵州卷》。
[3] 见《中国民间故事集成·陕西卷》。
[4] 见《河南民间故事集成·南阳民间故事》。
[5] 见《中国民间故事集成·河北卷》。
[6] 见《中国民间故事集成·北京卷》。
[7] 见《中国民间故事集成·江西卷》。
[8] 见《临沂地区四老人故事集》。
[9] 见《天台山遇仙记——浙江山的传说故事》。
[10] 见《中国民间故事集成·安徽卷》。

早见于晋·顾微撰《广州记》,文字简略,仅具雏形。

> 广州厅事梁上画五羊像,又作五谷囊随像悬之,云昔高固为楚相,五羊衔谷萃于楚庭,故图其像为瑞。六国时广州属楚。
>
> 《广州记》"五羊衔谷"①

清·王谟辑《汉唐地理书钞》辑《裴渊广州记》"五羊衔谷"与此则相同。

唐·郑熊撰《番禺杂记》所收的一则异文,出现了骑五羊之五仙,使这一故事类型有所发展。

> 番禺二山名广州。昔有五仙骑五羊至,遂名。五羊岭表或见物自空而下,始如弹丸,渐如车轮,遂四散,人中之即病,谓之瘴母。
>
> 《番禺杂记》"五仙骑五羊"②

宋·乐史编撰《太平寰宇记》所收的一则异文,又出现五仙持谷穗至广州的情节,显示出这一故事类型的进一步发展。

> (广州南海县)五羊城。按《续南越志》旧说,有五仙人乘五色羊,持六穗秬而至,至今称五羊城是也。
>
> 《太平寰宇记》卷一五七"五羊城"

---

① 见《说郛》卷四(《说郛三种》第一册)。
② 见《说郛》卷六十一(《说郛三种》第六册)。

宋·吴曾撰《能改斋漫录》卷九地理《五羊》，梳理了唐宋时期的有关记载：

> 高适《送柴司户之岭外》诗云："海对羊城阔，山连象郡高。"按，《南部新书》云："吴修为广州刺史，未至州，有五仙人骑五色羊，负五谷而来。今州厅梁上画五仙人，骑五色羊为瑞，故广州南谓之五羊城。"又《广州记》云："六国时，广州属楚。高固为楚相，五羊衔谷至其庭，以为瑞，因以五羊名其地。"又郑熊撰《番禺杂记》云："广州昔有五仙，骑羊而至，遂名五羊。"《新书》与熊所记同，唯《广州记》为异，当有辨其非是者。

元·吴莱撰《南海古迹记》所收的一则异文，提及五仙持谷穗和遗穗州人，以及羊化石、仙人飞去的情节，标志着这一故事类型正式形成。以后的各种异文，都未超出其故事情节的基本框架。

> 五仙观山在子城内，楚高古时有五仙人，人持谷穗一茎六出，乘羊衣羊具五方色，遗穗州人，羊化石，仙人腾空去。
>
> 　　　　　　　　　《南海古迹记》"五仙观山"①

明·张岱撰《夜航船》所收的一则异文，以地名传说的面貌出现，文字极简约。

> 五羊城即广州府城。初有五仙人骑五色羊至此，故名。
>
> 　　　　　　　《夜航船》卷二地理部《古迹·五羊城》

---

① 见《说郛》卷六十七（《说郛三种》第六册）。

到了清代，这一故事类型有了很大的发展，故事情节得到进一步丰富，描述具体、细致，标志着这一故事类型更加成熟，与现当代的口传形态更为接近。屈大钧撰《广东新语》采录的两则异文，是最有代表性的清代文本，它们分别是：

> 周夷王时，南海有五仙人衣各一色，所骑羊亦各一色，来集楚庭。各以谷穗一茎六出，留与州人，且祝曰："愿此阛阓，永无饥荒。"言毕腾空而去，羊化为石。今坡山有五仙观，祀五仙人。少者居中，持秔稻；老者居左右，持黍稷，皆古衣冠。像下有石羊五，有蹲者、立者，有角形微弯、势若抵触者，大小相交，毛质斑驳。观者一一摩挲，手迹莹然。诸番往往膜拜之。

《广东新语》卷五《五羊石》

> 晋吴修为广州刺史，未至州，有五仙人骑五色羊负五谷而来，止州厅上。其后州厅梁上图画以为瑞，号广州曰五仙城。城中坡山，今有五仙观，春秋粤人祈谷，以此方谷为五仙所遗。一仙遗一谷，谷有五，故为五仙，而五仙当日复有丰年之祝，故皆称为五谷之神。州厅之绘以重谷也。城名曰五仙，亦重谷也。

《广东新语》卷六《五谷神》

清康熙陈梦雷原辑、清乾隆蒋廷锡等重辑《古今图书集成》所收一则异文，由《南海古迹记》"五仙观山"演化而来，文字有所不同。

> 广州府五仙观。初有五仙人，皆持谷穗，一茎六出，乘五羊而至。仙人之服，与羊同色，如五方。既遗穗与广人，仙忽飞升

而去。羊留，化为石，广人因即其地祠之。

《古今图书集成·神异典》卷二六九引《广州通志》"五仙观"

这一故事类型，现当代仍在广东一带流布，譬如《广州为什么叫五羊城》①《羊城的来历》②。

田螺女型故事　大致写一青年农夫（或书生、小吏、渔民）拾得一大螺（或浮石，下同），置于家中。螺乃化为美女，每日为其人侍奉炊饮，自言是天女（或河伯女、泉神），并结成夫妻。后缘尽而去。或言县宰贪色欲夺此女，女与之反复较量，最后将其除掉。这一故事类型，初见于晋·束皙撰《发蒙记》，情节极为简略。

> 侯官谢端，曾于海中得一大螺，中有美女，云我天汉中白水素女，天矜卿贫，令我为卿妻。

《发蒙记》"白水素女"③

旧题东晋·陶潜撰《搜神后记》（又作《续搜神记》《搜神续记》）录写的一则异文，故事情节得到了很大的拓展，结构完整，曲折生动，形象感人，是中国古代民间故事中的一个不可多得的名篇，第一次充分展示出这一故事类型的艺术魅力，对后世影响颇大。

> 晋安帝时，侯官人谢端，少丧父母，无有亲属，为邻人所养。

---

① 见《广东民间故事选》。
② 见《中国民间故事集成·广东卷》。
③ 唐·徐坚等辑《初学记》卷八引《发蒙》。见《初学记》第一册，中华书局1962年版。

至年十七八，恭谨自守，不履非法。始出居，未有妻，邻人共愍念之，规为娶妇，未得。端夜卧早起，躬耕力作，不舍昼夜。后于邑下得一大螺，如三升壶。以为异物，取以归，贮瓮中，畜之十数日。端每早至野还，见其户中有饭饮汤火，如有人为者。端谓是邻人为之惠也。数日如此，便往谢邻人。邻人曰："吾初不为是，何见谢也？"端又以为邻人不喻其意，然数尔如此。后更实问，邻人笑曰："卿已自取妇，密着室中炊爨，而言吾为人炊耶？"端默然心疑，不知其故。

后方以鸡初鸣出去，平早潜归，于篱外窃窥其家中。见一少女，从瓮中出，至灶下燃火。端便入门，径至瓮所视螺，但见壳。仍到灶下问之曰："新妇从何所来，而相为炊？"女大惶惑，欲还瓮中，不能得去。答曰："我天汉中白水素女也。天帝哀卿少孤，恭慎自守，故使我权为守舍炊烹。十年之中，使卿居富，得妇自当还去。而卿无故窃相同掩，吾形已见，不宜复留，当相委去。虽然，尔后自当少差。勤于田作，渔采治生。留此壳去，以贮米谷，常可不乏。"端请留，终不肯。时天忽风雨，翕然而去。端为立神座，时节祭祀。居常饶足，不致大富耳。于是乡人以女妻之。后仕至令长云。今道中素女祠是也。

《搜神后记》卷五《白水素女》

《太平广记》卷六十二《白水素女》，出《搜神记》（疑引书有误），与此则相同，仅个别字句有出入。宋·无名氏辑《锦绣万花谷》前集卷五引《坡诗注》"螺女庙"，是一则据《搜神后记》改写的地方传说，内容与《白水素女》大致相同。

谢端钓于江上，获巨螺，置之于家，每归则饮食盈案。潜候之，有女子具馔于室，执而询之。女曰："我乃螺女，水神，天帝悯君之孤，遣为具食。我亦当去。"乃留空螺，曰："君有所求，取之于螺。"出门不见。后端乏食，探螺皆如意。传数世犹在。故有螺女洲、螺女庙，在虔州东南。

元·无名氏撰《绘图三教源流搜神大全》"白水素女"，明·杨尔曾辑《仙媛纪事·白水素女》，明·冯梦龙编纂《情史》卷十八《白螺天女》，明·张岱撰《夜航船》卷十七四灵部《鳞介·螺女》，均出《搜神后记》，或据《白水素女》缩写。《夜航船》之《螺女》，文字最为简约。

  闽人谢端得一大螺如斗，畜之家。每归，盘餐必具。因密伺，乃一姝丽甚，问之，曰："我天汉中白水素女。天帝遣我为君具食。今去，留壳与君。"端用以储粟，粟常满。

自南北朝时期开始，这一故事类型开始发生变化。南朝梁·任昉撰《述异记》卷上《谢端》，故事主人公身份由农夫变为书生，情节亦有变异，写谢端视白水素女为妖，竟责之而去，使整个故事黯然失色。

  晋安郡有一书生谢端，为性介洁，不染声色。尝于海岸观涛，得一大螺，大如一石米斛。割之中有美女，曰："予天汉中白水素女，天帝矜卿纯正，令为君作妇。"端以为妖，呵责遣之。女叹息，升云而去。

宋·曾慥编《类说》卷八《白衣素女》，出《述异记》，文字与此则大致相同。

南朝宋·刘义庆撰《幽明录》采集的一则异文，故事主人公由谢端变为小吏吴龛，故事情节也发生明显变化，化为女子的不是大螺，而是浮石。

　　阳羡县小吏吴龛,有主人在溪南。尝以一日乘掘头舟过水,溪内忽见一五色浮石,取内床头,至夜化成一女子,自称是河伯女。

《幽明录》"吴龛"

南朝宋·刘敬叔撰《异苑》卷二《五色浮石》,由此则缩写而成,更为简略。

　　阳羡县小吏吴龛于溪中见五色浮石,因取内床头。至夜,化成女子。

南朝梁·任昉撰《述异记》卷下《吴龛》,情节与《幽明录》小有出入。

　　阳羡小吏吴龛家在溪南,偶一日有掘头船过水,溪内忽见一五色浮石,龛遂取归置于床头。至夜化为一女子,至曙仍是石。后复投于本溪。

南朝齐·祖冲之撰《述异记》"吴龛"亦极简略,然而却有两处变化,一为吴龛作武昌人,一为龛与女结成夫妻。

　　武昌小吏吴龛得一浮石,取其(置)床头,化成一女,端正,与龛为夫妻。

晚唐皇甫氏撰《原化记》采录的一则异文,是《搜神后记》卷五《白水素女》之后,这一故事类型的又一次大的发展。其特点之一是前半部分将《白水素女》的情节引入吴堪(龛)的故事,使这一故事类型更加优美动人,富有生活情趣。其特点之二是新增加了后半部分,即斗县宰,最后将其消灭的情节,大大拓宽了这一故事类型的发展空间,不但进一步增强了作品的传奇性,而且表现了民众反对欺压掠夺的抗争意识。

  常州义兴县,有鳏夫吴堪,少孤无兄弟。为县吏,性恭顺。其家临荆溪,常于门前,以物遮护溪水,不曾秽污。每县归,则临水看玩,敬而爱之。积数年,忽于水滨得一白螺,遂拾归,以水养。

  自县归,见家中饮食已备,乃食之。如是十余日,然堪为邻母哀其寡独,故为之执爨,乃卑谢邻母。母曰:"何必辞,君近得佳丽修事,何谢老身。"堪曰:"无。"因问其母。母曰:"子每入县后,便见一女子,可十七八,容颜端丽,衣服轻艳。具馔讫,即却入房。"堪意疑白螺所为,乃密言于母曰:"堪明日当称入县,请于母家自隙窥之,可乎?"母曰:"可。"明日诈出,乃见女自堪房出,入厨理爨。堪自门而入,其女遂归房不得。堪拜之。女曰:"天知君敬护泉源,力勤小职,哀君鳏独,敕余以奉媲,幸君垂悉,无致疑阻。"堪敬而谢之,自此弥将敬洽。闾里传之,颇增骇异。

  时县宰豪士,闻堪美妻,因欲图之。堪为吏恭谨,不犯笞责。宰谓堪曰:"君熟于吏能久矣,今要虾蟆毛及鬼臂二物,晚衙须纳。不应此物,罪责非轻。"堪唯而走出,度人间无此物,求不可得,颜色惨沮。归述于妻,乃曰:"吾今夕殒矣!"妻笑曰:"君忧余物,不敢闻命;二物之求,妾能致矣。"堪闻言,忧色稍解。妻曰:"辞出取之。"少顷而到,堪得以纳令。令视二物,微笑曰:"且出。"然终欲害之。后一日,又召堪曰:"我要蜗斗一枚,君宜速觅此。若不至,祸在君矣。"堪承命奔归,又以告妻。

妻曰："吾家有之，取不难也。"乃为取之。良久，牵一兽至，大如犬，状亦类之。曰："此蜗斗也。"堪曰："何能？"妻曰："能食火，奇兽也。君速送。"堪将此兽上宰。宰见之怒曰："吾索蜗斗，此乃犬也。"又曰："必何所能？"曰："食火，其粪火。"宰遂索炭烧之，遣食。食讫，粪之于地，皆火也。宰怒曰："用此物奚为？"令除火扫粪，方欲害堪。吏以物及粪，应手洞然，火飚暴起，焚蒸墙宇。烟焰四合，弥亘城门。宰身及一家，皆为煨烬。乃失吴堪及妻。其县遂迁于西数步，今之城是也。

《原化记·吴堪》

《太平广记》卷八十三《吴堪》，出《原化记》，与此则悉同。

元·无名氏撰《湖海新闻夷坚续志》后集卷二《神明门·井神现身》，则仅保留《原化记·吴堪》的前半部分，而且有所改动。

吴堪居临荆溪，有一泉极清沏，众人赖之，湛为竹篱遮护，不令秽入。一日吴于泉侧得一白螺，归置之瓮中，每自外归，则厨中饮食已办，必大惊异。一日窃窥，乃一女子自螺中而出，手自操刀。吴急趋之，女子大窘，不容归壳，实告吴曰："吾乃泉神，以君敬护泉源，且知君鳏居，命［吾］为君操馔，当得道矣。"言讫不见。

敦煌古藏文写卷中的《金波聂基兄弟俩和增格巴辛姐妹仨》① 和《白噶白喜和金波聂基》② 两则故事，都包含有田螺女型故事（变体）的母题。《金波聂基兄弟俩和增格巴辛姐妹仨》的第三部分讲：

---

① 见马学良等主编《藏族文学史》上，四川民族出版社 1994 年版。
② 见马学良等主编《藏族文学史》上，四川民族出版社 1994 年版。

金波聂基人越来越穷，羊越来越瘦。他用马尾作套扣捉住了一只花翎孔雀。回家放在竹篮里面。第二天天亮，金波聂基去拾柴，回家时，见盘里摆着热气腾腾的饭菜和一满勺酒，他饱餐了一顿。心想："这是怎么回事？"于是他就假装去拾柴，却躲起来观察，只见花翎孔雀从篮子里出来，变成一个非常美丽的姑娘，忙着在做饭盛酒。于是他就娶姑娘为妻，共同生活。

《白噶白喜和金波聂基》的第二部分讲：

在年域桑塘、人住的吉厅地方，有个人叫登甘聂哇，他有两个老婆，大的生子名叫叶秦宾柱；小的生子叫金波聂基。一次大雪天，兄弟二人各下扣捕鸟。弟弟金波聂基扣住一只小孔雀。哥哥想换，金波聂基不肯，便带回家中养着。白天当金波聂基放羊回来，妈妈去找吃食回来时，家中已摆好饭菜。后来侦知就是孔雀变成一个美丽的姑娘做的饭，他便悄悄把孔雀皮收起来，娶姑娘做了妻子。

清·程趾祥撰《此中人语》录写的一则异文，故事主人公为做小生意的旧家子，思想观念较陈旧，已失去质朴、清新的意蕴。

卫福者本旧家子，遭兵燹之乱，全家俱没，惟福尚存。所居屋四椽是已产，度日维艰，聊作小本经纪。黎明即起，每出必反键其户，至日中始返，浣衣煮饭，俱躬自操作，盖勤而俭者也。一日，福归家，见饭已熟，甚异之。不暇询诸邻，食讫遽出。次日又如之。一连十数日，毫不费力，不知谁人为之执爨也。又一日，福出门，将门虚掩，自隙中细窥，以待其异。逾一时许，忽见庭中水缸摇动。有一女郎自缸中姗姗而出，明眸皓齿，丰韵绝佳，钗影徘徊，莲钩声碎，往厨下而去。福惊且喜，疑为天仙下降，忽忆缸中有一田螺，蓄已数年，此必田螺妖无疑矣。遂启门轻进，视缸中田螺仅为一壳，藏壳于机密之处。转至厨下，则见女郎撩衣卷袖，方司中馈，殊形忙碌。福出其不意上前搂之。女郎微笑欲逃脱，福抱持益力，女两颊俱赤，若不自持。福乃抱女于卧室间遽作巫山梦矣。两人遂为夫妇。女貌既端好，性亦敦厚，闺帏伉俪，无异常人。福不胜暗喜，以为相如之得文君，未有此妙境也。

年余，女忽产一子，眉目之间，与女极似。每于凄风楚雨之时，常思归去。福以其无家可归，听之。又年余，又产一子，而女自此亦不复思归矣。

流光如驶，二子皆十余岁，而女花容如旧，仍若二十许人。一日夫妇有口角，福微有所诋，女姣啼惨哭，泪落如珠。福转为劝慰之，终不能止。但曰："还我窠巢，终当乐我故耳！"福且怜且怒，即取旧所藏壳掷地下，曰："此尔本来面目，岂和氏连城耶？"孰意一声响处，女与壳俱失所在，福骇绝，四处搜寻不着，又向空赔罪，二子亦跪地哀呼，百般惨祷，卒亦无有心痛而来者。福懊丧欲绝，遂不复娶。

后二子均举进士，为母请封。福乃备空棺，置女前次所衣之衣而葬之，并立其石曰："田夫人之墓。"

《此中人语》卷二《田螺妖》

近人贡少芹、周运铺等编《近五十年见闻录》[①]卷六《螺妻》，故事主人公为渔人，作品内容似曾相识，无甚新意。

沙县人捕鱼为业，于江边拾得一螺，其大如斗，携归畜之池

[①] 见《近人笔记小说大观》，上海文艺出版社1993年影印本。

中，既经年矣。一日归，启户，则有一女子，云髻盘青，柳眉横黛，含笑相迎。渔人惊为天仙，不敢正视。女子曰："妾邻村女，青年孀守，念君鳏居，同病相怜，故不羞自媒，愿奉箕帚。"渔人曰："无论收纳逋逃，有干法纪。纵使无罪，而某家徒四壁。卿身出朱门，诚恐不耐贫苦，异时下堂求去，不免有买臣之憾耳。"女曰："妾既无伯叔，终鲜兄弟，请无过虑。至于贫富，更不必论……妾乐从君，藜藿而甘，糟糠不厌也。"言已，提瓮出汲，淅米为炊，勤劳备至。渔人亦安之。及夜，共榻而寝，情如鱼水。每念不费分毫，得此艳妻，喜悦异常。

然渔人时或归家，女每不在室，久之始来，诘问何往，曰："偶至邻家耳。"久而疑之。一日，托词外出，而潜自后门入，伏楼上以觇之，见女阖扉跳身入池中。大骇，知系螺妖，然不甚惧，以后相对，伴为不知。乘女往河干浣衣，急入池取螺视之，中虚无肉，惟一壳存耳，乃密藏之。女觅壳不得，举止失措，而终无如何。从此身恒守室，不复他往。

未几生子女各一，既皆离襁褓，能为嬉戏，渔人不复提防。偶出螺壳为儿玩具，女见之色变。渔人出，女急取螺壳奔投池中。儿女牵母衣留之，不得，啼哭声嘶。渔人归，问女何往？儿女以告。渔人顿足悔恨，急赴河滨，则女子渺然，螺亦不见，惟有流水潺湲，烟波一碧而已，痛哭而返。后儿成立，女适同里某生，亦无他异。

近人时希圣撰《怪异笔记菁华·螺妻》①，与此则悉同。

这一故事类型，现当代仍在上海、江苏、浙江、福建、海南、广西、江西、湖南、湖北、安徽、河南、陕西、四川、辽宁、云南、贵

---

① 《怪异笔记小说菁华》，上海广益书局1935年版。

州、黑龙江、广东等地的汉族和许多少数民族聚居区流布，如《田螺精》①、《蚌壳精》②、《田螺姑娘》③、《蚌姑娘》④、《田螺姑娘》（高山族）⑤、《孤儿和螺女》（黎族）⑥、《螺蛳姑姑》（毛南族）⑦、《田螺仙子》⑧、《螺蛳姑娘》（苗族）⑨、《蚌蛤精姑娘》⑩、《螺蛳精》⑪、《田螺精》⑫、《何钓鱼》⑬、《渔夫与美女》（回族）⑭、《江鱼姑娘》（彝族）⑮、《田螺姑娘》（朝鲜族）⑯、《螺蛳姑娘》（傣族）⑰、《岩撒与田螺姑娘》（佤族）⑱、《鱼姑娘》（基诺族）⑲、《金鱼姑娘》（德昂族）⑳、《螺蛳妹》（阿昌族）㉑、《天女》（布朗族）㉒、《螺蛳姑娘》

---

① 见《中国民间文学集成·上海卷·嘉定县故事分卷》。
② 见《中国民间故事集成·江苏卷》。
③ 见《浙江省民间文学集成·湖州市故事卷》。
④ 见《中国民间故事集成·福建卷·三明市分卷》。
⑤ 见《中国民间故事集成·福建卷·漳州市分卷》。
⑥ 见《中国民间故事集成·海南卷》。
⑦ 见《中华民族故事大系》第十二卷。
⑧ 见《中国民间故事集成·江西卷》。
⑨ 见《中国民间故事集成湖南卷·吉首市资料本》。
⑩ 见《中国民间故事集成·湖北卷》。
⑪ 见《中国民间故事集成·安徽卷·怀宁县民间故事集》。
⑫ 见《河南民间文学集成·嵖岈山民间故事》。
⑬ 见《中国民间文学集成·陕西卷·西安莲湖区民间故事集成》。
⑭ 见《中国民间文学集成·四川省西昌市资料集》。
⑮ 见《中国民间文学集成·四川省西昌市资料集》。
⑯ 见《中国民间故事集成·辽宁卷》。
⑰ 见《西双版纳傣族民间故事集成》。
⑱ 见《云南民族民间文学集成·孟连佤族卷》。
⑲ 见《中华民族故事大系》第十六卷。
⑳ 见《中华民族故事大系》第十五卷。
㉑ 见《阿昌族文学作品选》。
㉒ 见《中国民间故事集成·云南卷》。

（布依族）①、《田螺姑娘》（朝鲜族）②、《钓鱼郎和龙女》③。

这一故事类型，相当于丁乃通编著《中国民间故事类型索引》400C，艾伯华著《中国民间故事类型》"四、动物或精灵跟男人或女人结婚 35. 田螺娘"。

龙子祭母型故事　大致写往昔有一妇人（或女子）产下一（或二、三）龙（或蛇、蛟、鱼，下同）。此龙子随即被弃（或长大乃离家）。其母亡故后，龙子每岁均前往祭奠。这一故事类型，初见于晋·干宝撰《搜神记》。

> 后汉定襄太守窦奉妻生子武，并生一蛇。奉送蛇于野中。及武长大，有海内俊名。母死将葬，未窆，宾客聚集。有大蛇从林草中出，径来棺下，委地俯仰，以头击棺。血涕并流，状若哀恸。有顷而去。时人知为窦氏之祥。
>
> 　　　　　　　　　　　　　　《搜神记》卷十四《窦氏蛇》

此后，在旧题东晋·陶潜撰《搜神后记》、南朝宋·刘义庆撰《幽明录》中，各记载一则异文，使此故事类型有了明显的变化、发展。

> 长沙有人，忘其姓名，家住江边。有女子渚次浣衣，觉身中有异，后不以为患，遂妊身。生三物，皆如鲶鱼。女以己所生，甚怜异之。乃着澡盘水养之。经三月，此物遂大，乃是蛟子。各有字：大者为"当洪"，次者为"破阻"，小者为"扑岸"。天暴

---

① 见《民间文学资料——布依族传说故事》第三十二集。
② 见《中国民间故事集成·黑龙江卷》。
③ 见《中国民间故事集成·广东卷》。

雨水，三蛟一时俱去，遂失所在。

后天欲雨，此物辄来。女亦知其当来，便出望之。蛟子亦举头望母，良久方去。经年后女亡，三蛟子一时俱至墓所哭之，经日乃去。闻其哭声，状如狗嗥。

《搜神后记》卷十《蛟子》①

会稽谢祖之妇，初育一男，又生一蛇，长二尺许，便径出门去。后数十年，妇以老终。祖忽闻西北有风雨之声，顷之，见一蛇，长十数丈，腹可十余围，入户造灵座。因至柩所，绕数匝，以头打柩，目血泪俱出，良久而去。

《幽明录》"谢妇生蛇"②

自唐五代至明清各代，这一类型相继出现了许多异文，使此类型的故事情节产生了进一步的变化、发展。唐、五代、宋时期，是这一故事类型的第一个大发展阶段。最先出现的是晚唐陆勋撰《集异志》③中的一则异文，无祭母的母题，文字颇简约。

晋愍帝建兴二年十一月，抱罕羌妓产一龙子，色似锦文，常就母乳，遥见神光，少得就视。未久，帝竟沦没。

《集异志》"产龙子"

晚唐刘恂撰《岭表录异》④（或作《岭表录》《岭表记》）采集的一则异文，描写较为生动，然亦无祭母的母题。

---

① 《太平广记》卷四二五作《长沙女》，引自《续搜神记》。
② 出《太平御览》卷九三四。
③ 见《全唐小说》第二卷。
④ 见《全唐小说》第四卷。

温媪者，即康州悦城县孀妇也。绩布为业。尝于野岸拾菜。见沙草中有五卵，遂收归，置绩筐中。不数日，忽见五小蛇，壳一斑四青。遂送于江次，固无意望报也。媪常濯浣于江边。忽一日，见鱼出水跳跃，戏于媪前。自尔为常，渐有知者。乡里咸为龙之母，敬而事之。或询以灾福，亦言，多征应。自是媪亦渐丰足。朝廷知之，遣使征入京师。至全义岭有疾，却返悦城而卒。乡里共葬之江东岸。忽一夕，天地晦暝，风雨随作；及明，已移其冢于西，而草木悉于西岸。

《岭表录异》"温媪"

自五代以来，这一故事类型渐多异文，故事情节大都比较完整，既有产龙的母题，又有祭母的母题，变化、发展越来越丰富多彩。五代·徐铉撰《稽神录》采集的一则异文称：

溧水五坛村人史氏，因莳花困倦，偃息树下见一物鳞角爪距可畏，来据其上。已而有娠，生一鲤鱼，养于盆中。数日益长，乃置投濑中。填之有人刈草，误断其尾，鱼即奋跃而去，风雨随之，入太湖而止。家亦渐富。其后女卒，每寒食，其鱼辄从群一至墓前。至今每间年一至尔。

《稽神录》卷三《史氏女》①

宋·李昉等编《太平广记》卷四一八《张鲁②女》，出《道家杂记》，产龙的情节较为特殊，为其他异文所不见。

张鲁之女，曾浣衣于山下，有白雾蒙身，因而孕焉。耻之自

---

① 《太平广记》卷四七一《史氏女》，出《稽神录》，与此则相同，文字略有出入。
② 张鲁：东汉末五斗米道代表人物之一。

裁。将死，谓其婢曰："我死后，可破腹视之。"婢如其言，得龙子一双，遂送于汉水。既而女殡于山。后数有龙至，其墓前成蹊。

宋·乐史编撰《太平寰宇记》的两则异文，首次出现了后世多见的龙子断尾情节。一则出晋·顾微撰《广州记》，颇为简略。

程浦溪，顾微《广州记》云：浦溪口有龙母，养龙，裂断其尾，因呼其溪为龙窟，人时见之，则土境大丰而川利涉。

《太平寰宇记》卷一五七"龙母"

另一则出沈怀远撰《南越志》，情节较为曲折。

程溪水在都城县东百步，亦名零溪水。《南越志》云：昔有温氏媪者，端溪人也，尝居涧中，捕鱼以资日给。忽于水侧遇一卵，大如斗，乃将归，置器中。经十许日，有一物如守宫，长尺余，穿卵而出，因任其去留。稍长五尺，便能入水捕鱼，日得十余头。稍长二尺许，得鱼渐多，常游波中，萦回媪侧。后媪治鱼，误断其尾，遂逡巡而去。数年乃还，媪见其辉色炳燿，谓曰："龙子，今复来也。"因蟠旋游戏，亲驯如初。秦始皇闻之，曰："此龙子也，朕德之所致。"诏使者，以元珪之礼聘媪。媪恋土，不以为乐，至始安江，去端溪千余里，龙辄引船还，不逾夕至本所。如此数四，使者惧而止，卒不能召媪。媪殒，瘗于江阴。龙子常为大波，至墓侧，萦浪转沙以成坟。土人谓之掘尾龙。今南人为虹为龙摇尾，即此也。

《太平寰宇记》卷一六四"掘尾龙"

南宋·王象之编纂《舆地纪胜》中的一则异文，亦出《南越志》，内容相同，而文字有所压缩，可资比较。

> 昔有温氏媪者，端溪人，常捕鱼。忽于水侧遇一卵，大如斗，乃将归置器中。经十余日，有一物如守宫，长尺余，穿卵而出，能入水捕鱼，常游波中。媪后治鱼，误断其尾，遂去，数年乃还。媪谓曰："龙子今复来也。"秦始皇闻之曰："此龙子也。"诏使者聘媪。媪恋土，至始安江，龙辄引船还，如此数回，卒不能召媪。媪殒，瘗于江阴。龙子常为大波，至墓侧，萦浪沙转沙以成坟，土人谓之掘尾龙。
>
> 《舆地纪胜》卷一〇一"掘尾龙"

《太平广记》卷四五八引《岭南异物志》的一则异文，亦有类似情节，文字简略，仅存故事梗概：

> 俗传有媪妪者，嬴秦时，尝得异鱼，放于康州悦城江中。后稍大如龙。妪汲浣于江，龙辄来妪边，率为常。他日，龙又来。以刀戏之，误断其尾。妪死，龙拥沙石，坟其墓上，人呼为掘龙，为立祠宇千余年。
>
> 《岭南异物志》"苏闻"

宋·祝穆撰《方舆胜览》、宋·吕灌园撰《测幽记》等，亦有类似记载。譬如，《测幽记》中的一则异文，故事情节变化较大，农妇所产并不是龙，而是鲇鱼，且怀孕方式也颇为奇特。

> 熙宁中，农夫游践妻刘氏浴于溪，遇黄犬迫之有孕。期年产两鲇鱼，惊异，以大缸贮之。须臾雷电晦暝，鱼失其所。甫三日，刘亦死，葬于溪东。连日溪雨涨，两鱼游绕墓，所行处地辄陷，

里人呼为"龙母墓"。

《测幽记》"龙母墓"①

金·元好问撰《续夷坚志》录写的一则异文，无龙子祭母的母题，其产龙的情节，也与以上诸则不同。

平定苇泊村，乙巳夏，一妇名马师婆，年五十许，怀孕六年有余，今年方产一龙。官司问所由，此妇说，怀孕至三四年不产，其夫曹主簿惧为变怪，即遣逐之。及临产，恍忽中见人从罗列其前，如在官府中，一人前自陈云："寄托数年，今当舍去，明年阿母快活矣。"言讫，一白衣披之而去，至门，昏不知人，久之乃甦。旁人为说晦冥中雷震者三，龙从妇身飞去，遂失身孕所在。

《续夷坚志》卷一《产龙》

明·朱国祯撰《涌幢小品》录写的一则异文，可窥见明代流布的此一故事类型的基本面貌。

温州府乐清县岭店驿居民至七月二十日，皆闭户不敢出。其日必有风雨，满街积有虾蟹。相传百年前有女汲于河，龙神见而悦之，化为男与交，遂有娠。后生二小龙，剖腹而出。龙神即摄女尸，葬于山顶，盖七月之二十日。至今小龙以其日至，若祭墓然，时刻不爽。

《涌幢小品》卷三十一"小龙祭墓"

明·徐应秋撰《玉芝堂谈荟》（一名《谈荟》）卷二十四《龙母

---

① 转引自明·徐应秋撰《玉芝堂谈荟》卷二十四。

坟》中的"容县龙母坟",出《名胜记》,记载的是一则广西瑶族地区的龙子祭母型故事。

> 粤西梧州府容县有龙母坟。傜妇入山久不返,众往觅之,则为龙所据,阴云罩幂。既归所居,常有寒气,人莫敢近,妇不自觉也。岁余,产一龙,胞中无血。顷之,云雾交集,腾举而去。妇亦无恙。
> 后妇死,方殡,龙自空下,拥其骸以去。至白花村,地石自裂,龙真骸陷而入石复合。后龙常飞绕其居。

明·邝露撰《赤雅》① "龙母山",与此则大致相同,描述小有出入,略云:

> 容县南白花村有龙潭,深不可则。一日傜女至潭边饮水,为龙所据。既归所居,常有寒气,人莫敢近,女不自觉也。岁余,产一龙,无血,水数升,龙扶云雾而去。女无恙,数年死。方殡,龙拥其母骸向龙潭,众随去。山石裂,龙负骸入石,出而复合。

明末谈迁撰《枣林杂俎》中集《龙》"龙出拇甲",流传于山东诸城,故事情节较为特殊,写未婚女产龙系出自拇甲,为以上诸则所不曾见。亦无祭母之母题出现。

> 诸城县海边人家,有室女及笄者。夏雨,以手掬簷溜,后右手拇甲内,若有红线寸许,作盘屈之状,年余不灭,亦无所苦。女伴戏而恐之,曰:"得非龙乎?"明年夏,雷雨,女出其手于窗外,忽震雷砰訇,从窗间起,有龙出拇甲中,腾空而去。但甲分

---

① 见王文濡编《说库》,浙江古籍出版社1986年版。

明末张岱撰《夜航船》卷十七《四灵部·鳞介·与蛇同产》，甚为简略，系据《搜神记》卷十四《窦氏蛇》缩写。

窦武产时，并产一蛇，投之林中。后母卒，有大蛇径至丧所，以头击柩，若哀泣者，少间而去。时谓窦氏之祥。

清代是这一故事类型的又一个大发展阶段，不但在笔记小说中多有记载，而且在类书、地方志中也多有记载，为这一故事类型在现当代的广为流布，打下了坚实的基础。

较早的一则异文，见诸成书于康熙中期的钮琇撰《觚賸》。此则亦无龙子祭母的母题。而产龙的情节，则描述得有声有色，极为动人，并不多见。

窦四者，沈丘槐店窦生之佃也。康熙庚午夏日，四归将逼娩期，梦黑丈夫顾而髯，谓之曰："我欲暂托汝家，幸勿加害，当有以报。"次日之晡，产一龙，蜿蜒踰尺，鳞角俱备，项间有黄鬃如马鬣，拂拂而动。妇极惊怖，意欲斫除。忽飞蟠屋梁，因忆前梦，姑置橐焉。不三日骤长数丈，夭矫游行，就乳则体仍缩小如初生时。熟习日久，饲以鸡卵，亦能啖也。沈丘范令，亲往其家视之。

《觚賸》正编卷五《产龙》

康熙间陈梦雷等原辑、雍正间由蒋廷锡等重辑《古今图书集成》中有两则异文，分别流布于浙江、江苏一带。

龙母庙。庙在瑞应乡黄塘，神姓江氏，方笄未嫁，浣纱见石，吞之，遂有娠。以父母疑，跃江溺死，忽雷电交作，其腹迸蜥蜴成龙入海，犹回顾其母。今其港有望娘汇。邑人因葬之，为主祠。

《古今图书集成·神异典》卷二五一引

《温州府志》"龙母庙"

安兴乡李溪有虞妪者，因骤雨，以杯承檐间水。水中浮红丝缕，饮之遂孕。及期，产一蛇，身具五色。妪怖，裹而投之溪。每至溪浣洗，蛇辄来就乳。乳亦涌射，蛇以咽承之。既而厌恶之，砍以刀，正断其尾。蛇忽变头角，巨躯绛章，风雨大作，壅土成墩，而妪已葬其中矣。龙出溪去，行辄回首顾，凡回者二十有四，一回则成一湾，俗称望娘湾……每岁寒食及十月节前后，必有风雨，昏黑数十里。绕葬处，雨雹交下，皆云龙祭扫。至则河鱼上壅，居民持网以俟，有一人而获鱼数石者。渔家每觇龙之出入以卜鱼利。

《古今图书集成·职方典》卷一六八引

《高淳县志》"望娘湾"

这一故事类型，在清代的诸多异文中，常常有斫断龙子尾巴的情节出现。此类异文，与现当代广为流布的秃尾龙故事颇为相似。较早见诸文字记载的，都流传于山东文登县，一则是雍正间王一夔修《文登县志·杂闻》"龙母庙"：

（文登）县南柘阻山有龙母庙，相传山下郭姓妻汲水河崖，感而有孕，三年不产，忽一夜雷雨大作，电光绕室，孕虽免（娩），无儿胞之形。后每夜有物就乳，状如巨蛇，攀梁上，有鳞角，怪之，以告郭。郭候其来，飞刀击之，腾跃而去，似中其尾，后其妻死，葬山下。一日云雾四塞，乡人遥望，一龙旋绕山顶。

及晴，见冢移山上，土高数尺，人以为神龙迁葬云。后秃尾龙见，年即丰，每见云雾毕集，土人习而知之，因构祠祀之。

雍正《文登县志·杂闻》"龙母庙"

另一则是乾隆间袁枚撰《子不语》（一名《新齐谐》）卷八《秃尾龙》：

山东文登县毕氏妇，三月间沤衣池上，见树上有李，大如鸡卵。心异之，以为暮春时不应有李，采而食焉，甘美异常。自此腹中拳然，遂有孕。十四月产一小龙，长二尺许，坠地即飞去。到清晨，必来饮其母之乳。父恶而持刀逐之，断其尾，小龙从此不来。

后数年，其母死，殡于村中。一夕雷电，风雨晦冥中，若有物蟠旋者。次日视之，棺已葬矣，隆然成一大坟。又数年，其父死，邻人为合葬焉。其夕雷电又作。次日，见其父棺从穴中掀出，若不容其合葬者。嗣后村人呼为秃尾龙母坟，祈晴祷雨无不应。

清同治十三年（1874）成书的许奉恩撰《里乘》录写的一则异文，故事发生地在安徽合肥，无断尾情节，亦无祭母情节，然对于产蛇情节的描述却相当生动。与其他异文相比，它自有独特之处。

合肥李季荃督军鹤章言，其乡农人某，家颇小阜。妻某氏最恶生女，每产男则字之，女则溺之。年将三十，业戕女六七矣。既又有身，将分娩，腹痛甚，比产一卵，内蠕蠕动，剖之，蛇也。鳞甲金光烂然，举首，目炯炯望母，哆口蛟舌，意似索乳。农人欲杀之，妻摇首止之曰："此宿孽也。安知非妾平日溺女之报？倘再戕其命，结冤益深，其何以解？不如纵之，听其自然为善。"

农人然其言，乃置诸筐，而放之深山丛莽中。

迨夜漏二下，闻户下隐隐有声，见蛇蜿蜒入，径上榻投母怀中，以口哺乳嘬吮，俨然婴儿。某氏痛彻心髓，而竟无如之何。蛇饱则蜷蜷蟠卧枕际，饥则就乳如初。日辄三哺，某氏甚苦之，向蛇哀告曰："我与汝类分人畜，义属母子。汝齿日长，我乳实不足以果汝腹，况汝日大则毒，未免尤甚，我不堪痛楚，命合休矣。纵系宿孽，而以子杀母，其曲在汝，汝心安乎？今与汝约，以饭代乳，何如？"蛇颔之。自是日饲从饭。蛇渐长大，不三年已粗如碗，十石瓮藉以草，蟠卧其中。日三餐必需斗米，农人家由此渐落。蛇今尚在，人多见之。究竟不知何若也。

《里乘》卷六《产蛇》

清末刊出的吴趼人撰《札记小说》①录有此故事类型的异文两则。其中一则流传于山东，虽无祭母的情节，但已出现了"秃尾老李"的称呼，与现当代山东、关东等地的口传作品一致，颇值得注意。

甲辰游山左，知山左亦有秃尾龙之说。胶州猫儿岭下，有虹溪，溪尽处，有泉曰"龙泉"。相传李氏妇浣矶上，有鳅绕矶，游泳数匝而去。妇若有所歆感，归遂娠。数月，忽产蛇，骤离母腹，即暴长七八尺。其夫骇甚，执锹斩之，仅断其尾。蛇夺门去，入溪而没。是秋大雷雨，溪暴涨，有黑龙游戏波间，秃尾宛然；俄风云拥之去。龙去而泉涌出，故曰："龙泉。"祈雨辄应。每将大雨，龙或隐约掉尾云中，人咸呼为秃尾老李云。

《札记小说·龙》"龙泉"

---

① 见《我佛山人短篇小说集》，花城出版社1984年版。

另一则流传于广东,虽有断龙尾情节,却无产龙与祭母情节,存此以便进行比较。

> 粤中有秃尾龙之说,相传某童子,豢一小蛇,蛇渐长,至室不能容,乃纵之溪涧中,而断其尾曰:"将以为识验也。"既而蛇成龙,以秃尾故,不能升天,每飞腾至半空中即复下。其飞腾一次,必大风雨为灾。光绪初(在丙子、丁丑之间,时余尚稚,不及忆其真矣),三月初九之灾为最巨,覆舟以百计,死伤人畜以千计,广州槢具,为市一空,至有以缸瓮殓者,诚奇灾也。

《札记小说·龙》"秃尾龙"

近人贡少芹、周运镛等编纂《近五十年见闻录》①卷八《秃李》,篇首云:

> 文登李某生子,有尾甚长,食乳时盘尾于梁。李某惧以为不祥,及其睡也,以刀断其尾。一日天雨,龙自牖出,大风疾雷,拔屋击父死,及其母,遂寄居舅氏。李以无尾故,为天师役。

这则异文亦流传于山东,其前半部分的故事情节以及秃尾龙姓李等方面,均与上述《札记小说·龙》"秃尾老李"相似。而后半部分所述秃尾李为天师役,随邑人黄坤返乡的情节,则与古今此类型的诸多异文很不相同,缺乏民间故事的情致,很可能出自编纂者的杜撰。

除了上述作品外,清代尚有不少不包含断尾情节的异文。笔记小说方面如《子不语》卷十七《龙母》:

---

① 见《近代笔记大观》,上海文艺出版社1993年版。

常熟李氏妇，孕十四月，产一肉团，盘曲九折，莹若水晶。惧，弃之河。化为小龙，擘空而去。

逾年李妇卒，方殓，雷雨晦冥，龙来哀号，声若牛吼。里人奇之，为立庙虞山，号"龙母庙"。

乾隆壬午夏大旱，牲玉既罄，卒无灵。桂林中丞以为大戚。其门下士薛一瓢曰："何不登堂拜母？"中丞遣官以牲牢祷龙母庙，翌日雨降。

地方志方面如光绪《睢宁县志》卷十八"白龙祭母"，略云：

昔时有陈姓女，一日用雨水洗手，因而有孕。数月后生一物如线，顷刻大若拇指，随即长出角、鳞，成为白龙，窜出门户飞上天空。三日后，白龙飞来吃奶，竟将其母吓死。家人为其下葬之时，雷雨交加，白龙盘旋于墓上空，悲鸣不已。雷雨过后，地上留下爪痕满布之大墓一座。从此，白龙每岁前来一次祭母，每来均使庄稼蒙受损失。

尚须提及的是，康熙二十七年（1688）卢崇兴撰《悦城龙母庙碑记》、李调元撰《尾蔗丛谈》卷一、王槭撰《秋灯丛话》卷十八、刘俊麟撰《南汉春秋》、同治五年（1866）重刊乾隆《温州府志》卷三十、道光间欧文修《文登县志·杂闻》、光绪间李祖年修《文登县志·杂闻》等，亦记载有南北各地流传的龙子祭母型故事，亦值得关注。

这一故事类型，现当代仍在山东、黑龙江、吉林、辽宁、河北、天津、北京、安徽、江苏、浙江、上海、福建、湖南、湖北、陕西、宁夏、广西、广东等地汉族和某些少数民族聚居区流布，譬如《"秃尾巴"的来历》①、《秃尾巴老李的来历》②、《龙孩子传说》③、《秃尾巴老李和小白龙》④、《秃尾巴老李》⑤、《秃尾巴老李上坟》⑥、《秃尾巴老张》⑦、《六月二十八，秃尾巴老李回家》⑧、《秃尾巴老李的传说》⑨、《秃尾巴乌龙》⑩、《小龙望娘》⑪、《秃尾龙》⑫、《龙母》⑬、《白龙仔祭墓》⑭、《桩巴龙祭母》⑮、《秃尾巴龙》（土家族）⑯、《蟒儿的故事》⑰、《龙儿》（回族）⑱、《特吉扫坟》（壮族）⑲、《悦城龙母和掘尾龙》⑳。

这一故事类型，相当于艾伯华著《中国民间故事类型》"五、创世、混沌初开、最初的人60. 龙的母亲"。

黄粱梦型故事　　大致写某人至庙中祈福（或在旅舍谈生世困危），庙

---

① 见《秃尾巴老李的传说》。
② 同上。
③ 见《秃尾巴老李的传说》。
④ 见《黑龙江民间文学》第十九册。
⑤ 见《中国民间故事集成·吉林卷》。
⑥ 见《中国民间故事集成·辽宁卷》。
⑦ 见《耿村民间文化大观》。
⑧ 见《中国民间故事集成·天津卷》。
⑨ 见《中国民间故事集成·北京卷》。
⑩ 见《中国民间故事集成·安徽卷·铜陵民间故事分卷》。
⑪ 见《中国民间文学集成·溧阳县资料本》。
⑫ 见《中国民间故事集成·浙江卷》。
⑬ 见《中国民间文学集成·上海卷·卢湾区故事分卷》。
⑭ 见《中国民间故事集成·福建卷·福鼎县分卷》。
⑮ 见《中国民间故事集成·湖南卷》。
⑯ 见《土家族民间故事讲述家孙家香故事集》。
⑰ 见《中国民间文学集成·陕西卷·咸阳民间故事集成》。
⑱ 见《中国民间故事集成·宁夏资料丛书·隆德民间故事》。
⑲ 见《中国民间故事集成·广西卷》。
⑳ 见《中国民间故事集成·广东卷》。

祝（或老翁）授一枕，令其入枕穴中，便进入佳境，登高第，做显贵，封妻荫子，荣盛无比，享受数十载。忽然梦醒，方知世上不过顷刻之间，感悟颇多。这一故事类型，形成于魏晋南北朝时期，最早见诸晋·干宝撰《搜神记》：

> 焦湖庙有一玉枕，枕有小坼。时单父县人杨林为贾客，至庙祈求。庙巫谓曰："君欲好婚否？"林曰："幸甚。"巫即遣林近枕边，因入坼中。遂见朱门琼室，有赵太尉在其中，即嫁女与林。生六子，皆为秘书郎。历数十年，并无思乡之志。忽如梦觉，犹在枕傍。林怅然久之。
>
> 《搜神记》佚文"焦湖庙玉枕"①

南朝宋·刘义庆撰《幽明录》所载一则异文，是《搜神记》"焦湖庙玉枕"的另一种记录，两者大同小异，可资比较。

> 焦湖庙祝有柏枕，三十余年，枕后一小坼孔。县民汤林行贾，经庙祈福。祝曰："君婚姻未？可就枕坼边。"令林入坼内，见朱门、琼宫、瑶台，胜于世。见赵太尉，为林婚。育子六人，四男二女。选林秘书郎，俄迁黄门郎。林在枕中，永无思归之怀，遂遭违忤之事。祝令林出外间，遂见向枕。谓枕内历年载，而实俄忽之间矣。
>
> 《幽明录》"焦湖庙祝"

唐·沈既济撰《枕中记》②，是由《搜神记》"焦湖庙玉枕"和《幽明录》"焦湖庙祝"发展而来的一篇传奇小说，艺术成就颇高，大

---

① 见《太平寰宇记》卷一三六。
② 见鲁迅《唐宋传奇集》。

大拓宽了这一故事类型发展的艺术空间。

开元七年,道士有吕翁者,得神仙术,行邯郸道中,息邸舍,摄帽驰带,隐囊而坐。俄见旅中少年,乃卢生也,衣短褐,乘青驹,将适于田,亦止于邸中,与翁共席而坐,言笑殊畅。久之,卢生顾其衣装敝亵,乃长叹息曰:"大丈夫生世不谐,困如是也!"翁曰:"观子形体,无苦无恙,谈谐方适,而叹其困者,何也?"生曰:"吾此苟生耳。何适之谓?"翁曰:"此不谓适,而何谓适?"答曰:"士之生世,当建功树名,出将入相,列鼎而食,选声而听,使族益昌而家益肥,然后可以言适乎。吾尝志于学,富于游艺,自惟当年青紫可拾。今已适壮,犹勤畎亩,非困而何?"言讫,而目昏思寐。时主人方蒸黍。翁乃探囊中枕以授之,曰:"子枕吾枕,当令子荣适如志。"其枕青瓷,而窍其两端。生俯首就之,见其窍渐大,明朗。乃举身而入,遂至其家。数月,娶清河崔氏女。女容甚丽,生资愈厚。生大悦,由是衣装服驭,日益鲜盛。明年,举进士登第;释褐秘校;应制,转渭南尉;俄迁监察御史;转起居舍人,知制诰。三载,出典同州,迁陕牧。生性好上功,自陕西凿河八十里,以济不通。邦人利之,刻石纪德。移节汴州,领河南道采访使,征为京兆尹。是岁,神武皇帝方事戎狄,恢宏土宇。会吐蕃悉抹逻及烛龙莽布支攻陷瓜沙,而节度使王君㚟新被杀,河湟震动。帝思将帅之才,遂除生御史中丞,河西道节度。大破戎虏,斩首七千级,开地九百里,筑三大城以遮要害。边人立石于居延山以颂之。归朝册勋,恩礼极盛。转吏部侍郎,迁户部尚书兼御史大夫。时望清重,群情翕习。大为时宰所忌,以飞语中之,贬为端州刺吏。三年,征为常侍。未几,同中书门下平章事。与萧中令嵩、裴侍中光庭同执大政十余年,嘉谟密令,一日三接,献替启沃,号为贤相。同列害之,复诬与边将交结,所图不轨。制下狱。府吏引从至其门而急收之。

生惶骇不测，谓妻子曰："吾家山东，有良田五顷，足以御寒馁，何苦求禄？而今及此。思衣短褐，乘青驹，行邯郸道中，不可得也。"引刃自刎。其妻救之，获免。其罹者皆死，独生为中官保之，减罪死，投驩州。数年，帝知冤，复追为中书令，封燕国公，恩旨殊异。生五子：曰俭，曰传，曰位，曰倜，曰倚，皆有才器。俭进士登第，为考功员外；传为侍御史；位为太常丞；倜为万年尉；倚最贤，年二十八，为左襄。其姻媾皆天下望族。有孙十余人。两窜荒徼，再登台铉，出入中外，徊翔台阁，五十余年，崇盛赫奕。性颇奢荡，甚好佚乐，后庭声色，皆第一绮丽。前后赐良田、甲第、佳人、名马，不可胜数。后年渐衰迈，屡乞骸骨，不许。病，中人候问，相踵于道，名医上药，无不至焉。将殁，上疏曰："臣本山东诸生，以田圃为娱。偶逢圣运，得列官叙。过蒙殊奖，特秩鸿私，出拥节旌，入升台辅。周旋中外，绵历岁时。有忝天恩，无裨圣化。负乘贻寇，履薄增忧，日惧一日，不知老至。今年逾八十，位极三事，钟漏并歇，筋骸俱耄，弥留沉顿，待时益尽。顾无成效，上答休明，空负深恩，永辞圣代。无任感恋之至。谨奉表陈谢。"诏曰："卿以俊德，作朕元辅。出拥藩翰，入赞雍熙。升平二纪，实卿所赖。比婴疾疹，日谓痊平。岂斯沉痼，良用悯恻。今令骠骑大将军高力士就第候省。其勉加针石，为予自爱。犹冀无妄，期于有瘳。"是夕，薨。卢生欠伸而悟，见其身方偃于邸舍，吕翁坐其傍，主人蒸黍未熟，触类如故。生蹶然而兴，曰："岂其梦寐也？"翁谓生曰："人生之适，亦如是矣。"生怃然良久，谢曰："夫宠辱之道，穷达之运，得丧之理，死生之情，尽知之矣。此先生所以窒吾欲也。敢不受教。"稽首再拜而去。①

---

① 《枕中记》唐代已收入陈翰编《异闻集》。《太平广记》卷八十二据《异闻集》录入，题作《吕翁》，文字与此篇稍有出入。

元·无名氏撰《湖海新闻夷坚续志》后集卷一《神仙门·一梦黄粱》，系据《枕中记》缩写，便于流布。

开元中，道者吕翁经邯郸道上邸舍中，有邑少年卢生同止于邸。主人方蒸黄粱，共待其熟。卢不觉长叹，翁问之，具言生世困危。翁取囊中枕以授卢，曰："枕此当荣适所愿。"生俯首，但记身入枕穴中，遂至其家。未几，登高第，历台阁，出入将相五十年，子孙皆列显仕，荣盛无比。上疏曰："臣年逾八十，位列三台，空负深恩，永辞圣代。"其夕卒。卢生欠伸而寤，吕翁在旁，黄粱尚未熟。生谢曰："此先生所以窒吾欲也。"再拜受教而生。

明·周应治撰《霞外麈谈》卷十《感适》"吕翁授枕"，亦据《枕中记》缩写，文字极简略。

明·郑瑄辑《昨非庵日纂》卷八《静观》"洞宾求度"，情节又有一些变化：

洞宾随云房同憩一肆。云房起执炊，洞宾忽昏睡，梦以举子赴京，状元及第。历官清要，两娶贵家女，簪笏满门，几四十年。最后独相十年，权势利熏炙。忽被重罪，籍没家资，分散妻孥，流岭表。路值风雪，仆马俱瘁，恍然梦觉。云房炊尚未熟，笑曰："黄粱犹未熟，一梦到华胥。"洞宾惊曰："君知我梦耶？"云房曰："子适来之梦，升沉万态，荣悴多端，五十年一顷耳，得不足喜，丧不足忧，有大觉而后知此世皆大梦也。"洞宾感悟，遂拜云房求度。

宋、元、明各代的戏曲作家，都曾根据沈既济的《枕中记》创作戏曲剧本。宋元南戏有《吕洞宾黄粱梦》，已佚。元杂剧有马致远、李时中和艺人花李郎、红字李二舍撰《邯郸道省悟黄粱梦》（一作《开坛阐教黄粱梦》），写吕岩进京应试，客栈为其做黄粱饭。他在梦境中经历十八载荣华与苦难。梦醒时黄粱尚未熟，遂悟出"人生如梦，万事皆空"，于是断绝"酒色财气"而成仙。明代有汤显祖撰《邯郸记》传奇、苏汉英撰《吕真人黄粱梦境记》传奇，以《邯郸记》传奇最为著名，该剧本写吕洞宾以磁枕令卢生入梦境，卢行贿中试，出将入相，享尽荣华富贵，又经历贬谪与复官，最后封为国公。一旦梦觉，方知身卧邯郸旅店，所煮黄粱饭未熟。卢生大悟，遂从吕洞宾学道成仙。宋元以来，道教进入隆盛时期，与道教密切相关的八仙传说有了很大的发展。上述以"黄粱梦型故事"为题材的戏曲剧本，带上八仙传说的色彩，是十分自然的。除了这几个剧本外，这几个朝代，尤其是元代，还有大量的其他八仙剧涌现。

明·吴元泰撰《东游记》（全名《八仙出处东游记》，又名《上洞八仙传》第二十三回《洞宾店遇云房》将"黄粱梦型故事"吸收进去，改写为吕洞宾因黄粱梦悟道，向钟离权（号云房先生）求度世之术。明·张岱撰《夜航船》卷十四九流部《道教·八仙》"黄粱梦"，系由《东游记》第二十三回的有关段落改写而成。它显示出自明代以来，这一故事类型进一步向八仙传说靠拢的发展趋势。

> 吕纯阳，名岩，字洞宾。举进士不第，遇钟离，同憩一肆中，钟离自起饮爨。吕忽昏睡，以举子赴京，状元及第，历官清要，前后两娶贵家女，五子十孙，簪笏满门，如此四十年。后居相位，独相十年，权势熏灼，忽被重罪，籍没家资，押赴云阳，身首异处。忽然惊醒，方兴浩叹。钟离在傍，炊尚未熟，笑曰："黄粱犹未熟，一梦到华胥。"吕惊曰："君知我梦耶？"钟离曰："子适来之梦，升沉万态，荣瘁多端，五十年间，止为俄顷，非有大觉，焉知人世真一大梦也。"洞宾感悟，遂拜钟离求其超度。

这一故事类型，现当代仍在河北一带流布，如《黄粱梦》①。

这一故事类型，相当于丁乃通编著《中国民间故事类型索引》681。

仙窟艳遇型故事　大致写二乡民入山，偶遇两位美貌的仙女，被邀至家，受到盛情款待，并分别配为夫妻。后二人思归，二女以宝物相赠，送其踏上归途。或云二人还家见乡邑零落，方知已过了三百年光景。这一故事类型，初见于晋·干宝撰《搜神记》。故事发生地为浙江天台。

> 刘晨、阮肇入天台取谷皮，远不得返。经十三日，饥。遥望山上有桃树，子实熟，遂跻险援葛至其下，啖数枚，饥止体充，欲下山，以杯取水，见芜菁叶流下，其鲜新，复有一杯流下，有胡麻焉。乃相谓曰："此近人家矣。"遂渡山，出一大溪。溪边有二女子，色甚美，见二人持杯，便笑曰："刘、阮二郎捉向杯来！"刘、阮惊。二女遂欣然如旧相识曰："来何晚耶？"因邀还家。南、东二壁各有绛罗帐，帐角悬铃，上有金银交错。各有数侍婢使令。其馔有胡麻饭、山羊脯、牛肉，甚美。食毕，行酒。俄有群女持桃子，笑曰："贺汝婿来。"酒酣作乐。夜后各就一帐宿，婉态殊绝。
>
> 至十日，求还，苦留半年。气候草木是春时，百鸟啼鸣，更怀乡，归思甚苦，女遂相送，指示还路。既还，乡邑零落，已十世矣。
>
> 　　　　　　　　　　　《搜神记》佚文"天台二女"②

---

①　见《黄粱梦的传说》。
②　此则佚文，明抄本《太平广记》作出《搜神记》，今本《搜神记》作出《神仙记》。

旧题·东晋陶潜撰《搜神后记》录写的一则异文，故事发生地在天台附近的剡县（今浙江嵊州市），情节有明显的变化。

  会稽剡县民袁相、根硕二人猎，经深山重岭甚多，见一群山羊六七头，逐之。经一石桥，甚狭而峻。羊去，根等亦随渡，向绝崖。崖正赤，壁立，名曰"赤城"。上有水流下，广狭如匹布，剡人谓之瀑布。羊径有山穴如门，豁然而过。

  既入，内甚平敞，草木皆香。有一小屋，二女子住其中，年皆十五六，容色甚美，著青衣。一名莹珠，一名□□。见二人至，欣然云："早望汝来。"遂为室家。忽二女出行，云复有得婿者，往庆之。曳履于绝岩上行，琅琅然。

  二人思归，潜去归路。二女已知追还，乃谓曰："自可去。"乃以一腕囊与根等，语曰："慎勿开也。"于是乃归。

  后出行，家人开视其囊。囊如莲花，一重去，复一重，至五尽，中有小青鸟，飞去。根还知此，怅然而已。后根于田中耕，家依常饷之，见在田中不动，就视，但有壳如蝉蜕也。

《搜神后记》卷一《剡县赤城》①

南朝宋·刘义庆撰《幽明录》的一则异文，基本情节与《搜神记》"天台二女"相同，但描写更为细腻，安排更加合理，并且标明故事发生在东汉永平五年（58）至东晋太元八年（383）之间。不仅如此，这则异文还称刘、阮二人为剡县乡民。说明《搜神记》和《搜神后记》所载两则故事，流传于剡县、天台一带，彼此之间互有关联。

---

  ① 此则《太平御览》卷四一引作《续搜神记》。

汉明帝永平五年，剡县刘晨、阮肇共入天台山取谷皮，迷不得返，经十三日，粮食乏尽，饥馁殆死。遥望山上有一桃树，大有子实，而绝岩邃涧，永无登路。攀援藤葛，乃得至上。各啖数枚，而饥止体充。复下山，持杯取水，欲盥漱，见芜菁叶从山腹流出，甚鲜新，复一杯流出，有胡麻饭糁，相谓曰："此知去人径不远。"便共没水，逆流二三里，得度山出一大溪，溪边有二女子，姿质妙绝，见二人持杯出，便笑曰："刘、阮二郎，捉向所失流杯来。"晨、肇既不识之，缘二女便呼其姓，如似有旧，乃相见忻喜。问："来何晚邪？"因邀还家。其家铜①瓦屋，南壁及东壁下各有一大床，皆施绛罗帐，帐角悬铃，金银交错。床头各有十侍婢，敕云："刘、阮二郎，经涉山岨，向虽得琼实，犹尚虚弊，可速作食。"食胡麻饭、山羊脯、牛肉甚甘美。食毕行酒，有一群女来，各持五三桃子，笑而言："贺汝婿来。"酒酣作乐，刘、阮忻怖交并。至暮，令各就一帐宿，女往就之，言声清婉，令人忘忧。十日后，欲求还去，女云："君已来是，宿福所牵，何复欲还邪？"遂停半年。气候草木是春时，百鸟啼鸣，更怀悲思，求归甚苦。女曰："罪牵君，当可如何？"遂呼前来女子有三四十人，集会奏乐，共送刘、阮，指示还路。既出，亲旧零落，邑屋改异，无复相识。问讯得七世孙，传闻上世入山，迷不得归。至晋太元八年，忽复去，不知何所。

《幽明录》"刘晨阮肇"

　　唐·释道世撰《法苑珠林》卷三十一《潜遁篇·引证部》"刘晨、阮肇共入天台山"、南宋·罗烨编《醉翁谈录》辛集卷一神仙嘉会类《刘阮遇仙女于台山》、南宋·皇都风月主人编纂《绿窗新话》上卷《刘阮遇天台仙女》，明·王圻纂集《稗史汇编》卷六十《方外门·仙

---

① 《太平御览》引作"筒"。

二·天台二女》、明·冯梦龙编纂《情史》（又名《情史类略》《情天宝鉴》）卷十八情疑类《天台二女》、明·周应治撰《霞外麈谈》卷四《旷览》"刘阮二郎"等，均据《搜神记》"天台二女"改编或缩写。明·起北赤心子汇辑《绣谷春容》卷四、五下层《新话摭粹》，亦收有刘阮天台遇仙女的故事。

这一故事类型，曾作为古代戏曲创作的题材加以渲染。元末明初戏曲作家王子一撰有杂剧剧本《刘晨阮肇误入桃园》（一作《刘晨阮肇误入天台》）。

这一故事类型，现当代仍在浙江天台山一带流布，譬如《天台山遇仙记》①。

云中落绣鞋型故事　大致写一女（或公主，下同）被妖魅摄去，其未婚夫（或樵人）入妖洞将其救出。或言女矢志不嫁，常登冈望其夫。或言经过磨难，终于结成美满姻缘。这一故事类型，初见于晋·干宝撰《搜神记》。

> 鄱阳西有望夫冈。昔县人陈明与梅氏为婚，未成而妖魅诈迎妇去。明诣卜者，决云："行西北五十里求之。"明如言，见一大穴，深邃无底，以绳悬入，遂得其妇。乃令妇先出。而明所将邻人秦文，遂不取明。其妇乃自誓执志，登此冈首而望其夫，因以名焉。

《搜神记》卷十一《望夫冈》②

晋·刘澄之撰《鄱阳记·望夫冈》③，与《搜神记》相同，文字

---

① 见《天台山遇仙记——浙江山的传说故事》。
② 《说郛》卷六十一（《说郛三种》第六册）。
③ 《说郛》卷六十一（《说郛三种》第六册）。

小有出入。

> 鄱阳西有望夫冈。昔县人陈明与梅氏为姻,未成而妖魅许迎妇去。明请卜者决云:"西北五十里求之。"明如言,见大穴深邃无底,以绳悬入,遂得其妇。乃令妇先出,而明所将邻人秦文,遂不取明。其妻乃自誓执志登此冈首而望其夫,因以名焉。

《搜神记》与《鄱阳记》所记《望夫冈》均无云中落绣鞋情节,是此故事类型的雏形。

清·毛祥麟撰《墨余录》(全称《对山书屋墨余录》)采录的一则异文,出现云中落绣鞋情节,与现当代口传形态接近,而结尾则与现当代口传形态不同。

> 石洞,盖在终南山秦岭下,孽龙据焉。东西绵亘百八十里,洞口高数丈,横广如之。其中黑暗潮湿,人莫敢入。相传唐天宝中,某公主于上林苑作秋千戏,忽为腥风卷去,四觅无踪。时有樵者采薪山下,隐闻云雾中有女子哭声,适当洞口,似不甚高,掣斧掷之,扑下绣鞋一只。事闻于官,据实备奏,鞋即主所履也。元宗遂命将将千人,令樵者导至其处伺之。历数日,了无形迹,惟夜间若有灯二盏悬洞,光射数丈。将乃命军人善射者发矢射之,光忽散。及旦,即募死士百人,明火执械为前锋,千军后随,入洞见一龙,左目中箭,卧伏不动,其将径前斩之,纵兵搜杀洞底余孽,而救公主出焉。事见唐说部。至我朝乾隆三十年夏间,有好事士人,欲穷其际,集勇敢士二十余,深入五六里,杳无所得。再进,恰又见绣鞋一只,而火把已灭,乃相顾愕然而返。

《墨余录》卷三《石洞绣鞋》

近人曹绣君编《古今情海》卷二十八《石洞绣鞋》，出《对山余墨》，与此则悉同。

这一故事类型，现当代仍在宁夏、新疆、甘肃、陕西、河北、山西、天津、黑龙江、河南、湖北、安徽、江苏、上海、浙江、福建、海南、广西、重庆、四川、西藏、青海、吉林、辽宁、山西等地汉族和一部分少数民族聚居区流布，譬如《不义和忘恩》（回族）[1]、《砍柴人》（东乡族）[2]、《无稽山降妖》[3]、《石义和公主》（回族）[4]、《王恩与石义》[5]、《砍柴郎得娇妻》[6]、《妖洞救皇姑》[7]、《哥俩》[8]、《欧新波的故事》（鄂伦春族）[9]、《云中落来红绣鞋》[10]、《忠心和无义》[11]、《忘恩与义重》[12]、《砍柴人当附马》[13]、《石义砍柴》[14]、《云中落绣鞋》[15]、《明日和暗日》[16]、《帕纠杀老鹰精》（黎族）[17]、《特恩和特义》（壮族）[18]、《任义》[19]、

---

[1] 见《中国民间故事集成·宁夏卷》。

[2] 见《中国民间故事集成·甘肃卷》。

[3] 见《中国民间故事集成·青海卷》。

[4] 见《回族民间故事》。

[5] 见《中国民间故事集成·陕西卷》。

[6] 见《中国民间故事集成·河北卷》。

[7] 见《中国民间故事集成·山西卷·朔县民间故事集成》。

[8] 见《天津民风》第八辑。

[9] 见《中华民族故事大系》第十五册。

[10] 见《河南民间故事集成·嵖岈山民间故事》。

[11] 见《湖北民间故事传说集·恩施地区专集》。

[12] 见《中国民间故事集成·安徽卷》。

[13] 见《中国民间故事集成·江苏卷》。

[14] 见《中国民间文学集成·上海卷·静安区故事分卷》。

[15] 见《中国民间故事集成·浙江卷》。

[16] 见《中国民间故事集成·福建卷·顺昌县分卷谟武村卷》。

[17] 见《中国民间故事集成·海南卷》。

[18] 见《中国民间故事集成·广西卷》。

[19] 见《中国民间故事集成·重庆市长寿县卷》。

《魔鬼、猎人和公主》（苗族）①、《猎人与公主》（藏族）②、《救皇姑》③、《猎人与公主》（蒙古族）④、《王恩石义》⑤、《香牛皮靴子》（蒙古族）⑥、《实意救人》⑦。

这一故事类型，相当于《中国民间故事类型索引》301A；《中国民间故事类型》"八、妖精和死鬼与人 122 云中落绣鞋"。

狐精为祟型故事　系"鬼欺老翁型故事"的亚型。大致写一狸精（或狐精，下同）冒充某人之父（或妹）作祟。其人觉察后欲将狸精杀死，却发生误会，让自己的亲人惨遭不幸。这一故事类型，最早见于晋·干宝撰《搜神记》：

> 晋时，吴兴一人，有二男，田中作时，尝见父来骂詈，赶打之。儿以告母。母问其父，父大惊，知是鬼魅，便令儿斫之。鬼便寂不复往。父忧恐儿为鬼所困，便自往看。儿谓是鬼，便杀而埋之。鬼便遂归，作其父形，且语其家："二儿已杀妖矣。"儿暮归，共相庆贺；积年不觉。后有一法师过其家，语二儿云："君尊侯有大邪气。"儿以白父，父大怒。儿出，以语师，令速去。师遂作声入，父即成大老狸，入床下，遂擒杀之。向所杀者，乃真父也。改殡治服。一儿遂自杀；一儿忿懊，亦死。

《搜神记》卷十八《吴兴老狸》

---

① 见《中国民间文学集成·四川省宜宾地区卷·筠连苗族民间故事专集》。
② 见《中国民间故事集成·西藏卷》。
③ 见《中国民间故事集成·青海卷》。
④ 见《中国民间故事集成·吉林卷》。
⑤ 见《中国民间故事集成·辽宁卷》。
⑥ 见《中国民间故事集成·青海卷》。
⑦ 见《山西民间故事大系·晋南卷》。

从唐代开始，这一故事类型的反面角色出现变异，由狸精变为狐精。唐·张鷟撰《朝野佥载》佚文"张简"① 写道：

> 唐国子监助教张简，河南缑氏人也，曾为乡学讲文选。有野狐假简形，讲一纸书而去。须臾简至，弟子怪问之。简异曰："前来者必野狐也。"讲罢归舍，见妹坐络丝，谓简曰："适煮菜冷，兄来何迟？"简坐，久待不至，乃责其妹。妹曰："元不见兄来，此必是野狐也，更见即杀之。"明日又来，见妹坐络丝，谓简曰："鬼魅适向舍后。"简遂持棒，见真妹从厕上出来，遂击之。妹号叫曰："是儿。"简不信，因击杀之。问络丝者，化为野狐而走。

这一则异文，虽然反面角色发生了变化，但整个故事仍保存原有的格局，为恶者竟未受到惩治。直到宋·洪迈《夷坚志》所录写的一则异文的出现，才打破了原有的格局：

> 德兴海口迫市处居民黄翁有二子，服田力稼以养其亲，在村农中差为赡给。又于三里外买一原，其地肥饶。二子种艺麻粟，朝往暮归。久而以为不便，乃创筑茅舍，宿食于彼。翁念其勤苦，时时携酒或烹茶往劳之。路隔高岭，极险峻。子劝止勿来，翁曰："汝竭力耕田，专为我故，我那得漠然不顾哉！"自后其来愈密。正当天寒，二子共议：使老人跋陟如此，于心终不安。舍之而归。翁问何以去彼，具以诚告。翁曰："后生作农业是本分事，我元不曾到汝边，常以念念，可惜有头无尾。"二子疑惊，询其妻，皆云："乃翁不曾出。"始大骇，复为翁述所见。翁曰："闻人说此地亦有狐狸作怪，化形为人。汝如今再往原上，若再敢弄汝，

---

① 引自《太平广记》卷四四七。

但打杀了不妨。"子复去。迨晚翁至，持斧迎击于路。即死，埋诸山麓。明日归，翁曰："夜来有所见乎！"曰："杀之矣。"翁大喜，二子亦喜。遂益治原隰，为卒岁计。然翁所为浸浸改常。家有两犬，俊警雄猛，为外人所畏，翁恶之，犬亦常怀搏噬之意。其一乘其迎吠，翁使妇饵以糟穄，运椎击其脑。既又曰："吠我者乃见存之犬，不可恕。"妇引留之，不听，皆死焉。固已窃讶。且频与妇媟谑，将呼使侍寝。里中谭法师者，俗人也，能行茅山法，虽非道士，而得此称。董翁待之厚，来必留饮。是时访翁，辞以疾作不出，凡三至皆然。已而又过门，径登床引被自覆。谭曰："此定有异。"就房外持咒捧杯水面入，觉被内战灼，形躯渐低，噀水揭视，拳然一老狐也，执而鞭杀之。而寻父所在弗得。试发葬处，则父尸存焉，已败矣。盖二子再入原时，真父往视，既戕之，狐遂据其室。予记唐小说所书黎丘人张简等事，皆此类云。

《夷坚支庚》卷六《海口谭法师》

宋代的这一则异文，最终让为害世人的老狐原形毕露，并执而鞭杀之，根绝了后患。它使这一故事类型的情节变得更为完整，更符合民众的意愿。

蛴螬炙型故事　大致写某母失明。某外出时，婢（或某妻）炙蛴螬奉母，母觉甘美而不知何物。某归知情，抱母恸哭，其母竟霍然复明。这一故事类型，初见于晋·干宝撰《搜神记》：

盛彦字翁子，广陵人。母王氏，因疾失明，彦躬自侍养。母食，必自哺之。母疾既久，至于婢使，数见捶挞。婢忿恨，闻彦暂行，取蛴螬炙饴之。母食，以为美，然疑是异物，密藏以示彦。彦见之，抱母恸哭，绝而复苏。母目豁然即开，于此

第九章　魏晋南北朝时期的民间故事类型

遂愈。

《搜神记》卷十一《蛴螬炙》

唐·李世明撰《晋书》卷八十八《盛彦传》所记，与《搜神记》相同，文字稍有出入。

东晋·祖台之撰《志怪》录写的一则异文，情节与《搜神记》大同小异，故事主人公作盛冲（《太平御览》一引作"仲"），蛴螬非炙食，而是蒸食。

> 吴中书郎盛冲至孝，母王氏失明。冲暂行，敕婢为母作食；婢乃取蛴螬蒸食之，王氏甚以为美，而不知是何物。儿还，王氏语曰："汝行后，婢进吾一食，甚甘美极；然非鱼非肉，汝试问之。"既而问婢，婢服曰："实是蛴螬！"冲抱母恸哭，母目霍然开明。

《志怪》"盛冲"①

明·陆容撰《菽园杂记》录写的一则异文，情节变化较大，其一为故事主人公出身贫寒；其二为儿媳以蛴螬炙奉姑并无恶意；其三为婆母替儿媳求情，整个故事因而更富人情味。

> 当涂民邵某业合韦，事母孝。母病瞽，日佣归必买市食以奉母。一日邵出，其妻得蛴螬数枚，炙以奉姑，绐云所亲佳馈也。姑食而美，乃留二三啖其子。子见之失声痛哭。母被惊双目忽开，明如平时。邵欲逐其妻，母曰："非妇毒我。我目当再明，天使妇以此医我也。"邵乃留之终身。

《菽园杂记·邵母复明》

---

① 见鲁迅校录《古小说钩沉》。

兽异避祸型故事　大致写某人见一野兽有异常表现（当门嗥叫或将小儿拖走），乃举家出门（或奔至屋外）。此时房舍突然坍塌，因而免除了一场灾祸。这一故事类型，初见于晋·干宝撰《搜神记》。

> 谯人夏侯藻，母病困，将诣智（淳于智）卜。忽有一狐，当门向之嗥叫。藻大愕惧，遂驰诣智。智曰："其祸甚急。君速归，在狐嗥处拊心啼哭，令家人惊怪，大小毕出，一人不出，啼哭勿休。然其祸仅可免也。"藻还，如其言，母亦扶病而出。家人既集，堂屋五间拉然而崩。
>
> 《搜神记》卷三《淳于智》

《太平广记》卷四四七《夏侯藻》，出《搜神记》，文字与此则稍有出入。明·王圻纂集《稗史汇编》卷一五八《禽兽门·兽四·夏侯藻》，亦出《搜神记》，与《太平广记》卷四四七《夏侯藻》悉同。

清·梁恭辰辑《北东园笔录》所收的一则异文，野兽已非狐，而为麂，并且有了报恩的情由。

> 黄广文又曰，瓯邑西乡张某夫妇好善，尤不轻残物命。一日有猎者驱一麂走至其家，张妇即以旧衣覆之。猎者寻至不见，遂去。张妇见猎者已远，因放屋走。麂似有知，首肯数四而出。
>
> 次年春，忽见是麂走入中厅，将张之幼子用角掎去。张妇跟踉出，逐至田坪中。瞥见麂将幼子放下，而麂不见。张妇始抱子回，方疑此物不知报恩。且不知此麂即前之所救否。甫入门见家中屋栋被屋后大树压倒，墙坍瓦碎，鸡犬皆毙。而是妇母子以逐麂而存。此可见一念慈祥，虽微物亦无不知感矣。
>
> 《北东园笔录》三编卷五《麂报》

蚁蝼感恩型故事　大致写某因搭救蚁王（或以饭饲蝼蛄），被诬系狱时，蚁王（或蝼蛄）为其咬断刑具，使某逃逸，后遇赦得免。这一故事类型，最早见诸晋·干宝撰《搜神记》。此书共录写两则异文：

> 吴富阳县董昭之，尝乘船过钱塘江，中央见有一蚁，着一短芦，走一头回，复向一头，甚惶遽。昭之曰："此畏死也。"欲取着船。船中人骂："此是毒螫物，不可长。我当踏杀之！"昭意甚怜此蚁，因以绳系芦着船。船至岸，蚁得出。其夜，梦一人乌衣，从百许人来谢云："仆是蚁中之王，不慎堕江，惭君济活。若有急难，当见告语。"
>
> 历十余年，时所在劫盗，昭之被横录为劫主，系狱余杭。昭之忽思蚁王梦，缓急当告，"今何处告之？"结念之际，同被禁者问之，昭之具以实告。其人曰："但取两三蚁着掌中，语之。"昭之如其言。夜果梦乌衣人云："可急投余杭山中。天下既乱，赦令不久也。"于是便觉。蚁啮械已尽，因得出狱，过江投余杭山。旋遇赦，得免。
>
> 　　　　　　　　　　　　《搜神记》卷二十《董昭之》

> 庐陵太守太原庞企，字子及。自言其远祖不知几何世也，坐事系狱，而非其罪，不堪拷掠，自诬服之。及狱将上，有蝼蛄虫行其左右，乃谓之曰："使尔有神，能活我死，不当善乎？"因投饭与之，蝼蛄食饭尽去。顷复来，形体稍大。意每异之，乃复与食。如此去来，至数十间，其大如豚。及竟报，当行刑。蝼蛄夜掘壁根为大孔，乃破械，从之出去。久时遇赦得活。于是庞氏世世常以四节祠祀之于都衢处。后世稍怠，不能复特为馔，乃投祭祀之余以祀之。至今犹然。
>
> 　　　　　　　　　　　　《搜神记》卷二十《蝼蛄神》

《搜神记》卷二十《董昭之》，又见于南朝宋·东阳无疑撰《齐谐记》，文字基本上相同，而略有增删。

> 吴当阳县董昭之者，尝乘船过钱塘江。中央，见有一蚁著一短芦走，一头回复向一头，甚遑遽。昭之曰："此畏死也。"因以绳系芦，欲取著船头。船中人骂："此是毒螫物，不可长，我当蹋杀之！"昭之意甚怜此蚁。会船至岸，蚁级绳得出。
> 中夜梦一人乌衣，从百许人来，谢曰："仆不慎堕江，惭君济活。仆是虫王，君若有急难之日，当见告语！"
> 历十余年，时江左所在劫盗，昭之从余杭山过，为劫主所牵，系余姚狱。昭之忽思蚁王之梦，结念之际，同被禁者问之，昭之曰："蚁云缓急当告，今何处告之？"有囚言："但取两三蚁著掌中祝之。"昭之如其言，夜果梦乌衣人言云："可急去，入余杭山，天子将下赦，今不久也。"于是便觉，蚁啮械已尽，因得出狱；过江，投余杭山，旋遇赦得免。
>
> 《齐谐记》"蚁王报德"

《太平广记》卷四七三《乌衣人》，出《齐谐记》。然而其文字更接近《搜神记》，兹录出以资进行比较。

> 吴富阳县有董昭之者，曾乘船过钱塘江。江中见一蚁著一短芦，遑遽畏死，因以绳系芦著舡，船至岸，蚁得出。其夜，梦一乌衣人谢云："仆是蚁中之王也，感君见济之恩。君后有急难，当相告语。"历十余年，时所在劫盗，昭之被横录为劫主，系余姚。昭之忽思蚁王之梦，结念之际，同被禁者问之，昭之具以实告。其人曰："但取三两蚁著掌中语之。"昭之如其言，夜果梦乌衣云："可急投余杭山中。天下既乱，赦令不久也。"既寤，蚁啮械已尽，因得出狱。过江，投余杭山，旋遇赦，遂得无他。

《搜神记》卷二十《蝼蛄神》，又见于南朝宋·刘义庆撰《幽明录》，内容相同而文字所有压缩。

晋庐陵太守庞企，字子及。上祖坐事系狱，而非其罪。见蝼蛄行其左右，相谓曰："使尔有神，能活我死，不当善乎？"因投饭与蝼蛄，食尽去。有顷复来，形体稍大，意异之。复与食，数日间其大如豚。及当行刑，蝼蛄掘壁根，为大孔，破，得从此孔出亡。后遇赦得救。

《幽明录》"蝼蛄救人"

《太平广记》卷四七三《庞企》，出《搜神记》，文字经过压缩，更为简约。明·王圻纂集《稗史汇编》卷一六二《鳞介门·昆虫·蝼蛄》，文字与《搜神记》大致相同。

烈火救主型故事 大致写一人醉卧荒草中，恰逢烈火顺风而至。与其人随行之家犬急奔近旁溪中湿身，来回以身上水洒四周草，使主人得免于难。犬运水累死（或被烧死），主人见而恸哭，以礼厚葬，建义犬冢。这一故事类型，初见于晋·干宝撰《搜神记》：

孙权时，李信纯，襄阳纪南人也。家养一狗，字曰"黑龙"。爱之尤甚，行坐相随，饮馔之间，皆分与食。

忽一日，于城外饮酒大醉，归家不及，卧于草中。遇太守郑瑕出猎，见田草深，遣人纵火爇之。信纯卧处，恰当顺风。犬见火来，乃以口拽纯衣，纯亦不动。卧处比有一溪，相去三五十步。犬即奔往，入水湿身，走来卧处周回，以身洒之，获免主人大难。犬运水困乏，致毙于侧。

俄尔信纯醒来，见犬已死，遍身毛湿，甚讶其事。睹火踪迹，因尔恸哭。闻于太守。太守悯之曰："犬之报恩甚于人！人不知恩，岂如犬乎？"即命具棺椁衣衾葬之。今纪南有义犬冢，高十余丈。

《搜神记》卷二十《义犬冢》

《稗海》本《搜神记》卷五"黑龙"，文字与此则仅个别字有出入，其中的"郑瑕"，此则作"邓瑕"。明·王圻纂集《稗史汇编》卷一五七《禽兽门·兽三·义犬冢》，据《搜神记》改写，文字较简略。

东晋·陶潜撰《搜神后记》的一则异文，由烈火救主与堕井救主两个母题组成。前一母题与《搜神记》所记相似，仅无犬运水至毙的情节。

晋太和中，广陵人杨生者蓄一犬，怜惜甚至，常以自随。后生饮醉，卧于荒草之中。时方冬燎原，风势极盛。犬乃周匝嗥吠，生都不觉。犬乃就水自濡，还即卧于草上。如此数四，周旋跬步，草皆沾湿。火至免焚。尔后生因暗行堕井，犬又嗥吠至晓。有人经过，路人怪其如是，因就视之。见生在焉。遂求出己，许以厚报。其人欲请此犬为酬。生曰："此狗曾活我于已死。即不依命，余可任君所须也。"路人迟疑未答。犬乃引领视井，生知其意，乃许焉。既而出之，系之而去。却后五日，犬夜走还。

《搜神后记》卷九《杨生狗》①

明·王圻纂集《稗史汇编》卷一五七《禽兽门·兽三·杨生义犬》，明·王罃编集《群书类编故事》卷二十四《鸟兽类·犬救其主》，均与此则相同，文字稍有出入。

---

① 此则《太平广记》卷四三七作《杨生》，出《纪闻》。明钞本、陈校本作出《续搜神记》。

第九章　魏晋南北朝时期的民间故事类型

敦煌遗书句道兴撰《搜神记》中的一则异文,情节与《搜神记》所记近似,厚葬义犬之举,非主人所为,而是放火烧草的太守及乡人等所为,因而扩大了义犬的影响范围。

> 昔有吴王孙权时,有李纯者,襄阳纪南人也。有一犬字乌龙,纯甚怜爱,行坐之处,每将随。后纯妇家饮酒醉,乃在路前野田草中倒卧。其时襄阳太守刘遐出猎,见此地中草木至深,遂遣人放火烧之。然纯犬见火逼来,与口曳纯牵脱,不能得胜。遂于卧处直北相去六十余步,有一水涧,其犬乃入水中,腕(宛)转欲湿其体,来向纯卧处四边草上,周遍卧〔处〕合(令)草湿。火至湿草边遂即灭矣,纯得免难,犬燃死。太守及乡人等与造棺木坟墓,高个余尺,以礼葬之。今纪南有义犬冢,即此是也。闻之者皆云:异哉,狗犬犹能报主之恩,何况人乎!

句道兴本《搜神记》"义犬冢"

清雍正十二年《山西通志》卷六十"犬塔",故事发生在山西,其情节与《搜神记》《搜神后记》等的记载大体上一致,但带有一些传说色彩。该故事略云:

> 相传在山西九原故墟张家烟梁,有一人醉卧于山间草地上。其时突起大火,随行的爱犬急忙跑到附近的水坑中濡湿身体,沾湿主人四周的草地。它来回狂奔无数次,使主人幸免于难,自己却累倒在地,再也起不来。主人就地埋葬了这只犬,还筑塔纪念它。

《咫闻录》卷十《义天》

清·慵讷居士撰《咫闻录》所采录的一则异文,将救主的母题与护银的主题结合起来,更增添了新意。

  四川江津人某甲,身系四百金,清早出门,干办急事。行路亦急,一气跑十里外,回头见家犬尾之而来,谓犬曰:"因尔每行必跟我,殊属多事。今我须远走百里外,是以将尔闭置房中,且不教食。尔今如何又能同来,将来必力乏而死。"斥之转不去,猛踢两脚,狗乃解意,帖帖然去。

  甲又走十里许,回头见狗仍在,因解橐中所藏干粱饲之,衔食尾行,紧慢相从。行至百里外,甲力疲而倦,因将次可到,乃少了也而坐。犬亦旁侍而蹲。无何,甲乃悠悠睡入黑甜乡,固不知日之将暮也。

  已而日已西沉,野火倏近,甲鼾睡不醒,任犬号跳,终不之觉。犬乃跪溪中,滚入水中,一身濡足,上主人睡处,四周搅草使湿。如是者不知几次,甲仍不知觉。火将及身,犬啮其辫而曳之。甲乃醒,翻身起视,幸月色微茫,急急赶路。犬暴躁而号,甲不审何为。忽记银包尚在草堆,拾时始知草四处皆湿。感犬之义,不觉泪涔涔下。呼犬同行,犬走不十馀步,嗷然一声,倒毙在地,甲乃推入坑中。还时葬之,且立义犬石以徵之。

《咫闻录》卷十二《义犬》

  这一故事类型,现当代仍在山东、上海、福建等地流布,譬如《狗命换人命》①《黄犬救主》②《狗和人》③。

---

  ① 见《临沂地区四老人故事集》。
  ② 见《中国民间文学集成·上海卷·杨浦区分卷》。
  ③ 见《中国民间文学集成·福建卷·寿宁县分卷》。

这一故事类型，相当于丁乃通编著《中国民间故事类型索引》201E[*]。

兽穴接生型故事 大致写一稳婆（或医生）被带至兽穴，为临产雌兽接生（或诊治），事后得丰厚酬谢。这一故事类型，初见于晋·干宝撰《搜神记》：

> 苏易者，庐陵妇人，善看产，夜忽为虎所取。行六七里，至大圹，厝易置地，蹲而守。见有牝虎当产，不得解，匍匐欲死，辄仰视。易怪之，乃为探出之，有三子。生毕，牝虎负易还，再三送野肉于门内。
>
> 《搜神记》卷二十《苏易》

宋·洪迈撰《夷坚志》所收一则异文，情节更为丰富，故事发生在四川：

> 资州去城五十里曰三山村，地产茅香绝佳，草木参天，豺虎纵横，人莫敢近。乳医赵十五嫂者，所居相距三十里。一夕黄昏后，闻人扣门请收生，遽从以行。赵步稍迟，其人负之而去，语曰："只闭眼，听我所之，切勿问。"登高涉险，奔驰如风，赵不胜惊颤。至石崖下，谓赵曰："吾乃虎也，汝不须怖。吾平生不伤人，遇神仙，授以至法，在山修持，已三百年，今能变化不测。缘吾妻临蓐危困，叫号累日，知媪善此伎，所以相邀。傥能保全母子，当以黄金五两谢。"便引入洞中，具酒食，见牝虎委顿，且跪，赵慰勉之。于洞外摘嫩药数叶，揉碎窒其鼻，牝喷嚏数声，旋产三子。其夫即负赵归。明夜，户外有人云："谢你救我妻，出此一里，他虎伤一僧，便袋内有金五两，可往取之。"黎明而

往，如言得金。

《夷坚志补》卷四《赵乳医》①

清·褚人获纂辑《坚瓠余集》卷一《赵乳医》，出《夷坚志》，悉同。

明·王稚登撰《虎苑》卷上"赵媪"②，由《夷坚志》改写，文字多有压缩。

> 资州赵媪业乳医，夜闻扣门，方出应，为人负去，行如风。至石崖下语赵曰："尔无畏，吾虎也。吾妻方产，能全吾妻当谢尔黄金。"入穴，见牝虎坐蓐。赵为收得虎子，即负赵归。
>
> 明夜，闻人呼曰："谢救妻子！五里外虎杀一僧，衣下黄金汝取之。"平旦，如言往，果得金。

元·无名氏撰《湖海新闻夷坚续志》所收的一则异文，故事发生在元代浙江，情节有相当变化。

> 至元甲申，温州城外有老娘姓吴，夜二更有荷轿者立于门首，敲门曰："请老娘收生。"老娘开门，喜而入轿。但见舆夫二人行步甚速，虽荆棘亦不顾也。到一所，屋宇高敞，灯烛明丽，一女子坐蓐。老娘与之收生，得一男子，洗毕而归，到家夜已中矣。
>
> 其家问之，老娘如梦，亦不知为何人之家。忽见二虎咆哮于门，惊甚。次日开门，见篱上有猪肉一边，牛肉一脚，左右邻里莫不怪之。盖虎以此来谢老娘也，谁谓禽兽无人心哉？

《湖海新闻夷坚续志》后集卷二《精怪门·虎谢老娘》

---

① 见《夷坚志》第四册，第1585页。
② 见《说郛续》卷四十二(《说郛三种》第十册)。

清代这一故事类型，临产野兽大多由虎变换为狼、狐。蒲松龄撰《聊斋志异》卷十二《稳婆接生》，就医者为雌狼，情节极简略。

  昔一稳婆出归，遇一狼阻道，牵衣若欲召之。乃从去，见雌狼方娩不下。妪为用力按捺，产下放归。明日，衔鹿肉置其家以报之。可知此事从来多有。

清·钱泳撰《履园丛话》录写的一则异文，就医者为雌狐，故事情节与以上诸则多有不同，别有情趣。

  肤施张子涵茂才……言其先世东白公，善岐黄，性嗜酒，居家在古坊州之西原曰古路村。每至市中辄醉，戴月而归，率以为常。一夕忽遇美少年，若素相识者，欲请诊视，云所居甚近。遂同行，约二里许，深谷中，及入门见僮仆如云，往来不绝。问所诊者何人，少年曰："内子临盆三日矣。"诊其脉，带弦而手微热，似受凉者，视其面则雪白如玉，绝色也。因开一方，嘱之曰："市上惟王姓药铺为道地。"遂辞归。次日至药铺，果见所开方于案上，不知从何来，而药已空中撮去矣，共异之。其地故多狐，好事者循途而往，唯见山色空濛，苍苔满径，血迹淋漓而矣。

《履园丛话》卷十六《医狐》

这一故事类型，现当代仍在广西、浙江、湖北、河北等地流布，譬如《老虎闹公堂》①《老虎还人情》②《张三变虎》③《接生》④。

---

① 见《中国民间故事集成·广西卷》。
② 见《浙江民间文学集成·杭州市故事卷》。
③ 见《中国民间故事集成·湖北卷》。
④ 见《清河掌故》第一集。

临危救主型故事　系"烈火救主型故事"的亚型。大致写一犬随主人至江边伐荻（或入山林采柴），主人被大蛇盘绕（或被猛虎所擒），犬奋起咋蛇（或虎），将其咋死（或惊走）。犬见主人僵仆于地，乃引人将主人救回家，待主人复苏后始进食（或将主人救活后即毙命）。这一故事类型，初见于晋·干宝撰《搜神记》：

> 太兴中，吴民华隆，养一快犬，号"的尾"，常将自随。隆后至江边伐荻，为大蛇盘绕，犬奋咋蛇，蛇死。隆僵仆无知，犬彷徨涕泣，走还舟，复反草中。徒伴怪之，随往，见隆闷绝，将归家。犬为不食。比隆复苏，始食。隆愈爱惜，同于亲戚。

《搜神记》卷二十《华隆家犬》

南朝宋·刘义庆撰《幽明录》中的一则异文，与《搜神记·华隆家犬》相同，文字略有补充。

> 晋太兴二年，吴氏华隆好猎，养一快犬，名曰的尾，常将自随。隆后至江边伐荻，犬暂出渚次，隆为大蛇所围绕周身，犬还，便咋蛇，蛇死。隆僵仆无所知，犬仿佛涕泣，走还船，复反草中。其伴怪其所以，随往，见隆闷绝委地，将归家。二日，犬为不食，隆复苏，乃始进饭。隆愈爱惜，同于亲戚。后忽失之，二年寻求，见在显山。

《幽明录》"的尾救主"

晚唐·皇甫氏撰《原化记》录写的一则异文，情节多有变化，不但由咋蛇变为咋虎，而且结尾增加救主毙命的情节，描写颇为细致生动。

> 饶州乐平百姓章华，元和初，常养一犬，每樵采入山，必随

之。比舍有王华者，往来犬辄吠逐。三年冬，王华同上山采柴，犬亦随之。忽有一虎，榛中跳出搏王华，盘踞于地，然犹未伤，乃踞而坐。章华听喝且走，虎又舍王华，来趁章华。既获，复坐之。时犬潜在深草，见华被擒，突出，跳上虎头，咋虎之鼻。虎不意其来，惊惧而走。二人皆僵仆在地，如沉醉者。其犬以鼻袭其主口取气，即吐出涎水，如此数回。其主稍苏，犬乃复以口袭王华之口，亦如前状。良久，王华能行，相引而走。犬伏作醉状，一夕而毙矣。

《原化记·章华》

明·王圻纂集《稗史汇编》卷一五七《禽兽门·兽三·章华犬》，出《原化记》，与此则相同，文字略有简化。

晚清·吴趼人撰《札记小说》采录的一则异文，是这一故事类型的近代流传形态。其故事情节变化较大，读来感人至深，可与先前的诸种文本进行比较。

歙客某，以贩笔墨为业。一日经某地，见群丐缚一犬，将屠之，犬呜呜作哭声。客驻足观之，犬举首作乞怜状，遂出数百文，购而释之。犬自是随客，出入必偕，吴越齐鲁，凡客足迹所至，未尝相离也。越数年，客返里，道经万山丛中，日且暮，彷徨求宿处不得。腥风忽起，一虎自山巅下，且扑且吼，迎面而至，瞬已及前，吼声益厉，直扑其颠，昏然遂倒，魂魄飘荡，不复自辨其为生死矣。久之，隐隐闻人声，觉惊颤略定，张目四顾，则数十人罗列其前，秉火炬，荷弓矢横戈戟者，盖猎户也。旁置死虎。逡巡起坐，自抚其颠。众呼曰："客苏矣！"给以水，饮少许，神志微复，举手谢众。众曰："客携犬自随耶？"客四顾失其犬，曰："诚然，今安在矣？"众曰："客来省，此为君物否？"客闻言支拄而起，众导视死虎，见胯下累然一物，一则犬首，坚噬虎势，犹未释口也。客审视大哭曰:"是汝也耶!"声未绝,犬口遽释,首坠地,客捧之而号曰:"苦汝矣!今而后吾之生命汝所赐也。"初虎为猎户所逐,越岭至,遇客欲噬之;犬狙伺客侧,俟虎起扑,突前噬其势,虎负痛舍客狂逃,至前山而倒,故卒为猎户所获也。猎户逐虎,见客死道旁,既获虎,遂复返而救之也。犬仅遗一首者,虎狂奔时,盖已以后爪碎裂其体矣。然而终不释口,善哉!闻客哭而遂释之,岂魂犹有灵耶?客感其义,盛以木匣,葬于路左,为立碣曰:"义犬之墓",加封植焉。自是过其地,必以楮锭肉饵哭而祭之,亦不自知其悲从中来也。光绪丁酉,襄沪报笔政,客挟笔来求售,为余言此事,察其颜色,谈虎有余栗,而谈犬犹有余哀也。惜余忘其姓字矣。

《札记小说·说虎》

这一故事类型,现当代仍在江西、安徽等地流布,譬如《义狗救主》①《我家的老虎》②。

鱼腹失物型故事 大致写一人将物遗失(或奉献神明),后竟从鱼腹中得到失物。这一故事类型,初见于晋·干宝撰《搜神记》。该书共录写两则异文,均与宫亭湖有关。

宫亭湖孤石庙,尝有估客至都,经其庙下,见二女子,云:"可为买两量丝履,自相厚报。"估客至都,市好丝履,并箱盛之,自市书刀亦内箱中。既还,以箱及香置庙中而去,忘取书刀。至河中流,忽有鲤鱼跳入船内。破鱼腹,得书刀焉。

《搜神记》卷四"鱼腹得书刀"

---

① 见《中国民间故事集成·江西卷》。
② 见《中国民间故事集成·安徽卷·铜陵民间故事分卷》。

南州人有遣吏献犀簪于孙权者，舟过宫亭庙而乞灵焉。神忽下教曰："须汝犀簪。"吏惶遽，不敢应。俄而犀簪已前列矣，神复下教曰："俟汝至石头城，返汝簪。"吏不得已，遂行。自分失簪，且得死罪。比达石头，忽有大鲤鱼长三尺，跃入舟，剖之得簪。

《搜神记》卷五"返还犀簪"

后面一则异文，又见南朝宋·刘义庆撰《幽明录》。此则情节与《搜神记》相同，但文字表述更为明晰，可资比较。

孙权时，南方遣吏献犀簪。吏过宫亭湖庐山君庙请福，神下教求簪，而盛簪器便在神前。吏叩曰："簪献天子，必乞哀念。"神云："临入石头，当相还。"吏遂去，达石头，有三尺鲤鱼跳入船，吏破腹得之。

《幽明录》"鲤腹得簪"

元·无名氏撰《湖海新闻夷坚续志》收入一则南宋初年的传闻，情节发生很大变化，比较曲折。

建炎中，高宗幸四明，尝执一摺叠扇，中有玉孩儿为扇坠。金人至，登舟仓卒，失乎沉扇于江。及都杭州十余年，忽一日，循王张俊预内宴，手执一扇坠玉孩儿。上熟视，乃向年四明所沉者，遂问循王得之何所。答曰："臣于清河坊铺家买至。"上即遣人往问铺家所买之由，谓于每日提篮者得之。遂转问提篮者，乃谓得之候潮门外陈宅厨娘。继又问之厨娘，答云："破黄花鱼重十斤，腹中有此一物。"奏闻，上大悦，以为失物复还之兆。铺家、提篮者各与进议校尉，厨娘仍告封孺人。

《湖海新闻夷坚续志》前集卷一《人事门·失物复还》

明嘉靖四十四年《青州府志》所收一则流传于山东地区的一异文，失物为金针、钟乳，略云：

> 平原高苑城东有鱼萍。相传魏末，平原潘府，字惠延，自由马登舟，之郡，手中弄囊坠于水中。囊有钟乳一两，金针一支。在郡三年，流水泛溢。得一鱼，长三丈，广五尺。剖其腹，得坠水之囊。金针尚在，钟乳消尽。其鱼得脂数十斛。时人异之。

《青州府志》"鱼腹金针"①

这一故事类型，相当于丁乃通编著《中国民间故事类型索引》736A。

斩除蛇精型故事　大致写某地一少女主动应募，前去充当祭物供大蛇吞啮。届时，此女手持利剑，带一条咬蛇犬到达指定地点。她先用蜜糍诱蛇出洞，以犬咬蛇，再挥剑将其砍伤，令其踊出毙命。她因此受到奖赏，名扬四方。这一故事类型，见诸晋·干宝撰《搜神记》。

> 东越闽中，有庸岭，高数十里。其西北隰中，有大蛇，长七八丈，大十余围。土俗常惧。东冶都尉及属城长吏，多有死者。祭以牛羊，故不得祸。或与人梦，或下谕巫祝，欲得啖童女年十二三者。都尉、令、长，并共患之。然气厉不息。共请求人家生婢子，兼有罪家女养之。至八月朝祭，送蛇穴口。蛇出，吞啮之。累年如此，已用九女。
> 尔时，预复募索，未得其女。将乐县李诞，家有六女，无男。

---

① 转引自祁连休、肖莉主编《中国传说故事大辞典》，中国文联出版公司1991年版，第236页。

其小女名寄，应募欲行。父母不听。寄曰："父母无相，惟生六女，无有一男，虽有如无。女无缇萦济父母之功，既不能供养，徒费衣食，生无所益，不如早死。卖寄之身，可得少钱，以供父母，岂不善耶！"父母慈怜，终不听去。寄自潜行，不可禁止。

寄乃告请好剑及咋蛇犬。至八月朝，便诣庙中坐，怀剑，将犬。先将数石米糍，用蜜䴬灌之，以置穴口。蛇便出，头大如囷，目如二尺镜。闻糍香气，先啖食之。寄便放犬，犬就啮咋。寄从后斫得数创。疮痛急，蛇因踊出，至庭而死。寄入视穴，得其九女髑髅，悉举出，咤言曰："汝曹怯弱，为蛇所食，甚可哀愍。"于是寄女缓步而归。

越王闻之，聘寄女为后，拜其父为将乐令，母及姊皆有赏赐。自是东冶无复妖邪之物。其歌谣至今存焉。

《搜神记》卷十九《李寄》

这一故事类型，现当代仍在福建、湖南、山西等地流布，譬如《李寄斩蛇》①《阳雀子智射南蛇精》②《李寄杀蛇》③。

人兽婚配型故事　大致写有人（或女、妇）为野兽掠去（或误落兽穴），乃与异性野兽同居，配为夫妻。若干年后始得逃回家中。一说生有子女，后一同返家。这一故事类型，初见于晋·张华撰《博物志》：

蜀山南高山上，有物如猕猴，长七尺，能人行，健走，名曰

---

① 见《中国民间故事集成·福建卷》。
② 见《中国民间故事集成·湖南卷》。
③ 见《山西民间故事集成·晋中卷》。

> 猴玃,一名马化,或曰玃猨。伺行道妇女有好者,辄盗之以去,人不得知。行者或每遇其旁,皆以长绳相引,然故不免。此得男子气,自死,故取女不取男也。取去为室家,其年少者终身不得还。十年之后,形皆类之,意亦迷惑,不复思归。有子者辄俱送还其家,产子皆如人,有不食养者,其母辄死,故无敢不养也。及长,与人无异,皆以杨为姓。故今蜀中西界多谓杨率皆猴玃、马化之子孙,时时相有玃爪也。
>
> 《博物志》卷三《异兽》"猴玃盗妇"

晋·干宝撰《搜神记》卷十二《猳国马化》,出《博物志》,文字略有改动,兹抄录如下,以资比较:

> 蜀中西南高山之上,有物,与猴相类,长七尺,能作人行。善走逐人。名曰"猳国",一名"马化",或曰"玃猨"。伺道行妇女有美者,辄盗取将去,人不得知。若有行人经过其旁,皆以长绳相引,犹故不免。此物能别男女气臭,故取女,男不取也。若取得人女,则为家室。其无子者,终身不得还。十年之后,形皆类之,意亦迷惑,不复思归。若有子者,辄抱送还其家。产子皆如人形。有不养者,其母辄死。故惧怕之,无敢不养。及长,与人不异,皆以杨为姓。故今蜀中西南多诸杨,率皆是猳国马化之子孙也。

以上两则作品,故事性均不强,可视为这一故事类型的雏形。《太平广记》卷四四四《猳国》、明·王圻纂集《稗史汇编》卷一五八《禽兽门·兽四·猳国》,均出《搜神记》,文字悉同。

唐·戴孚撰《广异记》录写有两则异文,均叙述老虎攫取女子、妇人为妻的故事。一则较为简略,写被攫取民妇起初尚不知与其同居者为虎。

第九章　魏晋南北朝时期的民间故事类型

　　唐开元中，有虎取人家女为妻，于深山结室而居。经二载，其妇不之觉。后忽有二客携酒而至，便于室中群饮，戒其妇云："此客稍异，慎无窥觑。"须臾皆醉眠，妇女往视，悉虎也。心大惊骇，而不敢言。久之，虎复为人形，还谓妇曰："得无窥乎？"妇言初不敢离此。后忽云思家，愿一归觐。经十日，夫将酒肉与妇偕行。渐到妻家，遇深水。妇人先渡，虎方褰衣，妇戏云："卿背后何得有虎尾出？"虎大惭，遂不渡水，因尔疾驰不返。

《广异记·虎妇一》

　　另一则较为详尽，写被攫取民妇一开始便知相寝处者为虎，经过十二年的虎窟磨难，民妇方得逃脱，还家后亦十分不幸。

　　利州卖饭人，其子之妇山园采菜，为虎所取。经十二载而后还。自说入深山石窟中，本谓遇食，久之相与寝处。窟中都四虎，妻妇人者最老。老虎恒持麋鹿等肉还以哺妻，或时含水吐其口中。妇人欲出，辄为所怒，驱以入窟。积六七年，后数岁，渐失余虎，老者独在。其虎自有妇人，未常外宿。后一日，忽夜不还。妇人心怪之，欲出而不敢。如是又一日，乃徐出。行数十步，不复见虎。乃极力行五六里，闻山中伐木声，径往就之。伐木人谓是鬼魅，以砾石投掷。妇人大言其故，乃相率诘问。妇人云："己是某家新妇。"诸人亦有是邻里者，先知妇人为虎所取，众人方信之。邻人因脱衫衣之，将还。会其夫已死，翁姥悯而收养之，妇人亦憨憨，乏精神，恒为往来之所狎。刘全白亲见妇人，说其事云。

《广异记·虎妇二》

　　以上两则，又分别见诸《太平广记》卷四二七、卷四三一，文字悉同。

宋·洪迈撰《夷坚志》录写的一则异文，叙述的是商贾泛海遇难，在岛上与雌猩猩结为夫妻的故事，发生在南宋绍兴年间。

> 猩猩之名见于《尔雅》《礼记》《荀子》《吕氏春秋》《淮南子》，又唐小说载焦封孙夫人事。建炎中，李捧太尉获一牝，自海岛携归为妾，生子，不复有遇之者。金陵商客富小二，以绍兴间泛海，至大洋，觉暴风且起，唤舟人下碇石整帆樯以为备，未讫而舟溺。富生方立篷顶，与之俱坠，急持之。漂荡抵绝岸。行数十步，满目皆山峦，全无居室，饥困之甚，值一林，桃李累累垂实，亟采食之。俄有披发而人形者，接踵而至，遍身生毛，略以木叶自蔽。逢人皆喜，挟以归，言语极啁啾，亦可晓解。每日不火食，唯啖生果。环岛百千穴，悉一种类，虽在岩谷，亦秩秩有伦，各为匹偶，不相糅杂。众共择一少艾女子以配富，旋诞一男。富夙闻诸舶上老人，知为猩猩国，生儿全肖父，但微有长毫如毛。时虑富窜伏，才出辄运巨石窒其窦，或倩它人守视。既诞此男，乃听其自如。时时偕往深山，摘采果实。自料此生无由返故乡，而妻以韶秀，颇安之，凡三岁。因携男独纵步，望林杪高桅，趋而下，为主人道其故，请得附近，许之，即抱男以登。无来追者，遂得归。男既长大，父启茶肆于市，使之主持，赋性极驯，傍人目之为猩猩八郎，至今经纪称遂。小二至庆元时尚存，安国长老了祥识之。

《夷坚志补》卷二十一《猩猩八郎》①

清·陆次云撰《八纮译史》"猩猩八郎"。与此则相似，略云：

---

① 见《夷坚志》第四册，第1742—1743页。

猩猩国在大洋中。明嘉靖时，武陵商富玉泛海遇暴风，舟溺。玉及众商飘抵绝岸，饥甚，采桃李食之。俄有披发而人形者接踵至，身生毛，以木叶自蔽。见人皆喜，挟以归岩洞中。后一牝者与玉为偶，产一男。其后乘间得归。既长大，常卖茶于市，人目为猩猩八郎。

元·无名氏撰《湖海新闻夷坚续志》的一篇异文，故事情节又发生了变化：

昔有富商漂海，舟折一板，至岸得熊母挽之而上。登石窍，甚深窈，其中又草芥毛羽为巢，颇湿煖，果木具备，商安焉，与熊合而生子。后有贾舟经其下，商抱其子而登舟，有珠数颗极珍。熊见商去，急缘崖而下，攀附不可，投水死。商携子归，本姓之子不容，遂养于别所有。长以财俾店于公安，姓之曰熊，今公安有熊氏彩帛铺，其人形貌似猴，即是也。

《湖海新闻夷坚续志》后集卷二《精怪门·熊母生子》

清代笔记小说有两则异文，均叙写一武士由于突然变故被雌熊抱入山洞，结为夫妻。清·袁枚撰《子不语》卷十九《熊太太》，讲的是清康熙年间发生的故事，文字较为简约，略陈梗概。

康熙间，内城伍公某者，三等侍卫也，从上打围木兰。以逐取猎犬故，坠深涧中，自分死矣。饿三日，有人熊过涧，乃抱以上。自分以为将啖己也，愈惊。熊抱入山洞，采果喂之。或负羊豕与食，伍见而攒眉。熊为采树叶，烧熟以食之。久之，渐无怖意。每小便，熊必视其阴而笑。方知熊故雌也，遂与成夫妇。生三子，勇力绝人。伍欲出山，熊不许。其子求还家，熊许之。长子名诺布，官蓝翎侍卫，乃以巨车迎父母还家。家人号曰"熊太太"。人求见者，熊不能言，能叉手答礼。就养其家十余年，先伍公卒——学士春台亲见之，为余言。

清·朱翊清撰《埋忧集》卷一《熊太太》，讲的虽是明宣德年间发生的故事。但从整体上考察，显然是由《子不语》演化而来，带有一定的创作成分。

宣宗时，神木秦钟岳之父，以从军过五龙山。偶出猎，迷路。但见五峰突起，四面壁立如削，深林密菁，虎啸狐嗥。其阴岩积雪未融，照见岩壑有洞。洞口光滑如镜，知有物出入。益惶急，攀藤觅路未得。忽闻腥风过处，一熊突至，攫秦反走入洞。洞广可亩许，旁漏日光，其中半藉羽毛，积厚寸余，熊挟秦置其处，复出，举穴旁大石塞洞而去。

秦谓熊幸得异味，必将引其类至，共试爪牙。正徬徨间，熊忽以手揭石而入，左手携一鹿掷秦前，抚秦为嬉笑状。遂取鹿肉自啖，并啖秦。秦察其意不恶，即出所携火具取火，拾洞外落叶炙以为食。熊弃其余肉就秦食，甫尝一脔，辄点首喜跃不已。入夜即拥秦卧。数月竟产一男，自腰以下酕毛①如狒。

秦初未有子，意亦良得。熊朝夕哺乳如慈母，其后渐解人语。驯狎已久，洞门常开。秦思循归，顾儿未能舍去。阅四载，儿壮伟似八九岁者，行步如飞。后值熊出，秦携儿竟出。狂奔数十里，见猎者数人，从之，取道而还。

初，秦出猎不返，皆以为饱于兽腹矣。及是归，众询得其故，见儿雄伟，有熊虎之状，益惊喜，如获异宝焉。顾儿常思熊母，屡欲往寻，禁之，辄号哭不食。其后儿益壮，喜驰射，力挽千钧，

---

① 酕（rǒng冗）毛：细而软的毛。

神勇无敌。一日挟弓矢上马驰去，至暮不归，寻访无踪，意其往从熊母，然无敢往追者。秦以儿尚幼，谓其必死，痛哭而已。

无何，儿竟负熊归。自言："初出门时，向人问五龙所在，如其言策马而前，亦不至迷失。惟路中不可得食，则射鸟兽食之。最后至榆林东南，遇一樵者，自言知母所在。引至洞口，俟不见。儿入洞，熊母俟自外东，将攫儿食，为儿所持。哭诉颠末，且解下体氄毛为验，乃止。儿遂请母出山，不从。儿哀祈数日，母始首肯。然非儿负以归，母亦不敢来也。"言未毕，熊直扑向秦。秦跪谢，儿亦伏哭祈免，熊始怒目而止。秦起，唤其妻出，与相见，熊辄叉手答拜。时钟岳年才十二也。

天顺二年，孛来犯神木。钟岳聚乡勇御之于定边营，所向无前，追至河套，擒孛来而还。大帅上其功，授榆林参将。弘治间，火筛犯塞，钟岳大破之，斩火筛。升左都督同知，世袭。遇覃恩，钟岳兼为熊母请封诰，天子以其生子克家，遂奉俞旨。比诰命至，秦挈熊母出，被以命服，随例谢恩，悉如常人，惟不能跪与言耳。后太后闻其事，为幸其第观之，赐号为熊太君。自是人呼为熊太太云。

清末丁治棠撰《仕隐斋涉笔》卷六《猴异》"巫峡奇遇"，讲的是商人王某之子与老猴之女非同寻常的姻缘，与以上诸则大异其趣。

有友言：四川王某，商人子，少年俊美，从父贩载下两湖。舟过巫峡，遇逆风，避绝崖下宿焉。时当酷热，王携席，坦卧船唇，高枕熟眠。不意壁上有猴洞，至夜分，众猴联臂下，以长藤约王体，悬空牵引入洞。解其缚，王睡始觉。瞠目见石屋高洁，几案床榻，皆石作成。照大珠，光明如昼。众猴班立，榻上坐老猴，通体白毫，须鬣鬣长数尺，吐人言曰："我生盘古世，自开辟来，上帝敕主峡山，为群猴长。我妻亦人类，今转世矣，生一女，貌不恶，当下嫁尘世，与子有前缘，特招作婿，勿辞。"言罢，众猴伺意，与王加冠易服，若凤冠者，再三推托，不许。俄引一女子出，华装炫服。王睨之，不类猴种，眉目清扬，手足纤细，丽人也。遂交拜，导至一处，石室天成，铺陈华美，红毡绛帐，香软异常，两情缱绻，忘其为非类也。朝夕供养，多鲜果，别具釜甑，为夫妇作烟火食。给役皆小猴，眉听目语，较童婢尤勤谨。老猴不常在洞，偶来谈，所道皆闻苑蓬山事。石室外，隙地一区，广十余亩，通天日，四围依山为垣，高不可乘。就此作花坞，清池假山，嘉葩奇卉，无一不具，四季长春，别开异境。夫妇遨其中，荡心神焉。如是者有日，王思父母，起乡心，与女谋归。女不许，王泣下，饮恨不食。女乃以意达老猴，猴曰："尔夫妇皆人间种，安能郁郁居此？归当在三年后，届期我自送行，可稍安勿躁！"王无已，听之。方王之入洞也，父与舟人皆不觉，凌晨视卧处，席存入杳，四顾无岸可登。皆谓王梦梦翻身，跳入水晶宫矣。俟数日，浮尸不起，泅水捞之，无迹影。王父顿足捶胸，灰心远贾，牵载回，发售本地，惟修斋礼佛，超度灵魂而已。越三载，父忧渐释，有伙伴邀下汉口，理旧业。重经巫峡，就失王处，泊舟设奠。父望江水，大声长号，舟人齐堕泪。至晚依依不能去，仍宿此。是日，老猴谓王曰："今夜乃夫妇出洞期，尔父泊舟在此，时不可失，过此便无归路。"随呼众猴检行装，金珠百宝，充牣满橐。命酒作饯，王与女伏地拜别，饮酒三爵，昏不知人，逮夜半，众猴毡裹二人，和奁具珍物束一大包，照船首，冉冉缒下。是夜，王父思子，触景含凄，难安寝，不时出舱瞻望。俟睹船头坠一物，声甚软，呼灯视之，乃一毡包。解其束，见王夫妇，凤倒龙颠，合卧其中，犹酩酊未醒也。父大惊诧，以水洒面，夫妇渐醒。述其异，父子大痛，惊为隔世人。又见子得美妇，珍宝盈橐，更出望外。父子望洞稽首。将船货托伙经营，另买舟归。至家，检橐中物，一具值数千金，陆续换售，获资巨万，富可敌国。而猴毡尤贵重，夏凉冬温，病者卧之，能返魂续命，为传家至宝。夫妇登上寿，因在洞食仙果，老有少容，同日溘逝，咸谓羽化矣。生子女多人，后世炽昌，雕外祖相祀之，托名齐天大圣，实巫山老猴精也。王与老猴，殆有夙契者，相攸遣嫁，布置精审，开出人间一派，猴仙多情，瓣香奉之也宜。

卧冰求鱼型故事 大致写某性至孝，继母有疾，欲食鲜鱼（或需鲜鱼治病）。时天寒冰冻，某卧冰（或剖冰）求之。冰忽自解，跃出双（或一、三）鱼，乃持归以奉其母。这一故事类型，最早见于晋·干宝撰《搜神记》。该书共采录为继母冰上求鱼的故事三则：

> 王祥字休徵，瑯邪人。性至孝。早丧亲，继母朱氏不慈，数谮之。由是失爱于父，每使扫除牛下。父母有疾，衣不解带。母常欲生鱼，时天寒冰冻，祥解衣，将剖冰求之，冰忽自解。双鲤跃出，持之而归……乡里惊叹，以为孝感所致。
>
> 《搜神记》卷十一《王祥》

> 王延，性至孝。继母卜氏，尝盛冬思生鱼，敕延求而不获，杖之流血。延寻汾，叩凌而哭，忽有一鱼，长五尺，躍出冰上。延取以进母。卜氏食之，积日不尽。于是心悟，抚延如己子。
>
> 《搜神记》卷十一《王延》

> 楚僚早失母，事后母至孝。母患痈肿，形容日悴，僚自徐徐吮之，血出，迫夜即得安寝。乃梦一小儿语母曰："若得鲤鱼食之，其病即差，可以延寿。不然，不久死矣。"母觉而告僚。时十二月

冰冻，僚乃仰天叹泣，脱衣上冰卧之。有一童子，决僚卧处，冰忽自开，一双鲤鱼跃出。僚将归奉其母，病即愈，寿至一百三十三岁。盖至孝感天神，昭应如此。

《搜神记》卷十一《楚僚》

王祥、王延求鱼事迹，唐·李世明撰《晋书》亦有记载。其中的王祥一则，文字与《搜神记》略有不同。

  王祥字休徵，琅邪临沂人……祥性至孝。早丧亲，继母朱氏不慈，数谮之，由是失爱于父，每使扫除牛下，祥愈恭谨。父母有疾，衣不解带，汤药必亲尝。母常欲生鱼，时天寒冰冻，祥解衣将剖冰求之，冰忽自解，双鲤跃出，持之而归……乡里惊叹，以为孝感所致焉。

《晋书》卷三十三《王祥传》

其中的王延一则，文字较《搜神记》详细，补充了一些细节，显得比较丰满。

  王延字延元，西河人也。九岁丧母，泣血三年，几至灭性。每至忌日，则悲啼至旬。继母卜氏遇之无道，恒以蒲穰及败麻头与延贮衣。其姑闻而问之，延知而不言，事母弥谨。卜氏尝盛冬思生鱼，勒延求而不获，杖之流血。延寻汾叩凌而哭，忽有一鱼长五尺，涌出冰上。延取以进母，卜氏食之，积日不尽。于是心悟，抚延如己生。

《晋书》卷八十八《王延传》

南朝宋·师觉授撰《孝子传》所记王祥求鱼事迹，则增加了垂纶获鱼的细节。

> 王祥少有德行，早失母，后母憎而谮之，祥孝弥谨。盛寒，河水坚冰，网罟不施。母欲得生鱼，祥解褐扣冰，求之。忽冰小开，有双鱼游出，祥垂纶而获之。时人谓之至孝所致也。
>
> 《孝子传》"王祥"①

南朝梁·刘孝标注《世说新语·德行》"王祥"引《晋阳秋》云：

> 后母数谮祥，屡以非理使祥，弟览辄与祥俱。又虐使祥妇，览妻亦趋而共之。母患，方盛寒冰冻，母欲生鱼，祥解衣将剖冰求之，会有处冰小解，鱼出。②

在此则异文中，又增加了弟王览与弟媳两个人物。他们对王祥夫妇均抱以同情、支持的态度，颇为感人。

有关楚僚卧冰求鱼事迹，《稗海》本《搜神记》与句道兴本《搜神记》亦有记载，两者的故事情节都比《搜神记》丰富，主人公前者作"楚僚"，后者则作"樊寮"：

> 昔楚僚至孝，内亲早亡，敬事后母，终身不失。忽母患一肿成痈，形容日悴，人皆不识。僚欲呼医师针灸，恐母痛难忍，自以口于母肿上徐吮之。其肿自熟，血流出，迨夜即得安寝。乃梦一小儿语母曰："若得鲤鱼食之，其病即瘥，可以延寿。若不得鲤鱼，久死矣。"母觉而告僚。僚闻之，悲懊无计，仰天叹曰："我不孝，今是十二月凝结之日，何处求之？"僚即抱而哭："我如何失母去得！"行坐悲泣，愿天效灵，乃脱衣上冰卧之。有一

---

① 见《太平御览》卷二十六，《初学记》卷三。
② 引自《汉魏六朝笔记小说大观》，上海古籍出版社1999年版，第758页。

童子，决僚卧处冰开，送鲤一双与僚。僚得之喜悦，将归与母食之，其疾即愈，延寿一百三十三岁。盖僚至孝感天，昭应如此。

《稗海》本《搜神记》卷五"楚僚卧冰"

  昔有樊寮至孝，内亲早亡，继事后母。后母乃患恶肿，内结成痈，楚毒难忍，夙夜不寐。寮即愁烦，衣冠不解，一月余日，形体羸瘦，人皆不识。

  寮欲唤师针灸，恐痛，与口于母肿上吮之，即得小差。以脓血数口流出，其母至夜，便得眠卧安稳。

  夜中，梦见鬼来语母曰："其疮上复得鲤鱼哺之，后得无病，寿命延长。若不得鲤鱼食之，即应死矣。"寮闻此语，忧心恐惧，仰面向天而叹曰："我之不孝，今乃如此，十一月冬冰结凝之时，何由得此鱼食？"即抱母头而别，出入行哭，悲啼泣泪，仰天而叹曰："天若怜我，愿鱼感出，无神休也。"寮乃脱衣覆冰之上，不得鱼，遂赤体卧冰之上。天知至孝，当寮背下，感出鲤鱼一双。心生欢悦，将归与母食之，及哺之于疮上，即得差矣。命得长远，延年益寿，乃得一百一十而终也。樊寮至孝，松柏终不改易。

句道兴本《搜神记》"樊寮卧冰"

  清·褚人获纂辑《坚瓠秘集》卷五《卧冰得鱼》，对王祥、王延、楚僚（寮）等卧冰求鱼以救父母的事迹有简略叙述。

  《晋书》，王祥孝母，卧冰而双鲤跃出。王延为母欲鱼，叩冰而哭，一鱼跃出。《说储》载楚僚卧冰，而童子送鲤。查道泣祷河神，而冰开得鳜。《元史》载汶上田政住父病不愈，祷天，去衣卧冰上一月。同县王住儿母病，卧冰上半月，皆得鱼以愈亲疾。

宋·谯郡公撰《宣政杂录》采录的一则异文，所记为北宋孝女崔氏卧冰求鱼事迹，故事主人公为女性，与王祥、王延、楚僚诸人不同。

政和中，济南府禹城县孝义村崔志，有女甚孝。母卧病久，冬忽思鱼食而不可得。其女曰："闻古者王祥卧冰得鱼，想不难也。"兄弟皆曰："尽信书则不如无书。汝女子何妄论古今。"女曰："不然。父母有儿女者本欲养生送死，兄谓女不能邪！"乃同乳媪焚香誓天，即往河中卧冰。凡十日，果得鱼三尾，鳞鬣稍异，归以馈母食之，所病顿愈。人或问方卧冰时，曰："以身试冰，殊不觉寒也。"

《宣政杂录·孝女》①

这一则故事，又见于明·陆楫编《古今说海》说略甲集，文字相同，仅个别字句稍有出入。

有关崔氏女卧冰求鱼事迹，清·褚人获纂辑《坚瓠集》亦有记载，出《北墅手述》，文字与《宣政杂录》不尽相同。

《北墅手述》：政和中，济南崔志，有女母病，冬日思鱼，冰坚不可得。女曰："王祥卧冰，我欲效之。"家人止之，女曰："男子能为之，岂女子独不能耶？"乃焚香告天，卧于冰上。三日冰开，跃出鲜鳞三尾，烹以饷母。母愈，人问其卧冰时寒气何如？女曰："身卧层冰之上，但觉阳和之气下逼，殊不知有寒也。"

《坚瓠余集》卷二《崔氏女卧冰》

---

① 见《说郛》卷二十六（《说郛三种》第一册）。

这一故事类型，现当代仍在宁夏等地流布，譬如《王祥和王冰的故事》①《王祥卧冰》②。

郭巨埋儿型故事 大致写郭巨至孝，虑养儿妨碍供养寡母，欲掘地埋儿，于土内得黄金一釜，中有丹书（或铁券）曰："赐孝子郭巨。"巨得金后侍奉老母更笃。这一故事类型，在汉末已有流传。晋·葛洪撰《抱朴子内篇·微旨》："郭巨煞子为亲，而获铁券之重赐。"讲的即是郭巨埋儿的传说。山东长清县孝堂山上的郭氏墓石祠，是我国现存纪念郭巨的最早地面建筑。有关郭巨埋儿故事的最早文本，见诸晋·干宝撰《搜神记》：

> 郭巨，隆虑人也，一云河内温人。兄弟三人，早丧父。礼毕，二弟求分。以钱二千万，二弟各取千万。巨独与母居客舍，夫妇佣赁，以给供养。居有顷，妻产男。巨念与儿妨事亲，一也；老人得食，喜分儿孙，减馔，二也。乃于野凿地，欲埋儿，得石盖，下有黄金一釜，中有丹书，曰："孝子郭巨，黄金一釜，以用赐汝。"于是名振天下。

《搜神记》卷十一《郭巨》

宋躬撰《孝子传》与徐广撰《孝子传》均记有郭巨埋儿事迹，文字简约，基本相同。

> 郭巨，河内温人也。妻生男，谋曰："养子则不得营业，妨于供养，当杀而埋焉。"锸入地，有黄金一釜，上有铁券曰："黄

---

① 见《中国民间故事集成·宁夏卷资料丛书·同心民间故事》。
② 见《中国民间故事集成·宁夏卷资料丛书·隆德民间故事》。

金一釜，赐孝子郭巨。"

徐广撰《孝子传》"郭巨"①

唐·释道世撰《法苑珠林》卷四十九《忠孝篇·因业部》"郭巨有养母之感"，出汉·刘向撰《孝子传》，故事情节与上述几则略有不同。

> 郭巨，河内温人，甚富。父没，分财二千万为两，分弟，已独取母供养。住自比邻有凶宅，无人居者，共推与居无患。妻生男，虑养之则妨供养。乃令妻抱儿，已掘地欲埋之，于土中得一釜金，金上有铁券曰："赐孝子郭巨。"

敦煌遗书中的两则异文，故事情节较为丰富，在相当程度上展现了唐五代时期这一故事类型的变化、发展。其中有两个不同之处引人注目，其一是称郭巨"家贫"，改变了先前的"家富"之说，使其埋儿之举更为合乎逻辑。其二是写天子下诏旌表郭巨，以立孝行，进一步强化了封建伦理观念的宣扬，更突显出郭巨埋儿的意义。在敦煌遗书的两则异文中，句道兴撰《搜神记》的一则最为完整。

> 昔有郭巨者，字文气，河内人也。家贫，养母至孝。巨有一子，年始两岁。巨语妻曰："今饥贫如此，老母年高，供熟孝养，恐不安存。所有美味，每减与子，令母饥羸，乃由此小儿。儿可再有，母难重见。今共卿杀子，而存母命。"妻从夫言，不敢有违。其妻抱子往向后园树下，欲致子命。巨身掘地，欲拟埋之，语妻曰："子命尽未？"妻不忍即害，必称已死。巨掘地得一尺，乃得黄金一釜，釜上有铭曰："天赐孝子之金。郭巨杀

---

① 宋、徐《孝子传》"郭巨"，分别见于《太平御览》卷四一一、《说郛三种》第五册。

子存母命，遂赐黄金一釜。官不得夺，私不得取。"见金惊怪，以呼其妻，妻乃抱子往看。子得平存未死，妻乃喜悦。遂即将送县，县牒上州，州送上台省，天子下制，金还郭巨，供养其母，标其门间，以立孝行，流传万代。后汉人也。

句道兴本《搜神记》"郭巨"

敦煌遗书中的另一则异文，为写本《孝子传》"郭巨"，与句道兴本《搜神记》的异文大同小异，虽出自文墨不多者之手，亦保留了民间故事的一些特点，值得关注。

郭巨字大举，河内人也。家[贫]，养[母]至孝。妻生一子，年三岁。巨谓妻曰："家贫如此，时岁饥虚布德老饮食，供养孝母，犹不充饱，更被婴孩（孩）分母饮食。子可再有，母不可得。共卿埋子以全母命不？"妻不敢违，从夫之意。巨自执鍫，妻乃抱儿来入后园。后令妻煞子，巨即掘地，才深一丈[二]尺，掘着一铁器，巨位（低）视，乃见一釜，釜中满盈黄金。巨连（速）招妻。妻曰："抱儿则至。"儿且犹活，妻不忍下手。夫谓妻曰："卿见此釜之金，其上有一铁券云：'天帝赐孝子黄金，官不得夺，移（私）不许侵（侵）。'"巨既得[金]惊怪不以（已），乃陈于懸（县），懸（县）已（以）申州，州与表奏天子。天子不（下）诏曰："金还郭巨供养其母。"乃表门以彰孝德。

敦煌写本《孝子传》"郭巨"

这一故事类型，现当代仍在河北、河南、宁夏、四川、山东、山西等地流布，譬如《郭巨埋儿孝母亲》①《郭巨埋儿地生金》②《郭巨真孝母假埋子的传说》③《郭巨埋儿》④《活埋香儿》⑤《郭巨埋儿》⑥《郭巨埋儿》⑦。

丁兰刻木型故事 大致写丁兰年少丧母，乃刻木为母，供养如生。后兰妻以火灼母面，邻人以杖敲母头或以刀砍母，均受到报应。这一故事类型，汉代便开始流传。东汉·应劭撰《风俗通义·愆礼》已提及"世间共传丁兰克木而事之（指慈母）"。而正式的故事文本则初见于晋·干宝撰《搜神记》：

> 丁兰，河内野王人。年十五，丧母。乃刻木作母事之，供养如生。邻人有所借，木母颜和则与，不和不与。后邻人忿兰，盗斫木母，应刀血出。兰乃殡殓，报仇。汉宣帝嘉之，释中大夫。
>
> 《搜神记》佚文"丁兰刻母"⑧

晋·孙盛撰《逸人传》记载的一则异文，对邻人泄愤的情节作了进一步的描述：

> 丁兰者，河内人也。少丧考妣，不及供养，乃刻木为人，

---

① 见《内丘民间故事选》。
② 见《耿村民间文化大观》。
③ 见《河南民间文学集成·安阳故事卷》。
④ 见《中国民间故事集成·宁夏卷资料丛书·同心民间故事》。
⑤ 见《中国民间故事集成·重庆市长寿县卷》。
⑥ 见《临沂地区四老人故事集》。
⑦ 见《朔城历史文化集成·民间故事》。
⑧ 见《太平御览》卷四八二。

仿佛亲形，事之若生，朝夕定省。后邻人张叔妻从兰妻有所借，兰妻跪报木人，木人不悦，不以借之。叔醉疾来谇骂木人，以杖敲其头。兰还，见木人色不怿，乃问其妻。妻具以告之，即奋剑杀张叔。吏捕兰，兰辞木人去。木人见兰，为之垂泪。郡县嘉其至孝，通于神明，图其形像于云台也。

《逸人传》"丁兰"①

然而上面两则均未提及兰妻以火灼母的情节。在唐·释道世编《法苑珠林》卷四十九《忠孝篇·业因部》"丁兰有刻木之感"，出刘向撰《孝子传》，其中，才有这方面的记载：

丁兰，河内野王人也，年十五丧母。刻木作母事之，供养如生。兰妻夜火灼母面，母面发疮。经二日，妻头发自落如刀锯截，然后谢过。兰移母大道，使妻从服三年拜伏。一夜忽如风雨，而母自还。邻人所假借，母颜和即与；不和，则不与。

敦煌遗书中的句道兴撰《搜神记》录写的一则异文，对于灼母情节描写更为生动。

昔有丁兰者，河内人也。早失二亲，遂乃刻木为母，供养过于所生之母。其妻曰："木母有何所知之，今我辛勤，日夜侍奉?"见夫不在，以火烧之。兰即夜中梦见亡母语兰曰："新妇烧我面痛。"寝寐心惶，往走来归家，至木母前，倒卧在地，面被火烧之处。兰即泣泪悲啼，究问不知事由。妻当巨讳，抵死不招。其时妻面上疮出，状如火烧，疼痛非常，后乃求哀伏首，始得

---

① 见唐·徐坚等辑《初学记》卷十七。亦见《太平御览》卷四一四。

第九章　魏晋南北朝时期的民间故事类型

差也。

句道兴本《搜神记》"丁兰"

敦煌遗书中的写本《孝子传》"丁兰",散文部分已全部遗佚,仅存最后的诗句,尚可从中窥见其大概面貌。

（首缺）

丁兰列（刻）木作慈亲,孝养之心感动神,

图舍忽然偷如斩,血流洒地真如人。

敦煌写本《孝子传》"丁兰"

这一故事类型,现当代仍在陕西、宁夏、山西、河北、四川、湖南、广西、安徽等地的汉族和个别少数民族地区流布,譬如《丁兰刻母孝子村》①、《丁郎刻母》②、《木头妈妈》③、《丁郎刻木》④、《丁郎孝母》⑤、《丁兰刻本》⑥、《孝顺的丁兰》（壮族）⑦、《丁郎刻木》⑧、《丁郎刻母》⑨。

画女钉心型故事　大致写画家顾恺之将自己喜欢的邻家姑娘画在墙壁上后,无意中在其心口上钉了钉子。邻家姑娘因此得了心痛病。顾恺

---

① 见《中国民间文学集成·陕西卷·咸阳民间故事集成》。
② 见《中国民间故事集成·宁夏卷》。
③ 见《中国民间故事集成·山西卷》。
④ 见《滹沱河的传说》。
⑤ 见《中国民间故事集成·重庆市长寿县卷》。
⑥ 见《中国民间故事集成·湖南卷·岳阳市分卷》。
⑦ 见《中国民间故事集成·广西卷·靖西民间故事集》。
⑧ 见《中国民间故事集成·安徽卷》。
⑨ 见《中国民间故事集成·新疆兵团卷》。

之知道后赶忙拔去钉子，姑娘立刻痊愈。这一故事类型，初见于晋·干宝撰《搜神记》：

> （顾恺之字长康，）常悦一邻女。乃画女于壁，当心钉之。女患心痛，告于长康，拔去钉，乃愈。
>
> 《搜神记》佚文"画女钉心"①

这一故事类型，现当代仍在河南、江苏等地流布，譬如《虎头神画》②《顾恺之画美女》③。

虎报恩型故事　大致写一人为虎接生（或取喉中之物、拔肉中刺与箭）。虎感其恩，常送野物以报。或因此吃官司，其人说明缘由，遂得释放。这一故事类型，初见于晋·干宝撰《搜神记》：

> 苏易者，庐陵妇人，善看产，夜忽为虎所取。行六七里，至大圹，厝易置地，蹲而守。见有牝虎当产，不得解，匍匐欲死，辄仰视。易怪之，乃为探出之，有三子。生毕，牝虎负易还，再三送野肉于门内。
>
> 《搜神记》卷二十《苏易》

自唐代以来，不断有异文出现，故事情节发生了多方面的变化，异彩纷呈，相当活跃。

唐·戴孚撰《广异记》录写的一则异文，情节变化甚大，首先使

---

① 引自唐·张彦远撰《历代名画记》五。
② 见《中国历代文化名人珍闻录》。
③ 见《中国民间故事集成·江苏卷》。

这一故事类型得到了较大的发展。

  唐建中初，青州北海县北有秦始皇望海台。台之侧有别浞泊，泊边有取鱼人张鱼舟结草庵止其中。常有一虎夜突入庵中，值鱼舟方睡。至欲晓，鱼舟乃觉有人，初不知是虎。至明方见之。鱼舟惊惧，伏不敢动。虎徐以足扪鱼舟，鱼舟心疑有故，因起坐。虎举前左足示鱼舟，鱼舟视之，见掌有刺可长五六寸，乃为除之。虎跃然出庵，若拜伏之状，因以身劙鱼舟。良久，回顾而去。至夜半，忽闻庵前坠一大物，鱼舟走出，见一野豕脂甚，几三百斤。在庵前。见鱼舟，复以身劙之，良久而去。自后每夜送物来，或豕或鹿。村人以为妖，送县，鱼舟陈始末。县使吏随而伺之，至二更，又送麋来。县遂释其罪。鱼舟为虎设一百一斋功德，其夜，又衔绢一匹而来。一日，其庵忽被虎拆之，意者不欲鱼舟居此。鱼舟知意，遂别卜居焉。自后虎亦不复来。

《广异记·张鱼舟》

唐·佚名撰《神仙拾遗》录写的一则异文，人物与情节均有所变化。

  郭文字文举，洛阳人也。《晋书》有传。隐余杭天柱山。或居大璧岩……有虎张口至石室前，若有所告。文举以手探虎喉中得骨，去之。明日，虎啣一死鹿致石室之外，自此虎常驯扰于左右，亦可抚而牵之。文举出山，虎必随焉，虽在城市众人之中，虎俯首随行，不敢肆暴，如犬羊耳。或以书策致其背上，亦负而行。文举尝采木实竹叶，以货盐米，置于筐中，虎负而随之……

《神仙拾遗·郭文》[1]

---

[1] 引自《太平广记》卷一四。

唐·傅亮撰《灵应录》录写的一则异文，由郭文去鲠而引出老妪取签，对这一故事类型的发展，颇有影响。

  晋郭文举与虎探去鲠，虎送鹿来报，以为异。今长兴县有邸妪，採桑次被虎衔入深谷中，不伤之。其虎就将蹲，自旦至午，妪告曰："某之年迈，莫有宿业否？今因于此，又不食，乞大圣念之。"呼虎为大圣，遂伸一脚于妪前，看之有一竹签在爪下。妪又曰："莫要去邪？"虎掉尾点头，似相感之状。妪乃为拔之，迅跃数四，却衔至旧所，并无损。至夜，置一鹿于门首去。

《灵应录·长兴妪》①

明·宋雷撰《西吴里语》卷二"长兴县邸妪"，与此则文字相同，明·王稚登撰《虎苑》卷上"长兴邸妪"，则是据此缩写而成。

唐·韦绚撰《刘宾客嘉话录》（又称《刘公嘉话录》）采集的一则异文，使老妪为虎取签的情节有了新的变化、发展。

  曾有老妪山行，见大虫羸然跬步而不进，若伤其足。妪目之，而虎遂自举足以示妪，乃有芒刺在掌，因为拔之。俄奋迅阚吼而愧其恩。自后掷麋鹿狐兔于庭，日无阙焉。妪登垣视之，乃前伤虎也。因为亲族具言其事，而心异之。一旦，忽掷一死人，血肉狼藉。妪乃被村胥诃捕。妪具说其由，始得释缚。妪乃登垣，伺其虎至而语曰："感矣，叩头大王，已后更莫抛死人来也。"

《刘宾客嘉话录》"老妪救虎"②

---

① 见《说郛》卷一七（《说郛三种》第八册）。
② 引自《太平广记》卷二五一。

宋·王谠撰《唐语林》卷六"老妪与虎"、宋赵令畤撰《侯鲭录》"老妪救虎"、明·王稚登撰《虎苑》卷下"老妪救虎",均与此则相同,仅个别字句有出入。

宋·李昉等编《太平广记》所收的一则异文,也是写替虎拔刺的,但在报恩之后,又增加了误杀殉恩的情节,从中不难窥见其流传中的变异轨迹。

> 宗正卿李大可尝至沧州。州之饶安县有人野行,为虎所逐。既及,伸其左足示之,有大竹刺,贯其臂,虎俯伏贴耳,诺请去之者。其人为拔之,虎甚悦,宛转摇尾,随其人至家乃去。是夜,投一鹿于庭。如此岁余,投野豕獐鹿,月月不绝。或野外逢之,则随行。其人家渐丰,因洁其衣服。虎后见改服,不识,遂啮杀之。家人收葬讫,虎复来其家。母骂之曰:"吾子为汝去刺,不知报德,反见杀伤。今更来吾舍,岂不愧乎?"虎羞惭而出。然数日常旁其家,既不见其人,知其误杀,乃号呼甚悲。因入至庭前,奋躍折脊而死。见者咸异之。

《太平广记》卷四三一《李大可》

明·陈继儒撰《虎荟》"宗正卿李可大常至沧州"一则异文,大意写某人野行时,替一猛虎拔去"贯臂"大竹刺。是夜投一鹿于庭,如此岁余,使其人家渐丰饶。此人富后洁其衣服,虎一日见之不识,竟将其咬死。待虎知误杀恩人后,乃号呼悲痛,奋跃折脊而亡。在虎报恩之后又增加了误杀殉恩的情节,更为曲折。

南宋·洪迈撰《夷坚志》录写的一则异文,故事发生在宋代的海门县,文字较为简略,由虎患引出替虎拔箭的情节。

> 淳熙二年八月,通州海门县下沙忽有虎暴,民家牛羊猪狗,

遭食者多。居人畏其来，至暮辄出避。陈老翁村舍窗户篱壁，皆为触倒。陈语妻子曰："虎吃人自系定数。我一家人八口，恐须有合受祸者，我今出外自当之。"妻子挽劝不听。即开门，见虎肋间带一箭，手为之拔取。虎腾身哮吼，为感悦之状而去。次夜，掷一野麂以报，自此绝迹。

《夷坚支庚》卷四《海门虎》[1]

明·王圻纂集《稗史汇编》卷一五六《禽兽门·兽类二·海门虎》此则相同。

清康熙《钱塘县志》所收一则异文，与唐·佚名撰《神仙拾遗·郭文》相似，情节略有变化，人物描绘更为生动，并且以地方传说的形态出现。

晋时郭文举到余杭大涤山隐居十余年，鹿裘葛巾，区种菽麦或采箸，以贸盐酪，有馀即施贫人。一日有虎张口向之，文视其舌，有横骨，乃引入探去。明日，虎置一鹿于舍外，适有猎人来宿，因指与之，卖后分钱与文。文曰："我若需此自当卖。所以相语，不须故也。"后虎服役和仆从，令负箸随行，尝置于凤凰山侧。文货药归晚，虎嗥。今名其地"嗥亭"。

清康熙《钱塘县志》卷三十"嗥亭"

成书于清嘉庆六年（1801）的管世灏撰《影谈》[2]中的《虎变》，故事情节较以上诸则更为曲折，极富传奇性，笔致细腻，人物刻画颇见功力，吴其、班雄、班妹等主要人物无不栩栩如生，是以这一民间故事

---

[1] 见《夷坚志》第三册，第1166页。
[2] 《影谈》，清光绪初申报馆排印本。

类型为素材创制的一篇佳作，从中不难窥见《聊斋志异》的影响。

　　施南范锦文，无家室，惟一仆任薪水之劳。仆吴姓，朴诚廉直，范厚遇之。后范为仇家所杀，吴讼诸官。吏得仇家贿，不为究。吴愤甚，阴怀利刃，欲为豫让计。仇家闻，讽吏，将捕之。吴乃遁，流落江湖间。遇一铃医，录为徒，历数年，尽得其术。医给以铃具，使另觅衣食。
　　一日山行，见一伟丈夫袒臂而来，凝血模糊，腥秽不可近。吴怜之，问所伤，曰："前行山谷间，误中猎者飞铳，遂致溃烂。"吴谛视之曰："铅丸深入肯綮，数日后肘断矣。示我姓名，当为汝治。"曰："仆班雄也，系出汉班彪后。君果怜仆，愿邀至舍。"遂引吴入山。路其犖峭，班乃反一手负吴而行，行甚驶。至一巨洞，外叠乱石作雉堞状。洞内无墙壁，床灶俱用石凿。一白首妪手持牟尼，喃喃诵佛号，见吴有喜色，辍诵而起。班急向妪荷荷作耳语，殊不可辨。妪复虔诵佛如故。吴遂命班取水洗溃处，出千金药敷之，曰："三日后再一敷洗，即可平复。"班呼具膳，一女子自洞后出，山花满髻，足巨如罗，将巨簋置几上，尽鹿脯也。班曰："深山中粒食甚艰，幸弗见亵。"吴正饥，遂大啗，班喜曰："我辈中人也。"乃叩吴宗阀，知吴尚未有室，曰："舍妹粗鄙，殊勤操作。君既无家，当使侍巾栉，以报洪恩。"吴正踌躇，班曰："吾辈作事当直截痛快，勿效儿女子态。"复向妪数语，妪点首，即呼女出，与吴交拜。女亦无羞缩。馆吴于洞后石室中。
　　数日，班伤处已愈，邀吴观山景。吴至洞外，果觉山势嶙峋，树林蓊葧。行数里，路益险仄，吴欲反，班指谓曰："山顶尚有行人，此何畏耶？"果见一人飞步而下，见班，即泥首曰："顷蔚文翁会猎南山，特请速往。"班即与吴归，谓曰："倘获异味，当与君共尝。"语毕，遂启柜挟一虎皮而去。吴心疑。比晚复出散步，遥见山坡下一猛虎咆哮而上，吴惧，急缘一巨树避之。未几，虎至洞外，作人立，自解其皮，视之，即班也。吴益惧，两股战栗，树枝苏苏作响。班仰视见吴，促之下，吴犹畏缩不已。班掖之归，因笑谓曰："偶露真形，致君骇目，仆之罪也。然世人虎狼其心，成群千百，仆惟独往独来，无羽翼之助。且贪残凶狠，非死不休，仆则解却蒙茸，立还本相。君何不畏众虎而畏一虎，不畏终身不变之虎，而畏偶尔蒙皮之虎。此仆所大不可解者也！"吴服其论，心始安。

　　一日晨起，班尚熟睡，吴启柜窃其衣，至洞外试披之，则斑然一虎也。顿觉顾盼自雄，惟四体膨脖不能跳跃。正蹒跚间，女适撷山花归，见之大笑。吴惭甚，急解皮而起，女谓吴曰："君苟不嫌异类，当为君另制一衣。"乃白于媪，媪喜，即出旧皮数十页。女择其润泽者，按吴长短，纫针裁制，媪亦助之补缀。班问故，媪以告。于是班亦蒙皮，与吴日至山前，教之剪扑，教之啸吼，教之搏噬。

　　后媪病，误仰吴药而卒，班怨之。乃与女作归计，女曰："兄性刚暴，须秘之。吾闻虎食犬肉辄醉，得之可脱也。"吴乃觅犬，果得其一，烹之。班大啖，即醉卧如泥，遂与女卷囊而遁。将至家，见墦间有祭者，仇亦与焉。吴取皮伏蓁莽间，俟其过，扑而杀之，众皆惊逸，不知吴所为也。及归，女欲焚其皮，吴不可，女曰："君杀机已启，苟有小愤，人不能堪矣！"卒焚之。后举二子，曰猭、曰虤，俱有勇力，食军粮皆显。

　　柳衣氏曰：虎一虎众，虎暂虎常，人兽相较，有不可同语者。若大仇已复，即毁复仇之具。与放牛归马，同一气度，女更贤矣。

这一故事类型，现当代仍在贵州、四川、重庆、广西、广东、福建、湖南、湖北、山西、山东、河北、宁夏、青海、吉林等地的汉族和一些少数民族聚集后区流布，如《老虎报恩》（苗族）①、《老虎与柴哥》（苗族）②、《虎弟》③、《虎大哥》（壮族）④、《义虎》⑤、《老虎抢亲》（畲族）⑥、《老虫送财》⑦、《老巴子谢接生婆》（土家族）⑧、《樵哥》⑨、《王三救虎》⑩、《虎儿》⑪、《郎中与老虎》⑫、《八十三万老虎》⑬、《老虎报恩》（藏族）⑭、《三十八万老虎闯县衙》⑮。

这一故事类型，相当于丁乃通编著《中国民间故事类型索引》156，艾伯华著《中国民间故事类型》"动物与人 17. 老虎报恩"。

观仙对弈型故事 大致写一人误坠大穴，或入山采樵、伐木，见二仙（或数童子）对弈（或樗蒲，下同），便在旁观看。弈者与其人饮玉浆（或食枣核、杨梅、药丸等），乃不复饥渴。局终，斧柯（或马鞍）已烂。归家，则已过数年（或数十年）。亦称其人后成仙，或不知所终。这一故事类型，晋时已初具面目。晋·袁山松撰《郡国志》"王质"称：

　　　道士王质，负斧入山，采桐为琴，遇赤松子与安期先生棋而

---

① 见《贵州苗族民间故事选》。
② 见《中国民间文学集成·四川筠连苗族民间故事专集》。
③ 见《中国民间故事集成·重庆市长寿县卷》。
④ 见《中国民间故事集成·广西卷》。
⑤ 见《中国民间故事集成·广东卷》。
⑥ 见《中国民间故事集成·福建卷》。
⑦ 见《中国民间故事集成·湖南卷》。
⑧ 见《孙家香故事集》。
⑨ 见《中国民间故事集成·湖北卷》。
⑩ 见《中国民间故事集成·山西卷·榆社民间故事集成》。
⑪ 见《临沂地区四老人故事集》。
⑫ 见《中国民间文学集成·武安民间故事卷》续集。
⑬ 见《花马池的传说——盐池民间故事》。
⑭ 见《中国民间故事集成·青海卷》。
⑮ 见《中国民间故事集成·吉林卷》。

斧柯烂。

旧题东晋·陶潜撰《搜神后记》卷一《仙馆玉浆》，是有关此类型故事较为详尽的一则记载，但与王质的故事无涉。

> 嵩高山北有大穴，莫测其深，百姓岁时游观。晋初，尝有一人误堕穴中。同辈冀其傥不死，投食于穴中。坠者得之，为寻穴而行。计可十余日，忽然见明。又有草屋，中有二人对坐围棋。局下有一杯白饮。坠者告以饥渴，棋者曰："可饮此。"遂饮之，气力十倍。棋者曰："汝欲停此否？"坠者不愿停。棋者曰："从此西行，有天井，其中多蛟龙。但投身入井，自当出。若饿，取井中物食。"坠者如言，半年许，乃出蜀中。归洛下，问张华，华曰："此仙馆大夫。所饮者玉浆也，所食者龙穴石髓也。"

南朝宋·刘义庆撰《幽明录》"仙馆棋者"，由《搜神后记》改写而成，文字有所压缩。

> 嵩高山北有大穴，晋时有人误堕穴中，见二人围棋。下有一杯白饮，与堕者饮，气力十倍。棋者曰："汝欲停此否？"堕者曰："不愿停。"棋者曰："从此西行有大井，其中有蛟龙，但投身入井，自当出。若饿，取井中物食之。"堕者如言，可半年，乃出蜀中。归洛下，问张华。华曰："此仙馆。夫所饮者玉浆，所食者龙穴石髓。"

南朝梁·殷芸撰《殷芸小说》卷七"仙馆棋者"，唐末杜光庭撰《神仙传拾遗》"嵩山叟"①，与《搜神后记》卷一《仙馆玉浆》，文字基

---

① 见《全唐小说》第四卷。《太平广记》卷十四《嵩山叟》，出《神仙拾遗》，与此悉同。

本上相同。唯后者将"出蜀中"改为"出蜀青城山",并引《玄中记》云:"蜀郡青城山有洞穴,分为三道,西北通昆仑。"

南朝宋·刘敬叔撰《异苑》卷五《樗蒲仙》,故事情节变化较大,与王质的故事比较接近。

> 昔有人乘马山行,遥望岫里有二老翁相对樗蒲,遂下马造焉,以策注地而观之。自谓俄顷,视其马鞭,摧然已烂,顾瞻其马,鞍骸枯朽。既还至家,无复亲属,一恸而绝。

南朝时期有关王质的故事,见于旧题梁·任昉撰《述异记》。其描述较《郡国志》略详,然而却与赤松子、安期先生无关。

> 信安郡石室山,晋时王质伐木至,见童子数人棋而歌,质因听之。童子以一物与质,如枣核,质含之不觉饥。俄顷,童子谓曰:"何不去?"质起视斧柯烂尽。既归,无复时人。
>
> 《述异记》卷上"王质"

在此之后,有关王质与烂柯山的记载,屡有所见。唐·丘光庭撰《兼明书》"烂柯山"[①],未提及王质的名字。

> 烂柯山,相传云:昔人采樵于山中,见二人奕棋于松下,因坐而看之。及棋罢而归,斧柯已烂,至家三岁矣。因名其山曰"烂柯"。

明·张岱撰《夜航船》卷二地理部《山川·烂柯山》称此山在浙江衢州。

---

① 见《说郛》卷八(《说郛三种》第一册)。

烂柯山，衢州府城南，一名石室。道书谓青霞第八洞天。晋樵王质入山，见二童子弈，质置斧而观。童子与质一物，如枣核，食之不饥。局终，示质曰："汝斧柯烂矣。"质归家，已百岁矣。

清·俞樾撰《茶香室丛钞》所录两则异文，分别对故事发生地和烂柯的因由提出另说：

宋·吴曾《能改斋漫录》云李宗谔云：达州烂柯亭，在州治之西四里。古有樵者，观仙弈棋不去，至斧柯烂于腰间，即此地也。乃知观棋烂柯，不止衢州。

《茶香室续钞》卷十八《观棋烂柯不止一处》

宋·朱翌猗《觉寮杂记》云：烂柯多用为棋事，听琴亦然。《水经》：晋民王质伐木入信安县室坂，见童子四人鼓琴，质倚柯听之。既去柯烂，去家已数十年。

《茶香室丛钞》卷十四《烂柯事有异说》

近人任松如编《水经注异闻录》卷下《倚柯》。与《述异记》卷上"王质"内容相似，文字略有变化。

晋中朝时，有民王质。伐木，至石室中，见童子四人，弹琴而歌。质因留，倚柯听之。童子以一物如枣核与质，质含之，便不复饥。俄顷，童子曰："其归！"承声而去，斧柯漼然烂尽。既归，质去家已数十年，亲情凋落，无复向时比也。

唐宋时期，这一故事类型的异文甚多，变化各不相同。出现较早的一则为戴孚撰《广异记·麻阳村人》：

> 辰州麻阳县村人，有猪食禾。人怒，持弓矢伺之。后一日复出，人射中猪。猪走数里，入大门，门中见室宇壮丽，有一老人，雪髻持杖，青衣童子随后。问人何得至此。人云猪食禾，因射中之，随逐而来。老人云："牵牛蹊人之田而夺之牛，不亦甚乎？"命一童子令与人酒饮。前行数十步，至大厅，见群仙。羽衣乌帻，或樗蒲，或弈棋，或饮酒。童子至饮所，传教云："公令与此人一杯酒。"饮毕不饥。又至一所。有数十床，床上各坐一人，持书，状如听讲。久之却至公所，公责守门童子曰："何以开门，令猪得出入而不能知？"乃谓人曰："此非真猪，君宜出去。"因命向童子送出，人问老翁为谁，童子云："此所谓河上公，上帝使为诸仙讲易耳。"又问君复是谁，童子云："我王辅嗣也。受易已来，向五百岁，而未能通精义。故被罚守门。"人去后，童子蹴一大石遮门，遂不复见。

这则故事由射猪引出观仙弈棋与神仙赐饮的情节，保持了与整个故事类型的一致性。其后的情节则与其他异文不同，显示出它的独特性。

在《广异记·麻阳村人》之后出现的一批异文，大多与学道、成仙的描写有关。唐·卢肇撰《逸史》录写的两则异文，其中一则将观道士下棋与学道术、传法箓联系起来，带有神秘色彩。

> 黄尊师居茅山，道术精妙。有贩薪者，于岩洞间得古书十数纸，自谓仙书，因诣黄君，恳请师事。黄君纳其书，不语，日遣斫柴五十束，稍迟并数不足，呵骂及棰击之，亦无怨色。一日，见两道士于山石上棋。看之不觉日暮，遂空返。黄生大怒骂叱，杖二十。问其故，乃具言之。曰："深山无人，何处得有棋道士？果是谩语。"遂叩头曰："实，明日便捉来。"及去，又见棋次。

乃佯前看，因而擒捉。二道士并局，腾于室中上高树，唯得棋子数枚。道士笑谓曰："传语仙师，从与受却法箓。"因以棋子归，悉言其事。黄公大笑，乃遣沐浴，尽传法箓。受讫辞去，不知其终。

《逸史·黄尊师》

另外一则习道者入洞壑见二道士对弈，品尝龙食，为觅宝胡人贾所发现，从而为唐代盛行的胡人识宝传说增添了新的内容。

  义兴县山水秀绝，张公洞尤奇丽。里人云，张道陵修行之所也。中有洞壑，众未敢入。土氓姚生习道，挈杖瓶火，负囊以入。约行数百步，渐渐明朗。云树依稀，近通步武。又十余里，见二道士对弈。曰："何人，焉得来此？"具言始末。曰："大志之士也。"姚生馁甚，因求食。旁有青泥数斗，道士指曰："可餐此。"试探咀嚼，觉芳馨，食之遂饱。道士曰："尔可去，慎勿语世人。"再拜而返，密怀其余，以访市肆。偶胡贾见，惊曰："此龙食也，何方而得？"乃述其事，俱往寻之，但黑巨穴，不复有路。青泥出外，已硬如石，不可复食。

《逸史·张公洞》

  宋·曾慥编《类说》卷十二《洞中道士对棋》，出五代·徐铉撰《稽神录》（按：今本《稽神录》无此则），亦有此类母题，与以上诸则的情节有所不同。

  婺源公山二洞有穴如井，咸通末有郑道士以绳缒下百余丈，旁有光，往视之，路穷阻水，隔岸有光，岸有花木，二道士对棋，使一童子刺船而至，问："欲渡否？"答曰："当还。"童子回舟而去。郑复缒而出。明日，井中有石笋塞其口，自是无入者。

在宋·洪迈撰《夷坚志》中，录写的这一故事类型的异文不少。《夷坚乙志》卷一《仙弈》①，其内容和风格与南朝时期的作品比较相似。

南剑尤溪县浮流村民林五十六樵于山，见二人对弈，倚担观之。旁有两鹤啄杨梅，坠一颗于地，弈者目林使拾之。俯取以食，遽失二人所在。林归，即辟谷不食，不知其所终。

《夷坚支戊》卷一《石溪李仙》②，故事亦发生在福建南剑州境内，记述烧炭人的奇遇，情节比较曲折有趣。在这个时期，是一则颇为突出的作品。

南剑州顺昌县石溪村民李甲，年四十不娶，但食宿于弟妇家。常伐木烧炭，鬻于市。得钱，则日籴二升米以自给，有余，则贮留以为雨雪不可出之用，此外未尝妄费。绍兴二年九月，入山稍深，倦憩一空屋外。闻下棋声，知是人居。望其中有两士对弈。李趋进揖之，呼为"先生"。弈者笑而问曰："汝以何为业？"对曰："卖炭尔。"又曰："能服药乎？"应曰："诺。"即顾侍童，取瓢中者与之。童颇有吝色，曰："此何为者？而轻三付之。"呲曰："非汝所知。"药正红而味微酸。服竟，亟遣出，约曰："三十年后，复会此山中。"出门反顾，茫无扎睹。嗅腰间所齐饭，臭不容口，倾之于水而行。迨还家，既历三日矣，遂连夕大泻。自是不复饮食，惟啖山果，乡人称之曰李仙。③

---

① 见《夷坚志》第一册，第188页。
② 见《夷坚志》第三册，第1052页。
③ 明·王圻纂集《稗史汇编》卷六十二《方外门·仙四·石溪李仙》，与此则悉同。

《夷坚支丁》卷十《张圣者》①，故事情节较为复杂，枝蔓颇多，但其基本框架仍是观仙者对弈，食仙品得道这样的母题。值得注意的是，这则异文已与传说中的八仙发生联系，其中的一位弈者便是八仙中的钟离权（汉钟离）。

  福州张圣者，本水西双峰下居民。入山采薪，逢两人对弈于磐石上。与之生笋使食，张不能尽，遂谢去。即日弃家买卜，未尝呵钱布卦，而人祸福死生，随口辄应，自称曰张锄柄。绍兴中，张魏公镇闽，母莫夫人多以度牒付东禅寺，使择其徒披剃。长老梦黑龙蟠踞寺外，旦而视之，张也。问之曰："欲为僧乎？"曰："固所愿。"于是落发而立名圆觉。尝以双拳纳口中，每笑时，几至于耳。素不识字，而时时赋诗。见交游间过举，必尽言讽劝。郡士林东，有才无行，尝批张头曰："圆觉头生角。"张应声曰："林东不过冬。"及期，东以罪编隶。后行游建安，放达忤转运副使马子约纯，马擒赴狱。桎梏箠掠，而肌肤无所伤。竟用造妖惑众，劾于朝，流梅州。久之，复归乡。乙卯之冬，或问："新岁状元为谁？"曰："在梁十兄家。"皆莫能晓。既乃温陵梁丞相魁天下，十兄者，克字也。张所遇弈者，一巾一鬘，鬘者与之笋，盖钟离子云。

宋·无名氏撰《释常谈·手谈》② 出《遇真传》。记述终南山石室对弈老人为樵者指路，风格古朴，类似南朝时期的作品。

  昔有樵人入终南采薪，忽见一石室中有二老人棋，樵人迷路，问棋者："此是何处？"棋者不应。樵者拱立多时候毕局，又问之。老人曰："向来我方手谈，不暇对汝。"乃指樵人出路。樵人

---

① 见《夷坚志》第三册，第 1050 页。
② 见《说郛》卷六十八（《说郛三种》第二册）。

出告居人，居人惊异，乃领樵人入山寻访，攀萝引蔓，无处不到，已失其所。

宋·张世南撰《游宦纪闻》所录写的一则异文，记述一个农家子观仙对弈后成为"圣者"的奇迹。它与前面几则同类作品不同之处在于既渲染故事主人公的卑微与丑陋，又强调其人得仙道所经历的痛苦与磨难，蕴含一定的哲理性：

永福下乡有农家子，姓张，以采薪鬻锄柄为业，乡人目为张锄柄。状貌丑怪，口能容拳。一日入山，遇仙人对弈。投之以桃，苦不可食。张心知为仙，冀有所遇，忍苦噉咽。且及半，若将螫舌，遂弃其余而归。因忽忽若狂，绝粒，食草木实。时言人隐恶，能道未来祸福。素不谙书，忽奋笔作字，得羲、献体。口占颂偈，立成如宿构。传闻四散，士夫多往赴之。因度为僧人，号为张圣者。

《游宦纪闻》卷四"张锄柄"

清·阮元纂修《广东通志》所收的一则异文，情节多有变化，其中的驱虎、化金等母题颇为新颖，与以上诸则有所不同。

相传有黄叟者，采茶于山，见二人对弈，拱立其旁。弈者曰："若知山有虎乎？"因遗以卷石，忽失弈者。已而叟得石，果有虎。叟掷石，虎遁去。拾石归，则已三年矣。投石于湖，湖即涸。谛视石，乃白金也。叟自是绝粒，不知所终。

《广东通志》卷一一四《山川略·嘉应州明山》引《粤东名胜记》[1]

---

[1] 转引自《钟敬文民间文学论集》下，上海文艺出版社1986年版，第508页。

清代《崖州志》卷二十二"樵夫遇仙",故事发生在雍正年间,但也与南朝时期的作品一脉相承。

> 有港门人陈继统者,于雍正年间,往南山岭樵采,憩牛车于山下,徒步入大洞天。见二叟对弈于石上。统旁观之,拾余果食之。历三时久,二叟忽不见。统下山觅牛,仅存其骨,车亦朽坏。归家,已越时三年。后无病而终,享寿百岁。

清末杨凤辉撰《南皋笔记》卷一《黄龙洞记》,从故事背景到故事情节均有显著变化,但二仙对弈于仙境片刻而人间数载的故事内核,却是跟以上诸篇一脉相承的。

> 西蜀松州之东偏,有黄龙洞,在雪山中。洞前有五色池水,俗传为黄龙真人修道处。清咸丰庚申,夷匪作乱,松城破,太守张右虔死之。有毛生者,云南人,张云姻戚,随张居任所。闻变,亟胡服微行,逃之洞中,见一老者与一少年相对弈,生从旁观之。局终,老者负半子,掀髯微笑,谓少年曰:"老夫耄矣,无能为役。方今少年时代,自当让以成名,子其勉之。"少年亦谦逊未遑。老者又曰:"弈之为道,机变奇谲,莫名其妙,须能纵横冲突,力争中原,方为国手。若仅争边角,虽足制胜不贵也。"少年复唯唯。生闻其言颇精确,遽前跽请教。老者欣谓少年曰:"此子颖悟,子盍教之。"少年因按谱授生式。既竟,谓生曰:"子归可以此成名矣。"生惧夷变,不敢出。少年曰:"无虑也。"乃别而归。出洞遇土人,询之,时松州忆平定八年矣。生遂回籍。由是以善弈名闻天下。

民国《建瓯县志》卷四"仙枰岩",是福建流传的一则异文,情节简单,记孝子得仙人所赐棋子而使母疾痊愈,为以上诸篇所不曾有者，使人耳目一新。

> 相传邑人童氏子，因母足疾，采药至山顶，见二叟以小石对弈。目童子而以五石子与之，袖归。母疾随愈。后五世孙生五子，至今石子尚存。

这一故事类型，现当代仍在河北、河南、山西、辽宁、广东、广西等地流布，譬如《歪脖子王樵》①《烂柯山》②《棋盘山》③《王伸樵》④《山中方七日》⑤《仙人下棋》⑥。

这一故事类型，相当于丁乃通编著《中国民间故事类型索引》471A，艾伯华著《中国民间故事类型》"七、河神与人103、仙乡淹留、光阴飞逝"。

蛇郎娶妻型故事 大致写一蛇至某家求婚。在此家姊妹中，唯有最体贴父母的小妹愿嫁。婚后，蛇变为英俊小伙，夫妻俩的日子过得格外美满。有一个姐姐趁小妹回家省亲时将小妹害死，然后冒充小妹去与蛇郎生活。小妹变小鸟揭露姐姐的劣迹，最后得以复活，重新与蛇郎团聚。旧题东晋·陶潜撰《搜神后记》卷十《女嫁蛇》，是这一故事类型的雏形。

> 晋太元中，有士人嫁女于近村者，至时，夫家遣人来迎，女家好遣发，又令女乳母送之。既至，重门累阁，拟于王侯。廊柱

---

① 见《耿村民间文化大观》。
② 见《中州名胜传说》。
③ 见《中国民间文学集成·山西卷·朔县民间故事集成》。
④ 见《中国民间文学集成·辽宁卷海城资料本》。
⑤ 见《中国民间故事集成·广东卷》。
⑥ 见《中国民间文学集成·全州县故事集》。

下有灯火，一婢子严妆直守。后房帷帐甚美。至夜，女抱乳母涕泣，而口不得言。乳母密于帐中以手潜摸之，得一蛇，如数围柱，缠其女，从足至头。乳母惊走出外，柱下守灯婢子，悉是小蛇，灯火乃是蛇眼。

《太平广记》卷四五六《太元士人》，出《续搜神记》，文字稍有出入，录此以资比较。

晋太元中，士人有嫁女于近村者。至时，夫家遣人来迎，女家好发遣，又令女弟送之。既至，重门累阁，拟于王侯，廊柱下有灯火，一婢子严妆直守，后房帷帐甚美。至夜，女抱乳母涕泣，而口不得言。乳母密于帐中，以手潜摸之，得一蛇，如数围柱，缠其女，从足至头。乳母惊走出，柱下守灯婢子，悉是小蛇，灯火是蛇眼。

显而易见，《搜神后记》的这则故事，尽管新郎家道富足，其豪奢不逊于王侯，然而却未脱去蛇性，与后世流布的这一故事类型，存在较大的距离。

藏族《尸语故事》第十一章《自讨苦吃的姑娘》之后半部分，这一故事类型的一则异文，甚为完整：

过了一些时间，罗刹的女儿来拜见姐姐。好心的姑娘想：有权的时候不能傲慢，便和罗刹女儿同吃同穿。几天以后，罗刹女儿问道："阿佳（大姐）啦！给国王奉献什么？给仆人们吃些什么？"

姑娘不相信罗刹女儿，于是说了反话："给大王奉献酒糟，给臣仆们吃三甜。"

"给鹅黄金马喂什么？给小白狗喂什么？"

"给鹅黄金马啃骨头,给小白狗吃干草料。"

"对王子顿珠应该怎样疼爱?对臣民们应怎样关心?"

"对王子顿珠出去时打一巴掌,回来时再踢一脚。对臣民们上去时瞪一眼,下来时再瞪一眼。"

"进门、上梯子该怎么样?"

"在门上踢一下,向梯子砸一下。"

"火塘里应加些什么?"

"火塘里加上些线团。"

过了一些日子,罗刹女儿说:"姐姐!你的头该洗一洗了,我帮助你洗吧!我来给你解辫子。"没等她答应,就硬帮她解开了辫子。洗头时她又说道:"你是皇后,到湖边去洗才好。"罗刹女儿带着她来到了湖边,她摘下各种首饰,脱去上衣,刚弯下腰要洗头时,罗刹女儿把她推到湖里溺死了,然后把姑娘的衣服穿上,打扮得和姑娘一样,回王宫里去了。

回到宫里,那罗刹女儿把所有的门几乎都踢坏了。砸着梯子上去以后,把王子顿珠打了一巴掌;尔后给国王献上了酒糟,把好吃的食品和甜汁给仆人们吃;给狗吃干草料,给鹅黄金马啃骨头;向跟前的奴仆们吐口水,向远的奴仆们瞪一眼;往火塘里塞线团,把火弄灭了,每天早上都得到外面去借火。老百姓们都议论说:"自从来了认识皇后的那个姑娘以后,我们皇后的行为全变了,简直成了另外的一个人。她若是这样变下去的话,今后我们的日子也不会好过的。"

又过了一些天,马夫在给那匹鹅黄金马饮水的时候,它又不肯在原地喝水,直向湖边奔去。它喝了点水,落下了驴粪大的眼泪。这时候,从湖里飞出来一只绿顶金鸟,落在湖边一棵大树上。小鸟说:"叽叽!奇本(御马倌)啦!皇后过去对您尊敬还是现在对您尊敬?阿妈对王子顿珠是过去疼爱还是现在疼爱?对仆人们是过去厚道,还是现在厚道?对鹅黄金马是过去仁慈还是现在仁慈？对小花狗是过去好还是现在好？"小鸟说完又钻回水里去了。马夫给马饮过水后立即赶回王宫，向国王禀道："我们那匹鹅黄金马不肯在原地喝水，跑到湖边去喝水、嘶叫、流眼泪。这时湖水中飞出来一只绿顶金鸟，落在了湖边树上，说了很多话。"马夫把上面的话禀告了一遍，国王说："明天我去看看！最近的梦也不好，这姑娘的禀性确实变了。"

第二天，君臣、马夫三人来到湖边以后，确实像马夫说的那样，小金鸟飞出来了。落在了湖边的树上，和原来说的一样，又叫了一遍，国王也落下了眼泪。他说道："你的声音真婉转，请你到我这里来说。"那小鸟落在了国王的头上，又照样说了一遍。国王说道："这小鸟叫得真好听，到我的手心里来说吧！"小金鸟又从头上落在国王的手心里，说了一遍。国王把小金鸟抓住了，小鸟对国王说："我是自作自受，请把我放了吧！"她连续请求了两三遍。国王说："有没有什么办法能救你？教一教我吧！"

小金鸟对国王说："现在家里的那个姑娘是罗刹鬼的女儿，那妖女领我到湖边洗头，把我推到了湖里。"

国王说："现在你还能复活吗？"

小鸟说："当然能。请你们君臣不要提起我在这里。现在您回到宫里，把我用五彩绸缎包得严严的，请许多黑教徒念七天收福经，并做长寿灌顶。用草坯点火做酒，在那姑娘坐垫下面挖一个能容得下她的深坑，坑壁要光滑，盖上垫子让她坐。当她头朝下陷进去的时候，把草坯火倒进去，她就死了。这样我就复活了。"君臣们听了非常高兴。按照姑娘说的做了以后，妖女往垫子上一坐，头朝下栽了下去，大家马上把火倒进去。妖女被杀死以后，君臣们到宫里去一看，果然那姑娘和原来一样地复活了。

姑娘命令仆人们去把那妖女的头割下。仆人们照办了。姑娘在头颅外面缠上线，做成线球，带了一些好吃的东西，骑上鹅黄金马，装扮成罗刹婆的女儿，来到了罗刹婆跟前，把好吃的东西献给了罗刹婆,她说:"阿妈身体好吗?"罗刹婆说:"我的身体很好。你骗了她们?国王没有看出来吗?现在你长得很像那个姑娘啦。"姑娘来到楼上,从窗户里吊下来一匹红绸子,从屋上下来后对罗刹婆说:"我该回去了,国王知道了会训斥的,阿妈帮我捻一下这个线团,我走了!"罗刹婆说:"你快回去吧!不要让国王发觉,对仆人们要仁慈,对王子顿珠要照他妈妈的样子做。"说着她在地上插了一根长棍缠起线来了。姑娘骑上马急速地往回跑,罗刹婆捻着捻着从线团里露出了一只耳朵,她扔下线团就去追姑娘。姑娘说:"阿妈罗刹你追我来了,我这骏马很快,你是追不上的。你看,你家里失火了!"罗刹婆回头一看,窗户上吊下来的那匹红彤彤的绸子,犹如着火一般,便急忙向家里跑去。姑娘回到了国王驾前,罗刹母女得到了应有的下场。那国王以佛法治国,黎民百姓安居乐业[1]。

这一故事类型,现当代仍在湖南、湖北、福建、广东、广西、贵州、云南、四川、陕西、甘肃、宁夏、黑龙江、吉林、河北、河南、山西、上海、浙江、台湾、江西、海南、青海、辽宁、安徽等地的汉族和诸多少数民族聚居区广为流布,如《蟒蛇成亲》[2]、《蛇郎》(土家族)[3]、《蛇郎君和莲子脸》(畲族)[4]、《七妹嫁蛇》[5]、《蛇郎》(壮族)[6]、《桑妹和大蟒》(毛南族)[7]、《蛇郎》(瑶族)[8]、《拉提和蟒

---

[1] 见李朝群译《尸语故事》,西藏人民出版社1983年版。
[2] 见《中国民间故事集成·湖南卷·湘潭县资料本》。
[3] 见《中国民间故事集成·湖北卷》。
[4] 见《中国民间故事集成·福建卷·漳州市分卷》。
[5] 见《中国民间故事集成·广东卷》。
[6] 见《中国民间故事集成·广西卷》。
[7] 见《中国民间故事集成·广西卷》。
[8] 见《中国民间故事集成·广西卷》。

蛇》（京族）[1]、《蛇大哥》（仡佬族）[2]、《蟒蛇与三姑娘》（布依族）[3]、《蛇郎和阿宜》（苗族）[4]、《七妹与蛇郎》（仫佬族）[5]、《沙切与蛇郎》（基诺族）[6]、《山茶花》（白族）[7]、《蛇大哥》（羌族）[8]、《花蛇吉尔木干和三妹》（彝族）[9]、《一朵小红花》（藏族）[10]、《柴郎哥》[11]、《三姑娘与白蛇王子》（裕固族）[12]、《耍郎哥娶妻》（回族）[13]、《怪人和三姑娘》（鄂伦春族）[14]、《蛇郎与三姑娘》[15]、《花花蛇和翠花》[16]、《姐妹俩》[17]、《姐妹争夫》[18]、《大青蛇娶亲》[19]、《蛇郎与三妹》[20]、《蛇郎君》（鲁凯族）[21]、《蛇仙》[22]、《蛇郎哥》（土族）[23]、《蛇

---

[1] 见《中国民间故事集成·广西卷》。
[2] 见《中华民族故事大系》第十三册。
[3] 见《民间文学资料》第三十二集。
[4] 见《贵州苗族民间故事选》。
[5] 见《中国民间故事集成·广西卷》。
[6] 见《云南民间故事集成·基诺族民间故事集成》。
[7] 见《白族民间故事》。
[8] 见《中国民间故事集成·四川卷》。
[9] 见《中国民间文学三套集成·四川省屏山县卷》。
[10] 见《中国传说故事大辞典》。
[11] 见《中国民间故事集成·陕西卷》。
[12] 见《神奇的皮袋（裕固族民间故事选）》。
[13] 见《中国民间故事集成·宁夏卷资料丛书·泾源民间故事》。
[14] 见《中华民族故事大系》第十五册。
[15] 见《中国民间故事集成·吉林卷》。
[16] 见《中国民间故事集成·河北卷》。
[17] 见《中国民间故事集成·河南桐柏县卷》。
[18] 见《中国民间文学集成·山西卷·祁县民间故事集成》。
[19] 见《中国民间文学集成·上海卷·黄浦区故事分卷》。
[20] 见《浙江省民间文学集成·温州市故事卷》。
[21] 见《台湾高屏地区鲁凯族民间故事》。
[22] 见《中国民间故事集成·海南卷》。
[23] 见《中国民间故事集成·青海卷》。

郎哥》（撒拉族）①、《蛇郎》②、《老虎丈夫》③、《沙郎哥》（东乡族）④。

这一故事类型，相当于丁乃通编著《中国民间故事类型索引》433D，艾伯华著《中国民间故事类型》"动物或精灵跟男人或女人结婚 31. 蛇郎"。

义兽救人型故事　大致写一人误堕兽穴（熊穴、虎穴、龙窟、蛇穴），与兽子相处。兽觅食归来，分与诸子，亦让其人分享一份。后兽负子出时竟将其人带出。这一故事类型，最早见诸旧题东晋·陶潜撰《搜神后记》：

> 晋升平中，有人入山射鹿。忽堕一坎，窅然深绝。内有数头熊子。须臾，有一大熊来，瞪视此人。人谓必以害己。良久，出藏果，分与诸子。末后作一分，置此人前。此人饥甚，于是冒死取啖之。既而转相狎习。熊母每旦出，觅果食还，辄分此人，赖以延命。熊子后大，其母一一负之而出。子既尽，人分死坎中，穷无出路。熊母寻复还入，坐人边。人解其意，便抱熊足，于是跃出。竟得无他。
>
> 　　　　　　　　　　　　　　《搜神后记》卷九《熊穴》

《太平广记》卷四四二《升平入山人》，出《续搜神记》，文字与此则相同，仅某些字句有出入。元·陶宗仪编《说郛》卷四《续搜神记》"熊穴"，文字与此则几乎相同。清·褚人获编纂《坚瓠余集》卷四《义熊》，引自《圣师录》，文字亦与此则几乎相同。

---

① 见《中国民间故事集成·青海卷》。
② 见《中国民间故事集成·辽宁卷》。
③ 见《中国民间故事集成·安徽卷》。
④ 见《中国民间故事集成·甘肃卷》。

自唐代以来，救人义兽大多为猛虎。最早的一则虎救人故事见于唐·戴孚撰《广异记》：

> 凤翔府李将军者为虎所取，蹲踞其上。李频呼大王乞一生命，虎乃弭耳如喜状。须臾，负李行十余里，投一窟中。二三子见人喜跃，虎于窟上俯视，久之方去。其后入窟，恒分所得之肉及李。积十余日，子大如犬，悉能陆梁乳，虎因负出窟。至第三子，李恐去尽，则已死窟中，乃因抱之云："大王独不相引？"虎因垂尾，李持之，遂得出窟。李复云："幸已相祐，岂不送至某家。"虎又负李至所取处而诀。每三日，一至李舍，如相看。经二十日，前后五六度。村人怕惧，其后又来，李遂白云："大王相看甚善，然村人恐惧，愿勿来。"经月余，复一来，自尔乃绝焉。

《广异记·虎恤人》

明·朱国祯撰《涌幢小品》采录的一则异文，在虎救人之后又引出人救虎的故事，使这一故事类型更加富于变化。

> 昔有人北试，道经彭城，过乡落间，见一义虎桥。询诸父老，曰：昔有商于齐鲁之墟者，夜归迷失故道，误堕虎穴，自分必死。虎熟视不加噬，昼则出取物食之，夜归若为之护者。月余其人稍谙虎性，乃嘱之曰："吾因失道至此，幸君惠我，不及于难。吾有父母妻子，久客于外，思欲一见。仗君力能置我于道中，幸甚！"虎作许诺状，伏地摇尾招之。商喻其意，上虎背，跃而出，置诸道傍，顾而悲跳。
>
> 分去后，历数载，商偶经此地，见诸猎缚一生虎归，将献之官。熟视，乃前虎也。虎见之，回睨。其人感泣，遂与众具道所以，亟出重赀赎之。众亦义其所为，相与释缚，纵深山之曲。后

人于其地为桥表焉。

《涌幢小品》卷三十一"义虎桥"

清道光《铜山县志》卷二十四"义虎桥",系据《涌幢小品》的这则故事改写,内容完全相同。

清·张潮辑录《虞初新志》卷四王猷定撰《义虎记》,亦有虎救人与人救虎两部分,两人救虎的情节,是由樵人报答老虎引出的,与《涌幢小品》的"义虎桥"有所不同。

> 辛丑春,余客会稽,集宋公荔裳之署斋。有客谈虎,公因言其同乡明经孙某,嘉靖时为山西孝义知县,见义虎甚奇,属余作记。
>
> 县郭外高唐、孤岐诸山多虎。一樵者朝行丛箐中,忽失足堕虎穴。两小虎卧穴内。穴如覆釜,三面石齿廉利,前壁稍平,高丈许,藓落如溜,为虎径。樵踊而蹶者数,彷徨绕壁,泣待死。日落风生,虎啸逾壁入,口衔生麋,分饲两小虎。见樵蹲伏,张爪奋搏。俄巡视若有思者,反以残肉食樵,入抱小虎卧。樵私度虎饱,朝必及。昧爽,虎跃而出。停午,复衔一麂来,饲其子,仍投馂与樵。樵馁甚,取啖,渴自饮其溺。如是者弥月,浸与虎狎。
>
> 一日,小虎渐壮,虎负之出。樵急仰天大号:"大王救我!"须臾,虎复入,拳双足俛首就樵。樵骑虎,腾壁上。虎置樵,携子行,阴崖灌莽,禽鸟声绝,风猎猎从黑林生。樵益急,呼"大王"。虎却顾,樵跽告曰:"蒙大王活我,今相失,惧不免他患,幸终活我,导我中衢,我死不忘报也。"虎颔之,遂前至中衢,反立视樵。樵复告曰:"小人西关穷民也,今去将不复见,归当畜一豚,候大王西关三里外邮亭之下,某日时过飨。无忘吾言。"虎点头。樵泣,虎亦泣。

追归，家人惊讯。樵语故，共喜。至期具豚，方事宰割，虎先期至，不见樵，竟入西关。居民见之，呼猎者闭关栅，矛梃铳弩毕集，约生擒以献邑宰。樵奔救告众曰："虎与我有大恩，愿公等勿伤。"众竟擒诣县，樵击鼓大呼。官怒诘，樵具告前事。不信。樵曰："请验之，如诳，愿受笞！"官亲至虎所，樵抱虎痛哭曰："救我者大王耶？"虎点头。"大王以赴约入关耶？"复点头。"我为大王请命，若不得，愿以死从大王。"言未讫，虎泪堕地如雨，观者数千人，莫不叹息。官大骇，趣释之，驱至亭下，投以豚，矫尾大嚼，顾樵而去。后名其亭曰"义虎亭"。

清·王士禛撰《池北偶谈》卷二十《义虎》，系由《义虎记》改写而成，文字有所压缩。而清·林慧如编纂《明代轶闻》卷八"义虎"。则全文迻录《义虎记》，仅有个别字句略有出入。

清·宣鼎撰《夜雨秋灯录》采集的一则异文，故事情节虽与上述各则异文无大差异，然而却多有新颖、独特之处，甚为引人注目。前半部表现少女于惊惧之后的天真无邪，母虎既及于子又及于少女的母爱，跃然纸上；后半部表现翁媪的惊疑、昏愦与母虎的重情义、爱憎分明，亦颇牵动人心，更进一步增强了这一故事类型的艺术感染力。

明季清鲁山中，尝有虎患。有山家小女子，年十二，携斧入山，采樵以助炊。偶失足，堕山谷中，下皆叶，得不死。然上视壁立百余仞，无阶梯，高声呼救，继以哀泣，终无应者。

女视东壁有洞，内空阔，若夏屋，伏两乳虎，驯若猫犬。女至虎窟，愈怖，知必死，乐与乳虎嬉。夕照堕崦嵫，腥风突起，虎母归。见女，始大惊；继见女抱乳虎于怀，嘻嘻了无怖，又瞠目良久，即坐引乳虎哺。哺已，将眠，女叩拜曰："我蒙大王怜我，不杀我，尚能分乳救我饥乎？"虎凝思，又良久，颔首若肯。女即逡巡就虎食，倦即眠虎颔下。明晨，虎母舐乳虎，兼以舌轻舐女面，然后跃出。至晚归，衔果饵置女侧。女笑舞，虎母意亦甚乐。

月余，乳虎渐长成，母虎遽负之出洞。女大号，虎俯瞰，又良久，重复跃下，负女于背，一跃而升高处，女于斯时，庆再生也。虎引女至通衢，女拜辞，虎犹回顾频频而后去。

女抵家。见翁媪，方手之舞之，足之蹈之，历历述遇虎得生状。翁媪曰："嘻！安有遇虎反生者耶！是必为虎食；死为伥，归惑人，将引全家葬虎腹，此伥为厉也，岂得为吾女？"女号哭，再三辨，莫能白。因闭之室，不与以餐。女转饿将毙，号救亦无应者。力竭声嘶，待毙而已。

翁媪夜同梦一黄衣婆子来，努目视曰："汝女即吾女矣，若饿毙，当杀汝一家！"惊醒，觉怒吼声犹震林木间也。至是始释女囚。女自服虎乳，长而貌益艳，有勇气。少年将军某，闻而聘之，屡屡助战功，封夫人。

《夜雨秋灯录》卷五《谷于菟》

自唐代以来，救人义兽尚有蛇、龙。唐·戴孚撰《广异记》中的一则异文，描述的是蛇救人的故事：

蒲州人穿地作井，坎深丈余，遇一方石而不及泉。欲去石更凿，忽堕深坑。蛰蛇如覆舟，小者与凡蛇等。其人初甚惊惧，久之稍熟，饥无所食。其蛇吸气，因亦效之，遂不复饥。积累月，闻雷声。初一声，蛇乃起首，须臾悉动，顷之散去。大者前去，相次出复入。人知不害己、乃前抱其项，蛇遂径去。缘上白道，如行十里，前有烽火，乃致人于地而去。人往借问烽者，云是平州也。

《广异记·蒲州人》

元·陶宗仪撰《辍耕录》中的一则异文，描述的是龙救人的故事。

> 商人某海舶失风，飘至山岛，匍匐登岸。深夜昏黑，偶坠入一穴，其穴险峻不可攀，缘此明穴中微有光，见大蛇无数，蟠结在内。始甚惧，久稍与之狎。蛇亦无吞噬意，所苦饥渴不可当。但见蛇时时舐石壁间小石，绝不馈饲。于是商人亦漫尔取小石噙之，顿忘饥渴。
>
> 一日间闻雷声隐隐，蛇始伸展，相继腾升，才知其为神龙，遂挽蛇尾得出。附舟还家，携所噙小石数十至京城示识者，皆鸦鹘等宝石也。乃信神龙之窟多异珍焉。自此贷之致富。

《辍耕录》卷二十四《误堕龙窟》

清·俞樾撰《右台仙馆笔记》中的一则异文，与《辍耕录》中的这则有某些相似之处，尤其是舐石疗饥的情节，可谓一脉相承。然而此则异文又与先前的各种不同异文有显著的差别，即表现某些人的贪婪、狠毒，为了私欲，不惜致人于死地。与龙蛇的善意救助对比，越发显露出故事强烈的批判性。

> 周如三，浙江山阴人，卖药为业。尝与村人采药王山。山有涧，狭而深，两旁石排列如矛戟，止容一人入，而黄精、紫参生其中。周解衣使同伴者缒而下，有所得，公焉。其同伴有赵某者，见周衣巾藏白金十余两，利之，乃怀其金，与众俱走。已而周欲出，呼其曹，莫之应，窘而大号，亦无闻者。不得已缘涧行，涧甚纡曲，广狭靡定。行十里许得一洞，外窄而内宽；窥之，若有光。入之，则有一蛇存焉，长四五尺，围可五寸，鳞甲陆离，形状颇异。悸而欲出，已为蛇所见，因跪而告以故，并求寄宿焉。

蛇若颔之者，周遂匍匐入，伏其侧。

洞中山气薰蒸，不雨而滴，又昏暗无天日，不辨旦暮。久之饥甚，见洞有一石，光滑如脂，蛇恒以舌舐之。意其可以疗饥，又跪而祝曰："小人不食三日矣，愿分君之甘。"蛇又若颔之者，因亦就舐之。石淡无味，然饥火顿息。

如是数日，忽闻雷声殷殷，在山之巅。蛇闻之，蠕蠕然动，未几暴长，头角峥嵘，不蛇而龙矣，腾跃欲上。周攀其角曰："龙王一出，某老死洞中矣。愿从龙王偕出。"蛇又若颔之者。霹雳一声，挟周俱上，俄而坠于地，则其村也。

乃反其家，家人喧相告曰："吾以汝为死矣。"周曰："谁言之？"曰："闻诸赵。"周欲诣问赵，而赵已至，披发跣足，奉衣及金跪于门外，自述前意。问："谁使汝来？又谁使汝言之？"则赵亦茫然不知也。

《右台仙馆笔记》卷五"龙洞历险"

这一故事类型，现当代仍在安徽、江西等地流布。譬如《我家的老虎》①《义狗救主》②。

义犬除奸型故事　大致写某之家奴与某妻私通（或欲谋其财），将置某于死地。某之爱犬奋起除奸，使主人幸免。这一故事类型，初见于旧题东晋·陶潜撰《搜神后记》：

会稽句章民张然，滞役在都，经年不得归。家有少妇，无子，惟与一奴守舍，妇遂与奴私通。然在都养一狗，甚快，名曰"乌龙"，常以自随。后假归，妇与奴谋，欲得杀然。然及妇作饭食，

---

① 见《中国民间故事集成·安徽卷·铜陵民间故事卷》。
② 见《中国民间故事集成·江西卷》。

共坐下食。妇语然："与君当大别离，君可强啖。"然未得啖，奴已张弓拔矢当户，须然食毕。然涕泣不食，乃以盘中肉及饭掷狗，祝曰："养汝数年，吾当将死，汝能救我否？"狗得食不啖，惟注睛舐唇视奴。然亦觉之。奴催食转急，然决计，拍膝大呼曰："乌龙与手！"狗应声伤奴。奴失刀仗倒地，狗咋其阴，然因取刀杀奴。以妇付县，杀之。

《搜神后记》卷九《乌龙》

《太平广记》卷四三七《张然》，出《续搜神记》，文字与此则基本上相同。南朝宋·东阳无疑撰《齐谐记》"张然"、唐·冯贽撰《云仙杂记·乌龙》、明代陈霆撰《两山墨谈·张然》、明·王圻纂集《稗史汇编》卷一五七《禽兽门·兽三·奸妇狗报》，均据此则缩写而成，文字简约。《齐谐记》的一则出现最早，亦比较有代表性：

张然滞役，妇遂与奴私通。后归，奴与妇谋然；狗注睛舐唇视奴。然曰："乌龙与手！"应声荡奴，奴失刀仆，然取刀杀奴也。

《齐谐记》"张然"

唐代出现的异文，情节有所变化。戴孚撰《广异记》录写的一则异文，起因由私通变为谋财。

吴兴姚氏者，开元中，被流南裔。其人素养二犬，在南亦将随行。家奴附子及子小奴悉皆勇壮，谋害其主，然后举家北归。姚所居偏僻，邻里不接。附子忽谓主云："郎君家本北人，今窜南荒，流离万里。忽有不祥，奴当扶持丧事北归。顷者以来，已觉衰惫，恐溘然之后，其余小弱，则郎君骸骨不归故乡，伏愿之。"姚氏晓其意，云："汝欲令我死耶？"奴曰："正尔虑之。"

姚请至明晨，及期，奴父子具膳，劝姚饱食。奉筯哽咽，心既苍黄，初不能食。但以物饲二犬，值奴入持，因抚二犬云："吾养汝多年，今奴等杀我，汝知之乎？"二犬自尔不食，顾主悲号。须臾，附子至，一犬咋其喉断而毙，一犬遽入厨，又咋其少奴喉亦断。又咋附子之妇。杀之。姚氏自尔获免。

《广异论·姚甲》

薛用弱撰《集异记》录写的一则异文，起因仍为通奸，然细节却与《搜神后记》的《乌龙》多有不同。

杨褒者，庐江人也。褒旅游至亲知舍，其家贫无备，舍惟养一犬，欲烹而饲之。其犬乃跪前足，以目视褒。异而止之，不令杀，乃求之，亲知奉褒。将犬归舍，经月余，常随出入。褒妻乃异志于褒，褒莫知之。经岁时，后褒妻与外密契，欲杀褒。褒是夕醉归，妻乃伺其外来杀褒。既至，方欲入室，其犬乃啮折其足，乃咬褒妻，二人俱伤甚矣。邻里俱至救之。褒醒，见而搜之，果获其刀。邻里闻之，送县推鞫，妻以实告褒妻及怀刀者，并处极法。

《集异记》补编《杨褒》①

两蛇相斗型故事　大致写二大蛇相斗，猎人见其弱者求助，乃引弩射杀其强者，得到厚报，因而致富。或言后来猎人忘记求助者叮嘱，受到被射杀大蛇之子报复，竟然丧命。这一故事类型，初见于旧题东晋·陶潜撰《搜神后记》：

吴末，临海人入山射猎，为舍住。夜中，有一人，长一丈，

---

① 引自《太平广记》卷四三七。

着黄衣白带，径来谓射人曰："我有仇，克明日当战。君可见助，当厚相报。"射人曰："自可助君耳，何用谢为？"答曰："明日食时，君可出溪边。敌从北来，我南往应。白带者我，黄带者彼。"射人许之。

明出，果闻岸北有声，状如风雨，草木四靡。视南亦尔。唯见二大蛇，长十余丈，于溪中相遇，便相盘绕。白蛇势弱，射人因引弩射之，黄蛇即死。

日将暮，复见昨人来，辞谢云："住此一年猎，明年以去，慎勿复来，来必为祸。"射人曰："善。"遂停一年猎，所获甚多，家至巨富。

数年后，忽忆先所获多，乃忘前言，复更往猎。见先白带人告曰："我语君勿复更来，不能见用。仇子已大，今必报君，非我所知。"射人闻之，甚怖，便欲走。乃见三乌衣人，皆长八尺，俱张口向之，射人即死。

《搜神后记》卷十《乌衣人》

此则《太平广记》卷一三一题作《临海人》，出《续搜神记》，文字相同，仅个别字句有出入。唐·佚名撰《续玄怪录·临海射人》①，亦与此则相同，仅个别字句有出入。

唐·戴孚撰《广异记》采录的一则异文，情节与《搜神后记》的《乌衣人》相似，但结尾变化较大。

海州人以射猎为事，曾于东海山中射鹿。忽见一蛇，黑色，大如连山，长近十丈。两目成日，自海而上。人见蛇惊惧，知不免死，因伏念佛。蛇至人所，以口衔人及其弓矢，渡海而去。遥至一山，置人于高岩之上。俄而复有一蛇自南来，至山所，

---

① 见《说郛》卷一一七（《说郛三种》第八册）。

状类先蛇而大倍之。两蛇相与斗于山下，初以身相蜿蟺，久之，口相噬。射士知其求己助，乃傅药矢，欲射之，大蛇先患一目，人乃复射其目，数矢累中。久之，大蛇遂死，倒地上，小蛇首尾俱碎。乃衔大真珠瑟瑟等数斗，送人归至本所。

《广异记·海州猎人》

清·袁枚撰《续子不语》中的一则异文，变化更为明显，并且具有云南的地方特色：

弥勒县旧城集，汉夷杂处，环山而居。山麓有白龙潭，宽可数亩，有良田千顷，筑土坝以蓄水，俯临大河。水溢，则启闸以泄之。雨时二龙相斗，状如小蛇。或见巨木一段，蒙青苔而竖游，每每冲决坝岸。一日众农栽秧，值细雨中，飞鱼大小成对，如摆队伍。有绛衣女子持扇挥之，偕至潭中，随即不见，相传龙女归宁云。夷人侬二家，天将暮，忽来衣孝服者，云来投宿。问其所需，则索卧房一间，一大缸满贮清水而已。侬疑客浴，遂如所请。并欲为备酒食，客曰不必，唯有一事相烦，更当重谢。侬问何事？客曰："此地龙潭后有大树，君往伐之。俟其将断，先用巨绳缚住，俟潭中有两羊相斗，即断绳倒树。"侬许之。黎明伐树，果见潭中水沸如潮。有黑白二羊出斗，侬思当是此时，乃断绳而倒树。黑羊跃出，水亦平复。急归欲告客以请功，看竟遁矣。问妻，妻曰："客在房未尝出户。"乃共搜之，疑其在缸，启覆观之，则黄金满焉。始知客即白龙化身，争潭求助者。于是潭遂以白龙名。而侬至今称首富。

《续子不语》卷一《白龙潭》

这一故事类型，现当代仍在云南、甘肃、广东、北京等地流布，譬如《小黄龙和大黑龙》（白族）①、《晏公斩妖龙》②、《铁弓李贵》③、《白龙潭》④。

这一故事类型，相当于丁乃通编著《中国民间故事类型索引》738*。

鹅笼书生型故事 大致写一书生求寄于某担者笼中，担上亦不觉重。后书生出笼，于口中吐珍馐美酒款待担者，并吐一女子陪宴。书生醉卧，女子乃吐一男子共饮。书生将醒，女子又吞下男子。书生醒来，则又吞下女子及餐具，与担者告别。这一故事类型，最初见于东晋·荀氏撰《灵鬼志》：

> 太元十二年，有道人外国来，能吞刀吐火，吐珠玉金银；自说其所受术，即白衣，非沙门也，尝行，见一人担担，上有小笼子，可受升余。语担人云："吾步行疲极，欲寄君担。"担人甚怪之，虑是狂人，便语之云："自可尔耳，君欲何许自厝耶？"其人答云："君若见许，正欲入君此笼子中。"担人愈怪其奇："君能入笼，便是神人也。"乃下担，即入笼中；笼不更大，其人亦不更小，担之亦不觉重于先。既行数十里，树下住食，担人呼共食，云我自有食，不肯出。止住笼中，饮食器物罗列，肴膳丰腴亦办。反呼担人食，未半，语担人："我欲与妇共食。"即复口吐出一女子，年二十许，衣裳容貌甚美，二人便共食。食欲竟，其夫便卧。妇语担人："我有外夫，欲来共食；夫觉，君勿道之。"妇便口中出一年少丈夫，共食。笼中便有三人，宽急之事，亦复不异。有

---

① 见《云南民族民间故事选》。
② 见《甘肃民间故事选》。
③ 见《中国民间故事集成·广东卷》。
④ 见《中国民间故事集成·北京卷》。

顷，其夫动，如欲觉，妇便以外夫内口中。夫起，语担人曰："可去。"即以妇内口中，次及食器物。此人既至国中，有一家大富贵，财巨万，而性悭吝，不行仁义，语担人云："吾试为君破奴悭囊。"即至其家。有一好马，甚珍之，系在柱下，忽失去，寻索不知处。明日，见马在五斗罂中，终不可破取，不知何方得取之。便往语言："君作百人厨，以周一方穷乏，马当得出耳。"主人即狼狈作之，毕，马还在柱下。明旦，其父母老在堂上，忽复不见，举家惶怖，不知所在。开妆器，忽然见父母在泽壶中，不知何由得出。复往请之，其人云："君当更作千人饮食，以饴百姓穷者，乃当得出。"既作，其父母自在床上也。

《灵鬼志》"外国道人"

《灵鬼志》的这则故事，其前半部分外国道人口吐酒食、器物及一女子，女子复吐一年少丈夫的情节，可能是由《旧杂譬喻经》卷上第十八的梵志故事演变而来。三国时康僧会译《旧杂譬喻经》的这则故事原文如下：

昔有国王，持妇女急。正夫人谓太子：我为汝母，生不见国中，欲一出，汝可白王。如是至三，太子白王，王则听。太子自为御车，出群臣于道路，奉迎为拜，夫人出其手开帐，令人得见之。太子见女人而如是，便诈腹痛而还。夫人言：我无相甚矣。太子自念：我母当如此，何况余乎。夜便委国去，入山中游观。时道边有树，下有好泉水。太子上树，逢见梵志独行，来入水池浴，出饭食，作术，吐出一壶，壶中有女人，与于屏处作家室。梵志遂得卧。女人则复作术，吐出一壶，壶中有年少男子，复与其卧，已便吞壶。须臾，梵志起，复内妇著壶中，吞之已，作杖而去。太子归国白王：请道人及诸臣下，持作三人食著一边。梵志既至，言：我独自耳。太子曰：道人当出妇共食。道人不得止，出妇。太子谓妇：当出男子共食。如是至三。不得止，出男子共食便去。王问太子：汝何因知之？答曰：我母欲观国中，我为御车。母出手令人见之。我念女人能多欲，便诈腹痛还入山，见是道人，藏妇腹中，当有奸。如是女人，奸不可绝，愿大王赦宫中自在行来。王则敕后宫中，其欲行者。从志也。

《旧杂譬喻经》卷上第十八"壶中人"①

明·冯梦龙编撰《古今谭概》灵迹部第三十二《外国道人》，系据《灵鬼志》"外国道人"改写，文字大致相同。

南朝梁·吴均撰《续齐谐记》录写的一则异文，使外国道人的故事得以中国化，进入一个新的境界。

阳羡许彦，于绥安山行，遇一书生，年十七八，卧路侧，云脚痛，求寄鹅笼中。彦以为戏言。书生便入笼，笼亦不更广，书生亦不更小，宛然与双鹅并坐，鹅亦不惊。彦负笼而去，都不觉重。前行息树下，书生乃出笼，谓彦曰："欲为君薄设。"彦曰："善。"乃口中吐出一铜奁子，奁子中具诸肴馔，珍羞方丈。其器皿皆铜物，气味香旨，世所罕见。酒数行，谓彦曰："向将一妇人自随，今欲暂邀之。"彦曰："善。"又于口中吐一女子，年可十五六，衣服绮丽，容貌殊绝，共坐宴。俄而书生醉卧，此女谓彦曰："虽与书生结发，而实怀怨。向亦窃得一男子同行，书生既眠，暂唤之，君幸勿言。"彦曰："善。"女子于口中吐出一男子，年可二十三四，亦颖悟可爱，乃与彦叙寒温。书生卧欲觉，女子口吐一锦行障遮书生。书生乃留女子共卧。男子谓彦曰：

---

① 转引自陈麟辉主编《佛经故事选》，上海社会科学院出版社1993年版，第588页。

"此女子虽有心，情亦不甚，向复窃得一女人同行，今欲暂见之，愿君勿泄。"彦曰："善。"男子又于口中吐一妇人，年可二十许，共酌，戏谈甚久。闻书生动声，男子曰："二人眠已觉。"因取所吐女人，还内口中。须臾，书生处女乃出，谓彦曰："书生欲起。"乃吞向男子，独对彦坐。然后书生起，谓彦曰："暂眠遂久，君独坐，当悒悒邪？日又晚，当与君别。"遂吞其女子，诸器皿悉内口中。留大铜盘，可二尺广，与彦别曰："无以藉君，与君相忆也。"彦太元中为兰台令史，以盘饷侍中张散。散看其铭题，云是永平三年作。

《续齐谐记》"阳羡书生"

唐·段成式撰《酉阳杂俎》续集卷四《贬误》"鹅笼书生"，出自《续齐谐记》，文字经过压缩、改写，末后还提及梵志故事，别具面貌：

《续齐谐记》云，许彦于绥安山行，遇一书生，年二十余，卧路侧，云足痛，求寄鹅笼中，彦戏言许之。书生便笼中，笼亦不广，书生与双鹅并坐，负之不觉重。至一树下，书生乃出笼，谓彦曰："欲薄设馔。"彦曰："甚善。"乃于口中吐一铜盘，盘中海陆珍羞，方丈盈前。酒数行，谓彦曰："向将一妇人相随，今欲召之。"彦曰："甚善。"遂吐一女子，年十五六，容貌绝伦，接膝而坐。俄书生醉卧，女谓彦曰："向窃一男子同来，欲暂呼，愿君勿言。"又吐一男子，年二十余，明悟可爱，与彦叙寒温，挥觞共饮。书生似欲觉，女复吐锦行障障书生。久而书生将觉，女又吞男子，独对彦坐。书生徐起谓彦曰："暂眠遂久留君，日已晚，当与君别。"还复吞此女子及诸铜盘，悉纳口中。留大铜盘与彦曰："无以籍意，与君相忆也。"释氏《譬喻经》云：昔梵志作术，吐出一壶，中有女与屏处作家室。梵志少息，女复作术，吐出一壶，中有男子，复与共卧。梵志觉，次第互吞之，柱杖而去。余以吴均尝览此事，讶其说，以为至怪也。

自唐代至清代，还出现一些异文，虽不甚典型，却也包含了"入笼""吐女"一类母题，足见这一故事类型影响之久远。

唐·牛僧孺编《玄怪录》卷四《侯遹》，包含由"入笼"演化出来的"投笈"母题：

> 隋开皇初，广都孝廉侯遹入城，至剑门外，忽见四黄石，皆大如斗。遹爱之，收藏于笼，负之以驴，因歇鞍取看，皆化为金。遹至城货之，得钱百万，市美妾十余人，大开第宅，近甸良田别墅，货买甚多。后乘春景出游，尽载妓妾随从，下车陈设酒淆。忽有一老翁，负大笈至，厕下坐。遹怒诟之，命苍头扶之，皆不嗔恚，但引满杯啖炙而笑云："吾此来求君偿债耳。君将我金去，不忆记乎？"尽取遹妓妾十余人，投之于笈，亦不觉笈中之窄，负之而趋，走若飞鸟。遹令苍头驰马逐之，斯须已失所在。自后遹家日贫，却复昔日生计。十余年，却归蜀，到剑门，又见前者老翁，携所将妓妾游行，侯从极多，见遹皆大笑。问之不言，逼之又失所在。访剑门前后，并无此人，竟不能测也。

宋·曾慥编《类说》所收《黄石化金》，系由此则故事缩写而成，然称出《幽怪录》，故事主人公作"侯适"：

> 侯适剑门外见四黄石大如斗，收之皆化为金，适货钱百万，市美妾十余人，大第良田甚多。忽一老翁负笈曰："吾来求君偿债，将我金去，不记忆乎？"尽收拾妓妾投于笈，亦不觉窄。须臾已失所在。后数年见老翁携妓游行，问之皆笑不言。逼之，遂失所在。
>
> 《类说》卷十一《幽怪录·黄石化金》

清·王士禛撰《池北偶谈》卷二十五《颍州道士》，包含"吐女"母题，而有其独特的变化：

> 刘进士祖向言，颍州一少年为邪所侵，疾入膏肓。家人谓不可活，置之路傍。见一道士过之，自言善医，命取铁锤重数十斤锤病者头面。父母泣谓病已至此，铁锤下，首立碎矣。道士笑曰："无伤也。"锤下，病者若无所知，辄有一美妇长二寸许，自口中跃出而灭。凡百锤，口出百妇人，大小形状如一。少年立愈。道士亦不复见。

清·纪昀撰《阅微草堂笔记》卷三"乌鲁木齐道士"亦包含类似母题，而情节极为简略。

> 乌鲁木齐有道士卖药于市。或曰：是有妖术，人见其夜宿旅舍中，临睡必探佩囊，出一小壶卢，倾出黑物二丸，即有二少女与同寝，晓乃不见。问之，则云无有。

生妪相嘲型故事　大致写晋书生刘道真外出，与一老妪用联语相互调侃，颇为风趣。这一故事类型，初见于晋·裴启撰《裴子语林》：

> 刘道真遭乱，自于河侧牵船。见一老妪采桑逆旅，刘谓之曰："女子何不调机利杼，而采桑逆旅？"女答曰："丈夫何不跨马挥鞭而牵船乎？"
> 道真尝与一人共索袜草中食，见一妪将二儿过，并青衣。调之曰："青羊将两羔。"妪答曰："两猪共一槽。"

《裴子语林》"刘妪相嘲"

传隋·侯白撰《启颜录·刘道真》、宋·周文玘撰《开颜录·刘道真自牵船》、明·李贽撰《山中一夕话》下集卷七《刘妪相嘲》、明·曹臣撰《舌华录·谑语》"刘妪相嘲"、明·乐天大笑生纂集《解愠编》卷十《牵船操橹》、明·冯梦龙辑《广笑府》卷十《牵船操橹》等，均出自《裴子语林》，文字有一些出入。

孝妇神鞭型故事　大致写一孝妇家中并无男丁，她每天都到非常远的地方去挑水。神仙见了颇为感动，便给她一条神鞭提水，让其免除劳役之苦。谁知家人拿出神鞭后，竟造成洪水泛滥。这一故事类型，初见于晋·郭缘生撰《续述征记》：

> 梁邹城西有笼水，云齐孝妇诚感神明，涌泉发于室内，潜以绩笼覆之，由是无瓮汲之劳。家人疑之，时待其出而搜其室，试发此笼，而泉遂涌流漂居宇。故名之曰"笼水"。

《续述征记》"笼水"①

这一故事类型，现当代仍在山西等地流布，譬如《柳眉坐瓮》②《水母娘娘》③。

猴子救月型故事　大致写群猴见树下水井中有月亮的影子，意欲救月，便由一猴攀，其余以手（或尾）相接，往井中垂下。不料树枝折断，群猴堕水淹死。这一故事类型，见诸汉译佛经。初见于东晋·佛陀跋陀罗与法显合译《摩诃僧祇律》卷七"群猴救月"，略云：群猴游行

---

①　引自《太平御览》卷五十九。
②　见《中国民间故事集成·山西卷》。
③　见《山西民间故事大系·晋中卷》。

村中，到一尼俱律树下。树下有井，井中有月影现。猴王语众猴曰："我捉树枝，汝捉我尾，展转相连，乃可入井救月。"后树枝折断，一切猕猴堕井水中。

唐·义净译《根本说一切有部毗奈耶破僧事》"猕猴救月"，与《摩诃僧祇律》的一则大同小异。

乃往古昔，有一闲静林野之处，有群猕猴游住。于此时诸猕猴游行，渐至一井。乃观井底，见彼月影。既见月已，诣猴王处白言："大王应知，其月见堕井中。我等今应速往拔出，依旧安置。"

是诸猕猴，咸赞言"善"，便相议曰："云何方便，可能拔月？"其中或云："不须余计，我等连肱为索，而拔出之。"

时一猕猴，在井树上，攀枝而住，其余一一次第以手相接。猕猴既多，树枝低下欲折。时彼最下近水之者，搅水觅月。由水浑故，月便不现。树枝便折，一时堕水，被溺而死。

时有诸天，而说颂曰：

"此诸痴猕猴，为彼愚导师。

悉堕于井中，救月而溺死！"

唐·释道世撰《法苑珠林》中的一则异文，内容相似，文字多有变化。

过去世时，有城名波罗奈，国名伽尸。于空闲处有五百猕猴游行林中，到一尼俱律树下。树下有井，井中有月影现。时猕猴主见是月影，语诸伴言："月今日死，落在井中。当共出之，莫令世间长夜暗冥。"共作议言："云何能出？"时猕猴主言："我知出法。我捉树枝，汝捉我尾，展转相连，乃可出之。"时诸猕猴即如主言，展转相捉。小未至水，连猕猴重，树弱枝折，一切猕猴堕井水中。尔时树神便说偈言：

是等骇榛兽，痴众共相随。

坐自生苦恼，何能救出月。

《法苑珠林》卷五十三《愚戆篇·杂痴部·救月》

12世纪由藏传佛教噶当派名僧格西博多哇口述、其弟子格西扎布巴复述、另一弟子喜绕多吉整理的《喻法宝聚》，收有一则异文，由佛经故事脱胎而来，内容基本相同。

在一座森林中，住着很多猴子，其中有一个猴子首领。一天夜晚，他们来到森林边上，看到一口井中有白灿灿的月亮。猴子首领想把井里的月亮捞起来，但是够不着。猴子首领便把伙伴们全都招呼来，对他们说："谁的力气最大，来抓住我的尾巴！"然后依力气大小顺序抓住尾巴，到了最后让力气最小的在井口上抓住。于是，猴子首领领头，顺着堕下井去捞月亮。结果，井口的猴子抓不住，一失手，猴子们全都掉进井里去了。

《喻法宝聚》"水中捞月"[1]

18世纪蒙古族察哈尔格西·罗桑楚臣撰《学习宝贝珠》"猴子捞月"与此则亦大致相同。

这一类型故事，现当代仍在四川等地流布，譬如《猴子和月亮》（藏族）[2]。

---

[1] 引自马学良等主编《藏族文学史》上，四川民族出版社1994年版。
[2] 见《葫豆雀与凤凰蛋》。

晒腹书型故事　大致写一书生七月天在阳光中仰卧，人问其故，答道："我晒书。"这一故事类型，初见于南朝宋·刘义庆撰《世说新语》（原名《世说新书》）：

> 郝隆七月七日出日中仰卧，人问其故，答曰："我晒书。"
>
> 《世说新语》卷下排调第二十五"我晒书"

唐·朱揆撰《谐噱录》"我晒书"、明·冯梦龙编撰《古今谭概》怪诞部第二《我晒书》均抄自《世说新语》，文字悉同。

这一故事类型，现当代仍在四川、湖北、江西、上海、河北、北京等地流布，譬如《晒肚皮》①《穷秀才晒肚皮》②《皮日休晒肚皮》③《临川才子晒文章》④《解缙晒肚》⑤《敞开肚皮晒书》⑥《晒书》⑦《晒书》⑧。

驱走缢鬼型故事　大致写缢鬼进人家中诱使一少妇（或女子）上吊。一人（如旅者、仆人、书生、商人、武弁、教师、舟子、衙役、少年、盗贼）当即赶走缢鬼，搭救了自缢者。这一故事类型，作品颇多，最早见诸南朝宋·刘义庆撰《幽明录》：

---

① 见《中国民间文学集成·成都市崇庆县卷》。
② 见《鄂南民间故事集》。
③ 见《襄阳民间故事》。
④ 见《中国民间故事集成·江西卷》。
⑤ 见《中国民间故事集成·江西卷》。
⑥ 见《中国民间文学集成·上海卷·静安区故事分卷》。
⑦ 见（邯郸市）《民间文学》第二集。
⑧ 见《北京民间故事》四。

曲阿有一人，忘姓名，从京还，逼暮不得至家。遇雨，宿广屋中。雨止月朗，遥见一女子，来至屋檐下。便有悲叹之音，乃解腰中缳绳，悬屋角自绞，又觉屋檐上如有人牵绳绞。此人密以刀斫缳绳，又斫屋上，见一鬼西走。向曙，女气方苏，能语，家在前，持此人将归，向女父母说其事。或是天运使然，因以女嫁与为妻。

《幽明录》"救女得妻"

宋·洪迈撰《夷坚志》采录的一则异文，写仆人程三由于吞食了白颈鸦的双睛而目力非凡，识破了缢鬼的鬼蜮伎俩而使婢女免死，初步显示出这一故事类型可塑性极强，具有发展、变化的广阔空间。

  鄱阳包氏，居蟆洲门内，买一马，付其仆程三养视，日浴之于放马渚。常为白颈鸦登背抛粪，深患之，逐去复来。于是敲针作小钩，贯以长缕，从马腹旋绕致背，挂饵于表。鸦啄饵，吞钩不可脱。程剔其双目睛，怀归舍，求酒于主家而吞之。自此眼力日盛，能历览鬼物于虚空间。尝与包婢在厨，见一鬼瞪目拖舌，项下缠索，履门阈窥瞰。程持杖击之，呻吟窘怖，冉冉入地而灭。盖向时有缢死于彼处者。后每出野外，必有所睹，虽似人形，而支体多不具足。厉怪望之，往往奔窜。或人谓千岁鸦目能洞视，程所吞者其是欤？

《夷坚支甲》卷三《包氏仆》①

至明代，这一故事类型有了一定的发展，陆粲撰《说听》、郑暄撰《昨非庵日纂》等书所收的异文，多有变化，为后世的大发展奠定了基础。试看：

---

① 见《夷坚志》第二册，第736页。

第九章　魏晋南北朝时期的民间故事类型

下塘苏三，某日出外，有秃首白衣人倚门立，对苏长揖。后每出入见之，虽窃疑异，意弗问为谁也。苏贫依其兄完，一旦受人欺侮，忿忿归家欲缢。斯人即随入，抱之上梁，又竖浴桦，令其踏足。桦散，跌闷于地。妻子奔救获苏，始言其故，而斯人不复见矣。或云，是讨替鬼也。

《说听》卷下"苏三获苏"

台州应尚书，习业山中。一夕闻鬼语："某妇人夫久客不归，翁姑逼嫁，明夜缢此。吾得代矣。"公潜卖田得银四两，即伪作其夫之书，寄银还家。父母见书，疑手迹不类，既而曰："书可假，银不可假，想儿无恙。"妇遂不嫁。后子归，夫妇如初。公又闻鬼语曰："吾当得代，奈此秀才坏吾事！"傍一鬼曰："何不祸之。"曰："上帝以此人心好，命作阴德尚书矣，吾何得祸之？"应果官至尚书。

《昨非庵日纂》卷二十"应尚书"

清代是这一故事类型大发展的时期，涌现的异文非常多，变化层出不穷，异彩纷呈，充分展现出这一故事类型的生命活力。

清·张潮辑录《虞初新志》卷十三载王明德撰《记缢鬼》，写一个偷儿为了驱赶缢鬼、救助正欲自缢的妇女，居然忘记自己的特殊身份，大声疾呼，十分有趣。

吾乡有张姓者，其家仅足自食。夫先卧，妇则仍工女红。偷儿乘夜逾垣往窃，未敢竟入，伺于窗外。见床侧一鬼妇，向本妇先嬉后泣，拜跪再三。本妇睨视数次，忽长叹，潸然泪下。偷儿心惊，专心伺之。妇即自理绢帛，仍有不忍即行之状。鬼妇更复再拜祈求，本妇方行自缢。偷儿急甚，大声疾呼，其夫鼾呼若不闻。偷儿无法以救，适檐下有竹竿，取从窗棂中撺击鬼妇，其夫方觉。偷儿呼令急为开门，相助解救。在此妇固不自解觅死为何事，其夫亦不问呼门为何人，而偷儿亦自忘乎其为偷儿矣。事后，各道其详，因发床侧之壁视之，其中梁畔实有先年自缢绳头尚存，虽云朽烂非真，而其形其迹，则仍宛然。由此以观，则凡世俗所传，亦未尽属无根之谈、荒唐之论矣。

清·蒲松龄撰《聊斋志异》录写的一则异文，也是写偷儿驱鬼救自缢妇人的，与上一则有所不同，不但自缢妇的家境有别于女红妇，而且结尾也不一样。偷儿因救人暴露身份被送往官府。好在官老爷是个明白人，还是把做好事的偷儿给放了。

  天津某商将贾远方，从富人贷赀，为偷儿所窥。及夕，预匿其室，以俟隙而窃之。而商以是日良，负赀竟发。偷儿既久伏，但闻商人妇转侧床上，似不成眠。既而壁上一小门开，一室尽亮。门内有女子出，容齿少好，手引长带一条，近榻授妇，妇以手却之。女固授之，妇乃受带起，悬梁上，引颈自缢。女遂去，壁扉亦合。偷儿大惊，拔关亟呼。家人咸起，询知其故，急往救之。妇竟不醒，遂械偷儿鸣官。令以得偷儿目见，免成疑案。释之。问其里人，言宅之故主，曾有少妇经死。其年齿容貌与偷儿所见悉符。固知是其鬼也。俗传暴死者必求代，其然欤。

《聊斋志异》卷八《商妇》

清·袁枚撰《子不语》采录的鬼故事颇多，与缢鬼较量的故事不止一则，有的只有智斗求代缢鬼的母题，如卷一《蔡书生》、卷四《豁达先生》、卷六《钉鬼脱逃》。兼有驱鬼、救妇母题的是卷四《陈清恪公吹气退鬼》这篇著名故事：

陈公鹏年未遇时，与乡人李孚相善。秋夕，乘月色过李闲话。李故寒士，谓陈曰："与妇谋酒不得，子少坐，我外出沽酒，与子赏月。"陈持其诗卷，坐观待之。门外有妇人，蓝衣蓬首开户入，见陈便却去。陈疑李氏戚也，避客，故不入。乃侧坐避妇人。妇人袖物来，藏门槛下，身走入内。陈心疑何物。就槛视之，一绳也，臭，有血痕。陈悟此乃缢鬼，取其绳置靴中，坐如故。少顷，蓬首妇出，探藏处，失绳，怒，直奔陈前，呼曰："还我物！"陈曰："何物？"妇不答，但耸立张口吹陈。冷风一阵如冰，毛发噤龂，灯荧荧青色将灭，陈私念："鬼尚有气，我独无气乎？"乃亦鼓气吹妇。妇当公吹处，成一空洞，始而腹穿，继而胸穿，终乃头灭。顷刻如轻烟散尽，不复见矣。少顷，李持酒入，大呼妇缢于床。陈笑曰："无伤也，鬼绳尚在我靴。"告之故，乃共入解救，灌以姜汤，苏。问何故寻死。其妻曰："家贫，夫君好客不已，头止一钗，拔去沽酒。心闷甚，客又在外，未便声张。旁忽有蓬首妇人，自称左邻，告我以夫非为客拔钗也，将赴赌钱场耳。我愈郁恨，且念夜深，夫不归，客不去，无面目辞客。蓬首妇手作圈曰：'从此入即佛国，欢喜无量。'余从此圈入，而手套不紧，圈屡散。妇人曰：'取吾佛带来，则成佛矣。'走出取带，良久不来。余方冥然若梦，而来救矣。"

清·和邦额撰《夜谭随录》采集的一则异文，淡化了驱鬼情节而着重描述救妇情节，文笔细腻、生动，文学性较强。结尾写少年因救人而净化心灵，去除恶习，使这一故事类型的思想内涵得以升华，颇具感染力。

姑苏颜勿三图伶言其乡有管姓少年，因邻家少妇佳丽，百计思觏。一日复于墙头窥伺，见妇方络丝檐下，颦眉泪睫，颜色悲惨。其姑喃喃数之于房中，管乃怜妇而恨其姑。忽一青衣妇人自角门出，笑容可掬，径入佛堂，向佛而拜，直起直跌，形如僵尸。管大惊，知其非人，益注目伺之。妇人拜佛已，即回身至檐下，向少妇以两手作圈示之，更以手频频指厕。少妇停络呆视。若有所思。既而涕泣如雨，旋起身如厕。

短垣仅及肩，管于高处觑之，颇为了了。妇入厕，辄解足缠系横木止。青衣妇复左右之，意甚得。管知其觅死，不觉大呼救人，逾垣而过。邻人闻之，惊走来询，管导众入厕，视妇已投缳矣。争相解救，须臾复苏。青衣妇已失所在。姑亦惊怔，不复絮聒。

已而其夫归，众由其故。其夫惊谢，感伤交至，问："管兄从何处得悉怪异？"管绐曰："偶乘屋拔草，得见其状耳。"众叹曰："人命关天，尊夫人数不合休，适值管君有拔草之举，想亦神佛之所役也。"其夫赠酬之，管不受而归。从此淫心顿息，不复作壁上观矣。

《夜谭随录》卷五《青衣女鬼》

清·乐钧撰《耳食录》采集的一则异文，淡化了救妇情节而着重描述斗鬼、驱鬼情节，在民间故事的框架之中，间有笔者的议论文字，读者不难窥见。

临川刘秋崖先生，旷达士也。冬夜读书甚勤，常忘寝。邻有少妇，亦夜纺不辍，声相闻也。

一夕漏二下，闻窗外窸窣有声响。于时淡月微明，破窗窥之，见一妇人徬徨四顾，手持一物，似欲藏置、恐人窃见者，屡置而屡易其处，卒置槁稻中而去。秋崖烛得之，乃一麻绳，长二尺许，腥秽触鼻。意必缢鬼物也，入室闭户，以绳压书下，静以待之。

已闻邻归辍纺而叹，叹不已，复泣。穴壁张其状，则见缢鬼跽妇前，再拜祈求，百态怂恿。妇睨视数四，遂解腰带欲自经。

缢鬼喜极踊跃，急自牖飞出。妇则仍结其带，有踌躇不行之状。秋崖知鬼觅绳也，无绳必不能为厉，遂不呼救，而还坐读书。

有顷，闻鬼款其门，秋崖叱曰："尔妇人，我孤客，门岂可启乎？尔能入则入。"鬼曰："处士命我入，我入矣。"则已入，曰："适亡一物，知处士藏之，幸以见还。"秋崖曰："尔物在某书下，尔能取则取。"鬼曰："不敢也。"曰："然则去耳！"

鬼曰："乞处士去其书，不然，恐处士且惊。"秋崖笑曰："试为之，看吾惊否。"鬼乃喷血满面，散发至腰，舌长尺余，或笑或哭。秋崖曰："此尔本来面目耳，何足畏！技止此乎？"鬼又缩舌结发，幻为好女，夭袅而前，示以淫媚之态。秋崖略不动。

鬼乃跪拜而哀恳，秋崖问："欲得绳何为？"曰："藉此以求代，庶可转生。无此则永沈泉壤。幸处士怜之！"秋崖曰："若是，则相代无已时也。吾安肯为死者之生，使生者死乎？冥间创法者何人？执法者何吏？乃使生者有不测之灾，而鬼亦受无穷之虐也，庸可令乎？吾当作书告冥司，论其理，破其例，使生尔。"鬼曰："如是则幸甚，不敢复求代矣！"

秋崖取硃笔作书讫，付之。鬼曰："乞焚之，乃能持。"焚之而书在鬼手，复乞绳；因去其书，绳亦在鬼手；乃欣喜拜谢而去。还视邻妇，亦无恙。

《耳食录》卷二《刘秋崖》

清·潘纶恩撰《道听途说》录写的一则异文，对于驱鬼与救妇的情节，均详加描述，笔致细腻，相当生动。而那位热心助人、大胆斗鬼的老翁形象，刻画尤为突出，在这一故事类型的各种异文中较为罕见。

歙邑田翁，设肆藤溪，去其家七十里。一日，因店有急务来召，黄夜由家赴店。是夕，天微阴，月色不甚爽朗。隐约间有少妇尾其后，每遇桥梁，未见超越，辄先翁而过。翁讶其异，且少妇夜行，安得无一人作伴。若因斗口而逃，则不应鬓发裙衫悉俱完整。心窃疑其非人，就讯之，妇曰："妾缢鬼也，然不为翁祸。前有伏魔圣殿，碍不得过，尚欲藉光带挈也。"翁素负胆，许之。

　　既过庙，翁意窃不自释，谓："既系缢鬼，此去必为人祸。"因复问鬼："此行将何作？"鬼曰："妾欲告以肺腑，然妾不祸翁，翁亦必毋祸妾也。妾往雄村求替耳。"翁曰："谁实替汝者？愿闻其详。"鬼曰："雄村曹某家有童养媳，姑御之严，虽已谐花烛，然以出自抱中，鞭笞习惯，不以成人稍恕。迩日因涤制冬菜，有厨刀自筐底漏堕水瓮中，人无知者，姑诬妇货易粉糖，鞭之见血，尚穷追未已。妇负冤无可申诉，今夕将投环，是即妾之替也。"翁曰："以汝纤足行远道，夜阑尚滞途中，脱有先子而至者，子亦徒然矣。"曰："是不然。凡境内有欲自缢者，土地以告无常，无常行牒授意应替者。此间数十里内更无他鬼，妾是以奉牒而来也。从来枉死鬼苦雨凄风，飘零无倚，往往数十年尚难谋一代，妾大幸，雄经仅半载，已有代者，诚喜浃过望也。"谈笑方浓，已临歧路，鬼谢别去。

　　翁行数十武，窃思："曹氏与我虽彼此不相葛藤，然明知其人之死而不一引手援，揆之于心，不无缺憾。肆中事虽急，要亦不争此一瞬，又何惜片刻之延，以阻我行仁之念？"遂决计纡道救之，因而回步趱行雄村。至则街衢萧戚，星斗满天，茫不识曹家何所。连转数弄，无凭查讯，闻有柝声隐隐来自远际，思得警夜者而问之。出弄西驶，有一小铺，灯光漏于门隙，近就之，闻推磨琅琅声，知托豆腐业者。乃款关以进，向询曹某居庐。铺言前途咫尺间耳，巷第几巷，门第几门，口讲指画，明示了了。往阚其户，户阖而未钥；排闼入之，四室皆黝黑，独楼上有灯檠未烬。翁时无暇他语，只狂呼主人速兴。主人仓卒披衣起应客，翁亟问："汝妇房何在？速往救其死命，然后告君颠末。"主人与翁俱奔房，则妇已悬绳枋间，掇机作衬，正将就缢。款扉不应，乃破窗而入，解其厄，妇得不死。因问翁所以知妇觅死之故。翁以遇鬼对，并问主人是否厨刀起衅。主人然之。翁述鬼言，使探水瓮，刀果在焉。

翁既救妇，即请辞去，时晨光未泛，主人再四恳留，且谓："公泄鬼语，鬼必不甘，夜行保无凌侮。"翁坚执不肯停趾，始听。既出村外，鬼果俟于溪畔，责翁不信。翁亦反颜相向。两争不稍逊，渐至用武，各以手相搏。然鬼只茫茫冷影，兜罗锦著体，虚无所触，即老拳还赠，亦复处处扑空，枉费一番使气。但鬼忿难甘，沿途作恶，缠扰无休。直至一丛葬处，天已微明，始失鬼所在。

翁抵铺，以所遇告诸伙，皆以为莫须有之事。翌日，雄村人冠履整肃，具盛仪来谢，众始信焉。

《道听途说·谋代鬼》①

清·曾衍东撰《小豆棚》录写的一则异文，亦写贼救妇，然与先前几则有所不同，其一，贼系亲戚，是其夫派来偷钱作赌资的，其二，鬼未逃逸，而是僵立于地，数日后始遁墙淡去，自有其特别之处。

唐县张姓，家贫，无行，耽于博。有妻韩氏，纺绩之资以及衣饰等物，皆供张一赌而罄之。于是家徒壁立，犹卜夜不归也。

一日，张聚赌于某所，深更囊匮，群挤之出局，张犹恋恋。有张表弟萧某，鼠窃也，亦在列。张私语曰："吾内室败簏中，有青蚨三百，是汝嫂卖棉钱。愿假我表弟妙手，窃来济我一时之急。"萧曰："嫂匿也，不可以手，吾何敢盗嫂之金也？"张曰："有兄在，即嫂觉，彼如季子何？"力促其往。萧不得已，遂行。

---

① 引自陆林主编《清代笔记小说类编·神鬼卷》，黄山书社1994年版。

抵张舍，而韩氏在户外。萧喜，入室启筐，得钱。忽氏返，萧即缘格板椽上，欲俟嫂转动时，乘隙乃去。其嫂阖外户，执灯檠持缲车庋门际，坐地轧轧不停。萧不能出，正凝睇间，忽见门缝中进一人，着袖绿袍青马褂，小秋帽，微鬈缩腮，立其嫂身后。萧曰："嫂之私也。吾今为兄盗而得嫂奸，幸甚。"俟之，约多时，视其人遥立不作一语，而嫂又若未之见者。噫！何人，斯岂鬼也耶？继而其人以手断其手中线，嫂又不见断而复续。如是者三，嫂乃停手，遂潸潸泪落。其人在后，若有喜者。噫，是鬼也，非人也。审视之。既而韩氏起，持灯返几，觅绳一缕，系窗棂间。鬼喜且跃，复为之挽结作套，移凳扶韩氏。将入套，萧急大呼曰："吊杀人也！"纵梁格间跳落，后败格一扇亦随之而倒，其声砰塌。

邻人皆闻，哄然入视，第见韩氏坠地昏然，萧伏地悚然，鬼则立地挺然。众皆掖韩氏，问萧指鬼为何人。萧神定，述其来由，告以氏之缢，即是鬼之祟。众始惊为鬼，噪之。鬼犹僵，众击以木，则空空然，过而复合，如烟凝，如气结，如泡如幻，有形有影，俨然秋帽绿衣，悄乎其容。终夜达旦，不消不灭。于是一村之人，咸以为怪异之甚。遂鸣于宰，乃命二尹来视。时日已晡，尚觉形影可吊。后闻越三日而渐遁墙，五日而身面壁，七日之后如淡描一人影于环堵之上。

《小豆棚》卷二《僵鬼》

清·慵讷居士撰《咫闻录》采集的两则缢鬼故事，卷十《普依祠》"戏弄缢死鬼"与《子不语》卷一《蔡书生》相似，无救妇情节。卷七《鬼死》则是这一故事类型中比较典型的作品。此则异文亦写行窃者救妇，与《小豆棚》中的《僵鬼》类似，又有其不同之处。

东郊韩姓，素游荡，不事生业。其邻姚氏，有寡女，矢志坚贞，不出户庭，勤操女红，数年囊蓄百金。韩知之，夜静踰垣潜入寝室，将为席卷之计。奈女终夜纺绩。旁有皂帽人，怒目如牛站立机床，或左或右。韩阳念是妇有贞节之名，何以藏有男子，姑细审之。见皂帽人以手勾断机丝，女若不知，续而复织，如是者三，乃投梭起，长叹呜咽，泪如泉涌，自痛夫之早死，而家之窘也。意欲弃世，以完名节。皂帽人急以红丝带作一圈，悬挂梁上，以手招女引颈而缢。斯时，韩忘其行窃，大呼解带，拔关而出。女若梦醒，回顾壁上，隐约见皂帽人，形像变色。诧之，眉发竦然，身不为动。以水濯壁，面目若绘，时有碧色血水流出，颗颗凝如露珠。次夜，女见人抬棺至，收壁上皂帽人，其薄如纸。咸曰阴阳道隔，鬼为阳气所冲，魂魄破裂，不能救矣，荷棺而去。

清·朱梅叔撰《埋忧集》录写的一则异文，写的是坐馆先生驱赶缢鬼使主人之女获救的故事，文字简洁。

秀水汪如洋，号云壑。未第时，馆于邑某绅家。尝夜读，至二鼓后，一少妇缟袂素裳推扉入。汪讶之，起诘所自。妇言故与主人女芳姑稔，将假逅寻旧好焉。汪以形迹可疑，阻之。妇争之不得，返身蹲户外，以手探槛下，移时始去。汪益疑，急返，移灯往视，得一圈，围尺许。携还，向灯审其物，非绳非带，如环无端。心知有异，即就火爇之，腥秽之气，触鼻难耐。

忽闻哭声自内出，询馆僮，知主人女已以自缢死。正惊诧间，前妇突至槛前，觅其圈不得，复入，向汪索取。汪对云："顷已焚却。"且叱其速退。妇怒曰："与君素无仇怨，何忍下此毒手？然君贵人也。"痛哭而去。未几，馆僮又来报，主人女顷已解救复苏矣。

《埋忧集》卷十《缢鬼》

清·吴芗厈撰《客窗闲话》初集卷三共录写了"俞少宰""捣鬼手""陆都阃"三则缢鬼故事。其中"俞少宰"一篇只有戏弄缢鬼情节,其人竟将缢鬼所变之灰鸭烹来与同人共啖,与《子不语》《咫闻录》的同类作品大异其趣。另外两则均有救妇情节,然而亦与上述数则有所不同。"捣鬼手"的故事主角系衙役,于戏谑中使缢鬼现形而搭救了悬梁少妇。

>有钱、刘二役者,奉差勾摄人;知其人狡甚,夜往拘之。距城约二十里,一役挑灯,一役执牌。行五六里许,钱谓刘曰:"吾有腹疾,将觅地大遗。尔前进,某村市尾有里保茶室,在彼俟吾。"
>
>刘诺而去。比及市尾,夜深户闭,无停留处,复回原路。见市中一室,隙逗灯光,隐隐泣声甚悲,门外一人隐身窥探。刘意为钱遗毕而来窃窥妇女耳,欲戏之,俾不敢作声,潜以中指挖其尻,其寒浸骨。突然回首,则眸出舌伸,发披血结,现缢鬼形。刘大惊,触板而倒。
>
>邻人闻声出视,识为县役,已痰涌气喘欲绝。邻人大呼,市众毕集,而钱亦至。正扶救间,室内亦大呼救人。众踹门而入,则少妇自悬于梁。其翁姑年老,不能解脱,众为之卸救而苏。询之,乃知妇为翁姑虐,半夜轻生,缢鬼求代而窥之,为刘役冲散。此妇之命不应绝。而刘亦渐愈,唯右手全黑,经年始退,时人称之为"捣鬼手"。

"陆都阃"的故事主角为兵士,于避雨借宿时灭鬼救妇,情节曲折,描写生动细腻,艺术水准较高,在此类故事中属上乘之作。

>陆都阃充卒入伍时,出境迎上官。至中途,闻上官遇雨而退,陆回,雨益大,衣履濡湿,道途泥泞。见旁有小楼一楹,趋避檐

下。天将暮而雨不止，叩门借宿，少妇拔关出曰："夫男出城未回，不便留客。"陆示之佩刀号衣曰："吾行伍中人，正直自矢。今进退无从，只求楼下一席地耳。"妇哀其穷而纳之，且赡以粥，给之灯与薪。妇登楼，合户而纺。陆以薪为褥，趺坐啜粥，燃衣烘衣。

约三鼓许，有老妇由门隙入。陆骇然，禁声以观其所为。老妇若未睹陆者，以一杖置门侧，望中霤再拜，匆匆登楼。闻与少妇言甚欢，未几，悲声辛语，既而大笑。陆取其杖阅之，倏变为麻绳。甫坐于身下，而老妇下楼，望中霤再拜。回身觅杖不得，始见陆，知为所收，告曰："老妇恃杖而行，客须见还。"陆不答，老妇倏变为少艾，柔声怡色以哀之；陆仍不答。倏变为厉鬼，目凸口凹，耸肩鼓腹，望陆吹气，则冷风入骨，寒不可当；陆正襟御之。然老妇作气甚难，喘息片时，方能再吹，则不及前之冷甚，三吹则无力矣。陆笑曰："汝能吹我，我宁不能吹汝？请还汝气！"亦鼓气吹之，则老妇胸腹皆洞，乃连吹之，化为脓血，转眼成灰，腥臭实甚。

天已大明，陆不去，俟有叩门者，起应之。一少年入，睹陆而叱曰："汝何人，敢入我室！"陆知为少妇之夫，语之故，曰："与尔登楼，且救尔妇！"少年偕陆踏梯，推门不应。肩门而入，则妇悬于床，气犹未绝。共救之苏，问其故，妇曰："夜有前村之某妪来，忘其为缢鬼，与我言终窭之惨，觉悲甚而泣。继又言伊证仙果，在极乐世界，可以同窥。遂以带作圈，望其中飞楼画阁，金碧辉煌，不觉探首，则被悬系矣。"少年再拜谢陆曰："若非足下藏其绳，则我妇作替代，而足下亦难明心迹矣！"自是陆得官，渐起至都阃府而止。

清·许秋垞撰《闻见异辞》共录写两则异文，情节均不甚曲折，内容与上面诸则异文不太相同。一则写河畔舟子驱鬼救妇：

嘉庆年间，舟子朱天民人雇之至吴郡，一夕泊市河。时当七月中旬，闻店楼纺织，轧轧厉鸣。至二更声渐断续，欸见窗上凭一女子，一彩绳作圆圈势。朱意谓以彩绳而作圆圈，是岂蟾窟嫦娥系红丝而降临月下？又岂鹊桥仙子掷金梭而来听机声？然觇此同心结，连环结大小累累，莫非投缳女之变相耶？于是挺篙套入圈内，倐而砉然一响，破竹声如裂帛，始知此女果缢鬼也。乃跃岸探问其家，知此夕夫妻反目，因欲自经。可知伉俪间不能作交颈鸳鸯，使蟏蛸领误入圈中者不少也。幸天民效渔夫之拔篙，真胜于倪宽解结矣。

《闻见异辞》卷二《篙入鬼圈》

另一则写亡命赌徒欲行窃而驱鬼救妇，后得善报，从军立功，官至提督：

罗军门恩举少失怙恃，家徒四壁，因寄食于舅氏家，身有膂力，性嗜摴捕。夜归，舅辄痛詈，然嗜赌终不能悛。因欲赚醉致之死。一夕具酒肴饷甥，曰："今夜可多呷几杯，以畅尔所欲。"夜分，舅先酩酊大醉，鼻有鼾声。舅妗知其故，告之使逸去。行至某县，苦无资斧，不得已偷匿人室，跃上高楼，撬开承尘偷窥。见一红衣妇人愁坐妆台，手作支颐状，俄而背后来一女鬼，披发吐舌，手搦一圈，作套项势。罗急跳下，拼夺鬼圈，相持良久。适渠夫婿回来，诘何故夜入？罗具述真情，告以乏费，致行苟且。因夫人被鬼逼，故跳下救之。主感援救之恩，酬以白金三十两。会有反寇滋事，投军得首功，递升提督。

《闻见异辞》卷二《救缢投军》

清·许奉恩撰《里乘》中的一则异文，写有同性恋倾向的某太史羞忿自经后,其鬼魂求代,而正欲将一妇人引去上吊时,却被妇人的兄弟所救。

　　京师某太史,情重前鱼,终岁不御妻妾,但狎优伶。尝有友招饮,忽遭优伶所戏侮,为坐客姗笑,羞忿自经。其鬼求代。初,正阳门外某生远游,其妻独居,家小阜。妻兄弟素无赖,时来称贷,妻颇厌之,恒不能遂其所欲。一日,弟乙以有急,又来求姊,会姊往亲戚家,待至薄暮甫归,厕身暗陬,窥姐下车,身后随一美少年,相将入房,大骇,以姊有所私,心殊耻其所为。继思藉此有所挟,计亦得,爰潜身蹑足入,伏窗窥姊坐灯下,面频蹙,若有忧色,少年偎姊身旁,低声耳语,隐不可辨。姊危坐自若,少年或左之或右之,或长揖而跽恳之,丑态百出。无何,更鼓二报,少年似益急迫,跽恳益数。姊意似首肯,起拭泪至案前,挑灯启镜奁,薄加脂粉,转身坐榻上,小声嘤嘤啜泣。少年频为拭面而殷情之,便见姊起身解带挂梁上,少年不禁狂喜,或拊掌,或踊足,或伏地雀啄,笑容可掬。乙莫喻其故,既见姊上榻向外跪,少年笑援梁上带授之,姊引带纳项下,意将投缳。乙骇甚。始悟少年非人,系缢鬼之求代者。乃大声疾呼:"有鬼!"时甫二更,市上行人尚众,闻声毕至,佐乙破扉入房。乙急解其缳,放姊卧榻上,意甚痴,默不一语,灌以姜汤,顿苏。而市人至者益夥,屋狭,鬼皇遽不得出,侧身引避,形嵌壁上,宛然写照。有识者谛视之,诧曰:"是某太史也。"佥称怪事。太史家闻之,争来濯洗,竟不能去。急延僧讽诵经忏,日以法水袚除,匝月方灭其迹。后某生归,诘妻前事,则曰:"自君之出,意忽忽如有所失。他日自某家归,觉耳畔有人,极称生愁不如死乐,不觉心动,入其彀中。实其时身亦不能自主也。"某生夫妇从此德乙,有无遂常相通云。

《里乘》卷三《某太史鬼求代》

清·采蘅子撰《虫鸣漫录》中的一则异文，写金陵之击柝者驱鬼救妇，缢鬼欲进行报复，终因有太守庇佑而无计可施。

> 金陵街市击柝者，见披发妇人突入巷内一家。潜往窥之，则一妇方就缢。大呼其家，解救而免。少顷，复击柝而行，见前披发人怒随之曰："今已将曙，明日有贵人过此，后日必不尔恕也！"言讫而杳。击柝者惧甚，次夜闭栅不敢复出。适江宁俞太守德洲巡夜至，呼栅不启，怒其误更，将笞之。击柝者具以闻，俞令其取半臂，前后钤印，并书已名，嘱其服而击柝。至第三夜止，遥闻鬼啸一声而灭，无所见也。

《虫鸣漫录》卷二"金陵击柝者"

清·俞樾撰《右台仙馆笔记》有一则异文，写驱鬼救妇者系膂力过人之老翁，缢鬼取代不成，迁怒于翁。翁奋起反击，缢鬼悻悻然，始终不能得逞。

> 钱唐有贝翁者，少有膂力，素以意气自负。一日自城外被酒夜归，憩于白蜡桥下。瞥见一妇人趋过，觉有异，尾之行。抵一村舍，妇忽不见。叩门入，则其家止妇姑二人，是夜适反唇，因使视其妇，已扃户雉经矣。亟解悬救之，得不死。感翁高义，以夜深止之宿。翁以其家无男子，不可，遂携灯独行。俄寒风自后来，林叶皆簌簌落。翁知为鬼，不之顾，鬼忽作声若相詈者。翁怒，返击之，鬼乃退。及翁行，又詈如初。翁益怒，穷追不已，复至于桥下。而鸡声四起，东方白矣。

《右台仙馆笔记》卷七"贝翁击鬼"

清·程趾祥撰《此中人语》中的一则异文，亦写村妇因姑媳口角而寻短见，由于故事主人公驱走缢鬼而幸免。缢鬼迁怒于救人者，邪不压正，不得不遁去。

吴春山湖南人，家小康，读书未成，居乡间。一日傍晚，偶至坑厕，见一女子年约二十，长衣阔袖，面白如纸，发披于肩，手携一索，自厕旁行过，冷气阴风，侵入肌骨。吴知是缢鬼，即回家。闻邻家有哭泣声，细听之，乃姑媳口角也。阅一时许，闻其姑絮聒未止，其媳则声息绝无。吴恐有变，见其门未闭，遂潜身入，伏窗窥探，见媳泪流满面，短叹长吁。顷所见之鬼，立于旁厕，连连作揖。媳踌躇久之，即解带作悬梁状。吴惊极，破窗而入，鬼遂逸。吴乃诉其姑，且问其媳曾见缢鬼否？媳言并未见鬼，但觉怒气冲天，不欲活耳。吴再三开导，遂为姑媳如初。次晚吴又如厕，鬼又至，谓吴曰："君昨宵败我事，令人痛恨。不念是典史，定欲置君于死地也。"吴大怒叱之，遂不见。后吴果以佐杂班，署理典史三次云。

《此中人语》卷四《典史》

清·南山老人撰《香草谈荟》中的一则异文，亦写因姑媳不和引出变故，故事主人公为人和易温厚，不但驱鬼救人，进而晓之以理，化解了家庭矛盾，而且说服了伺机进行报复的缢鬼，让其退去。

吾乡周某为塘工武弁，尝递文省中，沿海而行。时夜将半，遥望前村灯火荧荧，一人背立楼窗，垂发吐舌，似缢鬼状，近之不见。心知为鬼，亟叩其门，内问为谁？以乞火对。一老媪启门出，周即问："尔家尚有谁？"媪对言："儿子外出，只一妇在家。"周问："尚和睦否？"媪言："终日反目，顷又因小故不食一日矣。"周问："媳何在？"媪言："在房中。"即令探之，则已将结绳矣,急唤醒之。周因告以所见,再三劝谕,姑妇为之感悟,相好如初。

周以公文紧要辞而去,行不半里,见前鬼已坐伺道傍。见周至,变色曰:"辛苦多年,始能获替,被君冲破,必不肯休!"周以情理喻之,鬼似心动,良久曰:"若能延僧超荐,我当宥君。"周允之,鬼即自去。

周后仕至海防守备,为人和易温厚,乡里称之。

《香草谈荟·鬼替》

清·黄钧宰撰《金壶七墨》中的一则异文,写驱鬼救妇之后,缢鬼又追上来寻衅,初作媚态迷惑,继而以狰狞面目吓唬,均未得逞,竟死于救人者刀下,化为青烟而灭。

秋七月,将入都门,遇"贼"于邳睢而止。夜阑将卧,同寓叶于戎者奔而归,曰:"惫哉!今夜杀一鬼矣!"盖寓之东有古庙,叶以赴饮迟归,过庙前,月影朦胧,见一妇人向门而拜,又结带为环,系于柱上。蹑足窥之,则环中楼台粉黛,五色烂然。妇人若却若前,忽哭忽笑。又一美少年自内招之。叶恍然悟为缢鬼,急拔刀刺入环中,环带遽收,划然中断,而妇人仆矣。叶呼之不醒,恐以暧昧获咎,遂行。俄有呼叶于后者,长身绰约,细语如莺。叶佯为不闻。已而披发吐舌,双目如铃,曰:"偿我环来!"叶曰:"吾以汝为人耳,今乃鬼耶?"挥刀迎斗,中其左肩;嚓然一声,化为青烟而灭。

《金壶七墨·金壶遁墨》卷四"杀缢鬼"

清·丁治棠撰《仕隐斋涉笔》中的一则异文,亦写偷儿见义勇

第九章　魏晋南北朝时期的民间故事类型　　　　　　　　　　·421·

为，救妇灭鬼。家众不但不追究其行窃的过失，反而以酒食、金钱酬谢，颇为通情达理。

　　　　有缢鬼取代，迷一妇人，投环梁间，鬼跪其下，崩角稽首。时当午夜，灯影微明，有窃贼伏屋上，揭瓦瞧见，知妇遇邪，即抽所佩刀割断其绳，微伤妇颈，血滴滴点鬼头。鬼被血污，不能藏形，扑地化物一堆。妇亦随绳堕地，气尚未绝。贼大呼有鬼，家众惊起，妇得重生。贼不自讳，陈救妇之由，且示鬼状。众视所化物，累高数尺，青色滑腻，似水内苔衣迭裹成团者。提之，犹啾啾鸣；举油火焚之，腥闻满屋。感贼惠，款以酒食，酬钱若干去。
　　　　　　　　　　　　　　　　《仕隐斋涉笔》卷四"贼救妇"

清·杨凤辉撰《南皋笔记》录写有两则异文，一则写岁末一人去舅家乞米，驱鬼救舅母而得厚赠，最后灭了缢鬼。

　　　　董甲者，漩口人，家贫，恒不能自给。是岁，年残腊尽，俯仰无所资，将往其舅氏王某家，乞升斗之活以度岁也。夕阳西下，路转峰回，忽见有一少妇在前行，董尾其后，至其舅氏家，则天已昏黑，大门阖已。少妇逾垣入，董窃异之，疑其为私奔者，亦逾垣入，隐于墙阴，暗伺其动静。天光隐隐遇见屋角有枇杷树一株，权柯四出，枝叶横生。于时寒风凛凛，阴气袭人，少妇立于其下，不觉毛发悚栗。
　　　　俄而入室，与其舅母携灯出，至树下，灯忽随风而灭。乃以索系于树，而自缢焉。董乃悟少妇为鬼，亟起以刀断索，坠地获不死。鬼瞥见董，返扑之。董大呼号，犬惊吠。其舅氏闻声率众至，鬼乃不见。董具言状，其家人大喜，厚赆之以归。
　　　　出门，则其妇俟于门外也。董与之搏，不能胜，亟咬破其中指，以血污之。鬼仆地，视之梭也。取而焚之，闻啧啧有声，其地有血迹，怪遂绝。

《南皋笔记》卷三《董甲》

另一则写一守节寡妇驱赶缢鬼以自救，显示出特有的正义，在这一故事类型中，别具一格，值得注意。

> 永康匡籽云之母，蔡氏女，早寡，矢志自守，事翁姑，抚孤子，以节孝著。尝于夜中见有一女鬼入其室，衣青衣，戴青布头巾，手捧绳索，向后却行。正坐待之，鬼至床前，转面见妇正坐，遽长跪叩头不已。妇厉声叱之曰："去！"乃泣谢而去。明日起视之，则其家中所畜猪被缢死于后园樱桃树上。其后蹄直立，前蹄抱树，如人缢死状，绳索缠颈，百端莫解。乃知夜间所见为缢鬼也。

《南皋笔记》卷四《缢鬼》

近人徐珂编纂《清稗类钞》中的一则异文，也是记述投宿驱鬼救妇之事，避免了因婆媳不和而引起的家庭悲剧。其中写故事主人公在缢鬼软硬兼施时一概不为所动，随即奋起将其灭掉的段落尤为精彩。

> 韩文懿公貌陋，髯如蝟，年逾四十，领乡荐，计偕北上，襆被徒行。偶日暮失路，宿人家檐下，少间一叟笼烛至，问谁何，因具告邦族……叟叩门肃入，为具酒食，就厅事西偏设榻。厅供祖先柱，残灯尚明，请文懿安寝。
> 甫就枕，时正月中旬，月明如昼，忽闻窸窣作声，一女从门隙入，径至柱前伏地拜。已，出一物置香炉下，冉冉复由门隙入。文懿知有异，悄起于炉下摸索得一物，就灯下谛视，类篾丝，上缠红线一，腥臭刺鼻。乃携压枕下，倚枕假寐以觇之。无何，又

闻窸窣声，前女从门隙出，后随一女，相将至柱前，伏地交拜。前女索炉下物不得，意惶急。后女立待良久，乃由门隙入内。前女至榻前，问曰："顷炉下一物，见之否？"文懿披衣起坐曰："良有之，汝需此物何为者？"女曰："实告公，妾乃缢鬼也。今夕得替投生，非此物无以为信，乞公怜而赐还为幸。"文懿冷笑曰："若然，汝利人之死，以图己之生，我实不愿遂汝之生，而不救人之死。物固在此，吾决不汝还矣。"女再三哀之，则瞠目拈髻，冷笑不答。女变色曰："公不畏鬼耶？如再不还，将现变相矣。"文懿笑曰："纵现变相，亦本来面目，吾何畏！"女长袖一拂，蓬发垢面，舌出唇外，长尺有咫，怒目相向。文懿笑曰："技止此乎？试亦观我变相。"时文懿宿醒未解，酒气尚醺，急起赤足，索得只履，夔跃而前，须髯怒张，盛气向女面一嘘。女悲啸扑地，顷刻而灭。文懿急叩内室门，叟出，备告所以。

先是，叟有子出外，妇不得于姑，日间适以小事勃谿。叟闻文懿言，知有变，急入告媪，相与破妇闼门，果见妇悬于梁，气尚未绝。解缳，以水灌之，顿苏。天明，文懿出炉下物火之，并将灰投之圊，以绝其患。

《清稗类钞·迷信类·韩文懿却退缢鬼》

近人海上寓公编《茶馀随笔》①中的一则异文，写放荡之人色胆包天，居然调戏欲求代的缢死女鬼，几乎让自己的妻室丧命，具有较强的警世作用。

友人沈品良，谓其妻弟汪筱村，一夕自城市归乡村，至中途，见前行一女子，身材袅娜，年近花信，步履田塍间。筱村恋女美，自后尾随之。女行自若，亦不回顾。筱村行速，数十步后，遂踵

---

① 《茶馀随笔》，上海会文堂书局1925年版。

趾相触。女子乃避立于道左以相让。筱视女面，则蛾眉丰颊，姿态嫣然，不觉神为之夺，伫立不行。女子微怒曰："妾行濡缓，君蹑行相逼，几落吾履。今让君先行，反伫立于此，意欲胡为？"筱曰："以卿丽质，夜行旷野，不虞强暴乎？"女子曰："此无与君事。"筱村曰："吾殊为卿虑之，卿何往，我当任防护责。"女冷然回面曰："速前行，弗萌他念，否则，当不利于君。"筱村闻言，自吟"牡丹花下死，做鬼也风流"之句，伸手欲握其纤腕。女子哂曰："痴郎勿悔。实告君，我乃求代之缢鬼耳。"筱曰："鬼亦何害，我正求死不得耳。如能长相聚。为鬼亦乐。"女曰："君不惧鬼，足徵胆壮。"筱见女不怒，遂握其腕，则肤如脂泽，温腻不殊于人。而女子亦不抗，并肩而行。筱曰："夜深踽踽，卿将安往？"女子曰："我既为缢鬼，则此行之目的，君当默喻，多问奚为？"筱曰："然则出而求代乎？"女颔之。筱村又问女："可以被代者姓名见告否？"女嗫嚅不答。筱固询之，女曰："无益于君，徒洩我秘，虽问奚益！"筱见女秀色可餐，复闻兰息，不觉心摇神醉，益坚握女腕，复抚其胸际，意此女郎，必非鬼物，特伪托以欺人耳。女子至此，愠曰："我固知君轻薄。"一撒手，推筱村于田塍下，拂袖疾行不少顾。筱村起身，亦疾行追之，女行冉冉，终勿能及。

抵家昏黑，似见女径入己室中。筱村恐惧，以女子果缢鬼，则彼入我门，必于家中人不利，遂抵家叩门。而屋中人语喧杂，久敲不应。筱村情急，大声撞叫，拳足并用，门几倒，室中始有应声启门者。筱村既入，喘息而语之故，并问人语声何故嘈杂。盖女仆二人，始则戏谑，继则讥刺，终则骂詈，方哭叫欲寻死也。闻筱村言，皆惊异，始静默罢争，敛容而退。稍顷，家人见有一黑影，冉冉出门去。筱村追之，倏然不见。

《茶馀随笔·缢鬼》

这一故事类型，现当代仍在福建、浙江、江苏、上海、湖南、四川、云南、辽宁等地流布，譬如《劝吊鬼》①、《屠夫与鬼》②、《智破讨债计》③、《人杀鬼》④、《吊颈鬼》⑤、《鬼》⑥、《智制吊死鬼》（彝族）⑦、《李四驱鬼》（满族）⑧。

望夫石型故事　大致写昔有一夫从役远征，数载未还。其妻登山望夫，乃化为石，屹立山间。这一故事类型，初见于旧题三国魏·曹丕撰《列异传》与南朝宋·刘义庆撰《幽明录》，其山皆在湖北。

> 武昌新县北山上有望夫石，状若人立者。传云：昔有贞妇，其夫从役，远赴国难；妇携幼子饯送此山，立望而形化为石。
>
> 《列异传》"望夫石"

> 武昌阳新县北山上有望夫石，状若人立。相传昔有贞妇，其夫从役，远赴国难。妇携弱子，饯送此山，立望夫而化为立石，因以为名焉。
>
> 《幽明录》"望夫石"

---

① 见《中国民间故事集成·福建卷》。
② 见《中国鬼话》。
③ 见《中国鬼话》。
④ 见《中国民间文学集成·上海卷·黄浦区故事分卷》。
⑤ 见《中国民间故事集成·湖南卷》。
⑥ 见《中国民间故事集成·长寿县卷》。
⑦ 见《中国鬼话》。
⑧ 见《满族三老人故事集》。

宋·李昉等辑《太平御览》(初名《太平总类》)所收一则异文，情节相似，其山则在安徽。

> 望夫山。昔人往楚，累岁不还。其妻登此山望夫，乃化为石。其山临江，周回五十里，高一百丈。

《太平御览》卷四六引《宣城图经》"望夫山"

宋·王象之撰《舆地纪胜》卷三十"望夫山"，其山又在江西，故事情节略有变化，役夫之妻并未化石。

> 望夫山，在德安县西北一十五里，高一百丈。按《方舆记》云，夫行役未回，其妻登山而望，每登山辄以藤箱盛土，积石累功，渐益高峻，故以名焉。

明·冯梦龙编纂《情史》（一名《情史类略》，又名《情天宝鉴》）卷十一《情化类·望夫石》，其石在河南新野县，故事写丈夫远行为从戎。

> 新野白河上有石如人，名望夫石。相传一妇送夫从戎别于此，妇怅望久之，遂化为石。天台陈克字子高题望夫石云："望夫处，江悠悠。化为石，不回头。山头日日风和雨，行人归来石应语。"

明·李贤等撰修《大明一统志》和明·曹学佺撰《蜀记》各收的一则异文，情节简略，亦记丈夫远征从戎，妻子望夫化石。故事发生地前者在陕西紫阳县，后者在四川剑阁县。

第九章　魏晋南北朝时期的民间故事类型

>　　旧传有妇人，其夫从戎；朝夕登望，后化为石。
>
>　　　　　　　　　　　《大明一统名胜志》"望夫石"①

>　　昔有夫远征，妻送至此；大泣，不忍归，因化为石。至今郡人祠之。
>
>　　　　　　　　　　　《蜀记》"石新妇"②

　　明末谈迁撰《枣林杂俎》义集《望夫石》，其石在广东四会县。故事情节亦有变化，丈夫远行非从役，而是为商。

>　　望夫石，人稀知之。肇庆府四会县西二百里，有新妇石。夫为商不归，久望遂化石。宋林小山诗："瘦骨崚嶒立海湄，绿苔曾是嫁时衣。江郎去作三衢客，目断天涯竟不归。"

　　明末张岱撰《夜航船》卷二地理部《山川·望夫石》，由《幽明录》"望夫石"演化而成，但其石不在阳新县，而在武昌。

>　　武昌山有石，状如人。俗传贞妇之夫从役远征，妇携子送至此，立望其夫而死，尸化为石。

清·褚人获编纂《坚瓠六集》卷三《望夫石》，与此则相同，文字稍有出入。

>　　湖广武昌山有石，状如人。相传贞妇之夫远征，妻携其子登

---

① 转引自黄芝冈撰《中国的水神》，上海生活书店1934年版，第109页。
② 转引自黄芝冈撰《中国的水神》，上海生活书店1934年版，第109页。

山望之，遂化为石。

清《湖北通志·武昌府志佘》"望夫石"，略云：

阳新县北山有望夫石。相传有夫妇感情甚笃，遇国难，夫投军远征，妻常携子在此山上望夫，日久遂化为石，人称望夫石。

此则显然也是由《幽明录》"望夫石"改写而成，文字略有变化。

这一故事类型，现当代仍在江西、湖南、浙江、贵州、云南、广东等地流布，譬如《望郎峰的传说》①、《望夫山》②、《望夫台山》③、《都柳江上望夫石》（水族）④、《望夫崖》（怒族）⑤、《羚羊峡上望夫石》⑥。

人参精型故事 大致写道士某见山间有二小儿（或花犬）常出来嬉戏，甚感奇异。后在其出没处掘得两棵人参（或何首乌、枸杞根、茯苓等），即洗净煮食（一说探知其为人参精或首乌精，乃捉而煮食），道士（或其徒）竟飞升成仙。这一故事类型，形成于唐代。南朝宋·刘敬叔撰《异苑》卷二《土精》，可视为这一故事类型的雏形：

人参一名土精，生上党者佳，人形皆具，能作儿啼。昔有人掘之，始下铧，便闻土中呻吟声。寻音而取，果得人参。

---

① 见《中国民间故事集成·江西卷》。
② 见《中国传说故事大辞典·传说》。
③ 见《天如山遇仙记——浙江山的传说故事》。
④ 见《中国民间故事集成·贵州卷》。
⑤ 见《中国民间故事集成·云南卷》。
⑥ 见《中国民间故事集成·广东卷》。

唐·沈汾撰《续神仙传·朱孺子》①，是这一故事类型最早的文字记载。故事发生在浙江。

  朱孺子，永嘉安国人也。幼而事道士王玄真，居大箬岩。深慕仙道，常登山岭，采黄精服饵。一日，就溪濯蔬，忽见岸侧有二小花犬相趁。孺子异之，乃寻逐入枸杞丛下。归语玄真，讶之，遂与孺子俱往伺之。复见二犬戏跃，逼之，又入枸杞下。玄真与孺子共寻掘，乃得二枸杞根，形状如花犬，坚若石，洗挈归以煮之，而孺子益薪看火，三日昼夜，不离灶侧。试尝汁味，取吃不已。及见根烂，告玄真来共取，始食之。俄顷而孺子忽飞升在前峰上，玄真惊异久之。孺子谢别玄真，升云而去，到今俗呼其峰为童子峰。玄真后饵其根尽，不知年寿，亦隐于岩之西陶山。有采捕者，时或见之。

宋·曾慥编《类说》卷三《掘枸杞》，出《续仙传》，系由此则缩写。

  朱孺子幼事道士王元正，居大若岩。一日汲于溪上，见二花犬相趁，因逐之，入于枸杞丛下。掘之根形如二犬。烹而食之，忽觉身轻，飞于峰上，云气拥之而去。元正食其余，亦得不死。因号童子峰。

  明·徐应秋撰《玉芝堂谈荟》卷十七《服饵得仙》"朱孺子"，亦据《续神仙传》缩写，文字与此则相近。
  五代时期，这一故事类型有了进一步的发展，出现不少异文，一类为神仙报恩型，一类为食药升仙型，故事情节无不曲折动人，饶有

---

① 见《全唐小说》第四卷。《太平广记》卷二十四《朱孺子》，出《续神仙传》，与此则悉同。

情致。

五代·杜光庭撰《神仙感遇传·维杨十友》① 属神仙报恩型，故事发生地在江苏：

> 维杨十友者，皆家产粗丰，守分知足，不干禄位，不贪货财，慕玄知道者也。相约为友，若兄弟焉。时海内大安，民人胥说。遽以酒食为娱，自乐其志。始于一家，周于十室，率以为常。忽有一老叟，衣服滓弊，气貌羸弱，似贫窭不足之士也。亦着麻衣，预十人末，以造其会。众既适情，亦皆悯之，不加斥逐。醉饱自去，莫知所之。一旦言于众曰："余力困之士也。幸众人许陪坐末，不以为责。今十人置宴，皆得预之。席既周毕，亦愿力为一会，以答厚恩。约以他日，愿得同往。"至朝，十友如其言，相率以待，凌晨，贫叟果至，相引徐步，诣东塘郊外，不觉为远。草莽中茆屋两三间，倾侧欲摧，引入其下，有丐者数辈在焉，皆是蓬发鹑衣，形状秽陋。叟至，丐者相顾而起，墙立以俟其命。叟令扫除舍下，陈列藘蒢，布以菅席，相邀环坐。日既旰矣。咸有饥色。久之，各以醢盐竹箸，置于客前。逡巡，数辈共举一巨板如案，长四五尺，设于席中，以油帊幕之。十友相顾，谓必济饥，甚以为喜。既撤油帊，气燻燻然尚未可辨。久而视之，乃是蒸一童儿，可十数岁，已糜烂矣。耳目手足，半已堕落。叟揖让劝勉，使众就食。众深嫌之，多托以饫饱，亦有怂恚逃去，都无肯食者。叟纵意餕啖，似有盈味。食之不尽，即命诸丐擎去，令尽食之。因谓诸人曰："此所食者，千岁人参也，颇甚难求，不可一遇。吾得此物，感诸公延遇之恩，聊欲相报。且食之者，白日升天，身为上仙。众既不食，其命也夫。"众惊异，悔谢未及。叟促问诸丐，令食讫即来。俄而丐者化为青童玉女，幡盖导从，

---

① 见《全唐小说》第四卷。

与叟一时升天。十友刳心追求，更莫能见。

五代·徐铉撰《稽神录》卷五《陈师》，亦属神仙报恩型，故事发生地在江西，情节多有变化：

> 豫章逆旅梅氏，颇济惠行旅，僧道投止，皆不求值。恒有一道士，衣服蓝缕，来止其家，梅厚待之。一日谓梅曰："吾明日当设斋，从君求新瓷碗二十事，及七箸。君亦宜来会，可于天宝洞前访陈师也。"梅许之，道士持碗渡江而去。梅翌日诣洞前，问其村人，莫知其处。久之将回，偶得一小径，甚明净。试寻之，果见一院，有青童应门。问之，乃陈之居也。入见道士，衣冠华楚。延与之坐，命具食。顷之食至，乃熟蒸一婴儿，梅惧不食。良久又进食，乃蒸一犬子，梅亦不食。道士叹息，命取昨所得碗赠客。视之，乃金碗也。谓梅曰："子善人也，虽然不得仙。千岁人参枸杞，皆不肯食，乃分也。"谢而遣之，曰："此而后不可复继见矣。"

五代·杜光庭撰《墉城集仙录·杨正见》① 属食药升仙型，故事发生地在四川，故事主人公为女性：

> 杨正见者，眉州通义县民杨宠女也。幼而聪悟仁悯，雅尚清虚。既笄，父母娉同郡王生，王亦钜富，好宾客。一旦舅姑会亲故，市鱼，使正见为脍。宾客博戏于厅中，日昃而盘食未备。正见怜鱼之生，盆中戏弄之，竟不忍杀。既晡矣，舅姑促责食迟。正见惧，窜于邻里。但行野径中，已数十里，不觉疲倦。见夹道花木，异于人世。至一山舍，有女冠在焉。具以其由白之，女冠曰："子有愍人好生之心，可以教也。"因留止焉。山舍有蒲江县

---

① 见《全唐小说》第四卷。

主簿化侧，其居无水，常使正见汲涧泉。女冠素不食，为正见故，时出山外求粮，以赡之。如此数年，正见恭慎勤恪，执弟子之礼，未尝亏怠。忽于汲泉之所，有一小儿，洁白可爱，才及年余，见人喜且笑。正见抱而抚怜之，以为常矣。由此汲水归迟者数四，女冠疑怪而问之，正见以事白。女冠曰："若复见，必抱儿径来，吾欲一见耳。"自是月余，正见汲泉，此儿复出。因抱之而归，渐近家，儿已僵矣。视之犹如草树之根，重数斤。女冠见而识之，乃茯苓也。命洁甑以蒸之。会山中粮尽，女冠出山求粮，给正见一日食，柴三小束，谕之曰："甑中之物，但尽此三束柴，止火可也。勿辄视之。"女冠出山，期一夕而回。此夕大风雨，山水溢，道阻，十日不归。正见食尽饥甚，闻甑中物香，因窃食之，数日俱尽，女冠女归。闻之叹曰："神仙固当有定分，向不遇雨水坏道，汝岂得尽食灵药乎？吾师常云，此山有人形茯苓，得食之者白日升天。吾伺之二十年矣，汝今遇而食之，真得道者也。"自此正见容状益异，光彩射人。常有众仙降其室，与之论真官天府之事。岁余，白日升天，即开元二十一年壬申十一月三日也。常谓其师曰："得食灵药，即日便合登仙。所以迟回者，幼年之时，见父母拣税钱输官。有明净圆好者，窃藏二钱玩之。以此为隐藏官钱过，罚居人间更一年耳。"其升天处，即今邛州蒲江县主簿化也，有汲水之处存焉。昔广汉主簿王兴，上升于此。

宋·洪迈撰《夷坚丙志》卷四《青城老泽》①，故事发生在四川青城县八十里外人迹罕至之处，描述山野老人热情厚道，将储藏六十年的人参奉献给远方重客，颇为感人：

青城县外八十里老人村，土人谓之老泽。《东坡集》中所载

---

① 见《夷坚志》第一册，第392页。

第九章 魏晋南北朝时期的民间故事类型

不食盐酪年过百岁者,盖此也。平时无人至其处。关寿卿与同志七八人,以春暮作意往游。未到二十里,日势薄晚,鸟鸣猿悲,境界凄万,同行相顾,尘埃之念如扫,策杖徐进。久之,山月稍出,花香扑鼻。谛视之,满山皆牡丹也。几二更,乃得一民家。老人犹未睡,见客至,欣然延入,布苇席而坐。诸客谢曰:"中夜为不速之客,庖仆尚远,无所得食,愿从翁赊一餐,明当偿直矣。"翁曰:"幸不以粝食见鄙,敢论直乎?"少顷,设麦饭一钵,菜羹一盆,当席间环以碗,揖客共食,翁独据榻正中坐。俄蒸一物如小儿状,置于前,众莫敢下箸,独寿卿掰食少许。翁曰:"吾储此味六十年,规以待老。今遇重客,不敢爱,而皆不顾,何也?"取而尽食之,曰:"此松根下人参也。"明日,导往榜舍,亦皆喜,争相延饮馔,曰:"兹地无税租,吾斸山为垅,仅可播种,以赡伏腊。县吏不到门,或经年无人迹,诸贤何为肯临之?"留三日,始送出山。凡在彼所见数百人,其少者亦龙眉白发,略无小儿女曹。后不暇再往。

清·俞樾撰《茶香室续钞》卷二十三《人参如小儿》,系据此改写,文字多有压缩。

元·无名氏撰《湖海新闻夷坚续志》后集卷一《神仙门·女食茯苓》,故事发生地亦在四川,系由《墉城集仙录·杨正见》演化而来:

邛州蒲江县长秋山,有女子姓杨,滨江而住。其父入市买二鲤归,令女子烹洗。其女不杀,放水中戏,悠然而逝。父母欲箠之,此女遂奔入长秋山一道观,依火居道士,供柴水之奉。道士每日使之担水,忽去久不归,道婆恐其有外慕,因苦问之,乃云:"于吊水时,有一婴孩扶绳而上,同嬉一时,又投井中,非有他也。"道士云:"可将布袋袋之。"

其女子如其言,袋至宫中开看,乃是一块茯苓,置之饭甑蒸熟。道士适渡江赴请，水涨未归。其女子闻其蒸熟甚香，遂取食之。日久食尽，忽天帝差使者召之，白日仙去。

其乡村申县，县委王主簿入山体究，止余茯苓一小块，簿亦取而食之，竟仙去。

明·徐应秋撰《玉芝堂谈荟》卷十七《服饵得仙》"杨正见"由此则缩写，文字较简略。

明清时期，尤其是清代，这一故事类型有了更大的发展变化，异文颇多。明·谢肇淛撰《五杂俎》所收的两则异文均较为短小，各具特色。

相传女道士师弟二人，居深山中。其徒出汲井畔，常见一婴儿，语其师。师令抱至，成一树根。师大喜，搆火烹之。未熟，值粮尽，下山化米。师出门，而水大涨，不得还。徒饥甚，闻所烹者香美，遂食之，三日，啖尽。水落师还，则其徒已飞升矣。

又，维杨一老叟，常扰众酒食。一日，邀众治具，丐者数人，捧二盘至，一蒸小儿，一蒸犬也。众呕哕不食。道士恳请不从，乃叹息自食之，且尽。其余分诸丐者。乃谓众曰："此千岁人参、枸杞，求之甚难，食之者白日升天。吾感诸公延遇，特以相报，而乃不食，信乎仙分之难也！"言未已，群丐化为金童、玉女，拥道士上升矣。

《五杂俎》卷七一《物部》"食人参飞升"

明·徐应秋撰《玉芝堂谈荟》卷十七《服饵得仙》"徐翁"，亦较为短小。

袁州府萍乡，有徐仙山。邑人徐翁于山间炼药。有黄犬常从外来绕丹鼎傍。心异之，以红线系其颈，随其所之。居桐陂侧枸杞丛中，即不见，馀红线在外。掘之，得枸杞根，其形如犬。持归蒸之，芬芳满室，服之得仙。

清·慵讷居士撰《咫闻录》中的一则异文，在叙述故事中注重人物形象的刻画，对老道的描绘颇为生动。

宜良山有废寺，有邱道士，募缘创修祖师殿，师徒二人，同居有年。殿前峭石奇峦，异草怪木，冗杂菲萋。常见两小儿在山门外游戏，道士时遇之，久而渐熟，饵以甘果，不敢入殿，如是数年。道士一日携鲜桃数枚，置于香几，一小儿在天门窥见，遽入殿中，道士急抱之，至香积厨，褫衣，用水洗净，至于大锅内，上用木盖，压以大石，使不走气，令徒架薪煮之，戒勿断火，毋启视，我将上山，俟我回来食之。其徒思出家人时以行善为本，今道长如此残忍，谚云："恶人往善地寻之。"即斯之谓欤！忽闻小儿在锅内叫号，心欲放之，又念道长平日法戒甚严，不敢违令。已而小儿寂然无声，想已煮死，逾时已久，师尚未回，恐锅中水涸焦枯，开视之，忽然澎渤一声，小儿跃出而遁。其徒骇然变色，即追无踪。适道士自外来，手握青草一团，见其情形，泣而叹曰："汝误我矣！我创此寺三十余年，费尽心力，原为此物。此非小儿，乃千年人参也。合药服之，可以长生。今我无福，不必作升仙想矣。尚留其衣，食之可得上寿，洗儿之水，饮之一生无病。"随视其衣，已失所在；水为犬饮。道士失望，与徒别，曰："汝护守寺门，我去矣。"后闻犬生黑毛，披拂细润绝伦，入山不返，人以为仙去云。

《咫闻录》卷二《人参》

清·吴芗厈撰《客窗闲话》中的一则异文，故事情节变化很大，其记述姑嫂捉何首乌精及蒸食等事，为以上诸则所不曾出现。

吾邑有张氏姑妇者，夫与子皆诸生，以家贫，教读外出，惟二妇在家操作女工度日，是以纺纱必夜午方休。每秋月皎洁，时闻院中似有幼孩征逐声，拔关视，则无有。妇与姑谋，后若有闻，一人仍纺，一人穴窗隙窥之。于是轮流伺隙，妇果见两孩出自墙阴，长不满尺，一男一女，皆赤体，携手至院落中，对月再拜，互相扑跌为戏。妇潜告姑，虑曰："恐系妖孽之子孙，犯之自肇衅矣。"皆不敢出，然心甚怀疑。一日所亲至，知医博学士也，姑以所疑质之，咸曰："宅若有妖，何能安居？此必灵药所变，得而蒸食之，当成地仙。"妇笑曰："稍闻人声即遁，焉能攫取？"曰："无难，吾闻稻米，天地正气所结，能压宝藏，若由窗隙掷之，得中其身，即不能遁矣。"咸去，妇度院中孩戏之处至窗隙约丈余，谅掷米未必适当，乃截竹为筒，撒米其中，以箸卷布催送之，日练其手法，使精熟，复伺于窗隙。二孩来前，妇即以筒米弹之，果中，二孩皆扑，突出擒拿。入手僵直，呼姑举火烛之，类木雕者，眉目如画，气甚芳馥。姑妇相谋，煮饭时于铁锅内蒸之，一次稍软，至五六次，香绵可食。姑妇各分食一枚，觉鲜美异常，腹果甚，一日不思饮食，夜眠至次日，皆不能起身矣。晌午，门不开，邻姥疑有故，逾垣窥之，见姑妇皆仰卧于床头，面及身皆肿，目开口张，不能言语。邻姥倩人走报其父子归。不解何由，亦不识何疾，急邀知医之戚诊视，笑曰："非疾也。日前母所说成形首乌，我曾说以捕法，谅必捕而食之，未识九蒸九晒之制，必不知避忌，误犯铁器，是以有毒，试以解毒开通之药灌之。"至七日，肿消人醒，问之，果如医言。起后，强健愈前，累月不食。其姑年已周甲，发白再黑，齿落重生，枯皱肌肤，皆皮脱而润泽，似二十余人，复生子。其妇年近四旬，转而为二八好女子，连举子女十余，后皆寿一百五六十岁，无疾而终。

《客窗闲话》卷三《何首乌》

清·夏芝庭撰《异书四种·雪窗新语》① 中的一则异文，情节又有新的变化，其记叙农妇智捉何首乌精，饶有生活情趣。而何首乌精的出现，与江南之物产及地方风情密切相关。

这一故事类型，现当代仍在黑龙江、新疆、山西、河北、吉林、河南、山东、上海、福建、湖北、四川、安徽、黑龙江等地汉族和某些少数民族聚居区流布，譬如《人参精》（赫哲族）②、《人参故事》（锡伯族）③、《人参精》④、《人参娃娃》⑤、《石佛族寺人参娃》⑥、《江松和人参加故事》⑦、《竹林寺升天》⑧、《人参和天麻棵》⑨、《张果老得道》⑩、《何首乌》⑪、《无影寺》⑫、《何首乌》⑬、《人参娃娃》⑭、《棒槌孩》（满族）⑮。

象报恩型故事 系"虎报恩型故事"的亚型。写一农人（或樵夫、猎户）为大象拔去脚上的巨刺（或竹丁），抑或射杀威胁大象生命的猛兽，大象乃以象牙相报。这一故事类型，初见于南朝宋·刘敬叔撰《异苑》：

---

① 《异书四种·雪窗新语》，上海大达图书供应社。
② 见《中华民族故事大系》第十六卷。
③ 见《中华民族故事大系》第十三卷。
④ 见《中国民间文学集成·新疆卷·巴里坤哈萨克族自治县分卷》。
⑤ 见《中国民间文学集成·山西卷·阳泉矿区民间故事集成》。
⑥ 见《张家口市民间故事选》。
⑦ 见《中国民间故事集成·吉林卷》。
⑧ 见《登封县民间故事、歌谣、谚语集成》。
⑨ 见《临沂地区四老人故事集》。
⑩ 见《中国民间文学集成·上海卷·黄浦区故事分卷》。
⑪ 见《中国民间故事集成·福建卷·福鼎县分卷》。
⑫ 见《中国民间文学集成·四川灌县民间文学集成》。
⑬ 见《湖北民间故事传说集·郧阳地区专集》。
⑭ 见《中国民间故事集成·安徽卷》。
⑮ 见《中国民间故事集成·黑龙江卷》。

始兴郡阳山县有人行田，忽遇一象，以鼻卷之，遥入深山。见一象，脚有巨刺。此人牵挽得出，病者即起，相与蹋陆，状若欢喜。前象复载人就一污湿地，以鼻掘出数条长牙，送还本处。

彼境田稼，常为象所困。其象，俗呼为大客。因语云："我田稼在此，恒为大客所犯。若念我者，勿复见侵。"便见踯躅如有驯解。于是一家业田，绝无其患。

《异苑》卷三"山阳大客"

唐·张鷟撰《朝野佥载》采录的一则异文，故事发生地不在广东，而在湖南，内容相似，文字颇为简约。

上元中，华容县有象入庄家中庭卧，其足下有槎，人为出之。象乃伏，令人骑入深山，以鼻掊土，得象牙数十以报之。

《朝野佥载》卷五"象报恩"

唐·戴孚撰《广异记》采录的异文共有两则。一则写为大象拔竹丁与大象赠牙，颇为细致生动。其后樵者出售象牙，又引出一段有趣的故事，使这一故事类型得以延伸，更具艺术魅力。

阆州莫徭以樵采为事，常于江边刈芦，有大象奄至，卷之上背。行百余里，深入泽中。泽中有老象，卧而喘息，痛声甚苦。至其所，下于地。老象举足，足中有竹丁。莫徭晓其意，以腰绳系竹丁，为拔出。脓血五六升许。小象复鼻卷青艾，欲令塞疮。莫徭摘艾熟挪，以次塞之。尽艾方满。久之，病象能起，东西行立，已而复卧。回顾小象，以鼻指山，呦呦有声。小象乃去。须臾，得一牙至。病象见牙大吼，意若嫌之。小象持牙去，顷之，又将大牙。莫徭呼象为将军，言未食，患饥。

象往折山栗数枝食之，乃饱。然后送人及牙还。行五十里，忽尔却转，人初不了其意，乃还取其遗刀。人得刀毕，送至本处，以头抵人，左右摇耳。久之乃去。其牙酷大，载至洪州，有商胡求买，累自加直，至四十万。寻至他人肆，胡遽以苇席覆牙，他胡问是何宝，而辄见避。主人除席云："止一大牙耳。"他胡见牙色动，私白主人，许酬百万，又以一万为主人绍介。伴各罢去，顷间，荷钱而至。本胡复争之云："本买牙者我也，长者参市，违公法。主人若求千百之贯，我岂无耶？"往复交争，遂相殴击。所由白县，县以白府。府诘其由，胡初不肯以牙为宝，府君曰："此牙会献天子，汝辈不言，亦终无益。"固靳，胡方白云："牙中有二龙，相躩而立，可绝为筒。本国重此者，以为货，当值数十万万，得之为大商贾矣。"洪州乃以牙及牙主二胡并进之。天后命剖牙，果得龙筒。谓牙主曰："汝貌贫贱，不可多受钱物。"赐敕阆州，每年给五千，尽而复取，以终其身。

《广异记》"阆州莫徭"

另一则异文，报恩因帮助大象射杀巨兽所致，描写也相当细致生动，使人有亲历其境的感觉，与上一则一样具有艺术魅力。

安南人以射猎为业，每药附箭镞，射鸟兽，中者必毙。开元中，其人曾入深山，假寐树下，忽有物触之。惊起，见是白象，大倍他象，南人呼之为将军。祝之而拜，象以鼻卷人上背，复取其弓矢药筒等以授之。因尔遂骋行百余里，入邃谷，至平石。迥望十里许，两崖悉是大树，围如巨屋，森然隐天。象至平石，战惧，且行且望。经六七里，往倚大树，以鼻仰拂人。人悟其意，乃携弓箭，缘树上。象于树下望之，可上二十余丈，欲止。象鼻直指，意如导令复上。人知其意，迳上六十丈，象视毕走去。其人夜宿树上。至明,见平石上有二目光,久之,见巨兽,高十余丈,毛色正黑。须臾清朗,昨所见大象,领凡象百余头,循山而来。伏于其前。巨兽蹲食二象,食毕,各引去。人乃思象意,欲令其射。因傅药矢端,极力射之,累中二矢。兽视矢吼奋,声震林木,人亦大呼引兽。兽来寻人,人附树,会其开口,又当口中射之。兽吼而自掷,久之方死。俄见大象从平石入,一步一望,至兽所,审其已死。以头触之,仰天大吼。顷间,群象五六百辈,云萃吼叫,声彻数十里。大象来至树所,屈膝再拜,以鼻招人。人乃下树,上其背,象载人前行,群象从之。寻至一所,植木如陇,大象以鼻揭楂,群象皆揭,日旰而尽。中有象牙数万枚,象载人行,数十步内,必披一枝,盖示其路。讫,寻至昨寐之处,下人于地,再拜而去。其人归白都护,都护发使随之,得牙数万。岭表牙为之贱。使人至平石所,巨兽但余骨存,都护取一节骨,十人舁致之,骨有孔,通人来去。

《广异记》"安南猎者"

清·蒲松龄撰《聊斋志异》录写的一则异文,与《广异记》"安南猎者"的情节近似,文字简洁而生动。

粤中有猎兽者,挟矢如山。偶卧憩息,不觉沉睡,被象来鼻摄而去。自分必遭残害。未几,释置树下,顿首一鸣,群象纷至,四面旋绕,若有所求。前象伏树下,仰视树而俯视人,似欲其登。猎者会意,即足踏象背,攀援而升。虽至树巅,亦不知其意向所存。少时,有狻猊来,众象皆伏。狻猊择一肥者,意将搏噬。象战栗,无敢逃者,惟共仰树上,似求怜拯。猎者会意,因望狻猊发一弩,狻猊立殪。诸象瞻空,意若拜舞。猎者乃下,象复伏,以鼻牵衣,似欲其乘。猎者随跨身其上,象乃行。至一处，以蹄穴地，得脱牙无算。猎人下，束治置象背。象乃负送出山，始返。

《聊斋志异》卷八《象》

蛇衔草型故事 大致写一人见蛇衔草擦疮处（或治停食病），随即治愈。其人以此草治病，皆应验。此草因蛇衔而得名。这一故事类型，初见于南朝宋·刘敬叔撰《异苑》：

> 昔有田父耕地，值见伤蛇在焉。有一蛇，衔草著疮上。经日，伤蛇走。田父取其余叶以治疮，皆验。本不知草名，因以"蛇衔"为名。《抱朴子》云："蛇衔，能续已断之指如故"，是也。

《异苑》卷三《蛇衔草》①

清·袁枚撰《子不语》采录的一则异文，情节多有变化，故事性较强，从中不难窥见这一故事类型的演变情况。

> 张文敏公有族侄，寓洞庭之西碛山庄。藏两鸡卵于厨舍，每夜为蛇所窃。伺之，见一白蛇吞卵而去，颈中膨亨不能遽消，乃行至一树上，以颈摩之，须臾，鸡卵化矣。张恶其贪，戏削木片装入鸡卵壳中，仍放原处。蛇果来吞，颈胀如故，再至前树摩擦，竟不能消。蛇有窘状，遍历园中诸树，睨而不顾。忽往亭西深草中，择其叶绿色而三叉者，摩擦如前，木卵消矣。
>
> 张次日，认明此草，取以摩停食病，略一拂拭，无不立愈。其邻有患发背者，张思食物尚消，毒亦可消；乃将此草一两，煮汤饮之。须臾间，背疮果愈，而身渐缩小；久之，并骨俱化作水。

---

① 《太平广记》卷四〇八《蛇衔草》，出《感应经》。

病家大怒，将张捆缚鸣官。张哀求，以实情自白。病家不肯休。往厨间吃饭，入内，视锅上有异光照耀；就观，则铁锅已化黄金矣。乃舍之，且谢之。究亦不知何草也。

《子不语》卷二十一《蛇含草消木化金》

不误反误型故事　大致写某人经常违背父意。其父临死时嘱咐："必葬我水中。"他本意让其子违命而葬土中。谁知其人心想这回就不违命吧，于是将父葬入水中。这一故事类型，最初见于南朝宋·盛宏之撰《荆州记》：

> 一女嫁阴县佷子，子家赀万金，自少及长，不从父言。临死，意欲葬山上，恐子不从，乃言必葬我于渚下碛上。佷子曰："我由来不听父教，今当从此一语。"遂尽散家财，作石冢，以土绕之，遂成一洲，长数步。元康中，始为水所坏。今余石成半榻许，数百枚，聚在水中。

《荆州记》"一女嫁阴县佷子"①

北魏·郦道元撰《水经注》所收一则异文，由《荆州记》"一女嫁阴县佷子"改写而成：

> 女嫁为阴县佷子，家赀万金，儿自少小不从父语。父临亡，意欲葬山上，恐儿不从，故命言葬我著渚下碛上。佷子曰："我由来不奉教，今从语。"遂尽散家财，作石冢，积土绕之，成一洲，长数百步。元康中，始为水所坏。今石皆如半榻许，数百枚聚在水中。佷子是前汉人，襄阳太守胡烈，有惠化，补塞堤决，

---

① 引自唐·段成式撰《酉阳杂俎》续编卷四《贬误》。

民赖其利。景元四年九月，百姓刊石铭之，树碑于此。

《水经注》卷二十九《沔水下》"又东过山都县东北"条注

唐·段成式撰《酉阳杂俎》所收一则异文，故事情节变化明显：

昆明池中有冢，俗号浑子。相传昔居民有子名浑子者，常违父语，若东则西，若水则火。病且死，欲葬于陵屯处，矫谓曰："我死必葬于水中。"及死，浑泣曰："我今日不可更违父命。"遂葬于此。

《酉阳杂俎》续编卷四《贬误》"浑子"

宋·李石撰《续博物志》所收一则异文，与《酉阳杂俎》续编卷四《贬误》"浑子"比较接近。清·钱德苍重订《增订解人颐广集》中有一则异文，文字简洁。

有一狠子，生平多逆父旨。父临死，嘱曰："必葬我水中。"意其逆命得葬土中。至是，狠子曰："生平逆父命，死不敢违旨也。"破家筑沙潭水必以葬。

《续博物志》卷九"狠子葬父"

有一狠子。生平多违父旨，父临死，嘱曰："必葬我于水中。"冀其逆旨，得葬土中也。及死，狠子曰："我一生逆父命，今已死，不敢违旨！"乃筑沙滩水心以葬。

《增订解人颐广集》卷四《涤烦集·诙谐类》"狠子葬父"

元·王罃编纂《群书类编故事》卷六《人伦类·素违父命》、明·冯梦龙编纂《古今谭概》谬误部第五《不误反误》，均引自《续博物志》，文字小有改动。

明·郑瑄编纂《昨非庵日纂》所收一则异文，变化颇为明显：

> 郭璞生平不取信于其子，凡郭公要向西，其子必向东。故郭公看金山风水，谓其子曰："我卒可葬于金山脚下。"意葬于脚，彼必葬于颠也。郭公卒后，其子悔向所作之非，必遵父言为是，竟葬于金山脚下，遂为凶地。故当时有"父作子笑，子作父笑；若要不笑，须是龙叫"之嘲。噫以璞之术，尚不能自为身谋乎！

《昨非庵日纂》卷十八"郭璞子"

这一故事类型，现当代仍在甘肃、山西等地流布，譬如《包文正为啥再不出世》①《"拗冒"葬父》②。

金人现身型故事　大致写一日（或夜）有一怪异之人在某处出现，后倒地变为金（或银）人，或于其出没处掘得金银，使受益者致富。这一故事类型，最初见诸南朝齐·祖冲之撰《述异记》：

> 南康雩都县，跨江南出。去县三里，名梦口，有穴，状如石室。旧传尝有神鸡，色如好金，出此穴中奋翼回翔，长鸣响彻；见之辄形入穴中，因号此石为鸡石。昔有人耕此山侧，望见鸡出游戏。有一长人，操弹弹之。鸡遥见，便飞入穴，弹丸正着穴上石，径六尺许，下垂蔽穴。犹有间隙，不复容人。又

---

① 见《中国民间故事集成·甘肃卷》。
② 见《山西民间故事大系·晋西卷》。

有人乘船，从下流还县。未至此崖数里，有一人，通身黄衣，担两笼黄瓜，求寄载之。黄衣人乞食，船主与之盘酒。食讫，至崖下，船主乞瓜，此人不与，仍唾盘内，径上崖，直入石中。船主初甚忿之，见其入石，始知神异。取向食器视之，见盘上唾，悉是黄金。

《述异记》"零都县人"

此则又见今本旧题南朝梁·任昉撰《述异记》，文字甚为简略。此则故事不如后世出现的异文典型，可视为这一故事类型的雏形。

唐·薛渔思撰《河东记·龚播》的出现，使这一故事类型有了一定的发展。这则异文的发生地在今广东云浮。

龚播者，峡中云安监盐贾也。其初甚穷，以贩鬻蔬果自业，结草庐于江边居之。忽遇风雨之夕，天地阴黑，见江南有炬火，复闻人呼船求济急，时已夜深，人皆息矣。播即独棹小艇，涉风而济之。至则执炬者仆地，视之即金人也。长四尺余。播即载之以归。于是遂富，经营贩鬻，动获厚利。不十余年间，积财巨万，竟为三蜀大贾。

五代·徐铉撰《稽神录》录写的几则异文，揭示出这一故事类型的不同变化，让人们看到它有着广阔的发展空间。

《稽神录》卷五《康氏》，故事发生地在今江苏扬州：

伪吴杨行密，初定扬州，远坊居人稀少，烟火不接。有康氏者，以佣赁为业，僦一室于太平坊空宅中。康晨出未返，其妻生一子。方席藁，忽有一异人，赤面朱衣冠，据门而坐。妻惊怖，叱之乃走，如舍西，踣然有声。康适归，欲至家，路左忽有钱五千，羊半边，尊酒在焉。伺之久，无行人，因持之归。妻亦告其所见。即往舍西寻之，乃一金人，仆于草间，亦曳之归。因烹羊饮酒，得以周给。自是出必获利，日以富赡，而金人留为家宝。所生子名曰平，平长，遂为富人。有李浔者，为江都令，行县至新宁乡，见大宅，即平家也。其父老为李言如此。

《稽神录》卷五《建安村人》，故事发生地在今福建建瓯：

  建安有人村居者，常使一小奴入城市，经过舍南大冢，冢旁恒有一黄衣人与之较力为戏。其主因归迟，将责之。奴以实告，往觇之信然。一日，挟挺而往，伏于草间。小奴至，黄衣儿复出。即起击之，应手而仆，乃金儿也。因持而归，家遂殷富。

《稽神录》卷五《蔡彦卿》，故事发生地在今安徽合肥：

  庐州军吏蔡彦卿，为拓皋镇将。暑夜，坐镇门外纳凉，忽见道南桑林中，有白衣妇人独舞，就视即灭。明夜，彦卿挟杖先往，伏于草间。久之，妇人复出，方舞，即击之堕地，乃白金一瓶。复掘地，获银千两，遂为富人云。

这一故事类型在宋代亦有变化。宋·洪迈撰《夷坚志》录写的一则异文，结尾与众不同，蕴含一定的哲理性，颇为耐人寻味。

  鄱阳医者姜彦荣，淳熙十二年，迁居丰泰门内。因夜归，停烛独坐，寻绎方书，见老人拊户而立，注目视之，已不见，知其为怪，而未暇穷其迹。他夕，赴市民饮席醉归，复遇之，灼然可识，庞眉白首，髭髯如雪，著皂素袍。姜大呼叱之，没于地。姜曰："是必窖藏物欲出耳。"迟明，发土二尺许，获银小锭，重十有二两。复劚之，铿铿然闻金革之声，坚不可入。姜虑无望之福或反致祸，乃止。

《夷坚支甲》卷三《姜彦荣》①

这一故事类型，在清代继续发生变化。分别见于俞樾撰《右台仙馆笔记》与程趾祥撰《此中人语》：

楚人某，以丞倅官蜀中。其所官至地甚瘠苦，虽有衙署，相传有怪物踞之，其前任皆僦民屋而居。某穷甚，无僦屋之资，不得已，携一仆居署中。其夜，不敢寝，素善饮酒，姑取酒痛饮，腰间悬利刃以自卫。至半夜，忽有一巨人排闼入，势甚猛，视之，皑如霜雪。某即拔利刃力斫之，铿然有物坠地。其人返奔，某大呼追之，仆自旁屋闻声亦出。某胆益壮，共追至一处而灭，以物识之。复还入室，视所坠何物，则一血淋漓一臂也。乃坐以待旦，亦无他异。及明，视此臂，乃银也，大异之。至夜所识处，掘而视之，中埋一银人，但少一臂。以所断臂配之，适合。荷以归，权之，重数千两。

《右台仙馆笔记》卷六"银人作祟"

汉阳城内刘姓糖坊以熬糖发售，利息无几，而食指颇繁，以故入不敷出。刘之家人，即住坊内，其小儿往往惊怪，称有一老妪出现，见人辄隐避床下而去。妇女辈疑畏之，虑非佳兆。不意一日薄暮时，刘自进房取物，亦见一媪状貌奇古，倏忽间遂向床下隐去。刘大异人，以火烛之，毫无踪迹。床下泥土较松，且有斗埋于土内。刘即用手挖之。果如圆桶，再挖之，形愈露。极力挖去，竟得银鞘一件。出而启之，灿然白镪在焉。刘喜出望外，立致小康。或

---

① 见《夷坚志》第二册，第735页。

谓该处初次遭兵之际，有存鞘四十八件，没入于盗贼，此殆当时所遗，然亦不客考已。

《此中人语》卷三《见怪得金》

这一故事类型，现当代仍在青海、广西、上海、湖北等地汉族和个别少数民族聚居区流布，譬如《张横百忍得金人》①、《黑衣人》（毛南族）②、《孝子遇财》③、《天理良心》④。

妒妇改过型故事 大致写某妇喜妒，常打骂丈夫，并以长绳系夫脚，随时牵绳。其夫与巫妪商计，待妇眠时以绳系羊，趁机逃走。巫妪告妇，此乃先人怪责所致，若能改悔，乃可祈请。妇抱羊恸哭，深为咎悔。巫妪令妇七日斋，避于室中，其夫乃归。妇自此不复妒忌。这一故事类型，初见于南朝宋·虞通之撰《妒记》（又称《妒妇记》）：

> 京邑有士人妇，大妒忌；于夫小则骂詈，大必捶打。常以长绳系夫脚，且唤，便牵绳。士人密与巫妪为计：因妇眠，士人入厕，以绳系羊，士人缘墙走避。妇觉，牵绳而羊至，大惊怪，召问巫。巫曰："娘积恶，先人怪责，故郎君变成羊。若能改悔，乃可祈请。"妇因悲号，抱羊恸哭，自咎悔誓。师妪乃令七日斋，举家大小悉避于室中，祭鬼神，师祝羊还复本形。婿徐徐还，妇见婿啼问曰："多日作羊，不乃辛苦耶？"婿曰："犹忆啖草不美，腹中痛尔。"妇愈悲哀。后复妒忌，婿因伏地作羊鸣；妇惊起，

---

① 见《中国民间故事集成·青海卷》。
② 见《中国民间故事集成·广西卷》。
③ 见《中国民间文学集成·上海卷·黄浦区故事分卷》。
④ 见《中国民间故事集成·湖北卷》。

徒跣呼先人为誓，不复敢尔。于此不复妒忌。

《妒记》"妒妇悔过"①

后世的许多笔记小说、笑话集均迻录了这则故事，如宋·周文玘撰《开颜录》、明·李贽编《山中一夕话》卷七《畏妇变羊》、明·冯梦龙编纂《智囊补》和《古今谭概》、清·梁章钜撰《浪迹续谈》卷六《陈季常》、近人林纾撰《畏庐琐记·变羊记》、近人杨汝泉编纂《滑稽故事类编》，大都有所删改。

病鬼延医型故事　大致写某人善医，夜有鬼登门求治。鬼治疗后深感其人厚意。或言某为鬼诊治后竟带来灾祸。这一故事类型，初见于南朝梁·吴均撰《续齐谐记》：

钱塘徐秋夫善治病，宅在湖沟桥东，夜间空中呻吟，声甚苦。秋夫起至呻吟处问曰："汝是鬼耶？何为如此？饥寒须衣食邪？抱病须治疗耶？"鬼曰："我是东阳人，姓斯名僧平，昔为乐游吏，患腰痛死。今在湖北，虽为鬼，苦亦如生。为君善医，故来相告。"秋夫曰："但汝无形，何由治？"鬼曰："但缚茅作人，按穴针之，讫弃流水中可也。"秋夫作茅人为针腰目二处，并复薄祭，遣人送后湖中。及暝梦鬼曰："已差并承惠食，感君厚意！"秋夫宋元嘉六年为奉朝请。

《续齐谐记》"徐秋夫"

元·无名氏撰《湖海新闻夷坚续志》后集卷二《怪异门·鬼求针灸》《异闻总录》卷三"鬼乞治腰"、清康熙《钱塘县志》卷三十三"徐秋

---

① 引自《艺文类聚》卷三十五。

夫为鬼治病"均源自《续齐谐记》而有一定变化。两则文字大致相同。

> 徐熙为射阳令，少善医方，名闻海内。尝夜闻有鬼呻吟，声甚凄苦。徐曰："汝是鬼，何所需？"俄闻答曰："姓斛名斯，家在东阳，患腰痛死，虽为鬼而疼痛不可忍。闻君善针，愿相救济。"徐曰："汝是鬼而无形，何厝治？"鬼曰："君但缚刍为人，索孔穴针之。"徐如其言为针腰四处，又针肩三处，设祭而埋之。明日一人来谢曰："蒙君医疗，复为设斋，病除饥解，感惠甚深。"忽然不见。
>
> 《湖海新闻夷坚续志》后集卷二《鬼求针灸》

元·无名氏撰《湖海新闻夷坚续志》后集卷二《怪异门·鬼扣医门》，则是医者为鬼治病丧命的，发人深省。

> 昔京庠有士友数人步月夜行，见有小厮持红纱笼前导，一妇人冉冉后随，士友疑其暮夜独行之异，迹而视之。至众安桥左侧，扣内医张防御门谒药。张启户视之，即掩门不纳。次扣李提点铺，李出视，延入，遂为诊脉。士友俟久不出，默识两医之门而归。次早访张防御，曰："暮夜独行，必非良家子女，所以却之。"次过李铺，闻其家有哀哭声。问之，则曰："昨夜一妇女扣门谒药，去后中风而卒。"方知鬼化为妇，扣门求药。岂非李见其美丽，动兴而致然尔。

《异闻总录》卷三"鬼妇扣门谒药"，与此则相同，仅个别字句小有出入。

清末吴趼人撰《趼廛笔记》录写的一则异文，也是写医者为鬼治病丧命的，情节与上面的《鬼扣医门》多有不同。

> 相传上海初辟商埠时，某医士名噪于时。吴淞某营官病，召

使诊之，乃乘舆往，归已暮矣。时虹口一带，犹为丛葬处。舆夫四人，以二人笼灯前导，途次，忽一老媪遮要之曰："得非某先生耶？"曰："然。"曰："吾家娘子病殆，乞先生一临诊也！"问何处？曰："前村不远。"诺之，媪为先导。抵一处，宏楼大厦，似显者居，而灯烛昏暗。降舆入，媪导至一室，医坐定，出烟壶嗅鼻烟。媪移几近榻前，医就几侧坐。纱帐中出一纤手，瘦削若春笋，诊之，辨为鬼脉，大惊！踉跄出户，登舆呼疾行。行数武，顿忆烟壶置案上，未携出，乃命一舆夫往取。舆夫至原处，则荒冢累累，举灯烛之，烟壶俨然置冢上也。医归，以惊悸死。初闻此事时，谓是张玉书事，后叩诸老人，言玉书卒于河豚，非惊悸也，当是别一人事。

《趼廛笔记·鬼求医》

近人藕香室主人编《稀奇古怪不可说·仆妇求医》，系由此则改写，文字略有压缩。

放驴捉贼型故事　大致写一客丢失驴与鞍，三日不见踪迹，便告到县衙。因追查甚急，贼偷偷放了驴而将价值五千文的鞍藏了起来。县尉将饿驴去掉笼头放走，驴寻到喂处，得鞍于草积下，众皆叹服。这一故事类型，初见于南朝梁·沈约撰《宋书》：

顾宪之，玄徽中为建康令。时有盗牛者，与本主争牛，各称己物。二家辞证等，前后令莫能决。宪掷戾，复其状，乃令解牛，任其所去，牛径还本宅。盗者伏其罪。时人号曰神明。

《宋书》"顾宪之为建康令"[1]

---

[1] 引自《太平御览》卷八九八。

明·郑瑄编纂《昨非庵日纂》卷十五"盗牛者服罪",抄自《宋书》,文字有所压缩。

唐、宋、明、清时期出现的各种异文,故事情节不断发生变化。唐·张鷟撰《朝野佥载》中的一则异文:

> 张鷟为阳县尉日……有一客驴韁断,并鞍失三日,访不获,经县告。鷟推勘急,夜放驴出而藏其鞍,可直五千已来。鷟曰:"此可知也。"令将却笼头放之,驴向旧饲处,鷟令搜其家,其鞍于草积下得之,人伏其计。
>
> 《朝野佥载》卷五"放驴搜鞍"

《太平广记》卷一七一《张鷟》"放驴搜鞍",原阙出处,与《朝野佥载》此则大致相同。

五代·和凝撰、宋·和㠓续编《疑狱集》卷中《放驴求鞍》,与《朝野佥载》相似,而文字有所加工,更为合理。

> 又有一客驴缰断,并鞍失之,三日,寻不获,诣县告。鷟推勘急,贼乃夜放驴出而藏其鞍。鞍可直五千文。鷟曰:"此可知也。"遂不令秣饲,去辔放之。驴寻向饲处,乃令搜索其家,其鞍于草积下得之。人服其智。

宋·郑克撰《折狱龟鉴》卷七《张鷟》,与《疑狱集》的一则几乎相同。

宋·桂万荣编《棠阴比事》上"张鷟搜鞍",明·冯梦龙编纂《智囊补》察智部卷十《诘奸·张鷟》,均由《朝野佥载》卷五"放驴搜鞍"压缩而成。

明清时期出现的一些异文,故事情节虽然发生变化,但仍有跟随牲口(驴、牛、马)找到其主人——涉案的盗贼或者别人的母题:

一妇人乘骡归省其母，比回，日暮，将渡小溪，偶一黠汉跨驴至，诒妇曰："尔所乘骡，性未必驯，若中流跳勃，尔且溺没。我驴驯甚，请付尔，我乃乘骡，万一跳勃，我能制之。及岸，而骡者仍骡，驴者仍驴，庶可无患。"妇人信之，遂更乘焉。未及岸，而黠汉策骡逸去。妇所跨驴如跛鳖，追之莫及。归以其事告夫，夫不谓黠汉之狡，而疑妇有他事也，辄鞭之。明日诉于傻君（县令傻维贤），求出妻。傻一无所问，但曰："启衅者，驴也。盍牵来我治之？"其人以驴至，辄命左右系于廊柱，禁其水草，凡三日而纵之，命一健卒迹其所至。驴往黠汉家，卒因执之。傻审其人遂输服，骡果在其所，竟杖杀之。

《雪涛小说·才吏》"审驴案"

余师陈秋田先生，令广西之荔浦，有甲乙俱畜牸牛。乙牛有犊，甲讼其夺己之犊而无验，乙力诋其诬。询其色皆同。乃令乙牵犊至，闲诸厩。不饲其草具者二日，令牵二牸牛至，甲东而乙西，系诸庭树，牵犊出纵之。犊见东树所系牸牛，亟就乳，牸舐之不置。牵就西，勿近也，牸亦无系恋状。讼立剖。盖乙犊死，借甲犊饮乳，因其毛色相似，故从而冒之也。杖乙，还甲犊。

《遁斋偶笔》卷下《乳牛》

有乡民入市，系马于茶店之门，而自往城东者。既还，马犹是也，而齿则加长矣。遂以换马诬主人，两相争斗。适福又新太守至，问得其故，各执一词。乃命从者解其缰，以大杖扑马，听其所之。马奔至某寺门外，止而不行。从者叩门，而乡民之马系焉。福问乡民曰："马齿相去，值钱几何？"曰："十千。"曰：

"汝自大意，妄诬主人，罚其半，以为修路之费。"

《金壶逸墨》卷一《杖马》

这一故事类型，现当代仍在江苏、河南、吉林、山西等地流布，譬如《县官审驴》①《审驴子》②《打驴问主》③《审毛驴》④。

这一故事类型，相当于丁乃通编著《中国民间故事类型索引》926F*。

剖鸡辨食型故事　大致写二人争鸡，县令破鸡后从鸡嗉中的粮食明察其奸，惩罚了诬告者。这一故事类型，初见于南朝梁·沈约撰《宋书》：

> 傅琰为山阴令……又有二姥争鸡。问何食，一云食粟，一云食豆。剖之见粟，罚言豆者，人畏如神明。

《宋书》"二姥争鸡"⑤

唐·李延寿撰《南史》的一则异文，出自《宋书》，情节略有变化：

> 二野父争鸡。（傅）琰各问何以食鸡，一人云粟，一人云豆，乃破鸡得粟，罪言豆者。县内称神明，无敢为偷。

《南史》卷七十《循吏传》"破鸡得情"

---

① 见《中国民间故事类型·江苏卷》。
② 见《河南民间文学集成·南阳民间故事》。
③ 见《中国民间故事集成·吉林卷》。
④ 见《山西民间故事大系·晋西卷》。
⑤ 引自《太平御览》卷六三九。

五代·和凝撰、宋·和㠓续编《疑狱集》卷一《破鸡辨食》，宋·郑克撰《折狱龟鉴》卷六《傅琰》，明·冯梦龙编纂《智囊补》察智部卷九《得情·傅琰》"剖鸡得粟"，明·张岱撰《夜航船》卷七政事部《烛奸·断丝及鸡》，均据《南史》改写，文字基本上相同。

清·魏息园辑《不用刑审判书》"破鸡肫明辨曲直"①，情节较《南史》之"破鸡得情"曲折生动，使这一故事类型得到了充分的发展，在人物形象方面，对于办案精审多智、敢于顶住压力为乡民做主的县令的刻画，颇为成功。

苏州乡人某甲负鸡一笼入城唤卖，浦五房伙呼视之，与议价不合，还之。甲点之，少一头，索不服。浦五房者，熟肉铺，号称数百年老店者也。邻佑皆叱甲，谓岂有皇皇巨铺家而赖汝一鸡者。甲曰："使鸡而尽为吾有者，虽丧其一复何损。今者，鸡皆众邻付我代售者，而所失吾又不辨为谁氏物，归以无偿，以是争耳。"

喧扰未已，会巡抚丁公日昌鸣驺过，甲遽呼冤。公廉其情，亦叱甲为妄。甲益呼冤，倚壁以泣。旋元和令某公亦鸣驺来，甲复拦舆呼冤。令传伙即舆前，诘之。伙曰："彼适于丁大人前呼冤，已蒙大人叱之矣。且与之论价者，铺伙也，使赖其一鸡，不过归之于主人，伙不得携以归，于伙复何益。主人固拥厚资，何一鸡之贪，伙亦不必以此进媚也。"令曰："辩矣，然不足以服吾也。汝铺中有鸡若干？"曰："不知也，随时购而蓄之，亦随时取而杀之，胡复能记其数。"曰："汝今日买鸡否？"曰："未也。"问："昨日？"亦曰："未，所存者皆三日前所购耳。"

令呼役尽其所存鸡，搜寻备至，不使遗一头，叱令前至署，并带乡人去，扬言曰："吾将讯鸡也。"市人围随以观者如堵，咸

---

① 见周红兴主编《中国历代奇案精选》上册，文化艺术出版社1989年版。

窃窃然，议令之好奇而多事。

至署升座，传伙问曰："若素饲鸡者何物？"曰："稷饭糠秕耳。"问甲曰："乡人饲鸡何物？"曰："无所饲也，放之野外，使自觅食耳。"乃呼役尽杀两造鸡，剖其肫而验之，则甲鸡肫内皆砂石青草之类，而浦五房之鸡皆糠秕，其中独多一肫为砂石青草者。令顾伙曰："如何矣，汝言非不辩，而吾居此久，未补缺时，与尔苏州人杂居，习知苏人轻薄。若固非贪一鸡，然以甲为乡人也，固戏侮之，以为嬉笑之助，是汝苏人轻薄之性使然，固不能欺吾也。甲至吾前呼冤，吾诘汝，汝不是非之辩，曰：'丁大人已叱之矣'，是欲以丁大人制吾，亦汝苏人之伎俩也。今曲直既判，吾将与尔请示于丁大人。"

遂命驾率两造带所剖鸡肫，诣抚院陈颠末。丁公惭且怒曰："吾乃为市侩所欺！"断令偿甲鸡值且罚巨款充善举。浦五房字号则勒令出境，不准复设于苏州。

清·吴趼人撰《中国侦探案·浦五房一鸡案》，抄自《不用刑审判书》，文字稍有改动。

这一故事类型，现当代仍在陕西、甘肃、宁夏、四川、河北、河南、江苏、上海、福建、新疆等地汉族和个别少数民族聚居区流布，譬如《钱县长审鸡》[①]、《蔡知县审鸡》（回族）[②]、《邵都统断案》[③]、《巧断鹅案》[④]、《县官巧断鸡案》[⑤]、《杀鸡断案》[⑥]、《张飞断鸡》[⑦]、

---

① 见《中国民间文学集成·陕西卷·千阳县故事集成》。
② 见《中国民间故事集成·甘肃卷》。
③ 见《中国民间故事集成·宁夏卷》。
④ 见《中国民间故事集成·四川卷》。
⑤ 见《耿村民间文化大观》。
⑥ 见《中国民间故事集成·河南淅川县卷》。
⑦ 见《中国民间故事集成·江苏卷》。

《彭知县智断鸡案》①、《断鸡案》②、《刘佛吾巧断鸡案》③、《一只母鸡》(维吾尔族)④。

这一故事类型,相当于丁乃通编著《中国民间故事类型索引》926G_1。

鞭丝破案型故事 大致写二妪争团丝,县令以鞭丝落下的碎屑判断归属,从而惩罚了诬告者。这一故事类型,初见于南朝梁·沈约撰《宋书》:

> 傅琰为山阴令。卖针、卖糖老姥争团丝,来诣琰。琰树团丝于柱,鞭之,密视有铁屑,乃罚卖糖者。

《宋书》"二姥争团丝"⑤

唐·李延寿撰《南史》中的一则异文,抄自《宋书》,文字稍有变化:

> (傅)琰为山阴令,卖针、卖糖老姥争团丝来诣琰。琰不辨覈,缚团丝于柱,鞭之,密视有铁屑,乃罚卖糖者。

《南史》卷七十《循吏传》"鞭丝破案"

---

① 见《中国民间文学集成·上海卷·南汇县分卷》。
② 见《中国民间故事集成·福建卷·寿宁县分卷》。
③ 见《中国民间故事集成·新疆卷》。
④ 见《中国民间故事集成·新疆卷》。
⑤ 引自《太平御览》卷八三〇。

五代·和凝撰、宋·和㠓续编《疑狱集》卷一《季令鞭丝》、宋·郑克撰《折狱龟鉴》卷六《李惠》附录"傅琰鞭丝"、宋·桂万荣编《棠阴比事》下"傅令鞭丝"、元·仇远撰《稗史·决蒲团》、明·王圻纂集《稗史汇编》卷二十八《人物门·循吏下平章杖蒲团》、明·冯梦龙编纂《智囊补》察智部卷九《得情·傅琰》"鞭丝破案"、明·张岱撰《夜航船》卷七政事部《烛奸·断丝及鸡》等，均据《南史》改写，文字基本上相同。

紫荆树型故事 大致写兄弟三人商议分家产时，准备将堂前的那株紫荆树破为三份。哪知尚未动手，这株树已枯死。三兄弟见状，无比感慨，当即打消了分家的念头。这时，这株树顿时复苏，枝繁叶茂。这一故事类型，首见于南朝梁·吴均撰《续齐谐记》：

> 京兆田真兄弟三人，共议分财。生资皆平均，惟堂前一株紫荆树，共议欲破三片。明日，就截之，其树即枯死，状如燃。真往见之，大惊，谓诸弟曰："树本同株，闻将分斫，所以憔悴。是人不如木也。"因悲不自胜，不复解树。树应声荣茂，兄弟相感，合财宝，遂为孝门。真仕至太中大夫。

《续齐谐记》"紫荆树"

明·张岱撰《夜航船》卷五伦类部《兄弟·田氏紫荆》，据《续齐谐记》缩写，文字颇为简约。

> 田真、田广、田庆兄弟同居，紫荆茂盛。后议分析，树即枯槁。兄弟不复议分，树乃茂盛如故。

这一故事类型，现当代仍在青海、湖北、山东等地汉族和某些少数民族聚居区流布，譬如《兄弟三人哭活紫荆树》（藏族）①、《草木不如》②、《田家的紫荆树》（土家族）③、《哥儿仨哭活紫荆树》④。

祭屈原型故事　大致写屈原五月五日投汨罗江后，楚人每年此日即以竹筒贮米投水祭奠。汉代有人见屈原现身，称所祭之物皆为蛟龙所夺。须裹楝树叶并以五色丝缠上，方可免龙患。从此，世人乃制作粽子祭屈原，逐渐形成风俗。这一故事类型，初见于南朝梁·吴均撰《续齐谐记》。

> 屈原五月五日投汨罗水，楚人哀之，至此日，以竹筒子贮米投水以祭之。汉建武中，长沙区曲忽见一士人，自云"三闾大夫"，谓曲曰："闻君当见祭，甚善。常年为蛟龙所窃，今若有惠，当以楝叶塞其上，以彩丝缠之。此二物，蛟龙所惮。"曲依其言。今五月五日作粽，并带楝叶、五花丝，遗风也。
>
> 　　　　　　　　　　　　　　　　　　　《续齐谐记》"祭屈原"

《史记》卷八十四《屈原贾生列传》、唐·张守节正义引《续齐谐史》"祭屈原"、《太平广记》卷二九一《屈原》（出《续齐谐记》）、明·王罃编集《群书类编故事》卷二时令类《屈沉汨罗》（出《续齐谐记》），均与此则相同，文字略有出入。

宋·乐史编撰《太平寰宇记》卷一四五引《襄阳风俗记》"食粽"，情节与《续齐谐记》"祭屈原"稍有不同。

---

① 见《中国民间故事集成·青海卷》。
② 见《野山笑林》。
③ 见《中国民间故事集成·湖北卷》。
④ 见《临沂地区四老人故事集》。

屈原五月五日投汨罗江，其妻每投食于水以祭之。屈原告妻，所祭皆为蛟龙所夺。龙畏五色丝及竹，故妻以竹为粽，以五色丝缠之。今俗其日皆带五色丝、食粽，言免蛟龙之患。

明·张岱撰《夜航船》卷一《天文部·夏·角黍》，由《续齐谐记》"祭屈原"改写，文字较简约。

屈原午日投汨罗，楚人以竹筒贮米，投水祭之。有欧回者见三闾大夫，曰："君所祭物，多为蛟龙所夺，须裹以楝树叶、五彩丝缚之，可免龙患。"故后人制为角黍。

清·褚人获纂辑《坚瓠续集》卷二《角黍》，情节有所不同。

以屈原五月五日投汨罗江而死，裹饭祀之。《风土记》，端午日，以菰叶裹粘米栗枣，灰汁煮熟，谓之粽。一说开元宫中造粉团及粽，以小角弓射之，中者方食，故曰"角黍"。宋以菖蒲，或缕或屑，泛酒，章简公端午帖子云："菖花泛酒尧尊绿，菰叶萦丝楚粽香。"

《坚瓠续集》卷二《角黍》

这一故事类型，现当代仍在湖南、四川、宁夏等地流布，譬如《端午吃粽》[1]《三闾港》[2]《五月五吃粽子划龙船》[3]《端阳节》[4]。

---

[1] 见《中国民间故事集成·湖南卷》。
[2] 见《中国民间故事集成·湖南卷》。
[3] 见《中国民间故事集成·四川卷》。
[4] 见《中国民间故事集成·宁夏资料丛书·隆德民间故事》。

端午竞渡型故事 大致写五月五日为屈原投江日，楚人以舟楫救之，后演变为端午竞渡习俗。这一故事类型，初见于南朝梁·宗懔撰《荆楚岁时记》：

> 五月五日竞渡，俗为屈原投汨罗日，伤其死，故并命舟楫以拯之。
>
> 《荆楚岁时记》"五月五日竞渡"

唐·刘𫍯撰《隋唐嘉话》下"竞渡戏"，记载稍详，并出地域范围"自襄州（治襄阳，今襄樊市襄阳旧城）已南"。

> 俗五月五日为竞渡戏，自襄州已南，所向相传云：屈原初沉江之时，其乡人乘舟求之，意急而争前，后因为此戏。

宋·乐史编撰《太平寰宇记》亦有记载，较《荆楚岁时记》具体、生动。

> （屈）原五日先沈，十日而出，楚人于水次迅楫争驰，棹歌乱响，有悽断之声，意在拯溺，喧震川陆，风俗迁流，有竞渡之戏。
>
> 《太平寰宇记》卷一四五引《襄阳风俗记》"竞渡之戏"

明·张岱撰《夜航船》卷一《天文部·夏·竞渡》亦有简略记载。

> 屈原以五日死，楚人以舟楫拯之，谓竞渡。又曰：五日投角黍以祭屈原，恐为蛟龙所夺，故为龙舟以逐之。

明·冯梦龙辑《笑府》中的一则异文，写的是一对懒夫妻烧面汤之事：

> 旧话云：夫妻俱懒，约早上须静卧，先开口者，罚烧面汤。至午不起，邻家讶其寂然，排队闼入观，妻不觉曰："户启矣。"夫曰："是你去烧面汤。"
>
> 《笑府》卷六殊禀部《性懒》

这一故事类型，现当代仍在西藏、河北、黑龙江、湖北、新疆、内蒙古、青海、四川、浙江等地汉族和一些少数民族聚居区流布，譬如《三个懒汉》（藏族）①、《分饼》②、《三个懒汉的故事》（鄂伦春族）③、《该你烧火》④、《四个朋友》（维吾尔族）⑤、《七个懒汉》（乌孜别克族）⑥、《四个懒汉》（撒拉族）⑦、《三个懒汉》（鄂伦春族）⑧、《两口子打赌》⑨、《哑口夫妻》⑩。

这一故事类型，相当于丁乃通编著《中国民间故事类型索引》1351，艾伯华著《中国民间故事类型》"滑稽故事1.傻子XV"。

半饼充饥型故事　大致写一人食饼数枚，觉得很饱。自以为是最后一个（或半个）让其饱胀的，后悔不应吃掉前面那几个。这一故事类

---

① 见《中国民间故事集成·西藏卷》。
② 见《中国民间故事集成·河北卷》。
③ 见《中华民族故事大系》第十五册。
④ 见《中国民间故事集成·湖北卷》。
⑤ 见《中华民族故事大系》第二册。
⑥ 见《中国传说故事大辞典·故事》。
⑦ 见《中国民间故事集成·青海卷》。
⑧ 见《中国民间故事集成·内蒙古卷》。
⑨ 见《中国民间故事集成·四川卷》。
⑩ 见《中国民间故事集成·浙江卷》。

型，南北朝时已见诸汉文记载，即南朝齐印度来华僧人求那毗地译《百喻经》卷上《欲食半饼喻》：

> 有人因其饥故，食七枚煎饼。食六枚半已，便得饱满。其人恚悔，以手自打，而作是言："我今饱足，由此半饼。然前六饼，唐自捐弃。设知半饼能充足者，应先食之！"

这一故事类型，现当代仍在广西等地流布，譬如《第三个饼子》（仫佬族）①。

全都试过型故事　大致写主人命仆人去买水果，叮嘱他一定要买甜美的。仆人把所买的果子一个个都尝了一口，主人见了气得把那些果子全扔了。这一故事类型，最早见于伽斯那撰、求那毗地译《百喻经》。

> 昔有一长者，遣人持钱至他园中，买庵婆罗果②而欲食之。而敕之言："好甜美者汝当买来。"即便持钱往买其果。果主言："我此树果悉皆美好，无一恶者。汝尝一果，足以知之。"买果者言："我今当一一尝之，然后当取；若但尝一，何以可知。"寻即取果，一一皆尝，持来归家。长者见已，恶而不食，便一切都弃。

《百喻经》卷下《尝庵婆罗果喻》

这一故事类型，现当代仍在宁夏、湖北、河北、陕西、云南、湖

---

① 见《仫佬族民间故事》。
② 庵婆罗，梵文音译，也作庵摩罗、庵摩勒、庵没罗，是产于南亚的一种近似梨子的果实。

南等地汉族和某些少数民族聚居区流布,譬如《尝苹果》(回族)①、《买橘》②、《买火柴》③、《买火柴》(哈尼族)④、《痴儿买火柴》⑤。

这一故事类型,相当于丁乃通编著《中国民间故事类型索引》1260B*。

贫人瓮算型故事 系夫妻祷祝型故事的亚型。大致写一贫人守瓮夜宿,暗自盘算如何发财致富,不觉得意忘形,将瓮踏破。这一故事类型,初见于南朝梁·殷芸撰《殷芸小说》:

> 俗说:有贫人止能办只瓮之资,夜宿瓮中,心计曰:"此瓮卖之若干,其息已倍矣。我得倍息,遂可贩二瓮,自二瓮而为四,所得倍息,其利无穷。"遂喜而舞,不觉瓮破。
>
> 《殷芸小说》卷五"贫人瓮算"

南宋·施元之撰《东坡诗注》在为苏轼的《过于海舶,得迈寄书酒作诗远和之,皆粲然可观,子由有书相庆也;因用其韵赋一篇,并寄诸子侄》诗"中夜起舞踏破瓮"句作注云:"世传小话,有瓮算之事,故今俗间指妄想狂计者谓之瓮算。"乃采写如下一则民间故事:

> 有一贫士,家唯一瓮,夜则守之以寝。一夕,心自惟念:苟得富贵,当以钱若干,营田宅,蓄声妓,而高车大盖,无不备置。

---

① 见《中国民间故事集成·宁夏卷》。
② 见《中国民间故事集成·湖北卷·崇阳县故事分册》。
③ 见《中国民间文学集成·陕西卷·洋县民间故事集成》。
④ 见《哈尼族民间故事》。
⑤ 见《中国民间故事集成·湖南卷·岳阳市分卷》。

往来于怀,不觉欢适起舞,遂踏破瓮。

《东坡诗注》"瓮算"

这一则异文,又见《梅硐诗话》。其情节与《殷芸小说》中的一则有所不同,使这一故事类型得到了发展。近人杨汝泉编纂《滑稽故事类编》第十编《瓮算》,抄自《东坡诗注》,文字相同,仅个别字句有出入。

这一故事类型,现当代仍在河北等地流布,譬如《雪花梦》①。

折箭训子型故事　大致写一少数民族首领临终前,命诸子各献一箭,取一箭让其中一人折之,一折而断,然后又让折一束箭,却不能折断。于是说道:"单者易折,众则难摧;勠力同心,社稷可固!"这一故事类型,最早见诸北齐·魏收编撰《魏书》:

阿豺有子二十人……

阿豺又谓曰:"汝等各奉吾一支箭,折之地下。"

俄而,命母弟慕利延曰:"汝取一支箭折之。"慕利延折之。

又曰:"汝取十九支箭折之。"延不能折。

阿豺曰:"汝曹知否?单者易折,众则难摧,勠力一心,然后社稷可固!"

《魏书·吐谷浑传》"阿豺命子弟折箭"

自唐代以来,不断有据《魏书》的这则故事改写的作品出现,使其逐渐扩布,影响日盛。试看:

---

① 见《中国民间故事集成·河北卷》。

言：世间有人，悭贪嫉妒，不信三宝，不能供养父母师长，将来之世，堕饿鬼中，百千万岁，不闻水谷之名，身如太山，腹如大谷，咽如细针，发如锥刀，缠身至脚，举动之时，支节火然。如此之人，剧汝饥苦，百千万倍。即以斯言，用答天神。

天神又复化作一人，手脚杻械，项复著锁，身中火出，举体焦烂。而又问言：世颇有苦剧我不？君臣率尔，无知答者。大臣复问其父。父即答言：世间有人，不孝父母，逆害师长，叛于夫主，诽谤三尊，将来之世，堕于地狱，刀山剑树，火车炉炭，陷河沸屎，刀道火道，如是众苦，无量无边，不可计数，以此方之，剧汝困苦，百千万倍。即如其言，以答天神。

天神又化作一女人，端正环玮，踰于世人，而又问言：世间颇有端政之人如我者不？君臣默然，无能答者。臣复问父，父时答言：世间有人，信教三宝，孝顺父母，好施忍辱，精进持戒，得生天上，端政殊特，过于汝身，百千万倍。以此方之，如瞎猕猴，又以此言，以答天神。

天神又以一真檀木，方直正等，又复问言：何者是头。君臣智力，无能答者。臣又问父，父答言易知。著着水中，根者必沉，尾者必举。即以其言，用答天神。

天神又以二白草马，形色无异；而复问言：谁母谁子？君臣亦复无能答者。复问其父。父答言：与草令食。若是母者，必推草与子。

如是所问，悉皆答之。天神欢喜，大遣国王珍琦财宝，而语王言：汝今国土，我当拥护，令诸外敌，不能侵害。

王闻是已，极大踊悦。而问臣言：为是自知？有人教汝？赖汝才智，国土获安。既得珍宝，又许拥护，是汝之力。臣答王言：非臣之智。愿施无畏，乃敢具陈。王言：设汝今有万死之罪，犹尚不问，况小罪过。臣白王言：国有制令，不听养老。臣有老父，不忍遗弃。冒犯王法，藏著地中。臣来应答，尽是父智，非臣之力。唯愿大王，一切国土，还听养老。王即叹美，心生喜悦。奉养臣父，尊以为师。济我国家，一切人命。如此利益，非我所知。即便宣令，普告天下，不听弃老，仰令孝养；其有不孝父母，不敬师长，当加大罪。

《杂宝藏经·弃老国缘》

在《杂宝藏经》中，尚有一则与《弃老国缘》相似的故事，这便是《波罗奈国有一长者子供天神感五行孝缘》：

往昔波罗奈国，有一贫人，惟生一子，然此一子，多有儿息。其家贫穷，时世饥俭，以其父母，生埋地中，养活儿子。邻比问言："汝父母为何所在？"答言："我父母年老，会当至死。我便埋之。以父母食分，欲养儿子，使得长大。"第二家闻，谓此是理，如此展转，遍波罗奈国，即以为法。复有一长者，亦生一子，此子闻之，以为非是，即作是念："当作何方便，却此非法？"遂白父言："父今可应远行学读，使知经论。"其父便去。少得学读，而便还家。年转老大，子为掘地，作好屋舍，以父著中，与好饮食。作是思维："谁当共我，除此非法？"天神现身，而语之言："我今与汝以为伴侣。"天神疏纸，问王四事："若能解此疏上事者，为汝拥护，若不解者，却后七日，当破王头，令作七分。"四种问者：一者，何物是第一财；二者，何物最为乐；三者，何物味中胜；四者，何物寿最长。榜著王门上。国王得已，搜问："国中谁解此者？若有解者，欲求何事，皆满所愿。"长者子取此文书，解其义言："信为第一财；正法最为乐；实语第一味；智慧命第一。"解此义已，还著王门头。天神见已，心大欢喜，王亦大欢喜。王问长者子言："谁教汝此语？"答言："我父教我。"王言："汝父安在？"长者子言："愿王施无畏。我父实老，违国法故，藏著地中。愿听臣所说：大王，父母恩重，犹如天地。怀抱十月,推干去湿,乳哺养大,教授人事,此身成立,皆由父母。得见日月,生活所作,父母之力。假使左肩担父,右肩担母,行至百年,复种种供养,犹不能报父母之恩。"时王问言:"汝欲求何等?"答言:"更无所求,惟愿大王去此恶法。"王可其言,宣下国内:若有不孝于父母者,当重治其罪。

这一故事类型,源出古代印度在巴利文的《佛本生故事》,其中的《戏弄本生》①就是这一故事类型的早期形态。

  古时候,当梵授王在波罗奈治理国家的时候,菩萨是众神之王帝释天。那时,梵授王容不得衰老之物,不论是象、马、牛,还是别的什么,只要一看到,他就追逐戏弄。看到陈旧的车辆,他就下令拆毁;看到老妪,他就下令召来,抽打肚子,推倒拽起,威胁恫吓;看到老翁,他就勒令像杂技演员那样,趴在地上翻筋斗,逗笑取乐。即使没有看到,而只是听说谁家有老人,他也要派人去找来,戏弄一番。人们羞于受此侮辱,都把自己的父母送往国外,无法尽到侍奉父母的责任。国王的随从也戏弄老人。这样,死后进地狱的人越来越多,升天国的人越来越少。帝释天看不到新来的天国居民,思忖道:"这是什么缘故?"他想明白后,决定去制服梵授王。
  帝释天幻化成老翁模样,把两罐酥油放在一辆破车上,套上两头老牛,在一个喜庆节日,来到波罗奈。梵授王乘着装饰华丽的大象,在五彩缤纷的城中行右肩礼。帝释天衣衫褴褛,驾着破车,向国王驶来。国王一看到破车,叫喊道:"把那辆车毁掉!"随从问道:"在哪里啊?大王!我们没有看见!"帝释天凭借自己的神力,只让国王一个人看到。他驶近国王,把车往上一提,在

---

① 见郭良鋆、黄宝生译《佛本生故事选》,人民文学出版社1985年版。

国王头顶上飞过时，打碎一只油罐，然后掉转车身，再在国王头顶上打碎另一只油罐。这样，国王头上盖满酥油，滴答流淌。国王遭到羞辱，神情尴尬。帝释天见国王窘困沮丧，便撤消幻造的车子，显现自己的形体，手持金钢杵，站在空中，说道："暴虐无道的国王啊！难道你会长生不老吗？衰老不会降临到你的身上吗？你戏弄老人，虐待老人。正是由于你和你随从的这种行径，死人充塞地狱，活人也不侍奉父母。如果你还不停止这种行为，我将用金钢杵打碎你的脑袋。从今以后，不准再干这种事了！"帝释天训斥国王后，又对他讲述父母的恩德，解释孝敬老人的功果。然后，帝释天回到自己的住处。从此，国王再也不敢干那种事了。

这一故事类型，现当代仍在四川、云南、广西、湖北、江苏、上海、河北、山西、陕西、宁夏、甘肃、新疆、内蒙古、天津、吉林、安徽等地汉族和一些少数民族聚居区流布，譬如《老子、儿子和孙子》（藏族）①、《摔父亲的儿子》（彝族）②、《孝顺的儿子》（苗族）③、《留猪笼》（壮族）④、《斗鼠记》⑤、《人过六十下地窖》⑥、《祖孙三代》⑦、《老人的智慧》⑧、《六十花甲子》⑨、《甲子葬的传说》⑩、

---

① 见《中国民间故事集成·四川卷》。
② 见《中国传说故事大辞典·故事》。
③ 见《云南民间文学集成·曲靖地区故事卷》。
④ 见《中国民间故事集成·广西卷》。
⑤ 见《中国民间故事集成·湖北卷》。
⑥ 见《中国民间故事集成·湖北卷》。
⑦ 见《中国民间故事集成·江苏卷》。
⑧ 见《中国民间文学集成·上海卷·虹口区故事分卷》。
⑨ 见《中国民间故事集成·河北卷》。
⑩ 见《中国民间故事集成·山西卷》。

《老而有用》①、《活埋老人的故事》②、《老有老的用处》③、《老人为什么受尊敬》（锡伯族）④、《年过六十遭弃的传说》（乌孜别克族）⑤、《花甲葬的规矩是咋改变的》（达斡尔族）⑥、《老人的故事》（蒙古族）⑦、《六十岁活埋》⑧、《六十花甲子》⑨、《花甲宴的由来》（朝鲜族）⑩、《一块黄金》（维吾尔族）⑪、《聪明的老人》（塔塔尔族）⑫。

这一故事类型，相当于丁乃通编著《中国民间故事类型索引》981。

问活佛型故事　大致写一穷人由还牛开始，接连发生许多意外事情，所有的受害人都要拉他去国王那儿评理。在途中，妇人、蛇和野鸡嘱托他向国王请教解除困苦的办法。到了王宫，国王巧妙地使所有的受害人一一和这个穷人和解。这时，其人讲出了妇人、蛇、野鸡的难处，国王都给作了圆满的解答。这个穷人因而得到一锅金子，用以买田置业，过上富足日子。这一故事类型，见诸北魏·慧觉等译撰《贤愚经》（一名《贤愚因缘经》）⑬。

---

① 见《中国民间故事集成·陕西卷》。
② 见《中国民间故事集成·宁夏卷资料丛书·同心县卷》。
③ 见《中国民间故事集成·甘肃卷》。
④ 见《中华民族故事大系》第十三册。
⑤ 见《中国民间故事集成·新疆卷》。
⑥ 见《中国民间故事集成·内蒙古卷》。
⑦ 见《中国民间故事集成·内蒙古卷》。
⑧ 见《中国民间故事集成·天津卷》。
⑨ 见《中国民间故事集成·安徽卷》。
⑩ 见《中国民间故事集成·吉林卷》。
⑪ 见《中华民族故事大系》第二册。
⑫ 见《中国民间故事集成·新疆卷》。
⑬ 《贤愚经》，花城出版社1998年版。

乃往过去,阿僧祇劫,有大国王,名阿婆罗提目佉,晋盲端正,治以道化,不枉民物。时王国中,有婆罗门,名檀腻䩭。家理空贫,食不充口。少有熟谷,不能治之。从他借牛,将往践治。践谷已竟,驱牛还主。驱到他门,忘不嘱付,于是还归。牛主虽见,谓用未竟,复不收摄。二家相弃,遂失其牛。后往从索,言已还汝,共相诋谩。尔时牛主,将檀腻䩭,诣王债牛。

适出到外,值见王家牧马之人。时马逸走,唤檀腻䩭,为我遮马。时檀腻䩭,下手得石,持用掷之,值脚即折。马吏复捉,亦共诣王。

次行到水,不知渡处。值一木工,口衔斫斤,褰衣垂越。时檀腻䩭,问彼人曰,何处可渡,应声答处,其口开已,斫斤堕水。求觅不得,复来捉之,共将诣王。

时檀腻䩭,为诸债主,所见催逼,加复饥渴,便于道次,从沽酒家,乞少白酒,上床饮之。不意被下,有小儿卧,压儿腹溃。尔时儿母,复捉不放:"汝之无道,枉杀我儿!"并共持著,将诣王宫。

到一墙边,内自思惟:"我之不幸,众过横集。若至王所,傥能杀我。我今逃走,或可得脱。"作是念已,自跳踯墙,下有织公,堕上即死。时织工儿,复捉得之,便与众人,共将诣王。

次复前行,见有一雉,住在树上。遥问之曰:"汝檀腻䩭,今欲那去?"即以上缘,向雉说之。雉复报言:"汝到彼所,为我白王。我在余树,鸣声不快。若在此树,鸣声哀好。何缘乃尔?汝若见王,为我问之。"

次见毒蛇,蛇复问之:"汝檀腻䩭,今欲何至?"即以上事,具向蛇说。蛇复报言:"汝到王所,为我白王。我常晨朝,初出穴时,身体柔软,无有众痛。暮还入时,身粗强痛,碍孔难前。"

时檀腻䩭,亦受其嘱。复见母人,而问之言:"汝欲何趣?"复以上事,尽向说之。母人告曰:"汝到王所,为我白王,不知何故，我向夫家，思父母舍。父母舍住，思念夫家。"

亦受其嘱。时诸债主，咸共围守，将至王前。尔时牛主，前白王言："此人借我牛去，我从索牛，不肯偿我。"王问之曰："何不还牛？"檀腻鞡曰："我实贫困，熟谷在田。彼有恩意，以牛借我。我用践讫，驱还归主，主亦见之。虽不口付，牛在其门，我空归家。不知彼牛，竟云何失。"

王语彼人："卿等二人，俱为不是。由檀腻鞡口不付，汝当截其舌。由卿见牛，不自收摄，当挑汝眼。"彼人白王："请弃此牛，不乐剜眼截他舌也。"即听和解。

马吏复言："彼之无道，折我马脚。"王便为问檀腻鞡言："此王家马，汝何以辄打折其脚？"跪白王言："债主将我，从道而来。彼人唤我，令遮王马。高奔巨御，下手得石，捉而掷之，误折马脚，非故尔也。"

王语马吏："由汝唤他，当截汝舌。由彼打马，当截其手。"马吏白王："自当备马，勿得行刑。"各共和解。

木工复前云："檀腻鞡失我斫斤。"王即问言："汝复何以失他斫斤？"跪白王言："我问渡处，彼便答我，口中斫斤，失堕渠水，求觅不得，实不故尔。"

王语木工："由唤汝故，当截其舌。担物之法，礼当用手，由卿口衔，致使堕水，今当打汝前两齿折。"木工闻是，前白王言："宁弃斫斤，莫行此罚。"各共和解。

时酒家母，复牵白王。王问檀腻鞡："何以乃尔，枉杀他儿？"跪白王言："债主逼我，加复饥渴，彼乞少酒，上床饮之，不意被下，有卧小儿。饮酒已讫，儿已命终，非臣所乐。唯愿大王，当见恕察。"

王告母人："汝舍沽酒，众客猥多。何以卧儿，置于坐处？覆令不现。汝今二人，俱有过罪。汝儿已死，以檀腻鞡，与汝作婿。令还有儿，乃放使去。"尔时母人，便叩头曰："我儿已死，听各和解。我不用此饿婆罗门作夫也。"于是各了,自得和解。

时织工儿,复前白王:"此人狂暴,蹑杀我公。"王问言曰:"汝以何故,枉杀他父?"檀腻鞡曰:"众债逼我,我甚惶怖,跳墙逃走,偶堕其上,实非所乐。"

王语彼人:"二俱不是。卿父已死,以檀腻鞡,与汝作公。"其人白王:"父已死了,我终不用此婆罗门以为父也。"听各共解。王便听之。

时檀腻鞡,身事都了,欣踊无量。故在王前,见二母人,共诤一儿,诣王相言。时王明黠,以智权计。语二母言:"今唯一儿,二母召之。听汝二人,各挽一手,谁能得者,即是其儿。"其非母者,于儿无慈,尽力顿牵,不恐伤损。所生母者,于儿慈深,随从爱护,不忍曳挽。王鉴真伪,语出力者:"实非汝子,强谋他儿。今于王前,道汝事实!"即向王首:"我审虚妄,枉名他儿。大王聪圣,幸恕虚过。"儿还其母,各尔放去。复有二人,共诤白氎,诣王纷纭。王复以智,如上断之。

时檀腻鞡,便白王言:"此诸债主,将我来时,于彼道边,有一毒蛇,殷勤倩我,寄意白王,不知何故,从穴出时,柔软便易,还入穴时,妨碍苦痛。我不自知,何缘有是。"王答之言:"所以然者,从穴出时,无有众恼。心情和柔,身亦如是。蛇由在外,鸟兽诸事,触娆其身,瞋恚隆盛,身便粗大。是以入时,碍穴难前。卿可语之,若汝在外,持心不瞋,如初出时,则无此患。"

复白王言:"道见女人,倩我白王,我在夫家,念父母舍,若在父舍,复念夫家,不知所以,何缘乃尔?"王复答言:"卿可语之:由汝邪心,于父母舍,更畜傍婿。汝在夫家,念彼傍人。至彼小厌,还念正婿,是以尔耳。卿可语之:汝若持心,舍邪就正,则无此患。"

又白王言:"道边树上,见有一雉,倩我白王,我在余树,鸣声不好，若在此树，鸣声哀和。不知其故，何缘如是？"王告彼人："所以尔者，由彼树下，有大釜金，是以于上，鸣声哀好。余处无金，是以住上，音声不好。"

王告檀腻䩭："卿之多过，吾以释汝。汝家贫穷，困苦理报，树下釜金，应是我有，就用与汝，卿可掘取。"奉受王教，一一答报。掘取彼金，贸易田业。一切所需，皆无乏少，便为富人，尽世快乐。

《贤愚经》卷十一《檀腻䩭品第四十六》

这一故事类型，现当代仍在台湾、海南、广东、广西、福建、江西、浙江、湖南、湖北、四川、云南、陕西、新疆、宁夏、河北、黑龙江、甘肃、青海、上海、内蒙古、山东、吉林、辽宁等地汉族和诸多少数民族聚居区广为流布，如《问佛祖》①、《九代穷》（黎族）②、《范丹求幸福》③、《找幸福》（毛南族）④、《范丹寻如来》⑤、《万旦问佛》⑥、《百鸟衣》⑦、《王万担拜佛西天》（瑶族）⑧、《做好事不问前程》⑨、《松树井》（藏族）⑩、《木呷问佛》（彝族）⑪、《问幸福》（壮

---

① 见《（台中县）东势镇客语故事集》。
② 见《中国民间故事集成·海南卷》。
③ 见《中国民间故事集成·广东卷》。
④ 见《中国民间故事集成·广西卷》。
⑤ 见《中国民间故事集成·福建卷》。
⑥ 见《中国民间故事集成·江西卷》。
⑦ 见《中国民间故事集成·浙江卷》。
⑧ 见《中国民间故事集成·湖南卷》。
⑨ 见《湖北民间故事传说集·鄂阳地区专集》。
⑩ 见《中国传说故事大辞典·故事》。
⑪ 见《彝族民间故事选》。

族)①、《王小二问福》②、《年过六十遭弃的传说》（乌孜别克族)③、《伊斯麻儿》（回族)④、《十辈子穷问老祖》⑤、《上西天见佛》⑥、《太阳的回答》（回族)⑦、《李二西天拜佛》⑧、《西天问如来佛》（土族)⑨、《花甲葬的规矩是咋改变的》（达斡尔族)⑩、《穷汉拜佛》⑪、《找幸福》（朝鲜族)⑫、《寻找太阳头发的故事》（傈僳族)⑬、《旗里西天拜活佛》⑭、《太阳的回答》⑮。

这一故事类型，相当于丁乃通编著《中国民间故事类型索引》461A，艾伯华著《中国民间故事类型》"九、诸神与人125．问佛"。

巧媳妇型故事 大致写从前某国有一大臣，想为小儿子娶一个端庄贤智的妻子，便托人四处探访，终于找到了这样的女子。在迎亲的途中，由于听从了小儿媳的劝告，大臣和随行者不止一次地避免了灾难。不久，大臣便把管理家务的担子交给了小儿媳。小儿媳受命以后，把家中的事务管理得井井有条，让公公感到非常满意。接着，小儿媳还一次次帮助公公解答了王宫中遇到的诸多难题，维护了国家的尊严，受

---

① 见《中国民间故事集成·云南卷》。
② 见《中国民间故事集成·陕西卷》。
③ 见《中国民间故事集成·新疆卷》。
④ 见《中国民间故事集成·宁夏卷》。
⑤ 见《中国民间故事集成·河北卷》。
⑥ 见《中国民间故事集成·黑龙江卷》。
⑦ 见《甘肃民间故事选》。
⑧ 见《中国民间故事集成·青海卷》。
⑨ 见《中国民间故事集成·上海卷》。
⑩ 见《中国民间故事集成·内蒙古卷》。
⑪ 见《中国民间故事集成·山东卷》。
⑫ 见《中国民间故事集成·吉林卷》。
⑬ 见《中国民民间故事集成·云南卷》。
⑭ 见《中国民民间故事集成·辽宁卷》。
⑮ 见《中国民民间故事集成·新疆兵团卷》。

到国王的重赏。当国王得知这个大臣的小儿媳无比聪慧,是她解答了这些难题时,还拜她为王妹。这一故事类型,见诸北魏·慧觉等译撰《贤愚经》卷七《梨耆弥七子品第三十二》的前半部分:

  如是我闻。一时佛在舍卫国祇树给孤独园。尔时波斯匿王,有一大臣,名梨耆弥。家居大富,生七男儿,为其娶妻,已至于六,残第七子,当为求妇。自思惟言:"吾年衰迈,唯余一儿,为之纳妇,要令殊胜。"时此长者有一亲厚婆罗门,来共相见,因议语曰:"今我欲为小儿求婚,未能知处。卿自昔来游行诸国,今欲烦君为我推觅,若见有女端政贤智,性命相宜,适我子意,乃当求之。"时婆罗门即便然可,遍行看觅。
  到特叉尸利国,见有五百童女群行游戏,采取好花,用作拂饰。此婆罗门随逐观之。转复前行,当度少水,诸女子辈皆脱革屣,中有一女而独不脱,并屣入水。转复前行,续更有河,众女褰衣,尔乃入水,唯此一女独并衣入。前行林间,诸女各各上树采花,时此一女自不上树,从他索之,得花甚多。时婆罗门问此女言:"我有少疑,欲得相问。"其女答曰:"有疑便问。"婆罗门言:"向者诸女,当入水时,尽脱革屣,汝独不脱,有何意故?"时女答言:"汝痴何甚!所以作屣,正用护脚。陆地之事,眼有所见,荆棘瓦石,可得避之;水底隐匿,眼所不睹,倘有棘刺,及诸毒虫,伤害人脚?是以不脱。"时婆罗门复更问曰:"以何事故并衣入水?"时女答言:"女人之身,相有好恶。褰衣入水,为人所见,相好则可,不好嗤笑。以是事故,而不褰之。"时婆罗门复更问言:"以何缘故独不上树?"女便答言:"若当上树,树枝倘所危害人身?以是事故,而不上耳。"此女即是波斯匿王弟昙摩羡女也。羡昔因罪逃奔彼国,便于其土安家纳娶,而生斯女,字毗舍利。时婆罗门闻女所说,知必贤能,而问女言:"汝父母在不?"女答曰在,遂逐到门,求共相见。女入白父:"外有婆罗门，欲见大人。"时昙摩诃羡便出见之。问讯已竟，而语之言："向者女子，是君女不？"答言："是也。""为有主未？"答言："未也。"婆罗门言："舍卫国中有一大臣，字梨耆弥，君识之不？"答言："旧识。"婆罗门言："是梨耆弥，最下小儿端政聪明，欲求君女共为婚姻，可得尔不？"昙摩诃羡言："彼是豪姓，本与匹偶，苟其欲得，情在无违。"已蒙许可，便共克日。尔时有伴往舍卫国，时婆罗门即作书疏与梨耆弥，陈说事状。

长者闻已，办具娉物、车马、骑乘，往特叉户利国。渐近欲到，先遣使往。时昙摩诃羡善加敬待，即设宾会，以女娉之。诸事毕竟，当还舍卫。时此女母，于众人前，嘱其女言："自今已后，常著好衣，恒食美食，日日照镜，莫令断绝。"女即长跪，奉受教敕。梨耆弥闻，阴用为恨："人生一世，苦乐无定，好衣美食如何得常？恒照明镜，斯亦非理。"虽有此念，难不问之。客主相辞，于是别去，大小徒侣，进路归国。

于道中间，有一客舍，四面垂轩，极为清凉。其先到者在下休息。儿妇后至，启白妐①言："此不可住，速出向外。"妐不违之，出向露处。左右数人，不肯出去。时有象马，身体瘙痒，以身揩柱，屋即崩坏，填杀下人。时梨耆弥作是念言："我今脱死，由是儿妇。"敬遇之心，倍益隆厚。即便驾乘，进路而归。到一大涧，草茂水美，众人息驾，涧侧而住。儿妇后到，便语之言："住此不快，速出岸上。"即用其言，远涧休息。须臾之间，便有云起，震雷降雨，滂沛而下，溢涧流来。时梨耆弥复重念曰："吾等今日再脱于死，由此儿妇，得全身命。"复敕严驾，涉道进前。

既达本国，中表亲里悉来庆问。长者欣悦，即设供具，共相娱乐。终竟一日，宾客既罢，是时长者召诸儿妇而告之曰："吾

---

① 妐（zhōng 钟）：旧时称夫之父或夫之姊为妐，此处指公公。

今年高，厌众事务，家居器物，欲有付托。卿等诸人，谁能为我知藏执钥？"六大儿妇尽辞不堪，其第七者自言能任。于是长者以诸藏钥，悉以付之。既以受命，勤谨不懈，朝朝早起，洒扫堂舍，炊蒸已竟，先饭姒姑及诸男女，后饭奴婢僮仆，使人各各分处赴趣作业，然后自食，以是为常。姒见忠恪不与凡同，怪前母嘱而不用之，便问之曰："汝前来时，被母教敕，好衣美食，日照明镜。其事云何？卿可说之。"儿妇长跪，具答事状："我母所约著好衣者，体上大衣，教使爱护，恒令净洁，时间客会，可得鲜妙。所敕美食，非为甘肥，教使晚饭，饥虚得食，粗细尽美。其明镜者，非铜铁镜，教令早起，洒扫内外，端整床席，务令净洁。我母所嘱，其事如是。"时姒闻之，知有妙才，情存待遇，甚倍于前，家中众物，悉以委之，欢喜泰然，无复忧虑。

时有群雁飞入海渚食啖粳米，食之既饱，衔穗翔来，当王宫上，失堕殿前。诸人见之，取用奉王。王见奇好，必中作药，敕使留种，莫能弃散，赋与诸臣，各令殖之。时梨耆弥亦得少许，持至于家，教令种之。儿妇奉取，驱率奴仆，调和畦田，于中下种，生长滋茂，大获子实。诸人种者，消息失度，悉皆不生。时王夫人欻得笃疾，召问诸医治病所由。中有医言："当须海渚粳米，作食食之，尔乃可差。"王自忆念："昔得其种，赋人垦殖，今当推校，为有为无。"即召诸臣而问之言："前敕种稻，为成熟不？今日急须，用治困病。"诸臣各各自说本末，或云不生，或云鼠啖。时梨耆弥归家，问曰："前种稻米，为获实不？欲得与王，治夫人病。"儿妇答言："家内丰多，若用作药，足周一国，不济一人也。"时梨耆弥即送与王，寻用作食以与夫人，夫人食已，病得除愈。王甚欢喜，大与赏赐。

时特叉尸利、舍卫二国，共相嫌隙，常不和顺。时特叉尸利王欲试舍卫有圣智不，遣一使者至舍卫国，送㸿马二匹，而是母子，形状毛色一类无异，能别识者实为大善。王及群臣不能分别。时梨耆弥从官归家,儿妇问言:"有何消息?"崧即答言,如向所见。儿妇白言:"此事易知,何足为忧?但取好草,并头而与,其是母者推草与之,其是子者曳捕食之。"时梨耆弥寻往白王,王如其语,以草试之,果如其策,母子区别。即语使者:"斯是马母,彼是其驹。"时使答言:"审如来语,无有差错。"王大欢喜,倍加爵赏。时彼来使还归本国,具白诸理。时特叉尸利王便更遣使,送于二蛇,粗细长短相似如一,能别雄雌者,斯亦大善。波斯匿王及诸群臣无能识者。时梨耆弥归问儿妇:"此复云何?"儿妇答言:"以一端细㲲,敷置于地,取此二蛇,用著㲲上。若是雌者静然不动,其是雄者骚扰不宁。何以知之?女之为性,爱著细滑,得软生染,不欲动摇;男子性刚,转侧不安。以此推之,可足知矣。"长者闻已,即往白王。王从其计,寻时试之,果如所言,了了识别。告彼使曰,是雄是雌。使寻报曰:"审尔不虚。"王甚庆悦,大赐财宝。时彼国王复送一本,长满一丈,根杪正等,无有节目刀斧之迹,而语之曰:"若能识别此木上下,亦大快善,甚不可量。"王及诸臣无能识者。时梨耆弥复问儿妇,儿妇答曰:"此事易耳。但取其木,用著水中,根自沉没,头浮在上。"长者闻已,复往白王,王用其语,而便试之,果如其计,沉浮各殊。语彼使言:"浮者是头,沉处是根。"时使答言:"信如所论。"王益欢喜,重与赏赐。彼使还国,具白因缘。其王闻之,心用信伏,更遣使命,兼献珍宝,因复语曰:"大王国中实有贤达,自今以后当修义好。"波斯匿王情倍踊跃,召梨耆弥而问之曰:"顷来诸事,卿何由知?"梨耆弥言:"非臣所达,是臣儿妇之智辩耳。"国王闻已,深加欣敬,拜其儿妇,用为王妹。

这一故事类型,现当代仍在新疆、甘肃、宁夏、青海、内蒙古、黑龙江、山西、四川、湖北、湖南、广西、贵州、浙江、福建、云南等地的汉族和诸多少数民族聚居区流布,譬如《农家姑娘》(维吾尔族)①、《聪明的儿媳》(柯尔克孜族)②、《聪明的姑娘》(塔塔尔族)③、《四媳子当家》④、《新媳妇驱鬼》(东乡族)⑤、《巧媳妇》(回族)⑥、《聪明媳妇》(回族)⑦、《聪明的媳妇》(达斡尔族)⑧、《巧媳妇》⑨、《巧媳妇当家》⑩、《巧媳妇》⑪、《九斤姑娘》⑫、《巧媳妇》⑬、《俐妮姑娘》(瑶族)⑭、《巧媳妇》(仫佬族)⑮、《聪明的女人》(布依族)⑯、《秋妹》(畲族)⑰、《聪明的三媳妇》⑱、《巧媳妇》(白族)⑲、《巧媳妇》(纳西族)⑳。

这一故事类型,相当于丁乃通编著《中国民间故事类型索引》875D_1,艾伯华著《中国民间故事类型》"滑稽故事 28. 聪明的女人"。

---

① 见《维吾尔族民间故事选》。
② 见《中国传说故事大辞典·故事》。
③ 见《中国传说故事大辞典·故事》。
④ 见《中国民间故事集成·甘肃卷》
⑤ 见《中国传说故事大辞典·故事》。
⑥ 见《中国民间故事集成·宁夏卷》。
⑦ 见《中国民间故事集成·青海卷》。
⑧ 见《中国传说故事大辞典·故事》。
⑨ 见《中国民间故事集成·黑龙江卷》。
⑩ 见《中国民间故事集成·山西卷》。
⑪ 见《中国民间故事集成·山西卷》。
⑫ 见《中国传说故事大辞典·故事》。
⑬ 见《中国民间故事集成·湖南卷》。
⑭ 见《中国传说故事大辞典·故事》。
⑮ 见《中国传说故事大辞典·故事》。
⑯ 见《中国传说故事大辞典·故事》。
⑰ 见《中国传说故事大辞典·故事》。
⑱ 见《中国民间故事集成·福建卷》。
⑲ 见《白族民间故事选》。
⑳ 见《纳西族民间故事选》。

呆子学舌型故事　大致写一无知僧人（或傻子）至为蠢笨，妄想像他人一样得到富有长者的施舍，不问情况变化，仍旧照搬祝词，竟被打出门外。随后他又盲目模仿、学舌，接二连三遭打，狼狈不堪。这一故事类型，见诸北魏·吉迦夜、昙曜译撰《杂宝藏经》：

> 昔舍卫城中，有大长者，其家巨富，财宝无量。常于僧次，而请沙门，就家供养。尔时僧次，次舍利弗，及摩诃罗，至长者家。长者见已，甚大欢喜。当于时日，入海估客，大获珍宝，安稳归家。时彼国王，分赐聚落，封与长者。其妻怀妊，复生男儿。诸欢庆事，同时集会。舍利弗等，既入其家，受长者供，饭食已讫。长者行水，在尊者前，敷小床座。舍利弗咒愿而言：今日良时得好报，财利乐事一切集，踊跃欢喜心悦乐，信心踊发念十力，如似今日后常然。长者尔时，闻咒愿已，心大欢喜。即以上妙好毡二张，施舍利弗；然摩诃罗，独不施与。时摩诃罗，还寺惆怅，作是念言：今舍利弗，所以得者，正由咒愿适长者意，故获是施，我今应当求是咒愿。即语舍利弗言：向者咒愿，愿授与我。即答之言：此咒愿者，不可常用。有可用时，有不可用时。摩诃罗殷勤求请，愿必授我。舍利弗不免其意，即授咒愿。既蒙教授，寻即读诵，极令通利。作是思惟：我当何时，次第及我，得为上座。用此咒愿。
>
> 时因僧次，到长者家，得作上座。时彼长者，估客入海，亡失珍宝；长者之妇，遭罹官事；儿复死丧。而摩诃罗说本咒愿，言后常然。尔时长者，既闻是语，心怀忿恚，寻即驱打，推令出门。被瞋打已，情甚懊恼，即入王田胡麻地中，踏践胡麻，苗稼摧折。守胡麻者，瞋其如是，复加鞭打，极令劳辱。时摩诃罗，重被打已，过问打者言：我有何愆，见打乃尔？时守麻者，具说践踏胡麻之状，示其道处，涉路前进。未经几里，值他割麦，积而为藆。时彼俗法，绕右旋，施设饮食，以求丰壤。若左旋者，

以为不吉。时摩诃罗，绕麦穧左旋，麦主忿之，复加打棒。时摩诃罗，复问之言：我有何罪，横加打棒？麦主答言：汝绕麦穧，何不右旋？咒言多入；违我法故，是以打汝 即示其道，小复前行，逢有葬埋，绕他冢圹，如向麦穧。咒愿之言，多入多入。丧主忿之，复捉过打，而语之言：汝见死者，应当悯之，言自今以后，莫复如是。云何返言，多入多入。摩诃罗言，自今已后，当如汝语。又复前行，见他嫁娶，如送葬者之所教言，自今以后，莫复如是。时嫁娶者，瞋其如是，复加答打，乃至头破。遂复前进，被打狂走，值他捕雁，惊怖懂惶，触他罗网。由是之故，惊散他雁。猎师瞋恚，复捉榜打。时摩诃罗，被打困熟，语猎师言：我从直道行，数被质顿，精神失错，行步躁疾，触君罗网，愿见宽放，令我前进。猎师答言：汝极粗疏。俙俤乃尔。何不安徐，匍匐而行。即前著道，如猎师语，匍匐而行。复于道中，遇浣衣者，见其肘行，谓欲偷衣，即时征捉，复加打棒。时摩诃罗，既遭困急，具陈上事，得蒙放舍。至于祇桓，语诸比丘：我于先日，诵舍利弗咒愿，得大苦恼。自说被打肤体毁破，几失身命。诸比丘将摩诃罗，诣于佛边，具说其人被打因由。

《杂宝藏经·长者请舍利弗摩诃罗缘》

这一故事类型，现当代仍在河北、北京、山西、辽宁、内蒙古、黑龙江、甘肃、福建、山东、云南、广西、江西等地汉族和个别少数民族聚居区流布，譬如《傻女婿学舌》①、《傻子学话》②、《憨女婿》③、

---

① 见《杏林春梦》。
② 见《中国民间故事集成·北京卷》。
③ 见《中国民间故事集成·山西卷》。

《傻子挨揍》①、《愚人学舌》（蒙古族）②、《傻女婿学话》③、《憨女婿》④、《不是府里见，就是省里见》⑤、《傻女婿》⑥、《学官话》（纳西族）⑦、《学话》⑧、《憨仔学乖》⑨、《教不乖的蠢子》⑩。

这一故事类型，相当于丁乃道编著《中国民间故事类型索引》1696A。

双头鸟型故事　大致写雪山中有一身双头鸟，两个头原本相依为命，却因忌妒而不和，一头竟食毒果（或花），使二头俱死。这一故事类型，出自汉译佛经，最早的一则见诸北魏·吉迦夜、昙曜译撰《杂宝藏经》：

> 佛在王舍城，诸比丘白佛言："世尊，提婆达多是如来弟，云何常欲怨害于佛？"
> 佛言：不但今日。昔雪山中，有鸟名"共命"，一身二头。一头常食美果，欲使身得安稳；一头便生嫉妒之心，而作是言："彼常云何，食好美果？我不曾得，即取毒果食之。"使二头俱死。

---

① 见《中国民间故事集成·辽宁卷》。
② 见《中国民间故事集成·内蒙古卷》。
③ 见《中国民间故事集成·黑龙江卷》。
④ 见《中国民间故事集成·甘肃卷》。
⑤ 见《中国民间故事集成·福建卷》。
⑥ 见《中国民间故事集成·山东卷》。
⑦ 见《中国传说故事大辞典·故事》。
⑧ 见《中国民间故事集成·宁夏资料丛书·灵武民间故事》。
⑨ 见《中国民间文学三套集成·荔浦民间故事集》。
⑩ 见《抚州地区民间文学集成·崇仁县卷》。

欲知尔时食甘果者，我身是也。尔时食毒果者，提婆达多是。昔时与我共有一身，犹生恶心，今作我弟，亦复如是。

《杂宝藏经·共命鸟缘》

隋代来华印度僧人阇那崛多译《佛本行集经》中的一则，故事情节更加曲折生动，对后世影响甚大。

尔时佛告诸比丘言：我念往昔，久远世时，于雪山下，有二头鸟，同共一身，在于彼住。一头名曰迦喽嗏鸟，一名优波迦喽嗏鸟。而彼二鸟，一头若睡，一头便觉。其迦喽嗏，又时睡眠。近彼觉头，有一果树，名摩头迦。其树华落风吹，至彼所觉头边。其头而时作如是念："我今虽复独食此华，若入于腹，二头俱时得色得力，并除饥渴。"而彼觉头，遂即不令彼睡头觉，亦不告知，默食彼华。

其彼睡头，于后觉时，腹中饱满，咳哕气出，即语彼头，作如是言："汝于何处，得此香美微妙饮食，而噉食之，令我身体，安隐饱满，令我所出音声微妙？"

彼头报言："汝睡眠时，此处去我头边不远，有摩头迦华果之树。当于彼时，一华堕落，在我头边。我于尔时，作如是念，今我但当独食此华，若入于腹，俱得色力，并除饥渴。是故我时不令汝觉，亦不语知，即食此华。"

尔时彼头闻此语已，即生瞋恚嫌恨之心，作如是念："其所得食，不语我知，不唤我觉，即便自食。若如此者，我从今后，所得饮食，我亦不唤彼觉语知。"

而彼二头，至于一时，游行经历，忽然值得一个毒华。便作是念："我食此华，愿令二头俱时取死！"于是语彼迦喽嗏言："汝今睡眠，我当觉住。"

时迦喽嗪闻彼优波迦喽嗪头如是语已,便即睡眠。其彼优波迦喽嗪头,寻食毒华。迦喽嗪头既睡觉已,咳哕气出,于是即觉有此毒气,而告彼头,作如是言:"汝向觉时,食何恶食,令我身体,不得安隐,命将欲死?又令我今语言粗涩,欲作音声,障碍不利。"

于是觉头报彼头言:"汝睡眠时,我食毒华。愿念二头,俱时取死!"

于是彼头语别头言:"汝所为者,一何太卒!云何乃作如是事也!"即说偈言:

"汝于昔日睡眠时,我食妙华甘美味,
其华风吹在我边,汝反生此大瞋恚。
凡是痴人愿莫见,亦愿莫闻痴共居。
与痴共居无利益,自损及以损他身。"

佛告诸比丘:"汝等若有心疑,彼时迦喽嗪鸟,食美华者,莫作异见,即我身是。彼时优波迦喽嗪鸟,食毒华者,即此提婆达多是也。我于彼时,为作利益,反生瞋恚。今亦复尔,我教利益,反更用我为怨仇也。"

《佛本行集经》卷五十九"双头鸟"

这一故事类型,现当代仍在云南等地流布,譬如《双头凤》(傣族)①。

这一故事类型,相当于丁乃通编著《中国民间故事类型索引》293A。

---

① 见《云南民族民间故事选》。

中国古代民间故事类型研究

典藏版

卷中

祁连休 著

河北出版传媒集团
河北教育出版社

卷　中

第十章　隋唐五代时期的
民间故事类型

　　隋唐五代时期的时间跨度近三百八十年。在此期间，原有的民间故事类型大多有了新的变化和发展，并且新出现了五十多个民间故事类型。就数量而言，这个时期新出现的故事类型虽不及魏晋南北朝时期多，却包含了不少引人注目的新故事类型和新的特点。

　　这个时期出现新的民间故事类型主要见诸以下典籍：传隋·侯白撰《启颜录》（服"毒"寻死型故事、学狗叫型故事、痴人买帽型故事、健忘者型故事、石发者型故事等首见于此书），唐·房玄龄等撰《晋书》（书家题扇型故事、换鹅书型故事等首见于此书），唐·张鷟撰《朝野佥载》（智审匿产案型故事、寡妇讼子型故事、放驴捉贼型故事、觇妪获贼型故事、钥匙尚在型故事、麻风女型故事、见屈原型故事、木鸢姻缘型故事、狮子与豺型故事等首见于此书），唐·戴孚撰《广异记》（制伏灭虎型故事、虎送亲型故事等首见于此书），唐·李延寿撰《南史》（剖鸡辨食型故事、鞭丝破案型故事等首见于此书），唐·谷神子撰《博异志》（县令除虎型故事、白蛇传型故事首见于此书），唐·薛用弱撰《集异记》（枯井尸案型故事、虎为妻型故事、虎为媒型故事、蛇精行淫型故事等首见于此书），唐·段成式撰《酉阳杂俎》（灰姑娘型故事、长鼻子型故事、画中人型故事、柜中熊型故事等首见于此书），五代·王仁裕撰《玉堂闲话》（换刀擒凶型故事、无头尸案型故事、银人求宿型故事等首见于此书），五代·和凝等撰《疑狱集》（烧猪判案型故事、断绢得奸型故事、举哀还儿型故事、抱瓜伏罪型故事等首见于此书），另外尚有唐·唐临撰《冥报记》、唐·牛肃撰《纪闻》、唐·李肇撰《唐国史补》、唐·张彦远撰《历代名画记》、唐·张怀瓘撰《书断》、唐·李延寿撰《北史》、唐·义净译《根本说一切有部毗奈耶破僧事》、唐·李复言撰《续玄怪录》、唐·张读撰《宣室志》、唐·薛渔思撰《河东记》、唐·张固撰《幽闲鼓吹》、唐·皇甫氏撰《原化记》、托名唐·陆勋撰《志怪录》等。

这个时期新出现的故事类型，以写实故事方面的类型数量居多，共二十个，约占总数的五分之二，其中半数以上为与案狱有关的故事类型。它们不仅不断见诸后世各种古籍，而且现当代多数仍广为流布，颇为活跃。譬如，智审匿产案型故事，这个时期分别见于《朝野佥载》、《唐阙史》（又名《阙史》）、《疑狱集》，此后在宋、明、清、近代各个时期均有记载，现当代仍在豫、鲁、沪、苏、闽等地流布。又如，剖鸡辨食型故事，这个时期分别见于《南史》《疑狱集》，此后在宋、明、清各个时期均有记载，现当代仍在川、陕、甘、宁、豫、冀、苏、沪、闽等地流布。这一批案狱类故事类型的出现，进一步以其浓郁的中国特色而引人注目，因而确立了此类故事类型在中国古代民间故事类型中的重要地位。除此以外，这个时期写实故事方面，像服"毒"寻死型故事、麻风女型故事、定婚店型故事、学狗叫型故事等新出现的故事类型，也颇有影响，不但后世多有记载，而且迄今仍在各地流布，广为人知。譬如，麻风女型故事，这个时期见于《朝野佥载》，此后在宋、清及近代各个时期又有大批异文出现，现当代仍在沪、闽、赣、湘、鄂、豫、冀、川、鲁、辽等地的汉族和个别少数民族聚居区流布。又如，定婚店型故事，这个时期见于《续玄怪录》《玉堂闲话》，宋、明各个时期亦有异文出现，现当代仍在川、陕、甘、宁、冀、豫、沪、赣、辽等地汉族和个别少数民族聚居区流布。

这个时期新出现的幻想方面的故事类型共十五个，数量虽不算很多，但却包含有许多著名的故事类型。首先要提到的是灰姑娘型故事、狼外婆型故事等世界性的著名故事类型，它们出现在这个时期的汉、藏文典籍、抄本中，将其文字记载的时间提前了八九百年之久，其重要价值不言而喻。另外，像画中人型故事、旅客变驴型故事、逆妇恶报型故事、虎妻子型故事也比较有名。譬如，逆妇恶报型故事，这个时期分别见于《冥报记》、《独异志》、敦煌写本《孝子传》，此后在宋、元、明、清各个时期均有记载，现当代仍在晋、冀、豫、沪、苏、浙、闽、湘、鄂、川、甘、渝等地流布。又如，画中人型故事，这个时期分别见于《酉阳杂俎》、《志怪录》、《闻奇录》（唐·无名氏撰），此后，元、明、清时期亦有记载，现当代仍在黑、辽、冀、鲁、豫、晋、宁、陕、新、川、湘、粤、浙、沪等地广为流传。又如，虎为妻型故事，这个时期分别见于《集异记》《河东记》《原化记》，此后，明清时期亦多有记载，现当代仍在苏、沪、浙、闽、贵、川、陕、冀等地汉族和一些少数民族聚居区流传。

这个时期新出现的民间传说方面的故事类型共十多个，数量不算多，却有两点值得关注。其一，同属中国四大传说的孟姜女型和梁山伯祝英台型两个故事类型，均正式形成于这个时期，而中国四大传说之一的白蛇传型故事，在这个时期则已有雏形出现，足见这个时期在民间传说类型发展史上具有重要的地位。其二，这个时期新出现了一批有关书画家传说方面的故事类型，其故事主人公既有前一个时期的书画家王羲之、顾恺之，即分别见诸《晋书》《书断》《图书会粹》的书家题扇型故事与换鹅书型故事，见诸《历代名画记》的画佛募缘型故事；又有这个时期的书画家张旭、智永、怀素，即见诸《幽闲鼓吹》的巧求笔迹型故事，分别见于《唐国史补》《书断》的书僧笔冢型故事。这些民间传说方面的故事类型，除了书家题扇型故事现当代流布较广外，差不多都仅在某些地区流布。这个时期的其他人物传说类型，以见屈原型故事最为活跃，唐代分别见于《朝野佥载》、《酉阳杂俎》、《云仙杂记》（冯贽撰），此后宋、明、清各个时期亦有记载，到了现当代流布更广，在京、沪、冀、鲁、鄂、川等地都可找到不同的异文。

这个时期民间寓言、民间笑话方面新出现的故事类型数量都比较少。值得注意的是，这个时期新出现的全是动物寓言或非生物寓言方面的故事类型，进一步显示出中国古代寓言方面的故事类型逐渐改变以人事寓言为主的发展趋势。猫喇嘛型故事是这个时期新出现的著名寓言方面的故事类型，初见于唐·义净译佛经《根本说一切有部毗奈耶破僧事》，此后15世纪、18世纪分别见诸藏文、蒙古文古籍，现当代仍在西藏、内蒙古、新疆、福建、甘肃、四川等地的少数民族和汉族地区流布。这个时期民间笑话方面的故事类型，以健忘者型故事最为有名。它初见于《启颜录》，此后在明清时期亦多有异文出现，现当代则在川、贵、鲁、豫、陕、晋、冀、黑、沪、浙、闽等地汉族和个别少数民族地区广泛流布。

尚需特别指出的是，这个时期的民间故事写本以及变文写本，即19世纪末在敦煌石窟中发现的唐、五代时期的汉文和古藏文的有关手抄本，在中国古代民间故事类型的形成、发展过程中，有着不可忽视的地位和作用。这些手抄本，有不少对前面两个时期出现的好些故事类型的发展、演变多有贡献。譬如，句道兴本《搜神记》"田章"的出现，使羽衣仙女型故事的故事情节更加曲折丰富，人物形象更加鲜活动人，充分展示出民间故事的独特魅力，成为此故事类型发展的一个里程碑。又如，古藏文写本《金波聂基兄弟俩和增巴辛姐妹仨》与《白噶白喜和金波聂基》① 中的有关故事，使田螺女型故事的故事情节带上藏族特色，迈出了将此类型故事向我国少数民族地区传播的可喜一步。再如，句道兴本《搜神记》与敦煌写本《孝子传》的有关故事，大多以具体的细节描写和人物心态的刻画而使董永行孝型故事、

---

① 这两则藏族古代民间故事，都是由田螺女型故事与狼外婆型故事组成的复合故事。

郭巨埋儿型故事、丁兰刻木型故事等故事类型得到了充实和发展。

不仅如此,敦煌遗书中的有关汉文、藏文写本还在这个时期新产生的故事类型方面发挥了不可替代的作用。首先要提到的是古藏文写本《金波聂基兄弟俩和增巴辛姐妹仨》与《白噶白喜和金波聂基》的有关故事是世界上现存的两则最早的狼外婆型故事,它们的出现将狼外婆型故事的产生大大向前推进了将近一千年。其次要提到的是敦煌写本《孝子传》"向生妻"与敦煌变文写本《茶酒论》,它们分别是逆妇恶报型故事与茶酒争高型故事的最早的文本,其意义也是不言而喻的。

服"毒"寻死型故事　大致写一僧(或先生、主人,下同)出门时,骗其徒弟(或学生、仆人,下同)说瓶中之蜜(或酒)有剧毒。僧人归来见瓶子已空,美食已无。徒弟称美食已被自己(或猫、狗)吃掉,恐师父见责,只得服瓶中之毒物觅死。僧人叫苦不迭。这一故事类型,初见于传隋·侯白撰《启颜录》:

> 尝有一僧忽忆䭔吃,即于寺外作得数十个䭔,买得一瓶蜜,于房中私食。食讫,残䭔留钵盂中,蜜瓶送床脚下,语弟子云:"好看我䭔,勿使欠少,床底瓶中,是极毒药,吃即杀人。"此僧即出。弟子待僧去后,即取瓶泻蜜,搵䭔食之,唯残两个。僧来即索所留䭔蜜,见䭔唯有两颗,蜜又吃尽,即大嗔云:"何意吃我䭔蜜?"弟子云:"和尚去后,闻此䭔香,实忍馋不得,遂即取吃。畏和尚来嗔,即服瓶中毒药,望得即死,不谓至今平安。"僧大嗔曰:"作物生,即吃尽我尔许䭔。"弟子即以手于钵盂中取两个残䭔,向口连食,报云:"只做如此吃即尽。"此僧下床大叫,弟子因即走去。
>
> 《启颜录》"泻蜜食䭔"

清·小石道人辑《嘻谈录》中的一则异文，变化显著，较《启颜录》的这则情节更曲折，生活气息更浓郁。

> 一先生好饮酒，馆童爱偷酒，偷的先生不敢用人，自谓必要用一不会吃酒者，方不偷酒，然更要一不认得酒者，乃真不吃，始不偷也。一日，友人荐一仆至，以黄酒问之，仆以陈绍对。先生曰："连酒之别名都知，岂止会饮。"遂遣之。又荐一仆至，问酒如初，仆以花雕对。先生曰："连酒之佳品竟知，断非不饮之人。"又遣之。后又荐一仆，以黄酒示之，不识，以烧酒示之，亦不识。先生大喜，以为不吃酒无疑矣，遂用之。一日，先生将出门，留此仆看馆，属之曰："墙挂火腿，院养肥鸡，小心看守。屋内有两瓶，一瓶白砒，一瓶红砒，万万不可动；若吃了，肠胃崩裂，一定身亡。"叮咛再三而去。先生走后，仆杀鸡煮腿，将两瓶红白烧酒，次第饮完，不觉大醉。先生回来，推门一看，见仆人躺卧在地，酒气熏人，又见鸡腿皆无，大怒，将仆人踢醒，再再究诘。仆人哭诉曰："主人走后，小的在馆小心看守，忽来一猫，将火腿啣去；又来一犬，将鸡逐至邻家。小的情急，悠不欲生，因思主人所属红白二砒，颇可致命，小的先将白砒吃尽，不见动静；又将红砒用完，未能身亡，现在头晕脑闷，不死不活，躺在这里挣命呢。"

《嘻谈初录》卷上《偷酒》

清·程世爵撰《笑林广记·偷酒》，抄自《嘻谈录》，完全相同。

这一故事类型，现当代仍在西藏、新疆、湖北、浙江等地的汉族和一些少数民族聚居区流布，譬如《我没有死》（藏族）[①]、《毒药》

---

① 见《中国民间故事集成·西藏卷》。

(维吾尔族)①、《吃"毒药"》（土家族）②、《寻死》③、《白砒与红砒》④。

这一故事类型，相当于丁乃通编著《中国民间故事类型索引》1568B，艾伯华著《中国民间故事类型》滑稽故事17.酒里有毒。

学狗叫型故事 大致写某人与朋友打赌，要让县官作狗叫，然后去与县官谈论好犬的叫声。他故意学得不像，县官予以纠正，大声作狗叫。这一故事类型，初见于传隋·侯白撰《启颜录》：

> 侯白初未知名，在本邑，令宰初至，白即谒，会知识曰："白能令明府作狗吠。"曰："何有明府得遣作狗吠？诚如言，我辈输一会饮食；若妄，君当输。"于是入谒，知识俱门外伺之，令曰："君何须得重来相见？"白曰："公初至，民间有不便事，望谘公，公到前，甚多盗贼，请命各家养狗，令吠惊，自然盗贼止息。"令曰："若然，我家亦须养能吠之狗，若为可得？"白曰："家中新有一群犬，其吠声与余狗不同。"曰："其声如何？"答曰："其声恘恘者。"令曰："君全不识，好狗吠声当作号号，恘恘声者，全不是能吠之狗。"伺者闻之，莫不掩口而笑。自知得胜，乃云："若觅如此能吠者，当出访之。"遂辞而出。

《启颜录·当作号号》

近人杨汝泉编纂《滑稽故事类型编》第五编《令明府作狗吠》，

---

① 见《阿凡提的故事》。
② 见《湖北民间故事传说集·恩施地区专集》。
③ 见《张家伢的故事》。
④ 见《浙江民间文学集成·东阳县故事卷》。

出自《启颜录》，与此则相同。近人憨斋士纂辑《笑林博记》卷七《当作号号》，与《启颜录》相同。

这一故事类型，现当代仍在西藏、北京、湖北、陕西、云南、内蒙古、新疆等地的汉族和一些少数民族聚居区流布，譬如《乃东王学狗叫》（藏族）[①]、《富翁变狗》（藏族）[②]、《学狗叫》[③]、《财主学狗叫》（土家族）[④]、《学狗叫》[⑤]、《学狗叫》（彝族）[⑥]、《让王爷学狗叫》（蒙古族）[⑦]、《"大昭寺的灵丹"》（蒙古族）[⑧]。

这一故事类型，相当于丁乃通编著《中国民间故事类型索引》1559F*。

痴人买帽型故事　大致写一家人均痴呆。其子前去买帽，商家给他一顶叠着的皂绉帽，他以为脑袋戴不进去，弃而不顾，最后竟买了一口瓮回家。一家子老小试戴，闹出许多笑话。这一故事类型，见诸传隋·侯白撰《启颜录》：

> 梁时有人，合家俱痴，遣其子向市买帽，谓曰："吾闻帽拟成头，汝为吾买帽，必须得容头者。"其子至市觅帽，市人以皂绉帽与之，见其叠着未开，谓无容头之理，不顾而去。历诸行铺，竟日求之不获。最后，至瓦器行见大口兖（瓮）子，以其腹中宛宛，正是好容头处，便言是帽，取而归。其父得以成头，没面至

---

① 见《中国民间故事集成·西藏卷》。
② 见《阿古登巴的故事》。
③ 见《中国民间故事集成·北京卷》。
④ 见《湖北民间故事传说集·恩施地区专集》。
⑤ 见《中国民间文学集成·陕西卷·洋县民间故事集成》。
⑥ 见《娃子的笑声》。
⑦ 见《巴拉根仓故事集成》。
⑧ 见《阿凡提和"阿凡提"们》。

项,不复见物。每着之而行,亦觉研其鼻痛,兼拥其气闷;然谓帽只合如此,常忍痛戴之。乃至鼻上生疮,项上成胝,亦不肯脱。后每着帽,常坐而不取行。属岁朝,子孙当拜岁,先语家中曰:"汝子孙欲拜岁者,可早来,阿公若着帽坐待竟,即不见你去。"其朝,老父欲受家人拜岁,不可露头,便戴帽坐待。家人拜岁总至,拜于阶下。老父已戴帽,一无所见,长新妇前拜贺,因祝:"愿公口还得出气,眼还得见明,头还依旧动,脚还不废行。子子孙孙俱戴帽,长住屋里坐萌萌。"

《启颜录》"痴人买帽"

这一故事类型,现当代仍在上海等地流布。譬如《买只大帽子》①。

健忘者型故事　大致写一健忘者去砍柴时,在田间大便后,见到自己放的斧头,以为是白捡的,喜不自胜,不觉踏着大便,气得破口大骂。回家见到妻子竟不认识,乃问:"娘子何姓?"这一故事类型,初见于传隋·侯白撰《启颜录》:

> 鄠县有一人多忘,将斧向田斫柴,并妇亦相随。至田中遂急便转,因放斧地上,旁便转讫,忽起见斧,大欢喜云:"得一斧。"仍作舞跳跃,遂即自踏着大便处,乃云:"只应是有人因大便遗却此斧。"其妻见其昏忘,乃语之云:"向者君自将斧砍柴,为欲大便,放斧地上,何因遂即忘却?"此人又熟看其妻面,乃云:"娘子何姓,不知何处记识此娘子。"

《启颜录》"多忘"

---

① 见《中国民间文学集成·上海卷·长宁区分卷》。

明·陆灼撰《艾子后语》中的一则异文,情节有所变化,且纳入艾子的谐谑故事,别有趣味。

齐有病忘者,行则忘止,卧则忘起,其妻患之,谓曰:"闻艾子滑稽多知,能愈膏肓之疾,盍往师之?"其人曰:"善。"于是乘马挟弓矢而行,未一舍,内逼,下马而便焉,矢植于土,马系于树,便讫,左顾而睹其矢,曰:"危乎!流矢奚自,几乎中予!"右顾而睹其马,喜曰:"虽受虚惊,乃得一马。"引辔将旋,忽自践其所遗粪,顿足曰:"踏却犬粪,污吾履矣,惜哉!"鞭马,反向归路而行,须臾抵家,徘徊门外曰:"此何人居,岂艾夫人所寓邪?"其妻适见之,知其又忘也,骂之。其人怅然曰:"娘子素非相识,何故出语伤人?"

《艾子后语·病忘》

明·谢肇淛撰《五杂俎》事部卷四"齐有病忘者"、近人杨汝泉编纂《滑稽故事类编》第八编《善忘》"齐有病忘者"均出自《艾子后语》,文字相同。

清·石成金撰《笑得好》二集《不识自妻》,由《艾子后语》改写而成,文字更为通俗易懂。

有一人最忘事:行路则忘止,睡下则忘起。其妻患之,向说曰:"闻某处有个艾夫子,滑稽多知,能愈膏肓之病,何不往求治之?"其人喜从,于是乘马挟箭而行。才出门,走未多远,忽然大恭急迫,因而下马出恭,将箭插于地下,将马系于树上。出恭完,向左边一看,见自己原插的箭,即大惊曰:"怕杀人,怕杀人,这支飞箭还亏射在地下,若再近一些,射着了我身子,我的性命休矣,此天大之幸也。"向右边一看,见自己原系的马,即大喜曰:"虽受虚惊,且喜牵得他人遗下的一匹马来,落得骑骑。"因引辔将旋,忽自己踏着适才所出的大粪,顿足大恨曰:"是谁人出的大恭,将我一双好靴子,竟污脏了,真是可惜!"于是鞭马反向原路而回。少刻抵家,徘徊自己门外曰:"此处不知是何人居住的房屋,莫不是艾夫子所寓之处耶?"其妻闻声自内出见,知其又忘也,因而骂之。其人失张失志怨恨曰:"大娘子,你与我素不相识,与你并不干涉,何苦就出语伤人,岂不是自己多事耶?"

近人憨斋士纂辑《笑林博记》卷七《健忘》,抄自《笑得好》,文字几乎相同。

明·江盈科撰《雪涛谐史》、明·冯梦龙辑《笑府》、清·游戏主人辑《笑林广记》中有关健忘者的笑话,均是由《启颜录》"多忘"演化而来,各不相同。

  有健忘者,置扇于树解裤,就此击粪。仰见树上扇,辄欣然取之,曰:"是何人遗扇于此?"因而失脚践粪,辄忿然怒曰:"是谁家病痢的在此拉粪污我鞋?"
《雪涛谐史》"健忘者"

  一人携刀往竹园取竹,偶内急,乃置刀于地,就园中出恭。忽抬头曰:"家中正要竹用,此处好竹,惜未带刀耳。"已解毕,见刀喜曰:"天随人愿,适有刀在此。"方择竹下刀,见所遗粪,愠曰:"何人沿地出痢,几污我足。"
《笑府》卷六殊禀部《善忘》

  一人持刀往园砍竹,偶腹急,乃置刀于地,就园中出恭,忽抬头曰:"家中想要竹用,此处倒有许多好竹,惜未带得刀来。"解毕，见刀在地，喜曰："天随人愿，不知那个遗失这刀在此。"方择竹要研，见所遗粪便骂曰："是谁狗肏的，阿此脓血，几乎踩了我的脚。"须臾抵家，徘徊门外曰："此何人居？"妻适见，知其又忘，也骂之。其人怅然曰："娘子颇有些面善；不曾得罪，如何开口便骂。"

《笑林广记》卷五《善忘》

明·赵钺撰《鹨林子》、明·浮白斋主人辑《雅谑》中有关健忘者的笑话，则与《启颜录》等并无渊源。这两则都写生性恍惚、容易忘事的读书人欲访友，却被从者领回家，闹出笑话。试看：

陈师召，莆田人，有文行而性恍惚。一日朝回，语从者曰："今日访某友。"从者不闻，反引辔归舍。师召谓至友家矣，升堂周览曰："境界全似我家。"又睹壁间画曰："我家物，缘何挂此？"既家僮出，叱之曰："汝何亦来此？"僮曰："故是家。"师召始悟。

《雅谑·性恍惚》

这一故事类型，现当代仍在四川、重庆、贵州、福建、浙江、上海、河南、河北、山西、陕西、黑龙江、山东、青海等地汉族和某些少数民族聚居区流布，譬如《没有记性的人》（傈僳族）①、《健忘的秀才》②、《忘性人》③、《健忘的人》④、《忘记老婆》⑤、《健忘的王祈

---

① 见《中国民间故事集成·四川卷》。
② 见《中国民间故事集成·重庆市江北区卷》。
③ 见《中国民间故事集成·贵州卷》。
④ 见《中国民间故事集成·福建卷·三明市分卷》。
⑤ 见《浙江民间文学集成·杭州市故事卷》。

度》①、《健忘人认妻》②、《忘性大的丈夫》③、《忘性大》④、《不识妻子》⑤、《一个忘性大的人》⑥、《好忘事》⑦、《恍惚人看病》⑧。

　　这一故事类型，相当于丁乃通编著《中国民间故事类型索引》1687*。

石发者型故事　　大致写后魏时，诸王、贵臣多服石药，称为"石发"。后来有人为了冒充富贵而说自己"服石发热"，让人耻笑。这一故事类型，初见于传隋·侯白撰《启颜录》：

　　　　后魏孝文帝时，诸王及贵臣多服石药，皆称石发。乃有热者、非富贵者，亦云："服石发热。"时人多嫌其诈，作富贵体。有一人于市门前卧，宛转称热。众竞看，同伴怪之，报曰："我石发。"同伴人曰："君何时服石，今得石发？"曰："我昨市米，中有石，食之，今发。"众人大笑，自后少有人称患石发者。

　　　　　　　　　　　　　　　　　　　　《启颜录·魏市人》

　　唐·朱揆撰《谐噱录》中的一则异文字，由《启颜录·魏市人》简化而来：

---

① 见《中国民间文学集成·上海卷·长宁区分卷》。
② 见《河南民间文学集成·贵地新野的传说》。
③ 见《中国民间文学集成·河北武安民间故事卷》。
④ 见《中国民间故事集成·山西卷》。
⑤ 见《笑林拾零》。
⑥ 见《中国民间故事集成·黑龙江卷》。
⑦ 见《中国民间故事集成·山东卷》。
⑧ 见《中国民间故事集成·青海卷》。

魏时诸王及贵臣，多服石药，皆称石发，乃有热者，亦云服石发热，时人多嫌其诈作富贵体。有一人于市门前卧，宛转称热，众怪问之，答曰："我石发。"众曰："君何时服石？"曰："我昨市米中有石，食之，今发。"众人大笑。

梁山伯祝英台型故事　大致写祝英台男装外出求学，与梁山伯同窗三载，友情笃厚。后来梁登门造访，方知祝乃女子，悔念成疾而卒。祝出嫁时经梁墓，临穴哀恸，地裂堕入茔中，遂同冢。这一故事相传发生在东晋时期，唐代已见诸文字记载，可以确考的一为梁载言撰《十道四蕃志》，一为张读撰《宣室志》。《十道四蕃志》的记载甚为简略，宋·张津撰《乾道四明图经》称：

义妇冢即梁山伯、祝英台同葬之地也，在县①西十里接待院之后，有庙存焉。旧记谓二人少尝同学，比及三年，而山伯初不知英台之为女也，其朴质如此。按《十道四蕃志》云：义妇祝英台与梁山伯同冢，即其事也。

《宣室志》有关梁祝故事的记载较为详细，已基本定型，比较接近现当代口传的形态。今本《宣室志》并无此条，其佚文见清·翟灏撰《通俗编》与清·梁章钜撰《浪迹续谈》。《通俗编》卷三十七"梁山伯访友"引《宣室志》云：

英台，上虞祝氏女。伪为男装游学，与会稽梁山伯者同肄业。山伯，字处仁。祝先归。二年，山伯访之，方知其为女子，怅然如有所失。告其父母求聘，而祝已字马氏子矣。山伯后为鄞令，病死。葬鄮城西。祝适马氏，舟过墓所，风涛不能进。问知有山

---

① 县，指鄞县，现为浙江省鄞州区。

伯墓，祝登号恸，地忽自裂陷，祝氏遂并埋焉。晋丞相谢安奏表其墓曰"义妇冢"。

《浪迹续谈》卷六《祝英台》与此则相同，仅个别字有出入。

这一故事类型，宋元时期有了新的发展、变化。宋·李茂诚撰《义忠王庙记》（清·闻性道纂《鄞县志》引）在叙写梁祝故事时，又增添了一些将故事主人公神化的情节，如写梁山伯死后显灵，阴助朝廷平寇，皇上因此将他封为"义忠神圣王"。它正好体现了这个时期梁祝故事幻想色彩逐渐增强的发展态势。随着梁祝故事的扩布，还出现了以其作为题材创作的戏曲作品，如宋元南戏《祝英台》、元杂剧《祝英台死嫁梁山伯》（白朴撰，已佚）。

自明代以来，这一故事类型的记载渐多，其中有的转化为地方传说，有的则带有一定的创作成分。

明·陆容撰《菽园杂记》卷十一"梁山伯祝英台事"，引明嘉靖三十九年（1560）刊印的《宁波府志》有关记载。其中，首次提及吴地民间有关梁祝死后化蝶的传闻。

> 梁山伯祝英台事，自幼闻之，以其无稽不之道也。近览《宁波志》，梁祝皆东晋人。梁家会稽，祝家上虞，尝同学。祝先归，梁后过上虞寻访之，始知为女。归乃告父母，欲娶之，而祝已许马氏子矣。梁怅然若有所失。后三年，梁为鄞令病死，遗言葬清道山下。又明年，祝适马氏，过其处，风涛大作，舟不能进。祝乃造梁冢，失声哀恸。忽地裂，祝投而死焉。马氏闻其事于朝，丞相谢安请封为义妇。和帝时，梁复显灵异，效劳于国，封为义忠。有司立庙于鄞云。吴中有花蝴蝶，橘蠹所化也，妇孺以梁山伯祝英台呼之。

明·冯梦龙编纂《情史》卷十《情灵类·祝英台》，亦引自《宁波府志》。

> 梁山伯、祝英台，皆东晋人。梁家会稽，祝家上虞，尝同学。祝先归，梁后过上虞寻访之，始知为女。归乃告父母，欲娶之，而祝已许马氏子矣。梁怅然若有所失。后三年，梁为鄞令，病且死，遗言葬清道山下。又明年，祝适马氏，过其处，风涛大作，舟不能进。祝乃造梁冢，失声哀恸。忽地裂，祝投而死。马氏闻其事于朝，丞相谢安请封为义妇。和帝时，梁复显灵异效劳，封为义忠。有事立庙于鄞云。

在此引文之后，有冯氏写的评语，亦提及吴地民间有关梁祝死后化蝶的传闻，而且更为翔实。

> 吴中有花蝴蝶，橘蠹所化。妇孺呼黄色者为梁山伯，黑色者为祝英台。俗传祝死后，其家就梁冢焚衣，衣于火中化成二蝶。盖好事者为之也。

明·陈仁锡撰《潜确类书》卷二十八"善权洞"，带有明显的地方传说特征。

> 善权洞，在常州府宜兴县国山东南，一名龙岩。周幽王二十四年，洞忽自开。俗传祝英台本女子，幼与梁山伯为友，读书于此，后化为蝶。古有诗云："蝴蝶满园飞，不见碧藓空。"盖咏其事。南齐建元二年，建碧藓庵于其故宅，刻"祝英台读书处"六大字。

明·张岱撰《夜航船》卷十八荒唐部《鬼神·义妇冢》，亦有一定的地方传说特征。

义妇冢。四明梁山伯、祝英台二人,少同学,梁不知祝乃女子。后梁为鄞令,卒葬此。祝氏吊墓下,墓裂而殒,遂同葬。谢安奏封义妇冢。

清·曹秉仁修《宁波府志》卷三十六"梁山伯祝英台",据明嘉靖《宁波府志》改写,其文如下:

晋梁山伯,字处仁,家会稽。少游学,道逢祝氏子,同往肄业。三年,祝先返;后二年,山伯方归。访之上虞,始知祝女子也,名曰英台。山伯怅然,归告父母求姻,时祝已许鄮城马氏,弗遂。山伯后为县令,婴疾弗起,遗命葬于鄮城西清道原。明年祝适马氏,舟经墓所,风涛不能前。祝闻有山伯墓,临冢哀恸,地裂而埋璧焉。马言之官,事闻于朝,丞相谢安奏封义妇冢。

清·吴骞撰《桃溪客语》所引《宁波府志》的此条,文字稍有出入,可资比较:

梁祝事见于前者凡数处。《宁波府志》云:梁山伯,字处仁,家会稽。出而游学,道逢上虞祝英台,佹为男妆,与共学三载,一如好友。既而祝先返。又二年,梁始归,访于上虞,始知其女也,怅然而归。告知父母,请求为婚。而祝已许字鄮城马氏矣,事遂寝。未几梁死,葬鄮城西清道原。(一云梁为鄞令而死)其明年,祝适马氏经梁墓,风雷不能前。祝知为梁墓,乃临穴哀恸,悲感路人。墓忽自启,身随以入。事闻于朝,丞相谢请封之,曰"义妇冢"。[1]

---

[1] 引自清·俞樾撰《茶香室四钞》卷三《梁山伯祝英台》。

清·邵金彪撰《祝英台小传》①，从祝英台的角度来写梁祝故事，广泛采用唐宋以来的有关传闻，有力推进了这一故事类型的发展，对后世的口传作品与相关的文艺创作影响较大。

祝英台小字九娘，上虞富家女，生无兄弟，才貌双绝。父母欲为择偶，英台曰："儿当出外游学得贤士事之耳。"因易男装，改称九官，遇会稽梁山伯，遂偕至义兴善权山之碧鲜岩筑庵读书，同居宿三年，而梁不知为女子。临别梁约曰："某月日可相访，将告父母，以妹妻君。"实则以身许之也。梁自以家贫，羞涩畏行，遂至愆期。父母以英台字马氏。后梁为鄞令，过祝家询九官，家僮曰："吾家但有九娘，无九官也。"梁惊悟，以同学之谊乞一见。英台罗扇遮面出，一揖而已。梁悔念成疾卒，遗言葬清道山下。明年，英台将归马氏，命舟子迂道过其处。至则风涛大作，舟遂停泊。英台乃造梁墓前，失声恸哭，地忽开裂，堕入茔中，绣裙绮襦化蝶飞去。丞相谢安闻其事于朝，封为义妇。此东晋永和事也。齐和帝时，梁复显灵异，助战有功，有司为立庙于鄞，合祀梁祝。其读书宅称碧鲜庵。齐建元间改为善权寺。今寺后有石刻，大书"祝英台读书处"。寺前里许，村名祝陵。山中杜鹃花发时，辄有大蝶双飞不散。俗传是两人之精魂。今称大彩蝶，尚谓"祝英台"云。

清·俞樾著《茶香室四钞》卷三《梁山伯祝英台》，在全文征引以上邵金彪撰《祝英台小传》和吴骞撰《桃溪客语》梁祝事之后，指出：

余按此视邵金彪撰稍略，而事或转得其实。知《宁波志》所

---

① 引自清·俞樾撰《茶香室四钞》卷三《梁山伯祝英台》。

云，则梁祝事迹固在浙东，与宜兴荆溪无涉也。邵撰以为其读书之处在义兴善权山，则亦其读书之处，非葬处也。何以善权寺前有祝陵之名？有双蝶之异？不几并两处为一谈乎？义兴县至隋始置，谓永和时即有义兴名，亦失之不考矣。其事本属无稽，前人谓乐府华山畿事而附会。然华山畿事，无女子佹为男妆之说，则亦不甚合也。《栗香四笔》又引谈迁外索云，鄞县东十六里，接待寺西，祀梁山伯号忠义王。此又不知何说？殆又讹梁山伯为梁山泊，而牵合于《水浒演义》矣。

清·俞樾著《茶香室三钞》卷十《梁山伯祝英台读书处》：

明张岱《梦忆》云，曲阜谒孔庙，宫墙上有楼耸出，匾曰："梁山伯祝英台读书处"，骇异之。

这一故事类型，现当代仍在浙江、江苏、安徽、上海、福建、广东、广西、湖南、湖北、四川、河南、河北、天津、辽宁、黑龙江、山东、贵州等地汉族和某些少数民族聚居区流布，譬如《祝英台的传说》[①]、《英台续诗遇山伯》[②]、《梁山伯和祝英台》[③]、《梁山伯与祝英台的传说》[④]、《梁山伯庙》[⑤]、《梁山伯与祝英台》[⑥]、《梁山伯祝英台化鸟》[⑦]、《梁山伯与

[①] 见《中国民间文学集成浙江省·绍兴市上虞县卷》。
[②] 见《浙江省民间文学集成·杭州市故事卷》。
[③] 见《中国民间故事集成·江苏卷》。
[④] 见《中国民间故事集成·安徽卷》。
[⑤] 见《中国民间文学集成·上海卷·静安区故事分卷》。
[⑥] 见《中国民间故事集成·福建卷》。
[⑦] 见《中国民间故事集成·广东卷》。

祝英台的传说》①、《梁山伯和祝英台》（壮族）②、《三蝶奇缘》（苗族）③、《梁山伯与祝英台》④、《祝英台有个刁嫂子》⑤、《梁祝化鸟》⑥、《梁山伯与祝英台的传说》⑦、《梁山伯和祝英台》⑧、《梁山伯与祝英台》⑨、《梁山伯为什么傻》⑩、《祝英台化蚕》⑪、《梁山伯与祝英台》⑫、《梁山伯与祝英台》（布依族）⑬。

书家题扇型故事　大致写一日王羲之见一老姥卖扇辛苦，乃取笔在每把竹扇上题字。姥甚不悦。王让其称为王右军书，每把售钱一百。入市后人竞抢购。后数日姥又来请书，王笑而不答。这一故事类型，唐代已见诸文字记载。最早见于唐·房玄龄等撰《晋书》：

> （羲之）尝在蕺山见一老姥持六角竹扇卖之。羲之书其扇，各为五字。姥初有愠色，因谓姥曰："但言是王右军书，以求百钱耶。"姥如其言，人竞买之。他日姥又持扇来，羲之笑而不答。
>
> 《晋书》卷八十《王羲之列传》"书扇"

---

① 见《中国民间故事集成·安徽卷》。
② 见《中国民间故事集成·广西卷》。
③ 见《梁祝的传说》。
④ 见《中国民间故事集成·湖南卷》。
⑤ 见《中国民间故事集成·湖北卷》。
⑥ 见《中国传说故事大辞典·传说》。
⑦ 见《梁祝文化大观·故事歌谣卷》。
⑧ 见《中国民间故事集成·河北卷》。
⑨ 见《中国民间故事集成·天津卷》。
⑩ 见《中国民间故事集成·辽宁卷》。
⑪ 见《中国民间故事集成·黑龙江卷》。
⑫ 见《中国民间故事集成·山东卷》。
⑬ 见《中华民族故事大系》第三卷。

唐·张怀瓘撰《书断》亦记有此则趣闻，文字与《晋书》略有不同，增加了细节描写。

> 羲之罢会稽往蕺山下，旦见一老姥把十许六角竹扇出市。王聊问："此欲货耶，一枚几钱？"答云："二十许。"右军取笔书扇扇一字。老姥大怅惋，云："老身举家朝食惟仰于此，云何书坏？"王答云："无所损，但道是王右军书字，请一百。"既入市，人竞市之。后数日复以数十扇来诣，请更书。王笑而不答。

《书断·王羲之》"题扇"①

《太平广记》卷二〇七《王羲之》中亦有此则，出自《图书会粹》，与《书断》所记仅有数字的出入。

> 羲之罢会稽，住蕺山下。旦见一老姥，把十许六角竹扇出市。王聊问："此欲货耶，一枚几钱？"答云："二十许。"右军取笔书扇，扇五字。姥大怅惋云："老妇举家朝飡，俱仰于此，云何书坏？"王答曰："无所损，但道是王右军书字，请一百。"既入市，人竞市之。后数日，复以数扇来诣，请更书，王笑而不答。

到了明代，这一故事类型又向地方传说幻化，与古迹联系起来，显示出新的生命活力。

> 躲婆弄，在绍兴蕺山下，王右军居此。有老妪鬻扇，右军为题其扇，妪有愠色。及出，人竞买之。他日，妪又持扇乞书，右

---

① 见《说郛》卷九十二（《说郛三种》第二册）。

军避去。故其下有题扇桥、躲婆弄。

《夜航船》卷二地理部《古迹·躲婆弄》

这一故事类型，现当代仍在四川、浙江、宁夏、山西等地流布，譬如《题画卖扇》①《题扇桥》②《卖扇》③《王羲之题扇赔礼》④。

换鹅书型故事　大致写山阴一道士善养鹅，王羲之欲购而不与，乃为其书所好之老子《道德经》，换鹅以归。这一故事类型，唐代已见诸文字记载，最早见于唐·房玄龄等撰《晋书》：

山阴有一道士养好鹅，羲之往观焉，意甚悦，固求市之。道士云："为写《道德经》，当举群相赠耳。"羲之欣然写毕，笼鹅而归，甚以为乐。

《晋书》卷八十《王羲之列传》"《道德经》换鹅"

唐·张怀瓘撰《书断》亦记有此则趣闻，内容与《晋书》大致相同，而多有细节描写，较为丰满。

羲之性好鹅。山阴昙瓖村有一道士养好者十余。王清旦乘小舡，故往看之，意大愿乐，乃告求市易。道士不与，百方譬说，不能得之。道士言性好道，久欲写河上公老子，缣素早办，而无

---

① 见《中国民间故事集成·四川卷》。
② 见《中国传说故事大辞典·传说》。
③ 见《中国民间文学集成·宁夏卷资料丛书·平罗民间故事》。
④ 见《山西民间故事大系·晋北卷》。

人能书。府君若能自屈书老子道德各两章，便合群以奉。羲之停半日，为写毕，笼鹅而归，大以为乐。

《书断·王羲之》"以书换鹅"①

《太平广记》卷二〇七《王羲之》中亦有此则，出自《图书会粹》，仅个别字有出入。

南宋·邵博撰《邵氏闻见后录》（亦称《闻见后录》）对王羲之写经换鹅的传闻有所考订：

《王羲之传》，山阴道士好养鹅，羲之往观，意甚悦，欲得之。道士云："为写《道德经》，当举群相赠。"羲之欣然写毕，笼鹅以去。"李太白《送贺监》诗乃云："鉴湖流水春始波，狂子归舟逸兴多。山阴道士如相见，应写《黄庭》换白鹅。"世人有以右军写《黄庭经》换鹅者，又承太白之误耳。

《邵氏闻见后录》卷十七"写经换鹅"

明·张岱撰《夜航船》中的一则，前半部分与《晋书》相同，后半部分为新增加的内容。

山阴一道士养好鹅，右军往观，意甚喜，因求市之。道士云："为我写《道德经》，当举鹅相赠耳。"右军欣然写毕，笼鹅以归。或问曰："鹅非佳品，而公爱之，何也？"右军曰："吾爱其鸣唤清长。"

《夜航船》卷八文学部《书画·换鹅书》

---

① 见《说郛》卷九十二（《说郛三种》第二册）。

逆妇恶报型故事　大致写一媳妇对年老病弱的婆母（多为盲者）忤逆不孝，采用卑劣手段肆意虐待，后被雷电击毙，或变为牛、狗、猪等一类牲畜。这一故事类型，初见于唐·唐临撰《冥报记》。

> 隋大业中，河南妇人养姑不孝。姑两目盲，妇以蚯蚓为羹以食之。姑怪其味，窃藏其一脔，留示儿。儿见之号泣，将录妇送县。俄而雷雨暴作，失妇所在。寻见妇自空中堕地，身及服玩如故，而首变为白狗，言语如恒，自云："不孝于姑，为天神所罚。"夫乃斥去之。后乞食于道，不知所在。

《冥报记·河南妇人》

敦煌遗书《孝子传》中的一则异文，情节有所变化：

> 向生者，河内人也。慈母年老，两目俱盲，时遇贼寇相陵。向生遂被讨征。新妇在家，向生厌贱，好食自飡，粗食将与向母。向母自嗟叹云："不种著，因受艰苦。"新妇大怒，乃取猎粪和食与飡，又更骂辱。天具（见）不孝，降雷霹雳至死。又书背上曰："向生妻五逆，天雷霹雳打煞。"阿家再明诗曰："向生养母值艰苑，被射（征）边垎（疆）未得归。新妇家中行不孝，天雷霹雳背上亡。"

敦煌写本《孝子传》"向生妻"

此则故事，写虐待婆母的逆妇被天雷击毙，与上一则和后世异文写逆妇变为牲畜的情节有所不同。

晚唐·李亢撰《独异志》中的一则异文，写虐待婆母的逆妇遭天罚，被安上了狗头，是逆妇变为牲畜的一种过渡形态。

> 贾耽为滑州节度,酸枣县有俚妇事姑不敬。姑年甚老,无双目,旦食,妇以食裹纳犬粪授姑。姑食之,觉有异气。其子出远还,姑问其子:"此何物?向者妇与吾食。"其子仰天大哭。有顷,雷电发,若有人截妇首,以犬续之。耽令牵行于境内,以告不孝者。时人谓之"狗头新妇"。
>
> 《独异志》卷上"狗头新妇"

宋·钱易撰《南部新书》卷十"犬头妇",出自《独异志》,文字稍有变化。

自宋代以来,这一故事类型多以逆妇变牲畜或变牲畜后数日、数月方死的形态出现。宋·洪迈撰《夷坚丙志》卷八《谢七嫂》[①],是较早的一则逆妇变为牲口的故事,对后世影响颇大。

> 信州玉山县塘南七里店民谢七妻,不孝于姑,每饭以麦,又不得饱,而自食白粳饭。绍兴三十年七月七日,妇与夫皆出,独留姑守舍。游僧过门,从姑乞食,笑曰:"我自不曾饱,安得有余?"僧指盆中粳饭曰:"以此施我。"姑摇手曰:"白饭是七嫂者,我不敢动,归来必遭骂辱。"僧坚求不已,终不敢与,俄而妇来,僧径就求饭,妇大怒,且毁叱之。僧哀求愈切,妇咄曰:"脱尔身上袈裟来,乃可换。"僧即脱衣授之,妇反复细视,戏披于身,僧忽不见,袈裟变为牛皮,牢不可脱。胸间先生毛一片,渐遍四体,头面□成牛。其夫走报妇家,父母遽至,则俨然全牛矣。今不知存亡。

明·王圻纂集《稗史汇编》卷一六九《祸福门·报恶上·谢七嫂》,与此则相同。

---

① 见《夷坚志》第二册,第430—431页。

元·无名氏撰《湖海新闻夷坚续志》前集卷一《人伦门·事姑不孝》"七嫂变牛",由《夷坚志》演化而来,文字有所改动。

昔有妇人阿孝,有子出外经商,累年不归,止有儿妇七嫂在家。妇每饭则两炊,姑饭以麦,妇自白饭。李稍与妇忤,必受辱骂,至于麦饭亦不进食,李忍辱而不敢言。一日妇往邻家,留姑守舍,有僧持钵至门乞饭,李曰:"我自不能饱,安有舍施!"僧指厨中白饭,李曰:"此我儿妇七嫂自吃底,我不敢以施人,恐归必辱骂我。我但有早食麦饭,尚有一合留备午饷,如用即取去。"僧未答,闻七嫂外归,妇见僧乞饭,大怒曰:"汝要我白饭,可脱袈裟换。"僧即脱下。妇才披之,僧忽不见,袈裟着身变为牛皮,牢不可脱,胸间先生牛毛一片,渐变身体头面。急执其父母至,则全身化为牛矣!

《湖海新闻夷坚续志》尚收有另外一则异文,记恶妇变狗事,发生在河北。

邢州李生母,年老目盲,李生事之至孝。每出外,虑其妻金氏侍奉有阙,必再三嘱付之而后往。金氏不听夫语,不尽礼,母甚埋怨,金氏愤之。恰值烧饼欲进母,傍有小儿阿粪,金氏乃以面裹粪为饼馅以进。母食既半,觉臭秽不可食,遂留以等儿归。李生归,见其以秽物食母,持杖击之,金氏奔走,寻逻不见。忽有人报云:"昨日奔入关王庙中。"李生入庙,见一狗伏于案下,睁目不敢亲近。遂呼金氏父母来看,此狗流涕自称曰:"我不合以秽物奉姑不孝,忽入庙中化为狗矣!"数日而卒。

《湖海新闻夷坚续志》前集卷一
《人伦门·事姑不孝》"金氏化狗"

明·王圻纂集《稗史汇编》中的一则异文，写逆妇妯娌三人皆变为牲畜，为此前诸则不曾发生。

> 福建延平府昆季三人轮供一母，然各务农，托三妇侍养。子既出，三妇辄诟悖相胜，致姑饘粥不赡。姑欲自缢。嘉靖辛卯七月中，白昼轰雷眩目，三妇皆人首而身则一牛、一犬、一豕，环视者如堵。
> 《稗史汇编》卷一七〇《祸福门·报恶下·逆妇变牲》

明·于慎行撰《穀山笔麈》① 的一则异文，记逆妇变驴事，发生在今宁夏。

> 成太史监吾公宪父为西边大帅，尝镇固原。有民家子妇，事姑无礼。一日，姑与之入庙祈祷，求一冒絮包头，妇不肯予。其子自探一巾与母，妇取而裂之。姑不得已，与同入庙，叩神未已，忽失妇所在，觅之不见。明日，遍走求竟无踪迹。已而，至城外一小山上，其妇在焉，竟化为一驴，惟留一面两乳。异至帅府，予之刍豆，即俯首啖之，而不能言也。此太史所亲见，于馆中闲谈偶及，其详如此。
> 《穀山笔麈》卷十五"民妇化驴"

明·郑瑄编纂《昨非庵日纂》的一则异文，记述逆妇变狗事，发生在河南。

> 河南妇人养姑不孝。姑两目盲，妇以蚯蚓为羹食之。姑怪其味，藏一脔示儿。儿见号泣。俄雷雨暴作，失妇所在。少顷从空

---

① 《穀山笔麈》，吕景琳点校，中华书局1984年版。

堕地，身及服玩如故，而头变为白狗。夫斥去之，后乞食而死。

《昨非庵日纂》卷二十"河南逆妇"

清·蒲松龄撰《聊斋志异》的一则异文，记述逆妇变猪事，发生在山东。

杜小雷，益都之西山人。母双盲。杜事之孝，家虽贫，甘旨无缺。一日，将他适，市肉付妻，令作馎饦。妻最忤逆，切肉时，杂蜣螂其中。母觉臭恶不可食，藏以待子。杜归，问："馎饦美乎？"母摇首，出示子。杜裂视，见蜣螂，怒甚。入室，欲挞妻，又恐母闻。上榻筹思，妻问之，不语。妻自馁，彷徨榻下。久之，喘息有声。杜叱曰："不睡，待敲扑耶！"亦竟寂然。起而烛之，但见一豕，细视，则两足犹人，始知为妻所化。邑令闻之，縶去，使游四门，以戒众人。谭薇臣曾亲见之。

《聊斋志异》卷十二《杜小雷》

清·俞蛟撰《梦厂杂著》"雷击逆妇记"，其中包含两则异文：

龙丘湖镇村有郭姓者，以卖布为业，家惟母妻。妻颇悍，不孝于姑。而母年高，耳目聋聩，每起居饮食，郭皆身亲检点，惟恐其妻之有忤也。一日，郭因急事欲赴郡，语其妻曰："予往还须三日，老年人非肉不饱，予已买置厨下。天且暑，用盐腌之，可供三日餐。"妻诺之。戏以粪为糟，置肉其中，每餐蒸以食姑。越日，郭归。母方食，询肉味佳否？母曰："肉何自来，粪秽触鼻，亦勉强食之耳。"郭取尝一脔而呕。因詈其妻，妻反肆诟谇，且语侵其姑。邻人咸集，为之排解。忽雷声殷然，黑云如墨。妻似有所觉，急趋后圃，取大瓮覆其头。俄顷，霹雳一声，瓮底穿穴，头出于外，穴环其颈，若荷校然，宛转哀号。母怜之，欲破瓮以出。郭曰："此天之谴逆妇也，违天不吉。"越日而毙。

又兰溪李氏妇，家道极殷。值四旬寿日，亲邻毕集，馈遗丰隆。其母白头龙钟，鹑衣百结，右手拄杖，左手提虾满筐，谓女曰："不幸汝父早世，剩孤贫之母，又村居迢隔，汝四十寿辰，予几忘之。无物称祝，此虾予村外池中物也，亦足以助筵中一肴乎？"女大声曰："何物老妪！吾父墓木拱矣，偏汝为阎王所弃，长留世上作乞丐。吾面皮如甲，被汝刮去几十层。"夺其筐掷堂下，虾跳跃满地。母无言，俯首而泣。座客或劝，或仰天太息，或有逡巡而去者。女益怒，诟詈不绝声。时日光当午，天无纤云，而空中之虺虺者已隐约发声。俄而阴云骤合，大雨倾注，轰然震激，有不及掩耳之势。而女诟詈声犹与雷声相间杂也。忽然趋跪阶下，一声而毙，珠翠罗绮淋漓雨中。

《梦厂杂著》"雷击逆妇记"

清·钱泳撰《履园丛话》录有三则异文，分别发生在江苏常熟、陕西城固、山东定陶：

乾隆己酉十一月，常熟东南任阳乡有不孝妇欲杀其姑者，置毒药于饼中，而自往他所避之。其姑将食，忽有一乞人来求其饼，姑初不肯与，乞人袖中出一绿绫衫与之换去。及妇归家，姑喜以衫示妇，妇又夺之。初著身忽仆地，姑急扶之，不能起。忽变成猪，邻人咸集视之。妇犹作人语曰："我本应天诛，以今生无他罪过，故变猪，以示人耳。"言讫而竟成猪叫矣，独其前脚犹似人手。太仓毛稼夫亲见其事，为余言之甚详。

《履园丛话》卷十七《忤逆报》"不孝妇置毒"

山东定陶县一农家妇，素虐其姑。姑双瞽，欲饮糖汤。妇詈不绝口，乃以鸡屎置汤中，姑弗觉也。忽雷电大作，霹雳一声，妇变为猪，入厕上食粪。一时观者日数百人。岁余犹不死。

《履园丛话》卷十七《忤逆报》"不孝妇变驴"

陕西城固县乡民有不孝妇，平时待其姑如虐奴婢，非一日矣。嘉庆庚辰正月初一日早起，妇忽向姑詈骂，喃喃不绝口。姑不理而往别家拜年。有顷，不孝妇入房关门而卧，久之不出，但闻房中有声如牛马走。追姑回，欲入房视之而不得。急呼他人踏门，人惟见此妇卧于地，一腿已变成驴矣。越数月方死。

《履园丛话》卷十七《忤逆报》"不孝妇变猪"

清·梁恭辰辑《北东园笔录》四编卷三的《逆妇变猪》《逆妇变驴》均抄自《履园丛话》卷十七。

近人曹绣君编《古今情海》卷十四《不孝妇变虎》，出自《旷园杂志》，故事发生地在山东。

山东有一妇，待姑不孝。一日老妪过其门，被服皆线结，光彩夺目。妇见而爱之，欲以己衣相易。妪竟脱赠，不受其衣。妇取着之，忽变为虎皮，但头面犹存。故相里民闻于官，命豢养僧舍。人咸谓不孝之报，绘图刊行以警世。

这一故事类型，现当代仍在山西、河北、河南、上海、浙江、江苏、福建、湖南、湖北、重庆、四川、甘肃、吉林、新疆等地流布，譬如《三个忤逆媳妇》①《猪头人身的媳妇》②《恶媳妇变狗》③《狗头媳妇》④《恶媳妇变狗》⑤《狗头媳妇》⑥《雷打恶媳》⑦《猴子是恶媳变的》⑧《恶媳妇挨打》⑨《恶媳妇》⑩《恶媳变乌龟》⑪《懒媳妇变黄牛》⑫《黑心媳妇》⑬《恶媳变牛》⑭《恶报》⑮。

智审匿产案型故事 大致写一县令以多智善断著称。他受理越县匿产案后，将吞没至亲财产的被告传来，谎称据盗贼供诉，其人家产系盗赃。被告只好吐出实情，因而使原告追回自己的财物。这一故事类型，唐代已多有流布。初见于唐·张鷟撰《朝野佥载》，记裴子云事。

> 卫州新乡县令裴子云好奇策。部人王敬戍边，留牸牛六头于舅李进处，养五年，产犊三十头，例十贯已上。敬还索牛，两头已死，只还四头老牛，余并非汝牛生，总不肯还。敬忿之，经县

---

① 见《中国民间故事集成·山西卷》。
② 见《汤泉——热河民间故事之七·承德县部分》。
③ 见《河南民间故事集成·轩辕故里的传说》。
④ 见《中国民间文学集成·上海卷·闸北区分卷》。
⑤ 见《浙江省民间文学集成·淳安县卷》。
⑥ 见《中国民间文学集成·徐州民间文学集成》。
⑦ 见《中国民间故事集成福建卷·福州市分卷》。
⑧ 见《中国民间故事集成·湖南卷》。
⑨ 见《中国民间故事集成·湖南卷》。
⑩ 见《潜江民间故事》。
⑪ 见《中国民间故事集成·四川卷》。
⑫ 见《中国民间故事集成·重庆市长寿县卷》。
⑬ 见《中国民间文学集成甘肃卷·灵武民间故事》。
⑭ 见《中国民间故事集成·吉林卷》。
⑮ 见《中国民间故事集成·新疆兵团卷》。

陈牒。子云令送敬府狱禁，教追盗牛贼李进。进惶怖至县，叱之曰："贼引汝同盗牛三十头，藏于汝家，唤贼共对。"乃以布衫笼敬头，立南墙下。进急，乃吐欸云"三十头牛总是外甥牸牛所生，实非盗得"云。遣去布衫，进见是敬，曰："此是外甥也。"云曰："若是，即还牛。"进默然。云曰："五年养牛辛苦，与数头，余并与敬。"一县服其精察。

《朝野佥载》卷五"裴子云"

五代·和凝撰、宋·和㠓续编《疑狱集》卷上《子云断牸》，由《朝野佥载》改写，文字略有变化。

　　唐卫州新乡县令裴子云，有奇策。部人王敬戍边，留牸牛六头于舅李瑞，养五年，产犊三十头，例直十千以上。敬还乃索牛，舅曰："牸牛二头已死，还四头老牸，余并非汝牛所生。"敬忿之，诉于子云。子云令送敬狱，复令收追盗牛贼。李瑞惶怖至县，子云叱之曰："贼引汝同盗牛三十头，藏汝庄内，唤汝共对。"乃以布衫蒙敬头，立南墙下。瑞急吐款云："牛三十头，总是我外甥牸牛所生，实非盗得。"子云遣去敬布衫，瑞惊曰："此是外甥也！"子云曰："若是，即当还牛，更欲何语？"瑞默然。子云曰："五年养牛辛苦，与牛五头，余并还敬。"一县伏其明察。

宋·桂万荣编《棠阴比事》上"甥舅争牛"、明·冯梦龙编纂《智囊补》察智部卷九《得情·裴子云》，亦由《朝野佥载》改写，文字较为简略。

　　唐·高彦休撰《唐阙史》（又名《阙史》）[①] 卷上《赵江阴政事》，记赵和审越县匿财案，故事情节与裴子云审案变化颇大：其一，原被

---

① 见《全唐小说》第三卷。

告关系亲疏不同；其二，原告还钱时既无人证又无收据，难度更大；其三，结案时被告被押回本县依法惩处，较为严厉。

咸通初，有天水赵和者，任江阴令，以片言折狱著声。由是累宰剧邑，皆以雪冤获优考。至于疑似晦伪之事，悉能以情理之。时有楚州淮阴农，比庄俱以丰岁而货殖焉。其东邻则拓腴田数百亩，资锾未满，因以庄券质于西邻，贷缗百万，契书显验。且言来岁赍本利以赎。至期，果以腴田获利甚博，备财赎契，先纳八百缗。第检置契书，期明日以残资换券。所隔信宿，且恃通家，因不征纳缗之籍。明日，赍余锾至，遂为西邻不认。且以无保证，又乏薄籍，终为所拒。东邻冤诉于县，县为追勘，无以证明。邑宰谓曰："诚疑尔冤，其如官中所赖者券，乏此以证，何术理之？"复诉于州，州不能理。东邻不胜其愤，远聆江阴之善听讼者，乃越江而南，诉于赵宰。赵宰谓曰："县政地卑，且复逾境，何计奉雪？"东邻则冤泣曰："此地不得理，无由自涤也。"赵曰："第止吾舍，试为思之。"经宿，召前曰："计就矣，尔果不妄否？"则又曰："安敢诬。"赵曰："诚如是言，当为置法。"乃召捕贼之干者数辈，赍牒至淮壖，曰："有啸聚而寇江者，案劾已具，言有同恶相济者，在某处居，名姓形状，具以西邻指之，请梏送至此。"先是邻州条法，唯持刀截江，无得藏匿。追牒至彼，果擒以还。然自恃无迹，未甚知惧。至则旅于庭下。赵厉声谓曰："幸耕织自活，何为寇江？"囚则朗叫泪随曰："稼穑之夫，未尝舟楫！"赵又曰："证词甚具，姓氏无差，或言伪而坚，则血肤取实。"囚则大恐，叩头见血，如不胜其冤者。赵又曰："所盗幸多金宝锦绦，非农家所置蓄者。汝宜籍舍之产以辩之。"囚意稍解，遂详开所贮者，且不虞东邻之越讼也。乃言稻若干斛，庄客某甲等纳到者；细绢若干疋家机所出者；钱若干贯，东邻赎契者；银器若干件，匠司锻成者。赵宰大喜，即再审其事，谓曰："如果非寇江者，何谓讳东邻所赎八百千？"遂引诉邻，令其偶证。于是惭惧失色，祈死厅前。赵令梏往本土，检付契书，然后置之于法。

五代·和凝撰、宋·和㠓续编《疑狱集》卷下《赵和籍产》抄自《唐阙史》，文字小有改动。另外，宋·郑克撰《折狱龟鉴》卷七《赵和》、宋·桂万荣编《棠阴比事》下"江阴令办淮阴案"、明·冯梦龙编纂《智囊补》察智部卷九《得情·赵和》，均据《唐阙史》改写，文字有不同程度的压缩。

宋·郑克撰《折狱龟鉴》卷七《张允济》，情节与《朝野佥载》卷五"裴子云"相似，亦系审越县牛案，不过原被告双方不是甥舅，而是女婿与妻家。

唐张允济隋大业中为武阳令，务以德教训下，百姓怀之。元武县与其邻接，有人以牸牛依其妻家者八九年，牛孳生至十余头，及将异居，妻家不与，县司累政不能决其人诣武阳质于允济，允济曰："尔自有令，何至此也？"其人垂泣不止，且言所以。允济遂令左右缚牛主，以衫蒙其头，将诣妻家村中，云捕盗牛贼，召村中牛悉集，各问所从来处。妻家不知其故，恐被连及，指所诉牛曰："此是女婿家牛也，非我所知。"允济遂发蒙谓妻家人曰："此即女婿，可以归之。"妻家叩头服罪。

宋·郑克撰《折狱龟鉴》卷七《赵和》附录《侯临》，情节与裴子云、张允济审越县匿产案大同小异：其一，女婿与妻家所争为财物；其二，审案在半年后，且强盗非原告所扮，而是真盗。

近时小说载侯临侍郎一事云：临为东阳令时，他邑有民，因分财产，寄物姻家，遂被讳匿，屡诉弗直。闻临治声，来求伸理，

第十章　隋唐五代时期的民间故事类型

临曰:"吾与汝异封,法难以治。"止令具物之名件而去。后半年,县获强盗,因纵令妄通有赃物寄某家,乃捕至下狱引问,泣诉盗所通金帛,皆亲党所寄。临即遣人追民识认,尽以还之。

明·江盈科撰《雪涛小说》录写的一则异文,记明代偰维贤审匿祖父遗资案,原被告双方为弟兄,所用钩匿之术亦颇相似。

又一人被兄匿其祖父遗资数千金,诉于偰。偰命开具祖父以来家资,既至,收而藏之,置不问。一日密授其数于狱中盗,阴令投牒曰:"某器某器系我盗得,今寄某人兄所。"偰收其牒,命卒执某兄赴县与盗质,指牒曰:"某器某器,今皆在尔所,皆盗寄也。尔罪与盗等,应死。"其兄遽曰:"器诚有之,然某器吾祖遗也,某器吾父遗也。"偰曰:"器出尔祖尔父,有何凭据?"其兄曰:"两世分书见在,何谓无凭?"偰命取分书验之,乃曰:"我固知尔祖尔父有此遗尔,尔何得不分给尔弟,而独拥之乎?"遂剖为两股,兄弟各得其一,而以重法绳其兄。

《雪涛小说·才史》"匿祖遗资案"

清代这一故事类型的异文甚多,情节变化异彩纷呈。青城子(宋永岳)撰《志异续编》卷三《兄弟争产》写袁枚审越县匿产案:

有弟兄争讼者,江南如皋县人。父素富,生二子。临死,以银数万,当次子面交长子曰:"待弟成立,分半与之。"及弟娶妻,所有田宅,俱均分讫,惟银绝不道及。弟向兄索银,兄不认,涉讼连年。历任县令,俱以无笔据不直弟。弟闻上元县令袁简斋先生善折狱,越境控告。公当逐出;却暗令人唤至,匿之署中。适有新破积匪案,密谕盗扳其兄,移文拘至,并起出藏金若干,到案讯究。兄供："父本富饶，所有藏金，非一己之物，有弟尚未分授。"公曰："如是，须唤尔弟对质。"立出其弟曰："尔兄已供认尚未分授，我今为尔等平分。"兄缄口无言。

梁恭辰辑《北东园笔录》四编卷二《百文敏公》写的是弟夺兄产，与前一则有所不同：

嘉庆年间，封圻大吏才猷卓著者，首推百文敏公。当时朝廷称之曰能，身后谥之曰敏，非虚美也。余少时随宦荆南，屡闻公之宦迹，而未能道其详。昨从汉阳友人偶谈一事，已不愧为神明之誉，兼可为劝戒之资矣，亟笔记之，云方百文敏公之总制两湖也，有江西客民在汉口经纪数年，积有余赀，回家置产，渐臻完美。因年逾周甲，思终老于家，以免奔驰之苦。有一弟在家诵读，仅博一衿。谁知弟心不良，恃田园契据尽在手中，将兄递年产业作为己手所进，一股全吞。致兄垂老萧条，无可控诉。不得已，挟其微资重赴汉口为贾。迁延数载，生意甚微，郁闷吁欷，无以自遣。熟闻百公之精明，屡伸民间之冤抑，遂作词呈控。讯出其祖父寒微，一无遗蓄，弟年甫冠，向赖老兄抚养，得以读书成人情事。时公已洞见此案大概，收呈后，不加批发，即手交江夏令，谕令设法办理。江夏令以案关隔省，既难于传人，又无从察访，延至数日，莫展一筹，求教于制府，公笑曰："此易易耳，即在盗案中列其弟为窝家，斯得之矣。"江夏令因遵谕具详，公即飞咨江西中丞，刻口严拿其弟到案。不由分辩，即押解至湖北归案质讯。公随即亲提至大堂，厉声呵斥曰："秀才家应守名教，乃敢作盗窝家，致富千金，情实可恶，法更难宽。"速令招供定案。时其弟魂不附身，只求苟全性命，指天誓日，供称家产系兄作贾所成，实无与盗通窝情事。问以兄现在何处，答言现居汉口。立传到案，质讯明确，断定革去生员，薄与笞罚。即将家产仍归兄

第十章　隋唐五代时期的民间故事类型

管，听兄随时赡给，不准分外妄干。弟亦俯首遵依完结，毫无异议。案关两省，事阅多年，不过数语之间而真情毕露，颂声载道，冤气全申，非甚神明，孰能与于此乎？闻近日陈望波先生之次子贯甫邑侯景曾，作令山西，即仿此断结一案，大著循声。使天下之折狱者尽如是也，上以是劝，下以是戒，又何莠民之能容于世哉！

清·吴芗厈撰《客窗闲话》续集卷四"翁还银"，记述的是翁匿婿银的故事，情节较为曲折生动，人物形象鲜活，进一步显现出这一故事类型的广阔发展空间。

有刘姓者孤独少年，入赘李老家。李以其稚弱无能，虐之。刘不堪，潜投仕宦为仆。得主宠眷，数年，积金四百万，辞归。与其妻谋置产业，妻乃炫述于父母。李老生心，欣然设宴，为婿洗尘，誉而醉之，且曰："汝妻年幼，交以多金，恐不胜任。况汝须外出谋事，以少妇居守，得无穿窬之虑乎？盍交老夫，权为收藏，可以无虑！"刘唯唯，出金点交，八宝十六件也。

次日刘酒醒而悔，亟向李老索银。李曰："汝贫如丐，寄食我家，邻里咸知，焉得多金寄顿？不思为汝育妻恩，反肆讹耶？"其女助婿争论。李老大怒曰："女生外向，真不可与处矣！"逐其夫妇出诸大门之外。刘冤愤兴讼，以妻为证。县令曰："汝物无凭，妻不可以为证。汝妻父曰：'女生外向'。此言诚然，我不能直汝。毋干犯义之责也！"挥之退。

刘素谂巧令名，往陈其苦。令曰："隔境无能为力。"刘曰："天下贤使君唯有老爷，若不肯治理，则无官能明此狱矣！"哀之切，令笑曰："若必欲余明此讼，须暂禁囹圄，汝愿之否？"刘曰："果能明此，虽刀杖加身，亦甘承受，况暂禁耶？"令即梏收之。

乃移文县令曰："日者获大盗张三，据供劫得某事主家银四百余两，若干锭件，寄顿贵县某村大窝主李老家。希即委员带捕，查起赃银，连窝主李老解质，云云。"县令见系盗劫重情，即身自查抄，人赃并获，解交此令。乃涂刘面，衣以囚衣，械击于堂。呼李老诘之曰："此囚供在某家劫银四百余两，八宝十六件，寄汝家。今所起赃数相符。汝为盗窝，罪干枭首。据实陈明，勿自膺三木也！"李老呼冤曰："此银实系小人之婿刘某寄存者。闻其得自随官，是否属实，请拘刘某与张三质之，以明小人之冤。"令笑曰："若见刘某，汝又将图赖矣！"李老曰："与其冤诛，莫若明心。召刘某与张三质对，可见小人不知情，庶望一线生路，奚肯贪财舍命耶？"令曰："若然，则刘某在是矣。"乃释刘桎梏，使涤面易服相见。李大惭无词。令乃给还刘银，而薄责李曰："余为留翁婿情也！"刘感激涕零而去，李亦从此悔过矣。

无名氏编《棠阴比事续编》"彭祥还赀"[①] 写的是明代四川合州（今重庆市合川区一带）弟夺兄产案，文字较为简约，但读来亦颇为生动、感人。

郭彭祥，弘治间守眉州，问刑明决。邻封合州，有兄弟二人，兄官别省，其赀每托弟携归；置产契券，俱弟收掌。兄卒于官，嫂扶榇归，弟绝无所与，又无籍可稽。嫂诉于州，讯不复。乃越境诉于郭。郭即隐告者，取狱中贼，指扳其弟为同伙。乃移文本州械致。诘曰："汝与某人为盗致富。"其弟泣曰："吾兄仕宦所得，未尝盗也。"固诘之，词甚详，一一录记。乃速其嫂语之。弟遂款服，还赀产。

---

① 见《棠阴比事选》。

第十章　隋唐五代时期的民间故事类型

清·吴趼人撰《中国侦探案·邻邑伸冤》① 记孙大令审越县匿产案，也相当精彩。故事不仅在刻画原被告姐弟二人的人物形象方面比较突出，而且故事主人公安排二囚在酒肆与被告见面的情节亦颇有新意。

孙大令宰合肥时，有庐江某甲者，故家中落，沦至为人佃。有姊，适同邑某素封家，姊夫行颇不谨，其翁卒，所遗数千金，悉以付其姊曰："谨守之，毋为不肖儿败去也。"甲侦知之，诣其姊曰："弟恩佃人之田，终无发迹日。幼学货殖，颇自信，奈乏资本，徒负此志耳，姊盍为我图之！"姊出数百金予之，乃经营设一米肆，逾年，居然获利。乃复诣姊曰："借姊之助，既获利矣，计当偿还母金。而迩日有某货，忆其值当涨，计尽所有子母，犹不足以尽储之，惟有小试耳。苟再得千金，获利且倍蓰也。"姊又以千金予之。他日又谓姊曰："某物，奇货可居也，苟得如千金，当可垄断之。"姊又信之，如数予之去。如是数四，姊之金既尽。甲本善经营，数年间，居然致富，报捐职衔，俨然搢绅矣。又数年，姊之儿女长，谋婚嫁，念弟已富，当可谋归母金。谓其夫曰："儿女债，动需多金，盍商之于吾弟。"夫如言往，言及婚嫁事，渐露求助意，甲遽曰："日来生计大难，力不能为也。"夫妇，怼其妇。姊疑曰："弟殆疑吾夫之犹昔也耶？"乃亲造之，求还母金，甲怫然曰："是何言也！昔者甥辈稚，弟故稍佽助，以存亲谊，今乃诬我借金耶！"姊大骇，与之辩，数四，甲置不理，不得已，讼于庐江令。甲冠服至案，辩曰："甥辈幼稚，因尝佽助之，今婚嫁矣，乃欲取资于我，此各人门户事，力不能为，故辞之，姊乃以是诬我也。"令问券据，无有；问中证，无有；问过付，无有也。姊遂不得直，号哭而归。或语之曰："县君愦愦，不足与决疑难，合肥令孙公，神明父母也，盍往诉

---

① 见《我佛山人短篇小说集》，花城出版社1984年版。

之，当得直。"姊曰："邻邑可控耶?"曰："是固不可，第往哀之，孙公慈祥，必不负汝。"姊乃诉于孙大令，大令曰："汝庐江事，何为而诉于我?"曰："庐江愦愦，不我直也。闻诸人言，公神明，故诉之。"曰："虽然，吾不便越俎也。"姊哀之不已，乃问其当日交涉事，及其母族家世甚悉。曰："汝姑待之，吾当为汝取偿。"姊谢而退。大令于狱中取盗犯之罪较轻者二人至，谓之曰："纵尔，为我办一事，当宽尔罪；苟逸，则罪加一等，尔愿乎?"曰："愿甚，不敢逸。"乃授以计。先以一犯衣华服，至酒肆中，伪为相识而久别者，絮絮与谈贸迁，故作筹画状。甲以为贩运者也，款以酒饭。正言笑间，次犯囚首垢面，狂奔而入，直闯席间。合肥县役，垒息追至，狂呼逸犯，径入扭之，突见前至一犯，故嗒曰："尔亦在是耶！何都在此?"则指甲曰："此吾主人也，胡为不来。"役擒二犯去，反命。大令故升座问之，则曰："某甲吾等主人也。"大令曰："是窝主也。"亟移文庐江，传甲至，令二犯与之对质，甲力辩。犯曰："若何必辩。若十年前，犹佃人之田，使无我辈，汝有今日耶?"甲曰："天乎！冤哉！吾之致今日，吾姊实有以助之。"问姊适何人？具以对。问助汝几何？曰："数百金。"曰："数百金之母，十年乃能至是耶?"曰："继之者且若干也。"乃呼其姊至，姊顿首白其图赖状，甲舌挢不敢再辩。大令笑谓之曰："吾固知汝非盗党，然不如是，汝不吐实。今既无可狡展矣，则汝一身之外，皆汝姊物，当尽归姊，汝十年经营之劳，凭汝姊酌酬之。苟不遵断，且褫汝职衔而惩汝矣。"甲乃伏罪遵断退。

近人徐珂编撰《清稗类钞·狱讼类·蔡某匿产案》，也是一则有关岳丈吞没女婿家产的故事，其中对于许县令接到这桩越县匿产案后布置之周密，审问之高明，处理之精当，作了生动细致的描述，从而展现出其人在谋略、才干、襟怀诸方面都相当出众，令人称道。

凤阳富人秦某病革时，子尚幼，托其赀于子妇翁蔡某。秦卒，子遂依蔡而居。及长而成婚，蔡尚无返璧意。且御秦子极苛，其女以为言，蔡怒，逐婿及女。秦子讼之官，官以蔡受秦赀无左证，斥弗理。时邻邑宰晋阳许某折狱如神，秦子往诉焉。许嫌越俎，还其牒。秦子涕泣，伏公庭，呵之，秦终不去。许怜之，谓曰："余姑为尔缓图之，牒则非例所当受也。"

会捕得某案从盗罪不至死者，许于密室中鞫之，嘱盗指蔡为主藏，当减其罪，盗欣然从命。许遂移牒凤阳，拘蔡至，则顿首呼冤。许曰："吾观尔之为人，亦非作奸犯科者。盗言妄也，行将释汝。"因从容询蔡生平。蔡以身既免罪，官又假以辞色，则大喜过望，自道其行事，惟恐弗详，但不及婿家托资事。许忽拍案怒问曰："尔自言初为篾人子，继作小负贩，谋升斗利，免冻馁而已，安能骤致巨富？不为盗主藏，亦必多行不义，趣就三木！"蔡大惧，痛哭于地，具言秦某托资始末。许曰："汝言乌足凭，取书状，吾牒凤阳县察之。"蔡书讫，许阅状，曰："果尔，汝婿已成立，胡不返其资？"曰："固将授之，渠盖为贾未归也。"许曰："汝婿若归，即授之乎？"曰："然。"许笑曰："尔婿待尔久矣。"时秦子实在旁听鞫，乃唤至前。蔡见婿，大骇，秦子尚欲有言，止之曰："若翁允归汝资，勿再絮絮，使若翁无颜。且若翁抚汝十数年，汝亦当有以报之。"命秦子以其资五分之一赠蔡，即令书券交换讫，释蔡令归。蔡始悟为令所绐，然亦感令义，下堂即挈其婿及女归，和好如初焉。

这一故事类型，现当代仍在上海、河南等地流布，譬如《丁宝桢断案》①《越县断案》②。

---

① 见《中国民间文学集成·上海卷·黄浦区故事分卷》。
② 见《南阳民间文学》。

寡妇讼子型故事　　大致写一寡妇至官府讼子不孝。官察其子非不孝，乃谓妇曰："子法当死，得无悔乎？"妇固请杀子，即命买棺取儿尸。妇出与一道士密语，官命捕道士审问，供与妇有私不得逞，故欲除其子。于是释子，杖杀道士及寡妇。这一故事类型，唐代已多有记载。初见于唐·张鷟撰《朝野佥载》。

  李杰为河南尹，有寡妇告其子不孝。其子不能自理，但云："得罪于母，死所甘分。"杰察其状非不孝子，谓寡妇曰："汝寡居唯有一子，今告之，罪至死，得无悔乎？"寡妇曰："子无赖，不顺母，宁复惜乎？"杰曰："审如此，可买棺木，来取儿尸。"因使人觇其后。寡妇既出，谓一道士曰："事了矣。"俄而棺至，杰尚冀有悔，再三喻之。寡妇执意如初。道士立于门外，密令擒之。一问承伏："某与寡妇私，尝苦儿所制，故欲除之。"杰放其子，杖杀道士及寡妇，便同棺盛之。

《朝野佥载》卷五"李杰察奸"

  唐·刘𫗧撰《隋唐嘉话》[①]录写的一则，文字与《朝野佥载》的一则略有不同。

  李大夫杰之为河南尹，有妇人诉子不孝。其子涕泣，不自辩明，但言："得罪于母，死甘分。"察其状，非不孝子。再三喻其母，母固请杀之。李曰："审然，可买棺来取儿尸。"因使人尾其后。妇既出，谓一道士曰："事了矣。"俄而棺至。李尚冀其悔，喻之如初。妇执意弥坚。时道士方在门外，密令擒之。既出其不意，一问便曰："某与彼妇人有私，常为儿所制，故欲除之。"乃

[①] 见《全唐小说》第二卷。

第十章 隋唐五代时期的民间故事类型

杖母及道士,杀,便以向棺载母丧以归。

《隋唐嘉话》下"李杰察奸"

唐·刘肃撰《大唐新语》①卷四能政第八"李杰察奸"、五代·和凝撰宋·和㠓续编《疑狱集》卷上(《李杰杀奸》、宋·郑克撰《折狱龟鉴》卷五《李杰》,均与《朝野佥载》卷五"李杰察奸"相同,仅个别字句有出入。

宋·欧阳修、宋祁等撰《新唐书》卷一二八《李杰传》"察奸",系据《朝野佥载》卷五"李杰察奸"改写,文字有所压缩。

> 寡妇有告其子不孝者,杰物色非是,谓妇曰:"子法当死无悔乎?"答曰:"子无状,宁其悔。"乃命市棺还敛之。使人迹妇出,与一道士语,顷持棺至。杰命捕道士按问。乃与妇私不得逞。杰杀道士内于棺。

近人曹绣君编《古今情海》卷三十二《道士内棺》,引自《新唐书》之《李杰传》。

宋·桂万荣编《棠阴比事》上"李杰买棺"、明·冯梦龙编纂《智囊补》察智部卷十《诘奸·母讼子》"李杰",亦据《朝野佥载》之"李杰察奸"压缩而成。

宋·佚名撰《绿窗新话》录写的一则异文,也是有关寡妇与道士通奸欲以不孝罪名害死亲子的故事,情节与"李杰察奸"类似,而细节描写颇多,别具一格。

> 开封吴氏,早年丧夫,其子尚幼。因命西山观道士黄妙修设黄

---

① 见《全唐小说》第三卷。

箓，投度亡夫。百日之内，妙修常在孝堂行持。吴氏妙年新寡，其春心难守。妙修揣其意，每于声音间，寓词挑之。令吴氏择吉日，以白绢为桥，当空召请，能置亡魂。吴氏感此言，时与妙修议论此事，情意狎昵，遂谐缱绻。妙修往来无间。其子刘达生，得知其用杜绝。吴氏愆怒诉府，论子不孝。王府尹曰："据汝所陈，一子当寘重罪，能无悔乎？若果不悔，可买一棺来请尸。"道士欣然得之。少顷，舁至府庭。府尹差人捉道士，送狱鞫勘。供招："只因达生拒奸之事，故妄诉不孝以除之。"吴氏所供亦同。府尹释达生，重治道士于法。

　　　　　　《绿窗新话》卷上《王尹判道士犯奸》

　　宋·郑克撰《折狱龟鉴》附录两则异文，也是有关寡母讼子的，情节有所不同，与妇通奸者均非僧道。卷五惩恶门《李杰》附"曾李序"写通奸者竟上堂作证，被处以杖刑。

　　曾孝序资政知秀州，有妇人讼子，指邻人为证。孝序视其子颇柔懦，而邻人举止不律，问其母又非亲，乃责邻人曰："母讼子，安用尔为？事非涉已。"因并与子杖之，闻者称快。

　　卷五察奸门《李杰》附"葛源"写通奸者为写状人，未具体交代如何处置，给人留下想象的空间。

　　葛源郎中为吉水令时，有毛氏寡妇告其子不孝，源以恩义喻之，不听。使人微捕，得与间语者，验其对，乃出寡妇告状者也。鞫之，具服为私谋诬其子。

　　明·冯梦龙编纂《智囊补》察智部卷十《诘奸·母讼子》"包恢"写讼子者与僧私通，因而欲置其子于死地。对奸僧的处置与前面诸则均不相同。

> 包恢知建宁。有母诉子者，年月后作疏字，恢疑之。呼其子问，泣不言。恢意母嬬与僧通，恶其子谏，坐以不孝，状则僧为之也。因责子侍养，勿离跬步，僧无由至。母乃托夫讳日，入寺作佛事，以笼盛衣帛出，旋纳僧笼内以归。恢知，使人要其笼，置诸库逾旬，吏报笼中臭，恢乃命沉诸江。语其子曰："吾为若除此害矣。"

这一故事类型，现当代仍在河北、山西、天津等地流布，譬如《唐知县智审奸情案》①《巧断母子案》②《巧断和尚奸情案》③。

觇妪获贼型故事 大致写在审理一桩杀人或抢劫案时，某县令至现场勘察，并将该处的一个老妪带回县衙。随后放出老妪，派人察觇与老妪共语者，终于捉住罪犯。这一故事类型初见于唐代，在唐·张鷟撰《朝野佥载》中，共收录了两则异文：

> 贞观中，卫州板桥店主张迪妻归宁。有卫州三卫杨贞等三人投店宿，五更早发。夜有人取三卫刀杀张迪，其刀却内鞘中，贞等不知之。至明，店人趋贞等，拔刀血狼籍，囚禁拷讯，贞等苦毒，遂自诬。上疑之，差御史蒋恒覆推。至，总追店人十五以上集，为人不足，且散，唯留一老婆年八十已上。晚放出，令狱典密觇之，曰："婆出，当有一人与婆语者，即记取姓名，勿令漏泄。"果有一人共语者，即记之。明日复尔。其人又问婆："使人作何推勘？"如是者二

---

① 见《中国民间故事集成·河北卷》。
② 见《朔城历史文化集成·民间故事》。
③ 见《中国民间故事集成·天津卷》。

日,并是此人。恒总追集男女三百余人,就中唤与老婆语者一人出,余并放散。问之具伏,云与迪妻奸杀有实。奏之,敕赐帛二百段,除侍御史。

《朝野佥载》卷四"捉拿共语者"

张寿松为长安令,时昆明池侧有劫杀,奉敕十日内须获贼,如违,所由科罪。寿至行劫处寻踪迹,见一老婆树下卖食,至以从骑驮来入县,供以酒食。经三日,还以马送旧坐处,令一腹心人看,有人共婆语,即捉来。须臾一人来问明府若为推逐,即披布衫笼头送县,一问具承,并赃并获。时人以为神明。

《朝野佥载》卷五"张松寿"

五代·和凝撰、宋·和㠓续编《疑狱集》卷上《松寿潜伺》,宋·郑克撰《折狱龟鉴》卷七《张松寿》,均据《朝野佥载》卷五"张松寿"改写,文字略有出入。

钥匙尚在型故事　大致写一愚人的皮袋被盗后,对人说:"钥匙尚在,贼终不能得我物。"这一故事类型,见于唐·张鷟撰《朝野佥载》。

昔有愚人入京选,皮袋被贼盗去。
其人曰:"贼偷我袋,将终不得我物用。"
或问其故?
答曰:"钥匙尚在我衣带上,彼将何物开之?"

《朝野佥载》卷二"钥匙尚在"

明·王圻编纂《稗史汇编》卷九十六《人事门·谬误类·孙彦高》、

明·谢肇淛撰《五杂俎·事部》卷四"钥匙在我衣带上"、清·独逸窝退士辑《笑笑录》卷一《偷袋》、近人杨汝泉编纂《滑稽故事类编》第十编《孙彦高》，均出自此则，或者由此则改写而成。

明·浮白斋主人辑《雅谑》中的一则异文，故事情节多有变化：

> 刺史孙彦高被突厥围城，不敢出厅视事，征发文符，俱于小窗接入。及报贼登垒，乃锁州宅门，身入柜中，令奴曰："牢掌钥匙，贼来慎勿与。"

《雅谑·呆刺史》

明·冯梦龙编纂《古今谭概》专愚部第四《呆刺史》，与此则大同小异。

这一故事类型，现当代仍在湖北、陕西、上海、浙江等地流布，譬如《钥匙还在》①《锁匙在这里》②《钥匙我还拿着哩》③《"钥匙在我手里"》④《钥匙》⑤。

这一故事类型，相当于丁乃通编著《中国民间故事类型索引》$1689B_2$。

麻风女型故事 大致写粤地某女染上麻风病，按当地习俗，须与男子交欢，移毒对方，才能解脱。某男爱上此女，女不忍嫁祸于他，乃告知实情，不与其接触。不久，此女病发，肢体溃烂，被关在一室内（或逐出家门）。其后此女长期饮用乌梢蛇浸泡的酒（或麻

---

① 见《松滋县民间故事传说集》。
② 见《阳新县民间故事集》。
③ 见《笑林拾零》。
④ 见《中国民间文学集成·上海卷·黄浦区故事分卷》。
⑤ 见《浙江民间文学集成·东阳县故事卷》。

油），病竟痊愈，终于与心上人结百年之好。这一故事类型，清代笔记小说多有记载。但有关蛇酒治麻风病的记载，始见于唐·张鷟撰《朝野佥载》：

> 商州有人患大风，家人恶之，山中为起茅舍。有乌蛇坠酒罂中，病人不知，饮酒渐差。罂底见蛇骨，方知其由也。
>
> 《朝野佥载》卷一"乌蛇酒治大风"①

而有关"过癞"习俗的记载，始见于南宋·周密撰《癸辛杂识》：

> 闽中有所谓过癞者，盖女子多有此疾。凡觉面色如桃花即此证之发见也，或男子不知而误与合，即男染其疾而女瘥。土人既皆知其说，则多方诡作以误往来之。杭客人有嵇供申者，因往莆田，道中遇女子独行，颇有姿色，问所自来，乃言为父母所逐，无所归。因同至邸中，至夜甫与交际而其家声言捕奸，遂急窜而免。及归，遂苦此疾，至于坠耳、塔鼻、断手足而殂。癞即大风疾也。
>
> 《癸辛杂识》后集《过癞》

清乾隆年间成书的王椷撰《秋灯丛话》中的一则异文，是最早见诸文字记载的麻风女型故事：

> 粤东某府，女多癞病，必与男子交，移毒于男，女乃无患，俗谓三过癞。然女每羞为人所识，或亦有畏其毒而避者，多夜要诸野，不从则啖以金。

---

① 《太平广记》卷二一八引《朝野佥载》。

有某姓女染此症，母令夜分怀金候道左。天将曙，见一人来，询所往，曰："双亲早没，孤苦无依，往贷亲友，为糊口计。"女念身染恶疾，已罹天罚，复嫁祸于人，则造孽滋甚。告以故，出金赠之。其人不肯受，女曰："我行将就木，无需此。君持去，尚可少佐衣食。毋过拒，拂我意。"其人感女诚，受之而去。

女归，不以实告。未几，疾大发，肢体溃烂，臭气侵人。母怒其诳，且惧其染也，逐之出，乃行乞他郡。至某镇，有鬻胡麻油者，女过其门，觉馨香扑鼻，沁入肌髓，乞焉。众憎其秽，不顾而唾。一少年独怜而与之，女饮讫，五内顿觉清凉，痛楚少止。后女每来乞，辄挹与，不少吝。先是，有乌梢蛇浸毙油器中，难于售，遂尽以饮女。女饮之，疮结为痂，数日痂落，肌肤完好如旧。盖油能败蛇毒，性去风，女适相值，有天幸焉。

方其踵门而乞也，睹少年，即昔日赠金人。屡欲陈诉，自惭形秽，辄中止。少年亦以女音容全非，莫能辨识。疾愈，托邻妪通意，少年趋视不谬，潸然曰："昔承厚赠，得有今日。尔乃流离至此，我心何忍？若非天去尔疾，竟觌面失之，永作负心人矣！"歔欷不自胜。旁观者啧啧，咸重女之义，而多少年之不负其德也。为之执伐，成夫妇焉。

《秋灯丛话》卷十一《粤东癞女》

清乾隆末年成书的曾衍东撰《小豆棚》中亦有类似的记载：

褚文兴，吴贾也，贸于粤，往来十易春秋，计利倍蓰，而蛮烟瘴雨，经尝备至。粤有黎姓者，褚之旧馆人也。黎有女名二妙，多姿且慧，年十三，甫垂髫。尝于盘鸦后束短发，缕丝作辫，披肩际。褚每南来，多携奁具脂粉赠之。其初也，褚爱之而怜其稚；继也，妙感之而情为移。逆旅之中，双环幺凤，借以消遣，而褚亦愈久而不及乱。

会南归三载，值广南诸郡流疫，商贾断绝。黎氏素无产，萧条贫悫，家遂以落。二妙年十六，母死，其父鳏，尝贷为炊，日不举火。父出不家，妙固茕茕掩双扉也。一日，褚忽至，黎老见之，备道苦况，二妙亦羞以为容。褚不忍去而之他，仍假馆焉。

粤有大麻疯，人中之，肉溃死，人皆屏弃，不与同巷。男子不治；女有之，与人交接可疗。客粤者往往中其毒，俗名"卖疯"，亦曰"过癞"。时二妙传染是疾，其父使妙移于褚。黎假出，妙至褚所。褚喜求合，女愀然曰："我不忍祸君也。"遂告以故，且令褚速去，并乞异日病发，望藁葬于道路之旁，言已呜咽。褚曰："卿无悲泪！"乃出橐金贻妙，"倘果不治，卿即南来，当养卿以天年。"妙拜谢，褚匆匆别。

后半年创剧，溃出肌肤，众共弃之。妙乃流丐而南，形益秽。十阅月至吴阊，访褚门而告。褚收之，居以废圃。家人日投食，皆掩鼻。圃中有老槐，空其腔，蛇虺凭以为窠。妙食庋于牖上，蛇尝来食妙食，而妙亦食蛇所食之食。妙一日忽收脓结痂，脱然以起。回视荐上，如败鼓皮数十片。家人异之，褚亦来视，如剥瓠。褚问妙，亦不解其故。更阅月，发理颐丰，居然佳丽。褚妇颇贤，移之闺。况褚本不能忘情于妙，而妙且感情于褚者，遂纳为姬。后葺圃，见大蛇出树中云。

《小豆棚》卷八闺阃部《二妙》

道光至光绪年间，又涌现出不少异文。吴芗厈撰《客窗闲话》录写的一则是：

蛇之种类伙矣，皆追风药也。内有乌梢蛇一种，最毒。姑苏有曹吏部，由郎中出为粤东潮州府。是邑也，凡幼女皆蕴癞毒，

第十章 隋唐五代时期的民间故事类型

故及笄,须有人过癞去,方可配婚。女子年十五六,无论贫富,皆在大门外工作,诱外来浮浪子弟交。住弥月,女之父母,张灯彩,设筵席,会亲友,以明女癞去,可结亲矣。时浪子亦与宴,事毕,富者酌赠医金送去。多则一年,必发癞死;且能过人,故亲人不敢近。官之好善者,设癞院收养之。

曹太守有弟,已冠,不好学,日事游荡。戚友知此间风俗者,恒告诫之。介弟初亦不敢犯,但游观而已。一日,至巨宅前,见一女子,国色也,不粉饰而自然,既艳丽而庄重。不禁迷恋,辗转再三,舍之不得,喟然曰:"人生几何,美色难遇!牡丹花下死,较老耄乐甚矣!"意乃决,与女交谈。引之入室,两情相得,有终焉之志。无如弥月后,例应分拆。其父母见二人情重,不使女知,请介弟前堂大宴。询及世家,方知为太守亲弟,屡奉府县查访綦切,勿胜惊骇。但事已如此,不能隐匿,赠以千金,送之回府。太守以乃弟自作之孽,无可奈何,资送回籍,俟死而已。一路毛发脱落,日渐周身发痒。及家,其次兄收之,虑其蔓延,锁于酒房下榻。嫂氏哀之,使老媪给饮食。未几癞已匝身,奄奄一息,自知必死矣。

先是介弟去后,女方知其事,乃与父母为难,誓不二天,必欲同死。其父母婉劝教戒,矢志不回,不得已,以实情告。太守敬其节义,允为作札,遣送姑苏,为弟守节。来投嫂氏,嫂谓女曰:"叔病癞,已不起矣。莫如原舟遄反。以妹品貌,何患无好逑君子,何必恋及此癞人耶?"女泣曰:"妾故知之,不忍郎之独为癞鬼。且女身不可二天,来就死耳,非效于飞之乐也!"嫂怜而敬之,送女入酒房,与介弟相抱而泣。女乃遣婢仆归复命,亲为其夫调养。

一日,介弟使女烹茶。未至,渴甚,循墙而起,见饮房中,惟酒缸十余。寻至室隅,尚有剩酒半缸。以碗饮至数四,渴解而人亦醉倒。女持茶来,扶之卧。至次日,癞皆结痂,人亦清爽,谓女曰："此酒大有益处，日与我冷饮之，当有效。"女顺其意，每饭必先以酒。半月癞痂寻脱，一身新肉，滑腻非常，眉发复生，居然风流年少矣。夫妻快慰。及酒将完，见缸底一大黑蛇浸毙其中，盖乌稍也！出问家人，乃知前年注酒时，见有蛇在内，是以遗弃半缸，不意为介弟起病之祥。

于是夫妇相将，仍赴粤东。女之父母及曹太守皆大悦，共出财，为谋功名，得河泊所官以终。此其有一命之荣，故不死耶？余曰：非也，粤女贞一之操，有以感召之耳！

《客窗闲话》续集卷三《乌蛇已癞》

南山老人撰《香草谈荟》① 中的一则是：

粤中女多癞疾，必与男子交，移毒于男，女乃无患，俗谓之过癞。然女每羞为人所识，多夜要诸野，不从则啖以金。有林氏女，染此症，母令夜分怀金候于道左，天将曙，见一少年来，询所往，曰："早失怙恃，孑身无依，将贷诸亲友作小经纪耳。"女念身染恶疾，已罹天谴，复嫁祸于人，则造孽滋甚！告以故，出金赠之，少年不肯受，女曰："我墓木已拱，无需此，君持去亦可少佐衣食。"少年感女意，拜请姓氏，叩谢而去。女归不以实告母。未几疾作，肢体溃烂，母怒其诳，且惧传染，逐之出门，乃行乞他郡。一日至某邑，有鬻胡麻油者，女过其门，觉馨香扑鼻，腑肠皆适，乞焉。众憎其秽，不顾而唾，一少年独怜而与之。女饮讫，五内清凉，痛痒少止。后女每乞，少年辄挹与，不少吝。久之女疮结为痂，旬余痂尽脱，肌肤完好，肆中人共异之！先是，有巨蛇浸毙油器内，人不知也，至是器尽乃见之，始知油能去毒，

---

① 《香草谈荟》，上海大达图书供应社1921年版。

蛇能去风，女幸值之，盖有天焉。方女之行乞也，睹少年即昔日赠金者，屡欲陈诉，自惭形秽而止，少年亦以女音容全非，莫能辨识。疾愈，乃托邻妪通意，少年趋视不谬，流涕而言曰："我不有卿，何有今？曰赠金之惠，无日忘之！若非天去卿疾，竟觌面失之，永作负心人矣。"欷歔不自胜，女亦泣不能止，旁人称羡不已。咸重女之存心，而多少年之不负也。为之执柯，谐琴瑟焉。

容园词客曰：顷见南山人出《香草谈荟》一编相示，予披阅一过，有奇必传，无美不臻，凡为予所习知者，十之三四最足以豁胸臆而广见闻，而其命意所在，大半有资劝惩，非仅助谈笑而已。读是编者，谅不以予言为河汉也！

《香草谈荟·奇缘》

清·采蘅子撰《虫鸣漫录》中的一则是：

陆沄楂言：粤东省会及潮郡，均有麻风院，凡男女得是疾者，辄送院中，自相匹偶，生子女无异常人。……有富室女，忽得是疾，父母不肯送院，纵令女与少年接，冀脱是累。女心不悦，而重违亲命，倚楼送媚，冀有所遇。适中表富室某，年仅弱冠，丰姿俊美，见女悦焉，欲与通。女颦蹙曰："妾沾恶疾，奉亲命作此狡狯，郎一遇必死，然郎死而妾生，于心何忍！今与郎谋，能择一静室，少给饮食，以终余年，死不恨。"某允之，告父母而迎焉。女疾渐剧，面臃肿，眉发皆脱，婢媪厌苦之。岁除，女母家送肴核至，适女卧未醒，置案头而去。元旦女醒，见器中止余其半，细视无他，疑婢媪窃食，姑忍不言，命将所余，重温而食。数日后，皮如蝉蜕，眉发复生，婉然一好女子矣。告于父母，与某合卺成夫妇焉。迨扫除净室，见床下一穴，蛇伏其中，乃悟肴为蛇食，流涎于器中，女食涎而愈，心甚德蛇，不杀而纵之。此女无害人利己心，故天特示报示尔。

《虫鸣漫录》卷二《麻风女》

宣鼎撰《夜雨秋灯录》卷三《麻风女邱丽玉》乃是一篇根据这一类型故事创作的小说，兹录于下，聊备一格：

淮南禹迹山，林壑深幽，神龙窟宅也。至明季，始有居人，渐成聚落。

陈生名绮，字绿琴，亦卜居山麓。父懋，母黄氏，耕种习贾，能小康。生年十五，善读。母仅有弱弟，名海客，游粤之某郡，货殖得资，遂落籍。至是，母病革，私执绮腕，泣曰："为母死后，汝父必继娶。芦花衣，古今如一辙。汝穷促，可遁粤，寻依舅氏。"并私以所蓄数十金，与作旅费。生泣受。

母殁，父续弦乌氏，果悍恶如母言，朝夕不能容。遂诣母墓痛哭，留书父枕侧而去。跋涉几半载，至则资耗而舅杳。遍询阛阓，无其人。茕茕走村郭，渐以乞食度命，深悔孟浪，时思遄归。

一日，至郭之东，有槟榔树覆柴门，方引吭唱《莲花落》，内有短髯赤面一斑白叟出。睨生诧曰："小乞儿，子何貌之文而音之悲也？"生曰："腹有诗书，焉得不文？落魄穷途，焉得不悲！"曰："何得至此？"生遂自陈乡贯，述寻舅状。叟默视生曰："子舅其黄姓海客，面白多麻？"曰："然。"曰："客死于此久矣。渠生为某巨室司会计，善营运，娶青楼女。"病殁，女窃资随仆遁。老夫与渠有杯酒之交，代市槥具，葬东郭尼庵侧大树下，墓树短碑者是也；陈伏谢，径至所指处，果得舅墓。问庵尼，亦如叟言，遂呼舅哀哭，祝曰："舅若有灵，佑甥还，当负舅骨返祖域。"尼怜之，餐以豆粥，语云："子所遇叟，姓司空名浑，与汝舅有素，第往祈援手，切勿道方外饶舌。"

明日，生见叟，遽呼："司空伯！"惊讶曰："小子何得知吾姓氏？且加我伯名？"即诡云："夜宿墓下，梦舅氏详告，且谕乞援。"叟愕然曰："仆与渠，原无车笠盟，不过曾觌面。虽然，当为子徐图，尽寸心。"

三日后，以绨袍一袭赠生，慨然有德色，且说生云："仆清贫，无丰赠子，谅可原。幸邻郡某山中，有富室邱丈子本，仆之葭莩也。老夫妇生有娇女，名元媚，字丽玉，年与子等，貌则是鲜丽，择婿眼高，雀屏无选。子虽贫，而清才雅范，此间无与比俦。仆作函，代子执柯，往就甥馆，邱丈必有厚贶，尚不足运舅梓返珂乡欤？"陈生闻之，请思其次。问何故。曰："侄家山野，荆布藿藜，恐富室千金，未能习惯。矧彰彰入赘，能任坦腹人乘龙自便者乎？"叟抚掌曰："迂哉，书痴也。是不过攫伊财耳。茫茫天壤，渠于何处捕逃亡婿？"生计窘，如受函往。

到则渠第峨峨，春深兽锁。司阍人见其落拓，叱远立。及函入，两少年出，揖客云："奉严命，恭迓玉趾。"知为翁子，随入。见栋宇庭院，俱类世家。一伟丈夫，修髯过腹，立阶上。生趋与展谒。坐间，询司空氏起居。旋白妇人来，两婢扶一四十余美妇人出。翁曰："此山荆也。公子既司空世好，与寒门谊即通家，敢以妻子相见。"生又展拜。妇凝睇笑谓翁曰："司空妹情眼力不差，公子真可人也。"俟具筵宴，劝爵甚殷。席间，略询乡贯，即语生曰："舍亲与郎君言否？仆小女丽玉，素所钟爱，不欲嫁远方。然觅婿欲得如仙乡人物，裙屐翩翩者，杳不可得。今得红丝牵引，文星惠临，是真石证三生，愿即日奉为箕帚。"生离席唯唯肃谢，婉陈曰："自惭樗栎，仰托茑萝，良所深愿。然小生实为寻舅至此，婚后三四日，即拟暂返蓬门，事蒇，再回瀛第。是不得不预陈长者。"妇微笑曰："公子何匆促若此耶？"翁急止之，曰："公子孝心，何可过拂。容即代筹朱提五百金，作为旅费。"生心喜，敬诺。

旋即笙管呕哑，灯火匝地，干仆引生之曲室，更族新冠带，出就氍毹。雏姬三四，引一二八好女子，珠翠绮罗，盈盈自内出，与生交拜，送之洞房。却扇视女，则荷露桃霞，无此艳冶。生心意飞驰，反恨顷言新婚暂别，未免孟浪。容有意迁延，图静好耳。

酒阑灯炧，听莲漏三催，婢妾亡去。生正隐几怅触，而女亦时牵绣幕窥良久，粉黛间隐有惨悴色。生不知就里，趋近软语，代为卸装。女则拒以纤腕。再近则潸然流珠泪。徐起弹烛，视近闼无一人，始闭门小语曰："郎亦知死期将近乎？"曰："不知。"曰："郎从何处来，何处去？曷明告妾也！"生具告之。女唏嘘欲言又止。生知有变，伏地乞怜。女曰："妾睹郎君风采，意良不忍，故以机密告。妾，麻疯女也。此间居粤西边境，代产美娃，悉根奇疾。女子年十五，富家即以千金诱远方人来，过毒尽，始与人家论婚，觅真配。若过期不御则疾根顿发，肤燥发拳，永无问鼎者。远方人若贪资误接，三四日即项有红斑，七八日即遍体瘙痒，年余拘挛拳曲，虽和、缓亦不能生。"生闻之，始恍然悟，泣曰："小生万里孤身，担荷甚重，乞娘子垂悯，容我潜逃可乎？"曰："休矣！此间觅男子甚难。郎入门时，外间已环伏壮汉，持刀杖防逸。"生泣曰："身死不足惜，所悲者，家有老亲耳！"曰："妾虽女子，颇知名节。常恨是邦以地限，无贞妇，愿死不愿生。郎且与妾和衣眠三日，得资即返。妾病发，亦不久人世。乞归署木主，曰：'结发元配邱氏丽玉之位'，则瞑目泉台下矣！"抱持隐泣，生愤然，悲曰："噫！婚则仆死，否则卿死，曷饮鸩同死，结来生缘乎？"曰："不可。请君书居址门巷，与妾纫衣缝中。俾他日柔魂度关山，省舅姑，受郎君一盂麦饭耳。"生虽书与之，而涕不可仰。入衾共枕，生屡屡不能自持，女悉劝慰禁止。对食不餐，几与石女、天阉同一恨事。

异日，翁媪果顿同陌路。是夕，女以香舌吮生颈，作胭脂色者三四处，曰："可矣。"私赠黄金白玉缠臂各二。生订后约，女悲曰："恐君再来，妾墓门之木拱矣。"明日，翁赠果践言，即挥手令去。

重到尼庵，尼见项上痕，闭门不纳。急以资赁巨舫，启舅榇，载之南下。夜在舟中泣，舟子疑渭阳情重，奇之，敬礼益恭。抵家见父，则继母已殁，父纳婢为小星，见子甚慰，睹腰缠，疑妻弟所遣，不深诘。瘗旅榇，买山田。陈翁善酿，遂种秫开酒肆，得利甚丰。生乃下帷读，入胶庠。

邱翁见生去，谓其女毒尽无疑，正说媒妁觅东床，女忽疾发。视之，麻风也。翁穷追，惟含涕。媪扪之，仍是处子。交詈曰："淫婢太不长进，宁定不欲生耶？"月余益愈，遂遣之麻风局。是局，乃长官好善者所设也。因是病向能传染，家有一，则全家皆病，虽掌上珠，亦恩断义绝，无顾复情。

女入局，数雉经，辄见一麻面叟，口操南音者来救止。既而思遁，叟慨然愿导引，曰："老夫黄姓，淮南人。娘子得无欲寻陈生绿琴耶？渠与仆似曾相识，可同行，仆亦欲东耳。"女自恃恶疾，又以叟迈，欣然随之。叟到处，重门自辟。至郊外，叟以唾涂女莲勾，口喃喃若符咒，即迈步若健儿。感翁德，事之如父。旋拔银腕钏，易资为旅费。

甫至楚，资已耗尽，遂行乞。叟吹洞箫，女口编《女贞木曲》，歌唱沿门，歌曰：

女贞木，枝苍苍，前世不修为女娘，更生古粤之遐荒。生为麻风种，长即麻风疮。衔冤有精卫，补恨无娲皇。画烛盈盈照合卺，侬自掩泪窥陈郎；陈郎翩翩好容止，弹烛窥侬心自喜。妾是麻风娘，郎岂麻风子。妾虽麻风得郎生，郎转麻风为妾死。郎为妾死郎不知，洞房绣阁衔金卮。孔雀亦莫舞，杜鹃亦莫啼，鹦鹉无言愿飞去，郎堕网罗妾心悲。郎不见，骏马不跨双鞍子，烈女愿为一姓死。郎行依旧貌如仙，妾命可怜薄如纸。肤为燥，肌为皱，云鬟拳曲黄且髭。掩面走入麻风局，不欲传染伤所亲。昔作掌上珍，今作机上肉；昔居绮罗丛，今入郎当屋。月落空梁悬素罗，一缕香魂断复续。妾虽生，妾不愿守故居；妾既生，妾自当寻我夫。可怜虽生亦犹死，不死不生终何如。女贞木，枝扶疏，上宿飞鸟，下荫游鱼。鸟比翼者鹣鹣，鱼比目者鲽鲽。生同衾，死同穴。衾穴即不同，妾心如明月。月照桃花红欲燃，李代桃僵被虫啮。女贞木，红枝叶，悉是麻风之女眼中血。女歌韵心酸，叟箫声凄咽。闻者流涕，争进以食，不敢呼嚄赜与。

半年，抵淮南。将近山村，见老屋万椽，青帘出树杪，叟遥指曰："向南黄石堆门者是也。子当自往，仆从此逝矣。惟祈寄语绿琴父子，云'海客奉谢！'"言已即杳。

女惊定，诣肆门，见一老翁坐炉侧，面目似绿琴。疑为翁，歌前曲，翁掷一钱与之。再歌，又掷一钱。女泣曰："贤郎陈绮，粤西欠奴债不还。迢迢责负逋，岂一文钱所能偿耶？"惊询，具告之。翁曰："陈绮耶，豚子也。汝所言，难遽信。渠秋试金陵，不日归山庄。面当知真赝。"女闻之，即叩以见翁礼。翁送入尼阇中，遣村妇伺应，妇皆唾却走。幸老尼怜悯，得无苦。

月余生归。翁以女询，生惊惶不知所云。翁曰："是不可负也。吾家不少闲粥饭，虽易枕席，当篸之，终其身。"生伏谢，急趋访。女遽牵生衣啼曰："妾远来，不敢望伉俪，惟冀以骸骨葬君家祖域耳。"生且泣且慰，问何能自来？以黄叟面目颠末告。生惊曰："是吾舅也，其地仙耶？"

携女之家，谋酒库隙地，卧丛瓮中。诸婢咸远立，不敢近。惟一雏婢，名甘蕉者，独代撒溲便琐事。至饮食药饵，皆生手调。久更袱被挈甘蕉卧女侧，亦均无恙。

榜发，生乡捷，里人争与论婚，生力却。父稍稍劝，生泣曰："儿年甫二十有一，麻风女量不久生人世，曷姑待其毙再婚，亦未晚也！"又恐己去，女无人照看，遂告病，罢南宫试。女以头角瓮，悲曰："为妾故，使郎迟嗣续，阻上进，妾死后，何以见祖宗于地下？诚不如死！"言已又触，赖甘蕉救止始已。

一日，生赴戚家饮，遇雨不归，甘蕉又因病内卧。女听雨剪灯，搔爬不已。忽闻梁际飕飕一声，大黑蛇粗如儿臂，长几七八尺，从空飒至。女始颇惧，继思："得果蛇腹，胜于自戕。"听之，蛇身盘屋梁，垂首下掀酒瓮木盖，堕地如掷，吸瓮中酒喋唼有声，顷刻满腹，欲上缩则木强如枯藤，倏忽堕瓮中，搅扰翻腾，力尽，声顿寂。女燃灯强起视之，毙矣。心忆："蛇毒或可代鸩。"掬饮升许，心顿清醒，祛烦襟，肤转奇痒，又掬以洗涤，痒顿止。明日，又潜饮而潜洗之，疾若失。肤之燥者，转莹如玉；发之卷者，转垂若云；面目手足之皱瘯者，转如花如月，如嫩笋芽矣。甘蕉惊喜告生。询之，以蛇酒告。趋视，则遍体黑章成云篆，顶有触角，色殷然。盖此山蛇王，名乌风者也。

具锦裳绮裙，花钿珠玉，妆女出见翁与诸宛若，莫不惊为天人。翁曰："吾幼闻蛇王居此山千年矣，番僧求得片鳞，为人医癣疥，不可得。孰知天专留此，为吾疗贤妇疾耶！"即日备礼为合卺。珠履满堂，吹鼓筵宴。百里外男妇咸奔至，一觇女之颜色，归以为荣。

再三年，女生宁馨儿，感甘蕉德，收为箧室。生却之，不可。是年春，生试礼闱，入木天。出为太守，专恤流亡与贫病无告者，人人称众母。

升两粤制军，遣材官招邱翁至，索丽玉甚急。翁假泣曰："小女命薄，殒谢久矣！明公尚欲寻故剑耶？"生又索骸骨归瘗。翁惧，献千金为太翁寿，不许。旋访司空，云："惊逸，堕绝涧死。"生笑曰："渠真以小人目我矣！"旋命婢扶夫人出，则衣一品命妇服，容光焕发。翁几惊伏，视之，则己女丽玉也，洒泪问父母安否。翁咋舌，愧欲死。

女亦时归宁。出蛇酒制药设局，济粤之患麻风者，活无算。年四十余，太翁犹清健，疏乞终养。归修舅墓与尼庵，建邱夫人碑，纪事之崖略。至今，此山药酒，尚驰名云。

在广益书局编辑部编《近人笔记大观》① 中的一则异文是：

冯了性以字行，粤省靖海人。夫妇行医，六十余无子，女已及笄，丰采殊绝。冯为娱老计，不忍远嫁，收李氏为徒，长女一岁。俊俏少年也，大得其力，冯欲赘之而未明言。两粤麻风患最烈，发辄不救，女子患之，父母恒纵与人私以泄其毒，俗名"过癞"。男因是死者甚多。无何，女膺是疾，父母忧之，欲泄其毒于李以代女死。夫妇密商定，母复示意女。次日，翁托诊脉出。媪亦于归母家，至晚不归，以为女病可痊矣。

及归家，睹女病如故。母怒曰："婢子自欲死，又复谁尤！"女曰："我死命也，移祸他人，生不如死。"父母益怒，不复为医。女因肝气上冲，病遂愈剧，遍身红肿，撕衣成缕，状若病狂。父母闭之别院室中，以待其毙。

初，女因父母出，家中无人至。晚坚闭头门。寻李药室，含笑欲语。李曰："师父母不家，妹宜谨守闺阁。奈何嫌犯瓜李？讵不知男女宜有别耶？请速退。"女曰："妾有哀曲，向君细陈，非自媒者。外室不密，语恐泄露，请至上房，庶免属垣有耳。"李始随之入。女进酒馔，同李欢饮，故向李作昵语，求共欢好。李正色拒之曰："我受师深恩而为此禽兽行，稍有人心，焉肯出此！"女钦其义曰："实告君，此非妾意。乃父母也。"李愕然问故。女缕述之，且曰："若勉从父母命，必杀君身，不仁；若违父母，己死，高堂莫养，不孝；己得生而致君于死，不义。有此数端，妾实出两难。然生死本于天命，岂可累君。"李闻女语，愀然曰："兄愿身代，妹不可死。妹若获生，则老人之命可保，老人之心亦慰，兄亦可藉此稍报师恩矣。"遽前拥抱，向女求欢。女不可，曰："君初拒我，心地光明，可鉴天日。今为妾死，妾

---

① 《近人笔记大观》，上海广益书局1922年版。

何忍独生。且君家甚贫,君死全家谁养?妾死有君照拂,则死犹生也。"男女以义相责,晨鸡已唱,犹不能决。女促李出,李无奈遂就外舍。及父母归,知谋未成,故恨女甚,遂屏之旁室也。

然女在别院,初尚有声,既而寂然。家人以为已死,启户入,女斜依墙角,僵酒坛上。冯夫妇哭曰:"女殆死矣!"抚之微温,通身痂结厚指许。衾覆之,半日方能言,问何以生?泫然曰:"暴发时心热似火,目眩而昏,烦燥不可名状,五内焦灼,翻若鼎沸,索水无从。匍匐坛前,则冷酒满中,掬而饮之,入喉即下。如是久之,心稍安,亦渐知人。掬吸数次,则沉沉睡去。今则如梦初醒也。"

移之室中,父母守护,十余日痂脱,竟得平复。众验酒坛,则蛇如面杖,口衔一蛙,两物皮肉尽脱,但剩骨耳。攷《金鉴》载,端节蛙被蛇捕,入酒最利麻风,并治百病。冯因酒薄弃置,坛口未封,故坠其中,女得复活,药酒遂驰名天下。女父母感李义,卒以女嫁之。不数年而富巨万,皆从酒坛中得之,亦奇矣哉。

《近人笔记大观》卷四《冯了性药酒》

近人贡少芹、周运镛等撰《近五十年见闻录》卷八《冯了性药酒》与《近人笔记大观》中的一则相同。

这一故事类型,现当代仍在上海、福建、江西、湖北、湖南、河南、河北、四川、山东、辽宁等地流布,譬如《麻风病为啥会断根》①、《蛇酒》②、《乌目蛇与麻风女》③、《冯了性药酒》④、《蕲蛇酒的

---

① 见《中国民间文学集成·上海卷·长宁区分卷》。
② 见《中国民间文学集成·上海卷·静安区故事分卷》。
③ 见《中国民间故事集成·福建卷·漳浦县分卷》。
④ 见《中国民间故事集成·江西卷》。

来历》①、《蕲蛇酒治麻风病》②、《毒蛇浸酒》③、《麻疯姻缘》④、《蛇酒治麻风病的传说》⑤、《冯氏了性酒的来历》⑥、《乌稍蛇》⑦、《蛇酒》（满族）⑧。

这一故事类型，相当于艾伯华著《中国民间故事类型》"十三、人197、冲喜"。

见屈原型故事　大致写唐皇令左右将优人某之头捺入水下良久（或将其捉入池水中），某出而对帝曰："屈原笑臣，汝逢圣明主，何为亦来此？"这一故事类型，自唐代以来多有记载。初见于唐·张鷟撰《朝野佥载》，入水者为高崔巍。

> 敬宗时，高崔巍喜弄痴，大帝令给使捺头向水下，良久，出而笑之。帝问，曰："见屈原，云：'我逢楚怀王无道，乃沉汨罗水；汝逢圣明主，何为来？'"帝大笑，赐物百段。
>
> 　　　　　　　　　　　　　《朝野佥载》卷六"见屈原"

唐·段成式《酉阳杂俎》续集卷四"见屈原"，引《朝野佥载》，文字与此则略有出入：

---

① 见《中国民间故事集成·江西卷》。
② 见《中国民间故事集成·湖北卷》。
③ 见《中国民间故事集成·湖南卷》。
④ 见《中国民间故事集成·河南沈丘县卷》。
⑤ 见《耿村民间文化大观》。
⑥ 见《中国民间文学集成·成都市东城区卷》。
⑦ 见《临沂地区四老人故事集》。
⑧ 见《满族三老人故事集》。

> 散乐高崔嵬善弄痴,大帝令没首水底。少顷,出而大笑,上问之,云:"臣见屈原,谓臣云:'我遇楚怀无道,汝何事亦来耶?'"帝不觉惊起,赐物百段。

宋·高怿撰《群居解颐》卷三《见屈原》①,与《酉阳杂俎》转引《朝野佥载》"见屈原"几乎相同。明·曹臣编纂《舌华录》讽语第十二"见屈原",文字略有变化。

> 唐散乐高崔嵬,太宗命给使搽头向水下良久,出而笑之。帝问曰:"水中见何物?"对曰:"见三闾大夫屈原,向臣云:'我逢楚怀王无道,乃沉汨罗水,汝逢圣主,何为来?'"

唐·段成式撰《酉阳杂俎》录写的一则异文,入水者为黄幡绰。

> 相传玄宗尝令左右捉黄幡绰入池水中,复出,幡绰曰:"向见屈原笑臣,尔遭逢圣明,何尔至此?"

《酉阳杂俎》续集卷四"屈原笑臣"

唐·冯贽撰《云仙杂记》②(又名《云仙散录》)卷九《翻绰入水》与明·李贽撰《山中一夕话》③卷七《翻绰入水》均由《酉阳杂俎》的此则改写,两者文字相同。

> 玄宗尝令左右捉翻绰入水池中,复出曰:"向见屈原笑臣,

---

① 见《中国历代笑话集成》第一卷。
② 见《全唐小说》第四卷。
③ 见《中国历代笑话集成》第一卷。

尔遭逢圣明，何亦至此？"

这一故事类型，现当代仍在山东、上海、湖北、河北、北京等地流布，譬如《遇屈原》①《纪晓岚跳福海》②《纪昀见屈原》③《遇明君回》④《刘墉跳水》⑤《乾隆三难刘罗锅》⑥。

狮子与豺型故事　大致写一豺被狮子捉住后，表示要送别的野物来赎身，可过了很长时间一无所献，最终仍落入狮王之口。这一故事类型，初见于唐·张鷟撰《朝野佥载》。

> 昔有狮子王，于深山获一豺，将食之，豺曰："请为王送二鹿以自赎。"狮子王喜。周年之后，无可送，王曰："汝杀众生亦已多，今次到汝，汝其图之。"豺默然无应，遂胙杀之。
>
> 　　　　　　　　　　　　《朝野佥载》佚文"狮子与豺"⑦

这一故事类型，现当代仍在广西、四川、河北等地汉族和某些少数民族聚居区流布，譬如《斑鸠和果子狸》（壮族）⑧、《乌鸦为什么哇哇叫》⑨。

---

① 见《潍坊民间故事》。
② 见《中国民间文学集成·上海卷·黄浦区故事分卷》。
③ 见《阳新县民间故事集》。
④ 见《丰润民间故事选》。
⑤ 见《保定民间传说故事集》。
⑥ 见《北京民间故事》第一集。
⑦ 引自《太平广记》卷二六三。
⑧ 见《中国动物故事集》。
⑨ 见《中国动物故事集》。

这一故事类型,相当于丁乃通编著《中国民间故事类型索引》122D。

木鸢姻缘型故事 大致写青年男女乘木鸢相会,随后结为夫妻。这一故事类型,初见于唐·张鷟撰《朝野佥载》:

> 鲁般者,肃州燉煌人,莫详年代,巧侔造化。於凉州造浮图,作木鸢,每击楔三下,乘之以归。无何,其妻有妊,父母诘之,妻具说其故。父后伺得鸢,击楔十余下,乘之遂至吴会。吴人以为妖,遂杀之。般又为木鸢乘之,遂获父尸。怨吴人杀其父,於肃州城南作一木仙人,举手指东南,吴地大旱三年。卜曰:"般所为也。"赍物具千数谢之,般为断一手,其日吴中大雨。国初,土人尚祈祷其木仙。六国时,公输般亦为木鸢以窥宋城。

《朝野佥载》补辑"鲁般为木鸢"

唐·段成式撰《酉阳杂俎》续集卷四《贬误》"鲁般为木鸢",与此则悉同。

这一故事类型,现代仍在新疆等地流布,如《木马》(维吾尔族)①。

虎送亲型故事 大致写丈夫远征数年未归,或未婚夫因故数年未来迎娶,女家乃迫使其女另嫁他家。成亲前夕,丈夫恰好还家,或未婚夫恰好赶来迎亲。此时,一只猛虎竟将其妻或其未婚妻送到他跟前,让夫妻团聚,或使有情人终成眷属,若有神助。这一故事类型初见于唐代,先后有三则异文。

---

① 见《中国民间故事集成·新疆卷》。

第一则为唐·戴孚撰《广异记·勤自励》：

漳浦人勤自励者，以天宝充健儿，随军安南，及击吐蕃，十年不还。自励妻林氏为父母夺志，将改嫁同县陈氏。其婚夕，而自励还。父母具言其妇重嫁始末，自励闻之，不胜忿怒。妇宅去家十余里，当破吐蕃，得利剑。是晚，因仗剑而行，以诣林氏。行八九里，属暴雨天晦，进退不可。忽遇电明，见道左大树，有旁孔，自励权避雨孔中。先有三虎子，自励并杀之。久之，大虎将一物纳孔中，须臾复去。自励闻有人呻吟，径前扪之，即妇人也。自励问其为谁，妇人云："已是林氏女，先嫁勤自励为妻。自励从军未还，父母无状，见逼改嫁，以今夕成亲。我心念旧，不能再见，愤恨莫已，遂持巾于宅后桑林自缢。为虎所取，幸而遇君，今犹未损。倘能相救，当有后报。"自励谓曰："我即自励也。晓还至舍，父母言君适人，故拔剑而来访。何期于此相遇？"乃相持而泣，顷之，虎至。初大吼叫，然后倒身入孔。自励以剑挥之，虎腰中断。恐又有虎，故未敢出。寻而月明后，果一虎至，见其偶毙，吼叫愈甚。自尔复倒入，又为自励所杀。乃负妻还家，今尚无恙。

明·陈继儒撰《虎荟》卷一《勤自励》与明·冯梦龙编纂《情史》卷十二情媒类《勤自励》均出自《广异记》，文字悉同。

第二则为唐·李复言撰《续玄怪录》卷四《叶令女》：

汝州叶县令卢造者，有幼女，大历中许邑客郑楚曰："及长，以嫁君之子元方。"楚拜之。俄而楚录潭州军事，造亦辞满寓叶。后楚卒，元方护丧居江陵，数年间，音问两绝。县令韦计为子娶焉。其吉晨，元方适到。会武昌戍边兵亦止其县，县隘，天雨甚，元方无所容，径往县东十二里佛舍。舍西北隅有若小兽号鸣者，出火视之，乃三虎子，目犹未开。以其小，未能害人，且不忍投于雨中，闭门坚拒而已。约三更初，虎来触其门，不得入，其西有窗，亦甚坚，虎怒搏之，榥拆陷头于中，为左右所辖，进退不得。元方取佛塔坞击之，虎吼怒挐攫，终莫能去。连击之，俄顷而毙。既而闻门外若女人呻吟，气甚困劣，徐问曰："门外呻吟者，人耶？鬼耶？"曰："人也？"曰："何以到此？"曰："妾前卢令女也，今夕将适韦氏，亲迎，方登车，为虎所执，负荷而来投此。今即无损，而甚畏其复来，能相救乎？"元方奇之，执烛出视，真衣缨也，年十七八，礼服俨然，泥水皆澈。既扶入，复固其门，拾佛塔毁像，以继其明。女曰："此何处也？"曰："县东僧舍耳。"元方言姓名，且话旧诺。女亦前记之，曰："妾父曾许妻君，一旦以君之绝耗也，将嫁韦氏。天命难改，虎送归君。庄去此甚近，请绝韦氏而奉巾栉。"及明而送归其家，其家以虎攫而去，方坐且制服礼，见其来，喜若天降。元方致虎于县，具言其事。县宰异之，以卢氏归于郑焉。当时闻者，莫不叹异之。

明·冯梦龙编纂《情史》卷十二情媒类《郑元方》，出自《续玄怪录》，文字与此则几乎相同。

第三则为唐·皇甫氏撰《原化记·中朝子》：

有一中朝子弟，性颇落拓，少孤，依于外家。外家居在亳州永城界，有庄，舅氏一女甚有才色，此子求娶焉。舅曰："汝且励志求名，名成，吾不违汝。"此子遂发愤笃学，荣名京邑。白于舅曰："请三年，以女见待。如违此期，任别适人。"舅许之。此子入京，四年未归，乃别求女婿。行有日矣，而生亦已成名归。去舅庄六七十里，夜宿，时暑热，此子从舟中起，登岸而望。去舟半里余有一空屋，遂领一奴持刀棒居宿焉。此乃一废佛屋，土塌尚存，此子遂寝焉。奴人于地持刀棒卫之。忽觉塌下有物动声，

> 谓是虫鼠，亦无所疑。夜至三更，月渐明，忽一虎背负一物掷于门外草内，将欲入屋。此人遂持刀棒叫呼，便惊走。呼舟人持火来照，草间所堕乃一女，妆梳至美，但所着特故衣耳，亦无所损伤。熟视之，乃舅妹也，许嫁之者。为虎惊，语犹未得。遂扶入屋，又照其榻后，有虎子数头，皆杀之。扶女却归舟中，明日至舅庄，遥闻哭声。此子遂维舟庄外百余步，入庄，先慰，徐问凶故。舅曰："吾以汝来过期，许嫁此女于人。吉期本在昨夜，一更后，因如厕，为虎所搏，求尸不得。"生乃白其事，舅闻，悲喜惊叹，遂以女嫁此生也。

明·陈继儒撰《虎荟》卷五《中朝子》，出自《原化记》，文字悉同。

这一故事类型，现当代仍在广东等地流布，譬如《"留半升"和虎友》①。

制伥灭虎型故事 大致写伥鬼助虎作恶，为患不浅，村民却无计可施。后经高人指点，先对付伥鬼，再消灭恶虎，因而确保四乡平安。这一故事类型，出现于唐代，最早见诸戴孚撰《广异记》。

> 信州刘老者以白衣住持于山溪之间。人有鹅二百余只诣刘放生，恒自看养。数月后，每日为虎所取，以耗三十余只。村人患之，罗落陷阱，遍于放生所，自尔虎不复来。
>
> 后数日，忽有老叟巨首长鬣来诣刘，问鹅何以少减。答曰："为虎所取。"又问何不取虎，答云："已设陷阱，此不复来。"叟曰："此为伥鬼所教，若先制伥，即当得虎。"刘问何法取之，叟云："此鬼好酸，可以乌白等梅及杨梅布之要路，伥若食之，便不见物，虎乃可获。"言讫不见。

---

① 见《中国民间故事集成·广东卷》。

是夕，如言布路之。四鼓后，闻虎落阱，自尔绝焉。

《广异记·刘老》

唐代的另一则异文，见诸皇甫氏撰《原化记》。

浔阳有一猎人常取虎为业，于径施弩弓焉。每日视之，见虎迹而箭已发，未曾得虎。旧说云："人为虎所食，即作伥鬼之事。"即于其侧树下密伺。二更后，见一小鬼青衣，髠发齐眉蹩躠而来弓所，拔箭发而去。后食顷，有一虎来，履弓而过。

既知之，更携一只箭而去。复如前状。此人速下树，再架箭，而登树觇之。少顷虎至，履弓箭发，其虎贯胁而死。其伥鬼良久却回，见虎死，遂鼓舞而去也。

《原化记·浔阳猎人》

至宋代，苏轼撰《渔樵闲话·伥鬼》的出现，标志着这一故事类型有了较大的发展。

长庆中有处士马极，与山人马绍相会于衡山祝融峰之精舍。见一老僧，古貌庞眉，体甚魁梧，举止言语殊亦朴野。得极来，甚喜。及倩极之仆持钱往山下市少盐酪。俄亦不知老僧之所向。

因马绍继至，乃云在路逢见一虎食一仆，食讫，即脱斑衣而衣禅衲，熟视乃一老僧也。极诘其服色，乃知己之仆也。极大惧。及老僧归，绍谓极曰："食仆之虎，乃此僧也。"极视僧之口吻尚有余血殷然。

二人相顾而骇惧，乃默为之计。因绐其僧云："寺井有怪物，可同往观之。"僧方窥井，二人并力推入井中。僧坠，乃虎形也。于是沉以巨石而虎毙于井。

二人者急趋以图归计。值日已薄暮，遇一猎者张机道旁而居棚之上，谓二人曰："山下尚远，群虎方暴，何不且止于棚上。"二人悸慄，相与扳援而上，寄宿于棚。及昏暝，忽见数十人过，或僧或道，或丈夫或妇女，有歌吟者，有戏舞者。俄至张机所，众皆大怒曰："早来已被二贼杀我禅师，今方追捕，次有人张机杀我将军。"遂发机而去。二人闻其语，遂诘猎者，"彼众何人也？"猎者曰："此伥鬼也。乃畴昔尝为虎食之人。既已鬼矣，遂为虎之役使，以为前导。"

二人遽请猎者再张机。方毕，有一虎咆哮而至。足方触机，箭发贯心而踣。逡巡向之诸伥鬼奔走却回，伏虎之前，号哭甚哀，曰："谁人乃杀我将军也！"二人者乃厉声叱之曰："汝辈真所谓无知下鬼也。生既为虎之所食，死又为虎之所役。今幸而虎已毙，又从而号哭尽哀，何其不自省之如此邪！"忽有一鬼答之曰："某等性命既为虎之所啖食，固当拊心刻志以报冤。今又左右前后以助其残暴，诚可愧耻而甘受责矣。终不知所谓禅师者乃虎也。"

悲哉，人之愚惑以至于此近死，而心不知其非宜乎沉没于下鬼也。

北宋时期录写的这则异文，故事情节更为曲折，人物形象更加鲜活，对变作禅师的吃人恶虎和受恶虎役使的一群伥鬼的刻画，尤其引人注目。南宋·曾慥编《类说》卷五十五《衡山老虎》，出自《渔樵闲话》，文字多有压缩。

南宋·洪迈撰《夷坚志》采录的一则异文。

成都人杨起，宋成翁。政和中，与乡人任杲同入京赴省试。出散关下，行黄花右界中。此地素多寇，不敢缓辔。马瘏仆痛，正暑倦困，入道旁僧舍少憩。长廊阒寂，不逢一僧，两客即堂上假寐。杨睡未熟，一青衣一童，长二尺，面色苍黑，自外来，持白纸一幅，直至于傍，欲以覆其面。相去尺许，若人掣其肘，不能前。童却立咨嗟久之，掩泣而去。杨以为不祥，洒泪自悼，亦不敢语人。是夕，泊村店中，方就枕，童亦至。径造皋侧，以所携纸蒙之，退而舞跃，为得志洋洋之志，皋不觉也。明日，行三十里间，逢清溪流水，二人往濯足。毕事，杨先登，皋方以涤荡为惬，未忍去。忽大声疾呼，杨回首视之，已为虎衔去矣，始知所见盖伥鬼云。杨是年登科。

《夷坚丙志》卷三《黄花伥鬼》①

元·无名氏撰《湖海新闻夷坚续志》后集卷二《怪异门·伥鬼引虎》，很可能是由《渔樵闲话·伥鬼》脱胎而来，情节有所变化，安排似更合理。

昔有处士马拯、马沚，相会于南岳衡山。晚宿一庵，见一老僧古貌庞眉，揖见甚喜。僧乃倩马之仆持钱住山下市少盐酪，僧亦尾其后，久而不归。须臾马沚至，乃云在路逢一虎，食人方毕，即脱斑衣而衣禅衲。拯诘虎食之人服色，乃知已之仆也。沚指示曰："食仆之虎乃此僧也，僧口吻尚有余血。"

二人相顾骇惧，夜不安枕，极力撑住房门，终夜默祷南岳之神。忽闻空中有人吟诗曰："寅人且入栏中水，午子须分艮畔金。若教特进重张弩，过后将军必损心。"

次早启户，见外边有一古井甚深，乃伴设计，谓井中有一怪物，拉僧看视，极力推僧堕井，寻以巨石压上。回入庵内，见佛案上有白金四定，二人相与分携，急趋以归。至半山，遇一猎者，张机于道旁而居于棚上，谓二人曰："山下尚远，群虎方暴，且止于棚，毋自轻往。"二人方攀缘上棚，忽见数十人，或僧或道，

---

① 见《夷坚志》第一册，第382页。

或男或女，歌吟戏舞而至机所号泣，大骂曰："早上二贼害我禅师，今又有人敢张机害我将军。"尽发弩机而去。

二人嗟讶，因问猎者："彼众何人也？"猎曰："此伥鬼也，昔为虎食，既以为鬼，遂为虎之役，使其前导。"再问张弩人姓名，则牛进也。方悟"特进重张弩"之句，遂令牛进再张伏弩。方毕，有一大虎咆哮而至，触其机，箭贯心而毙。众伥鬼奔走却回，俯伏虎前，号泣甚哀，曰："谁人又杀我将军也！"二人者乃厉声叱之曰："汝等伥鬼无知，生为虎食，殒身伤命，乃汝大仇。今复受役以为前导，幸虎之毙，又从而号汝尽哀，岂非大惑！"众鬼大悟，相与舍去。

明·王圻纂集《稗史汇编》卷一五六《禽兽门·兽二·虎化僧》，出自《湖海新闻夷坚续志》，文字悉同。

元代存世的这一故事类型的另一则作品，则见诸无名氏撰《异闻总录》。其中的伥鬼为一老妪，貌似朴直，实则狠毒。

永新州林行可，医士也。大德丁酉，一日暮，有老妪至门，招之出西门外视病。林以暮，留妪老行。旦起擂药，妪促林行。五里许，至东岳庙前，妪曰："尔候于此。"林月中顾妪入一冢而没，怪之，登庙亭楼，闭户，窥窗隙，见妪引一虎至，四顾无人，抚其背曰："惜哉！"复骂曰："三年为汝谋此块肉，汝分薄若此。"天明，林呼里人送归，迨今不敢出。

《异闻总录》卷一"医士遇伥鬼"

明·王稚登撰《虎苑》收录的一则异文，伥鬼亦是一妇人。所幸伥鬼引虎攫人后，当即被救下，未能得逞。

> 清源陈褒，隐居别业，临窗夜坐，外皆荒野，月正明，见妇人骑虎过窗下，径之屋西。先有婢卧屋壁下，妇人取竹枝从壁隙中刺婢，即呼腹痛，起出户如厕。褒骇愕，未及言，婢已为虎所攫，遽救之，得免。乡人言村中恒有此怪，盖虎伥也。

《虎苑》卷上"虎伥"

清·袁枚撰《续子不语》卷五《虎伥》，对伥鬼作祟，意欲助虎食人的行径，有较为具体的揭露，使人进一步加深印象。它的被录写，说明这一故事类型在清代继续得以流布和变异。

> 新安程生名敦，有族人家深山中，后圃园亭，颇有幽趣。生往候之，迨晚则键庄门，盖其地有虎也。一日初更时，月色微明，狂风骤作。一僮欲请钥出户，侪辈止之，不可。主人亲晓谕之，僮不得已，私欲越垣而出，以高峻不得升。忽闻垣外有虎啸声，主人乃令众仆挟持此僮，颠狂撞叫，不省人事。生知有异，亲登小楼觇之，则见有一短颈人在垣外，以砖击垣。每击则此僮辄叫呼欲出，不击乃定。生及主人皆知必虎伥也，乃持此僮愈力。僮呼叫良久，忽变作豕声，便溺俱下，其矢亦成猪矢矣。园中之人大惊。至五鼓此僮睡去。天晓时，生及主人复登楼觇，则见一虎自西边丛薄中跃去，而伥不复见矣。

这一故事类型，清代中叶至清代末年又有较大的发展、变化。成于清嘉庆初年的俞蛟撰《梦厂杂著》所采录的一则异文，写伥鬼引虎食人后，被害人又成为伥鬼，令人不胜慨叹。

> 吾乡（会稽山阴）平水村，有古刹名显圣寺。村民吴某，佃寺之田而役于僧者也。子夜，忽有呼其名于墙外。询之，则曰：

"予，汝邻人也。汝妻患心疾垂毙，浼予传语，当促归毋缓。"吴曰："野多虎，须俟明晨。"墙外应声曰："予亦来自野，独不畏虎乎？因怜汝妻之病，故不辞跋涉，汝反视诸膜外人，无义莫子若矣！"佃因披衣启户，呼其人，已前行，惟灯光隐隐可见。闻遥语曰："候子于此，速行勿怖。"

次早，途次血肉狼藉，吴某衣履宛在，知遭虎啮。俄顷，其妻哭而来。询之，则昨夜无心疾，亦未烦邻人传语。皆伥之幻为也。噫，伥亦黠矣哉！

寺有高楼，一望平畴皆僧产，而即吴平日佃耕者。老僧当昼凭窗而望，见一人背立田间，形状衣履酷肖吴。僧曰："孰谓吴某昨夜遭虎啮乎？"急呼其徒登楼共视。一徒大呼吴某，其人即转面，实吴某也。僧徒骇极，正拟阖窗，忽闻怪吼一声，面血模糊，倏忽不见。

《梦厂杂著》卷八《伥鬼记》

清宣统二年十二月（1910 年 1 月）刊印的吴趼人撰《研庼笔记》所收录的一则异文，不但叙述方式较为独特，而且引虎食人的伥鬼，竟是受害人的至亲——老者的亡妻（少子的亡母），该情节在这一故事类型中不曾见过。

清远某翁，率其子，荷虎骨全具，贩于佛山。既得售主，交易毕，翁抚所获金而悲。怪致究诘？翁泫然曰："难言之矣！此虎已伤吾家三口，几灭门，幸而有今日，是以悲耳！"叩其故，曰："吾长子死于虎，长子妇饁于田，亦死于虎。吾妻入山樵，久之而不归；越日，邻人以其遗衣来，云得自山陬，血犹淙淙也，计亦葬虎口矣。"指其子曰："此吾少子也，夜梦其母来，谓之曰：'某山某树下，有窖金，掘而取之，一生吃着不尽矣。'醒以告吾，妖梦置之而已。越宿，复梦曰：'母命也，而以为妖耶？

且吾亦何必诳汝。明日以晡往，吾阴魂当佐汝也。'醒而异之。明日，既晡，携楮帛往，将祭山神及其母，而反取之。将抵其处，可望而见矣，一老者遮要之，曰：'日且晡矣，山行多虎狼，子何昌昧也。'颇怪其预他人事，不答，复前行，老者牵之还，曰：'必不可往，往则祸作。'子曰：'吾奉母命而往者，曷由得祸？'曰：'若母非死于虎者耶？'骤念近村无是人，彼何由知之，转诘之曰：'翁何以知我？'曰：'宁独知此，子将取窖金，吾且知之。窖金不可必得，而先蹈危机，非智也。'子大惊，问翁岂神耶？曰：'神则不敢知。'指一树曰：'子盍登此以望，将有所见。'从其言，猱升一古榕树上，俯视老者，已失所在，四顾瞭望，都无踪迹，益窃疑讶。日既暝，忽闻虎啸声，木叶簌簌下，大惧！藏叶浓深处，窃窥之，见其母引虎至彼树下，彷徨四望，如有所觅，引虎与语，相去远，不知其云何矣。语未竟，虎咆哮怒吼，母抚虎项，若慰藉之者，虎少驯。母复徘徊瞻眺，啾啾作鬼声，虎又咆哮，如是竟夕。闻村鸡远唱，始相率去。既曙，战栗而下。疑老者为山神而感之也，焚所携楮帛以谢之。踉跄归，备述始末，相戒不复入山。讵是夕，虎竟入村，来撼我家门，格格作响，父子大惧，计无所逃。院有巨瓮二，所以贮水者，至是，去其水，覆以自蔽。俄而虎竟毁门入，鬼声啾啾，若为之导，求人弗得，啸而去。掀瓮而出，则室中多所毁坏。及明，村人咸来慰问，具以前事告。虑其后来也，设阱以俟之，遥设酒馔，以祀伥鬼。虎果以夜至，陷于阱，铳弩并发，乃获之。村人怜吾损失多，而以虎归吾。故思之犹有余悲也！"

《研麈笔记·伥鬼》

近人猛盦老人编《然犀录》①卷中《虎伥》。对于伥鬼的助虎为

---

① 《然犀录》，上海商务印书馆1917年版。

虐、老虎的来犯与痛死，制伥灭虎者的神勇和智谋，都有生动的描写。

> 吴髯者，河北济源县人，少有神勇。……一日，入嵩山，薄暮迷途，入一古寺，四无居邻，久罕人迹。殿上厝棺五，有两棺相并列者。髯即展襆于上而卧，三更睡醒，闻殿外有两人共语。一人曰："昏时有一人入此，曾见之乎？"一人曰："此人方睡我屋上，为所熏灼不可耐，故避于此耳。"一人曰："勿高声为所闻。君善守之，我导山君来。"髯知与棺中人语者伥，所谓山君者虎也。顾无所逃免，即移卧于地，袖匕首假寝以待。
>
> 俄闻寺外大风猎猎，草木有声。时殿桷倾颓，月光穿漏，见一黑矮人导虎而入，初视棺上无人，意似惶急，继见髯卧于地，喜而踊跃。虎俯而嗅其足，髯不为动。渐至胸，犹坚忍不动。俄至其鼻，髯大呼，以匕首力捲虎喉。虎负痛狂吼跃去。
>
> 矮人惊仆，髯跃起捉之，止乱发一团耳，黏湿而腥，乃敲火烧于所卧棺侧，曰："敢有助虎为虐者，视此！"仍卧其上。
>
> 至达旦始行，觅村人语昨事，共循寺外血迹，觅之得死虎于五里外太室阙下，大如牛，四围草树尽拔，所卧处抓地成坎，深三尺余。自擘伤颈裂见骨，匕首陷入，柄坚不可拔云。
>
> 吾友黄坦园亲见吴髯，言之如此。髯云："虎食生，不食死。初见髯卧，以为死者，故嗅之也。"

近人时希圣撰《怪异笔记菁华》①中所收录的《伥鬼》，对于帮助猛虎残害村民的伥鬼，着重揭露其欺骗性，提醒世人不可丧失警惕。

> 吾乡平水村有古刹名显圣寺，村氓吴某佃寺之田而役于僧者也。子夜忽有呼其名于墙外，询之则曰："予汝邻人也。汝妻患

---

① 《怪异笔记菁华》，上海新民书局1935年版。

心疾垂毙，浼予传语，当促归，毋缓。"吴曰："野多虎，须俟明晨。"墙外应声曰："予亦来自野，独不畏虎乎？因怜汝妻之疾，故不辞跋涉，汝反视诸膜外人，无义莫子若矣！"吴因披衣启户，呼其人已前行，惟灯光隐隐可见。闻遥语曰："候子于此，速行勿怖。"次早途次血肉狼藉。吴某衣履宛在，知遭虎啮。俄顷其妻哭而来，询之则昨夜无心疾，亦未烦邻人传语，皆伥之幻为也。噫，伥亦黠矣哉！寺有高楼，一望平畴，皆僧产，而即吴平日佃耕者。老僧当昼凭窗而望，是一人背立田间，形状衣履酷肖吴。僧曰："孰谓吴某昨夜遭虎啮乎？"急呼其徒登楼共视，一徒大呼吴某，其人即转面，实吴某也。僧徒骇极，正拟阖窗，忽闻怪吼一声，面血模糊，倏忽不见。

这一故事类型，现当代仍在贵州、浙江、广东等地流布，譬如《吴伥鬼》①《除虎除伥》②《老虎鬼找替身》③。

虎恤人型故事 大致写虎王奉天帝之命到凡间吃掉若干人，某人也在名单之中。某人偶遇虎王，得知实情后，连忙向虎王求助。虎王遵守诺言，果然相助，最终保全了此人性命。这一故事类型最早出现在初唐，见于戴孚撰《广异记》：

> 慈州嵇胡者以弋猎为业。唐开元末，逐鹿深山，鹿急走投一室。室中有道士，朱衣凭案而坐。见胡惊愕，问其来由。胡具言姓名，云："适逐一鹿，不觉深入，辞谢冲突。"道士谓胡曰："我是虎王，天帝令我主施诸虎之食，一切兽各有对，无枉也。

---

① 见《中国鬼话》。
② 见《中国民间故事集成·浙江卷》。
③ 见《中国民间故事集成·广东卷》。

适闻汝称姓名，合为吾食。"案头有朱笔及杯兼簿籍，因开簿以示胡。胡战惧良久，固请释放。道士云："吾不惜放汝，天命如此，为之奈何？若放汝，便失我一食。汝既相遇，必为取也。"久之乃云："明日可作草人，以己衣服之，及猪血三斗，绢一匹，持与俱来，或当得免。"胡迟回未去，见群虎来朝。道士处分所食，遂各散去。胡寻再拜而还。翌日，乃持物以诣。道士笑曰："尔能有信，故为佳士。"因令胡立草人庭中，置猪血于其侧。然后令胡上树，以下望之高十余丈。云："止此得矣，可以绢缚身着树。不尔，恐有损落。"寻还房中，变作一虎。出庭仰视胡，大噑吼数四，向树跳跃。知胡不可得，乃攫草人，掷高数丈。往食猪血尽，入房复为道士，谓胡曰："可速下来。"胡下再拜，便以朱笔勾胡名，于是免难。

《广异记·稽胡》

到了宋代，这一故事类型出现了新的变化，但仍然保留了以下基本故事情节：虎王奉天帝之命到凡间取人性命，虎王遵守诺言而放过故事主人公。南宋·洪迈撰《夷坚志》的一则异文称：

唐小说多载虎将食人，而皮为人所夺，不能去，或作道士僧与言语。南城邓秉，见故山阴宰李巨源说一事，大与古类，而微有不同者。建炎间，荆南虎暴甚，白昼搏人，城外民家，多迁入以避。张四者，徙居甫毕，未及闭门，而虎突然遽至，急登梁喘伏，虎未之见也。升堂脱其皮，变为男子，长吁而呼曰："吾奉天符取汝，汝安所逃死邪！"遍历室内及居侧林莽间寻之。张度其已远，乃下取所留皮，缚置梁上。日暮虎还，视皮，失之矣！意绪窘扰，大叱曰："汝既避匿，又窃我皮，吾奉取十七人，今已得十有六，独汝未耳。倪不信吾，看我怀中丹书。"遂探出，陈于地，曰："此天符也，十六人姓名已勾了，正余汝在，善还我皮，当舍汝，能指示我笔墨处乎？"张念久不使去，患将益生，应之曰："还皮易耳，汝即食我，奈何？"曰："我虽异类，不忍负信，岂有相误理！"张指示之，则径往拈笔，勾其名，张乃掷皮下。虎蒙于体，复故形，哮吼奋迅，几及于梁。张战栗胆落，欲坠再三，虎忽跳出，不反顾。明日，闻六十里外耆长报县，言昨日夜大雷，震死一虎。

《夷坚志补》卷四《荆南虎》①

狼外婆型故事 大致写老虎（或狼、熊、猩猩、狐、魔鬼、野人等，下同）吃掉一妇女，随即假冒母亲（或外婆、父亲）去家中骗吃几个孩子。当小姑娘的姐姐、弟弟被吃掉后，她机智脱逃，躲藏在屋外树上，最后设法除掉老虎。这一故事类型，初见于大约成于吐蕃时期（7—9世纪）敦煌古藏文写卷中的《白噶白喜和金波聂基》②。这则故事第一部分讲：

<blockquote>
白噶白喜小姑娘的妈妈被罗刹吃了。罗刹又变成母亲回到家中。……第二天一早小姑娘就去放羊。变成妈妈的罗刹便来捉她。她和罗刹围着羊群转。这时来了一头野驴，叫她变成美丽的小孔雀飞走。野驴戴上姑娘的帽子，摇起姑娘的铃铛，假装小姑娘把罗刹吸引住，然后又设法逃走了。
</blockquote>

另外，敦煌古藏文写卷中的《金波聂基兄弟俩和增巴辛姐妹仨》③的第二部分亦有类似情节：

---

① 见《夷坚志》第四册，第1586—1587页。
② 转引自马学良等主编《藏族文学史》，四川民族出版社1994年6月修订本。
③ 转引自马学良等主编《藏族文学史》，四川民族出版社1994年6月修订本。

　　　　隆米龙和夏德娘江夫妻二人生了三个女儿。隆米龙去放羊时，
被黑罗刹吃了。黑罗刹披上隆米龙的皮，冒充父亲，赶着羊回了
家。第二天，黑罗刹叫大女儿去放羊，趁机把她吃了。还把吃剩
的心，当做小鹿的心给母亲吃。然后又派二女儿增格巴辛去放羊。
打算也把她吃掉。但是，增格巴辛遇到一匹叫做"草地驴小虎"
的驴子。在这匹驴子的帮助下，她逃脱了黑罗刹的追捉，回家把
事实真相告诉了妈妈。但是，妈妈却要跟黑罗刹一齐回黑罗刹的
地方去住。并把二女儿藏在山洞里。改名叫"花翎孔雀"。后来，
花翎孔雀抓住白雕的尾巴去见了天后齐吉纳齐，然后又翻过九座
山，渡过九条河继续前进。

敦煌古藏文写卷的这两则故事，较法国沙·佩罗撰《鹅妈妈的故事》
中的《红帽子》早八九百年光景，无疑是现存此类型的最早文字记载。
　　在汉文古籍中，有关这一故事类型的文字记载为清·黄之隽撰
《虎媪传》①

　　　　有为予谈虎者云：
　　　　歙居万山中，多虎，其老而牝者，或为人以害人。有山甿，
使其女携一筐枣，问遗其外母。外母家去六里所，其稚弟从，年
皆十余，双双而往。日暮迷道，遇一媪问曰："若安往？"曰：
"将谒外祖母家也。"媪曰："吾是矣。"二孺子曰："儿忆母言，
母面有黑子七，婆不类也。"曰："然。适簸糠蒙于尘，我将沐
之。"遂往涧边拾螺的者七，傅于面。走谓二孺子曰："见黑子
乎？"信之，从媪行。自黑林穿窄径入，至一室如穴。媪曰："而
公方鸠工择木，别构为堂，今暂栖于此，不期两儿来，老人多慢
也，草具夕餐。"餐已，命之寝，媪曰："两儿谁肥，肥者枕我而

---

① 见清·黄承增辑《广虞初新志》卷十九。

抚于怀。"弟曰："余肥。"遂枕媪而寝，女寝于足。既寝，女觉其体有毛，曰："何也？"媪曰："而公敝羊裘也，天寒衣以寝耳。"夜半闻食声，女曰："何也？"媪曰："食汝枣脯也，夜寒且永，吾年老不忍饥。"女曰："儿亦饥。"与一枣，则冷然人指也。女大骇，起曰："儿如厕。"媪曰："山深多虎，恐遭虎口，慎勿起。"女曰："婆以大绳系儿足，有急则曳以归。"媪诺，遂绳其足，而操其末，女遂起曳绳走月下，视之，则肠也。急解去，缘树上避之。媪俟久，呼女不应，又呼曰："儿来听老人言，毋使寒风中肤，明日以病归，而毋谓我不善顾尔也。"遂曳其肠，肠至而女不至。媪哭而起，走且呼，仿佛见女树上，呼之下，不应。媪恐之曰："树上有虎。"女曰："树上胜席上也，尔真虎也，忍啖吾弟乎！"媪大怒去。无何，曙，有荷担过者。女号曰："救我，有虎！"担者乃蒙其衣于树，而载之疾走去。俄而媪率二虎来，指树上曰："人也。"二虎折树，则衣也。以媪为欺己，怒，共咋杀媪而去。

藏文民间故事集《尸语故事》亦收有这一故事类型的作品。班贡帕巴·鲁珠撰《尸语故事》第九章《朗厄朗琼和贾波擦鲁》的前半部分①，便是这一故事类型的一则异文。

在一个地方，老两口有三个女儿，他们有一群羊，由老头去放牧。

有一天，罗刹鬼在山上把老头吃掉了，还吃了一只黑绵羊。罗刹鬼把老头的头皮剥下来自己戴上，再穿上老头的衣帽靴子，装扮成老头的样子，拿着老头的一块肥肉回家去了。到家以后，老阿妈来迎接他，罗刹鬼说："今天我把咱们的大女儿给了山那

---

① 见李朝群译《尸语故事》，西藏人民出版社1983年版，第46—51页。

边的那个大财主了,喝了喜茶喜酒,杀了我们的那只黑绵羊,这是给你留的一份肉。"边说边把那块肥肉给了她。老阿妈把肥肉放在火上一烤,那块肉说:"老太婆!你吃老伴的肉呀?!"老阿妈说:"阿啧!这是说的什么呀?"罗刹鬼赶忙打岔:"它说,要烤焦了,快吃了吧!"老阿妈把肥肉吃掉了。

  第二天,罗刹鬼变的老头带着大女儿到了山上后,又把大女儿吃了,还吃了一只白绵羊。罗刹鬼将大女儿的头放在她阿爸的骷髅跟前,拿了一块大女儿的肥肉给老阿妈。阿妈把肉放在火上烤起来,肥肉说:"阿妈!你怎么吃起女儿的肉来了?"老阿妈说:"这是说的什么呀?"罗刹鬼忙说:"它是在说要烤糊了,快吃了吧!今天杀了一只白绵羊,吃了喜肉,喝了喜酒,我把二姑娘也许给人家了。"

  第三天,罗刹鬼带着二女儿走了,在山上又把二女儿吃了,还吃了一只大绵羊,把二女儿的头和她姐姐的头放在一起。晚上赶着羊群,拿着二姑娘的肥肉回来了,老阿妈来迎接他,罗刹鬼把那块肥肉给了老阿妈。罗刹鬼说:"今天我把小女儿也给了人家了,又喝了喜酒,吃了喜肉,这是给老太婆你留的一份。"老太婆说:"我们老两口要人伺候,小女儿在家再待几年吧!"罗刹鬼变的老头说:"不趁我们老两口身强力壮时嫁女儿,还等什么时候呀?叫她去吧!"第二天,老阿妈心疼小女儿,揉了一大团"玛桑",给她路上当干粮,母女俩依依难舍。罗刹鬼说:"这老婆子真啰唆。"因为老头当家,他拉着女儿就走了。

  他们来到了罗刹鬼藏骷髅的地方。罗刹鬼对小女儿说:"你在这里等一会儿,爸爸我去看看那位大哥来了没有。"说完,罗刹鬼变的那个老头就走开了。

  过了一会儿,一只小花狗来到了姑娘跟前,它对姑娘说:"给我一口'玛桑'吃,我告诉你一件事;给我两口'玛桑'吃,我告诉你两件事;若是全部给我,我就把事情全告诉你。"那姑娘因为离开了阿妈，非常苦恼，什么也不想吃，就把一团"玛桑"全都给了小花狗。

那小花狗说："你现在的阿爸不是你的真阿爸，他是罗刹鬼。你阿爸的头和你两个姐姐的头都在上面的一个小洞里，看看去吧！"于是小花狗带着她去了，小姑娘看到了那些头，非常害怕地说："你有办法救救我吗？"小花狗说："你太可怜了，我替你想想办法。你手里拿个朗厄（炒青稞用的平锅）往山上悬崖那里跑。罗刹鬼会说：'姑娘！阿爸在这里。'你不要理他，尽管跑。到了山口上，那魔鬼快要抓到你时，不要向后看，将朗厄向山下滚去，跟在后面喊：'我的朗厄！''我的朗厄！'朗厄滚到哪，你就跟到哪里，这样姑娘你就能逃出魔口。"

姑娘按照小花狗说的，拿着朗厄往山上跑去。罗刹鬼在姑娘的后面说："姑娘！阿爸在这里，你往哪里去呀！"说着追了过来。姑娘头也不回地跑去，到了山口，罗刹鬼快要追上她时，姑娘将朗厄滚下山去，跟在它后面喊着："我的朗厄！我的朗厄！"朗厄钻进了一个牛粪口袋下面，姑娘也跟着钻了进去。里面有一个木门，开开木门进去，又是一道铁门；再进去，里面是一道贵重的金门；开了金门进去，里面有个梯子，爬上去一看，架子上站着一只公鸡。

公鸡说："喔喔！姑娘来了！"

姑娘说："是的。"

公鸡说："姑娘辛苦了！请到里面吃酥油和肉。"她吃得饱饱的，在这里住了一晚上。

公鸡对姑娘说："姑娘！仓库里有衣服鞋子，你挑一套穿上，到山谷口看热闹去吧！"

那姑娘到仓库里面，挑选了一套合适的衣服穿上，戴上首饰看热闹去了。

姑娘走了以后，公鸡脱下外皮，卷起来塞进大梁的缝隙里，从黑暗的马棚里牵出一匹马儿，打扮得漂漂亮亮的，骑上马也到山谷口看热闹去了。他从右边转一圈儿，没有看到别的更美丽的姑娘；从左边又转了一圈儿，也没有看到哪个姑娘更美丽些。那姑娘右转一圈儿没有见到比他更好看的小伙子，左边转一圈儿也没有看到比他更俊的。集会快要散的时候，小伙子把一袋糖块和一袋灰土撒了出去，有些人抢着拣糖，有些人被灰尘眯了眼睛，趁此机会他马上加鞭，飞快地回到了家里。把马鞍卸下，马拴在马棚里，马鞍和衣服等藏了起来。他披上鸡皮，和原来一样站在架子上。这时，那姑娘回来了。

公鸡叫道："喔喔！姑娘回来了。"

姑娘说："是的，让您久等了。"

公鸡又问道："男人群里谁出类拔萃一些？女人群里谁更美丽一些？"

她回答说："男人群里最出色的是山沟里有一个叫贾波擦鲁的。女人群里最美丽的那就多了。"

公鸡说："姑娘，你饿了吧？吃酥油和肉去吧。"她吃了起来，也给公鸡送上。

又过了几天，公鸡说："姑娘！今天又有热闹，去看看吧！"姑娘又穿戴打扮起来看热闹去了。公鸡也和上次一样穿戴起来去看热闹了。他在市民中间没有见到比她更可爱更美丽的了，她也没有见到比他更漂亮的了。市民们都说："这个贾波擦鲁太英俊了，所以才被妖怪劫去。这姑娘也是很美丽的。"天晚了，他又把糖块和灰土撒向天空，有些人拣糖眼花缭乱，有些人被灰尘眯了眼，他趁机回到了山沟里，又把马和衣服藏了起来，穿上鸡衣蹲在架子上，那姑娘回来以后，公鸡问道："姑娘回来了。很热闹吧？男人里面谁最俊？女人们里面谁最美？"

姑娘回答说："男人群里最俊的是山沟里的一个叫贾波擦鲁的。姑娘群里长得美的多得很。"她说完又去库房取出吃的，和公鸡一起吃了起来。

又过了一些天，公鸡又说："今天山谷下面又有热闹，你去看吧！"姑娘穿戴整齐准备走的时候，忽然灵机一动，心想：山沟里的那个叫贾波擦鲁的是不是它呀！于是她就在一个墙角里藏了起来。这时候，那公鸡脱去鸡衣塞进大梁缝里，穿戴得漂漂亮亮地走了。他右转一圈儿没有见到那姑娘，左转一圈儿也没有见到那姑娘。

在他出去的时候，姑娘把鸡衣掏出来，扔到火塘里烧了。

贾波擦鲁和原来一样撒了糖块和土灰，回到了家里，姑娘已经把鸡衣烧完了。

他说："姑娘！我俩的姻缘只有这么长了。我的那个鸡衣如果能保留十年，我们俩就能够永远在一起，现在糟了。"

姑娘哭着说："还有没有什么补救的办法？"

他说："这就很难了。"

姑娘拉着青年哭道："总还有办法吧！"

他说："只有一个办法。你已经有了孕，背上我的马头本尊佛，到山谷下面那户垒着草坯屋檐的，门朝东的人家去，家里有只见亲人迎接、见仇人就咬的狗。我的老阿妈就住在那里。你把自己的情况告诉阿妈，并住在那里。今后我和你见面恐怕很困难了。"

姑娘按他说的来到了谷口，找到了那个大院。老阿妈看到了姑娘后对狗说："上边路上来了一个不认识的人。"姑娘喊了两声，把小花狗叫过来说："我若是仇敌就咬我，若是亲人就来欢迎。"小花狗跑了过来，向她摇摇尾巴，没有咬她，老阿妈一见，就走上前去迎接。

老阿妈对姑娘说："姑娘，你来了！"

姑娘："阿妈啦！您好啊？"

阿妈："你到哪里去呀？"

姑娘:"我从家里逃出来,是个讨饭的。"

老阿妈把姑娘领进屋里,给了她些吃的。姑娘"唉"地长叹了一口气。

阿妈问:"姑娘!你好像有什么心事?我有一个最心爱的儿子,至今下落不明,怎么也找不到,哪里有比这更伤心的事呀?姑娘!你到底有什么心事?"

那姑娘不由自主地流下了眼泪,她说:"我福浅命薄,爸妈姐姐全被罗刹鬼吃掉了,只有我一个人死里逃生。"

老阿妈说:"你真可怜。"也流下了眼泪,"我和我那宝贝儿子没有见面也有五年了,是死是活也不知道。姑娘你也怪可怜的,就在我这里住下吧?"

从此,那姑娘住在一间小房子里,老阿妈教她织氆氇和捻毛线。

这一故事类型,现当代仍在云南、四川、贵州、广西、广东、福建、台湾、海南、湖南、湖北、安徽、江苏、上海、浙江、河南、河北、山西、内蒙古、吉林、黑龙江、新疆、青海、甘肃、宁夏、北京、陕西、辽宁等地的汉族和诸多少数民族聚居区广为流布,譬如《山姑娘智斗毛野人》①、《歇在花红树上的妹妹》(普米族)②、《艾蒿与苧麻》(白族)③、《两姐妹》(纳西族)④、《茨帕妞姑娘》(傈僳族)⑤、《姐妹俩和野人婆》(彝族)⑥、《熊家婆》⑦、《老变婆》(布依族)⑧、

---

① 见《云南民间文学集成·师宗县卷》。
② 见《普米族故事集成》。
③ 见《白族民间故事传说集》。
④ 见《纳西族民间故事选》。
⑤ 见《中华民族故事大系》第七册。
⑥ 见《中国民间故事集成·四川卷》。
⑦ 见《中国民间故事集成·四川卷》。
⑧ 见《中国民间故事集成·四川卷》。

《依嘎、玛嘎》（藏族）①、《野人婆》（土家族）②、《放鸭姑娘》（苗族）③、《姐弟斗人熊婆》（壮族）④、《养鹅小姑娘斗鸭变婆》（侗族）⑤、《依秀姑娘给婆猕梳头》（仫佬族）⑥、《阿侬智斗巴亚变》（毛南族）⑦、《莎瑶妹智惩老妖怪》（瑶族）⑧、《三姐妹智斗熊人婆》（满族）⑨、《虎外婆》⑩、《虎姑娘》⑪、《长伲娘》⑫、《野人家家》⑬、《人熊家婆》⑭、《大伢智斗狐狸精》⑮、《老秋狐》⑯、《狼外婆》⑰、《火烧人熊》（畲族）⑱、《门插板、门鼻和炊帚疙瘩》⑲、《老麻猴》⑳、《老狼精》（达斡尔族）㉑、《少女与老虎》（朝鲜族）㉒、《老虎妈子》㉓、《毛

---

① 见《（四川）民间文艺资料》第一集。
② 见《中国民间文学集成·黔江土家族苗族自治县民间故事资料集》。
③ 见《苗族民间故事选》。
④ 见《中国民间故事集成·广西卷》。
⑤ 见《中国民间故事集成·广西卷》。
⑥ 见《中国民间故事集成·广西卷》。
⑦ 见《中华民族故事大系》第十二卷。
⑧ 见《中国民间故事集成·广东卷》。
⑨ 见《中国民间故事集成·广东卷》。
⑩ 见《中国民间故事集成·福建卷》。
⑪ 见《澎湖县民间故事》。
⑫ 见《中国民间故事集成·海南卷》。
⑬ 见《中国民间故事集成·湖南卷》。
⑭ 见《中国民间故事集成·湖北卷》。
⑮ 见《中国民间故事集成·安徽卷·铜陵民间故事分卷》。
⑯ 见《中国民间故事集成·江苏卷》。
⑰ 见《中国民间文学集成·上海卷·黄浦区故事分卷》。
⑱ 见《中国民间文学集成·丽水市故事、歌谣、谚语卷》。
⑲ 见《河南民间文学集成·嵖岈山民间故事》。
⑳ 见《中国民间故事集成·河北卷》。
㉑ 见《中国传说故事大辞典·故事》。
㉒ 见《朝鲜族民间故事讲述家金德顺故事集》。
㉓ 见《中国民间故事集成·黑龙江卷》。

野人变成麻刺芥》①、《蟒古斯》（土族）②、《野人婆的故事》③、《三姐妹除妖》（东乡族）④、《猴精》（回族）⑤、《狼妈妈》⑥、《毛野人的故事》⑦、《老虎妈子》⑧、《吃人婆》（撒拉族）⑨、《吃人婆》⑩、《门栓栓后锁吊吊》⑪。

这一故事类型，相当于丁乃通编著《中国民间故事类型索引》333C，艾伯华著《中国民间故事类型》"二、动物与人 11、老虎外婆（老虎和孩子们）"。

入仙洞型故事 大致写有人偶然进入仙洞，得到黄金若干。后起贪念，欲凿开仙洞取宝，当即为天帝制止。或写有人常积德行善，被仙家领入仙洞，受到盛情款待，并得到金宝馈赠。若干年后又再度被迎入仙洞居住。这一故事类型，多见于唐代，较早的一则是唐·牛肃撰《纪闻·裴谈》：

> 裴谈为怀州刺史，有樵者入太行山，见山穴开，有黄金焉，可数间屋。樵者喜，入穴取金，得五铤，皆长尺余。因以石窒穴，且志之。又数日往，则迷其处。樵者颇谙山谷，即于洛城怀州，造开石物锤凿数车，州有崔司户，知而助之。将往开，而谈妻有

---

① 见《中国民间文学集成·巴里坤哈萨克族自治县分卷》。
② 见《土族民间故事选》。
③ 见《中国民间故事集成·青海卷》。
④ 见《中国民间故事集成·甘肃卷》。
⑤ 见《西吉民间故事》。
⑥ 见《中国民间故事集成·北京卷》。
⑦ 见《中国民间文学集成陕西卷·佛坪县故事集成》。
⑧ 见《中国民间故事集成·辽宁卷》。
⑨ 见《中国民间故事集成·青海卷》。
⑩ 见《中国民间故事集成·新疆兵团卷》。
⑪ 见《山西民间故事大系·晋中卷》。

疾，请道家奏章请命。奏章道士忽传天帝诏曰："帝诏语裴谈，吾太行山天藏开，比有樵夫见之，吾已遗金五铤，命其闭塞。而愚人贪得，重求不获，乃兴恶，将开吾藏。已造锤凿数车，若开不休，或中吾伏藏，此若开锤凿，此州人且死尽，深无所益。此州崔司户，与其同心。但诣崔验之，自当有见。急止之，汝妻疾自当瘳矣。"谈大异之，即召崔子问故，果符所言。乃没其开石具而禁止之，妻寻有间。

稍晚的一则是唐·皇甫氏撰《原化记·裴氏子》：

唐开元中，长安裴氏子，于延平门外庄居。兄弟三人未仕，以孝义闻。虽贫，好施惠。常有一老父过之求浆，衣服颜色稍异，裴子待之甚谨。问其所事，云："以卖药为业。"问其族：曰："不必言也。"因是往来憩宿于裴舍，积数年而无倦色。一日谓裴曰："观君兄弟至窭，而常能恭己不倦于客。君实长者，积德如是，必有大福。吾亦厚君之惠，今为君致少财物，以备数年之储。"裴敬谢之，老父遂命求炭数斤，坎地为炉，炽火。少顷，命取小砖瓦如手指大者数枚，烧之，少顷皆赤。怀中取少药投之，乃生紫烟，食顷变为金矣。约重百两，以授裴子。谓裴曰："此价倍于常者，度君家事三年之蓄矣。吾自此去，候君家馨尽，当复来耳。"裴氏兄弟益敬老父。拜之，因问其居。曰："后当相示焉。"诀别而去。裴氏乃货其金而积粮，明年遇水旱，独免其灾。后三年，老父复至，又烧金以遗之。裴氏兄弟一人愿从学，老父遂将西去，数里至太白山西岩下，一大盘石，左有石壁，老父以杖叩之，须臾开。乃一洞天，有黄冠及小童迎接。老父引裴生入洞，初觉暗黑，渐即明朗。乃见城郭人物，内有宫阙堂殿，如世之寺观焉。道士玉童仙女无数，相迎入。盛歌乐，诸道士或琴棋讽诵言论。老父引裴氏礼谒，谓诸人曰："此城中主人也。"遂留一宿，食以胡麻饭、麟脯、仙酒。裴告归，相与诀别，老父复送出洞，遗以金宝遣之。谓裴曰："君今未合久住，且归。后二十年，天下当乱，此是太白左掩洞。君至此时，可还来此，吾当迎接。"裴子拜别。比至安史乱，裴氏全家而去，隐于洞中数年。居处仙境，咸受道术。乱定复出，兄弟数人，皆至大官，一家良贱，亦蒙寿考焉。

此则之仙洞系仙家以杖叩开，与上一则之仙洞原本已经打开有所不同。而在唐·戴孚撰《广异记·破山剑》中可开仙洞者乃是一剑，遗憾的是它只可使用一次，得主却拿去断后，已无法再持之以开宝山。

近世有士人耕地得剑，磨洗诣市，有胡人求买。初还一千，累上至百贯，士人不可。胡随至其家，爱玩不舍，遂至百万。已克明日持直取剑。会夜佳月，士人与其妻持剑共视，笑云："此亦何堪，至是贵价？"庭中有捣帛石，以剑指之，石即中断。及明，胡载钱至，取剑视之，叹曰："剑光已尽。何得如此？"不复买。士人诳之。胡曰："此是破山剑，唯可一用，吾欲持之以破宝山。今光芒顿尽，疑有所触。"士人夫妻悔恨，向胡说其事。胡以十千买之而去。

这一故事类型，现当代仍在陕西、河南、江苏、江西、海南、重庆等地流布，譬如《草鞋耙子》①《狮子山石门的传说》②《石门开》③

---

① 见《中国民间故事集成·陕西卷》。
② 见《河南民间文学集成·嵖岈山民间故事》。
③ 见《中国民间故事集成·江苏卷》。

《石门取宝》①《石门》②《石佛寺的传说》③。

这一故事类型,相当于丁乃通编著《中国民间故事类型索引》676,艾伯华著《中国民间故事类型》"十二、巫师、神秘的宝藏和奇迹170 芝麻,开门"。

夜宿听棋型故事　大致写翰林王积薪善围棋。一次寓宿山中,灭灯后闻各处东西二室的婆媳俩在暗中下围棋,密记之。天明向其讨教,孤姥令儿媳指示攻守、杀夺、救应、防拒之法,从此王积薪的棋艺绝伦。这一故事类型,初见于唐·李肇撰《唐国史补》(又名《国史补》),情节较为简略:

> 王积薪棋术功成,自谓天下无敌。将游京师,宿于逆旅。既灭烛,闻主人媪隔壁呼其妇曰:"良宵难遣,可棋一局乎?"妇曰:"诺。"媪曰:"第几道下子矣。"妇曰:"第几道下子矣。"各言数十。媪曰:"尔败矣。"妇曰:"伏局。"积薪暗记,明日复其势,意思皆所不及也。
>
> 　　　　　　　　　　《唐国史补》卷上"王积薪闻棋"

唐·薛用弱撰《集异记》(又名《古异记》)录写的一则异文,增加了后半部分,即有关向孤姥婆媳讨教的情节,描述较为具体生动。

> 玄宗南狩,百司奔赴行在,翰林善围棋者王积薪从焉。蜀道隘狭,每行旅止息中道之邮亭人舍,多为尊官有力者之所见占。积薪栖栖而无所入。因沿溪深远,寓宿于山中孤老之家。但有妇

---

① 见《中国民间故事集成·江西卷》

② 见《中国民间故事集成·海南卷》

③ 见《中国民间故事集成·重庆市长寿县卷》。

姑,止给水火。才暝,妇姑皆阖户而休。积薪栖下檐下,夜阑不寐。忽闻堂内姑谓妇曰:"良宵无以为适,与子围棋一赌可乎?"妇曰:"诺。"积薪私心奇之。况堂内素无灯烛,又妇姑各处东西室。积薪乃附耳门扉,俄闻妇曰:"起东五南九置子矣。"姑应曰:"东五南十二置子矣。"妇又曰:"起西八南十置子矣。"姑又应曰:"西九南十置子矣。"每置一子,皆良久思惟。夜将尽四更,积薪一一密记,其下止三十六。忽闻姑曰:"子已败矣,吾止胜九枰耳。"妇亦甘焉。积薪迟明具衣冠请问,孤姥曰:"尔可率己之意而按局置子焉。"积薪即出囊中局,尽平生之秘妙,而布子未及十数,孤姥顾谓妇曰:"是子可教以常势耳。"妇乃指示攻守杀夺救应防拒之法,其意甚略。积薪即更求其说,孤姥笑曰:"止此已无敌于人间矣。"积薪虔谢而别。行十数步再诣,则已失向之室闾矣。自是积薪之艺绝无其伦。即布所记妇姑对敌之势,罄竭心力,较其九枰之胜,终不得也。因名"邓艾开蜀势"。至今棋图有焉,而世人终莫得而解矣。

《集异记》卷一《王积薪》

《太平广记》卷二二八《王积薪》,出自《集异记》,与此则相同,仅某些字句稍有出入。唐·严子休撰《桂苑丛谈·史遗》"王积薪听棋"与此则大致相同,文字略有删改:

  王积薪随明皇西幸,有司奔从。翰林弈棋独王在焉。蜀道隘狭,每止息,道路店舍多为尊官所占。王凄惨无所入。因沿溪深远寓宿山中孤姥之家。但有妇姑,止给薪水。才暝,妇姑皆阖户而休,王宿于檐下。夜、忽闻堂内姑谓妇曰:"良宵无以为适,与子棋一局。"王异之,室内无烛,又妇姑各在东西室。王即附耳门扉。俄闻妇曰:"起东五南九置子矣。"姑曰:"东五南十二置子矣。"妇又曰:"起西八南十置子矣。"姑又曰:"西九南十四置子矣。"每置一子,皆良久思维。夜及四更,王一一密记,共下子三十六。忽闻姑曰:"子已北矣,吾止胜九枰耳。"妇亦甘焉。迟明,王具礼请问于老姥,姥曰:"尔可率己之意而按局置子焉。"王则出局,尽平生之妙而布子。未及数十。谓妇曰:"是子可教以常势耳。"因指示攻守杀夺、救应防拒之法,其意甚略。王即更求其说,姥笑曰:"止此已无敌于人间矣。"王谢而别。行不数十步,回顾皆失向之室庐矣。自是王之艺绝无其伦。即布所记妇姑对敌之势,罄竭心力较其九枰之势,终不得也。因名《邓艾开蜀势》,至今有焉。

宋·曾慥编《类说》亦收有此则轶闻,据《集异记》改写,文字有所压缩。

翰林棋者王积薪,从明皇西幸,寓宿深溪之家。但有妇姑止给水火。才暝阖户,积薪闻姑谓妇曰:"良宵无以为适,与汝同围棋可乎?"堂内无烛,妇姑各在东西室,妇曰:"起东南九置子矣。"姑曰:"东五南十二置子矣。"妇曰:"起西八南九置子矣。"姑曰:"西九南十置子矣。"夜及四更,其下止三十六。姑曰:"子已北矣,吾止胜九枰耳。"迟明,请问于姥姥,顾妇曰:"是子可教以常势耳。"妇乃指示攻守杀夺应拒防救之法,甚略。姥曰:"止此已无敌于人间矣。"积薪行至数步,回顾已失向之室庐。自是其伎绝伦。竭心较九枰之势,终不能得。因名"邓艾开蜀势"。

《类说》卷八《王积薪闻妇姑围棋》

这一故事类型，现当代仍在山东等地流布，譬如《王羲之听棋》①。

画佛募缘型故事 大致写瓦棺寺向各界募缘，捐者无人超过十万，家境贫寒的顾恺之却要捐钱百万，别人都以为他在说大话。他花了月余闭门在寺壁上画了一尊维摩像，要点睛前对僧众讲，第一日观者请捐十万，第二日五万，第三日任捐。到开门点睛时，观看捐资者如潮，一会儿便捐了百万。这一故事类型，初见于唐·张彦远撰《历代名画记》：

> 兴宁中，瓦棺寺初置僧众，设刹会，请朝贤士庶宣疏募缘。时士大夫莫有过十万者，长康独注百万。长康素贫，众以为大言。后寺僧请勾疏，长康曰："宜备一壁，闭户不出。"一月余，所画维摩一躯工毕，将欲点眸子，乃谓僧众曰："第一日观者，请施十万；第二日者，请施五万；第三日观者，可任其施。"及开户，光照一寺，施者填咽，俄而及百万。

《历代名画记》"瓦棺寺画维摩"②

明·张岱撰《夜航船》中的一则异文，较简略，情节小有出入。

> 顾恺之于瓦棺寺画一维摩相，闭户揣摩百余日。画毕，将欲点睛，谓僧曰："第一日开者，令施十万，第二日五万，第三日开，如例。"及开，光明照寺，施者填门。

《夜航船》卷八文学部《书画·维摩像》

---

① 见《临沂地区四老人故事集》。
② 引自《太平广记》卷二一〇。

第十章　隋唐五代时期的民间故事类型

这一故事类型，现当代仍在江苏、河南等地流布，如《顾恺之画佛》①《画观音》②。

书僧笔冢型故事　大致写一僧积年学书，秃笔堆积，后埋之，号曰："笔冢（或退笔冢）。"这一故事类型，见于唐·张怀瓘撰《书断》。《书断》共有两则异文，一则是关于南朝陈、隋间书法家智永的：

> 永公③住吴兴永欣寺，积年学书，后有秃笔头十瓮，每瓮皆数石。人来觅书并请题额者如市，所居户限为之穿穴。乃用铁叶裹之，人谓为"铁门限"。后取笔头瘗之，号为"退笔冢"，自制铭志。
>
> 　　　　　　　　　　　　　《书断》"铁门限与退笔冢"④

明·周应治撰《霞外麈谈·博雅》"智永笔冢"由此则缩写，文字极简略。

另一则是关于以"狂草"著称的唐代书法家怀素的：

> 长沙僧怀素好草书，自言圣三昧。弃笔堆积，埋山下，号"笔冢"。
>
> 　　　　　　　　　　　　　《书断·僧怀素》⑤

唐·李肇撰《唐国史补》（又名《国史补》）⑥ 中的一则异文，与

---

① 见《中国民间故事集成·江苏卷》。
② 见《河南民间文学集成·南阳民间故事》。
③ 王羲之孙智永和尚。
④ 见《说郛》卷九十二（《说郛三种》第三册）。
⑤ 见《说郛》卷九十二（《说郛三种》第三册）。
⑥ 见《全唐小说》第二卷。

《书断·僧怀素》略有出入：

> 长沙僧怀素好草书，自言得草圣三昧，弃笔堆积，埋于山下，号曰"笔冢"。
>
> 《唐国史补》卷中"得草圣三昧"

《太平广记》卷二〇八《僧怀素》，出《国史补》，与此则相同。明·张岱撰《夜航船》卷八文学部《文具·笔冢》与此则稍有出入。

清代地方志对这一类型故事亦有记载。道光《会稽县志稿》卷十六"退笔冢"略云：

> 王羲之七世孙智永和尚，常居永欣寺阁上临书，凡三十载。所退笔头，置之大竹簏簏，五石皆满。觅书者如市，门槛被踏破，乃以铁裹，人谓"铁门槛"。后取笔头埋之，号"退笔冢"。

光绪《善化县志》卷三十"怀素笔冢"略云：

> 唐释怀素，长沙钱氏子，流放不拘，喜饮酒，善草书。酒酣兴发，遇寺墙里壁，靡不书遍。家贫无纸，种蕉万株以供挥洒，弃笔堆积埋山下，曰"笔冢"。

这一故事类型，现当代仍在湖南等地流布，譬如《怀素与绿天庵》①。

拷打羊皮型故事 系"鞭丝破案型故事"的亚型。大致写二人争羊皮，刺史令杖击羊皮，由所见碎屑判断归属，诬告者只得伏罪。这一

---

① 见《中国民间故事集成·湖南卷》。

故事类型，初见于唐·李延寿撰《北史》：

> 人有负盐负薪者，同释重担息树阴，二人将行，争一羊皮，各言藉背之物。(李)惠遣争者出，顾州纲纪曰："此羊皮可拷知主乎？"群下咸无答者，惠令人置羊皮席上，以杖击之，见少盐屑，曰："得其实矣。"使争者视之，负薪者乃伏而就罪。

《北史》卷八十《外戚传》"盐屑见证"

五代·和凝撰、宋·和㠓续编《疑狱集》卷上《惠击羊皮》，宋·郑克撰《折狱龟鉴》卷六《李惠》，明·冯梦龙编纂《智囊补》察智部卷九《得情·杖羊皮》均据《北史》改写，文字大多有所改动。兹以《折狱龟鉴》卷六《李惠》为例，以见一斑。

> 李惠为雍州刺史，人有负盐负薪者，同释重担息于树阴。二人将行，争一羊皮，各言藉背之物。惠遣争者出，顾州纲纪曰："以此羊皮拷知主乎？"郡下以为戏言，咸无应者。惠令人置羊皮席上，以杖击之，见少盐屑，曰："得其实矣。"使争者视之，负薪者乃伏而就罪。

猫喇嘛型故事 大致写老猫装成坐禅的样子待在群鼠出没处，说它年轻时罪过甚多，如今要修行积福，除掉旧罪。鼠王见老鼠日渐减少，心存疑窦，便躲在洞口观察，这才发现群鼠入洞时，老猫将最后一个老鼠捉来吃了。于是赶快领众鼠远避。这一故事类型，初见于唐·义净译《根本说一切有部毗奈耶破僧事》：

> 乃往昔时，有异方所，有一鼠王，与五百鼠为眷属。有一猫子，名曰火焰。其猫少年之时，所有鼠等，悉皆杀害，后年老迈，

便作是念:"我昔少时,气力强盛,以力捉鼠而食。我今年既朽迈,气力微薄,不能捉获。设何方便,而捉获鼠?"

作是念已,遍观其地,乃见一鼠王与五百鼠而为眷属,住此方所。即就鼠穴,诈作坐禅。时诸群鼠,出穴游行,乃见老猫安然坐禅,其鼠问曰:"阿舅,今何所作?"

老猫答曰:"我昔少年,气力盛壮,作无量罪。今欲修福,除其旧罪。"

时群鼠等,闻是语已,皆发善心:"今此老猫,修行善法。"即与鼠等,右绕老猫,行于三匝,便入于穴。其老猫取其最末后者而食。

不经多时,其鼠渐少。鼠王既见此已,便作是念:"我鼠等渐渐数少,其老猫气力肥盛,是事必有缘由。"其鼠王即便观察,乃见老猫于其粪中有鼠毛骨,心即知:"老猫食我鼠等,我今深观捉鼠之时。"

作是念已,便即于窟而看老猫,乃见老猫捉最末后鼠而食。鼠王见已,避远而立,遂说颂曰:

老猫身渐肥,群鼠积减少;
食苗实根叶,粪不应毛骨。
汝今修禅不谓善,为利诈作修善人;
愿汝无病安稳住,我今群鼠汝食尽!

《根本说一切有部毗奈耶破僧事》"老猫"[①]

汉译佛经中的这一故事类型的作品,源出印度古代的《佛本生故事·猫本生》[②]:

---

① 见王邦维选译《佛经故事选》,重庆出版社1985年版。
② 见郭良鋆、黄宝生译《佛本生故事选》,人民文学出版社1985年版。

古时候,当梵授王在波罗奈治理国家的时候,菩萨投胎为老鼠。它具备无上智慧,身躯魁伟如小猪,有几百只老鼠跟随它,住在森林里。

有一只豺,四处游荡,看到了这群老鼠,心想:"我要哄骗这群老鼠,吃掉它们。"它在离老鼠洞不远的地方,单足独立,面向太阳,张嘴喝风。菩萨出来寻食,看到了豺,心想:"这可能是一位有德之士。"于是,走上前去,问道:"贤士啊!请问尊姓大名。""我叫有法。""你为何不四足着地,而要单足独立呢?""如果我四足着地,大地承受不了,所以我单足独立。""你站着为何要张嘴?""我不吃任何东西,只喝风。""你站着为何面向太阳?""我向太阳致敬。"菩萨听了它的话,心想:"这真是一位有德之士。"从此,每天清晨、黄昏,它与群鼠一道去伺候豺。而每次伺候完毕,群鼠走时,豺总是悄悄抓住末尾的一只老鼠,吞噬之后,抹抹嘴,依旧站着。

渐渐地,老鼠越来越少。老鼠们议论道:"从前,我们这个住处拥挤不堪,现在却绰绰有余,这是怎么回事?"它们把这情况报告菩萨。菩萨心想:"老鼠怎么会越来越少呢?"它对豺产生怀疑,决定亲自考察一下。在伺候豺之后,它让其他老鼠走在前面,自己走在最后。豺向它扑来。菩萨发现豺扑过来抓自己,就转身喊道:"豺啊!你表面修行,实际作恶。你在法的旗帜掩护下,谋害别人。"说罢,念了这首偈颂:

明里执法旗,暗中干坏事,

骗取鼠信任,与猫相类似。

说着,鼠王一跃而起,揪住豺的脖子,咬断豺的气管,结果了豺的性命。群鼠回转来,一齐啃啮这只豺。据说,先来的老鼠吃到了豺肉,后来的没有吃到。从此,这群老鼠无忧无虑地生活。

这一故事类型,又见于藏族和蒙古族的古代故事集。15 世纪藏族洛卓白巴撰《益世格言注释》"猫喇嘛讲经"① 略云：

> 一猫年老力衰，身披袈裟，手持佛珠去法座上讲经，众鼠以为它改恶从善，心生敬信，都来听讲。老猫提出三条纪律：一要专心，二要虔诚，三要列队出入，不得回望，命众鼠遵守。于是，老猫每次讲经后，都将最后一鼠捉来吞食。但老猫的伎俩，终被当场揭穿，再不能行骗。

18世纪蒙古族察哈尔格西·罗桑楚臣撰《学习宝贝珠》"带佛珠的猫"，与《益世格言注释》的此则故事大致相同。

明·无名氏撰《华筵趣乐谈笑酒令》中的一则笑话与清·游戏主人辑《笑林广记》中的一则笑话，均由此则演变而来，亦颇深刻有趣。

> 昔一人念佛，其数珠偶失于腥物中，被猫衔走。众鼠见之，齐曰："猫爸猫爷，如念慈悲了，想必不来害我等。"少顷，猫儿放下数珠，捕一大鼠食之。鼠叹曰："这样慈悲人，若相交他，皮毛骨肉都被他吃尽了。"
>
> 《华筵趣乐谈笑酒令·假作慈悲》

> 一人戏将数珠挂猫项间，群鼠私相贺曰："猫老官已持斋念佛，定然不吃我们的了。"遂欢跃于庭。猫一见，连哺数个，众鼠奔走，背地语曰："吾辈以他念佛心慈了，原来是假意修行。"一答曰："你不知，如今世上修行念佛的，比寻常人的心肠更狠十倍。"
>
> 《笑林广记》卷十一《心狠》

---

① 参见马学良等主编《藏族文学史》（下），四川民族出版社1994年版。

这一故事类型，现当代仍在西藏、四川、甘肃、新疆、福建等地的汉族和一些少数民族聚居区流布，譬如《老鼠上当毙命》（门巴族）①、《老鼠上当毙命》（珞巴族）②、《猫与老鼠》（藏族）③、《猫喇嘛念经》④、《朝圣回来的猫》（维吾尔族）⑤、《猫儿的忏悔》（柯尔克孜族）⑥、《猫念佛》⑦。

这一故事类型，相当于丁乃通编著《中国民间故事类型索引》113B。

定婚店型故事　大致写某生向月下老人（或卜者）问姻缘，其人乃说卖菜妪（或蔬圃叟）之幼女是他的佳偶。某生嫌此女年幼家贫，即将其刺伤然后离去。十多年后，某生事业有成，与长官之女完婚，夫妻恩爱有加。他发现妻子眉间（或头顶）有一旧疤，一问方知妻子便是当年的那个幼女，后来成了长官的养女，暗暗惊叹天意不可违。这一故事类型，初见于唐·李复言撰《续玄怪录》（又称《搜古异录》《纂异（录）》《续幽怪录》）。

> 杜陵韦固，少孤，思早娶妇；多歧求婚，必无成而罢。元和二年，将游清河，旅次宋城南店，客有以前清河司马潘昉女见议者。来日先明，期于店西龙兴寺门。固以求之意切，旦往焉。斜月尚明，有老人倚布囊坐于阶上，向月检书。固步睨之，不识其字，既非虫篆八分科斗之势，又非梵书，因问曰："老父所寻者

---

① 见《中国民间故事集成·西藏卷》。
② 见《中国民间故事集成·西藏卷》。
③ 见《四川民间故事选》。
④ 见《中国传说故事大辞典·故事》。
⑤ 见《朝圣回来的猫》。
⑥ 见《中华民族故事大系》第十册。
⑦ 见《中国民间故事集成·福建卷·三明市分卷》。

何书？固少小苦学，世间之字，自谓无不识者。西国梵字，亦能读之。唯此书目所未觌，如何？"老人笑曰："此非世间书，君因何得见？"固曰："非世间书，则何也？"曰："幽冥之书。"固曰："幽冥之人，何以到此？"曰："君行自早，非某不当来也。凡幽吏皆掌人生之事，掌人可不行冥中乎？今道途之行，人鬼各半，自不辨尔。"固曰："然则君又何掌？"曰："天下之婚牍耳。"固喜曰："固少孤，常愿早娶广胤嗣。尔来十年，多方求之，竟不遂意。今者，人有期此，与议潘司马女，可以成乎？"曰："未也。命苟未合，虽降衣缨而求屠博，尚不可得，况郡佐乎？君之妇适三岁矣，年十七当入君门。"因问："囊中何物？"曰："赤绳子耳，以系夫妻之足。及其生则潜用相系，虽仇敌之家，贵贱县隔，天涯从宦，吴楚异乡，此绳一系，终不可逃。君之脚已系于彼矣，他求何益。"曰："固妻安在？其家何为？"曰："此店北卖菜陈婆女耳。"固曰："可见乎？"曰："陈尝抱来鬻菜于市，能随我行，发即示君。"及明，所期不至。老人卷书揭囊而行，固逐之入菜市，有眇妪抱三岁女来，弊陋亦甚。老人指曰："此君之妻也。"固怒曰："杀之可乎？"老人曰："此人命当食天禄，因子而食邑，庸可杀乎！"老人遂隐。固骂曰："老鬼妖妄如此！吾士大夫之家，娶妇必敌。苟不能娶，即声妓之美者，或援立之，奈何婚眇妪之陋女。"磨一小刀子，付其奴曰："汝素干事，能为我杀彼女，赐予万钱。"奴曰："诺。"明日，袖刀入菜行中，于众中刺之而走。一市纷扰，固与奴奔走获免。问奴曰："所刺中否？"曰："初刺其心，不幸才中眉间尔。"后固屡求婚，终无所遂。又十四年，以父荫参相州军。刺史王泰俾摄司户掾，专鞫词狱，以为能，因妻以其女，可年十六七，容色华丽，固称惬之极。然其眉间常贴一花子，虽沐浴间处，未尝暂去。岁余，固讶之，忽忆昔日奴刀眉间之说，因逼问之。妻潸然曰："妾郡守之犹子也，非其女也。畴昔父曾宰宋城，终其官时，妾在襁褓，母兄次没,唯一庄在宋城南,与乳母陈氏居,去店近,鬻蔬以给朝夕。陈氏怜小,不忍暂弃。三岁时,抱行市中,为狂贼所刺,刀痕尚在,故以花子覆之。七八年前,叔从事卢龙,遂得在左右,仁念以为女嫁君耳。"固曰:"陈氏眇乎?"曰:"然。何以知之?"固曰:"所刺者固也。"乃曰:"奇也!命也!"因尽言之,相敬愈极。后生男鲲,为雁门太守,封太原郡太夫人。乃知阴骘之定,不可变也。宋城宰闻之,题其店曰:"定婚店。"

《续玄怪录》卷四《定婚店》

《太平广记》卷一五九《定婚店》、明·冯梦龙编纂《情史》卷二情缘类《韦固》均出自《续玄怪录》,与此则悉同。南宋·委心子编《分门古今类事》卷十六《韦固赤绳》,出自《幽怪录》,与此则相同而小有变化,文字较为简略。

杜陵韦固,少孤,思早娶而求婚不成。贞观二年,将游清河,旅次宋城南店,客有以司马潘昉女为议者,期于店西。未旦往焉,斜月尚明,有老人倚巾囊坐于阶,向月检书,因问曰:"老父所寻何书?"曰:"幽冥之书。"问曰:"幽冥之书何以在此?"答曰:"凡人生之事,皆幽使主之。君行自早,非我不当来也。"固曰:"然则君主何事?"曰:"天下之婚牍尔。"固喜曰:"某少孤,愿早娶,以广后嗣,十年不遂。今有人以潘女为议,可以成否?"老人曰:"未也。君之妇适三岁,年十七方入君门。"因问囊中何物,曰:"赤绳子耳,以系夫妻之足。虽仇敌之家,贵贱辽邈,天涯从宦,吴楚异乡,此绳一系,终不可逭。君之脚已系彼矣,它求何益?"固曰:"某妻安在?其家何为?"曰:"此店北卖菜陈妪女也。"及明,老人与固至菜市,有妪眇一目,挽三岁女,敝陋之甚。老人指曰:"此君之妻也。"固怒曰:"杀之可乎?"老人曰："此人命当食天禄，因子而食邑，庸可杀耶？"老人遂隐。固因磨一小刀，付其奴曰："为我杀之。"明日，奴袖刀入市众中刺之，一市纷扰。固问中否，奴曰："才中眉间耳。"后固求婚终不遂。又十四年以荫参相州军，刺史王泰喜之，因以女妻之，容色华丽，于眉间常贴一花钿，虽沐浴寝处，未尝暂去。岁余，因逼而问之，妻潸然曰："妾，郡守之犹子也。畴昔父曾宰宋城，终于官，时妾方在襁褓，兄亦继殁，惟一庄在宋城，与乳母陈氏居之，鬻蔬以给朝夕。陈氏怜小，不忍暂去，三岁时，抱行市中，为狂贼所刺，刀痕尚在，故以花钿覆之。七八年前，叔从事卢龙，遂得在左右，以为女嫁君耳。"固曰："陈氏眇乎？"曰："然。何以知之？"固曰："所刺者，固使之也。"因尽言之，夫妻相对惊悌，相敬愈笃。后生男为雁门太守，封太原郡夫人。乃知阴骘既定，不可变也。宋城宰闻之，题其店曰"定婚店"。

明·周辑撰短篇小说集《西湖二集》卷一六〇《月下老错配本属前缘》"入话"部分所引用的"月下老故事"，系据《续玄怪录》卷四《定婚店》缩写而成。

《太平广记》卷一六〇《灌园婴女》，出五代·王仁裕撰《玉堂闲话》，故事情节与韦固赤绳多有不同。

顷有一秀才，年及弱冠，切于婚娶，经数十处，托媒氏求问，竟未偕偶，乃诣善易者以决之。卜人曰："伉俪之道，亦系宿缘，君之室，始生二岁矣。"又问："当在何州县，是何姓氏？"卜人曰："在滑州郭之南，某姓某氏，父母见灌园为业，只生一女，当为君佳偶。"

其秀才自以门第才望，方求华族，闻卜人之言，怀抱郁怏，然未甚信也。遂诣滑质其事，至则于滑郭之南寻访。果有一蔬圃，问老圃姓氏，与卜人同。又问有息否？则曰："生一女，始二岁矣。"秀才愈不乐。一日，伺女婴父母外出，遂就其家，诱引女婴使前，即以细针内于囟中而去。寻离滑台，谓其女婴之死矣。

是时，女婴虽遇其酷，竟至无恙。生五六岁，父母俱丧。本乡县以孤女无主，申报廉使，廉使即养育之。一二年间，廉使怜其黠慧，育为己女，恩爱备至。廉使移镇他州，女亦成长。其问卜秀才，已登科第，兼历簿官，与廉使素不相接，因行李经由，投刺谒廉使。一见慕其风采，甚加礼遇。问及婚娶，答以未婚。廉使知其衣冠子弟，且慕其为人，乃以幼女妻之。潜令道达其意，秀才欣然许之。

未几成婚，廉使资送甚厚，其女亦有殊色，秀才深过所望。且忆卜者之言，颇有责其谬妄耳。其后每因天气阴晦，其妻辄患头痛，数年不止。为访名医，医者曰："病在顶脑间。"即从药封脑上。有顷，内溃出一针，其疾遂愈。因潜访廉使之亲旧，问女子之所出，方知囡者之女，信卜人之不谬也。襄州从事陆宪尝话此事。

这一故事类型，现当代仍在上海、四川、江西、河北、陕西、甘肃、宁夏、河南、辽宁等地汉族和某些少数民族地区流布，譬如《美好姻缘一线牵》①、《三百年前结鸳鸯》②、《鸳鸯谱》③、《千里姻缘一线牵》④、《丁秃女》⑤、《月下佬的故事》⑥、《千里姻缘一线牵》⑦、《天

---

① 见《中国民间文学集成·上海卷·卢湾区故事分卷》。
② 见《中国民间文学集成·上海卷·虹口区故事分卷》。
③ 见《中国民间文学集成·南溪县卷》。
④ 见《中国民间故事集成·江西卷》。
⑤ 见《中国民间故事集成·河北卷》。
⑥ 见《中国民间文学集成·保定市故事卷》。
⑦ 见《中国民间文学集成·陕西卷·咸阳民间故事集成》。

配的婚姻》①、《姻缘是天配的》②、《棒打鸳鸯》③、《月老配婚》（满族）④。

这一故事类型，相当于丁乃通编著《中国民间故事类型索引》930A，艾伯华著《中国民间故事类型》"十、阴间和转世149.定亲"。

变畜赎罪型故事　大致写有人生前罪孽深重，死后变为牛、马、驴、犬一类牲畜赎罪。这一故事类型，初见于唐·李复言撰《续玄怪录》：

> 长安张高者，转货於市，资累巨万，有一驴，育之久矣。元和十二年秋八月，高死。死十三日，妻命其子张和乘往近郊，营饭僧之具。出里门，驴不复行，击之即卧，乘而鞭之。驴忽顾和曰："汝何击我？"和曰："吾家用钱二万以致汝，汝不行，安得不击也。"然甚惊。驴又曰："钱二万不说，父骑我二十余年，吾今告汝，人道兽道之倚伏，若车轮然，未始有定。吾前生负汝父力，故为驴酬之。无何，汝饲吾丰。昨夜汝父就吾算，侵汝钱一缗半矣。汝父当骑我，我固不辞。吾不负汝，汝不当骑我。汝强骑我，我亦骑汝，汝我交骑，何劫能止？以吾之肌肤不啻值万钱也。只负汝一缗半，出门货之，人酬亦尔。然而无的取者，以他人不负吾钱也。麸行王胡子负吾二缗，吾不负其力，取其缗半还汝，半缗充口食，以终驴限耳。"和牵归以告其母。母泣曰："郎骑汝年深，固甚劳苦。缗半钱何足惜，将舍债丰秣而长生乎？"驴摆头。又曰："卖而取钱乎？"乃点头。遽令货之，人酬不过缗半，且无敢取者。牵入西市麸行，逢一人长而胡者，乃与缗半易

---

① 见《中国民间故事集成甘肃卷·兰州市分卷》。
② 见《中国民间文学集成·宁夏卷资料丛书·银川市集成》。
③ 见《中国民间故事集成·河南桐柏县卷》。
④ 见《满族三老人故事集》。

之。问其姓,曰:"王。"自是连雨数日乃晴,和往觇之,驴已死矣,王竟不得骑,又不负之验也。和东邻有右金吾郎将张达,其妻,李之出也,余尝造焉。云见驴言夕,遂闻其事,且以戒欺暗者,故备书之。

《续玄怪录》卷四《驴言》

五代·徐铉撰《稽神录》中的一则异文,讲的是某府吏变马还债之事。

军使吴宗嗣者,尝有某府吏从之贷钱二十万,月计利息,一年后不复肯还,求索不可得。宗嗣怒召而责之曰:"我前世负尔钱,我今还矣。尔负我当作驴马还我。"因焚券而遣之。逾年,宗嗣独坐厅事,忽然见吏白衣而入曰:"某来还债。"宗嗣曰:"已焚券,何用复偿?"吏不答,径让厩中,俄而厩人报马生白驹。使诣吏舍诘之,死已翌日矣。驹长卖之,正得所负钱数。

《稽神录》卷二《吴宗嗣》

宋·洪迈撰《夷坚志》有两则异文,都以官吏强征暴敛得报,死后变牲畜为题材。其中的后一则又由两个小故事组成,彼此有关联,更有力度。

秀州华亭县吏陈生者为录事,冒贿稔恶,常带一便袋,凡所谋事,皆书纳其中。既死,梦于家人曰:"我已在湖州显山寺为犬矣。"家人惊惨,奔诣寺省问。一犬闻客至,急避伏众寮僧榻下,连呼不出,意若羞赧,其家不得已遂还。既去,僧语之曰:"陈大录宅中人矣。"方振尾而出。此犬腹下垂一物,正方,宛如便袋状,皮带周匝系其腹,犹隐隐可辨。洪庆善尝与葛常之侍郎至寺见之，询诸僧云然。

《夷坚甲志》卷十一《陈大录为犬》①

永康军导江县人王某者，以刻核骞鸷处官。绍兴五年，为四川都转运司干办公事，被檄榷盐于潼川路，躬诣井所，召民强与约，率令倍差认课。当得五千斤者，辄取万斤。来岁所输不满额者，籍其赀。王心知其不能如约规，欲没入之，使官自监煎。既复命，计使以盐额倍增，荐诸宣抚使，得利州路转运判官，未几死。眉州彭山人杨师锡，以合州守待次田间，梦王来谒，公服后穿，出牛一尾，方惊怛，侍婢亦魇寱，言："见王运使来，衣后有牛尾。"相语未了，外报一犊生，遽取火视之，犊仰首泪下。事既著闻。

有资中人马某者，亦为都漕司干官，每出郡邑督钱，惟以多为贵，不问额之虚实赢缩，必得为期，且以此自负。蜀人以其虐于刷钱，目曰马刷，或以王君事警之。马曰："正使见世生两尾，亦何必问！"已而疽发于背之左。疮稍愈，复发于右。两疽相对，宛如杖疮，其深数寸，隔膜洞见肺腑，臭满一室。同僚往问病，马生但云："当以某为戒。某悔无及也。"死时，与王相距才一年。

《夷坚甲志》卷十七《人死为牛》②

明·王圻编纂《稗史汇编》卷一六九《祸福门·报恶类上·陈录事为犬》，与《夷坚甲志》卷十一《陈大录为犬》相同。

清·梁恭辰辑《北东园笔录》中的一则异文，讲的是富翁得报变牛之事。

---

① 见《夷坚志》第一册，第93页。
② 见《夷坚志》第一册，第147页。

蜀南部县近城四十里，有小村。村内李某年近六旬，生二子。父子居心忠厚，耕种为业，仅可糊口。道光六七年岁歉，向本村富人陈良栋借钱一百贯。不数年，李姓父子因勤俭持家，家业渐丰。李翁忽得病，弥留时唤二子至床前告曰："前借陈姓之钱，可算清本利还之。此人为富不仁，务将借约取回，免致受累。"二子遵命以钱往还，陈姓受钱后，捏称①借约无从寻觅。李翁复令二子向索，陈终不给。不数月李亡，二子愈勤俭，家道益饶。陈顿昧天良执约向李姓复行索债。李姓二子均言前还钱状，陈指约为凭，坚称未还，否则必鸣于官。李畏累，令陈翁对天起誓。陈跪阶前誓云："重收尔债，来生当变牛马偿还。"李遂以复以钱还之，将约取回。年余，陈暴病将终，告妻子曰："我往李家还债去矣。"言罢而逝。陈终时，李姓家牛忽生一犊，额上似有字。处尚模糊，年余字迹朗然，系"陈良栋"三字。陈妻子梦陈哀求与伊赎身，尚不深信。及闻李姓家牛额有字，母子同往视果然，牛跪而求之，状如人。陈妻子大悲，愿将李姓重还之钱付李赎牛。李不许，后复再三恳求，以千金相赎，李仍不允。陈妻子诉于官，县令唤陈李二姓到堂，断银一千二百两，将牛赎还陈姓。李不遵断，令再三劝谕，李终不从。令亦无可如何。

《北东园笔录》四编卷三《变牛还债》

县令除虎型故事 系"'升仙'奥秘型故事"的亚型。大致写某处道观每年九月三日均有道士"升仙"。到了相传这天晚上，道士皆不闭户，以求成仙。县令不信此事。三更时见老虎入观衔走一道士，即命勇士将其射死。从此再无"升仙"者。这一故事类型，初见于唐·谷神子撰《博异志》：

---

① 捏称：谎称。

> 天宝中，河南缑氏县东太子陵仙鹤观，常有道士七十余人，皆精专修习，法箓斋戒皆全。有不专者，自不之住矣。常每年九月三日夜，有一道士得仙，已有旧例。至旦，则具姓名申报以为常。其中道士，每年到其夜，皆不扃户，各自独寝，以求上升之应。后张竭忠摄缑氏令，不信。至时，乃令二勇者以兵器潜觇之，初无所睹，至三更后，见一黑虎入观来，须臾，衔出一道士。二人遂射，不中，奔弃道士而往。至明，并无人得仙。具以此白竭忠。竭忠申府，请弓矢大猎，于太子陵东石穴中格杀数虎。或金简玉箓洎冠帔，或人之发骨甚多，斯皆谓每年得仙道士也。自后仙鹤观中即渐无道士。今并休废，为守陵使所居也。

《博异志·张竭忠》

南宋·曾慥编《类说》卷二十四"道士得仙"、南宋·李石《续博物志·道士升仙》、明·王稚登撰《虎苑》卷下"张竭忠除虎"，均由《博异志·张竭忠》改写，文字都有所压缩。而明·王圻纂集《稗史汇编》卷一五六《禽兽门·兽类二·仙岳观》则抄自《博异记》，文字相同，仅有个别字句有出入。

白蛇传型故事 大致写一青年清明节时与化为美妇的白蛇精相遇，彼此倾慕，遂结为恩爱夫妻，过上美满的家庭生活。不料，一禅师从中挑拨，致使夫妻分离，最后竟将白蛇精镇压在塔下。这一故事类型，萌生较早，经历一个较为漫长的发展、演变过程才逐渐定型。唐宋时期，这一故事类型当处于萌芽阶段，民间流传的故事大多写白蛇精变作美妇与一青年交好或结为夫妻，最终将其吓死或害死。唐代有谷神子撰《博异志·李黄》：

> 元和二年，陇西李黄，盐铁使逊之犹子也。因调选次，乘暇

于长安东市,瞥见一犊车,侍婢数人,于车中货易。李潜目车中,因见白衣之姝,绰约有绝代之色。李子求问,侍者曰:"娘子孀居,袁氏之女,前事李家,今身依李之服。方除服,所以市此耳。"又询:"可能再从人乎?"乃笑曰:"不知。"李子乃出与钱帛,货诸锦绣。婢辈遂传言云:"且贷钱买之,请随到庄严寺左侧宅中,相还不负。"李子悦。时已晚,遂逐犊车而行,碍夜方至所止。犊车入中门,白衣姝一人下车,侍者以帷拥之而入。李下马,俄见一使者,将榻而出,云:"且坐。"坐毕,侍者云:"今夜郎君岂暇领钱乎!不然,此有主人否?且归主人,明晨不晚也。"李子曰:"乃今无交钱之志,然此亦无主人,何见隔之甚也!"侍者入,复出曰:"若无主人,此岂不可。但勿以疏漏为诮也。"俄而侍者云:"屈郎君。"李子整衣而入,见青服老女郎立于庭,相见曰:"白衣之姨也。"中庭坐。少顷,白衣方出,素裙灿然,凝质皎若,辞气闲雅,神仙不殊。略序款曲,翻然却入。姨坐谢曰:"垂情与货诸彩色,比日来市者,皆不如之,然所假如何?深忧愧。"李子曰:"采帛粗缪,不足以奉佳人服饰,何敢指价乎!"答曰:"渠浅陋,不足侍君子巾栉,然贫居有三十千债负,郎君傥不弃,则愿侍左右矣。"李子悦,拜于侍侧,俯而图之。李子有货易所先在近,遂命所使取钱三十千,须臾而至。堂西间门,砉然而开,饭食毕备,皆在西间。姨遂延李子入座,转盼炫焕。女郎旋至,命坐,拜姨而坐。六七人具饭,食毕,命酒欢饮。一住三日,饮乐无所不至。第四日,姨云:"李郎君且归,恐尚书怪迟,后往来亦何难也。"李亦有归志,承命拜辞而出。上马,仆人觉李子有腥臊气异常。遂归宅,问:"何处,许日不见?"以他语对。遂觉身重头旋,命被而寝。先是婚郑氏女,在侧云:"足下调官已成,昨日过官,觅公不得,某二兄替过官,已了。"李答以愧佩之辞。俄而郑兄至,责以所往行。李已渐觉恍惚,秖对失次,谓妻曰:"吾不起矣。"口虽语,但觉被底身渐消尽。揭被而视，空注水而已，唯有头存。家大惊懔，呼从出之仆考之，具言其事。及去寻旧宅所，乃空园，有一皂荚树，树上有十五千，树下十五千，余了无所见。问彼处人，云："往往有巨白蛇在树下，便无别物。"姓袁者，盖以空园为姓耳。

《博异志·李黄》还采集了一则异文，附录在该故事之后：

> 复一说，元和中，凤翔节度李听从子琯，任金吾参军，自永宁里出游，及安化门外，乃遇一车子，通以银装，颇极鲜丽，驾以白牛，从二女奴，皆乘白马，衣服皆素，而姿容婉媚。琯贵家子，不知检束，即随之，将暮焉。二女奴曰："郎君贵人，所见莫非丽质。某皆贱质，又粗陋，不敢当公子厚意，然车中幸有姝丽，诚可留意也。"琯遂求女奴，乃驰马傍车，笑而回曰："郎君但随行，勿舍去，某适已言矣。"琯既随之，闻其异香盈路。日暮，及奉诚园，二女奴曰："娘子住此之东，今先去矣。郎君且此回翔。某即出奉迎耳。"车子既入，琯乃驻马于路侧。良久见一婢，出门招手，琯乃下马，入座于厅中，但闻名香入鼻，似非人世所有。琯遂令人马入安邑里寄宿。黄昏后，方见一女子，素衣，年十六七，姿艳若神仙。琯自喜之心，所不能谕。及出，已见人马在门外，遂别而归。才及家，便觉脑疼，斯须益甚，至辰巳间，脑裂而卒。其家询问奴仆昨夜所历之处，从者具述其事，云："郎君颇闻异香，某辈所闻，但蛇臊不可近。"举家冤骇，遽命仆人，于昨夜所止之处覆验之。但见枯槐树中，有大蜿蟠屈之迹。乃伐其树，发掘，已失大蛇，但有小蛇数条，尽白，皆杀之而归。

明·陆楫编《古今说海》说渊部《白蛇记》，与《博异志·李黄》及其附录的一则异文悉同，仅个别字句稍有出入。

宋代有洪迈撰《夷坚支戊》卷二《孙知县妻》：

> 丹阳县外十里间，土人孙知县，娶同邑某氏女。女兄弟三人，孙妻居少。其颜色绝艳，性好梅妆，不以寒暑著素衣衫，红直系，容仪意态，全如图画中人。但每澡浴时，必施重帏蔽障，不许婢妾辄至，虽揩背亦不假手。孙数扣其故，笑而不答。历十年，年且三十矣，孙一日因微醉，伺其入浴，戏钻隙窥之。正见大白蛇堆盘于盆内，转盼可怖。急奔诣书室中，别设床睡。自是与之异处。妻盖已知觉，才出浴，即往就之，谓曰："我固不是，汝亦错了。切勿生他疑。今夜归房共寝，无伤也。"孙虽甚惧，而无词可却，竟复与同衾，绸缪燕昵如初。然中心疑惮，若负芒刺，展转不能安镇席。怏怏成疾，未逾岁而亡，时淳熙丁未岁也。张思顺监镇江江口，府命摄邑事，实闻之。此妇庆元三年，年恰四十，犹存。

此外，根据民间故事创作的宋代话本小说《西湖三塔记》，其中亦有白蛇精的描写。该小说作者不详，今见于明·洪楩编《清平山堂话本》。它记述南宋时临安府有一个叫奚宣赞的官宦子弟，清明节游西湖时被诱骗至妖怪洞穴中，与白衣娘子（白蛇精）玩乐后将被挖取心肝，因得到婢女卯奴（乌鸡精）帮助，逃生还家。不久，其人又让獭精所变的婆子捉回妖洞，供白蛇精玩乐。当白蛇精要取他的心肝时，他再次被卯奴搭救。后来，他的叔父奚真人施展法术捉住三怪，造出三个石塔将它们镇压在西湖之中。

上述唐宋时期出现的作品，尽管与明代以来逐渐定型的白蛇传型故事存在明显的差别，但其中亦有不少相似之处，诸如：故事发生时间为清明节，地点在杭州西湖；女主人公为白蛇精，身边有一婢女；男主人公有的称奚宣赞，与以后出现的许宣或许仙发音接近；男女主人公或为夫妻，或有同居关系；有女主人公现出蛇身的情节；结尾讲白蛇精等被有道行的出家人镇压在西湖中或西湖畔的塔内。这些描写，后来都被白蛇传故事所吸收，对于此一故事类型的形成多有贡献。

明·冯梦龙根据民间流布的白蛇传故事加工写定的《白娘子永镇雷峰塔》（见《警世通言》卷二十八），叙写杭州临安府青年许宣，清明时在西湖遇上白娘子，相互爱慕，感情日深。许因收下白所盗县库的一锭雪花银而被发配至苏州。白寻找而来，遂结为夫妻，但许一直不知道妻子是蛇精。一日，一道人称白是妖怪，前去捉拿，由于法力不济，落荒而逃。四月八日许穿上妻子给的新衣去看佛会，竟被官府缉拿，改配镇江。从此，许对妻子多有怀疑。后来，在法海的唆使下，他用钵盂罩在白的头上，使其现出原形，最终被法海装入钵盂内，将其镇压在雷峰寺前所砌的七层宝塔下。

《白娘子永镇雷峰塔》的问世，标志着白蛇传型故事的正式形成。其主要人物形象即许宣、白娘子、青青、法海和基本故事情节，无不与后世流传的这一故事类型的作品一致。在明代已有将白蛇精与雷峰塔联系起来的传闻。譬如，田汝成撰《西湖游览志》卷三《南山胜迹》称："净慈寺前为雷峰塔。……俗传湖中有白蛇、青鱼两怪，镇压塔下。"吴从先撰《小窗自记》称："宋时法师钵贮白蛇，覆于雷峰塔下。"但均系简约记载，直至《白娘子永镇雷峰塔》的问世，才有一个完整的白蛇传故事出现，使这一故事类型进入一个新的发展阶段。

清·墨浪子辑《西湖佳话》（全名《西湖佳话古今遗迹》），刊行于康熙年间。其中的《雷峰怪迹》，是《白娘子永镇雷峰塔》的改写本，文字更为通俗流畅，更易于传播。

清·黄图珌撰传奇《雷峰塔》（刊于乾隆三年即1738年）、清·方成培撰传奇《雷峰塔》（刊于乾隆三十六年即1771年），以及清人的弹词《义妖传》、鼓词《雷峰塔》《白蛇宝卷》等，都是根据《白娘子永镇雷峰塔》改编的，同时又增加了民间传说故事的素材和作者的创意，对于这一故事类型的发展和进一步传播，多有贡献。

还须指出的是，明清时期尚有与《白蛇传》相似的传说故事在民间流布,彼此呼应,相互影响,促进了这一故事类型的发展。

譬如,明·田汝成撰《西湖游览志余》卷二十六"双鱼扇坠",其中与男主人公交欢的是亡女幽魂:

> 弘治间,旬宣街有少年子徐景春者,春日游湖山。至断桥时,日迫暮矣,路逢一美人,与小鬟同行。景春悦之,前揖而问曰:"娘子何故至此?"答曰:"妾顷与亲戚同游玉泉,士子杂沓,遂失群,惘惘索途耳。"景春曰:"娘子贵宅何所?"答曰:"湖墅宦族孔氏二姊也。"景春遂送之以往。及门,强景春入,曰:"家无至亲,郎君不弃,暂寄一宿何如?"景春大喜,遂入宿焉,备极缱绻,以双鱼扇坠为赠。明日,邻人张世杰者,见景春卧冢间,扶之归。其父访之,乃孔氏女淑芳之墓也。告于官,发之,其祟绝焉。

又如,清·钮琇撰《觚賸》卷二《吴觚中·蛟桥幻遇》,其中女主人公可能来自仙苑:

> 宜兴许郎行二,农家子也。康熙二十年间偶入城,至蛟桥,遇一女绝艳。许将与目成,已失所在。是日薄暮抵舍,则所遇女先在室内,迎谓许曰:"来从泽阙,暂寄红尘,三生夙契,今当与君偿之。幸无疑惧。"问其姓名,曰:"何淑贞。"从婢年可十三四,曰秋鸿。是时许妇适归宁,许因诡言:"我妇美不逊汝。"何曰:"邑中金闺之艳,幽谷之姝,遍数止某某三人,差不惭巾帼,我犹胜之。若君妇,则历齿蓬头,既疥且痔,直登徒所爱者耳,又何足言!"妇闻甚恚,率其诸姑姊埊集哄观,仅闻语声出户,并不见形。乃共指而詈之。何曰:"我与许君缔未断之缘,命自真宰。汝辈某与某私,某为某事,此岂贞静者,而亦毁我乎?"所刺幽隐皆实,众遂嘿然散去。何善谈论,其言皆古宫闱

事，于汉时尤详。远近好异之士，履满其门。……如是月余，颇厌嚣烦，挈婢辞许，不知所往逾旬，瞥见前婢持衣履来贻，且招许。许叩以所在，婢言但闭目行，少顷可达。许如言，觉两足冉冉若乘烟雾，经丘穿壑，恍入仙源，曲栏重阁，花木幽深。何薄鬓约袖，躬自纺织。许至，洁厄而进……因相与缱绻。逾夕惝恍出门，遥见晓村旧径，忽然抵家。

再如，清·钱泳撰《履园丛话》十六《精怪·蛇妻》，其中的女主人公乃蛇精：

湖州归安县菱湖镇某姓者，以卖碗为业，纳一妻甚美，而持家勤俭，异于常人。一日谓其夫曰："我见子作此生涯饥寒如旧，非计也。子如信吾言，自有利益。"其夫听之，遂弃旧业，买卖负贩，一如妻言，不及十年。遂至大富。生二子，俱聪慧，延师上学。惟每年端午辄病，而拒人入房，其夫不觉也。长子方九岁，偶至母所，见大青蛇蟠结于床，遂惊叫反走，回视则母也。因告于师。师故村学究，以祸福之说耸动其夫。妻已知之，遂谩骂曰："吾家家事何与先生！"是夕忽不见。乾隆初年事。

这一故事类型，现当代仍在上海、江苏、浙江、福建、湖北、河北、山西、山东等地流布，譬如《许仙和白蛇》[1]《白蛇的传说》[2]《蟹和尚》[3]《白蛇与青蛇》[4]《白茶畈》[5]《许仙三放白蛇》[6]《法海横

---

[1] 见《中国民间文学集成·上海卷·黄浦区故事分卷》。
[2] 见《中国民间故事集成·江苏卷》。
[3] 见《浙江省民间文学集成·嘉兴市故事卷》。
[4] 见《中国民间故事集成·福建卷》。
[5] 见《中国民间故事集成·湖北卷》。
[6] 见《中国民间故事集成·河北卷》。

行·白蛇霸道》①《白蛇前传》②。

这一故事类型，相当于丁乃通编著《中国民间故事类型索引》411。

枯井尸案型故事 大致写某僧夜误堕枯井，井中有一被强盗所杀妇人。次日此僧为人捉而告县，不堪拷打乃诬服。因赃物、凶器未获，无以结案。后因真凶他处败露而得实情（或暗访捕得真凶），此僧才被释放。这一故事类型初见于唐·薛用弱撰《集异记》（又名《古异记》），故事发生地在沂州（今山东临沂一带）。

宫山，在沂州之西鄙，孤拔耸峭，迥出众峰。环三十里，皆无人居。贞元初，有二僧至山，荫木而居。精勤礼念，以昼继夜。四远村落，为构屋室，不旬日，院宇立焉。二僧尤加惹励，誓不出房二十余载。元和中，冬夜月明，二僧各在东西廊，朗声呗唱。空中虚静，时闻山下有男子恸哭之声，稍近，须臾则及院门。二僧不动，哭声亦止。逾垣遂入，东廊僧遥见其身绝大，跃入西廊，而呗唱之声寻辍，如闻相击扑争力之状。久又闻咀嚼啖噬，啜吒甚励。东廊僧惶骇突走，久不出山，都忘途路，或仆或蹶，气力殆尽。回望见其人，跟跄将至，则又跳进。忽逢一水，兼衣径渡毕。而追者适至，遥诟曰："不阻水，当并食之。"东廊僧且惧且行，罔知所诣。俄而大雪，咫尺昏迷，忽得人家牛坊，遂隐身于其中，夜久雪势稍晴，忽见一黑衣人，自外执刀枪徐至栏下，东廊僧省息屏气，向明潜窥，黑衣人踟蹰徙倚，如有所伺。有顷，忽院墙中般过两囊衣物之类，黑衣取之，束缚负担。续有一女子攀墙而出，黑衣挈之而去。僧惧涉踪踪，则又逃窜，恍惚莫知所

---

① 见《中国民间故事集成·山西卷》。
② 见《中国民间故事集成·山东卷》。

之。不十数里，忽坠废井，井中有死者，身首已离，血体犹暖，盖适遭杀者也。僧惊悸不知所为。俄而天明，视之，则昨夜攀墙女子也。久之，即有捕逐者数辈偕至，下窥曰："盗在此矣。"遂以索缒人就井縶缚，加以殴击，与死为邻。及引上，则以昨夜之事本末陈述。而村人有曾至山中，识为东廊僧者。然且与死女子俱得，未能自解。乃送之于邑，又细列其由，谓西廊僧已为异物啖噬矣。邑遣吏至山中寻验，西廊僧端居无恙，曰："初无物。但将二更，方对持念，东廊僧忽然独去。久与誓约，不出院门，惊异之际，追呼已不及矣。山下之事，我则不知。"邑吏遂以东廊僧诳妄，执为杀人之盗，榜掠薰灼，楚痛备施。僧冤痛诬，甘置于死。赃状无据，法吏终无以成其狱也。逾月，而杀女窃资之盗他处发败，具得情实，僧乃冤免。

《集异记·宫山僧》

宋·司马光撰《涑水记闻》采录的一则异文，不但故事发生地有了变化，而且故事情节也有所不同，侦破、平冤的特点较为鲜明。

向敏中丞相判西京。有僧暮过村舍求宿，主人不许，求宿于门外车箱中，许之。是夜有盗入其家，携一妇人并囊衣逾墙出。僧不寐，适见之。自念不为主人所纳，而强求宿，明日必以此事疑我而执诣县矣，因亡去。夜走荒草中，忽坠眢井。而逾墙妇人已为人所杀，尸在井中，血污僧衣。主人踪迹捕获送官，不堪掠治，遂自诬云："与妇人奸，诱以俱亡，恐败露，因杀之。投尸井中，不觉失脚，亦坠于井。赃与刀在井旁，不知何人持去。"狱成，皆以为然。敏中独以赃杖不获，疑之。诘问数四，僧但云："前生负此人命，不可言者。"固问之，乃以实对。于是密遣吏访其贼，食于村店。有妪闻其自府中来，不知其吏也。问曰："僧某狱如何？"吏绐之曰："昨日已笞死于市矣！"妪叹息曰："今若获贼如何？"吏曰："府已误决此狱，虽获贼，亦不敢问也。"妪曰："然则言之无害。彼妇人乃此村少年某甲所杀也。"吏问其人安在，妪指示其舍，吏往捕并获其赃。僧始得释。一府咸以为神。

《涑水记闻》卷七"枯井尸案"

宋·郑克撰《折狱龟鉴》卷二《向敏中》，抄自《涑水记闻》，文字几乎相同。明·冯梦龙编纂《智囊补》察智部卷十《诘奸·向敏中》，据《涑水记闻》改写，文字有所压缩。

明·佚名撰《龙图公案》卷三《杀假僧》，系以这一故事类型为素材创作的一篇公案小说，描写为细致、生动，录此可资比较。

话说东京城三十里，有一董长者，生一子，名董仁。住居乃东京城之马站头，造起数间店宇，招接四处往来客商，日有进益，长者遂成一富翁。董仁因娶得城东茶肆杨家女为妻，颇有姿色，每日事公姑甚恭敬，只是嫌他多些风情。仁又常出外买卖，或一个月一归，或两月一归。城东十里外，有个船艄名叫孙宽，每日往来董家店最熟，与阿杨笑语，绝无疑忌。年久月深，两情缱绻，遂成欢娱聚会，如同夫妇。宽伺候董仁出外经商，遂与阿杨私约道："吾与娘子情好非一日，然欢娱有限，思恋无奈。娘子如何收拾所有金银物件，随我奔他处，庶得永为夫妇。"阿杨许之。二人遂指天为誓，乃择十一月二十一日良旦日子，相约同去。

至某日，阿杨收拾房中所有，以待孙宽之来。黄昏时，忽有一和尚来宿于董翁店，称是洛州翠玉峰大悲寺僧，名道隆，因来此方抄化，天晚投宿一宵。董翁平日是个好善的人，便开店房，铺排床席，款待和尚。饭罢，即睡。时正大寒欲雪，董翁夫妇关门熟睡。二更时候，宽叩门来，阿杨遂携所有物色，与宽同去。才出门外，但见天阴雨湿，路滑难行。阿杨苦不肯行，密告孙宽道："欲去不得，别约一宵未迟。"宽自想道："万一迟留，恐漏泄此事。"又见其所有物色颇富，遂拔刀杀死阿杨，夺却金银，置其尸于古井中而去。

未几，和尚起来出外登厕，忽跌入古井中。井深数丈，无路可上。至天明，和尚小作童起来，遍寻和尚不见，遂唤问店主。董翁起来，遍寻至饭时，亦不见阿杨。径入房中看，四壁皆空，财物一无所留。董翁思量："阿杨定是与和尚走了。"上下山中，遍寻无迹，遂问卜于巡官。巡官占云："寻人不见，宜向东南角上搜寻。"董翁如其言，寻至厕屋古井边，但见乱草交加，微带鲜血。忽闻井中人声，董翁遂请舍东王三，将长梯及绳索，直下井中。但见下有一和尚连声叫屈，阿杨已被人杀死在井中。王三将长绳缚了和尚，吊上井来。众人将和尚乱拳殴打，不由分说。乡邻里保具状，解入县衙。

知县将和尚根勘，日夕拷打，要他招认。和尚受苦难禁，只得招认。知县遂申县府衙。包公唤和尚问及原因，和尚长叹道："前生负此冤死债矣！"从实真供。包公思之，说是洛州和尚与董家店相去七百余里，岂仓猝能与妇人私通约期，必是冤屈难明。遂将和尚散禁在狱，日夕根探，竟无明白。偶得一计，唤狱司就狱中所有大辟该死人，将一人密地剃了须发，便作僧人，押赴市曹斩了，号令三日。称是洛州大悲寺僧为谋杀董家妇阿杨事，令已处决。又密遣公吏数人，出城外探听，或有众人拟议此事是非，即来通报。

诸吏行至城外三十里，因到一店中买茶，见一婆子。因问："前日董翁家杀了阿杨公事，曾结断否？"诸吏道："和尚已偿命了。"婆子闻说，捣胸叫屈："可惜这和尚枉了性命。"诸吏细问因由。婆子道："是此去十里头，有一船艄名孙宽，往来于董家最熟，与阿杨私通，因谋他财物，遂杀了阿杨，弃尸井中。全不干和尚事。"诸吏即忙回报包公。

包公便差公吏数人密缉孙宽，枷送入狱。根勘，宽苦不肯招认。因令取县招当堂，笑绐之曰："杀一人不过一人偿命。和尚既偿了命，安得有二人偿命之理？但是董仁所诉失了金银四百余件，你莫非捡得，便将还他，你脱其罪。"孙宽甚喜，供招："是日由董家曾寄下金银一袱，至今收藏小柜中。"包公差人押孙宽回家，取金银来到，就唤董仁前来证认。董仁一见物色，便认得金银器及锦被一条："果是我家物色。"包公再勘，董家原无寄与金银之事。又勾唤店婆来证，孙宽仍抵赖，不肯招认。包公道："阿杨之夫经商在外，汝以淫心戏之成奸，因利其物，遂至谋害。见有董家失物在此证验，何得强辩不招？"孙宽神魂惊散，难以掩藏，只得一笔招成。遂押赴市曹处斩。和尚释放回山，得不至死于非命。

这一故事类型，现当代仍在山西等地流布，譬如《道士杀人案》①。

虎妻子型故事 大致写某甲至旅舍就寝时，有虎入室化为美女（或言雪中至茅舍与翁媪及其女相遇；或言虎负一美妇至；或言途中偶遇一少妇），乃与此女（或妇）结为夫妻。相处甚欢洽，并生有子女。多年后，其妻觅得虎皮，即披之化虎而去。这一故事类型，初见于唐·薛用弱撰《集异记》。

崔韬，蒲州人也，旅游滁州，南抵历阳。晓发滁州，至仁义馆宿，馆吏曰："此馆凶恶，幸无宿也。"韬不听，负笈升厅，馆吏备灯烛讫。而韬至二更，展衾方欲就寝，忽见馆门有一大足如兽。俄然其门豁开，见一虎自门而入。韬警走，于暗处潜伏视之，

---

① 见《山西民间故事大系·晋北卷》。

见兽于中庭，脱去兽皮，见一女子，奇丽严饰，升厅而上，乃就韬衾。出问之曰："何故宿余衾而寝？韬适见汝为兽入来，何也？"女子起谓韬曰："愿君子无所怪。妾父兄以畋猎为事，家贫，欲求良匹，无从自达，乃夜潜将虎皮为衣。知君子宿于是馆，故欲托身，以备洒扫。前后宾旅，皆自怖而殒。妾今夜幸逢人，愿察斯志。"韬曰："诚如此意，愿奉欢好。"来日韬取兽皮衣，弃厅后枯井中，乃挈女子而去。后韬明经擢第，任宣城，时韬妻及男将赴任，与俱行，月余，复宿仁义馆，韬笑曰："此馆乃与子始会之地也。"韬住视井中，兽皮衣宛然如故。韬又笑谓其妻子曰："往日卿所著之衣犹在。"妻曰："可令人取之。"既得，妻笑谓韬曰："妾试更著之。"妻乃下阶，将兽皮衣著之。才华，乃化为虎，跳踯哮吼，奋而上厅，食子及韬而去。

《集异记·崔韬》

《太平广记》卷四三三《崔韬》，出《集异记》，与此则相同，仅个别字句略有出入。近人曹绣君编《古今情海》卷十四《虎化人》，出明·陈继儒撰《虎荟》，亦与此则大致相同。清·褚人获纂辑《坚瓠广集》卷二《虎变美妇》出自明代《潞安志》，与《集异记·崔韬》略异，文字简约。

崞（应作崞）县崔韬之任祥符，道过虒亭，夜宿孤馆，见一虎入门。韬潜避梁上，虎脱皮变美妇，即枕皮睡。韬下取皮投井中，妇醒失皮，向韬索之。韬伴不知也，因纳为妻，抵任生二子一女。及官满复过虒亭，谈及往事，妇问皮安在？韬从井中取出，妇披之复成虎，咆哮而去。

唐·薛渔思撰《河东记·申屠澄》，情节有了明显变异，更为曲

第十章　隋唐五代时期的民间故事类型

折、细腻。不难看出，其中加入了一定的创作成分。

申屠澄者，贞元九年，自布衣调补濮州什邡尉。之官，至真符县东十里许遇风雪大寒，马不能进。路旁茅舍中有烟火甚温煦，澄往就之，有老父姬及处女环火而坐，其女年方十四五，虽蓬发垢衣，而雪肤花脸，举止妍媚。父姬见澄来，遽起曰："客冲雪寒甚，请前就火。"澄坐良久，天色已晚，风雪不止。澄曰："西去县尚远，请宿于此。"父姬曰："苟不以蓬室为陋，敢不承命。"澄遂解鞍，旋衾帱焉，其女见客，更修容靓饰，自帷箔间复出，而闲丽之态，尤倍昔时。有顷，姬自外挈酒壶至，于火前煖饮，谓澄曰："以君冒寒，且进一杯，以御凝冽。"因揖让曰："始自主人。"翁即巡行，澄当婪尾。澄因曰："座上尚欠小娘子。"父姬皆笑曰："田舍家所育，岂可备宾主？"女子即回眸斜睨曰："酒岂足贵，谓人不宜预饮也。"母即牵裙，使坐于侧。澄始欲探其所能，乃举令以观其意。澄执盏曰："请微书语，意属目前事。"澄曰："厌厌夜饮，不醉无归。"女低鬟微笑曰："天色如此，归亦何往哉。"俄然巡至女。女复令曰："风雨如晦，鸡鸣不已。"澄愕然叹曰："小娘子明慧若此，某幸未昏，敢请自媒如何？"翁曰："某虽寒贱，亦尝娇保之。颇有过客，以金帛为问，某先不忍别，未许。不期贵客又欲援拾，岂敢惜。即以为托。"澄遂修子婿之礼，祛囊以遗之，姬悉无所取。曰："但不弃寒贱，焉事资货。"明日，又谓澄曰："此孤远无邻，又复湫溢，不足以久留。女既事人，便可行矣。"又一日，咨嗟而别。

澄乃以所乘马载之而行。既至官，俸禄甚薄，妻力以成其家。交结宾客，旬日之内，大获名誉。而夫妻情义益浃，其于厚亲族，抚甥侄，洎僮仆厮养，无不欢心。后秩满将归，已生一男一女，亦甚明慧，澄尤加敬焉。常作赠内诗一篇曰："一官惭梅福，三年愧孟光。此情何所喻，川上有鸳鸯。"其妻终日吟讽，似默有和者，然未尝出口。每谓澄曰："为妇之道，不可不知书，倘更作诗，反似姬妾耳。"

澄罢官，即罄室归秦。过利州，至嘉陵江畔，临泉藉草憩息。其妻忽怅然谓澄曰："前者见赠一篇，寻即有和，初不拟奉示，今遇此景物，不能终默之。"乃吟曰："琴瑟情虽重，山林志自深。常忧时节变，辜负百年心。"吟罢，潸然良久，若有慕焉。澄曰："诗则丽矣。然山林非弱质所思，倘忆贤尊，今则至矣。何用悲泣乎？"人生因缘业相之事，皆由前定。

后二十余日，复至妻本家，草舍依然，但不复有人矣。澄与其妻即止其舍。妻思慕之深，尽日涕泣。于壁角故衣之下，见一虎皮，尘埃积满。妻见之，忽大笑曰："不知此物尚在耶！"披之，即变为虎，哮吼拿攫，突门而去。澄惊走避之，携二子寻其路，望林大哭数日，竟不知所之。

《太平广记》卷四二九《申屠澄》，出自《河东记》，与此则悉同。

唐·皇甫氏撰《原化记》所采录的一则异文，写入京选人与途中遇见的虎精的一段情缘，进一步展现出这一故事类型在唐代的发展、变化：

有一中朝子弟，性颇落拓，少孤，依于外家。外家居在亳州永城界，有庄，舅氏一女甚有才色，此子求娶焉。舅曰："汝且励志求名，名成，吾不违汝。"此子遂发愤笃学，荣名京邑。白于舅曰："请三年，以女见待。如违此期，任别适人。"舅许之。此子入京，四年未归，乃别求女婿。行有日矣，而生亦已成名归。去舅庄六七十里，夜宿，时暑热，此子从舟中起，登岸而望。去舟半里余有一空屋，遂领一奴持刀棒居宿焉。此乃一废佛屋，土榻尚存，此子遂寝焉。奴人于地持刀棒卫之。忽觉榻下有物动声，谓是虫鼠，亦无所疑。夜至三更，月渐明，忽一虎背负一物掷于门外草内，将欲入屋。此人遂持刀棒叫呼，便惊走。呼舟人持火来照，草间所堕乃一女，妆梳至美，但所着特故衣耳，亦无所损伤。熟视之，乃舅妹也，许嫁之者。为虎惊，语犹未得。遂扶入屋，又照其榻后，有虎子数头，皆杀之。扶女却归舟中，明日至舅庄，遥闻哭声。此子遂维舟庄外百余步，入庄，先慰，徐问凶故。舅曰："吾以汝来过期，许嫁此女于人。吉期本在昨夜，一更后，因如厕，为虎所搏，求尸不得。"生乃白其事，舅闻，悲喜惊叹，遂以女嫁此生也。

《原化记·中朝子》

明·朱孟震撰《汾上续谈·褯亭虎》，变异较为明显。在描述人虎婚配时，着重展示了夫妻感情的力量。它写书生崔奇古投宿土地祠，中夜有虎自外入，食酒肉殆尽，醉脱其皮而卧，嫣然一美女。生伺其睡熟而窃皮掷井中。至晓，虎不能复作本形，乃与生为夫妇而去，生下一子一女。他日再经土地祠时，妻得知虎皮的秘密，乃取出复为虎，叫吼入山。生携子女哭寻不得，至虎谷口，见群虎相聚。生且惧且怒，挈子女投之。虎复为女形，携子女与生为夫妇如昔。

明隆庆《海州志》"虎皮井"，情节变化更大，由以小男祭虎引出人虎婚配。而虎为妻的故事，则与以上诸则大致相似。

东海城东六里社林山有崔生祠。相传东海旧多虎患，有丛林社。每岁，里人输出一小男，于祭祷之日修饰送庙中。旦往视之，则无，咸以为化去。轮一老父家，父惟一男，情不能忍，为之悲痛。有崔生过门，问之，父语其故。生曰："吾代汝子往，勿忧也。"父大喜，盛为供具。生曰："吾性嗜犬，汝杀一完犬馈我，幸矣。"父如其言，里人设酒馔，送生于庙。

众退，生出所杀犬于案，而伏于梁上。至中夜，见有光怪，生窥之，乃一妇人也。解衣，磅礴食所置犬，至醉而卧。生下取其衣，则一虎皮，出庙，以皮投于井，而俟其瘗。达明，妇人彷徨不能去。见生，大惊泣；求衣，生谢不知。求为生妻，遂与同归。

居三年，生二子。自是，乡人不复祭庙，而虎患亦息。一日复求其衣，生乃告焉。至井求衣，皮尚如新，遂服之，化虎而去。生亦不知所终。后人因祀崔生为山神。

清·退一步居散人撰《衹可自怡》①"虎妻"，由虎报恩引出人虎婚配。其中对于虎妇这一艺术形象的刻画，在展现其兽性特征的同时，又展现其人性特征，相当成功。

一猎户某，住山中，只身无偶，设陷阱捕兽。一夜，虎来食饵，蹈机栝，堕阱中不得出。

翌日，某往视，虎泪流如沸。某悯而解释之，虎点头若叩谢状，乃去。

越数日，虎负一美妇人，携一袱至门颠落地，虎即逝。某出询，妇云："某氏嫁某村为妾，正室不相容，逃出无所归。日暮坐一石上，少息，不知其虎也。竟负至此，望垂援拯。"某卿之为夫妇焉。

妇有力，操作甚勤。然所携袱，藏之楼中，加键甚密。往往携之夜出，夜半始妇。询之，答与邻妇谈。某疑之。

一日，妇出樵。某破键启楼解包袱，视之，盖虎皮也。骇甚，投之井中。妇归，诘之，答以不知，遂罢。

逾数年，生子女各一，哺养倍。至皆数岁，不母可活。妇谓夫曰："妾之来历，向不敢实言。恐骇听闻。今欲永别，不可不言。妾实虎也，与君有宿缘。前虎，妾父也。蒙恩宥释，故以妾

---

① 《衹可自怡》，清光绪戊寅（1878年）寄舫刊行。

报。今已缘满,乞念恩爱情,赐还旧衣为幸。"言罢,泪如雨下。

某留之不可,就井中取皮出,俱朽烂,仅头皮一掌大。妇接去贴于额间,转瞬化虎,犹依依不舍去。

清·吴趼人撰《趼廛笔记·虎妇》,故事的开头、结尾,均与以上诸则不同,而有关老翁卒后,老媪化虎复归山林的描写,采用两段体来铺叙,非常有特色。

粤中虎患,以清远为多。邑有某甲者,性宽厚,处人和易,而家贫甚,以故壮犹未有室也。一日自外归,日将暮矣,见一少妇,负布囊,哭于道左而哀。问何哀也?曰:"不幸早失怙恃,兄嫂不良,鬻为人妾,又不容于大妇,被逐而出,无家可归,是以哀耳。"甲怜之,曰:"日且暮矣,吾家虽屋宇无多,犹不少卿一榻地,盍姑就吾家宿,俟明日再图他适,如何?"妇谢而起,遂与偕归,处妇于别室。及旦,将遣妇,妇曰:"子、君子也。"子鳏而妾寡,陌路相遇,留我而不犯,求于今世,千百中不可得一。妾请不他适,即留以事君子矣!甲曰:"其如无媒妁何?"曰:"告于亲友,然后合卺焉,不可谓非正也,何必媒。"甲虑后患。曰:"兄嫂既鬻我,恩义绝矣,请无虑!"甲从之。妇仅中人姿,而操作甚力,善治家,家渐裕。

数年间,连举三子,及子成立,为之娶妇,旦抱孙,至是甲翁而妇媪矣。翁先卒,媪率子妇辈,哀毁尽礼。又数年,孙又成立,乃顾谓子孙曰:"数十年未归宁,明当一行矣。"诸子曰:"久闻翁言,姥向不宁母氏,今何去也?"曰:"彼时之权词耳,我宁无母族者?"明日遂行,行则负其囊,子孙辈送之至村外,媪行渐疾,步履如飞,追之不及,见其隐隐入林中去,怅望而返。是日乡人有樵于林中者,归云:"见媪入林,解囊,出虎皮,被于身,伏地化为虎,衔空囊,振尾以去。"其子孙闻之,莫不怒其妄言也，乡人亦无以自白。逾数月，媪又负囊返，各致存问，相处如初。诸子渐疑乡人言，拟私窥其囊为何物，媪似微觉之，扃锁甚固，无由见也。

又数年，媪又言归宁，诸子乃使人预伏林中，然后送之，去如前。伏林中者归，云："媪入林，果衣虎皮，化虎以去也。"遗其囊，将以归，自是不复返矣。久之，子孙辈为主祀之，以媪有庙而无墓，终不安，乃检其所遗簪珥衣舄，招魂以葬焉。其孙有入邑庠者，屡为人言之，毋少讳。

这一故事类型，现当代仍在江苏、上海、浙江、福建、贵州、四川、陕西、河北、黑龙江等地的汉族和一些少数民族聚居区流布，譬如《虎皮井》①、《老虎媳妇》②、《虎不食子》③、《虎媒》（畲族）④、《虎妻》（苗族）⑤、《老虎姑娘》（苗族）⑥、《虎妻》⑦、《虎妻》⑧、《虎妻》（朝鲜族）⑨。

这一故事类型，相当于丁乃通编著《中国民间故事类型索引》400D，艾伯华著《中国民间故事类型》"四、动物或精灵跟男人或女人结婚37. 虎妻"。

虎为媒型故事 系"虎送亲型故事"的亚型。大致写某子前往迎亲，

---

① 见《中国民间故事集成·江苏卷》。
② 见《中国民间文学集成·上海卷·黄浦区故事分卷》。
③ 见《浙江民间文学集成·杭州市故事卷》。
④ 见《中国传说故事大辞典·故事》。
⑤ 见《中国民间故事集成·贵州卷》。
⑥ 见《筠连苗族民间故事专集》。
⑦ 见《中国民间故事集成·陕西卷》。
⑧ 见《中国民间文学集成·武安民间故事卷》。
⑨ 见《中国民间故事集成·黑龙江卷》。

途中遇猛虎负一少女至,问之方知为其未婚妻,乃同归完婚;或写某子未婚,一夕有猛虎负一少女至其家,后乃与之结婚。时人无不称奇,谓之虎媒。这一故事类型,初见于唐·薛用弱撰《集异记》:

  唐乾元初,吏部尚书张镐贬扆州司户。先是镐之在京,以次女德容,与仆射裴冕第三子前蓝田尉越客结婚焉。已克迎日,而镐左迁,遂改期来岁之春季。其年越客则速装南迈,以毕嘉礼。春仲,拒扆百里,镐知其将至矣。张斥在远,方抱忧惕,深喜越客遵约而至,因命家族宴于花园,而德容亦随姑姨妹游焉。山郡萧条,竹树交密。日暮众将归,或后或先,纷纭笑语,忽有猛虎出自竹间,遂擒德容跳入翳荟。众皆惊骇,奔告张。夜色已昏,计力俱尽,举家号哭,莫知所为。及晓则大发人徒,求骸骨于山野间。周回远近,曾无踪迹。由是夕之前夜,越客行舟去郡三二十里,尚未知其妻之为虎暴,乃召仆夫十数辈登岸徐行,而船亦随焉。不二三里,遇水次板屋,屋内有榻,因扫拂,即之憩焉。仆从罗列于前后。俄闻有物来自林木之间,众乃静伺。微月之下,忽见猛虎负一物至。众皆惶挠,则共阚喝之,仍大击板屋并物。其虎徐行,寻俯于板屋侧,留下所负物,遂入山间。共窥看,云是人,尚有余喘。越客即令舁之登舟,因促使解缆,然后船中烈烛熟视,乃是十六七美女也,容貌衣服,固非村间之所有。越客深异之,则遣群婢看胗之,虽髻被散,衣破服裂,而身肤无少损。群婢渐以汤饮灌之,即能微微入口。久之神气安集,俄复开目。与之言语,莫肯应。夜久即有自郡至者,皆云张尚书次女昨夜游园,为暴虎所食,至今求其残骸未获。闻者遂以告之于越客,即遣群婢,具以此询。德容因号啼不止。越客既登岸,遂以其事列于镐。镐凌晨跃马而至,既悲且喜,遂与同归,而婚媾果谐其期。自是黔峡往往建立虎媒之祠焉。今尚有存者。

《集异记·裴越客》

明·王圻纂集《稗史汇编》卷一五六《禽兽门·兽二·裴越客》、明·冯梦龙编纂《情史》卷十二情媒类《裴越客》、近人曹绣君编《古今情海》卷十五《虎媒》，均出自《集异记》，文字悉同。

明·王圻纂集《稗史汇编》卷一五六《禽兽门·兽二·虎媒》，故事情节有了明显变化：

> 义兴山陈氏，薄暮有虎咆哮其门，置一物而去，乃肥羚也。取而烹之，惧其复来，絷瘠羊于外以塞口。及夕虎复衔一物至，大噪者再去。陈趋视，则一年少女子，虽衣履沾败，而体貌绝妍。扶入室，久而息定，乃言："儿是江阴周商女，随母上冢，为虎所搏，自分死虎口矣，不意得至此。"主人为易衣，饮以粥汤，俾之缝纫，殊有条理。主妇讽之曰："汝既无归，肯为吾子妇乎？"谢曰："儿得主君援救，出死入生，敢不唯命是听。"陈以配其季子。女甚勤俭，举家爱重之。浃辰，其父母觅得之，大喜。言女未许人，令愿与君结婚好。因张宴征召亲友，相与往来如骨肉云。时人谓之虎媒。与《玄怪录·裴越客》事相类。

明·陈继儒撰《虎荟》"周商女"、明·冯梦龙编纂《情史》卷十二情媒类《周商女》、近人曹绣君编《古今情海》卷十五《周商女》，均与此则相同。

明·王稚登撰《虎苑》卷下"虎媒"，系据《稗史汇编》改写，文字多有压缩。

> 陈氏家义兴山中，夜州虎当门大噪，开门视之，乃一少艾，虽衣襦凋损，而妍姿不伤。问知是商女，随母上冢作寒食，为虎所搏至此。陈妇见其端丽，讽之曰："能为吾子妇乎？"女谢惟命，乃遂配其季子。逾月，其父母踪迹得之，喜甚。遂为婚姻，目曰虎媒。

这一故事类型，现当代仍在山东、湖北等地流布，譬如《老虎背媳妇》①《樵哥》②。

蛇精行淫型故事 大致写一蛇精变为少年与女子（或少妇）私通，败露后被射杀（或赶走）。一说一妇人（或女子）被蛇精强暴后，身心受到了极大的摧残。这一故事类型，唐宋时期多有记载。初见于唐·薛用弱撰《集异记》。

> 朱觐者，陈、蔡游侠之士也。旅游于汝南，栖逆旅，时主人邓全宾家有女，姿容端丽，常为鬼魅之幻惑，凡所医疗，莫能愈之。觐时过友人饮，夜艾方归，乃憩歇于庭。至二更，见一人着白衣，衣甚鲜洁，而入全宾女房中。逡巡，闻房内语笑甚欢，不成寝，执弓矢于黑处，以伺其出。候至鸡鸣，见女送一少年而出，觐射之，既中而走，觐复射之，而失其迹。晓乃闻之全宾，遂与觐寻血迹，出宅可五里已来，其迹入一枯树孔中。令人伐之，果见一蛇，雪色，长丈余，身带二箭而死。女子自此如故，全宾遂以女妻觐。
>
> 《集异记·朱觐》

《太平广记》卷四五六《朱觐》，出自《集异记》，与此则悉同。

唐·柳祥撰《潇湘录》采集的一则异文，情节变化较大，受害的妇女竟化为蛇，更为不幸。

> 华阴县令王真妻赵氏者，燕中富人之女也。美容貌，少适王真，洎随之任，近半年。忽有一少年，每伺真出，即辄至赵氏寝

---

① 见《中国民间故事集成·山东卷》。
② 见《中国民间故事集成·湖北卷》。

室,既频往来,因戏诱赵氏私之。忽一日,王真自外入,乃见此少年与赵氏同席,饮酌欢笑,甚大惊讶。赵氏不觉自仆气绝,其少年化一大蛇,奔突而去。真乃令侍婢扶腋起之,俄而赵氏亦化一蛇,奔突俱去。王真遂逐之,见随前出者俱入华山,久之不见。

《潇湘录·王真妻》

《太平广记》卷四五六《王真妻》,出自《潇湘录》,与此则悉同。

宋·李昉等编《太平广记》卷四五七《薛重》,出自《广古今五行记》,亦是一则叙写蛇精奸淫有夫之妇,其夫怒斩蛇精的故事。较为独特的是增加了冥府审查蛇精奸淫罪行,让除害人还阳的描写,以与众不同的方式惩治邪恶、伸张正义。

会稽郡吏郧县薛重得假还家,夜至家,户闭,闻妇床上有丈夫眠声。唤妇,久从床上出来开户。持刀便逆问妇曰:"床上醉人是谁?"妇大惊愕,因且苦自申明:"实无人。"重家唯有一户,既入,便闭妇索。了无所见,见一蛇隐在床脚,酒醉臭。重斫蛇寸断,掷于后沟。

经日而妇死。数日,重又死,后忽然而生,说:始死,有人桎梏之,将到一处,有官寮问曰:"何以杀人?"重曰:"实不行凶。"曰:"尔云不杀者,近寸断掷着后沟,此是何物?"重曰:"正杀蛇耳。"府君愕然有悟曰:"我当用为神,而敢淫人妇。"又讼人,敕左右持来。吏将一人,着平巾帻,具诘其淫妄之罪,命付狱。重为官司便遣将出。重倏忽而还。

宋·洪迈撰《夷坚志》采录了不少这一故事类型的异文,使其得到进一步的发展、变化。《夷坚丁志》卷二十《蛇妖》①，实际上共包含"大竹村民妇""壕口胡氏""宜黄富家女""叶落塘董氏"四则故事，故事发生在南宋初年的江西境内。故事中惨遭不幸的女性大多为贫家已婚妇女，出事地点大多在野外，而且对女性施暴的蛇精大多以本来面目出现，行为极其残忍，令人发指，与唐代故事的差别甚为明显。

> 蛇最能为妖，化形魅人，传记多载，亦有真形亲与妇女交会者。南城县东五十里大竹村，建炎间，民家少妇因归宁行两山间，闻林中有声，回顾，见大蛇在后，妇惊走。蛇昂首张口，疾追及，绕而淫之。妇宛转不得脱，叫呼求救。见者奔告其家，邻里皆来赴，莫能措手。尽夜至旦乃去。又壕口宝慈观侧田家胡氏妇，年少白皙，春月饷田，去家数里，负担行山麓，过丛薄中。蛇追之，妇弃担走，未百步惊颤而仆，为所及。以身匝绕，举尾褰裳，其捷如手。裳皆破裂，淫接甚久。其夫讶饷不至，归就食，至则见之，愤恚不知所出，呼数十人持杖来救。蛇对众举首怒，呀口吐气，蓬勃如烟。众股栗，莫敢前，但熟视远伺而已。数日乃去，妇困卧不能起，形肿腹胀，津沫狼藉。舁归，下五色汁斗余，病逾年，色如蜡。宜黄县富家居近山，女刺绣开窗，每见一蛇相顾，咽间有声鸣其榜。伺左右无人，疾走入室，径就女为淫，时时以吻接女口，又引首搭肩上，如并头状。女啼呼宛转不忍闻。家人环视，欲杀蛇，恐并及女。交讫乃去。遂妊娠，十月，产蜿蜒数十。南丰县叶落坑，绍兴丁丑岁，董氏妇夏日浴溪中，遇黑衣男子与野合。又同归舍，坐卧房内。家人但见长黑蛇，亦不敢杀，七日而后去。妇盖不知为异物也。此四女妇皆存。

---

① 见《夷坚志》第二册，第702—703页。

《夷坚丁志》卷二十《巴山蛇》①，故事发生地亦在江西，叙写一农妇被蛇精摄入山洞，长期霸占，而农妇却不知其为异类。其夫请巫师除妖，农妇始得解脱。这则异文，情节曲折，描述颇为生动，文学性较强，在这一故事类型中较为突出。

  崇仁县农家子妇，颇少艾，因往屋后暴衣不还，求之邻里及其父母家，皆不见，遂诣县告，县为下里正，揭赏搜捕，阅半月弗得。其家在巴山下十里，山绝高峻。樵者负薪归，至半岭，望绝壁岩间若皂衣人拥抱妇人坐者，疑此是也，置薪于地，寻磴道攀援而上。稍近，两人俱入穴中。穴深不可测。樵归报厥夫，意为恶子窃负而逃者，时日已夕，不克往。至明，家人率樵至其处侦视，莫敢入。或云："穴深且暗，非人能处，殆妖魅所为，宜委诸巫觋。"闻乐安詹生素善术，亟招致之。詹被发衔刀，禹步作法，先掷布巾入。须臾，青气一道如烟，吹巾出。又脱冠服掷下，亦为气所却，詹不得已，裸身持刀，跃而下。穴广袤如数间屋，盘石如床，妇人仰卧，大蛇缠其身，奋起欲斗。詹挥刀排堕床下，挟妇人相继跃出。妇色黄如栀，瞑目垂死。詹为毒气熏触，困卧久乃苏，含水噀妇，妇即活。妇之，明日始能言。云："初暴衣时，为皂袍。人隔篱相诱，不觉与俱行，亦不知登山履危，但在高堂华屋内与共寝处，饥则以物如饧与我食，食已即饱，心常迷蒙，殊不悟其为异类也。"乡人共请詹尽蛇命，詹曰："吾只能禁使勿出，不能杀也。"乃施符穴口镇之，自是亦绝。

《夷坚支戊》卷三《池州白衣男子》②，故事发生地在安徽，情节

---

① 见《夷坚志》第二册，第705—706页。
② 见《夷坚志》第三册，第1071页。

第十章 隋唐五代时期的民间故事类型

比较独特，叙写蛇精变为白衣男子嫖妓，相处三月有余，该妓按老鸨吩咐派仆人尾随其人去索取财物时，才发现其人是一条大白蛇。主仆均受惊吓，大病一场。随着情节的展开，故事的神秘氛围渐浓，直至最后蛇精方现出原形。

> 李妙者，池州娼女也。淳熙六年，有白衣男子诣其家，饮酒托宿，相得甚欢。逾三月久，妙以母之旨，从之求物。男子曰："诺，我今还家取之，明日持与汝。"妙使其仆雍吉随以往，男子拒之，曰："吾来此多日，家间弗知，弗欲道所向。若雍吉偕行，恐事泄，于我不便。"妙母子意其设辞，竟令尾其后。逶迤出郭西门，至木下三廊庙前，谓雍曰："可回头，有亲家叫汝。"雍反顾，则无人焉。复前视之，但见大白蛇，望茅冈疾趋。骇颤欲仆，归以告妙。妙与雍皆大病，期年乃愈。而妙颜色萎悴，不复类曩时。郡为落籍，许自便。后鬻于染肆为妾。

拾金自累型故事 大致写一个穷汉自食其力，虽然每天仅够糊口，却过得非常快活。当他突然有钱后，反而忧心忡忡，日子过得很不舒心。这一故事类型，初见于唐·韦绚撰《刘宾客嘉话录》，故事主人公是个卖饼人：

> 刑部侍郎从伯伯刍言：某所居安邑里巷口，有鬻饼者过户，未尝不闻讴歌，而当垆兴甚早。一旦召与语，贫窭可怜，因与万钱，令多其本，日取饼以偿，欣然持解而去。后过其户，则寂然不闻讴歌声，谓其逝矣。及呼乃至谓曰："尔何辍歌之遽乎？"曰："本流既大，心计转粗，不暇唱'渭城'矣。"从伯曰："吾思官徒亦然。"因成大噱。
>
> 《刘宾客嘉话录》"鬻饼者"

宋·施德操撰《北窗炙輠录》中的一则异文，故事主人公亦为卖饼人：

> 子韶言：旧闻巷有人以卖饼为生，以吹笛为乐。仅得一饱赀即归，卧其家取笛而吹，其嘹然之声动邻保，如此有年矣。其邻有富人，察其人甚熟，可委以财也。一日谓其人曰："汝卖饼若何不易他业？"其人曰："我卖饼甚乐，易他业何为？"富人曰："卖饼善矣，然囊不余一钱，不幸有疾患难，汝将何赖？"其人曰："何以教之。"曰："吾欲以钱一千缗，使汝治之可乎？平居则有温饱之乐，一旦有患难，又有余赀，与汝卖饼所得多矣。"其人不可，富人坚谕之，乃许诺。及钱既入手，遂不闻笛声矣。无何但闻筹算之声尔，其人亦大悔，急取其钱送富人退之。于是再卖饼，明日笛声如旧。

《北窗炙輠录》卷下"吹笛为乐者"

清·王士禛撰《池北偶谈》卷二十三《吹笛》，出自《北窗炙輠录》，文字与此则基本上相同。

宋·郭彖撰《睽车志》中的一则异文，故事主人公为一个热心公益、常在寺庙中干活的丐者：

> 刘先生者，河朔人。年六十余，居衡岳紫盖峰下。间出衡山，从人丐得钱，则市盐酪径归，尽则更出。日携一竹篮，中贮大小笔、棕帚、麻拂数事，遍游诸寺庙。拂拭神佛塑像，鼻耳窍有尘土，即以笔撅出之，率以为常。环百里人皆熟识之。县市一富人，尝赠一衲袍，刘欣谢而去。越数日见之，则故褐如初。问之，云："吾几为子所累。吾常日出庵有门不掩；既归就寝，门亦不扃。自得袍之后，不衣而出，则心系念。因市一锁，出则锁之。或衣以出，夜归则牢关以备盗。数日营营，不能自决。今日偶衣至市，

忽自悟以一袍故，使方寸如此，是大可笑。适遇一人过前，即脱袍与之，吾心方坦然，无复系念。嘻，吾几为子所累矣！"

《睽车志》卷六"河朔刘先生"

明·耿定向撰《权子》中的一则异文，由两个小故事组成，其主人公一个是牧童，一个是盲佣：

> 有牧竖子敝衣蓬跣，日驱牛羊，牧于坰间，时倚树而吟，时扼嗌而歌，熙熙然意自适也，而牧职亦举。一日拾遗金一铢，纳衣领中，自是歌声渐歇，牛羊亦散逸不忧矣。
>
> 又燕市一瞽子佣，为人作面，且磨且罗，中夜作苦，浩歌自如。一夕主妻感慨，蹴主公谓曰："阿公徼天，颇饶于赀，视瞽佣奚若？乃终生营营，反不逮渠之适，何也？"主人曰："唯唯，吾第试之。"翌日，瞽请发廪取麦，主人故置金锱麦中，时从旁伺之。瞽倾麦磨上，忽闻铿然声手换拾之，以为遗也，怀之。色动，凝宁踌躇，窃四听无人声，乃痼之床下，时作时往蹴之。自是歌辍，作亦不力。主乘间发取其金，瞽不知也。逾时，瞽辞主人欲去，主人佯许之，濒行。

《权子·拾金》

明·刘元卿撰《贤弈编》卷三《应谐第十五·拾金自累》，内容与《权子·拾金》的第一个故事相同。

灰姑娘型故事 大致写一女为后母虐待，不胜劳苦。后母斫杀女心爱之鱼，女藏鱼骨于室中。举办节日盛典时，女着鱼骨所供美衣金履而往，被后母发觉后遽然返家。女遗失的一只金履辗转到了某国王手中，国王凭金履找到此女，乃结成美满姻缘。这一故事类型，最早的文字记载见于唐·段成式撰《酉阳杂俎》。

南人相传,秦汉前有洞主吴氏,土人呼为吴洞。娶两妻,一妻卒,有女名叶限。少惠善淘金,父爱之。末岁父卒,为后母所苦,常令樵险汲深。时尝得一鳞二寸余,赪鬐金目,遂潜养于盆水,日日长,易数器,大不能受,乃投于后池中。女所得余食,辄沉以食之。女至池,鱼必露首枕岸,他人至不复出。其母知之,每伺之,鱼未尝见也,因诈女曰:"尔无劳乎,吾为尔新其襦。"乃易其弊衣。后令汲于他泉,计里数百也。母徐衣其女衣,袖利刃行向池呼鱼,鱼即出首,因斫杀之。鱼已长丈余,膳其肉,味倍常鱼,藏其骨于郁栖之下。逾日,女至向池,不复见鱼矣,乃哭于野。忽有人被发粗衣,自天而降,慰女曰:"尔无哭,尔母杀尔鱼矣!骨在粪下,尔归,可取鱼骨藏于室,所须第祈之,当随尔也。"女用其言,金玑衣食随欲而具。及洞节母往,令女守庭果。女伺母行远,亦往,衣翠纺上衣,蹑金履。母所生女认之,谓母曰:"此甚似姊也。"母亦疑之,女觉遽反,遂遗一只履为洞人所得。母归,但见女抱庭树眠,亦不之虑。其洞邻海岛,岛中有国名陀汗,兵强,王数十岛,水界数千里。洞人遂货其履于陀汗国,国主得之,命其左右履之,足小者履减一寸。乃令一国妇人履之,竟无一称者。其轻如毛,履石无声。陀汗王意其洞人以非道得之,遂禁锢而拷掠之,竟不知所从来,乃以是履弃之道旁,即遍历人家捕之,若有女履者,捕之以告。陀汗王怪之,乃搜其室,得叶限,令履之而信。叶限因衣翠纺衣,蹑履而进,色若天人也。始具事于王,载鱼骨与叶限俱还国。其母及女即为飞石击死,洞人哀之,埋于石坑,命曰懊女冢。洞人以为媒祀,求女必应。陀汗王至国,以叶限为上妇。一年,王贪求,祈于鱼骨,宝玉无限。逾年,不复应。王乃葬鱼骨于海岸,用珠百斛藏之,以金为际,至征卒叛时,将发以赡军。一夕,为海潮所沦。成式旧家人李士元所说。士元本邕州洞中人,多记得南中怪事。

《酉阳杂俎》续集卷一《支诺皋上》"叶限"

《酉阳杂俎》成书于9世纪。其中的"叶限"比法国作家沙·佩罗撰《鹅妈妈的故事》(全称《鹅妈妈的故事或寓有道德教训的往日的故事》,成于1697年)中的《灰姑娘》早八九百年。

唐代以后,中国古籍中未曾见到这一故事类型的记载,仅藏文《尸语故事》(一称《说不完的故事》)里面有此一类型故事,即斑贡帕巴·鲁珠撰《尸语故事》第十一章《自讨苦吃的姑娘》的前半部分[①]:

> 在一个地方的山谷口,有一个国王。那个地方的山沟顶上有母女两人,她们的邻居是罗刹鬼母女俩。
> 有一天,老阿妈的女儿到罗刹鬼家里去借火。罗刹鬼母女俩把一块人耳朵烧熟后给她吃,姑娘说:"这肉烧得真好吃!"
> 罗刹婆说:"那你和我们住在一起吧?"
> "我倒愿意来,只是阿妈不放。"姑娘说。
> "你把阿妈杀了,不是就能来了吗?"罗刹婆说。
> 姑娘又说道:"怎么杀法呢?"
> 罗刹婆说:"你回到家里就装病,阿妈问你得的什么病,你就说我的病虽然有办法治,只是阿妈做不到。她要是说有办法当然尽力去做的话,你就说,我抓住手磨,用阿妈的奶头把磨上的石粉扫出来,那些石头粉能治我的病。你阿妈要是这样做了,姑娘你把石磨放下去,将阿妈的奶头砸烂,奶头一烂,阿妈就会死去的。"

---

① 引自李朝群译《尸语故事》,西藏人民出版社1983年版,第64—68页。

姑娘回到家里，按照罗刹鬼教的，把阿妈害死后，马上去喊罗刹母女。她说："我把阿妈害死了。"罗刹母女来到了姑娘家，吃了她阿妈的肉，嚼了她阿妈的骨头，把她母女俩的酥油和肉都拿走了。从此，她吃的是酒糟末，还得给罗刹母女俩捡柴、放牛。姑娘的那些好衣服、好鞋被罗刹的女儿抢去穿了，罗刹女儿的破衣烂鞋给姑娘穿。姑娘去放牛时，每天还要捡一大捆柴背回来。姑娘因为受苦受累，身体越来越瘦弱。阿妈虽死仍不放心女儿，就转世成罗刹鬼的一头奶牛，而且是一挤就出奶，一打就出酥油的好奶牛。

过了几天，奶牛对姑娘说道："有福不享自讨苦吃的女儿，展开衣襟睡去吧！"姑娘把衣襟展开，一觉睡到傍晚。醒来后一看，面前已经好了一捆柴，衣襟里还放着一大块糌粑团，那些奶牛比过去吃得还饱，都在地上卧着倒沫反刍。从此以后，姑娘不再受罪了，脸色也慢慢地红润了起来。

又过了几天，罗刹婆想：她吃酒糟末比我女儿吃肉、吃酥油和红糖长得还胖，这到底是怎么回事呢？于是她问姑娘："你吃酒糟末身体还这么好，这是为什么呀？"姑娘想：如果不说实话，她会害死我的。便说道："我们的那头红奶牛对我说，'有福不享自讨苦吃的女儿，展开衣襟去睡吧！'我把衣襟展开睡了，它给了我吃，帮我捡了羊毛、捡了柴火，其他的奶牛也是它放牧的。我这么享福都是它给的。"罗刹婆说："穷讨饭的！你为什么不早说，从明天起，叫我女儿去放奶牛。"

第二天，罗刹婆叫她的女儿去放奶牛，那奶牛说："有福不享自讨苦吃的女儿，展开衣襟去睡吧！"罗刹的女儿展开了衣襟睡去了。她醒过来时，衣襟上拉了一堆牛屎，羊毛挂在了树枝上，奶牛跑得到处都是。黄昏的时候，罗刹女才回到了家里。

罗刹婆问："姑娘！为什么耽误到现在才回来？"

罗刹女对她妈说："那奶牛对我说，'有福不享自讨苦吃的女儿，展开衣襟去睡吧！'我就展开衣襟睡了。醒来一看，衣襟里屙了一大堆湿牛粪，羊毛挂在了树顶上，奶牛跑得遍山沟，阿妈！这头牛是那个穷讨饭姑娘的妈妈变的，干脆把它杀了吧！"姑娘来到外面，那头红奶牛对姑娘说："有福不享自讨苦吃的女儿，现在她们要杀我了，把我杀了以后，它们会给你也分一份肉，还会问你要哪一块。你就说要四个蹄子，四条腿的皮子，一段肠子，另外，不管它给什么肉，统统装进皮口袋里，埋在门槛下面。"

奶牛被罗刹鬼杀了以后，罗刹婆问道："姑娘！你要哪一块肉？"姑娘按照她阿妈教的一一地要了后，都用牛皮卷上，埋在门槛下面。过了些日子以后，听说山谷下面有大的集会，罗刹母女穿着打扮好以后，把一坛青稞和一坛白芥子掺在一起，对姑娘说："今天你把这青稞和白芥子拣干净、分开，如果不把它分开，你就别想活了。"说完它们俩出去看热闹了。

过了一会儿，飞来了一只鸽子，说："有福不享、自讨苦吃的女儿，把上次埋在门槛下的东西挖出来，穿上衣服、鞋子，扎上腰带，戴上金玉首饰去看热闹吧！"姑娘忙去把那埋藏的东西挖出来一看，牛皮变成了衣服，四个蹄子变成了两双鞋，肠子变成了腰带，碎肉片变成了金玉。姑娘穿上衣服鞋子，扎上腰带，戴上金玉首饰以后，又把换下的衣服埋在门槛下。她对鸽子说："我打扮得已经很漂亮了，可这一坛白芥子和一坛青稞要是分不开的话，它们会要我的命的。"鸽子说："白芥子和青稞由我来分，你去看热闹吧！早些回来呀！"姑娘点点头，看热闹去了。

姑娘来到市上，右转一圈，看到罗刹鬼母女俩在乞讨；左转一圈，看到一个非常英俊的王子。她玩了个痛快，快要散会时就回去了。半路上遇到一条河，她纵身一跳，一只鞋掉在了河里。回到家里，马上把衣服首饰藏了起来。

那天，国王的马伕赶着一群马来饮水，那匹鹅黄马不愿在原地喝水,跑到别的地方去了,马佚跟在后面追去。马到了那只鞋子跟前,马佚过去把鞋子捡起来提在手上,牵着马回去了。回到官里,将鞋献给了王子,并禀报了捡鞋的经过。王子说:"昨天去集上看热闹时,有一个大约十五岁的姑娘,长得像仙女一样。今天这鞋是通灵马发现的,应该把那姑娘接到王宫里做妃子。"于是派了一名大臣拿着鞋子去找那姑娘。

罗刹母女俩回来了。姑娘上前问道:"阿妈和大姐回来了。今天会上美男子是谁?美女是谁?"

罗刹婆说:"美男子要算大王子。美女数我的女儿。你把白芥子和青稞分开了没有?"

姑娘说:"分得只剩一升了。"

罗刹婆说:"你干得很好。"

罗刹婆女儿说:"今天有一个长得很像姐姐你一样,打扮得很漂亮的姑娘。"当晚各自睡了。

第二天太阳出来时,罗刹婆又把一坛青稞和白芥子掺在一起给了姑娘,要她分开。交代完后,母女俩又出去了。

过了一会儿,来了一群鸽子。其中有一个鸽子对姑娘说:"姑娘!把首饰戴起来,提上那只鞋子,今天你就能逃出罗刹婆之手了。"姑娘戴上首饰,手里提着那只鞋子去了。她到了集上,看见一个大臣手里提着一只鞋,喊叫着:"能穿上这只鞋的姑娘,要给王子当妃子。"很多姑娘去试穿,没有一个姑娘能穿上的。罗刹婆的女儿狠劲地穿,也没有穿上,她把脚趾尖砍掉,还是穿不上。这时,姑娘托着鞋走过来说:"这只鞋子是我的,只有我才能穿上,另一只还在我手里。"边说边把两只鞋穿在脚上。罗刹婆一看这姑娘,心里想:这姑娘多么像我那留在家的姑娘!可是,有这么大福德的不会是她,不敢去认。大臣把那姑娘接到王宫里去了。

罗刹母女俩回到了家里,家里到处都是鸟爪印和鸟粪,青稞和白芥子都吃光了，家里乱七八糟的。罗刹婆说："原先想着会这样，果然不出所料，鸽子是那老太婆变的。"

姑娘做了王妃以后，生了一个小王子，取名顿珠。从此国泰民安，圆满幸福，繁荣昌盛。

这一故事类型，现当代仍在广西、云南、贵州、四川、西藏、海南、新疆、甘肃、宁夏、陕西、湖北、上海、辽宁、黑龙江、吉林等地汉族和许多少数民族聚居区流布，譬如《达稼和达仑》（壮族）①、《朵莎和朵坡》（彝族）②、《状元拾绣鞋》③、《奴隶的女儿》（藏族）④、《牛丕牛尼阿妈》（哈尼族）⑤、《宝妹》（纳西族）⑥、《两姊妹》（佤族）⑦、《黑母牛》（普米族）⑧、《欧乐与召纳》（苗族）⑨、《阿茨姑娘》（彝族）⑩、《两对母女》（藏族）⑪、《娥岸楚》（黎族）⑫、《青牛》（哈萨克族）⑬、《黑牛的故事》（锡伯族）⑭、《灰姑娘》（俄罗斯族）⑮、

---

① 见《中国民间故事集成·广西卷》。
② 见《中国民间故事集成·广西卷》。
③ 见《中国民间故事集成·广西卷》。
④ 见《中国民间故事选》第二集。
⑤ 见《中华民间故事大系》第六册。
⑥ 见《中华民族故事大系》第九册。
⑦ 见《中华民族故事大系》第七册。
⑧ 见《云南民族民间故事选》。
⑨ 见《中华民族故事大系》第二册。
⑩ 见《中华民族故事大系》第三册。
⑪ 见《中国民间故事集成·西藏卷》。
⑫ 见《中国民间故事集成·海南卷》。
⑬ 见《中国民间故事大系》第六册。
⑭ 见《中国传说故事大辞典·故事》。
⑮ 见《中国传说故事大辞典·故事》。

《白羽飞衣》（东乡族）①、《钵钵和碟碟》②、《秃痴女》③、《绣花鞋》④、《上海灰姑娘》⑤、《孔姬和葩姬》（朝鲜族）⑥、《绣花鞋》（朝鲜族）⑦、《孔妮和缮妮》（朝鲜族）⑧。

这一故事类型，相当于丁乃通编著《中国民间故事类型索引》510A。

长鼻子型故事　大致写兄与弟分居后，生活无着。春上，兄向弟求蚕、谷种子，弟均将其蒸过才给兄长。蚕种仅生一蚕，迅速长为巨蚕，竟被其弟偷杀。谷种仅长出一茎，穗长尺余，忽被鸟衔去。兄追鸟上山，天黑息于石侧。夜半兄见群鬼以一金锥击石，求得丰盛酒食。天明后兄将金锥带回家，随时索要所需之物，因此致富。弟欲得金锥，乃效其兄入山，不料被群鬼捉住，将其鼻子拔长，宛若象鼻。这一故事类型，初见于唐·段成式撰《酉阳杂俎》。此则故事系由朝鲜半岛传入中国而被记录下来的。

　　　新罗国有第一贵族金哥，其远祖名旁㐌，有弟一人，甚有家财。其兄旁㐌因分居，乞衣食。国人有与其隙地一亩，乃求蚕谷种于弟，弟蒸而与之，㐌不知也。至蚕时，有一蚕生焉，日长寸余，居旬大如牛，食数树叶不足。其弟知之，伺间杀其蚕。经日，

---

① 见《中国民族故事大系》第九册。
② 见《花马池的传说——盐池民间故事》。
③ 见《中国民间文学集成·陕西卷·宝鸡民间故事集成》。
④ 见《仙人爹讲的故事》。
⑤ 见《中国民间文学集成·上海卷·金山县故事卷》。
⑥ 见《朝鲜族民间故事讲述家金德顺故事集》。
⑦ 见《中国民间故事集成·黑龙江卷》。
⑧ 见《中国民间故事集成·吉林卷》。

四方百里内蚕,飞集其家,国人谓之巨蚕,意其蚕之王也,四邻共缲之,不供。谷唯一茎植焉。其穗长尺余,旁㐌常守之,忽为鸟所折,衔去,旁㐌逐之。上山五六里,鸟入一石罅,日没径黑,旁㐌因止石侧。至夜半月明,见群小儿赤衣共戏。一小儿云:"尔要何物?"一曰:"要酒。"小儿露一金锥子击石,酒及樽悉具。一曰:"要食。"又击之,饼饵羹炙罗于石上。良久,饮食而散,以金锥插于石罅。旁㐌大喜,取其锥而还,所欲随击而办,因是富侔国力。常以珠玑赡其弟,弟方始悔其前所欺蚕谷事,仍谓旁㐌试以蚕、谷欺我,我或如兄得金锥也。旁㐌知其愚,谕之不及,乃如其言。弟蚕之,止得一蚕如常蚕;谷种之,复一茎植焉。将熟,亦为鸟所衔,其弟大悦,随之入山,至鸟入处,遇群鬼,怒曰:"是窃予金锥者。"乃执之,谓曰:"尔欲为我筑糠三版乎?欲尔鼻长一丈乎?"其弟请筑糠三版。三日饥困,不成,求哀于鬼,乃拔其鼻,鼻如象而归,国人怪而聚观之,惭恚而卒。其后子孙戏击锥求狼粪,因雷震,锥失所在。

《酉阳杂俎》续集卷一《支诺皋上》"旁㐌"

宋代出现一则异文,见洪迈撰《夷坚志》,仅保存与"蚕王"有关的部分情节,故事发生地在今安徽北部,矛盾仍在兄弟之间展开,心术不正者为兄长,与后世口传故事更为接近:

《酉阳杂俎·支诺皋》篇载:新罗国人旁㐌,求蚕种于弟,弟蒸而与之,㐌不知也。至蚕时,有一生焉,日长寸余,居旬大如牛,食数树叶不足。弟伺间杀之,百里内蚕飞集其家,意其王也。是说殊怪诞。近宿州符离北境农民王友闻,居邑之蔡村,与弟友谅同居,娶邑人秦彪女,天性狠戾,日夜谮谅,竟分析出外,或经年不相面。谅尝乞蚕种于兄,秦以火焙而遗之。谅妻发常法暖浴以俟出，过期亦但得其一。已而渐大，几重百斤。秦氏疑伺谅夫妇作客东村但留稚女守舍，秦呼其夫同诣之，诈女往庖下，直入蚕房，见蚕卧牖畔，喘息如牛，食叶如风雨声，秦鞭以巨梃，每一击，辄吐丝数斤。秦震怖，魂魄俱丧，急促夫归。因病心颤，逾月而死。及谅蚕成茧，皤然如雍，缲之，正得丝百斤。

《夷坚支甲》卷八《符离王氏蚕》①

这一故事类型，现当代仍在上海、浙江、福建、湖南、湖北、四川、贵州、云南、河南、山东、河北、山西、安徽、青海等地汉族和一些少数民族聚居区流布，譬如《一面铜锣》②、《蚕王》③、《恶兄善弟》④、《贪心的阿哥》⑤、《大毛和小毛》⑥、《王老大和王老二》（苗族）⑦、《贪心哥与好心弟》⑧、《两兄弟分家》（仡佬族）⑨、《哥哥与弟弟》⑩、《兄弟俩分家》⑪、《老大的鼻子丈把长》⑫、《小红鼓和小铜锣的故事》⑬、《哥俩

---

① 见《夷坚志》第二册，第 771—772 页。
② 见《中国民间文学集成·上海卷·崇明县故事分卷》。
③ 见《中国民间文学集成·上海卷·南汇县分卷》。
④ 见《浙江民间文学集成·杭州市故事卷》。
⑤ 见《中国民间故事集成·福建卷·永定县分卷》。
⑥ 见《中国民间故事集成·湖南卷·双峰县资料本》。
⑦ 见《中国民间故事集成·湖北卷》。
⑧ 见《中国民间文学集成·四川省宜宾县资料卷》。
⑨ 见《（贵州）民间文学资料》第四十九集。
⑩ 见《中国民间故事集成·云南师宗县卷》。
⑪ 见《中国民间文学集成·河南郸城县卷》。
⑫ 见《中国民间故事集成·山东卷》。
⑬ 见《滦南民间故事选》。

分家》①、《老大与老二》②、《分家》(撒拉族)③、《破铜锣》(藏族)④。

这一故事类型,相当于丁乃通编著《中国民间故事类型索引》613A。

画中人型故事 大致写某人得一画轴,上有一美女,见而心生爱慕之情。一夕,美女下画轴与某交好。后来竟变成真人,与某婚配、生子。或言多年后因尘缘已尽而诀别。或言人以女为妖,赠剑令某斩之,女遂携子进入画轴。这一故事类型,正式形成于唐末,此前已经有雏形出现,这就是唐·段成式撰《酉阳杂俎》前集卷十四《诺皋记上》"屏妇踏歌":

> 元和初,有一士人失姓字,因醉卧厅中。及醒,见古屏上妇人等悉于床前踏歌,歌曰:"长安女儿踏春阳,无处春阳不断肠。舞袖弓腰浑忘却,蛾眉空带九秋霜。"其中双鬟者问曰:"如何是弓腰?"歌者笑曰:"汝不见我作弓腰乎?"乃反首,髻及地,腰势如规焉。士人惊惧,因叱之,忽然上屏,亦无其他。

明·惠康野叟撰《识馀》⑤卷四《说异》"屏妇踏歌"与此则悉同。

托名唐·陆勋撰《志怪录·宫屏妇人》⑥由《酉阳杂俎》"屏妇踏歌"改写,文字较为简约。

> 元和初,有士人因醉卧厅中。及醒,见古屏上妇人等悉于床

---

① 见《中国民间文学集成·山西卷·榆社民间故事集成》。
② 见《中国民间文学集成·安徽卷·繁昌县民间故事选编》。
③ 见《中华民族故事大系》第十二册。
④ 见《中国民间故事集成·青海卷》。
⑤ 见《笔记小说大观》第六册,江苏广陵古籍刻印社1995年版。
⑥ 《说郛》卷一一六(《说郛三种》第八册)。

前踏歌，歌曰："长安女儿踏春阳，无处春阳不断肠。"士人惊叱之，忽然不见。

唐末无名氏撰《闻奇录》采录的一则故事，是这一故事类型最早的正式文本。

> 唐进士赵颜于画工处得一软障，图一妇人甚丽。颜谓画工曰："世无其人也，如何令生，某愿纳为妻。"画工曰："余神画也。此亦有名，曰真真。呼其名百日，昼夜不歇，即必应之，应即以百家彩灰酒灌之，必活。"颜如其言，遂呼之名百日，昼夜不止，乃应曰："诺。"急以百家彩灰酒灌之，遂活。下步言笑，饮食如常。曰："谢君召妾，妾愿事箕帚。"终岁，生一儿。儿年可两岁。友人曰："此妖也，必与君为患，余有神剑，可斩之。"其夕，乃遗颜剑。剑才入室，真真乃泣曰："妾南岳地仙也，无何为人画妾之形，君又呼妾名，既不夺君愿，君今疑妾，妾不可住。"言讫，携其子却上软障，呕出先所饮百家彩灰酒。睹其障，惟添一孩子，皆是画焉。
> 　　　　　　　　　　　　　　　　《闻奇录·画工》①

明·冯梦龙编纂《情史》卷九情幻类《真真》，与此则悉同。明·徐应秋撰《玉芝堂谈荟》卷九《水晶屏上美人》"真真"，据《闻奇录·画工》缩写，文字简略。

唐·无名氏撰《八朝穷怪录》采录的一则异文，故事情节多有变化，画中人是庙中壁画上面的女神：

> 齐明帝建武中，有书生萧岳，自毗陵至延陵季子庙前，泊舟

---

① 见《太平广记》卷二八六。

望月。忽有一女子，年十六七，此三四侍女，貌皆绝世，以橘掷岳怀中。岳心异之，乃问姓名。云："葛氏。"岳因请舟中，命酒与歌宴会。及晓请去，岳甚怅然。岳登舟望之，见庙前有五六女相迎笑，一时入庙，岳异之。及明，乃整衣冠，至延陵庙中，见东壁上书第三座之女，细观之而笑，果昨夜宿之女也。及左右侍女，亦所从也。画壁题云，东海姑之神。

《八朝穷怪录》"萧岳"①

南宋·洪迈撰《夷坚志》采录的一则异文，使这一故事类型更富于变化，生动有趣。

　　临川贡士张撵赴省试，行次玉山道中，暮宿旅店。揭荐治榻，得绢画一幅，展视之，乃一美人写真，其傍题"四娘"二字。以问主者，答曰："非吾家物，比来士子应诏东下，每夕有寓客，殆好事少年所携而遗之者。"撵旅怀淫荡，注目不释，援笔书曰："捏土为香，祷告四娘，四娘有灵，今夕同床。"因挂之于壁。酤酒独酌，持杯接其吻曰："能为我饮否？"灯下恍惚觉轴上应声莞尔微笑，醉而就枕。俄有女子卧其侧，撼之使醒曰："我是卷中人，感尔多情，故来相伴。"于是抚接尽欢，将晓告去，曰："先诣前途侍候。"自是夜夜必来，暨到临安亦然，但不肯说乡里姓氏。撵尝谓之曰："汝既通灵，能入贡院探题目乎？"曰："不可。彼处神人守卫，巡察周备，无路可入。"试罢西归追随如初。将至玉山，惨然曰："明当抵向来邂逅之地，正使未晚，盍弛担，吾当与子诀别。"及期，撵执其手曰："我未曾娶，愿与汝同归，白母以礼婚聘。"女曰："我宿缘合伉俪，今则未也。君今举失

---

① 见《太平广记》卷二九六。

利,明年授室,为别不久,他时当自知。"蹩然而去。撵果下第,寻约婚于崇仁吴氏,来春好合。妻之容貌,绝类卷中人,而排行亦第四。一日,戏语妻曰:"方媒妁评议时,吾私遣画工图尔貌。"妻未之信。开笥出示,吴门长幼见之,合词赞叹,以为无分毫不似,可谓异矣!

《夷坚志补》卷十《崇仁吴四娘》①

《玉芝堂谈荟》卷九《水晶屏上美人》"张撵与四娘",据《夷坚志·崇仁吴四娘》改写,文字多有压缩。

元·陶宗仪撰《辍耕录》卷十一《鬼室》情节变化颇大,画中美女为鬼魂,因情爱至深,使亡灵由画轴中走下来与心上人幽会,以至变为真人结秦晋之好。

温州监郡某一女及笄未出室,貌美而性慧,父母之所钟爱者。以疾卒,命画工写其像,岁序张设哭奠,常时则度置之。任满,偶忘取去。新监郡复居是屋。其子未婚,忽得此,心窃念曰:"娶妻能若是,平生愿事足矣。"因以悬于卧室。一夕见其下,从轴中诣榻前叙殷勤,遂与好合。自此无夜不来。逾半载形状羸弱,父母诘责,以实告。且云:"至必深夜,去以五鼓。或赍佳果啖我,我答与饼饵,则坚却不食。"父母教其此番须力劝之。既而女不得辞,为咽少许,天渐明竟不可去,宛然人耳,特不能言语而已。遂真为夫妇,而病亦无恙矣。

《玉芝堂谈荟》卷九《水晶屏上美人》"画女复生",据《辍耕录·鬼室》缩写,文字简约。

清·纪昀撰《阅微草堂笔记》收录两则异文,多有变化,各具面貌。

---

① 见《夷坚志》第四册,第1637页。

门人伊比部秉绶言：有书生赴京应试，寓西河沿旅舍中。壁悬仕女一轴，风姿艳逸，意态如生。每独坐，辄注视凝思，客至或不觉。一夕，忽翩然自画下，宛一好女子也。书生虽知为魅，而结念既久，意不自持，遂相与笑语嫚婉。比下第南归，竟买此画去。至家悬之书斋，寂无灵响，然真真之唤弗辍也。三四月后，忽又翩然下。与话旧事，不甚答。亦不暇致诘，但相悲喜。自此狎媟无间，遂患羸疾。其父召茅山道士劾治。道士熟视壁上，曰："画无妖气，为祟者非此也。"结坛作法。次日，有一狐殪坛下。知先有邪心，以邪召邪，狐故得而假借。其京师之所遇，当亦别一狐也。

《阅微草堂笔记》卷十九"书生与仕女轴"

田白岩言：有士人僦居僧舍，壁悬美人一轴，眉目如生，衣褶飘扬如动。士人曰："上人不畏扰禅心耶？"僧曰："此天女散花图，堵芬木画也。在寺百余年矣，亦未暇细观。"一夕，灯下注目，见画中人似凸起一二寸。士人曰："此西洋界画，故视之若低昂，何堵芬木也。"画中忽有声曰："此妾欲下，君勿讶也。"士人素刚直，厉声叱曰："何物妖鬼敢媚我！"遽掣其轴，欲就灯烧之。轴中絮泣曰："我炼形将成，一付祝融，则形消神散，前功付流水矣。乞赐哀悯，感且不朽。"僧闻傲扰，亟来视。士人告以故。僧憬然曰："我弟子居此室，患瘵而死，非汝之故耶？"画不应，既而曰："佛门广大，何所不容。和尚慈悲，宜见救度。"士怒曰："汝杀一人矣，今再纵汝，不知当更杀几人。是惜一妖之命，而戕无算人命也。小慈是大慈之贼，上人勿吝。"遂投之炉中。烟焰一炽，血腥之气满室，疑所杀不止一僧矣。后入夜，或嘤嘤有泣声。士人曰："妖之余气未尽，恐久且复聚成形。破阴邪者惟阳刚。"乃市爆竹之成串者十余，总结其信线为一，闻声时骤然爇之，如雷霆砰磕，窗扉皆震，自是遂寂。除恶务本，此士人有焉。

《阅微草堂笔记》卷二十三"美人轴"

清·程趾祥撰《此中人语》采写的一则异文，情节又有新的变化，从一个独特的角度写人狐之恋，亦颇感人。

陶仲子冰叔，貌韶秀，才敏捷。其父尝仕末僚，罢官林下。家藏书画颇多，惟书室中有钟进士一幅，化工笔也。进士口衔宝剑，两目闪闪然，貌颇凶恶。旁一美人，丰神酸楚，体态娉婷，而下露一尾，盖狐也。进士执其臂，若欲置美人于死地者。陶素怜香惜玉，每视画，必喟然叹曰："如此美人，吾见亦罕，钟君何太无情，独不念姣姿弱质乎？"而画中美人，亦眉黛凄然，秋波频送，若有欲语不能之状。陶始而怜，继而悲，久之怒火中烧，痴情莫遏。遂取绣针二枚，刺进士臂，忽见美人自画上飘然而下，与陶裣衽曰："蒙君眷爱，救妾于患难中。此恩此德，诚莫大焉。"陶惊且喜，遽搂之。美人不甚拒，竟成欢好。陶乃取钟进士藏书箧中，而绣针却未拔下，恐其复执美人也。陶与美人居一年余，殊无知者。一日，美人忽呼腹痛，产一儿，啼声宛转，与常儿无异。于是合家俱晓，美人亦不之避。育婴三年，始涕泪与陶诀别。陶痛极，百计挽留，美人曰："妾本画中人，乌得久生尘世？君固钟情，为离强暴。数年伉俪，恩已报矣。此儿福分亦大，宜善抚之。后三十年，当与君相会于石镜峰前也。"言讫，凌风而逝。陶感其情，终身不复娶。而其子至二十余岁，竟由科第，官至太守云。

《此中人语》卷一《画中人》

这一故事类型，现当代仍在河南、山西、河北、黑龙江、山东、四川、陕西、宁夏、新疆、上海、湖南、浙江、广东、辽宁等地流布，譬如《弟弟买画》①、《画中人教书》②、《画女生贵子》③、《李货郎买画》④、《王小和画中人》⑤、《背辈子遇仙》⑥、《画精》⑦、《梅花仙子》⑧、《画中人》⑨、《上画儿》⑩、《画中人》⑪、《画中姑娘》⑫、《画中人》⑬、《画中人》⑭、《画姑娘》（满族）⑮。

这一故事类型，相当于丁乃通编著《中国民间故事类型索引》400B、艾伯华著《中国民间故事类型》"三、动物或精灵帮助好人，惩罚坏人36，画中人"。

柜中熊型故事 大致写一少女为二僧劫掠，锁于柜中，被某王（或驸马）救出，然后换一熊置柜中。二僧将此柜抬入旅店，深夜欲施暴时均让熊咬死。而此女竟被献予皇上，作了嫔妃，或由皇上赐给驸马。这一故事类型，初见于唐·段成式撰《酉阳杂俎》：

> 宁王尝猎于鄠县界，搜林，忽见草中一柜，扃钥甚固。命发视之，乃一少女也，询其所自，女言："姓莫氏，父亦曾仕。昨

---

① 见《中国民间故事集成·河南桐柏县卷》。
② 见《河南民间文学集成·周口地区故事卷》。
③ 见《中国民间故事集成·山西卷·祁县民间故事集成》。
④ 见《唐山市民间文学三套集成丛书·滦南民间故事选》。
⑤ 见《临沂地区四老人故事集》。
⑥ 见《中国民间文学集成·四川省西昌市资料集》。
⑦ 见《中国民间文学集成·四川卷·成都市灌县卷》。
⑧ 见《中国民间故事集成·陕西卷》。
⑨ 见《中国民间故事集成·宁夏卷资料丛书·同心县卷》。
⑩ 见《中国民间故事集成·新疆卷·巴里坤哈萨克自治县分卷》。
⑪ 见《中国民间文学集成·上海卷·黄浦区故事分卷》。
⑫ 见《益阳地区民间故事选》。
⑬ 见《中国民间文学集成·浙江卷·杭州市富阳县卷》。
⑭ 见《中国民间故事集成·广东卷》。
⑮ 见《满族三老人故事集》。

夜遇一伙贼，贼中二人是僧，因劫某至此。"含嚬上诉，冶态横生。王惊悦之，遂载以后乘。时方生获一熊，置柜中，如旧锁之。值上方求极色，王以莫氏衣冠子女，即日表上之，且具所由。上令充才人。经三日，京兆府奏，鄠县食店，有僧二人，以万钱独赁房一日夜，言作法事。唯舁一柜入店中。夜深，腷膊有声。店主怪日出不启门，撤户视之，有熊冲人走去。二僧已死，体骨悉露。上知之，大笑，书报宁王："大哥善能处置此僧也。"莫氏能为新声，当时号莫才人啭。

《酉阳杂俎》前集卷九"柜中熊"

《太平广记》卷二三八《宁王》、明·刘元卿撰《贤弈编》卷二《锁熊柜中》均出自《酉阳杂俎》，悉同。

清·朱翊清撰《埋忧集》所收的一则异文，系据《酉阳杂俎》"柜中熊"改写，情节基本上相同，而故事发生的时代、地点却有变化，结局亦有所不同。

崇祯时，流寇日炽，驸马都尉巩永固目击权奸当道，知大势已去，抑郁不自聊，猎于居庸界，见草中一柜，扃锁甚固。命发视，一少女在焉。问其所自，女言姓莫氏，伯叔庄居。昨夜遭光火贼。贼中二人是僧，劫某至此。言次，含颦动睕，冶态横生。巩悦之，乃载以后车。时帐下慕莘者方获一熊，即以置柜中，如旧锁之。时周皇后方密遗采艳四方，驸马以莫氏乃衣冠子女，即日表上之。越三日，京兆奏昌平食店有僧二人，以钱十千，独赁居一昼夜，言作法事，惟舁一柜入店中。夜已深，闻房中腷膊有声，日出不启门。撤户视之，有熊冲门走出，二僧不见，仅骸骨存焉。上览之大笑，以疏稿示之曰："驸马大能处置此僧也，即以女赐之。"

《埋忧集》卷八《柜中熊》

这一故事类型，现当代仍在福建、山东、黑龙江等地汉族和个别少数民族聚居区流布，譬如《智除骚公子》①、《虎子装新娘》②、《道士惩奸官》③、《被老虎咬死的和尚》（朝鲜族）④。

这一故事类型，相当于丁乃通编著《中国民间故事类型索引》896。

旅客变驴型故事 大致写一客店主常施法术，让旅客食罢其特制烧饼（或馒头）即变为驴、马变卖，并且尽没其货财。一旅客窥见其秘密，于是幸免。月余此客返回客店，设法让店主自食其果，或言此客报官，将店主置于法。这一故事类型，据有关学者考证可能是唐代由中近东一带传入我国，初见于唐·薛渔思撰《河东记》⑤。

> 唐汴州西有板桥店。店娃三娘子者，不知何从来，寡居，年三十余，无男女，亦无亲属。有舍数间，以鬻餐为业。然而家甚富贵，多有驴畜。往来公私车乘，有不逮者，辄贱其估以济之。人皆谓之有道，故远近行旅多归之。
>
> 元和中，许州客赵季和，将诣东都，过是宿焉。客有先至者六七人，皆据便榻。季和后至，最得深处一榻，榻邻比主人房壁。既而，三娘子供给诸客甚厚。夜深致酒，与诸客会饮极欢。季和素不饮酒，亦预言笑。至二更许，诸客醉倦，各就寝。三娘子归室，闭关息烛。人皆熟睡，独季和转展不寐。隔壁闻三娘子窸窣，若动物之声。偶于隙中窥之，即见三娘子向覆器下，取烛挑明之。后于巾厢中，取一副耒耜，并一木牛、一木偶人，各大六七寸，

---

① 见《中国民间故事集成·福建卷·安溪县分卷》。
② 见《中国民间故事集成·福建卷·安溪县分卷》。
③ 见《临沂地区四老人故事集》。
④ 见《中国民间故事集成·黑龙江卷》。
⑤ 见《全唐小说》第四卷。

置于灶前，含水噀之。二物便行走，小人则牵牛驾耒耜，遂耕床前一席地，来去数出。又于厢中取出一裹荞麦子，受于小人种之。须臾生，花发麦熟，令小人收割持践，可得七八升。又安置小磨子，硙成面讫，却收木人子于厢中，即取面作烧饼数枚。有顷鸡鸣，诸客欲发，三娘子先起点灯，置新作烧饼于食床上，与客点心。季和心动遽辞，开门而去，即潜于户外窥之。乃见诸客围床食烧饼，未尽，忽一时踣地，作驴鸣，须臾，皆变驴矣。三娘子尽驱入店后，而尽没其货财。季和亦不告于人，私有慕其术者。

后月余日，季和自东都回，将至板桥店，预作荞麦烧饼，大小如前。既至，复寓宿焉，三娘子欢悦如初。其夕更无他客，主人供待愈厚。夜深，殷勤问所欲。季和曰："明晨发，请随事点心。"三娘子曰："此事无疑，但请稳睡。"半夜后，季和窥见之，一依前所为。天明，三娘子具盘食，果实烧饼数枚于盘中，讫更取他物，季和乘间走下，以先有者易其一枚，彼不知觉也。季和将发，就食，谓三娘子曰："适会某自有烧饼，请撤去主人者，留待他宾。"即取己者食之。方饮次，三娘子送茶出来。季和曰："请主人尝客一片烧饼。"乃拣所易者与啖之。才入口，三娘子据地作驴声，即立变为驴，甚壮健。季和即乘之发，兼尽收木人木牛子等，然不得其术，试之不成。季和乘策所变驴，周游他处，未尝阻失，日行百里。

后四年，乘入关，至华岳庙东五六里，路旁忽见一老人，拍手大笑曰："板桥三娘子，何得作此形骸？"因捉驴谓季和曰："彼虽有过，然遭君亦甚矣！可怜许，请从此放之。"老人乃从驴口鼻边，以两手擘开，三娘子从皮中跳出，宛复旧身，向老人拜讫，走去，更不知所之。

《河东记·板桥三娘子》

《太平广记》卷二八六《板桥三娘子》出自《河东记》，文字悉同。

明·陆楫编纂《古今说海》卷四十一《板桥记》,亦与此则相同。明·冯梦龙编纂《古今谭概》灵迹部第三十二《板桥三娘子》,出自《古今说海》,系据此则缩写,文字较为简明。

  唐汴州西有板桥店。店娃三娘子者,独居鬻餐有年矣。而家甚富,多驴畜,每贱其估以济行客。元和中,许州客赵季和将诣东都。过客先至者,皆据便榻。赵得最深处一榻,逼主房。既而三娘子致酒极欢。赵不饮,但与言笑。二更许,客醉。合家灭烛而寝。赵独不寐,忽闻隔壁窸窣声。偶于隙中窥之,见三娘子向覆器下取烛挑明,市箱中取小木牛、木人及耒耜之属,置灶前,含水噀之,人牛俱活。耕床前一席地讫,取荞麦子授木人种之。须臾麦熟,木人收割,可得七八升。又安置小磨,即砲成面。却收前物仍置箱中,取面作烧饼。鸡鸣时,诸客欲发。三娘子先起,点灯设饼。赵心动,遽出,潜于户外窥之。乃见诸客食饼未尽,忽一时踣地作驴鸣。顷之,皆变驴矣。驱入店后,而尽没其财。赵亦不告于人。后月余,赵自东都回。将至板桥店,预作荞麦烧饼大小如前,复寓宿焉。其席无他客,主人殷勤更甚。天明,设饼如初。赵乘隙以已饼易其一枚。言烧饼某自有,请撤去以俟他客。即取已者食之。三娘子具茶。赵曰:"请主人尝客一饼。"乃取所易者与啖。才入口,三娘子据地即变为驴,甚壮健。赵即乘之,尽收其木人等,然不得其术。赵策所变驴,周游无失,日行百里。后四年,乘入关,至岳庙旁,见一老人拍手大笑曰:"板桥三娘子,何得作此!"因捉驴谓赵曰:"彼虽有过,然遭君已甚,可释矣。"乃从驴口鼻边,以两手掰开,三娘子从皮中跳出,向老人拜讫,走去,不知所之。

  清·程趾祥撰《此中人语》卷六《变马》,故事情节多有变化,结尾处变异尤为显著。

武生某因公北上，宿山东旅店中，念动乡关，宛转不能成寐。
漏三下，闻隔房有男妇嬉笑声，因钻穴隙相窥，见寓主等数人，
以麦散地下，泼以水，又蒙以布，若变戏法然。某甚异之，凝神
细视，忽见布高二尺余，寓主乃揭视，则麦已长且秀矣。又去其
壳，且碎其粒，团成馒首。比煮熟，天已明。某思此决非好事，
然不敢问。逾一时许，寓主持馒首遍赠客，诸客俱不之识，共相
食尽，惟某未食，暗藏于胸。须臾登道，寓主伴为远送，行三十
里，众客咸呼口渴，苦无茶，至江边取水而饮。忽一客面紫黑，
变成马首，寓主以鞭挞之，遂成一马。他客亦相继而变，寓主驱
马取行李返去。某骇绝逸走，首于官。官始不信，某将馒首呈上，
官提死囚与之，食竟亦变。遂暗拨营兵，获到该寓一干人，严刑
询鞫，得其情，遂置之法。

庙宇画鸽型故事　大致写某寺庙一大殿落成，在征求画工时，有几人
前来应聘，言明不收工钱，只要求绘画时需密闭门窗，完成之后方可
展示。谁知寺僧提前一日开门，画工竟变为鸽子飞去。画工所绘制壁
画精美绝伦，而未完成的一角却无人能够补上。这一故事类型，初见
于唐·张读撰《宣室志》①，故事发生在长安：

云花寺有圣画殿，长安中谓之七圣画。初，殿宇既制，寺僧
求画工。将命施彩饰，会责其直，不合寺僧祈酬，亦竟去。后数
日，有二少年诣寺来谒曰："某，善画者也。今闻此寺将命画工，
某不敢利其直，愿输工，可乎？"寺僧欲先阅其迹，少年曰："某
兄弟凡七人，尝画于长安诸寺，宁有迹乎？"僧以为妄，稍难之。
少年曰："某既不纳师之直，苟不可师意，即命圬其壁，未为晚
也。"寺僧利其无直，遂许之。后一日，七人果至。各挈彩绘，

---

① 见《宣室志·裴铏传奇》，第10—11页。

将入殿宇，且为僧曰："从此去七日，慎勿为吾之户，亦不劳赐食，盖以畏风日侵铄也。可以泥锢吾门，无使有纤隙，不然，则不能施其妙矣。"僧从其语。如是凡六日，阒无有闻。僧相语曰："此必怪也。当不可果其约。"遂相与发其封。户既启，有七使鸽翩翩望空飞去。其殿中彩绘，俨若四隅，惟西北墉未尽其饰焉。后画工来见之，大惊曰："真神妙之笔也！"于是无敢继其色者。

《宣室志》卷一"圣画"

宋·张邦基撰《墨庄漫录》的一则异文，故事发生在襄阳，情节有了明显的变化：

襄阳天仙寺在汉江之东津，去城十里许，正殿大壁画大悲千手眼菩萨像。世传唐武德初，寺尼作殿求良工图画。有夫妇携一女子应命，期尼以扃殿门，七日乃开。至第六日，尼姑颇疑之，乃辟户，阒其无人，有二白鸽翻然飞去。视壁间圣像已成，相好奇者，非世工所能。独其下有二长臂结印手未足，乃二鸽飞去之应也。郡有画工武生者，独能摹传本。大观初，有梁宽大夫寓居寺中，心无信向，颇轻慢之。武生云，菩萨之面正长一尺。宽以为诞，必欲自度之。乃升梯欲以足加菩萨面。忽梁间有声如雷。宽震悸而坠，损其左手。僧教宽悔过自忏。后岁余方如旧，兹御侮于像法事者，怒其慢渎耳。

《墨庄漫录》卷十"鸽画"

神言发迹型故事 大致写有甲乙二人结拜为异姓兄弟。甲经商一再失利，妻儿俱亡，家贫如洗。乙虽全力资助，甲却耗尽钱财而远走他乡。乙日渐贫困，无以度日。正欲轻生时，偶在土地庙听见神与野兽对答，并将神言之事牢记心间，随即去某处为村民办了许多好事。他得到赠金后,进京应试中选,派至外地为官。甲得知乙因神言发迹,亦去庙中寻好运,竟为野兽吞噬。这一故事类型,初见于唐·裴铏撰《传奇》(又称《裴铏传奇》):①

  开成中,有江叟者,多读道书,广寻方术。善吹笛,往来多在永乐县灵仙阁。时沉饮酒,适阌乡,至盘豆馆东官道大槐树下醉寝。及夜艾,稍醒,闻一巨物行声,举步甚重。叟暗窥之,见一人,崔嵬,高数丈,至槐侧坐,而以毛手扪叟曰:"我意是树畔锄儿,乃瓮边毕卓耳。"遂敲大树数声,曰:"可报荆馆中二郎来省大兄。"大槐乃语云:"劳弟相访。"似闻槐树上有人下来与语。须臾,饮酌之声交作。荆山槐曰:"大兄何年抛却两京道上槐王耳。"大槐曰:"我三甲子当弃此位。"荆山槐曰:"大兄不知老之将至,犹顾此位,直须至火入空心,膏流节断,而方知退,大是无厌之士。何不如今因其震霆,自拔于道,必得为材用之木,构大厦之梁栋,尚得存重重碎锦,片片真花,岂他日作朽蠹之薪,同入爨,为煨烬耳。"大槐曰:"雀鼠尚贪生,吾焉能办此事邪?"槐曰:"老兄不足与语。"告别而去。及明,叟方起。

  数日,至阌乡荆山中,见庭槐森耸,枝干扶疏,近欲十围,如附神物。遂伺其夜,以酒脯奠之,云:"某昨夜闻槐神与盘豆官道大槐王论语云云,某卧其侧,并历历记其说。今请树神与我言语。"槐曰:"感子厚意,当有何求?殊不知尔夜烂醉于道,夫乃子邪?"叟曰:"某一生好道,但不逢其师。树神有灵,乞为指教,使学道有处,当必奉酬。"槐神曰:"子但入荆山,寻鲍仙师。脱得见之,或水陆之间,必获一处度世。盖感子之请,慎勿泄吾言也!君不忆华表告老狐,祸及余矣!"叟感谢之。

  明日,遂入荆山,缘岩循水,果访鲍仙师,即匍匐而礼之。

---

① 见《宣室志·裴铏传奇》,上海古籍出版社2012年版,第125—126页。

师曰:"子何以知吾而来师也?须实言之。"叟不敢隐,具陈:"荆山馆之树神言也。"仙师曰:"小鬼焉敢专辄指人,未能大段诛之,且飞符残其一枝。"叟拜乞免。仙师曰:"今不诛,后当继有来者。"遂谓叟曰:"子有何能,一一陈之。"叟曰:"好道,癖于吹笛。"仙师因令取笛而吹之,一气清逸,五音激越,驱泉迸山,引雁行低,槁叶辞林,轻云出岫。仙师叹曰:"子之艺至矣,但所吹者,枯竹笛耳。吾今赠子玉笛,乃荆山之尤者,但如常笛吹之,三年,当召洞中龙矣。龙既出,必衔明月之珠而赠子,子得之,当用醍醐煎之三日,凡小龙已脑疼矣,盖相感使其然也。小龙必持化水丹而赎其珠也。子得,当吞之,便为水仙,亦不减万岁。无烦吾之药也,盖子有琴高之相耳。"仙师遂出玉笛与之,叟曰:"玉笛与竹笛何异?"师曰:"竹者,青也,与龙色相类,能肖之吟,龙不为怪也。玉者,白也,与龙相克,忽听其吟,龙怪也,所以来观之,感召之有能变耳,义出于玄。"叟受教,乃去。后三年,方得其音律。

后因之岳阳,刺史李虞馆之。时大旱,叟因出笛,夜于圣善寺经楼上吹,果洞庭之渚龙飞出,而降云绕其楼者不一。遂有老龙,果衔珠赠叟。叟得之,依其言而熬之二昼,果有龙化为人,持一小药合,有化水丹,匍匐请赎其珠。叟乃持合而与之珠。饵其药,遂变童颜,入水不濡。凡天下洞穴,无不历览。

后居于衡阳,容发如旧耳。

《太平广记》卷四一六

清·慵讷居士撰《咫闻录》里的一则异文情节变化十分显著,使这一故事类型更为生动、感人。

昔有异姓二人,约为兄弟,一姓徐,有子,业为经纪;一姓李,无子,勤于读书,道虽不同,心甚契合,遂订金兰之交,竟誓死生之盟，即以姓为名，一称徐兄，一称李弟，朝夕往还，无分彼此，内外亦无间言。

一日，徐谓李曰："闻吴中丝价甚平，意欲往贩而获利，稍为润家。吾将托妻子于弟。"李诺之。去未几时，妻子相继病殁。年余徐归，李见衣裳垢敝，形容憔悴，面目黧黑。李问之，泣曰："吾至洞庭湖中，遇风覆舟；同行诸人尽饱鼍鼋之腹。吾得渔人相救，沿门托钵而归。此时枕畔无妻，膝下无儿，形单影只，将何所托？"李曰："暂居弟舍，逆来之境，当以顺受之。自嫂与侄去世，兄家之物一一检存弟处。若肯变卖，犹可收拾余烬，背城借一。"徐如其言，变凑百余金，贩药赴荆襄，两月而返，曰："我命不由，实命不犹耳。前次至洞庭而遇风，此次至潇湘而遇盗，正在惊惶，陡起大风，触石船裂，货遭沉溺，人漂于岸，倩人捞物，虽获其半，已大亏其本。命也如斯，予亦不作出门想矣。"遂馆于李舍。

徐好饮博，李曰："兄虽一身，而无家累，饮博岂可终身，当图良业，以为生计。"（徐）忽对李曰："周友约我合伙开肆，但无米之炊巧妇不能，弟盍为我图之。"李即将田数亩典金与之。徐得银欣然而出，数日不归。问之人，方知徐将此银偿博进，完酒债，遁入远方矣。

从此李日渐贫窭，无以自给，仰屋兴嗟，莫可如何，潜诣屋后山下土地庙，思欲自尽。适有客过敬神，焚香燃烛。李躲匿神旁，坐而假寐，恍惚间，见神下座，笑而答曰："深山荒僻，乃恶兽出入之乡，速上我楼，自有好处。"醒见庙中无楼，忽悟曰："神言未必无因，虽无楼，我姑上屋。"遂从墙旁古树攀援而上，如狨猱升木焉。方升屋，忽见林下飒飒有声，滚滚而入，有一虎跪于神前曰："多日不食，饥饿难忍。求神赐之。"神曰："翌日午刻，村西有一缺耳猪在田芟草，尔之食也。然尔命当饿，难以食也。"虎拜谢而去。又一阵阴风，神曰："老魅何来？"即有妇人声对曰："弟子居东村山后，荆棘满岩。岩有隘洞，仅可容身。村近何姓有一子，年十六岁，聪明姣秀，绰约如妇人女子。常近之，饮食起居亦颇适意。惟此处依山成村，近无井泉，村人远涉他冈汲而供饮，苦亦极矣。村中一岭，上有峭壁。壁有小洞，确是泉脉，为片石所阻，略施斧斤，泉流涓涓，不惟养人，亦可灌田，无人知之耳。"神曰："尔道将成，不合魅人，须当谨慎。"狐遂出。

次日，李至某处，果有东村，遂对村人曰："近闻此村有妖，吾有善术，可与降魔。然吾渴思饮，乞赐茶以润口。"村人曰："此处汲水，往返十余里。"李曰："吾亦有术，使山有水，无须远汲。"李如狐言，至石壁之洞，运斤击开其石，果源泉混混而出。又至山后洞中，多积柴草，燃火熏之。有黑狐突出奔逸，村人子疾遂瘳。合村作谢，合得银三千两，车马十余辆。

随又至西村，见荒寂无人，惟街尾有古井，见一妇人左耳缺半，挈瓶出汲。李急牵妇衣，妇惊欲逃，李就抱掷于室中。村人哗然，拳棍交集。李素习少林学，随抵随喊曰："我乃救此妇也，幸勿乱殴！"众皆住手，李即以昨夜神言告之。旋闻虎声绕村，三巡而行。妇在家中，闻其号声，仿佛似牝猪音，遗秽满地，逾时复还为人声。适妇夫归家，众告其事，夫妇拜谢，饮酒而去。

次年，李入都应试中选，出为县令。方到任，赴乡查勘边隘，见道旁一人拱立于前。视之，乃徐也，遂下车邀至署中，历诉前后之事。款食数月，赠以银，令其回里。徐辞后思弟之言，验神之灵，亦至山下庙中祈梦。将至五更，并未有梦，遂自援树而登庙顶。忽惊腥风阵阵而来，闻神曰："妖狐班子，何处相约而来耶？"狐对曰："弟子前次拜谒而去，次日即有人至村，将泉脉透出，汲饮甚便，第遭火厄，几为熏毙。"虎曰："公命食缺耳猪，为人救去，几为所擒。"兹山中有生人气，神不之应，狐与虎共寻之。虎则四处瞭寻，狐则上树而视，见徐仰卧庙顶，推堕石阶，虎大吼嚼而食之。后徐托梦于李曰："予生前作孽，不践盟言，已为恶兽所伤。"哭泣而去。李惊而寤，至退归林下，设馔招魂以奠之。

《咫闻录》卷八《徐兄李弟》

这一故事类型，现当代仍在西藏、新疆、甘肃、宁夏、陕西、山西、河南、上海、青海、浙江、江西、福建、青海等地汉族和一些少数民族聚居区流布，譬如《桑布和年巴》（藏族）①、《两个朋友》②、《狠心的哥哥和嫂子》（锡伯族）③、《天理和良心》④、《老大和老二》⑤、《善恶总有报》⑥、《张三李五的故事》⑦、《夜宿古庙》⑧、《弟弟和他的瞎眼哥哥》（土族）⑨、《孔雀锣》⑩、《两老庚听宝》⑪、《有情和无义》⑫、《善求和恶求》⑬。

这一故事类型，相当于艾伯华著《中国民间故事类型》动物或精灵帮助好人，惩罚坏人28. 动物对话。

---

① 见《中国民间故事集成·西藏卷》。
② 见《中国民间故事集成·西藏卷》。
③ 见《中华民族故事大系》第十三册。
④ 见《中国民间故事集成·宁夏卷资料丛书·同心县卷》。
⑤ 见《中国民间文学集成·陕西卷·咸阳民间故事集成》。
⑥ 见《中国民间故事集成·山西卷》。
⑦ 见《河南民间文学集成·新野县卷》。
⑧ 见《中国民间文学集成·上海卷·黄浦区故事分卷》。
⑨ 见《中国民间故事集成·青海卷》。
⑩ 见《中国民间故事集成·浙江卷》。
⑪ 见《中国民间故事集成·江西卷》。
⑫ 见《中国民间故事集成·福建卷》。
⑬ 见《中国民间故事集成·福建卷》。

巧求笔迹型故事 大致写书法家张旭①做常熟尉时，不久便发现刚给一老者判过案，没几天又来打官司。在他的责问下，老者才吐实情：这样做为的是珍藏他的笔迹。这一故事类型，初见于唐·张固撰《幽闲鼓吹》：

> 张长史释褐为苏州常熟尉。上后旬日，有老父过状，判去。不数日，复至，乃怒而责，曰："敢以闲事屡扰公门。"老父曰："某实非论事，但观少公笔迹奇妙，贵为箧司之珍耳。"长史异之，因诘其何得爱书？答曰："先父爱书，兼有著述。"长史取视之，曰："信天下工书者也。"自是备得笔法之妙，冠于一时。

《幽闲鼓吹》"过状求字"

明·周应治撰《霞外麈谈》卷九《寄因》"老人求判"②，故事情节略有变化。

> 张旭为常熟尉，有老人陈牒求判，宿昔又来。旭厌其烦，曰："公笔势奇绝，欲藏之以为家珍尔。"因尽出其所藏父书，旭视之，天下奇笔，自此尽其法。

这一故事类型，现当代仍在安徽等地流布，譬如《公堂练字》③。

江中宝镜型故事 大致写有个渔人于江湖中网得铜镜，光彩射人。用镜照之，尽见脏腑。其人大骇，镜竟坠（或跃）入水中。一说自此渔

---

① 张旭，字伯高。吴郡（今江苏苏州）人。官金吾长史。书法精深，尤擅狂草，有"草圣"之誉。
② 见《笔记小说大观》第六册，江苏广陵古籍刻印社1995年版。
③ 见《中国历代文化名人珍闻录》。

人每日捕鱼多于平时数倍，因以致富。而将宝镜送出去后，资产日减，贫困如初。这一故事类型，初见于唐·皇甫氏撰《原化记》。

> 苏州太湖入松江口，唐贞元中，有渔人载小网，数船共十余人，下网取鱼。一无所获，网中得物，乃是镜而不甚大。渔者怨其无鱼，弃镜于水。移船下网，又得此镜。渔人异之，遂取其镜视之。才七八寸，照形悉见其筋骨脏腑，溃然可恶。其人闷绝而倒。众人大惊，其取镜鉴形者，即时皆倒，呕吐狼藉。其余一人，不敢取照，即以镜投之水中。良久，扶持倒吐者既醒，遂相与归家。以为妖怪。明日方理网罟，则所得鱼多于常时数倍。其人先有疾者，自此皆愈。询于故老，此镜在江湖，每数百年一出。人亦常见，但不知何精灵之所恃也。
>
> 　　　　　　　　　　　　　　　《原化记·渔人》

《太平广记》卷二三一《渔人》，出自《原化记》，文字与此则悉同。

唐·韦叡撰《松窗杂录》（又称《松窗录》）中的一则异文，发生的时间略晚于前一则，故事情节较前一则简单。

> 卫公（李德裕）长庆中在浙右，会有渔人于秦淮垂机网下深处，忽觉力举异于常时。及敛就水次，卒不获一鳞。忽得古铜镜可尺余，光浮于波际。渔人惊取照之，历历尽见五藏六腑萦脉动，竦骇神魄，因腕战而坠。渔人偶话于舍旁，遂乃闻之于公，尽周岁万计穷索水底，终不复得。
>
> 　　　　　　　　　　　　《松窗杂录》"浙右渔人"

《太平广记》卷二三二《浙右渔人》，出自《松窗录》，文字与此则相同，仅某些字句略有变化。明·王圻纂集《稗史汇编》卷一四一《珍宝门·宝器·秦淮宝镜》，据此则改写，文字有所压缩。

> 卫公长庆中在浙右，会有渔人于秦淮矶网下深处，忽觉力举异于常时，得古铜镜尺余，光浮于波际。渔人惊取，照之历历尽见脏腑络脉。既竦骇神魄，因腕战而坠。闻之于公，万计穷索水底，终不复得。

《太平广记》卷二三二《䢼湖渔者》，出自五代·王仁裕《玉堂闲话》，与以上诸则多有不同。所记为唐代末年之事。渔人网获的宝镜，功能不在照出世人之脏腑，而在照出湖中之甲兵，洞悉昔时沦陷遗迹，也带有一定的神秘色彩。

> 徐宿之界有䢼湖，周数百里，两州之莞蒯、萑苇、菱荷之类，赖以资之。唐天祐中，有渔者于网中获铁镜，亦不甚涩，光犹可鉴面，阔六五寸。携以归家。忽有一僧及门，谓渔者曰："君有异物，可相示乎？"答曰："无之。"僧曰："闻君获铁镜，即其物也。"遂出之。僧曰："君但却将往所得之处照之，看有何睹。"如其言而往照，见湖中无数甲兵。渔人大骇，复沉于水。僧亦失之。耆老相传：湖本䢼州沦陷所致，图籍亦无载焉。

宋·洪迈撰《夷坚支戊》卷九《嘉州江中镜》①，情节颇为曲折，既有与上述诸则相似之处，又有许多不同的变化，更能充分显示出渔人网获的宝镜所具有的神奇色彩。

> 嘉州渔人王甲者，世世以捕鱼为业，家于江上。每日与其妻子棹小舟，往来数里间，网罟所得，仅足以给食。它日，见一物荡漾水底，其形如日，光采赫然射人。漫布网下取，即得之，乃古铜镜一枚，径圆八寸许，亦有雕镂琢克，故不能识也。持归家，

---

① 见《夷坚志》第三册，第1124—1125页。

因此生计浸丰，不假经营，而钱自至。越两岁，如天雨鬼输，盈塞败屋，几满十万缗王无所用之，翻以多为患，与妻谋曰："我家从父祖以来，渔钓为活，极不过日得百钱。自获宝镜以来，何啻千倍？念本何人，而暴富乃尔！无劳受福，天必殃之。我恶衣恶食，钱多何用？惧此镜不应久留，不如携诣峨眉山白水禅寺，献于圣前，永为佛供。"妻以为然，于是沐浴斋戒，卜日入寺，为长老说因依，盛具美馔，延堂僧，皆有衬施，而出镜授之。长老言："此天下之至宝也，神明靳之，吾何敢辄预！檀越谨置诸三宝前，作礼而去可也。"王既下山，长老密唤巧匠，写仿形模，别铸其一。迨成，与真者无小异，乘夜易取而藏之。王之赀货日削，初无横费，若遭巨盗辈。窃而去者。又两岁，贫困如初。夫妇归弃镜，复往白水，拜主僧，输以故情，冀返元物。僧曰："君知吾向时吾不辄预之竟乎？今日之来，理之必然。吾为出家子，视色身非己有，况于外物耶？常忧落奸偷手中，无以借口，兹得全而归，吾又何惜！"王遂以镜还，不觉其赝也。镜虽存而贫自若。僧之衣钵充物，买祠部牒度童奴，数溢三百。闻者尽证原镜在僧所。提点刑狱使者建基于汉嘉，贪人也，认为奇货，命健吏从僧逼索。不肯付。罗致之狱，用楚掠就死。使者籍其赀，空无储。盖入狱之初，为亲信行者席卷而隐。知僧已死，穿山谷径路，拟向黎州。到溪头，值神人，金甲持戟，长身甚武，叱曰："还我宝镜。"行者不顾，疾走投林。未百步，一猛虎张口奋迅来，若将搏噬。始颤惧，探怀掷镜而窜。久乃还寺，为其俦侣言之。后不知所在。意所隐没，亦足为富矣。隆兴元年，祝东老泛舟嘉陵，逢王生自说其事，时年六十余。

明·王圻纂集《稗史汇编》所收的另一则异文，所记为北宋时期发生的故事，情节与《松窗杂录》"浙右渔人"比较相似。

第十章　隋唐五代时期的民间故事类型

  会稽镜湖在唐日广袤三百里，后来贫民盗占为田，今之视昔，不及十分之一也。崇宁间，渔人夜引网罟，觉甚重，强加挽拽竟不能举，乃召集同辈，合力久而方升，乃一大古镜，方五六尺，厚五寸，形模奇怪。或持以鉴形，于昏暗中肠胃肝鬲皆洞见之。置之舟内，欲明日赍诣越府，货于市，忽铿然有声，光采炫晃，湖水如昼。俄顷复跃于波心，风激浪涌，移时始定。湖漘父老今尚有及见者。

《稗史汇编》卷一四一《珍宝门·宝器·镜湖大镜》

清道光《会稽县志稿》卷十六"镜湖大镜"系据此则改写，文字略有压缩。

  相传早年会稽镜湖甚宽阔。崇宁间，渔人夜引网罟，觉甚重，强加挽拽，竟不能举，乃召集同辈合力而方升一大古镜，方五六尺，厚五寸，形模奇怪。或持以鉴形，于昏暗中肠肝鬲皆洞见也。置之舟内，欲明日送越府卖之。忽铿然而声，光彩眩晃，湖水如昼。俄顷复跃于波心，风激浪涌，直至船移去始定。

燕化女子型故事　　大致写某日一燕飞入人家，化为一美女，仅数寸长，自言为天女（或玉真娘子），能预言吉凶。往求观者都赠钱，其家乃小康。一年后飞去，不知所在。这一故事类型，初见于托名唐·陆勋撰《志怪录》，情节至为简略。

  昔有燕飞入人家，化为一小女子，长仅三寸，自言天女，能先知吉凶。

《志怪录·燕化女子》[1]

---

[1]　见《说郛》卷一一七（《说郛三种》第八册）。

近人曹绣君编《古今情海》卷十四《燕化女子》，出自《志怪录》，文字悉同。

宋·郭彖撰《睽车志》录写的一则异文，情节得以丰富，成为一则比较完整的以燕子为主角的志怪故事，颇有情致。

> 程迥者，伊川之后。绍兴八年，来居临安之后洋街，门临通衢，垂帘为蔽。一日，有物如燕，瞥然自外飞入，径着于堂壁。家人就视，乃一美妇，仅长五六寸，而形体皆具，容服甚丽，见人殊不惊，小声历历可辨，自言："我玉真娘子也，偶至此，非为祸祟，苟能事我，亦甚善。"其家乃就壁为小龛，香火奉之。颇能预言，休咎皆验。好事争往求观，人输百钱，乃为启龛。至者络绎，小阜程氏矣。如是期年，忽复飞去，不知所在。

《睽车志》卷三"玉真娘子"

明·陆楫编纂《古今说海》卷一〇二说略部《睽车志》"玉真娘子"、明·王圻纂辑《稗史汇编》卷一七四《志异门·邪魅·玉贞娘子》、明·冯梦龙编纂《古今谭概》妖异部第三十四《玉贞娘子》、清·褚人获纂辑《坚瓠秘集》卷二"玉真娘子"，除故事主人公"玉真娘子"作"玉贞娘子"外，皆与《睽车志》悉同。

明代田汝成撰《幽怪录·程迥》①，抄自《睽车志》，文字略有改动。

> 程迥者，伊用（川）之裔，绍兴八年，居临安之前洋街，门临通衢，垂帘蔽户。一日，有物如燕，飞入倚堂壁。家人视之，乃一美妇，长可五六寸，形质宛然，容服妍丽，见人殊不惊惧，

---

① 见《说郛续》卷四十六（《说郛三种》第十册）。

小声呖呖可辨,自言:"玉真娘子也。偶至此,亦非祸君。君能奉我,当有利喜。"迥家乃就壁为小龛,香火供奉。颇预言休咎,皆验。好事者往往求观,必输百钱方启龛。至是络绎,家遂小康。至暮年飞去,不知所在。

明·陈继儒撰《珍珠船》"程回者",文字与此则相同。

换刀擒凶型故事 大致写某富商子与一艳姬订下私约。入夜幽会时某屠先入杀女逃逸,富商子蒙冤被获,拷掠后具吐实情,唯不招杀人。府主设计找出刀主,终于捕获凶手,置于法,这一故事类型,初见于五代·王仁裕撰《玉堂闲话》:

> 刘崇龟镇守南海之岁,有富商子少年而白皙,稍殊于稗贩之伍,泊船于江。岸上有门楼,中见一姬年二十余,艳态妖容,非常所睹,亦不避人,得以纵其目逆,乘便复言:"某黄昏当诣宅矣。"无难色,颔之微哂而已。
>
> 既昏暝,果启扉伺之。比子未及赴约,有盗者径入行窃。见一房无烛,即突入之,姬即欣然而就之。盗乃谓其见擒,以庖刀刺之。遗刀而逸,其家亦未之觉。客商之子旋至。方入其户,即践其血,泺而仆地。初谓其水,以手扪之,闻鲜血之气未已。又扪着有人卧,遂走出,径登船,一夜解维。比明,已行百余里。其家迹其血至江岸,遂陈状之主者讼。穷诘岸上居人,云:"其日夜,有某客船一夜径发。"即差人追及,械于囹室。拷掠备至,具实吐之,唯不招杀人。
>
> 其家以庖刀纳于府主矣。府主乃下令曰:"某日大设,合境庖丁,宜集于毬场,以候宰杀。"屠者既集,乃传令曰:"今日既已,可翌日而至。"乃各留刀于厨而去。府主乃命取诸人刀,以杀人之刀,换下一口。来早,各令诣衙请刀。诸人皆认本刀而去,

唯一屠最在后，不肯持刀去。府主乃诘之，对曰："此非某刀。"又诘以何人刀，即曰："此合是某乙者。"乃问其住止之处，即命擒之，则已窜矣。

于是，乃以他囚之合处死者，以代商人之子，侵夜毙之于市。窜者之家，旦夕潜令人伺之。既毙其假囚，不一两夕，果归家，即擒之。具首杀人之咎，遂置于法。商人之子，夜入人家，以奸罪杖背而已。彭城公之察狱，可谓明矣。

《玉堂闲话·刘崇龟》①

五代·和凝撰、宋·和㠓续编《疑狱集》卷下《刘集屠刀》，出自《玉堂闲话》，文字小有出入。

宋·郑克撰《折狱龟鉴·刘崇龟》，亦出自《玉堂闲话》，而文字多有压缩与加工，更为晓畅。

刘崇龟在镇，有富商子泊船江岸，见一高门，中有美姬，殊不避人。因戏语之曰："夜当诣宅矣。"亦无难色。启扉待之。忽有盗入其室，姬即欣然往就，盗谓见擒，以刀刳之，逃去。富商子继至，践其血洿而仆，闻腥血声未已，觉有人卧于地，径走至船，夜解维遁。其家踪迹，讼于公府。遣人追捕，械系考讯。具吐情实，惟不招杀人。崇龟视所遗刀，乃屠刀也。因下令曰："某日大设。阖境屠者皆集球场，以俟宰杀。"既而晚放散，令各留刀，翌日再至。乃命以杀人刀换下一口。明日诸人各认本刀，一人不去，云："非某刀。"问："是谁者？"云："某人刀。"亟往捕之，则已窜矣。于是以他囚合死者为商人子。侵夜毙之。窜者闻而还，乃擒之于法。富商子坐"夜入人家"，杖背而已。

---

① 引自《太平广记》卷一七二。

宋·桂万荣编撰《棠阴比事》卷下《崇龟认刀》、明·冯梦龙编纂《智囊补》察智部卷十《诘奸·刘宗龟》，均出自《玉堂闲话》，文字有所压缩却又不同于《折狱龟鉴》。试看《智囊补》之一则：

> 刘宗龟镇海南。有富商子少年泊舟江岸，见高门一妙姬，殊不避人。少年挑之曰："黄昏当访宅矣。"姬微哂。是夕，果启扉候之。少年未至，有盗入，欲行窃，姬不知，就之，盗谓见执，以刀刺之，遗刀而逸。少年后至，践其血仆地，扪之，见死者，急出，解维而去。明日，其家迹至江岸，岸上云："夜有某客船径发。"官差人追到，拷掠备至，具实吐之，唯不招杀人。视其刀，乃屠家物。宗龟下令曰"某日演武，大犒军士，合境庖丁，集毬场以俟"。烹宰既集，又下令曰："今日已晚，可翌日至。"乃各留刀，阴以杀人刀杂其中，换下一口。明日各来请刀，唯一屠者后至，不肯持去。诘之，对曰："此非某刀，乃某人之刀耳。"命擒之，则已窜矣。乃以他死囚代商子，侵夜毙于市。窜者知囚已毙，不一二夕果归。遂擒伏法。商子拟以奸罪，杖背而已。
>
> 《智囊补》察智部卷十《诘奸·刘崇龟》

这一故事类型，现当代仍在吉林、山西等地流布，譬如《巧破杀人案》①《会审窃盗杀人案》②。

无头尸案型故事 大致写一商人之妻被杀在家中，只有尸体，却无首级。妻家得知将其告至官府，他经不起严刑拷打，便自诬杀妻。郡守委派从事接管此案后，感到疑点颇多。他经过认真调查取证，终于查

---

① 见《中国民间故事集成·吉林卷》。
② 见《山西民间故事大系·晋北卷》。

明一富豪为了霸占商妇，竟杀死奶妈制造无头尸疑案的罪行，随即将其正法。这一故事类型，最初见于五代·王仁裕撰《玉堂闲话》：

  闻诸耆旧云：昔有人因他适回，见其妻为奸盗所杀。但不见其首，肢体具在。既悲且惧，遂告于妻族。妻族闻之，遂执婿而入官丞，行加诬云："尔杀吾爱女。"狱吏严其鞭捶，莫得自明，洎不任其苦，乃自诬杀人，甘其一死。款案既成，皆以为不谬。

  郡主委诸从事。从事疑而不断，谓使君曰："某滥尘幕席，诚宜竭节。奉理人命，一死不可再生，苟或误举典刑，岂能追悔也？必请缓而穷之。且为夫之道，孰忍杀妻？况义在齐眉，曷能断颈？纵有隙而害之，盍作脱祸之计也？或推病殒，或托暴亡，必存尸而弃首？其理甚明。"使君许其谳义。从事乃别开其第，权作狴牢，慎择司存，移此系者。细而劾之，仍给以酒食汤沐，以平人待之。键户棘垣，不使系于外，然后遍勘在城伍作行人，令各通供，近来应与人家安厝坟墓多少去处文状。

  既而一面诘之曰："汝等与人家举事，还有可疑者乎？"有一人曰："某于一豪家举事，共言杀却一奶子，于墙上舁过，凶器中甚似无物，见在某坊。"发之，果得一女首级。遂将首对尸，令诉者验认。云："非也。"遂收豪家鞠之。豪家伏辜而具款。乃是杀一奶子，函首而葬之，以尸易此良家之妇，私室蓄之。豪士乃全家弃市。吁，伍辞察狱，得无慎乎？

《玉堂闲话·杀妻者》①

  五代·和凝撰、宋·和㠓续编《疑狱集》卷上《从事对尸》，出自《玉堂闲话》，文字有所改动，使其较为流畅易懂。

---

 ① 引自《太平广记》卷一七二。

近代有人因行商回，见其妻为奸盗所杀，支体具在，但不见首。既悲且惧，遂告于妻族。遽执婿入官，狱吏严其鞭捶，莫得自明，不任其苦，乃自诬杀妻。案状既成，皆以为不谬。郡主委诸从事，从事疑而不断，谓使君曰："某滥尘幕席，诚宜竭节，人命一死不可复生，苟或诬举刑典，其能追悔乎？必请缓而穷之。且为夫之情，孰忍杀其妻？纵有隙而害之，必作脱祸之计，或推病殒，或托暴亡，必不存尸而弃首，其理甚明。"使君许其谳议。从事乃别开其第，权作狴牢，慎择司刑，将比系者细心劾之，仍给以酒食汤沐。键户棘垣，不使泄于外。更令仵作行人各供近日来与人家安厝坟墓去处文状，既而一一面诘之曰："汝等与人家举事，内有可疑者否？"有一人曰："某于一豪家举事，只言殂却姝子。五更初，墙头舁过凶器，其间极轻，有似无物，见瘗在某坊。"遽遣发之，果获一女子首。遂将首对尸，令系者验认，云非妻也。因收豪家鞠之，乃是杀一姝子，函首葬之，以尸易此商家之妇，私室蓄之。断豪士弃市。

近人曹绣君编《古今情海》卷三十二《杀婢函首》，出自《图书编》，文字简练，略陈故事梗概：

有妻为人杀而失其首，妻族以为其婿杀之也。告之，严讯诬服。从事疑之，请缓狱。乃遍告封内仵作毕之官，诘之，一人曰："近某豪家言死一婢子，召瘗之。五更时于墙头过棺，棺轻似无物，瘗某处。"发之，但获一女人首，示其夫，夫曰："非妻也。"收豪家鞠之，则故与是妻通稔。乃杀婢函其首以葬。而以尸为其尸购焉。豪民弃市。

这一故事类型，现当代仍在吉林、河北等地流布，譬如《无头案》①《无头案》②。

银人求宿型故事　大致写某夜有人登门求宿，受到热情接待。夜间来客突然变为银人（或金人），主家因此致富。这一故事类型，初见于五代·王仁裕撰《玉堂闲话》：

> 宜春郡民章乙，其家以孝义闻。数世不分异，诸从同爨。所居别墅有亭屋水竹，诸子弟皆好善积书，往来方士高僧儒生，宾客至者皆延纳之。忽一日晚际，有一妇人年少端丽，被服靓妆，与一小青衣诣门求寄宿。章氏诸妇忻然迎接，设酒馔，至夜深而罢。有一小子弟，以文自业，年少而敏俊，见此妇有色，遂嘱其乳姬别洒扫一室，令其宿止。至深夜，章生潜身入室内，略不闻声息，遂升榻就之。其妇人身体如冰。生大惊，命烛照之，乃是银人两头。可重千百斤。一家惊喜，然恐其变化，即以炬炭燃之，乃真白金也。其家至今巨富，群从子弟妇女，共五百余口，每日三就食，声鼓而升堂。江西郡内，富盛无比。

《玉堂闲话·宜春郡民》③

明·王圻纂集《稗史汇编》卷一六八《祸福门·报善·章乙得银人》及近人曹绣君编《古今情海》卷十四《妇化金》，均出自《玉堂闲话》，文字均略有出入。

五代·徐铉撰《稽神录》采集的一则异文，文字较简约，情节多

---

① 见《中国民间故事集成·吉林卷》。
② 见《中国民间故事集成·河北卷》。
③ 《太平广记》卷四〇一引《玉堂闲话》。

第十章 隋唐五代时期的民间故事类型

有变化。

> 江南陈濬尚书自言，其诸父在乡里好为诗，里人谓之陈白舍人。此之乐天也，性疏简，喜宾客。尝有二道士，一黄衣一白衣，诣其家求舍。舍之厅事，夜分闻二客床坏匐然有声。久之，若无人者。秉蜡视之，见白衣人卧于壁，乃银人也。黄衣人不复见矣。自是丰富。
>
> 《稽神录》卷五《陈濬》

清康熙年间成书的褚人获纂辑《坚瓠集》引《闻见卮言》录写的一则异文，短小而曲折，揭示出新的发展趋势。

> 秀水贾人黄豫松，买舟至嘉兴籴米，值疾作，拥衾而卧，舣舟于岸。一童求附舟，舟人坚拒之。童竟突入舱中，黄疾甚，不知也，舟人疑为黄所留矣。明日黄见之，问而知其无所归，乃携至家。入门仆地，惊视之，乃白银铸成人也。秘藏别室，香火奉祀，家遂富。后黄之子亵慢童，童遂去，家亦渐落。
>
> 《坚瓠十集》卷一《银童》

清·张培仁编《妙香室丛话》卷十三《银童》与此则相同，仅个别字句有出入。

清末程趾祥撰《此中人语》所收的一则异文，原载光绪八年（1882）二月廿一《申报》，是这一故事类型近代时期的文本。其中，求宿的情节业已淡化。

> 汉阳城内刘姓糖坊，以熬糖发售，利息无几，而食指颇繁，以故入不敷出。刘之家人，即住坊内。其小儿往往惊怪，称有一

老妪出现,见人辄隐避床下而去。妇女辈疑畏之,虑非佳兆。不意一日薄暮时,刘自进房取物,亦见一媪,状貌奇古,倏忽间遂向床下隐去。刘大异,以火烛之,毫无踪迹。床下泥土较松,且有斗埋于土内。刘即用手挖之,果如圆桶。再挖之,形愈露。极力挖去,竟得银鞘一件,出而启之,灿然白镪在焉。刘喜出望外,立致小康。

《此中人语》卷三《见怪得金》

这一故事类型,现当代仍在青海、河南、海南、山西等地汉族和个别少数民族聚居区流布,譬如《金娃娃》①、《善有善报》②、《银仙》(黎族)③、《百忍遇金人》④、《张横百忍得金人》⑤。

烧猪判案型故事　大致写一县令采用积薪烧活猪与死猪的办法,侦破了一桩谋夫案,使凶犯伏罪。这一故事类型,初见于五代·和凝撰、宋·和㠓续编《疑狱集》:

张举,吴人也,为句章令。有妻杀夫,因放火烧舍,乃诈称火烧夫死。夫家疑之,诣官诉妻,妻拒而不承。举乃取猪二口,一杀之,一活之,乃积薪烧之,察杀者口中无灰,活者口中有灰。因验夫口中,果无灰,以此鞫之,妻乃伏罪。

《疑狱集》卷一《张举烧猪》

---

① 见《中国民间故事集成·青海卷》。
② 见《河南民间文学集成·贵地新野的传说》。
③ 见《中国民间故事集成·海南卷》。
④ 见《中国民间故事集成·山西卷》。
⑤ 见《中国民间故事集成·青海卷》。

第十章　隋唐五代时期的民间故事类型

宋·王钦若、杨忆等辑《册府元龟》中的一则异文，内容与《疑狱集》相同，文字表达有所变化。

《册府元龟》：吴张举，字子清，为句章令。有妇杀夫者，因焚屋言烧死。其弟疑而讼之。举案尸开口视无灰。令人取猪二头，杀一生一，而俱焚之。开视其口，所杀者无灰，生者有灰。乃明夫死。妇遂首服焉。

近人曹绣君编《古今情海》卷三十二《杀猪验罪》

宋·郑克撰《折狱龟鉴》卷六《张举》、明·谢肇淛撰《麈余》"烧猪断案"、明·郑瑄撰《昨非庵日纂》卷十五《张举判案》、明·冯梦龙编纂《智囊补》察智部卷九《得情·张举》、明·张岱撰《夜航船》卷七政事部《烛奸·验火烧尸》等，均据《疑狱集》卷上《张举烧猪》改写，文字略有出入。

清·吴趼人撰《中国侦探案·烧猪作证》则隐去了句章令张举姓名，不带传说色彩，变为一般的民间故事。

有妇杀其夫者，既杀，复纵火焚其庐，诈称夫死于火。夫弟控之官，检验毕，坐妇以谋杀。妇不服，官曰："是易服之也。"命取二豕至，杀其一，与活者并积薪焚之。焚已，出二豕验之，既杀而后焚者，口中无灰，焚毙者，灰满口中也。验其夫口中亦无灰，妇乃伏罪。

这一故事类型，现当代仍在山西、河北等地流布，譬如《县令焚猪断奇案》①《烧猪断案》②。

---

① 见《中国民间故事集成·山西卷》。
② 见《耿村民间文化大观》。

这一故事类型，相当于丁乃通编著《中国民间故事类型索引》926Q*。

举哀还儿型故事 系"二母争子型故事"的亚型。大致写某甲于某乙家发现自己丢失的小儿，告于官府，一时不能决断。一刺史来审案，将小儿与双方分开后，突然宣称小儿暴死。甲一听不胜悲痛，乙却颇为平静。于是刺史便将小儿还给甲。这一类型故事，初见于五代·和凝撰、宋·和㠓续编《疑狱集》：

> 后魏李崇为扬州刺史，部民苟泰有子三岁失之，后见在赵奉伯家，各言己子，并有邻证，郡县不能决。崇乃令二父与儿各别禁数日，忽遣史谓曰："儿已暴死，可出举哀。"泰闻之悲不自胜；奉伯嗟叹而已，殊无痛意。遂以儿还泰。

《疑狱集》卷二《李崇还儿》

明·冯梦龙编纂《智囊补》收入《疑狱集》的此则故事，作了一定的文字加工。

> 寿春县人苟泰，有子三岁，遇贼亡失，数年不知所在。后见在同县赵奉伯家，泰以状告。各言己子，并有邻证，郡县不能断。李崇令二父与儿，分禁三处，故久不问。忽一日，密遣人分告二父曰："君儿昨不幸，遇疾暴死。"苟泰闻，即号咷，悲不自胜。奉伯咨嗟而已。崇察知之，乃以儿还泰，诘奉伯诈状。奉伯款引云："先亡一子，故妄认之。"

《智囊补》察智部卷九《李崇》

近人贡少芹、周运镛等撰《近五十年见闻录》①采录的一则异文。

潮州富绅杨载华，年五十无子。后妻妾同年而娠，妾生男而妻生女，因为篡夺之谋，乘妾他出，以己女易其男，而乳哺之。妾归见之，相争。杨畏妻悍妒，缄默不敢出一语。妾弟某乙，故刁猾，闻而大怒，迎姊归宁，谋之。遂率姊赴县号控。嫡亦以冒争嫡嗣，投词申诉。

官拘妻妾质讯，各执一词。问杨儿果谁出，杨遵妻指使，证妾为混争。连控数官，无能定谳。会吾邑谢邦基进士令海阳，阅前任移交案卷，至此案，俯首沉思。良久，即命公差限明日拘集原被人证，于城东湘子桥上齐侯覆讯。差如命拘至，公预伏善泅者于身下，授之以计，遂于桥上施皋比，据案而鞫焉。妻妾仍前争执，杨虽袒妻，而畏公威严，殊形踧踖，且言不由衷，语多期艾。公见此景，已洞烛幽隐，质审一过，判曰："据汝二人情词互异，本县难分真伪，虽有若夫为证，似可援以定案。然吾观妻妾之间，每有因爱憎而袒护，怀偏私而附和者，所言仍难凭信。今若逞臆率断，一或有误，反酿后来争端。不如两弃之以绝讼。"言已，命公差夺嫡抱中儿，转递他役，令役投之于水。妾见之，拊膺大恸，耸身跃入河中。妻惟掩面假泣，全无戚容。然落水之儿，固非真儿，盖公先命人取刍草襁褓，饰为伪儿状，以待当夺儿转递他役时，已将真儿藏却，而以伪儿投水也。

妾溺水，泅者救之，得不死。公厉声责嫡曰："母子之情，本于天性。断无见儿死而情不关切者。若非本县经今面试，骤谓汝夺妾男，汝必不服。今鬼蜮之情已露，若不直供，定用严刑！"嫡始实吐篡夺阴谋。杨自觉无颜，忸怩上堂，代妻求免，愿从公

---

① 见《近代笔记小说大观》，上海文艺出版社1993年影印本。

断。公命役出儿付妾收领，而戒嫡母再蓄异谋，藉图报复，发觉不宥。妾叩头泣谢，抱儿以归。潮人皆称公为小包，盖比之于包孝肃也。

《近五十年见闻录》卷六《夺子案》

这一故事类型，现当代仍在河南、湖北等地流布，譬如《荷塘断子》①《巧断小儿案》②。

抱瓜伏罪型故事 大致写某瓜主到官府告一抱孩子的妇女，说她偷了自家许多瓜。县令让瓜主抱上孩子再拼命拾瓜，他拾了十来个便苦不堪言，只得承认自己的诬告罪。这一故事类型，最初见于五代·和凝撰、宋·和㠓续编《疑狱集》：

> 大定唐公为冠氏县令。县界有种者，一妇人过圃，摘一枚与其子，主执之诣官。其主意谓一不能致罪，又自摘三十枚以诬告其妇。令曰："妇人盗，挈何筐筥？"主曰："并无。"令即叱主抱子并使尽拾其（瓜），至十余枚已不能抱也，遂伏诬告之罪。

《疑狱集》卷四《唐公问筐筥》

明·孙能传编《益智编》中的一则异文，文字有所变化：

> 唐公为冠氏令。有妇因过瓜圃，摘一瓜与其子，瓜主执之诣官。谓一瓜不能治罪，乃自摘三十枚以证其妇。公问曰："妇人盗瓜时，挈何筐筥乎？"瓜主曰："无。"公即叱瓜主抱子并使尽

---

① 见《河南民间文学集成·南阳民间故事》。
② 见《中国民间故事集成·湖北卷》

拾其瓜，不及十余枚已不能堪矣，遂服诬告之罪。

《益智编》"抱瓜伏罪"①

这一故事类型，现当代仍在江苏、河南等地流布，譬如《卫哲治断瓜》②《审鼓》③。

金银化蛇型故事　大致写某人路见金银财物而不取，别人去看时竟变为蛇。这些金银财物最终物归原主，或者到了积德行善者手中。这一故事类型，初见于敦煌句道兴本《搜神记》：

> 孔嵩者，山阳人也。共乡人范巨卿为友。二人同行，于路见金一段，各自相让，不去遂去。前行百步，逢锄人语曰："我等二人见金一段，相让不取，今与。"其人往看，唯见一死蛇在地，遂即与锄琢之两段。却与嵩曰："此是蛇也，何言金乎？"二人往看，变为两段之金，遂相语曰："天之与我此金也。"二人各取一段，遂结为段金之交也。

句道兴本《搜神记》"段金之交"

明·陆容撰《菽园杂记》中的一则异文，情节颇为简单：

> 浙江王都指挥泽，尝宿嘉兴天宁寺，既去，有僧入其卧处，见一蛇蟠榻上，乃阖门而出。俄而二健卒至于，取其所遗金带去，

---

① 见《中国古代办案百例》，中国社会科学出版社1980年版。
② 见《中国民间故事集成·江苏卷》。
③ 见《河南民间文学集成·南阳民间故事》。

盖即僧所见蛇也。

《菽园杂记》卷十一"金带变蛇"

清·清凉道人撰《听雨轩笔记》中的一则异文，情节曲折生动：

钱塘狗葬村，有乡民韦契生者，愿而勤，耕桑自食。然无多田产，而频遇歉岁，不胜贫困，因佣工于人。一夕，妻梦夫身坠粪窖中，力挣不能出。醒而忧之，偶与邻妇话及，适一瞽者手敲报君知过其前。邻妇怂恿之，推算韦命，以卜吉凶，从之。瞽者言，韦早年气运平常，衣食不能充足；今岁始交好运，从此日渐亨通。明年某月，当有财物从天而降，虽不能十分富足，而晚景安康，不足忧也。瞽者去而韦适回，妻具以告之，韦笑曰："天若有财物与我，则我目前不致于穷困如此。盲子之语，乌足据也。"韦夫妇虽不之信，而天降财物之说，邻里皆传为笑谈。其年。韦果丝茧多收，秋收丰稔，稍有起色矣。次年某月，韦自佣所荷锄夜归，过一古墓，见其中灼灼有光。近视则出自墓旁甕圈中，遂举锄发之。石版下得一小坛，白物满焉。韦私念瞽者谓我财物当自天降，今从地出，其非我物可知，取之必有奇祸。因急掩穴，归告其妻。妻以见财不取，絮聒之。韦答以前语，妻令再取回。韦固不肯，夫妻皆负气而寝。其贴邻为胡百斯，素与不相能，闻其夫妇语，刺刺不休，属耳与垣，具得其故。遂悄启后户，出往韦所见处，掘之，果有坛在。揭视则黑虺、赤练无数，盘绕其中。胡始而骇，既而思韦既然见银，焉肯不取。此必渠必见此，故意昌言，使我闻而来取，以见噬耳。一转念间，不觉忿不可遏，顿生毒计。携坛以归，潜取梯布于韦屋之后檐，挈坛而升，至韦卧床之上，揭开屋瓦，倾毒蛇而下之。韦夫妇梦中惊醒，摸之，皆巨镪也。悄相语曰："天财降矣。"恐为邻人所知，因寂寂捡收之。胡踞屋倾坛已罄，听之无声，遂下而弃其坛于后门，肩梯回家，阖户而寝。梦一金甲神告曰："吾守藏神也。韦命中应得天财，故吾使汝携而弃之。坛中尚留有银一锭，以酬汝劳，日后如起恶念害韦，吾不汝恕也。"胡醒，出视坛中，果有银一锭，约五两许。天晓，即叩韦门问之。韦夜间亦有所梦，与胡略同。彼此相告语言，大为惊异。韦念其贫，复出二锭以赠，二人邻谊，因之式好。韦后买田置屋，小康终其身云。

《听雨轩笔记》卷四"乡民韦生"

清·吴芗厈撰《客窗闲话》中的一则异文，又一次出现蛇吐钱的情节：

昔某家有婢，闻空室丁当之声，趋视之，梁上一翠色四足蛇，方吐钱着地。婢奔告主母，偕往观之。蛇去钱存，仅十余枚耳。异日，又闻房中铮铮然。婢探之，见翠蛇据床顶上，吐钱盈席矣。又报主母走观，则蛇不见，捡得时钱千余文，妇以告主。其家本小康，意谓神欲益其富，盛设祭祀。自此蛇不复来，而家随中落。

《客窗闲话》续集卷一《语怪》"翠蛇吐钱"

这一故事类型，现当代仍在陕西等地流布，譬如《一罐银子》[①]。

茶酒争高型故事　大致写茶与酒不但夸奖自己，扬扬得意，而且还诋毁和贬低对方，互不相让。水乃出面调解，力促双方和好。敦煌石室中发现的《茶酒论》[②]，可视为这一故事类型的雏形。《茶酒论》系唐

[①] 见《中国民间故事集成·陕西卷》。
[②] 见王重民等编《敦煌变文集》卷三，人民文学出版社1984年版。

五代乡贡进士王敷所著，抄写时间为开宝三年（970）。此论今存六个写卷，其一采用拟人手法，以茶、酒之口进行对答。首叙古圣之功绩，设问茶、酒两个谁有功勋？随后由茶与酒相互诘难论辩。各述已之长，攻击彼之短，意在压倒对方。结构独特，语言通俗生动，在当时流传颇广。

到了明代，这一故事类型才正式定型，首见于明·乐天大笑生纂集《解愠编》：

> 茶谓酒曰："战退睡魔功不少，助成吟兴更堪夸。亡家败国皆因酒，待客何如只饮茶。"酒答茶曰："瑶台紫府荐琼浆，息讼和亲意味长。祭祀筵宾先用我，何曾说着淡黄汤？"各夸已能，争论不已。水解之曰："汲井烹茶归石鼎，引泉酿酒注银瓶。两家且莫争闲气，无我调和总不成。"
>
> 《解愠编》卷八《茶酒争高》

明·冯梦龙辑《广笑府》卷八《茶酒争高》、近人憨斋士纂辑《笑林博记》卷一《茶酒争高》，均出自《解愠编》，文字悉同。

这一故事类型，现当代仍在贵州等地流布，譬如《茶和酒》（布依族）①。

---

① 见《民间文学》1983年第7期。

第十一章 宋元时期的民间故事类型

宋元时期历时四百余年。在此期间，我国古代民间故事类型得到了较大的发展，新出现六十多个故事类型，为明清时期民间故事类型的大发展奠定了坚实的基础。

这个时期与民间故事类型有关的古籍，首先要提及的是南宋·洪迈撰《夷坚志》和元·无名氏撰《湖海新闻夷坚续志》。《夷坚志》不仅为自先秦以来的各个时期的故事类型如凭污捉盗型故事、"升仙"奥秘型故事、狐精为祟型故事、驱走缢鬼型故事、观仙对弈型故事、金人现身型故事、白蛇传型故事、长鼻子型故事、蛇精行淫型故事、江中宝镜型故事、逆妇恶报型故事、替虎拔刺型故事、兽穴接生型故事、鬼母育儿型故事、尸变奇案型故事、海岛历险型故事等提供新的异文，而且又从中产生不少新的故事类型，包括海岛妇人型故事、人妖公案型故事、辨毒平冤型故事、义犬鸣冤型故事、天妃救厄型故事、义妇复仇型故事、干红猫型故事、后夫伏法型故事、野兽求医型故事、虿异致祸型故事等。《湖海新闻夷坚续志》不仅为前两个时期的故事类型如黄粱梦型故事、田螺女型故事、鱼腹失物型故事、病鬼延医型故事、人参精型故事、制伥灭虎型故事、逆妇恶报型故事、尸变奇案型故事、人妖公案型故事、兽穴接生型故事、野兽求医型故事、虿异致祸型故事提供新的异文，而且又从中产生不少新的故事类型，包括井水化酒型故事、拾金不昧型故事、道人画鹤型故事、鲁班造桥型故事、巧借地型故事等。此外，尚有宋·欧阳修撰《归田录》与《新五代史》（熟能生巧型故事、问靴价型故事、智毁赝品型故事首见于此二书），宋·沈括撰《梦溪笔谈》（摸钟辨盗型故事、辨尸察奸型故事首见于此书），宋·王辟之撰《渑水燕谈录》（罗汉骗局型故事、小名和尚型故事、何地可容型故事首见于此书），宋·陈正敏撰《遁斋闲览》（对偶亲切型故事、秀才康了型故事、妻妾镊须型故事首见于此书），宋·何薳撰《春渚纪闻》（画扇判案型故事、移鱼谐谑型故事首见于此书），宋·郑克撰《折狱龟鉴》（以文判案型故事、勘钉案型故事首见于此书），南宋·施德操撰《北窗炙輠录》（冶银致富型故事、片言决狱型故事首见于此书），南宋·郭彖撰《睽车志》（孝媳善报型故事、海岛历险型故事、退物无忧型故事首见于此书），传南宋·陈元靓撰《事林广记》（男人生子型故事、酷好古物型故事首见于此书），以及宋·吴淑撰《秘阁闲谈》、宋·郑文宝撰《南唐近事》与《江南余载》、宋·王君玉撰《国老谈苑》、宋·王辟之撰《渑水燕谈录》、传宋·苏轼撰《艾子杂说》、宋·张耒撰《明道杂志》、宋·王谠撰《唐语林》、12世纪藏传佛教僧人仁钦拜撰《萨迦格言注解》、宋·蔡絛撰《铁围山丛谈》、宋·廉布撰《清尊录》、宋·杨和甫撰《行都纪事》、宋·郑克撰《折狱龟鉴》、南宋·张知甫撰《可书》、南宋·江少虞编《宋朝事实类苑》、南宋·李石撰《续博物志》、南宋·委心子编《分门古今类事》、南宋·马纯撰《陶朱新录》、南宋·张端义撰《贵耳集》、南宋·沈俶撰《谐史》、南宋·罗烨编撰《醉翁谈录》、南宋·周密撰《癸辛杂识》、南宋·祝穆撰《方舆胜览》、南宋·赵撰《行营杂录》、南宋·邢居实撰《拊掌录》、南宋·无名氏撰《异闻总录》、南宋·陈世崇撰《随隐漫录》、元·杨瑀撰《山居新话》、14世纪藏传佛教僧人索纳坚赞撰《西藏王统记》、元·陶宗仪撰《辍耕录》等。

与上个时期一样，这个时期新出现的故事类型以写实故事方面的类型最突出，共计二十七个，占总数的一半，呈现出民间故事类型更生活化、更贴近普通民众的趋势。其中,半数为案狱题材的故事类型,形成又一个涌现案狱题材故事类型的高潮。这方面的故事类型,除原有的内容外,还增加了一些冤狱、奇案的内容,使其所反映的社会生活面有了新的拓展,像人妖公案型故事、片言决狱型故事、尸变奇案型故事、辨毒平冤型故事等,都让人耳目一新。这个时期新出现的案狱题材方面的故事类型,有不少在古代与现当代都广为流布,颇为活跃。譬如,摸钟辨盗型故事,这个时期分别见于《梦溪笔谈》《折狱龟鉴》《湖海新闻夷坚续志》,明、清时期亦有记载,现当代仍在沪、闽、冀等地流布。又如,人妖公案型故事,这个时期分别见于《夷坚志》《癸辛杂识》《湖海新闻夷坚续志》,明、清、近代各个时期异文层出不穷,流布甚广,现当代仍有流传。再如,巧判还银型故事,这个时期分别见于《山居新话》《辍耕录》,明、清、近代各个时期多有异文出现,现当代仍在川、藏、浙、苏、晋等地流布。这个时期新出现的案狱题材故事类型,对后世的文学创作曾产生积极影响,像尸变奇案型故事、巧判还银型故事等,就为明代的《喻世明言》《醒世恒言》等拟话本小说和《龙图公案》《海公案》《新民公案》《施公案》《醒世姻缘传》等通俗小说提供创作素材。

除了案狱题材外,这个时期写实故事方面的故事类型还有不少有名的故事类型,如相互暗算型故事、布施骗局型故事、娶妇得郎型故事、男人生子型故事、拾金不昧型故事、假亲骗局型故事。它们有的在古代已相当活跃,至现当代仍有流传,譬如,娶妇得郎型故事,首见于南宋·罗烨编撰《醉翁谈录》,明清时期多有记载,并且以其为素材创作拟话本小说《醒世恒言·乔太守乱点鸳鸯谱》,明代沈璟撰传奇《四异记》,至现当代仍有流传。又如,拾金不昧型故事,初见于元·无名氏撰《湖海新闻夷坚续志》,明、清、近代各个时期异文甚多,至现当代仍有流传。另有一些古代并不多见,现当代却流布日广,蔚为大观。譬如,相互暗算型故事首见于《可书》,明代亦有记载,现当代则在沪、苏、浙、闽、赣、桂、陕、青、川、云、藏、甘、新、豫、鲁、晋、鄂、冀等地汉族和部分少数民族聚居区广为流布。又如，男人生子型故事，首见于传南宋·陈元靓撰《事林广记》，此外古籍尚未发现其他记载，至现当代则在新、甘、宁、陕、豫、晋、冀、内蒙古、京、鄂、湘、赣、闽、桂、川、藏、云、贵等地的汉族和部分少数民族聚居区流布。

　　这个时期幻想故事、民间笑话、民间寓言方面新出现的故事类型数量都不多，其中却有较为知名的故事类型。试看，幻想故事方面的鬼母育儿型故事，这个时期分别见于宋·蔡絛撰《铁围山丛谈》、南宋·郭彖撰《睽车志》、南宋·洪迈撰《夷坚志》、南宋·欧阳玄撰《睽车志》、元代佚名撰《南墅闲居录》，明、清时期及近代异文更多，现当代仍在沪、浙、鲁、皖、粤、闽、川、冀、晋、青等地流布。聚宝盆型故事，这个时期分别见于《秘阁闲谈》《舆地纪胜》，明、清、近代各个时期不断发生变异，记载日多，现当代仍在沪、苏、闽、粤、皖、桂、川、贵、津、青、鄂、赣、豫、陕、宁、晋、冀、黑等地流布。民间笑话方面的刮地皮型故事，这个时期分别见于宋·郑文宝撰《南唐近事》与《江南余载》，明、清、近代各个时期亦有记载，现当代仍在冀、鄂、苏、陕等地流布。明年同岁型故事，这个时期见诸传宋·苏轼撰《艾子杂说》，明清时期异文迭出，多有变异，现当代仍在豫、鄂、陕、苏等地流布。民间寓言方面的兔杀狮型故事，这个时期见诸《萨迦格言注解》，15世纪又见于《甘丹格言注释》，此外未见记载，然而在现当代却在藏、甘、新、内蒙古、粤、云、贵、川、闽等地的藏、蒙古、门巴、维吾尔、柯尔克孜、土、傈僳、景颇、普米、东乡、苗、仡佬等少数民族和汉族聚居区广为流布。

　　这个时期新出现的民间传说方面的故事类型，将近十个，包括人物传说与宗教传说两种类型。人物传说类型，在后世流布时故事主人公大多并无变化。如铁杵磨针型故事，主人公一直都是李白；画扇判案型故事，主人公一直都是苏东坡；鲁班造桥型故事，主人公一直都是鲁班，而不像另外一些人物传说类型，在流布过程中主人公往往转化为其他人物。这个时期新出现的宗教传说方面的故事类型，涉及佛道两教，均以人物传说的形态流布。而这些宗教人物传说类型，跟某些世俗人物传说类型一样，因其同相关地方的山川、名胜密不可分，流布时常常在人物传说与地方传说之间相互转换。如同铁杵磨针型故事在李白的传说与磨针溪的传说之间不断变化，井水化酒型故事也在仙家的传说与井酒、王媪庙的传说之间不断变化一样。

这个时期新出现的传说类型，大多知名度较高。它们大部分在古代流传甚广，至现当代流传情况则不尽相同。三毛饭型故事，这个时期分别见于南宋·江少虞编《宋朝事实类苑》、南宋·曾慥撰《高斋漫录》、南宋·朱弁撰《曲洧旧闻》，明、清、近代各个时期多有记载，现当代则基本上不再流传；铁杵磨针型故事，这个时期分别见于南宋·祝穆撰《方舆胜览》、元·虞绍编《日记故事》，明代尚多有记载，现代当仅在四川等地流布；井水化酒型故事这个时期见于元·无名氏撰《湖海新闻夷坚续志》，明清时期多有变异，现当代则在鄂、川、陕、湘、浙、皖、粤、赣、新、闽、苏、沪、琼、鲁、豫、晋、云等地汉族和某些少数民族聚居区流布，知名度甚高。

聚宝盆型故事 大致写昔有一寺主僧（或田妇、商人）得一磁碗（或石盂、瓦盆），用以贮金银、钱物，随取随满，其寺（或其家）因以致富。后来，主僧将其掷江中以免僧徒增罪，或疑为异物而弃于泉上流入洞内，或为皇上没收埋城下以为镇城之物。这一故事类型，始见于宋代。宋·吴淑撰《秘阁闲谈》中的一则，出现最早。

> 巴东下岩院主僧水际得一青磁碗，携归，折花置佛像前，明日花满其中。更置少米，经宿米亦满碗，以钱及金银置之皆然。自是院中富贵。院主年老，一日过江检田，怀中取碗，掷于中流。从弟惊愕，师曰："吾死，尔等宁能谨饬自守。弃之，不欲使尔

增罪也。"院主寻卒。

《类说》卷五十二引《秘阁闲谈·青磁碗》

明·冯梦龙编纂《智囊补》上智部卷二《远犹·下岩院主僧》，出自《秘阁闲谈》，文字与此则大致相同。

南宋·王象之撰《舆地纪胜》中的一则异文，情节与上一则相似，唯结尾处有所不同。老僧将宝物掷江中后，僧徒并不甘心，还想把它打捞起来。倒是巴东下岩院的僧徒好得多，能够体察老僧的良苦用心。

> 广福寺在曾口县南六十里……悬崖临江创寺屋。故老相传云：开山寺僧始得一石盂于渔人之缯，以归储残食。翌日食满，怪之。复以钱置其中，亦然。遂试以金，又如之。僧日以富，遂大兴堂殿。及将死，乃举手临江掷之。其徒骇怪，百计俾渔人求之，不获。

《舆地纪胜》卷一八七"石盂"

自明代开始，这一故事类型才与世俗社会发生联系，最为著名的是沈万山①与聚宝盆的传说，明清两代均有这方面的记载。明·王圻纂集《稗史汇编》卷一四一《珍宝门·宝器·聚宝盆》首先有此记载，已经点出沈氏聚宝盆的奇异特征，但未提到作为南京镇城之物的传闻。

> 旧传沈万三家有聚宝盆事云：盆在沈氏贮少物，物经宿辄满，万物皆然。他人试之，不验。事闻我太祖，取入试不验，遂还沈氏。后沈氏籍没，乃复归禁中。

---

① 沈万山，一名沈万三，又名富，字仲荣。明初江南首富。

第十一章　宋元时期的民间故事类型

明·张岱撰《夜航船》卷十二宝玩部《珍宝·聚宝盆》，则增加了明太祖投聚宝盆于龙潭之说，并且引出南京南门不打五更习俗的由来。

> 明初沈万三有聚宝盆，凡金银珠宝纳其中，过夜皆满。太祖筑陵南门，下有龙潭，深不可测，以土石投之，决填不满；太祖取盆投之，下石即满，且诳龙以五更即还。今南门不打五更，至四更即天亮。
>
> 　　　　　　《夜航船》卷十二宝玩部《珍宝·聚宝盆》

记述沈万山与聚宝盆传说最为全面、详细的当数清·褚人获纂辑《坚瓠余集》卷二《聚宝盆》，引自《挑灯集异》。

> 明初，沈万山贫时，夜梦青衣百余人祈命。及旦，见渔翁持青蛙百余，将事刲刳。万山感悟，以镪实之，纵于池中。嗣后喧鸣达旦，聒耳不能寐。晨往殴之，见俱环踞一瓦盆。异之，持其盆归，以为盥手具，初不知其为宝也。万山妻于盆中灌濯，遗一银记于其中。已而见盆中银记盈满，不可数计。以金银试之，亦如是。由是财雄天下。高皇初定鼎，欲以事杀之。赖圣母谏，始免其死，流窜岭南，抄没家资。得其盆，以示识古者，曰："此聚宝盆也。"后筑金陵城不就，命埋其盆于城下，因名其门曰"聚宝"。

清·许秋垞撰《闻见异辞》卷一《聚宝盆》亦有简略记载，其中有用聚宝盆镇水怪之说。

> 明洪武时有沈万三者，家有古盆，以金银贮之，随取随盈，生生不已。锡以嘉名，即所谓"聚宝盆"也……后因南京水城门下水怪为祟，太祖命取宝盆镇之，从此波浪不兴矣。

清·宋长白撰《柳亭诗话》① 录写的一则异文，极简约，其中有用聚宝盆镇猪龙之说。

  金陵水西门，有猪龙为患。相传明祖以沈仲荣聚宝盆镇之乃止，故名聚宝门。

《柳亭诗话》"聚宝门"

清·慵讷居士撰《咫闻录》采集的一则异文，与沈万山无关。记述一田妇得到聚宝盆后，疑其为怪，随即弃之。有人以为田妇不识宝，实则弃而可以避祸，以免生出事端，与那位寺院老僧的作为同属明智之举。

  沙溪王老言，乡有大洞，洞里有泉，聚沫迸流，跳珠溅石，清澈可饮。一日有田妇出汲，见有瓦盂流下，藓痕侵蚀，尘埃蔽翳，取为饲犬之具。犬食过半，遗饭少许。次早视之，白粲青精，充牣其中。易以碎布断帛，亦如之。妇疑为怪，携弃泉上。见盂逆流徐入洞去，传为奇事。内有一人曰："此聚宝盆也。若以零银碎金置之，次早必满盂。"夫以至珍之物，已到目前而人不识，反为饲犬之器，以秽亵之。不如藏之深山，韬光养晦，故由洞而入。

《咫闻录》卷一《瓦盂》

清·小石道人辑《嘻谈录》所收的一则异文，变化更为显著，带有鲜明的讽刺色彩。

  一翁为富不仁，生一子，性甚痴，最奢华，家有数万赀，不

---

① 《柳亭诗话》，三十卷。浙江鲍士恭家藏本。

足供其挥霍也。一日，有以巨盆来售者，自谓无价之宝，名为"万化盆"，无论人物、金珠，置盆中，一可化十，十可化百，非重价不易也。痴子甚爱之，试以金钱，果验。出万金售之，藏诸空室。值夏日，其妻误在盆中浴，痴子见盆中有少妇十人，酷肖其妻，乃裸裎入盆中，效于飞之乐，偕鱼水之欢。越数日，其父亦在盆中浴，痴子见盆中有老翁十人，酷肖其父，乃大喜曰："一父之所积，不敷一子之用；十父之所出，足供一世之需。然事繁父众，必须分其任，以专责成。"乃示之曰："诸父中有智慧者，使之学而仕，为我育妻孥，捐功名。有勇力者，使之战疆场，为我奏朕功，博封荫。善理财者，使之充商贾，为我权子母，拥厚赀。能务农者，使之服稼穑，为我耕南亩，裕仓诸。尔诸父，宜各司其事，勿忝父职。"盆中父一闻此言，齐声大骂曰："为子不能父厥父，乃子厥父！试问，十人可以养一人，十父岂能生一子！《传》曰：'父一而已，岂何能十？'"言讫，父仍化为一，从此盆亦不灵，而家贫如洗焉。

《嘻谈续录》卷下《万化盆》

近人徐珂编撰《清稗类钞·讥讽类·聚饿鬼于一堂》，也是一则以聚宝盆为题材的讽刺故事，用以讥笑贫婆人家，竭尽挖苦之能事，立意并不可取，但为现当代以此编创嘲讽富人贪财的讽刺故事提供了借鉴。

道光朝，京师士大夫公谦林文忠公则徐于某所，文忠久不至，众讥甚，索食颇急。时座客祝蘅畦庆蕃善谐笑，众因请试说一笑话。祝曰："亦知沈万三有聚宝盆乎？"曰："知之。"曰："知沈万三之邻人乎？"曰："不知。"曰："沈万三之邻，婆人子也。卒岁，无以为活，相与谋曰：'吾邻非沈万三乎！试以比邻之谊，借其聚宝盆，片刻，即足吾欲矣。'佥曰：'然。'谋之沈，沈固不肯，强而后可，期以一用即还，不得逾晷。聚宝盆以类为招，以金银投盆中，俄顷，满盆皆金银矣。推之珊瑚、翡翠、大秦之珠，夜光之璧，皆然。某既携盆归，环顾四壁，无可投者，其妻卞急，乃以所抱儿投之。俄顷之间，满盆皆所抱儿也，呱呱而泣，咸求乳。某顿足叹曰：'本意在求财，乃聚此饿鬼于一堂耶！'"

《清稗类钞·讥讽类·聚饿鬼于一堂》

这一故事类型，现当代仍在福建、广东、上海、江苏、天津、吉林、湖北、四川、河南、河北、山西、宁夏、青海、陕西、黑龙江、山东、江西、广西、贵州、安徽等地的汉族和某些少数民族聚居区流布，譬如《聚宝盆》（畲族）①、《宝盆》②、《聚宝盆》③、《一个贪官一百个爷》④、《沈万山和聚宝盆》⑤、《聚宝盆》⑥、《聚宝缸》⑦、《宝盆》⑧、《八十一个爸爸》⑨、《聚宝盆》⑩、《八十一个爹》⑪、《卦山柏与聚宝盆》⑫、《聚宝盆》⑬、《聚宝盆》⑭、《冒金缸》⑮、《贪官的爸爸数不

---

① 见《中国民间故事集成·福建卷》。
② 见《中国民间故事集成·福建卷》。
③ 见《中国民间故事集成·广东卷》。
④ 见《中国民间文学集成·上海卷·黄浦区故事分卷》。
⑤ 见《中国民间故事集成·江苏卷》。
⑥ 见《中国民间故事集成·天津卷》。
⑦ 见《中国民间故事集成·吉林卷》。
⑧ 见《野山笑林》。
⑨ 见《中国民间故事集成·四川卷》。
⑩ 见《河南民间故事集成·嵖岈山民间故事》。
⑪ 见《中国民间故事集成·河北卷》。
⑫ 见《中国民间故事集成·山西卷》。
⑬ 见《中国民间文学集成·宁夏卷资料丛书·银川市集成》。
⑭ 见《中国民间故事集成·青海卷》。
⑮ 见《中国民间故事集成·陕西卷》。

清》①、《聚宝盆》②、《"聚宝盆"的传说》③、《宝盆》（侗族）④、《赚了六十四个爹》⑤、《聚宝盆》⑥、《宝盆》⑦。

这一故事类型，相当于丁乃通编著《中国民间故事类型索引》555C。

刮地皮型故事　　大致写贪官某入觐侍宴时，一伶人扮鬼神（或言贪官某任满归家遇一老叟），自言为土地神，是某刮地皮被卷来的。这一故事类型，初见于宋·郑文宝撰《南唐近事》。

> 魏王知训为宣州帅，苛政敛下，百姓苦之。因入觐侍宴，伶人戏作绿衣大面胡人，若鬼状，傍一人问曰："何为者？"绿衣人对曰："吾宣州土地神，王入觐，和地皮掠来，因至于此。"
>
> 　　　　　　　　　　　　　　　　　　《南唐近事·掠地皮》⑧

郑文宝撰《江南余载》亦收有此则，文字略有不同。

> 徐知训在宣州，聚敛苛桑，百姓苦之。入觐侍宴，伶人戏作绿衣大面，若鬼神者。傍一人问："谁何？"对曰："我宣州土地神也，吾主入觐，和地皮掘来，故得至此。"
>
> 　　　　　　　　　　　　　　　　　　《江南余载》"掘地皮"

---

① 见《中国民间故事集成·黑龙江卷》。
② 见《中国民间故事集成·山东卷》。
③ 见《抚州地区民间文学集成·乐安县卷》。
④ 见《中华民族故事大系》第四册。
⑤ 见《中国民间故事集成·贵州卷》。
⑥ 见《中国民间故事集成·安徽卷》。
⑦ 见《中国民间故事集成·福建卷》。
⑧ 见《说郛》卷二十（《说郛三种》第一册）。

明·赵南星撰《笑赞》"和地皮卷来"由《南唐近事·掠地皮》演化而来，文字有所压缩。

  王知训帅宣州，入觐，赐宴，伶人戏作一神，或问何人，答言："吾是宣州土地。"问何故到此？答言："王刺史入觐，和地皮卷来。"

明·曹臣编纂《舌华录》讥语第十三"和地皮卷来"亦出自《南唐近事·掠地皮》，大体相同。

  明·冯梦龙辑《笑府》卷一古艳部《土地》，文字多有变化：

  官甚贪，任满归家，见家属中多一老叟，问何人？答曰："某县土地也。"问何为来此？答曰："地皮都被你刮将来了，教我如何不随来？"

清·石成金撰《笑得好》所收的一则异文，情节有所变化，而且不带传说色彩。

  一官甚贪，任满归家，见家属中多一老叟，问此是何人，叟曰："某县土地也。"问因何到此，叟曰："那地方上地皮都被你剥将来，教我如何不随来。"
            《笑得好》二集《剥地皮》

清·小石道人辑《嘻谈续录·刮地皮》，进一步显示出这一故事类型具有较大的发展、变化空间。

  贪官剥削民脂民膏，谓之刮地皮。任非一任，刮了又刮。上至高壤，下及黄泉，甚至刮到地狱，可为浩叹。有一贪官，将要卸事，查点行装，连土地也装在箱内，怨声载道。临行，无一人送之者，跫跫出得城来，真是人稀路净。忽见路旁数人，身躯伛偻，面目狰狞，棒设果盒，齐来公饯。官问："尔等何人？"答曰："我等乃地狱鬼卒，蒙大老爷高厚之德，刮及泉壤，使地狱鬼卒得见阳世天日。感恩非浅，特来叩送。"

清·程世爵撰《笑林广记·刮地皮》，近人憨斋士纂辑《笑林博记》卷二《刮地皮》均抄自《嘻谈续录》，悉同。

近人徐珂编撰《清稗类钞·讥讽类·此地皮也》，又有新的变异，并且带有传说特征。

交河令周自怡以贪著，在官三年，为巡抚所劾，褫职。去任之日，有耆民数人载泥赠之。周见而大怒，呵之，则曰："此地皮也，虑公有所不足，故担以来。"

这一故事类型，现当代仍在河北、湖北等地流布，譬如《刮地皮》①《县官发财》②《刮地薄》③《小鬼送行》④。

问靴价型故事 大致写有人向朋友问靴价。当对方只讲一只价值几何时，他立刻骂随从给自己买靴多花了钱，朋友连忙说另外一只也值这么多，把大家都逗笑了。这一故事类型，初见于宋·欧阳修撰《归田录》：

---

① 见《中国民间文学集成·保定市故事卷》。
② 见《中国民间文学集成·保定市故事卷》。
③ 见《丰润民间故事选》。
④ 见《湖北民间故事传说集·荆州地区专集》。

故老能言五代时事者云，冯相道、和相凝同在中书，一日和问冯曰："公靴新买，其直几何？"冯举左足示和，曰："九百。"和性偏急，遽回顾小吏云："吾靴何得用一千八百？"因为诟责久之。冯徐举其右足曰："此亦九百。"于是哄堂大笑。

《归田录》卷一"问靴价"

明·无名氏撰《资谈异语·善于解疑》、近人杨汝泉编纂《滑稽故事类编》第五编《冯道》，出自《归田录》，文字大同小异。

明·郁履行辑《谑浪·五百五百》由《归田录》演变而来，出入明显：

冯道、和凝同在中书。一日和问冯曰："公靴新买，其值几何？"一日和问冯曰："公靴新买，其直几何？"冯举左足曰："五百。"和性偏急，顾吏责曰："吾靴何用一千？"冯徐举其右曰："此亦五百。"

元·无名氏辑《群书通要·九百相戏》、明·曹臣编纂《舌华录》冷语第六"此亦九百"、明·乐天大笑生纂集《解愠编》卷九《九百相戏》、明·冯梦龙辑《广笑府》卷九《九百相戏》、明·冯梦龙编纂《古今谭概》儇弄部第二十二《靴值》、清·张贵胜辑《遣愁集》卷九滑稽类"问靴值"、清·独逸窝退士辑《笑笑录》卷五《买靴》，均出自《谑浪·五百五百》，文字基本上相同，或者完全一样。

清·小石道人辑《嘻谈续录》卷上《问靴价》，故事情节有较大的变化，更加接近口语：

性缓人买新靴一双，性急人问之曰："吾兄这靴子多少银子买的?"性缓人伸一只脚,示之曰:"二两四钱。"性急者扭家人便打,说:"好大胆奴才!你买靴子,因何四两八钱?赚钱欺主,可恶已极。"性缓者劝之曰:"吾兄有话慢慢说,何必动气?"又徐伸了一只脚示之曰:"此只也是二两四钱。"

清·程世爵撰《笑林广记·问靴价》、近人憨斋士纂辑《笑林博记》卷一《问靴价》,均抄自《嘻谈续录》,文字相同。

熟能生巧型故事　大致写某公善射,常以此自矜。一卖油翁见其射艺,以为手熟即能命中,乃以葫芦置地,酌油穿钱孔而钱不湿,令善射者信服。这一故事类型,初见于宋·欧阳修撰《归田录》。

> 陈康肃公尧咨善射,当世无双,公亦以此自矜。尝射于家圃。有卖油翁释担而立,睨之,久而不去。见其发矢,十中八九,但微颔之。康肃问曰:"汝亦知射乎?吾射不亦精乎?"翁曰:"无他,但手熟尔。"康肃忿然曰:"尔安敢轻吾射!"翁曰:"以我酌油知之。"乃取一葫芦置于地,以钱覆其口,徐以杓酌油,沥之自钱孔入而钱不湿。因曰:"我亦无他,惟手熟尔。"康肃笑而遣之。

《归田录》卷上"卖油翁"

清·褚人获纂辑《坚瓠集》所收一则异文,由《归田录》改写而成,文字略有压缩。

> 金载遗事载,康肃公善射,尝射于家圃中。一卖油叟置担而睨之。发矢,十中八九,叟微笑。公曰:"叟亦善乎?"翁曰:"无他,但手熟即能命中。"公曰:"何以知之?"翁曰:"以我酌

油知之。"乃取一葫芦置于地,以钱覆其口,徐徐以杓酌油其中,油沥沥自钱孔入而钱不湿。因思射亦如此,但手熟耳。

《坚瓠广集》卷五《手熟》

这一故事类型,现当代仍在四川等地流布,譬如《熟能生巧》①。

智毁赝品型故事 大致写典肆主人发现该店误收赝品后,故意制造声势,当众毁掉此赝品的复制品。等到奸民带着银子前来赎当时,典肆立即拿出赝品原件,其人只好认输。这一故事类型,初见于宋·欧阳修撰《新五代史》:

彦超为人多智诈而好聚敛,在镇尝置于库质钱。有奸民为伪银以质者,主吏久之乃觉,彦超阴教主吏夜穴库垣,尽徙其金帛于他所,而以盗告。彦超即榜于市,使民自占所质以偿之。民皆争以所有质物。自言已而得质伪银者,寘之深室,使教十余人日夜为之,皆铁为质而包以银,号"铁胎银"。其被围也,勉其城守者曰:"吾有银数千铤,当悉以赐汝。"军士私相谓曰:"此铁胎尔,复何用哉!"皆不为用。

《新五代史》卷五十三《慕容彦超传》"彦超多智诈"

五代·和凝撰、宋·和㠓续编《疑狱集》卷三"慕容执假银",与此则相同。

清·王撰《秋灯丛话》中的一则异文,情节有所变化,文字比较简略:

---

① 见《中国民间文学集成·四川卷·成都市东城区卷》。

叶某，苏郡人。鉴别珍玩百不失一，都门典商重价聘之。一日有持径寸珠来质者，索价五百金，叶与之去。既而细审之，赝也。乃致酒招诸同人饮，告以故，并求贷以偿典主，众慨许。乃出珠与众传观讫，谓曰："承诸公惠助，留此奚益？"立击碎之。翌日，典珠者持价了赎，叶收价而还其珠，固原物也，其人瞠目无语而去。盖另造一珠仿其状特对众碎之，使闻于外，诱其来耳。

《秋灯丛话》卷十三《径寸珠》

清·慵讷居士撰《咫闻录》中的一则异文，情节更为生动：

嘉兴某典肆中，一日，有青衣辈数人，袍服整洁，侍从皆小艾。入肆，问有朱提几何，答曰："若有物质，不拘多寡，具质之，奚必问资数也？"其人去。移时，舁一箧至。延之入，启视之，皆黄金所制重器，灿烂耀目，约值不啻万金。对肆人而言曰："此乃某府之物，缘主人有要需，欲质银三千。"肆人知若府之有是物也，允其质，而如数书券，平金交讫。既去，细视之，乃银胎而金衣也，然已无及矣。肆中定议，凡质伪物而亏其本，摊偿于肆中执事人。此物亏金过多，而执事修工无几，即终岁停支，非十余年不能清此赔项。而依肆度活者，家口赖何养赡？咸皆瞠目呆痴。肆主出，见众执事之形，问之，具以情告。肆主亦以赔金数多，不能令其枵腹从事。因念彼以伪物诳金，必不来赎，乃生一计，令各执事不许声张。命另书伪券，密弃诸途，俾行路者拾之，必将利其中之所赢，而具资以赎则嫁祸于人矣。

早起，有某生赴市，拾焉。视券中之质本甚大，意必贵介所遗，若赎而鬻之，获利必厚。无如家仅糊口，并无余资，遂欣欣然谋诸亲友。咸皆念某生平日之清正谦和，乐与凑银以赎，使之得利，以丰其家，均皆允诺。生邀亲友同至肆中，持券向问，请开箧以视。肆中人曰:"当仅两日,即来看物,足下宁能买此券乎?"曰:"然。"肆中人即发箧陈示,且炫称物之贵重,以歆动之。归即凑三千金与生,生加子金,依券赎回。载而鬻诸五都之市,历视数家,俱曰伪金,竟无售主。砍而验之,乃白金为胎,外裹黄金许厚,计所值不过数百金。某生计鬻以肥家,今倾家不足以偿贷,号哭而回。次早,徘徊河干,赴水觅死。忽有过而问者曰:"子非赎伪金者乎?"曰:"子何以知之?"曰:"吾见子之形而知之也。子即回家,携所赎伪金,随我而往,必获偿子之资,毋戚也。我在此候汝,然勿令人从而来。"生思鬻伪金,死也;不鬻,亦死也,不如即并其伪而弃之,因从其言,回家携伪金而从,听其所为。

携生同登小舟,行一昼夜,其人先登岸。入门有顷,数人出,向舟揖生登舟,引进其门。见堂高数仞,廊庑华丽,盖即向当质金之家也。畀进质物,验视无讹,谓生曰:"子之累不少矣。"设宴款待,留数日,计偿质及子金外,又赠资斧,遣之归,生于是得无苦。不数日,前青衣者,忽挟资持券,至某肆中,取所质物。肆中大惊,肆主无策可解,愿受罚赔,丧资数万,乃完其事,肆中资本空。肆主曰:"吾怜众执事之不能受此重赔,而设此计也,谁知自拆其肆,此亦数也。"付之一叹而已。

后逾年,金陵某典肆,亦有质伪金器,一如禾中故事。肆主曰:"禾中肆欲脱己害而陷人,其心尚可问乎?不如隐忍焉,其失也犹小。"既而密搆金匠,仿其物而为之,轻重大小,一如所质,无少差异。越月始成。因号于众曰:"某质伪金,丧本已多,是物恰可以伪乱真,然难逃识者之目。与其见是物而歆歓,不如毁此物而免害。"约某日携赴报恩寺,邀郡中各肆商,同往观之。众商阅毕,即炽火于鼎而冶熔之。众商不知其计也,郡中喧传其事。质金者闻物已毁,心起讹诈,具资持券来购。肆中人装若慌张,执券故为迟迟,质金者逼其平银而纳诸柜。须臾,举箧畀之,质者再四熟认，丧气而去。

《咫闻录》卷九《嫁祸自害》

近人徐珂撰《清稗类钞》中的一则异文，情节与《秋灯丛话》卷十三《径寸珠》比较相似：

> 某质库有以巨珠求质者，估价千金，值十当五，付五百金去。审视，则伪珠也。珠载于缎糊之硬纸片，图记加于线迹之上，朱色灿然。老朝奉某曰："是吾过也。服务于质库三十余年，乃今为骗子所弄，当约期召集同业，碎珠以泄忿，赔本自惩。吾亦辞谢东人去，不复问世事矣。"珠既毁，而骗子持券取赎，且曰："千金之珠，非细事也。当当因一时之急需，赎当为家传之至宝。"老朝奉曰："子备利钱来乎？"骗子曰："岂特利钱，五百金之本，固如数筹备矣。"老朝奉面点银数，权讫，从容取珠出。珠载于缎糊硬纸片，图记加于线迹上，朱色灿然。骗子与偕来数人相顾愕眙，持珠去。盖对众击碎之珠，亦伪珠也，是非骗子所及料也。

《清稗类钞·棍骗类·骗子为老朝奉所算》

这一故事类型，现当代仍在天津等地流布，譬如《沈老板智毁假珍珠》①。

摸钟辨盗型故事 大致写有人失窃，县衙抓住一些嫌犯，却不知谁确系盗者。县令让他们去摸神钟，谲称盗者摸钟必有声，并暗中遣人将钟涂上墨。众嫌犯入帷摸钟，盗者恐钟有声不敢摸，其手无墨，经审讯果然服罪。这一故事类型，初见于宋·沈括撰《梦溪笔谈》：

---

① 见《中国民间故事集成·天津卷》。

> 陈述古密直知建州浦城县日，有人失物，捕得莫知的为盗者。述古乃绐之曰："某庙有一钟，能辨盗，至灵。"使人迎置后阁祠之，引群囚立钟前，自陈："不为盗者，摸之则无声；为盗者，摸之则有声。"述古自率同职，祷钟甚肃。祭讫，以帷围之，乃阴使人以墨涂钟。良久，引囚逐一令引手入帷摸之。出乃验其手，皆有墨，唯有一囚无墨。讯之，遂承为盗。盖恐钟有声，不敢摸也。
>
> 《梦溪笔谈》卷十三《权智·摸钟辨贼》

宋·郑克撰《折狱龟鉴》卷七《陈述古》、元·无名氏撰《湖海新闻夷坚续志》补遗《治道门·摸钟辨盗》均抄自《梦溪笔谈》，文字略有出入。

明·冯梦龙编纂《智囊补》察智部卷十《诘奸·陈襄》，据《梦溪笔谈》改写，文字比较简约。

> 襄摄浦城令。民有失物者，贼曹捕偷儿数辈，至相撑拄。襄曰："某庙钟能辨盗，犯者扪之，辄有声，否则寂。"乃遣吏先引盗行，自率同列诣钟所祭祷，而阴涂以墨，蔽以帷，命群盗往扪。少焉，呼出，独一人手不污，扣之乃盗也。盖畏钟有声，故不敢扪云。

而冯梦龙编纂《古今谭概》谲智部第二十一《诘盗智》"陈述古"、明·张岱撰《夜航船》卷七政事部《烛奸·帷钟辨盗》、《不用刑审判书》卷二《陈襄摄浦城令》，亦据《梦溪笔谈》改写，文字更为简约。

清·慵讷居士撰《咫闻录》卷八《阴阳太守》"巧断赖人案"，亦采用摸钟手段审案，所不同者是一桩人命案。

> 有某县杀卑幼赖人一案，其人与邻居有隙，思欲报复。见媳

在水缸汲水，以手向后抬之，其媳翻入水缸殒命，诬为邻居推入身死，以一年轻少子为证。县以命案为重，见有证供，即以邻居拟抵。招解到府，讯之，极口呼冤。府是全案人证质讯，少年一口供是眼见邻居致死。是子年未成人，不便加刑，以刑吓之，不畏。唤进入署，以食骗之，亦不吐实情。

太守又请于城隍。次晚赴庙讯之。城隍令将大堂之钟暗以煤涂黑其里。讯之半堂，命统案人证将手悬入钟内，昨晚神已吩咐，能将杀人名字写在掌上，不许将手按钟里。而死者之翁惧神写字，手掀钟里。逾时过来，伸手而视，众皆白，而死者之翁独黑。太守曰："是尔杀媳图赖人也！"案即诬服。

这一故事类型，现当代仍在上海、福建、河北等地流布，譬如《破案记》①《聚宝盆和智慧袋》②《黄巢断案》③《巧断偷牛案》④。

辨尸察奸型故事　大致写一妇人的丈夫多日不归。当听说菜园井中有死人时，妇人赶去便大哭说是她的丈夫。报官后要认尸，众人都讲井深无法辨认。知州看出破绽，经主管部门审讯，妇人便供认了与奸夫合谋害亲夫的罪行。这一故事类型，初见于宋·沈括撰《梦溪笔谈》：

张杲卿丞相知润州日，有妇人夫出外，数日不归。忽有人报菜园井中有死人，妇人惊往视之，号哭曰："吾夫也！"遂以闻官。公令属官集邻里，就井验是其夫与非。众皆以井深不可辨。

---

① 见《中国民间文学集成·上海卷·川沙县分卷》。
② 见《中国民间文学集成·上海卷·金山县故事分卷》。
③ 见《中国民间故事集成·福建卷》。
④ 见《三色球》。

请出尸验之。公曰："众皆不能辨，妇人独何以知其为夫？"收付所司鞫问，果奸人杀其夫，妇人与闻其谋。

《梦溪笔谈》卷十二《官政二·张杲卿断案》

宋·郑克撰《折狱龟鉴》卷五《张昇》、明·孙能传编《益智编》"杀夫哭夫"、明·冯梦龙编纂《智囊补》察智部卷九《得情·张升》、均抄自《梦溪笔谈》，文字略有改动。此外，明·陆楫编纂《古今说海》卷九十一说略部《续墨客挥犀》"园井尸案"及近人曹绣君编《古今情海》卷三十二《妇人何独知为夫》，出自《续墨客挥犀》，文字亦与《梦溪笔谈》的此则相同。

这一故事类型，现当代仍在上海、福建、河北等地流布，如《破案记》[①]《聚宝盆和智慧袋》[②]《黄巢断案》[③]《巧断偷牛案》[④]。

这一故事类型，相当于丁乃通编著《中国民间故事类型索引》926E*。

借官衔型故事　大致写某人矜夸，出游题壁或请人题寿材、写请帖，无可称者，乃借用远亲（或邻里主家）官衔而称"其官再从侄（或隔壁、门下扫地夫）某"，令人发噱。这一故事类型，初见于宋·沈括撰《梦溪笔谈》：

有一故相远派，在姑苏嬉游，书其壁曰："大丞相再从侄某尝游。"有士人李璋，素好讪谑，题其旁曰："混元皇帝三十七代

---

① 见《中国民间文学集成·上海卷·川沙县分卷》。
② 见《中国民间文学集成·上海卷·金山县故事分卷》。
③ 见《中国民间故事集成·福建卷》。
④ 见《三色球》。

第十一章　宋元时期的民间故事类型

孙李璋继至。"

《梦溪笔谈》卷二十三"故相远派书壁"

宋·邢居实撰、元·陶宗仪辑《拊掌录》"故相远派"、近人杨汝泉编纂《滑稽故事类编》第五编《姑苏李璋》，均引自《梦溪笔谈》，文字相同。

明·王圻纂集《稗汇编史》卷九十四《李璋戏题》、明·冯梦龙编纂《古今谭概》儇弄部第二十二《李章题壁》出自《拊掌录》，文字与此则大致相同。

明·冯梦龙辑《笑府》所收一则异文，情节有了明显变化：

> 有王媪，家富而好胜，临殁，厚赠道士，嘱之曰："身后题冥位，须多着好字，为里党光。"道士思无可称，乃题曰："某官隔壁王妈妈之柩。"

《笑府》卷八刺俗部《题柩》

清·石成金撰《笑得好》所收的一则异文，由《笑府》卷八刺俗部《题柩》改写而成，略有变化。

> 有一王婆，家富而矜夸，欲题寿材，厚赠道士，须多着好字，为里党光。道士思想，并无可称，乃题曰："翰林院侍讲大学士国子监祭酒隔壁王婆婆之柩。"

《笑得好》初集《题呼》

近人憨斋士纂辑《笑林博记》卷三《题呼》，抄自《笑得好》初集《题呼》，文字完全相同。

近人徐珂编撰《清稗类钞》所收的一则异文，变化较大，构成两体段的格式：

> 某省督署夫役，与武庙隔壁某乙结为姻娅。文定之日，甲大书于帖曰"钦命头品顶戴兵部尚书都察院左都御史总督某处地方节制提督军门门下扫地夫愚弟某顿首拜"。乙张皇失措，就某绅商之。绅曰："隔壁为关帝庙，我自有法。"于是将回帖写之，文曰："勅封关圣帝君汉寿亭侯隔壁愚弟某顿首拜。"
>
> 《清稗类钞·讥讽类·名帖》

这一故事类型，现当代仍在云南等地流布，譬如《借官衔》（白族）①。

罗汉骗局型故事　大致写某僧与寺中一罗汉相像，乃按罗汉装束至县城剃发，并让剃者去寺中取工钱。（或坐某商木筏，旬日不食，向商家求布施。）届时，其人入寺讨钱（或布施），但见罗汉堂一罗汉酷似此僧，大为惊诧。于是远近传闻，布施者日增，寺庙因此兴盛。这一故事类型，初见于宋·王辟之撰《渑水燕谈录》。

> 江南一县郊外古寺，地僻险，邑人罕至。僧徒久苦不足。一日，有游僧方至其寺，告于主僧，且将与之谋所以惊人耳目者。寺有五百罗汉，择一貌类己，衣其衣，顶其笠，策其杖入县削发。误为刀伤其顶，解衣带取药傅之，留杖为质，约至寺，将遗千钱。削者述所以得杖貌，相与见主僧，更异之。开罗汉堂门锁生涩，尘凝坐榻，如久不开者。视之，此罗汉衣笠皆所见者，顶有伤处，血渍药傅如昔。前有一千皆古钱，贯且朽，因共叹异之。传闻远近，施者日至，寺因大盛。数年，其徒有争财者，谋稍泄。得之外氏。
>
> 《渑水燕谈录》卷十"假罗汉欺人"

---

① 见《白族民间故事》。

宋·洪迈撰《夷坚支甲》卷九《关王袱头》①，虽然没有害死人的情节，但巫祝利用神像诈骗钱财以及事情败露后受到惩罚的情节，却与罗汉骗局颇为相似：

> 潼州关云长庙，在州治西北隅，土人事之甚谨。偶像数十躯，其黄衣急足，面怒而多髯，执令旗，容状可畏。成都驭卒王云至府，巫祝喻天祐见之，以为与庙中黄衣绝相似，乃招至其家，饮之酒、赂之银，行且付钱五千，并大袱头范样，语之曰："市上耿迁开此铺，倩尔为我与钱，使制造一顶，须宽与数日期，冀得精巧。"云不解其意，以意外有获，即从其戒，至耿氏之肆。耿默念安得有人头围如是之大者，亦利五千之入，约为施工。而云持公家符帖，不得久驻，大骇曰："此盖是去年以钱五千令造大袱头者也。"阴以小索量其首广长，还家校视，不差分寸，悚然谓为神，立捧献之。事寖淫传，一府争先瞻敬。天祐正为庙史，藉此鼓唱，抄注民俗钱帛以新室宇，富人皆乐施，凡得万缗，天祐隐没几半。历十年，云复来潼，人见者多指点笑语，怪而问其故，或以告之。云曰："此喻祝设计造诈，借我以欺神人。吾往谒之，当得厚谢。"于是走诣之。天祐恐昔诈彰败，了不接识。云恨怒，诉于官。天祐坐鲸窜，尽籍其赀。

明·王圻纂集《稗史汇编》《祠祭门·巫觋类·关王袱头》，与此则相同。

明·王同轨撰《耳谈》采录的一则异文，情节有所变化，更为接近后世流传的形态。

> 有僧异貌，能绝粒，瓢衲之外丝粟俱无，坐徽商木筏上，旬

---

① 见《夷坚志》第二册，第782—783页。

日不食不饥。商试之,放其筏中流,又旬日亦如此,乃相率礼拜,称为活佛,竞相供养。曰:"无用供养,我某山寺头陀,以大殿毁,欲从檀越乞布施,作无量功德。"因出疏令各占甲乙异,仍期某月日入寺相见。及期众往,询寺绝无此僧。殿即毁,亦无乞施者。方与僧骇之,忽见迦蓝貌酷似僧,怀中有簿,即前疏。众诧神异,喜施千金,恐泄语有损功德,戒勿相传。后乃知始塑像因僧异貌,遂肖之作此伎俩,而不食乃以干牛肉裔大数珠数十颗,暗噉之,皆奸僧所为。王元禛谈。

《耳谈》卷十三《僧诈》

明·冯梦龙编纂《古今谭概》谲智部第二十一《谲僧》与《智囊补》杂智部卷二十七《狡黠·谲僧》,出自《耳谈》,文字悉同。

这一故事类型,现当代仍在湖北等地流布,如《巧化缘》①。

小名和尚型故事 大致写有人问某文豪不信佛,为何将小儿子取名和尚,他回答:小儿取贱名易长,如羊、狗、马、牛之类。这一故事类型,初见于宋·王辟之撰《渑水燕谈录》:

欧阳文忠公不喜释氏,有谈佛书者,必正色视之;而公之幼子小字和尚,或问:"公既不喜佛,排浮屠,而以和尚名子,何也?"公曰:"所以贱之也。如今人家以牛、驴名小儿耳。"问者大笑,且伏公之辩也。

《渑水燕谈录》卷十"幼子小字和尚"

宋·邢居实撰、元·陶宗仪辑《拊掌录》中的一则异文,变化较为明显:

---

① 见《中国机智人物故事大观》。

> 昔一长老在欧阳公坐上，见公家小儿有小名僧哥者，戏谓公曰："公不重佛，安用此名？"公笑曰："人家小儿，要易长育，往往以贱物为小名，如羊、狗、犬、马之类是也。"闻者莫不绝倒。
>
> 　　　　　　　　　　　　《拊掌录》"小名僧哥"

近人憨斋士纂辑《笑林博记》卷六《用以小名》，抄自《拊掌录》，文字悉同。

明·冯梦龙编纂《古今谭概》语塞部第二十五《辟僧》，由《拊掌录》演变而来，较为简略：

> 欧阳公儿小儿名有僧哥者。一僧谓公曰："公不重佛，安得此名？"公笑曰："人家小要易长，往往以贱物为小名，如狗、马、牛、羊之类是也。"僧大笑。

明·浮白斋主人撰《雅谑·僧哥》据《拊掌录》"小名僧哥"加以改写，将欧阳修替换为苏东坡：

> 昔一僧在坡公座中，见小儿名僧哥者，戏谓公曰："公不重佛，安用此名？"公笑曰："人家小儿要易长育，往往以贱物为小名，如羊、狗、马、牛之类是也。"僧大惭。

近人杨汝泉编纂《滑稽故事类编》第四编《僧哥》、近人憨斋士纂辑《笑林博记》卷五《僧哥》，与《雅谑·僧哥》悉同。

何地可容型故事　大致写有人献策决梁山泊而得万顷良田，王安石颇感兴奋，却为贮水发愁。刘贡父说此事不难，可再凿一个梁山泊。王安石遂止。这一故事类型，初见于宋·王辟之撰《渑水燕谈录》：

> 往年，士大夫好讲水利，有言欲涸梁山泊以为农田，或诘之曰："梁山泊古钜野泽，广袤数百里，今若涸之，不幸秋夏之交，行潦四集，诸水并入，何以受之？"贡父适在坐，徐曰："却于泊之旁凿一池，大小正同，则可受其水矣。"坐中皆绝倒，言者大惭沮。
>
> 《渑水燕谈录》卷十"好讲水利"

明·何良俊撰《何氏语林》中的一则异文，描述有所变化，直接点出王安石：

> 王介甫为相，大讲天下水利。刘贡父尝造介甫，值一客在坐，献策曰："梁山泊决而涸之，可得良田万顷，但未择得利便之地贮其水耳。"介甫倾首沉思曰："然安得所贮许水乎？"贡父抗声曰："此甚不难。"介甫欣然以为有策，遽问之，贡父曰："别穿一梁山泊，则足以贮此水矣！"介甫大笑，遂止。
>
> 《何氏语林》卷二十七"贡父献策"

近人杨汝泉编纂《滑稽故事类编》第二编《梁山泊》，抄自《何氏语林》卷二十七"贡父献策"，悉同。

明·郁履行辑《谑浪》卷三《何地可容》，文字有所压缩：

> 王介甫为相，大讲天下水利。一人献策曰："决梁山泊决八百里以为田，其利大矣。"介甫喜甚，沉思曰："何地可容？"适刘贡父在坐，戏曰："旁凿八百里容之。"介甫大笑。

明·乐天大笑生纂集《解愠编》与明·曹臣编纂《舌华录》中的异文，均有一定变化：

王荆公好言水利，人有献谄者曰："若决梁山湖八百里之水以为田，其利大矣。"荆公甚喜，徐曰："策固善，然决水何地可容？"时刘贡父在座曰："自其旁凿地八百里为湖，则可容矣。"荆公笑而止。

《解愠编》卷九《痴好水利》

王介甫为相，大讲天下水利。刘贡父常造之，值一客献策曰："梁山泊决而涸之，可得良田万顷，但未择得利便之地贮许水耳。"介甫倾首沉思，贡父抗声曰："此甚不难！"介甫欣然以为有策，遽问之，曰："别穿一梁山泊，则足以贮此水耳。"介甫笑而止。

《舌华录》讥语第十三"介甫水利"

明·冯梦龙辑《广笑府》卷八《痴好水利》与《解愠编》卷九《痴好水利》悉同。明·冯梦龙辑《古今谭概》微词部第三十《荆公水利》与《舌华录》讥语第十三"介甫水利"几乎相同。

明·谢肇淛撰《五杂俎》中的一则异文，梁山泊变为太湖：

王荆公为相，大讲天下水利。时有献策决干太湖，云："可得良田数万顷。"人皆笑之。荆公因与客话及之，时刘贡父在坐，遽对曰："此易为也。"荆公曰："何也？"贡父曰："但旁别开有太湖纳水则成矣。"公大笑。

《五杂俎》事部第四卷"决太湖"

明年同岁型故事　大致写二媪相遇，互问年纪，甲言七十，乙曰："我六十九，明年当与你同岁。"或言二媪为儿女提亲，乙儿两岁，甲曰："吾女一岁，大了一半，将来吾女二十，令郎则四十，不可。"乙曰："令爱明年即是两岁，与小儿同庚，何害之有？"这一故事类型，初见于传宋·苏轼撰《艾子杂说》。

  艾子行，出邯郸道上，见二媪相与让路，一曰："媪几岁？"曰："七十。"问者曰："我六十九，然则明年，当与尔同岁矣。"

《艾子杂说》"明年当与尔同岁"

明·谢肇淛撰《五杂俎》中的一则异文，系由《艾子杂说》改写，文字有所压缩。

  有老妪相让道。其一曰："妪年几何？"曰："七十。"曰："吾六十九，然则明年吾与尔同岁矣。"

《五杂俎·事部》卷四"明年吾与尔同岁"

明·乐天大笑生纂集《解愠编》卷九《明年同岁》、明·冯梦龙辑《广笑府》卷九《明年同岁》，均由《艾子杂说》改写，文字相同。

  二媪行道上，相与让路。一曰："媪几岁？"曰："七十。"问者曰："我今六十九，然则明年当与尔同岁矣。"

明·冯梦龙辑《笑府》将这一故事类型由二媪论年演化为二妪说亲：

  一人新育女，有以儿来作媒者，其人怒曰："我女一岁，渠儿二岁，若吾女十岁，渠儿二十岁矣，安得许此老婿？"妻闻之曰："汝误矣，吾女今虽一岁，明年便与彼儿同庚，如何不许？"

《笑府》卷十一谬误部《较岁》

清·游戏主人纂辑《笑林广记》卷五殊禀部《较岁》,出自此则,文字大同小异。

明·陆灼撰《艾子后语》中的一则异文,变化较为明显,对话人由二妪变为艾子及其朋友虞任:

> 虞任者,艾子之故人也,有女生二周,艾子为其子求聘。任曰:"贤嗣年几何?"答曰:"四岁。"任艴然曰:"公欲配吾女子老翁邪?"艾子不谕其旨,曰:"何哉?"任曰:"贤嗣四岁,吾女二岁,是长一半年纪也;若吾女二十而嫁,贤嗣年四十,又不幸二十五而嫁,则贤嗣五十矣,非嫁一老翁邪?"艾子知其愚而止。

《艾子后语·老配》

近人杨汝泉编纂《滑稽故事类编》第八编《虞任》,出自《艾子后语》,与此则悉同。

清·独逸窝退士辑《笑笑录》所收的一则异文,出自《艾子杂说》,其情节与文字均有一定变化。

> 相传有两妪为儿女说姻者,甲曰:"令郎几岁?"乙曰:"两岁。"甲曰:"吾女才一岁,大了一半。将来吾女二十,令郎则四十矣,是不可。"乙曰:"不然,令爱今年一岁,明年即是两岁,是与小儿同庚矣,何害之有?"

《笑笑录》卷六《两妪说姻》

清·小石道人辑《嘻谈录》中的一则异文,由"长竿入城型故事"与这一故事类型串连而成,而后者在情节上亦有变化。

> 有一人持长竹竿进城,直进,城门矮;横进,竹竿长。踌

踌良久，总进不去。城上人见而告之曰："你将竹竿递与我，我给你拿过那边去，你进城我再交与你，岂不甚妙？"其人如其言，递与城上之人。进得城来，接过竹竿，与城上人相见，彼此甚为相得，愿结为兄弟。城上者为兄，城下者为弟，二人叙家常，问及有无儿女。把弟云："我有一女刚一岁。"把兄曰："我有一子，才两周。"把兄说："我二人何不作了亲家？"把弟说："甚好。"二人言定而散。把弟回家，甚觉得意，妇人问曰："你今日回家，因何这样高兴？"夫将拿竹竿进城遇人作亲之事告之。妇大怒，说："你真糊涂极了！我女一岁，他儿两岁，若我女十岁，他儿已二十岁矣！何得许这样老婿？"夫妻吵闹不休。邻居一明公先生劝之曰："你二人何必吵闹，你女今年虽一岁，等到明年此时，便与他儿同庚，何可不许？"

《嘻谈续录》卷上《谬误》

清·程世爵撰《笑林广记·谬误》，抄自《嘻谈录》，文字悉同。

清·退一步居散人撰《祇可自怡》与近人憨斋士纂辑《笑林博记》中的各一则异文，情节均有一定变化。

予表弟明韫田说：有一人得子，喜甚。其友有女二岁，愿缔姻，面订定焉。归语其妻。妻问知女二岁，诧曰："女大一倍，我子至十五岁时，彼女不已三十耶？如何可？"夫曰："不然。我子今年一岁，明年即与之同岁矣。"与艾子说俱足解颐。

《祇可自怡》"呆妇论年"

一人新育女，有以二岁儿来作媒者，其人怒曰："我女一岁，渠儿二岁，若吾女十岁，渠儿二十岁矣，安得许此老婿？"妻闻之曰:"汝误矣,我今年女一岁,明年更与彼儿同庚,如何不许?"

《笑林博记》卷一《较岁》

这一故事类型,现当代仍在陕西、湖北、河南、江苏等地流布,譬如《算岁数》①《过了三年一样大》②《夫"聪"妻"明"》③《大一半》④。

这一故事类型,相当于丁乃通编著《中国民间故事类型索引》1362C。

兔杀狮型故事 大致写狮子自恃身强力大,无有匹敌者。小兔心施一计,将其领到井边,说井中的动物要与它比高下。狮子向自己的影子示威,并且跳下井去搏斗,竟被淹死。这一故事类型,见于12世纪藏传佛教僧人仁钦拜撰《萨迦格言注解》。

在一座大山上,有一只狮子和一只小兔。狮子仗恃自己身强力大,经常欺辱和役使小兔。小兔不甘心,便想好一计对狮子说:"我看见一个和大王你一模一样的动物。它说世界上只有它的力气最大,没有谁敢跟它比试。"狮子听了很生气,便让兔子领它去比试。兔子领它到一口井前,告诉它那个动物就在井中。狮子看见井中自己的影子,以为是对手,便向它示威。这时,只见对手也向它示威,它立刻跳下井去搏斗,结果淹死了。

《萨迦格言注解·兔杀狮》⑤

---

① 见《中国民间文学集成·陕西卷·汉中民间故事集成》。
② 见《鄂南民间故事集》。
③ 见《中国民间故事集成·河南沈丘县卷》。
④ 见《中国民间文学集成·江苏泗洪县资料本》。
⑤ 转引自马学良等主编《藏族文学史》(下),四川民族出版社1994年修订版。

在 15 世纪藏族央金噶卫洛卓约编著《甘丹格言注释》所收的 71 则故事和 15 世纪藏族洛卓白巴编著《益世格言注释》所收的 29 则故事中，均有《兔杀狮》。

这一则寓言故事，源于印度，最初出自印度古代寓言故事集《五卷书》。该书第一卷第七个故事写道：

在某一个有树林子的地方，有一只骄傲自负的狮子，名字叫做曼陀末底。它伤害兽类，简直没有个完。野兽给它看到了，它绝不会放过。于是生在这个树林子里的羚羊、野猪、水牛、公牛、兔子等等会集在一块儿，愁眉苦脸，双膝跪在地上，垂下了头，恭恭敬敬地开始向兽中之王报告说："陛下呀！不要再干那些毫无理由的伤害所有的生物的事情了，这同另一个世界是有冲突的，是非常坏的事情！人们听到过：

傻子们对于仅仅一个生物所做的那一些坏事情，

在以后成千次的转生中都会给他带来不幸。

同样：

这一件事情会引起人们的谗言，它会把人们对他的信任驱散，

它会把他引导到地狱里去，一个聪明人为什么还要去干？

再有：

是所有的脏东西的大汇合，忘恩负义，终归会消灭；

为了这样一具身躯，傻子们竟然会做出许多恶业。

懂得了这一点，就希望你不要再把我们的族类连根灭绝。因为只要主子待在你住的地方，我们就每天轮流送一只林中的野兽来，做你的食品。这样做的话，陛下的生活可以维持，而我们的族类也不至灭绝。愿陛下遵守王者之道！常言道：

一个国王要是慢慢地试探着自己的力量来享用自己的国土，

第十一章　宋元时期的民间故事类型

像是吃延年益寿的药一样，那他就会得到至高无上的满足。

一个国王如果是由于糊涂像宰羊一样地宰杀自己的臣子，

那么他可以得到一次的满足，任何时候也不会再有第二次。

为了收获果实，一个国王要用施舍、荣誉等等组成的水，努力去浇灌自己的百姓，正像一个园丁在浇灌花卉。

正像牛奶要挤，对母牛也要及时地加以保护，臣民也应该这样对待，

人们先用水把既开花又结果的春藤来浇，然后才能够采摘。

即使人君从百姓手里要钱，正如油灯需要油来灌，

由于他（它）那些光辉的品质，没有人会看到这一点。

正如一粒微小的种子，一棵柔弱的幼芽，必须加心加意地去保养，

它到了时候自然就会开花结果，人民保护好了也会是这样。

金子、粮食还有珠宝，再加上各种各样的饮料，

以及其他的东西：这一切人君都是从百姓那里得到。

如果给人民谋了幸福，那么国王们就会兴盛顺利，

如果人民倒了霉，那么他们也就完蛋：这毫无可疑。"

曼陀末底听到了它们的话以后，说道："噢，你们说得很对。但是，我在这里待着；如果你们不把野兽一只接一只地送给我，我就把你们都吃净。""就这样吧！"它们同意了，从此它们就过着安静的生活，在树林子里游来游去，不必再怕什么了。但是，每天中午的时候，却要按照动物的类别，轮流派一只野兽到它那里，充作它的食品，不管这一只野兽是年迈龙钟，是灰心厌世，是忧心忡忡，还是为自己儿子和老婆的性命而担忧。

有一次，根据动物的类别，一只小兔子轮到被派了。所有的野兽都要它去，它自己心里琢磨开了："怎样才能够把这一只坏狮子杀掉呢？但是：

聪明人什么事情办不到呢？一经决定毫不动摇的人又什么事情不能去干？

嘴上甜言蜜语的人什么东西不能说服？精勤努力的人又有什么不能如愿？

我一定要杀死这一只狮子。"于是它就磨磨蹭蹭地向前走，让时间慢慢地过去，心里面七上八下，总想想出一个杀掉它的办法来；到了这一天快要完的时候，它才走到狮子跟前。那一只狮子早就因为时间晚了饿得脖子细长细长的，气呼呼地舔着自己的嘴角，心里想道："哼！明天我一定把所有的野兽都杀死！"正当它这样想着的时候，那只小兔子慢慢地来到它跟前，跪下磕过头，就站在它面前。它看到这一只小兔子来得这样晚，个儿又这样小，心里气得像着了火一样，威胁它道："喂，你这个浑蛋！现在就是你这一个小东西单身来而且还来晚了吗？因此，由于你们犯了这个错误，我今天先把你吃掉，明天我还要把所有的野兽一齐吃光！"于是这一只小兔子恭恭敬敬地跪下，说道："主子啊！这个错误不在我，也不在其他的野兽。请你听我说一说里面的缘故吧！"狮子说道："在你还没有落到我牙缝里之前，赶快说吧！"小兔子说道："主子啊！所有的野兽看到，按照动物的类别，今天该轮到我这个小家伙了，于是它们就把我同其他五只小兔子派了来。走在路上的时候，一只狮子从它住的大土洞里爬出来，对我们说道：'你们到哪儿去？要记住你们的保护神！'于是我就回答说道：'我们是说好了到我们的主子曼陀末底狮子那里去当做食品给它去吃的。'它于是说道：'如果是这样的话，那么这一座树林子是属于我的。所有的野兽都应该把你们说好的那些条件对我来履行。那一个曼陀末底看起来像一个贼。你去把它喊了来，

第十一章 宋元时期的民间故事类型

要快快地回来,好看一下我们俩究竟哪一个力量大,可以做国王,可以把所有的野兽都吃掉。'我就是这样受了它的委托到主子跟前来的。请主子圣裁!"听了这些话以后,曼陀末底说道:"伙计呀!如果是这样的话,那就赶快把那个强盗狮子指给我,我好把我对野兽的那一肚子怒气倾泻到它身上,舒服一下。常言道:

  土地、朋友,还有金子:这三件东西都是战争的果实;

  如果连一件都没有希望的话,人们也就再也不会发动战事。

  如果没有可能得到大量的财宝,如果得到的只有失败,

  那么聪明人也就绝不会发动战争自己往里面栽。"

小兔子说道:"主子呀!真是这样。为了自己的国家,由于受到侮辱,刹帝利才从事战争。但是那个家伙是住在一个堡垒里的。它从堡垒里出来,就把我们挡住了。一个住在堡垒里的敌人是很难打倒的。常言道:

  有上一千匹大象也不行,有上十万匹骏马也没有用,

  国王们的目的反正是达不到的,只有一座堡垒就能成功。

  只有一个弓箭手站在城墙上就可以把一百个敌人打退,

  因此,那些精通统治论的人们,就都赞美堡垒。

  古时候,听了老师的命令,因为害怕尸赖拏迦湿补,

  天帝释盖了一座堡垒,曾得毘湿婆迦哩曼的帮助。

  他还给了这样的恩赐:一个国王只要他有了堡垒,

  他也就会胜利,因此在这个世界上,堡垒就成了堆。"

听了这些话以后,曼陀末底说道:"伙计呀!把那个强盗指给我吧,不管它是不是住在堡垒里,我反正要把它杀掉。常言道:

  谁要是不把敌人和疾病在刚发现的时候就消灭掉,

  即使他非常有力,等到他(它)们壮大了,仍然会被打倒。

同样:

> 谁要是已经看到了自己的力量，行动既傲慢而又坚强，
> 即使单身也能打倒敌人，像婆哩伽婆打倒刹帝利一样。"

小兔子说道："正是这样。但是我仍然觉得，那家伙比你的力气大。因此，不了解它的力量而贸然冲上去，对主子说起来是不利的。常言道：

> 谁要是一时冲动，不了解自己的力量，也不了解别人的力量，
> 只仗着一阵火气冲上去，他就会像一只狮子向火里扑一样。

同样：

> 一个弱者，如果自高自大，要想消灭一个强有力的仇家，
> 他就会俯首帖耳地转回来，正像一只大象碰断了牙。"

曼陀末底说道："那跟你有什么关系呢？你赶快把它指给我，就算它住在堡垒里也好！"小兔子说道："如果是这样的话，就请主子过来！"说了这几句话以后，它就在前面带路。走到一口井跟前的时候，它向狮子说道："主子啊！你的那种威光谁受得住呢？从远处看到你，那个强盗就钻到它的堡垒里去了。你过来，我好指给你看！"听到这些话以后，曼陀末底说道："伙计呀！赶快指给我！"于是小兔子就把那一口井指给它看。那一只狮子真正糊涂到家，它看到自己在水里的倒影，竟发出了一声狮子吼。于是从井里由于回声的缘故发出了一声加倍强烈的吼声。听到这吼声以后，它想到："这家伙比我厉害。"于是就向它扑去，结果死在里面。小兔子心里高高兴兴，它使得所有的野兽都兴高采烈，大家都称赞它，它就这样痛痛快快地在这个树林子里住下去了。[①]

这一故事类型，现当代仍在内蒙古、西藏、甘肃、青海、新疆、

---

① 引自季羡林译《五卷书》，人民文学出版社 1959 年版。

四川、云南、贵州、福建、广东等地汉族和诸多少数民族聚居区流布，如《兔子和狮子》（蒙古族）①、《狮子与兔子》（藏族）②、《小白兔智胜老虎》（门巴族）③、《老虎和兔子》（东乡族）④、《小白兔和狮子》（土族）⑤、《兔子报仇》（土族）⑥、《老虎和兔子》（维吾尔族）⑦、《狮子和兔子》（柯尔克孜族）⑧、《兔子和狮子》⑨、《愚蠢的狮子》（傈僳族）⑩、《狮子和小兔》（普米族）⑪、《智除暴君》（景颇族）⑫、《老虎和兔子》（回族）⑬、《小白兔收拾虎大王》（苗族）⑭、《聪明的小白兔》（仡佬族）⑮、《老虎与小白兔》⑯、《兔子和老虎》⑰。

这一故事类型，相当于丁乃通编著《中国民间故事类型索引》96。

打是不打型故事　大致写某入寺中，一僧待他十分傲慢。某问他为何如此，僧曰："接是不接，不接是接。"（或曰："起是不起，不起是

---

① 见《中国民间故事集成·内蒙古卷》。
② 见《中国民间故事集成·西藏卷》。
③ 见《中华民族故事大系》第16册。
④ 见《中国民间故事集成·甘肃卷》。
⑤ 见《中国传说故事大辞典·故事》。
⑥ 见《中国民间故事集成·青海卷》。
⑦ 见《中国传说故事大辞典·故事》。
⑧ 见《中华民族故事大系》第10册。
⑨ 见《中国民间故事集成·四川卷》。
⑩ 见《中华民族故事大系》第7册。
⑪ 见《中国少数民族寓言故事选》。
⑫ 见《中华民族故事大系》第4册。
⑬ 见《中国传说故事大辞典·故事》。
⑭ 见《中国民间故事集成·贵州卷》。
⑮ 见《民间文学资料》第49集。
⑯ 见《中国民间故事集成福建卷·龙海县分卷》。
⑰ 见《中国民间故事集成·广东卷》。

起。")某即捆(或击)僧数下道:"不打是打,打是不打。"这一故事类型,初见于宋·张耒撰《明道杂志》:

> 殿中丞丘浚,多言人也。尝在杭谒珊禅师,珊见之殊傲。俄顷,有州将子弟来谒,珊降阶接,礼甚恭,浚不能平。子弟退,乃问珊曰:"和尚接浚甚傲,而接州将子弟乃尔恭耶!"珊曰:"接是不接,不接是接。"浚勃然起,捆珊数下,乃徐曰:"和尚莫怪:打是不打,不打是打。"
>
> 《明道杂志》"捆禅师"

宋·沈俶撰《谐史》"打是不打"、明·田汝诚撰《西湖游览志余》"打是不打",均出自《明道杂志》,文字稍有出入。

明·赵南星撰《笑赞》中的一则异文,故事主人公演化为一般的士人,不带传说色彩,细节亦有变异。

> 有士人入寺中,众僧皆起,一僧独坐,士人曰:"何以不起?"僧曰:"起是不起,不起是起。"士人以禅杖打其头,僧曰:"何必打我?"士人曰:"不打是打,打是不打。"
>
> 《笑赞》"打是不打"

近人憨斋主纂辑《笑林博记》卷五《打是不打》与《笑赞》"打是不打"相同。

明·潘游龙撰《笑禅录》"打你就是不打你",与《笑赞》"打是不打"相似,文字有所变化。

> 一秀才夏日至一寺中参一禅师,禅师跌坐不起,秀才怪问之,师答曰:"我不起身便是起身。"秀才即以扇柄击师头一下,师亦

怪问之，秀才曰："我打你就是不打你。"

这一故事类型，现当代仍在陕西等地流布，譬如《智打和尚》①《此乃禅机》②。

对偶亲切型故事 大致写某人献百韵诗于上官，中有句云："舍弟江南没，家兄塞北亡。"上官为其家祸叹息，某遽曰："实无此事，但图对偶亲切耳。"这一故事类型，初见于宋·陈正敏撰《遁斋闲览》。

> 有李廷彦献百韵诗于达官，有句云："舍弟江南没，家兄塞北亡。"达官恻然曰："君家祸如此。"廷彦遽曰："实无此事，但图对属亲切耳。"
> 　　　　　　　　　　《遁斋闲览·谐噱》"但图对属亲切"

宋·彭乘撰《续墨客挥犀·但图对属亲切》与此则相同，仅个别字句有出入。

宋·邢居实撰《拊掌录》"但图对属亲切"及明·陆楫编纂《古今说海》卷九十说略部《续墨客挥犀》"但图对偶亲切"，皆由《遁斋闲览》演化而来，文字多有变异。

> 李廷彦曾献百韵诗于一上官，其间有句云："舍弟江南殁，家兄塞北亡。"上官恻然悯之，曰："不意君家凶祸，重并如此！"廷彦遽起自解曰："实无此事，但图对属亲切耳。"上官笑而纳之。

---

① 见《中国民间文学集成·陕西卷·咸阳民间故事集成》。
② 见《笑林拾零》。

清·褚人获纂辑《坚瓠十集》卷二《李廷彦》，与《遁斋闲览》大致相同，文字亦多有变化，而且增加了一客之谑语。

> 李廷彦献百韵诗于上官，中一联云："舍弟江南没，家兄塞北亡。"上官恻然曰："君家凶祸，一至于此。"廷彦曰："实无此事，图对偶亲切耳。"一客谑云："何不言爱妾眠僧舍，娇妻宿道房，犹得保全兄弟。"

清·小石道人辑《嘻谈续录》卷上《赀郎纳官》与此则接近，但无具体姓名。

> 一赀郎纳官，献百韵诗于上宪，中一联云："舍弟江南没，家兄塞北亡。"上官恻然曰："君之家运，一至于此！"答曰："实无此事，只图对偶亲切耳。"一客谑之曰："何不说'爱妾眠僧舍，娇妻宿道房'，犹得保全两兄弟性命。"

清·程世爵撰《笑林广记·赀郎纳官》、近人憨斋士纂辑《笑林博记》卷二《赀郎纳官》，均抄自《嘻谈续录》，悉同。近人徐珂编《清稗类钞·讥讽类·舍弟兄家》，则有一定变化。

近人李警众撰《嚼舌录》①卷八"不过图对偶亲切"，文字与《嘻谈续录》略有变化，连赀郎纳官的身份也被抹去。

> 某甲咏百韵诗，中有一联云："舍弟江南没，家兄塞北亡。"有览之者，愀然曰："君之家运，何一至于此乎！"甲曰："实无其事，不过图对偶亲切耳。"或嘲之曰："何不云，'爱妾眠僧舍，娇妻宿道房'，可换得两个兄弟的性命。"

---

① 《嚼舌录》，上海震亚图书局1927年版。

秀才康了型故事 大致写一秀才应举多忌讳，常语"安乐"为"安康"，以忌落籍。榜出后其仆来报："秀才康了。"这一故事类型，初见于宋·陈正敏撰《遁斋闲览》。

> 柳冕秀才性多忌讳，应举时同辈与之语，有犯落字者，则忿然见于词色。仆夫误犯，辄加杖楚。常语"安乐"为"安康"。忽闻榜出，亟遣仆视之。须臾，仆还，冕即迎问曰："我得否乎？"仆应曰："秀才康了也。"
>
> 《遁斋闲览·谐噱》"应举忌落字"

明·冯梦龙编纂《古今谭概》迂腐部第一《忌讳》"秀才康了"，抄自《遁斋闲览》，文字小有出入。

清·张贵胜辑《遣愁集》卷一《绝倒》"柳冕忌落"，亦由《遁斋闲览》演化而来，文字简练。

> 柳冕应举多忌讳，每谓"安乐"为"安康"，"乐"与"落"同音，忌落籍之意。榜出，令仆探姓名，不得中，还报云："秀才康了。"

妻妾镊须型故事 大致写一翁鬓（或须）花白，令妻妾镊之。妻忌其年轻为群妾所悦，乃去其黑者；妾欲其年轻而去其白者。不久便拔光矣。这一故事类型，初见于宋·陈正敏撰《遁斋闲览》。

> 有一郎官年老置婢妾数人，鬓白，令妻妾镊之。妻忌其少，为群婢所悦，乃去其黑者；妾欲其少，乃去白者。未几，颐颔遂空。
>
> 《遁斋闲览·谐噱》"妻妾镊鬓"

宋·彭乘撰《墨客挥犀》卷六"妻妾镊须",文字稍有变化:

有一郎官年六十余,置媵妾数人,须已斑白,令其妻妾互镊之。妻忌其少,恐为群妾所悦,乃去其黑者;妾欲其少,乃去其白者。不逾月,颐颔遂空。

明·冯梦龙编纂《古今谭概》委蜕部第二十《白发白须》,更为简略:

有郎官老而多妾,须白,令妻妾共镊之。妾欲其少,去其白者;妻忌之,又去其黑者。未几,颐颔遂空。亦可笑。

清·游戏主人辑《笑林广记》卷四《拔须去黑》,有一定的发展、变异。

一翁须白,令姬妾拔之。妾见白者甚多,拔之将不胜其拔,乃将黑者尽去。拔讫,翁引镜自照,遂大骇,因咎其妾。妾曰:"难道少的倒不拔,倒去拔多的?"

近人憨斋主纂辑《笑林博记》卷一《拔须去黑》与此则悉同。

四官争大型故事 大致写口、鼻、眉、眼四种器官为争高下,各述自己的功能,互不相让。这一故事类型,初见于宋·王谠撰《唐语林》。

顾况从辟,与府公相失,揖出幕,况曰:"某梦口与鼻争高下,口曰:'我谈今古是非,尔何能居我上?'鼻曰:'饮食非我不能辩。'眼谓鼻曰:'我近鉴毫端,远察天际,惟我当先。'又谓眉曰:'尔有何功,居我上?'眉曰:'我虽无用,亦如世有宾客,何益主人?无即不成礼仪;若无眉,成何面目?"府公悟其讥,待之如初。

《唐语林》卷六"口鼻眉眼争高下"

宋·罗烨编撰《醉翁谈录》中的一则异文,与上则内容近似,而文字多有变化。

眉、眼、口、鼻四者,皆有神也。
一日,口为鼻曰:"尔有何能,而位居吾上?"
鼻曰:"吾能别香臭,然后子方可食,故吾位居汝上。"
鼻为眼曰:"子有何能,而位在我上也?"
眼曰:"吾能观美恶,望东西,其功不小,宜居汝上也。"
鼻又曰:"若然,则眉有何能?亦居我上?"
眉曰:"我也不解与诸君相争得,我若居眼鼻之下,不知你一个面皮,安放那里?"

《醉翁谈录》卷二"面皮安放"

明·无名氏撰《华筵趣乐谈笑酒令》卷四谈笑门《讥争坐席》由《醉翁谈录》之"面皮安放"改写而成,多有发挥,文人气息较重。

陈太卿曰:"眉、眼、鼻、口者,皆是一身之神也。忽然口谓鼻曰:'功高者居上,无能者居下,理之常也。汝有何德,何如位居于我上者乎?'答曰:'吾能闻香识臭,然后与子食之,因此居汝上乎!愿闻汝之才能?'口答曰:'心中欲说口先用,读书读史读文章;食尽世间多美味,陈言陈语献天王。'鼻乃善言答曰:'休笑鼻孔无因由,知香知臭是鼻头;鼻头若无三分气,盖世文章总是休。'鼻与眼曰:'贤兄缘何更居我上乎?'眼答曰:'吾能观善觑恶,望东顾西,其功不小,因此故在你上也。诗云:

秋波湛湛甚分明，识书识宝识金银；世人不与吾同走，白日青天去不成。'口曰：'眉毛何以居吾之上乎？'眼答曰：'我同你与鼻兄三人同去问他。'眉以善言答曰：'休侮双眉没志量，先年积祖我居上；若把眉儿移下去，相见成甚好模样。'鼻曰：'与子论功，不与论样。'众乃喧闹。两闻闻知，遂解之曰：'君子无所争，《鲁书》之明训也。亦作俗句云：我每从幼两边分，会合人头寄此身；劝君休争大与小，列位都是面前人。'"

明·乐天大笑生纂集《解愠编》卷八《眉争高下》则由以上几则简化而成。

目问眉曰："我能辨别好歹，识认万象，大有功于人。尔有何能，位居吾上？"眉曰："我也不与你争高下，必欲我在尔下，看好看不好看？"

明·冯梦龙辑《广笑府》卷八《眉争高下》与此则悉同。清·游戏主人辑《笑林广记》卷四《争坐》，由此则改写，文字更为通俗易懂。

眼与眉毛曰："我有许多用处，你一无所能，反坐在我的上位。"眉曰："我原没用，只是没我在上，看你还像个人哩！"

这一故事类型，现当代仍在湖南、贵州、山西等地流布，譬如《五官吵架》（土家族）①、《脚和眼睛》（水族）②、《眉毛和眼睛》③。

---

① 见《中国民间故事集成·湖南卷》。
② 见《中国民间故事集成·贵州卷》。
③ 见《山西民间故事大系·晋西卷》。

这一故事类型，相当于丁乃通编著《中国民间故事类型索引》293。

画扇判案型故事 系"书家题扇型故事"的亚型。大致写苏东坡为钱塘太守时，一日审理一桩债务纠纷，用判笔将欠债人的白团夹绢扇一一书画，令其每扇售千钱。当人们得知扇面上的书画出自太守之手时，争相购买，很快抢购一空。于是欠债人得以还清债务。这一故事类型，初见于宋·何薳撰《春渚纪闻》：

> （苏东坡）先生临钱塘日，有陈诉负绫绢钱二万不偿者。公呼至，询之。云："某家以制扇为业，适父死，而又自今春以来连雨天寒，所制不售，非故负之也。"
>
> 公熟视久之，曰："姑取汝所制扇来，吾当为汝发市也。"须臾，扇至。
>
> 公取白团夹绢二十扇，就判笔作行书、草圣及枯木竹石。顷刻而尽。即以付之，曰："出外速偿所负也。"其人抱扇、泣谢而出。
>
> 始逾府门，而好事者争以千钱取一扇，所持立尽。后至而不得者至懊恨不胜而去。遂尽偿所逋。一郡称嗟，至有泣下者。
>
> 《春渚纪闻》卷六《写画白团扇》

宋·陈宾撰《桃园手听》中的一则异文，很可能由《春渚纪闻》缩写而成，颇简约。

> 东坡为钱塘守时，民有诉扇肆负债二万者，逮至则曰："天久雨且寒，有扇莫售，非不肯偿也。"公令以扇二十来，就判事笔随意作行、草及枯木、竹石以付之。才出门，人竞以千钱取一

扇，所持立尽。遂悉偿所负。

《桃园手听·东坡书扇》①

清·古吴墨浪子辑《西湖佳话》（全名《西湖佳话古今遗迹》）②中的一则异文，系由《春渚纪闻》之《写画白团扇》敷演而成，描写颇为生动。

又一日坐堂，有一个小民，拿一张牒文告道："原告人吴小一，告为张二欠钱不还事。"东坡因差人拘了张二来。那张二也呈上一张诉牒来道："诉状人张二诉为无力可还事。"东坡就当堂审问这吴小一道："张二少你甚么钱？"吴小一道："他发了小人绫绢钱二万，约定三月就还，经今一年，分毫不付，求相公作主追还。"东坡又问张二道："你欠他绫绢钱，可是真么？"张二道："实欠他二万是真。"东坡道："既欠他的，为何不还？"张二道："小人发他绫绢，原为制扇生意。不料制成扇子，适值今春连雨天寒，一时发卖不去，故此拖欠至今。"东坡道："既是有扇可抵，可取些扇子来，我与你发市。"张二急急出去，取了一筐扇子来。东坡叫人当堂打开，检取白团夹绢扇子四十柄，就将判笔。或是草圣，或是楷书，或画几株枯树，或画一片竹石，不多时即写画完了，吩咐张二道："快领去卖钱，偿还吴小一。"张二抱扇叩头而去，才走出府门，早有好事的，见是苏东坡的字画，都情愿出千钱一柄，顷刻之间都已买尽，还有来迟的买不着，俱懊恼而去。张二得钱，还了吴小一这主债，还剩下许多扇子，好不快活。不独张二快活，连一府之人皆为之感激。

《西湖佳话·六桥才迹》"巧判案"

---

① 见《说郛》卷二十九（《说郛三种》第一册）。
② 《西湖佳话》，上海古籍出版社1980年版。

这一故事类型，现当代仍在浙江、山西等地流布，譬如《画扇判案》①《苏东坡画扇结案》②。

移鱼谐谑型故事 大致写一次赴宴，主人富有却颇吝啬。某人故事问："蘇"字写法不同，不知"鱼"应在左边还是右边？主人道："古人作字不拘一体，移易从便也。"某当即将一煎鲑鱼从主人面前移过来，一座皆笑。这一故事类型，见于宋·何薳撰《春渚纪闻》。

> 姑苏李章敏调戏，偶赴邻人小集。主人者，虽富而素鄙。会次，章适坐其旁。既进馔，章视主人之前一煎鲑特大于众客者，章即请于主人，曰："章与主人俱苏人也，每见人书'苏'字不同，其鱼不知合在左边者是，在右边者是也？"主人曰："古人作字不拘一体，移易从便也。"章即引手取主人之鱼示众客曰："领主人指拟，今日左边之鱼亦合从便移过右边如何？"一座辍饭而笑，终席乃已。

《春渚纪闻》卷四《谑鱼》

清·独逸窝退士辑《笑笑录》卷二《苏字》出自《春渚纪闻》，文字悉同。

这一故事类型，现当代仍在四川、浙江、广东等地流布，譬如《吃鱼》③《磬里有鱼》④《佛印和尚想吃鱼》⑤。

鬼母育儿型故事 大致写一鬼母常到店中购饼（或糕、粑、粥），用以喂养其死后产下的婴儿。日久被人发现，乃开棺抱出婴儿，送往夫

---

① 见《西湖民间故事》。
② 《山西民间故事大系·晋北卷》。
③ 见《中国民间故事集成·四川卷》。
④ 见《浙江省民间文学集成·杭州市故事卷》。
⑤ 见《中国民间故事集成·广东卷》。

家抚育，或为好心人收养。这一故事类型，宋代已多有记载。宋·蔡
絛撰《铁围山丛谈》"亡妇乳儿"① 是这一故事类型的雏形。

  河中有姚氏十三世不析居矣，遭逢累代旌表，号"义门姚
家"也。一旦大小死欲尽，独兄弟在方居忧，而弟妇又卒。弟独
与小儿同室处焉。度百许日，其家人忽闻弟室中夜若与妇人语笑
者。兄弗信也，因自往听之。审一日励其弟曰："吾家虽骤衰，
且世号义门，吾弟纵丧偶，宁不少待，方衰经未除而召外妇人入
舍中耶！惧辱吾门将奈何？"弟因泣涕而言："不然也。夜所与言
者乃亡妇尔。"兄瞠谔，询其故，则曰："妇丧逾月，即夜叩门
曰：'我念儿无乳至此。'因开门纳之，果亡妇，遂径登榻接取儿
乳之。弟甚惧，自是数来相与，语言大抵不异平时，惧其怪而不
敢骇兄也。"
  兄念家道死丧殆尽，今手足独有二人，此是往亡吾弟尔，且
弟计不忍绝然，吾必杀之。因夜持大刀，伏于门左，其弟弗知也。
果有排门而入者，兄尽力以刀刺之，其人大呼而去。旦视之则流
血涂地，兄弟因争寻血踪至于墓所，则弟妇尸横墓外，伤而死矣。
  会其妇家适至，睹此而讼于官，开墓则空棺耳。官莫能治。
俄兄弟咸死狱中，姚氏遂绝。

  宋·郭彖撰《睽车志》卷三《李大夫妾》的出现，标志着这一故
事类型的正式形成。因为此则故事第一次包含有鬼母购食哺子和开棺
取儿这样的核心故事情节。其后各种异文都基本上保留了这样的重要
情节。

  汴河岸有卖粥姬，日以所得钱置缿筒中，暮则数而缗之，间得

---

① 见《说郛》卷四十九（《说郛三种》第五册）。

楮镪二,惊疑其鬼也。自是每日如之,乃密自物色买粥者。有一妇人青衫素裲裆,日以二钱市粥,风雨不渝。乃别贮其钱,及暮视之,宛然楮镪也。密随所往,则北去一里所。阒无人境,妇人辄四顾入丛薄间而灭,如是者一年。忽妇人来谓姬曰:"吾久寄寓比邻,今良人见迎,将别姬去矣。"姬问其故,曰:"吾固欲言,有以属姬。我李大夫妾也,舟行赴官至此,死于蓐间,藁葬而去。我既掩圹,而子随生,我死无乳,故日市粥以活之,今已期岁。李今来发丛,若闻儿啼必惊怪,恐遂不举此子,乞姬为道其故,俾取儿善视之。"以金钗赠而别。俄有大舟抵岸,问之则李大夫也。径往发丛,姬因随之。举柩而儿男啼,李大夫骇惧,因为言,且取钗示之。李谛视,信亡妾之物,乃发棺取儿养之。李知县明仲说。

宋·洪迈撰《夷坚志》采录的两则异文,故事情节不尽相同,但都以北宋末、南宋初为故事背景。

宣城经戚方之乱,郡守刘龙图被害,郡人为立祠。城中蹀血之余,往往多丘墟。民家妇任娠未产而死,瘗庙后,庙旁人家或夜见草间灯火及闻儿啼,久之,近街饼店常有妇人抱婴儿来买饼,无日不然,不知何人也。颇疑焉。尝伺其去,蹑以行,至庙左而没。他日再至,留与语,密施红线缀其裾,复随而往。妇觉有追者,遗其子而隐,隐红线在草间冢上。因收此儿归。访得其夫家,告之故,共发冢验视,妇人容体如生,孕已空矣,举而火化之。自育其子,闻至今犹存。《荆山编》亦有一事,小异。

《夷坚丁志》卷二《宣城死妇》[①]

---

① 见《夷坚志》第二册,第553页。

京师省吏侯都事一妾怀妊，未及产而死，葬于城外二年。旁近居人，数见一妇人往来，每归必携一饼，久而共疑其事，跟踪所由，知为侯氏妾，往告侯生。侯从省中归，适与相遇，妾阔步而走，侯逐之，相去十余步，不能及。出城访瘗所，略无隙罅，惘惘然，因为守冢僧言之。僧曰："此为业翳牵缠，未能解脱，当举焚其骨，使得受生。"会寒食拜扫，遂启其藏，见白骨已朽，一婴儿坐于足上食饼。众大骇，视此儿盖真生人，眉目可爱，姨媪辈抱出抚玩，便能呼父母为爹爹妈妈。侯无子，以为神贶，鞠养之甚至。年二十时，遭建炎乱离，随驾南渡，与亲故相失，不复可归。入省隶兵籍，于御厨为庖者，后以随龙恩，得祗事德寿宫。识之者目为鬼太保。淳熙五年方卒。

《夷坚志补》卷二十一《鬼太保》①

宋·欧阳玄撰《睽车志·鬼太保》②，据《夷坚志》后一则缩写，文字极简约。

　　侯都事妾怀姙未及产而死，后改藏，见白骨已朽，一婴儿坐于足上食饼。侯众大骇，抱出鞠养之。及长，祗事宫禁，识者目为鬼太保。

元·佚名撰《南墅闲居录》中的一则异文，故事发生在南宋末年，情节亦较为简略。

　　宋之末年，姑苏卖饼家检所鬻钱得冥币焉，因怪之，每鬻饼

---

① 见《夷坚志》第四册，第1745页。
② 见《说郛》卷一一八（《说郛三种》第八册）。

必识其人与其钱。久之，乃一妇人也。迹其妇至一冢而灭，遂白之官，启冢见妇人卧，柩中有小儿坐其侧。恐其为人所觉，必不复出饿死小儿。有好事者收归养之。既长与常人无异。不知其姓，乡人呼之曰"鬼官人"。元初犹在，后数年方死。

《南墅闲居录·鬼官人》①

明·王鏊撰《姑苏志》卷五十七引《闲居录》的《鬼官人》，文字悉同。

明代这一故事类型的记载亦比较多。王圻纂集《稗史汇编》卷一三四《祠祭门·鬼物上·死妾乳子》，写妻妾矛盾下出现的一个家庭悲剧，故事情节与以上各则差别较明显。

浙中一上舍有嬖妾怀娠欲产。妾临产时，上舍以事往钱塘。妾产难昏死，其妻不待其绝而遂殡之。及上舍归，但以产死言，不复穷问。

上舍偶一日过宅边卖饼家，见其箧中有银簪一只，乃其妾所常簪者。询其从来，卖饼人曰："一妇人称说，所产儿乏乳，留此质炊饼饲儿。黄昏辄来，来得饼即去。"问其去路，则妾所葬之处也。

上舍大骇，夜潜至其墓，伏而窃听，果有儿啼。乃开墓启棺，则死妾之上有生儿伏焉。抱之以归，及长以赀入监为县簿。

明·王同轨撰《耳谈》录写的一则异文，故事发生地在南京，情节简略，亦有一些不同的描写出现。

---

① 见《说郛》卷十七（《说郛三种》第三册）。

金陵郊畈鬻粑者,见有妇暮必持钱来易粑,久之而裹中钱常耗,疑之,因不与易,而尾其后,见入一墓,复闻内有儿啼,声益大骇人。谓是王宅妇墓,因语其家。其家来听,果然,辄发墓暨棺,儿坐妇足畔,粑犹在焉。抱儿归,阖棺墓盖。妇死时儿在腹,生而无乳,故易粑饵之,而即阴取其钱于鬻者,故耗也。后其家万户胤绝儿次当嗣,故得胤第。其貌寝,称"鬼王指挥"云。熊维禛说。

《耳谈》卷六《鬼王指挥》

　　明·郑仲夔撰《耳新》所收的一则异文,故事发生地在江南,仅陈故事梗概。

　　新安万安,街有妇孕将诞,忽死去殓之,停柩野外。妇于柩内生一子,魂常往来城市买饼啖之。后好事者踪迹至其处,闻柩内有儿啼声,以告其家。启棺视之,则儿俨然生也。抱归育之,长而大富,人称为鬼生朝奉。

《耳新》卷七《志怪》"鬼生朝奉"

　　明末清初李清撰《鬼母传》(载清·张潮辑录《虞初新志》卷十),虽带有一定的创作成分,但保存了民间故事的基本内容,对于考察这一故事类型仍有相当价值。

　　鬼母者,某贾人妻也。同贾人客某所,既妊暴殒,以长路迢远,暂瘗隙地,未迎归。适肆有鬻饼者,每闻鸡起,即见一妇人把钱俟,轻步纤音,意态皇皇,盖无日不与星月俦者。店人问故,妇人怆然曰:"吾夫去身单,又无乳,每饥儿啼,夜辄中心如剡。母子恩深,故不避行露,急持啖儿耳。"

第十一章 宋元时期的民间故事类型

店中初聆言，亦不甚疑，但昼投钱于笥，暮必获纸钱一，疑焉。或曰："是鬼物无疑。夫纸蓺于火者，入水必浮，其体轻也；明旦盍取所持钱，悉面投水瓮，伺其浮者物色之。"店人如言，独妇钱浮耳。怪而踪迹其后，飘飘飏飏，迅若飞鸟，忽近小冢数十步，奄然没。

店人毛发森竖，喘不续吁，亟走鸣之官。起柩视，衣骨烬矣，独见儿生。儿初见人时，犹乎持饼啖，了无怖畏。及观者蝟集，语嘈嘈然，方惊啼。或左顾作投怀状，或右顾作攀衣势，盖犹认死母为生母，而呱呱若觅所依也。伤哉儿乎！人苦别生，儿苦别死！官怜之，急觅乳母饲，驰召其父。父到，抚儿哭曰："似而母。"是夜儿梦中趦趄呷喔不成寐，若有人呜呜抱持者。明旦视儿衣半濡，宛然未燥，诀痕也。父伤感不已，携儿归。

后儿长，贸易江湖间，言笑饮食，与人不异。唯性轻跳，能于平地跃起，若凌虚然。说者犹谓得幽气云。儿孝，或询幽产始末，则走号旷野，目尽肿。

清·薛福成撰《庸庵笔记》录写的一则异文，流布于他的家乡苏南一带，民间故事特色浓郁，与现当代口传形态颇为接近。

句容乡妇有以产死者，厝棺荒墟。其邻近卖糕店，每日见一妇人来，买糕两枚，及晚穿钱，必有纸钱灰，适如妇人买糕之钱数，店主怪之。明日复来，乃以盆水受其钱，妇遽泣曰："实告君，我非人也。我以产死，既入棺，而子生。每日买糕哺之，当佑店中多获生意。凡买客夜来者，皆我所为也。"因复哀吁曰："吾家现已无人，此子久在棺中，终难得活，且与店主同姓，如蒙救出，抚育为子，则生生世世铭此大德矣。"店主恻然许之，因曰："吾恐以开棺获罪，奈何？"妇人曰："方感大恩，开棺何害？"因告以地址方向，呜咽拜谢，瞥然而没。店主依言觅之，果得一棺。启之，尸尚未朽，即买糕妇也。一孩微有温气，灌以姜汤，始能啼能动。店主遂抚为子，而葬妇棺。及儿已长，颇以贸易致富，店主告以其母墓所在，使往祭焉。夜梦其母告曰："吾昔为汝买糕，每过某溪，浮水而渡，甚觉苦楚。汝今宜建一桥，以便行人。"其子乃建桥溪上，名之曰买糕桥。句容人至今能道其事。

《庸庵笔记》卷六《鬼买糕哺子》

清·程趾祥撰《此中人语》录写的一则异文，故事情节稍有变化，改鬼母买糕育子为鬼母购布为子成衣，在这一故事类型中是一个特例。

羊城黄某，……娶一妻怀孕而卒，亦葬于山下。阅数月布店伙向黄索账。黄漠然，伙怒曰："此尔妻自己来取，云为尔子成衣者，焉能狡赖！"黄始悟，归账于伙，而独去发其棺。见棺中有一儿，匍匐于妻身之上，颇能啼哭。视妻则星眸微露，面目如生，惟四肢若冰，知难再活耳。遂抱儿归，抚养成人。大为发达，人皆呼此儿"黄老虎"云。

《此中人语》卷六《黄老虎》

近人江荫香编《庄谐笔记大观》[①] 所收的一则异文，故事发生地在南京，其最大的不同点在于鬼母之子被抱出后并未能成活，从中可以窥见这一故事类型在清末的一种变化趋势。

南京聚宝门外，距城二十里许，有卖糕桥焉。相传卖糕人朱余贵者，每日黎明时，例将糕担息于某桥上。一日有一少妇向之购糕一块。妇既得糕，举步疾驰，迨过桥堍，即倏不见。朱某怪

---

① 《庄谐笔记大观》，上海广益书局1930年版。

之，抵家后查视钱筒内特有楮锞一锭，知为鬼。因拟试之，遂以巨碗，满贮清水，置于糕担上，遇有购糕者，令其投之水中。

次日，朱某方及桥，少妇已守桥上。见朱来，欢跃而前，曰："今日何来迟耶？累吾家小妮子桴腹啼哭久矣！"言次，纳赀朱手。朱即投之于碗，楮忽尽浮水面。朱某乃知少妇果鬼，即厉声叱之曰："何来鬼物，以术愚人耶？"语未毕，该少妇即挺胸呜咽曰："噫！今日为吾儿绝食丧命之日矣。"且泣且行。朱即尾随之，及桥堍，少妇已逝。

朱某忽趋而前，见野草没胫，一孤冢在焉。即召里人往视，并述巅末。或曰："此某姓妇之墓，因孕而死者也。现该姓已远徙他方，约二载余矣，并无音信，伐其墓以觇之可也。"朱某然之，毁墓启棺，见一少妇侧身卧其中，尸身并未腐朽，面貌与购糕妇无异。怀抱一孩，孩则活泼如常儿，正呱呱而泣，惟遍体绿毛氄氄耳。朱某即挈之以归，三日不食而卒。由是乡里咸传为奇谭。

后有当地绅士，于该妇之墓前，建一石碑，大书刻曰"灵儿慈妇"，并重修该桥，名之曰"卖糕桥"。

《庄谐笔记大观》卷上《卖糕桥》

这一故事类型，现当代仍在福建、浙江、上海、安徽、山东、河北、四川、青海、山西、广东等地流布，如《墓生子》①、《鬼养崽》（畲族）②、《鬼儿庄》③、《鬼母之爱》④、《"鬼骂王庄"》⑤、《鬼状元》⑥、

---

① 见《中国民间故事集成·福建卷·寿宁县分卷》。
② 见《中国民间故事集成·浙江卷》。
③ 见《中国民间文学集成·上海卷·杨浦区分卷》。
④ 见《中国民间文学集成·上海卷·卢湾区故事分卷》。
⑤ 见《中国鬼话》。
⑥ 见《中国鬼话》。

《鬼母》①、《鬼买白糕》②、《墓生儿》③、《鬼票》④、《女鬼哺婴》⑤。

这一故事类型，相当于艾伯华著《中国民间故事类型》"八、妖精和鬼与人 115. 死去的母亲和她的孩子"。

尸变奇案型故事　大致写一女因故暴死，为发棺者救活（或落入枯井为人救起，而救女者又将同伴投入井中致死），被迫让救女者带往他处成婚。后女外出引起波折，诉诸官府，始得将歹徒治罪。这一故事类型，初见于宋·廉布撰《清尊录》。

  大桶张氏者，以财雄长京师。凡富人以钱委人，权其子而取其半，谓之行钱。富人视行钱，如部曲也。或过行钱之家，设特位置酒，妇女出劝，主人皆立侍，富人逊谢，强令坐，再三，乃敢就位。

  张氏子年少，父母死，主家事，未娶；因祠州西灌口神归，过其行钱孙助教家。孙置酒数行，其未嫁女出劝，容色绝世。张目之曰："我欲娶为妇！"孙惶恐不可，且曰："我公家奴也，奴为郎主丈人，邻里笑怪。"张曰："不然，烦主少钱物耳，岂敢相仆隶也。"张固豪侈，奇衣饰，即取臂上古玉条脱与女，且曰："择日纳币也。"饮罢去。孙邻里交来贺曰："有女为百万主母也。"

  其后张别议婚，孙念势不敌，不敢往问期；而张亦恃醉戏言耳，非实有意也。逾年，张婚他族，而孙女不肯嫁。其母曰："张已娶矣。"女不对，而私曰："岂有信约如此，而别娶乎？"其

---

① 见《耿村民间文化大观》。
② 见《中国民间文学集成·重庆市沙坪坝区卷》。
③ 见《中国鬼话》。
④ 见《中国鬼话》。
⑤ 见《中国民间故事集成·广东卷》。

父乃复因张与妻祝神回,并邀饮其家,而使女窥之。既去,曰:"汝见其有妻,可嫁矣!"女语塞,去房内蒙被卧,俄顷即死。父母哀恸,呼其邻郑三者告之,使治丧具。

郑以送丧为业,世所谓"仵作行"者也。且曰:"小口死,勿停丧,即日穴壁出瘗之。"告以致死之由。郑办丧具,见其臂有玉条脱,心利之,乃曰:"某一园在州西。"孙谢之曰:"良便。"且厚相酬,号泣不忍视,急挥去,即与亲族往送其殡而归。

夜半月明,郑发棺欲取条脱,女蹶然起,顾见郑曰:"我何故在此?"亦幼识郑,郑以言恐曰:"汝之父母,怒汝不肯嫁而念张氏,辱其门户,使我生埋汝于此。我实不忍,乃私发棺,而汝果生。"女曰:"第送我还家。"郑曰:"若归必死,我亦得罪矣。"女不得已,郑匿他处以为妻,完其殡而徙居州东。郑有母,亦喜其子之有妇,彼小人不暇究所从来也。积数年,每语及张氏,犹忿悲欲往质问前约。郑每劝阻防闲之。

崇宁元年,圣端太妃上仙,郑当从御䡾至永安。将行,嘱其母勿令妇出游。居一日,郑母昼睡,孙出僦马,直诣张氏门,语其仆曰:"孙氏第九女欲见某人。"其仆往通,张惊且怒,谓仆戏己,骂曰:"贱奴,谁教汝如此?"对曰:"实有之。"乃与其仆俱往视焉。孙氏望见张,跳踉而前,曳其衣且哭且骂。其仆以妇女不敢往解,张以为鬼也惊走。女持之益急,乃擘其手,手破流血,推仆地立死。僦马者恐累也,往报郑母。母诉之有司,因追郑对狱具状,已而园陵复土,郑发冢罪该流,会赦得原。而张实推女而杀之,该死罪也,虽奏获贷,犹杖脊,竟忧畏死狱中。时吴栻顾道尹京有其事云。

《清尊录》"大桶张氏"①

---

① 见《说郛》卷十一(《说郛三种》第一册)。又见明·陆楫编《古今说海》卷一○一。

此则故事虽有盗棺复生的情节，却无女尸变性的情节，可视为这一故事类型的早期形态。南宋·王明清撰《投辖录》"玉条脱"与此则相同，文字略有出入。明·陆楫编纂《古今说海》卷一〇一说略部《清尊录》"大桶张氏"，与此则悉同。

《湖海新闻夷坚续志》前集卷一《人伦门·负约求娶》，系由此则缩写，文字简明，情节略有改动：

> 开封府大桶村张氏家富，有孙助教者为其行钱。张之子少年，一日至，孙助教妻女出侍，张见其女有色，谓其父母曰："某欲娶之为妻。"解一帕连玉环谓其女曰："以此为定。"张去，乡人皆贺曰："有女为百万主母矣！"张一时止是戏言，后娶他族。忽一日，此女气噎而死，孙召件作具棺以殡。件作谓："小口丧不可停，某有园在五里头，可以殡葬。"孙如其言。件作心利玉环可直数万，遂往发棺。见女复活，谓件作曰："我何为在此？"件作胁之曰："父母以汝不肯适人，使我生埋于此，今不可归，不如从我。"女无所言，遂往从，件作带以为妻。妇人常有往张家会问之意。忽朝廷刘太后上仙，郡括件作扶护殡葬。一日，妇人赁马往张氏之家，张氏以为鬼，遂角杖鞭挞至死。件作之母谓打死其妇，告之官。张氏下狱，事既明白，狱具弃市。

宋·洪迈撰《夷坚志》录写的一则异文，描写的也是宋代的婚姻悲剧。其故事内容尽管与《清尊录》"大桶张氏"多有不同，但在只盗棺复生而无女尸变性的情节这点上却是一致的，仍属早期形态。

> 鄂州南草市茶店仆彭先者，虽廛肆细民，而姿相白皙，若美男子。对门富人吴氏女，每于帘内窥觇而慕之，无由可通缱绻，积思成瘵疾。母怜而私扣之曰："儿得非心中有所不惬乎？试言之。"对曰："实然，怕为爷娘羞，不敢说。"强之再三，乃以情

告。母语其父。以门第太不等,将诒笑乡曲,不肯听。至于病笃,所亲或知其事,劝吴翁使勉从之。吴呼彭仆谕意,谓必欢喜过望。彭时已议婚,鄙其女所为,出辞峻却,女遂死。即葬于百里外本家,丧中凶仪华盛,观者叹诧。山下樵夫少年,料其圹柩瘗藏之物丰备,遂谋发冢。既启棺,扶女尸坐起剥衣。女忽开目相视,肌体温软,谓曰:"我赖尔力,幸得活,切忽害我。候黄昏抱归尔家将息,若幸安好,便做你妻。"樵如其言,仍为补治茔穴而去。及病愈,据以为妻。布裳草履,无复昔日容态,然思彭生之念不暂忘。乾道五年春,绐樵云:"我去南市久,汝办船载我一游。假使我家见时,喜我死而复生,必不究问。"樵与俱行。才入市,径访茶肆,登楼。适彭携瓶上。女使樵下买酒,亟邀彭并膝,道再生缘由,欲与之合。彭既素鄙之,仍知其已死,批其颊曰:"死鬼争敢白昼现行。"女泣而走。逐之,坠于楼下。视之,死矣。樵以酒至,执彭赴里保。吴氏闻而悉来,守尸悲哭。殊不晓所以生之故,并捕樵送府。遣县尉诣墓审验,空无一物。狱成,樵坐破棺见尸论死,彭得轻比。云居寺僧了清,是时抄化到鄂,正睹其异。《清尊录》所书大桶张家女,微相类云。

《夷坚支庚》卷一《鄂州南市女》①

明·冯梦龙编纂《情史》卷十《草市吴女》,与此则相同。

这一故事类型,至明代始进入成熟期。首先要提及的是明·祝允明撰《九朝野记》卷四"嘉定奇案",其中出现了尸变的情节。

嘉定有少年曰徐达,巧黠而亡赖。闻一家将嫁女,借持栉具去为女开面,即复谋为婚筵茶酒。嘉会日,达相事未终撤,不辞

---

① 见《夷坚志》第三册,第1137—1138页。

而去，约二恶少共窃女。昏时，二少避后墉外，达复入供事。至入更，女独在室，突入，急负之，奔至后垣，开门授二少。复闭门入公出前门而去。乃趋同挟女，去如飞。女羞怕，遽不能呼唤。

俄而其家失妇，讶惑。一黠奴谓家长："茶酒素亡赖，数睟睨新人，殊似有奸态，两度不辞而去，可疑也。"女父母亦言开面事。二家奴仆咸曰："渠非本技业人，直造奸耳。"因俱入后巷追之。巷甚永而无旁歧。二少见势迫，弃女而逸。达独持之行，无计脱去，适道旁有井，遂挤女其中。众既追返达，就执讯之，不伏。待旦上官，始吐实。与往检觅，果得尸，然而男子也。达亦自怪。逮二少，对同达。舅姑或谓事由父母，又逮之。及媒人两家邻交讯，皆无可言。官不能决，榜召尸属，亦终无认者。乃独系达，少数拷掠，竟无状。居岁余，官方引问达，适开封某县解至二囚，一男一女。达回首见之，大骇，号叫："久昧女所在，此真是也？鬼耶？"官召前问之，始得其实。

方女入井，瞀，不死，大呼求救。而追人得达，喧哗拥回，不闻井中声也。将曙，才有二男子井旁过，即开封人，同贾于松而归。闻声趋视，因以甲下井，肩女，一以布接出。既出，乙视女，忽闻甲赀厚，因而戕之，则谁知者？顾独得美妇，兼其货，非计耶？遂下之石，甲毙焉，即所疑尸也。已问女，得故，曰："若当从我逝矣。我开封富家，若幸为我妾，而勿道实于我家人。不然，若为人女妇而外逸，尚可返复女妇乎？"女惧，从之。至乙家，甲家来问乙甲耗。乙言分手于苏州，女如乙戒。而乙妇极悍，毒女百端，女绝不能当。一日，乙出，女谋诸邻媪。媪言："若固无罪，特从诱胁来，何苦忍如是？"导之奔诉于官。于是逮乙与女，解来审验之耳。令闻之，大骇异。因请正乙诛，而论达少如法，还妇于先夫焉。

此则亦见于明·祝允明撰《枝山前闻》，字句小有出入。

第十一章 宋元时期的民间故事类型

明·王同轨撰《耳谈》卷十五《杞县疑狱》与《九朝野记》卷四"嘉定奇狱"相似,可能据此则改写,也可能是同一故事在不同时期发生变异所致。

> 河南杞县一民家女将嫁,令栉工整容,俗固如此。女貌美,工心动不能自持,是夜随女至婿家。其时杂沓不辨,婿家主妇治馔,翁婿奉客堂上,惟独有女,匠遂作婿直入,牵女从他户出走,女不省何意,从之行。顷之,家失女,举火寻觅。匠见火光,谓是追己,走益急。道旁有眢井,遂推女堕井中,独身逃。
>
> 其家不获女以讼于官,人始谓其夜见人似栉工者,逮工至栲讯吐实,称女在井。起之乃一髯男子,非女,不省其故,但械系工狱中。盖女堕之明辰,有二商过井旁,闻井中呼声,视之女也。二商为计解橐中绳以一人下,系女腰以一人秉绳其上。及女上,秉绳者视之绝美,更利下者橐金,竟弃下者,携女及橐直走吴之嘉定居焉。既得美妇饶橐金,意亦骄纵,常挞女。女怨潜以语邻媪其故,媪以闻官。官鞫实,以人女拘赴杞县,始知髯男子所偶商也,与工并置法,女以给其夫,始合焉。朗哉谈。

这一故事类型在清代各个阶段的变化越发显著,包含着较为丰富的社会生活内容,展现出广阔的发展空间。

清·袁枚撰《子不语》卷十七《虎衔文昌头》,是清代出现最早的一则异文,内容与以上诸则迥异,极富传奇性。

> 陕西兴安州民某,六月娶妻。天大暑,路远,新妇以红巾裹首,不胜闷热,暴死车中。其父母悲甚,买棺殓之;不便仍舁至家,乃厝之城外古庙后。棺不甚坚厚,会大雨,凉气侵入棺中,女复活,哼咛有声。庙中僧师徒二人,闻而视之,启其棺,嫣然美妇也。扶起,以汤药灌苏,抱女入寺。其徒思独占此女,嘱师

买酒，饮半醉，持斧斫杀之。即以女棺盛其师尸，置庙后。而负女逃居别村文昌祠，蓄发为伙居道士。

逾年，夜忽有虎跳入祠中，将所塑文昌帝君头衔去，而遗下乳虎三只。村邻喧传，争来看虎。女之父母亦至，突见其女，以为鬼也，抱哭良久。女不能隐，具陈始末，且告以占妻杀僧事。其父母控官，讯鞫得实，掘验僧尸，置其徒于法，女交父母领归。

清·清凉道人（徐承烈）撰《听雨轩笔记》卷一《绍兴奇案》，在此故事类型中是一则情节颇曲折的异文，因民妇噎死复生而引出的一桩连环命案。

绍兴昌安门外某村，有张世昌者，素以沿乡卖旧衣为业，出必数月，家中惟老母魏氏与妻同居。妻即母之内侄女也。某年春结伴出门卖货，世昌至夏未归。一日姑病，思食白煮鸡，妇宰鸡煮熟，就砧斫之。念姑年老齿落，其鸡未知煮烂与否，因取一脔尝之。适姑于房中唤媳，妇欲应，而鸡肉方入喉，不能出声，气塞而蹶。姑屡唤不应，匍匐出视之，则已死矣。疑其热天中恶，治之不醒，以母家相隔百余里，若俟通知而后殓，则恐暑月尸溃，又以其子远出，家无余财，遂央邻人赊薄棺殓之。屋无停柩所，外近又乏闲地，而有祖坟远在五六里外，央邻人即日舁往厝之。

讵妇死后，因着衣入棺，及舁而行远，震动其身，鸡肉渐下而气渐转，至黄昏，则霍然大苏，知已有棺中矣，奋力顶盖而出。茫茫旷野，四无居人，不知为何所，坐于棺侧而泣。适有远村菩提庵僧独修者，与其工人马四，自某处索负，提灯而归，路过坟旁，闻啜泣声而问之。妇出以实告。独修举灯照之，见妇少而有色，思欲携归庵中，以隐语商之马四，四以为然。遂诡告曰："汝家系吾去顺路，吾引汝归何乎？"妇喜诺。同行里许，至一村，则马四之兄马二之家在焉。马四知兄已举家往祝妻母寿，家中阒然无人，顿起毒谋，托言饥渴，欲于兄家索食而后行。至则其门已锁，掇开而入。时夜已半，邻人疑马二归也，故闻声而不之问。马四嘱独修先于灶下烧火，而已入内取米淘浙，入锅毕，遽拾柴斧，隐至独修背后，向头上尽力奋击之，闷绝于地，复连斫之而毙。持斧向妇低语曰："汝从我乎？否则亦请试斧。"妇正战栗，惧而从之。饭毕，席卷其兄之所有，挟妇而遁。

次早，邻人见马二外门似为人所掇落，唤之无答应者，疑为被窃，邀众同入察之，见一僧被杀于灶下，入内则衣物皆空。亟往其妻家以告，邀之报官。官验尸后，随询问邻右及其妻家之人，佥言马二是夜实系全家在于某所，并未回家，证见确凿。而独修之徒，知师被杀，马四不回，疑四图财害命，亦控之官。官严缉马四不获，案悬未了。张世昌之妻父魏某，闻女身故，飞驰而来，往坟上哭之，棺已空矣。闻于官，官细察之，则薄棺薄殓，似非盗坟，乃尸又不见，遂成疑案，惟饬差缉访而已。

未几，世昌归，见妻死而尸亡，再四寻求，终无影响。秋间，其伙伴李茂元者，复来邀与同出。世昌以母老身单，不能他往辞之。至次年春，茂元独自卖衣，至台州宁海城外，见一家门傍河干，有妇淘米提篮而入，酷类张妻，茂元疑之。次日，潜身僻处以觇，则真确无错，询之旁人，曰："此本县捕役许保贤家也。"茂元遄归，告之世昌，世昌赴县求一自缉牌，偕茂元及妻父魏某飞驰而往，伺其妻出，遽拥至县控之，并呈缉牌为据。官讯妇，妇直言上年夏间事。并言马四胁妇逃至天台，投亲不遇，转至宁海，赍财用尽，遂投身于捕快许家为帮役。许屡欲通妇，而妇不从。一日马四随许出外缉贼，数日后许独归，谓妇曰："马四死于水，我已殓之。"妇心疑而不敢诘也。是夜，缚妇强奸，否则欲杀。妇惧而从之，已数月矣。讯之许保贤，供亦相同。及问马四死状，初犹狡赖，严刑鞫之，实供马四系异乡之人，知无亲人根究，诱以外出，乘间以斧击倒，斫毙之而占其妇。官往验马四尸首，伤痕宛然，遂问许以大辟。以妇既不知情，屡遭迫胁，情殊可悯，赎杖解回，以结绍兴之案。世昌念妇素来幽娴驯谨，其遭污垢，实为强暴所逼而然，告于母而收之。

清·俞樾撰《右台仙馆笔记》卷十"张世昌妇案"、近人徐珂编撰《清稗类钞·狱讼类·绍兴张世昌妻案》、近人天台野叟编《大清见闻录》上卷《绍兴奇案》，均出自《听雨轩笔记》，文字有所改动。

清·乐钧撰《耳食录》二编卷四《书吏》，叙写的是一桩通奸案、误杀案与尸变夺妇凶杀案勾连在一起的复杂公案。

> 山西有书吏，自太原假归，携二仆，策蹇负囊。路遇少妇，亦骑驴相先后，从一童子，盖弟送其姊归其夫家者也。稍相问讯，遂与目成。童徐行，见道旁树巅有鹊巢，潜上取鷇①，既下而妇远矣。度姊已至其家，遂不前而返。妇既偕吏行，乃忘分道，亦不知童之未从也。
>
> 日昃抵一村，吏之佃舍在焉。止妇与宿。夜将半，二仆相与谋攫囊橐逸去，绐细舍佣者曰："我先归耳。"佣信之。已闻吏所声甚哗，亟起索烛往觇，则吏与妇并为盗所杀。浴血中得其家剉草刀，惧获罪，即瘗尸郊外。
>
> 数日，妇夫迎妇于妇家，家以既归对。诘诸童子，得中途探巢、妇与书吏偕行状，急踪迹之。至佃舍，曰："归矣。"至吏家，则讶曰："未归。"乃共执佣者讼之官。佣吐实，且曰："必二仆杀之，故逃。"官以为然，亟捕二仆讯之，则坚不承，曰："窃赍不敢隐，实未杀人。"既往发尸，妇尸已不见，吏与一僧尸耳，而僧尸固无创，莫不骇异。狱遂久不决。
>
> 先是，佣者女尝与邻人之子私，既而绝之。其夜邻子复往，

---

① 鷇（kòu 扣，又读 gòu 够）：待哺的雏鸟。

值妇与吏寝；疑女别遇，忿甚；索得厩中锉草刀杀之，逃去。既而知其误，复归调女，女不许。邻子怒且骂曰："恨尔夜不曾杀汝！"女诧其语，窃告佣者白官。执邻子，一鞫而伏，终以杀僧无验，又不得妇尸，缓其狱。

遗胥挟童子，廉诸他邑。有妇浣溪上，童子乃言真其姊也，妇亦惊涕相向，遂告以由。方妇之瘞郊外也，迟明，有二僧过瘞所，觉土中触触动，掘视，得二尸。妇伤刃未殊，已苏矣。一僧欲取为梵嫂，虑此僧见梗，遽扼杀，并吏掩之。负妇归寺中，潜蓄顶发，易衣冠，遁居他邑。至是僧他适，妇出浣衣，获遇其弟云。于是执僧并邻子抵罪，余各论律有差。

清·许奉恩撰《里乘》卷四《爱儿》，写的是由于新妇对同房无比畏惧星夜出逃而引出的一桩命案，与上述几则多有不同。

舒城田舍翁某，年四十，生一女，名爱儿，以中年所出，甚珍爱之。爱字于同里之农家子，谓相距密迩，便于往返。亡何，翁妻卒，女才十龄，即育于嫂氏，以憨稚贪于嬉戏，嫂甚厌恶之，往往相对恶谑，并以语恐之曰："若已十龄，不为婴婉，尚自僥倆好开，闻若婿与若齿相若，其势已甚伟，将来齿日增，更不知何若！日后若嫁去，吾甚为若危之，看若犹能嬉戏否！"嫂平居与女相对，辄道及此，以谑语出之，或有时又以庄语出之，甚至故作颦蹙状，若以为是真为女厪虑也者。爱儿闻之既熟，甚以为惧。不数年，女已及笄，往嫁有日，嫂犹时以为言。爱儿默自计曰："诚如嫂言，吾命休矣！奈何！"又自幸距家不远，脱有危，姑遁归再作计较。未几，桃夭期届，冰人在门，采舆将发。嫂固不喜爱儿，今当吉期，故以不祥之语咒之，便挈女手伴为悲泣而送之，曰："阿姑须珍重自卫，但愿人言不实，则我与若相见犹有日；假使期言不谬，若此一去，吾将见若出，而不能再见若入也。呜呼伤哉！呜呼哀哉！"爱儿闻之，甚感嫂氏之多情，倍益恇怯。

是夕合卺后，众宾既散，新郎虽农家子，年裁弱冠，亦甚温存腼腆，至夜将阑，乃低声促女曰："寒夜难耐，与卿睡休。"爱儿正怀疑惧，忽闻此言，如九天之发霹雳，不觉震惊，汗流浃背，低首面壁，默不敢声。少选，新郎又前搴女袂，再四敦迫。爱儿计不能免，不得已解衣入帏。新硎初试，其利可知，爱儿仅志嫂言，深自防卫，才一着体，已自难御，益信嫂言有征，低死支拒，不使遽尽其器；而新郎欲焰正炽，势难中止，女不得已，给之曰："尔我夫妇，为日正长，奴今适有小恙，一俟全愈，惟君所欲，断不敢再事推却以逆君意。"新郎闻而怜之，遂为罢战。女喜获免，窃庆再生。伺新郎睡熟，托以溲溺，潜开后门，将奔归谋之嫂氏，转达于翁，愿长侍于膝下，没齿不嫁，以全性命。

天明，农家子醒，意女溲溺，呼之不应，急着衣起觅之，阒其无人，惊呼，家人皆兴。知开后门奔走，急遣人往翁家问之，云："昨方吉期，何得遽归！"彼此惊讶，难测其由。惟嫂氏心知有异，默笑不言。是夜大雪盈尺，共遵其雪迹寻之。道旁故有一眢井，群议暮夜独行，雪光迷炫，保母失足堕落，乃縋一人下井窥视，果有一尸，大骇，意必是女。拽起觇之，非女也，乃僧也，颠顶劈裂，血痕犹新。众人相觑，益深骇愕。知难隐匿，遂牵连而诉诸官，穷极研讯，卒无朕兆。历久辗转，不能剖诀。

越五年，翁有族子至豫经纪，路过一市，忽见爱儿在此当垆贳酒，怪为面似，迫审果然。默识其地，归以报，翁即自驰往觅之。女方在门首梳发，见翁至，大惊。翁前持抱泣曰："儿何至此，累吾实甚。"女亦泣。既诘至此之由，女具告之。盖随某乙来此，贳酒营生，颇称小有，翁佯为大喜。俄顷乙至，女使拜父，居然称翁塝焉，情甚亲昵。问："讼事结束未？"给以早结，农家子已别娶多年，今抱子矣。乙乃放心。翁便讽女宜偕乙归里，女谋于乙，乙以为无事，遂治装偕女归。翁既到家，即密诣县上状，遣隶拘乙至，讯得颠末，其案乃结。

先是，爱儿夜窜时，雪迷失路，堕窨井中，呼救。某寺僧晨出募斋，闻知女子，大喜，正将缒绳下拽；某乙故里中无赖，夜博方毕，过此见之，遂与僧同拽起。悦女之色，欲挟以私奔，虑僧败露，乘其不意，取扁杖当头力劈，僧痛楚仆地，乃拖入井中，然后以言胁女，偕遁至河南，竟成夫妇。官乃断以乙抵僧罪，爱儿仍归原夫；以嫂氏谑语起衅，令批其颊以示薄惩，人皆称快。厥后，嫂氏两颊因挞成创，终身脓腐，臭不可迩，邻里鄙其为人，都置不齿。爱儿既仍归农家子，夫妇重聚，皆知为嫂氏所骗，伉俪倍笃，由此衔嫂入骨，毕世不与通庆吊。

清·玉册道人撰《珊海余谈》卷六《尸变》① 写村妇复生与尸变奇案是由淫僧奸道互相残杀引起的，以倒叙方式展开故事，别有新意。

直隶黄姓夫妇躬耕，山居无邻，妻暴病死，草草小殓，锢其室，走告岳家。妻父母兄弟，闻耗驰往，抚棺大恸。旋揭棺盖视，则道士也。大骇诘黄，黄审视，讶曰："顷亲殓而遽变耶？"妻父疑黄谋害其女，闻于官。验视道士，因伤死，鲜血模糊，面目犹未变。其家并无失物，非仇非盗，莫测端倪。黄始终无异词。不得已系狱待质，禀请通缉，竟成疑案。

越五年，黄有中表李姓，省戚至一处，见少妇出汲，酷肖黄妻；异日，复至其处，见妇锄地，谛视之，果黄妻也。猝问曰："尔非黄某妇乎？何以在此？"妇不语，携锄入室，李随入，桑户蓬枢，几席草率。妇曰："君非李表弟乎？何故至此？"李曰："兄为嫂事，缧绁经年，官私均大索不得，嫂何以能死而复生，

---

① 见陆林主编《清代笔记小说类编·案狱卷》，黄山书社1994年版。

僻居此地，究与何人勾当？"语未毕，忽见男子鬓发蓬松，启篱而入。妇曰："殆矣！"李逾垣走，自揣势孤不敌，归告黄之妻父，邀子侄并邻右精壮者数人，潜至其处，将男妇并擒送县。

初，黄之讣岳氏也，不逾时，有游方僧道二人踵门乞募，见门反锢，知无人，即撬门入，开棺欲剥尸衣，抚之尚温，僧淫其尸，见微睁星眼，汗出而苏。道士亦欲迭淫之；僧怒，梃击其脑，复以刃穿腋毙之。即以道士纳棺中，携女而遁。女不从，僧曰："我有再造之恩，无我，则早作泉下物矣。"以刀加其颈，曰："不从，以道士为例。"女畏其横相随走，仍锢其门。旋蓄发如夫妇焉。宰得其情，如律论。使黄携妇归，完聚如初。

清·程畹撰《惊喜集》卷一"东台令草菅人命"①，记述江苏东台县发生的一桩奇怪的命案，显示出这一故事类型的可塑性。

东台分县之初，县令为王某。时则有贩猪贾，于外得银投店，无赖某甲侦得之。次早黎明店开，贩猪者出，某甲随之行，既远，四无人，甲出梃击之毙。搜银入橐，而尸无可藏，适旁新坟，土扰未固，乃去土启棺，拟以尸入，则棺内女尸蹶然而起。甲大惊，疑为尸变，女呼曰："我某成衣店之妻也。以骤病而复苏。君是何人？送我还家，当以厚报。"甲曰："尔欲生乎？从我远行可也。尔欲死乎？毙尔杖下可也。其何从？"女无如何，诺之。甲乃瘗贩猪者于棺，而挈女遁去。

成衣者，兄弟二人，女即其嫂，兄远出，弟家居。嫂之死也，天方溽暑，不可以淹，叔与邻里殡而葬之。嫂之母家既至，共奠于墓，见墓侧有发辫，引之，出于土中，大骇，开坟视之，出于棺隙，因共开棺，则男尸在焉。遂首于官。官问成衣者，具白其

---

① 见《明清案狱故事选》，群众出版社1983年版。

第十一章　宋元时期的民间故事类型

冤。及验男尸，则伤痕在首。官曰："嫂即非尔所杀，然嫂往何所？且棺内男尸谁耶？坟既尔所埋，尸即尔所杀矣。姑令差缉尔嫂，而以尔抵男命。其何辞？"遂以其狱上。

决数年矣。成衣者之兄忽归，见门有封条，大骇。邻里告之故，且曰："尔不速走，累且尔。"因独逃去。

数月，至一旅店。主人之妇貌似其妻，目之，女亦以目送。熟视之，真其妻也。其妻遣某甲他出，而以情告之。立鸣官。获甲。差押回籍投案，时东台已易数官矣。大吏据详入奏，立诛甲，而承审之王令以"失入"发遣官台。

清·朱梅叙撰《埋忧集》卷六《奇狱》，记述的是江西发生的一桩新婚夫妇按摩引起的尸变奇案，亦颇有新意。

郑梦白先生，宰星子。邑民杨翁者，晚得一子某，自幼循谨，翁极爱怜之。为聘童养媳某氏，性亦柔善。后二人皆长大，为之成婚。是夕共寝，观其意甚相得也。无何，至次日辰后，二人不起。入视，见新妇裸死于床，而新郎杳不知何往。验妇尸并无伤痕，惟衾间桃浪沾焉。不解，觅其子不得，遂命往报妇家。

时方署，三日后其父始至，则已殓而瘗诸野。翁以恐妇尸腐烂为言。其父大疑，谓翁父子同谋死其女，故匿子而瘗妇以灭迹，径出，控诸县，请验。及开棺，则并非女尸，乃一六七十老翁也。其尸须发皆白，背上斧伤痕数处。先生益骇，问翁，翁亦茫然；又问其子何在，亦不知也。加以刑讯，卒无以对。先生无如何，始命瘗棺而以翁返。

讼系之月余，忽报翁子自投。亟出讯之，自言是夜与妇相狎，戏搯其神潭，匿笑方剧，而妇忽寂然不动。挑灯视之，死矣，一时惧罪而逃。昨自旁邑闻父被刑，将抵罪，故不惮自言以白父冤。盖其子本业修发，故能捉搊为乐，然但知作剧，而未谙解之之法，故逃去。于是系其子，释翁归。顾妇尸何以忽易男尸，且尸有伤痕，悬示相招，绝无尸亲出认，此情卒无从究诘。不得已，请更展期再缉，然计犹未有所出也。

无何翁归，后月余，偶以事至建昌，道经周溪，遥望一少妇浣衣溪畔。渐近，似是其妇，猝呼之，妇举首见翁，讶曰："吾翁也。何缘来此？"遂请泊船过其家，翁是时惊定而疑，乃问曰："汝其鬼耶？其人耶？"妇惨然曰："非鬼也。姑请到家再述。"翁乃登岸从之去，入一草舍，却非农家光景。询其何以在此，妇欲言先涕，良久，备述其详，且曰："幸渠今适出门，儿得遇翁。事已白，愿相从至溪头，葬身鱼腹足矣。"

初，妇既仓卒被瘗，半夜复苏。天晓后，适有建昌寇氏为木工者叔侄二人从此经过，闻号救声，乃相与撬棺出之。妇本少艾，又时方新婚，服饰华整。其侄乍见心动，将以偕归，而乃叔执不许，细询里居，将送之还家。侄争之不得，乃斧之致死，即以尸入棺掩盖毕，携妇还，逼为夫妇。妇不敢拒，故至此犹得见翁也。翁听毕，泫然抚之而泣曰："儿不幸遭此强暴，亦复何罪？且儿若不归，此案终无由白。可速行，稍迟恐无及也。"遂以俱归。

将次到家，忽途中一少年负斧锯茫茫然来，瞥见妇，大骇，将行篡取。妇骂曰："妾向以荏弱，为汝所劫，今天幸见怜，俾与翁遇。汝死在旦夕，尚敢肆恶乃尔乎！"翁于是知其为某也者，忿与争。村中人咸集，相与执缚诣县；兼携妇为证。先生出，一鞫而服。乃释其子于狱，妇见其枷锁郎当，不禁掩泣。先生怜其娇痴，又能为乃夫雪罪，皆恕之，命翁携还，复谐伉俪焉。盖是时某至南康佣作，比反，纡道至邑中侦其事，不意适值翁与妇也。

近人徐珂编撰《清稗类钞·狱讼类·星子子亡妇死奇案》、近人葛建初编《折狱奇闻·奇狱》均抄自《埋忧集》，文字相同。

清代末小横香室主人编《清朝野史大观》卷四《杨村奇案》，故

第十一章　宋元时期的民间故事类型

事情节又有较大的变化，大致写：

> 新婚次日早上，新郎杨某不知去向，新娘柳氏竟裸卧在床上，已经断气。女家控告杨翁，县衙开棺验尸，竟看见棺中躺着一个斧伤累累的老头。县令只好将杨翁收监，并且贴出告示招人认尸。一个多月后，新郎杨某前来投案，自言新婚之夜与妻子戏耍，掐其神潭致死，因此畏罪潜逃，不料竟让老父蒙冤。县令于是释放杨翁而将杨某投监。一日杨翁去数十里外的某地，忽然见到柳氏。柳氏诉说那天入埋后，半夜复苏，幸亏棺木薄而有缝隙，呼叫后有木匠叔侄将她救出。老木匠执意要送她回杨村，小木匠便将老头砍死，放入棺中，然后带她回家成为夫妻。至此冤案真相大白，立即将凶手绳之以法，杨某一家人得以团圆。

这一故事类型，现当代仍在上海、甘肃等地流布，如《盗尸奇遇》①《棺材案》②《柳家岔的故事》③。

这一故事类型，相当于丁乃通编著《中国民间故事类型索引》990。

相互暗算型故事　大致写二三人突然得到一宗意外之财，备酒者暗下毒，其同伴则举斧将其击毙，随后饮酒丧命。图财害友者均无好下场。这一故事类型，初见于南宋·张知甫撰《可书》（又名《张氏可书》）。

> 天宝山有三道人采药，忽得瘗钱，而日已晚，三人者议先取一二千，沽酒市脯，待旦而发。遂令一道人往。二人潜谋：俟沽酒归，杀之，庶只作两分。沽酒者又有心置毒酒食中，诛二道人

---

① 见《中国民间文学集成·上海卷·杨浦区故事分卷》。
② 见《中国民间文学集成·上海卷·金山县故事分卷》。
③ 见《中国民间文学集成·甘肃卷·通渭民间故事》。

而独取之。

　　既携酒食示二人，二人者忽举斧杀之，投于绝涧。二人喜而酌酒以食，遂中毒药而俱死。此事得之于张道人。

《可书》"三道人"

明·王同轨撰《耳谈》采录的一则异文，故事发生地由福建变为湖北，图财害友者的人数、身份等亦有变化。

　　孝感县民刘尚贤、张明时二人，约为死友，实以利合也。偶夜行，见火燐燐，识其地，掘之，见银笋蠢起。二人大喜，谓宜具牲礼祭祷，然后凿取。刘已置毒盏中清，令张服之。张亦腰斧而来，乘醉击刘死，而不知己已中毒也。两人者皆死，其家人往视银笋，濯濯无迹。万历乙未年事。

《耳谈》卷四《刘尚贤》

明·王圻编纂《稗史汇编》卷三十七《人物门·奸宄类·刘尚贤张明时》、明·冯梦龙编纂《古今谭概》贪秽部第十五《死友》，均出自《耳谈》，文字悉同。

明·郑瑄辑《昨非庵日纂》的一则异文，故事情节又有了新的变化：

　　有盗三人，发古冢获金。二人设计，令一人买饭，俟其至，推于崖下。一人置毒饭中，谋死二人，而享其赀。饭至，一人堕崖，二人中毒，俱死。吁使均分之，皆得享富。险贼互图，并致凶死，世蹈此岂少哉！

《昨非庵日纂》卷八"三盗发古冢"

这一故事类型，现当代仍在西藏、贵州、云南、四川、陕西、甘

第十一章　宋元时期的民间故事类型

肃、新疆、青海、河南、河北、山东、江苏、上海、浙江、福建、江西、广西、山西、湖北等地汉族和一些少数民族聚居区广为流布，譬如《三个猎人》（藏族）①、《土地婆婆发善心》②、《三个财主》（彝族）③、《夫妻俩》（傣族）④、《六罐金银》（怒族）⑤、《多行不义必自毙》⑥、《一锭银》⑦、《一块金砖》⑧、《三块金砖》（回族）⑨、《三介光棍得宝》⑩、《两个贪财人》⑪、《大孬和小孬》⑫、《害人害自己》⑬、《兄弟三分遗产》⑭、《贪财人的结果》（傈僳族）⑮、《人为财死，鸟为食亡》⑯、《贪心不足》⑰、《土地公与土地婆》⑱、《人为财死，鸟为食亡》⑲、《一罐金》（壮族）⑳、《三个贪心人》㉑、《三个讨吃子》㉒、《三

---

① 见《中国民间故事集成·西藏卷》。
② 见《中国民间故事集成·贵州卷》。
③ 见《中国民族民间文学集成·永平县卷》。
④ 见《西双版纳傣族民间故事集成》。
⑤ 见《中华民族故事大系》第14册。
⑥ 见《中国民间文学集成·西昌市资料本》。
⑦ 见《中国民间故事集成·陕西卷》。
⑧ 见《中国民间文学集成·甘肃卷·通渭民间故事》。
⑨ 见《回族民间故事》。
⑩ 见《中国民间故事集成·青海卷》。
⑪ 见《中国民间文学集成·河南桐柏县卷》。
⑫ 见《中国民间文学集成·邢台市故事卷》。
⑬ 见《临沂地区四老人故事集》。
⑭ 见《中国民间文学集成江苏苏州·昆山市资料本》。
⑮ 见《中国传说故事大辞典·故事》。
⑯ 见《中国民间文学集成·上海卷·青浦县故事分卷》。
⑰ 见《浙江民间文学集成·丽水市卷》。
⑱ 见《中国民间故事集成·福建卷》。
⑲ 见《中国民间故事集成·江西卷》。
⑳ 见《中国民间故事集成·广西卷》。
㉑ 见《中国民间故事集成·海南卷》。
㉒ 见《中国民间文学集成·山西卷·静乐民间文学集成》。

个朋友和一坛金子》①、《贪心的两兄弟》②、《三兄弟分金子》③。

这一故事类型，相当于丁乃通编著《中国民间故事类型索引》763。

三毛饭型故事　大致写某甲与某乙友善，常相戏谑。一日甲致书邀乙食"皛饭。"乙往，乃设白饭一盂、白萝卜一碟、白汤一盏（或白盐一碟），以三白为"皛"。后数日乙请甲食"毳饭"。甲至，并不设食。甲饥甚索食，乙笑曰："饭、萝卜、汤（或盐）俱毛，此便是'毳饭'。"甲大笑而别。这一故事类型，多见于宋代笔记小说。较早的一则出南宋·江少虞编《宋朝事实类苑》（原名《皇朝事实类苑》，简称《皇朝类苑》《类苑》），故事主人公为郭震、任介。

> 文潞公说顷年进士郭震、任介皆西蜀豪逸之士。一日，郭致简于任曰："来日请食皛饭。"任不晓厥旨，但如约以往。具饭一盂，萝菔、盐各一盘，余更无别物。任曰："何者为皛饭？"郭曰："饭白，萝菔白，盐白，岂不是皛饭？"任更不复校，食之而退。任一日致简于郭曰："来日请食毳饭。"郭亦不晓，如约以往。迨过日午，迄无一物。郭问之，任答曰："昨日已上闻，饭也毛，萝菔也毛，盐也毛，只此便是毳饭。"郭大噱。蜀人至今为口谈。
>
> 　　　　　《宋朝事实类苑》引《魏王语录》"三白与三毛"

明·乐天大笑生纂集《解愠编》卷一《毳饭》与明·冯梦龙辑《广笑府》卷一《毳饭》，内容与此则相同，情节有所变化。

---

① 见《沔阳民间传说故事集》。
② 见《潜江民间故事》。
③ 见《中国民间故事集成·新疆兵团卷》。

宋时进士郭震、任介，友善相谑。郭尝致书于任曰："来日请餐晶饭。"任初不喻，至期即席，酒则白醑，馔则芦菔，饭则白餐。盖取三"白"字为"晶"也，大笑别去。任后致书于郭曰："翊午请餐毳饭。"及即席，主呼曰："酒为。"仆应曰："毛。"毛读为冒，盖乡音，谓无为冒。主又呼曰："馔来。"仆应曰："毛。"又呼："饭来。"仆又应曰："毛。"三者皆无，盖取三"毛"。为"毳"饭也。

明·冯梦龙编纂《古今谭概》儇弄部第二十二《晶饭、毳饭》，则与《宋朝事实类苑》的"三白与三毛"接近，文字有所压缩，亦出自《魏王语录》。

进士郭震、任介，皆西蜀豪逸之士。一日，郭致简于任曰："来日请餐晶饭。"任往，乃设白饭一盂，白萝卜、白盐各一碟，盖以三白为晶也。后数日，任亦招郭食"毳饭"。郭谓必有毛物相戏，及至，并不设食。郭曰："何也？"任曰："饭也毛，萝卜也毛，盐也毛。只此便是毳饭。"郭大笑而别。

南宋·曾慥撰《高斋漫录》采集的一则异文，故事主人公为苏轼与钱勰。

东坡尝谓钱穆父曰："寻常往来，须称家有无；草草相聚，不必过为具。"一日，穆父折简召坡食"晶饭"。及至，乃设饭一盂、萝卜一碟、白汤一盏而已，盖以三白为"晶"也。后数日，坡复召穆父食"毳饭"，穆父意坡必有毛物相报。比至日晏，并不设食。穆父馁甚。坡曰："萝卜汤饭俱毛也。"穆父叹曰："子瞻可谓善戏谑者也。"

《高斋漫录》"晶饭与毳饭"

明·王圻纂集《稗史汇编》卷九十四《人事门·俳调下·东坡戏饭》、清·独逸窝退士辑《笑笑录》卷二《毳饭》，亦写苏钱相谑，由《高斋漫录》改写，文字略有变化。

南宋·朱弁撰《曲洧旧闻》采集的一则异文，故事主人公为苏轼与刘攽。

> 东坡尝与刘贡父言："轼与舍弟习制科时，日享三白，食之甚美，不复信世间有八珍也。"贡父问"三白"何物？答曰："一撮盐，一碟生萝卜，一碗饭，乃三白也。"贡父大笑。久之，以简招坡过其家吃"皛饭"，坡不省忆尝对贡父"三白"之说也，谓人云："贡父读父多，必有出处。"比至赴，见案上所设，唯盐、萝卜、饭而已，乃始悟贡父以"三白"相戏笑，投匕箸食之几尽。将上马，云："明日可见过，当具毳饭奉待。"贡父虽恐其为戏，但不知"毳饭"所设何物。如期而往，谈论过食时，贡父饥甚索食，东坡云："少待。"如此者再三，东坡答如初。贡父曰："饥不可忍矣！"东坡徐曰："盐也毛，萝卜也毛，饭也毛，非'毳'而何？"贡父捧腹曰："固知君必报东门之役，然虑不及此也！"东坡乃命进食，抵暮而去。世俗呼无为"模"，又语讹"模"为"毛"，尝同音，故东坡以此报之。宜乎贡父思虑不到也。

《曲洧旧闻》卷六"三白饭与三毛饭"

明·何良俊撰《语林》（又称《何氏语林》）卷二十七《皛饭毳饭》同《曲洧旧闻》"三白饭与三毛饭"，仅个别字有出入。清·褚人获纂辑《坚瓠四集》卷一《皛毳饭》引《何氏语林》，文字悉同。近人杨汝泉编纂《滑稽故事类编》嘲讪类《东坡》，出自《曲洧旧闻》，文字几乎相同。近人吴个厂撰《笑话大观》卷四《东坡诙谐》，据《曲洧旧闻》改写，略增新意。

一日东坡与刘贡父闲谈，谈及考场风味。坡曰："吾忆应试时，萝卜一碟、盐一碟、饭一碗，风味殊美。"翌日贡父请叙，题曰："皛饭候叙。"东坡不解，暗想贡父读书多，必有出处，遂往。及饭，则席上所陈仅盐一、萝卜一、饭一，余无别物，勉强一饱。次日，亦请贡父，叙题曰："毳饭候光。"贡父见三个"毛"字，想必是荤腥之类，欣然而往。坐至日影移西，尚未进食，贡父饥甚，谓东坡曰："如必相报，请得皛饭亦佳，然愿闻'毳'字之意。"坡大笑曰："饭也毛，盐也毛，萝卜也毛。"盖川人读"无"为"毛"。贡父闻之，一笑而归。

这一故事类型，现当代仍在浙江等地流布，譬如《"三白饭"和"三乌饭"》①。

冶银致富型故事　大致写一人因躲债与发妻别离，远走他乡。到了某地，一老妪将寡媳嫁与其人，其人不得已当了上门女婿。有一次，其妻偶然在野外发现白银矿石，其人从此开始采矿炼银，逐渐成为大富。于是，其人带着妻子、老妪返回故里迎接发妻，并且加倍偿还了当年所欠的全部债务。这一故事类型，见诸南宋·施德操撰《北窗炙輠录》。

　　平江有富人谓之姜八郎。后家事大落，索逋者雁行立门外，势大窘，谓其妻曰："无他策，惟有逃耳。"顾难相挈以行，乃伪作一休书遣之，曰："吾今往投故人某于信州，汝无戚心，事幸谐即返尔。"将逃乃心念曰："委债而逃，吾负人多矣。使吾事事倘谐，他日还乡，即负钱千缗当偿二千缗，多寡倍受。"遂行信州道中。

---

①　见《浙江省民间文学集成·杭州市故事卷》。

有逆旅妪，夜梦有群羊甚富，有人欲驱之。有一人呵之曰："此姜八郎羊也，毋得驱逐。"恍然而觉。明日，姜适至其所问津，妪问其姓，曰："姜。"问其第几，曰："八。"妪大惊，延入其家，所以馆遇之甚厚。久之，乃谓姜曰："妪有儿，不幸早死。有妇怜妪老，义不嫁，留以侍妪。妪甚怜之，欲择一赘婿，久之未获。观子状貌非终寒薄者，顾欲以妇奉箕帚可乎？"姜辞以自有妻不可。妪请之坚，姜亦以道途大困，不得已从之。

其妻一日出撷菜，顾有白兔逐不可得，欲返，兔即止。又逐之，又不可得。欲返，兔又止。如是者屡，遂追之一山上。兔乃入一石穴中，妻探其穴，失兔所在，乃得一石，烂然照人，持归以语夫。姜视之，曰："此殆银矿也。"冶之，果得银。姜遂携其银往寻其故人，竟无得而归。因思曰："吾闻信州多银坑，向之穴非银坑乎？"遂与妻往攻之，果银坑也。其后竟以坑冶，致大富。

姜于是携其妻与妪复归平江，迎其故妻以归。召昔所负钱者，皆倍利偿之。

《北窗炙輠录》卷下"姜八郎"

这一故事类型，现当代仍在湖南等地流布，譬如《贫女富命》（苗族）①。

这一故事类型，相当于丁乃通编著《中国民间故事类型索引》923B。

片言决狱型故事　大致写二人相约五更外出经商，甲图财将乙害死，然后去乙家呼问乙妻，其夫为何未至。乙妻数日不见夫还（或发现乙尸），乃诉于官。审讯时，官吏从甲当日往呼乙妻的一句话，破了这

---

① 见凌纯声、芮逸夫撰《湘西苗族调查报告》，商务印书馆1947年版。

桩命案。这一故事类型，初见于南宋·施德操撰《北窗炙輠录》。

> 魏公应为徽州司理。有二人约以五更乙会甲家，如期往。甲至鸡鸣，往乙家呼乙妻曰："既相期五更，今鸡鸣尚未至，何也？"其妻惊曰："去已久矣！"复回甲家，乙不至。遂至晓，遍寻踪迹，于一竹丛中获一尸，即乙也。随身有轻赍物，皆不见。妻号恸谓甲曰："汝杀吾夫也！"遂以甲诉于官，狱久不成。有一吏问曰："乙与汝期，乙不至，汝过乙家，只合呼乙，汝舍乙不呼，乃呼其妻，是汝杀其夫也！"其人遂无语。一言之间，狱遂具。
>
> 《北窗炙輠录》卷下"魏公应"

近人曹绣君编《古今情海》卷三十二《是汝杀少夫》，出自《北窗炙輠录》，文字与此则完全相同。

这一故事类型，明代多有记载。祝允明撰《枝山前闻》（又名《前闻记》）与《九朝野记》均记有这一类型的故事。

> 闻之前辈说，国初某县令之能。县有民将出商，既装载，民在舟待一仆久不至，舟人忽念商辎货如此而孑然一身，仆又不至，地又僻寂，图之易耳，遂急挤之水中，携其赍归。乃更诣商家，问："官人何以不下船？"商妻使人视之，无有也。问诸仆，仆言适至船则主人不见，不知所之也。乃姑以报地里。地里闻之县，逮舟人及邻比讯之，反复卒无状，凡历几政莫决至此。令遂屏人独问商妻，舟人初来问时情状、语言何如也。商妻曰："夫去良久，船家来扣门。门未开，遽呼曰：'娘子，如何官人久不下船来？'言止此耳。"令屏妇，复召舟人问之，舟人语同。令笑曰："是矣，杀人者汝。汝已自服，不须他证矣。"舟人哗曰："何服耶？"令曰："明知官人不在家，所以扣门称娘子。岂有见人不来

而即知其不在，乃不呼之者乎？"舟人骇服，遂正其法，此亦神明之政也。

《枝山前闻·片言折狱》①

《九朝野记·县令明察》与此则文字大同小异。近人曹绣君编《古今情海》卷三十二《片言折狱》，出自《枝山前闻》，文字相同。

明·江盈科撰《谐丛》②录写的一则异文，人物的身份有所变化，故事情节较为简略。

> 两屠儿合本营生，一名王三。每日五鼓，其伙伴辄过王三之门，呼曰："王三，去买猪。"如此者数岁。一日，伙伴图财，将王三杀死旷处，尽夺其资。明日五鼓，复过门呼曰："王三嫂，叫王三去买猪。"妻惊疑数日，不见夫归，鸣于官。谓他无可据，只是数年之中，伙伴每日唤王三，到这一日，突然呼王三嫂，似是知情。部官立判曰："过门大叫王三嫂，已识家中无丈夫。"讯其人，其人输服，遂抵死。

《谐丛·判词》"一语破案"

明·余象斗撰《皇明诸司廉明奇判公案传》（全称《新刻皇明诸司廉明公案》）人命类《杨评事片言折狱》，写因只言片语而破获艄公谋财害命案，由《枝山前闻》演变而来，略云：

> 广东潮州府揭阳县有赵信者与周义相友善，约定同往南京买布。先一日讨定艄公张潮船，次日黎明于船上会合。次日赵先至，张潮见时尚早，路无人迹，遂将船撑向深处，推赵落水死，再回

---

① 见《说郛续》卷十三（《说郛三种》第九册）。
② 见江盈科撰《雪涛小说（外四种）》，上海古籍出版社2000年版。

第十一章 宋元时期的民间故事类型

原处假寐。黎明周至，不见赵来，便呼张往促。张至赵家，呼赵妻"三娘子"开门。遍寻赵不得，乃告至官，三娘子孙氏被定为谋杀亲夫。再经府道复审，并无变异。大理寺左评事杨清明极有识见，阅孙氏案卷有"敲门便叫三娘子，定知房内无丈夫"，觉察其为艄公所谋。后查得证据为孙氏平反，坐张潮罪。

明·冯梦龙编纂《智囊补》察智部卷九《得情·三娘子》亦写杨评事片言折狱，情节稍有出入，文字较简约。

> 湖州赵三，与周生友善，约同往南都贸易，赵妻孙不欲夫行，已闹数日矣。及期，黎明，赵先登舟，因太早，假寐舟中。舟子张潮利其金，潜移舟僻所，沉赵而复，诈为熟睡。周生至，谓赵未来，候之良久，呼潮往促。潮叩赵门，呼三娘子，因问三官何久不来。孙氏惊曰："彼出门久矣，岂尚未登舟耶？"潮复周，周甚惊异，与孙分路遍寻，三日无踪。周惊累，因具牍呈县。县尹疑孙有他故，害其夫。久之，有杨评事者，阅其牍曰："叩门便叫三娘子，定知房内无夫也。"以此坐潮罪，潮乃服。

清·宋邦德编纂《祥刑古鉴》卷上"杨评事辨舟子奸"，与此则相同，仅个别字有出入。

清·俞梦蕉撰《蕉轩摭录》"叫三娘子"，则由《杨评事片言折狱》演化而成，隐去相关人名、地名，作为一般的民间故事出现，描述亦颇生动。

> 二客拟远行，约翌日五鼓，买舟某处会齐。一客谋诸妇，妇不欲夫出，不无诟责，终夜不寝。未及五鼓，收拾行李，预买舟于某处，待既久，倦且眠熟。舟子利其物，缚而投诸水，匿其箱物假寐，以待后客。

客至询前客，舟子答未来。有顷，客促舟子催去。舟子去，即返曰："其妇三娘子云已来矣。"客疑，抵客家，天已曙，询其妇。曰："未到五鼓，已收拾行李上船去。"客大疑，询邻人。曰："第听其夫妇口角，未分皂白。"客遂以妇谋夫控诸宰。宰询邻，如前语。询舟子，则曰："予只知叫我催客，我便往敲门叫三娘子。三娘子答曰：'已早往矣！'予即转告客。"询妇。曰："夫去多时，刚倦欲寝，闻敲门叫我催夫早些去。"我即答云："已早去矣。"遂疑妇谋杀，定成铁案。

忽一廉宰阅旧卷，拍案大惊曰："此实舟子利其物，谋杀之，非妇也！"拘舟子至，曰："汝早谋杀客，汝自心知，所以敲门便叫三娘子，已知房内无夫也。"舟子乃吐实情，罪乃定。

这一故事类型至清末民初尚有发展、变化，近人徐哲身撰《绍兴师爷轶事》① 所录写的一则异文，不但描述较为细致，而且在破案过程中还增加了刑名师爷这个关键人物。

绍兴皋埠的何三郎，素以三郎出名，他的夫人便是人称三娘子的何颜氏。夫妻两口，勤俭持家，着实多了一些家产。有一天，三郎又要出门去做买卖，仍旧叫着那只名叫四十的脚划船，靠在距离他家半里多路的河埠头，等得晚饭之后，三郎挟了包袱，自去乘船。三娘子照例送到门口，说声早去早回，闭了大门，上床安歇。及至半夜，正在好睡时候，忽然听得四十敲门之声道："三娘子快开门，三郎为何还不下船？"慌忙开门一看，又见四十问她道："三娘子，时候迟了，三郎到哪里去了？"三娘子一惊道："他向来一吃了晚饭就下船的，这次也是如此。这末或者有点事情，去看朋友也未可知。你且回船，让我前去找他。"

---

① 《绍兴师爷轶事》，上海读者书店 1936 年版。

第十一章　宋元时期的民间故事类型

　　三娘子连向几处朋友家里问过，都说并未到过，这才着急起来，连夜四处托人寻访，直到大天白亮，毫无影踪。又等了一天，仍旧不见三郎回家。再去问那四十，四十自然更不知道。三娘子没有法子，只好前去告状。

　　起初几张状子批斥不准。最后一张状子，甚至于骂了下来，说是堂堂县官，不替民间看守丈夫。三娘子急得寻死觅活。后来还是她的父亲替她邀集亲戚，动了一张公禀，方才批准仰候查明核夺。这样一来，那个四十当然也是嫌疑之一的了。岂知四十的口供甚好，既无证据，只好准他释放。这桩案子即成悬案。

　　又过一年多，有位嵊县大名鼎鼎的霍师爷，自从他充刑名之后，连破一二十件无头命案。三娘子听人说起，知他有点本领，又去催审。霍师爷接了状子，细细一查案卷，也无线索可循，便请东家再把原告传来问问。他却站在屏门背后窃听。好至听毕，把官请到里面，对官咬了几句耳朵。官也连连点首称赞。

　　官再坐出，即出火签立把四十拏到，问他为何胆敢谋财害命，若不老实供出，要动大刑。四十冷笑道："三郎自己不下船来，与我何干？假使个个客人一不下船便要我去抵命，可是我四十没有那么多命好抵呀！"官把脸色一和，微笑道："你且将那晚上的事情，从头再供一遍，果真与你无干，本县马上放你。"四十便供道："小的那天晚上，将船泊到埠头之后，一直等到半夜已过，尚没看见三郎到来，只好前去问个明白。"官又问道："你去敲门时候，怎样说法？"四十不假思索地答道："我说：'三娘子快开门，三郎为何还不下船？'"官把惊堂一拍道："好。这个口供就是你先把三郎谋死，然后假做不知，再去问明的凭据了。"四十起初大吃一惊，后又假意镇定下来，问着官道："大老爷凭什么地方晓得我把三郎谋死的呢？"官笑道："敲门便叫三娘子，早知三郎不在家，否则你见三郎还不下船，既去问明原委，何以不叫三郎，单要去叫三娘子的呀！"

四十听说，陡然一呆，后来自然再三再四地辩说，不能以此
随便一叫，作为定案凭据。谁知官已瞧出破绽，一堂两堂地审了
下去，四十只好承认了。原来那天晚上，三郎确是晚饭之后下船。
四十见他包袱沉重，陡起歹意，立即摇至一个冷港，出其不意，
就将三郎乱刀砍死，用一巨石沉尸河底，仍旧摇回埠头，再去敲
门。只因心里既知三郎已死，自然情不自禁地直叫三娘子了。这
也是霍师爷的细心之处。

　　　　　　　　　《绍兴师爷轶事·敲门便叫三娘子》

　　这一故事类型，现当代仍在浙江等地流布，譬如《一句话破
案》①。

　　这一故事类型，相当于丁乃通编著《中国民间故事类型索
引》926H*。

水鬼得升型故事　　大致写一水鬼有机会得到替代而托生，但到时候竟
一次次因不忍夺去他人生命而作罢。其行为感动了神明，于是让他做
了一方城隍（或土地）。一说被旁人（或与水鬼有交谊的渔夫）拦阻，
使将被夺去生命者一一逃脱溺死的厄运。水鬼只好悻悻然离去，或因
而得升城隍（或土地）。这一故事类型，宋金时期已初具雏形。宋·
王辟之撰《渑水燕谈录》，叙写书生阻止水鬼觅替之事，为现存最早
的一则。

　　　　延平黄状元裳，少苦学，好夜读书。忽一夕，月明，闻水涯
　　人偶语，俯而听之，曰："吾在此十纪，来日当去，惟候淮南二
　　急脚来替。"黄甚怪之。翌日亭午，果有二黄衣至水涯就浴，黄
　　乃急止之，仍令他日无复过此。是夕中夜，鬼又语曰："我本当

---

①　见《中国民间故事集成·浙江卷》。

替,为黄状元令过去,未有来期。"黄自是知其必冠多士。

金·元好问撰《续夷坚志》卷二《溺死鬼》,故事情节与上一则大体上相似,所不同者,上一则故事发生地在南方的福建南平,故事主人公系读书人,此则故事发生地在北方的山西晋城,故事主人公系劳动者,结尾亦有所不同,上一则水鬼无可奈何,此则水鬼却进行报复。

泽州有针工,一日人定后,方阅针次,闻人沿濠上来,喜笑曰:"明日得替矣。"人问替者为谁,曰:"一走卒,自真定肩伞插书夹来濠中浴,我得替矣。"针工出门望,无所见,知其为鬼。明日,立门首待之。早食后,一疾卒留伞与书夹针工家,云:"欲往濠中浴。"针工问之,则从真定来。因为卒言城中有浴室,请以揩背钱相助。卒问其故,工具以昨所闻告,辞谢再三而去。其夕二更后,有掷瓦砾于门,大骂曰:"我辛苦得替,却为此贼坏却,我誓拽汝水中!"明旦,见瓦砾堆。数夕不罢,此人迁居避之。

元·无名氏撰《异闻总录》① 卷四"临安种园人",亦记述阻止水鬼觅替之事,所不幸者是那位好心的种园人搭救他人后,竟被水鬼害死,自己做了替代。

临安种园人,涤菜于白龟池,闻水中人语言相应答。其一云:"明日沙河塘开缫帛铺王家一掌事,当死于此,可以为我代。"其一云:"汝去期不远,奈何。"园人识掌事者,即走报。其人感

---

① 《笔记小说大观》题作宋人。但书中亦记有金、元间事,则作者不应为宋人,似属元人。

谢，誓终日不出门。逮旦且晡，天府快卒来，须铺家供缣帛，不得已而往。过清湖桥，快卒引从龟池路去，力争不听。两旁居者但见此人独行踽踽，自为纷挐辨斗之状。亦有识之者，掖之以归，已瞢腾不能语，口中皆青泥。灌以苏合香丸，久之乃醒。所谓快卒，盖鬼也。又明日，园人复往涤菜，溺死焉。

明代笔记小说尚有一些阻止水鬼觅替的异文。谈迁撰《枣林杂俎》和集《曾铣》，记扬州士人救菜佣之事，与《分门古今类事》卷四《黄裳与水鬼》颇为相似。

江都曾石塘（铣），诸生时搆文苦思，尝步入丛冢间，见岸鬼语河鬼曰："若何时得脱？"曰："明旦菜佣代我矣。"石塘明旦候之，果菜佣将浣足，阻之。夜闻鬼语曰："本得代，奈曾砍头误我。"

此外，郑仲夔撰《耳新》卷七《芎溪陆茂才》等，亦与此则近似。

在这一故事类型的发展进程中，明代是一个承上启下的阶段。其发展趋势表现在前一个母题由拦阻觅替逐渐演变为自动放弃觅替；有的拦阻觅替则演变为出于帮助水鬼而去拦阻，后来派生出亚型——"渔夫仁念型故事"。不仅如此，还新增加了水鬼升入神界的母题，即因为感动神明而使水鬼做了城隍或土地。明·沈周撰《石田杂记》"黄天荡渔者"正是体现这种承上启下作用的一则颇有代表性的故事。其末尾虽未具体描写水鬼如何升入神界，却点出渔人要为其推荐拔举，已做了较明确的暗示，从而为清代这一故事类型的发展做了铺垫。

成化十六七年之间，葑门黄天荡边一渔者乘小舟夜出捕鱼，见岸次一人唤渡，长丈余，其渔疑而不答。其人曰："汝去至某所，当得一鲤，重四斤半。若果然，汝当渡我。"其渔果得如其

第十一章 宋元时期的民间故事类型

所云。明夜,其人坐于岸次唤渡,云:"汝既有所得,何不渡我?"其渔曰:"当再有所验与我。"其人曰:"汝去不多远,当一网鲤九个。"亦果然。其人曰:"今须渡我。"渔曰:"汝必鬼物,吾不渡。"其人叹息而去,且口自云:"明夜且待松江人来,我自讨替。"其渔远候之,于夜果见一人荡掳而来。渔问:"何处人?"云:"松江。"即止之,谓其所以,松人不果行。明夜,其渔复见其人诉曰:"我,某处为商者,死于此水。我欲渡此往某土地庙求文移还乡。汝既不渡我,又沮松人,何见害之深耶?"渔曰:"汝能助我为生,当渡汝至庙,为汝荐拔,送汝还乡。"其人曰:"若然,当有厚报。"其渔载入庙。其渔遂弃渔,寓庙中,详签如神,三四年间致富。后作荐,送其人还乡。

清代是这一故事类型的一个大发展时期,不但异文层出不穷,而且故事情节更为完整,更多姿多彩。首先要提到的是成书于康熙后期的蒲松龄撰《聊斋志异》中的一则故事,即该书卷一《王六郎》。它虽经作者加工润饰,然而仍可以窥见其口传形态的基本面貌。此则故事发生地在山东淄川或章丘。

许姓,家淄之北郭,业渔。每夜,携酒河上,饮且渔。饮则酹酒于地,祝云:"河中溺鬼得饮。"以为常。他人渔,迄无所获,而许独满筐。一夕,方独酌,有少年来,徘徊其侧。让之饮,慨与同酌。既而终夜不获一鱼,意颇失。少年起曰:"请于下流为君驱之。"遂飘然去。少间,复返,曰:"鱼大至矣。"果闻唼呷有声。举网而得数头,皆盈尺。喜极,申谢。欲归,赠以鱼,不受,曰:"屡叨佳酝,区区何足云报。如不弃,要当以为常耳。"许曰:"方共一夕,何言屡也?如肯永顾,诚所甚愿;但愧无以为情。"询其姓字,曰:"姓王,无字,相见可呼王六郎。"遂别。明日,许货鱼;益利,沽酒。晚至河干,少年已先在,遂与欢饮。饮数杯，辄为许驱鱼。如是半载。忽告许曰："拜识清扬，情逾骨肉。然相别有日矣。"语甚凄楚。惊问之。欲言而止者再，乃曰："情好如吾两人，言之或勿讶耶？今将别，无妨明告：我实鬼也。素嗜酒，沉醉溺死，数年于此矣。前君之获鱼，独胜于他人者，皆仆之暗驱，以报醊奠耳。明日业满，当有代者，将往投生。相聚只今夕，故不能无感。"许初闻甚骇；然亲狎既久，不复恐怖。因亦欷歔酹而言曰："六郎饮此，勿戚也。相见遽违，良足悲恻；然业满劫脱，正宜相贺，悲乃不伦。"遂与畅饮。因问："代者何人？"曰："兄于河畔视之，亭午，有女子渡河而溺者，是也。"听村鸡既唱，洒涕而别。

明日，敬伺河边，以觇其异。果有妇人抱婴儿来，及河而堕。儿抛岸上，扬手掷足而啼。妇沉浮者屡矣，忽淋淋攀岸以出，藉地少息，抱儿径去。当妇溺时，意良不忍，思欲奔救，转念是所以代六郎者，故止不救。及妇自出，疑其言不验。抵暮，渔旧处。少年复至，曰："今又聚首，且不言别矣。"问其故。曰："女子已相代矣；仆怜其抱中儿，代弟一人，遂残二命，故舍之。更代不知何期。或吾两人之缘未尽耶？"许感叹曰："此仁人之心，可以通上帝矣。"由此相聚如初。

数日，又来告别。许疑其复有代者。曰："非也。前一念恻隐，果达帝矣。今授为招远县邬镇土地，来日赴任。倘不忘故交，当一往探，勿惮修阻。"许贺曰："君正直为神，甚慰人心。但人神路隔，即不惮修阻，将复如何？"少年曰："但往，勿虑。"再三叮咛而去。

许归，即欲制装东下。妻笑曰："此去数百里，即有其地，恐土偶不可以共语。"许不听，竟抵招远。问之居人，果有邬镇。寻至其处，息肩逆旅，问祠所在。主人惊曰："得无客姓为许？"许曰："然。何见知？"又曰："得勿客邑为淄？"曰："然。何见知？"主人不答，遽出。俄而丈夫抱子，媳女窥门，杂沓而来，环如墙堵。许益惊。众乃告曰："数夜前，梦神言：淄川许友当即来，可助一资斧。祗候已久。"许亦异之，乃往祭于祠而祝曰："别君后，寤寐不去心，远践曩约。又蒙梦示居人，感篆中怀。愧无腆物，仅有卮酒；如不弃，当如河上之饮。"祝毕，焚钱纸。俄见风起座后，旋转移时，始散。

至夜，梦少年来，衣冠楚楚，大异平时。谢曰："远劳顾问，喜泪交并。但任微职，不便会面，咫尺河山，甚怆于怀。居人薄有所赠，聊酬夙好。归如有期，尚当走送。"居数日，许欲归。众留殷勤，朝请暮邀，日更数主。许坚辞欲行。众乃折柬抱襆，争来致赆，不终朝，馈遗盈橐。苍头稚子毕集，祖送出村。欻有羊角风起，随行十余里。许再拜曰："六郎珍重！勿劳远涉。君心仁爱，自能造福一方，毋庸故人嘱也。"风盘旋久之，乃去。村人亦嗟讶而返。许归，家稍裕，遂不复渔。后见招远人问之，其灵应如响云。或言：即章丘石坑庄。未知孰是。

乾隆初年成书的张泓撰《滇南忆旧录》中的"成公祠"①，故事发生地在江苏润州（今镇江一带），故事情节有一定变化，水鬼主动放弃觅替为两次，增加了一次，更能显示出其人的诚意。

成公祠在润之小西门外施板桥侧，成其姓也。公为人谅直好善，老而结庐水次，以渔为生。偶薄暮，有客湿衣冠泣而来，公意为被溺得生者，乃迎入，备酒食，设火具。客泣向公曰："某非人，新溺鬼也。因无栖泊，随风而来。"公始骇然有惧色。鬼曰："无恐，鬼亦人也，人亦鬼也。不过阴阳一间耳。何惧哉？我非祸人者。"公乃坦然为之语乡里，话心曲。与人无异，因留之同栖。鬼或往或来，亦无定止。公与交好，久竟忘其为鬼也。

---

① 见吴曾祺编《旧小说》四，上海书店1985年影印版。

一日鬼归，喜相告曰："吾明旦往生矣。翌午有白衣妇渡水，彼当溺死，可为吾替。"公亦欣然。次日，公觇于渡。至午，果有衰绖妇人来，稳渡无恙。俟至晚，客来泣向公曰："我待替久矣。今见白衣妇人有六月孕，以一命伤二命，吾不忍死之也。"公唯唯。

又数月，鬼复笑而来，告曰："吾今真可去矣。"明晨有顶锅者，唤渡，舟至中流颇有欹侧，而又无恙。夜，鬼复泣而来，告公曰："顶锅者乃孝子，且独子也。吾一时生怜，听其渡河。但吾幽埋水际，劳公久怜，惜益滋愧。"公复慰劳之。

又数日，其鬼忽欣喜而来。公曰："子又得替耶？"曰："非也；因我自甘沈苦，不忍死孝子孕妇。本境土神奏明上帝，怜我好善，敕为瓜州土地矣。明日当赴任。但我与子相处数年，一旦判决，有所不忍耳。子若有暇，可至瓜州一视，当有以报也。"言讫而去。公亦不甚信。至次晚闻有鼓乐导从声，公颇异之。

越日买盐于瓜州，见一庙香烟极盛，访于人，咸称前日土地神见梦于庙视，谓神新任，祷之必应。故祈者颇众。公闻，心许之。即市香烛往神前，始具礼，即昏仆，见鬼乌帽锦衣，拍公肩曰："子诚信人也，竟如约视我。我查润州数日后，时疫大行，子可将我炉中灰携去，以水和丸，可愈数万人。从此不失为富翁，吾以报子也。"言讫公醒，依神语尽裹炉灰去。越数日，果时症大行。公乃以灰为丸，卖药市上，服之者即愈，获利数万。公念已孤独，更不治产；即于鬼溺处出资建桥，以济往来。至今巍然无病涉之患。乡人感其德，复建祠立碑于桥之侧焉。嗟呼，鬼以一念之仁而神，公亦以利济之义而庙食。事虽近怪，可以训愚，故志之。

乾隆后期成书的乐钧撰《耳食录》卷六《南野社令》，故事发生地在湖南桃江，水鬼主动放弃觅替之举仅为一次。末尾写水鬼在某地

第十一章 宋元时期的民间故事类型

做土地神后,渔者前去造拜,虽未能见面,却受到热情接待,别开生面,颇为动人。

桃江之滨有渔者,一人一舟,往来烟水,卖鱼得钱,沽酒独酌。一夕,明月满江,欸乃既息,有客造舟求饮,渔即引与共酌。问其姓名。客诡以对。于是谈风说雨,相得甚欢。天将曙,客始辞去。至夜复来。渔是日得鱼,倍于往日,沽酒亦倍之。复与客畅饮,无少吝色。客笑曰:"君可谓得鱼而不忘筌矣。虽然,君觞吾酒而不费,我贡君鱼而不劳,可谓相须亦复相济。"渔愕然不解所谓,客从容曰:"君勿怖,吾溺鬼也。今日之鱼我所致,所以报昨夕之惠也。此后当日日为之,少佐壶觞耳。"渔素豪旷,闻而乐之。自是捕鱼辄盈网罟,皆鬼力也。昼则捕鱼买酒;夜则与鬼豪饮,鸡鸣而罢。近半载矣。

一夕,饮半酣,鬼色不豫。诘之,乃曰:"明日受代,行与君别矣。"词甚凄恻,渔亦悯然。

明日伺之,有一妇人携幼子而来,既及河干,自投于水。子恋母,亦从之。渔心知鬼之所为,殊为之悲恻,欲救之而无从也。少顷,妇人复携子冲波而出,迤逦上岸去,若有自下捧之者。心转讶之,谓鬼之不能祸也。

比夜,鬼复来,曰:"吾今日本当得代,然毙一妇人,并戕其子,吾不忍为,宁终处水国,隶于波臣之籍耳。故复得盘桓于君前。"渔益敬之,谓其已死而仁心特厚也。因纵酒欢呼,订交莫逆。

又数年,鬼复辞去,曰:"吾前者一念之善,冥王嘉之,已为转奏上帝。得授南野某村社令,明日走马赴任矣。君倘念故人,宜来相访。虽不能复见,然必有以待君也。"渔许之,且问不复见之故。鬼曰:"此非吾所能主也。"遂殷勤洒泪而别。

越数日,渔棹舟龙南。至某村,求社令之祠而造焉,则村民相待于路，闻渔至，则皆讶且喜。渔问故，村民皆曰："昨梦社公言：'明日吾故人来访，尔当迎于郊，为我作东道主人，慎毋慢客也。'故先俟于此。"亦叩渔所以访社令之故。渔具告之，莫不嗟异。

既引渔至祠，设香楮蜡炬茶酒鸡鱼之供。渔捧香酹酒，拜祝曰："故人别来无恙？今受祀兹乡，不忧馁而，故人仁厚爱物，亦宜有大造于兹乡也。惟是澄江静夜，孤岸扁舟，无复素心人来共杯杓矣！"言讫，不觉泣下。忽有香风起于神座，拂渔衣袂，飘飘举动；他人则否。

于是观者咸异之，竞邀至家，劳以酒食，数日不能周，且各有钱帛之赠，皆体神意也。渔将归，辞于神。复有香风送之，至舟而后散。

渔每数年一往，神异如初。

嘉庆、道光间成书的曾衍东撰《小豆棚》中的一则异文，故事发生地在山东"钜野"，出场人物与以上诸则不同，水鬼之友非渔人而是老塾师，水鬼为五十翁，因负债投水死。塾师见升入神界的老友亦与众不同，带上干粮走三百里方到水鬼做土地神之处，足见其至诚。会见的场面则颇带神奇色彩。作品虽有所加工，尚能展现民间传说故事的风致。

钜野有张文翰者，屡赴童子试不售，老于训蒙，尝偕其徒应考，弟子多获隽，而文翰辄被放，乡人号为"童生解子"。馆于某村口庙中，日夕课毕，诸蒙童皆鸟兽散，惟张一人而已。偶当月望之夕，见门外有人蹀躞。张视之，一五十翁，坐石上。庙前有积水一池，与月相映，须眉可鉴。张见其非本村人，问之，曰："前村许姓，因爱此一泓水，故步月来游耳。"张延入，燃膏相对，瀹茗倾谈，颇称快意。每夜必至，夜分而返。张固岑寂寡侣，得许甚契，促膝谈心，无有少间；甚至风雨过从，常携杯酌就教也，日间曾不一至。

张偶问及，许曰："向不敢告，今交深矣，言无不尽。余前村之许茂修，五年前，拖官谷无偿，赴此水死。"张亦以久契不为异，曰："如君沉沦，将终于不返，遂郁郁久居此哉？"许曰："不然。冥司如缢鬼、溺鬼，以及虎噬、蛇伤，不比善终，皆有完额，五载为限。限满之日，自觅替身，方准脱身。今期将届，别有日矣！"张曰："百死不如一生，愿君早脱此厄为幸。"

后许至，有喜色，谓张曰："明午有男子来汲。索断桶沉，觅桶而溺，是我替身也，幸勿泄。"张贺之，夜深方散。张次日于庙中窥之，果有人来汲。索果断，桶果沉，人果觅桶，则起而不溺，且汲以去。张以为许妄，及夜，许来曰："我不忍。此孤孽子也，有母八旬，瞽而待养，溺其子是杀其母矣！亡羊补牢，犹未晚也。"二人相与太息。

越日，许又谓张曰："晨有少妇自东南来，以蒲扇蔽朝阳，为风吹堕入水，妇拾扇而溺。"张嘱曰："如果得替身，尚须言别。"许应之。次早，张又伺之，果有妇来，果如许言，但拾扇洋洋而去，又毫不见异。候许来，张问及故。许曰："又不谐矣，吾见此妇，腹膨膨，孕将临蓐，溺之是二命也，如前善何？"张赞其德，自是二人订交聚首，此甘训诂，彼乐沉沦，曾不作一解馆脱厄想。

许忽数夕不至，张悬望慕切。一夕来，许着新氅冠帻，后随一人如厮役，张惊愕。许谢曰："今真远别足下矣！冥曹以我前二事闻于帝，嘉之，授我河南滑邑李疃土地之神，刻当就道，今夜与君欲尽其言。"遂呼伻罗酒果，各相于邑。张曰："君今脱离苦海，行见飞腾，莺迁指顾，如我辚轲一世，莫测荣枯，将来正不知作何底止也。"言罢，唏嘘欲绝。许亦悲曰："君无福相，虽一芹犹难撷也。功名富贵，自不可强。此地去滑，只三百里。明春花暖，君可一游，我当为君不负囊橐。"张亦应之。鸡鸣，两人握手，洒泪而别。嗣后终夜寂然，张亦辞馆而归。

次年，张如其言，裹粮而往，不数日抵滑。至一村，村前有数人遮道而问曰："先生吾神之故人张文翰乎？"张惊曰："何以知之？"乡人曰："前月村中，家家得梦，梦神告我：今日有乡里来访，为神至交。我里中穆卜①于明日为神开光首会，今先生果来，真奇验也。"张晨起，盥漱，整衣入庙，见庙神新塑，因祝曰："故友张文翰如约来访。许君有灵，尚其鉴格②。"祝毕，张伛偻拜，而座上神亦如鞠躬状。众乡人乃扶张云："毋过谦抑，神不安矣！"张乃止。于是，张在村盘桓月余，比户鸡豚。去之日，乡人于会中取二百金赆焉！张返里，置田舍，称小康。至今滑村之中，犹有折腰土地云。

《小豆棚》卷十神道类《折腰土地》

成于道光后期的梁恭辰辑《北东园笔录》所收的一则异文，为嘉庆初年之事，故事发生地在江苏吴江。此则文字简洁，接近口传形态。其中与以上诸则不同者，为水鬼三次主动放弃觅替，再三将生的机会让与他人，其恻隐之心至为感人。

吴江有渔者李正，所居一港甚僻。一夕得鱼沽酒独酌，俄有一人立门外。李曰："子何来？"曰："予鬼也，溺此港中数年矣。见翁独酌，欲分一杯可乎？"李曰："子既欲饮，可入座。"鬼遂对酌，后因常至。越半月，鬼谓曰："明日代我者至，我将去矣。"问何人，曰："驾船者。"明日伺之，果一人驾船来，并无

---

① 穆卜：语出《书·金縢》"我其为王穆卜"。本意是恭敬卜问，此处指恭敬选择。
② 鉴格：鉴察来临。

他故而去。及夜,鬼至,李曰:"何以不汝代?"曰:"此人少年丧父,养一幼弟。吾害之,彼弟亦不能生矣,故释之。"又半月,鬼又曰:"明日代我者至。"次日,果一人到岸边,徘徊数次而去。其夕鬼至,复问何以不代,鬼曰:"此人家有老母,死则无依,故释之。"李曰:"汝如此存心,岂久堕泉下者哉!"又数日,鬼曰:"明日有一妇人代我,我特来告别。"次日伺之,傍晚有妇人临岸意欲下水,复循岸去。鬼又至,李曰:"何以又舍此妇?"曰:"此妇怀孕在身,若不阻之,是丧二命也。予为男子没水滨数年,尚无生路,况此孕妇,何日超生。故又舍之,任予魂消魄散于水中,誓不敢丧人二命也。"潸然泪下。别数日,鬼忽绯袍冠带侍从甚众来辞李,曰:"上帝以吾仁德好生,敕为本方土地。"言讫不见。按此条载感应篇旁证,盖嘉庆初年事。

《北东园笔录》续编卷二《溺鬼自拔》

成于道光后期、略晚于《北东园笔录》的许秋垞撰《闻见异辞》采录的一则异文,故事发生地在湖南长沙。其文字简约、不假雕琢,颇为清新自然。内中亦记述水鬼三次主动放弃觅替,与上一则相似。结尾处渔人往见新城隍(以上五则水鬼均升为土地,独此则升为城隍)的描写,话语不多,却颇有新意。

湖广长沙鲍玉衡,向以捕鱼为业,舟泊双枫浦。时斜阳一抹,沽酒独酌,先斟一杯于河,然后自饮。久之水上倏浮起一人,谢曰:"余作波臣久矣。承君夜夜赐饮,无以为报,特驱大鱼一群至某潭,奉酬君惠,俾免弹铗。"盘桓月余,鲍老与溺鬼竟为莫逆交。鬼对鲍云:"明日有妇人作替身。"次日果见妇来淘米,无恙而去。至夜鬼复来,询其故,答以妇方怀孕,迷之是伤二命也。明朝当有戴铁帽人作替身。次日适阴雨,人因以镬子顶在头上当伞,足染污泥而去。夜又问故,答此人系独子故耳。明晚有中年人作替身。比次夕,仍见有人挑水而去。夕又询其实情,答曰:"渠上有老母,下有幼孩,余弗忍也。"一夕溺鬼面带笑容对玉衡曰:"吾因三次让人,冥王以吾有大阴功,某处城隍缺职,吾将摄之,行当与君别。"渔翁移舟前往,见其地新城隍像,睨之,仿佛河鬼仪容,须眉活现。人谓灵迹颇多云。

《闻见异辞》卷二《鬼升城隍》

另外,清代王椷撰《秋灯丛话》卷五《河鬼与寺僧》、袁枚撰《续子不语》卷三《打破鬼例》、王应奎撰《柳南随笔》卷一《王在晋之祖》、李庆辰撰《醉茶志怪》卷二《西贾》等,均无水鬼升入神界的母题,仅有前半部分阻止觅替的母题。而能觅替托生的水鬼,对于干扰其觅替的各种身份的故事主人公,或者无可奈何,或者进行要挟、施以报复,尽管有一定程度的变化,仍与宋元时期的异文比较接近,并没有更多的新意。

这一故事类型,现当代仍在上海、江苏、浙江、贵州、安徽、江西、福建、台湾、海南、湖南、湖北、重庆、四川、吉林、辽宁、陕西、宁夏、山西、河北、河南、黑龙江、北京、山东、广东等地的汉族和一些少数民族聚居区流布,譬如《河尸鬼当上了土地公》[1]、《王小六和城隍菩萨》[2]、《淹死鬼做城隍》[3]、《老渔翁与水鬼》[4]、《打鱼

---

[1] 见《中国民间文学集成·上海卷·黄浦区故事分卷》。
[2] 见《中国民间文学集成·上海卷·闸北区分卷》。
[3] 见《丹徒的传说与歌谣》。
[4] 见《浙江省民间文学集成·嘉兴市故事卷》。

第十一章　宋元时期的民间故事类型　　　　　　　　　　·779·

郎娶妻》①、《扳罾老头子和水鬼》②、《钓鱼人和冤死鬼》③、《水鬼升城隍》④、《水鬼做土地公》⑤、《渔夫和鬼》（黎族）⑥、《水鬼升土地》⑦、《刘咀儿和鬼朋友》⑧、《渔翁遇鬼记》⑨、《善鬼》（苗族）⑩、《老跑腿子和淹死鬼》⑪、《抓替身》⑫、《王八郎》⑬、《槐商受银》⑭、《鬼，鬼，你是个好鬼》⑮、《城隍爷》⑯、《鬼友报仇》⑰、《瓜匠和鬼交朋友》⑱、《淹死鬼抓替身》⑲、《王二报恩》⑳、《水鬼升城隍》㉑、《张三打鱼》㉒。

这一故事类型，相当于艾伯华著《中国民间故事类型》九、诸神与人132 渔夫和淹死鬼。

---

① 见《中国民间故事集成·贵州卷》。
② 见《中国民间故事集成·安徽卷·铜陵民间故事卷》。
③ 见《中国民间故事集成·江西卷》。
④ 见《中国民间故事集成·福建卷·漳州市分卷》。
⑤ 见《澎湖县民间故事》。
⑥ 见《中国民间故事集成·海南卷》。
⑦ 见《中国传说故事大辞典》。
⑧ 见《中国民间故事集成·湖北卷》。
⑨ 见《中国民间故事集成·重庆市南桐矿区卷》。
⑩ 见《中国民间故事集成·四川卷》。
⑪ 见《中国民间故事集成·吉林卷》。
⑫ 见《中国民间故事集成·辽宁卷》。
⑬ 见《中国民间故事集成·四川卷·成都市东城区卷》。
⑭ 见《中国民间故事集成·陕西卷》。
⑮ 见《西吉民间故事》。
⑯ 见《中国民间故事集成·山西卷·屯留民间故事集成》。
⑰ 见《中国民间故事集成·河北卷》。
⑱ 见《故事婆讲的故事》。
⑲ 见《中国民间故事集成·黑龙江卷》。
⑳ 见《中国民间故事集成·北京卷》。
㉑ 见《中国民间故事集成·广东卷》。
㉒ 见《中国民间故事集成·山东卷》。

以文断案型故事　大致写二人为争宅中埋藏窖钱，诉于官。官以钱文判断归属，遂服。这一故事类型，南宋时已多有记载。最早见于南宋初年刊刻的宋·郑克撰《折狱龟鉴》，故事主人公为北宋哲学家程颢（学者称之为明道先生）。

> 程颢察院初为京兆府鄠县主簿，民有借其兄宅以居者，发地中藏钱，兄之子诉曰："父所藏也。"令言："无证佐，何以决之？"颢曰："此易辨耳。"问兄之子曰："尔父藏钱几何时矣？"曰："四十年矣。""彼借宅居几何时矣？"曰："二十年矣。"即遣使取十千视之，谓曰："今所铸官钱不五六年，则遍天下，此钱皆尔父未藏前数十年所铸，何也？"其人遂服。令大奇之。
>
> 　　　　　　　　　　　　　　　《折狱龟鉴》卷六《程颢》

南宋·施德操撰《北窗炙輠录》中的一则异文，亦记此事，然而故事发生地已由陕西变为浙江，争钱者已由叔侄关系变为主客关系，而且某些细节亦有变异。

> 明道知金华县，有人借宅居者，偶发地得钱窖千余缗，其主人至曰："吾所藏也。"客曰："吾所藏也。"遂致讼，二人争不已。明道问主人曰："汝藏此钱几何时？"曰："久矣。自建宅时即藏此钱在地矣。""汝借宅几何时？"曰："三年。"明道乃取其钱，尽以钱文类之。明道既视其钱文，乃谓客曰："此主人钱也。"客争之曰："某之钱。"明道曰："汝尚敢言。汝借宅才三年，吾遍阅钱文皆久远年号，无近岁一钱，何谓汝所藏也！"其人遂服。
>
> 　　　　　　　　　　　　　《北窗炙輠录》卷下"明道判钱"

明·郑瑄撰《昨非庵日纂》卷十五"以文判钱"、明·冯梦龙编纂《智囊补》察智部卷九《得情·藏钱》、清·魏息园辑《不用刑审判书》卷一《程颢》，均与《折狱龟鉴》卷六《程颢》相同，文字稍有变化。

孝媳善报型故事 大致写一盲媪误将刚煮熟的米饭盛入溺器，儿媳发现后并不言语，将其中洁者奉献婆母，自食臭恶者。不久，天突然昏暗，儿媳被摄入林中，得到一个米囊，取之不尽，其家乃不乏饮食。这一故事类型，初见于宋·郭彖撰《睽车志》。

> 常熟一村媪，老而盲，家惟一子一妇。妇一日方炊未熟，而其子呼之田所，妇嘱姑为毕其炊。媪盲无所睹，饭成，扪器贮之，误得溺器。妇归不敢言，先取其当中洁者食姑，次以馈夫，其亲器臭恶者，乃以自食。良久，天忽昼暝，觌面不相睹，其妇暗中若为人摄去。俄顷开明，身乃在近舍林中，怀披间得小布囊，贮米三四升，适足给朝晡。明旦视囊，米复如故，宝之至今。
>
> 《睽车志》卷三"常熟孝媳"

明·陆楫编纂《古今说海》卷一〇二说略部《睽车志》"常州孝媳"与此则相同，仅"常熟"作"常州"。明·王圻纂集《稗史汇编》卷一六八《祸福门·报善·孝妇得米》、明·郑瑄编纂《昨非庵日纂》卷二十"宝布囊"，均与此则相同，文字略有出入。

海岛历险型故事 大致写某人及其同伴航海时，因故漂至一岛，为巨人所执，或以藤贯掌心、肩穴悬于高树，或置于铁笼、洞穴中。后设法脱逃，登舟而去。巨人追来用手攀船，有人以巨刀断其指（或臂）方得以远遁。这一故事类型，初见于宋·郭彖撰《睽车志》。

建炎间，泉州有人泛海，值恶风，漂至一岛。其徒数人登岸，但见花草甚芳美。初无路径，行入一大林，有溪限其前，水石清浅。众皆揭涉，得一径。入大山谷间。俄见长人数十，身皆丈余，耳垂至腹，即前擒数人者，每两手各絜一人，提携而去。至山谷深处，举大铁笼罩之。长人常一人看守，倦即卧石上，搠其耳为枕焉。时揭罩取一人褫去其衣，众共裂食之。内一人窃于罩下，抔土为窟，每守者睡熟，即极力掘之。穴透得逸走，至海边，值番舶，得还。言其事，莫知其何所也。

《睽车志》卷四"海岛长人"

宋·洪迈撰《夷坚志》录写有这一故事类型的多则异文，展现出航海经商者遇险与求生的不同经历。下面一则记宁波人的海岛奇遇。

宣和间，明州昌国人有为海商，至巨岛泊舟，数人登岸伐薪，为岛人所觉，遽归。一人方溷，不及下，遭执以往，缚以铁缏，令耕田。后一二年，稍熟，乃不复絷。始至时，岛人具酒会其邻里，呼此人当筵，烧铁箸灼其股，每顿足号呼，则哄堂大笑。亲戚间闻之，才有宴集，必假此人往，用以为戏。后方悟其意，遭灼时，忍痛啮齿不作声，坐上皆不乐，自是始免其苦。凡留三年，得便舟脱归，两股皆如龟卜。

《夷坚甲志》卷十《昌国商人》①

另一则亦记宁波人的海岛奇遇，对脱逃与斫退长人的描述，较为详尽，如亲眼看见，动人心魄。

---

① 见《夷坚志》第一册，第86页。

第十一章 宋元时期的民间故事类型

　　明州人泛海，值昏雾四塞，风大起，不知舟所向。天稍开，乃在一岛下。两人持刀登岸，欲伐薪，望百步处有筱篁，入其中，见蔬茹成畦，意人居不远。方蹲跼摘菜，忽闻拊掌声，视之，乃一长人，高出三四丈，其行如飞。两人急走归，其一差缓，为所执，引指穴其肩成窍，穿以巨藤，缚诸高树而去。俄顷间，首戴一镬复来。此人从树杪望见之，知其且烹己，大恐，始忆腰间有刀，取以斫藤，忍痛极力，仅得断，遽登舟斫缆，离岸已远。长人入海追之，如履平地，水才及腹，遂至前执船。发劲弩射之，不退。或持斧斫其手，断三指，落船中，乃舍去。指粗如橼，徐兢明叔云尝见之。

《夷坚乙志》卷八《长人国》

　　再有一则记山东胶县人的海岛历险，着重表现航海人敢于自救和敢于自卫的精神面貌，其故事情节与以上诸则有所不同。

　　密州板桥镇人航海往广州，遭大风雾，迷不知东西，任帆所向。历十许日，所赍水告竭，人畏渴死，望一岛屿渐近，急奔赴之。登其上，汲泉甘甚，乃悉辇瓶罂之属，运水入舟。弥望皆枣林，朱实下垂，又以竿扑取，得数斛，欲储以为粮。大喜过望，眷眷未忍还，共入一石岩中憩息。俄有巨人四辈至，身皆长二丈余，被发裸体，唯以木叶蔽形。见人亦惊顾，相与耳语，三人径去，行如奔马。岩下大石，度非百人不可举，其留者独挚之，以塞窦口，亦去。然两旁小穴，尚可容出入，诸人相续奔入船，趣解维。一人来追，跳入水，以手捉船。船上人尽力撑篙，不能去。急取搭钩钩止之，奋利斧断其一臂，始得脱。臂长过五尺，舟中人渍之以盐，携归示人。高思道时居板桥，曾见之。沈公雅为予说。予《甲志》书昌国人及岛上妇人，《乙志》书长人国，皆此类也。海于天地间为物最钜，无所不有，可畏哉。

《夷坚丙志》卷六《长人岛》

明·侯甸撰《西樵野记》采录的一则异文，记苏州卫军由崇明归来时，在一海岛历险的经过，故事情节与《夷坚乙志》之《长人国》相类似。

成化辛丑，苏卫数军士被公遣赴崇明。事毕，泛舟而归，为大风飘至一岛，山麓旷异，一人从林中出，长可三四丈，深目黑面，狞丑不可喻。见数人悉以藤贯掌心，系于树下。已而复入，众极力断之而窜。始放舟，前者偕数辈状无异，蹲立水浒，以手攀舷。舟中一勇士急力断其指，始获舍舟而去。辩之，乃一指中一节耳。试以小尺度之，尺有四寸，因献嘉定令，今贮藏中。

《西樵野记·海岛人》①

明·冯梦龙编纂《古今谭概》非族部第三十五《长人》，与此则相同，文字略有压缩。

清·褚人获纂辑《坚瓠余集》卷二《巨人半指》，其故事情节与《夷坚乙志》卷八《长人国》《西樵野记·海岛人》相似，但其中的巨人身躯硕大无朋，远超过以上各个时期的任何一则作品。

崇祯末，维亭袁某，航海贸易，同伴八十余人，舟泊一沙渚，共登岸伐木供炊。行不百步，见一巨人卧于山麓，急欲避。而巨人忽起，舒两臂，将六七十人拉拘一处。内一人脱出，坠石沟。

---

① 见《说郛续》卷十六《说郛三种》第九册。

巨人欲取，指不得入。寻摘一长藤，将众人右手掐破，联贯一串，悬于高树而去。顷复邀二巨人来，皆喧哗笑语。方欲及，而众已将腰间利刃割断奔逃。石𪩘中人亦出，急还舟。而初遇巨人已追及，遽伸右手攀船。船上人出巨刀断其食指，负痛不前，因得扬帆而遁。指仅一节之半，秤之得十八斤。袁某与予细道其详如此。

退物无忧型故事 大致写某人原本过着无忧无虑的生活，后为富人的馈赠所累，心中总是惴惴不安。当他将其转赠他人后，又恢复常态，一无牵挂。这一故事类型，初见于南宋·郭彖撰《睽车志》。

刘先生者，河朔人。年六十余，居衡岳紫盖峰下。间出衡山县市，从人丐得钱，则市盐酪径归，尽则更出。日携一竹篮，中贮大小笔棕帚麻拂数事，遍游诸寺庙。拂拭神佛塑像，鼻耳窍有尘土，即以笔撚出之，率以为常。环百里人皆熟识之。县市一富人，尝赠一衲袍，刘欣谢而去。越数日见之，则故褐如初。问之，云："吾几为子所累。吾常日出庵，有门不掩；既归就寝，门亦不扃。自得袍之后，不衣而出，则心系念。因市一锁，出则锁之。或衣以出，夜归则牢关以备盗。数日营营，不能自决。今日偶衣至市，忽自悟以一袍故，使方寸如此，是大可笑。适遇一人过前，即脱袍与之，吾心方坦然，无复系念。嘻，吾几为子所累矣！"尝至上封，归路遇雨。视道边一塚有穴，遂入以避。会昏暮，因就寝。夜将半，睡觉雨止，月明透穴。照圹中历历可见，甓甃甚光洁。北壁惟白骨一具，自顶至足俱全，余无一物。刘方起坐，少近视之。白骨倐然而起，急前抱刘。刘极力奋击，乃零落坠地，不复动矣。刘出，每与人谈此异。或曰："此非怪也，刘真气壮盛，足以翕附枯骨耳。今儿意拔鸡羽置之怀，以手指上下引之随应，羽稍折断，即不应，亦此类也。"

《睽车志》卷六"河朔刘先生"

这一故事类型，现当代仍在福建等地流布，如《退物无忧》[①]。

巫祝毒计型故事　　大致写一个恶少到寺庙谩骂神灵，狂吃供品，竟当场毙命。民众无比惊讶，都以为庙神灵验，于是香火日盛，巫祝因此致富。后来分财不平，这一伙人事先买通恶少，并暗中将其毒死的阴谋才败露。这一故事类型，初见于宋·费衮撰《梁溪漫志》与宋·洪迈撰《夷坚志》：

> 江东村落间有丛祠，其始巫祝附托以兴妖。里民信之，相与营葺，土木浸盛。有恶少年不信，一夕被酒入庙，肆言诟辱。巫骇愕不知所出，聚谋曰："吾侪为此祠劳费不赀，一旦为此子所败，远迩相传，则吾事去矣。"迨夜共诣少年以情告曰："吾之情状若固知之。倘因成吾事，当以钱十万谢若。"少年喜问其故，因教之曰："汝质明复入庙詈辱如前，几庙中所有酒肴举饮啖之。斯须则伪为受械祈哀之状，庶印吾事。今先赂汝以其半。"少年许诺受金。翌日，(少年)果复来庙廷袒裼暄呼，极口丑诋不可闻。庙傍民大惊，观者踵至。少年视神像前方祭赛罗列，即举所祀酒悉饮之，以至肴馔孑遗。旋俯躬如受槷者，叩头谢过。忽黑血自口涌出，七窍皆流，仆地死。里人益神之。即日喧传傍郡，祈禳者云集。庙貌绘缮极巫所得不胜计越数月，其党以分财不平，诣郡反告，乃巫置毒酒中，杀其人。捕治引伏，魁坐死，余分隶，诸郡灵响讫息。

《梁溪漫志》卷十《江东丛祠》

> 益都屠儿满义，赋性狞烈，力能扛鼎，绝不畏鬼神，醉经丛

[①]　见《泉州民间传说选辑》。

祠，辄指画嫚骂，习以为常。巫祝袁彦隆者，诈人也，密与其党最厚者谋曰："清元真君庙摧敝岁久，吾主其香火，将一新之，而邑人莫肯相应和。满屠凶猛不信向，众耳目所共知，倘因之以假灵，必可成也。"于是邀义饮于家，酒酣，谓之曰："我欲择某日致礼于清元庙下，至期当有观者，子能乘酒力呼噪而来，挥斥众人，登堂正坐，以神自居，空其酒，食其肉，且大詈其神，使万目倾骇，可乎？"义曰："此正我所愿为者，又何难哉！"袁遂以其日收合数百少年，幡旗旌幢，夹列道上，馔具牲币，种种丰腆，鼓震乐作。义直趋祠所，毅然踞坐，自言："吾神也。"取牢悉啖之，而詈神。梗口良久，义忽狂作，口鼻耳目皆流血，仆地而死。皆谓义触神之怒而致祸，怖畏灵威，争捐金钱入庙，祠宇大兴。数岁而后，袁之徒因分贿不平，诣府县告其事，尽捕鞫而刑之。

《夷坚支甲》卷九《益都满屠》①

明·王圻纂集《稗史汇编》《祠祭门·巫觋类·巫祝杀人》与《梁溪漫志》卷十《江东丛祠》大致相同。

清·袁枚撰《子不语》中的一则异文，情节多有变化：

杭州道士廖明，募钱立圣帝庙塑像。开光之日，乡城男妇蜂集拈香。忽一无赖来，昂然坐圣帝旁，指像侮慢之。众人苦禁，道士曰："不必。听其所为，当必有报。"须臾，无赖仆地呼腹痛，盘滚不已。遂死，七窍血流。众大骇，以为圣帝威灵。香火大盛，道士以之致富。逾年，其党分财不匀，出首：去年无赖之慢神，乃道士贿之，教其如此。其死乃道士先以毒酒饮之，而无赖不知也。有司掘验其骨，果青黑色。遂诛道士，而圣帝香火

---

① 见《夷坚志》第二册，第780页。

亦衰。

《子不语》卷十四《鸠人取香心》

在近人徐珂编《清稗类钞·棍骗类·僧以肥白之人为活佛》中，也包含"巫祝毒计型故事"的情节：

> ……寺成，香火甚盛。地棍某夙与僧有隙，屡为所掣肘，僧欲去之。一日，语之曰："某日，寺设斋，可闯入佛坐大嚼，且食且骂，食毕但言韦驮鞭汝，仆地作神语，俾众知我佛有灵，我当以百金为酬。"棍诺，届期至，且食且骂。食顷，声哑，语不了了，辟踊数十，七孔流血而死。观者佥谓神降之罚，而不知僧实置鸠于肴以毙之也。

天妃救厄型故事 大致写在航海途中面临危难时，舟人齐声呼号，向天妃（亦称天后、妈祖、圣妃、林夫人、崇福夫人、圣母、海神娘娘、通贤神女、湄洲妈、林孝女等，下同）求救。于是天妃显灵，使陷入绝境者获救。天妃是中国沿海地区船工、海员、商人、旅客、渔民共同信奉的女神。天妃信仰肇于宋，成于元，兴于明，盛于清，繁荣于近现代。这一故事类型初见于宋·洪迈撰《夷坚志》，其中收有两篇有关天妃的传说：

> 兴化军境内地名海口，旧有林夫人庙，莫知何年所立，室宇不甚广大，而灵异素著。凡贾客入海，必致祷祠下，求杯珓，祈阳护，乃敢行，盖尝有至大洋遇恶风而遥望百拜乞怜见神出现于樯竿者。里中豪民吴翁，育山林甚盛，深袤满谷。一客来指某处欲买，吴许之，而需钱三千缗，客酬以三百，吴笑曰："君来求市而十分偿一，是玩我也。"无由可谐，客即去。是夕，大风雨。至旦，吴氏启户，则三百千钱整叠于地。正疑骇次，外人来报，

第十一章 宋元时期的民间故事类型

昨客所议之木已大半倒折。走往视其见存者，每皮上皆写林夫人三字，始悟神物所为，亟携香楮，诣庙瞻谢。见群木多有运致于庙壖者，意神欲之，遂举此山之植悉以献，仍辇原值还主庙人，助其营建之费。远近闻者纷然而来，一老甿家最富，独悭吝，只施三万，众以为太薄，请益之，弗听。及遣仆负钱出门，如重物压肩背，不能移足，惶惧悔过，立增为百万。新庙不日而成，为屋数百间，殿堂宏伟，楼阁崇丽，今甲于闽中云。

《夷坚支景》卷九《林夫人庙》①

绍熙三年，福州人郑立之，自番禺泛海还乡。舟次莆田境浮曦湾，未及出港，或人来告："有贼船六只在近洋，盍谋脱计？"于是舟师诣崇福夫人庙救护，得三吉珓。虽喜其必无虞，然迟回不决，聚而议曰："我众力单寡，不宜以白昼显行迎祸？且安知告者非贼候逻之党乎？勿堕其计中。不若侵晓打发，出其不意，庶或可免。况神妃许我耶！"皆曰："善！"迨出港，果有六船翔集洪波间，其二已逼近。舟人窘迫，但遥瞻神祠致祷，相与被甲发矢射之。矢且尽，贼舳舻已接，一魁持长叉将跳入。忽烟雾勃起，风雨潒至，惊波驾山，对面不相睹识，全如深夜。既而开霁帖然。贼船悉向东南去，望之绝水。立之所乘者，亦漂往数十里外，了无他恐。盖神之赐也，其灵异如此，夫人今进为妃云。立之说。

《夷坚支戊》卷一《浮曦妃祠》②

明·王圻编集《稗史汇编》卷二三三《祠祭门·百神下·天妃救

---

① 见《夷坚志》第二册，第950—951页。
② 见《夷坚志》第三册，第1058页。

厄》，正式出现"天妃"的称呼：

> 嘉靖壬辰，上遣正使吏科左给事中陈侃副使行人司行人高澄赍捧诏勅前往琉球。八月，侃等治装戒行，飞航万里，风涛叵测用闽人故事祷于天妃之神。将至其国，逆风荡舟，罅缝皆开，以数十辘轳引水，水莫能御，齐呼天妃而号，俄顷风定。寻罅塞之舟，乃得达及还解缆。越一日中夜风大作，桅折舵毁，舟中哭声震天，大呼天妃求救。俄有红光若烛笼自空来，舟人皆喜，舟果少宁。

这一故事类型，在清代继续流传，并且发生了显著的变化、发展。东轩主人撰《述异记》采录的一则异文，情节较为独特。

> 有洋船失风，飘至一岛，金光耀目，不能正视。抵岸，乃金山也，岸旁沙石皆紫金。同舟者喜甚，竞持锤凿凿取之。俄顷，见山顶一人，头戴金冠，身披金甲，朱裈跣足，舞剑而来，疾若飞鸟，渐逼舟次。众皆大惧。海舟素奉天妃娘娘，共瓣香拜恳求救。忽天妃降一客言曰："此金山神也。汝等窃金，为祸不小。今我来救众人之命。"即持枪登樯杪，命舟中鸣金鼓助战，与神拒敌。良久，神不能胜而去。其客从樯端坠下，身无所损，举舟遂免于厄。
>
> 《述异记》卷中《怪洋三则》"天妃救厄"

清·袁枚撰《子不语》和《续子不语》，各收一则异文，情节富于变化。

> 乾隆丁巳，翰林周煌，奉命册立琉球国王。行至海中，飓风起，飘至黑套中，水色正黑，日月晦暝。相传入黑洋从无生还者。

舟子主人，正共悲泣。忽见水面红灯万点。舟人狂喜，俯伏于舱，呼曰："生矣，娘娘至矣！"果有高髻而金环者，甚美丽，指挥空中，随即风住。似有人曳舟而行，声隆隆然。俄顷，遂出黑洋。周归后，奏请建天妃神庙。天子嘉其效顺之灵，遂允所请。事见乾隆二十二年邸报。

《子不语》卷二十四《天妃神》

　　林远峰曰：天后圣母，余二十八世祖姑母也。未字而化，灵显最著。海洋舟中，必虔奉之。遇风涛不测，呼之立应。有甲马三，一画冕旒秉圭，一画常服，一画披发跣足仗剑而立。每遇危急，焚冕旒者辄应，焚常服者则无不应，若焚至披发仗剑之幅而犹不应，则舟不可救矣。或风浪晦暝，莫知所向。虔祷呼之，辄有红灯隐现水上，随灯而行，无不获济。或见后立云际，挥剑分风，风分南北。船中神座前，必设一棍。每见群龙浮海上，则风涛将作，焚字纸羊毛等物不能下。便令舟中称棍师者，焚香请棍向水面舞一周，龙辄戢尾而下，无敢违者。若炉中香灰，无故自起若线，向空而散，则船必不保。余族人之父某，言其幼时逢漳郡官兵征台湾，致祭教场中，某随父往观，见后端坐纛上，貌丰而身甚短。急呼父视之，已不见。

《续子不语》卷一《天后》

　　清·慷讷居士撰《咫闻录》所收的一则异文，记述的是嘉庆年间的一件奇事，称颂天妃之灵异。

　　海丰鲘门天妃庙，最著灵异。海艘出入，无不祷焉。居民岁于八九两月，鱼期兴时，敛钱诣庙，悬灯结彩。荐牲陈牢，演剧设醮。其期请神自择，光期一月。乡人书成阄纸，以供于神前，拜跪祷告而拈之。开视何日，祭乃定。嘉庆二十五年七月间，拈阃在十一月初六日，咸谓从无有若是之迟也。此必有故。至八月二十三日，礼部行文到粤，知圣驾崩于七月二十五日，百日孝满，方许民间笙歌鼓乐。而神之所定，恰在国孝满后一日，无犯禁令。天妃之灵，一至于此，可不肃然起敬哉。

《咫闻录》卷十一《天妃庙》

清·许奉恩撰《里乘》与清·王韬撰《瀛壖杂志》亦有相关的记载，详略各异。

海神，惟马祖最灵，即古天妃神也。凡海舶危难，有祷必应，多有目睹神兵维持，或神亲至救援者，灵异之迹，不可枚举。洋中风雨晦暝，夜黑如墨，每于樯端现神灯示祐。又有船中忽出爝火如灯光、升樯而灭者，舟师谓是马祖火，去必遭覆败，无不奇验。船中例设马祖棍，凡值大鱼水怪欲近船，则以马祖棍连击船舷，即遁去。

相传神为莆邑湄州东螺村林氏女，自童时已具神异，常于梦中飞越海上，救人于溺；至长不嫁，没后屡昭灵显，人为立庙祀之。自前代已加封号。康熙二十三年六月，王师攻克澎湖，靖海侯施烺屯兵天妃澳，入庙拜谒，见神衣半身沾湿，自对敌时，恍见神兵导引，始悟战胜，实邀神助。又澳中水泉，仅供居民数百人饮，是日驻师数万，方以无水为忧，而甘泉沸涌，汲之不竭。表上其异，奉诏加封"天后"。

至今湄州林氏宗族妇人将赴田者，辄以其儿置庙中，曰："姑好看儿。"遂去，去常终日，儿不啼不饥，亦不出阈；至暮妇归，各认己子携去。神犹亲其宗人之子云。

《里乘》卷九《天妃神》

> 相传神为莆田县湄州林氏女，幼时照井，有神出授铜符，遂著神异。性甚孝，尝拯父脱于海，颇著灵爽，今各处海隅无不为之立庙。
>
> 《瀛壖杂志》卷二"天妃"

清末杨凤辉撰《南皋笔记》卷二《林崇善》，具体描述舟人突遇海怪，面临灭顶之灾时，天后来救，顷刻化险为夷的情景，文字不多，却颇为生动。

> 闽省最崇拜天后，而海上亦往往有崇拜之者，每泛舟有急，则亟呼圣母。有林崇善者，闽省人，奉使琉球，至姑米山忽遇大风，触浪排空，樯橹不行。倏见有黑旗蔽天而下，疑为海寇也，命急御之。俄见水中有一物，长十数丈，其色黑，其头如牛，其尾如鱼，其身则鳞甲森然，扬鬐吹沫，海水震荡，波若山涌，浪极天高，随黑旗而至。舟几覆，舟人大骇。林亟俯首顶礼天后，舟人亦随呼圣母。遥见水上有金灯一盏，放大光明，冉冉而来。林大喜曰："天后至矣！"俄而风平浪静，其物不见，灯亦随灭，但闻水上笙箫鼓乐之声，移时始静云。

这一故事类型，现当代仍在台湾、福建、广东、海南、天津、河北、浙江、辽宁等地流布，譬如《妈祖显灵》[1]《妈祖升天》[2]《妈祖

---

[1] 见《澎湖县民间故事》。
[2] 见《中国民间故事集成·福建卷》。

的传说》①《南海女神妈祖》②《娘娘宫的传说》③《海母娘娘》④《天后宫》⑤《海神娘娘》⑥。

这一故事类型，相当于艾伯华著《中国民间故事类型》"十一、神和神仙152 天后"。

海岛妇人型故事 系"海岛历险型故事"的亚型。大致写某人航海时遇风涛，漂至一岛，被一体无丝缕的女子收留，随即结为夫妻，并且生有子女。若干年后，其人乃携子乘船离去。女追赶不及，悲啼扑地，几乎气绝。或言日后其子思念母亲，又回海岛将其接走，举家团聚。这一故事类型，初见于南宋·洪迈撰《夷坚志》，共有两则异文。其中的一则异文记泉州商贾之事。

> 泉州僧本偶说，其表兄为海贾，欲往三佛齐。法当南行三日而东，否则值焦上，船必糜碎。此人行时，偶风迅，船驶既二日半，意其当转而东，即回柁，然已无及，遂落焦上，一舟尽溺。此人独得一木，浮水三日，漂至一岛畔。度其必死，舍木登岸。行数十步，得小径，路甚光洁，若常有人行者。久之，有妇人至，举体无片缕，言语啁吼不可晓。见外人甚喜，携手归石室中，至夜与共寝。天明，举大石窒其外，妇人独出。至日晡时归，必赍异果至，其味珍甚，皆世所无者。留稍久，始听自便。如是七八年，生三子。一日，纵步至海际，适有舟抵岸，亦泉人，以风误至者，及旧相识，急登之。时妇人继来，度不可及，呼其人骂之。

---

① 见《中国民间故事集成·广东卷》。
② 见《中国民间故事集成·海南卷》。
③ 见《中国民间故事集成·天津卷》。
④ 见《中国民间故事集成·河北卷》。
⑤ 见《中国民间故事集成·浙江卷》。
⑥ 见《中国民间故事集成·辽宁卷》。

极口悲啼，扑地，气几绝。其人从蓬底举手谢之，亦为掩涕。此舟已张帆，乃得归。

《夷坚甲志》卷七《海岛妇人》①

另一则异文记江苏淮安商贾之事。

甲志载泉州海客遇岛上妇人事，今山阳海王三者亦似之。王之父贾泉南，航巨浸，为风涛败舟，同载数十人俱溺。王得一板自托，任其簸荡，到一岛屿傍，遂陟岸行山间，幽花异木，珍禽怪兽，多中土所未识，而风气和柔，不类蛮峤，所至空旷，更无居人。王憩于大木下，莫知所届。忽见一女子至，问曰："汝是甚处人？如何到此？"王以舟行遭溺告，女曰："然则随我去。"女容状颇秀美，发长委地，不梳掠，语言可能晓，举体无丝缕朴嫩蔽形。王不能测其为人耶，为异物耶，默念业已堕他境，一身无归，亦将毕命豺虎，死可立待，不若姑听之，乃从而下山。抵一洞，深杳洁邃，晃耀常如正昼，盖其所处，但不设庖爨。女留与同居，朝暮饲以果实，戒使勿妄出。王虽无衣衾可换易，幸其地不甚觉寒暑，故可度。岁余，生一子。迨及周晬，女采果未还，王信步往水涯，适有客舟避风于岸奥，认其人，皆旧识也，急入洞抱儿至，径登之。女继来，度不可及，呼王姓名骂之，极口悲啼扑地。几绝。王从蓬底举手谢之，亦为掩涕。此舟已张帆，乃得归楚。儿既长，楚人目为海王三，绍兴间犹存。

《夷坚支甲》卷十《海王三》②

---

① 见《夷坚志》第一册，第59—60页。
② 见《夷坚志》第二册，第787页。

清·蒲松龄撰《聊斋志异》卷三《夜叉国》，是经过作家艺术加工的一则类型故事。"夜叉"为梵文音译，本是古印度神话中的一种半神的小神灵，有时则视为恶魔。它亦被列为佛教天神"天龙八部"之一。此处作为文学作品的词语，用以称呼生性野蛮的族群。这篇作品，故事情节曲折、多变，生动地展示了一个南国商贾在海边荒山野岭中的一段极为独特的经历。

交州徐姓，泛海为贾。忽被大风吹去。开眼至一处，深山苍莽。冀有居人，遂缆船而登，负糗腊焉。方入，见两崖皆洞口，密如蜂房；内隐有人声。至洞外，伫足一窥，中有夜叉二，牙森列戟，目闪双灯，爪劈生鹿而食。惊散魂魄，急欲奔下，则夜叉已顾见之，辍食执入。二物相语，如鸟兽鸣，争裂徐衣，似欲咦啖。徐大惧，取橐中糗糒，并牛脯进之。分啖甚美。复翻徐橐，徐摇手以示其无。夜叉怒，又执之。徐哀之曰："释我。我舟中有釜甑，可烹饪。"夜叉不解其语，仍怒。徐再与手语，夜叉似微解。从至舟，取具入洞，束薪燃火，煮其残鹿，熟而献之。二物啖之喜。夜以巨石杜门，似恐徐遁。徐曲体遥卧，深惧不免。

天明，二物出，又杜之。少顷，携一鹿来付徐。徐剥革，于深洞处流水，汲煮数釜。俄有数夜叉至，群集吞啖讫，共指釜，似嫌其小。过三四日，一夜叉负一大釜来，似人所常用者。于是群夜叉各致狼麋。既熟，呼徐同啖。居数日，夜叉渐与徐熟，出亦不施禁锢，聚处如家人。徐渐能察声知意，辄效其音，为夜叉语。夜叉益悦，携一雌来妻徐。徐初畏惧，莫敢伸；雌自开其股就徐，徐乃与交。雌大欢悦。每留肉饵徐，若琴瑟之好。

一日，诸夜叉早起，项下各挂明珠一串，更番出门，若伺贵客状。命徐多煮肉。徐以问雌，雌云："此天寿节。"雌出，谓众夜叉曰："徐郎无骨突子。"众各摘其五，并付雌。雌又自解十枚，共得五十之数，以野苎为绳，穿挂徐项。徐视之，一珠可直百十金。俄顷俱出。徐煮肉毕，雌来邀去，云："接天王。"至一大洞，广阔数亩。中有石，滑平如几；四围俱有石坐；上一坐蒙一豹革，余皆以鹿。夜叉二三十辈，列坐满中。少顷，大风扬尘，张皇都出。见一巨物来，亦类夜叉状，竟奔入洞，踞坐鹗顾。群随入，东西列立，悉仰其首，以双臂作十字交。大夜叉按头点视，问："卧眉山众，尽于此乎？"群哄应之。顾徐曰："此何来？"雌以"婿"对。众又赞其烹调。即有二三夜叉，奔取熟肉陈几上。大夜叉掬啖尽饱，极赞嘉美，且责常供。又顾徐云："骨突子何短？"众白："初来未备。"物于项上摘取珠串，脱十枚付之，俱大如指顶，圆如弹丸。雌急接，代徐穿挂。徐亦交臂作夜叉语谢之。物乃去，蹑风而行，其疾如飞。众始享其余食而散。

居四年余，雌忽产，一胎而生二雄一雌，皆人形，不类其母。众夜叉皆喜其子，辄共拊弄。一日，皆出攫食，惟徐独坐。忽别洞来一雌，欲与徐私，徐不肯。夜叉怒，扑徐踣地上。徐妻自外至，暴怒相搏，龁断其耳。少顷，其雄亦归，解释令去。自此雌每守徐，动息不相离。又三年，子女俱能行步。徐辄教以人言，渐能语，啁啾之中，有人气焉。虽童也，而奔山如履坦途。与徐依依有父子意。

一日，雌与一子一女出，半日不归。而北风大作。徐恻然念故乡，携子至海岸，见故舟犹存，谋与同归。子欲告母，徐止之。父子登舟，一昼夜达交。至家，妻已醮。出珠二枚，售金盈兆，家颇丰。子取名彪。十四五岁，能举百钧，粗莽好斗。交帅见而奇之，以为千总。值边乱，所向有功，十八为副将。

时一商泛海，亦遭风飘至卧眉。方登岸，见一少年，视之而惊。知为中国人，便问居里。商以告。少年曳入幽谷一小石洞，洞外皆丛棘，且嘱勿出。去移时，挟鹿肉来啖商。自言："父亦交人。"商问之，而知为徐，商在客中尝识之。因曰："我故人也。今其子为副将。"少年不解何名。商曰："此中国之官名。"

又问："何以为官？"曰："出则舆马，入则高堂；上一呼而下百诺；见者侧目视，侧足立：此名为官。"少年甚歆动。商曰："既尊君在交，何久淹此？"少年以情告。商劝南旋。曰："余亦常作是念。但母非中国人，言貌殊异；且同类觉之，必见残害：用是辗转。"乃出曰："待北风起，我来送汝行。烦于父兄处，寄一耗问。"商伏洞中几半年。时自棘中外窥，见山中辄有夜叉往还；大惧，不敢少动。

一日，北风策策，少年忽至，引与急窜。嘱曰："所言勿忘却。"商应之。又以肉置几上，商乃归。径抵交，达副总府，备述所见。彪闻而悲，欲往寻之。父虑海涛妖薮，险恶难犯，力阻之。彪抚膺痛哭，父不能止。乃告交帅，携两兵至海内。逆风阻舟，摆簸海中者半月。四望无涯，咫尺迷闷，无从辨其南北。忽而涌波接汉，乘舟倾覆。彪落海中，逐浪浮沉。久之，被一物曳去；至一处，竟有舍宇。彪视之，一物如夜叉状。彪乃作夜叉语。夜叉惊讯之，彪乃告以所往。夜叉喜曰："卧眉，我故里也。唐突可罪！君离故道已八千里。此去为毒龙国，向卧眉非路。"乃觅舟来送彪。夜叉在水中推行如矢，瞬息千里。

过一宵，已达北岸。见一少年，临流瞻望。彪知山无人类，疑是弟；近之，果弟。因执手哭。既而问母及妹，并云健安。彪欲偕往，弟止之，仓忙便去。回谢夜叉，则已去。未几，母妹俱至，见彪俱哭。彪告其意。母曰："恐去为人所凌。"彪曰："儿在中国甚荣贵，人不敢欺。"归计已决，苦逆风难渡。母子方徊徨间，忽见布帆南动，其声瑟瑟。彪喜曰："天助吾也！"相继登舟，波如箭激；三日抵岸，见者皆奔。彪向三人脱分袍裤。抵家，母夜叉见翁怒骂，恨其不谋。徐谢过不遑。家人拜见家主母，无不战栗。彪劝母学作华言，衣锦，厌粱肉，乃大欣慰。母女皆男儿装，类满制。数月稍辨语言，弟妹亦渐白晰。弟曰豹，妹曰夜儿，俱强有力。彪耻不知书，教弟读。豹最慧，经史一过辄了。又不欲操儒业；仍使挽强弩，驰怒马，登武进士第。聘阿游击女。夜儿以异种，无与为婚。会标下袁守备失偶，强妻之。夜儿开百石弓，百余步射小鸟，无虚落。袁每征，辄与妻俱。历任同知将军，奇勋半出于闺门。豹三十四岁挂印。母尝从之南征，每临巨敌，辄擐甲执锐，为子接应，见者莫不辟易。诏封男爵。豹代母疏辞，封夫人。

这一故事类型，现当代仍在黑龙江、甘肃、上海、福建、辽宁、山西等地汉族和一些少数民族聚居区流布，譬如《巴特尔桑的奇遇》（鄂温克族）①、《毛女人与木河谷》（回族）②、《荒岛奇遇》③、《猩猩墓》④、《人与熊》⑤、《猩猩怪》（满族）⑥、《母人熊》⑦。

人妖公案型故事 大致写某男乔装女子（或道姑、少尼、婢女、厨娘等）以教刺绣（或化缘、服役等）为名，骗奸良家妇女无数。事发后，置之极刑。这一故事类型，宋代已见诸记载。南宋·洪迈撰《夷坚志》录写的《妙净道姑》，是这一故事类型的早期形态，故事发生在江西。

余仲庸初病目，招临川医郑宗说刮障翳，出次于舍傍徐氏庵庐，盖法当避嚣尘以护损处。时十一月中，憩泊甫定，立于门，遇一道姑，负月琴，贸贸然来，仅能辨衢路，向前揖不去，问为何人，何自而至，对曰："妙净，只是余干人，寻常多往大家求化，不幸有眼疾，见乡里传说官人迎良医到此，是以愿见之。但

---

① 见《黑龙江民间文学》第六集。
② 见《中国民间故事集成·甘肃卷》。
③ 见《中国民间文学集成·上海卷·宝山区城区分卷》。
④ 见《中国民间文学集成·上海卷·卢湾区故事分卷》。
⑤ 见《中国民间故事集成·福建卷·寿宁县分卷》。
⑥ 见《满族三老人故事集》。
⑦ 见《朔城历史文化集成·民间故事》。

妙净行丐苟活，囊无一钱，乞为结一段因缘，使得再见天日。"余恻然，命僧童引入灶下，留之宿。时已昏暮，将俟旦拯视。童见之甚喜，烧汤与濯足，时时以微言挑谑。迨夜，置榻偕宿。明日，呼之出，郑曰："此名倒睫毛入眶，所以不能觑物，治之绝易，然亦须数日乃可了。"余语之曰："汝是女子，住此有嫌。汝不过有服食之虑，吾令汝往田仆家暂歇，以饭饲汝。"其人笑曰："妙净乃男人，非女也。"余察行步容止语言气味，为男子无疑，不欲逆诈，竟唤仆导至彼舍。徐徐访之，果一男子耳。平日自称道姑，遍诣富室，或流连十余夕，其为奸佞，不一而足。至是方有知之者。

《夷坚支乙》卷三《妙净道姑》①

宋·周密撰《癸辛杂识》前集《人妖》，案发在扬州，文字简约，情节完整。

赵忠惠帅维扬日，幕僚赵参议有婢慧黠，尽得同辈之欢。赵昵之，坚拒不从。疑有异，强即之，则男子也。闻于有司，盖身具二形，前后奸状不一，遂置之极刑。

元·无名氏撰《湖南新闻夷坚续志》前集卷一《人事门·假女取财》，所记为南宋间事。

宝庆已未，赵制于雇一厨娘，乃男子王千一也。盖幼时父将男子形躯假妆女子，与之穿耳缠足，搽画一如女子，习学女工饮食。买赂牙保，脱骗富户，充为厨娘。富家宠妾莫知是男子，与之共寝，俱为所淫。事彰，责还父母。

---

① 见《夷坚志》第二册，第 816—817 页。

第十一章　宋元时期的民间故事类型

后转雇与东门赵家，赵见稍有姿色，亦屡欲犯之，而厨娘累托不从。又一日，同僚会饮，坐间有云："闻近日有一男子妆假厨娘，累次脱骗富家财物，今闻又雇在同幕为厨娘，莫得而知之。"饮罢，赵回厅唤出厨娘，试一扪摸，形不能掩。解之制干，斩首弃市，父母、牙保俱配籍焉。

在明代的笔记小说中，这一故事类型的记载甚多，但大都与桑冲（一作"翀"）有关。较早的一则为黄暐撰《蓬轩别记》中的"京人妖"[①]，文字较简略。

成化庚子，京师有寡妇善女红，少而艾，履袜不盈四寸，诸富贵家相荐引，以教室女刺绣。见男子辄羞避，有问亦不答。夜必与从教者共寝，亦必手自钥户，严于自防，由是人益重之。

庠生某慕寡妇，必欲与私，乃以厥妻诒为妹，赂邻妪往延寡妇。妇至，生潜戒其妻，将寝则启户如厕。妻如戒，生遽入灭烛。妇大呼，生扼其吭强犯之，则男子也。

厥明系送于官，讯鞫之，姓桑名翀，年才二十四，自幼即缚足小而为是，图富贵家女，与之私者如干人。法司上其狱，宪庙以为人妖，置诸极典云。

明代记叙桑冲公案最为详尽的，当数陆粲撰《庚巳编》卷九《人妖公案》，其材料得于旧抄公牍。

都察院为以男装女，魇魅行奸异常事，该直隶真定府晋州奏：犯人桑冲供，系山西太原府石州李家湾文水东都军籍李大刚侄，自幼卖与榆次县人桑茂为义男。成化元年，访得大同府山阴县已

---

① 黄暐撰《蓬窗类记》卷一《妖人记》亦记桑翀事，与此则相同。

故民人王长家寻见谷才，投拜为师，将眉脸绞剃，分作三柳，戴上鬏髻，妆作妇人身首。就彼学会女工，描剪花样、扣绣鞋、顶合包、造饭等项，相谢回家。比有本县北家山任茂、张虎，谷城县张端大，马站村王大喜，文水县任昉、孙成、孙原前来见冲，学会前情。冲与各人言说："恁们到各处人家，出入小心，若有事发，休攀出我来。"当就各散去讫。

成化三年三月内冲离家，到今十年，别无生理。在外专一图奸，经历大同、平阳、太原、真定、保定、顺天、顺德、河间、济南、东昌等府，朔州、永年、大谷等，共四十五府州县及乡村镇店七十八处。到处用心打听良家出色女子，设计假称逃走乞食妇人，先到傍住贫小人家投作工一二日，使其传说引进，教作女工。遇晚同歇，诳言作戏，哄说喜允，默与奸宿。若有秉正不从者，候至更深，使小法子，将随身带着鸡子一个，去青，桃（卒）七个，俱烧灰，新针一个，铁槌捣烂，烧酒一口，合成迷药，喷于女子身上，默念昏迷咒，使其女子手脚不动，口不能言。行奸毕，又念解昏咒，女子方醒。但有刚直怒骂者，冲再三陪情，女子念忍。或住三朝五日，恐人识出，又行那移别处求奸。似此得计十年，奸通良家女子一百八十二人，一向不曾发事。

成化十三年七月十三日酉时分，前到真定府晋州，地名聂村，生员高宣家，诈称是赵州民人张林妾，为夫打骂逃走，前来投宿。本人仍留在南房内宿歇。至起更时分，有高宣婿赵文举潜入房内求奸。冲将伊推打，被赵文举将冲摔倒在炕按住，用手揣无胸乳，摸有肾囊，将冲捉送晋州，审供前情是实。参照本犯立心异人，有类十恶，律无该载。除将本犯并奸宿良家女子姓名开单，连人牢固押法司收问外，乞勅法司将本犯问拟重罪等因，具本奏。奉圣旨：都察院看了来说，钦此钦遵。臣等看得桑冲所犯，死有余辜。其所供任茂等，俱各习学前术，四散奸淫，欲将桑冲问拟死罪，仍行各处巡按御史挨拿任茂等，解京一体问罪，以警将来。

及前项妇女，俱被桑冲以术迷乱，其奸非出本心，又不碍人众，亦合免其查究。成化十三年十一月二十日，掌院事太子少保兼左都御史王等具题，二十二日于奉天门奏。奉圣旨：是这厮情犯丑恶，有伤风化，便凌迟了，不必复奏；任茂等七名，务要上紧挨究，得获解来，钦此。（右得之友人家旧抄公牍中。）

桑冲公案，明代其他笔记小说亦有记载，如陆容撰《菽园杂记》、杨循吉撰《蓬轩别记》、赵与时撰《宾退录》、王同轨撰《耳谈》、谢肇淛撰《五杂俎》，详略不同。试看《耳谈》中的一则：

> 成化年间石州民桑冲传得师大同谷才之法，饰制头面耳足作女妆，又巧习女红，自称女师，密探人家好女即往其旁，贫小家夤缘得入，顿成奸合。或女贞不从，则以靥昧法，其法用鸡子一枚去清，桃卒七个烧灰捣烂，烧酒合成，喷女身上，默诵咒语，女迷奸遂，女畏败名终不敢言。以是十年遍游河南北、山东，污大家有名女一百八十二人。又传徒任茂等七人，分途行奸。至十三年七月，冲在晋州高秀才家，为其婿赵某反欲行奸，始识是男子，捉送晋州谳出前情，具奏犯人凌迟，急捕任茂等七人皆得罪如之谷才已死行奸十有八年矣。
>
> 　　　　　　　　　　《耳谈》卷八《桑冲靥昧法》

明·徐应秋撰《玉芝堂谈荟》卷十《女子男饰》、明·冯梦龙编纂《情史》卷二情缘类《刘奇》、清·褚人获纂辑《坚瓠余集》卷四《人妖公案》、清·俞樾撰《茶香室三钞》卷六《桑冲》、近人曹绣君编《古今情海》卷二十《雄兮将雌胡不知》等均记有桑冲事，与此相同。

清代笔记小说有关这一故事类型的记载也相当多，而且变化很大。清·褚人获纂辑《坚瓠集》尚有另外一些异文。《坚瓠广集》卷三《判斩妖尼》，出自《楮记室》：

> 彭节斋为江西经略使，有人招一尼教女刺绣，女忽有娠。父母究问，云：是尼也。告官屡验，皆是女形。有人教以猪脂油涂其阴，令犬舐之。已而阴中果露男形。再舐，阴物顿出。彭判是为妖物，奏闻，斩之。

《坚瓠十集》卷三《黄司理判》：

> 奸徒王某，扮尼募饭，肆宣巨室。事发，司理黄图判云："王某三吴无赖，奸究异常。倡白莲以惑黔首，祝青发以涸朱颜……废其书，火其居，方是以灭其迹，剖其心，刳其腹，不足以尽其辜。"

《坚瓠余集》卷四《蓝道婆》，出自《碣石剩谈》：

> 嘉靖中，瑞州府有蓝道婆者，身具阴阳二体，无髭须，因束足为女形，专习女红，极其工巧。大族多延为女师，教习刺绣织纤之类，即与女子所夕同寝处。初不甚觉。至午夜阳道乃见，因与淫乱。后至一家，女徒伴宿，蓝婆求奸。女子不从，寻与父母语其故。因令老妪试之，果然。首于官，捕至讯实，以巨枷遍游市里。女子曾失身者，缢死甚众。道婆乃杖死。

《古今情海》卷十七《蓝道婆》，亦出自《碣石剩谈》，文字悉同。
《聊斋志异》卷十二《人妖》在揭露桑冲同党为害社会的罪恶的同时，也揭露了马某之流的秽行。

> 马生万宝者，东昌人，疏狂不羁。妻田氏，亦放诞风流。伉俪甚敦。有女子来，寄居邻人寡媪家，言为翁姑所虐，暂出亡。其缝纫绝巧，便为媪操作。媪喜而留之。逾数日，自言能于宵分

按摩，愈女子瘵蛊。媪常至生家，游扬其术，田亦未尝着意。

生一日于墙隙窥见女，年十八九已来，颇风格，心窃好之。私与妻谋，托疾以招之。媪先来，就榻抚问已，言："蒙娘子招，便将来。但渠畏见男子，请勿以郎君入。"妻曰："家中无广舍，渠侬时复出入，可复奈何？"已又沉思曰："晚间西村阿舅家招渠饮，即嘱令勿归，亦大易。"媪诺而去。妻与生用拔赵帜易汉帜计，笑而行之。

日曛黑，媪引女子至，曰："郎君晚回家否？"田曰："不回矣。"女子喜曰："如此方好。"数语，媪别去。田便燃烛，展衾，让女先上床，已亦脱衣隐烛。忽曰："几忘却，厨舍门未关，防狗子偷吃也。"便下床，启门易生。生窸窣入，上床与女共枕卧。女颤声曰："我为娘子医瘵蛊也。"间以昵辞，生不语。女即抚生腹，渐至脐下，停手不摩，遽探其私，触腕崩腾。女惊怖之状，不啻误捉蛇蝎，急起欲遁。生沮之，以手入其股际，则擂垂盈掬，亦伟器也。大骇，呼火。生妻谓事决裂，急燃灯至，欲为调停。则见女投地乞命。羞惧，趋出。

生诘之，云是谷城人王二喜。以兄大喜为桑冲门人，因得转传其术。又问："玷几人矣？"曰："身出行道不久，祇得十六人耳。"生以其行可诛，思欲告郡；而怜其美，遂反接而宫之。血溢陨绝，食顷复苏。卧之榻，覆之衾，而嘱曰："我以药医汝，创痛平，从我终焉可也；不然，事发不赦！"王诺之。明日，媪来，生绐之曰："伊是我表侄女王二姐也。以天阉为夫家所逐，夜为我家言其由，始知之。忽小不康，将为市药饵，兼请诸其家，留与荆人作伴。"媪入室视王，见其面色败如尘土。即榻问之。曰："隐所暴肿，恐是恶疽。"媪信之，去。生饵以汤，糁以散，日就平复。夜辄引与狎处；早起，则为田提汲补缀，洒扫执爨，如媵婢然。

居无何，桑冲伏诛，同恶者七人并弃市；惟二喜漏网，檄各属严缉。村人窃共疑之；集村媪隔裳而探其隐，群疑乃释。王自是德生，遂从马以终焉。后卒，即葬府西马氏墓侧，今依稀在焉。

清·袁枚撰《子不语》卷二十二《假女》，在揭露人妖祸害的同时，还揭露了相关的其他社会上的丑恶现象。

贵阳县美男子洪某，假为针线娘教女子刺绣，行其技于楚黔两省。长沙李秀才，聘请刺绣，欲私之，乃以实告。李笑曰："汝果男耶？则更美矣！吾尝恨北魏时魏主入宫朝太后，见二美尼，召而昵之，皆男子也，遂置之法。蠢哉魏主，何不封以龙阳而畜为侍从？如此，不独己得幸臣，且不伤母后之心。"洪欣然就之，李甚宠爱。

数年后，又至江夏，有杜某欲私之。洪欲以媚李者媚杜，而其人非解事者，遂控到官。解回贵阳，臬使亲验之：其声娇细，颈无结喉，发垂委地，肌肤玉映，腰围仅一尺三寸，而私处棱肥肉厚，如大鲜菌。自言幼无父母，邻有孀母抚养之，长与有私，遂不剃发，且与缠足，诡言女也。邻母死，乃为绣师教人。十七岁出门，今二十七岁，十年中所遇女子无算。问其姓氏，曰："抵我罪足矣，何必伤人闺阃。"讯以三木，始供吐。某某抚军欲拟长流，臬使争以为妖人，非斩不可。乃置极刑。

死前一日，谓狱吏曰："我享人间未有之乐，死亦何憾！然某臬使，亦将不免。我罪止和奸，畜发诱人，亦不过刁奸耳，于律无死法。且诸女子与通奸，皆暗昧不明之事，尽可覆盖。何必逼我供招，宣诸章奏，各拟重杖，使数十郡县富贵人家女子，玉雪肌肤，困于朱木乎？"次日赴市受戮，指其跪处曰："后三年，讯我者在此矣。"

清·吴芗厈撰《客窗闲话》续集卷四《妖人邢大》，重点不在暴露人妖的罪恶，而在于展示产生人妖丑恶现象的根由，发人深省。

燕人邢大，幼失怙恃。年十七，艳丽过好女。因无事业，偃蹇不堪。里有洪大者，家小康，有龙阳之癖，亦无父母妻子。途遇邢，目逆而送之，曰："此天下尤物，可遇而不可求者。"尾至其家，见颓垣败室，虚寂无人，入门唁之。邢见洪来，羞涩之态，亦若女子之初见良人者。洪讯得困苦状，不胜怜悯曰："弟若肯随至我家，能温饱之。"邢本无能，腆然随去。洪为置鲜衣，给美食，抚养周至。邢实心感。

一日饮内室，薄醉，邢颜色焕发。洪不能复忍，拥之求欢。邢曰："弟受兄德泽，无以加矣。身非草木，焉得无情？以身报之，固所愿也。但日后色衰爱弛，弟仍落魄无依，徒贻失身之诮，不如其已。"洪曰："我只图好色，不分牝牡。弟若蓄发披鬓，终身相从，即我妻也。决不再娶，誓无异心！"邢遂与同宿，两情益密。邢从此养发贯耳，作旗服，俨然国色。且习女工针黹，刺绣甚巧。洪嬖爱益甚，所欲无不顺从。服饰之精，饮馔之腴，甲于贵胄。

夫好男色者，必病股与目。况旦旦而伐之，有不速毙者乎？三年，洪业渐败，目既眊而半身不遂矣。先有刘六者，亦美男子。洪与结为昆季，恒引之家。与邢相见，则曰："我妹也。"刘见其娟美，亦爱怜之。洪已有交易之心而邢不许，故每见刘，则一礼而退，刘亦无可如何。值洪病革，刘愿以重聘婉求其妹为妻。洪与邢谋曰："我病不能复起矣。今汝已习女装，声容举止，宛然好女。本相订终身，不意半途抛撒。若恋我，则无男子守节理。若仍改男装，则已失本来面目，又未习丈夫事业，后作饿殍，皆我累汝矣。汝纵无怨，我在九泉，亦不瞑目。不如因刘子之好嫁之，我得财礼，可借以饰终，汝亦得其所矣。"邢曰："我非真女，彼娶而后觉之，能相容乎？"洪曰："世无不好色者。彼若觉察，汝须善为调停。溺爱之人，决无债事。况刘之为人，与我相同，我故愿托之也。"邢诺。

洪以告刘，遂转告父母，邀媒行聘，择吉娶之。父母亲戚见新妇婉娈柔顺，与其夫一对玉人，交相庆慰。刘更欣喜，至晚入房曰："妹何见我即避？今夜更避何处耶？"拥入衾中。邢早于兜肚下作袋，将肾囊前阳包起，仍曲举其股以就，故不觉也。然日久厮熟，时亦渐热，刘必欲尽去邢之上下衣，强赤其体，无从慢藏，厥物显露。刘不禁骇异。邢拥刘尽媚而实告之曰："尔若舍我，恐女子中未必有胜我者。"刘曰："我固不忍舍汝，但娶妻为子也，汝能生育乎？况我家不过仅可度日，无余资再娶，不误我后嗣耶？"邢曰："毋恐。我有祖传符箓，能看香治病。尔倩人绘女仙像供养，我将有仙人附体，治病神效。传播人知，业必兴隆。得财后，任买妾媵，不尔禁也。"刘曰："为我谋则善矣，但汝以男子身而为此，何能忍乎？"邢益媚妩之曰："此事始虽楚而后乐，恐天下男子知此味，人人欲嫁丈夫。世间甘为此者，非我一人也。尔如不信，请尝试之。且闺中事，外人不知，无妨互相为乐也。"刘亦迷而顺之，从此夫其夫而亦妇其夫，妇其妇而亦夫其妇，两美交融，眷恋之情益切。

刘发财心胜，告于父母，别居附近乡村，传播仙姑治病之说。人见以美妇行医，争相延请，日得时钱数贯。一番役垂涎妇色，诈病唤邢去。入室，突拥而抚其下体。出其不意，不及掩饰，居然伟男子也。役缚而讯之，邢哀求包容，愿任鸡奸而多与之贿。役曰："村中不乏少艾妇女，非亲即故。容汝在此，皆不得作完人矣！我且获妖人，官赏必厚，岂贪汝贿，自贻伊戚耶！"并获刘六，送坊转入秋部，鞫实。于左道惑人本罪上，加重问拟缳首，即行正法。刘六照为从例，刺配黑龙江，给索伦达呼尔为奴。此嘉庆十二年四月案。有友任刑曹者，录出原供如此。

清·李庆辰撰《醉茶志怪》卷一《折狱》"假尼奸案",通过一桩命案,追查出假扮尼姑的人妖,将其法办。

太仓富室有女,貌美而慧,诗画棋枰,罔不精妙。父母咸钟爱之。年及笄,婿家犹未娶。使居好楼,遣一媪一婢服役焉。

适来一少尼募缘,女遇于母所,倾谈大悦。尼亦粗知文字,善棋,与女对弈,胜负互分,益相亲爱,结为闺中良友。往来既稔,渐涉戏谑。

一夕,并枕谈心。媪婢皆倦寝。尼谓女曰:"处子亦动情乎?"连问之,女不答,乃探女怀云:"好个鹊巢,鸠将居之。"女亦笑曰:"痴姑子,尔颠耶!尔亦鹊巢,何鸠居之有?"尼曰:"我固有鸠在。"问:"在何处?"曰:"在此。"女笑曰:"如无鸠,当毁尔巢!"遂扣其私,刚小鸡崃而待矣。大惊曰:"予以尔为尼,尔固僧耶!"欲道。尼抱而哀之曰:"娘子勿忧!予二形人也。平时与女无殊,然感女则男,感男则女,人不能窥其奥也。且深夜无人知,何所患焉?"女许之。入帷事讫,令女验之,则惟有鹊巢而已。女笑曰:"出没不测,真逢时之利器也!"从此益亲,往来无间。

女之聘期已迫,腹彭彭而有孕矣。诡云病蛊,欺父母也。未几,亲迎礼毕。三月,居然生子。夫丑之,迫令大归,女未归而仰药死。父痛女之死也,健讼不休。宰未深察,收其婿于狱,将拟抵。

越半载,官迁。我公(李钰)接篆,阅是案,颇疑生冤。拘富室讯之,云:"汝女不贞,何得妄控尔婿?"富室云:"女素楼居,终岁不见男子,何孕之有?果得奸夫,死自其分,敢报颜诬告耶!"公令其退,阴遣卖花媪密访之,知与女最善者有一尼,然自女遭事,遂绝迹矣。拘尼到案,验之,女僧也。尼惭,忿语诮公云:"如此愦愦,尚作民父母!焉有二女同居而能生育者?"

众俱愕然。公曰："汝之劣迹，吾已勘破，尚强辩而不服耶！"遣官媒以小犬舐其阴，片刻，则蛰虫出户，阳见于外矣。尼恐惧变色，尽吐其实，叩头乞命。盖与女私交二载，并无人知也。遂置于法。

夺妻阴谋型故事　大致写一奸僧处心积虑离间某官员的夫妻关系，竟达到了强占或者骗娶某官员妻子的罪恶目的。以后奸僧的阴谋暴露，其人终被杀死或者伏法。这一故事类型，初见于宋·洪迈撰《夷坚志》，其中共有两则故事：

> 京师人王武功，居袜构巷，妻有美色。缘化僧过门，见而悦之，阴设挑致之策而未得便。会王生将赴官淮上，与妻坐帘内，一外仆顶合置前云："聪大师传语县君，相别有日，无以表意，漫奉此送路。"语讫即去。王夫妇亟起合，乃玉玺百枚。剖其一，中藏小金牌，重一钱，以为误也，复剖其他尽然。王作色叱妻曰："我疑此髡朝夕往来于门，必有异，今果尔。"即诉于府县。僧元无名字及所居处，已窜伏不可捕，独王妻坐狱受讯，但泣涕呼天，不能答一语。王弃之而单车之任。妻囚系累月，府尹以暧昧不可竟，命录付外舍，穷无以食。僧闻而潜归，密遣针妇说之曰："汝今将何为？且饿死矣，我引汝往某寺为大众缝纫度日，以俟武功回心转意，若之何？"王妻勉从其言。即往，正入前僧之室，藏于地阱，奸污自如。久而稍听其出入，遂伺隙告逻卒，执僧到官，伏其辜。妻亦怅恨以死。
>
> 《夷坚支景》卷三《王武功妻》①

> 宋福州赵某作江夏簿，任满，寓邑寺。日久，僧厌之。簿每旦诣殿炷香，伪信与其妻，置炉下，簿见诘，妻不能明，讼离之。

---

① 见《夷坚志》第二册，第902页。

僧受杖归俗为商。簿赴临安知录。妻与婢寓鄂州，卖酒自给。僧托媒问姻越数年，生二子矣。值中秋对月饮乐，僧偶言故，妻伺其醉，并二子杀之，赴官首焉。官义之，免其罪。时簿再任和州知录闻其事，复合焉。时理宗朝淳祐戊申年也。

《夷坚志再补·义妇复仇》①

元·孔齐撰《至正直记》卷三"奸僧见杀"、《情史》卷十四情仇类《王武功妻》，出自《夷坚志》，文字与其大致相同。

明·周复俊撰《泾林杂记》中有一则异文，转引自《古今图书集成》第三百六十四卷：

洪武中，南京扬子江边税家妻周氏，有姿色。金山寺僧惠明，密使一婆子常送花粉等物，往来甚热。夫外出，周氏唤婆子同眠，婆子潜将僧鞋一双置榻下。夫归，见僧鞋，谓周氏有私于僧，妇不能辨，竟出之。

《泾林杂记》"税家妻周氏"

明·冯梦龙编《情史》卷十四情仇类《金山僧惠明》、近人佚名编《古今闺媛逸事》卷五《淫僧狡计》，与此则相同。

与这一个故事类型相关的通俗小说有《清平山堂话本》卷一《简帖和尚》、《古今小说》卷三十五《简帖僧巧骗皇甫妻》、《龙图公案》卷二《偷鞋》。

羽客钱库型故事 大致写某人无意中做一件好事，因而得到报酬。但他并不满足，企图多得，后来竟迷失去处，或者受到警告，于是收手。

---

① 见《夷坚志》第四册，第1797页。

这一故事类型，初见于宋·洪迈撰《夷坚志》：

> 金陵雨花台下居民甄氏，牧牛于野，值两人东西相逢迎，如今羽客衣冠，擎拳对揖。其一曰："钱库后门久已溃坏，宜急倩一夫整之。"其一曰："诺。"遂散去。良久，甄独行至山侧，峻岩下见崖傍一穴，大如斗，中有散钱溢出，即解衣包之。欲还家报父兄併力来取，且虑他人得见，乃抟泥窒塞穿处。回至中涂，复遇前二客。其一又问："钱库门已葺未？"其一曰："方用钱三百倩雇一牧童补讫。"甄时年十七八岁，晓其语，归为父言之。数其钱，正得二百三十一文。洎家人集元处，穴不复可寻矣。

《夷坚支甲》卷十《羽客钱库》

明·陆粲撰《庚巳编》中的一则异文，情节有了明显变化：

> 陕西九嵕山，唐太宗昭陵在焉。尝有礼泉县村民取薪于山，见白兔突起草中，异而逐之。兔跃入巨穴，民不觉失足亦步坠焉。乃入隧道中，颇觉黯黑，其旁累铜缸十数，皆盛油，设关捩流注。最下一缸中宿火，其窍有碍，油不下，火荧荧欲灭。民为通之，火复明。向所逐兔，宛然在旁，乃银铸者，上刻有字云："拨灯火，赐银兔一个。"民视四周积金银珠贝，瑰丽万状，再拜请曰："小人贫，所赐不足以赡，愿更益之。"于是恣意所取，怀挟将出而路迷，跬步莫辨，便舍之，乃复有门豁然。遂携兔出，隧门随闭，仅有微罅。民归，邻居恶少年闻之者，竞到陵所，迹其罅掘之，杳不可穷。事觉，皆被逮系，民亦几坐谴责云。

《庚巳编》卷九《昭陵银兔》

干红猫型故事　大致写某太监花重金买到一只干红深色的猫。半月后毛色减退,竟成为白猫,方知上当受骗,而卖主夫妇早已销声匿迹。这一故事类型,初见于宋·洪迈撰《夷坚志》:

> 临安内北门外西边小巷,民孙三者居之。一夫一妻,无男女。每旦携熟肉出售,常戒其妻曰:"照管猫儿,都城并无此种,莫要教外间见。若放出,必被人偷去。我老无子,抚惜他便与亲生孩儿一般,切须挂意。"日日申言不已。邻里未尝相往还,但数闻其语。或云:"想只是虎斑,旧时罕有,如今亦不足贵,此翁忉忉护守,为可笑也。"一日,忽拽索出到门,妻急抱回,见者皆骇。猫干红深色,尾足毛须尽然,无不叹羡。孙三归,痛棰厥妻。已而浸浸达于内侍之耳,即遣人以厚直评买。而孙拒之曰:"我孤贫一世,有饭吃便了,无用钱处。爱此猫如性命,岂能割舍!"内侍求之甚力,竟以钱三百千取之。孙垂泣分付,复棰妻,仍终夕嗟怅。内侍得猫不胜喜,欲调驯安帖,乃以进入。已而色泽渐淡,才及半月,全成白猫。走访孙氏,既徙居矣。盖用染马缨绋之法,积日为伪。前之告戒棰怒,悉奸计也。
>
> 《夷坚三志己》卷九《干红猫》①

明·冯梦龙编纂《智囊补》卷二十七杂智部·狡黠《干红猫》和《古今谭概》谲智部第二十二《干红猫》,均出自《夷坚志》,文字悉同。

辨毒平冤型故事　大致写某妇的婆母(或丈夫)吃下她所送的食物暴死,因此成为冤狱。后经一官查明,系蜈蚣(或蛇、蝎、蜥蜴、蟮、荆花等)毒所致,妇冤乃白。这一故事类型,初见于南宋·洪迈撰

---

① 见《夷坚志》第三册,第1372页。

《夷坚志》：

> 道州营道县村妇，养姑孝谨。姑寡居二十年，因食妇所进肉而死。邻人有小憾，诉其置毒。县牒尉薛大圭往验，妇不能措词，情志悲痛，愿即死。薛疑其非是，反复扣质。妇曰："寻常得鱼肉，必置厨内柱穴间，贵其高燥且近。如此历年岁已多，今不测何以致斯变？"薛趋诣其所，见柱有蠹朽处，命劈取而视，乃蜈蚣无数，结育于中。愀然曰："害人者此也。"以实告县，妇得释。予记小说中似亦有一事相类者。薛字禹圭，河中人，予尝志其墓。
>
> 《夷坚支志》丁集卷一《营道孝妇》①

南宋·宋慈撰《洗冤录》（又称《洗冤集录》）"荆花毒案"，故事发生地、人物关系、致死因由等均不同于《营道孝妇》。

> 单县农人某，力作田间，其妇饷之，食毕乃死。翁姑悼子之死，乃以谋杀控诸官。妇备尝三木，不胜痛楚，遂诬服。案甫定，邑令迁调去。后令至，察阅是案，反复审度，曰："此妇冤也。夫谋杀其夫者，必惑于奸夫，此妇无之，一可疑也。凡谋毙人者，必于密室，乌有鸩之于田间，以自彰其迹者哉，二可疑也。妇必冤矣。"提讯之，再三研究，妇但哭诉冤苦，亦不自知致死之由。令乃详叩其居室耕地，亲至其处详察之。复诘妇当日馈食何品？曰："鱼羹米饭耳。"曰："饷出，曾他往耶？"曰："无也。惟行至某地，觉乏，少息于荆林下耳。"令乃呼鱼及炊具至，命妇当堂作鱼羹，投荆花其中，杂以饭，投诸犬彘，无不立毙者。妇之冤乃白。

---

① 见《夷坚志》第三册，第 975 页。

第十一章　宋元时期的民间故事类型

明·冯梦龙编纂《智囊补》察智部卷九《得情·许襄毅等》"荆花毒案"、明·张岱撰《夜航船》卷十七四灵部《鳞介·鱼羹荆花》及清·吴趼人撰《中国侦探案·荆花毒》，或据《洗冤录》缩写，或抄录其全文。

明·姚福撰《青溪暇笔》"老鸡毒案"，则与《营道孝妇》，"荆花毒案"不同，变化显著。

> 京口王一之，为福言：姑苏一人，出商在外，其妻畜鸡数只，以待其归。凡数年而返，一日杀而食之。殆尽，抵夜死矣。邻家疑其有外奸，首之官。妇人不任掠考。遂自诬服。太守姚公堂上任，阅其事而疑之，乃以情问，妇人以食鸡对。守亟令觅老鸡数十，令当死囚遍食之，果杀二人，狱遂白。盖鸡食蜈蚣百虫，久而蓄毒。故养生家夏不食鸡，当庖者宜慎之。

《智囊补》察智部卷九《得情·许襄毅等》"太守姚公"写的是"老鸡毒案"，文字稍有出入：

> 苏人出商于外，其妻畜鸡数只，以待其归。数年方返，杀鸡食之，夫即死。邻人疑有外奸，首之太守姚公鞫之，无他故。意其鸡有毒。令人觅老鸡，与当死囚遍食之，果杀二人，狱遂白。盖鸡食蜈蚣百虫，久则畜毒，故养生家，鸡老不食。又夏不食鸡。

《智囊补》察智部卷九《得情·许襄毅等》"张昺"写的是"鳝毒案"，故事情节发生不少变化。

> 张御史昺，字仲明，慈溪人，成化中，以进士知铅山县。有卖薪者，性嗜鳝。一日自市归，饥甚，妻烹鳝以进，恣啖之，腹痛而死。邻保谓妻毒夫，执送官，拷讯无他据，狱不能具，械系

逾年。公始至，阅其牍，疑中鳝毒，召渔者捕鳝，得数百斤，悉置水瓮中，有昂头出水二三寸者，数之得七。公异之，召此妇面烹焉，而出死囚与食。才下咽便称腹痛，俄仆地死。妇冤遂白。

清·魏息园辑《不用刑审判书》"验鳝辨毒"，抄自《智囊补》，文字与此则相同。

明·张岱撰《夜航船》卷七政事部《烛奸·花瓶水杀人》，也是写辨毒平冤的，只是蒙冤者非妇人，而是主家，可资比较。

汪待举守郡部，民有饮客者，客醉卧空室中。客夜醉渴，索浆不得，乃取花瓶水饮之。次早启户，客死矣。其家讼之，待举究中所有物，惟瓶中浸旱莲花而已。试以饮死囚，立死，讼乃白。

清代此故事类型的异文颇多，变化亦较为显著。无闷居士撰《广新闻·蛇冤》记叙一桩发生在今山西晋城的蛇毒案，蒙冤者乃商妇。

闽中许恕，江苏方伯松佸之子，宰山西凤台时，有远商归者，其妻杀鸡为馔，更深就寝，夜半忽毙。族人以妻奸谋控告，验之唇舌俱黑，明系中毒死，鞠其妇，则哀惨万状。公曰："是必有故。"细视贮食之橱，三面坚整，惟后有一窍，圆润无尘。此乡离城三十里，其时昏黑，公曰："今夕吾宿此，明日再询。命此妇亦杀一鸡饷我，鸡熟亦置之橱，饥而后取。"

夜半，令役探橱："倘有声，速报我听之。"果窣窣然，亟令塞其窍，举出中堂，其声更厉，列炬集其族人，曰："我已代捕杀人贼矣。"启橱，赤蛇跃出，长尺许，群扑而毙之。以余馔饲犬，毙。群呼神明。公曰："未也。凡毒物滋生最易，除恶不可不尽。"复至舍后，指一小屋，命毁之，复得大小赤蛇，如碗如盂者数十头，杀而焚之。

第十一章 宋元时期的民间故事类型

盖公始入门，周视前后，见小屋上多蛇蜕迹，已早知为蛇患矣。妇冤遂雪。其孙浦为余言之。

清·无名氏撰《留仙外史》"某氏子"记叙的是一桩蝎毒案，情节曲折、生动，并带有较强的幻想色彩，对于冤死妇人及其婆母的人物性格刻画，亦颇为鲜活、感人，在此一故事类型中相当突出。

某氏子，频年出外贸易，家惟一母一妻，母老而且盲，赖妇贤孝，藉针黹以供甘旨，晨昏定省，不敢或亏，姑妇二人，相依为命。

他日，某氏子归，母喜，命妇烹鸡食之，中夜，某氏子暴亡。邻里以为异，鸣之官。验之，果是中毒，邑令疑妇有私，倍加榜掠，妇不胜其苦，遂诬服。问奸夫为谁，妇本无私，况所识素无多人，仓卒间，遽以十郎对。十郎者，某氏子在服之弟也。初某氏子出门时，嘱十郎时为省母，借代支理家政。十郎年少诚谨，以受某氏子之托，时至其家，经理甚周，母与妇甚德之。今妇迫于严刑，不得已以十郎塞责。令签拘十郎，见妇泣曰："嫂氏云何？"妇亦泣曰："叔叔……"嫂语未毕，已哽咽不能成声。令见其情状，拍案叱之曰："奸夫淫妇，在公堂之上，犹不知耻，而靦然人面，相对嘤喔，作儿女子丑态耶！"乃不容十郎置词，横加鞭楚，死而复苏者数次。十郎无奈，亦遂诬服。狱具论辟，行刑有日矣。

巡抚某公者，公明仁恕之大君子人也。虑囚至此，心甚疑之。以问幕宾，会幕宾方与其徒围棋，正专心致志，不遑旁骛，乃漫应曰："此狱已具，属吏不知费几许推敲，料亦无所冤屈，公又何必故意驳诘，致滋多事耶。"某公乃不复平反。妇与十郎，遂均坐大辟矣。

是夜漏三下，幕宾将就寝，忽闻门外剥啄声甚厉，审是妇女声音，怪暮夜何得有妇女在此，叱令速去，闻门外厉声答曰："尔不开门，我岂不能入耶？"欻见一女从门罅入，披发喋血，怒视幕宾，戟手指而詈之曰："尔以布衣，为军门上宾，不过粗识得几个之无，便谓精熟申、韩，诓骗居停，坐享厚俸，以人命为草菅，毫不详慎。昨妾此案，中丞方欲平反，不耻虚怀下问，倘能迎机襄赞，或得一线生机。而但以围棋故，支吾漫应，以致妾等冤情，不能昭雪。妾死固不足惜，惟弑夫恶名，心实不甘。妾已请于帝，许向尔索命矣。"言讫，便欲向前扑攫，幕宾骇汗如雨，急长跪请于妇曰："某罪诚应死，但离家年久，尚有八旬老母，能容回家一诀别否？"妇应曰："念尔孝心，姑宽贷一月，而宜速归，迟则无及矣。"言讫，恨恨而去。某见妇去，毛发竖立，诘旦谒居停，俱以实告，治任驰归，匝月果卒。

中丞某公，闻而骇异，乃改装易服，亲诣某氏子家，见妪备审崖末。闻謦妪泣且詈曰："客尔何知，吾儿之惨死，不知其由，惜有司昏愦，不加详察，诬我贤妇，坐以大辟，伤哉冤也！"公佯问："何谓也？"妪曰："客固不知，老妇与彼，名虽姑妇，恩逾母女，终朝厮守，坐卧不离，何由有私？乃有司刑逼诬服。闻巡抚某公，公明仁恕，狱上，万一希冀或得平反。不谓亦一体鞫覈，诬正典刑，沉冤莫白。惜老妇残年向尽，又以目废，不能上叩九阍，一为申雪耳。"公又问十郎为谁，妪曰："彼乃老妇之犹子。吾儿出门时，以老妇及家政相托，少年诚敬，德反成仇，想业由前世，夫复何说。"公不胜叹息。即诘得食鸡一事，后托腹饥出钱命代市一鸡，倩人烹好，即置于某氏子所具食之处，乃一葡萄架下。公留心默察，见热气上薰，少选，架上一丝下缒，直入碗中，非竭目力不见。公知有异，取一脔饲犬，犬毙。乃谓妪曰："尔妇之冤，我能代申，尔姑待之可也。"妪不解所谓，但合手称谢而已。公将熟鸡裹以旋署。橄邑令，及承讯在事各官至，以实告之。众咋咋相视，若不深信，公随命呼一犬至，饲以鸡一衔，果立毙。众始服罪。命人往搜架上，得一蝎，长四寸许，盖所缒之丝，即是物也。公乃以实告，自请议处，邑令以诬拟论抵，余各议罚有差。又请以贤孝旌某氏妇，以义士旌十郎，各建坊以慰冤魂。妪着地方有司优恤，以终余年。制曰："可。"

此狱幸赖中丞之贤，卒得暴白。向使幕宾因居停来问，一经诘驳，断不致令贤妇义士抱屈九泉。观其暮夜叩门索命一节，询属快事。可不慎欤，可不慎欤！

清·魏息园辑《不用刑审判书》"蝎毒奇案"与清·吴趼人撰《中国侦探案·蝎毒》均据《留仙外史》改写，删掉了孝妇冤魂怒责幕宾的情节，并且文字亦有所改动，两则不完全相同。

某甲以负贩为业，恒经岁不归。家惟一妻一母，母且盲矣，赖妻侍晨夕；妻甚孝，得母欢，姑妇也而几如母子，邻里皆羡而敬之。会甲归，母喜，命杀鸡为馔，时盛夏，即设馔于葡萄架下，相与共食。而是日适姑妇皆茹素，惟疏食陪之，相对话别后事而已。至中夜，甲暴卒。邻里以为异，咸来唁问。里正某闻之，谓死可疑，鸣诸官。验之，则中毒也。疑妇有私，毒掠之，妇不胜其苦，遂诬服。追问奸夫，则无有也。又掠，妇仓卒无以对，随口供曰十郎。十郎者，甲之从弟，每远客，即属之代照拂家事者也。官拘十郎至，问奸状，十郎不承，又掠之。妇见十郎之无罪而被刑也，大不忍，为之泣下。十郎顾之曰："嫂！"妇亦泣曰："叔叔！"官大怒曰："奸夫淫妇，于法堂之下，犹不知耻耶！"掠之益甚，十郎亦诬服。狱上，中丞某公疑其冤，将平反之，为幕友所尼，遂不果。妇与十郎遂相对环首市曹矣，一时舆论咸讼其冤。中丞闻之，不乐，乃微行访之，至某甲家，见盲媪方坐檐下泣，就问所苦？媪曰："吾哭儿妇耳。"中丞佯问故？媪曰："吾儿惨死，虽未知其由，然实命也。昏官无道，恣其淫威，诬我贤妇，坐以大辟，吾死当为厉以报之矣。"中丞又故问贤妇状，媪曰："他人不知，岂吾亦不知耶？吾子出门，佢即夜夜伴老身宿，夏驱蚊蚋，冬为拥背，虽母女无逾此恩，夫复何隙而为奸也。闻抚军仁慈，吾方昕夕盼狱上，冀得平反，今若此，抚军亦愦愦辈耳。天乎冤哉！吾欲一叩帝阍而代吾贤妇一白此冤也。"中丞闻之，惭汗如雨。复与絮语及食鸡事，中丞疑之曰："与家人同食鸡，岂有独死汝子者，毒必非鸡。"媪曰："是日适吾姑妇皆茹素也。"中丞曰："虽然，鸡宁有能毒杀人者，或有他故耳。"既而又问食于何所？媪告之。乃出钱使代购一鸡，熟之，置诸葡萄架下昔日食处，热气上腾；少选，见一缕细丝，自上而下，入盛鸡盘中，穷极目力始克见之，深以为异。试以一胾投犬，犬毙，顿大惊！悔曰："误民命矣，此吾之过也。"遽返署，召集承审此案各员，鸣驺至媪家，媪大惊，跪迎，各员亦莫喻其旨。中丞命烹鸡，熟而置其处，召各员同观之，亲示以所下细丝，复以鸡投犬，犬毙。使役人毁其架，索之，得一蝎，长四寸许，细丝盖其涎也，各员相顾失色。中丞曰："此甲死之由也，今而后妇之冤始得白，谓非吾辈之罪欤？"即日持以上闻，自请议处，邑令以诬论抵，余降罚有差。

清·李庆辰撰《醉茶志怪》卷二《蜥蜴》，记叙的是一桩蜥蜴毒案，与《洗冤录》"荆花毒案"有相似之处。而蒙冤者为过门仅三日的新妇，却与以上诸则不同。其中对新妇的情态与心理的描摹，也别具特色。

中山农夫，新婚三日出耕，使新妇饷。妇羞与夫见，遥望夫耘陇畔。即近处，有老槐，垂荫数亩，意夫当憩于此。遂置馔树下，不告而返。

日卓午，农饥，不见来饷，焦急寻至林间。见篮盛陶器，藜黍蒸蒸，因会意，乃取食焉。食已，腹痛如割，罢耕，归家暴卒。

农夫父母疑妇毒之，怨鸣于官。拘妇审讯，妇泣曰："三日夫妇，有何怨仇？顾食既吾饷，谓非吾所毒也，百舌何能辩？妇知罪矣，请执之。夫死，又何乐于生！"宰囚妇。

既而悔之，乃提妇复讯，妇以情告。宰往验其处，见古槐阴翳，其心半空。令役以瓶粥置树下，遥坐以观。有蜥蜴长数尺，蜿蜒自树孔中出，探首瓶中嗅粥，须臾，登树而遁。隶白宰，宰以粥饲犬，犬毙。因悟蜥蜴毒涎，农误食而死之也。妇冤乃白。官焚其树。

近人徐珂编撰《清稗类钞·狱讼类·郑州蜥蜴毙人案》，虽然也是一桩蜥蜴毒案，却与《醉茶志怪》的《蜥蜴》差别甚大。

郑州民某娶妇数年，伉俪颇笃。妇以母丧宁家，三月不归，屡遣人促之，而妇之弟终以故辞。又月余自往速之，不得已，遂偕行焉。临行，妇与弟切切私语，若甚依恋者，大疑。既抵家，以妇与其弟私语事告家人。逾时，而其弟遣人馈羹来。某啜之，越日而毙。家人大愕，疑妇私于其弟而杀之也，鸣之官。拘妇及其弟问之，坚不承，迫以刑乃服，论斩。

刑有日矣，会官瓜代，新牧觇此案，以无据，复鞫之，叩妇曰："汝家有他异乎？"曰："无。"又问："羹来即食乎？抑移置他处而后食乎？"则曰："羹尝一置厨下。"又问："厨下有毒物乎？"妇顿悟，乃涕泣而言曰："厨下固多蜥蜴也，夫中其毒矣。"官遂临其家勘视，复开棺验尸，则二小蜥蜴在其腹。因上闻，得释。

这一故事类型，现当代仍在上海、浙江、福建、山东、河北、陕西、四川等地流布,譬如《好姑娘误杀未婚夫》①《周文俊断鳖案》②《蜈蚣奇案》③《县官破疑案》④《清官断案》⑤《明断冤案》⑥《蛇刺案》⑦《清官细审"谋夫案"》⑧。

义犬鸣冤型故事 大致写一犬之主人为谋财(或通奸)者害死,犬乃鸣噂不已,为主人申冤,终使凶手落入法网。这一故事类型,初见于南宋·洪迈撰《夷坚志》,其中记有两则故事:

> 无锡李大夫家坟庵,名曰华丽,邀惠山僧法皓主之。皓为人柔和,好接纳,凡布衣缁黄至,必待以粥饭,其与同堂,虽或过时,亦特为具馔,了不悭吝,如是三十年,往来称诵。已尝盛冬苦寒,而一客游谒,皓延之入坐,日已下,是客指腹告馁,云:"自旦到今未得食。"皓怜之。适庵人及仆使数辈俱不在,乃自取米淘泽,作糜满器。客食毕,雪忽作,皓语之曰:"天色甚恶,秀才宜少驻。"即启西房,使宿一榻上,并授以布衾。迨昏暮,皓闭门,入东室拥炉,视客冷卧,唤之附火。逾时客起,取衾烘炙,将就寝,忽萌恶念,谓此僧住庵,必当富有衣钵,今旁无一人,若乘势戕杀,席卷其囊以行,谁能御我。是时皓方暖,因遂举衾蒙其头,拆炉侧大砖,打数十下,仆地未绝,继倾瓶内沸汤

---

① 见《中国民间文学集成·上海卷·宝山区城区分卷》。
② 见《中国民间文学集成·上海卷·虹口区故事分卷》。
③ 见《浙江民间文学集成·武义县卷》。
④ 见《中国民间故事集成·福建卷·南靖县金山镇分卷》。
⑤ 见《山东民间文学资料汇编·临沂地区专集》。
⑥ 见唐山市《三套集成》办公室等编《王政故事集》,1988年6月。
⑦ 见《中国民间文学集成·陕西卷·千阳县民间故事集成》。
⑧ 见《中国民间文学三套集成·四川宜宾地区卷·民间故事家故事分册》。

沃注，皓叫呼之久之乃死。于是执灯发箧，皆敝衣败絮，仅得一银香炉，重二两许。客悔恨欲去，而雪深夜永，道黑不可行，复返宿舍，坐而须明，从后墙越遁。庵中一犬，随而悲吠，至三四里，过山岭，犹狞怒弗舍。遇两村民从山北来，犬鸣声益悲，伸前足伏地，如控诉状。民疑焉，谓客曰："此李大夫庵犬也，凌晨雪逐汝而来，兼山间窄径，非通行大路，寻常不曾有人及早经过者。观犬声殊哀愤，吾曹当相与诣彼察其故，幸而无他，则奉送出山，无伤也。"客强为辩说，不欲还，而度不可免，遂偕返。及庵外，门尚扃，民亟集近居者入验，僧尸正在地炉边，流血凝注。客无可辩，咱吐实本末，受执诣县，竟服大刑。是日非义犬报恩复仇，必里保、僮奴之累矣！

《夷坚志补》卷四《李大夫庵犬》①

绍兴中，乐平魏彦成安行为滁州守。全椒县结证一死囚狱案，云县外二十里有山庵，颇幽僻，常时惟樵农往来，一僧居之，独雇村仆供薪爨之役。养一猫极驯，每日在旁，夜则宿于床下。一犬尤可爱，俗所谓狮狗者。僧尝遣仆买盐，际暮未反，凶盗乘虚抵其处杀僧，而包裹钵囊所有，出宿于外。明日入县，此犬窃随以行，遇有人相聚处，则奋而前，视盗噪吠。盗行，又随之，至于四五，乃泊县市，愈追逐哀鸣。市人多识庵中犬，且讶其异，共扣盗曰："犬如有恨汝意，得非去庵中作罪过乎？"盗虽强辩，然低首如怖伏状。即与俱还庵，僧已死。时正微暑，猫守护其傍，故鼠不加害。执盗赴狱，不能一词抵隐，遂受刑。此犬之义，甚似前志所纪无锡李大夫庵者也。蠢动含灵，皆有佛性，此又可

---

① 见《夷坚志》第四册，第1581—1582页。

信云。

《夷坚支乙》卷九《全椒猫犬》①

南宋末佚名纂辑《异闻总录》收有一则异文，情节较为简略，亦颇感人。

青州老人朱先生，以卖药自给。每携一妻一妾一犬，往为赣州及南康县。土人多识之。绍兴丁丑岁四月，南康还，至馆。赣南黄冈有村民来，称母病，邀往其家诊视。问其居远近，曰："数里。"朱即从行。已至，则尽夺其赀囊，杀三人埋于林间。犬随而叫号，俄舍去，民逐之不已。径还南康县旧邸，以爪掊地，哀顿不已。邸人怪之，引诸县。犬伏庭下，如有所诉。县宰谕之曰："汝主人得非为奸盗所杀耶？吾当遣弓兵擒捕。"犬即起摇尾引众到埋所，发穴见尸。兵复语之曰："尸虽已见，当引我至贼家。"犬又前导，尽获凶党。

《异闻总录》卷二"朱先生犬"

金·元好问撰《续夷坚志》中的一则异文，也描述义犬报案，让杀害主人的凶犯落网。

萧卞，贞祐中为寿州。一日，杨津巡逻回，忽马前一黄犬掉尾驯扰，且走且顾，如欲导人者。卞遣二卒随之，径至西河岸眢井中，垂头下视。卒就观之，井垠有微血，一尸在内。即驰报卞，呼地主守护之。犬又导入城，望见怕一客店，鸣吠不已，如有所诉。卞呼主人者至，主人识此犬，云是朱客所畜，数日前僦舟西河，引此犬去。今犬独来，何也？卞即拘船户，偕至县，令主人

---

① 见《夷坚志》第二册，第865页。

者认为之，认是船户，问朱客所在，未加拷讯，随即首服。

《续夷坚志》卷一《萧卞异政》

明·王圻纂集《稗史汇编》共收有这一故事类型的两则异文，其中一则异文的凶手为盗匪，描述较为详细。

永乐初，淮安秦邦家业饶裕，止生一子，尚在襁褓，然好货殖四方。时年四十，将买舟贸易于京师。卜之不利，妻许氏苦谏不听。邦家畜一白犬，经数年相随出入，甚有灵性。是日解缆开舟，犬忽呼号踯躅，跃入舟内啣邦衣裾，若有阻行之意。邦不悟，遂挈之偕行。

舟次张家湾夜，邦与舟人醉卧于蓬底。有寇王甲、王乙者，率凶徒各执利刃登舟，俱被刺死于水，惟白犬从后舱跃出。王甲被啮，右手几殒。王乙持刃逐犬，犬赴水遁。二贼悉掳舟赀，埋邦尸于水浒而去。犬潜尾二贼到家，默认其处。昼则乞食于外，夜伏水次守邦尸，如是数月，人皆异之。

未几，巡河御史吕希望驻节，忽见白犬号呼岸傍，状如泣诉。希望异之，曰："此处必有冤。"令吏卒从犬足扒地处掘开，果见邦尸。犬悲号尸傍不去。希望曰："此必故主被人谋害，但不知凶身何在，犬能指其处乎？"犬摇首遂行，命吏卒随之。里许至一室，二贼方与众亲会饮。犬径入先啣王甲衣裾，次啮王乙足履。吏卒执缚二贼至御史案前，考掠未服。希望狐疑之际，忽一人啼哭而至，诉曰："某乃秦邦仆也。吾主贸易于此，被二贼劫财杀主，某亦被刺于水，幸而不死。此尸即吾主也。"二贼遂伏罪。希望问成案牍，奏闻处斩，寻追赃给主，遐迩神之。……

《稗史汇编》卷一五七《禽兽门·兽三·秦邦犬》

另一则异文的凶手为寺僧,鸣冤之犬非遇害者豢养,而是寺犬,但遇害者未殒命,经抢救竟得复苏。

  成化间,有一富商寓在京齐化门一寺中,寺僧见其挟重赀,因乞施焉。商颔之而未发也。僧自度其寺荒寂,乃约众徒先杀其仆二,即以帛缢商死,埋寺后坑中,以二仆尸压其上,实之以土,尽取其所有。
  越二日,有贵官因游赏过其寺,寺犬鸣噪不已,使人逐之,去而复来。官疑之,命人随犬所至。犬至坎所伏地悲噪。官使人发视之,尸见矣。起尸而下有呻吟之声,乃商人复醒也。以汤灌之,少顷能言。遂闻于朝,尽捕其僧,寘于法。是岁例该度僧,因是而止。呜呼,僧不若犬也哉!

    《稗史汇编》卷一五七《禽兽门·兽三·犬报商冤》

  清·蒲松龄撰《聊斋志异》录写的一则异文,与上一则《犬报商冤》有相似之处,即遇害富商因义犬救助而得以生还。而图财害命之盗贼尽管得逞于一时,最终仍然未能逃脱义犬的追捕。犬之主人不但幸免于难,而且还夺回失金。

  周村有贾某,贸易芜湖,获重赀。赁舟将归,见堤上有屠人缚犬,倍价赎之,养豢舟上。舟人固积寇也,窥客装,荡舟入莽,操刀欲杀。贾哀赐以全尸,盗乃以毡裹置江中。犬见之,哀噪投之,口衔裹具,与共浮沉。流荡不知几里,达浅搁乃止。犬泅出,至有人处,狺狺哀吠。或以为异,从之而往,见毡束水中,引出断其绳。客固未死,始言其情。复哀舟人,载还芜湖,将以伺盗船之归。登舟失犬,心甚悼焉。抵关三四日,估楫如林,而盗船不见。适有同乡估客将携俱归,忽犬自来,望客大噪,唤之却走。

客下舟趁之。犬奔上一舟，啮人胫股，挞之不解。客近呵之，则所啮即前盗也。衣服与舟皆易，故不得而认之矣。缚而搜之，则裹金犹在。呜呼！一犬也，而报恩如是。世无心肝者，其亦愧此犬也夫！

《聊斋志异》卷五《义犬》

清·张潮辑录《虞初新志》卷七《义犬记》（徐芳撰），情节又有所不同，客商死后，义犬为其申冤，不但让凶手落网，还使商子得到被劫橐金，令人感动。

丙申秋，有太原客南贾还，橐一卫，橐金可五六百，偶过中牟县境，憩道左。有少年人以梃荷犬至，亦偕憩。犬向客咿哑，若望救者。客买放之。少年窥客装重，潜蹑至僻处，以梃搏杀之，曳至小桥水中，盖以沙苇，负橐去。

犬见客死，阴尾少年至其家，识之，即诸县中，适县令升座，衙班甚肃。犬直前据地呼号，若哭若诉，驱之不去。令曰："尔何冤？吾遣吏随尔。"犬导隶出，至客死所，向水而吠。隶掀苇得尸，还报，顾无从得贼。犬亦复至，号掷如故。令曰："若能知贼乎？我且遣隶随尔。"犬又出，令又遣数隶尾去。行二十余里，至一僻村人家。犬竟入，逢一少年跳而啮其臂，衣碎血濡。隶因绁之到县，具供杀客状。问其金尚在，就家取之。因于橐中得小籍，知其邑里姓字。令乃抵少年辟，而籍其橐归库。

犬复至令前吠不已。令因思曰："客死，其家固在，此橐金安属？犬吠将无是乎？"乃复遣隶直往太原，此犬亦随去。既至其家，方知客死，又知橐无恙，大感恸。客有子，束装偕隶至，贼已瘐死狱中。令乃取橐验而付之。其犬仍尾其子至，扶榇偕返。还往数千里，旅食肆宿与人无异。

清·胡式钰撰《窦存》录写的一则异文，鸣冤或为被害少妇所蓄之犬，故事情节与前一则大不相同，依然颇为感人。

松江娄县某村一少妇，独往母家省视，蓄一狗随行。及返日暮，路经荒庙，有恶丐七人扯妇入，拒奸污竟夜。妇无如何，但云："俟我归取尔辈命！"丐惧，刃死妇，断其首于供桌下，揭起地砖埋盖之。又将尸体缚以石，沉之野溪，狗俱熟视焉。时正在黎明，狗奔到家，撞门哀叫。尸夫开门，狗啮衽拽往，咤之不舍，见狗双泪泫流，呜咽惨戚，讶其故事。邻人曰："但随往。"狗舍衽，导行甚疾。进破庙，阒无一人。狗力掀供桌下地砖，爪牙并用，夫惊视首级，妇也。犹疑旋往母家，询之，彼此大骇而恸。因向狗云："尸身何在？"狗然而走，尾之到一溪边，望水跳号。遂觅钩竿钩得之。事到官，亟饬捕者偕尸夫并狗往各乡市缉犯。到某镇，丐者数人络绎乞钱，中有三人，狗一一咬其胫。拘送官，严鞠得实。丐并言见狗随妇云。余丐寻亦捕获，申请枭首示众焉。官赏狗钱五缗，给尸夫买肉饲之。道光戊戌五月间事，得之乡里传说。

《窦存》卷三"松江少妇"

清末杨南辉撰《南皋笔记》录写的一则异文，谋杀是因奸情而起，与先前的几则有所不同。家犬历尽艰辛替主申冤，凶犯被绳之以法后乃触柱而死，义重情深，亦十分感人。

赵甲，年五十，娶妻而美。其妻以为老也，常不能安其室。有邻家子罗某者，年少而美。赵妻诱之，遂私焉。赵察觉之，而阴诫其妻曰："汝以我为老耶？汝之有私，我盖知之。若罗某者倘复来，吾将杀之，且手刃及汝矣！"其妻不应，阴以告罗。罗惧其不利于己也，乃与其妻谋而毒之死焉，埋尸荒山中，邻人无知之者。

赵家有犬，自赵死后即不食其家食，亡之山中，守其冢，虽风雨不去也。每有人过其处，犬辄呼号，摇尾作乞怜状，而人不之觉。越数月，犬乃去，卧于道旁。

一日，其县官下乡，道经于此。犬直扑马前，狂奔号，如呼冤状，役从麾之不去也。县官疑其有异，语之曰："汝有何冤？吾当为汝伸之。但汝不能言，奈何！"犬乃西向号走，却而复前，若有所指示也者。官乃命役尾之行，至荒山中赵某葬处。犬以爪搔其墓，见尸焉。役以告，出其尸验之，盖酖毒也，然不知死者为何人。传土人询之，亦无知之者。官复问犬曰："死者为汝主人耶？汝主为何人？毒汝主者为何人？汝必知之，盍明以示我。"犬复向南号走，指示如前状。官乃命役随犬所之。犬先至，时赵妻方与罗某对坐饮。犬直扑罗，伤其足。赵妻起，执杖逐之，而巡缉队已至，遂将赵妻与罗某并拘到案。一讯而服，皆论抵。

谳既定，犬乃触柱死。县人咸嘉其义，具衣冠殓之，葬之赵甲冢旁，表其碑曰"赵家义犬之墓"，而记其事于碑阴焉。

《南皋笔记》卷二《义犬记》

这一故事类型，现当代仍在吉林、天津等地流布，譬如《黄狗拦轿》①《沈记脸判案》②。

后夫伏法型故事 大致写某被人杀害后，其妻不久便与凶手结为夫妇。当此妇得知真情时，立即告官，让后夫伏法。这一故事类型，初见于宋·洪迈撰《夷坚志》：

---

① 见《中国民间故事集成·吉林卷》。
② 见《中国民间故事集成·天津卷》。

鄂岳之间居民张客，以步贩纱绢为业。其仆李二者，勤谨习事，且赋性忠朴。张年五十，而少妻不登其半，美而且荡，李健壮，每与私通。淳熙中，主仆行商，过巴陵之西湖湾，壤地荒寂，旅邸绝少。正当旷野长冈，白昼急雨，望路左有丛祠，趋入少憩。李四顾无人，遽生凶念，持大砖击张首，即闷仆，连呼乞命，视檐溜处，浮沤起灭，自料不可活，因言："我被仆害命，只靠你它时做主，为我伸冤。"李失笑，张遂死。李归绐厥妻曰："使主病死于村庙中，临终遗嘱，教你嫁我。"妻亦以遂己愿，从之。凡三年，生二子，伉俪之情甚笃。尝同食，值雨下，见水沤而笑，妻问之："何笑也？"曰："张公甚痴，被我打杀，却指浮沤作证，不亦可笑乎！"妻闻愕然，阳若不介意，伺李出，奔告里保，捕赴官。访寻埋骸，验得实，不复敢拒。但云鬼擘我口，使自说出。竟伏重刑。

《夷坚志补》卷五《张客浮沤》①

明·王圻纂集《稗史汇编》卷一七〇《祸福门·报恶下·浮沤申冤》，由前后两则故事组成。后一则为《夷坚志补》卷五《张客浮沤》的缩写。而前一则的故事情节，与《夷坚志补》卷五《张客浮沤》有相似之处：

溧阳史某与友商于外，友利其妻，推堕水归。讣服阕，娶其妻，生二子。一日雨，见虾蟆上阶，以杖推下水，不觉失笑。妻问故，曰："史某死状如是。"妻即杀二儿，奔诉，史伏诛。好事者作《虾蟆传》。

明·陆容撰《菽园杂记》中的一则异文，情节有所变化：

---

① 见《夷坚志》第四册，第1590页。

洪武中，京民史某与一友为火计。史妻有美姿，友心图之。尝同商于外，史溺水死，其妻妾无子女，寡居。持服既终，其友求为配，许之。居数年，与生二子。一日雨骤至，雨潦满庭，一虾蟆避水上阶，其子戏之，杖抵之落水。后夫语妻云："史某死时，亦犹是也。"妻问故，乃知后夫图之也。翌日，俟其出，即杀其二子，走诉于朝。高皇赏其烈，乃置后夫于法而旌异之。好事者为作《虾蟆传》以扬其善，今不传。

《菽园杂记》卷三"史妻置后夫于法"

明·冯梦龙编《情史》中的一则异文，情节变化更为显著：

铅山有人悦一美妇，挑之不从。乘其夫病时，天大雨，昼晦，乃着花衣为两翼，如雷神状，至其家，夺铁椎椎杀之，即飞出其家。以为真遭雷诛也。又经若干时，乃使人说其妇，求为妻。妇许焉，伉俪甚笃。出一子，已周岁矣。一日，雷雨如初，因燕语漫及前事，曰："吾当时不为此，焉得妻汝？"妇佯笑，因问衣与翼安在？曰：在某箱中。妇俟其人出，启得之，赴诉张令。擒其人至，伏罪论死。

《情史》卷十四情仇类《铅山妇》

野兽求医型故事 系"兽穴接生型故事"的亚型。大致写一医者（或懂医术的乡民）被请至兽穴中为病兽疗疾，得到厚报。有的医者因此惹祸，经一番周折才脱干系。这一故事类型，初见于宋·洪迈撰《夷坚志》：

商州医者负箧行医，一日昏黑，为数人擒去如飞。医者大呼求援，乡人群聚而不可夺。所擒之人。悬崖绝险，医者扪其身皆毛。行数里，到石室中，见一老猿卧于石榻之上，侍立数妇人，皆有姿色。一妇谓医曰："将军腹痛。"医者觉其伤食，遂以消食药一服与之以服。老猿即能起坐，且嘱妇人以一帕与之，令数人送其回归。抵家视之，尽黄白也。次日持卖，有人认为其家之物，欲置之官。医者直述其由，尽以其物还之，其事方释。忽一夕，数人又来请其去，见老猿有愧色。其妇人又与一帕，且谓："得之颇远，卖之无妨。"医者持归，遂至大富。

《夷坚志三补·猿请医生》①

元·无名氏撰《湖海新闻夷坚续志》后集卷二《精怪门·猿请医士》抄自《夷坚志》，与此则悉同。

南宋·马纯撰《陶朱新录》"医治猴疾"，求医者为猴，情节较为曲折，人物刻画，尤其是人物心理剖析比较细腻，在此一故事类型中颇为突出。

仆妻姑之夫郑参秉又言：政和中监中山府甲仗库，目击一医者为市人执以为盗，不承，怂争至府。医者云：去年以医入山中，行一十里，越一岭，岭下山川奇秀，忽一猴挽驴不可却，竟与之入道左山溪中，无复径路。行二十许里，见泉石清丽，复有猴千百为群，跳掷岩谷间。

至一石室，有巨猴卧其中，如人长，察其有疾且异其事，乃为视脉。又内自谋曰："不过伤果实耳。"既示之，猴首肯，似晓人事，遂以常所用消化药饵四五粒，辄利者与之盈掬，饮以涧水。恐猴久必为患，故多与药因欲杀之也。复令一猴送出。

既归，不敢再经其地，意猴必死，恐为狙所仇。年余偶至山

---

① 见《夷坚志》第四册，第1813页。

中，果一猴复来引驴，察无他意，遂与俱行。至前石室，病猴引其类自山而下见之，大喜跳跃于前。众猴争索药，所携悉分与之，至空箧。病猴乃以白金数十匣、衣两袱赠之，令向猴导以归。

其鬻衣于市，遂与市人见执，实非盗也。愿从公皂行验之。帅异而许之，至挽驴山间，大呼曰："猴我愈尔疾，而反祸我，度尔必有灵，岂不能雪我耶！"俄一猴出，初不畏人，从吏与俱入府中，猴啁哳厅下，指画若辩理者。帅大奇之，即以衣银还医者，猴亦奔而去。

元·无名氏撰《湖南新闻夷坚续志》后集卷二《精怪门·猴劫医人》，病者为母猴。此则故事情节并不曲折，却将猴子多有灵性的特点描绘得栩栩如生，读来饶有兴味。

衢州江山县长台村，山多猴，千百为群，临溪饮水，大如人形。凡有商旅必为所劫，不害人命而利其财，率众接臂，负藏高山，人莫得见，习以为常。

忽有柴郎中自山下过，群猴复来，视其身无有也，但便袋中有药方。柴曰："我能医。"扶之登山，坐之石洞，争进果核。顷扶老猴母来，但不能言，指其喉内痰嗽。与之药，一服即愈。留之数日，首致谢礼，先送白纸数沓，不受；又绢帛，亦不受；续尽以所有金银来并前纸绢，悉受之。群猴送下山，柴氏至今富盛。

清·蒲松龄撰《聊斋志异》卷十二《毛大福》写疡医为病狼治疮，得金饰而蒙冤，因求狼作证，进而破了一桩盗杀案。这在此故事类型中自有其独特之处。

太行毛大福，疡医也。一日，行术归，道遇一狼，吐裹物，蹲道左。毛拾视，则布裹金饰数事。方怪异间，狼前欢跃，略曳袍服，即去。毛行，又曳之。察其意不恶，因从之去。未几，至穴，见一狼病卧，视顶上有巨疮，溃腐生蛆。毛悟其意，拨剔净尽，敷药如法，乃行。日既晚，狼遥送之。行三四里，又遇数狼，咆哮相侵，惧甚。前狼急入其群，若相告语，众狼悉散去。毛乃归。先是，邑有银商宁泰，被盗杀于途，莫可追诘。会毛货金饰，为宁所认，执赴公庭。毛诉所从来，官不信，械之。毛冤极不能自伸，唯求宽释，请问诸狼。官遣两役押入山，直抵狼穴。值狼未归，及暮不至，三人遂返。至半途，遇二狼，其一疮痕犹在。毛识之，向揖而祝曰："前蒙馈赠，今遂以此被屈。君不为我昭雪，回去榜掠死矣！"狼见毛被絷，怒奔隶。隶拔刀相向。狼以喙拄地大噪；噪两三声，山中百狼群集，围旋隶。隶大窘。狼竟前啮絷索，隶悟其意，解毛缚，狼乃俱去。归述其状，官异之，未遽释毛。后数日，官出行，一狼衔敝履，委道上。官过之，狼又衔履奔前置于道。官命收履，狼乃去。官归，阴遣人访履主。或传某村有丛薪者，被二狼迫逐，衔其履而去。拘来认之，果其履也。遂疑杀宁者必薪，鞠之果然。盖薪杀宁，取其巨金，衣底藏饰，未遑搜括，被狼衔去也。

清康熙《钱塘县志》卷三十"郭文举救虎"，情节变化显著，亦有新意。

相传晋时，郭文举至余杭大涤山隐居十余年。鹿裘葛巾，区种菽麦或采箬，以贸盐酪，有余即施贫人。一日有虎张口向之，文视其舌，有横骨，乃引入探去。明日虎置一鹿于舍外。适有猎人来宿，因指与之，卖后分钱与文。文曰："我若需此自当卖。所以相语，不须故也。"后虎服役如仆从，令负箬随行，尝置于凤凰山侧。文货药归晚，虎噪。今名其地"噪亭"。

第十一章 宋元时期的民间故事类型

这一故事类型，现当代仍在贵州、安徽、山东、河南、四川、山西等地汉族和一些少数民族聚居区流布，譬如《老虎求医》（侗族）①、《老虎请人看病》（苗族）②、《老虎报恩》③、《老虎报恩》④、《孙思邈医虎》⑤、《孙思邈骑虎看病》⑥、《医生和老虎》⑦。

虱异致祸型故事　大致写某人出于好奇，将一虱密封藏于某处，经一（或二三年）置掌中观看，虱仍蠕动，啮其血，遂成疮痛，久而致死。这一故事类型，初见于南宋·洪迈撰《夷坚志》。

> 处州松阳民王六八，及箍缚盘甑为业。因至缙云，为周氏葺甑。方施工，而腰间甚痒，扪得一虱。戏钻甑成窍，纳虱于中，剡木塞之而去。经一岁，又如缙云，周氏复使理故甑。忽忆前所戏，开窍视之，虱不死，蠕蠕而动。王匠怪之，拈置掌内，祝之曰："尔忍饿多时，如今与尔一饱。"遽啮掌心，血微出，痒不可奈，抓之成痈。久而攻透手背，无药能疗，遂至于死。

《夷坚支丁》卷八《王甑工虱异》⑧

元·无名氏撰《湖海新闻夷坚续志》所收的一则异文，故事发生地及故事情节均有变化。

---

① 见《中国民间故事集成·贵州卷》。
② 见《中国民间故事集成·贵州卷》。
③ 见《中国民间故事集成·安徽卷》。
④ 见《中国民间故事集成·山东卷》。
⑤ 见《中国民间故事集成·河南卷》。
⑥ 见《中国民间故事集成·四川卷》。
⑦ 见《山西民间故事大系·晋中卷》。
⑧ 见《夷坚志》第三册，第 1031—1032 页。

昔有客人自钟离山经过，身痒，脱下衣看，有巨虱数十，客人取以纸裹之，藏于山之石罅中。次年再过此处，自谓其虱必死，及取而视，虱犹如故。遂以手掌盛之，虱自手掌中食血，骎寻入皮肉中，觉痒甚，爬之不已，因而成疮，遂溃烂不治，逾月而死。

《湖海新闻夷坚续志》补遗《报应门·虱咬死人》

清·蒲松龄撰《聊斋志异》采录的一则异文，故事情节更为简略，然亦有一定变化。

乡人某者，偶坐树下，扪得一虱，片纸裹之，塞树孔中而去。后二三年，复经其处，忽忆之，视孔中纸裹宛然。发而验之，虱薄如麸。置掌中审顾之。少顷，掌中奇痒，而虱腹渐盈矣。置之而归。痒处核起，肿数日，死焉。

《聊斋志异》卷八《藏虱》

近人藕香室主人编《稀奇古怪不可说》① 所收的一则异文，故事发生的场所与以上诸则不同，情节亦有变化，对客人致死的原因，又有新的解释。

清雍正时，常州双桂坊某旅店，有远方客来投宿，夜不成寐，捕臭虫数头裹以纸，置之墙隙。越三载，复宿是屋，偶忆前事，检壁中，纸裹在焉。取出视之，皆已干瘪。置掌心片刻，臭虫微动。忽嘤然一声，客倒地死。

店主报官莅验，官欲穷其异，竭力搜索，始于肉砧中得一臭虫之窟。砧高四尺，宽亦尺余，剖之则中有血球一，大如鸡卵，

---

① 《稀奇古怪不可说》，上海中国第一书局1922年。

四围攒聚小虫儿满。盖中间之球,即墙隙臭虫之精灵所凝结,不能自动,赖外层之小虫出吸人血,以输送而滋养之。乃取出,以火焚之,臭闻数丈外。客之死,因深中其毒也。

《稀奇古怪不可说·旅客中毒》

勘钉案型故事 系"哭夫不哀型故事"的亚型。大致写某官吏在审理一桩命案时,因尸体无伤,一时找不到破案线索;后发现其人头顶有钉,遂迅速突破,将凶手法办。这一故事类型故事,初见于宋·郑克撰《折狱龟鉴》,故事主人公为北宋初年人,故事发生地在今四川境内:

近时小说亦载一事:张咏尚书镇蜀日,因出过委巷,闻人哭,惧而不哀,亟使讯之,云:"夫暴卒。"乃付吏穷治。吏往熟视,略不见其要害,而妻教吏:"搜顶髻,当有验。"及往视之,果有大钉陷其脑中。吏喜,辄矜妻能,悉以告咏。咏使呼出,厚加赏劳。问所知之由,令并鞫其事。盖尝害夫,亦用此谋。发棺视尸,其钉尚在。遂与哭妇俱刑于市。

《折狱龟鉴》卷五《子产》附录《张咏》

元·陶宗仪撰《辍耕录》所收的一则异文,情节与上一则相似,故事主人公为元代初年人,故事发生地在今内蒙古境内:

姚忠肃公,至元二十年癸未为辽东按察使。武平县民刘义讼其嫂与其所私同杀其兄成,县尹丁钦以成尸无伤,忧懑不食。妻韩问之,钦语其故。韩曰:"恐顶卤有钉,涂其迹耳。"验之果然。狱定上谳,公召钦,谛询之,钦因矜其妻之能。公曰:"若妻处子邪?"

曰:"再醮。"令有司开其夫棺,毒与成类,并正其辜。钦悸卒。时比公为宋包孝肃公拯云。

《辍耕录》卷五《勘钉》

这一故事类型,现当代仍在上海等地流布,譬如《若要人不知,除非己莫为》①。

"我来也"型故事 大致写京师盛传某贼窃盗后必在门壁上书写"我来也"三字,久捕不获。一日,此贼被捕入狱,拒不认服。后来此贼重金买通狱卒,深夜离开监牢两三个时辰。次日某府来报昨夜为"我来也"所盗。官府以为有误,于是将此贼放出。这一故事类型,始见于宋·沈俶撰《谐史》:

> 京师阛阓之区,窃盗极多,踪迹诡秘,未易跟缉。赵师睪尚书尹临安,日有贼每于人家作窃,必以粉书"我来也"三字于门壁,虽缉捕甚严,久而不获。"我来也"之名,哄传京邑,不曰"捉贼",但云"捉我来也"。
>
> 一日,所属解一贼至,谓此即"我来也",亟送狱鞫勘。乃略不承服,且无赃物可证,未能竟此狱。其人在京禁,忽密谓守卒曰:"我固尝为贼,却不是'我来也',今亦自知无脱理,但乞好好相看。我有白金若干,藏于宝叔塔上某层某处,可往取之。"卒思塔上乃人迹往来之冲,意其相侮。曰:"毋疑,但往。此作少缘事,点塔灯一夕,盘旋终夜,便可得矣。"卒从其计,得金,大喜。次早入狱,密以酒肉与贼。
>
> 越数日,又谓卒曰:"我有器物一瓮,置侍郎桥某处水内,可复取之。"卒曰:"彼处人闹,何以取?"贼曰:"令汝家人以箩

---

① 见《中国民间文学集成·上海卷·卢湾区故事卷》。

贮衣裳，桥下洗濯，潜掇瓮入箩，覆以衣，异归可也。"卒从其言，所得愈丰。次日，复劳以酒食。卒虽甚喜，而莫知贼意。

一夜，至二更，贼低语谓卒曰："我欲略出，四更尽即来，决不累汝。"卒曰："不可。"贼曰："我固不至累汝，设使我不复来，汝失囚不过配罪，而所我遗，尽可为生。苟不见从，却恐悔吝有甚于此。"卒无奈，遂纵之去。卒坐以伺，正忧恼间，闻檐瓦声，已跃而下。卒喜，复桎梏之。

甫旦，启狱户，闻某门张府有词云："昨夜三更被盗失物，其贼于府门上写'我来也'三字。"师羼抚按曰："几误断此狱，宜乎其不承认也。"止以"不合夜行"杖而出诸境。

狱卒回，妻曰："半夜后闻扣门，恐是汝归，亟起开门，但见一人以二布囊掷户内而去，遂藏之。"卒取视，则皆黄白器也。乃悟张府所盗之物，又以赂卒。

贼竟逃命，虽以赵尹之严，而莫测其奸，可谓黠矣，卒乃以疾辞役，享从容之乐终身。没后，子不能守，悉荡焉，始与人言。

《谐史》"我来也"①

明·陆楫编纂《古今说海》卷九十三说略部《谐史》"我来也"，与此则悉同。明·田汝成撰《西湖游览志余》卷二十五亦录有此则，略去其首尾，其余部分大体上相同。

清·乐钧撰《耳食录》卷十一《我来也》系据《谐史》重述，文字多有变化，更为通俗易传。

昔京师一偷儿奇绝莫测，每入人家窃财货，虽高墉坚壁，弗能防也。临去，必粉书"我来也"三字于门壁间。被盗之家岁以

---

① 引自《说郛》卷二十三（《说郛三种》第一册）。

百计。官吏罗而捕之,久不获。

　　一日,近县获一盗,云是"我来也",解以来京,系之郡狱。怨家共诣守言之,皆欲得而甘心焉。盗闻之,谓狱卒曰:"我固尝作贼,然实非'我来也'。今既诬服,有死而已。子幸善视我,当即有以相报。"卒遂善待之。

　　数日,盗谓曰:"我有白金三百,在某塔下,盍往取之?"卒以为诳,盗曰:"子夜半绕塔三匝,当有应者,金可得也。"如言,果得之,卒喜甚,待之益厚。盗又曰:"某桥下水中有金器数事,亦以赠子。"卒曰:"桥道行者甚众,何术取之?"盗曰:"不难。以竹篮盛衣往浣,沉之水底,下而取衣,因以金置篮中,谁能见耶?"果又得之。

　　是夜盗谓卒曰:"有所求于子,而无损于子,其许我乎?"卒问云何,盗曰:"求为我暂脱枷钮,出狱勾当一事,五更即至,决不子累。"卒颇难之,盗作色曰:"子受吾千金之赠,我出即不返,子以此受薄谴,亦无负也。矧不至此耶?若必不获命,诚不难破网而逃,于子反恐不利耳。"卒不得已,纵之去,心甚惶惑。比五更,盗倏从檐际投下,复就系。卒大喜过望。

　　次日,有富民诣府投状云:"夜来大亡其财,门上大书'我来也'。"守诧曰:"'我来也'固未获耶?狱中盗之诬明矣。"遂薄责而释之。

　　卒归家,妻迎谓曰:"夜来一事颇奇。有谁何呼门甚急,我启门问之,其人突入,掷一布袋于地而去。其中累累者不知何物,我不敢发也。"卒亟启视之,则皆黄白物。乃悟盗即"我来也",为此以求免,且以报己也,秘不告人。

这一故事类型,相当于丁乃通编著《中国民间故事类型索引》1525T。

娶妇得郎型故事　大致写某家聘妇后,男病加剧(或病殁),出于特殊考虑，仍请期迎亲。女家无法推却，乃以其子（或侄）假扮女子去男家，草率成婚。其后阴差阳错，竟使女家嫁女而得妇，男家娶妇而得郎，一时传为奇事。这一故事类型，初见于南宋·罗烨编撰《醉翁谈录》。故事发生地在广州，其基本情节为明清所沿袭。

  广州姚三郎家，以机杼为业。其妻双生一男一女，女居长，状貌无别。男名宜孙。女名养姑，少时为高客子高大议亲。过聘后，女因春游，大适见之，乃起慕妻之心。时大年已十七矣，欲取其妻，以女年纪未及为辞。大因成病。高使媒者来曰："高郎甚危，恐因思成病，权欲取妇归，以满其意，冀得病愈。"姚与约曰："彼既有疾而欲取妻，是速其死。如欲毕亲，此断不可。但欲取归见面而慰安之，此亦从便。"议既定，密与其妻谋曰："不若权以养姑服饰，装束宜孙而归之，少慰其家。但丁宁勿与归房。"

  及行时，宜孙年方十五，宛然与女子无异。及到其家，入见高郎于其父母之房。时高郎羸甚，其家乃置养姑于他房，以其室女伴之。

  经月余，高大病愈，大岂知养姑之来，乃宜孙假为之也，与其伴宿之女，所为不善久矣。姚恐事觉，乃促其归。其子依依不忍离矣。及败露，高欲兴讼。众谓曰："若到官，彼此有罪，则不若用交亲之说为上。"高思之，不欲坏其女，于是从之。时人为之语曰："弟以姊而得妇，妹以兄而获夫。打合就鸳鸯一对，分明归男女两途。好个风流伴侣，还它终久欢娱。"后遂成亲，二家修好，释然如初矣。

《醉翁谈录》丙集卷一《因兄姊得成夫妇》

  明·王同轨撰《耳谈》（一名《赏心粹语》）卷十一《娶妇得郎》，故事发生地在南京，情节稍有变化，描述较为简略。

金陵人有女且于归，而婿病剧。婿家贫利女奁具，故强迎女。视婿，女家难之，而又迫于求，欲却不能，因计其子年貌类姊，遂饰子往。故称未成礼，不宜见尊亲，常蔽其面。婿家不知以婿之妹伴嫂，宿于别室，是夜婚合。越三日，女家迎女归，妹自陈嫂是男子，已为我婿矣。婿家大恚，讼于法司。法司曰："渠不宜以男往，尔奈何以女就之乎？殆是天缘，听其自配。"后婿病亦愈，女竟得归。一嫁女而得妇，一娶妇而得郎，虚往实还，网鱼得鲔矣。予里卢孝廉游吴归谈。

　　明·冯梦龙编纂《古今谭概》杂志部第三十六《嫁娶奇合》，故事发生地在江南昆山县（今属上海），情节与《耳谈》一则大同小异，所不同之处是男方强娶与旧时"冲喜"婚俗有关。

　　嘉靖间，昆山民为男聘妇，而男得痼疾。民信俗有"冲喜"之说，遣媒议娶。女家度婿且死，不从。强之，乃饰其少子为女归焉，将以为旬日计。既草率成礼，男父母谓男病，不当近色，命其幼女伴嫂寝，而二人竟私为夫妇矣。逾月，男疾渐瘳。女家恐事败，绐以他故邀假女去，事寂无知者。因女有娠，父母穷问得之。讼之官狱，连年不解。有叶御史者，判牒云："嫁女得媳，娶妇得婿。颠之倒之，左右一义。"遂听为夫妇焉。吴江沈宁庵吏部作《四异记》传奇。

　　明·冯梦龙编纂《情史》卷二《昆山民》，与此则相同。
　　清·褚人获纂辑《坚瓠集》所收的两则异文，即《坚瓠秘集》卷四《天缘》（出自《濯缨亭杂记》）和《坚瓠十集》卷三《姑嫂成婚判》（出自《暇弋篇》），故事发生地在北京或都下，情节均与以上那一则有相当明显的变化，然亦带有喜剧色彩。

正德间，都下王某家甚富，其子聘孙氏女为妇。将婚，子病瘵死，恐孙氏匿其聘财，秘不发丧，诈令媒妁请期。女家觉其诈，伴许之。至亲迎日，王以其女伪作男子往迎，孙氏亦令其侄伪作女子随行成礼，王意两女共一室，了无他疑。不意少女与少男相悦，而私成配偶矣。都下民俗，成婚三日婿与妇同归父母家，孙氏遂留王氏女于家。王某方悟，反受其欺，已无及矣。讼于官，两家各当坐诈罪。王氏女既为孙侄之妇，而以孙氏之女亦归王氏之侄。一时盛传以为奇事。

《坚瓠秘集》卷四《天缘》

有刘璞者，其妹已许裴九之子裴政矣。璞所聘孙氏，其弟润亦已聘徐雅之女。而璞以抱疴，俗有冲喜之说，父母择吉完姻。妇翁以婿方病，润以少俊，乃饰为女妆，代姊过门，将以为旬日计，草率成礼。父母谓子病不当近色，命其幼女伴嫂，而二人竟私为夫妇。逾日子病渐瘳，女家恐事败，给以他故，邀假女去，事寂无知者。因女有娠，父母穷问得之，讼之官。官乃使孙刘为配，而以孙所聘徐氏偿裴。其判牒云："弟代姊嫁，姑伴嫂眠。爱女爱子，情在理中。一雌一雄，变出意外。移干柴近烈火，无怪其燃；以美玉配明珠，适获其偶。孙氏子因姊得妇，搂处子不用逾墙；刘氏女因嫂而得夫，怀吉士初非衔玉。相悦为婚，礼以义起，所厚者薄，事可权宜。使徐雅别婿裴九之儿，许裴政改娶孙郎之配。夺人妇人亦夺其妇，两家恩怨，总息风波，独乐乐不若与人乐。三对夫妻，扣谐鱼水。人虽兑换，十六两原只一斤。亲是交门，五百年必非错配。以爱及爱，伊父母自作冰人。非亲是亲，我长官权为月老。已经明断，各赴良期。"命黄堂舆从，送归私第。

《坚瓠十集》卷三《姑嫂成婚判》

这一故事类型，现当代仍在江西等地流布，譬如《李知县巧断风流案》①。

邻僧积饭型故事　大致写一寺僧每日将毗邻官宅沟中流出之饭粒洗净晒干，积成一囤。后城破遇难，官宅断粮。此僧即将其蒸熟，送与宅中老小充饥。这一故事类型，初见于南宋·张端义撰《贵耳集》。

> 王黼宅与一寺为邻。有一僧，每日有黼宅沟中流出雪色饭颗，漉出洗净晒干，不知几年，积成一囤。靖康城破，黼宅骨肉绝食。此僧即用所囤之米，复用水浸蒸熟，送入黼宅，老幼赖之无饥。
>
> 　　　　　　　　　　　　　《贵耳集》"邻僧积饭"②

明·王圻编纂《稗史汇编》卷八十七《人事门·佽侻·僧遗饭颗》、明·冯梦龙编撰《古今谭概》汰侈部第十四《王黼》、明·郑瑄编纂《昨非庵日纂》卷九"邻僧积饭"，均抄自《贵耳集》，文字小有出入。明·陆楫编纂《古今说海》卷一二六说纂部《养疴漫笔》（宋·赵溍撰）"邻僧积饭"，亦抄自《贵耳集》，文字稍有压缩。

抄斩淫僧型故事　大致写某地一位或数位淫僧以拜佛求子等手段骗奸无数良家妇女，甚至将其囚于寺内以供淫乐。后败露，官府乃抄斩淫僧，并毁其寺。这一故事类型，宋代已有记载。最早见于宋·杨和甫撰《行都纪事》、南宋·赵葵撰《行营杂录》。《行都纪事》"流僧废寺"③ 所记为嘉兴精严寺的奇闻。

---

① 见《中国民间故事集成·江西卷》。
② 见《说郛》卷八（《说郛三种》第一册）。
③ 见《说郛》卷二十（《说郛三种》第一册）。

第十一章 宋元时期的民间故事类型

嘉兴精严寺大刹也。僧造一殿，中塑大佛，诡言妇人无子者，惟祈祷于此，独寝一宵即有子。殿门令其家人自封锁。盖僧于房中穴地道，直透佛腹，穿顶而出，夜与妇人合。妇人惊问，则云："我是佛。"州民无不堕其计。次日往往不敢言。

有仕族之妻亦往求嗣，中夜僧忽造前，既不能免，则啮其鼻，僧去。翌日其家遣人遍于寺中物色，见一僧卧病，以被韬面，揭而视之，鼻果有伤，掩捕闻官。时韩彦古子师为郡将，流其僧而废其寺。

《行营杂录》"废精严寺"① 与此则文字相同。

《行营杂录》"破毁鹿苑寺"②，出自《苇航纪谈》，所记为临安鹿苑寺的奇闻。

行都崇新门外鹿苑寺，乃殿帅杨存中郡王持建以处北地流寓僧。一岁元宵，侧近营妇连夜入寺观灯。有殿司将官妻同一女往观，乃为数僧引入房中，置酒盛馔，逼令其醉。遂留夜于幽室，遽杀母而留女，女不敢哀。及半年，三僧尽出其房。窗外乃是野地，女因窥窗见一卒在地打草，呼近窗下，备语前事，可急往某寨某将家报知，速来取我。卒如言往报，将官即告杨帅。帅令人告报本寺云，来日郡王自斋，合寺僧行人力本府自遣厨子排斋，至是坐定，每二卒擒下一僧。合寺僧行人力尽缚之。又令百余卒破其寺，果得此女，见父号恸。遂绑三人主首送所属，依法施行，而毁其寺，还去诸髡。

明·王圻纂集《稗史汇编》卷六十九《方外门·奸僧·鹿苑寺僧》与

---

① 引自《古今说海》说纂丙集。
② 引自《古今说海》说纂丙集。

此则相同，文字略有出入。

明·王同轨撰《耳谈》卷七《临安寺僧》，所记也是发生在临安的奸僧故事，通过一书生历险的故事，揭露了淫僧的狰狞面目。而书生的遇难不惊，敢于奋起除奸，不但自救，而且搭救出受害妇女，为当地捣毁了一个魔窟。

吴中一生与临安某僧相善，从游最久。一日，过寺值僧他出，径入其所居奥室，见榻前悬一小木鱼，无心敲击，忽榻后板铃响，一少妇出，即士所识中表戚也。两相骇诧。板即屏内一片，而巧合缝，可开可闭，所谓地窖子也。妇惧缩入，生亦奔归，遇僧于门。僧既惊失锁户而又讶，生色异，知事已露，故以好强挽生返，曰："今日之事，势不两生，惟足下自裁。"生亦嗟讶曰："自堕火坑，知贼突不能释我，固我死日第求一大醉而子诵经拜忏，我甘自缢耳。"僧从之，大嚼以酒而拜诵如法。生睨其罍巨，注酒复满，当其拜伏即举以击，僧脑破，连刺之死，奔出以闻郡，尽屠诸僧。妇女出者凡六辈，皆先后盗入或以求子诱入者。

清·王有光撰《吴下谚联》卷三《无事不登三宝地》所记故事，由此则故事改写而成。

明·冯梦龙编纂《智囊补》捷智部卷十三《灵变》"书生智杀淫僧"，与此则大同小异，可资比较。

吴有书生假借僧舍，见僧每出，必锁其房，甚谨。一夕忘锁，生纵步入焉，房甚曲折，几上有小石磬，生戏击之，旁小门忽启，有少妇出，见生，惊而去，生亦仓皇外走。僧适挈酒一壶自外入，见门未钥，愕然问生，适何所见？答曰："无有。"僧怒，挈刀拟生曰："可就死，不可令吾事败，死他人手。"生泣曰："容我醉后，公断吾头，庶懵然无觉也。"僧许之。生佯举杯告曰："庵中

第十一章　宋元时期的民间故事类型　·847·

盐菜，乞一茎。"僧乃持刀入厨，生急脱布衫塞其壶口，酒不泄，重十许斤。潜立门背，伺僧至，连击其首数十下，僧闷绝而死。问少妇，乃谋杀其夫而夺得者，分僧橐而遣之。

清·吴陈琰撰《旷园杂志·壶殪淫僧》，文字与此则悉同，仅在开头加上"康熙年间"四字，将故事发生的时间变为清代前期。

明·冯梦龙编纂《智囊补》尚有收另外两则异文，皆见诸察智部卷十《诘奸·僧寺求子》"宝莲寺"与"崇庆州西寺"，一则发生在广西，一则发生在四川。

广西南宁府永淳县宝莲寺，有子孙堂，旁多净室，相传祈嗣颇验，布施山积。凡妇女祈嗣，须年壮无疾者，先期斋戒，得圣筊方许止宿。其妇女或言梦佛送子，或言罗汉，或不言，或一宿不再，或屡宿屡往。因净室严密无隙，而夫男居户外，故人皆信焉。闽人汪旦初莅县，疑其事。乃饰二妓以往，属云："夜有至者勿拒，但以朱墨汁密涂其顶。"次日黎明，伏兵众寺外，而亲往点视，众僧仓皇出谒，几百余人。令去帽，则红头墨头者各二，令缚之而出。二妓便证其状，云："钟定后，两僧庚至，赠调经种子丸一包。"汪令拘讯他求嗣妇女，皆云无有。搜之，各得种子丸如妓。乃纵去不问。而召兵众入，众僧慑不敢动，一一就缚。究其故，则地平或床下，悉有暗道可通，盖所污妇女，不知几何矣。既置狱，狱为之盈。住持名佛显，谓禁子凌志曰："我掌寺四十年，积金无算，自知必死，能私释我等暂归取来，以半相赠。"凌许三僧从显往，而自与八辈随之。既至寺，则窖中黄白灿然，恣其所取。僧佯束卧具，而阴收寺中刀斧之属，期三更斩门而出。汪方秉烛构申详稿，忽心动，念百僧一狱，猝有变，莫支。乃密召快手持械入宿，甫集，而僧乱起。僧所用皆短兵，众以长枪御之，僧不能敌，多死。显知事不谐，扬言曰："吾侪好丑区别，相公不一一细鞫，以此激变，然反者不过数人，今已诛死，吾侪当面诉相公。"汪令刑房吏谕曰："相公亦知汝曹非尽反者，然反者，已死，尽纳器械，明当庭鞫分别之。"器械既出，于是召僧每十人一鞫，以次诛绝。至明，百僧歼焉。究器械入狱之故，始知凌志等弊窦，而志等则已死于兵矣。

黄绂，封丘人，为四川参政时，过崇庆①，忽旋风起舆前，公曰："即有冤且散，吾为若理。"风遂止。抵州，沐而祷于城隍，梦中若有神言州西寺者。公密访州西四十里，有寺当孔道，倚山为巢。公旦起，率吏民急抵寺，尽系诸僧。中一僧少，而状甚狞恶，诘之，无祠牒，即涂醋亚额上晒洗之，隐有巾痕，公曰："是盗也。"即讯诸僧，不能隐，尽得其奸状。盖寺西有巨塘，夜杀投宿人沉塘中，众共分其赀。有妻女，则又分其妻女，匿之窨中，恣淫毒久矣。公尽按律杀僧，毁其寺。

清·吴芗厈撰《客窗闲话》续集卷二《奸僧狱》，记述一则发生在杭州的某寺院计夺富家少妇、群僧施暴的大案。情节曲折，笔致细腻，超过上面所有的异文。此案虽已告破，奸僧被诛，却仍在世人心中留下抹不去的浓厚阴影。

浙有嘉禾生，为邑之巨富。将入棘闱，偕其妻与姑母仆婢辈同赴武林，寓西湖山庄，以便游观。生妇少艾而佞佛，以天竺进香为请。生从之，命仆唤肩舆。仆体主人省约意，不投行家，散雇舆六乘，价甚廉。生妇艳装盛饰，罗绮满身，珠翠盈头，价值千金。乃与姑母仆妇婢女辈乘舆而行，生骑马在先，仆携香烛随行。

---

① 崇庆，今四川省崇州市。

第十一章 宋元时期的民间故事类型

　　至半途，生妇之舆杆折，五乘皆随骑而前，是舆落后。一夫抽取折杆回去，谋易新者。一夫守之，仆亦立候。舆夫笑曰："主人将抵山门矣，汝不以香烛去，有不失误罟汝者乎？况五乘前行，仅一乘，伙回易杆即来，何须呆守耶？"仆信其言，追奔而去。一夫以杆来，共舁入乱山中。生妇惶惑诘问："何以行僻径？"舆夫曰："为时已久，恐官人守候，出捷径，入庙之后户，不甚便耶？"妇亦信之。

　　未几停舆，见墙缺朱门。舆夫轻叩其铜环，一沙弥拔关出曰："来耶！"至舆前，请夫人下舆。生妇曰："我家人安在耶？"沙弥曰："多在前殿，候夫人久矣。"生妇视沙弥，年不过八九龄，谅无他，不得已，从之入门。曲折引入密室，请夫人少坐。沙弥去而健妇四人至，生妇益惶急，亟询："官人安在？"健妇笑曰："休问官人。我辈皆香客，亦为大师掠至，无奈相从。汝若婉顺，则此间吃著不尽，且人尽夫也，何乐如之！否则暴虐相加，无从逃避。"妇知入危地，悲愤觅死。一僧突入曰："何来泼妇！入我法门中，敢肆横耶？"喝令健妇并沙弥齐上，将生妇衣饰洗剥，以布带缚其手足于醉翁椅上，强奸之。生妇痛骂。又一僧以麻桃塞其口而递淫之。妇亦昏沉如醉，听之而已。至夜，健妇以米粉汤执鼻而灌，不得不咽。仍劝其相从，自苦无益。生妇任以巧言，合目不答。健妇以衾覆之而去。

　　次日，来除其矢溺，为之洗沐，焚香于室。群僧复入，互相嬲也。如是六七日，忽见群僧变色相谋，交头接耳，不可闻。是夜健妇灌之以药，冥然如死。

　　当生之入庙也，姑母与仆妇女婢俱至，惟不见其妻。未几，仆亦奔至。众问："主母何在？"曰："随即到矣。我恐香烛有误，是以先来。"生曰："今何在？"仆始以"舆杆断折，易换需时"对。生惶急，命速追之，自亦乘马往寻。穷日之力，毫无影响。复使仆往接其姑婢人等，则舆亦不知去向矣。唤他舆舁归，生在寓殴仆骂婢，终宵躁急，无法可施。次日入县鸣冤，官为饬缉。过三日，仍无踪影。生乃投省候试，与亲友商之。老成者曰："今大中丞爱惜士子，君鸠同考者百余往诉之，较县官得力多矣。"生从之，集多士投辕门。

巡官以公状入，中丞命传原告与老成者数人，谓之曰："某生应试而带室人，且率之游荡，本属非礼，以致诲盗诲淫，皆未可定。然属有此巨案而不能破，亦大吏之责也。"即令中军率健卒五百，改装易服，散布西湖各庙访缉，限三日获犯有赏。旋传府县官至，曰："属有大憝，敢诱掠良妇，官不能破，朝廷何虚糜爵禄为耶！期三日不获，必登白柬！"府县诺诺而退，命役数百人，假作香客，布散各庙，使生仆为眼目访之。

逾二日无迹，文武员弁惶恐，共谋将挨搜僧之密室。僧大惧，以药迷生妇，夜使健者负置乞丐茅棚。丐者惊呼，兵役咸集，见一蓬首垢面著僧衣裤之妇，奄奄一息，势将毙矣。急唤生来认，确系其妻。呼仆妇来，舁之归寓，以开通之药灌之，穷日夜乃醒。见姑母在旁，泣诉所苦。

时兵役因已得妇，皆回署禀报，生亦以前情补呈府县。各官聚谋曰："虽有妇而不知其地其人，将何以定案？无已，尽拘西湖僧，使妇辨之，冤可白矣！"乃使生归而谋诸妇，妇愧怍难言，乘人不备而缢。生又鸣诸官，官亦无可如何矣。时诸僧已集千余人，无不呼冤者，即有奸僧在内，无可对证，良莠莫辨。以告中丞，乃命兵役遍抄静室，于兰若内搜得女舃，即以所住之僧锻炼成狱而斩之。冤乎不冤，未可知也。

近人刘铁冷撰《铁冷丛谈》卷一《秘密室》，所记亦为书生入寺院偶然发现奸淫妇女之秘室，陷入危险境地，在面临死亡威胁时奋起杀死淫僧，因以捣毁魔窟的故事，与《耳谈》之《临安寺僧》相似。然而故事发生在清初，描写更为细腻生动。

第十一章 宋元时期的民间故事类型

沈荃字贞蕤，华亭人，满清顺治间进士，累官至礼部右侍郎，谥文恪，为人好恬静，耽风雅。少时与某寺僧最友善。僧工诗，善书画，颇少尘俗气，惟较文恪为豪放耳。文恪朝夕过从……然而知人甚难，心不如面。

时诸檀越多携眷属来寺，建坛设醮，兼之解夏时期，盂兰经诵，龙华胜会，九子神迎，作孽者僧频参欢喜，未闻真如妙谛。先传我佛拈花，凡诸妇女，无端走失。群疑之下，有以秽事白文恪者，谓欢喜园即众香园，女菩萨乃活观音。文恪必力辨之，曰："吾与僧晨昏与共，风雨晦明，无或间断，而禅房寺院，足迹亦无不经，月白风清，鬼神可质，乃指为藏垢纳污之所，毋亦冤耶！"都人士以书痴目之，不遽信，亦不与辩。

某日文恪以事访僧，僧适他出，寝门辟而未掩。文恪排闼入，室无居人，小坐片刻，翻贝叶经读之。僧久未归，倦甚，就榻寝。将栩栩入梦矣，忽闻步履声，疑僧至，跃身起，趋出视之，杳无踪迹。复入室徘徊良久，闷甚，忽见几止置屏风一，中悬古铜钟三，信手弹指敲之，铮铮作响，韵幽而远。复以牙筯击之，颇足悦耳怡情。须臾，见迎面画屏蠕蠕动，讶且惊，料必穿塘之鼠扰人清兴，置若罔闻焉。有顷，瑟缩声停，忽呀然一声，画屏掩处，一丽姝出，樱唇半启，瓠犀微露，楚楚衣衫，俨然一绝代佳人也。正嬉笑间，见立者非僧，遂怯退。文恪亦大惊，谓发人阴私，罪在不赦。将转身行而寺僧已迎面至。知机密败露，力曳文恪返，键门而锢之，曰："吾与汝虽至友，然势不两立。宁我负人，人毋负我。今宽汝罪，任汝自尽可也。"随出刀一、绳一、瓶一，中储药酒置案上。文恪哀求免，谓："吾与汝刎颈交，决不为汝昌言也。"僧怒曰："汝不自裁，尚待吾动手耶！"又出利刃，光闪闪可照面。文恪益骇，始允所言，惟求略假时间。僧以三小时许之，遂反锁其门而去。

文恪泣不能仰，汗出如雨，自分必死，继而曰："丈夫死则死矣，何必作儿女态耶！"静坐思脱计，无所出。及见一瓶，始恍然悟。乃倾其药酒，脱其汗湿之袭衣而塞瓶中，使之坚而有力，备为武器焉。布置毕，坐而假寐，运气凝神以待。未几，僧至，将启门。文恪急闪身，当门侧而立。僧甫踰阈入，文恪手合握瓶颈，猛击其头，顿如血花四溅，而寺僧仆矣。

文恪急掷瓶去，狂奔而去，立至华亭署报案。官命干吏率数十人迳往该寺检验。至则僧已死，而众僧亦多闻风遁。因搜其秘室，得妇女十余人，皆眉目清秀，翩翩然闺中翘楚也。内有华屋数间，陈设及供张亦雅洁，亦华实，各室相同，复相通。不知者茫然而入，殊不能判别其异点，且不知其所从出也。搜毕，付之一炬，纵被胁者，使各归家。当良家女无面目见父老，效飞蛾之投火者，十之六七。其二三小家碧玉，得庆更生，无不感文恪之恩不置。文恪至此始信舆论非虚，禅院僧房不可深入云。

上海广益书局编辑部编《近人笔记大观》卷三《巨刹密室》（许指严撰）记述的是明代的北京郊区某寺院众奸僧仗势为非作歹，蹂躏妇女的一桩案件，令人发指。只是结尾处没有抄斩奸僧的情节。

相传明季京郊外有显庆寺，寺僧名超凡者，代王出家，倚势作奸，不守戒律，性好渔色，有隧道匿妇女，酒色杂糅，无所不至。后为力士所擒，即坊间所刊之《双珠球》小说是也。顾其事多诞慢，不甚可考，类于好事者所影造。友人或酒酣耳热谈此轶事。一老者悚然曰："此事信否吾不知，惟吾所经历一事，言之，至今犹心悸。因可知寺院中慎勿独行深入也。忆是日为端午日，吾因肆中停职。（此老固市商，所操何业，已忘之矣。）略饮雄黄酒，饱啖黄鱼，酣适已甚。遂与同侪二三人，信步出东郊，值某巨刹全班僧上殿大宣佛号。盖逢岁时令节则为之，惯例然也。登殿参观，诸僧排列成林，旁有妇女点缀，然亦觉了无趣味，梵呗

第十一章　宋元时期的民间故事类型　　　　　　　　　　　　　　·853·

之声聒耳，尤非吾所愿闻，乃不使同侪知，一人潜行出殿，曲折绕廊游行，信足所之，不加别择，辗转如螺，遂忘来路。所历院落数重，皆非从前所经者，意恐同侪久待，觅路欲回，而苦不得出。反复循环，如入八阵图。

"历时良久，仍非原路。足瘦意倦，见有石如砥，光洁可爱。遂坐其上小憩。忽闻管弦呕哑声，其细如蝇，出自石洞中。疑讶已甚，环石觅视，了无痕迹。以为必此间近邻院，声自外来也。有顷，隔洞闻呀然启户声。石势岭岈，略可窥伺。则一小沙弥眉目俊媚，手抚门枨，回首若有所望。笑容可掬，心益奇异。时身蔽石间，适有洞容两目，绝妙窥觇，遂欲一穷其究竟。突见小沙弥手攀户外之花，招展调笑。知户外必有人，而不见其面。须臾，转出一垂鬟小婢，倒持扫花之帚，与小沙弥相逐击。小沙弥跃入左侧一户，小婢追之，旋相将俱入，门阖，遂无人声。

"心念此兰若安得有此艳婢，设为邻居耶，又安能与小沙弥相逐，是必有异，胡不一探。斯时顿忘危险，奋然出洞，转求户所在处。曲折数十式，始抵前所睹户下。户在小亭间，乃一木刻之屏嵌于壁间，藤花绕其上，绝无绽裂痕。予既知其奥窔，毅然以手推之，不动。仿佛见小沙弥曾以手按屏角，乃试效力，果骤然自启，豁然开朗。其中榴红似火，楼阁清幽，簾诉垂垂，宛如大家园亭，踟蹰不敢入。转念业已至此，何不一探。乃依廊环走，瑶草琪花，画屏锦障，陈列拟于王侯。歌管声忽近在咫尺，驻足谛听，知在左侧一小阁中。顾视其处，雕阑晶牖，馥郁深暖。狙行入窗下一觇，骇悸几晕仆，盖一肥白如匏之僧，正拥二八丽姝作种种亵态，而旁列之粉白黛绿者，调丝抆管，奏曲未央，亦不辨几何人也。

"急旋踵遁出，则恶僧已觉，破窗追出，大呼何来野奴，胆敢入此。正欲追攫时，忽若有所取，复入室中。予观壁屏未闭，疾飞而出，顾心念涂径曲折，已历久不得出，今且后有追者，心急足违,岂复能辨别,是必死于此无疑。僧反身入室中,必提刀剑之属耳。顾闻身后已有足声,回首试观,果见僧于数十武外,执晃晃之刀光如雪。其行甚速,危机殆一发。

"予惟舍命狂奔,不知途之远近。忽一壁当于前,不可逾。阴呼予死于此矣!瞥睹一狮子犬随予奔,且突过予前,至此乃转入壁角一小洞门中。予以先后等一死,计不如随犬行。乃亦转入洞中,由洞底趋甬道,幽暗如昏夜。油灯略有微光,长约一箭。既出甬道,则为一院落,由院落绕而前,则为殿后之斋堂,予所恒至矣。游人亦渐多,心始稍纾,气喘如吴牛。狮子犬已不见,耳中犹闻僧恨恨声,谓竟留汝狗命也。

"恐尚为彼等暗算,急出寺返肆,而足力已竭,不能疾行。道旁有小车,给钱三五,乘之而归。同侪咸问讯独往何处?诡以痧恙猝发,困顿阶石下,赖一僧灌救,始得归。自是心悸胆裂,竟成喘疾,一卧月余始获痊,绝不敢泄其事,恐僧来报复也。

"一日正立阛阓间,有僧入购物,谛视予面,殷勤问讯。予恍然忆为肥白僧也。欲避之,僧已知觉,遗一纸裹而去。予拾而展视之,缄固重叠,上画一瓶,剖其中所有,乃某钱肆银券百枚也。予解其意,取银归,辞主人往他肆。历十余年,闻某僧已圆寂,始敢泄于人。而予之获小康,亦以其百金为基础,因祸得福,不可谓非予之幸事也。予念当时非狮子犬,已久为刀下鬼,故喜蓄犬,以尽报恩之微意云。"

近人藕香室主人编《稀奇古怪不可说·和尚密室》,故事情节变化更为明显。它从拳师护金于大盗开始,最后引出佛寺密室,以斩除淫僧,解救被蹂躏妇女收尾,曲折多变,引人入胜。

淮人李武,本农家子,多膂力,因从某僧习拳术。时江淮间多盗患,经商者每邀李与俱,群盗皆屏息而不敢犯。一日,李受

第十一章　宋元时期的民间故事类型

某商托，护黄金数百两至豫，由京启行。行四五日，至一山坡，忽有一人迎面来，拱手向李曰："请留下黄金，否则前途颇险也。"李笑曰："君不知李武乎？武岂畏盗哉！"其人曰："若然则不能怪我矣！"遂以手击李，李扑于寻丈外，其人携金而走，瞬息即渺。

李自失金后，日思报复，苦于不知其人。后闻之同业者，皆曰："此人为大盗王二，人莫敢犯。"李遂嗒然若丧，返淮而家居焉。

越数载，江淮商人折柬相邀，更请为护行。李默念江淮为己之熟地，当无王二其人者，慨然应允。护商至汉，受酬金百两，独步归淮。一日傍午，至浔阳一村落，遥见前面山冈立一人，仿佛王也，遂折而斜走。王自后追之，行十余里，忽山角露一佛寺，李急投止寺中，匿铁佛后。

少顷，王亦投焉，回首见寺门已闭，有铁板自上垂下，用力猛举，不稍移动。周视四壁皆巨石，高约三丈，寺内阒静无人。铁佛长二丈，头大如箕。王知此寺非善地，乃大呼曰："匿者速出，我与尔俱陷绝地矣！"李从佛后出，王曰："尔非某年在某地被我扑倒者耶？"李曰："然。"王曰："尔亦非毫无用者。二人合力，或可出险。"

时太阳光线，直射铁佛上。见铁佛两臂若皆有阶级可登。李乃拾级而上，手按佛头，头忽动，谓王曰："在此矣。"掀去佛头，中空如洞，下极宽广，有厅有房。王自上穿佛腹而下，见一僧卧胡床。僧见李王，即起立，飞一拳虚映王面。王闪过，以刀迎。僧一跃，立数丈外，笑曰："君岂不能白战乎？"王遂掷刀直立。僧又扑来如疾鹰，以手扶王眼。王低头，以手加僧腰。李复自左侧加以足，僧乃仆地，急以刀割僧首。俄闻女子声甚多，启各处财帛亦颇富。李王遂散其妇女，而各给以财帛。盖此僧本为猾盗，而此秘密之地，亦即为其安乐窝也。

这一故事类型现当代仍在河南、河北、陕西、重庆、山东、安徽等地流布，譬如《宛南书院》①《刘扁头兄妹除恶僧》②《耕和尚耙和尚》③《羊头寺的来历》④《龙缠寺的来历》⑤《四十亩地耙和尚》⑥《耙和尚》⑦。

定水带型故事　　大致写一舶海老商（或高丽使者）从某处小市铺中以高价购得一无底小桶（或中虚外锈的旧铁条）。诘之，客乃实告，此名"海开"（或"定水带"），可使咸涩海水变为甘泉。试之果然，众皆叹服。这一故事类型，初见于南宋·周密撰《癸辛杂识》。

华亭县市中有小市卖铺，适有一物如小桶而无底，非竹非木非金非石，既不知其名，亦不知何用。如此者数年未有过而睨之者。一日，有海舶老商见之，骇愕且有喜色，抚弄不已。叩其所直，其人亦黠黠，意必有所用，漫索五百缗。商嘻笑偿以三百，即取钱付，驵因叩曰："此物我实不识，今已成交得钱，决无悔理，幸以告我。"商曰："此至宝也。其名'海井'，寻常航海必须载淡水自随。今但以大器满贮海水，置此井于水中，汲之皆甘泉也。平生闻其名于番贾，而未尝遇。今幸得之，吾事济矣。"

《癸辛杂识》续集卷上《海井》

---

① 见《河南民间文学集成·南阳民间故事》。
② 见《河南民间故事集成·嵖岈山民间故事》。
③ 见《中国民间故事集成·河北卷》。
④ 见《中国民间故事集成·陕西卷》。
⑤ 见《中国民间故事集成·重庆市长寿县卷》。
⑥ 见《中国佛话》。
⑦ 见《中国民间故事集成·安徽卷》。

明·朱国祯撰《涌幢小品》卷二十六《海井》、明·徐应秋撰《玉芝堂谈荟》卷二十二《异宝难识》中有关"海井"的记载，均出自《癸辛杂识》，文字有不同程度的出入。

明末清初周亮工撰《书影》（全称《因树屋书影》）采录的一则异文，记"定水带"奇闻，故事发生地与故事情节均有变化，进一步展现了人们淡化海水的理想与追求。

京师小市中有旧铁条，垂三尺，阔二寸许，形若革带之半，中虚而外锈，面鼓钉隐起，不甚可辨，列于肆中，人无问者。积年余，有高丽使客三四人过，取视良久，问价几何？鬻者谬云钱五百，使客立解五百文授之。其人疑而诡对曰："此固吾邻人物，俟吾询诸主者。"顷之，使客复来。鬻者曰："向几误，主者言非五金不可。"使客即割五金无难色。其人则又为大言曰："公等误矣，吾曹市语，举大数以为言，五金盖五十金也。"使客曰："吾诚不惜此，但不得更悔！"鬻者私念一废铁夹条而得此重价。藉令失此售主，即数十钱亦不可得，因许之而问其所用。

时观者渐众。使客乃如数畀鬻者金，即以铁条付其侣，乘马疾驰去，始告之曰："此大禹定水带也。禹治水时，得此带九，以定九区平水土。此乃九之一，凡遇咸苦污浊之水，一投此带于中，即立化为甘泉，足以珍耳。"市之好事者随至高丽馆，请试验之。使客命汲苦水数石，贮之缸中，先搅以盐，后投此带。水忽沸作鱼眼数十，少顷汲而饮，甘洌远胜山泉，遂各叹服而去。

鬻者言，闯贼陷京师后，得之于老中官。盖前朝大内物也。沧桑变幻，内府珍异流落人间，可胜慨叹云云。

《书影》"定水带"

清·詹钟玉撰《记古铁条》①,仅个别字有出入,其余与此则悉同。清·董含撰《蓴乡赘笔》卷上"定水带",系据此则改写而成,文字有所压缩。

  京师穷市有古铁条,垂三尺许,阔二寸有奇,中虚而外锈涩,两面鼓钉隐起,不甚可辨,欲易钱数十文,无顾问者。有高丽使旁睨良久,问价几何;诡对五十金,如数畀之,先令一人负之急驰去。时观者渐问此何名,使曰:"此名定水带。昔神禹治水,得此带以定九区,此特其一。我国航海,每苦水咸不可饮,一投水带,立化甘泉,可无病汲,此至宝也。"好事者随至高丽馆试之。命贮苦水数斛,搅之以盐,投以带,沸作鱼眼,少顷,甘冽无比,遂各惊叹。

清·清凉道人编《听雨轩笔记》卷二续纪"海井与定水带",由《癸辛杂识》中的《海井》与《书影》中的"定水带"连接而成,文字几乎相同。

铁杵磨针型故事 大致写李白少时读书未成,弃学而去。后逢一老妪以铁杵磨针,深有感触,遂还卒业。这一故事类型,初见于南宋·祝穆撰《方舆胜览》,带有地方传说色彩。

  磨针溪在眉州象耳山下。世传李太白读书山中,未成弃去。过小溪,逢老媪方磨铁杆,问之,曰:"欲作针。"太白感其意,还卒业。媪自言姓武,今溪旁有武氏岩。

《方舆胜览》"铁杆磨针"

---

① 见清·张潮辑《虞初新志》卷十六。

元·虞绍编《日记故事》"铁杵磨针",情节与《方舆胜览》的记载相似,文字略有变化。

> 李白,少读书,未成,弃去。道逢一老妪,磨铁杵。白问:"将欲何用?"曰:"欲作针。"白感其言,遂还卒业。

明·曹学佺撰《蜀中名胜记》卷十二"磨针溪"、明·张岱撰《夜航船》卷二地理部《山川·磨针溪》,均由《方舆胜览》的记载演化而来,称象耳山在彭山县。

> (彭山)县东北二十五里有磨针溪,在象耳山下。相传李白读书山中,学未成,弃去。适过是溪,逢老媪方磨铁杵。问何为,曰:"欲作针耳。"白感其言,遂还卒业。媪自言武姓,傍有武氏崖。
>
> ——《蜀中名胜记》卷十二"磨针溪"

> 彭山象耳山下,相传李白读书山中,学未成,弃去。过是溪,逢老媪方磨铁杵,白问故,媪曰:"欲作针耳。"白感其言,遂卒业。
>
> ——《夜航船》卷二地理部《山川·磨针溪》

明末陈仁锡编《潜确类书》"人伦·耽学·铁杵磨针",亦由《方舆胜览》演化而来,文字与以上两则大致相同。清·陈祥裔辑《蜀都碎事》卷二"磨针溪",则与《蜀中名胜记》"磨针溪"几乎相同。

这一故事类型,现当代仍在四川等地流布,譬如《李白与磨针溪》[①]。

---

① 见《中国民间故事集成·四川卷》。

假亲骗局型故事　　大致写一个骗子将一老年乞丐加以装扮，冒充其母亲（或父亲、叔父等，下同），随即向人借贷巨款，或去商店采购大量值钱货物，让假母留下守候，并不引人怀疑。待其人久不返回，诘问假母，对方才知上当。这一故事类型，初见于宋末陈世崇撰《随隐漫录》，故事发生在钱塘：

> 钱塘游手数万，以骗局为业。初愿纳交或称契家，言乡里、族属吻合。稍稔，邀至其家，妻妾罗侍，宝玩充案，屋宇华丽，好饮者与之沉酗同席，或王府，或朝士亲属，或太学生，狎戏喧呼，或诈失钱物，诬之倍偿。好游者与之放恣衢陌，或入豪家，与有势者共骗之。好呼卢者，使之旁观，以金玉质镪，遂易瓦砾，访之则封门矣。或诈败以诱之，少则合谋，倾其囊或窃彼物为证。索镪其家，变化如神。
>
> 净慈寺前瞽姬，揣骨听声知贵贱。忽有一人，荷轿八人访姬曰："某府娘子令请。"登轿至清河坊张家匹帛铺前少驻。虞候谓铺中曰："娘子亲买匹帛数十端。"虞候随一卒荷归取镪，七卒列坐铺前。候久不至，二卒促之，又不至。二卒继之少焉，弃轿皆遁矣。
>
> 有富者揖一丐曰："幼别尊叔二十年，何以在此？"引归沐浴更衣，以叔事之。丐者亦因以为然。久之同买匹帛数十端，曰："叔留此，我归请偿其直。"店翁讶其不来，挟丐者物色之，至其所则其人往矣。
>
> 有华衣冠者，买匹帛令仆荷归，授钥开箧取镪，坐铺候久不来。店翁随归，入明庆寺如厕，易僧帽，裹僧衣以逃。
>
> 有少年高价买老妪绢，令坐茶肆内曰："候吾母交易。"少焉，复高价买一妪绢，引坐茶肆外，指曰："内吾母也，钱在母处。"取其绢又入附耳所谓内妪曰："外吾母也，钱在母处。"又取其绢出门，莫知所之。

《随隐漫录》卷五"钱塘骗局"

第十一章 宋元时期的民间故事类型

在元·无名氏撰《湖海新闻夷坚续志》中，记有南宋时江西发生的一桩骗局：

> 景定年间，有二少年谋为骗人之策，忽在野外见一乞妪，趋而拜拜曰："尔吾母也，吾为尔子，寻十余年方得母，甚喜。"衣之以华衣。妪怪之，然自思为乞丐，一旦得此过望。二少年事之极至，复买一粗婢供使令之职，雇人舁过新淦，赁客馆以居，所携笼奁凡五六檠。告之人曰："吾兄弟早年失母，连年写经告佛，求之四方，今始得之，天也。"于是朝夕竭力为甘旨之俸，人皆称美之。新淦富屋皮家每叹曰："此二人真孝也。"二人与皮往来稍密，一日告之曰："吾欲假君之庐以奉吾母，吾将商于真、扬，求什一之利以生活。"皮欣然从之，仍为假贷三百缗，鬻买货物而去。皮见其有母与笼箧留其家，举以与之。二人者以其母托皮，叮咛之至，约半年归。及归，财利数倍，随以三百缗本息酬皮，皮喜。又留半年，复与皮氏及诸有力者借二千缗再去。众见其惯于经商，且每日相与之情，具如其数借之。忽一去年余不归，并无音信，众始有疑心，遂告之官，欲发其笼箧所寄之物。官诘妪，妪曰："吾丐者也，非其母也，邂逅野外，强我使来。"婢曰："彼买我者也，实不知彼为何人。"将其笼箧开视之，并皆砖石，官无所加罪，众但懊恨而已。

《湖海新闻夷坚续志》前集卷一《人事门·假母欺骗》

清代此类型故事较多。徐岳撰《见闻录·诈骗》"骗金珠"，以假叔父行骗，故事情节颇为简略。

> 有富者揖一丐者，曰："幼离叔父三十余年，何为至此？"不胜悲泣，引归沐浴更衣，以叔礼事之备至。丐者虽心知其错，而

骤为富人叔，亦绝不言。久之，同入珠宝店取金珠，将银包授叔，云："持银留此，我归以金珠示侄妇，中即兑换。"店讶其去久，拉丐者物色之，室已空矣。出包视之，瓦砾也。

吴芗厈撰《客窗闲话》卷七"假父骗局"，故事发生在湖南，情节颇为曲折，多有变化。

> 有耄而聋者，在武大关陵乞丐。关前来一官舫，扬旗鸣钲而泊。舱中有五品官，探首见丐，使从者扶之登舟。官细察之曰："汝非某长者乎？前曾继我为义子，我因回籍求功名去，今幸选得是邦官，不意义父一贫至此，儿之罪也。"丐知其误，姑应之曰："我年老糊涂，前事如梦矣。"官曰："虽系风尘面目，骨格犹存，儿识之无误。"饬从者请封翁先付浴堂，沐浴更衣，移舟至僻静处所，颐养月余，为之栉理须发，暗以胶粉染之，幡然一叟。谓曰："儿衣不称父身，将入市买金帛，为父修饰，以便同赴任所。但父曾在此行乞，恐城中有识者，碍儿颜面。至铺内阅货时，合意，只须摇首，不可多言。"丐允之。
>
> 放舟入城，唤肩舆二乘，随带二仆，父子皆服五品衣冠，招摇过市。入银楼换金约臂，每个重四两者两对，谓铺主曰："我将赴缎局，偕往兑银可也。"铺主从之。入缎局，以单与局主观之，须三千余金货物。邀入厅堂，殷勤款接。私叩其仆，知少者为严州二府，老者是其封翁。因二尹之妹，与首郡太尊之子结亲，送至会垣完姻，置办赠嫁物耳。局主分外趋承，设席宴之。官并邀金铺主同坐曰："是我好友。"铺主唯唯听命，方自以为荣。
>
> 局主乃出绸缎、洋呢各物，先奉封翁阅之，封翁皆摇首。局主曰："此皆上等货也，可以入贡，岂不堪服用耶！"官曰："既不合父意，可与我妹观之。"饬舆夫扛台货物，一仆押去，良久未回。又饬一仆往催，舆夫先回曰："舟中人嘱我禀官，绸缎经

姑娘目，俱合意，不知应用何号平色银两，请官自去检点。"官谓局主曰："烦侍父暂坐，我去兑银即回。"乃乘舆去。至舟，多给舆夫钱文，曰："尔等往来劳苦，先吃饭去。"舆夫走而舟开行矣。

丐坐局中，俟至更深不来，局主与金铺主皆惶急，不得不追问封翁。丐亦情虚，语言闪烁，群拥之鸣官。大令究其实情，亦无可如何，不过踢缉而已。释丐出，众褫其衣服，惟靴帽不合时宜，众皆不服。此丐尚戴五品冠，着朝靴，赤体叫化，见者大笑。

清·宣鼎撰《夜雨秋灯录》卷七《假父骗局》，与此则悉同。近人徐珂编撰《清稗类钞·棍骗类·认丐为父以行骗》出自《客窗闲话》，文字小有出入。

清·程趾祥撰《此中人语》卷五《拐儿桥》，故事发生地在江苏，情节与《客窗闲话》之"假父骗局"比较接近，然结尾写骗子受罚，与以上诸则迥异。

浦东某镇乡间，有拐儿桥一条。相传该处人民某甲，家本小康，而人极刁诈，变计百出。一日游吴门，偶于街市间见一丐妪，龙钟伛偻，衣不遮体，殊有饥寒交迫之形。甲遂回舟，嘱随人唤妪上船，衣以文绣，食以膏粱，妪大喜拜谢，甲止之。明日偕舟子等扶妪上岸游玩，因嘱妪曰："如我等有言问尔，尔但曰好，切勿多言。"妪喏之。甲于是亦衣服华丽，偕妪上岸，迤逦而行。至一最大之绸庄，昂然而进，店伙等知是富家宅眷，百般趋奉，甲惟大模大样，点头整坐而已。从人等俱呼妪为太太，拣选物件，频频问之于妪，妪遵甲嘱，但应曰好。迨物件配全，约计银一千余两，甲乃嘱从人取下船去，自己但言赴庄上取银，因令妪少待，妪不知其意，亦应曰好。店伙以为太太在此，并不起疑。甲回舟，即解缆开行，去如黄鹤。而该庄店伙久待不到，因问妪，妪亦曰好。伙知有变，固诘之，姬始吐其实。急甚，即令人四处找寻，绝无影响，遂将姬逐出。而该伙不仅赔银，且脱生意矣。伙满腔气愤，无处可伸，竟得狂疾，到处访问。一日，至浦东某镇，逢甲于市，伙执甲而诉诸众。众素知甲谲，俱斥甲。甲无可置辩，愿还银一千两。伙不可，欲控于官。甲惧甚，挽众调停，伙遂罢，并罚造一桥于自己宅前，题其名曰"拐儿桥"焉。

近人徐珂编撰《清稗类钞》所收的另一则异文，情节简略，然亦有不同于以上诸则之处。

> 有至衣肆云为其母购衣嘱肆伙送衣往者，比至其家，即大声呼请老太太出视衣。便有一媪出，服亦修整。其人出衣示之，旋取衣入内，伙不疑也。久之不出，迹之，则已由后门去矣。诘媪，媪曰："吾本丐妇，此人与我金，属我坐此，并衣我佳衣，令我对汝作此语，初不知其何故也。今吾身上之衣任汝取之，死生惟命。"伙无如何，舍之去。
>
> 《清稗类钞·棍骗类》"假母骗衣"

这一故事类型，现当代仍在上海、江苏、河北等地流布，譬如《骗银楼首饰》①《叫化婆换宝》②《"阔少爷"认母》③。

禽兽相争型故事 大致写有民家犬咬伤王府所养白鹤，王府将其人送府衙处置。太守以犬不识字为由放了其人，王府无可如何。这一故事类型，初见于宋末陈世崇撰《随隐漫录》。

---

① 见《中国民间文学集成·上海卷·虹口区故事分卷》。
② 见《中国民间故事集成·昆山市资料本》。
③ 见《三坡民间故事选》。

安晚郑公私居青田府，鹿食民稻，犬噬杀之。府嘱守黥犬主。幕官拟云："鹿虽带牌，犬不识字。杀某氏之犬，偿郑府之鹿，足矣。"守从之。

《随隐漫录》卷五"犬不识字"

明·江盈科撰《谈丛》所收的一则异文，情节略有变化：

昔宸濠府中养有仙鹤，颈上悬铜牌勒"王府"二字，忽走入民家，为犬所啮几死。濠命旗校送其人赴南昌府刑厅处置，其节推批犬主诉词云："鹤虽带牌，犬不识字。禽兽相争，不干人事。"宸濠闻之无以难。

《谈丛·判词》

明·冯梦龙编纂的《智囊补》与《古今谭概》各有一则异文，皆叙同一事，文字多有差异。

南昌祝守以廉能名。宁府有鹤为民犬咋死，府卒讼之云："鹤有金牌，乃出御赐。"祝公判云："鹤带金牌，犬不识字。禽兽相伤，岂干人事？"竟纵其人。

《智囊补》胆识部卷十二《识断·祝知府》"犬不识字"

逆濠有鹤带牌者，民家犬噬之。濠牒府欲捕民抵罪。南昌守祝解瀚批曰："鹤虽带牌，犬不识字。禽兽相争，何与人事？"

《古今谭概》杂志部第三十六《祝瀚批宁府帖》

明·郑瑄辑《昨非庵日纂》卷十五"犬不识字"、清·独逸窝退士编《笑笑录》卷三《祝知府》，均与《智囊补》"犬不识字"相同。清·褚人获纂辑《坚瓠五集》卷四《判词》，文字亦有所变化。

> 逆濠，有鹤悬牌者，为民犬啮伤。濠牒府欲捕民抵罪。南昌守祝瀚批曰："鹤虽带牌，犬不识字。禽兽相争，何干人事？"濠无以难。

近人徐珂编撰《清稗类钞·讥讽类·禽兽相争》，故事情节发生很明显的发展、变异，与现当代的口传形态比较接近。

> 某郡太守张某性爱鹤，署中常蓄数十只。有一纯白者，颈悬一牌云："此鹤本府所爱，有犯之者受重惩。"一日童驱鹤过市，突有猛犬至，啮死之。询知犬为蔡姓豆腐店所蓄者，归报太守，出票拘之。蔡求计于陈某，陈为之作状，中有云："鹤虽有牌，犬不识字。禽兽相争，于人何与？"太守无以驳之，叱之去。

这一故事类型，现当代仍在上海、江苏、河南、湖北、湖南、云南等地汉族和个别少数民族聚居区流布，譬如《鹤犬官司》[1]、《犬不识字》[2]、《打鹤官司》[3]、《写状辩冤》[4]、《狗咬官羊》[5]、《官马挂官牌》[6]、《狗不识字》（白族）[7]、《鹅戴金牌》（白族）[8]。

---

[1] 见《中国民间文学集成·上海卷·崇明县故事分卷》。
[2] 见《中国民间故事集成·江苏卷》。
[3] 见《沈拱山的故事》，中国民间文艺出版社1989年版。
[4] 见《何瑭的故事》。
[5] 见《湖北民间故事传说集·咸宁地区专集》。
[6] 见《中国民间故事集成湖南卷·岳阳县资料本》。
[7] 见《白族民间故事》。
[8] 见《中国民间故事集成·云南卷》。

第十一章　宋元时期的民间故事类型

慢性子型故事　大致写某甲性慢，冬日围炉见某乙衣裳着火，欲言又止，过一会儿才告诉某乙。某乙发怒，问他何不早讲？某甲道："我说你性急，果然如此。"这一故事类型，初见于宋·无名氏撰《籍川笑林》：

> 有人性宽缓，冬日共人围炉，见人裳尾为火所烧，乃曰："有一事，见之已久，欲言之，恐君性急，不言，恐君伤太多，然则言之是耶？"人问何事，曰："火烧君裳。"遂收衣火灭，大怒曰："见之久，何不早道？"其人曰："我言君性急，果是。"

《籍川笑林·火烧裳尾》

明·乐天大笑生编辑《解愠编》卷九偏驳《缓急偏性》、明·冯梦龙辑《笑府》卷六殊禀部《性缓》、明·冯梦龙辑《广笑府》卷八《性缓》、近人憨斋士纂辑《笑林博记》卷七《不料果然》，均由《籍川笑林·火烧裳尾》改写，文字基本上相同。《广笑府》卷八《性缓》附一则异文"慢性人与褊急者"，内容相似，描述有所不同。

> 一慢性人与褊急者冬日围炉，褊急者裳尾误入炉火，慢性人从容致词曰："有一事，见之已久。将欲言之，恐君性急难触；欲不言，恐伤太多。然则言之是耶？不言之是耶？"急者问："何事？"曰："火烧君裳矣。"急者遽收衣灭火，大怒曰："你既见之久，何不早言！"其人曰："我道君性急易怒，果是乎。"

明·刘元卿撰《应谐录》，故事情节又有一定变化。

> 于啴子与友连床围炉而坐，其友据案阅书，而裳曳于火甚炽。于啴子从容起，向友前拱手作礼而致词曰："适有一事，欲以奉

告,谂君天性躁急,恐激君怒;欲不以告,则与人非忠;敢请,唯君宽假,能忘其怒,而后其言。"友人曰:"君有何陈?当谨奉教。"于哗子复谦和如初,至再至三,乃始逡巡言曰:"时火燃君裳也。"友起视之,则毁甚矣。友作色曰:"奈何不急以告,而迂缓如是?"于哗子曰:"人谓君性急,今果然耶!"

《应谐录·性急》

  近人杨汝泉憨斋士编纂《滑稽故事类编》第十编《性急》、近人憨斋士纂辑《笑林博记》卷六《性急》,都出自《应谐录》,与此则悉同。
  这一故事类型,现当代仍在山西等地流布,譬如《慢性子》①。

男人生子型故事 大致写兄弟三人商定不能相拗,三哥因犯规被罚款。三嫂去交钱时称三哥夜间腹痛生下一子,不敢出门。大哥笑她乱说,三妻当即指出大伯也犯规了,于是又将罚款带回家中。这一故事类型,见于传南宋·陈元靓撰《事林广记》(全名《纂图增新群书类要事林广记》)。

  昔有人家兄弟三人,不相和顺,动辄有言,即便相拗。一日,兄弟相聚云:"我兄弟只有三人,自今后,要相和顺,不得相拗;如有拗者,罚钞三贯文作和顺会,以今日为始。"须臾,大哥云:"昨夜街头井被街尾人偷取去。"二哥云:"怪得半夜后街上水漕漕,人哄哄。"三哥云:"你是乱道,井如何可偷?"大哥云:"你又拗了,罚钱三贯。"三哥归去取钱,其妻问取钱作何使,三哥以实告,其妻云:"你去床上卧,我为你将钱去还大哥。"其妻将钱去与大哥:"伯伯,云你小弟夜来归腹痛,五更头生下一男子,

---

① 见《山西民间故事大系·晋南卷》。

在月中，不敢来，教媳妇把钱还伯伯作和顺会。"大哥云："你也是乱道，丈夫如何会生子？"其妻云："大伯，你也拗，此钞我且将归去。"

《事林广记》辛集卷下《兄弟相拗》

《佛本生故事》中的一则故事，讲的也是一个有关男人生孩子的趣闻。两者有无渊源关系，很值得进一步深究。

> 据说，国王的吉祥公牛喂养了几个月之后，腹部长得十分肥大。一天，他们替这头公牛洗净牛角，涂上油，用郁金根粉沐浴。然后，派人送到东卧麦村，说道："你们以聪明著称，国王的这头吉祥公牛怀孕了，请你们替它接生。你们要带着生下的小牛送回去，否则罚款一千。"村民们不知道怎么办，便去问智者。智者心想："这个问题要使用反问法。"于是，他问道："你们能找到一个胆大的、敢与国王对话的人吗？""这不难，智者！""那你们把他找来吧！"村民们找来一个人。大士对那个人说道："来吧，伙计！你披头散发，以各种方式哀号哭泣，走到王宫门口。无论谁问你，你都不要答话，只顾自己哭泣。一旦国王召你去，问你为何哭泣，你就说：'大王啊！我的父亲正在生孩子，今天是第七天了，还没生下来。救救我吧，告诉我接生的办法！'国王就会说：'你胡说什么！那是不可能的，男人不会生孩子！'然后你就说：'大王啊！如果真是这样，那你为何吩咐东卧麦村村民为吉祥公牛接生呢？'"那个人答应道："好吧。"他照智者的话去做了。国王问道："是谁想出这个对策的？""大药草智者。"国王听了，十分高兴。

《佛本生故事·大隧道本生·生小牛》[①]

---

① 见郭良鋆、黄宝生译《佛本生故事选》，人民文学出版社1985年版。

这一故事类型，现当代仍在山西、河北、北京、河南、陕西、甘肃、新疆、宁夏、内蒙古、西藏、四川、云南、贵州、广西、湖南、湖北、江西、福建等地汉族和诸多少数民族聚居区广为流布，譬如《男人生孩子》①、《巧姑娘智斗县太爷》②、《公鸡蛋》③、《三难县令》④、《聪明伶俐的儿媳妇》（蒙古族）⑤、《公鸡蛋和犍牛奶》（东乡族）⑥、《公山羊产羔》（柯尔克孜族）⑦、《吉林谢生孩子》（哈萨克族）⑧、《我爹要生孩子》（锡伯族）⑨、《公鸡蛋》⑩、《种羊"难产"》（蒙古族）⑪、《公犏牛能挤奶吗》（藏族）⑫、《公鸡蛋》（苗族）⑬、《公牛下小牛》（傣族）⑭、《公羊下崽》（彝族）⑮、《公牛生仔》（侗族）⑯、《巧媳妇》⑰、《黄牯下儿》（土家族）⑱、《公公生崽》⑲、《少女驳倒县官》⑳。

---

① 见《中国民间文学集成·山西卷·静乐民间文学集成》。
② 见《（河北迁安县）三套集成资料集》。
③ 见《河南民间文学集成·安阳故事卷》。
④ 见《凤凰山的传说》。
⑤ 见《中国民间故事集成·甘肃卷》。
⑥ 见《东乡族民间故事集》。
⑦ 见《柯尔克孜族民间故事》。
⑧ 见《阿凡提和"阿凡提"们》。
⑨ 见《阿凡提和"阿凡提"们》。
⑩ 见《中国民间故事集成·宁夏卷资料丛书·罗平县卷》。
⑪ 见《巴拉根仓故事集成》。
⑫ 见《阿古登巴故事集》。
⑬ 见《彭水民间故事》。
⑭ 见《西双版纳傣族民间故事集成》。
⑮ 见《贵州少数民族机智人物故事选》。
⑯ 见《侗族民间故事选》。
⑰ 见《中国民间故事集成·湖南卷》。
⑱ 见《白鹤井——鹤峰民间传说故事集》。
⑲ 见《中国民间故事集成·江西卷》。
⑳ 见《中国民间故事集成·福建卷·三明市分卷》。

第十一章　宋元时期的民间故事类型

这一故事类型，相当于丁乃通编著《中国民间故事类型索引》875B_1。

酷好古物型故事　大致写某人酷好古物，倾家荡产购买几件"古董"。后来他难以为继，竟带着"古董"乞讨，还要请求人家施舍古钱。这一故事类型，初见于传宋·陈元靓撰《事林广记》：

> 秦朝有一士人，酷好古物，价虽贵必求之。一日，有人携败席踵门告曰："昔鲁哀公命席以问孔子，此孔子所坐之席。"秦士大惬意，以为古，遂以附郭之田易之。逾时，又一人持古杖以售之，曰："此乃太王避狄，杖策去豳时所操之箠也，盖先孔子之席数百年，子何以偿我？"秦士倾家资与之。既而又有人持朽碗一只，曰："席与杖皆未为古，此碗乃桀造，盖商又远于周。"秦士愈以为远，遂虚所居之宅而予之。三器既得，而田资罄尽，无以衣食，然好古之心，终未忍舍三器，于是披哀公之席，把太王之杖，执桀所作之碗，行丐于市曰："衣食父母，有太公九府钱，乞一文！"
>
> 　　　　　　　　　　　　　　《事林广记·秦士好古》

明·谢肇淛撰《五杂俎》中的一则异文，出自《事林广记》，文字有所变化：

> 秦士有好古物者，价虽贵，必购之。一日，有人持败席一扇踵门而告曰："昔鲁哀公命席以问孔子，此孔子所坐之席也。"秦士大惬，以为古，遂以负郭之田易之。逾时，又有持枯竹一枝，告之曰："孔子之席，去今未远，而子以田售。吾此杖乃太王避狄，杖策去邠时所操之棰也，盖先孔子又数百年矣，子何以偿我？"秦士大喜，因倾家资悉与之。既而又有持朽漆碗一只，曰：

"席与杖皆周时物，固未为古也；此碗乃舜造漆器时作，盖又远于周矣，子何以偿我？"秦士愈以为远，遂虚所居之宅以予之。三器既得，而田舍资用尽去，致无以衣食，然好古之心，终未忍舍三器；于是披哀公之席，持太王之杖，执舜所作之碗，行丐于市，曰："那个衣饮父母，有太公九府钱，乞我一文！"闻者喷饭。

《五杂俎》事部卷四"秦士好古"

明·乐天大笑生纂集《解愠编》卷一《好古自困》、明·冯梦龙辑《广笑府》卷八《好古自困》，文字均与此则基本上相同。

明·江盈科撰《雪涛谐史》中的一则异文，情节有所变化，文字简约：

有嗜古董者，倾家收买，因而食贫困，乃拄杖操瓢，行乞于市。或问："所拄何杖？操何瓢？欲乞何物？"答曰："我拄的阮宣杖，操的许由瓢，要乞几文九府钱耳。"

《雪涛谐史》"嗜古董"

明·冯梦龙辑《笑府》中的一则异文，情节亦有所变化：

一富人素性好古。或伪以舜所造漆碗、周公挞伯禽之杖、孔子杏坛所坐之席请求售，各以千金得之。囊赀既空，乃左执虞之碗，右持周公之杖，身披孔子之席，行乞于市曰："求赐太公九府钱一文。"

《笑府》卷六殊禀部《好古》

清·游戏主人纂辑《笑林广记》卷十《好古董》出自《笑府》，文字基本上相同。

唐·朱揆撰《谐噱录·狗枷犊鼻》，写的是王义恭之事，情节变化明显：

> 江夏王义恭，性爱古物，常遍就朝士求之。侍中何勖已有所送，而王征索不已。何甚不平，尝出行于道中，见狗枷犊鼻，乃命左右取之还，以箱擎送之，笺曰："承复古物，今奉李斯狗枷，相如犊鼻。"

明·吴安国撰《累瓦编》二编卷十二《应谐》"爱古物"、明·冯梦龙辑《古今谭概》贪秽部第十五《古物》，均与《谐噱录·狗枷犊鼻》相同。

明·冯梦龙辑《古今谭概》儇弄部第二十二《古物》，情节又有变化：

> 齐公子嗜古器物。龙门子谒之，公子历出三代秦汉之器。龙门子曰："公子所藏非古也。必若古者，其庖牺氏之物乎？"公子斋三日，龙门子乃设几布筵，置宝椟其上，籍以文锦，各再拜而兴，启椟视之，乃宓羲氏之八卦也。

拾金不昧型故事　大致写某人拾得遗金，乃于原地等候失主，悉数归还，往往使失主得救。失主欲赠金酬谢，某坚不肯收。或言某后有善报。这一故事类型，初见于元代。元·无名氏撰《湖海新闻夷坚续志》收有两则异文，均系宋代逸闻：

> 梅洋季梢与人驾舟入栝，至中途，泊岸登厕，见有人遗下一青囊，有银子在内，遂取入舟以俟寻者。未几，见一人仓皇而至，寻取原物不见，大呼数声，解绦欲缢于厕。季急登岸询之，答曰："某本县解子也，解银入州，今既失去，唯有死耳！"季诘其他有

何物？曰："无他物，止有银子若干。"季悉还之。解子感激，即欲分与数两，至州折阅，不过受杖，岂不胜于一死。季坚不领，回船到大金滩间，忽缆断蹎入水中，但觉脚下有物如瓦相戛，深探而取之，乃银也，亦如前所拾之银。归家求田间舍，遂成大富。

《湖海新闻夷坚续志》前集卷一《人事门·弃银复得》

杨中奉存，吉水涾塘人。宋元丰八年，赴省开封，宿息州旅舍。既卧，觉床席间有物碍其背，揭视之，乃盐钞二万引。明日，询主人曰："前夕何人宿此？"主人曰："淮甸一巨商某姓客也。"公曰："此吾故人，设其人回，可与之言，吾在某坊某人家安歇。"又大书于所宿之房曰："某年月日，庐陵杨存寓此。"遂行。

不数日，商人果从故道，处处物色之。至息村，主人以公言告，且使自观壁间所书，乃径去京师访公。公曰："果汝物耶！当闻之官以归汝。"商曰："如教。"公请府悉以授商，府使中分之。公曰："使某欲之，前日奄为己有，泯默不言矣。"商不能强，乃捐数百缗，就京师相国寺设斋，为公祈福。是年，公中焦蹈榜下。历官至中奉大夫，子孙贵显。

《湖海新闻夷坚续志》前集卷二《报应门·不取他物》

进入明代，这一故事类型有了较大的发展，相继出现了不少异文。明·周晖撰《金陵琐事》收有这一故事类型的两则异文，还金者皆是有身份、有一定社会地位的人士。

秀才何岳号畏斋，曾夜行拾得银二百余两，不敢与家人言之，恐劝令留金也。次日携至拾银处，见一人寻至，问其银数与封识皆合，遂以还之。其人欲分数金为谢，畏斋曰："拾而人不知，皆我物也。何利此数金乎？"其人感谢而去。

又曾教书于宦官家。宦官有事入京，寄一厢于畏斋，中有数百金，曰："俟他日来取。"去数年绝无音信。闻其侄以他事南来，非取厢也。因托以寄去。

《金陵琐事》卷一《两次还金》

豹韬卫千户高仲光大司马差往北京上疏，行至山东界投一野店，见店有遗银一囊，约三百两，遂问主人早有何人寓此？答以远客两人，行且五六十里矣。高曰："此一囊银定是客人所遗。若暗携去人虽不知，鬼神知之。我四十无子，不爱此非义之财以损人也。"因解鞍秣马，以待失银之人。次日早有客寻至，且泣且诉。高取银与之，各问其姓名而别。仲光后生子四人，中万历辛丑武进士，高居仁乃其长子。

《金陵琐事》卷四《还银生子》

明·陆粲撰写的《庚巳编》与《说听》各收一则拾金不昧的异文，故事主人公都是社会底层的小人物，情节曲折动人。

袁尚宝忠彻居乡时，其友人家一童子，姿貌韶秀，且性机警，尚宝相之，以为不利于主，使逐焉。友虽素神其术，然意不忍也，数言之，不得已而听之。童竟去，无所归，往来寄食于人。

一夕宿古庙中，久不寐，见墙角一破衲中裹黄由约数百两，欲取之，忽自叹曰："我以命薄不得主意，横被遣逐。今更掩有此物，则是不义，天益不容矣，当守之以待失主。"至旦，遂住庙中不去。已而闻哭声，见一妇人掩涕而来，四顾彷徨。问之，答曰："吾夫，军也，以事系狱应死，指挥某者当治之。妾卖家产及假贷，通得金银若干，将以献彼。因裹着破衲中，挈之过庙少憩，不觉遗下，今追寻无得，吾夫分死矣！"童历问其锭数多少，皆合，即举以还之。妇感激，欲分以谢，不受，遂携去，夫因得释。

念童之德，遍以语人。指挥者闻而异焉，令人访致之，育于家，年老无子，悦其美慧，遂子之。又数年致仕，此子遂袭职，归而告释故主，主叹曰："袁君之术，乃疏如此乎！"留之迟袁至，使仍故服捧茶而出。袁见之，惊起曰："此故某人耶？何以至是。"主谬云逐出无归，今又来矣。袁笑曰："君无戏我，今非君仆矣，三品一武官也，形神顿异畴昔，岂尝有善事以致兹乎！"此子为备述前故，友乃叹袁术之神焉。

《庚巳编》卷三《还金童子》

余少闻蒋氏姑言：苏城有少妇张氏归宁，使青衣挈首饰一箱随后。中途如厕，遗却。既行始觉，返觅，则有丐者守之，即以授还，曰："命穷至此，奈何又攘无故之财乎！"婢大喜，以一钗为谢。丐笑麾之曰："不取多金，乃独爱一钗耶。"婢曰："儿倘失金，何以见主母，必投死所矣。遇君得之，是赐我金而生吾死也。纵君不望报，敢望大德乎！吾家某巷，今后每日早午，俟君到门，当分口食以食君。"丐者曰："尔身在内，何由得见？"婢曰："门前有长竹，第摇之，则知君来矣。"如言往，婢出食之。久而家众皆知。闻于主翁，疑有外情，鞠之吐实。翁义之，召丐畜于家，后以婢配焉。美哉乞丐，饥寒迫身而为士君子之行，不尤难乎！吾故录之，以为好义者劝，惜逸其姓名耳。

《说听》卷下"丐者与婢女"

明·王同轨撰《耳谈》卷八《高中丞还金》，是一则至为感人的明代还金逸闻，突显出拾金者清正的风操。

德安高中丞□号玉华，嘉靖乙酉冬以孝廉计偕次磁州凤发邸舍，距州三十里许始拂曙，值道有遗橐，命从者举之，累累然重也。公下马坐树下待遗者至。北风猎猎刺人入肌，从者不能堪，又计公橐垂尽，奈何违天自苦而贻所不知名何人乎？公不可。顷之有蒙袂而来者，发垂蔽面，徒跣号呼谓失金。公曰："夫夫其亡金者耶？金在是。"是人曰："州督地租钱急，天旱鬻子女得金五十五，晨而输之，凤夜仓皇，不觉亡失其死矣！"始发封与数合，即还之。其人泣拜欲分其半相报，公益不受。其人控马行数十里不肯去，私得公名姓，日尸祝①之。

明·许浩撰《复斋日记》"京中卖菜者"，虽然贯穿着因果报应观念，但其中的还金之举仍让人感佩，其故事略云：

京中卖菜者拾得一妇人遗失之银锭，携归家后，其妻劝其归还失主，曰："尔得之而喜，彼失之者戚乎？今吾将孕，彼戚而致死，咀咒及吾，吾亦且死矣，纵得十锭何补！"卖菜者还银时，失银妇为夫所咎，果将自经。妇得之甚喜，劳以酒饭。是夕，其妻产一男，夫出求食，妻见一白衣人从地中出，长尺许，光彩照室，以衣投之，即没。夫意有宝，掘之，得银一缶。

清代的这一故事类型异文尤为丰富，还金者以下层民众居多。清·褚人获纂辑《坚瓠集》中的一则异文，记述的是丐儿拾金不昧的故事。

袁忠彻致政归四明。某大参来贺，以年耄，令一童掖扶以进。儿约十二三，衣褴褛，貌古怪，立于侧。坐定，袁视久之。参政

---
① 尸祝：祭拜。

曰："尚宝之注目，殆入相乎？"袁曰："以余观此儿，他日之贵显，当轩轾于公。"参政曰："公误矣，此儿素无赖，贵从何至？"袁曰："但取其相，他非所论。"后儿在参政家大肆不良，逐出，丐食于岳庙。一日有妇人挈包而进，祷狱神前，礼拜甚久，忘包而出。儿取视，皆黄白也。儿藏包以俟，见妇人悲号来觅。儿即还之。妇人以银一锭酬之，儿曰："母误矣，欲得之，不罄所有乎？"妇曰："儿何所依？"儿曰："无依。故丐耳。"妇即携之之北京，为夫诉屈。夫盖四明指挥使也，以冤滞狱，得财始释。指挥无嗣，亦乏支庶，竟以此儿承袭祖荫。

《坚瓠广集》卷五《丐儿还金》

清·钮琇撰《觚賸》续编卷三《事觚·还金》，记述的是老农拾金不昧的故事，情节较为曲折，是以上诸则所不曾见到的。

顺治十年三月，龙溪老农黄中与其子小三操一小船，往漳州东门买粪，泊船浦头，浦傍厕粪，黄所买也。父子饭毕，入厕担粪，见遗有腰袱一具，携以回船，解袱而观，内有白金六封。黄谓其子曰："此必上厕人所失者。富贵之人，必不亲自腰缠；若贫困之人，则此银即性命所系，安可妄取？我当待其人而还之。"小三大以为迂，争之不听，悻悻径回龙溪。

黄以袱藏船尾，约篙坐待。良久，遥见一人狂奔而来，入厕周视，徬徨号恸，情状惨迫。黄呼问故，其人曰："我父为山贼妄指，现系州狱。昨造谒贵绅达情，州守许以百二十金为酬。今鬻田宅，丐亲友，止得其半。待州守许父保释，然后拮据全馈，事乃得解，故以银袱缠腰入州。因急欲如厕，解袱置板，心焦意乱，结衣而出，竟失此银。我死不足惜，何以救我父之死乎！"言讫，泪如雨下。黄细询银数与袱色俱符，慰之曰："银固在也，我待子久矣。"挈而授之,封完如故。其人惊喜过望,留一封谢黄。黄曰:"使我有贪心,宁肯辞六受一?"挥手使去。是时船粪将满,而子久不至,遂独自刺船归。

行至中途,风雨骤作,舣棹荒村之侧。村岸为雨所冲洗,轰然而崩,露见一瓮,锡灌其口。黄亦不知中有何物,但念取此可为储米器,然重不能胜,力举乃得至船。须臾雨霁风和,月悬柳外,数声欸乃,夜半抵家。小三以前事告母,两相怨詈,黄归扣户,皆不肯应。黄因诳云:"我有宝瓮在船,汝可出共举之。"子母惊起趋船,月光射瓮头如雪,手舁而上,凿锡倾瓮,果皆白镪,约有千金,黄愕然悟蕉鹿之非梦矣。

黄之邻止隔苇墙,卧听黄夫妇切切私语甚悉,明日以擅发私藏首于官。龙溪宰执黄庭讯,黄一无所讳,直陈还银获银之由。宰曰:"为善者食其报,此天赐也,岂他人所得而问乎?"答邻释黄,由是迁家入城,遂终享焉。

清·袁枚撰《续子不语》卷十《屈丐者》,所写的拾金不昧者乃是一个身体残疾、心灵美好的乞丐,其事迹颇为感人。故事结尾,写屈丐者变为富翁,并不真实,反而有损故事主人公的形象。

苏州枫桥镇,乃客商粮艘聚集处。村尽头有古庙,为屈丐者所居。两足不仁,朝出暮归,不离枫桥左右。一日晨起,见厕旁有遗囊,拾而阅之,中藏白金数百。因思是过客所遗,吾薄命人安能享此,且不知其作何勾当,一旦失之,有关性命,亦不可知。乃复归庙坐待。

午间果有人飞步而来,顿足捶胸,状甚惶急。因问之曰:"君得无失物者乎?"客曰:"然,汝拾耶?"屈曰:"有之。但须陈说不谬,方可还君。"客大喜,为述若干封若干数,但何银色,是何包裹。果相符合,屈乃携出付之。客见原银大喜,愿分半相赠。屈笑曰："君痴耶，予不拜君全惠，而乃贪其半乎？且君损半，又不能了大事。请即速去，勿误我乞。"客不得已，检拾锭与之而别。

丐至街口，忽见一垂髫女，貌绝美，依父而哭，观者如堵。因问于众，或告曰："是曹氏索债者，将欲夺此女为偿，故悲耳。"问欠几何，众曰十金。屈闻怒曰："盘剥私偿，凶恶如此。设欠官项，又将如何。且十金亦小事，何为富不仁，竟至于此！"讵知债主在旁，闻言而怒，指屈问曰："似汝填沟壑者，亦来说仁义耶！既出大言，可能为彼偿否？"屈慨然即将前客所赠为之代偿，取归某之欠约而散。

曹之本意，原在女不在金，恨屈破其奸谋，乃贿捕役，指屈为贼，锁屈送官。吴县陈公，深疑其冤。遗金客闻之，立即奔县代为昭雪。陈公闻之喜曰："此义丐也。"照及坐例，重惩捕役，并传枫桥各米行至谕曰："所有日收米样，俱著赏给屈丐，免其朝夕沿门求乞之苦，且为披红令肩舆送归。于是此丐享日收石米之利，遂渐延求名医，遇道者于干荷瓣茅术各药煎洗，不数日，足病竟愈，与常人等。不十年间，便居然置大屋，娶妻室，作富翁矣。"

清·杨式传撰《果报闻见录》"还金之报"[1] 写还金之举避免了更大的悲剧出现，拾金不昧者也因其品德高尚而受到重用，并且荫及子孙。

明鄞县南乡北渡有孙姓者就童子试，晨起往它山庙祈谶问府试取否，行至眺江桥上，见一包袱，遂携归，视之，乃批文一角，银二百两，系奉化县解府钱粮也。生以告父。父曰："尔欲还之，

---

[1] 见陆林主编《清代笔记小说类编·劝惩卷》，黄山书社1994年版。

抑取之耶？"生曰："钱粮解差身家于系，何可不还？"父曰："尔能如此，此府案必取，何用卜为？"生遂复至眺江桥，伺之至晚，见一人踉跄而来，锁钮号泣。生曰："汝得非失银者乎？"其人曰："我为本县差解银二百两至府，因天早步行，负重劳顿，天尚未晚，暂卧桥上，解包为枕，及觉，径行到城方记，已无及矣！遂自投到府主，差押追赔，妻孥皆死数矣！"生曰："汝弗惧。我收在家。"即引归还之。差曰："即蒙见还，敢烦同往回官。"生有难色。父曰："汝肯还银，官府必奖汝，或因此获取未可知也。"

生遂同至府，失银解差备述其故，府主即起立揖生曰："汝能如此，愿汝世世荣昌。汝归肆业，出案我必首拔。"是年府主即荐之入泮，次年补廪贡，出陈王府教授。后四世明经，三为王府教授，一为府学教谕，至今书香不绝。

清·徐昆撰《遁斋偶笔》"方解元"[①] 也是有关赴试途中拾金不昧的故事，虽然带有一定的迷信色彩，但扬善惩恶的题旨仍然具有一定的积极意义，这与上面诸则之题旨乃是一致的。

康熙甲午，江南解元方君某偕友人赴试，中途宿旅店，检遗银一封。开视，有小包数十，计数不及五两。方君谓友曰："此贫人物，盍少待还之？"留一日，无来取者。友次早欲行，方君强之留，必不肯。方君曰："子先行可乎？"其友曰："子诚巧，遗银固当分我，先去，子可独取矣！"方君无可与辩，乃计其遗银之半，以己资与之。友遂行，约同寓。

方君候之三日，见有仓皇失措而来者。叩之，其人曰："我卖油收帐，归宿于此。抵家，知失银，故转觅至此耳。"问其数

---

① 见陆林主编《清代笔记小说类编·劝惩卷》，黄山书社1994年版。

及包裹状，悉符合，遂还之。其人感谢而去。方君故寒士，所携资斧极少，为遗银故以二两余给友，用不敷，仍回家称贷，而去就其友与同居。

入头场，其友之仆梦见天榜首名即其主，并记数人名。告其友，友欣然。及二场毕，其仆愀然谓主曰："首名已换方相公矣！昨又梦榜上涂去主人姓名，旁朱书，方名下并注小朱书数行。以高张故见不明晰。"友不之信。及榜发，方果作解，所记数人皆符。其小朱书，盖即注此还银事耳。义利之际，神鉴昭然若此。

清·余金编纂《熙朝新语》卷十五"老者还金"，拾金不昧者为商贩。故事写为善者得善报或许是巧合，但它却生动地展示出良好的道德风尚在净化世人心灵方面所产生的巨大力量。

江北张某为人经纪，收债于江宁，岁暮将归。黎明肩行李出城，门未启，立市檐以待，倦甚，以置金之布搭坐身下。方闭目，城遽启，忘携身上布搭，仅肩行李趋出。行里许始觉，急返觅旧所，已各肆俱张，人如云集，而布搭不知去向矣，于此愁眉观望，徘徊不已。一老者询故，以实告，邀张入曰："今早启门，得有遗物，未识相符否？"张曰："为东人归者两大封，其小封则己物也，锭数分量各若干。"老者验系原物，即还之。张感泣，愿以己金奉。老者笑曰："吾果爱财，顷则不言矣。君何不谅也。"张不敢强，因拜谢，各道姓名而别。

张抵江待渡，而风大作，渡舟多覆，溺人无算。张恻然曰："吾所携之金失而复得，吾命亦属再生矣。"悉出己金买救生者操舟往救，立拯数十人，皆感谢。彼此通姓氏，中有一少年，江宁人，往江北贸易，回家度岁，即还金老者之子也。张异而告以故，闻者莫不叹息。后二氏结婚姻焉。

清·吴芗厈撰《客窗闲话》卷三《义丐》，拾金不昧者乃是一个衣食无着的乞丐。其人不但还金于失主，而且不要酬谢，足以让世间见利忘义之人汗颜。此义举终于得到善报，成为一段佳话。

> 丐某，燕人也。孑然一身，游食市间，饱则出城西北隅，好于古木之阴栩栩而睡。一日，有策马而驰者，颠播囊裂，落宝银于道。丐呼之，不觉，狂奔而去。丐乃拾之，自忖曰："吾其以此易钱乎？彼布主必疑吞为盗，何以自白？且缉捕者见之，必攘去。既不然，同侪见吾多金，有不思杀而夺之者乎？然则此祸基也。不如献诸官，以脱吾身，非旷然自得之道乎？"遂投献。邑宰奇之，曰："得遗失物者，给之半。此律之明条。汝其受诸？"丐叩首曰："'小人无罪，怀宝其罪。'筹之审矣，非所愿也。"宰益奇之。适失金主驰归呈诉，宰语之故，还其宝物。失金主再拜曰："小人何幸而值此义士！渠之所虑者，无宅以庇身耳，小人能助之置宅。"宰曰："能如是乎？予亦给之资本，以旌其善。"乃呼里长，为之谋宅于市廛，置货立业，且表之以额曰"拾金不昧"。

清代的地方志亦收录此故事类型的一些异文。譬如，光绪《续修庐州府志》卷九十四"义丐"略云：

> 土桥镇一乞丐，不知何许人。时曳竹持筐乞讨于市，叩其姓名，笑不答。有客寄囊金于一经纪人，其人受而藏于卧床。其妻并不知情，晒垫床稻草时竟将囊金丢失。久之，客索囊金，经纪人妻窘且投河。一市皆哄。乞丐闻声急至，曰："吾于路旁草中拾得，奈何苦尔妇也！"乃取囊付客，囊封识如初。客欲分半与之，丐铢两不受。后不知所终。

又如，光绪《宝应县志》"王大还银"略云：

> 王氏兄弟捕鱼为生。一日傍晚王大入水推舟，摸到一包银子。此时一妇人哭诉将鬻女之十两银子丢失。王大见她无比悲伤，当即还其银包。妇人以半数相赠，王大坚不肯收。王二以为王大此举过呆，王大则告诫王二不可贪图不义之财。兄弟二人继续行舟，不久遇阻，竟从水中摸出一船银子，遂大富。

近人海上寓公编《茶馀随笔·拾金不昧》，也表现了乡民淳朴、善良的精神风貌。故事虽短，亦颇感人。

> 族人幼卿言其邻有张孝忠者，家贫，力耕所得，恒不足以敷衣食资。一日晨，孝忠担菜赴市求售，中途拾一钱囊，即枯坐以待失者。良久，一人来，形色仓皇。见孝忠，即问曰："汝在此，见地上有钱囊否？"孝忠乃询以囊作何状？金几何？则悉相符，遂举以还之。失者大喜过望，取二十金酬之。孝忠不受，失者固与之，孝忠曰："不劳而获，非吾愿也。使吾果利此者，尚坐而相待耶？"言已，担菜径行。

这一故事类型，现当代仍在湖北、山西、宁夏等地的汉族和个别少数民族聚居区流布，譬如《李贵娶亲》（土家族）[①]、《杨玉》[②]、《五封银子》[③]、《拾金不昧》[④]。

[①] 见《中国民间故事集成·湖北卷》。
[②] 见《中国民间故事集成·湖北卷》。
[③] 见《中国民间故事集成·山西卷》。
[④] 见《中国民间故事集成·宁夏卷资料丛书·同心民间故事》。

井水化酒型故事　大致写一道士为酬谢卖酒妪,令其家井水化为美酒,妪因此致富。后道士又来,妪叹道:"酒甚好,只是无糟饲猪。"道士怒其贪心不足,随即使此井不复出酒。这一故事类型,初见于元·无名氏撰《湖海新闻夷坚续志》。

> 常德府城外十五里,地名河洑,有崔婆者卖茶为活,遇有僧道过往,必施与之。一道人往来几十余次,崔婆见之必与茶。道人深感之,与之曰:"我欲使汝改业卖酒,如何?"崔婆喜。道人以杖拄地,清水迸出,为崔婆言:"此可为酒。"崔婆取之以归,味如酒,浓而香,买者如市。若他人汲之归,则常品水也。崔婆大享其利。
> 　　道人重来,崔婆再三谢之,但云:"只恨无糟养猪。"道人怒其贪心不足,再以杖拄泉,则复成水,无复酒味矣。其井至今尚存。
> 　　　　　　《湖海新闻夷坚续志》后集卷一《神仙门·井水化酒》

明·江盈科撰《雪涛小说》录写的一则异文,故事发生地与《湖海新闻夷坚续志》所记相同,然而卖酒妪之姓氏及某些细节发生了变化,并且首次出现道士题诗。

> 河洑山山隈有王婆庙,不知何代人。父老相传,此婆酿酒为业。一道士往来寓其家,每索酒辄予饮,累数百壶不酬值,婆不与较。
> 　　一日道士谓婆曰:"予饮若酒,无钱相偿,请为若掘井。"井成,泉涌出,皆醇酒。道士曰:"此所以偿耳。"遂去。婆不复酿酒,但持井所出泉应酤者,比凤酿更佳,酤者踵至。逾三年,得钱凡数万,家遂富。
> 　　前道士忽又至,婆深谢之。道士问曰:"酒好否?"答曰:

"好倒好，只猪无糟耳。"道士笑题其壁曰："天高不算主，人心第一高，井水做酒卖，还道猪无糟。"题讫，去。自是井不复出酒矣。

《雪涛小说·心高》

明·冯梦龙编纂《古今谭概》所收的一则异文，出自明·钱希言撰《狯园》，故事发生地变为浙江，情节亦有变化。

浙东桐庐县旧有酒井，相传有道人诣一酒肆中取饮，饮毕，辄去，酿家亦不索值。久之，道人谓主媪曰："数费媪酒，无以报。有少药投井中，可不酿而得美酒。"乃从渔鼓中泻出药二丸，色黄而坚，如龙眼大，投井中而去。明日井泉腾沸，挹之皆甘醴，香味逾于造者。俗呼为"神仙酒"。其家用此致富。凡三十年，而道人复来，阖门敬礼。道人从容问曰："君家自有此井以来，所入子钱几何？"主媪曰："酒则美矣，奈乏糟粕饲猪，亦一欠事！"道人叹息，以手探井中，药即跃出，置渔鼓中，井复如旧。

《古今谭概》贪秽部第十五《神仙酒》

明·吴元泰撰《东游记》第二十九回《三至岳阳度飞》，将此故事类型吸收进去，变为吕洞宾的逸事。自此，八仙传说开始增添"井水化酒"的内容，但化酒者不只吕洞宾一人。

洞宾……乃复游于岳阳之间，以卖油为名，暗思有买不求添者度之。卖几一年，所遇皆过求利己者。惟一老妪持一壶市油，洞宾与之，即持去。洞宾怪之，问曰："凡买物者皆求多，汝独不求何也？"妪曰："本意惟一壶，今已满足，君之功多矣。何敢求多？"复以酒饮洞宾。洞宾欲度之，见其家内有井，乃以米一把投井中,谓姥曰:"卖此可以致富。"老姥留之,不答而去。妪回视井中水皆酒也。卖之一年,果大富。一日洞宾又至其家,老姥不在家,问其子曰:"数年卖酒何如?"其子曰:"好则好矣,但苦于猪无糟耳。"洞宾叹曰:"人心贪得无厌,一至于此!"乃取其米而行。老妪归视之,井皆水矣。妪追悔无及。

清·褚人获纂辑《坚瓠二集》卷四《猪无糟》,与《雪涛小说》"王婆酿酒"相同,仅个别字句有出入。

清·乐钧撰《耳食录》卷七《困默真人》中录有一则异文,故事发生在真人与亲人之间,别具一格:

真人从母贫,以卖酒为生。素爱真人,真人感之。家有井,投以米七粒,令汲之,则酒也。卖之三月,得钱数百千。真人问曰:"获利否?"从母曰:"善则善矣,惜无糟滓以饲豚耳。"真人叹曰:"白水为酒,犹憾无糟,甚矣,人心之无厌也!"复投米七粒,而井水如故。

清同治《钟祥县志》卷三"王媪井",故事发生地在湖北,仅有井水化酒情节,而尤酒井复为水情节,在诸异文中独具一格。

钟祥县城南二十里,有王媪井。相传有王媪,善酿酒。一道士屡过饮,不持一钱。媪不厌。久之乃辞去。媪终不索值。道士即以术使其井水化为酒。媪鬻之致富,辄施舍散之,后不知所终。

这一故事类型,现当代仍在四川、云南、海南、广东、福建、浙江、上海、江苏、山东、河南、湖北、湖南、陕西、山西、新疆、江西、安徽等地汉族和个别少数民族聚居区流布，如《酒黄铺》①、《人心第一高》②、《吴水井》③、《贪心的老汉》④、《井水变酒嫌无糟》⑤、《出酒井》⑥、《酒潭》⑦、《吕洞宾进酒店》⑧、《枯井诗》⑨、《人心无足》⑩、《道士与店主》⑪、《观音娘娘和卖酒的》（土家族）⑫、《人心高》⑬、《人心比天高》⑭、《吕洞宾两过酒店》⑮、《酒井》⑯、《酒井》⑰、《人心比天高》⑱。

这一故事类型，相当于丁乃通编著《中国民间故事类型索引》750D_1，艾伯华著《中国民间故事类型》"七、河神与人108. 仙人回报"。

道人画鹤型故事 大致写一道人常至酒肆饮酒，不取钱。酒肆日渐兴隆，因而发家。后店主再三索酒钱，道人乃画一纸鹤，喷水变活，随

---

① 见《中国民间故事集成·四川卷》。
② 见《中国民间故事集成·重庆市大渡口区卷》。
③ 见《云南民族民间故事选》。
④ 见《中国民间故事集成·海南卷》。
⑤ 见《中国民间故事集成·广东卷》。
⑥ 见《中国民间故事集成·福建卷》。
⑦ 见《中国民间故事集成·浙江金华市兰溪市卷》。
⑧ 见《中国民间文学集成·上海卷·徐汇区故事分卷》。
⑨ 见《中国民间文学集成·溧阳县资料本》。
⑩ 见《临邑县民间故事歌谣谚语汇编》。
⑪ 见《中国民间故学集成·河南桐柏县卷》。
⑫ 见《土家族民间故事讲述家孙家香故事集》。
⑬ 见《中国民间故事集成·湖南卷》。
⑭ 见《老两口说古经》。
⑮ 见《中国民间故事集成·山西卷》。
⑯ 见《中国民间故事集成·新疆卷》。
⑰ 见《抚州地区民间文学集成·南丰县卷》。
⑱ 见《中国民间故事集成·安徽卷》。

即跨鹤而去。或言道人见其数年赐酒,乃画一鹤于壁,招之起舞,于是贵客满门。道人在店家致富后,即跨鹤飞去。这一故事类型,初见于《湖海新闻夷坚续志》。

> 处州龙泉县凤凰山下,旧有小茅庵,一道人居之。桥头有黄婆开酒肆,道人常往来买酒,不取钱,悉与之饮。由是买者无虚日,家由是成。甫阅一载,婆子索酒钱,道人未之偿。越几日,又问,复许之,仍借笔画一纸鹤,以水噀之,飞舞回旋于桥之左右。婆亦不悟,又复索钱,道人于是跨鹤而去。

《湖海新闻夷坚续志》后集卷一《神仙门·跨鹤道人》

明·张岱撰《夜航船》所收的一则异文,其情节由画鹤避索变为画鹤酬谢,题旨发生明显变化。

> 晋时有酒保姓辛,卖酒江夏。有道士就饮,辛不索钱,如此三年。一日,道士饮毕,以橘皮画一鹤于壁,以箸招之即下舞,嗣是贵客皆就饮,辛遂致富,乃建黄鹤楼。后道士骑鹤而去。

《夜航船》卷十一日用部《宫室·黄鹤楼》

明·吴元泰撰《东游记》将此一故事类型吸收进去,附会在吕洞宾身上,加以铺陈,使之越发生动有趣。

> 洞宾自斩蛟之后,游于岳阳,或施果于街市,或玩游于乡村。欲得正心好善者而度之,通县无有其人。适有辛氏素业酒肆,洞宾往其家,大饮而出,竟不以钱偿之。辛氏亦不问索。明日又至,饮之而去,如此者饮之半年,而辛氏终不与之索钱。一日复至其

肆饮之，乃呼主人谓之曰："多负酒债，久未能偿。"令取橘皮画一鹤于壁上，曰："但有客至此饮者，呼而歌之，彼自能舞，以此报汝数年之值，可以偿汝矣。"主人留之饮，乃竟别而去。后人来饮者呼之，其鹤果从壁上飞下，跳舞万状，止则复居壁上，人皆奇之。于是远近来观，饮者填肆，不数年果大富。一日洞宾复至，主人见之，延归拜谢，大饮。洞宾问之曰："来者可多否？"主人曰："富足有余矣。"洞宾乃三弄其笛，其鹤自壁上飞至洞宾前，乃跨之乘空而去。主人神异其事，于跨鹤之处，建一楼，名黄鹤楼，以志其事。

《东游记》第二十六回《洞宾酒楼画鹤》

民国《尤溪县志》卷二"白鹤楼"这一则异文，情节较为简单，略云：

福建尤溪白鹤楼，为邑人赵某所建。一日忽有道人画一鹤于壁上，道人拍掌歌舞，鹤应节而舞。既而莫知所之。因匾以"白鹤楼"。

这一故事类型，现当代仍在江苏等地流布，譬如《吕纯阳和白鹤楼》①。

鲁班造桥型故事 大致写鲁班造赵州桥，因极坚固，以为天下无双。张果老骑驴而过，使桥摇动若倾。鲁班用两手托桥，才得以坚壮如初。这一故事类型，初见于元·无名氏撰《湖海新闻夷坚续志》。

赵州越南有石桥一座，乃鲁般造，极坚固，意谓古今无第二

---

① 见《张果老倒骑驴（八仙的传说）》。

手矣。忽其州有神姓张，骑驴而过桥，张神笑曰："此桥石坚而柱壮，如我过能无震动乎？"于是登桥，而桥摇动若倾状。鲁般在下以两手托定，而坚壮如故。至今桥上则有张神所乘驴之头尾及四足痕，桥下则有鲁般两手痕。此古老相传，他文未载，故及之。

《湖海新闻夷坚续志》后集卷二《神明门·鲁般造石桥》

这一故事类型，现当代仍在河北、湖南等地流布，譬如《张果老过赵州桥》①《试鲁班》②《五台山的悬空寺和赵州石桥》③《张果老和鲁班》④。

巧借地型故事　大致写某高僧向人借地建寺，讲明只需一袈裟之地。应允后高僧乃以袈裟铺设，得方圆八十里，地主无法反悔。这一故事类型，初见于元·无名氏撰《湖海新闻夷坚续志》，故事主人公为卢六祖。

> 卢六祖，名能，广东新州人。学佛见曹溪水乡，遂于其地择一道场，求之地主，但云："只得一袈裟地足矣。"地主从之。遂以袈裟铺设，方圆八十里，今南华山六祖道场是也。

《湖海新闻夷坚续志》后集卷二《佛教门·卢六祖》"借地"

明·王圻编纂《稗史汇编》卷六十六《方外门·释教杂纪上·六祖道场》，出自《湖海新闻夷坚续志》，文字小有不同。

---

① 见《中国民间故事集成·河北卷》。
② 见《中国民间故事集成·河北卷》。
③ 见《鲁班传说故事集》。
④ 见《中国民间故事集成·湖南卷》。

明·朱国祯辑《涌幢小品》卷二十八《愿得地》，情节有所变，亦属佛教传说。

地藏菩萨姓金名乔觉，新罗国人，在池州东岩修习久，土人闵欲斋之。地藏谢不愿，愿得一袈裟地。闵许之。明日以袈裟冒之，凡四十里。闵即付之，举家悉成正觉去。

成书于清道光十五年（1835），由阮元等修、王嵩等纂《云南通志》所收的一则异文，情节多有变化、发展，故事主人公为观音，仍为佛教传说。

按白古通，邃古之初，苍洱旧为泽国。水居陆之半，为罗刹所据。罗刹好食人目睛，故其地居人鲜少。有张敬者为巫祝，罗刹凭之。有一老人主张敬家，托言欲求片地以藏。修居数日，敬见其德容，以告罗刹。罗刹乃见老人问所欲。老人身披袈裟，身牵一犬，指曰："他无所求，但欲吾袈裟一展犬一跳之地，以为栖息之所。"罗刹诺。老人曰："既承许诺，合立符券以示信。"罗刹又诺，遂就洱水畲上，画券石间。于是，老人展袈裟纵犬一跳，已尽罗刹之地。罗刹彷徨失措，意欲背盟。以老人神力制之，自不敢背。但问何以处我？老人曰："别有殊胜之居。"因神化金屋宝所。刹喜过望，尽移其属入焉，而山遂闭。今苍山之上，羊溪是其地也。于是，老人凿河尾泄水之半，人得平土以居。此其事甚怪。余泛洱水，岛上盖有赤文如古篆籀，云是买地券。世传老人为观音化观，优波麹多预言，其谶是已。今海尾有观音村。

《云南通志》卷十七志怪部"老人求地"①

---

① 转引自《钟敬文民间文学论集》下，上海文艺出版社1985年版，第510页。

第十一章 宋元时期的民间故事类型

这一故事类型，现当代仍在湖北、四川、云南等地流布，譬如《五祖借地》①《苏东坡借地》②《韩湘子借地》③《白龙王借大理坝》④。

这一故事类型，相当于丁乃通编著《中国民间故事类型索引》2400A，艾伯华著《中国民间故事类型》"十二．巫师、神秘的宝藏和奇迹 186. 建庙的奇迹 IV"。

巧判还银型故事　大致写某人携所拾银钱带回家时，受母责骂，随即送往原处付还失者。失者非但不谢，反诬某有所隐匿。经一官吏审讯后，当众判称此非失者银钱，命其往他处寻找，而让某将银钱拿回去奉养老母。这一故事类型出现于元代，初见于元·杨瑀撰《山居新话》：

> 聂以道江西人为县尹，有一买菜人早往市中买菜，半途忽拾钞一束。时天尚未明，遂藏身，僻处待曙，检视之，计壹拾伍定，内有五贯者，乃取一张买肉二贯，米三贯，寘之担中，不复买菜而归。
>
> 其母见无菜，乃叩之，对曰："早于半途拾得此物，遂买米肉而回。"母怒曰："是欺我也。纵有遗失者，不过一二张而已，岂有遗一束之理，得非盗乎？尔果拾得，可送还之。"训诲再三，其子不从。母曰："若不还，我诉之官！"子曰："拾得之物送还何人？"母曰："尔于何处拾得，当往原处候之，伺有失主来寻，还之可也。"又曰："吾家一世未尝有钱置许多米肉，一时骤获，必有祸事。"

---

① 见《中国传说故事大辞典·传说》。
② 见《峨眉山民间故事》。
③ 见《八仙人物的传说》。
④ 见《中国民间故事集成·云南卷》。

其子遂携往其处，果有寻物者至。其买菜者本村夫，竟不语其钞数，止云失钱在此，付还与之。傍观者皆令分偿。失主靳之，乃曰："我失去三十定，今尚欠其半，如何可偿？"既称钞数相悬。争闹不已，遂闻之官。

聂尹复问拾得者，其词颇实。因暗唤其母，复审之亦同。乃令二人各具诘罪文状，失者实失去三十定，买菜者实拾得十五定。聂尹乃曰："如此则所拾之者，非是所失之钞。此十五定乃天赐贤母养老，给付母子令去。"喻失者曰："尔所失三十定，当在别处，可自寻之。"因叱出。闻者莫不称善。

《山居新话》卷一"聂以道断钞"

元·陶宗仪撰《辍耕录》（又名《南村辍耕录》）所收的一则异文，与《山居新话》的一则属于同一传闻的不同录写文本，可资比较。

聂以道宰江右一邑。日有村人早出卖菜，拾得至元钞十五锭，归以奉母。母怒曰："得非盗来而欺我乎？纵有遗失，亦不过三两张耳，宁有一束之理？况我家未尝有此，立当祸至，可急速送还，毋累我为也！"言之再，子弗从。母曰："必如是，我须诉之官！"子曰："拾得之物，送还何人！"母曰："但于原拾处俟候，定有失主来矣。"

子遂依命携往，顷间，果见寻钞者。村人本朴质，竟不诘其数，便以付还。傍观之人皆令分取为赏，失主靳曰："我原三十锭，方才一半，安可赏之？"

争闹不已，相持至厅事下。聂推问村人，其词实；又密唤其母审之，合。乃俾二人各具失者实三十锭，得者实十五锭。文状在官后，却谓失主曰："此非汝钞，必天赐贤母以养老者。若三十锭，则汝钞也，可自别寻去。"遂给付母子。闻者称快。

《辍耕录》卷十一《贤母辞拾遗钞》

明·冯梦龙编纂《古今谭概》颜甲部第十八《聂以道断钞》，据《辍耕录》缩写，文字简略。

聂以道曾宰江右一邑。有人早出卖菜，拾得至元钞十五锭，归以奉母。母怒曰："得非盗而欺我？况我家未尝有此，立当祸至。可速送还！"子依命携往原拾处，果见寻钞者，付还其人。乃曰："我原三十锭！"争不已，相持至聂前。聂推问村人是实，乃判云："失者三十锭，拾者十五锭，非汝钞也！可自别寻。"遂给贤母以养老。闻者快之。

清·赵吉士辑《寄园寄所寄》卷十《驱睡寄》"聂以道断钞"，出自清·无名氏编《快心集》，文字与《古今谭概》相同。

清·朱翊清撰《埋忧集》卷六《谲判》，与"聂以道断钞"大致相同，而故事发生时、地、结尾等则有所变化。

乾隆间，苏州乐桥有李氏子，每晨起鬻菜于市，得钱以养母。一日，道中拾遗金一封，归而发之，内题四十五两。母见之，骇然曰："汝一窭人，计力所得，日不过百钱，分也，今骤获多金，恐不为汝福也。且彼遗金者，或别有主，将遭鞭责，或逼偿致死矣！"促持至其所，以待。

遗金者适至，遂还之。其人得金辄持去，市人咸怪其弗谢也，欲令分金以酬。其人不肯，诡曰："余金固五十两，彼已匿其五，又何酬焉？"市人大哗。

适某官至，询得其故，佯怒卖菜者，笞之五而发金，指其题谓遗金者曰："汝金故五十两，今止题四十五两，非汝金矣。"举金以授卖菜者，曰："汝无罪是妄得吾笞，吾过矣。今聊以是偿，而母所谓不祥者验矣。"促持去，一市称快。

清·余金编纂《熙朝新语》卷十二"李氏子还金"，与《谳判》相同，仅某些字句稍有出入。

清·梁恭辰辑《北东园笔录》中的一则异文，故事发生地在福建，情节略有变化。

曹怀璞瑾，河南解元，宝应朱文定公及陈恭甫编修所取士也。作令吾闽有循声，为吾乡近来第一廉能之吏。宰闽县时，一日于途中遇两人争辩，执而问之，其一人曰："某拾得银一封，约重五十两，持归家呈母，母曰：'银数太多，倘此人急需此项，失之，恐有他变。亟应守其他而归之。'某因到此守候，果遇此人寻至，即以原银还之。其人熟视许久曰：'尚有五十两，汝应一并还我。'盖其人即欲藉此讹诈也。"曹诘失银者曰："汝所失银实是百两乎？"曰："然。"又语得银者曰："渠所失系百两，与此不符，此乃他人所失。今其人不来，汝姑取之。"复语失银者曰："汝所失之百金，少顷，当有人送还，可仍在此候之。"其拾银者持银竟去。失银者嗒然不能复置一辞。途中围观者咸称快。曹之断狱明决，类如此。

《北东园笔录》初编卷四《曹循吏》

近人徐珂编撰《清稗类钞·狱讼类·闽县拾金案》，据《北东园笔录》改写，文字有所压缩。

清末吴趼人撰《中国侦探案·搭连袋》，故事情节出现了较大的变化，除了拾金的环境、拾金者的身份以及失物等与以上诸则有显著的不同外，最主要的不同之处是在场的饮客自发起来处理争端，主持公道，使诬赖好心人的失者受到谴责，而不是由循吏包办，显示出民众当家作主意识的萌生。

　　江南茶酒之肆，触目皆是，行路者各从所嗜而就之，藉以少息而解饥渴，取值亦廉，他处所不及也。有就酒肆饮者，遗一囊以去，酒博士得之于桌桁之上。囊横不过三寸，直将倍之，即俗之所谓搭连袋者也。启视之，中有洋银二枚、铜钱数十文，乃置之以俟其人。未几，其人果至，酒博士出以返之。其人忽诬赖曰："吾囊中固有洋银四十元、铜钱且二百余，何仅得此！"酒博士无以自明，呼冤而已。帝座有饮客，起问其人曰："君囊遗于何所？犹忆之否？"曰："吾搭于桌桁之上，如之何不忆。"问博士，博士曰："吾固得之于桌桁之上也。"客使复置原处，视之，则两端下垂。因问其人曰："是置此否？"其人曰："然。"客曰："吾有一法，可以立剖此疑，疑剖，则公论自在众人，吾亦不赞一词也。"旁饮之人均应曰："善善。"客乃诃博士曰："若伺客者，客有遗物，自当返诸其人，今客有洋银四十元，若何得匿有三十八？客有铜钱二百余，若何得匿其二百？"博士大呼冤。客曰："无已。吾代若偿之。"即自探囊取三十八元、铜钱二百，内之其人之囊中，充塞盈溢，几不能容，膨脝之状可掬，乃笑谓其人曰："已偿君愿否？"其人唯唯，便欲取去。客曰："未也。子其复以搭置桌桁之上，使众视之然后取。"置之，则横亘桁上，两端不复下垂。客曰："天下有如此之置其囊者乎？且充盈如是，动即有所泄，而囊之外不裹以帕者，天下宁复有此人？"其人气结不能答。客对众曰："吾固先宣言之，公论在众人，吾不赞一词也。疑而既剖矣，诸公其谓之何？"众皆曰："子既能破之，即当有以处之，彼如不服，吾众自在也。"客乃谓其人曰："君囊中有洋银四十元、铜钱二百余，而独能搭置桌桁之上者，其囊必大。今兹小囊，如君言以内之，竟不能置，此众所同见者，吾以是知必非君物。君之囊不知遗失何所，请于他处求之，此囊仍当还之博士也。"乃自取还原物，而以囊授博士。众为鼓掌称快。其人忸怩遁。

近人葛建初编《折狱奇闻·拾遗金》，虽然仍写循吏巧判拾金案，但对拾金者及家人的描写，循吏审案时用以揭露失者丑恶面目的手段，均与《山居新话》《埋忧集》《北东园笔录》等书显然不同，具有较高的艺术水平。

黎公名升，山东人，十八成进士，二十授江西南丰令，少年练达，遇事能断。有乡民平日畏妻，偶不得当，怒詈随之。一日贸布入市，为人窃去，虑妻委逼，因向药铺买砒一包，以备自尽。怅怅归家，路过茶亭，拾得遗金一封。入门见妻，忻忻有喜色。妻叩之，以金示妻。妻又见一小包，问之。因具告之。妻曰："尔失去些须物，尚欲寻死。他人失去如此多金，寻死者恐不止一人矣。速诣原处，候其人还之。"

乡民唯唯，依妻言，仍往茶亭坐候。未几，失银者至，乡民出银还之。失银者曰："我是百金，不止此也。"乡民气忿，与之理直不已，喊官求断。公权之，止得五十两，问拾银者何以拾得遗金，又止还一半？乡民哭诉曰："实止有此。"因缕述得银之由，还银之故。公召其妻问之，其妻细诉，亦颠末分明。失银者一口咬定百金，两造争执，良久不决。公曰："明日再讯。"

当夜公垫银五十两，密著人寄存银铺，唤拾银者教以口供。翌晨升座问供。先问失银者，曰："百金是实。"再问拾银者，曰："五十两是实。"公伪怒曰："拾银不还，世人常情。还人遗金，君子高行。今汝所为意欲名利兼收，殊属可恶！"撒签呼令行杖。乡民因供百金是实，现存某铺。唤差取至，失银者一见，即曰："此正是我银。"公曰："认得真否？"失银者再三捡视，曰："不谬。"公手持银作欲与状，却笑而不言。唤乡民上前，以原银五十两赏之；复唤其妻上前，以垫银五十两赏之；杖责失银者，合邑称快。

这一故事类型，现当代仍在江苏、浙江、山西、四川、西藏等地汉族和个别少数民族聚居区流布。譬如《曹孟和私访记》①、《拾金者》②、《县官巧断银子案》③、《丢掉金子的人》④、《还银子》（藏族）⑤。

迎请文成公主型故事　大致写藏王松赞干布派一位精明能干的大臣率使团去长安向唐朝皇帝请婚。在与各国求婚使臣比赛智慧时，藏族使臣通过多项测试，终于不辱使命，迎请文成公主前往西藏与松赞干布成婚。这一故事类型，见于14世纪藏传佛教僧人索纳坚赞撰《西藏王统记》和16世纪藏传佛教活佛巴卧·祖拉陈哇撰《贤者喜宴》，略云：

  相传藏王松赞干布听说唐朝皇帝有一位贞淑美丽的女儿叫文成公主，便派精明能干的大臣噶尔·东赞宇松率求婚使团赴长安请婚。与此同时，波斯、印度、霍尔等国的使团也来求娶文成公主。皇帝唐太宗为了做到公平合理，就让使臣们比赛智慧，胜者可得偿所愿。唐皇先让使臣们穿九曲明珠，接着又让使臣们辨马、认鸡、区分圆木根梢、宰羊揉皮、饮酒、赴宴回店，噶尔全部获胜。最后，他又在汉族老大娘的指点下，从五百个穿着打扮一样

---

① 见《中国民间文学集成·江苏淮阴泗洪县资料本》。
② 见《芝麻官断案故事》。
③ 见《中国民间文学集成·山西卷·祁县民间故事集成》。
④ 见《中国民间故事集成·巴县卷》。
⑤ 见《金玉凤凰》。

的美丽姑娘中，认出文成公主。他终于完成了迎亲使命，请文成公主前往西藏与松赞干布完婚。

此则故事，又见《柱下遗教》《西藏王臣记》等藏文文史著作。

这一故事类型，现当代仍在西藏及青海、四川等地藏族聚居区，譬如《文成公主的故事》①《禄东赞智胜唐王》②《文成公主入藏的传说》③。

戏髑髅型故事 大致写有人出行，途中置盐梅核（或蒜法、辣椒等）于一髑髅口中，并问："咸不咸（或辣不辣）？"即回应曰："咸（或辣）。"应声随往不止，渡水、入城或将其骸骨埋葬后始绝。这一故事类型，初见于元·无名氏撰《异闻总录》，文字较简略。

> 至元丙子，庐陵印冈罗某，数人夜行，至地名习家湖。因食盐梅，以核置道旁髑髅之口，问曰："咸不咸？"前行至长坑，月光灿然，见后有黑团族转随逐而来，呼曰："咸咸！"诸人大惧，疾行十余里，至荣村渡水，方不闻声。
>
> 《异闻总录》卷一"咸不咸"

明·王圻纂辑《稗史汇编》中的一则异文，情节有所变化、发展。故事主人公因戏髑髅致病，数日而亡，实令人叹惋。

> 御用监奉御来定，五月间差往南海子公干，从五六骑出城，异酒肴为路食。日午，至羊房南大柳树下，脱衣卸鞍，坐树根上，

---

① 见《中国民间故事集成·西藏卷》。
② 见《中国民间故事集成·青海卷》。
③ 见《中国民间故事集成·四川卷》。

以椰瓢盛酒，捣蒜汁濡肉自啖。回顾一髑髅在旁。来夹内濡蒜戏纳髑髅口中，问之曰："辣否？"髑髅即应之曰："辣。"终食之，顷呼辣不已。来惊悸，令人去其肉，呼亦不止。遂启行至海子，毕事而回。呼辣之声随其往还，入城始绝。来至家得病，数日而殁。

《稗史汇编》卷一三四《祠祭门·鬼物上·髑髅怪》

明·冯梦龙编纂《古今谭概》妖异部第三十四《髑髅言》，出明·马愈撰《马氏日抄》，与此则相同，个别字句小有出入。

清末杨凤辉撰《南皋笔记》采写的一则异文，流传于川西北藏汉杂居区，情节变化较大，戏髑者为汉商，髑髅为藏胞。当汉商知其不幸后，乃安葬其骨殖，因而增进了两个民族之间的友情。

客有贸于草地之拉布郎寺者，途中见一髑髅，戏以海椒塞其口。问之曰："克梗莫克梗？"即闻有人应声曰："克梗克梗。""克梗莫克梗"者，盖番语，犹华语所谓"辣不辣"也。"克梗克梗"者，犹华语所谓"辣"也。自是尝闻有人随之作"克梗克梗"声。客乃大骇，因而空语曰："克梗克梗，子岂将为我祟耶？前言戏之耳，当随我作克梗克梗声胡为者？"复闻有人应之曰："吾骸骨暴露者有年矣……子乃见而戏之乎，吾将以克梗克梗长随子矣。"客懼甚，乃寻其骨而封之。是夜梦其人来谢，以后不复闻"克梗克梗"声矣。

《南皋笔记》卷二《克梗克梗》

另外，清代尚有一些戏弄、误触髑髅的故事，如袁枚撰《子不语》卷一《骷髅报仇》、纪昀撰《阅微草堂笔记》卷四"戏溺髑髅"和卷十四"田不满遇髑髅"、乐钧撰《耳食录》卷十《髑髅》、陆长春撰《香饮楼宾谈》卷二《髑髅》。其中，以《耳食录》卷十《髑髅》最为有趣：

> 余偕数君子看花丰台，饮于卖花翁，座中相与说鬼。罗两峰述一髑髅事，亦可发一噱也。
>
> 扬州有狂夫，从数人行郭外。道有髑髅甚夥，或侮之，辄被祟，詈骂有声。于是相戒无犯。
>
> 狂夫大言曰："咄，是何敢然！"就一髑髅之口溺焉，且戏曰："吾酒汝！"溺毕，疾行数步，夸于众曰："田舍奴，我岂妄哉！"旋闻耳后低呼曰："拿酒来！"狂夫愕然，诘于众，众未之言也。行数武，又呼如前，众亦未闻。少顷，又呼曰："顷云酒我，何诳也？"声渐厉。始信为髑髅之祟，漫应之曰："汝欲酒，第随以来。"髑髅曰："诺！"于是寂然。
>
> 既入城，共登酒家楼，列坐呼酒。虚其一位，设匕箸杯杓，以飨髑髅。众每饮一觞，则以一觞酹之。酒注楼下，泛滥如泉。叩其"醉乎"，则应曰："死且不朽，卮酒安足辞哉！"髑髅饮既无算，众皆厌之，次第散去；惟狂夫不能自脱，颇为所苦。久之，髑髅且醉，狂夫绐以如厕，急下楼，取金质酒家，不暇论值，悄然而遁。
>
> 已闻楼上索酒甚急，酒家保往应，杳不见人，大骇，以为妖。空中喧哎曰："我何妖？奴辈招我来饮，乃避客而去耶？须为我召来！"意甚怒，酒家谕之曰："招汝者谁？避汝者谁？酒徒千百，我乌知之？汝既相识，曷弗自寻？索之于我，汝殊愦愦！"于是髑髅语塞，悠恨而去。
>
> 尝见杂剧中扮一嗜酒鬼，挂壶于襟，出杯于怀，且哭且饮，亦髑髅之流亚也。

救命得报型故事 大致写某人尽管自己并不富裕，甚至生活拮据，却能够慷慨解囊，救人一命，后来得到了善报。这一故事类型，初见于元·陶宗仪撰《辍耕录》：

> 昔真州一巨商每岁贩粥至杭州时，有挟姑布子之术曰"鬼眼"者，设肆省前，言皆奇中故门常如市，商方坐下，坐忽指之曰："大富人也，惜乎中秋前后三日内数不可逃。"商惧即戒程，时八月之初。舟次扬子江，见江滨一妇仰天大号。商问焉，答曰："妾之夫作小经纪，止有本钱五十缗。每买鹅鸭过江货卖，归则计本于妾，然后持赢息易柴米，余赀尽付酒家，率以为常。今妾遗失所留本钱，非唯饮食之计无所措，亦必被捶死，宁自沉。"商闻之叹曰："我今厄于命，设令铸金可代，我无虞矣，彼乃夭其生哀哉。"亟赠钱一百缗，妇感谢去。商至家具以"鬼眼"之言告父母，且与亲戚故旧叙永诀，闭户待尽。父母亲故婉转宽解，终弗自悟。逾期无他，故复之杭，舟阻风偶泊向时赠钱处，登岸散适此妇襁负婴孩遇诸道，迎拜且告曰："自蒙恩府持拔数日后乃产，母子二人没齿感再生之赐者，岂敢亡哉。"商至杭便过"鬼眼"所惊顾曰："公中秋胡不死？"乃详观形色而笑曰："公阴德所致，必曾救一老阴少阳之命矣。"商异其术，捐钱若干以报之。
>
> 《辍耕录》卷十二《阴德延寿》

明·朱国桢撰《涌幢小品》中的一则异文，写的是舒梓溪事迹：

> 舒梓溪先生微时，馆于海昏界一湖泊人家。二年许，适其主为群盗所诬，罄家产求脱，尚不能给，卖其妻以给。先生方岁暮，解馆归。其反复相向泣，甚楚，即辞修仪，并他生所致者尽与之，得免于难。先生既贫甚，其内子以先生归迟，不举火者二日，须馆金甚切。及归，恐室人偏责，不敢以捐金事告。内子见先生之归，为可恃，喜甚。而无所给炊以进，先生愈益愧，忧见于色。

内子慰劳之，扣得主人鬻妻之故，即问鬻值几何，何不即捐馆金与之？使其夫妇如初。先生辄揖云："业已与之，今无以食贫，不敢与汝言也。"于是两相称快，若身免之殃而去其累，了不知朝夕之计无复之也。内子乃持筐，出于屋旁涧中，滤虾子少许，归复持瓶向邻家借酒，与先生酌之。时已夜，先生忽见一虾子甚大，出其两足，夹于盂外。因为偶出声音曰："虾子脚儿蹻。"鬼即于门外续曰："状元定此宵。银环金锁锁，簾卷玉钩钩。"先生与其内子两相错愕焉。明日雪甚，先生出贷于知亲，仅足支数日。有形家者，至其家。先生觉有异，事之谨。形家者感其恭，而怜其匮乏，乃问先生有先人未葬者否？曰："正急此，恨贫不能葬也。"术乃指其近郊某所，语先生曰："此中有大地，尚无主。余周视数载矣，为美女梳妆形，前有银环金锁，珠簾玉钩。莫若乘急，余为君家卜之。"乃为检其年月，又只在次日最利。先生暗喜其与鬼语合，而谢以匮，不能举棺，及封窆。术竟为画策，且出橐金资其事，而乘夜葬之，四邻无知者。不数年，先生廷试第一。彼形家者，终无踪迹。其乡人至今能道其轶事如此。

《涌幢小品》卷二十五《虾子》

明·郑瑄编纂《昨非庵日纂》中的两则异文，分别讲述江西舒翁与徽商王志仁的事迹：

江右舒翁，馆楚二年，偕乡里同舟归，登岸散步，闻一妇人哭甚哀，问故，曰："夫负官银十三两，将鬻吾以偿。幼儿失哺必死，故悲耳。"翁曰："舟中人皆塾师，每人一两，足完汝事矣。"返告同行，皆不应。翁遂捐两年束脩尽与之。未至家三舍，粮竭。众争非之。亦有怜而招之食者，翁不敢饱。及抵家，语妇云："吾忍饥二日矣，速炊饭。"妇云："安得米乎？"翁云：云：

"借之邻。"云："借已频，专候汝偿耳。"翁告以捐金之故，妇云："如此则寻常家饭可觅同饱也。"遂携篮往山中采苦菜，和根煮烂，同食一饱。夜寝，妇梦日呼云："今宵食苦菜，明年产状元。"遂促翁告之，翁曰："此神告我也。"是夜有孕，明年生子芬，果状元。

《昨非庵日纂》卷二十《冥果》"舒翁得报"

徽商王志仁，三十无子。其姑夫风鉴多奇中。一日见仁愀然曰："汝冬当大难，奈何？"王素神其术，亟往苏敛赀。归旅肆中，晚霁散步，见一妇抱子投水，王亟呼渔船曰："救此与二十金。"渔舟竞救之，如数与金。问其故，妇曰："夫佣工度日，畜一豕以偿租。昨估来，值夫他出，遂鬻之，不意皆假银也。夫加箠楚，且无聊生，不如死耳。"仁倍价周之。妇归泣告于夫，夫意其诳也，与妇同诣质焉。至则仁已就寝。夫令妇叩门曰："投水妇特来致谢。"王厉声曰："汝少妇，吾孤客，昏夜岂宜相见！"其夫始悚然曰："吾夫妇同志在此矣。"仁乃披衣出见。才启户，忽闻倒墙声，卧榻已压碎矣，夫妇感叹。仁归家，姑夫大骇曰："子气色异常，必行大阴德，非独免难，且能获福，勿无忧无子也。"果生三子登第，享富贵二十余年。

《昨非庵日纂》卷二十《冥果》"救投水妇"

清·褚人获纂辑《坚瓠集》中的一则异文，写的是宋刘懋的事迹：

宋刘懋越乡授徒，岁暮归，道逢孕妇，携带儿欲赴水。询之，知为债所迫，因倾囊中七金与之。归而妻询之，亦无愠色，笃酒，炙虾为膳，因口占云："虾小红炉炙，酒熟布裙笃。"岁旦开门，见续题云："门将金锁锁，帘挂玉钩钩。"居数日，有以吉壤告者曰金钩,挂玉帘形也。懋以葬母,遂生文简、文安。

明进贤舒翁,以馆谷救途中投水妇,抵家无米,采苦菜食之。夜间闻神语云:"今宵食苦菜,明年产状元。"果生芬,正德丁丑魁天下。

《坚瓠四集》卷一《偿金获报》

清·许奉恩撰《里乘》中的一则异文,写的是余梦岩的事迹:

徽州黟县余公梦岩,名毓祥。微时授徒,馆谷甚菲。岁除,无资祀先,夫妇枵腹,愁对太息。公身仅着一敝缊袍、一旧羊皮短褕。鸡鸣而起,拟趁早墟,贳短褕可得三千钱,市牲酒薪米之属,聊以卒岁。独行五里许,路经一岭,隐约见树林中有人影,叱之不答,固疑是鬼。迫而视之,则一男子投缳树枝也。大骇,急解缳放卧地上,移时顿苏。诘其自经之由,其人忸怩泣对曰:"小人负佃租若干,主人迫索,倘不急偿,便攫妻相抵。妻去,儿在襁褓,失乳必死。小人既不忍妻之生离,又不忍儿之短折,左右思维,不如先填沟壑为得也。"问:"租值须钱几何?"曰:"三千足矣。"公乃以短褕付之,曰:"速将去贳钱偿主人,慎勿出此下策。"其人崩角在地,叩问姓名。公麾令速去:"勿多言,吾不责尔偿,问姓名何为者!"其人叩头起,携短褕而去。公日晡归家,夫人问:"衣已货乎?"曰:"否否,吾不自慎,为人窃取去矣。"夫人亦无怒词,反以笑言相慰。

时夫妇年俱逾五十,尚无子。未几,夫人竟有娠,生辛伯司马兆元。是年为嘉庆丙子科,公领乡荐。丁丑,联捷成进士,观政礼部,擢郎中,在官有政声。生平不苟取予,不轻然诺,乡人以贤者称之。

后,投缳男子贸易小阜,欲报曩德,苦不知姓名,遍访乡党,群悬揣非公不能。姑备仪诣谢,公峻拒之曰:"若误矣,我无是也。"公年登大耋,告归林下。易箦时,辛伯叩问是事,曰:"此盛德事,吾何能为?大抵乡人以我平日迂方,或拟议及之耳。"

《里乘》卷一《余徐二公轶事》"徐公救投缳男子"

中国古代民间故事类型研究

典藏版

卷下

祁连休 著

河北出版传媒集团
河北教育出版社

卷　　下

第十二章 明代时期的民间故事类型

明代历时二百七十多年,是中国古代民间故事的又一个大发展时期。这个时期,中国的民间故事类型也有很大的发展,新出现了将近二百二十个民间故事类型,是中国古代出现新的民间故事类型最多的时期,充分展示出中国古代民间故事类型的一派繁荣兴旺的景象。

这个时期有新故事类型出现的典籍,主要是:陆容撰《菽园杂记》(捉弄女巫型故事、尼庵命案型故事、杀姘妇型故事首见于此书),郎瑛撰《七修类稿》(十七字诗型故事、雨中疑鬼型故事、三笑事型故事首见于此书),刘元卿撰《应谐录》(猫儿更名型故事、我今何在型故事、奈何姓万型故事、瞎子坠桥型故事、多忧者型故事、兄弟争雁型故事、刻意炫耀型故事首见于此书),赵南星撰《笑赞》(搬坏祖师型故事、如此贺银型故事、跳窗者我型故事、合穿靴型故事、雨中逐客型故事、定不出去型故事、做屁文章型故事、秀才买柴型故事、幸戴毡帽型故事、石敢当能言型故事、代打致谢型故事、和尚"放生"型故事首见于此书),江盈科撰《雪涛小说》(剪箭管型故事、让墙诗型故事、鸡卵梦型故事、梦得金型故事、如此吃菱型故事、邻家去痛型故事首见于此书)、《雪涛谐史》(诱出户型故事、捞鱼去型故事、错死人型故事、何以做人型故事、阎王访医型故事、恶少剃眉型故事、等桌"知音"型故事、悭师授术型故事、信风水型故事、肚无有型故事、假银也收型故事、受罚背石型故事、去年历日型故事、化缘簿型故事、只选瘦人医型故事、止风药型故事、才在口边型故事、七德鸡型故事、打得好型故事、落几尺型故事、心在哪里型故事、一钱莫救型故事、大浴盆型故事、放不放由你型故事首见于此书），江盈科撰《谈丛》（长江作浴盆型故事、智断牛案型故事首见于此书），陈眉公辑《时兴笑话》（想得利市型故事、是个虱子型故事、不肯下剪型故事、落地与及第型故事、锯酒杯型故事、父子扛酒型故事、热得好型故事、不臭不好型故事、仙女寄信型故事、请客留茶型故事、苏空型故事、待诏掏耳型故事、索烛觅菜型故事、宁受脚踢型故事首见于此书），潘游龙撰《笑禅录》（剔灯棒型故事、补针鼻型故事、食不厌精型故事、跨鸭归去型故事、请贼关门型故事、书是印成的型故事首见于此书），乐天大笑生纂集《解愠编》（买猪千口型故事、聂字三耳型故事、有天无日型故事、难熬三年型故事、判鱼判棺型故事、吏人立誓型故事、不语禅型故事、驱蚊符型故事、吃"而已"型故事、蝉可跟主型故事、葡萄架倒型故事、江心贼型故事、死后不赊型故事、蝙蝠弄乖型故事、服渣相见型故事、雪上加霜型故事首见于此书），冯梦龙辑《笑府》（急送公文型故事、摘瘿还瘿型故事、鹅变鸭型故事、丢失钱袋型故事、士人求签型故事、骆驼蹄型故事、吃冻水型故事、包殡殓型故事、跳蚤药型故事、独脚管裤型故事、你是瞎贼型故事、戴笆斗型故事、皮匠"本钱"型故事、懒得活型故事、梦中酒型故事、抢婚误背型故事、和尚食虾型故事、待诏剃头型故事、写"滑"字型故事、床底羊眼型故事、金漆盒型故事、近视认匾型故事、三婿赞马型故事、未会尊师型故事、"川"与"三"型故事、讳输棋型故事、腌鸭生蛋型故事、奶奶属牛型故事、藏锄头型故事、合本做酒型故事、不肯相让型故事、慢性子型故事、家父烧了型故事、隔夜变粗型故事、谢周公型故事、偷自家型故事、自咬耳朵型故事、垛子助阵型故事、仨马虎型故事、打半死型故事、愿为母狗型故事、愿换手指型故事、我是取笑型故事、吊我罢型故事、第一声像型故事、贼遇偷型故事首见于此书），浮白斋主人撰《雅谑》（红米饭型故事、吊孝坠帽型故事、和尚挨打型故事、拉屎留名型故事、靠父养活型故事、王和尚型故事首见于此书），浮白主人辑《笑林》（借牛自来型故事、豆腐是命型故事、幸不属虎型故事、合种田型故事、牛鼓大话型故事、老爷糊涂型故事、我也败家型故事、勿许日子型故事、吃糟饼型故事首见于此书），冯梦龙编纂《古今谭概》（一笑姻缘型故事、不误反误型故事、婆奸媳型故事、计夺新靴型故事、丹客行骗型故事、折芦辨盗型故事、试骑骗马型故事、东门王皮型故事、东坡戏联型故事、须虱颂型故事、春雨似油型故事、步步高型故事首见于此书），醉月子辑《精选雅笑》（盗牛巧言型故事、讼失牛型故事、割股救亲型故事、咸杀他型故事首见于此书），西周生撰《醒世姻缘传》（戏弄蛋贩型故事、锯茅桩型故事、抬桶过桥型故事首见于此书）。此外，尚有陆容撰《阿留传》（觅凳脚型故事、拔树防盗型故事首见于此书），祝允明撰《九朝野记》（某生被诬型故事、"活佛"骗局型故事首见于此书），清康熙中陈梦雷等原辑、雍正间蒋廷锡等重辑《古今图书集成》（望夫云型故事、辘角庄型故事首见于此书），陆灼撰《艾子后语》（袋中奸夫型故事、吾冻汝儿型故事首见于此书），王圻纂集《稗史汇编》（真假新娘型故事、忠娘孝娘型故事首见于此书），周晖撰《续金陵琐事》（新妇制贼型故事、取书作枕型故事首见于此书），孙能传编《益智编》（剖伞决疑型故事、验刀擒凶型故事首见于此书），谢肇淛撰《五杂俎》（姓氏伍陆戚型故事、独行生意型故事首见于此书），程文宪撰《中洲野录》（劝阻念佛型故事、讽观竞渡型故事首见于此书），冯梦龙编纂《智囊补》（藏金失窃型故事、咬耳授计型故事首见于此书），无名氏撰《时尚笑谈》（妻手如姜型故事、教官索节型故事首见于此书），以及宋濂等撰《元史》、方孝孺撰《逊志斋集》、叶盛撰《水东日记》、陆钺撰《病逸漫记》、马中锡撰《东田文集》、宋懋澄撰《九籥集》、祝允明撰《猥谈》、都穆撰《都公谈纂》、叶权撰《贤博编》、耿定向撰《权子》、张谊撰《宦游纪闻》、李诩撰《戒庵老人漫笔》、王临亨撰《粤剑编》、郭子章辑《谐语》、屠本畯撰《憨子杂俎》、王同轨撰《耳谈》、陈继儒撰《读书镜》、顾起元撰《客座赘语》、无名氏撰《新刻华筵趣乐谈笑酒令》、李中馥撰《原李耳载》、姚旋撰《露书》、冯梦龙辑《广笑府》、阑庄撰《驹阴冗记》等。

这个时期新出现的民间故事类型，为数最多的是民间笑话方面的故事类型近百个，占总数的二分之一，其数量之多，不但超过先前的各个时期，而且超过此后的清代。其中，有相当一批故事类型脍炙人口，数百年间不胫而走，历久不衰，像讽刺笑话方面的奶奶属牛型故事、难熬三年型故事、假银也收型故事、老爷糊涂型故事、吏人立誓型故事、合本做酒型故事、蝉可跟主型故事、死后不赊型故事、一钱莫救型故事，劝诫笑话方面的何以做人型故事、垛子助阵型故事、阎王访医型故事、错死人型故事、取书作枕型故事、搬坏祖师型故事、愿换手指型故事、幸不属虎型故事、偷自家型故事，谐趣笑话方面的心在哪里型故事、愿为母狗型故事、僧道医止风型故事、仨马虎型故事、第一声像型故事、借牛自来型故事、讳输棋型故事、我也败家型故事、母猪肉型故事、腌鸭生蛋型故事，都具有一定的代表性。

在这一批新出现的笑话方面的故事类型中，有不少在明代已很引人注目，多有记载，清代、近代又曾收入各种笑话集，至今仍广为流布。譬如，错死人型故事，明代分别见诸《雪涛谐史》《时兴笑话》《解愠编》《广笑府》《笑府》等，清代、近代又见诸《笑倒》、《笑得好》、《笑林广记》（游戏主人辑）、《广谈助》《笑林博记》等，现当代仍在鲁、晋、冀、宁、陕、云、浙、湘、鄂、琼、川等地流传。又如，我今何在型故事，明代分别见诸《应谐录》《笑赞》《雪涛小说》《解愠编》《广笑府》《笑府》等，清代、近代又见诸《笑得好》、《嘻谈录》、《笑林广记》（程世爵撰）、《破涕录》、《笑林博记》等，现当代仍在豫、冀、晋、陕、鄂、浙、苏等地流传。当然，也有某些新出现的笑话方面的故事类型，明代仅见于一书，清代、近代未有记载，现当代却广为流布，非常活跃。譬如，心在哪里型故事，仅见于《雪涛谐史》以及《笑林博记》，现当代则在京、冀、晋、豫、陕、甘、川、鄂、赣、皖、湘、闽、浙、沪、苏、津等地流传。又如，捞鱼去型故事，仅见于《雪涛谐史》一书，现当代则在台、琼、桂、浙、豫、津、冀、晋、鲁、陕、甘、宁、青、新、川、云、湘、鄂等地的汉族和好些少数民族聚居区流传。

明代新出现的写实故事方面的故事类型，门类较为齐备，数量八十来个，仅次于笑话方面的类型，进一步显示出中国古代民间故事类型日益贴近现实生活的总的发展趋势。其中，有三点值得特别提及：第一，新出现的案狱题材的故事类型比较突出。既有相当数量的命案题材的故事类型，如验刀擒凶型故事、某生被诬型故事、失尸冤案型故事、动物鸣冤型故事、瓜异案型故事，又有一般案狱题材的故事类型，如剖伞决疑型故事、芦管辨盗型故事、智判牛案型故事、助寡改嫁型故事、咬耳授计型故事、藏金失窃型故事。它们往往在揭示审案官吏的刚直公正和精明睿智的同时，表现了民众是非分明的情感和惩恶扬善的愿望，使富有中国特色的案狱题材故事类型越发充实。在这些故事类型中，有的明、清时期多有流传，至现当代流传甚少，或者未见流传。如失尸冤案宁型故事，明代分别见于《猥谈》《古今谭概》，清代、近代异文颇多，见诸《续子不语》《夜谭随录》《虞初支志》《北东园笔录》《右台仙馆笔记》《折狱奇闻》等，现当代却未见流传；某生被诬型故事，明代分别见于《九朝野记》《前闻记》《治世馀闻》《谰言长语》《智囊补》《情史》，清代、近代又见于《右台仙馆笔记》《古今情海》等，现当代亦未见流传。有的不但明、清时期多有记载，而且现当代亦流布较广，如藏金失窃型故事，明代见诸《智囊补》，清代见诸《咫闻录》《蝶阶外史》《右台仙馆笔记》《中国侦探案》及《施公案》等，现当代仍在甘、宁、晋、鲁、苏、琼、桂等地流布；动物鸣冤型故事，明代分别见于《戒庵老人漫笔》《耳谈》，清代、近代见于《坚瓠集》《见闻随笔》《古今情海》等，现当代仍在陕、冀、沪、鲁、赣等地流布。

第二，明代新出现的讽刺、幽默门类的写实故事类型，数量多而且质量较高。讽刺故事方面的故事类型如合种田型故事、有天无日型故事、判鱼判棺型故事、假鬼骇巫型故事、鸡卵梦型故事、吃"而已"型故事、东门王皮型故事、剔灯棒型故事，幽默故事方面的故事类型如诱出户型故事、捞鱼去型故事、信风水型故事、不语禅型故事、觅凳脚型故事、雨中逐客型故事、跨鸭归去型故事、近视认匾型故事、忠娘孝娘型故事、不识翁仲型故事、士人求签型故事，都颇为突出。这些故事类型生活味都相当浓郁，或者辛辣而又适度，或者风趣而不浅薄，耐人寻味，深受民众喜爱，至今仍在各地流布。试看，有天无日型故事，明代分别见诸《解愠编》《广笑府》，清代、近代见诸《笑得好》、《笑林广记》（游戏主人辑）、《破涕录》《笑林博记》等，现当代仍在冀、津、晋、陕、鄂、沪、云等地流布。信风水型故事，明代分别见诸《雪涛小说》《笑林》《笑府》，清代、近代见诸《笑倒》、《笑林广记》（游戏主人辑）、《笑林博记》等，现当代仍在桂、湘、鄂、苏、浙、沪、琼、川、陕、冀、宁、青等地流布。还须指出，讽刺、幽默类的写实故事类型，其题旨、风格、韵味与笑话方面的故事类型较为相似，两者相互呼应和补充，强化了明代新出现故事类型所呈现的讽世、嘲谑、谐趣的艺术特色，给人留下十分鲜明的印象。

第三，在明代写实故事方面的新故事类型中，诗对故事类型的涌现成为一个亮点。诗对故事流传于中国汉族及部分少数民族地区。诗对故事类型，在明代之前所见甚少，仅宋代有对偶亲切型故事一例①。到了明代才出现许多这方面的故事类型。此种故事类型，以诗歌、对联作为构成要素，甚至成为故事类型核，具有通俗易懂，好记好传，将汉字文化与民间故事融会为一体的艺术特色，充分展示出流布于中

---

① 初见于元代的井水化酒型故事，最初并无诗歌。至《雪涛小说》"王婆酿酒"一则异文始有道士题诗，录写时间已是明代。

国境内的一种特殊民间故事类型的风貌和意韵。在此种故事类型中，像吟诗故事方面的十七字诗型故事、三笑事型故事、让墙诗型故事、春雨似油型故事、讽观竞渡型故事、真老乌龟型故事、三婿赞马型故事，对联故事方面的八王四鬼型故事、长江作浴盆型故事，大都是脍炙人口、易于流传的故事类型。譬如，十七字诗型故事，明代分别见于《七修类稿》《稗史汇编》《古今谭概》，清代、近代见于《坚瓠集》《笑笑录》《笑林博记》等，现当代在川、陕、豫、冀、京、晋、津、辽、青、宁、苏、沪、浙、闽、皖、鄂、贵等地的汉族和某些少数民族聚居区流布。又如，真老乌龟型故事，明代分别见于《古今谭概》《驹阴冗记》，清代、近代见于《坚瓠集》《嘻谈录》《笑林广记》《姓氏嘲谑录》等，现当代在闽、浙、沪、苏、皖、赣、鄂、湘、粤、川、陕、晋等地流布。再如，八王四鬼型故事，明代分别见于《宦游纪闻》《古今谭概》，清代见于《坚瓠集》《檐曝杂记》《增订解人颐广集》等，现当代在湘、鄂、川、宁等地汉族和个别少数民族聚居区。

此外，在明代写实故事方面新出现的故事类型中，"活佛"骗局型故事、咬奶头型故事、虎口救亲型故事、丹客行骗型故事、咬耳授计型故事、戏弄蛋贩型故事等也是比较有影响的。举例来讲，"活佛"骗局型故事，明代分别见于《九朝野记》《稗史汇编》，清代、近代的《续子不语》《里乘》《新世说》《清朝野史大观》《清稗类钞》《大清见闻录》等均有记载，现当代仍在闽、川、鄂等地流传。咬奶头型故事，明代见于《读书镜》，清代、近代见于《三借庐笔谈》《清朝野史大观》《大清见闻录》等，现当代在沪、苏、浙、皖、闽、鄂、川、陕、晋、云、甘、宁、青、新、辽、豫、冀、京等地汉族和某些少数民族聚居区流布。咬耳授计型故事，明代见于《智囊补》，清代、近代见于《梦厂杂著》《虫鸣漫录》《仕隐斋涉笔》《清稗类钞》《折狱奇闻》《近五十年见闻录》《中国恶讼师》等，现当代在鄂、湘、豫、冀、晋、陕、川、皖、浙、沪、苏、闽、海等地汉族和个别少数民族聚居区流布。

明代新出现的幻想故事、民间寓言和民间传说方面的故事类型，除传说类型稍多外，其他类型数量都很少。但其中却有一些知名度高、影响大的故事类型，在古代民间故事类型中颇为耀眼，像幻想故事方面的十兄弟型故事、斗阎王型故事，民间寓言方面的中山狼型故事、猫儿更名型故事，民间传说方面的刘三妹型故事、一笑姻缘型故事等都广为人知。这些故事类型，有的明、清时期不断有所记载，有的则仅见于一书，但至现当代大都流布较广。譬如刘三妹型故事，明代分别见于《刘三妹歌仙传》《歌仙刘三妹传》，清代、近代分别见于《峒溪纤志志余》《广东新语》《池北偶谈》《粤述》《浔州府志》《阳春县志》《宜山县志》《贵县志》《苍梧县志》《开平县志》等，现当代仍在桂、粤等地壮、汉、苗、瑶、仫佬等民族聚居区流布。又如，十兄弟型故事，仅见于《憨子杂俎》，现当代在冀、晋、黑、吉、内蒙古、豫、陕、宁、川、甘、青、湘、浙、苏、闽、沪、贵、云、桂、粤、琼、鄂、赣等地汉族和部分少数民族聚居区流布。再如，猫儿更名型故事，明代见于《应谐录》，近代见于《滑稽故事类编》《笑林博记》等，现当代在川、藏、云、贵、湘、鄂、桂、琼、粤、闽、浙、皖、沪、陕、甘、新、晋、冀、黑、吉、内蒙古等地的汉族和部分少数民族聚居区流布。

虎口救亲型故事　大致写某女（或媳、男，下同）至孝，当其父（或婆母、母、兄、姐，下同）被猛虎衔去时，立即奋力与虎搏斗，虎竟逃逸或毙命（或在乡邻等帮助下将虎赶跑或射杀），使老父得免于不幸。这一故事类型，初见于明·宋濂等撰《元史》，述孝媳救姑于虎口。

姚氏，余杭人，居山谷间。夫出刈麦，姚居家执爨。母何氏往汲涧水，久而不至。俄闻覆水声，亟出视则虎啣其母以走。姚仓卒往逐之，即以手殴其胁。邻人竟执器械以从，虎乃置之而去。

姚负母以归，求药疗之，奉养二十余年而卒。

《元史》卷二〇一《列女传》"姚氏救母"

明·王穉登撰《虎苑》① 中的一则异文，述幼女徒手扼虎救父，文字极简约。

麟香，杨丰女也，随父田间刈稻。丰为虎所噬，香年才十四，身无寸兵，遽扼虎颈，虎奔逸得免。太守孟肇之上其事诏旌门闾。

《虎苑》卷上"少女扼虎救父"

清·清凉道人撰《听雨轩笔记》的一篇异文，描述弟手持铁耙击虎救兄，颇为生动。

临安山中有兄弟二人，以耕为业。一日，其兄早起，往屋侧涧中淅米为朝餐。不虞虎自至，口衔其臀而走。兄大喊求救。弟闻之，急觅器械，适一把铁耙在旁，持而趋出，则虎已去十余丈，遂自后喊追，虎行步倾侧，若欲颠仆者。弟追及之，以耙奋击虎背，不意耙齿适入其腹。虎大吼，置人于地，带耙扳身跳而去。弟视其兄，已血肉狼藉，不省人事，负之以归。邻人群集迹虎，业已毙于山坳中。有巨竹刺深入前掌，故行步迟缓，为人所及。否则，衔人之后，纵身如风而去，不可追矣。弟以虎售之山中富家，得银十余两，藉医其兄，卧床两月而始起，然其臀瘢巉岩而色紫赤，因以老虎残著名云。

《听雨轩笔记》卷四《赘纪》"虎残"

---

① 见《说郛续》卷四十二（《说郛三种》第十册）。

清·高继衍撰《蝶阶外史》录写的一则异文,述孝子搏虎救母,有较多细节描写。

> 赵瓒柏乡余舍村农人也,家贫,事母孝。一日出汲水,其母向院落取薪。有虎突入村,直趋瓒家。瓒归村,人遥呼曰:"虎在汝家,不宜往!"瓒急持柴担跄跄入,见虎方衔母来,奋力击之。院宇小,虎不能转身,又以衔人,不舍不能斗。瓒与持益力,虎遂舍其母,将奔瓒。会县胥率健勇至,射杀之。令旌其门曰纯孝。

《蝶阶外史》卷一"虎口夺母"

清·俞樾撰《右台仙馆笔记》录写的一则异文,述童子奋起救母毙虎,描绘更为生动、细致。此则与以上诸则均带有不同程度的传说色彩。

> 童子刘某,浙江遂安人。年十四,薪采以养母。一日自山中归,且行且歌,邻人奔告曰:"虎衔尔母去,犹歌邪?"童子大惊,弃薪而归,荷铁叉以出走逐虎。及之,以叉籍其后。虎怒,释母,还噬童子,张其口呀呀然。童子捔以叉,适中其齶,虎跃,童子亦跃,叉益进贯其颐。童子楂叉于地,虎口不得噬,两前足在空际不能用力,困甚;久之复跃,带叉而仆。童子亦仆。起,亟负母归,呼邻人往视,虎则死矣。纳之官,官赐童子钱十万,其母伤不甚重,药之而愈。

《右台仙馆笔记》卷十三"虎口救母"

近人徐珂编撰《清稗类钞·孝友类·刘某杀虎救母》,出《右台仙馆笔记》,与此则相同,文字略有出入。

除了从虎口中救出父母外，尚有记述兄弟、姊妹相救的异文。明·徐祯卿撰《异林·女士》"六女救姊"①，写的是妹妹救姐姐。

沅陵县民吴永华，女，名六女，年十三，与姊入山采薇，遇虎攫姊去。六女操杖追之。虎俯首闭目，若伏罪状。姊乃脱，竟殁。太守闻而嘉之，赏以米帛。

清·俞樾撰《荟蕞编》卷十三《吴氏兄弟》②，写的仍然是弟弟救哥哥。

合浦县张王墟，多大冈复岭，地幽阻，产介兽，居民掘土取之。乾隆己丑岁，吴氏兄弟仲、叔、季，持器入山，发未及穴，虎突至，搏仲，啮其肩，口半张。叔以锄捬其喉。锄柄短，手入虎口。虎啮手，叔踣。季惶急，挺锹柄，连击虎背，骨折，弗能奋。季益力疾击，锹柄折。虎伏地吼，震林木。季力渴，手柄喘虎旁。仲、叔负痛匍匐号，村人纠众趋视，见季与虎交困，前搏虎。虎惊起，血淋漓，踉跄曳尾遁丛莽中。会日暮，众莫能踪，舁季归。后数日，邑侯汪公龙冈过其地，召视创，且询人虎相搏状，感其笃兄弟义，给资疗之，复负其徭役焉。

假鬼骇巫型故事 大致写一巫妄言善治鬼，常装神弄鬼以骗钱财。一少年约五六友于此巫夜归时，沿途击以砂石。巫惊恐狂奔，号哭求救，最后竟被吓破胆，一命呜呼。这一故事类型，初见于明·方孝孺撰《逊志斋集》。

---

① 见《说郛续》卷四十六（《说郛三种》第十册）。
② 见《笔记小说大观》第十三册，江苏广陵古籍刻印社1995年版。

越巫自诡善驱鬼物。人病，立坛场，鸣角，振铃，跳掷，叫呼，为胡旋舞禳之。病幸已，馔酒食，持其资去；死则诿以他故，终不自信其术之妄。恒夸人曰："我善治鬼，鬼莫敢我抗。"

　　恶少年愠其诞，瞷其夜归，分五六人栖道旁木上，相去各里所。候巫过，下砂石击之。巫以为真鬼也，即旋其角。且角且走，心大骇，首岑岑加重，行不知足所在。稍前，骇颇定，木间砂乱下如初。又旋而角，角不能成音，走愈急。复至前，复如初。手栗气慑，不能角，角坠；振其铃，既而铃坠，惟大叫以行。行间履声及叶鸣谷响，亦皆以为鬼。号，求救于人甚哀。

　　夜半，抵家，大哭叩门。其妻问故，舌缩不能言，唯指床曰："巫扶我寝，我遇鬼，今死矣！"扶至床，胆裂死，肤色如蓝。巫至死不知其非鬼。

《逊志斋集》卷六《越巫》

　　这一故事类型，现当代仍在广西、贵州、云南、四川、陕西、河南、湖北、上海、浙江、福建、广东等地汉族和一些少数民族聚居区流布，譬如《鬼缠道公》（壮族）①、《端公办年货》②、《"鬼"追魔公》（布依族）③、《送鬼》（白族）④、《笋壳戏端公》⑤《驱鬼》⑥《刘

---

① 见《中国民间故事集成·广西卷》。
② 见《中国民间故事集成·贵州卷》。
③ 见《甲金的故事》。
④ 见《云南少数民族机智人物故事选》。
⑤ 见《中国民间故事集成·四川卷》。
⑥ 见《中国民间文学集成·陕西卷·洋县民间故事集成》。

半仙遇鬼》①《戏道士》②《自己吓自己》③《戏弄赶鬼者》④《道士怕鬼》⑤《鬼撒沙》⑥。

受罚背石型故事 大致写一仆役奉命前往某人家中送信，卤莽无礼。某人甚感不快，见信后佯称其主致函求借，即让仆役将一巨石（或巨磨、石鼓、井栏石等）背（或扛、挑）回去，令其吃尽苦头。这一故事类型最早见于明·叶盛撰《水东日记》。

> 庄伯和，碛澳名医，好诙谑。一日，李无易遣家僮持简诣伯和，家僮误举伯和姓名，伯和给之曰："若翁欲借药磨耳，汝当负去。"且书片纸以复曰："来人面称名姓，罚驮药磨两遭。"无易得之，大笑，即令仍负磨以还。前辈善谑，风味如此。

《水东日记》卷三"庄伯和诙谐"

明·冯梦龙编纂《古今谭概》僿弄部第二十二《庄乐》，据此则改写，文字稍有变化：

> 庄乐，国初名医也，好诙谑。同年历日郡李庸遣家僮持柬诣乐，误称其名。乐给之曰："若家欲借药磨耳，汝当负去。"但书片纸以复云："来人面称姓名，罚驮药磨两次。"庸得书大笑，即令负还。

---

① 见《河南民间文学集成·信阳地区故事卷》。
② 见《湖北民间故事传说集·荆州地区专集》。
③ 见《中国民间文学集成·上海卷·黄浦区故事分卷》。
④ 见《巧换金罗汉》。
⑤ 见《中国民间故事集成·福建卷·罗源县分卷》。
⑥ 见《中国民间故事集成·广东卷》。

明·江盈科撰《雪涛谐史》中的"罚他肩磨二次",情节略有变化:

> 全州有青衿,姓唐,行二。其友人遣僮致书于唐,才及门,辄呼唐二。二心怪之,发书看毕,目堂中石磨曰:"尔主人借磨,可肩去。"因与回书。其僮竭蹶肩磨回,主人拆书看云:"尊仆呼我唐二,罚他肩磨二次。"主人且笑且骂:"你缘何呼他唐二?肩磨还他。"

到了清代,这一故事类型见诸记载者甚多。首先要提及的是,道光初年成书的许仲元撰《三异笔谈》里面的一则异文,较为有趣:

> 袁丹叔先生,性好游戏,酷似唐解元、祝京兆。以嘉兴太守得请家居,买宅府县间居之。一日科头敞衣,倚门闲眺,有友人遣仆通书,未识门径,邂近问讯此间袁痴宅安在?袁痴者,咸友憖①公背呼谑字也。公闻仆言,应曰:"门内即是。吾为司阍,书可付达。"少焉,偕少年扛一襥②出,仆袭封钤,诏其仆曰:"汝主与我主假一器,器甚珍,亦颇脆,嘱汝好持之。"饬童缚其背,约束甚固。友仆竭蹶负归,气急败坏,告劳于主。友疑其讹,发缄视巨磨一轮,题其上云:"家奴无知,呼我袁痴,无法可治,石以压之。"大为拊掌。
>
> 《三异笔谈》卷三"石以压之"

成书于同治十三年(1874)的陈其元撰《庸闲斋笔记》中的一则异文是:

---

① 憖:憎恨;嘲讽。
② 襥:包袱。

第十二章　明代时期的民间故事类型

　　一日者，立于门前，适府公遣仆奉书于（袁丹叔）先生。仆见先生，不识也，因询曰："此间有一袁痴居何处？"先生引之至家，携书入，良久，什袭一巨函出，交仆曰："此系宝物，尔主向借，不能不与。尔主书中言，唯尔诚实可靠，须亲携去，毋易人致损坏。"郑重言之再三。仆负之归，物已重，路又远，汗流浃背。府公见之不解，拆封，乃一粗石，重二十余斤，上书十六字曰："尊价无礼，呼我袁痴，无法处治，以石压之。"府公大笑，即其仆亦自笑也。

《庸闲斋笔记》卷四"负粗石"

　　光绪年间成书的一批笔记小说，收入多种异文，使这一故事类型越发富于变化。试看以下六则：

　　白下陈全，年少狡狯。有友人命仆持字向之借物，适陈立门首，仆蠢人也，不识陈，问曰："陈全居何所？"陈曰："吾即是。"接视其字，入室书覆札云："睹面呼全名，罚令肩石鼓。"即令送回，再取借物。

采蘅子撰《虫鸣漫录》卷二"罚令肩石鼓"

　　高行顾某，恃强无礼，并好恶谑，人率以蛮牛目之。友人某，距顾十余里，一日遣仆馈物。顾适立门外，仆未之识，遽呼曰："此处非顾蛮牛家乎？"顾应之，导入，而潜取大石置椷中，外附以书，临行嘱曰："此系要物，途中慎勿息肩。"仆固诚实者，忍重负归，喘如吴牛。及启缄，则大书曰："来人呼我顾蛮牛，罚伊掮块大石头。"其狂易类如此。近见《金壶七墨》，亦记其事，而易名曰袁痴，殆亦所闻异词欤。

黄协埙撰《锄经书舍零墨》卷二《顾蛮牛》

沈某呆甚，人以"沈和呆"呼之。登第后寄家书云："男与大哥进京会试，过山东道上，大哥买烧饼自吃，而不与男吃。到京后，男中而大哥不中，岂非天网恢恢乎？"又其友命仆持书通候，仆见之不识也。信口问："沈和呆在家否？"因问："何为？"曰："主人有书。"沈拆视之，问仆曰："尔主人借石磨，着尔挑去。"仆曰："主人未有命，且未带扁担来。"沈曰："扁担亦向我借。"即将石磨并书付之。仆返命，主人不解，拆阅回书，见五绝一首云："今朝尊官来，大叫'沈和呆'。罚他挑磨子，挑去又挑来。"不觉大笑。

独逸窝退士辑《笑笑录》卷六《沈和呆》

金陵胡生全多谲计，人莫能测。一日有亲戚某遣使送信，适胡短衣赤足，独立庭中。使一时卤莽，遽问曰："此即胡生全家乎？"胡佯应曰："是也。特渠午梦未醒耳。"因接信入内，少时复出，取一井栏石，并一纸付使曰："回信在此，石亦烦为带去。"使不识，置石于肩上，十分沉重。比归家，足已顿而背裂矣。主人视信，末有附书一行曰："看见生全叫生全，一井栏圈赏他肩。"主人不禁大笑。

程趾祥撰《此中人语》卷五《胡生全》

袁痴者不知何许人，或曰国初时文名家也。性好游戏，多恶作剧。一友相距十里许，遣佣送信与袁。袁立于门，佣不识，问："是袁痴家否？"袁应之，取信而入，即以布包一巨石，令其返报曰："此要物，途中切勿息肩，恐致触损。"其人忍重负归，友人启之，内有一纸云："来人无知，呼我袁痴。无法可施，以石治之。"

黄钧宰撰《金壶戏墨》卷一《以石治之》

曹生用霖，不知何许人，熟例案，惯包揽，讼中雄师也。雅不喜人呼其名，误呼者，必小报之，无敢触其讳者。有远地戚某，遣健仆持书询起居，曹适立门外，仆不识也。误呼其名，曹心厌之。拆书无他故，便弄仆曰："尔主人来音，乞我败灶土，抱鸡卵也。"随指阶下土块，授以器，且教之曰："须将此土，一气担回，若停顿，则多殰①蛋矣。"复封一函与之。仆如言，撮土满担，汗淋喘息而归。主人见仆担土，甚惊异。及阅回音，中题二语云："开口便呼曹用霖，罚他担土八十斤。"主人知仆受弄，一笑掷之。仆恨曹戏己，含怒未伸。

丁治棠撰《仕隐斋涉笔》卷七《担土八十斤》

在近人小横香室主人编《清朝野史大观》卷十《袁痴》与天台野史撰《大清见闻录》下卷《袁痴》里面，均收有一则"以石压之"，系抄自《三异笔谈》，文字与其相同，仅个别字句小有出入。杨汝泉编纂《滑稽故事类编》第九编中的"给仆负重石"，抄自《篷窗类记》，文字相同。

近人襟亚撰《中国恶讼师·给仆》，情节与《三异笑谈》卷三"以石压之"相似，故事主人公则为苏南讼师诸福宝。

这一故事类型，现当代仍在四川、陕西、河南、湖北、湖南、江苏、浙江、安徽、广东、福建、广西、河北、山西等地汉族和个别少数民族聚居区流布，譬如《背拴石牛》②、《惩恶吏斗县官》③、《柳椽

---

① 殰：(duàn 段)，禽鸟孵不出。
② 见《中国民间故事集成·巴县卷》。
③ 见《中国民间文学集成·陕西卷·咸阳民间故事集成》。

子和大磋石》①、《挑来挑去折赔礼》②、《借帽子》（土家族）③、《巧惩三恶霸》④、《讲话轻剎剎，磨子石压压》⑤、《智惩衙役》⑥、《罚托石磨》⑦、《挑磨石》⑧、《石磨二转》⑨、《诓人背棒槌石》⑩、《背磨扇》⑪。

这一故事类型，相当于丁乃通编著《中国民间故事类型索引》1530B_1^*。

尼庵命案型故事 大致写某生误入尼庵，为群尼所瞩，不得脱身，后来竟委顿毙命。这一故事类型，形成于明代，最早见诸明·陆容撰《菽园杂记》，其中所记两则轶闻均略述故事梗概。

> 京师多尼寺，唯英国公宅东一区，乃其家退闲姬妾出家处。门禁严慎，人不敢入，余皆不然。然有忌人知者，有不忌者。不忌者，君子慎嫌疑固不入；忌者有奇祸，切不可入。
>
> 天顺间，常熟一会试举人出游，七日不返，莫知所之。乃入一尼寺被留。每旦，尼即锸户而出，至暮潜携酒肴归，故人无知者。一日生自惧，乃逾垣而出，出则臞然一躯矣。
>
> 又闻永乐间，有圬工修尼寺，得缠骏帽于承尘上。帽有水晶缨珠，工取珠卖于市，主家识而执之。问其所从来，工以实对。

---

① 见《中国民间文学集成·河南沈丘县卷》。
② 见《猫子、老鼠和乌龟》。
③ 见《土家族民间故事选》。
④ 见《中国民间文学集成·江西邳县资料本》。
⑤ 见《中国民间文学集成·浙江省余杭县卷》。
⑥ 见《寿州的传说》。
⑦ 见《中国民间故事集成·广东卷》。
⑧ 见《中国民间故事集成·福建卷·永定县分卷》。
⑨ 见《中国民间文学集成·广西玉林卷》。
⑩ 见《中国民间文学集成·秦皇岛民间故事卷》。
⑪ 见《中国民间文学集成·山西卷·襄汾民间故事集成》。

始知少年窈入尼室，遂死于欲，尸不可出，乃肢解之，埋墙下。法司奏抵尼极刑，而毁其寺，今宫墙东北草场，云是其废址也。

《菽园杂记》卷六"尼寺命案"

明·王圻纂集《稗史汇编》卷六十九《方外门·比丘尼·尼寺之祸》，与此则悉同。

明·冯梦龙编纂《情史》卷十八《情累类·赫应祥》，出自明·周复俊撰《泾林杂记》，情节颇为曲折，从中不难窥见这一故事类型的发展、变化。

监生赫应祥，江右人，落拓不羁，以风流自命，歌馆花台，无不遍历。偶寻春郊外，行倦，求水不得。忽闻磬声出林间，趋而投之，女真庵也。生登阶扬声，女童出延客坐。少顷一尼至，向生稽首，天然艳冶。坐定，询生居止、姓字，何以至此？生详告之，且求浆止渴。尼命烹茶，谈论颇洽。女童报茗熟矣。挥客入内，曲栏幽槛，纸帐梅花。壁供观音大士像，几置贝叶经。生翻视之，金书小楷，体类似雪。卷后志年月，下书"空照写"，尼手笔也。横丝桐于古纹石上，窗前植修竹数竿。生履其境，别一洞天，非复在尘寰中矣。尼爇龙涎于鼎，酌茗奉生，而和琴以进。生鼓《关雎》以动之。尼深叹其妙，亦自操《离鸾》之调，音韵凄切。生倾听，不觉前席。时天色渐暝，生故淹留不去。尼曰："郎君行馆何方？此时当回。"生曰："某寓在成贤街，去此二十里，都门已阖，欲暂借蒲团，趺坐听讲。不知桃源中人，能相容否？"尼微笑曰："何家阮郎，敢冒入此？第念归路既遥，聊宿一宵，亦无不可。"生敬致谢。女童秉烛坐，酒馔随列。两人对酌，杂以谐谑。尼亦情动，遂携手归寝。晨起方栉沐，已报邻尼静真来访。生隐于屏后窥之，容亦珠丽。静真笑问照曰："闻卿昨得情郎，温雅有文，愿得一见。"照笑不答。静真起索之，方转屏而生裾露，遂出相见。真见生举止风流，流盼久之。临别，指其室，谓生曰："彼此咫尺，能枉顾否？"生往报谢，真留生饮，并招照。照坐未久，托事先归。生拭挑之，遂与私焉。由是往来两院，欢浃无间。两尼唯恐失生意，奉之者无不至。淹留洽旬，乐而忘返。生忽染一疾，竟至不起。潜瘗庵后，人无知者。家人因生久不归，意为人谋害。出榜寻觅，杳无影响。后缘修造，见木匠腰系旧紫丝绦，生故物也。仆识之，告于主母。询匠何由得此？云得于某庵天花板上。执绦闻官，捕尼至，一讯而服。然以生实病故，非尼所害，但杖而遣之还俗云。出《泾林杂记》。

《情史》卷十八《情累类·赫应祥》附录的一则异文，写的亦是与尼寺有关的一桩命案，与上述诸则迥然不同。

又，有一人误入尼院，尼争私之。逾数日，其人思归。尼伴治酒饯别，醉之而髡其首，以为无复归里。其人乘夜遁去，诉实于妻，妻恐贻子妇笑，戒使无出房闼，以俟长发。妇闻姑室中，窃窃人语。窥之，则僧也。阴以语夫，夫潜入，夜扪枕上，得光头，斫之。母惊起，谕之故，气已绝矣。事闻于官，官谓杀虽出不知，而子不应执母之奸，竟坐辟。

明·冯梦龙编纂《古今谭概》谬误部第五《父僧误》，与此则基本上相同，然具体描写多有出入，兹引述如下，以资比较。

京师有少尼与一男子情好，欲长留之，不得，乃醉而髡其首，以弟子畜之。后其妻踪迹至寺，得夫以归。夫深自惭悔，且嘱妻："勿泄，俟吾发长。"时其子商于外，妇每怪姑倍食，又数闻人音，穴壁窥之，正见姑与一僧同卧，忿恚，具白其子。子大怒，取刀入室,抚两人首,其一僧也,即奋刃断僧首。母觉而止之,不及,告以故。子验其首乃大悔。有司谓"虽非弑逆,然母奸不应子杀"。遂坐死。

清乾隆间成书的清凉道人编《听雨轩笔记》,收录的一则异文,使这一故事类型的社会生活面有所拓展,别有新意。它在尼庵命案的框架下叙写一个被扭曲的爱情故事,凄婉动人,富有艺术感染力。

绍兴南门外漓渚地方,有尼庵曰隔尘。崇冈古木,竹径小桥,颇饶幽趣。尼众五六人,不藉檀施,耕桑自食。老尼若木,持戒律甚严,众咸遵其准绳,不敢肆。其徒孙名慧音,年十六七矣,姿容极丽,且能识字读书,经典诗词,无弗谙者。若木恐其诲淫,不令出门,唯事焚修,亲翰墨而已。

城中东武山下朱生绮园者,明宰相文懿公赟云初也。父静山,由部曹出为四川郡守。生未冠游庠,有别业在漓渚,因读书其中。临行时见其妻有玉琢双鱼,镂刻极工,遂乞而贮于冰丝小囊中,佩之以往。老仆、小童二人侍。

别业于尼庵相隔仅百步。生暇时往游,若木以其为贵公子也,不敢拒。来往既频,渐与慧音浃洽,常出诗稿就政之,生为之评点,彼此倡和,遂订同心。生赠以玉鱼,欲相亲而未有间也。

一日,若木询老母病,相距五六十里,约翌日始回庵。慧音于日间潜赴生所,谐夙愿焉。讵若木母病已危,数日下世,比送殓出殡而反,则已半月余矣。慧不敢复至生斋,相约夜赴尼庵,逾墙以入。事极缜密,唯小童深知其详。醉后泄之老仆,老仆向生苦谏,不听。入城告之主母,趣其归,又不从,如是者半年。

一夕生出,及晨至午犹未反。老仆以其夜卧失晓而不敢出也,恐滋事端,潜往察之。见若木怒气未平,众尼纷纭皇巫。仆疑事已败露,因伪为不知也者而问之。若木告以今日门钥未开,而慧音不知所往，唯见后园墙瓦损落，想已远飏。若往其母家觅而不得，当告官缉之耳。仆疑慧音匿生室未起，急反而窥之，床笫阒然。又疑二人偕逃，飞驰而回，告诸主母，遍索亲戚及庄舍之所，杳无其踪。复走四川任所询之，亦未曾往。日久事冷，祇布告亲友，恳其留意访求而已。

十余年后，若木化去，庵中常出鬼魅，昼夜不宁。众尼或死或去，庵遂以废。生父自蜀守擢滇南观察，以年老致政归。暇日至漓渚别业，顾而乐之，遂久留也。生之小童年长矣，适在随行之列。公问生往事，童具以告。公因步至隔尘庵，则屋宇颓败，寂无一人，而风景极佳，公又顾而乐之。询诸土人，求庵尼之在它所者，立券买之。围以长垣，合别业而为一。颓败之所，俱焕然一新。

庵之后园，间有牡丹数本，石台护之。数年来牡丹已枯，而石台尚在，公以其位置不当，撤而去之。石将尽，工人忽相顾错愕，面无人色。公异而临视，则内中埋藏二尸焉。衣服虽坏，面尚如生。审视之，其一即生，一为尼。童指而谓公曰："此慧音也。"腕上小囊，贮玉鱼尚存，盖以冰丝未化故。

公疑为众尼谋死，密唤向日卖庵者严诘之。因言公子与慧音通，人初不知。一日众人皆起，而慧音不出，撬门视之，见二人裸身相抱死于床。若木恐尊府督责，因潜埋牡丹台内，而以慧音逃去掩饰之。若木亡后，凄风冷月之夜，常见二人携手游行，遇之者非病必死，故众人不敢居此而去，非有他也。公细验生身体无伤，势尚翘然，始知为阴阳俱脱所致。遂备棺葬生故所，并以慧音附其侧，殉以玉鱼。生向有一子，已登贤书。……予于乙酉春间客绍兴，与沈师禹、何南明同游漓渚，过朱公别业，以门扃不得入，二君为予述之。今吴中《玉蜻蜓》弹词，移其事于申文定公时行之父，其实则本于此。

《听雨轩笔记》卷四《赘纪》"漓渚朱生"

清·慵讷居士撰《咫闻录》中所收一则异文，故事情节又有较大变化。

贾生名化，太原人。疏狂潇洒，寄居肇庆塔脚寺。对岸南去百余步，有观音庵住尼僧。内两尼姿媚年轻，清雅精洁。贾目摇心动，叹其何故削发为僧也。时进庵于隙穴窥之。一日老尼外出，贾入庵中，诸尼款留，素肴甚美。贾爱尼之艳，而劝饮甚勤，竟酩酊大醉。醒则兰麝醺溢，绣幕朱帷，有两丽人，一抱持，一拥被。惊视之，乃尼改妆也。大骇欲遁。环视壁上，无门可出。少顷，尼瘄，笑曰："先生休矣！对此佳丽，无虑不乐也。"尽夜宣淫，不堪其扰。两餐之奉，自壁穴中入，唯淡白肉汤，白饭两碗而已。数月，始则身体肥壮，继则尪羸骨立，拳曲臃肿，不敢供尼使令。苦求去，尼曰："俟子有代，或可去。"如是月余，忽于复壁中来一少年。尼曰："子有疾病，无能为役，本欲毒死，念汝异乡人，可了急去。"历曲室回廊，纤徐而去。贾遂星夜兼程回里，不敢复至闽广焉。

《咫闻录》卷五《太原贾生》

明清时期以这一故事类型为题材的文艺作品不少，譬如明代白话短篇小说《赫大卿遗恨鸳鸯绦》（《醒世恒言》第十五卷）、清代传奇《玉蜻蜓》、清代弹词《芙蓉洞》。

捉弄女巫型故事 大致写某人厌其家笃信女巫，一日含青李于腮，佯作呻唤。家人请女巫来治，巫以其素不敬神见责。某乃吐青李视之，将巫叱走。自此家人不再迷信。这一故事类型，初见于明·陆容撰《菽园杂记》。

京师间阎，多信女巫。有武人陈五者，厌其家崇信之笃，莫能制。一日含青李于腮，绐家人疮瘅痛甚，不食而卧者竟日。其妻忧甚，召女巫治之。巫降神，谓五所患是名丁疮，以其素不敬神，神不与救。家人罗拜恳祈，然后许之。五佯作呻唤甚急，语家人云："必得神师入视救我，可也。"巫入按视，五乃从容吐青李示之。捽巫，批其颊而出之门外，自此家人无崇信者。

《菽园杂记》卷七"叱女巫"

明·王圻纂集《稗史汇编》卷八十九《人事门·假谲·陈五治巫》、明·冯梦龙编纂《古今谭概》谲智部第二十一《女巫》与《智囊补》杂智部卷二十八《小慧·陈五》、清·洪永固编《宋稗类钞·权谲·女巫》，皆抄自《菽园杂记》，文字小有出入。

这一故事类型，现当代仍在河南等地流布，如《治疙瘩》①。

觅凳脚型故事 大致写主人派某甲去砍树杈做凳（或床）足，甲去了一天竟空手而归，说是丫杈全都朝上，没有向下生的。这一故事类型，初见于明·陆容撰《阿留传》。

矮榻缺一足，使（阿）留断木之歧生者为之。持斧锯，历园中竟日。及其归，出二指状曰："木枝皆上生，无下向焉！"

《阿留传》"矮榻缺足"②

明·冯梦龙辑《笑府》中的一则异文，情节有所变化，比较接近后世口传形态。

---

① 见《庞振坤的故事》。
② 见公木等选注《历代寓言选》（下册），中国青年出版社1985年版。

第十二章　明代时期的民间故事类型

　　乡间坐凳多以现成树杈为脚者，一脚偶坏，主人命仆于林中觅取。仆持斧出，至晚空回。主人问之，对曰："丫杈尽有，都是向上生，更无向下的。"

《笑府》卷六殊禀部《凳脚》

　　清·游戏主人辑《笑林广记》卷五《觅凳脚》，抄自《笑府》，文字略有改动，比较口语化。

　　乡间坐凳，多以现成树丫杈为脚者。一脚偶坏，主人命仆往山中觅取。仆持斧出，竟日空回，主人责之，答曰："丫杈尽有，都是朝上生，没有向下生的。"

近人憨斋主纂辑《笑林博记》卷一《觅凳脚》，与此则悉同。
　　这一故事类型，现当代仍在上海、浙江、安徽、湖北等地流布，譬如《寻凳脚》①《找椅脚树》②《聪明的秀才》③《独脚板凳》④。

拔树防盗型故事　大致写某人为了防盗，每夜竟将新植之树拔来藏在家中。这一故事类型初见于明·陆容撰《阿留传》。

　　舍前植新柳数株，（周）元素恐为邻儿所撼，使（阿）留守焉。留将入饭，则收而藏之。

《阿留传》"入饭藏柳"⑤

---

① 见《中国民间文学集成·上海卷·黄浦区故事分卷》。
② 见《浙江民间文学集成·玉环县故事卷》。
③ 见《中国民间故事集成·安徽卷·铜陵民间故事卷》。
④ 见《新笑府》。
⑤ 见公木等选注《历代寓言选》，中国青年出版社1985年版。

明·冯梦龙辑《笑府》中的一则异文,情节变化较为显著。

有栽杨竿者,命童守之,旬日不失一株。主喜谓童曰:"汝用心可佳,然何法而能不失?"答曰:"我夜夜拔来藏在家里。"

《笑府》卷六殊禀部《守杨竿》

明·憨憨子撰《笑林评》"拔树藏屋",与此则大同小异。

这一故事类型,现当代仍在新疆等地流布,譬如《守树》(维吾尔族)①。

这一故事类型,相当于丁乃通编著《中国民间故事类型索引》1241C、艾伯华著《中国民间故事类型》"滑稽故事1.傻子Ⅺ"。

中山狼型故事　大致写恶狼恩将仇报,欲吃掉搭救它的好心人。其人不甘心,让恶狼与其一道去征询三老的意见。前两位都认为该吃,最后碰上一位老者,当即施计诱杀了恶狼,终使此人免遭不幸。这一故事类型,初见于明·马中锡撰《东田集》。《东田集》中的这则《中山狼传》,又名《东郭先生传》,系古代的一则民间传说,情节曲折,描写细腻,寓意深刻,脍炙人口。

赵简子大猎于中山,虞人导前,鹰犬罗后。捷禽鸷兽,应弦而倒者不可胜数。有狼当道,人立而啼。简子垂手登车,援乌号之弓,挟肃慎之矢,一发饮羽,狼失声而逋。简子怒,驱车逐之。惊尘蔽天,足音鸣雷,十步之外,不辨人马。

时墨者东郭先生将北适中山以干仕,策蹇驴,囊图书,夙行失道,望尘惊悸。狼奄至,引首顾曰:"先生岂有志于济物哉?

---

① 见《阿凡提的故事》。

第十二章　明代时期的民间故事类型

昔毛宝放龟而得渡，隋侯救蛇而获珠，蛇龟固弗灵于狼也。今日之事，何不使我得早处囊中以苟延残喘乎？异时倘得脱颖而出，先生之恩，生死而肉骨也，敢不努力以效龟蛇之诚！"

先生曰："嘻！私汝狼以犯世卿，忤权贵，祸且不测，敢望报乎？然墨之道，'兼爱'为本，吾终当有以活汝。脱有祸，固所不辞也。"乃出图书，空囊橐，徐徐焉实狼其中，前虞跋胡，后恐疐尾，三纳之而未克。徘徊容与，追者益近。狼请曰："事急矣！先生果将揖逊救焚溺，而鸣銮避寇盗耶？惟先生速图！"乃跼蹐四足，引绳而束缚之，下首至尾，曲脊掩胡，猬缩蠖屈，蛇盘龟息，以听命先生。先生如其指，内狼于囊，遂括囊口，肩举驴上，引避道左，以待赵人之过。

已而简子至，求狼弗得，盛怒，拔剑斩辕端示先生，骂曰："敢讳狼方向者，有如此辕！"先生伏踬就地，匍匐以进，跽而言曰："鄙人不慧，将有志于世，奔走遐方，自迷正途，又安能发狼踪以指示夫子之鹰犬也？然尝闻之，'大道以多歧亡羊'。夫羊，一童子可制之，如是其驯也，尚以多歧而亡；狼非羊比，而中山之歧可以亡羊者何限？乃区区循大道以求之，不几于守株缘木乎？况田猎，虞人之所事也，请君问诸皮冠。行道之人何罪哉？且鄙人虽愚，独不知夫狼乎？性贪而狠，党豺为虐，君能除之，固当窥左足以效微劳，又肯讳之而不言哉？"简子默然，回车就道，先生亦驱驴兼程前进。

良久，羽旄之影渐没，车马之音不闻，狼度简子之去已远，而作声囊中曰："先生可留意矣。出我囊，解我缚，拔矢我臂，我将逝矣。"先生举手出狼，狼咆哮谓先生曰："适为虞人逐，其来甚速，幸先生生我。我馁甚，馁不得食，亦终必亡而已。与其饥死道路，为群兽食，毋宁毙于虞人，以俎豆于贵家。先生既墨者，摩顶放踵，思一利天下，又何吝一躯啖我而全微命乎？"遂鼓吻奋爪，以向先生。

先生仓卒以手搏之，且搏且却，引蔽驴后，便旋而走，狼终不得有加于先生，先生亦极力拒，彼此俱倦，隔驴喘息。先生曰："狼负我，狼负我！"狼曰："吾非固欲负汝，天生汝辈，固需我辈食也。"相持既久，日暮游移。先生窃念：天色向晚，狼复群至，吾死矣夫！因绐狼曰："民俗，事疑必询三老。第行矣，求三老而问之。苟谓我可食，即食；不可，即已。"狼大喜，即与偕行。

逾时，道无人行。狼馋甚，望老木僵立路侧，谓先生曰："可问是老。"先生曰："草木无知，叩焉何益？"狼曰："第问之，彼当有言矣。"先生不得已，揖老木，具述始末，问曰："若然，狼当食我耶？"木中轰轰有声，谓先生曰："我杏也。往也老圃种我时，费一核耳，逾年华，再逾年实，三年拱把，十年合抱，至于今二十年矣，老圃食我，老圃之妻子食我。外至宾客，下至于仆，皆食我。又复鬻实于市以规利。我其有功于老圃甚巨。今老矣，不得敛华就实，贾老圃怒。伐我条枚，芟我枝叶，且将售我工师之肆取直焉。噫！樗朽之材，桑榆之景，求免于斧钺之诛而不可得。汝何德于狼，乃觊免乎？是固当食汝。"言下，狼复鼓吻奋爪，以向先生。先生曰："狼爽盟矣。矢询三老，今值一杏，何遽见迫耶？"复与偕行。

狼愈急，望见老牸曝日败垣中，谓先生曰："可问是老。"先生曰："向者草木无知，谬言害事。今牛，禽兽耳，更何问为？"狼曰："第问之，不问将咥汝。"先生不得已，揖老牸，再述始末以闻，牛皱眉瞪目，舐鼻张口，向先生曰："老杏之言不谬矣。老牸茧栗少年时，筋力颇健，老农卖一刀以易我，使我贰群牛，事南亩。既壮，群牛日以老惫，凡事我都任之。彼将驰驱，我伏田车，择便途以急奔趋；彼将躬耕，我脱辐衡，走郊坰以辟榛荆。老农视我，犹左右手。衣食仰我而给，婚姻仰我而毕，赋税仰我而输，仓庾仰我而实。我亦自谅，可得帷席之蔽如马狗也。往年

第十二章 明代时期的民间故事类型

家储无儋石，今麦收多十斛矣；往年穷居无顾借，今掉臂行村社矣；往年尘卮罂，涸唇吻，盛酒瓦盆半生未接，今酝黍稷，据尊罍妾矣；往年衣短褐，侣木石，手不知揖，心不知学，今持兔园册，戴笠子，腰韦带，衣宽博矣。一丝一粟，皆我力也。顾欺我老弱，逐我郊野。酸风射眸，寒日吊影。瘦骨如山，老泪如雨。涎垂而不可收，足挛而不可举，皮毛具亡，疮痍未瘥。老农之妻妒且悍，朝夕进说曰："牛之一身无废物也。肉可脯，皮可鞟，骨角且切磋为器。"指大儿曰："汝受业庖丁之门有年矣，胡不砺刃于硎以待？"迹是观之，是将不利于我，我不知死所矣。夫我有功，彼无情，乃若是，行将蒙祸。汝何德于狼，觊幸免乎？"言下，狼又鼓吻奋爪，以向先生。先生曰："毋欲速。"

遥望老丈杖藜而来，须眉皓然，衣冠闲雅，盖有道者也。先生且喜且愕，舍狼而前，拜跪啼泣，致辞曰："乞丈人一言而生。"丈人问故，先生曰："是狼为虞人所窘，求救于我，我实生之。今反欲咥我，力求不免，我又当死之。欲少延于片时，誓定是于三老。初逢老杏，强我问之，草木无知，几杀我；次逢老牸，强我问之，禽兽无知，又将杀我。今逢丈人，岂天之未丧斯文也！敢乞一言而生。"因顿首杖下，俯伏听命。丈人闻之，欷歔再三，以杖叩狼曰："汝误矣！夫人有恩而背之，不祥莫大焉。儒谓受人恩而不忍背者，其为子必孝，又谓虎狼知父子。今汝背恩如是，则并父子亦无矣。"乃厉声曰："狼速去！不然，将杖杀汝。"

狼曰："丈人知其一，未知其二，请诉之，愿丈人垂听。初，先生救我时，束缚我足，闭我囊中，压以诗书，我鞠躬不敢息，又蔓词以说简子，其意盖将死我于囊而独窃其利也。是安可不咥？"丈人顾先生曰："果如是，是羿亦有罪焉。"先生不平，具状其囊狼怜惜之意。狼亦巧辩不已以求胜。丈人曰："是皆不足以执信也。试再囊之，吾观其状果困苦否。"狼欣然从之，伸足先生。先生复缚置囊中，肩举驴上，而狼未之知也。丈人附耳谓先生曰："有匕首否？"先生曰："有。"于是出匕。丈人目先生使引匕刺狼。先生曰："不害狼夫？"丈人笑曰："禽兽负恩如是，而犹不忍杀，子固仁者，然愚亦甚矣！从井以救人，解衣以活友，于彼计则得，其如就死地何！先生其此类乎！仁陷于愚，固君子之所不与也。"言已大笑，先生亦笑。遂举手助先生操刃共殪狼，弃道上而去。

《中山狼传》

明·陆楫编《古今说海》卷四十九《中山狼传》，系据此则作品缩写。明·吴敬圻编《国色天香》（全称《京台新锲公余胜览国色天香》，又名《幽闲玩味夺趣群芳》）卷九《东郭记》，即马中锡撰《中山狼传》。

这一故事类型，现当代仍在西藏、辽宁、新疆、云南等地的汉族和一些少数民族中流布，如《老虎到底是老虎》（藏族）①、《过路人和老虎》（藏族）②、《猎人与凶狮》（门巴族）③、《喀孜与蛇》（塔吉克族）④、《老虎死了》⑤、《老倌与鳄鱼》（佤族）⑥。

这一故事类型，相当于丁乃通编著《中国民间故事类型索引》155、艾伯华著《中国民间故事类型》"二、动物与人 15. 中山狼"。

失印复归型故事　大致写某官吏因故丢失官印。其后乃施计将空印盒交与窃者保管，迫使其人在归还印盒时不得不将官印放在盒中，失而复归。这一故事类型，初见于明·宋懋澄撰《九籥集》，其中指点失

---

① 见《藏族民间故事选》。
② 见《中国民间故事集成·西藏卷》。
③ 见《中华民族故事大系》第16册。
④ 见《中华民族故事大系》第14册。
⑤ 见《中华民族故事大辞典·故事》。
⑥ 见《中华民族故事大系》第7册。

印御史者为海瑞。

> 有御史怒某县令。县令密使嬖儿侍御史,御史昵之。遂窃其符逾墙走。明晨起视箓,箓箧已空,心疑县令所为,而不敢发,而称疾不视事。海忠肃时为教谕,往候御史,御史闻海有吏才,密诉之。海教御史夜半于厨中发火。火光烛天,郡属赴救。御史持箓箧授县尹,他官各有所护。及火灭,县令上箓箧,则符在矣。

《九籥集》卷七《海忠肃公》

近人贡少芹、周运镛等撰《近五十年见闻录》① 所收的一则异文,情节较曲折,有了明显的变化。

> 俞某年二十,入词林,美姿容,风流自赏。居翰苑时,八大胡同妓寮,恒有其足迹。适届大考,拔置冠军,授职编修,旋简放广西学使,乃邀其同年某孝廉,偕之桂,助之分校试卷。某亦少年,且新婚未久,不忍远别,因辞之。俞劝其挈眷行,某始可。
>
> 既至任所,俞乃分署中余屋,畀某夫妇居。某妇有殊色,俞一见馋涎欲滴,阴嗾其夫人邀妇过从,乘问俞挑之。未几,遂入港。夫人性极倜傥,知俞与妇通,初弗介意。久之,某觑知其隐,私诘妇,妇百计盖藏。某欲致其生命,妇不得已,据实以告,且匄其宥己。某曰:"可。若窃得俞之印信予我,或为尔恕。否则,吾终死汝。"
>
> 妇受计往。一夕俞与妇两情欢洽,妇伺隙果攫印信归。报某,某喜自语曰:"彼淫我妇,我覆其官,可以泄吾忿矣!"明日,俞

---

① 此书收入《近代笔记大观》,上海文艺出版社1993年影印本。

有要事咨部，取印签押，遍觅无所得。知为某之恶作剧也，秘不宣示。及夕，忽签押室火起，阖署鼎沸，众麕集扑灭，某亦在焉。俞见某至，亟以印匣授之曰："祝融氏税驾，即焚毁屋宇，损失甚细，唯此物关系甚巨。脱有失，殆矣。始存置君处，明日再予我。君我契友也，度必善自珍藏，兹事或不余却。"言已强委诸怀而去。某弗解其故，持归，启而视之，他无所有，唯顽铁一方，始悟已怂妇窃印事，已为俞知，未便明索，乃纵火毁屋，仓猝间以空匣授己，俾还匣时得与己索印也。懊丧终夜，迄未交睫。翌晨俞至，长揖鸣谢，已而曰："昨夕之役，将据情报部，尚需此累累物一用，乞君予我可也。"某不得已，入室取印实匣反之。俞检视已，再三道歉而去。某瞠目不能置一词。

《近五十年见闻录》卷一《窃印还印》

这一故事类型，现当代仍在浙江、安徽、江苏等地流布，譬如《炼印》①《盗县印》②《巧取印》③。

杀姘妇型故事 大致写某与邻妇私通。一夜其夫偶归为妻整被，关爱有加。某见妇如此薄情寡义，乃杀之。后其夫（或佣人）以杀人罪问斩，某自首并交代杀人原由，皆被释放。这一故事类型，最早见于明·陆容撰《菽园杂记》与明·陆钎撰《病逸漫记》④。

洪武中，京城一校尉之妻有美姿，日倚门自炫。有少年眷之，

---

① 见《中国民间文学集成·浙江卷·杭州市淳安县卷》。
② 见《中国机智人物故事大观》。
③ 见《曹瘦脸儿打官司》。
④ 见《说郛续》卷十七（《说郛三种》第九册）。

第十二章 明代时期的民间故事类型

因与目成。日暮,少年入其家,匿之床下。五夜,促其夫入直,行不二三步,复还。以衣覆其妻,拥塞得所而去。少年闻之,既与狎,且问云:"汝夫爱汝若是乎?"妇言其夫平昔相爱之详。明发别去,复以暮期。及期,少年挟利刃以入,一接后,绝妇吭而去。家人莫知其故,报其夫。归乃撩拾素有仇者一二人讼于官。一人不胜锻炼,辄自诬服。少年不忍其冤,自首伏罪云:"吾见其夫笃爱若是,而此妇忍负之,是以杀之。"法司具状上请。上云:"能杀不义,此义人也。"遂赦之。

《菽园杂记》卷三"校尉妻"

正统初年,北京东角头有马姓者,通其里妇某。遇妇之夫自外归,马潜隙以伺。至五鼓,夫起有他出,以天寒,不欲其妇同起,且为之覆被,按抚极其周至,然后去。马窥视之甚审,因念其夫之笃爱如此,而其妇乃反疏外通于人,甚为之不平,入厨中取刀杀其妇而去。后以夫杀死,坐其夫弃市。马遂陈其见杀之由曰:"是某杀之也。"监刑者止其事,遂皆释之。

《病逸漫记》"通者杀姘妇"

明·江盈科撰《雪涛小说》采录的一则异文,所记亦为明代前期的社会逸闻,然而故事情节已发生了一定的变化。

国初某校尉素通戍卒之妻,一日尉与妻卧,卒偶归,尉避之门内,妻曰:"尔何为归?"答曰:"我怜尔寒,为尔整被。"言讫复去。尉忿然谓卒妻曰:"尔夫怜尔,尔反怜我,不义孰甚?"遂杀之,释刀而去。比明,有卖菜老佣入其室,见尸血淋漓,惊跳而出。邻人执之,佣不能辩,遂诬服罪。后至临决,尉乃出首前故,而自祈死,太祖并释之。

《雪涛小说·慎狱》"校尉杀姘妇"

明·郑暄编纂《昨非庵日纂》卷二十"杀姘妇"与明·马龙生撰《凤凰台记事》"杀姘妇"①,均由《雪涛小说》"校尉杀姘妇"演化而来,故事情节进一步得以丰富,后者尤为显著。

洪武中,京师有校尉与邻妇通。一晨,校瞰夫出,即入门登床。夫复归,校伏床下。妇问夫曰:"何故复回?"夫曰:"见天寒思尔冷,来添被耳。"乃加覆而去。校忽念彼爱妻至此,乃忍负之,即取佩刀杀妇而去。有卖菜翁常供蔬妇家,至是入门,见无人即出。邻人执以闻官,翁不能明,诬伏。狱成,将弃市,校出呼曰:"某人妻是我杀之,奈何要他人偿命乎!"遂白监决者,欲面奏。监者引见,校奏曰:"此妇实与臣通。其日臣闻其夫语云云,因念此妇忍负其夫,臣在床下一时义气发作,就杀之。臣不敢欺,愿赐臣死。"上叹曰:"杀一不义,生一无辜,为嘉也。"即释之。

《凤凰台记事》"杀姘妇"

某生被诬型故事 大致写一歹徒宵夜假冒某生与一少女私通,每次均未明而去,女一直不识其面目,但知其身体某处有肉瘤(或痣、疮瘢)。后引出命案(或女有娠),某生因而蒙冤。经一廉吏详察、审问,终于抓获真凶,某生得释。这一故事类型,明代多有记载。初见于明·祝允明撰《九朝野记》。

---

① 见《说郛续》卷二十一(《说郛三种》第九册)。

某氏有妇，与小姑春日在圃中作秋千戏。圃前短垣，外临官道。有美少年走马墙外，驻而寓目。二女瞥见之，皆兴感慕，因问侍婢："识此郎否？"婢令人物色之，报云："丁四官人也。"此郎固不知。少年自去。明日，邻妪小与二女周旋之，颇言："小娘昨见丁四官人乎？"女以为得其情，颊发赪。妪曰："无庸讳我，此来正为丁郎耳。郎昨睹芳仪，固深顾注。"二女稍问郎纵迹，妪盛称其美。妪见小姑有动意，入其寝，识其户径而去。

入夜，女灭烛不寐，惺忪若有所伺。宵深，忽一郎踰垣而入，暗中即闯女房。女谁何之？小语曰："我丁四官人也。"女默然，携手入就寝。未明而逝，初不睹其面也。是夕复至，亦在暗中。相处荏苒数月。

一日，女以事适外家，且久未返。兄嫂迁寝其室，亦灭烛而寝。郎来见扃户，毁窗而入，遽登床扪女，得骈首枕上，即取所佩刀断双头而去。诘旦，家人入视，见之，不审何故，直以为盗。闻于官，缉捕无状。

后至一上官录之，因沉思良久，谓翁妪曰："若子妇故居此室耶？"翁媪言："故为女室，斯夕偶暂宿耳。"上官命召女至，讯之，即承与丁通。逮丁至，诇之，愕然无答。女言前事，丁亦悯然曰："是日从墙外偶驻，虽见秋千事，初无谋念，小玩而过。其后事略不知也。顾安得纵妄若此？"官犹以为诈，问："识之乎？"女言："每来辄在暗中，终不及早，固不识也。"官更沉虑，因逮妪掠之。妪乃不能讳。初，二女偶语时，媪伏邻壁闻之，因宛转从属其子耳。捕子至，即具服，言："久与女私甚密。是夜见其闭户，疑其他也。入袭之，果与男子并寝，遂戕之耳。不知其非女也。"于是各正其辟。

《九朝野记》卷四"丁四官人蒙冤"

祝允明撰《前闻记》亦载有此则故事，文字悉同。

明·陈洪谟撰《治世馀闻》中的一则异文，不但故事情节多有变化，而且故事的叙述方式亦有所不同。

李兴在陕曾辩一狱，人亦称之。有杨二官人者，系大辟，久不决引，称系冤不已。查得本犯先年方十余岁，与一女子通奸，因杀死巡检夫妇，连其父及其嫂录之。嫂诉："舅姑及夫俱亡，止遗妾与夫妹同居。夫妹年方一十六岁。一日，与妾闲步后园，忽见墙外一少年骑马过。此人貌美，妾不合称之曰：'姑若得此为配，一生足矣！'夫妹与妾曰：'斯何人也？'妾曰：'此即东门杨二官人。'既还室，越月馀，有故翁旧识一巡检，任满携妻孥回，遇日暮来投宿。妾以翁故留之，以夫妹并宿妾室，却以姑室居巡检，而以其子居于外。不意是夕为人杀死巡检夫妇。今蒙审，敢吐实以告。"李审其语，亦如嫂言。

李又审杨二官人："汝何彼时已伏，今又称冤？"杨二官人诉曰："某一时年幼，素亦未尝桎梏，又不胜箠楚，含冤承认，实不知情。"复问女曰："汝与彼相处月余，何无暗识？"女曰："貌固不能识，但曾扪其左膊上一肉瘤。"李乃验杨无有，叱众且退，乃嘱有司集女家左右前后四邻四十户共取结状，供杨有无通奸杀人情词，连人解院。

有司即集众邻取供呈解，李览俱证杨二因奸杀死人命。李怒众曰："汝等扶同，不询源委。彼既行奸黑夜，岂由告报诸邻，汝等何据而知？"即叱左右去众之衣，面缚，令鞭其背。密视之，见一屠者左膊有块。李遽呼之前，曰："汝知死乎？杀人者汝也。"屠知情真事实，泣曰："已知。"李曰："汝何杀死巡检，又何得而奸其女？"屠曰："是日其姑嫂在园相戏时，我因盗彼园中笋，耳闻其声，即潜伏于草莽中。俟其既回，至夕，因假杨二官之名入以求奸。相处月馀，一夕，复至其处，见二人同宿于床。某不胜忿怒，谓其又私他人，归取屠刀杀之。初不知其为巡检夫妇也。"李曰："何不当时自首？"屠曰："固畏缩苟延耳。"乃坐法，而出杨二。此亦折狱龟鉴，故记其略，不以人废之也。

《治世馀闻》下篇卷一"杨二蒙冤"

明·曹安撰《谰言长语》中的一则异文，故事情节比较简单，仅略陈梗概，然亦呈现出故事类型不断变化的特点。

一人应科举，诧云："今科不中定不回。"果不中，僦一居读书。对门楼一女，窥之有意，令一卖婆通信。婆乃令己子去与女通。女有娠，告官，女云秀才。逮至官，苦楚万状，诬服，黜之。后秀才受诬不甘，诉于他官。他官疑之，召女再鞠。问女云："彼时与秀才通，身有何验？"女曰："背上有一疮瘢。"官呼秀才验之，无有。乃责女。女言："是卖婆之所为。"官召婆之子验之，果有瘢。事虽白而秀才之受苦楚亦多矣。

《谰言长语》卷下"秀才蒙冤"

明·冯梦龙编纂《情史》卷十七《张荩》，故事情节曲折生动，更胜《治世馀闻》下篇卷一"杨二蒙冤"一筹。

富室子张荩，日事游冶，偶见临街楼上，有少女殊丽，凝眸流盼，不能定情，遂时往来其下，故留连以挑之，女亦心动。一夕月明，女方倚窗远眺，生用汗巾结同心方胜投之。女报以红绣鞋。两情甚浓，奈上下悬殊，无繇聚晤。

生遍访熟于女家者，得卖花粉陆妪，诉以衷情，并致重赂。妪许为传达，遂怀鞋至女室，微露其意。女面发赤，初讳无有。妪备道生怀想真切，且出鞋示之。女弗能隐，因就妪求计。妪令将布联接长可至也,侯生至,咳嗽为号,开窗垂布,令缘之而登,因订期今夕,女许诺。妪即诣生复命。

会他出,妪归至门,其子方操刃欲屠豕,呼母共缚之。宛转间,袖中鞋不觉堕地。子诘其故,妪弗能隐。子曰:"审尔慎不可为,倘事泄,其祸非小。"妪曰:"业已期今夜矣。"子发怒曰:"不听我言,当执此闻官,免累及我。"因取鞋藏之。妪无如之何。适张令人问讯。妪因夫鞋无所藉手,漫以溲言复之,令其徐图。张闻言,意亦懈。

屠遂乘夜潜往,果见楼窗半启。如倚阑凝睇,若有所俟。屠微嗽,女即用布垂下,援之登楼,暗中以为张也,携手入寝。屠出鞋授之,缕述情款,女益无疑。将晓,复垂而下。绸缪无间,将及半年。父母颇觉,切责其女,欲加箠楚。女惧。是夜屠至,为道父母严谴,今后姑勿来,俟亲意稍回,更图再聚。屠口唯唯,而心发恶。俟女睡浓,潜下楼,取厨刀殪其父母,候晓遁去。女不知也。

日高而户尚扃,邻人大呼不应。女惊下楼,谛视,则父母身首已离矣。惶骇启门,邻人共执女赴官。一加拷讯,女即吐露。亟逮张至,称并未知情。女怒骂,细陈其详。官严加拷掠,不胜楚毒,遂自诬服,与女皆论斩下狱。

张谓狱卒曰:"吾实不杀人,亦未与女私通,而一旦罹大辟,命也。第女言缕缕,真若有因者,今愿以十金赠君,幸引我至女所,细质其详,死亦瞑目。"卒利其贿,许之。女一见生,痛恨大恸,曰:"我一时迷惑失身,于汝有何相负,而杀我父母,致害妾命!"张曰:"始事虽有因,然妪谓事不谐,我遂绝望,何曾一登汝楼!"女曰:"妪定策用布为梯,汝是夜即至,仍出鞋示信,嗣后每夕必来,奈何抵讳?"张曰:"此必奸人得鞋携来诳汝,我若果至,则往来半载,声音形体,岂不识熟,尔试审视,曾相类否?"女闻言踌躇,注目良久,似有所疑。生因复问之,女曰:"声口颇不似,形躯亦肥瘦不等,向来暗中无繇详察,止记腰间有疮痕肿起如钱大,验视有无,则真伪辨矣。"张遂解衣,众持烛共视无有。知为奸徒冒害,咸为称冤。

明旦,张具以闻官,且言曾以鞋授妪状。逮妪刑鞫,具道子语。拘子至,裸而验疮痕俨然。乃置屠于理而张得释。

近人曹绣君编《古今情海》卷三十二《红绣鞋》,出明·周元晖撰《泾林续记》,文字与此则悉同。

明·冯梦龙编纂《智囊补》所收的一则异文,文字较为简略,故事情节亦有一定的变化。

临海县迎新秀才,适篑官有女,窥见一生韶美,悦之。一卖婆在旁曰:"此吾邻家子也,为小娘子执伐,成佳偶矣。"卖婆以女意诱生,生不从。卖婆有子无赖,因假生夜往,女不能辨。一日其家舍客夫妇,因移女而以女榻寝之,夜有人断其双首以去。明发以闻于县。令以为其家杀之,而橐装无损,杀之何为,乃问:"榻向寝谁氏?"曰:"是其女。"令曰:"知之矣。"立逮其女,作威震之,曰:"汝奸夫为谁?"曰:"某秀才。"逮生至,曰:"卖婆语有之,何尝至其家?"又问女:"秀才身有何记?"曰:"臂有痣。"视之无有。令沉思曰:"卖婆有子乎?"逮其子,视臂有痣,曰:"杀人者,汝也。"刑之,即自输服。盖其夜扑得骈首,以为女有他奸,杀之。生由是得释。

《智囊补》察智部卷十《诘奸·临海令》

清·俞樾撰《右台仙馆笔记》录写的一则异文,短小,结尾有所变化。

有钱氏子应试至县城，馆某氏楼下。楼有女悦之，投书与期。钱故长者，耻其事，托故辞去。屠者陆某，其邻也，拾得钱所弃书，如期而往。既登楼，即灭灯火，女不知非钱也。及出，为女父母所觉，逐之，陆出刃击杀其父，遁去。其家讼钱氏子杀人。（怿数）公察钱非杀人者，问女曰："灯既灭矣，安知为钱氏子？其身亦有瘢痣可辨识乎？"女曰："其臀有瘤。"验视无有，公乃使人物色于浴堂，得陆屠，一讯而服。

《右台仙馆笔记》卷十三"辨奸捉凶"

"活佛"骗局型故事 大致写某地一寺院正举行活佛升天盛典时，某官微服自往洞察，发现有异，乃详加审查、讯问，将为非作歹的恶僧绳之以法。这一故事类型，初见于明·祝允明撰《九朝野记》，文字颇为简略。

景泰中有僧约众期焚身，钱锱垄集。至时果就火，民拥仰。巡按御史闻之来视，令止炬。扣所愿，三四不应。御史讶，令人升柴棚察之，僧但攒眉堕泪，凝手足坐，不动不言。御史命之下，亦不能。乃诸髡缚著薪上，加以缁衲，而麻药噤其口耳。伺其苏，讯得之乃知岁如此。先邀厚施，比期取一愚髡当之也。遂抵于辟。

《九朝野记》"焚身骗局"

明·王圻纂集《稗史汇编》卷六十九《方外门·奸僧·奸髡》，与此则相同，仅个别字句有出入。

清代这一故事类型记载甚多。最早的一则见诸袁枚撰《续子不语》，故事情节与《九朝野记》及清代其他异文区别较大。

>……顺治间有邢秀才读书村寺中，黄昏出门小步，闻有人哀号云："我不愿作佛！"邢爬上树窃窥之，见众僧环向一僧合掌作礼，祝其早生西天。旁置一铁条，长三、四尺许。邢不解其故。闻郡中喧传某日活佛升天，请大众烧香礼拜，来者万余人。邢往观之，升天者即口呼不愿作佛之僧也，业已扛上香台将焚化矣。急告官相验，则僧已死莲花座上，血淙淙滴满。谷道中有铁钉一条，直贯其顶。官拘拿恶僧讯问，云："烧此僧以取香火钱财，非用铁钉则临死头歪，不能端直故也。"乃尽置诸法，而一时烧香许愿者方大悔走散。

《续子不语》卷六《凡肉身仙佛俱非真体》

清·许奉恩撰《里乘》录写的一则异文，内容与《九朝野记》"焚身骗局"相似，然情节较为曲折，描写十分生动、细腻，不无作者增饰的痕迹。

>江南某生，客游。杙舟江浒，登岸独自游览。信步至一兰若，阒其无人，见内殿板壁所画山水人物甚工，以手摩挲，不觉巧触其机，壁上门忽洞开。内有妇女数辈，正与髡奴掷倒为戏。瞥见生，叱问："何人？"生大骇，急趋而出。僧徒三五人躐迹驰追，将生挽回。生泣哀之曰："乞师慈悲，恕我无知，誓不饶舌。"僧众叱曰："汝自寻死地，尚望生耶？"一僧曰："扼之便。"僧曰："扼之不如烹之，较易灭迹。"生闻而觳觫，料不能脱，再三哀之曰："小生冒犯，自知无再生理。求师慈悲，赐全要领，其功德胜于浮屠合尖矣。"一僧曰："我佛慈悲，姑念无知，其言也哀。将来送活佛生天，我辈可藉渔利，较为得计。"金曰："善。"遂将生发剃净，幽诸密室。饮以痦药，日给淡食，不入粒盐。百日，肌肤肥白如瓠，且腰脚柔软，不能行立。乃于郊外架木为高台，谓某日活佛肉身，趺坐台上，涅槃示寂，藉火化以生天。举国男

妇闻之，扶老携幼，不远而来。皆香花顶礼，瞻拜祈祷，一唱百和，舞蹈若狂。

郊外距邑城密迩。邑令某公，健吏也。耳其事，率干役数人，微服自往洞察。见台高丈余，一僧戴毗卢帽，面白晰如满月，身披五色袈裟，跌足坐榻上，闭目泪涔涔下如雨。台下僧众百数十人，各执鱼钹、鼓磬、笙箫、琴阮，旌旛羽盖，循环旋绕，喃喃唪经礼忏。众男女从其后，同宣佛号，一体膜拜。台前后左右置薪刍，间杂旃檀线帛，高等丘陵。待时至举火，送活佛生天。公谓："活佛生天，复何流泪？岂尚有尘缘难割耶？"初固疑其妄，睹此益信。亟遣干役驰白主僧，曰："邑侯闻活佛生天，欢喜无量。亲来拈香，谕众暂缓举火。"僧众素知公威严，不敢有违。亟含笑答曰："邑主肯赐降临，为我佛之光，僧等曷胜荣幸，理合敬候。"公亟反署，盛设仪仗而至。僧众合掌前迎。公问："活佛何在？"主僧笑指台上谓："跌坐者即是活佛。"并详述其平日清修高行。公啧啧称叹，谓："今日天刑，活佛生天，恐未能遽登极乐之界，暂请改期，何如？"主僧答称："此活佛自订日期，未便擅改。"公笑曰："活佛未曾留意宪书，下官忝主一邑，合为改正。明日天赦，生天最吉。请活佛在邑署暂住一夜，藉使署中细弱，得遂瞻拜。"主僧答称："活佛功行圆满，即绝口不言，又肉体尊重，不便行动，碍难进署。"公笑称："我自有法。"乃命健儿数人，将活佛舁至署中。僧众钳口相视，不敢阻止；又莫测公喜怒，殊切悬虑。

活佛既至署中，公命安置内记室。夜半潜自研诘。见其涕泪交并，言动俱绝，心知有异。因问："能作字否？"活佛点首。亟命将笔砚至，活佛胖软，臂不能举，惟以指蘸墨书纸上，历叙巅末。公阅之大怒，命活佛安心药食调治，俟差愈，牒送回籍。

翌日，谕寺僧齐集台下，毋许擅离。又密牒骑尉，督营卒多人，乘僧等出后，围寺穷搜，果获妇女数人，所藏金珠衣物甚富。

公至台下，僧众请迎活佛。公笑曰："活佛有命，请主僧替代生天。"主僧大惧，跽称知罪求宥。公叱左右，将主僧缚掷上台。又指主谋助虐数人，谓当追配，亦命同缚掷台上，叱令举火。火烈风猛，一转瞬俱成灰烬。僧众环视，面如死灰。观者闻知其事，同声称快。公命将余僧笞责，谕令蓄发归农。其妇女各归亲属。乃将寺改为义塾，即变易其金珠衣物，以资膏火云。

《里乘》卷七《活佛》

近人徐珂编撰《清稗类钞·棍骗类·僧以江南某生为活佛》，抄自《里乘》，文字小有改动。

近人小横香室主人编《清朝野史大观》卷十一《佛升天》，略述陈榕门在苏州时惩治以"佛升天"行骗的恶僧事迹。

乾隆间，陈文恭公开府吴中，……郡有北禅寺，僧为坛九成，置佛于巅，号于众曰佛升天。众施金钱无算，积薪将焚之。公闻之，微服诣坛视佛，乃阴敕有司收寺僧，而自谓吴民曰："吾欲奉养佛。"以公舆舆之，数日始能言。则吴江人为僧所闭，绝其饮食，蒙以腴膏，使不能言，而状貌肥白瑰异如佛像然也。论僧极刑，火其居。

近人天台野叟撰《大清见闻录》下卷《佛升天》与此则悉同。近人易宗夔撰《新世说》卷二"活佛升天"，由此则改写，文字略有改动。

近人徐珂编《清稗类钞》中的一则异文，情节较为曲折，呈现出新的变化。

山阴某僧性巧黠奸狠，初习商，屡亏折，后与穿窬者伍，辄败露，官吏捕之急，几不得免。某与其党谋曰："吾辈贸易则亏蚀，偷窃则犯法，惟和尚最占便宜。今追捕甚严，不如遁入空门，再图生计。"其党从之，皆削发为僧。某遂衣破衲，搦数珠，周行通都大邑间。尝至某镇，过隙地，大可数十亩，辄望空礼拜。镇人异而问之，僧曰："我佛降临，故在此参谒耳。若能于此建寺，获福当无量。"言讫而去。自是僧每于晦冥之夕，辄令其党以松香燃焰，饰为金甲神，隐现于其间。乡人望见之，益信僧言。越数月，僧复来，则昼夜跪于隙地。镇人闻之，僧乃佯作不豫之色曰："吾见金刚怒目，谓此镇无一善男信女，将遣祝融氏降之罚。吾在此代求，冀菩萨发慈悲耳。"言讫，跪如故。是夜适王氏家失火而屋未毁，镇人思僧言，以为神示谴矣，乃醵金建寺，推僧主之。而不知王家之火，即其党所纵也。寺成，香火甚盛。地棍某夙与僧有隙，屡为所掣肘，僧欲去之。一日，语之曰："某日，寺设斋，可闯入佛坐大嚼，且食且骂，食毕但言韦驮鞭汝，仆地作神语，俾众知我佛有灵，我当以百金为酬。"棍诺，届期至，且食且骂。食顷，声哑，语不了了，蹁跹数十，七孔流血而死。观者金谓神降之罚，而不知僧实置鸩于肴以毙之也。自是而每岁冬季，必有活佛升天之盛典。活佛者，亦寺僧。届期，升莲花座，众僧披袈裟，诵经偈，宣佛号，环其侧。远近来瞻仰者，出金为赘。自旦至暮，人以万计。夜半，积薪莲花座下，以火僧，则活佛升天矣。某岁，某侍郎太夫人闻之，欲诣寺瞻仰，侍郎亦从往。太夫人语侍郎曰："活佛之面，形如满月，色如傅粉，非凡相也。"侍郎曰："吾见其目有泪痕，今晚且观其火化耳。"化毕，侍郎见灰烬中余断铁条四五橛，大疑之。明年，又举行，侍郎乃邀县令同往，使左右抚活佛，身冷如冰，而莲座动。抱之起，座露铁条寸许，谛视之，插入活佛后阴，出之，长如其身。即提僧拷问，据供谓每年择众僧中之肥白者，密置一室，以羊油、牛油等饲之三年，届期，于夜静时药之使喑，俾其升天以为募化之计。令怒，即命隶役缚僧，以升天之法毙之。搜其密室，则妇女之幽于地窖者以百数，尽出之，并究其余党，得白镪无算。

《清稗类钞·棍骗类·僧以肥白之人为活佛》

这一故事类型，现当代仍在福建、四川等地流布，譬如《救"活佛"》①《火烧宝灵寺》②。

失尸冤案型故事　大致写某人被殴昏死（或暴死），暂置一处。半夜其人复苏，随即离去。守者失尸，惊惧，乃扑杀一醉汉（或窃取新厝棺中尸体）以塞责。后某人至官府讲明实情，守者杀人被抵死（或因此破了一桩命案，将奸夫淫妇论处）。这一故事类型，初见于明·祝允明撰《猥谈》。

> 二人遇于途，甲沉醉，乙半酣。甲殴乙仆，视之死矣，径去。总甲见之，亟曰于官。时已暮，姑以苇席四悬障尸，众寝卫于外。夜半乙稍瘥，已迷前事，思安得处此？必犯夜禁，故潜起而逸。归家已大醒，谓其妻："甲殴我，明当讼之！"
>
> 及明，守者失尸，惊惧。须臾官来谓受赇弃尸，箠楚之。守者诬服。请取尸来，乃共往伺于郊。一人醉而来，众前扑杀之，舁入苇室。
>
> 乙诣甲，喧将讼之。甲与饮，纳之贿，乃释。甲复思昔者所由，固知为我杀人，今若此，曷不白之官。因邀乙往首实。官讯守者尸所来，不能讳，弃市。

《猥谈·失尸案》③

---

① 见《中国民间故事集成·福建卷·仙游县分卷》。
② 见《中国民间文学集成·内江市卷》。
③ 见《说郛续》卷四十六（《说郛三种》第十册）。

明·冯梦龙编纂《古今谭概》杂志部第三十六《醉殴奇祸》与此则相同，文字略有压缩。

清代这一故事类型的异文颇多，大多写由失尸而引出的一桩杀夫命案。最早的一则见诸袁枚撰《续子不语》。此则叙写一桩案中案，颇富戏剧性。

> 京师顺承门外，有甲与乙口角相斗者，甲拳伤乙喉，气绝仆地。时天已晚，路上人将凶手缚置营房，以尸交两营兵看守，待次早报官。会天雨雪，一卒老病畏寒，向壮年者云："我归家添衣服喝酒，略耽延便来。"年壮者许之。其人久而不至，年壮者亦买酒取暖，醉睡帐房。
>
> 早起寻尸，尸隐不见。方惊愕间。年老者亦至，曰："我已报司坊官，即时来验矣。"年壮者曰："尸竟遗失，官来无可验，我二人罪大奈何！"老卒沉思良久，曰："我有一计，某处荒地前有人舁一棺来，似是新死之人，尸尚未坏，我与你打破其棺，扛尸来此以冒抵之，庶可免罪。"年壮者以为然，依计而行。
>
> 少顷官来验尸，则额角上有长钉一条，流血被面。问凶手，凶手曰："我实失手打死此人，并未加钉钉额，且此尸面貌并非我所殴之人。"官不能断。正喧嚷间，有一男子大呼而入，曰："此事与甲无干。我乃被殴仆地之人，初时气绝仆地，既而苏醒还家，实未死也。"官始将凶手放释，而查问荒地扛棺来厝之人，细加推究。
>
> 钉额之尸，姓刘名况，以染工为业。妻与人奸，乘刘醉与奸夫钉杀之也。乃释甲而置奸夫于法。
>
> 旁观者曰："尸非可换之物，而两营兵奇计如此，此非营兵之愚也，乃暗中鬼神之巧也。"
>
> 《续子不语》卷六《换尸雪冤》

清·和邦额撰《夜谭随录》采集的一则异文，故事亦发生在京师，情节与上一则相似，但失尸的因由与上一则不同。

  有老人乘车入崇文门者，未及门，暴死于车中。守军执御夫，鸣于官。会日暮，因验不及，置诸铺中。半夜，勿失老人所在。守军失措，相与计议。或言某处有新厝一棺，未葬，盍乘夜窃取其尸，聊以塞责？众可之，遂取尸置车中。
  翌日，官来相尸，于发辫内得一铁钉，入脑三寸余，以为车夫谋杀，竟坐死刑。迟数日，老人忽来自首，细述彼日因一时中恶，昏绝车上。既甦，夜已二更，遂下车步归。今闻冤及车夫，心实不忍，故来告白。官使车夫辩之，不诬。穷究致尸之由，守军不能隐，悉以情告。复拘厝棺者讯之，则一少妇也。初不认尸，吓以严刑，始吐实。盖钉死者即其夫也。为与恶少私通，故于黉夜钉杀之，以为断断不致败露。初不意如此发觉，诚为天网不漏矣。乃释车夫，而坐奸夫淫妇之罪焉。守军责而赏之。

《夜谭随录》卷四《尸异》

近人葛建初编《折狱奇闻·换尸雪冤》与此则悉同。
  清·王葆心辑《虞初支志》所收的一则异文，故事发生地在天津，失尸的起因亦有变化，颇具传奇色彩。

  天津御者，具车马，赁客坐乘取直以为常。一日，值白衣妇人自戚属归，佣车且行，有醉男子突入车，妇人潜下车去以避之。御者方踞辕假寐，不觉也。行数里，醒而驻车，乃见车中卧男子，即问之，无声。即疾呼之，动摇试之，死矣。不得已鸣之官，官拘御者，以时昏暮，命地居人若里正守视。覆敝簦其上，俟明日检死者骸。

夜深，守视人倦剧，渐寝且酣。醉男子苏，弗知所自，独觉体寒甚，遂乃撤覆遁焉。守视人寤，求尸不得，惧且获罪，私念死者官检苟无伤，仅且具棺敛瘗埋，无他故也。旁近有新坟路侧，可盗取以代。因即掘土发棺，移尸而复其墓土如故。

明日，官检尸有伤数处。讯御者，不服，加以刑。醉男子忽至，谓："昨在车者，我也。顾且无恙，何以刑御者？"御者亦识之，谓果其人。官曰："此尸胡为者？"讯守视人，俱言盗取墓中状。问墓谁，佥曰："某氏夫墓。"呼至，是少艾妇。固疑有阴私，严鞫得实，果与奸人杀其夫。即前白衣在车者。狱具，与奸夫抵死罪，因释御者，并释盗墓者不问。御者为予言之如此。于乎！亦巧矣哉！或者谓有鬼神使之然。

张洲撰《天津御者》①

清·梁恭辰辑《北东园笔录》所收的一则异文，故事亦发生在京师，老者暴死车中的情节与《夜谭随录》之《尸异》有相似处，然其后引出的命案却不同。其中所写被扭曲的婚姻诱发的命案，不难窥见旧时的社会弊端，发人深省。

乾隆辛亥春，京师德胜门外一老人，雇车往南城，未至而死。御者赴官报验，日暮未及检，命里甲二人守之。更深冷甚，守者各觅火向暖，既归，尸乌有矣。惧罪，计无所出。有黠者曰："吾见僻处厝一棺，已被挖，可偷其尸代之。"遂往发焉。黑夜间不复审视，匆遽将尸覆置验所，明日官来检验，则女尸也，项有扼痕，共相骇愕。严鞫守者，迫于刑，遂吐实。亟拘尸主至，严讯之。盖西人某姓女，其父娶一后妇，妇本有夫，以贫故伪为兄妹而卖之以度生，某贪其色娶焉。前夫以亲故，时相往来。某业

---

① 见《清代笔记小说类编·案狱卷》。

贾,每出必竟日,或越夕不返,其前夫得以交好如初。久之,为女所窥。惧发其私,谋并污之。与女婉商不允,至夜强劫之,女号詈百端,妇计无所施。适其父以索逋赴通州,须十日方归,遂共扼杀以灭口。比某归,绐以暴病死,亦弗究也。至是鞫得其情,以二人抵罪。顾老人尸乌有也,遍索弗获,姑系车夫与里甲以待。忽一日有老人言于官曰:"前日所失之尸,即吾也。吾夙有痰疾,冷则发,发则如死。至中夜醒,见黑暗无人,意御者弃我而去耳。暗中寻路自返,孰意兴此大狱哉?"官出车夫及里甲验之,确,并释之,案乃结。噫!此天之不欲淫凶漏网,抑贞魂烈魄假手于人以自明其冤欤?

《北东园笔录》初编卷四《贞女明冤》

清·俞樾撰《右台仙馆笔记》卷十"易尸发奸",记述一人冬日醉酒发生意外,从而揭露一桩谋夫命案,与《续子不语》《夜谭随录》等书中的异文有相似之处。

有人于冬日饮酒,大醉归家,行至半途蹶然而倒。里长过而见之,以为死也,乃使其徒二人守之,而自入城闻于官。其夜大雪,守者甚寒,乃以芦席覆尸,而自就窔穴中宿。夜半醉者忽醒,即起归其家。守者回,失尸,惧为官所责。因念某家男子死甫数日,其瘗处相距不远,乃发而取之,负以归,仍覆以芦席而守之。明日官来验尸,醉者闻之,知其为己来也,诣官自陈,言:"实未死,昨偶醉卧耳。"官曰:"然则尸何来?"以问守者,守者不能隐,言其实。官验之,则尸发际有伤痕。因拘其妇至,问夫死状,则固与人有私而杀夫者也。乃论妇如律。

十七字诗型故事 大致写明际有人好作十七字诗。太守祈雨未应,其人乃作诗嘲讽。太守捕而见责,并命其再作诗,否则置重刑。其人吟道："作诗十七字，被责一十八。若上万言书，打杀。"或言太守以诽谤罪将其发配，母舅往送时以及至配所后，其人尚有吟咏。这一故事类型，初见于明·郎瑛撰《七修类稿》。

  正德间徽郡天旱，府守祈雨欠诚而神无感应。无赖子作十七字诗嘲之云："太守出祷雨，万民皆喜悦；昨夜推窗看，见月。"守知，令人捕至，责过十八，止曰："汝善作嘲诗耶？"其人不应。守以诗非己出，根追作者。又不应。守立曰："汝能再作十七字诗则怒之，否则罪置重刑。"无赖应声曰："作诗十七字，被责一十八；若上万言书，打杀。"守亦哂而逐之。此世之所少，无赖亦可谓勇也。

《七修类稿》卷四十九《十七字诗》

明·王圻纂集《稗史汇编》卷九十四《人事门·俳调下·十七字诗》，与《七修类稿》此则悉同。

明·冯梦龙编纂《古今谭概》文戏部第二十七《十七字诗》，情节有一定发展。

  正德间，有无赖子好作十七字诗，触目成咏。时天旱，府守祈雨未诚，神无感应。其人作诗嘲之曰："太守出祷雨，万民皆喜悦。昨夜推窗看，见月！"守知，令人捕至，曰："汝善作十七字诗耶？试再吟之，佳则释尔。"即以别号"西坡"命题。其人应声曰："古人号东坡，今人号西坡。若将两人较，差多！"守大怒，责之十八。其人又吟曰："作诗十七字，被责一十八。若上万言书，打杀！"守亦哂而逐之。一说：守坐以诽谤律，发配郧阳。其母舅送之，相持而泣。泣止，曰："吾又有诗矣：发配在郧阳，见舅如见娘。两人齐下泪，三行。"盖舅乃眇一目者也。

清·褚人获纂辑《坚瓠首集》卷三《十七字诗》，与此则悉同。近人憨斋士纂辑《笑林博记》卷一《十七字诗》，则仅取此则之前半部分，无"一说"部分。

清·独逸窝退士编《笑笑录》卷六《十七字诗》，文字略有简化，并且增加了至配所吟诗的情节。

> 有士子号西坡，善作十七字诗。值旱，求雨，赋诗曰："太守祈雨泽，万民多感德。昨夜推窗看，见月。"太守怒，使自嘲，应曰："古人号东坡，今人号西坡。若将两人比，差多。"后将发遣，其舅送之，舅眇一目，又赋诗曰："发配到云阳，见舅如见娘。两人齐下泪，三行。"既至配所，官喜其诗，令试为之，应声曰："环珮响丁当，夫人出后堂。金莲三寸小，横量。"

这一故事类型，现当代仍在辽宁、河北、北京、天津、山西、陕西、宁夏、青海、四川、湖北、河南、贵州、上海、浙江、江苏、福建、安徽等地汉族和个别少数民族聚居区流布，譬如《十七字诗》[①]、《书生戏知县》[②]、《一天换三四打》[③]、《黄十七》[④]、《穷秀才与三句半》[⑤]《书生与三句半》[⑥]《三句半》（回族）[⑦]《会说三句半诗的人》[⑧]、

---

① 见《中国民间文学集成·辽宁分卷·辽阳市文圣区资料本》。
② 见《中国民间文学集成·井陉民间文学集成》。
③ 见《北京民间故事》第4卷。
④ 见《天津民风》第4集。
⑤ 见《中国民间文学集成·山西卷·朔方民间故事集成》。
⑥ 见《中国民间文学集成·陕西卷·汉中民间故事集成》。
⑦ 见《中国民间故事集成·宁夏卷》。
⑧ 见《中国民间故事集成·青海卷》。

《吊脚诗》①、《三句半秀才遭充军》②、《十七字诗》③、《赞美"千金"》④、《老四爱说三句半》（仡佬族）⑤、《"三句半"的故事》⑥、《腐儒做诗》⑦、《狂生戏作十七字诗》⑧、《秦肖健十七字诗》⑨、《三句半诗》⑩。

雨中疑鬼型故事　大致写甲遇雨撑伞而行，乙往伞下避雨，久而不语，甲疑其为鬼。至桥上即挤其落入水中，急奔入某处，告以遇鬼。不久见一人淋漓而至，大呼被鬼挤入河中。二人相语，方知是一场误会。这一故事类型，初见于明·郎瑛撰《七修类稿》。

> 吾杭八字桥，相传多邪秽蛊于行客。东有浴肆，夜半即有汤。一人独行遇雨。蓦有避雨伞下者。其人意此必鬼也，至桥上，排之于水，乃急走。见浴肆有灯，入避之。顷一人淋漓而至，且喘曰："带伞鬼挤我于河中，几为溺死矣。"两人相语，则皆误矣。

《七修类稿》卷四十四《相疑为鬼》

明·叶权撰《贤博编》"相疑为鬼"，亦发生在杭州，与此则相似，而又有所不同。

---

① 见《中国民间文学集成·宜宾地区民间故事卷》。
② 见《中国民间故事集成·重庆市九龙坡区卷》。
③ 见《中国民间故事集成·湖北卷》。
④ 见《中国民间文学集成·淅川县卷》。
⑤ 见《（贵州）民间文学资料》第49集。
⑥ 见《中国民间文学集成·上海卷·徐汇区故事分卷》。
⑦ 见《浙江民间文学集成·武义县故事、歌谣、谚语卷》。
⑧ 见《中国民间文学集成江苏卷·常州民间故事集》。
⑨ 见《中国民间故事集成·福建卷·漳浦县分卷》。
⑩ 见《中国民间故事集成安徽卷·泗州民间故事》。

> 杭按察司各道，前沙河之北，今为大道。旧时沿路皆土墙，无门面，非正道，迫夜人迹稀少，素称有鬼。清明时，天濛濛雨，一人张伞独行，俄一人来趁伞同行。少顷，两人互相疑，有伞者捽趁伞者河中，走；河中之人起，亦走。归，各以为遇鬼，骇且病。他日愈，会浴所。或问趁伞者曰："何久不见也？"则以清明河边之事对。有伞者旁听，事正协，遂相语大笑，释其疑。
>
> 《贤博编》"相疑为鬼"

明·佚名撰《续笑林》"雨中疑鬼"，与上一则情节近似，描写略有不同。

> 有赴饮夜归者，值大雨，持盖自蔽，见一人立檐下溜，即投伞下同行。久之，不语，疑为鬼也，以足撩之，偶不相值，愈益恐，因奋力挤之桥下而趋；值炊糕者晨起，亟奔入其门，告以遇鬼。俄顷，复见一人，遍体沾湿，踉跄而至，号呼有鬼，亦投其家。二人相视愕然，不觉大笑。

明·冯梦龙编纂《古今谭概》谬误部第五《鬼误》"疑鬼"，出《续笑林》，与此则悉同。

这一故事类型，现当代仍在江苏等地流布，譬如《张大胆和赵不怕》①。

三笑事型故事 大致写明嘉靖间有为人接生的稳婆生子于产家，医生急病死于病家，捕官被强盗所劫，称盗为爷爷。有人作诗嘲讽："稳婆生子收生处，医士医人死病家；更有一般堪笑者，捕官被盗叫爷

---

① 见《常州民间故事集》。

爷。"这一故事类型，初见于明·郎瑛撰《七修类稿》。

嘉靖庚子，杭有稳婆，为人收生，反生子于产家。而医人因急症死于病家者。又有蔡仓官权巡捕，而为强盗劫掠，一时畏盗，口称爷爷。好事者作一绝曰："稳婆生子收生处，医士医人死病家；更有一般堪笑者，捕官被盗叫爷爷。"

《七修类稿》卷五十《三笑事》

清·褚人获纂辑《坚瓠二集》卷一《三笑事》，出《七修类稿》而略有增补。

嘉靖庚子，杭有稳婆为人收生，反生子于产家。而医人因急症死于病家者。又有蔡仓官权巡捕而为强盗劫掠，一时畏盗，口称"爷爷"。盗以其平昔颇作威福，而故击之。好事者作一绝曰："稳婆生子收生处，医士医人死病家，更有一桩堪笑事，捕官被盗叫爷爷。"

清·小石道人辑《嘻谈初录》卷上《三笑事》与清·程世爵撰《笑林广记·三笑事》，均仅保留一首绝句。近人李警众编《嚼舌录》卷十"三笑事"与《七修类稿》相同，仅个别字句略有变化。

一字笑话型故事　大致写某人善滑稽，皇上（或众人，下同）令其说一字笑话。其人领众（或一）瞎子至桥（或池）边，呼："拜（或跪）！"瞎子堕水，皇上不觉大笑。这一故事类型，初见于明代中叶都穆撰《都公谈纂》（或称《谈纂》）。

陈君佐，扬州士人，善滑稽，太祖爱之。尝令说一字笑话，请俟一日，上许之。君佐出，寻瞽人善词话者十数人，诈传上命。明日诸瞽毕集，背负琵琶，君佐引之见上。至金水桥，大喝曰："拜！"诸瞽仓皇下跪，多堕水者，上不觉大笑。

《都公谈纂·一字笑话》①

清·独逸窝退士编《笑笑录》卷三《一字笑话》，出《都公谈纂》，与此则悉同。

清光绪八年（1882）刊刻的小石道人辑《嘻谈录》中的一则异文，情节较曲折，多有变化：

一人善说笑话，众人有意难之曰："你能说一字笑话不能？如能说，使我们笑，情愿输戏酒二桌。如不能说，说而不取笑，要照样认罚。"其人曰："能。然必须依我调度方可。"众曰："听从尊便。"其人曰："要择日先设戏酒于文昌宫，戏台前挖一池。是日，我后至，我自有说一字笑话之法。"众许之。至日，如所许属，先设戏酒，齐集以待。其人在家，与一瞎子商之曰："我欲带你到文昌宫听戏吃酒，你愿意否？"瞎子欣然愿往。其人曰："你要到了文昌宫，必须先在神前行礼，然后入座吃酒听戏。一切礼节，均要听我吩咐。"瞎子无不乐从。是日，即带瞎子来至文昌宫，叫他在池边站立。其人对众人曰："列位请听我一字笑话。"众皆倾耳静听。其人曰："跪。"瞎子一跪，扑冬跌在池内，众皆哄堂大笑。其人曰："我这一字笑话如何？"连忙扯起瞎子，同享酒戏。

《嘻谈初录》卷下《一字笑话》

---

① 转引自清·独逸窝退士编《笑笑录》卷一。

光绪二十五年（1899）刊刻的程世爵撰《笑林广记·一字笑话》抄自《嘻谈录》，文字相同。

这一故事类型，现当代仍在浙江、云南等地流传，譬如《跪》①、《瞎子拜年》（纳西族）②。

辘角庄型故事　大致写南诏王蒙阁逻凤女欲为公主择配，公主提出倒坐牛背，任牛行走，走入谁家即嫁谁人。其父勉强同意，公主竟嫁与一樵夫。南诏王大怒，与女断绝往来。公主要宴请父王，父王故意刁难，提出建金桥银路方可应允。樵夫从打柴的地方运回大量金子，建成金桥银路迎请父王。父王惊叹是天婚，将其地命名为"辘角庄"，意为牛入窄巷，牛角如辘辘转动。这一故事类型，见于清康熙中陈梦雷等原辑、雍正间蒋廷锡等重辑《古今图书集成》。

> 辘角庄，大理府城南二十里。南诏蒙阁逻凤有女，欲为择配。女曰："择配，非天婚也。我欲倒坐牛背，任牛所之，不问贫富贵贱，牛入之家，则嫁之。"凤勉从其请。至一委巷，牛侧其角而入。见一老媪，问媪有子否。曰："有一子，往樵矣。"女即拜媪为姑，嫁其子，令报凤。凤大怒，绝女。
>
> 一日，婿问女曰："首饰是何物所制？"女曰："金也。"婿曰："吾樵处是物甚多。"顷之，载归，果金也。女遂恳请宴凤，凤使人难之，曰："汝能作金桥银路，吾当来汝。"女遂作以迎凤。凤叹曰："信天婚也！"遂名其地曰"辘角庄"，言牛入隘巷，角如辘辘转也。

《南诏野史》卷下《辘角庄》

---

① 见《徐文长故事》。
② 见《纳西族文学史》。

这一故事类型，现当代仍在云南等地流布，譬如《辘角庄》（白族）①。

假假真真型故事 大致写有人竖草人于鱼池中，恐吓小鸟。鸟渐知非真人后，常来啄食，毫无畏惧。其人乃自扮草人立池中，随手捉鸟，笑道："今日可撞着真的了。"这一故事类型，初见于明·耿定向撰《权子》。

> 人有鱼池，苦群鹒窃啄食之，乃束草为人，披蓑戴笠持竿，植之池中以摄之。群鹒初回翔不敢即下，已渐审视，下啄，久之，时飞止笠上，恬不为惊。人有见者，窃去刍人，自披蓑戴笠而立池中，鹒仍下啄飞止如故，人随手执其足，鹒不能脱，奋翼声假假，人曰："先故假，今亦假耶？"
>
> 《权子·假人》

近人憨斋主纂辑《笑林博记》卷六《假人》，与此则悉同。

明·乐天大笑生辑《解愠编》卷九《假假真真》，由《权子》改写，文字多有变化，较为通俗。

> 有开池蓄鱼者，患鸟窃食，乃束像人形，戴笠披蓑，置池中，恐吓之。鸟玩狎，知非真人，每衔鱼，立笠顶，食饱飞去，作声曰："假，假，假。"主人无奈何，乃撤去草人，自着蓑笠，伺立池中。鸟玩为草人，取鱼如故。主人引手擒之，大笑曰："汝每日道假假假。今日却撞着真的了。"

明·冯梦龙辑《广笑府》卷九《假假真真》，与此则悉同。

---

① 见《白族民间故事传说集》。

这一故事类型，现当代仍有流布，譬如《假假真真》①。

八王四鬼型故事 大致写某使（或某国王）出"琵琶琴瑟八大王一般头脑"求对，某人对云："魑魅魍魉四小鬼各自肚肠"，令其骇服。这一故事类型，初见于明·张谊撰《宦游纪闻》②。

  安南国遣使来献，朝命程篁墩父程某作馆伴。使出一对求对："琵琶琴瑟八大王一般头脑。"程命其子篁墩先生敏政对，时年才数龄，对云："魑魅魍魉四小鬼各样肚肠。"使惊异，自是朝贡不绝矣。

《宦游纪闻·对惊》

清·赵翼撰《檐曝杂记》卷五"八大王四小鬼"出《宦游纪闻》，文字有所压缩。

明·冯梦龙编纂《古今谭概》谈资部第二十九《唐状元对》，故事主人公由程篁墩变为唐皋，情节亦略有变化，由某国使者来朝变为出使某国。

  唐皋以翰林使朝鲜。其主出对曰："琴瑟琵琶，八大王一般头面。"皋即应对曰："魑魅魍魉，四小鬼各自肚肠。"主大骇服。

清·褚人获纂辑《坚瓠五集》卷四《唐守之对》与此则几乎相同。
清·钱德苍重订《增订解人颐广集》"八王四鬼"系据此则压缩而成。
这一故事类型，现当代仍在湖南、湖北、四川、宁夏等地汉族和

---

① 见《民间笑话大观》。
② 见《说郛续》卷十五（《说郛三种》第九册）。

个别少数民族地区流布,譬如《出使番邦》①、《钟馗来也》②、《斗对联》③、《合手擒拿》(土家族)④、《对联》⑤。

袋中奸夫型故事 大致写一妇人正与奸夫在房中私通,其夫突归,妇人忙将奸夫装入袋内,悬于床侧(或立于门后)。夫问是何物,妻不能答,奸夫乃应道:"米。"这一故事类型,初见于明·陆灼撰《艾子后语》。

燕里季之妻美而荡,私其邻少年。季闻而思袭之。一旦,伏而觇焉,见少年入室而门扃矣,因起叩门。妻惊曰:"吾夫也,奈何?"少年顾问:"有牖乎?"妻曰:"此无牖。""有窦乎?"妻曰:"此无窦。""然则安出?"妻目壁间布囊曰:"是足矣。"少年乃入囊,悬之床侧,曰:"问及则绐以米也。"启门内季,季遍室中求之,不得,徐至床侧,其囊累然而见,举之甚重,诘其妻曰:"是何物?"妻惧甚,嗫嚅久之,不能答。而季厉声呵问不已,少年恐事露,不觉于囊中应曰:"吾乃米也。"季因扑杀之,及其妻。艾子闻而笑曰:"昔石言于晋,今米言于燕乎!"

《艾子后语·米言》

明·谢肇淛撰《五杂俎》卷四"米言",近人杨汝泉编纂《滑稽故事类编》第八编《米言》,均出《艾子后语》,悉同。

明·赵南星撰《笑赞》中的一则异文,据《艾子后语·米言》改

---

① 见《机智人物故事大观》。
② 见《酒楼断案》。
③ 见《湖北民间故事传说集·襄樊地区专集》。
④ 见《土家族民间故事》。
⑤ 见《中国民间故事集成·宁夏卷资料丛书·中宁民间故事》。

写而成，简约明快。

　　一妇人与人私通，正在房内，丈夫从外来，妇人将其人装入布袋内，立于门后。丈夫问道："布袋内是甚东西？"妇人着忙，不能对答，其人曰："米。"

《笑赞》"米"

清·游戏主人辑《笑林广记》卷五《米》，与此则相同。
　　明·冯梦龙辑《笑府》中的一则异文，据《艾子后语·米言》改写，然而文字却与《笑赞》殊为不同。

　　一少年，私邻家之妇，闻叩门声，知夫归，迫甚，妇议以布囊盛之，悬于床侧，夫问及，则绐以米。议定，启门纳夫。夫见囊觉其有异，问是何物，妻惶惧不即对。夫厉声再问，少年不觉于囊中应曰："米。"

《笑府》卷十一谬误部《米》

明·冯梦龙辑《广笑府》卷十《米》，与此则相同。
　　清·石成金撰《笑得好》中的一则异文，则由《艾子后语·米言》敷演而成，情节有所扩展，文字更为通俗，由笑话变化为一则讽刺故事。

　　有人行奸，不意亲夫忽然回家，敲门甚急。其人惊慌无措，妇令躲于门后，将一布袋连头套起，躲藏好了才去开门。问夫曰："你回家，适值我小便也，等我起来才好开门，你因何这样着急？你原说今夜不回家的，因何又回家呢？"其夫战栗曰："我今晚几乎自丧了一条性命，因与一妇人行奸，谁想他的亲夫一时间回家，我惊得无处藏身，没奈何躲入他厨房柴堆里。哪晓得那个人关门的时候，又点灯遍处照看，我见他的灯到厨房里来，我甚惊慌，身子就发起战来，那人看见柴草动摇，晓得有人。就拿了一把刀来杀我，那时我着了急就飞走出来，用力将他推倒，我才得脱身飞跑出门，不是这等侥幸，已经被他杀了。至今魂不在身上，你说可不怕死人么？"妻曰："怪道你这等惊慌，也都是你自讨的苦吃。"其人见妻抢驳，就去照着拴门，因见门后有物，指问妻曰："这是一堆什么东西？"妻见问及，惊不能答。只见布袋乱摇，袋内战兢兢地答曰："这是一袋米呀。"夫曰："米哪里会说话的，这分明是个人了。你到我房里来作甚的？"这人又在袋里战兢兢地说道："你既然在别人家里做得柴，难道我在你家里就做不得米？"

《笑得好》初集《装做米》

这一故事类型，现当代仍然在山西等地流布，譬如《是米》①。

这一故事类型，相当于丁乃通编著《中国民间故事类型索引》1419F*。

吾冻汝儿型故事 大致写一人见其子被祖父（或祖母，下同）裸体罚跪于雪中，乃脱衣跪其旁。父问何故如此？其人道："你冻我儿，我冻你儿。"这一故事类型，初见于明·陆灼撰《艾子后语》。

艾子有孙，年十许，慵劣不学，每加榎楚而不悛。其子仅有是儿，恒恐儿之不胜杖而死也，责必涕泣以请。艾子怒曰："吾为若教子不善邪？"杖之愈峻。其子无如之何。一旦，雪作，孙抟雪而嬉，艾子见之，褫其衣，使跪雪中，寒战之色可掬。其子不复敢言，亦脱其衣跪其旁。艾子惊问曰："汝儿有罪，应受此

---

① 见《中国民间故事集成·山西卷》。

罚，汝何与焉？"其子泣曰："汝冻吾儿，吾亦冻汝儿。"艾子笑而释之。

《艾子后语·孙儿》

近人杨汝泉编纂《滑稽故事类编》第七编《冻儿谲谏》，出《艾子后语》，与此相同，仅个别字有出入。

明·乐天大笑生纂集《解愠编》卷九《自冻悟亲》，情节较简略，人物亦有所变化。

党太尉罢衙，见其子裸体缚跪雪中，问之，知其得罪太夫人，因被缚焉。太尉自裸体，命左右缚于儿之旁。母夫人问："何故如此？"太尉笑曰："你冻我儿，我冻你儿。"

明·冯梦龙辑《广笑府》卷九《自冻谲谏》，与此则悉同。

清·游戏主人纂辑《笑林广记》中的一则异文，情节多有变化。

祖付孙钱二文，买酱油、醋。孙去而复回，问曰："哪个钱买酱油？哪个钱买醋？"祖曰："一个钱酱油，一个钱醋。随分买，何消问得？"去移时，又复转问曰："哪个碗盛酱油？哪个碗盛醋？"祖怒其痴呆，责之。适子进门，问以何故。祖告之，子遂自去其帽，揪发乱打。父曰："你敢是疯了？"子曰："我不疯，你打得我的儿子，我难道打不得你的儿子？"

《笑林广记》卷五《买酱醋》

这一故事类型，现当代仍在甘肃、安徽、广东、山西等地流布，譬如《打孙子》①《罚站》②《冻死你儿子》③《我不能打你的儿子吗?》④《打儿子》⑤。

这一故事类型，相当于丁乃通编著《中国民间故事类型索引》1215*。

救产妇型故事　大致写某名医闻一产妇刚死（或见新死产妇棺逢渗血），问明详情后当即以针刺或其他方法，使产妇复生，母子得救。这一故事类型最早见诸明·杨仪撰《高坡异纂》卷下"针救产妇"。

> 凌汉章……尝至常熟，偶寓东海汤礼家。早起，闻其邻徐叔元家哭甚哀。往问之，乃其子妇以产难死。叔元以为不祥，将舁出付火葬。汉章急止之，命其夫发棺，揣胸微温，出针下数穴。良久，子下，妇得生。

清康熙中叶·褚人获纂辑《坚瓠集》中引自《挑灯集异》的一则异文，故事主人公仍是明代的凌汉章，然而故事情节却有变化。

> 《挑灯集异》。万历中，湖州凌汉章精于针灸，一日见一妪溪边沥米，出涕滂沱。凌问故，妪曰："媳难产死，将炊饭作倒头祭耳。"凌曰："曾产否?"妪曰："未也。"又问"气绝许久?"妪曰："未也。"凌令妪引至其家，视之，见死者胸尚未寒，凌乃取针于其胸中针之。针始入，胎即下，妇亦复苏。妪请其故，凌曰："此子以手捧母心，故不下，所以死耳。今针其手，手痛释

---

① 见《中国民间故事集成·甘肃卷》。
② 见《中国民间故事集成·安徽卷·怀宁县民间故事集》。
③ 见《中国民间故事集成·安徽卷》。
④ 见《中国民间故事集成·广东卷》。
⑤ 见《山西民间故事大系·晋中卷》。

放,子命虽伤,母命得生矣。"妪叩谢。

《坚瓠余集》卷二《针产死妇》

明·陆辑编纂《古今说海》卷一二六说纂部引宋·赵潽撰《养疴漫笔》"新昌产妇",写名医陆某用大剂量的红花汤救活濒死产妇,亦颇动人。

新昌徐氏妇病产,有名医陆某在二百里外,舆致之,及门妇已死,但胸膈间犹微热。陆入诊之,良久曰:"此血闷也,得红花数十斤则可活。"主人亟购如数。陆乃为大锅煮之,候汤沸,遂以三木桶盛汤,于中取窗格藉妇人寝其上。汤气微,复进之。有顷,妇人指动,半日遂苏。

清代有关这一故事类型的记载更多。道光间成书的吴芗厈撰《客窗闲话》录写的一则异文,故事主人公为一个通晓医术的叫化。

(齐叫化)又与同丐游于村落,见殡者四人,擎一白木棺,血涔涔下。齐熟视之,呼曰:"若奈何杀活人于棺中耶?既露我等目,当为复仇!"挥丐群围之,棺不得行。擎者曰:"毋得卤莽!死者为子妇,因难产,胎攻上心,亡已周日矣!"齐曰:"必启棺与我观之!"擎者怒。正喧争间,有识者曰:"此齐叫化,良医也!汝盍启棺,伊必为说。"擎者大悦,以棺回家,出其尸致室中。齐以针刺心下,唤众出曰:"速命妇女伺之,将产矣!"众退,妪入,哇然一声,子产而妇醒。齐大笑,不索一钱,掉臂竟去。

《客窗闲话》初集卷二《齐叫化》"救产妇"

道光后期成书的许秋垞撰《闻见异辞》录写的一则异文，故事主人公为清代名医叶天士。

　　姑苏叶天士有神医之目。一日轿过某门，闻哭声甚哀，询之居人，知有孕妇甫死，犹未盖棺也。叶闻然入，将尸身谛视一过，告其家人云："人固未死也。"遂以一针向胸刺入，妇渐苏醒，腹中儿亦随下。人诘其故，答曰："此乃抱心生也，针着孩手，因痛而手松，胎始得下。"谢以白金，不受，但索棺盖去作幌子，人遂知叶有回生之术。余谓杏林生意，与莲座慈悲一样济世也。天士神医之声名，从此不朽。

《闻见异辞》卷二《吴郡神医》

光绪间成书的陆长春撰《香饮楼宾谈》与吴趼人撰《趼廛笔记》①各收的一则异文，故事主人公又有变化，前者为吴门薛白征，后者为上海乔镇。

　　吴门薛生白征君雪神于医，治疾屡著奇效。尝遇数人异新棺出城，棺缝中血水淋漉，其色甚鲜。薛曰："止，若等异活人奚往耶？"异者曰："此某家产妇，死已越宿，奚言活也？"薛固争其不死，哄动一市。适县令至，询得其故。令素重薛名，曰："君能起死人而肉白骨，诚善，万一不能活，开棺之罪，将谁承之？"薛因素纸笔书自甘承罪状，遣告丧家，其夫亦至，乃发棺视之。薛曰："此儿抱母心故晕绝，一针可活。"以长针刺其心窝，妇大呼一声，儿已下，而妇亦渐苏，视儿手则针眼存焉。令连称神医而去。越日，夫具礼踵门谢，薛笑而却之。

《香饮楼宾谈》卷一《神医》

---

① 引自《我佛山人短篇小说集》，花城出版社1984年版。

  乔镇，字孟安，上海庠生，以医名，偶步郭外，见殡者，有血自棺缝中流出，询知为贫民妇，产三日不下而毙者。问殁几时矣？曰："未终日。"曰："可活也。"就树下剖其棺，因艾灸其脐，儿骤产，呱呱而啼，验之，男也；灌妇以药，旋苏。时人神之。乔以医药世其家，居邑城绣鞋桥西，制药济人，无不治者。人号所居为药局弄，药局弄，今犹存也。事载乔重禧《柿泽堂文集》甚详，兹仅撮其略耳。

《跰躔笔记·神医》

  近人藕香室主人编《希奇古怪不可说》中收录的一则异文，故事主人公为江南俞嘉言。

  常熟北门外，多败屋，为停柩之所。名医俞嘉言尝过其地，见一棺似新厝者，棺底流血甚鲜，大惊。问之邻人，则曰："顷某妇死，厝棺于此。"俞亟命觅其夫，语之曰："汝妇实未死。凡人死者血黯，生者血鲜。今汝妇棺底流下之血，其血甚鲜，可启棺速救也。"其夫闻言，遂启棺诊妇脉，果未绝，乃于胸间针之。针未起，忽呱呱作声产一儿。盖妇实以临产昏迷一日夜，夫以为死，故殡也。至是儿产而妇亦起，其夫感俞不置。

《希奇古怪不可说·死妇产儿》

  近人辜鸿铭等撰《清代野史》① 中的一则异文，与此则内容相同，文字多有出入。

  北门外多败屋，居民多停棺其中。嘉言偶见一棺似新厝者，

---

① 《清代野史》，巴蜀书社 1998 年版。

而底缝中流血若滴。惊问旁邻，则曰："顷某邻妇死，厝棺于此。"嘉言急觅其人，为语之曰："汝妇未死！凡人死者血黝，生者自鲜。吾见汝妇棺底血流甚鲜，可启棺速救也。"盖妇实以临产错迷一日夜，夫以为死，故殡焉。闻此言，遂启棺，诊妇之脉，未绝于心。胸间针之，针未起而下已呱呱作声，儿产，妇亦起矣。夫乃负妇抱儿而归。

《清代野史·牧斋遗事》"救产妇"

这一故事类型，现当代仍在上海、福建、河南、陕西、甘肃、河北、江西、海南、青海、山西等地的汉族和个别少数民族聚居区流布，譬如《棺材里夺命》①、《半仙叶天士》②、《一针救两命，甘草毒死人》③、《孙思邈起死回生》④、《起死回生》⑤、《庞医官辨血救死人》⑥、《神医刘守真》⑦、《尸棺救人》⑧、《郑明医起死回生》⑨、《起死回生的医生》（蒙古族）⑩、《救活棺中人》⑪。

沉尸讹人型故事　大致写一老妪见其独子溺水身亡，痛不欲生。某讼师深为同情，乃制造其子被击（或撞）落水毙命的假象，让木行老板出资置棺埋葬，并负担老妪赡养费。这一故事类型，初见于明·叶权

---

① 见《中国民间文学集成·上海卷·黄浦区故事分卷》。
② 见《中国民间文学集成·上海卷·虹口区故事分卷》。
③ 见《中国民间故事集成·福建卷》。
④ 见《河南民间文学集成·南阳民间故事》。
⑤ 见《中国民间故事集成·陕西卷》。
⑥ 见《中国民间故事集成·甘肃卷》。
⑦ 见《中国民间故事集成·河北卷》。
⑧ 见《中国民间故事集成·江西卷》。
⑨ 见《中国民间故事集成·海南卷》。
⑩ 见《中国民间故事集成·青海卷》。
⑪ 见《山西民间故事大系·晋北卷》。

撰《贤博编》，故事发生在江苏。

常州一士夫之兄极恶，岁暮谓群仆曰："可寻事来，为过年费。"仆四出无所得。卒至郊，有葬者，棺材而无持服之人，疑有故。夜发之，乃一少妇，衣饰如生，当是大家妾暴死者。群仆舁至小船中，设四盒，缚一鹅于上，若访亲者。薄暮，遇货船，故撞之，倾尸于河，鹅扑扑飞水面。大呼大船撞覆小船，吾娘子溺水。因缚商捞尸，延明日始得，果一妇人死矣。商大窘，愿悉货赎罪，并船户所有尽掳之。商仓猝竟不知妇人实已死者也。其人后为巡按访察，缘弟宦免，至今买冠带，驾楼船，出入鼓吹，虎视乡里。

《贤博编》"死尸讹人"

近人襟亚撰《中国恶讼师》所收的一则异文，故事亦发生在江苏，情节更为曲折。

（谢）方樽一日清晨驾扁舟将诣郡下，忽值一渔舟停泊芦苇丛中，哭声凄楚悱恻，不忍卒听。异而探之，见死者一童子年十五六，旁一妪坐哭甚哀，年已花甲外。方樽询之，妪随哭随述，称已年六十八，所依一孙名阿三，年十六，操水上生涯，捕鱼为业。今孙忽堕水死，使老身失所依。尸犹未殓，悲何如之计。惟从孙死，葬身鱼腹耳。言讫，泪如缲下。方樽哀之，感叹不已。舟子劝方樽略施以钱，俾老妪得以殓孙，则死生共德。方樽莞尔曰："我岂无此心，特非根本之策耳。死者既殓，固可已矣。然生者老妪将谁依附？"舟子默然。

方樽筹思有顷，忽跃然起曰："计得之矣！"因呼妪止啼，而告之曰："死者已矣，悲亦无益。汝无以殓，我可助汝。"妪感激无地跪船唇。谢方樽曰："毋然，汝须从我计行，速以尸首畀我，异入我舟,我将诣郡下量尸之长短,配棺之大小。"妪骁无以应,舟子亦为诧异,曰:"某自生此两耳,未闻异尸配棺者。"方樽作冷笑曰:"孺子焉知,某自有策。"语妪曰:"从则以,不从我将去。"妪未及答,舟子怂恿妪曰:"彼既有策,从之可已。"妪因与舟子合力异尸入方樽舟。

方樽命妪舟后随,扬帆如郡中。离郡十里,先命妪舟停泊野岸,已舟入郡傍东汇泊,东汇西汇为苏郡两大木行,赫赫有名。主人某富甲一郡,行浮水中之木如山积,资本在万金以上。方樽既泊舟,俟黄昏时分,命舟子将尸置浮木下,然后耳授舟子以计。舟子始谕方樽意。方樽登岸,不复归舟。

舟子俟黄昏将阑,以舟中炉灶置木排(即水面浮木)上炊饭。行中人见状,恐不慎火或燎原,责舟子。舟子若不闻,炊如故。行中人怒,厉声斥舟子。舟子亦怒,痛骂行中人。行中某伙不能忍,即举篙击舟子。舟子碎炉灶掷伙。群伙不平,蜂拥上前殴舟子作一团。黑暗中,舟子但呼阿三救命。呼久,久无应者,伙殴亦寻止。视舟子忽不见,急举火烛之,见一舟子半身坠水中,气咻咻然。伙起之,卧浮木上,恐其入水,呼保甲来,告之使守。

少选,方樽忽来,见状大诧。舟子述前事,且泣曰:"我与阿三二人,为彼伙数十奉棒交下,几死于此。"方樽骇问曰:"然则阿三何往?"舟子声言未知。方樽大索不得,遂起与行中人为难。行中各伙初犹哓哓置辩。方樽曰:"即舟子不是,亦不应群击于暗中,堕水将何如?今阿三又不知何往,务请查出。"伙无以应,瞠目结舌。

方樽命招主人来。移时主人已悉其事,至行中,谢即以阿三走失,伙友夜殴事告之。主人责伙,使保甲遍觅阿三不得,张烛四照,浮木下得一尸。方樽一见即面作惊惶状曰:"噫,此舟子阿三也!"叹息不止。人抚其额已冰,不可治。被殴之舟子亦闻声起视,痛哭失声曰:"阿三奈何死矣,彼老母仅此一雏,如今将谁依附？"主人失色，计无所出。方樽曰："兹事体大，非明日告县令不可！"主人惧，百辞言和。方樽作色曰："和岂易言。若欲不经官吏，须依我要求。"主人请言其目。方樽曰："条件有三，一赡养苦主之老母，二殓尸务尽礼，三畀我千金为寿。"主人允诺，靳资至六百金。方樽首肯，当夕即命舟子招阿三之母至，厚棺盛服以殓，既毕，方樽袖六百金去，留老妪赡养于主人终身焉。

《中国恶讼师·沉尸》

这一故事类型，现当代仍在江苏、浙江等地流布，譬如《一举三得》①《死丐复仇》②。

真假新娘型故事 大致写某氏完婚之日，从彩轿中走出一般模样的两个新娘，难辨真假，只好同时拜堂。其后经过一番周折与磨难，假新娘终于暴露妖物面目，新人夫妇方得团聚。这一故事类型，最早见诸明·王圻纂集《稗史汇编》卷一七四《志异门·邪魅类·小姑二身》。此则仅有前半部分二新娘出轿，而无后半部妖怪现出原形，为这一故事类型之早期形态。

<blockquote>
戊戌秋，有从江右来者，谓杨子曰："南浦男子张某迎妇李小姑，至中途樟树下少憩。俄而起异夫觉舆倍重，相与自讶之。比抵家，二女自舆中同出，音容装饰两小姑也。举家大骇，里人观者盈门。

二女互相诟，彼指此为妖，此指彼为妖。小姑父母来亦不能辨。其母曰："我女臂膊有黑痣。"解衣验之，彼此皆有。闻之公
</blockquote>

---

① 见《苏州民间故事》。
② 见《徐文长故事》。

第十二章 明代时期的民间故事类型

庭，即逮至，隔讯之，各辩说如出一口。或谓此乃野兽之妖，须用狗汁厌之。或谓张天师符能驱怪物。用此二术终不能输服。天地间有事异若此乎！

清乾隆后期成书的两部笔记小说——袁枚撰《子不语》与乐钧撰《耳食录》各收有此故事类型的一则异文，均包含前、后两个部分，故事情节完整，描写亦颇为生动，属于成熟期的作品。

雍正间，内城某为子娶媳。女家亦巨族，住沙河门外。新娘登轿后，骑从簇拥。过一古墓，有飙风从冢间出，绕花轿者数次，飞沙眯目，行人皆辟易，移时方定。顷之，至婿家，轿停大厅上。嫔者揭帘，扶新娘出。不料轿中复有一新娘，掀帏自出，与先出者前肩立。众惊视之，衣妆彩色无一异者，莫辨真伪。扶入内室，翁姑相顾而骇。无可奈何，且行夫妇之礼。凡参天祭祖，谒见诸亲，俱令新郎中立，两新人左右之。

新郎私念娶一得双，大喜过望。夜阑，携两美同床。仆妇侍女辈各归寝室。翁姑亦就枕。忽闻新妇房中惨叫，披衣起。童仆妇女辈排闼入，则血淋漓满地，新郎跌卧床外。床上一新娘仰卧血泊中，其一不知何往。张灯四照，梁上栖一大鸟，色灰黑，而钩喙巨爪如雪。众喧呼奋击，短兵不及。方议取弓矢长矛，鸟鼓翅作磔磔声，目光如青磷，夺门飞去。

新郎昏晕在地，云："并坐移时，正思解衣就枕，忽左边妇举袖一挥，两目睛被抉去矣，痛剧而绝。不知若何化鸟也。"再询新妇，云："郎叫绝时，儿惊问所以，渠已作怪鸟来啄儿目，儿亦顿时昏绝。"后疗治数月，俱无恙。伉俪甚笃，而两盲比目可悲也。——正黄旗张君广基，为予述之如此。

《子不语》卷二《罗刹鸟》

> 郭氏子，聘钱氏女。亲迎之日，鱼轩至门，得二女自轩中出，声音、笑貌、服饰无纤毫差异，彼此互相争辩。
>
> 其家惊怪，亟召其母家。既至，二女皆泣，就母怀与兄弟通款，皆曰："请除妖妄。"母家亦竟莫能辨。因令各诉母家事，纤悉皆知。其母曰："吾女左足跟有小黑点。"就验，则皆有之。复各验左臂红印，印亦宛然。以至手足箕斗，无不符契。或私谓曰："是妖怪所为，形声之间何难尽肖？彼必为淫媚而来。若于床笫间试之，则或庄或谑、或淫或贞，真伪立见矣。"郭氏子挟二女就寝，观其所为，亦竟莫能辨。
>
> 试验之法殆穷，母忽心设一策，命立机于地，约曰："能超过者，为吾女；不能者，杀之。"因掣剑以俟。一女惶惑无策，涕泣自陈。一女闻言，即跃而过，因前砍之，应手而灭。盖深闺弱女，步履艰难，安能跃机而过哉？其跃者之非女明矣。此妖不及思，而为人所卖也。
>
> 《耳食录》卷二《钱氏女》

以上所引之两则异文，采录的时间相差无几，前半部分虽然相似，后半部分却有不同的结局，一则的团聚带有悲凉色彩，另一则以智除妖，颇为美满。

清光绪年间成书的陆长春撰《香饮楼宾谈》采录的一则异文，后半部分与前面两则更为不同，变为假新娘的乃是并无恶意的螺精，一月缘尽，主动离去。

> 江西宜春县某家，为子娶妇。花轿在途中，舁夫见道旁有一巨螺，念截其尾，可作海螺吹。缚置轿后。俄觉轿重于前，舁者俱喘息汗下。既至家，索螺已杳。以为仍遗于途，未之怪也。
>
> 堂上笙箫并举，将行交拜礼。举帷扶新人出，则轿中亭亭有二美焉。举室惶骇，不敢成礼。询舁夫，讳拾螺事。云："途中

但觉轿重,不知所自来。"视容貌衣履,两人者无少异。乃奔告女家,邀女父母来辨真赝。既至,两女争牵裾诉其事,啼亦啼,笑亦笑,声音宛然,父母不能辨。叩以家中琐事及女生月日,俱一一具答,无不吻合。因令各居一室,潜察其异,数日无所得。

翁控于真人府,真人曰:"此物与汝子有缘,但归成礼。一月当自去,无俟驱除尔。"翁恐伤自子,坚求不已。真人固言无害,乃归为其子合卺,以东西二室作洞房,新郎轮宿其间,相得甚欢。

既逾月,子恋其双美,唯恐有所失,而两女固依然无恙。翁窃讶真人之言不验,顾无所扰,亦安之。又阅月,子宿于东室,女忽潸然曰:"与君缘尽,请从此逝矣!"问何所往,曰:"姑弗问,我与西室女孰美?"子谛视良久,曰:"卿似过之。"女曰:"我与君本有宿缘,自惭形丑,恐不能得君欢,知西室女为君配,潜往觇之。至其家,见此女对镜理妆,爱其姝丽,学三年始成。今不见绌,吾无恨矣。"言讫遂杳。始知居西室者为真女。而真人所谓一月者,乃一月枕席缘也。复问女在轿中,见其若何而入?女云:"似有人偎坐其旁,而轿不见窄。时既昏黑,且红巾障面,故无所睹。"既而舁夫以拾螺事告,始悟此女乃螺精云。

《香饮楼宾谈》卷一《螺精》

这一故事类型,现当代仍在黑龙江、河北、辽宁、山西、山东、湖南等地流布,譬如《真假新媳妇》[1]《真假媳妇》[2]《真假娘娘》[3]

---

① 见《中国民间故事集成·黑龙江卷》。
② 见《耿村民间文化大观》。
③ 见《满族三老人故事集》。

《真假媳妇》①《真假媳妇》②《真假新娘》③。

忠娘孝娘型故事 大致写一老翁请人为新近所纳的二妾命名,其人以"忠娘、孝娘"名之。老翁问是何意?其人回答:"孝当竭力,忠则尽命。"这一故事类型,初见于明·王圻纂集《稗汇编史》卷九十四《忠奴孝奴》。

> 有一士人老纳二宠,托其友命名。友以"忠奴"、"孝奴"名之。其人曰:"忠孝诚美名,然以命媒(侍女)则非称。"友曰:"有出处,孝当竭力,忠则尽命。"

清·赵吉士辑《寄园寄所寄》卷十二《插菊寄·笑谭》"忠娘孝娘"、清·独逸窝退士辑《笑笑录》卷三《忠孝娘》、近人杨汝泉编纂《滑稽故事类编》第五编嘲讪类俳谐类型《忠奴孝奴》,源自此则,文字几乎相同。

明·冯梦龙编纂《古今谭概》所收一则异文,与祝枝山发生联系:

> 一人年老纳二宠,托友祝枝山命名。祝以"忠奴""孝奴"名之。其人曰:"何所取义?"祝曰:"孝当竭力,忠则尽命。"众大笑。
>
> 《古今谭概》微词部第三十《忠孝奴》

明·冯梦龙辑《广笑府》所收一则异文,变化比较大。

---

① 见《中国民间文学集成·山西卷·长治市民间故事集成》。
② 见《潍坊民间故事》。
③ 见《湘西民间文学资料》第一集。

人有纳宠者，问名于馆宾，宾名之曰："孝女。"其人纵欲成痨，谋于术者，再纳一宠，以图冲喜，可以减病。复请名于宾，宾名之曰："忠女。"其人愈纵欲，危病日迫，乃扣宾以命名之义。宾曰："书中已有名说，独不闻孝当竭力，忠则尽命。"

《广笑府》卷六《忠则尽命》

清·石成金撰《笑得好》所收一则异文，变化更为明显。

　　有一人贪色致病。家有馆宾乃明达高人，劝以保养精神，为却病延年之要法，奈屡戒不从。一日自曰："我不幸患病，必须娶一妾冲喜，才得病好。"乃娶一妾入门，请名于馆宾，馆宾曰："当名曰孝姐。"其病日添。病者曰："须再娶一妾冲喜，定然病愈。"因又娶一妾，复请名于馆宾，馆宾曰："当名忠姐。"不数日而病者死矣。家人问其命名之意，曰："你不知道《千字文》上说得好，'孝当竭力，忠则尽命'。"

《笑得好》二集《忠则尽命》

清·小石头道人辑《嘻谈录》所收一则异文，又趋于简化。

　　一老翁年逾耳顺，犹御女不辍。新闻买二妾，求先生起一美名。先生说："一个名忠，一个名孝。"老翁说："忠、孝二字太道学，不甚风雅。请问，二字出于何典？"先生曰："《千字文》上有之，'孝当竭力，忠则尽命'。"

《嘻谈续录》卷下《妾名忠孝》

十兄弟型故事 大致写古时有兄弟十（或九、八、七、六、五等）人，一个个都有与众不同的神奇本领。后惹怒了上天（或皇帝、国王等），必欲置于死地。众兄弟各自施展其绝技，终于化险为夷，取得胜利。这一故事类型，见诸明·屠本畯撰《憨子杂俎》。

  古者兄弟七人皆绝技，曰健大一、硬颈二、长脚三、远听四、烂鼻五、宽皮六、油炒七。健大看得须弥山可列家门屏幛，担却归。上帝怒，敕丰隆翳追之，并获硬颈二，以斧斫其颈，斧数易，而颈无恙。长脚三距海一万八千里，一日夜抵家报信。远听四早闻，偕烂鼻五赴难。西海龙王遣数千将敌之。五以鼻涕向下一掴，尽糊其将之眼。于是龙王亲征，获第六，直扯横拽而皮不窘。获第七，叉入油气铛，炒七日七夜而体不焦。七人者终无成，老于庸下。

《憨子杂俎》"七兄弟"

  这一故事类型，现当代仍在青海、广西、贵州、云南、四川、陕西、宁夏、甘肃、新疆、内蒙古、黑龙江、吉林、河北、山西、山东、河南、江苏、上海、浙江、福建、广东、湖南、海南等地汉族和诸多少数民族聚居区广为流布，如《九兄弟》（蒙古族）[1]、《八兄弟》（壮族）[2]、《八兄弟斗土皇帝》（苗族）[3]、《六个能干的人》（傈僳族）[4]、《大风天和他的兄弟们》（彝族）[5]、《神奇的十兄弟》[6]、《十个亲兄

---

[1] 见《中国民间故事集成·青海卷》。
[2] 见《中国民间故事集成·广西卷》。
[3] 见《中国传说故事大辞典》。
[4] 同上。
[5] 同上。
[6] 见《中国民间故事集成·四川卷》。

弟》①、《四兄弟》（回族）②、《三邻舍》（保安族）③、《骑立称王》（纳西族）④、《北斗七星的由来》（哈萨克族）⑤、《九兄弟》（蒙古族）⑥、《十兄弟》⑦、《六兄弟》（朝鲜族）⑧、《弟兄十个》⑨、《水推长城》⑩、《七兄弟》⑪、《十兄弟》⑫、《十兄弟》⑬、《三个儿子回来了》⑭、《十兄弟》⑮、《十兄弟闹皇宫》（畲族）⑯、《十兄弟》⑰、《十兄弟》⑱、《十兄弟》（黎族）⑲、《十个兄弟》⑳。

这一故事类型，相当于丁乃通编著《中国民间故事类型索引》513，艾伯华著《中国民间故事类型》"十三、人 208．十兄弟"。

猫儿更名型故事 又称"老鼠嫁女型故事"。大致写一猫自命不凡，

---

① 见《中国民间故事集成·陕西卷》。
② 见《中国民间故事集成·宁夏卷》。
③ 见《中国民间故事集成·四川卷》。
④ 见《中华民族故事大系》第9册。
⑤ 见《中国民间故事集成·新疆卷》。
⑥ 见《民间文学》1962年第6期。
⑦ 见《中国民间故事集成·黑龙江卷》。
⑧ 见《中国民间故事集成·吉林卷》。
⑨ 见《耿村民间文化大观》。
⑩ 见《中国民间故事集成·山西卷》。
⑪ 见《中国民间故事集成·山东卷》。
⑫ 见《中国民间故事集成·河南卷》。
⑬ 见《中国民间故事集成·江苏卷》。
⑭ 见《中国民间文学集成·上海卷·黄浦区故事分卷》。
⑮ 见《中国民间故事集成·浙江卷》。
⑯ 见《中国民间故事集成·福建卷》。
⑰ 见《中国民间故事集成·广东卷》。
⑱ 见《中国民间文学集成·湖南卷》。
⑲ 见《黎族民间故事选》。
⑳ 见《中国民间故事集成·新疆兵团卷》。

号称"虎猫"。有人说虎不如龙，请更名"龙猫"；有人又说，龙浮云才能升天，不如叫"云猫"；有人又说，云不敌风，不如叫"风猫"；有人又说，墙能挡风，不如叫"墙猫"；有人又说，鼠可使墙倒塌，不如叫"鼠猫"。一老者听了讥笑道："捕鼠是猫的天职，起名儿不能失掉自己的本真！"这一故事类型，初见于明·刘元卿撰《应谐录》。

> 齐奄家畜一猫，自奇之，号于人曰"虎猫"客说之曰："虎诚猛，不如龙之神也，请更名曰龙猫。"又客说之曰："龙固神于虎也，龙升天，须浮云，云其尚于龙乎？不如名曰云。"又客说之曰："云霭蔽天，风倏散之，云故不敌风也，请更名曰风。"又客说之曰："大风飚起，维屏以墙，斯足蔽矣，风其如墙何！名之曰墙猫可。"又客说之曰："维墙虽固，维鼠穴之，墙斯圮矣，墙又如鼠何！即名曰鼠猫可也。"东里丈人嗤之曰："噫嘻！捕鼠者故猫也，猫即猫耳，胡为自失本真哉？"
>
> 　　　　　　　　　　　　　　《应谐录·猫号》

近人杨汝泉编纂《滑稽故事类编》第十编《猫说》，近人憨斋士纂辑《笑林博记》卷六《猫号》，均与此则悉同。

《应谐录·猫号》是中国古籍中最早的一则有关老鼠嫁女型故事的作品。它很可能是接受了印度古老的老鼠嫁女型故事的影响而产生的。尽管迄今为止，我们尚不清楚印度的此类故事是何时通过何种渠道流布到中国的。兹将《五卷书》① 卷三的第十三个故事引出，以资比较。

> 在恒河的边上，有一座净修院，河里的水撞到崎岖不平的石头上，撞击的声音惊动了游鱼，游鱼的蹿跳又激起了白色的泡沫，

---

① 季羡林译《五卷书》，人民文学出版社1959年版。

使浪花变幻不定。净修院里住满了苦行者,他们全神贯注,默诵祈祷词,履行誓愿,实行苦行,努力诵读,封斋,祭祀,举行宗教活动。他们希望取到澄清的有定量的水,他们的身体因为只吃球状的根、果子和世婆罗都消瘦下去了,他们的衣服就只有一件遮蔽下体的树皮制成的短裙子。在这里,住着一个族长,名字叫作耶若婆基耶。当他在阇那昆河里沐浴的时候,他正准备擦洗,有一只小老鼠从鹰嘴里掉下来,正落在他的手掌上。他看到了它,把它放在一片无花果树的叶子上,又去洗澡,把自己洗干净,做过了赎罪等等宗教仪式,利用自己苦行的力量,把它变成一个女孩子,带了她,走回净修院去,对自己的没有孩子的老婆说道:"亲爱的呀!你把她收下吧!你收了一个女儿,好好地养活她吧!"她于是就喂养她,抚爱她,一直到她长到十二岁。她看到她已经可以结婚了,就对自己的丈夫说道:"喂,丈夫呀!你自己的女儿的结婚年龄已经过了,你为什么竟没有注意到呢?"他说道:"亲爱的呀!……如果她愿意的话,我就要把薄迦梵太阳神喊过来,把她许给他。"她说道:"这有什么坏处呢?你就这样做吧!"于是这一位隐士就把娑昆怛利喊了来。在一刹那的时间内,他就来到了,说道:"尊者呀!你把我喊了来有什么事情呀?"他说道:"站在这儿的就是我的女儿,你娶了她吧!"这样说过之后,他又对自己的女儿说道:"这一位大神是三界的明灯,你喜欢不喜欢他呢?"女儿说道:"爸爸呀!他太热了,我不想要他。你再喊一个比他好的来吧!"隐士听了她的话以后,就对太阳神说道:"尊者呀!还有比你强的吗?"太阳神说道:"云彩就比我强,他一遮住我,别人就看不见我了。"隐士于是就把云彩喊了来,对自己的女儿说道:"女儿呀!我想把你许给他。"她说道:"这家伙是黑的,又有点呆头呆脑。不要把我嫁给他,嫁给另外一个比他强的吧!"于是隐士就问云彩道:"喂,云彩呀!有比你还强的没有呀?"云彩说道:"风就比我强。"于是他就把风喊了来:"女儿呀!我要把你嫁给他。"她说道:"爸爸呀!这家伙太喜欢流动了。请你再找一个比他强的来吧!"隐士说道:"喂,风呀!有比你还强的没有啊?"风说道:"山就比我强。"于是隐士又把山喊了来,对女儿说道:"女儿呀!我要把你嫁给他。"她说道:"爸爸呀!这家伙太硬了,而且还不能移动。把我嫁给另一个吧!"隐士问山道:"喂,山王呀!有比你还强的没有啊?"山说道:"老鼠就比我强。"于是隐士就喊来了一只老鼠,把它指给她看,说道:"女儿呀!你喜欢这一只老鼠吗?"她一看到它,心里就想到:"这是我的同类。"浑身乐得直打战,说道:"爸爸呀!你把我变成一只老鼠,嫁给它吧,我好去给他管理我们这一类特有的家务!"他就用他那苦行的神力把她化成一只老鼠,嫁给了它。

这一故事类型,现当代仍在山西、河北、吉林、黑龙江、内蒙古、湖北、湖南、海南、福建、浙江、安徽、河南、陕西、甘肃、广东、上海、广西、贵州、四川、西藏、云南、山东、新疆、山西等地汉族和一些少数民族聚居区流布,譬如《县老爷画虎》[1]、《县官画虎》[2]、《老鼠找女婿》(蒙古族)[3]、《田鼠选婿》[4]、《安本作画》(蒙古族)[5]、《老鼠子嫁姑娘》[6]、《石匠》[7]、《老鼠攀亲》[8]、《画虎成猫》[9]、《老鼠

---

[1] 见《中国民间故事集成·山西卷》。
[2] 见《中国民间故事集成·河北卷》。
[3] 见《中国传说故事大辞典·故事》。
[4] 见《中国民间故事集成·黑龙江卷》。
[5] 见《中国民间故事集成·内蒙古卷》。
[6] 见《中国民间故事集成·湖北卷》。
[7] 见《中国民间故事集成·湖南卷·道县资料本》。
[8] 见《中国民间故事集成·海南卷》。
[9] 见《中国民间故事集成·福建卷》。

第十二章　明代时期的民间故事类型

嫁因》①、《老鼠嫁女》②、《猫起名》③、《画虎成猫》④、《审犯人》⑤、《木版年画上的"老鼠嫁女"》⑥、《石匠王二》⑦、《石匠》（壮族）⑧、《狐狸交朋友》（苗族）⑨、《耗子嫁女》⑩、《县官画虎》（土家族）⑪、《老爷画虎》（藏族）⑫、《鼠王选婿》（阿昌族）⑬、《鼠女出嫁》⑭、《老鼠嫁女》⑮、《县老爷画虎》⑯。

这一故事类型，相当于丁乃通编著《中国民间故事类型索引》2031。

我今何在型故事　大致写一衙役（或里尹，下同）解罪僧夜宿旅店，僧乘衙役酒醉，将其削发，然后逃逸。次晨衙役醒来不见罪僧，却发现自己是个光头，叹道："和尚在此，我到哪里去了？"这一故事类型，明清时多有记载。较早的一则见诸明·刘元卿撰《应谐录》。

　　一里尹管解罪僧赴戍。僧故黠，中道，夜酒里尹，致沈醉鼾

---

① 见《中国民间故事集成·浙江卷》。
② 见《中国民间故事集成·安徽卷临泉分卷·流鞍河的传说》。
③ 见《中国民间故事集成·新野县卷》。
④ 见《中国民间文学集成·陕西卷·西安莲湖区民间故事集成》。
⑤ 见《中国民间故事集成·甘肃卷》。
⑥ 见《中国民间故事集成·广东卷》。
⑦ 见《中国民间文学集成·上海卷·金山县故事分卷》。
⑧ 见《壮族民间故事选》。
⑨ 见《贵州苗族民间故事选》。
⑩ 见《中国民间故事集成·四川卷》。
⑪ 见《中国民间故事集成·四川卷》。
⑫ 见《中国民间故事集成·西藏卷》。
⑬ 见《中华民族故事大系》第13册。
⑭ 见《中国民间故事集成·山东卷》。
⑮ 见《中国民间故事集成·新疆兵团卷》。
⑯ 见《山西民间故事大系·晋中卷》。

睡；已取刀髡其首，改绁己索，反绁尹项而逸。凌晨，里尹寤，求僧不得，自摩其首髡，又索在项，则大诧惊曰："僧故在是，我今何在耶？"夫人具形宇内，罔罔然不识真我者，岂独里尹乎！

《应谐录·僧在》

明·江盈科撰《雪涛小说》录写的一则异文，情节略有变化，描写较上一则细致。

尝闻一隶卒，奉官司旨，执一奸僧，械而绳焉，牵与俱走。其僧黠甚，图自脱，至夜，就逆旅中，治具甚丰洁，取酒跪奉卒，曰："以我之故劳君，此所以酬也。"卒故嗜酒，僧百计劝之，至大醉，不辨人事，颓然而卧。僧乃自脱其械，取刀髡卒，以械械其手，牵之绳焉，而卒齁睡犹故也。僧乘其醉，逸去。翌日，卒酒醒，视械在其手，又绳也，摩其顶，髡矣，而僧不见，乃叹曰："和尚在这里，只不见我。"趋归其家，妻方理栉对镜，见卒至，辄詈曰："何物奸僧，那得带械入人闺中？"卒趋出，顿足曰："我道不是我了。"

《雪涛小说·丧我》

明·赵南星撰《笑赞》"我却何处去了"，文字简约，较为通俗。

一和尚犯罪，一人解之，夜宿旅店，和尚酤酒劝其人烂醉，乃削其发而逃。其人酒醒，绕屋寻和尚不得，摩其头则无发矣，乃大叫曰："和尚倒在，我却何处去了。"

明·冯梦龙辑《笑府》卷六殊禀部《解僧卒》由《应谐录》改写，亦颇简约。

第十二章 明代时期的民间故事类型

一卒管解罪僧赴戍。僧故黠，中道醉之以酒，取刀髡其首，脱己索，反绁之而逸。次早卒寤，求僧不得，自摩其首居然髡也，而索又在项，乃大诧曰："僧故在此，我在哪里去了？"

明·乐天大笑生纂集《解愠编》卷四《财酒误事》，文字有所变异。

僧人犯罪，官令役夫押解配所，途受犯僧赂贿。至夜，僧灌以酒，同其醉睡，因削其发而逃。役夫酒醒，忙索犯僧不见，及扪自首，秃而无发，大惊呼曰："和尚犹在，我却何处去了？"

明·冯梦龙辑《广笑府》卷四《财酒误事》，与此则悉同。

清·石成金撰《笑得好》中的一则异文，情节有所丰富，文字更赴通俗易懂。

一呆役解罪僧赴府，临行恐忘记事物，细加查点，又自己编成二句曰："包裹雨伞枷，文书和尚我。"途中步步熟记此二句。僧知其呆，用酒灌醉，剃其发以枷套之，潜逃而去。役酒醒曰："且待我查一查看，包裹雨伞有。"摸颈上曰："枷，有。"文书，曰："有。"忽惊曰："哎呀，和尚不见了。"顷之，摸自光头曰："喜得和尚还在，我却不见了。"

《笑得好》初集《我不见了》

清·小石道人辑《嘻谈续录》卷上《我何在》亦由《应谐录》改写，文字生动晓畅。

一二尹管解一罪僧赴省，晚宿旅店，尹嗜酒沉醉鼾睡不省。僧潜取剃刀削其发，遂脱己缚羁尹项而逃。侵晨，尹酒醒，不见僧人。自摸其首，光油油已成不毛之物；视其项，系累累，已作阶下之囚。乃抚首大诧曰："僧故在是，而我何在焉？"

清·程世爵撰《笑林广记·我何在》、近人憨斋士纂辑《笑林博记》卷一《我在何处》均与此则悉同。

近人李铎撰《破涕录》（五）"不知我到哪里去了"，在《笑得好》初集《我不见了》的基础上，又有所发挥。

一犯僧，荷校递解，官饬役随往。因该役甚呆，恐有疏忽，故将带去文书等人物，一并编成两句，嘱其时常照句检查。句曰："包裹雨伞枷，文书和尚我。"行至中途，僧见其可欺也，诱至僻静处，许以重贿，设法将枷脱去。又沽酒畅饮，乘其醉后，僧即用剃刀，将该役三千烦恼丝，如数剃去。复将枷荷其颈上，逃往他处躲身。迨役醒后，复行检查法，一面点物，一面自言自语曰："包裹有的，雨伞有的。"念到枷字，惊曰："枷在哪里？"既而摸到肩上，忽喜曰："枷也有的。"又念文书也有的。念到"和尚"，惊骇移时，继而摸到自己头颅，又喜曰："幸亏和尚也在这里。"又念到"我"字，大惊曰："和尚尚在，不知我到哪里去了。"

这一故事类型，现当代仍在河北、山西、河南、湖北、陕西、浙江等地流布，譬如《"和尚在，我不见了"》[1]《怎么不见我呢》[2]《我到哪儿去了》[3]《我丢了》[4]《和尚还在》[5]《我在哪里》[6]。

---

[1] 见《中国民间文学集成·邢台市故事卷》。
[2] 见《中国民间文学集成·山西卷·榆社民间故事集成》。
[3] 见《河南民间文学集成·轩辕故里的传说》。
[4] 见《咸宁市民间故事集》。
[5] 见《笑话拾零》。
[6] 见《中国民间文学集成·浙江省淳安县卷》。

这一故事类型，相当于丁乃通编著《中国民间故事类型索引》1531A。

奈何姓万型故事 大致写一富翁不识字，聘师训子。师执笔学字时道，一字一画，二字二画，三字三画。其子投笔告父："儿得矣。"父乃辞师。一日父欲请万姓者饮，命子写书柬，久之不成，乃叹道："何字不姓，偏姓万。我自早至今才得五百余画！"这一故事类型，初见于明·刘元卿撰《应谐录》。

> 汝有田舍翁，家资殷盛，而累世不识之乎。一岁，聘楚士训其子。楚士始训之搦管临朱，书一画训曰一字，书二画训曰二字，书三画训曰三字。其子辄欣欣然掷笔，归告其父曰："儿得矣，儿得矣，可无烦先生，重费馆谷也，请谢去。"其父喜从之，具币谢遣楚士。逾时，其父拟征召姻友万氏姓者饮，令子晨起治状，久之不成。父趣之。其子恚曰："天下姓字伙矣，奈何姓万？自晨起至今，才完五百画也。"初机士偶一解，而即诇诇自矜有得，殆类是已。
>
> 《应谐录·万字》

近人杨汝泉编纂《滑稽故事类型编》第十编《万字》、近人曹绣君编《姓氏嘲谑录·奈何姓万》，均出自《应谐录》，文字相同，后者仅删去最后一句。

明·冯梦龙辑《笑府》卷一古艳部《训子》，据《应谐录》改写而成，文字趋于简洁明快，对后世影响较大。

> 一富翁世不识字，人劝以延师训子。师至，始训之执笔临朱，曰："一画，则训曰一字；二画，则训曰二字；三画，则训曰三字。"其子欣然投笔，告父曰："儿已都晓字义，何烦师为。"乃

谢去之。逾时，父拟招所亲万姓者饮，令子晨起治状。久之不成，父怪甚。其子恚曰："姓亦多矣，奈何偏姓万，自朝至今，才完得五百余画。"

冯梦龙辑《广笑府》卷一《万姓》，与此则悉同。

清·游戏主人辑《笑林广记》卷一《训子》，文字又有变化，更为通俗易懂。

> 富翁子不识字，人劝以延师训之。先学一字是一画，次二字二画，次三字三画。其子便欣然投笔告父曰："儿已都晓字义，何用师为。"父喜之乃谢去。一日父欲招万姓者饮，命子晨起治状，至午不见写成，父往询之，子恚曰："姓亦多矣，如何偏姓万。自早至今才得五百画着哩！"

清·俞樾撰《俞楼杂纂》卷四十八《一笑》"万姓"，在《广林广记》卷一《训子》的基础上，对这一故事类型又有所改动和发挥，文字变化较为明显。

> 有富家子问于师曰："一字如何写？"师曰："一画。""二字如何写？"师曰："二画。""三字如何写？"师曰："三画。"乃大悟曰："天下之字，可'一'以贯之矣。"适其父欲延一书记，托之友。子曰："何必多费，我优为之。"父甚喜。一日，使其书柬招一姓万者，久之，不得。父屡使人促之，子恚曰："何字不可姓，乃必姓万，吾画之半日，尚未得其半也。"

近人憨斋士纂辑《笑林博记》卷一《万字难写》，与此则悉同。

这一故事类型，现当代仍在山西、贵州、江西等流布，譬如《万

第十二章　明代时期的民间故事类型

字先生》（布依族）①、《万姓》②、《万字师》③、《姓万》④。

瞎子坠桥型故事　大致写一瞎子过枯水溪桥，失足坠下，两手攀桥木呼号，过者劝其放手坠下实地，瞎子不信，仍紧攀不放。待其力竭坠地时，竟失笑道："早知是实地，何失自苦！"这一故事类型，初见于明·刘元卿撰《应谐录》。

> 有盲子道涸溪，桥上失坠，两手攀楯，兢兢握固，自分失手必堕深渊已。过者告曰："毋怖，第放下，即实地也。"盲子不信，握楯长号，久之，力惫，失手坠地，乃自哂曰："嘻！蚤知即实地，何久自苦耶！"夫大道甚夷，沈空守寂，执一隅以自矜严者，视此省哉！
> 　　　　　　　　　　　　　　　　《应谐录·盲苦》

清·石成金撰《笑得好》二集《瞎子坠桥》，据《应谐录·盲苦》改写，文字通俗易懂。

> 有瞎眼人过一没水的溪桥，失足坠下，因两手攀住桥上楯木，兢兢地握着，心中自想：倘若失手，必落深渊，性命休矣。有过往明眼人，向瞎子说："你不要害怕，但放下手，即是实地，并不妨事，何必自讨苦恼？"瞎子不信好言，只以为旁人哄他，仍然紧攀，高声悲喊，许多时候，喊得口干，握得力败，忽然失手坠地，果是干实地，因自大笑曰："啐，早知即是实地，何久自

---

① 见《（贵州）民间文学资料》第32集。
② 见《民间笑话三百则》。
③ 见《抚州地区民间文学集成·乐安县卷》。
④ 见《中国民间故事集成·山西卷》。

苦耶？"

多忧者型故事 大致写某人多忧，遇事常常牵挂，竟郁悒成疾，且不断加剧。亲友前去劝慰，始知欲让其人宽心病愈，须使之将所牵挂诸事一一释怀。这一故事类型，见于明·刘元卿撰《应谐录》。

<blockquote>

沈屯子偕友入市，听打谈者，说"杨文广围困柳州城中，内乏粮饷，外阻援兵"，戚然踊叹不已。友拉之归，日夜念不置，曰："文广围困至此，何由得解。"以此邑邑成疾，家人劝之相羊埛外，以纾其意。又忽见道上有负竹入市者，则又念曰："竹末甚锐，衢上行人，必有受其戕者。"归益忧病。家人不得计，请巫，巫曰："稽冥籍，若来世当轮回为女人，所适夫姓麻哈，回彝族也，貌陋甚。"其人益忧，病转剧。姻友来省者，慰曰："善自宽，病乃愈也。"沈屯子曰："若欲吾宽，须杨文广围解，负竹者抵家，又麻哈子作休书见付，乃得也。"夫世之多忧以自戕者，类此也夫。

《应谐录·多忧》

</blockquote>

明·冯梦龙编纂《古今谭概》专愚部第四《沈屯子》、清·独逸窝退士篇《笑笑录》卷四《心疾》，出《渔矶漫钞》。近人杨汝泉编纂《滑稽故事类编》第八编《多忧》、近人憨斋士纂辑《笑林博记》卷六《多忧》，除个别字有出入外，均与此则相同。

这一故事类型，现当代仍有流布，譬如《疑心病》[①]。

兄弟争雁型故事 大致写兄弟二人为如何吃空中飞雁发生争执。当有人进行调解，再去射杀时，雁已飞得无影无踪。这一故事类型，见于

---

① 见《民间笑话大观》。

明·刘元卿撰《应谐录》。

> 昔人有睹雁翔者,将援弓射之,曰:"获则烹。"其弟争曰:"舒雁烹宜,翔雁燔宜。"竞斗而讼于社伯。社伯请剖雁烹燔半焉。已而索雁,则凌空远矣。今世儒争异同,何以异是。
>
> 《应谐录·争雁》

这一故事类型,现当代仍在河北、山东等地流布,譬如《争雁》[①]《吃雁肉》[②]。

刻意炫耀型故事　大致写某人新置一床极好,就假装生病卧床,以便亲家上门来看。而他的亲家有一条新裤,也想卖弄,探望时故意把裤子撩起。他问亲家得的啥病?亲家笑道,我的病跟你的一个样。这一故事类型,初见于明·刘元卿撰《应谐录》。

> 张诩子缮一榻丽,以在卧内,人未有见也,故托疾卧榻上,致姻友省问观之。其姻尤扬子者,新制一袜,亦欲章示;其人故搴裳交足加膝盖而坐,已问曰:"君何疾?"张诩子睹尤扬子状若是,相视而笑曰:"吾病亦若病也。"
>
> 《应谐录·同病》

明·冯梦龙辑《笑府》中的一则异文,由此则演化而来。

> 一亲家新置一床,穷工极丽,自思好床不使亲家一见枉自埋

[①] 见《中国民间文学集成·武安民间故事卷》续集。
[②] 见《中国民间故事集成·山东卷》。

没，乃假装有病，偃卧床中，好使亲家来望。那边亲家做得新裤一条，亦欲卖弄，闻病欣然往探。既至，以一足架起，故将衣服撩开，使裤现出在外，方问曰："亲翁所染何症而清减至此？"病者曰："小弟的贱恙却像与亲翁的尊病一般。"

《笑府》卷八刺俗部《卖弄》

明·冯梦龙辑《广笑府》卷十《卖弄》、清·游戏主人纂辑《笑林广记》卷六《卖弄》、近人憨斋士纂辑《笑林博记》卷一《卖弄》，文字均与此则悉同。

戴高帽型故事　大致写门生出仕外省时去拜谒老师（或某尚书，下同）。老师告诫他为官宜慎，切勿与人戴高帽。其人应道："如今不喜高帽如吾师者，能有几人？"老师大喜。其人出，笑语人曰："吾高帽已送去一顶矣！"明·刘元卿撰《应谐录》中的《悦谀》，是这一故事类型的最初形态：

粤令性悦谀，每布有政，群下交口赞誉，令乃欢。一吏欲阿其意，故从旁与人偶语曰："凡居民上者，类喜人谀，惟阿主不然，视人誉篾如耳。"其令耳之，亟召隶前，抚膺高蹈，嘉赏不已，曰："嘻，知余心者惟汝，良隶哉！"自是昵之有加。

这一故事类型，进入清代以后异文增多，日渐成型。光绪初成书的独逸窝退士编《笑笑录》，引《潜庵漫笔》的一则是：

世俗谓媚人为顶高帽子。尝有门生两人初放外任，同谒老师者。老师谓今世直道不行，逢人送顶高帽子，斯可矣。其一人曰："老师之言不谬，今之世不喜高帽如老师者，有几人哉？"老师大喜。既出，顾同谒者曰："高帽已送去一顶矣。"

《笑笑录》卷六《高帽子》

其后的一则见诸俞樾撰《俞楼杂纂》卷四十八《一笑》①：

俗以喜人面谀者曰"戴高帽"。有京朝官出仕于外者，往别其师，师曰："外官不易为，宜慎之。"其人曰："某备有高帽一百，逢人则送其一，当不至有所龃龉也。"师怒曰："吾辈直道事人，何须如此。"其人曰："天下不喜戴高帽如吾师者，能有几人欤？"师颔其首曰："汝言亦不为无见。"其人出语人曰："吾高帽一百，今止存九十九矣。"

《一笑》"戴高帽"

近人憨斋士纂辑《笑林博记》卷一《高帽人人爱》，抄自《一笑》，文字悉同。

成于清代末年的欧阳昱撰《见闻琐录》② 所采录的一则异文，略有变化。

某太守，天下第一谄佞者，由进士部曹放某省知府。其座主某尚书，端方严正，最恶趋媚一流。太守往谒之，尚书训之曰："为官宜上不负君，下不负民，方不愧为读书人。"太守曰："唯，唯。"尚书又问曰："此去到官，以何者为最要最先？"太守曰："门生做高帽子一百顶，此最要而先者。"尚书色变。太守曰："容门生详述：今之大吏，非善于称颂则不悦，如逆其意旨，非

---

① 见《中国历代笑话集成》第四卷，时代文艺出版社1996年版。
② 《见闻琐录》，岳麓书社1986年版。

独不能为国治民,且立登白简矣。故古人亦有'善事上官,无失声誉'之言。若朝廷内外,皆能如老师讲究理学名臣,斥黜一切巧邪柔媚,则高帽子非惟不必用,亦且不敢用矣。"尚书色遂和,首颔之。太守出,笑语人曰:"本做高帽子一百顶为到省用。今送去一顶,止九十九顶矣。"

《见闻琐录·大小帽子》

这一故事类型,现当代仍在上海、浙江、江西、湖南、湖北、陕西、宁夏、河北、天津、黑龙江、山东、四川、内蒙古等地汉族和个别少数民族聚居区流布,譬如《卖高帽》[1]、《关老爷戴高帽》[2]、《戴高帽》[3]、《第一顶高帽》[4]、《高帽子过关》[5]、《关公戴高帽子》[6]、《戴高帽》[7]、《关公爱戴高帽子》[8]、《会说奉承话的人》[9]、《喜欢奉承的县官》[10]、《高帽子》(蒙古族)[11]、《戴高帽》[12]、《九十九顶高帽子》[13]、《阎王爷爱戴高帽子》[14]。

---

[1] 见《中国民间文学集成·上海卷·静安区故事分卷》。

[2] 见《中国民间文学集成·上海卷·崇明县故事分卷》。

[3] 见《浙江民间文学集成·舟山市故事卷》。

[4] 见《中国民间故事集成·江西卷》。

[5] 见《中国民间故事集成·湖南卷·道县资料本》。

[6] 见《湖北省民间文学集成丛书·咸宁地区民间故事集》。

[7] 见《中国民间文学集成·陕西卷·汉中民间故事集成》。

[8] 见《中国民间文学集成·宁夏分卷资料丛书·银川民间故事》。

[9] 见《中国民间文学集成·河北卷·武安民间故事卷》。

[10] 见《天津民风》第9辑。

[11] 见《中国民间故事集成·内蒙古卷》。

[12] 见《中国民间故事集成·黑龙江卷》。

[13] 见《中国民间故事集成·山东卷》。

[14] 见《中国民间故事集成·四川卷》。

草荐挂须型故事 大致写一穷父告戒其子不要说家中盖稿荐。某日其子见父亲胡须上有草荐，忙叫父亲去掉胡须上的被子。这一故事类型，初见于明·郭子章辑《谐语》。

> 小儿不晓事，人问："每夜何所盖？"辄答云："盖稿荐。"嫌其太陋，挞而戒之曰："后有问之者，但云盖被。"一日，出见客，而草荐挂须上，儿从后呼曰："且除面上被！"
>
> 《谐语》"草荐挂须"

这则笑话，引自《苏黄滑稽帖》。在明·刘元卿撰《应谐录》中，也有这则笑话。

明·冯梦龙辑《笑府》卷十一谬误部《稿荐》，由《谐语》"草荐挂须"改编而成，文字稍变动。

> 贫家盖藁荐，小儿子不知讳，父挞而戒之曰："后有问者，但云盖被。"一日，父出见客，而草荐挂须上，儿从后呼曰："且除面上被！"

明·乐天大笑生纂集《解愠编》中的一则异文与明·无名氏撰《华筵趣乐谈笑酒令》中的一则异文，变化都比较明显。

> 一贫士以草荐为被，其子不解事，常直告余于人。贫士讳言贫，教其子曰："人有问者，但说盖被。"一日风兴，出见客，草荐尚沾须上，其子在旁呼曰："父亲，何不拂去须上被？"
>
> 《解愠编》卷九《拂去须上被》

一人以草荐当被，其子痴呆，常直告人。其父告之曰："但有问者，只说盖被而已。"一旦早起，父出陪客，一草粘于须上，其子在旁呼曰："父亲父亲，何不拂去须上一条被乎？"

《华筵趣乐谈笑酒令·草荐当被》

　　明·冯梦龙辑《广笑府》卷九《拂去须上被》，与《解愠编》卷九《拂去须上被》悉同。

　　清·游戏主人纂辑《笑林广记》卷十《被屑挂须》由《笑府》卷十一谬误部《稿荐》脱胎而来，文字也有变动，比较口语化。

　　一贫士以荐为被。其子不解事，常直告于人。贫士讳言贫，教其子曰："有人问者，但说盖被。"一日夙兴出见客，草荐尚粘须上，其子从旁呼曰："父亲何不拂去须上被！"

剖伞决疑型故事　　系"断绢得奸型故事"的亚型。大致写二人为争一伞，诉于官。官命剖伞各持其半，以察色判归属，惩办诬赖者。这一故事类型，初见于明·孙能传编《益智编》，判案者是浙江按察使周新，即时人呼为"冷面寒铁"的那位为官清正、刚直不阿的廉吏。

　　国朝周新为按察使，有争伞者，所言记验皆同。新命剖之，各持其半去。阴使人尾其后。甲曰："我始欲助汝伞价之半，得非汝利也！"乙曰："伞本我物，宁能低价属汝！"于是甲就缚，正其罪。

《益智编》"剖伞决疑"[①]

---

① 见《中国古代办案百例》，中国社会科学出版社1980年版。

清·佚名编纂《钱塘逸闻轶事》"周新断伞"①，与此则相同，文字稍有出入。

> 周新，广城人，永乐中，浙江按察使。……新在浙异政甚多，一日有诉雨伞者，甲曰："我伞也。"乙曰："我伞也。"所验皆同。新命剖之各持其半去，阴遣人尾其后。甲云："我始欲助汝伞价之半，得非汝利耶？"乙曰："伞本我物，宁能低价属汝？"于是甲就缚，正其罪。其发奸摘伏类如此。

明·江盈科撰《雪涛小说·典史》"剖伞识伞"②，情节大体上相似，但判案者无具体姓名，不带传说色彩。

> 又两人同憩旅舍，一人置伞于门，无伞者夺之，曰："予伞也。"互争焉，诉典史。典史曰："此伞不宜专畀，当从中剖之，各持其半。"命一隶执刀见剖，察二人色。一人甚戚，一人微笑。典史乃曰："无剖。"命畀戚者，笞笑者。盖伞属我，而剖坏其本有，故戚；伞不属我，而剖损其本无，故笑。执戚与笑，定二人之真伪，而肝肺洞然，如烛照数计。

近人林纾撰《畏庐琐记》③录写的一则异文，其中的断案者为彭光藻，故事情节略有变化，描写较为细腻。

> 楚人彭公光藻，宦闽时，权抚民同知，有惠政。一日微雨，乘舆过市，食肆中二各，皆陈姓，争伞，伞柄镌有"陈"字，彼

---

① 见《西湖笔丛》，浙江人民出版社1987年版。
② 见《雪涛小说（外四种）》，上海古籍出版社2000年版。
③ 见《近代笔记大观》，上海文艺出版社1993年影印本。

此互指以为据。市人不能辨。公舆过其地,问状,引归署中。判曰:"尔两氏皆陈,而伞不能言其主人。今判擘伞为半,分授二人,则争息矣。"见者大笑。二人持半伞出,公令役尾之,观其所为。一人半道笑而掷伞,一人则大怒骂詈。公令役取归二人,语笑者曰:"汝惟有心诈人,得伞无用,且以我为糊涂,大笑而掷之,此汝诈人之实迹也。彼无故破其伞,大怒亦骂我为糊涂,此固常情。汝今以钱偿伞值,更责四十,以惩汝欺。"观者始服。

《畏庐琐记·破伞》

这一故事类型,现当代仍在陕西等地流布,譬如《县官越挨骂,名声越是大》①。

验刀擒凶型故事 大致写一人死于野外,遍身十多处镰刀伤。官府验尸发现很可能是一桩仇杀案。在向死者家眷了解情况后,官府乃告示邻近村人一律交上镰刀进行检验,隐匿者以凶手论处。随后在一大批镰刀中发现一把苍蝇飞集的镰刀,从而捉住了凶犯。这一故事类型,初见于明·孙能传撰《益智编》。

有被杀于路者,始疑盗杀之,及检,沿身衣物在,遍身镰刀伤十余处。检官曰:"盗但欲人死取物,今物在伤多,非冤仇而何?"遂屏左右,呼其妻问曰:"汝夫与何人有仇最深?"曰:"夫自来与人无仇。近有某甲来做债不得,曾有克期之言,非深仇也。"官默识其居,遣人告示侧近居民,所有镰刀尽将呈验,如有隐藏,必是杀人贼。俄赍到镰刀七八十张,令列于地。时方盛暑,内刀一张蝇子飞集。官指此刀,问为谁者,乃是做债克期之

---

① 见《中国民间故事集成·陕西卷》。

人，擒讯犹不服，官曰："众人镰刀无蝇子，今汝杀人，腥气犹在，蝇子集聚，岂可隐耶？"左右失声叹服，杀人者叩头服罪。

《益智编》"蝇集镰刀识凶犯"①

清末吴趼人撰《中国侦探案·验镰刀》，系由此则改写，较为生动，但故事情节并无明显变化。

  有报伤重而毙于野外者，官莅验，则镰刀伤十余处，而衣履具在，所带零碎钱物亦无恙。官曰："盗杀人，图取财耳，今物无恙而伤多，此仇也，必非盗。"传死者之妇至，密诘之曰："汝夫向有仇家否？"曰："夫向睦于邻里乡党，无仇也。"曰："吾非徒问者，将为汝夫雪冤，盍细思之。"妇思良久，曰："无也。惟某无赖曾来借债，夫未之应，彼衔恨以去耳。"乃遣妇。饬地甲谕邻近村人，各以镰刀来案呈验，隐匿不报者，即坐以凶手。令出，不终日，乡人之以镰刀至者，无虑百余，官令布列庭下，官据堂上亲临之。时方盛夏，乡人环堵以视，正不知其作何措施也。官察视良久，忽指一镰，问是何人物？人众中有出而承者，问其姓名，则借债未遂之无赖也。官曰："汝何故杀人？"无赖尚狡展，官笑曰："汝尚欲赖耶？汝自视其凶器可也。"曰："均是镰也，某之镰，曾无以异于众人，何乃视为凶器？"曰："汝不见飞蝇耶？镰所以割稻者，舍是更无所用之，洁净无油腻迹，无腥膻气，故飞蝇满前，不集其上。今诸人之镰皆无蝇，惟汝之镰飞集几满，此非杀人未久，腥气犹在之证据耶！"无赖顾视已镰，果如所言，乃俯首伏罪。

---

① 见《中国古代办案百例》。

这一故事类型，现当代仍在河北等地流布，譬如《知府审镰断案》①。

新妇制贼型故事 大致写一贼死于某家，其家烛之识为邻人，深恐惹祸。新妇令用空箱装贼尸，抬至贼家，击门而去。贼妇以为赃物，立即搬进家，数日发现是夫尸，只得悄悄埋葬。这一故事类型，明代多有记载。初见于明代万历中期即16世纪末刊刻的周晖撰《续金陵琐事》，带有一些传说色彩。

> 丹阳王集号华南，谈其族侄名诚者，流寓南京高桥门外，性不饮酒，闻糟亦醉。因娶妇强吞合卺酒三杯，不觉沉醉，连衣熟睡。新妇独坐，更深闻有穿穴声，潜至穴边，候偷儿方入，即捉发提起其头，以杌子塞其咽喉下，唤醒其夫，举烛照之，夫大惊曰："此邻人某也，已死穴中，奈何？"新妇曰："毋惊张，我自有处。"乃高大其穴，开一衣箱盛却偷儿，夫妇舁至偷儿门前，轻轻击门三下，潜归，方声言失盗云。新妇亦女侠哉。

《续金陵琐事》下卷《新妇处偷儿》

明·王同轨撰《耳谈》采录的一则异文，故事情节有一定变化，不带任何传说色彩，而且更为完整。

> 某家新妇于归之夕，有贼来穴壁，已入，会其地有大木，触木木倒，将贼击破头面死，其家举火视乃所识邻人，惶惑恐反以饵祸。新妇曰："无妨。"令空一箱纳贼尸于内，因举至贼家门首，剥喙数下。贼妇开门见箱，谓是夫所盗，即举至内。数日夫

---

① 见《耿村民间文化大观》。

不返，发现乃是夫尸，莫知为谁所杀，亦不敢言，以瘗之。朗哉谈。

《耳谈》卷十五《新妇制贼》

明·冯梦龙编纂《古今谭概》谲智部第二十一《智妇》，出《耳谈》，文字稍有变异。冯梦龙编纂《智囊补》闺智部《雄略·新妇处盗》，较《古今谭概》谲智部第二十一《智妇》的变化略大。

> 某家娶妇之夕，有贼来穴壁，已入矣。会其地有大木，贼触木倒，破头死。烛之，乃所识邻人。仓皇间，惧反饵祸。新妇曰："无防。"令空一箱，纳贼尸于内，舁至贼家门首，喙啄数下。贼妇开门见箱，谓是夫盗来之物，欣然收纳。数日夫不还，发现乃是夫尸，莫知谁杀，因密瘗之而遁。

这一故事类型，现当代仍在河北、四川等地流布，譬如《箱子里装小偷》①《新姑娘整棒客》②。

取书作枕型故事 大致写一秀才午间回寄读僧房呼童取书，童取《文选》《汉书》《史记》均言低。寺僧听后甚感诧异，说道："此三书熟其一，足称饱学，何俱云低也？"试窥之，乃取书作枕耳。这一故事类型，最早见于明·周晖撰《续金陵琐事》③。

> 友人谈戏语讥秀才云：一秀才赁僧房读书，惟事游玩而已。忽未午归房，呼童取书。童持《文选》，视之曰："低。"持《汉

---

① 见《耿村民间文化大观》。
② 见《中国民间文学集成·五通桥区资料集》。
③ 见《金陵琐事》，北京文学古籍刊行社1955年据明万历刊本影印。

书》,视之曰:"低。"又持《史记》,视之曰:"低。"主僧大诧曰:"此三书熟其一足称饱学。俱云低者,何也?"试窥之,乃取书作枕耳。

《续金陵琐事》下卷《书低》

清康熙五十七年(1718)成书的陈皋谟辑《笑倒》①中的《书低》抄自《续金陵琐事》,除无"友人谈戏语讥秀才"云及个别字有出入处,其余均相同。

乾隆四十六年(1781)刊刻的游戏主人辑《笑林广记》亦转抄了这则,文字略有改动。

一生赁僧房读书,每日游玩,午后归房。呼童取书来,童持《文选》,视之曰低,持《汉书》,视之曰低,又持《史记》,视之曰低,僧大诧曰:"此三书熟其一,足称饱学,俱云低何也?"生曰:"我要睡,取书作枕头耳。"

《笑林广记》卷一《书低》

这一故事类型,现当代仍在天津等地流布,譬如《少爷读书》②《秀才索书》③。

搬坏祖师型故事　大致写某处塑三教(或二教)祖师像,孔子居中,老君、释迦在两旁(或老君在首,释迦在次),道来移老君于中,僧来移释迦于中,士来仍移孔子于中。(或僧来移释迦于首,道来仍移老君于首。)三(或二)祖师叹道:"我们过得好好的,却被人搬来搬

---

① 《笑倒》系《增订〈一夕话〉新集》第三卷的一部分。
② 见《天津民风》第8辑。
③ 见《民间笑话大观》。

去搬坏了。"这一故事类型,初见于明·赵南星撰《笑赞》。

  一人尊奉三教,塑像先孔子,次老君,次释迦。道士见之,即移老君于中。僧来又移释迦于中。士来仍移孔子于中。三圣自相谓曰:"我们自好好的,却被人搬来搬去,搬得我们坏了。"

《笑赞》"搬坏三圣"

明·冯梦龙辑《笑府》卷八刺俗部《搬是非》,文字稍有变化。

  一家尊奉三教,塑像供养先儒,次释,次道。道士见之,即移老君于中。僧见,又移释迦于中。士见,仍移孔子于中。三圣自相谓曰:"我们自好好的,却被人搬来搬去搬坏了。"

明·乐天大笑生纂集《解愠编》所收的一则异文,祖师为二位,描述有明显区别。

  寺僧塑释迦佛与老子同坐,一道士见之,不甘老子居次,乃曰:"吾老子生于周,至后汉方有佛法。"因移老子居首位。寺僧又谓:"吾佛神通广大,当居老子上。"复移转左位。二家争竟不已,搬移十数次,土像殊损坏。老子与佛叹曰:"我两人过得好好的,无端被这几个小人搬坏了。"

《解愠编》卷九《被人搬坏》

明·冯梦龙辑《广笑府》卷九《被人搬坏》,与此则悉同。
  清·石成金撰《笑得好》二集《搬老君佛像》,祖师亦为二位,描述与《解愠编》有所不同。

一庙中塑一老君像在左，塑一佛像在右。有和尚看见曰："我佛法广大，如何居老君之右。"因将佛搬在老君之左。又有道士看见曰："我道教极尊，如何居佛之右。"因将老君又搬在佛之左。彼此搬之不已，不觉把两座泥像都搬碎了。老君笑与佛说："我和你两个本是好好的，都被那两个小人搬弄坏了。"

清·游戏主人纂辑《笑林广记》卷十一《搬是非》，祖师为三位，文字与《笑赞》有一定差异。

寺中塑三教像：先儒，次释，后道。道士见之，即移老君于中。僧见，又移释迦于中。士见，仍移孔子于中。三圣自相谓曰："我们原是好好的，却被这些小人搬来搬去搬坏了。"

近人憨斋士纂辑《笑林博记》收有这一故事类型的二则异文：卷五《搬弄》与《笑赞》悉同，卷一《搬弄》与《笑得好》悉同。

这一故事类型，现当代仍在新疆等地流布，譬如《搬像》[1]。

如此贺银型故事　大致写一友送钱贺喜，封内密书："银五分，赊五分。"此友遇喜事，其人送一空封，内书："银一钱，除五分，赊五分。"这一故事类型，初见于明·赵南星撰《笑赞》。

有人遇喜庆事，其友封银一钱往贺，书银封云："银五分，赊五分。"已而此友亦有贺分，其人以空封书云："银一钱，除五分，赊五分。"

《笑赞》"一钱贺喜"

---

[1]　见《中国民间故事集成·新疆兵团卷》。

明·冯梦龙辑《笑府》中的一则异文，由《笑赞》"贺银"演化而来，文字略有变化。

有人遇喜事，其友醵金一星往贺，乃密书封内云："现五分，赊五分。"已而仍以一星答之，乃以空封往，内书云："退五分，赊五分。"

《笑府》卷十三闰语部《醵金》

清·陈皋谟辑《笑倒》中的一则异文，变化比较明显。

有人送礼与人，书帖云："见二色，赊二色。"他日，其人亦书"微礼四色"一空帖答之，下注云："二色准前欠，今赊二色。"

《笑倒·礼帖》

清·方飞鸿撰《广谈助·微礼四色》，由《笑倒》脱胎而来，文字略有变化。

有人送礼与人，书帖云："微礼四色。"下注云："现二色，赊二色。"他日值彼有喜事，其人亦书"微礼四色"一空帖答之，下注云："准前欠二色，今赊二色。"

近人憨斋士纂辑《笑林博记》卷二《送礼品》，与此则悉同。
　　清·游戏主人辑《笑林广记》卷九《醵金》，由《笑赞》"一钱贺喜"改写而成，文字有所变化。

有人遇喜事，一友封分金一星往贺，乃密书封内云："现五分，赊五分。"已而此友亦有贺分，其人仍以一星之数答之，乃以空封往，内书云："退五分，赊五分。"

近人李铎撰《破涕录》中的一则异文，又有变化，带有晚清特色。

> 甲乙二人性皆吝。一日，甲有喜事，乙送贺份。只封铜元四枚，外署其签云："敬贺铜元十枚，现一半，欠一半。"甲忘之。后乙有喜事，甲乃以空函往贺。函面署云："敬贺铜元十枚，欠一半，扣一半。"
>
> 《破涕录》（五）"甲乙贺份"

这一故事类型，现当代仍在福建、河南等地流布，譬如《两亲家送人情》①《四百人情送亲家》②《一钱相贺》③。

跳窗者我型故事　大致写某人妻与邻人私通，某人夜归，奸夫跳窗逃逸。某人拾得奸夫一鞋，拟天明追查。半夜妻以某人鞋换奸夫鞋，次日某人见到是自己的鞋，大悔道："我错怪你了，原来昨夜跳窗的是我。"这一故事类型，初见于明·赵南星撰《笑赞》。

> 有人暮夜归家叩门，其妻与人同宿，慌忙起来，其人从窗中逃走，遗下鞋在床下。其妻开门，夫见鞋佯为不见，欲到明日查考。其妻待夫熟睡，将鞋隐藏。次日，夫起，细看其鞋，说道："原来就是我的鞋，几乎亏了人。"
>
> 《笑赞》"认鞋"

---

① 见《中国民间故事集成·福建卷·连江县分卷》。
② 见《中国民间故事集成·福建卷·福鼎县分卷》。
③ 见《中国民间文学集成·河南桐柏县卷》。

明·江盈科撰《雪涛谐史》录写的一则异文，描述略有变化，文字较通俗，后世的有关记载，大都与此则相似。

> 有痴夫者，其妻与人私，一日，撞遇奸夫于室，跳窗逸去，止夺其鞋一只，用以枕头，曰："平明往质于官。"妻乘其睡熟，即以夫所着鞋易之。明日，夫起，细视其鞋，乃己鞋也，因谢妻曰："我错怪了你，昨日跳出窗的，原来就是我。"

《雪涛谐史》"痴夫认鞋"

近人憨斋士纂辑《笑林博记》卷五《痴夫》，与此则悉同。

明·冯梦龙辑《笑府》卷六殊禀部《认鞋》，文字稍有变化，更趋于口语化。

> 一妇夜与邻人有私，夫适归，邻人逾窗而出，夫攫得其鞋，骂妻不已，因枕鞋而卧，谓妻曰："且待天明，认出此鞋，当与汝算账。"妻乘其熟寐，以夫鞋易去之。夫晨起复骂，妻使认鞋。既已见鞋，大悔曰："我错怪你了，原来昨夜跳窗的倒是我。"

清·小石道人辑《嘻谈续录》卷上《认鞋》、清·程世爵撰《笑林广记·认鞋》、近人憨斋士纂辑《笑林博记》卷七《昨夜是我》，均与此则相同。

这一故事类型，现当代仍在宁夏等地流布，譬如《跳窗的原来是我》①。

这一故事类型，相当于丁乃通编著《中国民间故事类型索引》1419B*。

---

① 见《中国民间故事集成·宁夏卷》。

合穿靴型故事 大致写兄弟二人合买一靴,其兄(或弟,下同)常穿走,其弟(或兄,下同)不甘心,乃穿靴夜行,不得睡觉。靴破,兄提出再合买一双,弟道:"我要睡觉。"这一故事类型,初见于明·赵南星撰《笑赞》。

> 兄弟二人攒钱买了一双靴,其兄常穿之,其弟不肯空出钱,待其兄夜间睡了,却穿上到处行走,遂将靴穿烂。其兄说:"我们再将出钱来买靴。"其弟曰:"买靴误了睡。"
>
> 《笑赞》"合买靴"

明·冯梦龙辑《笑府》卷六殊禀部《合著靴》,文字简约,笑话效果更强。

> 有兄弟共买靴一双,兄日著以拜客赴宴。弟不甘,亦每夜著之,环行室中。俄而靴敝,兄再议合买,弟曰:"我要睡矣。"

清·游戏主人辑《笑林广记》卷五《合着靴》,据《笑府》改写,文字略有增减。

> 有兄弟共买一靴,兄日着以拜客赴宴,弟不甘服,亦每夜穿之,环行室中,直至达旦。俄而靴敝,兄再议合买,弟曰:"我要睡矣。"

清·石成金撰《笑得好》初集《兄弟合买靴》,文字更为通俗易懂。

> 兄弟二人合买靴一双,言过合穿。及买归,其弟日日穿走,

竟无兄分。兄心不甘,乃穿靴夜行,总不睡觉,不几日靴破。弟谓兄曰:"再合买一双新的。"兄愁眉曰:"不买了,还让我夜间好睡睡觉罢。"

近人憨斋士纂辑《笑林博记》卷三《兄弟合买靴》,与此则悉同。

这一故事类型,现当代仍在福建、湖北、湖南等地流布,譬如《兄弟买鞋》①《谁也不吃亏》②《买靴》③《两兄弟买皮鞋》④。

雨中逐客型故事 大致写主人天雨令久坐之客去,客道:"天雨怎么去的?"雨住后令去,客道:"雨住了还怕什么?"这一故事类型,初见于明·赵南星撰《笑赞》。

> 一人好酒,坐席太久,其仆欲令其去,因见天阴,说称天将雨了。其人说:"将雨怎么去的!"稍间下雨,许久雨住,仆又说:"雨住了。"其人说:"雨住了还怕甚的。"

《笑赞》"不肯离去"

清·赵恬养撰《增订解人颐广集》中的一则异文,情节略有变化,文字更为通俗。

> 二人酒肆饮酒,酒毕,久坐不去。主人厌倦,假看天色曰:"雨要来了。"二人曰:"雨既来了,如何去得?少待雨过再去。"

---

① 见《中国民间故事集成·福建卷·石狮市分卷》。
② 见《湖北民间故事传说集·襄阳地区专集》。
③ 见《民间笑话大观》。
④ 见《中国民间故事集成·湖南卷·岳阳市分卷》。

主人又曰："如今雨又过了。"其人曰："雨既过了，怕他怎的。"

《增订解人颐广集》诙谐类"店主逐客"

赵恬养撰《增订解人颐新集》诙谐类"店主逐客"、近人憨斋士纂辑《笑林博记》卷三《久坐不去》，均与此则悉同。

《笑林博记》卷七《他是呆鸡》，据《增订解人颐广集》之"店主逐客"改写，增加了后面一段，颇为风趣。

> 二客饮于酒肆，饮毕久坐不去。肆主厌甚，顾乃无法令其速去，假看天色曰："天将行雨。"二客曰："雨将至，如何去得？少待雨过再去。"肆主又曰："如今雨又过了。"客曰："雨既过了，怕他什么？"肆主知其不即去也，正在无计可施，猛抬头见树上歇着一大鸟，乃谓客曰："你们二人坐久，想酒兴已消，待我砍倒此树，捉下鸟来，烹与你二人侑酒，再饮几杯如何？"二客曰："此言甚善，但恐树倒鸟飞矣。"肆主曰："此是呆鸟，他死也不肯去的。"

定不出来型故事 大致写一人被妻殴打，钻在床下躲避，其妻叫他出来，他道："大丈夫说不出去，定不出去。"这一故事类型，初见于明·赵南星撰《笑赞》。

> 一人被其妻殴打，无奈钻在床下，其妻曰："快出来。"其人曰："丈夫说不出去，定不出去。"

《笑赞》"定不出去"

明·冯梦龙辑《笑府》卷八刺俗部《避打》，据此则改写，文字略有变化。

> 一人被妻打，无奈钻在床下。妻呼曰："快快出来！"答曰："男子汉大丈夫，说不出来定不出来。"

明·冯梦龙辑《广笑府》卷十《不出来》，与此则悉同。近人憨斋士纂辑《笑林博记》卷五《大丈夫》亦与此则相同，仅个别字句有出入。

这一故事类型，现当代仍在河北、湖北等地流布，譬如《大丈夫男子汉》①《赌狠》②《大丈夫》③。

幸戴毡帽型故事　大致写盛夏时一人赶路至树下歇凉，脱毡帽扇风，叹道："若无此帽就热死我矣！"这一故事类型，初见于明·赵南星撰《笑赞》。

> 有暑月戴毡帽而行路者，遇大树下歇凉，即将毡帽当扇，曰："今日若无此帽，就热死我。"
>
> 　　　　　　　　　　　　　　　《笑赞》"毡帽当扇"

近人憨斋士纂辑《笑林博记》卷五《本末不分》与此则悉同。

明·冯梦龙辑《笑府》卷六殊禀部《毡帽》由《笑赞》改写而成，文字有所变化。

> 有暑月戴毡帽出者，趋大树下歇凉，即脱帽以当扇。扇讫谓人曰："今日若不带此帽出来，几乎热杀。"

---

① 见《中国民间文学集成·武安民间故事卷》续集。
② 见《湖北民间故事传说集·荆州地区专集》。
③ 见《民间笑话大观》。

清·游戏主人辑《笑林广记》卷五《帽当扇》,与此则悉同。

这一故事类型,现当代仍在重庆等地流布,譬如《毡帽做扇》①。

做屁文章型故事 大致写一秀才死后见阎王,王偶放一屁,其人即献屁颂一篇。王喜,增寿十(或一)年,放回阳间。期满,其人又去见阎王,王问何人,鬼卒道:"就是那做屁文章的秀才。"这一故事类型,初见于明·赵南星撰《笑赞》。

> 一秀才数尽,去见阎王,阎王偶放一屁,秀才即献屁颂一篇曰:"高竦金臀,弘宣宝气,依稀乎丝竹之音,仿佛乎麝兰之味,臣立下风,不胜馨香之至。"阎王大喜,增寿十年,即时放回阳间。十年限满,再见阎王。这秀才志气舒展,望森罗殿摇摆而上,阎王问是何人,小鬼说道:"是那做屁文章的秀才。"

《笑赞》"献屁颂"

近人憨斋士纂辑《笑林博记》卷五《秀才掉文》,与此则相同。

明·浮白主人辑《笑林·做屁》、明·冯梦龙辑《笑府》各有一则笑话,均据《笑赞》"献屁颂"改写,情节有一定变化。

> 一秀才死见冥王,自陈文才甚敏。王偶撒一屁,士即进前词云云。王喜,命延寿一年。至期死,复诣王。适王退期,鬼卒报秀才求见,王问何人,鬼卒曰:"就是那做屁文字的秀才。"

《笑林·做屁》

---

① 见《彭水民间故事》。

一士死见冥王，王忽撒一屁，士即拱揖进辞曰："伏维大王高耸尊臀，洪宣宝屁，依稀丝竹之音，仿佛麝兰之气。"大王喜，命牛头卒引去别殿，赐以御宴。至中途，士顾牛头卒谓曰："看汝两角弯弯，好似天边之月，双眉（目）炯炯，浑如海外之星。"卒亦甚喜，扯士衣曰："大王御宴尚早，先在家下吃个酒头了去。"

《笑府》卷二腐流部《颂屁》

清·石成金撰《笑得好》二集《放屁文章》，由《笑赞》演化而来，嘲讽亦颇尖刻。

一秀才能言，惯会帮人讼事，且官憎嫌，教之曰："为士者，只应闭户读书，因何出入衙门，如此举动？想汝文章必然荒疏，本县且出题考汝，好歹定夺。"因出题令其做文，半晌不能成句，反高声曰："太宗师所出题目甚难，所以迟滞，求再出一题。若做不出，情愿领罪。"官为一笑。这秀才即拱揖进辞曰："伏惟太宗师高耸金豚，洪宣宝屁，依稀乎丝竹之音，仿佛乎麝兰之气，生员立于下风，不胜馨香之至。"县官听完大笑曰："这秀才，正经的好文章不会做，放屁的坏文章偏做得好。本县衙门东街，有个万人粪坑，叫皂隶即押他在粪坑边立着，每日领略些麝兰香味，免得他闲着生事害人。"

石敢当能言型故事 大致写有一次里甲向官报告石敢当能言，但背去后石敢当竟无言，里甲因此被打十板，相当尴尬。这一故事类型，初见于明·赵南星撰《笑赞》。

有石敢当者，忽然能言。里甲急趋报官。官命负敢当来。既至，再三问之不言。官怒，道是说谎，责了十板，仍命负之以出。

至途中，遇识者，问曰："报官如何？"甲顿足曰："为此冤家，被官打了五下。"敢当曰："你又说谎，昧了五下。"

《笑赞》"石敢当能言"

近人憨斋士纂辑《笑林博记》卷五《石敢当》，与此则悉同。

明·冯梦龙辑《笑府》卷十三闰语部《石敢当说话》，由《笑赞》"石敢当能言"改写而成，文字更为生动。

有石敢当者，能言祸福。里甲希上官之赏，急趋报府。既至，再三问之，不言。官怒，责十大板，仍令负去。途中，遇其乡邻，问曰："请赏几何？"甲顿足曰："为此冤家，已受杖五下矣。"石于背上言曰："如何调谎？瞒却五下？"

秀才买柴型故事　大致写一秀才买柴时以文绉绉的话语讲价，卖柴者不知说甚，竟去。这一故事类型，初见于明·赵南星撰《笑赞》。

一秀才买柴曰："荷薪者过来。"卖柴者因过来二字明白，担到面前。问曰："其价几何？"因价字明白，说了价钱。秀才曰："外实而内虚，烟多而焰少，请损之。"卖柴者不知说甚，荷的去了。

《笑赞》"秀才买柴"

近人憨斋士纂辑《笑林博记》卷五《秀才掉文》，与此则悉同。

这一故事类型，现当代仍在天津等地流布，如《秀才买柴》[①]《秀

---

① 见《天津民风》第8辑。

才买柴》①。

这一故事类型，相当于艾伯华著《中国民间故事类型》"滑稽故事 3. 蠢秀才"。

代打致谢型故事　大致写某替人到公堂上挨打，因为痛极，只好将所收银子拿去行贿，才得从轻。某出来时竟去感谢雇主给银子救了自己的性命。这一故事类型，初见于明·赵南星撰《笑赞》。

> 有受人雇觅，而代之见官受打者，以其所得之钱与行杖皂隶，打之稍轻。既出，则向雇己之人叩头曰："恩主爷，不亏你的钱，就打杀了。"
>
> 《笑赞》"受人雇觅者"

明·冯梦龙辑《笑府》中的一则异文，由此则脱胎而来，多有变化。

> 有应受官责者，以银二钱浼邻人代往。其人得银，欣然而往。既见官，官喝打三十。方受数杖，痛极，因私出所得银赂行杖者，得从轻。其人出谢前人，曰："蒙公与银救我性命，不然，几乎打杀。"
>
> 《笑府》卷六殊禀部《代打》

清·游戏主人辑《笑林广记》卷五《代打》出《笑府》，文字几乎相同。

这一故事类型，现当代仍在河南等地流布，譬如《挨打感恩》②。

和尚"放生"型故事　大致写有个和尚抓住一只雀儿，喜滋滋地说，

---

① 见《民间笑话三百则》。
② 见《中国民间故事集成·河南卷》。

"今天可吃一块肉";当雀儿逃走后,和尚又说,"我把你放生啦"。这一故事类型,初见于明·赵南星撰《笑赞》。

> 鹞子追雀,雀投入一僧袖中。僧以手搦定曰:"阿弥陀佛,我今日吃一块肉。"雀闭目不动,僧只说死矣,张开手时,雀即飞去。僧曰:"阿弥陀佛,放生了你罢。"
>
> 《笑赞·僧与雀》

明·冯梦龙辑《笑府》中的一则异文,出自《笑赞》,文字略有改动。

> 鹞子追雀,雀投入一僧袖中。僧以手搦定曰:"阿弥陀佛,我今日吃一块肉。"雀闭目不动,僧谓已经死;才纵手,雀即飞去。僧曰:"阿弥陀佛,放生了你罢。"
>
> 《笑府》卷五广萃部《雀》

剪箭管型故事　大致写某医为人治箭伤,仅将外露的箭管剪(或锯)掉。人问内截如何治?他说那是内科的事。这一故事类型,初见于明·江盈科撰《雪涛小说》。

> 有医者,自称善外科,一裨将阵回,中流矢,深入膜内,延使治,乃持并州剪剪去矢管,跪而请谢。裨将曰:"簇在膜内者须亟治。"医曰:"此内科事,不意并责我。"
>
> 《雪涛小说·任事》"剪矢管"

明·陈眉公辑《时兴笑话》卷上《外科》,情节有所变化,文字

第十二章 明代时期的民间故事类型

较为通俗。

　　一人观武场,被飞箭误穿其耳,接外科治之。医用小锯去其外截,即索谢求去。问:"内截如何?"答曰:"这是内科的事。"

明·冯梦龙辑《笑府》中的一则异文,描述略有变化。

　　一人往观武场,飞箭误穿其耳,迎外科治之。医用小锯锯其外竿,即索谢求去。问内截如何?曰:"这待里科来。"

　　　　　　　　　　　　《笑府》卷四方术部《箭》

清·石成金撰《笑得好》二集《剪箭管》,据《雪涛小说·任事》"剪矢管"改写,有细节描写,文字亦颇通俗流畅。

　　有一兵中箭阵回,疼痛不已,因请外科名医治之。医一看连云:"不难不难。"即持大剪将露在外边的箭管剪去,随索谢要去。兵曰:"剪管谁不会去?但簇在膜内的,急须医治,何以就去?"医摇头曰:"我外科的事已完,这是内科的事,怎么也叫我医治?"

近人憨斋士纂辑《笑林博记》卷二《本分》,与此则悉同。
清·游戏主人纂辑《笑林广记》卷三《锯箭竿》,据《时兴笑话》改写,文字有一定变化。

　　一人往观武场,飞箭误中其身。迎外科治之,医曰:"易事耳。"遂用小锯截其外杆,即索谢辞去。问:"内截如何?"答曰:"此是内科的事。"

这一故事类型，现当代仍在上海、山西等地流布，譬如《高明的外科大夫》①《外科医生》②。

鸡卵梦型故事 系"夫妻祷祝型故事"的亚型。大致写一贫人拾得一鸡卵，自以为有了家当，便想入非非，做起买田宅、购僮仆、养小妾的发财梦。其妻闻夫欲养小妾，当即打碎鸡卵。其人告官，请诛恶妇。官责问为何见妒？妇曰："除祸欲早。"官笑而释之。这一故事类型，见诸明·江盈科撰《雪涛小说》。

> 一市人贫甚，朝不谋夕。偶一日拾得一鸡卵，喜而告其妻曰："我有家当矣。"妻问安在，持卵示之，曰："此是。然须十年，家当乃就。"因与妻计曰："我持此卵，借邻人伏鸡乳之，待彼雏成，就中取一雌者，归而生卵，一月可得十五鸡，两年之内，鸡又生鸡，可得鸡三百，堪易十金。我以十金易五牸，牸复生牸，三年可得二十五牛；牸所生者，又复生牸，三年可得百五十牛，堪易三百金矣。吾持此金举责，三年间，半千金可得也。就中以三之二市田宅，以三之一市僮仆、买小妻，我乃与尔优游以终余年，不亦快乎？"妻闻欲买小妻，怫然大怒，以手击鸡卵碎之，曰："毋留祸种。"夫怒挞其妻，乃质于官，曰："立败我家者，此恶妇也，请诛之。"官司问家何在？败何状？其人历数自鸡卵起，至小妻止。官司曰："如许大家当，坏于恶妇一拳，真可诛。"命烹之。妻号曰："夫所言皆未然事，奈何见烹？"官司曰："你夫言买妾，亦未然事，奈何见妒？"妇曰："固然，第除祸欲早耳。"官笑而释之。
>
> 《雪涛小说》"妄心"

---

① 见《中国民间文学集成·上海卷·普陀区分卷》。
② 见《山西民间故事大系·晋南卷》。

近人杨汝泉编纂《滑稽故事类编》第十编《妄心》抄自《雪涛小说》"妄心",文字相同。

明·乐天大笑生纂集《解愠编》中的一则异文,故事情节多有变化。

贫士梦拾银三百两,既觉,谓其妻曰:"若果得此,以百两买屋,以百两买田,又以百两聘二小妻,其乐何如?"妻即大怒曰:"你只好冻,才有些钱,便思讨小。"争闹不已,就床打起,惊动四邻,急来相劝,问知其故。四邻笑曰:"幸得是梦,你家若真有钱讨小妻,岂不打出人命,连累我邻右耶?"

《解愠编》卷六《因梦致争》

明·冯梦龙辑《广笑府》卷六《因梦致争》,与此则悉同。

清·石成金撰《笑得好》所收一则异文,变化更为明显。

有一人极贫,将破酒瓮做床脚。一晚,夫妻同睡,梦见拾得一锭银子。夫妻商议,将此银经营几年,该利息许多,可以买田,可以造屋,一旦致富,就可以买官。但既然富贵,须要出入骑马,只是这马,我从不曾骑惯。因对妻子曰:"你权当作马,待我跨上来一试,何如?"不觉跨重了,将破酒瓮翻倒了,床铺同身子一齐都倒在地下,夫妻嚷闹不已。邻人问之,妻应曰:"我本好好的个人家,只为好骑马,把家业都骑坏了。"

《笑得好》二集《骑马败家》

这一故事类型,现当代仍在上海、湖北、河北、内蒙古等地的汉族和个别少数民族聚居区流布，譬如《一颗鸡蛋》①《懒汉与鸡蛋》②《空想》③《一个鸡蛋的家当》④《靠两颗老鹳蛋发财》（蒙古族）⑤。

这一故事类型，相当于丁乃通编著《中国民间故事类型索引》1681*。

让墙诗型故事 大致写某家为宅旁墙址与邻人发生争执，于是多次寄信给在朝为官的长辈。长辈回了一首诗，劝家人让墙，从而平息事端，后传为美谈。这一故事类型，初见于明·江盈科撰《雪涛小说》。

> 闻世庙时江右一显者宦于朝，其子数寄书曰："邻人每岁占墙址，不肯休。"显者得书，题其尾曰："纸纸家书只说墙，让渠径尺有何妨？秦王枉作千年计，只见城墙不见王。"遂缄封却寄。子诵其诗，谓父弩下，不能助己泄忿，遂弃其书于地。邻人偶拾得之，感服显者盛德，自毁其墙，恣显者之子所取。已而两相让，各得其平，相安如旧。
>
> 《雪涛小说·戒吞产》"让墙"

清·褚人获纂辑《坚瓠集》所收一则异文，故事情节变化较大，亦颇感人。

> 舒国裳芬在翰林日，其子数寄书曰："邻人岁占墙址不休。"芬览书题去尾曰："纸纸家书只说墙，让渠几尺又何妨。秦皇枉作千年计，今见城墙不见王。"遂缄封却寄。子诵其诗，谓父弩

---

① 见《中国民间文学集成·上海卷·静安区故事分卷》。
② 见《中国民间故事集成·湖北卷》。
③ 见《三坡民间故事选》。
④ 见《民间笑话大观》。
⑤ 见《中国民间故事集成·内蒙古卷》。

下，不能助己泄愤，遂弃其书。邻人闻而觅得之，感其盛德，自毁其墙，任其筑取。已而两相让，各得其平，相安如旧。

《坚瓠六集》卷一《让墙基》

近人姚永朴撰《旧闻随笔》录写的一则异文，故事情节与诗句均有变化，比较接近现当代口传形态。

张文端公居宅旁有隙地，与吴氏邻，吴越用之。家人驰书于都，公批诗于后寄归，云："一纸书来只为墙，让他三尺又何妨。长城万里今犹在，不见当年秦始皇。"只闻之感服，亦让三尺。其地至今名"六尺巷"。或曰丹徒张文贞公事，殆误。

《旧闻随笔·六尺巷》①

近人李警众编《嚼舌录》补遗"息讼诗"，记载了一首让墙诗的异文，可资比较。

或劝人息讼诗云："千里修书只为墙，让他几尺又何妨。长城万里今犹在，不见当年秦始皇。"余以为洒脱可喜。

这一故事类型，现当代仍在广东、贵州、湖南、湖北、河南、陕西、河北、江苏、安徽、上海、吉林、山西等地流布，譬如《丁日昌

---

① 见孙文光编《中国历代笔记选粹》上，华东师范大学出版社1998年版。

和六尺巷》①《丁宝桢寄诗息纷争》②《让街》③《单懋谦断墙案》④《劝人莫要学霸道》⑤《一封书信平怨愤》⑥《秀水胡同》⑦《一诗解纠纷》⑧《让三尺的故事》⑨《六尺巷》⑩《你敬我一尺，我敬你一丈》⑪《仁义巷》⑫。

如此吃菱型故事　大致写一北人不识菱，在南方吃菱时竟带壳入口。其人露怯欲进行辩解，接连闹了不少笑话。这一故事类型，见诸明·江盈科撰《雪涛小说》。

　　北人生而不识菱者，仕于南方，席上啖菱，并壳入口。或曰："啖菱须去壳。"其人自护所短，曰："我非不知，并壳者，欲以清热也。"问者曰："北土亦有此物否？"答曰："前山后山，何地不有。"夫姜产于土，而曰树结；菱生于水，而曰土产：皆坐不知故也。

《雪涛小说·知无涯》"北人吃菱"

---

① 见《中国民间故事集成·广东卷》。
② 见《中国民间故事集成·贵州卷》。
③ 见《机智人物故事大观》。
④ 见《中国民间故事集成·湖北卷》。
⑤ 见《河南民间文学集成·嵖岈山民间故事》。
⑥ 见《中国民间故事集成·陕西卷》。
⑦ 见《中国民间故事集成·河北卷》。
⑧ 见《镇江民间故事》。
⑨ 见《中国民间故事集成·安徽卷·亳州传说故事》。
⑩ 见《中国民间文学集成·上海卷·普陀区分卷》。
⑪ 见《中国民间故事集成·吉林卷》。
⑫ 见《山西民间故事大系·晋北卷》。

这一故事类型，现当代仍在湖北等地流布，譬如《吃菱角》①《山菱角》②。

梦得金型故事 大致写县学教谕正欲责打一学生，该生说他偶得千金，故而迟到。教谕一听转怒为喜。当得知该生要以重金酬师时，便备一桌丰盛酒菜款待该生。酒至半酣，该生才说他得金之事不过是一场梦。教谕不好再发怒，还称赞该生梦中得金，犹不忘老师。这一故事类型，见于明·江盈科撰《雪涛小说》。

  尝闻一青衿，生性狡，能以谲计诳人。其学博持教甚严，诸生稍或犯规，必遣人执之，朴无赦。一日，此生适有犯，学博追执甚急，坐彝伦堂盛怒待之。已而生至，长跪地下，不言他事，但曰："弟子偶得千金，方在处置，故来见迟耳。"博士闻生得金多，辄霁怒，问之曰："尔金从何处来？"曰："得诸地藏。"又问："尔欲作何处置？"生答曰："弟子故贫，无口业，今与妻计：以五百金市田，贰百金市宅，百金置器具，买童妾，止剩百金，以其半市书，将发愤从事焉，而以其半致馈先生，酬平日教育，完矣。"博士曰："有是哉！不佞何以当之？"遂呼使者治具，甚丰洁，延生坐，觞之。谈笑款洽，皆异平日。饮半酣，博士问生曰："尔适匆匆来，亦曾收金箧中扃钥耶？"生起应曰："弟子布置此金甫定，为荆妻转身触弟子，醒，已失金所在，安用箧？"博士蘧然曰："尔所言金，梦耶？"生答曰："固梦耳。"博士不怿，然业与款洽，不能复怒。徐曰："尔自雅情，梦中得金，犹不忘先生，况实得耶？"更一再觞出之。

《雪涛小说·甘利》"梦得金"

---

① 见《鄂南民间故事集》。
② 见《民间笑话大观》。

进入清代，这一个故事类型的情节有了很大的变化。青城子撰《志异续编》卷三《贪刻受愚》，颇富社会性，对贪婪、刻薄、为富不仁的田主进行了无情嘲弄。

一富人最贪刻，凡租伊田地耕种者，必先与伊银一百二百两不等，名曰"压庄"。恐少租，则将此银扣坻。更佃之日，原银退还，唯不加利。盖佃户图得田耕，而富人则得租之外，兼得利银也。压庄之外，又有所谓"上庄银"者。或一十二十两，如弟子见师长用贽敬然。否则亦不得田耕。但佃户二三年必寻故更换，冀另得上庄银耳。

有佃户某甫耕二年，伊忽换人。妻怨曰："稔知若田，不得久耕，何苦徒费上庄为！"某曰："虽费上庄，压庄自在。宁不能别谋乎？但行则行矣，必欲至若家，餍若酒肉而后快。"妻曰："若平日滴水不肯与人饮，焉有酒肉与汝？"曰："我自有处。汝收拾先行，我往若家去矣。"

比至，富人一见，即怒形于色曰："汝何尚未移去，来至我家何为？岂敢有意抗拒耶？"某曰："不敢。阖家已经移去。所以来此者，一则辞行，一则有喜事奉报耳。"富人和颜问曰："有何喜事？"曰："昨于二更时始寝，正在欲寐未寐间，因思黎明即当起行，园中尚有萝卜未拔，遂用铁锄挖取。锄甫入土，铿然有声，乃一铜盘。揭开视之，下一大瓮，瓮内悉属白银。此非喜事而何？"曰："此汝福命，汝自取之，何为报我？"曰："银上悉镌翁名，我何敢取？"富人闻言，不觉喜形于色，命家中出酒肴对酌。戏问曰："汝岂丝毫未取乎？"曰："实不敢欺，当见银可爱，已取一锭矣。"富人默忖曰："信哉是人。非特见银不隐，即取银亦不稍讳。"于是命家中更换美酒，另出佳肴，殷勤相劝。某已不胜酒，告辞。止之，复戏问曰："度汝必不止取一锭。"曰是："虽知为翁物，奈爱心难割。当欲再取，不意贱内忽伸足，将我惊醒，至今犹怏怏然。"曰："然则汝所言皆梦耶?"曰："然。翁犹以为实耶?"富人不禁拍案大怒，责其欺己。某乘醉踉跄出门去。富人唯以事事皆为己所实有，故不惜机诈营谋，不知刻薄成家，理无久享转瞬间将归于乌有，与某之梦中所见何异哉。是某之所述见银取银，不啻晨钟暮鼓，其如唤不醒何。

近人杨汝泉编纂《滑稽故事类编》第五编《某佃户》，与此则悉同。

这一故事类型，现当代仍在湖北、湖南、西藏、贵州等地的汉族和一些少数民族聚居区流布，譬如《小和尚与老和尚》①、《叫化子吃寿酒》②、《师傅和徒弟》（藏族）③、《分金砖》（苗族）④。

这一故事类型，相当于丁乃通编著《中国民间故事类型索引》1465B_1。

邻家去痛型故事　大致写一人脚（或腿，下同）上长疮，痛不可忍。于是挖一洞将脚伸到隔壁，说是"等它到邻家去痛"。这一故事类型，初见于明·江盈科撰《雪涛小说》。

盖闻里中有病脚疮者，痛不可忍，谓家人曰："尔为我凿壁为穴。"穴成，伸脚穴中，入邻家尺许。家人曰："此何意?"答曰："凭他去邻家痛，无与我事。"

《雪涛小说·任事》"邻家去痛"

清·石成金撰《笑得好》中的一则异文，情节略有变化，亦更为

---

① 见《中国民间故事集成·湖北卷》。
② 见《中国民间故事集成·湖南卷》。
③ 见《中国民间故事集成·西藏卷》。
④ 见《中国民间故事集成·贵州卷》。

通俗易懂。

  有人腿上患一毒疮，甚是疼痛，叫喊不止。忽在壁上挖一洞，将腿放入穴内。人问其故。患人攒眉曰："这疮在我腿上，我自己痛不过了，所以挖个壁洞伸过去，也等他好往别人家里疼疼去。"

《笑得好》初集《疮痛》

  近人憨斋士纂辑《笑林博记》卷三《疮痛》，与此则悉同。
  这一故事类型，现当代仍在浙江等地流布，譬如《到隔壁去痛》①《到别人家去痛》②。

诱出户型故事 大致写甲让乙将其骗下楼（或出户，下同）。乙道："你若在楼下（或户外），我便可骗将上去（或入户）。甲果下楼，乙笑道："我已骗你下楼了。"这一故事类型，出现于明代，最早一则见诸江盈科撰《雪涛谐史》。

  少年在楼下，会楼上一贵人，呼曰："人道尔善骗，骗我下来。"少年曰："相公在楼上，断不敢骗；若在楼下，小人便有计骗将上去。"贵人果下，曰："何得骗上。"少年曰："本为骗下来，不烦再计。"

《雪涛谐史》"骗下楼"

  明·浮白斋主人撰《雅谑·诱出户》，情节多有变化，故事主人公有名有姓，带一定的传说色彩。

---

  ① 见《中国民间文学集成·浙江省淳安县卷》。
  ② 见《民间笑话大观》。

朱古民文学善谑，一日在汤生斋中，汤曰："汝素多知术，假如今坐室中，能诱我出户外立乎？"朱曰："户外风寒，汝必不肯出；倘汝先立户外，我则以室中受用诱汝，汝必从矣。"汤信之，便出户外立，谓朱曰："汝安能诱我入户哉？"朱拍手笑曰："我已诱汝出户矣。"

明·冯梦龙编纂《古今谭概》儇弄部第二十二《朱古民》和《智囊补》杂智部卷二十八《小慧·诱出户》、近人憨斋士纂辑《笑林博记》卷五《诱出户》，均与此则相同。

清末成书的丁治棠撰《仕隐斋涉笔》卷三《机智》中的"诳师"，将故事情节附会在战国兵家孙膑和擅长纵横捭阖之术的鬼谷子身上，别有情趣。

俗传孙膑从学鬼谷子，欲辞师出山，游说立功名。师曰："今七国纷争，非使巧诈不能动人主。尔能诳吾出洞外，方可下山。"孙曰："师神人，安能诳之出外，且明知作诳，谁肯受诳者？唯师在洞外，或能诳之入内耳。"师曰："依尔言，能诳我入内，亦算高足。"即出外俟之，命之作诳。孙笑曰："师胡出外？非为我所诳乎？"鬼谷大奖曰："以不诳为诳，灵机肆应，使我堕术中而不觉也。"此虽伪说，其智巧有过人者。

这一故事类型，现当代仍在河北、山西、内蒙古、河南、陕西、四川、云南、贵州、广东、福建、浙江、上海、安徽、湖北、湖南、广西、山东等地汉族和蒙古、苗、壮、白、土家、哈尼、纳西、景颇等少数民族聚居区流布，譬如《骗子》①、《哄县官》②、《让王爷下轿》

---

① 见《滦南民间故事选》。
② 见《山西民间文学资料》第 1 集。

（蒙古族）①、《坐雪地》②、《回渔村》③、《哄人》④、《哄老财下楼》（白族）⑤、《哄老爷下马》（哈尼族）⑥、《上楼下楼》（纳西族）⑦、《哄山官下马》（景颇族）⑧、《过渡》（苗族）⑨、《骗叔父上楼》⑩、《上下轿》⑪、《骗阿叔》⑫、《骗下街沿》⑬、《扯白》（土家族）⑭、《比高下》⑮、《哄土司下马》（壮族）⑯、《岗儿上岗儿下》⑰。

这一故事类型，相当于丁乃通编著《中国民间故事类型索引》1559D*。

捞鱼去型故事 大致写甲让乙说谎逗趣，乙说某处湖（或河）水干枯，自己要去捞鱼，没空。甲赶去捞鱼，方知误信谎言。这一故事类型，见于明·江盈科撰《雪涛谐史》。

武陵一市井少年，善说谎。偶于市中遇一老者，老者说之曰：

---

① 见《巴拉根仓故事集成》。
② 见《庞振坤的故事》。
③ 见《睡打官司》。
④ 见《中国民间故事集成·江津县卷》。
⑤ 见《云南少数民族机智人物故事选》。
⑥ 见《哈尼族民间故事》。
⑦ 见《纳西族民间故事选》。
⑧ 见《云南少数民族机智人物故事选》。
⑨ 见《中国机智人物故事大观》。
⑩ 见"中国民间故事汇编"《蛇郎》。
⑪ 见《智惩恶讼师》。
⑫ 见《浙江省民间文学集成·东阳市故事卷》。
⑬ 见《中国民间文学集成·上海卷·黄浦区故事分卷》。
⑭ 见《湖北民间故事传说集·恩施地区专集》。
⑮ 见《机智人物故事大观》。
⑯ 见《壮族民间故事选》。
⑰ 见《机智故事一百二》。

"人道你善谎,可向我说一个。"少年曰:"才闻众人放干了东湖,都去拿团鱼,小人也要去拿个,不得闲说。"老者信之,径往东湖,湖水渺然,乃知此言即谎。

《雪涛谐史》"少年说谎"

这一故事类型,现当代仍在台湾、海南、广西、浙江、河南、河北、山西、山东、陕西、甘肃、青海、新疆、四川、云南、宁夏、湖南、湖北、天津等地汉族和回、彝、壮、侗、瑶、白、哈尼、东乡、纳西、柯尔克孜、土、仫佬等少数民族聚居区流布,如《捡死鱼》①、《神骗子张智捉鱼》②、《吹牛》(壮族)③、《捞鱼》(侗族)④、《两只山羊和一只烤鸭》(仫佬族)⑤、《没空说瞎话》⑥、《"擦风"骗人》⑦、《打雁去》⑧、《撒谎赢骏马》⑨、《巧戏能不够》⑩、《撒谎骗财主》⑪、《说谎》⑫、《撒谎》(东乡族)⑬、《上当》(土族)⑭、《斗智》(柯尔克孜族)⑮、《扯

---

① 见《台湾桃竹苗地区民间故事》。
② 见《中国民间故事集成·海南卷》。
③ 见《广西少数民族民间故事》。
④ 见《侗族民间故事选》。
⑤ 见《仫佬族民间故事》。
⑥ 见《中国民间故事集成·天津卷》。
⑦ 见《巧换金罗汉》。
⑧ 见《庞振坤的故事》。
⑨ 见《蜘蛛写状子》。
⑩ 见《中国民间文学集成·山西卷·襄汾民间故事集成》。
⑪ 见《崂山的传说》。
⑫ 见《睡打官司》。
⑬ 见《东乡族民间故事集》。
⑭ 见《中华民族故事大系》第10册。
⑮ 见《阿凡提和"阿凡提"们》。

把子》①、《捞鱼》（彝族）②、《土官受骗》（白族）③、《何大爷拿鱼》（哈尼族）④、《拿鱼去》（纳西族）⑤、《河干了》（回族）⑥、《白天没空》⑦《沉龙山失火》⑧《忙着捉鱼》（瑶族）⑨。

这一故事类型，相当于丁乃通编著《中国民间故事类型索引》1920B。

错死人型故事 大致写东家请塾师撰祭男性（或女性）亲戚文，塾检旧本误抄女性（或男性）祭文，被人耻笑。东家见责，塾师道："此文如何得错，谁教他家错死了人。"这一故事类型，明清时多有记载。初见于明·江盈科撰《雪涛谐史》。

> 有塾师者，素不工文。其东道家索师为文致奠亲家公，师无以应，检旧本有祭亲家母文一首，因录与之。一时吊客皆曰："塾师错做文字。"塾师闻之，骂曰："我文殊不错，他家错死了人。"久之，东道家又复索文，师无以应，乃骑驴自塾逃归。东家追之，师计穷，驱驴入道旁窑孔。驴见孔深，不肯入，师连挞之，且骂曰："尔能作文字，听在窑外。"

《雪涛谐史》"他家错死了人"

---

① 见《中国民间故事集成·合川县卷》。
② 见《娃子的笑声》。
③ 见《云南少数民族机智人物故事选》。
④ 见《哈尼族民间故事》。
⑤ 见《云南少数民族机智人物故事选》。
⑥ 见《回族民间故事选》。
⑦ 见《机智人物故事大观》。
⑧ 见《贱三爷》。
⑨ 见《中华民族故事大系》第5册。

明·陈眉公辑《时兴笑话》中的一则异文,仅保留上一则的前半部分,情节略有变化,文字较为简约。后世的各种异文,大多保持这样的基本格局,足见它在这一故事类型发展中的影响较大。

> 东家丧妻母,往祭,托馆师撰文,乃按古本误抄祭妻父者与之。识者看出,主人大怪馆师,馆师曰:"古本上是刊定的,如何会错,只怕是他家错死了人。"
> 《时兴笑话》卷下《错死》

清·陈皋谟辑《笑倒·作祭文》、清·游戏主人辑《笑林广记》卷二《抄祭文》、清·方飞鸿撰《广谈助·错死了人》,或与此则悉同,或略有出入。

明·乐天大笑生纂集《解愠编》卷一《错死人》由《时兴笑话》改写,文字有所变异,且更简练。

> 馆东丧妻母,托教读作祭文。教读按古本,误抄祭妻父文与之。馆东怪而问之。教读曰:"我买刊本已定,谁教你家错死了人。"

明·冯梦龙辑《广笑府》卷一《错死人》,与此则悉同。

明·冯梦龙辑《笑府》卷二腐流部《作祭文》,情节略有变化,即以误抄祭妻文往祭岳母,引出这则笑话。

> 一人丧妻母,托馆师作祭文,乃按古文误抄祭妻文与之。其人怪问,馆师曰:"此文是刊本定的,如何得错?只怕倒是他家错死了人,这便不关我事。"

清·石成金撰《笑得好》初集《死错了人》,由《时兴笑话》卷下《错死》改写,文字比较通俗。

> 有人亲家母死,托馆师作祭文。师于旧文集中抄一祭亲家翁者与之。其人看曰:"错了。"师怒曰:"此文乃是刊刻在书上的,一字也不错,除非是他家错死了人。"

近人憨斋士纂辑《笑林博记》卷七《死错了人》,情节与以上诸则均有一定出入,文字更为通俗易懂。

> 有一老学究,开一私塾。有一天,有个学生的外祖母死了,请学究写挽对。学究想了一天想不出句子,学生向他讨,他不得已,在书上抄了一副。
> 开吊的日子,挂了出来,大家一看是死了男人用的,吊客都好笑。学生的父亲忙去找学究说:"你如何写的挽对写给男死人的?"先生怒道:"我一字没有改,照抄的。要么你们的人死错了!"

这一故事类型,现当代仍在云南、海南、湖南、湖北、浙江、河北、山西、陕西、宁夏、山东等地汉族和一些少数民族聚居区流布,譬如《死错了人》(白族)[1]、《写祭文》[2]、《只怪他死错了人》(苗族)[3]、《写座幛》[4]、《死错了人》[5]、《错写挽词》[6]、《死错了人》[7]《写祭

---

[1] 见《白族民间故事》。
[2] 见《中国民间故事集成·海南卷》。
[3] 见《中国民间故事集成·湖南卷》。
[4] 见《中国机智人物故事大观》。
[5] 见《浙江民间文学集成·杭州市故事卷》。
[6] 见《中国民间文学集成·井陉民间文学集成》。
[7] 见《中国民间文学集成·山西卷·晋中民间故事集成》。

文》①《本本先生》②《死错了人》③。

何以做人型故事　大致写一猴死后求转人身，阎王告以须将身上毛拔尽，可刚拔一毛，猴便连声呼号，王笑道："你一毛不拔，如何做人？"这一故事类型，初见于明·江盈科撰《雪涛谐史》。

> 有讥性吝者，谓猕猴往诉阎君，曰："予面目机发犹人也，奈何不比于人？"阎君曰："拔去尔毛，可乎？"猕猴首肯。及拔一茎，辄呼号不禁。阎君笑曰："似尔这等一毛不拔，如何做得人成？"
>
> 　　　　　　　　　　　　　　　《雪涛谐史》"一毛不拔"

明·陈眉公辑《时兴笑话》中的一则异文，叙述有所变化，较为洗练明快，文字较为通俗易懂。此后的各种异文，都与此则近似。

> 一猴死见冥王，求转人身，王曰："既欲人身，须拔尽毛方可。"即唤夜叉拔之，才下手，猴连声叫痛，王曰："你一毛不拔，也要思量做人。"
>
> 　　　　　　　　　　　　《时兴笑话》卷上《一毛不拔》

明·浮白主人辑《笑林·猴》、明·冯梦龙辑《笑府》卷八刺俗部《猴》，均与此则大致相同，仅个别字句有出入。

清代的两则异文，亦由《时兴笑话》卷上《一毛不拔》改写而成，文字均有不同程度的变化。

---

① 见《中国民间文学集成·陕西卷·汉中民间故事集成》。
② 见《中国民间故事集成·宁夏卷》。
③ 见《中国民间故事集成·山东卷》。

> 一猴死，见阎王求转人身。王曰："既要做人，须将身上的毛拔去。"即唤小儿拔毛，才拔一毛，猴叫痛极。王笑曰："你一毛也不肯拔，如何也想要做人？"
>
> 石成金撰《笑得好》二集《拔毛》

> 一猴死见冥王，求转人身。王曰："既欲做人，须将身上毛尽行拔去。"即唤夜叉动手，方拔一根，猴不胜痛楚，王笑曰："畜生，看你一毛不拔，如何做人。"
>
> 游戏主人辑《笑林广记》卷九《一毛不拔》

近人憨斋士纂辑《笑林博记》卷五《猴》，据游戏主人辑《笑林广记》卷九《一毛不拔》改写，文字小有出入。

这一故事类型，现当代仍在江苏、浙江、福建、河南、北京、山西、宁夏、广东等地流布，譬如《想做人又怕拔毛》[1]《一毛不拔难做人》[2]《一毛不拔》[3]《一毛不拔》[4]《拔猴毛》[5]《一毛不拔》[6]《一毛不拔岂能为人》[7]《一毛不拔》[8]。

阎王访名医型故事 大致写阎王（或张天师）欲访阳间名医，以为药店门外无冤鬼者必是。但见某医门外鬼独少，一问方知是新开业的。

---

[1] 见《中国民间故事集成·江苏卷》。
[2] 见《中国民间故事集成·浙江卷》。
[3] 见《中国民间故事集成·福建卷·永安市分卷》。
[4] 见《河南民间故事集成·河南沈丘县卷》。
[5] 见《中国民间故事集成·北京卷》。
[6] 见《中国民间故事集成·山西卷》。
[7] 见《中国民间故事集成·宁夏卷资料丛书·银川市集成》。
[8] 见《中国民间故事集成·广东卷》。

第十二章 明代时期的民间故事类型

这一故事类型，初见于明·江盈科撰《雪涛谐史》。

> 一庸医，偶遇阎君遣使召之治病。医问使者曰："医家多矣，何独及我？"使曰："阎君临遣时分付：看医家门首冤魂少者，即良医也。今见君门寂然，故相迎。"医者曰："不然，我昨日才开店耳。"

《雪涛谐史》"昨日才开店"

明·冯梦龙辑《笑府》中的一则异文，内容与《雪涛谐史》"昨日才开店"近似，表述则不相同。

> 冥王遣冥卒访阳间名医，命之曰："门前无冤鬼者即是。"每过医门，冤鬼毕集。最后至一家，见门前仅五鬼彷徨，曰："此可当名医矣。"问之，乃昨日新竖招牌者。

《笑府》卷四方术部《冥王访名医》

清·游戏主人纂辑《笑林广记》卷三《冥王访名医》，与此则相同，文字略有添改。

> 冥王遣鬼卒访阳间名医，命之曰："门前无冤鬼者即是。"鬼卒领旨，来到阳世。每过医门，冤鬼毕集。最后至一家，见门首独鬼彷徨，曰："此可以当名医矣。"问之，乃昨日新竖药牌者。

明·乐天大笑生纂集《解愠编》中的一则异文，访医者为张道陵，文字亦不甚相同。

> 张天师过金陵，见药肆外多鬼，询之，皆庸医杀伤者，心甚

恶之。后过一肆门外，止有四五鬼，意必医良而鬼少也。因下马体访焉，问："世医乎？"答曰："惶恐，惶恐，才开业三四日矣。"

《解愠编》卷三《开铺数日》

明·冯梦龙辑《广笑府》卷三《开铺数日》，与此则悉同。

这一故事类型，现当代仍在山西、河北、河南、浙江、福建、山东、湖南等地汉族和个别少数民族聚居区流布，譬如《阎王爷请医》①、《阎王爷请医生》②、《阎王请医》③、《阎王请医生》④、《阎罗王请医》（畲族）⑤、《城隍请医生》⑥、《阎王请名医》⑦《阎王请医生》⑧。

等桌"知音"型故事　大致写一琴师在市中弹琴，起初听者甚多，后渐渐散去，仅留下一人。琴师以为遇上了知音，其人道："这搁琴桌子是我家的。"这一故事类型，初见于明·江盈科撰《雪涛谐史》。

一琴师于市中鼓琴，市人以为琵琶、月琴之类也，听者环堵。久而闻琴声冲淡，皆不怿，以次散去，唯一人不去。琴师曰："尔非知音者乎？"其人答曰："这阁琴桌子是我家的。"

《雪涛谐史》"等桌子"

---

① 见《山西民间文学资料》第1辑。
② 见《中国民间文学集成·保定市故事卷》。
③ 见《中国民间文学集成·河南淅川县卷》。
④ 见《浙江民间文学集成·杭州市故事卷》。
⑤ 见《中国民间故事集成·福建卷·福鼎县分卷》。
⑥ 见《中国民间故事集成·福建卷·宁德市分卷》。
⑦ 见《中国民间故事集成·山东卷》。
⑧ 见《中国民间故事集成·湖南卷·岳阳市分卷》。

明·浮白斋主人撰《雅谑·不知音》，与此则相同，文字略有改动。

> 一琴师于市中操琴，人以为琵琶、月琴之类，环堵而听。既而琴声冲淡，闻之不怿，以次散去，独一人不去。师问曰："尔知音乎？"其人答曰："这阁琴桌子是我家物。"然则无一人知琴者矣。

清·石成金撰《笑得好》二集《市中弹琴》，由《雪涛谐史》"等桌子"改写，文字较为通俗，但情节并无变化。

> 一琴师于市中弹琴，市人以为琵琶三弦之类，听者甚多，及闻琴声清淡，皆不喜欢，渐次都散。唯一人不去，琴师喜曰："好了，还有一个知音，也不辜负我了。"其人曰："若不是这搁琴桌子是我家的，今伺候取去，我也散去多时了。"

近人憨斋士纂辑《笑林博记》卷二《市中弹琴》，与此则悉同。

明·顾起元撰《客座赘语》录写的一则异文，情节有所变化。

> 南人有学琴十年而极其趣者，自以为天下无愈己。挟琴而上都邑，次舍于教坊之旁。教坊之人所肄皆箜篌、琵琶、筝、篥属也。见南人至喜，群聚而求听焉。南人乃出琴而鼓之，曲未成，皆哄然而散，唯一人留而泣。南人喜，起作礼而问之，对曰："昔者吾父病介孪而死，今见先生之布指似之也，故泣。"南人乃抵琴于地而叹曰："嗟哉，知音之寡也！"盖自是不复鼓琴。

《客座赘语》卷六《谑语》"南人鼓琴"

近人憨斋士纂辑《笑林博记》的另外一则异文,情节又有较大变化。

> 某生素善琴,尝谓世无知音,抑抑不乐。一日无事,抚琴消遣。忽闻隔邻有叹息声,大喜欢,以为知音在是,款扉叩之。邻媪曰:"无他,亡儿存日,以弹絮为业。今客鼓此,酷类其音,闻之,不觉悲从中耳。"
>
> ——《笑林博记》卷七《偶遇知音》

这一故事类型,现当代仍在福建、上海、河北、河南、陕西、四川、浙江、广东等地流布,譬如《等椅子的知音》①《我等你这张凳子》②《要板凳》③《搬板凳》④《我等我的板凳哩》⑤《开夜会》⑥《知音》⑦《觅知音》⑧。

急送公文型故事 大致写某官拨一匹马与差人去送紧急公文,谁知差人竟逐马而行,以为六只脚比四只快。这一故事类型,初见于明·冯梦龙辑《笑府》。

> 有急足下急紧急公文,官恐其迟也,拨一马与之。其人逐马而行,人问:"此急事,何不乘马?"曰:"六只脚走,岂不快与

---

① 见《中国民间故事集成·福建卷·东山县分卷》。
② 见《中国民间文学集成·上海卷·静安区故事分卷》。
③ 见《中国民间文学集成·邢台市故事卷》。
④ 见《中国民间故事集成·河南太康卷》。
⑤ 见《中国民间文学集成·陕西卷·咸阳民间故事集成》。
⑥ 见《中国民间故事集成·重庆市永川县卷》。
⑦ 见《中国民间故事集成·浙江卷》。
⑧ 见《中国民间故事集成·广东卷》。

第十二章　明代时期的民间故事类型

四只？"

《笑府》卷六殊禀部《下公文》

近人憨斋主纂辑《笑林博记》卷四《更快》，与此则悉同。

这一故事类型，现当代仍在广东等地流布，譬如《边急送公》①。

肚里无有型故事　大致写临考前一士人日夜愁苦。其妻宽慰道："看你作文与我生产一般艰难。"士人叹道："你肚里有，我却肚里没有。"这一故事类型，初见于明·江盈科撰《雪涛谐史》。

> 有青衿者，其身临考，其妻临乳，不胜交愁，乃慰妻曰："尔安用愁？我乃应愁耳。"妻问故，答曰："尔腹里有，我腹里无。"

《雪涛谐史》"我腹里无"

明·浮白主人辑《笑林·产喻》，情节无甚变化，而文字趋于通俗。

> 一士屡科不利，其妻素患难产，谓夫曰："中这一节，与生产一般艰难。"士曰："你却是有在肚里，我却无在肚里。"

清·陈皋谟辑《笑倒·产喻》，与此则悉同。清·方飞鸿撰《广谈助》卷三十《谐谑篇》"产喻"，据《笑林·产喻》改写，末句文字稍有变化。近人憨斋士纂辑《笑林博记》卷三《肚里无》与《广谈助》之"产喻"悉同。

明·冯梦龙辑《笑府》卷八刺俗部《产喻》，对话有所增加，更

---

① 见《中国民间故事集成·广东卷》。

易于理解、接受。

>一秀才将试，日夜忧郁不已。妻乃慰之曰："看你作文，如此之难，好似奴生产一般。"夫曰："还是你每生子容易。"妻曰："怎见得？"夫曰："你是有在肚里的，我是没在肚里的。"

明·冯梦龙辑《广笑府》卷一《产喻》、清·游戏主人纂辑《笑林广记》卷二《腹内全无》均与此则悉同。

近人李铎撰《破涕录》（二）"肚里一些都没有预备的"，据此则改写，多有发挥，文字更为通俗易懂。

>某甲腹俭甚，偶欲作文，不意搜索枯肠，终日未成一字。其妻在旁曰："我今始知读书人作文之艰苦，实与我们妇女生子一样。"甲曰："你真看得好容易！我做文章，较你生儿女难上加难。"妻问何故？甲曰："你生儿女是早早有在肚里，我的文章，是肚里一些都没有预备的。"

这一故事类型，现当代仍在福建、上海、湖北、河北等地流布，譬如《做文章比生孩子难》①《书生与孕妇》②《肚子里没得》③《肚子里没货》④《肚里没有》⑤。

悭师授术型故事　大致写一人以纸剪鱼、以水为酒为礼，登门向悭师求教。悭师不在家，其妻以空杯当茶，以两手比作一饼相待。悭师归

---

① 见《中国民间故事集成福建卷·晋江县分卷》。
② 见《中国民间文学集成·上海卷·卢湾区故事分卷》。
③ 见《中国民间故事集成·湖北卷》。
④ 见《中国民间文学集成·海兴县资料卷》。
⑤ 见《民间笑话大观》。

来，责妻过于奢侈，随即用手作半圈样，以为半边饼打发来人足矣。这一故事类型，见诸明·江盈科撰《雪涛谐史》。

  一人已习悭术，犹谓未足，乃从悭师学其术。往见之，但用纸剪鱼，盛水一瓶，故名曰酒，为学悭贽礼。偶值悭师外出，惟妻在家，知其来学之意，并所执贽仪，乃使一婢用空盏传出曰："请茶。"实无茶也。又以两手作一圈曰："请饼。"如是而已。学悭者既出，悭师乃归，其妻悉述其事以告。悭师作色曰："何乃费此厚款？"随用手作半圈样曰："只这半边饼，毂打发他。"

《雪涛谐史》"悭师授术"

近人憨斋士纂辑《笑林博记》卷五《不愧悭师》，与此则悉同。

  这一故事类型，现当代仍在四川、湖北、浙江、福建、上海、山东、河北、天津、山西、湖南、吉林、内蒙古等地的汉族和个别少数民族聚居区流布，譬如《千俭省和万俭省》[1]、《老千和老万》[2]、《还不赶快追》[3]、《小气鬼斗法》[4]、《啬卑鬼生日》[5]、《两个吝啬鬼》[6]、《吝啬鬼做客》[7]、《天下省和第一省》[8]、《半个月饼》[9]、《三个吝啬

---

[1] 见《中国民间文学集成·成都市东城区卷》。
[2] 见《中国民间故事集成·永川卷》。
[3] 见《野山笑林》。
[4] 见《浙江民间文学集成·杭州市故事卷》。
[5] 见《中国民间故事集成·福建卷·建阳县分卷》。
[6] 见《中国民间文学集成·上海卷·长宁区分卷》。
[7] 见《临邑县民间故事、歌谣、谚语汇编》。
[8] 见《中国民间故事集成·河北卷》。
[9] 见《天津民风》第8辑。

鬼》①、《见面礼》②、《空饼和纸鱼》③、《小吝啬鬼和大吝啬鬼》（蒙古族）④、《你不会比划小些》⑤。

这一故事类型，相当于丁乃通编著《中国民间故事类型索引》1704C。

信风水型故事 大致写一人笃信风水，一日墙倒被压，急呼救命。欲掀土时，其人（或家人）道："先去问问阴阳，今日可动得土？"这一故事类型，初见于明·江盈科撰《雪涛谐史》。

> 一人平日动尺土，必卜吉。偶履岩墙遭覆压，土没其身之半，亟呼家人掀土出之。家人曰："期未必吉，盍卜诸？"其人曰："俟吉乃掀我耶？我将为墙下土矣！"家人曰："不卜则生，卜则死。若是乎，卜吉之无用也！"其人亦始有悟于平日之拘拘为过计也。
>
> 《雪涛小说·阴阳》"动土必卜"

明·浮白主人辑《笑林·风水》，文字简洁明快，讽刺性更强。后世之此一故事类型，大多由此则演化而成。

> 有酷信风水者，动辄问阴阳家。一日，偶坐墙下，忽墙倒被压，亟呼救命。家人辈曰："且忍着，待我去问阴阳先生，今日可动得土否？"

---

① 见《中国民间文学集成·山西卷·长治市民间故事集成》。
② 见《中国民间文学集成·湖南卷·道县资料本》。
③ 见《吉林民间文学丛刊》1979年第4期。
④ 见《中国民间故事集成·内蒙古卷》。
⑤ 见《中国民间故事集成·山西卷》。

明·冯梦龙辑《笑府》卷四方术部《风水》、近人憨斋士纂辑《笑林博记》卷五《风水》，均与此则悉同。

清·陈皋谟辑《笑倒·风水》，抄自《笑林》，文字有所删节。

> 有酷信风水者，动辄问阴阳家。一日，偶被墙压倒，亟呼救命，家人辈曰："且忍着，待我去问阴阳先生，今日可动得土否？"

清·游戏主人纂辑《笑林广记》卷五《信阴阳》，情节有所改动，更接近现当代口传形态。

> 有平素酷信阴阳，一日被墙压倒，家人欲亟救，其人伸出头来曰："且慢，待我忍着，你去问问阴阳，今日可动得土否？"

这一故事类型，现当代仍在宁夏、青海、陕西、四川、湖北、湖南、海南、浙江、上海、江苏、河北、广西等地汉族和个别少数民族聚居区流布，譬如《不能动土》[1]、《讲迷信的人》[2]、《风水迷》[3]、《风水》[4]、《愚蠢的父子》（土家族）[5]、《皇历迷》[6]、《不宜动土》[7]、

---

[1] 见《中国民间故事集成·宁夏卷》。
[2] 见《中国民间故事集成·青海卷》。
[3] 见《笑林拾零》。
[4] 见《中国民间文学集成·四川省宜宾县资料卷》。
[5] 见《彭水民间故事》。
[6] 见《谷城民间传说故事》。
[7] 见《中国民间文学集成·湖南卷·湘潭县资料本》。

《通书迷》①、《父子看皇历》②、《"老历本"动土》③、《皇历迷》④、《老皇历出门》⑤、《迷信皇历》⑥。

这一故事类型，相当于丁乃通编著《中国民间故事类型索引》1562C。

落几尺型故事　大致写某地水涨（或天旱求雨），人（或官）问何时水落（或何以不降雨），卜者（或法官）道："裁缝最有办法，他要落几尺就是几尺。"这一故事类型，初见于明·江盈科撰《雪涛谐史》。

山水偶涨，将及城，城中人惧，问卜者："何时水落？"卜者曰："你只问裁缝，他有个法儿，要落一尺，就落一尺，要落一丈，就落一丈。"

《雪涛谐史》"问裁缝"

明·浮白主人辑《笑林·裁缝》，情节有所变异，对这一故事类型的发展影响较大。

年旱，太守令法官祈雨，雨不至，太守怒，欲责法官。法官禀云："小道本事平常，不如某裁缝好。"太守曰："若何？"答曰："他要落一尺，就是一尺。"

---

① 见《中国民间故事集成·海南卷》。
② 见《浙江民间文学集成·湖州市故事卷》。
③ 见《中国民间文学集成·上海卷·卢湾区故事分卷》。
④ 见《中国民间故事集成·安徽卷·宿迁市卷本》。
⑤ 见《耿村民间文化大观》。
⑥ 见《中国民间故事集成·广西卷·博白民间故事集》。

明·冯梦龙辑《笑府》卷五广萃部《裁缝》，与《笑林·裁缝》相同。

清·游戏主人纂辑《笑林广记》卷三《裁缝》，抄自《笑林》，文字略有改动。

> 时年大旱，太守命法官祈雨，雨不至。太守怒欲治之。法官禀云："小道本事平常，不如某裁缝最好。"太守曰："何以见得？"答曰："他要落几尺就是几尺。"

明·乐天大笑生纂集《解愠编》中的一则异文，情节有所变化，亦颇有趣。

> 吴中大水将没城，官民恐甚。忽一法师至，能行法退水，步罡念咒，大呼曰："急退！"守城报曰："不见一尺了。"有顷又念咒，大呼曰："急退！"守城又报曰："又不见一尺了。"官府笑曰："这不是法师，却是个贼裁缝，眼看着便不见二尺了。"

《解愠编》卷三《不见一尺》

明·冯梦龙辑《广笑府》卷三《不见一尺》、近人憨斋主纂辑《笑林博记》卷四《不见一尺》，均与此则悉同。

这一故事类型，现当代仍在浙江等地流布，譬如《落布》①。

恶少剃眉型故事 大致写一恶少无钱过年，乃去找剃头匠为其剃眉毛。刚剃一边，恶少即要扭着去告官。剃头匠赔出三百钱，才算了事。回家后妻子问恶少为何不都剃光，恶少说那一边眉毛留着过元宵节。这

---

① 见《中国民间故事集成·浙江卷》。

一故事类型，见于明·江盈科撰《雪涛谐史》。

> 有恶少，值岁毕时，无钱过岁。妻方问计，恶少曰："我自有处。"适见篦头者过其门，唤入梳篦，且曰："为我剃去眉毛。"才剃一边，辄大嚷曰："从来篦头，有损人眉宇者乎？"欲扭赴官。篦者惧怕，愿以三百钱陪情，恶少受而卒岁。妻见眉去一留一，曰："曷若都剃去好看。"恶少答曰："你没算计了，这一边眉毛，留过元宵节。"

《雪涛谐史》"恶少剃眉"

这一故事类型，现当代仍在浙江等地流布，譬如《骗钱过书》①。

心在哪里型故事　大致写一官系陕西人，命下属买竹竿。其人误听为"猪肝"，乃往购猪肝并猪心（或耳朵，下同）归。官见猪肝，无可奈何，笑问："你的心在哪里？"其人取出猪心道："心也在这里。"这一故事类型，见于明·江盈科撰《雪涛谐史》。

> 陕右人呼竹为箸。一巡抚系陕人，坐堂时，谕巡捕官曰："与我取一箸竿来。"巡捕误听以为猪肝也，因而买之，且自忖曰："既用肝，岂得不用心？"于是以盘盛肝，以纸裹心置袖中，进见曰："蒙谕猪肝，已有了。"巡抚笑曰："你那心在那里？"其人探诸袖中曰："心也在这里。"

《雪涛谐史》"心在哪里"

近人憨斋士纂辑《笑林博记》卷五《心在》，与此则悉同。

---

① 见《徐文长故事》。

第十二章　明代时期的民间故事类型　　　　　　　　　　·1055·

这一故事类型，现当代仍在北京、天津、河北、山西、河南、陕西、甘肃、四川、安徽、江西、福建、浙江、上海、江苏、湖北、湖南等地流布，如《买竹竿》①《客家与学徒》②《买竹竿》③《老斑头戏知县》④《"耳朵在怀里"》⑤《耳朵在裹肚里》⑥《我的耳刮在这搭》⑦《耳朵在我的包包头》⑧《没有耳朵》⑨《买猪舌》⑩《竹床与猪肠》⑪《"老爷，心在这里"》⑫《官话与土官》⑬《"心在此地"》⑭《耳朵在此》⑮《竹竿变猪肝》⑯《你的耳朵在哪里》⑰。

一钱莫救型故事　大致写一人极吝啬，溺水后其子呼人急救。其人探头道："三分银子便救，一钱莫救！"这一故事类型，初见于明·江盈科撰《雪涛谐史》。

　　又一人江行覆舟，抱桅飘荡。或操小舟，将往救之。其人以

---

① 见《中国民间故事集成·北京卷》。
② 见《天津民风》第9辑。
③ 见《中国民间故事集成·河北卷》。
④ 见《中国民间文学集成·山西卷·长治市民间故事集成》。
⑤ 见《中国民间文学集成·河南太康卷》。
⑥ 见《老两口说古经》。
⑦ 见《中国民间故事集成·甘肃卷·兰州市分卷》。
⑧ 见《中国民间文学集成·四川省宜宾县资料本》。
⑨ 见《中国民间故事集成·重庆市永川县卷》。
⑩ 见《中国民间文学集成·安徽卷·怀宁县民间故事集》。
⑪ 见《中国民间故事集成·江西卷》。
⑫ 见《中国民间故事集成·福建卷·安溪县分卷》。
⑬ 见《浙江民间文学集成·鄞县故事、歌谣、谚语卷》。
⑭ 见《中国民间文学集成·上海卷·黄浦区故事分卷》。
⑮ 见《中国民间故事集成·江苏卷》。
⑯ 见《鄂南民间故事集》。
⑰ 见《中国民间文学集成·湖南卷·道县资料本》。

手示操舟者曰："你是三分来拯我，若要多，任我流。"其重财轻命如此。

《雪涛谐史》"只许三分"

明·乐天大笑生纂集《解愠编》卷七《一钱莫救》，情节有了明显变化，带有一定的戏剧性，通俗易懂。

一人性极鄙啬，道遇溪水新涨，吝出渡钱，乃拼命涉水。至中流，水急冲倒，漂流半里许。其子在岸旁觅舟救之，舟子索钱，一钱方往，子只出五分，断价良久不定。其父垂死之际，回头顾其子，大呼曰："我儿，我儿，五分便救，一钱莫救。"

明·冯梦龙辑《广笑府》卷七《一钱莫救》、近人憨斋士纂辑《笑林博记》卷一《鄙啬者》，均与此则相同。

明·冯梦龙辑《笑府》卷八刺俗部《溺水》，极为简约。

一人溺水，其子呼人急救。父于水中探头曰："是三分银子便救，若要多莫来！"

清·石成金撰《笑得好》初集《溺水》，据《笑府》改写，文字略有添改。

有人溺水，其子呼人急救，许以重酬。父于水中探头高喊曰："是三分银便救，若要多的，不必来。"

这一故事类型，现当代仍在青海、陕西、四川、湖北、福建、河北、山东等地流布，譬如《爱财胜过命》①《爱财如命》②《一文不舍》③《视钱如命》④《要钱不要命》⑤《财主过河》⑥《一吊钱不救》⑦。

这一故事类型，相当于丁乃通编著《中国民间故事类型索引》1305D。

假银也收型故事 大致写一官性贪，初上任谒城隍（或祭神），让左右收取假银锭，说是取个进财吉兆。这一故事类型，初见于明·江盈科撰《雪涛谐史》。

> 有官人者，性贪，初上任，谒城隍，见神座两旁悬有银锭，谓左右曰："与我收回。"左右曰："此假银耳。"官人曰："我知是假的，但今日新任，要取个进财吉兆。"
>
> 《雪涛谐史》"进财吉兆"

清·游戏主人纂辑《笑林广记》卷一《发利市》，情节略有变化，亦颇具讽刺意味。

> 一官新到任，祭仪门毕，有未烬纸钱在地，官即取一锡锭藏好。门子禀曰："老爷，这是纸钱，要他何用？"官曰："我知道，且等我发个利市着。"

---

① 见《中国民间故事集成·青海卷》。
② 见《笑林拾零》。
③ 见《中国民间故事集成·重庆市大渡口区卷》。
④ 见《中国民间故事集成·福建卷·漳州市分卷》。
⑤ 见《野山笑林》。
⑥ 见《中国民间文学集成·保定市故事卷》。
⑦ 见《中国民间故事集成·山东卷》。

去年历日型故事　大致写有个乡绅拿旧历来给别人回礼，仆人认为旧历已经无用，乡绅说我留在家也没有用。这一故事类型，初见于明·江盈科撰《雪涛谐史》。

> 有乡绅者，性悭吝。适遇官长遣吏致馈，谓家人曰："取去年历日一册赏他。"家人曰："去年历日没用的。"乡绅曰："我知道，便留在家也没用。"
>
> 《雪涛谐史》"去年历日"

明·醉月子辑《精选雅笑·赏历》由《雪涛谐史》"去年历日"演变而来，语言简练。

> 除夜遇送年礼至者，取旧历以赏来使，家仆曰："恐无用了。"主云："我留在家也无用。"

清·陈皋谟辑《笑倒·赏历》与此则相似，更为简练。

> 除夜遇送年礼至者，以旧历劳之，仆曰："恐无用了。"主曰："我留在家也无用。"

清·石成为金撰《笑得好》中的一则异文，变化颇大。

> 除夜遇送年礼物的，主人取旧历一本与来仆以作脚钱，仆曰："此是旧历日，我领回去无用了。"其人大怒，叱之曰："你既然领去无用，难道我留在家中反有用么？"
>
> 《笑得好》初集《反有用》

化缘簿型故事　大致写一和尚遇到老虎，先后投去铙钹与经卷。老虎以为和尚来化缘，吓得急忙逃跑。这一故事类型，初见于明·江盈科撰《雪涛谐史》。

> 一强盗与化缘僧遇虎于途。盗持弓矢御虎，虎犹近前不肯退。僧不得已，持缘簿掷虎前，虎骇而退。虎之子问虎曰："不畏盗，乃畏僧乎？"虎曰："盗来，我与格斗。僧问我化缘，我将甚么打发他？"
>
> 《雪涛谐史·畏僧》

明·冯梦龙辑《笑府》中的一则异文，变化比较大。

> 和尚功德回，遇虎，惶迫甚，以铙钹一片击之。虎衔讫，复进。再一片，亦如此。乃以经卷投虎，虎急走归穴。穴中虎问故，答曰："遇一和尚无礼，止扰得他两片薄脆，就支一本疏簿来，不得不跑。"
>
> 《笑府》卷五广萃部《遇虎》

清·游戏主人纂辑《笑林广记》卷八《掠缘簿》，抄自《笑府》，文字几乎相同。

清·石成金撰《笑得好》中的一则异文，变化也比较大。

> 和尚携经一部，铙一副下乡，代人家做佛事。忽遇一老虎扑来，和尚惊慌无措，抛铙击之。虎张口接住，嚼碎吞下。和尚更怕，又一用经抛去，虎见经来，急转头跑进洞。小虎问曰："父亲搜山，何来之速也？"虎曰："真晦气！我遇一个和尚，只吃他两片薄铜，他就抛下缘簿来化缘。亏我跑得快，不然叫我把什么布施他。"
>
> 《笑得好》二集《虎诉苦》

近人憨斋主纂辑《笑林博记》卷二《虎诉苦》，抄自《笑得好》，与此则悉同。

大浴盆型故事　大致写甲胡吹其家（或某处）有一澡盆如何如何大，乙则说他见到一竹竿如何如何长。甲不信，乙道："没有这等长竹，怎能箍你那大澡盆？"这一故事类型，初见于明·江盈科撰《雪涛谐史》。

> 有为大言者曰："我家洗盆，东边洗浴，西边不波。"闻者答曰："昨日早见肩竹者从门首过，至日晡时，竹梢尚在门外。"大言者曰："竹安得尔许长耶？"其人答曰："无许长竹，何由箍得这大洗盆？"
>
> 　　　　　　　　　　　　《雪涛谐史》"大洗盆与长竹"

清·陈皋谟辑《笑倒》中的一则异文，情节略有变化，文字较通俗。

> 好说谎者对人曰："敝处某寺有一脚盆，可使千人同浴。"旁一人曰："此何足奇！敝地有一新闻，说来始觉诧异。"人问何事，对曰："某寺种竹一林，不及三年，遂长至几百万丈。如今顶住天公，长不上去，又从天上长下来，难道不是奇事？"众人不信，此人曰："没有我这根长竹，叫把什么篾子箍他那个大脚盆？"
>
> 　　　　　　　　　　　　《笑倒·大浴盆》

清·游戏主人纂辑《笑林广记》卷十二《大浴盆》，与此则相同，文字稍有添补和改动。

好说谎者对人曰:"敝处某寺有一脚盆,可使千万人同浴。"闻者不信。傍一人曰:"此是常事,何足为奇。敝地一新闻说来才觉诧异。"人问何事?曰:"某寺有一竹林,不及三年,遂长有几百万丈,如今顶着天公长不上去,又从天上长下来。岂不是奇事?"众人皆谓诳言。其人曰:"若没有这等长竹,叫他把甚么篾子,箍他那只大脚盆?"

清·石成金撰《笑得好》初集《大澡盆》,据《笑倒·大浴盆》改写,文字更为通俗易懂。

有外路二客相会,各说本处的奇事。一客曰:"敝处有洗澡盆,可容得千余人在内沐浴。"一客曰:"此盆还不算奇;敝处有一竿竹子,长得上住天,下住地,目今天上长不去,反倒转下来湾着朝地长,才为奇事。"客问曰:"那有这等大竹?"客曰:"若没得我这根大竹子,怎得能够箍你的这等大澡盆?"

这一故事类型,现当代仍在河南、四川等地流布,譬如《谁出酒钱》①《扯谎》②。

只选瘦人医型故事 大致写一庸医将人医死,病家责令他抬棺材出殡。抬棺材时,庸医一家人感到很吃力,叫苦不迭,连呼喊今后只拣瘦的医。这一故事类型,初见于明·江盈科撰《雪涛谐史》。

一庸医,治一肥汉而死,其家人难之,曰:"我饶你,不告状,但为我家埋葬。"医人贫甚,率其妻与二子共抬,至中途,

---

① 见《中国民间故事集成·河南新野县卷》。
② 见《中国民间文学集成·四川省开县卷》。

力不能。乃吟诗曰:"自祖相传历世医。"妻续云:"丈夫为事累连妻。"长子续云:"可耐尸肥抬不动。"次子云:"如今只选瘦人医。"

《雪涛谐史》"只选瘦人医"

清·独逸窝退士辑《笑笑录》卷四《医诗》,出明·徐渭撰《谐史》,文字与此则大同小异。

明·乐天大笑生纂集《解愠编》中的一则异文,变化比较明显。

一庸医不依本方,误用药饵,因而致死病者,病家责令医人、妻、子唱挽歌舁柩出殡。庸医唱曰:"祖公三代做太医呵,呵咳。"其妻曰:"丈夫做事连累妻呵,呵咳。"幼子曰:"无赖亡灵十分重呵,呵咳。"长子曰:"以后只拣瘦者医呵,呵咳。"

《解愠编》卷三《拣瘦者医》

明·冯梦龙辑《广笑府》卷三《拣瘦者医》,与此则悉同。

清·游戏主人辑《笑林广记》中的一则异文,情节又有所变化,颇为生动有趣。

一医生医死人,主家愤甚,呼群仆毒打。医跪求至再,主曰:"私打可免,官法难饶。"即命送官惩治。医畏罪,哀告曰:"愿雇人抬往殡殓。"主人许之。医苦家贫,无力雇募,家有二子、夫妻四人来抬柩。至中途,医生叹曰:"为人切莫学行医。"妻咎夫曰:"为你行医害老妻。"幼子云:"头重脚轻抬不起。"长子曰:"爹爹,以后医人拣瘦的。"

《笑林广记》卷三《抬柩》

止风药型故事 大致写有一次和尚、道士、医人共同乘船，遇到大风，甚是危急。船夫请僧、道求神止风，僧、道均念念有词。此时，医人竟念出："荆芥，薄荷，金银花，苦楝子。"船夫不解其意，医人忙说这些都是止风药。这一故事类型，初见于明·江盈科撰《雪涛谐史》。

> 有僧、道、医人同涉，中流遇风，舟楫危甚。舟人叩僧、道曰："两位老师，各祝神祈止风何如？"僧咒曰："念彼观音力，风浪尽消息。"道士咒曰："风伯雨师，各安方位，急急如律令。"医亦复咒曰："荆芥，薄荷，金银花，苦楝子。"舟人曰："此何为者？"答曰："我这几般，都是止风药。"噫，庸医执疗病，往往若此。
>
> 《雪涛谐史》"止风药"

近人憨斋士纂辑《笑林博记》卷五《止风药》，出自《雪涛谐史》，文字悉同。

放不放由你型故事 大致写明陈全浪游时误入禁地，被太监捉住，陈全请求饶恕，太监命其作一字笑。陈全说了一个"屁"，并解释道："放也由公公，不放也由公公。"太监大笑不止，于是放了他。这一故事类型，初见于明·江盈科撰《雪涛谐史》。

> 国朝有陈全者，金陵人，负俊才，性好烟花，持数千金，皆费于平康市。一日浪游，误入禁地，为中贵所执，将畀巡城。全跪曰："小人是陈全，祈公公见饶。"中贵素闻全名，乃曰："闻陈全善取笑，可作一字笑，能令我笑，方才放你。"全曰："屁。"中贵曰："此何说？"全曰："放也由公公，不放也由公公。"中贵笑不自制。因放之。
>
> 《雪涛谐史》"一字笑"

清·独逸窝退士辑《笑笑录》卷四《一字笑》、近人憨斋士纂辑《笑林博记》卷五《一字笑》，均与此则悉同。

清·褚人获纂辑《坚瓠二集》卷一《陈全滑稽》，抄自《雪涛谐史》，文字小有改动。

  明金陵陈全，负俊才，性好烟花，持数千金游燕，皆费于平康市。一日浪游，误入禁地，为中贵所执，将畀巡城。全曰："小人是陈全，祈公公见饶。"中贵素闻其名，乃曰："闻陈全善取笑，可作一字，能令我笑，即释你。"全曰："屁。"中贵曰："此何说？"全曰："放也由公公，不放也由公公。"中贵笑不自制，因放之。

近人杨汝泉编纂《滑稽故事类编》第五编《陈全》、近人憨斋士纂辑《笑林博记》卷五《一字笑》，均与此则悉同。

才在口边型故事 大致写一学生问蒙师"屎"字如何写，蒙师答不上，便说"才在口边，却忘记了"。这一故事类型，初见于明·江盈科撰《雪涛谐史》。

  有蒙师识字甚少，其徒请问"屎"字如何写。师记忆良久不得，乃漫曰："才在口边，却又忘记了。"

《雪涛谐史》"才在口边"

这一故事类型，明、清尚有几种异文。明·陈眉公辑《时兴笑话》卷下《屎在口边》与《雪涛谐史》"才在口边"基本上相同。

明·冯梦龙辑《笑府》卷二腐流部《屎字》，小有变化，比较明快。

一学生问先生云:"屁字如何写?"先生偶想不起,答曰:"分明在口边,一时说不出来。"

清·游戏主人纂辑《笑林广记》卷二《屁在口头》,变化稍大。

学生问先生曰:"屁字如何写?"师一时忘却,不能回答,沉吟片晌曰:"咦,方才在口头,如何再说不出。"

七德鸡型故事 大致写主人虽然养了许多鸡,却不愿用鸡待客。客人便称赞鸡有"七德",主人感到奇怪。客人说"五德"之外还有二德,你若舍得,我亦吃得。这一故事类型,初见于明·江盈科撰《雪涛谐史》。

客造主人,见其畜有鸡,殊无飨客意。乃指鸡曰:"此禽有六德,君闻之否?"主曰:"只闻鸡有具四德,不闻六德。"客曰:"君若舍得,我亦吃得。这是二德,岂非六德?"

《雪涛谐史》"鸡有六德"

明·浮白斋主人撰《雅谑》据《雪涛谐史》"鸡有六德"改写,文字有所变化。

倪云林访友,见其家蓄鸡甚多,殊无飨客意。乃指鸡曰:"此禽有七德,君闻否?"主曰:"但闻鸡有五德,哪有七德?"倪笑曰:"君若舍得,我亦吃得,这是二德,岂非七德?"

《雅谑·鸡有七德》

明·乐天大笑生纂集《解愠编》卷五《七德鸡》，由《雅谑·鸡有七德》改写而成，又有一定变化。

  一馆人待师甚薄，师见其家多肥鸡，笑问曰："君家七德鸡如此之盛？"主曰："吾家鸡称五德，未喻七德之说。"师曰："五德中外，更有二德。我吃得，你舍不得。"

明·冯梦龙辑《广笑府》卷五《七德鸡》与此则相同。
清·游戏主人纂辑《笑林广记》卷九《七德》，仍有一些变化。

  一家延师，供馔甚薄。一日，宾主同坐，见篱一鸡，指问主人曰："鸡有几德？"主曰："五德。"师曰："以我看来，鸡有七德。"问："为何多了二德？"答曰："我便吃得，你却舍不得。"

打得好型故事 大致写一和尚与某妇通奸，被其夫痛打一顿。和尚去告状，官在状纸上批道："并州剪子扬州绦，苏州鞋子云南刀。"意思是"打得好"。这一故事类型，初见于明·江盈科撰《雪涛谐史》。

  有妇人者，淫于和尚，夫颇觉之。一日，夫以他故挞其妻，和尚适过其门，进为劝解，其夫并挞。和尚诉于官，官不受理，但署其状曰："并州剪子扬州绦，苏州鞋子云南刀。"和尚不解，问一秀才。秀才曰："打得好，打得好！"

《雪涛谐史》"打得好"

清·陈皋谟辑《笑倒·打得好》，抄自《雪涛谐史》，文字几乎相同。
清·褚人获纂辑《坚瓠集》中的一则异文，出明·姚旅撰《露书》，变化比较大，亦颇有趣。

姚园客《露书》：易公守莆田，一以宽厚为政。有夫殴妇者，甲见其已甚，为不平，殴其夫。妇见甲殴其夫，还同夫殴甲。甲言为尔出气，反同殴我，拉以见易。易批其词云："福州剪子云南刀，广东茶铫苏州绦。"掷示两造，两造不解。易复取足之云："打得好，打得好！"两造笑谢而去。

《坚瓠四集》卷一《打得好》

长江作浴盆型故事 大致写一文人年幼时，其父携他入江洗浴，挂衣于树上道："千年老树为衣架。"缙应道："万里长江作浴盆。"这一故事类型，初见于明·江盈科撰《谈丛》。

解大绅年七岁，其父引入江上洗浴，将衣挂于树上，口占云："千年古树为衣架。"大绅应曰："万里长江当洗盆。"

《谈丛·方解于三公》"万里长江当洗盆"

清雍正初刊行的钱德苍重订《增订解人颐广集》所收的一则，文字略有出入。

解缙九岁时，父携江滨洗浴，以衣置老树上，出对云："千年老树为衣架。"缙应云："万里长江作浴盆。"

《增订解人颐广集》"万里长江作浴盆"

这一故事类型，现当代仍在四川等地流布，譬如《"万里长江作澡盆"》[①]。

---

① 见《中国历代文化名人珍闻录》，上海文艺出版社1989年出版。

智判牛案型故事　大致写两农家的耕牛争斗，致死一牛。告到官府后，判云："二牛相触，一死一生。死者共食，生者同耕。"两家皆服。这一故事类型，初见于明·江盈科撰《谈丛》。

  吉水县两农家牛相触，一牛至死。死者之家告状赴吉水县尹，尹乃吾乡辰州胡进士，号鹿崖，判其状曰："二牛斗争，一死一生，死者共食，生者同耕。"两家皆服。

《谈丛·判词》"判牛"

明·冯梦龙编纂《智囊补》胆智部卷十二《识断·祝知府》"判牛"，与上一则一样带有传说色彩，文字极简约。

  南昌祝守以廉能名。……两家牛斗，牛死。判云："两牛相争，一死一生。死者同享，生者同耕。"

明·郑瑄辑《昨非庵日纂》卷十五"判牛"与以上《智囊补》"判牛"悉同。

明·乐天大笑生纂集《解愠编》卷十三《判牛》，则已不带传说色彩，成为一般的民间故事，其文字也很简约。

  二农家畜牛相触，致死一牛。因讼于官，为之判曰："两牛相触，一死一生。死者同食，生者同耕。"

明·冯梦龙辑《广笑府》卷十三《判牛》，与此则悉同。

近人徐珂编《清稗类钞·讥讽类·禽兽相争》，故事情节又有所变化。

某郡太守张某性爱鹤，署中常蓄数十只。有一纯白者，颈悬一牌云："此鹤本府所爱，有犯之者受重惩。"一日，童驱鹤过市，突有猛犬至，啮死之。询知犬为蔡姓豆腐店所蓄者，归报太守，出票拘之。蔡求计于陈某（系讼师），陈为之作状，中有云："鹤虽有牌，犬不识字。禽兽相争，于人何与？"太守无以驳之，叱之去。

近人襟亚撰《中国恶讼师·争中案》，情节有所变化与拓展，跟现当代流传的异文比较接近。

某乡农人王姓耕牛，与张姓耕牛争斗于野田，王姓之牛力伟，角触张姓牛毙之。张姓主人一见大忿，讼于邑署。王姓有戚某巨绅为之关说，张讼不得直，心大不甘，俟某巨绅势倾时复讼，讼累年不决。吏苦不能断，往求于某讼师。讼师袒然曰："此两言决耳，何迟疑为。明日吾当代判公牍，讞可立决，争可立息矣。"遂兴辞而去。

令初不信其有如是之果断，意遁辞耳。及明日午正，原被告两造力催决案，正汹汹于外，令百筹莫展。忽见其讼师翩然入内，令即取决于彼，讼师忻然捉管，为批一十六字于牍尾云："两牛相争，一死一生。死者同食，生者同耕。"令一见大快，即晓谕两造，争讼寻息。

或曰某讼师即咸丰时吴县诸福葆，未知确否？姑存大略，以待考证。

《中国恶讼师·争牛案》

这一故事类型，现当代仍在福建、浙江、湖南、湖北、陕西等地流布，譬如《题字判牛案》①《难案巧判》②《打牛官司》③《方逢时断案》④《诗断牛案》⑤《包公巧断顶牛案》⑥《周公判牛》⑦。

动物鸣冤型故事　系"义犬鸣冤型故事"的亚型。大致写有动物至公堂上（或于道中）鸣噪或号叫，若有所诉。官吏乃派人前往（或随之而往），发现凶杀案情。随即缉拿凶手，绳之以法。这一故事类型，初见于元·无名氏撰《异闻总录》。该书卷二"朱先生犬"，故事发生在赣南黄冈（今属湖北）。写卖药老人朱先生一家三口为村民谋害，钱财被夺。朱家之犬到县宰处哀顿不已，并引兵发穴见尸，尽获凶党。明清时期，这一故事类型异文渐多。明·李诩撰《戒庵老人漫笔》⑧，故事发生在江苏盱眙，鸣冤者为二鹊，描写十分细腻，至为感人。

> 有传《至神鹊鸣冤传者》，事甚奇。传云：
> 张兴，盱眙人，以策骡为生，时往朱家林，获二鹊归。平明策骡出，兼笼二鹊，欲便市之。有一商赁其骡，冀往新溪，路见二鹊，急解金赎而纵之野，而橐装已为所觇矣。迤幽阒地杀商，沉尸于湾河，尽有其橐中金而返，人莫之觉也。
> 一日，乔侯决狱，二鹊候西至，飞鸣绕案，如怨如诉，遣之再三，竟不散。侯疑有佳报，乃摇吻鼓尾者三；疑有冤，两作首背状。侯云："果冤，尔当自屋梁上下更环飞三匝。"如其飞不

---

① 见《中国民间故事集成·福建卷·寿宁县分卷》。
② 见《绍兴师爷故事》。
③ 见《机智人物故事大观》。
④ 见《鄂南民间故事传说集》。
⑤ 见《野山笑林》。
⑥ 见《老两口说古经》。
⑦ 见《中国民间故事集成·陕西卷》。
⑧ 《戒庵老人漫笔》，魏连科点校，中华书局1982年版。

爽。侯问："冤何在？可啣签与两直兵去。"二鹊跳踯而前，后又或飞或落，若恐飞捷直兵不克追也。

行可三十里许湾河畔，辄投入水中去，久之出，喧噪异常，水面浮沤层起。直兵以复侯，侯躬往观焉，鹊亦随之往返。侯令渔人捕一伏尸如生，年约三十余，背束大石，长鞭拥其项。仍谕鹊："再示其图之者为谁，我为若决之。"仍命两直兵俱，别令数人尾其后，以俟可擒。

二鹊引如前，至平康村高槐下，茅屋五椽，编棘为篱，骡二头在焉。鹊竟噪其檐，其人出，辄集其肩臂而频噪之。其人怒欲击，复立噪于屋。直兵悟，绐云："吾辈缘公务，欲骡走长清桥。"其人以力怯辞，直兵言："去宁倍金谢。"因行。其人驰骡足下，见直兵腰悬鞭策，即熟视而辨认之，盖谋商时用以拥项者也。直兵特袖之来，欲探其意耳。幸累错愕，业自败，厥情益实。

约半途，直兵连尾之者，已执矣。侯细鞫成招，银四十两，检之其家，尚完璧，第琐碎者稍费一二，终不招其商之姓氏与乡籍何如也。遂下狱拟罪，而浮瘗商于东城下，二鹊因俯首致谢，后于瘗商处旋摩悲鸣，犹不忍割。侯遂付民家笼养此鹊，以候上官定夺发落……

此闻之盱眙众商，信而可征，时万历十一年癸未孟冬事也。

《戒庵老人漫笔》卷七《神鹊鸣冤》

明·王同轨撰《耳谈》录写的一则异文，故事发生在浙江金华，鸣冤者为蝌蚪。故事情节较前一则简略，然亦颇为生动。

绍兴郡丞张公佐治擢金华守，去郡至一处，见蝌蚪无数，夹道鸣噪，皆昂首若有诉。公异之，下舆步视，而蝌蚪皆跳踯为前导，至田间，三尸叠焉。公有力，手掣二尸起，其下一尸微动，汤灌之，逡巡间复活，曰："我商也，道见二人肩两筐适市，皆蝌蚪也，意伤之，购以放生。二人复曰：'此皆浅水，虽放，人必复获。前有清渊，此放生地也。'我从之至此，不虞斧出，三人死焉。二仆有腰缠，求之不获，必解金与购而累累者见，故诱至此行杀而夺金也。"公命急捕之，人金皆得，以属其守吾乡石公崑玉，公一讯皆吐实以抵死，而腰缠归商。吴宁伯说。

《耳谈》卷六《金华守张公》

  清·张潮辑录《虞初新志》卷十八《圣师录·蝌蚪》，出《耳谈》，与此则相同，文字稍有出入。清·褚人获纂辑《坚瓠馀集》卷四《蝌蚪伸冤》，出《圣师录》，与此则相同，仅个别字句有出入。

  清光绪间成书的齐学裘撰《见闻随笔》所收的一则异文，故事发生在江苏无锡，鸣冤者为猴子，告状、追凶的情节较为简略，却将一只很有灵性的猴子描绘得栩栩如生，读后无不为之动容。

  无锡有蓄猴者，其妻与人私，恶其夫居家，不得畅其所欲。因与奸夫同谋杀夫，埋尸于家园。

  其杀夫情状，猴独见之。猴遁去到官衙。见官坐堂，猴哭诉之，官不识猴音，谓猴曰："汝有冤乎？"猴点首再三。官发签掷地，猴衔之前奔，差役从之。

  至淫妇家，猴指淫妇令差上链，旋引差至埋尸处，指示差掘地得尸。又引差至夫家，伸臂擎奸夫衣，令差上链。

  人犯到堂，猴手舞足蹈，学奸夫淫妇埋尸情状与官看。官严讯得实，按律诛之。官蓄义猴以终。

《见闻随笔》"猴报仇"

  近人曹绣君编《古今情海》卷三十二《神鹊鸣冤》，出《馀墨偶谈》，鸣冤者为喜鹊，文字简约而情节曲折，使这一故事类型又有了新的变化。

> 何香伯大令作京县时，一日出衙，鹊随肩舆，喧噪不已。何驻舆指鹊曰："有冤可前飞，当为尔白之。"随出郊，至新冢侧，鹊噪不去。何亟传地主追讯，据云："冢系新成，葬系亡父，无他异也。"何令地主具其事状，邑绅亦逼县书据，乃呼土人启视，绝无所异。何因独下圹中，旋走周匝，觉一隅土松，急呼掘之，得女尸一具。众大惊，严诘营圹之人，始得其实。盖起土日，薄暮有女子过侧，数人奸毙，恐事露泄，掩尸于此。即将凶恶置诸法。都人称神宰焉。

这一故事类型，现当代仍在江西、上海、陕西、河北、山东等地流布，譬如《青蛙告状》①《田鸡鸣冤》②《乌鸦告状》③《青蛙告状》④《蛤蟆告状》⑤《青蛙告状》⑥。

瓜异案型故事 大致写某官得瓜园一特大西瓜，剖食时见瓤浆赤血，极为惊异，由此而破了一桩凶杀案。这一故事类型，初见于明·王同轨撰《耳谈》。

> 长圻墝者黄郡产瓜蓏地也。相传先朝老圃某畜一瓜最巨，欲以献豪门。偶丐者抶篱入食之，某见持锄击丐者死，又恐人知，

---

① 见《中国民间故事集成·江西卷》。
② 见《中国民间文学集成·上海卷·黄浦区故事分卷》。
③ 见《中国民间文学集成·陕西卷·咸阳民间故事集成》。
④ 见《中国民间故事集成·陕西卷》。
⑤ 见《耿村民间文化大观》。
⑥ 见《中国民间故事集成·山东卷》。

即瘗圃内。明年尸地产瓜，延蔓最盛，首结一瓜大如斗。会邑令君衙购瓜于诸圃皆不可用。佥谓独某圃一瓜特大，令献之，果得十瓜钱。邑衙剖之，瓤浆皆赤血，异之，以视令君。令君大疑，召某问："汝圃瓜皆若此乎？"曰："否。"曰："汝往年瓜若此乎？"曰："否。"曰："其种必异也。"令掘根视之，根乃出死人口中。盖丐者食瓜子尚满口，故明年产瓜而滋液其胸中血汁，故赤若此。某遂陈丐者死状，受杖死狱中，亦冤所为与。东之谈。

《耳谈》卷七《老圃瓜异》

此则故事的发生地为湖北黄州（今黄冈）长圻镇。《黄冈县志》"西瓜鸣冤"，情节稍有变化，略云：

> 黄冈长圻镇一种瓜叟，每岁均选好瓜敬奉豪门，引起一乞丐不满。一年瓜近熟期，此丐偷吃所有大瓜，瓜叟一怒之下将其打死，埋入瓜田。不久田中长出一瓜特大，瓜叟乃将其送豪门请赏，剖之，瓜内皆血。豪门至瓜田挖掘，见瓜藤长于乞丐口中，当即捉瓜叟见官偿命。

清·李庆辰撰《醉茶志怪》卷二《瓜异》，故事发生地在北京房山县（今北京市房山区）。其情节与《耳谈》卷七《老圃瓜异》大同小异，只是增加了图财害命的因由。

> 房山张姓有瓜园，遣佣某独守。适有布客经其地，求饮。佣与之水，窥其货物，利之。乘其不意，突以铁锸砍其脑，立毙。瘗尸畦下，人不知也。
>
> 及瓜时，畦中苗蔓尽枯，独一畦枝柯茂盛，结一瓜，大倍于常。园主奇之，献诸驿官。

官喜，剖食。既破，并无瓤瓢，腥血流溢。怪而招园主询之，主莫解其故。于是同官往验，见残柯断蔓犹存。使人掘畦下，得尸，根自口中出。严讯佣，备言其寔。乃详县而置诸法。

这一故事类型，现当代仍在河北等地流布，譬如《北瓜告状》①。

刘三妹型故事 大致写刘三妹（一称刘三姐）相传为唐代人，善歌，远近闻名，相与对歌者络绎不绝。有白鹤乡秀才者，亦善歌，登门拜访三妹。二人初筑台相唱和，后乃登山而歌，汉、苗、瑶、壮诸族男女围听者数千人，流连忘返。歌七日后，二人皆化为石。世人称刘三妹为歌仙。这一故事类型，形成于明清时期，但在五代两宋时期已开始流布。现存广东阳春县铜石岩内的五代后梁乾化五年（915）石刻已有"刘仙三姐歌台"的记载。宋·王象之撰《舆地纪胜》卷九十八"三妹山"，又有"刘三妹，春州②人，坐于岩石之上，因名"的记载。

自明代以来，这一故事类型逐渐发展成型，并且不断发展变化，在两广的汉族和许多少数民族地区广为传播。

明·张尔翮撰《刘三妹歌仙传》，第一次显示出这一故事类型的基本面貌，略云：

> 刘三妹乃汉刘晨之苗裔，其父刘尚文，举家由浙江迁至浔州③。三妹十二饱读经史，能指物为歌。十五许配林家，十七将嫁。少年秀才张伟望自朗陵白鹤乡来，造访三妹。主客相见，以歌对答。初筑高台相唱酬，后觉台低，遂登山顶偶坐而歌。至七日，众请归家，而两人皆化为石矣。三妹之未婚夫婿闻而登山，

---

① 见《耿村民间文化大观》。
② 春州：唐置宋废，今广东阳春县。
③ 浔州：辖境相当今广西桂平市。

见有二石，一似三妹，一似张秀才。其人见状大笑，竟亦化为石。今游人至浔州西山，犹可见三石人，乃三妹当年仙化遗迹。

明·孙芳桂撰《歌仙刘三妹传》所记刘三妹事迹更为详尽，对这一故事类型的发展，影响颇为深远。

歌仙名三妹，其父汉刘晨之苗裔，流寓贵州水南村①，生三女，长大，皆善歌，早适有家，而歌不传。少女三妹，坐于唐中宗神龙五年己酉，甫七岁即好笔墨，聪明敏捷，时呼为"女神童"。年十二，通经史，善为歌。父老奇之，试之顷刻立就。十五艳姿初成，歌名益盛。千里之内，闻风而来，或一日，或二日，率不能和而去。十六，来和歌者终日填门，虽与酬答不拒，而守礼甚严也。十七，有邕州白鹤少年张伟望者，美丰容，读书解音律，造门来访。言谈举止，皆合节，乡人敬之。筑台西山之侧，令两人为三日歌。台阶三重，干以紫檀，幕以彩缎，百宝流苏，围于四角。三妹服鲛室龙鳞之轻绡，色乱飘霭，头着两丫鬟丝，发垂至腰，曳双缕之笠带，踱九凤之鲛履，双眸盼然，抉影九华扇影之间。少年着乌纱，衣绣衣，节而立于右。是日，风清日丽，山明水绿，粤民及猺壮诸种人围而观之，男女百层，咸望以为仙矣。两人对揖三让，少年乃歌《芝房烨烨》之曲，三妹以《碟花秋草》和之。少年忽作变调，曰《朗陵花》词，甚哀切，三妹则歌《南山白石》，益悲激，若不任其声者。观之人皆欷。自此迭唱迭和，番更不穷，不沿旧辞，不凤构时，依猺壮人声音为歌词，各如其意之所欲出，虽彼之专家，弗逮也。于是观众者益多，人人忘归矣。三妹因请于众曰："此台尚低，人声喧杂，山有台，愿登之为众人歌七日。"遂易前服，作淡妆。少年皓衣元裳，登

---

① 水南村今属广西贵港市。

山偶坐而歌。山高词不复辨，声更清邈，如听钧天之响。至七日，望之俨然，弗闻歌声。众命二童子上省，还报曰："两人皆化矣！"共登山验之，遂以为两人仙去，相与罗拜。时玄宗开元十三年乙丑正月中旬也。至今粤人会歌盛于上元，盖其遗云。

清代的笔记小说与地方志对这一故事类型的记载更多，而且富于变化，康熙中期成书的陆次云撰《峒溪纤志》、屈大均撰《广东新语》、王士禛撰《池北偶谈》等均有记载。

  诸溪峒初不知歌，善歌自刘三妹始也。三妹不知何时人，游戏得道，于山谷侏僑之音，所过无不通晓，皆依其音，就其韵，而作歌与之，以为谐婚跳月之辞，其人各奉之以为式。苗歌有云："读诗便是刘三妹。"则非惟歌之，而且读之，以为识字通文之籍矣。其时有白鹤秀才者，亦善歌，与三妹登粤西七星岩绝顶，相唱酬，音如鸾凤，听之者数千人，皆忘返，留连往复。已而歌寂然，见两人亭亭相对，则已化为石矣。至今月白风清之夜，犹隐隐闻玲珑宛转之音。诸苗、瑶、俍、壮之属，遂祀刘于洞中勿替。后有作歌者，必先陈祀于刘，始得传唱。其南山之南，别有刘三妹洞，闻游人遥呼三妹，妹辄应云。

《峒溪纤志志馀·声歌原始》①

  新兴女子有刘三妹者，相传为始造歌之人。生唐中宗年间。年十二，淹通经史，善为歌。千里内闻歌名而来者，或一日或二三日，卒不能酬和而去。三妹解音律，游戏得道，尝往来两粤溪峒间，诸蛮种族最繁，所过之处，咸解其语言，遇某种人，即依

---

① 见吴曾祺编《旧小说》四，上海书店1985年影印版。

某种声音，作歌与之歌和，某种人即奉之为式。尝与白鹤乡一少年登山而歌。粤民及瑶壮诸种人围而观之，男女数十百层，咸以为仙。七日夜歌声不绝，俱化为石。土人因祀之于阳春锦石岩。岩高三十丈许，林木丛蔚，老樟千章，蔽其半。岩口有石磴，苔花绣蚀，若鸟迹出。一石壮如曲曲儿，可容卧一人，黑润有光，三妹之遗迹也。月夕辄闻笙鹤之音，岁丰则仿佛有人登岩顶而歌。三妹今称歌仙。凡作歌者毋论齐民与俍瑶壮人山子等类，歌成必先供一本。祝者藏之，求歌者就而录焉，不得携出。渐积遂至数箧。兵后，今荡然矣。

《广东新语》卷八《女语·刘三妹》

相传唐神龙中，有刘三妹者，居贵县之水南村，善歌，与邕州白鹤秀才登西山高台，为三日歌。秀才歌《芝房之曲》，三妹答以《紫凤之歌》。秀才复歌《桐生南狱》，三妹以《蝶飞秋草》和之。秀才忽作变调曰《朗陵花》，词甚哀切，三妹歌《南山白石》，益悲激，若不任其声者，观者皆歔欷。复和歌，竟七日夜，两人皆化为石，在七星岩上。下有七星塘，至今风月清夜，犹仿佛闻歌声焉。同年睢阳吴丹渠，为浔州推官，采录其歌，为《粤风续九》。

《池北偶谈》卷十六《粤风续九》

以上三则异文，与明代的记载有不少相似之处，但有几个情节是新出现的，与旧时的传说显然不同：其一，称刘三妹为"始造歌之人"，受到两广各民族歌者崇奉。后世有作歌者，必先陈祀于三妹，方可传唱。其二，刘三妹常往来于两广各地，她不但熟悉各地汉族方言，而且通晓诸少数民族语言。她能以各地汉族方言和各少数民族语言与当地民众唱和。其所唱之歌被人们奉为范本。其三，刘三妹所唱之歌和在刘三妹影响下传唱的各民族民歌，其时已被有识之士采录下来，汇编成书，刊布于世。

在清代两广地区的地方志中，亦有一些关于刘三妹传说的记载。其中以《浔州府志》的记载最为详尽。

（三妹）甫七岁，即好笔墨，聪明敏达，时人呼为女神童。年十二，能通经传而善讴歌。父老奇之，偶拾一物索歌，顷刻立就，不失音律。樱桃之口，不让樊索，真可欺莫愁，而压永新。是曹娥之绕梁，陶女之黄鹄，皆不足羡也。奚是数百里之能歌者，莫不闻风而来，迭为唱和，或一日或二日，即罄腹结舌而走。而歌仙之名，遂由此盛也。年十五，其父受聘于林氏，和歌者仍终日填门，无一较胜。至其貌之羞花掩月，光彩动人，见之者无不神怡意荡；但授受之礼甚严，终不可犯。年十七，将于归。忽郎陵白鹤乡一少年秀才张姓伟望者，闻歌仙之名而慕焉，不辞跋涉，登门扣访，礼尊宾主，言谈举止，皆以歌为节。乡人敬之，特架一台，置二人于上，一唱阳春，一唱白雪，风流激楚，不分高下，非下里巴人比也。岂仅停云，即星辰亦为之下矣。观听者男女不啻数百，环堵重重，于是三日夕，竟忘寝食，而歌声不歇，人人艳赏，声振于野，未免杂遝。三妹曰："此台太低，人声喧闹，而韵致不明，请陟山顶与君子长歌七日如何？"秀才曰："既蒙不弃，愿步追随。"二人径登山顶，偶坐而歌，若出金石，声闻于天。至七日，望之则见其形而不闻其声矣。乡人曰："二人竞歌已久，可请下山。"乃遣数童登山以请，而童子讶然报曰："奇哉奇哉，二人石化矣！"众皆惊骇，莫不亲诣钦慕，罗拜乞庇焉。其所许林氏，夫闻而疑异，即登山以验，旁立长笑，亦化为石。今山巅之石偶三人者，即当时升仙之遗迹也。

以上记载，系综合明代两种版本的歌仙传而成，其内容基本上没有超出张、孙二人的记述。而《宜山县志》的记载，则出现了过去不曾有过的情节。

> 刘三姐，性爱唱歌，其兄恶之，与登近河悬崖砍柴。三姐身在崖外手攀一藤，其兄将藤砍断，三姐落水流至梧州，州民捞起祀之，好为龙母。今其落水崖高数百尺上，有木扁担斜插崖外，木匣悬于崖旁，人不能到，亦数百年不朽。

清代至民国间的地方志，尚记有与刘三妹相关的地方风物传说。清代《阳春县志》卷一"铜石岩"称：

> 铜石岩一名通真岩，在城北八十里思良都，岩有石室，高有三四丈，深广丈余，相传唐时有刘三妹于此飞升，歌台故迹在焉。

民国《开平县志》卷四十四"三仙寺"称：

> 开平县南有三仙岩。相传昔有修炼女子现迹山中。时闻歌咏之声，睹纺绩之状。自道为刘三妹。云："此间石室吾昔之居处，石床吾昔之游憩，石碗吾昔之麻碎也。"乡人立宇祀之，曰三仙寺。

此外，清代至民国间的另一些笔记小说和地方志，亦有涉及刘三妹传说的记载，如清·闵叙撰《粤述》、清代《苍梧县志》、民国《贵县志》，恕不一一列举。

这一故事类型，现当代仍在广西、广东等地汉族和一些少数民族聚居区流布，譬如《刘三姐唱歌得坐鲤鱼岩》（壮族）①、《刘三姐与

---

① 见《中国民间故事集成·广西卷》。

张秀才对歌》①、《向刘三姐学歌》（瑶族）②、《歌仙刘三妹》③、《刘三妹建歌台》④、《刘三妹结缘苗家》⑤、《刘三妹化石的传说》⑥。

这一故事类型，相当于艾伯华著《中国民间故事类型》"六、物种和人类的起源 75. 情歌的来历Ⅱ"。

观音负石型故事　大致写汉兵入大理境内时，观音菩萨化作一妇人负巨石而行。将士见而惊叹："妇人膂力尚且如此，更何况丈夫！"于是退兵。这一故事类型，初见于明万历《云南通志》。

> 妇负石，在府城南十里阳和铺右。世传：汉兵至叶榆境上，耀兵而入。观音化作一妇人，以稻草縻一大石，背负而行。将卒见之，相顾吐舌，曰："妇人膂力如此，况丈夫呼！"戒士卒勿露刃。因而市不易肆，以府地为叶榆县，置吏焉。

万历《云南通志》卷二"妇负石"

明·张岱撰《夜航船》卷十八荒唐部《怪异·妇负石》，由《云南通志》卷二"妇负石"缩写而成，文字较简约。

> 妇负石在大理府城南。世传汉兵入境，观音化一妇人，以稻草縻此大石，背负而行，将卒见之，吐舌曰："妇人膂力如此，况丈夫乎！"兵遂却。

---

① 见《中国民间故事集成·广西卷》。
② 见《中国民间故事集成·广西卷》。
③ 见《中国民间故事集成·广东卷》。
④ 见《中国民间故事集成·广东卷》。
⑤ 见《中国民间故事集成·广东卷》。
⑥ 见《中国民间故事集成·广东卷》。

这一故事类型，现当代仍在云南等地流布，譬如《观音负石阻兵》（白族）①。

咬奶头型故事　大致写一盗少时行窃，其母见而大喜，从不制止，后竟成为大盗，罪恶累累。其人临刑时，欲一含母乳，死而无憾。母袒胸与乳，其人啮断乳头，恨曰："若早匡救，何至今日！"这一故事类型，初见于明·陈继儒撰《读书镜》，故事发生地在江苏砀山。

> 宣和间，芒山有盗临刑，母来与之诀。盗对母云："愿如儿时一吮母乳，死且无憾。"母与之乳，盗啮断乳头，流血满地，母死。盗因告刑者曰："吾少也，盗一菜一薪，吾母见而喜之，以至不检，遂有今日。故恨杀之。"呜呼！异矣。夫语"教子婴孩"不虚也！
>
> 《读书镜》卷一"芒山盗"

明·郑瑄编纂《昨非庵日纂》卷五"芒山盗"，与此则大体相同。

清·邹弢撰《三借庐笔谈》采录的一则异文，故事发生地在江苏无锡。其故事情节较曲折，描绘颇为生动。

> 无锡北门塘陈阿尖，农家子也。六七岁时，有贩鱼蛋者过其门，陈赤体窃一尾，背贴墙上掩之，复窃两蛋夹两胁垂于下，客不知也。比去，陈持以归，母大喜，陈亦自得计，因萌学窃意。由是专志拳棒，习轻身术。数岁艺成，所耕田在塘之南，须迂道从桥上过，方可耕作，陈能以铁锄点水超越而过。有巨盗泊舟塘岸，见而大惊，因徙去。陈虽伪为力田，实则行窃，数年后，家大裕，亦不作农矣。

---

①　见《白族民间故事》。

第十二章　明代时期的民间故事类型

尝于雪夜往苏州，一夕窃二千金归，藏圯桥下，去时雪上无迹，回则倒著草履至南门，天犹未曙。故窃卖浆家铜具，为主人所见，缚送邑宰禁之。明日苏人失窃，鸣县捕之。有老捕见草履印，疑陈所为，至锡探之，则是日行窃卖浆家犯案，非能至苏州者，其草履迹印，故示奇也。

释后，行窃他省，道经海盐，时陈姓以富名天下，而家中上下俱有绝技。有幼女年及笄，尤骁勇矫捷，与婢住旁楼，司守银室。陈思窃之而畏不敌，姑窜身入高墙，望楼中一灯荧荧，人声俱寂，疾下，出具烛之，见铁栅封锁甚固，知为藏镪所。扳去铁条，方欲入，忽窗环作声，一青衣女自楼飞下。陈大惊，欲遁不及，出利刃与斗，青衣起一足踢去之，陈遂为所执。提置楼上，见一女坐床头，红裳绣襦，美丽绝伦，笑谓陈曰："子亦太不谅，欲钱则不妨明言，何作此不良行？试问汝有何术？"陈唯唯称"不敢"，固问之，曰："轻身耳。"女顾青衣，取大藤笆至，置楼上，令陈足履其口。不得已走之，五十余周，汗出如渖，遂下。盖陈虽身轻，百余步必一履地养力，乃可重走。女曰："如此伎俩，亦思作贼？吾家小婢尚可胜汝！"命青衣试之，数百周方下，并无喘色。陈愈惊，知不能免，遥睨楼后有一窗未键，乘不备，耸身疾遁，女以莲钩蹴之，曰："便宜汝，不追也。"陈觉臂奇痛，昨夜回里，烛之，青紫已满，医数月而愈。

然窃心未改，后竟被获。邑令以陈案甚多，详置重典。临刑呼母至，谓欲一含乳，死乃目瞑。母怜其子，袒胸使含之，陈尽力咬去一乳，恨曰："若早勖我以正，何至今日！"

《三借庐笔谈》卷五《陈阿尖》

清·小横香室主人编《清朝野史大观》卷十二《陈阿尖》、近人天台野叟撰《大清见闻录》下卷《陈阿尖》，均与此则悉同。

这一故事类型，现当代仍在浙江、上海、江苏、安徽、湖北、湖南、福建、四川、河南、陕西、甘肃、宁夏、青海、新疆、河北、北京、辽宁、云南、山西等地汉族和一些少数民族聚居区流布，譬如《偷白鲞咬奶头》①、《一个儿子的悔恨》②、《做贼偷葱起》③、《孩子咬娘的故事》④、《小时偷针，长大偷金》（土家族）⑤、《法场咬乳》⑥、《养囝不教，害囝害己》⑦、《小时候偷针，大了偷金》⑧、《娇子如杀子》⑨、《杀场上要吃妈的奶》⑩、《娇惯的下场》⑪、《杀场罚母》⑫、《儿子的回报》（土族）⑬、《孩子做贼》（维吾尔族）⑭、《从偷油到偷牛》⑮、《咬奶头》⑯、《疼儿害了儿》⑰、《吃摸摸》（满族）⑱、《爱偷盗的孩子和他的母亲》（佤族）⑲、《溺爱儿子的下场》⑳。

这一故事类型，相当于丁乃通编著《中国民间故事类型索

---

① 见《中国民间故事集成·浙江卷》。
② 见《中国民间文学集成·上海卷·长宁区分卷》。
③ 见《中国民间故事集成·昆山市资料本》。
④ 见《宿县民间文学集成·故事卷》。
⑤ 见《土家族民间故事讲述家孙家香故事集》。
⑥ 见《中国民间故事集成·湖南卷·衡阳县资料本》。
⑦ 见《中国民间故事集成·福建卷·建阳县分卷》。
⑧ 见《中国民间故事集成·四川卷》。
⑨ 见《轩辕故里的传说》。
⑩ 见《老两口说古经》。
⑪ 见《中国民间故事集成·甘肃卷·兰州市分卷》。
⑫ 见《中国民间故事集成·宁夏卷资料丛书·隆德民间故事》。
⑬ 见《中国民间故事集成·青海卷》。
⑭ 见《中国民间故事集成·新疆卷》。
⑮ 见《中国民间故事集成·新疆卷·巴里坤哈萨克族自治县分卷》。
⑯ 见《中国民间故事集成·河北卷》。
⑰ 见《中国民间故事集成·北京卷》。
⑱ 见《满族三老人故事集》。
⑲ 见《中华民族故事大系》第7册。
⑳ 见《山西民间故事大系·晋中卷》。

引》838。

锯酒杯型故事 大致写客见斟酒不满，乃求将酒杯截去一段。主问何故？客曰："上半截不盛酒，要他何用！"这一故事类型，初见于明·陈眉公（继儒）辑《时兴笑话》。

> 主人斟酒不满，客举杯细看，曰："此杯太深，当截去一段。"主人曰："为何？"客曰："上半截盛不得酒的，要他何用！"
>
> 《时兴笑话》卷上《小杯》

清·游戏主人辑《笑林广记》卷九《截酒杯》，除细节略有改动外，均与此则相同。

清·石成金撰《笑得好》二集《锯酒杯》，描写有所变化，文字亦不相同。

> 一人赴席，主人斟酒，每次只斟半杯，其人向主云："尊府有锯子，借我一用。"主问何用，客指杯云："此杯上半节既然盛不得酒，就该锯去，留他空着有何用？"

近人憨斋士纂辑《笑林博记》卷二《留着无用》，与此则悉同。

清·小石道人辑《嘻谈初录》卷下《醉了来》系嘲讽请客吝饮的笑话，其中串连了这一故事类型的笑话。

> 主人请客，吝酒，用小杯。客举杯作呜咽之状，主人惊问其故。客曰："睹物伤情耳！先兄去世之时，并无疾病，因友人招饮，亦与府上酒杯一样，误吞入腹，噎死了！今见此杯，焉得不哭！"主人速令人易大杯，而酒不斟满。客举杯细视，笑曰："此

杯当截去一半。"主曰:"为何?"客曰:"上半截用不着,要他何用?"主人遂令人将酒斟满。客饮酒入口,尽喷而出之。主诘其故。答曰:"我幼时曾将门牙跌落,医人以分水犀骨补之,故酒有水不入也。"主人曰:"酒有水,请吃饭。"令人内边取饭。客曰:"多谢内人。"主人曰:"内人非足下所宜称。"客曰:"饭自内出,不谢内人谢谁?"饭毕,送客至门,客问曰:"适才造府,见有照壁一座,因何不见?"主人曰:"向来未有。"客恍然曰:"不错,我是在家吃醉了来的。"

清·程世爵撰《笑林广记·醉了来》抄自《嘻谈录》,与此则悉同。

这一故事类型,现当代仍在浙江、江苏、云南、湖南、新疆等地汉族和一些少数民族聚居区流布,譬如《锯酒杯》①、《锯酒壶》②、《锯酒盅》(白族)③、《敲酒碗》(苗族)④、《别让它空着》(维吾尔族)⑤。

想得利市型故事 大致写一人大年初一想得利市,便在桌上写一个"吉"字。谁知他连走数家没茶水喝,回家倒看桌上写的是"口干"。这一故事类型,初见于明·陈眉公辑《时兴笑话》。

一人正月初一出门拜节,云:"头一日必得利市方妙。"遂于桌上写一"吉"字,不意连走数家,茶水都没得入口。及归家,将"吉"字倒看良久,曰:"写了'口干'二字,自然没得吃。"

《时兴笑话》卷上《利市》

---

① 见《浙江民间文学集成·丽水地区故事卷》。
② 见《民间文学》1959年第3期。
③ 见《白族民间故事》。
④ 见《机智人物故事大观》。
⑤ 见《阿凡提的故事》。

清·陈皋谟辑《笑倒·利市》出自《时兴笑话》卷上《利市》，文字有一定变化。

> 一人正月初一出门贺节，云："头一日，必得利市方妙。"遂于桌上写一吉字。不意连走数家，求一茶不得。及归，将吉字倒看，良久，曰："写了口干二字，自然没得吃了。早知如此，何不顺看？竟有十一家替我润口。"

清·游戏主人辑《笑林广记》卷十二《利市》，与此则基本上相同。

是个虱子型故事 大致写一人将身上的虱子扔掉，故意掩盖，说我以为是虱子。他的朋友连忙捡起来说，我以为不是一个虱子。这一故事类型，初见于明·陈眉公辑《时兴笑话》。

> 一人在朋友面前捉着一虱，欲装体面，故丢下地，啐曰："我只道是个虱子。"其友从容拾起来看，曰："我只道不是个虱子！"
>
> 　　　　　　　　　　　　《时兴笑话》卷上《虱子》

清·陈皋谟辑《笑倒·虱子》抄自《时兴笑话》卷上《虱子》，文字悉同。

清·石成金撰《笑得好》中的一则异文，情节发生了明显的变化。

> 有人在众客内被虱咬，身痒，将手摸得一虱，暗暗丢在地上，因装体面曰："我只说是个虱子的。"座中一人，寻至丢虱之处，向众指导说曰："我只说不是个虱子的。"
>
> 　　　　　　　　　　　　《笑得好》二集《丢虱》

清·小石道人辑《嘻谈录》中的一则异文，亦有变化。

> 一人脖子上虱子，用手捏下，恐人嫌脏，连忙掷地曰："我当是一个虱子，原来不是虱子。"一人在地捡起，讥之曰："我当不是虱子，原来是一个虱子。"

> 《嘻谈续录·捏虱》

清·程世爵辑《笑林广记·捏虱》抄自《嘻谈录·捏虱》，文字悉同。

不肯下剪型故事 大致写一裁缝为人裁衣时迟迟不肯下剪，因为有了他的，就没有主人的；有了主人的，就没有他的。这一故事类型，初见于明·陈眉公辑《时兴笑话》：

> 裁缝裁衣，量至许久而不肯下剪。徒弟问其故，答曰："有了他的，没了我的；有了我的，没了他的。"

> 《时兴笑话》卷下《不肯下剪》

清·游戏主人辑《笑林广记》卷三《不下剪》，由此则改写，文字基本上相同。

清·石成金撰《笑得好》中的一则异文，情节略有变化。

> 有请裁缝工人到家中裁衣，其人默视多时，不肯下剪。主人问故，其人曰："这衣服若是剪下，有了我的就没了你的，若有了你的，又没了我的，如何是好？"

> 《笑得好》初集《不肯下剪》

落地与及第型故事 大致写一举子赴京会试，头巾被吹落，仆人惊呼，主人道:"落地不好,宜呼及第。"仆人将行李拴牢后道:"今后再不及第了。"这一故事类型,初见于明·陈眉公辑《时兴笑话》。

> 一仆随主人应试,巾箱偶坠,呼曰:"头巾落地矣。"主人曰:"落地二字不好,当叫及第(地)。"仆领之拴好,复曰:"今再不及第了。"
>
> 《时兴笑话》卷下《头巾》

明·冯梦龙辑《笑府》卷十一谬误部《头巾》、《广笑府》卷一《及第》均与此则相同,仅个别字句有出入。

明·无名氏撰《时尚笑谈·嘲不及第》,文字有所变化。

> 昔一士人,带仆挑行李上京赴试,忽被风吹落头巾,仆曰:"帽落地。"士人嘱曰:"今说落物,莫说落地,只说及地(第)。"仆如其言,将行李牢拴于担上。士曰:"仔细收拾。"仆曰:"如今就走上天去,也不会及第(地)了。"

近人憨斋主纂辑《笑林博记》卷三《嘲不及第》与此则相同。

清·游戏主人辑《笑林广记》卷一《及第》由《时尚笑谈·嘲不及第》改写,行文更为通俗流畅。

> 一举子往京赴试,仆挑行李随后,行到旷野,忽狂风大作,将担上头巾吹下。仆大叫曰:"落地了。"主人心下不悦,嘱曰:"今后莫说落地,只说及第。"仆领之,将行李拴好,曰:"如今凭你走上天去,再也不会及第了。"

近人杨汝泉编纂《滑稽故事类编》第八编《落地》,与此则几乎相同。

这一故事类型,现当代仍在浙江、福建、湖北、河南、陕西等地流布，譬如《讨"利市"》①《"落地"与"及第"》②《秀才和挑担的》③《不会"及第"》④《赶考路上》⑤。

热得好型故事　大致写一乡人进城探亲，连连称赞主人的茶水好。主人忙问，是茶好还是水好，他说，热得好。这一故事类型，初见于明·陈眉公辑《时兴笑话》。

乡人进城探亲，待以松萝泉水茶，乡人连赞曰："好好！"亲以为能格物，因问曰："还是茶叶好？是水好？"乡人答曰："热得好！"

《时兴笑话》卷上《热得好》

明·冯梦龙辑《笑府》卷八刺俗部《品茶》、明·冯梦龙辑《广笑府》卷五《热茶》、清·游戏主人辑《笑林广记》卷四《品茶》、近人憨斋士纂辑《笑林博记》卷四《热茶》，文字基本上与《时兴笑话》卷上《热得好》相同。

不臭不好型故事　大致写一清客经常讲奉承话，主人撒屁时他说不臭；主人说不臭不好，他立刻改说才闻到。这一故事类型，初见于明·陈眉公辑《时兴笑话》。

清客惯奉承大老，忽大老撒一屁，客曰："那里响？"大老云："是我撒个屁。"客曰："不见得臭。"大老曰："好人的屁不

---

① 见《浙江民间文学集成·绍兴市故事卷》。
② 见《中国民间故事集成福建卷·上杭县分卷》。
③ 见《中国民间故事集成·湖北卷》。
④ 见《中国民间文学集成·郸城县卷》。
⑤ 见《中国民间文学集成·陕西卷·咸阳民间故事集成》。

臭就不好了。"客以手且招且嗅曰:"才来。"

《时兴笑话》卷上《清客》

清·陈皋谟辑《笑倒·清客》,出自《时兴笑话》,文字基本上相同。

这一故事类型,现当代仍在宁夏、河南等地流布,譬如《比狗屁还臭》①《比狗屁还臭》②。

仙女寄信型故事 大致写一仙女下嫁董永时,众仙女嘱咐她,再遇到行孝者,千万要寄信来。这一故事类型,初见于明·陈眉公辑《时兴笑话》。

董永行孝,上帝命一仙女嫁之。众仙女送行,皆嘱咐曰:"此去下方,再有行孝的,千万寄个信来。"

《时兴笑话》卷下《仙女》

明·冯梦龙辑《笑府》卷十三闰语部《仙女》、近人憨斋士纂辑《笑林博记》卷四《仙女凡事》,均抄自《时兴笑话》,文字相同。

索烛觅肴型故事 大致写请客时,客见盘中无肴,乃呼拿灯(或烛)来。主问何用,客道:"桌上已一些也看不见了。"这一故事类型,初见于明·陈眉公辑《时兴笑话》。

一人请客无肴,一举箸即完矣。答曰:"有灯借一盏来。"主

---

① 见《中国民间故事集成·宁夏卷》。
② 见《中国民间故事集成·河南卷》。

曰："要灯何用？"客曰："我桌上的东西，一些也不看见了。"

《时兴笑话》卷下《请客》

清·陈皋谟辑《笑倒·请客》，与此则悉同。

明·冯梦龙辑《笑府》的一则异文与清·游戏主人纂辑《笑林广记》中的一则异文，情节略有变化，嘲讽的对象改为善啖者，而不是悭吝的主人。

有与善啖者同席，看见盘中且尽，呼主人翁索烛。主翁曰："得无太早乎？"曰："我桌上已不见了。"

《笑府》卷十二日用部《索烛》

有与善啖者同席，见盘中且尽，呼主翁拿烛来。主曰："得无太早乎？"曰："我桌上已一些不见了。"

《笑林广记》卷九《索烛》

这一故事类型，现当代仍在陕西等地流布，譬如《天色太暗》[①]。

父子扛酒型故事　大致写父子扛一坛酒被打碎，其父大怒，其子伏地痛饮，并对父说，难道你还要等菜。这一故事类型，初见于明·陈眉公辑《时兴笑话》。

父子扛酒一坛，路滑打碎，其父大怒，其子伏地大饮，抬头

---

① 见《笑话拾零》。

谓父曰:"难道你还要等菜?"

《时兴笑话》卷下《好酒》

清·陈皋谟辑《笑倒·好酒》,与此则相同,仅个别字有出入。

清·游戏主人纂辑《笑林广记》卷九《好酒》,由《时兴笑话》改写,文字略有变化。

父子扛酒一坛,路滑跌翻。其父大怒,子乃伏地痛饮,抬头谓父曰:"快些来么,难道你还要等甚菜?"

近人憨斋士纂辑《笑林博记》中的一则异文,情节有一定的变化。

酒鬼某购酒一瓶,踉跄而归,偶一不慎,打翻器酒。某不舍,伏地痛饮之。路人见而大笑,某答曰:"此酒是用钱买来的,今瓶碎酒罄,难以收拾,倘我不伏地去饮,难道还要想浅斟低酌,等别人送小菜来下酒吗?"

《笑林博记》卷七《等小菜来》

这一故事类型,现当代仍在四川、湖北、天津等地流布,譬如《父子酒菜》①《两爷子抬酒》②《酒菜》③《饮酒》④。

请客留茶型故事　大致写有人待客外出借不到茶叶,家中烧一大锅开

---

① 见《中国民间文学集成·宜宾地区民间故事卷》。
② 见《中国传说故事大辞典·故事》。
③ 见《松滋县民间故事传说集》。
④ 见《天津民风》第5辑。

水无用,主妇忙说请客人洗个澡罢。这一故事类型,初见于明·陈眉公辑《时兴笑话》。

> 有留客吃茶,苦无茶叶,往邻家借之。久而不至,汤滚,则加以冷水。加之以久,锅都添满,妻谓夫曰:"茶的吃不成了,留他洗了浴去罢。"
>
> 《时兴笑话》卷上《留茶》

清·陈皋谟辑《笑倒·留茶》、清·游戏主人辑《笑林广记》卷九《留茶》,均抄自《时兴笑话》卷上《留茶》,文字与此则相同,或者基本上相同。

明·浮白主人辑《笑林》中的一则异文,略有变化。

> 有留客饮茶者,向邻家借茶叶。未至,每汤沸,以水益之。釜且满矣,而茶叶终不得。妻乃谓夫曰:"此友是相知的,到留他洗个浴去罢。"
>
> 《笑林·借茶叶》

明·冯梦龙辑《笑府》卷十二日用部《借茶叶》,与《笑林·借茶叶》悉同。

苏空头型故事 大致写一个帮闲苏州人喜欢胡吹,当大老官让他拿脑子替自己治病时,他忙说:"我是苏空头,没有脑子。"后来别人在苏州听话总是要打折扣,闹出许多笑话。这一故事类型,初见于明·陈眉公辑《时兴笑话》。

> 一帮闲苏州人,谓大老官曰:"我为人替得死的。"一日,大老官病将笃,医生曰:"非活人脑子不能救矣。"大老官曰:"如

此我得生矣。"遂谋之苏人，苏人曰："非是我不肯，我是苏空头，没有脑子的。"

《时兴笑话》卷下《苏空头》

清·游戏主人辑《笑林广记》中的一则异文，故事情节有一定的发展。

一人初往苏州，或教之曰："吴人惯扯空头，若去买货，他讨二两，只好还一两。就是与人讲话，他说两句，也只好听一句。"其人至苏，先以买货之法，行之果验。后遇一人，问其姓，曰："姓陆。"其人曰："定是三老官了。"又问："住房几间？"曰："五间。"其人曰："原来是两间一披。"又问："宅上还有何人？"曰："只房下一个。"其人背曰："原还是与人合的。"

《笑林广记》卷十二《苏空头》

清·小石道人辑《嘻谈录》中的一则异文，由清·戏主人辑《笑林广记》改写而成，文字较为口语化。

一京人初往苏州，或告之曰："吴人惯打空头，若去买货要二两，只好还一两。就是与人说话，他说两句，也只好听一句。"京人至苏，先以买货之法行之，果然还半价就卖。后遇苏人，问其尊姓，答曰："姓陆。"京人曰："定是老三了。"又问："尊寓住房几间？"答曰："五间。"京人曰："原来是两间半了。"又问："府上还有何人？"答曰："只有妻子一个。"京人又曰："想来是两个人伙娶的。"

《嘻谈续录·苏空头》

清·程世爵辑《笑林广记·苏空头》，抄自《嘻谈录》，与此则悉同。

待诏掏耳型故事　大致写有一个待诏替人掏耳，那人痛极，以为待诏已从耳朵这边掏到那边去了。这一故事类型，初见于明·陈眉公辑《时兴笑话》。

　　一待诏为人取耳，其人极痛，问曰："那一只还要取否？"答曰："自然要取。"其人曰："我只道那边的耳屑也在这边取出来了。"

《时兴笑话》卷下《耳痛》

明·冯梦龙辑《笑府》中的一则异文，出自《时兴笑话》，文字稍有差异。

　　一待诏为人取耳，其人极痛，问曰："左耳还取否？"答曰："右完，次及左矣。是这等取过去了。"

《笑府》卷五广萃部《取耳》

明·醉月子辑《精选雅笑》的一则异文，故事情节有一定的变化。

　　篦工取耳太重，其人痛甚，渐以耳远之，工以手随而愈进，问："取那一只否？"工曰："完这只，即取那只。"其人曰："我只道就在里边取过去了。"

《精选雅笑·取耳》

清·游戏主人辑《笑林广记》卷三《取耳》，由《笑府》卷五广萃部《取耳》与《精选雅笑·取耳》演化而成。

> 一待诏为人看耳,其人痛极,问曰:"左耳还取否?"曰:"方完,次及左矣。"其人曰:"我只道就是这样取过去了。"

宁受脚踢型故事 大致写一医士欲挥拳打误撞他的樵夫时,樵夫表示愿受脚踢。旁人不解,樵夫道:"脚踢未必就死,经了他手定然难活。"这一故事类型,初见于明·陈眉公辑《时兴笑话》。

> 樵夫担柴,误触医士,医怒欲挥拳,樵夫跪曰:"宁受脚踢,勿动尊手。"旁人讶之,樵夫曰:"脚踢未必就死,经了他的手定然不活。"
>
> 《时兴笑话》卷下《勿动手》

清·游戏主人辑《笑林广记》卷三《愿脚踢》、近人李警众编《嚼舌录》卷六《宁受脚踢》均与此则相同,仅个别字句略有出入。

明·冯梦龙辑《笑府》卷四方术部《愿脚踢》,由《时兴笑话》卷下《勿动手》缩写而成,更为简约。

> 樵夫担柴,误触医士,医怒,欲挥拳。樵跪曰:"宁受脚踢。"旁人讶之,樵曰:"经他手,定然难活。"

明·冯梦龙辑《广笑府》卷三《愿脚踢》,与此则悉同。

清·石成金撰《笑得好》初集《切莫动手》,由《时兴笑话·勿动手》演化而来,更为通俗、风趣。

> 医家一仆犯事,主人大怒,捏拳欲打,仆哀求曰:"小人服侍年久,极知老爹手段,只求脚踢,切莫动手。脚踢还不伤命,

若一动了手，我的性命就难保了。"

这一故事类型，现当代仍在河南等地流布，譬如《别用手打》①。

姓氏伍陆戚型故事　大致写有一次诸官妇人聚会时，县令夫人伍某问赞府夫人、主簿夫人姓啥？二人相继回答姓陆、姓戚。县令夫人听了勃然大怒，以为别人在捉弄自己。这一故事类型，初见于明·谢肇淛撰《五杂俎》。

阳伯博任山南一县丞，其妻陆氏，名家女也。县令妇姓伍，它日会诸官之妇，既相见，县令妇问赞府夫人何姓，答曰："姓陆。"次问主簿夫人，答曰："姓戚。"县令妇勃然入内，诸夫人不知所以，欲却回。县令闻之，遽入问其妇。妇曰："以吾姓伍，赞府妇遂云姓六，主簿妇云姓七，相弄若此！余官妇若问，必曰姓八，姓九矣！"令大笑曰："人姓偶尔，何足怪？"乃令其妇出。

《五杂俎》卷四"山南县丞妻"

近人杨汝泉编纂《滑稽故事类编》第五编《姓八姓九》、近人憨斋士纂辑《笑林博记》卷七《姓八姓九》，均出自《封氏闻见录》，文字与此则基本上同。

这一故事类型，现当代仍在浙江等地流布，譬如《改姓》②。

莫射虎皮型故事　大致写子执弓（或举刀）欲杀虎救父，父在虎口中高喊："你要对着脚射（或砍），不要伤了虎皮，卖不出价钱。"这一

---

① 《中国民间故事集成·河南卷》。
② 见《中国民间故事集成·浙江卷》。

故事类型，初见于明·顾起元撰《客座赘语》。

> 有富翁山行而攫于虎，其子操刃而逊之，翁在虎口，见其子呼谓之曰："刺则刺，毋刺伤其皮。"既而虎死，翁得生，其子问之，翁曰："得虎而售，利存乎皮，皮坏斯减贾，汝蔑所获矣。吾为是惧，而亟汝语也。"
>
> 《客座赘语》卷六《谑语》"毋刺伤虎皮"

明·冯梦龙辑《笑府》所载的一则异文，较为简洁明快。

> 一人为虎衔去，其子执弓逐之，引满欲射。父从虎口遥谓子曰："汝须是着脚射来，不要射坏了虎皮。"
>
> 《笑府》卷八刺俗部《射虎》

清·石成金撰《笑得好》初集《莫砍虎皮》，情节略有变化，文字更为通俗。

> 一人被虎衔去，其子要救父，因拿刀赶去杀虎，这人在虎口里高喊说："我的儿，我的儿，你要砍只砍虎脚，不可砍坏了虎皮，才卖得银子多。"

近人憨斋士纂辑《笑林博记》卷二《莫砍虎皮》，与此则悉同。
清·游戏主人纂辑《笑林广记》卷九《射虎》，与《笑林》"射虎"相同，文字略有添改。

> 一人为虎衔去，其子执弓逐之，引满欲射。父从虎口遥谓其子曰："我儿须是搊脚射来，不要伤坏了虎皮，没人肯出价钱。"

这一故事类型，现当代仍在宁夏、陕西、河北、上海、四川等地流布，譬如《爱财如命》（回族）①、《别伤虎皮》②、《莫砍虎皮》③、《要钱不要命》④、《莫把虎皮打烂了》⑤。

这一故事类型，相当于丁乃通编著《中国民间故事类型索引》1305D2。

独行生意型故事　大致写某工匠想做独行生意，偶然间替皇上修补了平天冠，又为老虎拔除了掌中刺，他竟以为凭此可以致富。于是就挂牌专修补平天冠，兼拔虎刺。这一故事类型，初见于明·谢肇淛撰《五杂俎》。

> 有人以钉铰为业者，道逢驾幸郊外，平天冠偶坏，召令修补，厚加赏赍。归至山中，遇一虎卧地呻吟，见人举爪示之。乃一大竹刺，其人为拔去。虎衔一鹿以报。至家语妇曰："吾有二技，可立致富。"乃大署其门曰："专修补平天冠，兼拔虎刺。"
>
> 《五杂俎》卷十六"二技致富"

明·冯梦龙辑《笑府》中的一则异文，有了一定的变化和发展。

> 一人思想做件独行生理，只有平天冠无店。既开铺，寂无买者。或教以此冠唯皇帝可戴，皇帝在京师，乃移店就之。中途，借宿山家，忽有虎舒一掌入篱门，作哀鸣声。初甚恐，少焉，取

---

① 见《中国民间故事集成·宁夏卷》。
② 见《笑林拾零》。
③ 见《中国民间文学集成·保定市故事卷》。
④ 见《中国民间文学集成·上海卷·宝山区乡镇分卷》。
⑤ 见《中国民间故事集成·四川卷》。

火照之，见有竹刺中掌，即为拔除。老虎欢跃而去。自喜曰："我又增一独行拔除。老虎本事矣。"比至京，大书招牌云："出卖平天冠，兼拔虎刺。"

《笑府》卷六殊禀部《独行生意》

不识翁仲型故事　　大致写某官寡学，误将"翁仲"二字倒置，因此被贬。于是，有人写诗加以嘲笑。这一故事类型，初见于明·吴安国撰《累瓦编》①。

景泰中，吾苏一监郡不学，误呼石人为仲翁，滑稽者作诗云："翁仲将来作仲翁，只因书读少夫工；马金堂玉如何入，止好苏州作判通。"闻者为之绝倒。

《累瓦二编》卷十二《应谐》"翁仲将来作仲翁"

清·独逸窝退士编《笑笑录》中的一则异文，没有交代具体的时代，文字略有差异。

苏州通判某，寡学，不识翁仲。人有嘲之者曰："翁仲如何作仲翁，读书全未有工夫。想来难入翰林院，只好苏州作判通。"

《笑笑录》卷三《仲翁》

近人易宗夔撰《新世说》中的一则异文，发生在清乾隆年间，情节有明显变化。

---

① 见《四库大辞典》下，吉林大学出版社2018年出版。

乾隆时，某词臣奉敕撰墓志铭，误将"翁仲"二字倒置，坐降通判。濒行，高宗为赋一绝云："翁仲如何说仲翁，十年窗下欠工夫。从今不许为翰林，贬尔江南作判通。"盖每句末二字均颠倒也。

《新世说》卷七"某词臣"

补针鼻型故事 大致写一人以补针鼻骗食，吃过饭后，他让主人将断掉的那边针鼻子找出来，主人只好作罢。这一故事类型，见诸明·潘游龙撰《笑禅录》。

一人途中肚饥，至一家诳饭吃曰："我能补破针鼻子，但要些饭吃。"其家即与之饭，遍寻出许多破鼻子针来，吃饭毕请补之，其人曰："拿那边针鼻子来。"

《笑禅录》"补破针鼻子"

这一故事类型，现当代仍在北京、河北、浙江、江苏、湖南等地流布，譬如《焊针鼻儿》①《焊针鼻儿》②《医针屁股》③《修针》④《补针鼻》⑤。

剔灯棒型故事 大致写一人到寺中借宿，提出将送寺院一个世世用不尽的物件。僧人乃恭敬有加，次早僧人索要时，此人乃以一破帘子见赠，说是做剔灯棒可以长久使用，世世用不尽。这一故事类型，初见于明·潘游龙撰《笑禅录》。

---

① 见《中国民间故事集成·北京卷》。
② 见《蜘蛛写状子》。
③ 见《巧换金罗汉》。
④ 见《中国机智人物故事大观》。
⑤ 见《中国机智人物故事大观》。

第十二章　明代时期的民间故事类型

　　一人晚向寺中借宿，云："我有个世世用不尽的物件，送与宝寺。"寺僧喜而留之，且为加敬。至次早，请问："世世用不尽的是么物件？"其人指佛前一树破帘子云："此以之作剔灯棒，可世世用不尽。"

《笑禅录》"世世用不尽的物件"

清·石成金撰《笑得好》二集《剔灯棒》，由《笑禅录》改写，文字略有变化。

　　一人晚向寺中借宿，云："我有个世世用不尽的物件，送与宝寺。"寺僧喜而留之，且加恭敬。至次早，请问世世用不尽的，是甚么物件？其人指佛前一树破帘子云："将此物作剔灯棒儿，生生世世那里用得尽。"

这一故事类型，现当代仍在江西、湖北、湖南、浙江等地流布，譬如《寡妇养老》[1]《一世用不完的财产》[2]《灯拔棍》[3]《献宝》[4]。

食不厌精型故事　　大致写一先生教导诸生，只要牢记孔子一两句话，便可受用不尽。一少年说学了孔子的两句话倍感亲切，自觉心广体胖，这便是"食不厌精，脍不厌细"。这一故事类型，见诸明·潘游龙撰《笑禅录》。

　　一道学先生教人只体贴得孔子一两句言语，便受用不尽。有

---

[1] 见《中国民间故事集成·江西卷》。
[2] 见《张家十伢的故事》。
[3] 见《中国机智人物故事大观》。
[4] 见《马坦》。

一少年向前一恭云："某体贴孔子两句极亲切，自觉心广体胖。"问是那两句，曰："食不厌精，脍不厌细。"

《笑禅录》"孔子两句言语"

这一故事类型，现当代仍在湖北等地流布，譬如《受用不尽》①。

跨鸭归去型故事 大致写客久坐，主称家中无物，不敢留饭。（或言主仅以蔬菜待客，而无荤腥。）客曰："请杀我驴（或马、骡）食之。"主问："君何以归？"客指地上鸡（或鸭）曰："骑它。"这一故事类型，明代多有记载。潘游龙撰《笑禅录》"无物下酒"出现较早。它是由"杀马"与"烧衫"两个部分组成。

一少年好作反语，偶骑马向邻翁索酒，翁曰："我有斗酒，恨无下物。"少年曰："杀我马。"翁曰："君将何骑？"少年即指阶下鸡曰："骑他。"翁笑曰："有鸡可杀，无柴可煮。"少年曰："脱我布衫去煮。"翁曰："君将何穿？"少年即指门前篱笆曰："穿他。"

近人憨斋士纂辑《笑林博记》卷三《好说反语》，与此则悉同。

明·江盈科撰《雪涛谐史》收的"借地上鸡乘去"，并非原书所有，而是潘之恒于万历四十年（1612）刊印《雪涛小说》二卷时补写进去的。

有客过，久坐，而主无款，且与客计："将奈何？"客曰："适乘驴来，可杀共食之。"主曰："归当何乘？"客曰："借地上

---

① 见《松滋民间故事传说集》。

鸡乘去。"

这一则异文，仅保留了上一则故事的前半部分，即将"杀马（驴）"独立成篇。后世流传的这一故事类型，大都保持了它所确定的这样一个格局。

明·冯梦龙辑《笑府》卷八刺俗部《不留客》，情节并无明显变异，但描述与以上两则不甚相同。

> 远客来久坐，主家鸡鸭满庭，乃辞以家中乏物，不敢留饭。客即借刀，欲杀己所乘马寄餐。主曰："公如何回去？"客曰："凭公子鸡鸭中借一只，我骑去便了。"

明·浮白主人辑《笑林·不留客》，与此则悉同。清·游戏主人辑《笑林广记》卷九《不留客》，亦与此则相同，仅多一字。

清·独逸窝退士编《笑笑录》中的一则异文，情节略有变化，细节亦有所不同。

> 有人骑驴访友，过午未饭，至一家道其情。主人曰："适饭罢，无以佐餐，奈何？"言次，适闻鸭鸣于内，客知其吝也，乃曰："既无肴，不妨宰我驴以下饭也。"主人曰："如烹驴，客何以归？"客曰："顷闻鸭鸣，可借君之鸭，跨之而归尔。"相与一笑。
>
> 《笑笑录》卷三"跨鸭而归"

清·俞樾撰《俞楼杂纂》卷四十八《一笑》"乘鸡而归"，情节有了显著变异，由不留饭改为仅具蔬食，文字亦有不同。

> 有客至，主人具蔬食，客不悦。主人谢曰："家贫市远，不

能得肉耳。"客曰："请杀我所乘之骡而食之。"主人曰："君何以归？"客指阶前之鸡曰："我借君之鸡乘之而归。"

近人憨斋士纂辑《笑林博记》卷一《乘鸡而归》，与此则悉同。

这一故事类型，相当于丁乃通编著《中国民间故事类型索引》1572J*。

请贼关门型故事　　大致写一贼入室偷窃，无物可取。临去时主人呼贼为其关门，贼不胜感叹。这一故事类型，初见于明·潘游龙撰《笑禅录》。

一盗夜挖入贫家，无物可取，因开门径出，贫人从床上呼曰："那汉子为我关上门去。"盗曰："你怎么这等懒，难怪你家一毫也没有。"贫人曰："且不得我勤快只做到与你偷？"

《笑禅录》"无物可取"

明·冯梦龙辑《笑府》卷三世讳部《遇偷》，并无上一则之训戒题旨，而是通过戏谑给世人带来愉悦。

偷儿入一贫家，遍摸一无所有，乃唾地而去。贫汉于床上见之，唤曰："贼，可为我关了门去。"偷儿笑曰："我且问你，关他做甚么？"

清·游戏主人辑《笑林广记》卷十《遇偷》，据《笑府》卷三世讳部《遇偷》改写，文字多有添加，略带嘲讽意味。

偷儿入贫家，遍摸无一物，乃唾地开门而去。贫者床上见之，

第十二章 明代时期的民间故事类型

唤曰:"贼,有慢了,可为我关好了门去。"偷儿曰:"你这样人,亏你还叫我贼。我且问你,你的门关他做甚么?"

近人憨斋士纂辑《笑林博记》卷三《何必关门》,与《笑府》卷三世讳部《遇偷》悉同。

清·陈皋谟辑《增订一夕话新集》卷三《笑倒》中的一则异文,情节发生一定变化,与以上诸则大异其趣,展现出这一故事类型具有的发展空间。

> 一贼挖入人家,其家收拾谨慎,无物可偷,贼出门骂曰:"有这等欺心人家,是件东西都藏过了。"主人应曰:"老兄也不见忠厚,开了门,就不替我关上去了。"
>
> 《笑倒·应贼》

这一故事类型,现当代仍在内蒙古等地流布,譬如《懒汉》(蒙古族)①。

书是印成的型故事 大致写某生不喜欢读书,被关在房中看书。数日后,他竟惊呼自己发现书是印成的。这一故事类型,初见于明·潘游龙撰《笑禅录》。

> 友人劝监生读书,生因闭门翻阅数日,出谢友人曰:"果然书该读,我往常只说是写的,原来都是印的。"
>
> 《笑禅录》"原来都是印的"

---

① 见《中国民间故事集成·内蒙古卷》。

清·石成金撰《笑得好》中的一则异文，变化比较大。

　　一子喜游荡，不肯读书。其父怒闭门一室，传送饮食，教令眼睛仔细看书，心思仔细想书，如此用功，自然明白。过了三日，父到房内，看其功课。禁之书馆。子对曰："蒙父亲教训得极妙，读书果然大有利益。我才看三日书，心中就明白了。"父喜问曰："明白了何事？"子亦喜曰："我一向只认这读的书，是用笔写成的，仔细看了三日，才晓得一张一张的书，都是印板印成的。"

《笑得好》初集《书是印成的》

近人憨斋士纂辑《笑林博记》卷三《书是印成的》，与此则悉同。
　　清·游戏主人辑《笑林广记》中的一则异文，又出现一定的变化。

　　一富家儿不爱读书，父禁之书馆。一日，父潜伺窥见其动静，见其子开卷吟哦，忽大声曰："我知之矣。"父意其有所得，乃喜而问曰："我儿理会了么？"儿子曰："书不可不看。我一向只道书是写的，原来都是刊版印就的。"

《笑林广记》卷五《悟到》

妻手如姜型故事　　大致写一痴人在街上听相士讲妇人手如姜如何好，其人笑道："我妻子的手也如姜，昨日被他打了一嘴巴，今天还辣辣的。"这一故事类型，见诸明·无名氏撰《时尚笑谈》。

　　有一痴人出街，遇一相士，论人手足云："男人手如绵，身边有闲钱；妇人手如姜，财欲满仓箱。"痴人闻言，拍掌大笑曰："我的妻子手如姜也。"相士曰："何以见之？"痴人曰："昨日被他打了一下嘴巴，到今日还辣辣的。"

《时尚笑谈·看相》

近人憨斋士纂辑《笑林博记》卷三《看相》，与此则悉同。

这一故事类型，现当代仍在湖北、上海、山东、浙江等地流布，譬如《老婆的手》①《手如姜》②《手如姜》③《手相》④。

学官索节型故事　大致写一学官见秀才送鹅，便道："接鹅无食喂它可不饿死，不接又失一节，如何是好？"秀才道："请收下吧，饿死事小，失节事大⑤。"这一故事类型，见诸明·无名氏撰《时尚笑谈》。

　　昔一秀才送鹅与学官，学官曰："我受你的鹅，又无食与他吃，可不饿死？欲待不受，又失一节，如何是好？"秀才云："请师父受下，饿死事小，失节事大。"

《时尚笑谈·嘲学官贪赃》

近人憨斋士纂辑《笑林博记》卷三《嘲学官贪赃》，与此则悉同。

明·无名氏撰《新刻华筵趣乐谈笑酒令》卷四《谈笑门·教官索节》，文字略有变化。

　　昔一秀才送鹅与学官，学官云："我若受你的鹅，又无食吃，

---

① 见《中国民间故事集成·湖北卷》。
② 见《中国民间故事集成·上海卷》。
③ 见《中国民间故事集成·山东卷》。
④ 见《中国民间故事集成·浙江卷》。
⑤ "饿死事小，失节事大"，典出北宋·程颢、程颐令著《二程遗书》。该书卷二十二："又问：'或有孤孀贫穷无托者，可再嫁否？'曰：'只是后世怕寒饿死，故有是说，然饿死事极小，失节事极大！'"此处故意将"礼节"与"贞节"混为一谈，以达到讽刺效果。

却不饿死？欲待不受，又失一节，如何处置？"秀才云："请师权受下，鹅死的事小，失节的事大。"

禁蚊符型故事 大致写买主抱怨驱蚊符没有作用，卖家便告诉他，需要把符贴在帐子里才见效。这一故事类型，初见于明·醉月子辑《精选雅笑》：

> 有卖驱蚊符者，一人买归贴之，而蚊毫不减。往咎卖者，卖者云："定是贴不得法。"问符贴之，即无蚊虫。一于何处，曰："须贴帐子里。"

《精选雅笑·蚊符》

明·无名氏撰《时尚笑谈》的一则异文，变化比较明显。

> 昔人会禁蚊子，以符贴之，即无蚊虫。一人将几文钱买符一章，归家，贴在壁上，其蚊虫更多。其人往告卖符者，曰："你家毕竟有不到处，待我往你家一看便知。"其人同归看之，卖符者曰："难怪，你家没有帐子，要放在帐子里才好。"

《时尚笑谈·禁蚊子》

近人憨斋士纂辑《笑林博记》卷三《禁蚊符》抄自《时尚笑谈》，与此则悉同。

清·游戏主人辑《笑林广记》中的一则异文，变化更为明显，持符者乃是道士。

> 一道士自夸法术高强，撇得好驱蚊符。或请得以贴室中，至夜蚊虫愈多。往咎道士，道士曰："吾试往观之。"见所贴符曰：

"原来用得不如法耳。"问:"如何用法?"曰:"每夜赶好蚊虫,须贴在帐子里面。"

《笑林广记》卷八《驱蚊》

如何下得手型故事　大致写一惧内知县坐堂时,闻兵房吏夫妻厮打,大怒道:"若是我……"其夫人忽在后堂喝:"若是便如何?"知县忙答:"是我便下跪,看她如何下得手!"这一故事类型,见诸明·无名氏撰《新刻华筵趣乐谈笑酒令》。

昔一知县,专畏奶奶。一日坐堂,忽闻公廨喧嚷,令皂隶去看,皂隶回报:"乃是兵房吏夫妻厮打。"知县咬牙大怒曰:"若是我,若是我……"不觉奶奶在后堂听得,高声喝曰:"若是便如何?"知县惊答曰:"是我时,便即下跪,看他如何下得手。"

《新刻华筵趣乐谈笑酒令》卷四《谈笑门·讥怕老婆》

劝阻念佛型故事　大致写某人见老母(或妻,下同)整日诵佛不停,乃再三呼母,随应随呼。母怒,其人道:"仅呼二三(或三四),母便不悦。佛一日被呼千遍,安得不怒?"这一故事类型,初见于明·程文宪撰《中洲野录》①。

鄱阳何梅谷英妻,垂老好事佛,自晨至夕,必口念"观音菩萨"千遍,梅谷以儒学闻于时,止之则弗从,弗止恐贻笑士论。一日呼妻至再且三,随应随呼弗辍。妻怒曰:"何聒噪若是耶?"梅谷徐答曰:"呼仅二三,汝即我怒;观音一日被你呼千

---

① 见《说郛续》卷十四(《说郛三种》第九册)。

遍，安得不汝怒耶？"妻顿悟，遂止。

《中洲野录·梅谷化妻》

清·独逸窝退士编《笑笑录》卷四《念佛》，与此则相同，文字有所压缩。近人徐珂编撰《清稗类钞·讥讽类·观音一日呼千遍》，与此则相同，仅开头称"光绪时"，文字略有出入。

明·浮白斋主人撰《雅谑·止母念佛》，故事主人公由何梅谷变为翟永龄，文字亦有变异。

> 翟母皈心释氏，日诵佛不辍声。永龄佯呼之，母应诺，又呼不已，母愠曰："无有，何频呼也？"永龄曰："吾呼母三四，母便不悦，彼佛者日为母呼千万声，其怒当何如？"母为少悟。

明·冯梦龙编纂《古今谭概》儇弄部第二十二《翟永龄》"止母念佛"，与此则相同，文字稍有出入。

清·方飞鸿撰《广谈助》卷三十《谐谑篇》"呼千遍"，据《中洲野录·梅谷化妻》改写，文字有所压缩。

> 鄱阳何梅谷英妻老好佛，晨夕每念观音菩萨千遍。梅谷一日呼妻，至再至三，随应随呼，弗辍。妻怒曰："何聒噪若是耶？"梅谷徐应曰："呼仅二三，汝即我怒；观音菩萨，一日被你呼千遍，安得不怒尔？"其妻遂止。

近人憨斋士纂辑《笑林博记》卷三《终日聒噪》，与此则悉同。

这一故事类型，现当代仍在上海、湖北、河南、陕西等地流布，譬如《菩萨叫腻了也嫌烦的》①《阿弥陀佛》②《念佛》③《佛早恼了》④。

讽观竞渡型故事　大致写国丧期间，太守饮宴观看划船比赛。某人乘小舟故意触怒太守，太守命其写供词（或作诗）。某人当即吟诗讽诫，太守不得不将其释放（或向其赔礼）。这一故事类型，初见于明·程文宪撰《中洲野录》，故事主人公为致仕之监察御史高举。

> 鄱阳高举登永乐甲申进士，拜监察御史，罢归居林谷间，谢绝人事，不入城府。一日，棹小舟至城下，时值重午，郡守饮月波楼以观竞渡，举微服箕坐舟上。守怒逮之至，令其供不合状。举遂书一绝云："皇后升遐未一年，今春先帝又宾天，江山草木皆垂泪，太守如何看画船。"守询之，知为高侍御，大惭而延纳之。公拂衣不顾而去。
> 　　　　　　　　　　　　　　《中洲野录·讽观竞渡》

清·褚人获纂辑《坚瓠三集》卷一《刺观竞渡》，故事主人公为明弘治、正德间名臣杨一清。

> 弘治末⑤，杨一清八岁时自滇过巴陵，癯而疠。有岳二州甚器之，荐于太守，同观竞渡。守陋其状，抚其额叹曰："苦哉，苦哉！"令赋诗。一清赋云："苦哉苦哉苦哉天，先皇晏驾未逾

---

① 见《中国民间文学集成·上海卷·长宁区分卷》。
② 见《中国民间故事集成·湖北卷》。
③ 见《中国民间故事集成·河南淅川卷》。
④ 见《笑林拾零》。
⑤ 按：杨一清（1454—1530）生于景泰五年，殁于嘉靖九年。其九岁为天顺六年，而非"弘治末"。民间传说存在某些不准确之处，不足为怪。

年。江山草木犹含泪，太守江边看渡船。"守见之甚愧，罢饮。时孝庙上宾未几，故云。

清·周亮工撰《闽小记》卷下"讽西湖游宴"，故事主人公为明正德间名士郑堂。

  时正德改元，守一日于西湖游宴，（郑）堂故冲其前导，守怒之，曰："作一诗，可释汝。"命纸笔，堂即书数"苦"字。守大笑曰："汝今始知苦乎？"堂即足成之，曰："苦苦苦苦苦苦天，上皇晏驾未经年。江山草木皆垂泪，太守西湖看画船！"守亟遣之。

清·牛应之（朱克敬）撰《雨窗消意录》卷一"郑堂俳谐"，据《闽小记》卷下"讽西湖游宴"改写，文字略有变化。

  闽郑堂，能诗好滑稽。会国丧，太守宴于西湖，堂故冲其前导。守怒，令作诗自责。堂连书苦字，守笑曰："汝今始知苦乎？"堂续曰："苦苦苦苦苦苦天，上皇晏驾未经年，江山草木皆垂泪，太守西湖看画船。"守亟遣之。至今闽人称俳谐为郑堂体。

这一故事类型，现当代仍在浙江、江苏、上海、福建、湖南、湖北、河北、山西等地流布，譬如《天天天天天天天》[1]、《捣官船》[2]、《斗抚台》[3]、《吟诗罢寿船》[4]、《赶跑知府》[5]、《吟诗告太守》[6]、《祝枝山

---

[1] 见《徐文长的故事》。
[2] 见《沈拱山的故事》。
[3] 见《中国民间文学集成·上海卷·卢湾区故事分卷》。
[4] 见《郑堂的故事》。
[5] 见《中国机智人物故事大观》。
[6] 见《中国民间文学集成·保定市故事卷》。

改诗》①。

出米洞型故事 大致写某山有一个洞不断有米粒流出。见者嫌其出米缓慢,便将洞口凿大,谁知该洞从此竟再不出米。这一故事类型,初见于明·王临亨撰《粤剑编》。

石室,在端州城东北七八里,与七星岩相近。崭然石骨,亦与星岩类。其上有小石屋数百间,每间有一石床,光洁无纤尘,要是群真窟宅也,中一洞,方广可十余丈,石笋林立,多似人形。其旁一石窦,故老相传。曩有有羽士修炼于此,馆粥不继,窦中涓涓下米粒,日可升许,足供羽士食。久之,羽士化去。其徒谓窦小,所出有限,更凿之,米绝,不复生矣。其窦至今犹在。

《粤剑编》卷一《志名胜》"出米洞"

清·王棫撰《秋灯丛话》中的一则异文,情节较为简单,且略有变化,亦颇有趣。

建昌东鄙从姑山有两洞,穴大如钱,并列岩畔,油米自内源源而出,足寺僧一日用。每晨如果是,不减不增。后有僧嫌其狭,凿而大之,油米顿竭,经月余仅流米合许,油涓滴而已。今尚然。

《秋灯丛话》卷十六《油米自两穴流出》

这一故事类型,现当代仍在广东等地流布,譬如《丹霞山出米

---

① 见《山西民间故事集成·晋北卷》。

洞》①。

石佛出世型故事　大意写某处山间接连数日闻山语"我要出去!"（或"开不开?"）无人敢应。一日有人戏答："出来吧（或开）!"突然山石大开，露出石佛。这一故事类型，初见于明·李中馥撰《原李耳载》。

> 阳曲北乡近山村落，农者闻山语云："我要出去!"如此者数日。一人答："出来罢!"忽山崩一角，若削成然，露石佛，自首至膝，端立无欹。村民聚观如堵。知问云："'我出去'者，即此佛也。"
>
> 《原李耳载》卷下《石佛之异》

明末谈迁撰《枣林杂俎》采录的一则异文，故事亦发生在山西，情节多有变化，出世的不是石佛，而是藏经。

> 万历庚寅，隰州有民妇，居山中。日汲涧水，忽闻鸟呼曰："山要开！山要开！"日呼于耳，妇不以为异。一日飞集肩上而呼，妇归告其夫。夫曰："明日若呼，当应之曰：'开便了。'"果呼果应，山旋崩，出藏经一部，皆宋笺缮写者，卷末书兴国材兴国院造，纸墨如新。闻诸有司，散各名山，欈李王大同寺僧朝五台，亦随往捧诵而归。
>
> 《枣林杂俎》义集《志怪》

清乾隆后期成书的袁枚撰《子不语》采录的一则异文，故事背景在甘肃，情节略有变化。

---

① 见《中国民间故事集成·广东卷》。

> 康熙五十年，肃州合黎山顶忽有人呼曰："开不开？开不开？"如是数日，无人敢答。一日，有牧童过，闻之，戏应声曰："开。"顷刻訇然，风雷怒号，山石大开。中现一崖，有天生菩萨像数千，须眉宛然。至今人呼为万佛崖。章淮树观察过其地，亲见之。
>
> 《子不语》卷十六《万佛崖》

这一故事类型，现当代仍在山西、河南等地流布，譬如《云冈石窟出世》①《开不开》②。

助寡改嫁型故事　写一年轻寡妇欲改嫁，受家人阻拦。她求助一讼师写状，县令见到所写的"翁无姑而不老，叔无妇而不小，不醮失节，再醮全节"一类状词，当即准其改嫁。这一故事类型，最早见于明·姚旅撰《露书》"寡妇求批改嫁"③。

> 《露书》：莆田一寡妇求批改嫁，太守易某问："嫁谁？"妇答："嫁东邻裱褙陈二官。"易戏批曰："批改嫁，批改嫁，嫁与东邻陈二官。春色恼人眠不得，月移花影上阑干。嫁嫁嫁！"

自清代以来，这一故事类型的异文层出叠见，引人注目。较早的一则见诸嘉庆中晚期成书的青城子撰《志异续编》。

> 一妇年少适某家，未数月，夫死，急欲再醮。翁姑不许。妇禀官，翁诉以三年为期，官批准。女父母不甘，复禀官，备呈困

---

① 见《中国民间故事集成·山西卷》。
② 见《洛阳的传说》。
③ 引自清·褚人获纂辑《坚瓠十集》卷四《批改嫁》。

苦状。官不准。有讼师知之，向女父母曰："能与我多金，为尔写状，可必准也。"许之。讼师写一状，令妇拦舆呈官，词云："妾不幸，夫亡早，姑多病，翁年少。"哀哀上告，官览毕，当即准其另嫁。

《志异续编》卷四《讼师》

清·邹弢撰《三借庐笔谈》卷五《短禀》，出自《志异续编》卷四《讼师》，文字有所压缩。

成于嘉庆、道光之际的曾衍东撰《小豆棚》又有一则异文。

湖州有婺妇，号"疙瘩老娘"，能刀笔，为讼师，远近皆耳其名。凡有大讼久年不结者，凭其一字数笔，皆可挽折，虽百喙不能置辩。因之射利，讦利厚则蔑理甚。

邑有富甲之媳早孀，欲改适，翁不许，强其贞守。媳丐于老娘，老娘索其一千六百金，弁其状十六字曰："氏年十九，夫死无子。翁壮而鳏，叔大未娶。"官遂令其他适。

《小豆棚》卷八闺闱类《疙瘩老娘》

清末出现的异文更多。见于丁治崇撰《仕隐斋涉笔》的一则是：

一讼师词状绝伦。有富家媳新寡，欲再醮，翁与小叔决意不许。媳投母家来，哀告数次，俱失色归。母家乃以重金贿讼师，作状乞官判醮。此状最难著笔，而讼师落落数语，期之必准，其笔锋与淬药匕首无异。词曰："十六嫁，十七寡，翁无姑而不老，叔无妇而不小，不醮失节，再醮全节。"案准，遐迩诵其词焉。

《仕隐斋涉笔》卷七"新寡再醮"

清·汪㤩尘撰《苦榴花馆杂记》中的讼师为董小山,其状词称"翁年富而长鳏,叔齿轻而未婚,恐将来之失节,愿此日之从人"。

近人徐珂编纂《清稗类钞》的一则是:

> 湖南廖某者,著名讼棍也,每为人起诉或辩护,罔勿胜。某孀妇年少欲再醮,虑夫弟之挡阻也,商之廖。廖以多金,诺之。廖为之撰诉词,略云:"为守节失节改节全节事:翁无姑,年不老;叔无妻,年不小。"县官受词,听之。

《清稗类钞·狱讼类·助寡再醮》

有关讼师廖某为寡妇写状的轶事,近人藕香室主人编《稀奇古怪不可说》的一则较为生动。

> 湖中廖某,以善讼名于时。每遇讼事,他人所不能胜者,廖必出奇以胜之。某邑有孀妇,年方少艾,欲再醮,虑翁与夫弟出而阻挠,乃延廖与商。廖曰:"是须酬我多金,乃可为汝草状。"孀妇允之,廖即振笔撰诉状,寥寥数语,其词云:"为守节失节改节全节事。翁无姑,年不老,叔无妻,年不小。"县官受状阅之,准妇再醮。廖得重酬归。

《稀奇古怪不可说·孀妇再醮》

近人襟亚撰《中国恶讼师》所录写的一则异文,故事情节较以上各则异文曲折,拓展了这一故事类型反映社会生活的空间,颇有新意。

> 邑之杨翁,有女绝艳,顾年才及笄,已非完璧。初女读于姑母家,表兄秦生亦秀出班头,才堪相捋。共读五载,姑母以两小无猜,不加禁止,故课余无事,或骑竹马以争先,或指青梅以赌

咏，两情脉脉，早有婚姻之盟。及女年十四，生年十五，两两定情，山盟海誓，一朵盈盈白玉花，遂经夜雨瞒人之润，两家父母初未知也。及女笄男冠，有至戚某，默察为杨翁女操柯，配邑王绅子名茗宾。事固谐，女不一岁即出阁嫁茗宾。

婚后，茗宾竟以女非处子轻之，闺房伉俪因以不睦，同床各梦，双鸳常无在沼时也。乃女正怀春，谁能遣此端居，常托言归宁，往续旧梦。茗宾闻之，顾无策以规女，知怨耦已成，事难补救，郁郁致疾。及弥留时犹以心上事告其父。父以两子，死其长者，悲恸欲绝。丧葬既毕，因以虐女，平居不许足出兰闺。

时女正芳年，归一岁而丧，其有若无之藁砧，心虽无悲，情何能禁，以翁姑之奴鸾仆凤，心大不甘。乘间逸归母家，翁即持势凌人，大兴问罪之师，遣豪奴劫女归。女潜出寄宿他所，奴不得逞。翁益怒，即以杨翁匿女图嫁控宰。

杨翁惧，往谋于冯执中①，执中不理。翁自思不得直，且以破家，心惨然恐，夜哭于女前，将送之返夫家，肉袒谢过，力请息讼。女大恸，忍死不从父命。私忖多智如冯执中，必能为我谋。父或忤其意，故谢绝耳。如即亲往求计。冯为女飐，不得已即秉笔代作一呈，辞曰："抱此见宰，必得直也。"女阅之，中有句云："……十七嫁，十八孀，翁鳏叔壮，顺之则乱伦，逆之则不孝。顺逆两难，请求归家全节。……"女色然喜，即辞执中如邑署，呈上。宰默味女状，久久，即提朱笔批一"准"字于牍尾。王绅遂不得直。女奉宰命家居，阳为全节，苟楚襄王游踪所至，固无日不在巫峰下也。

《中国恶讼师·全节》

---

① 冯执中：清末苏南的一位讼师。

近人徐哲身撰《绍兴师爷轶事》录写的一则异文,情节又有变化,重点在于揭露恶讼师贪婪。

> 绍兴柯桥,有个富户余店主,生有二子,长名自芬,幼名自芳。自芬已娶柳姓之女,生有三子一女。不幸自芬得病身故。余店主便想照那叔接嫂的办法,示意柳氏,柳氏不愿接受,并同时表示再好转嫁。余店主如何肯允。闹了一年多,毫没结果。
>
> 柳氏虽聘讼师告状,请求准允再醮,无奈屡次不能批准,只好花了重金去请那六兰三竹一梅花的首领,恶讼师胡梅亭了。胡梅亭问他肯出多少谢仪?柳氏道:"二百两如何?"胡梅亭摇头道:"这是批不准的。"柳氏再加百金,胡梅亭又道:"仍旧批不准的。你倘能够出我一百金一个字,我只要八个字,你就一定可以再作新夫人了。"柳氏再醮心切,只得答应。
>
> 等得柳氏银子交出,胡梅亭已将状子做好。柳氏拿了状子,送进县里。县知一见那张状子的由头是"翁壮而鳏,叔大未娶"的八个字,立即提笔,也批八个字道:"留则危险,嫁则干净。"

《绍兴师爷轶事·翁壮而鳏叔大未娶》

这一故事类型,现当代仍在广东、福建、浙江、江苏、河南、河北、山东、山西等地的汉族和某些少数民族地区流布,譬如《为寡妇写状子》①、《寡妇改嫁》(畲族)②、《写呈折》③、《寡妇改嫁》④、《十

---

① 见《钟敬文采录口承故事》。
② 见《中国民间故事集成·福建卷·福鼎县分卷》。
③ 见《徐文长故事》。
④ 见《曹瘦脸儿打官司》。

七个字的状纸》①、《吟诗诉状》②、《寡妇改嫁》③、《寡妇当嫁》④。

官多法乱型故事 大致写明初有人用绘画的方式向皇上巧妙进谏,说明"官多法乱"。这一故事类型,初见于明·郑瑄辑《昨非庵日纂》。

> 洪武间,金陵有人画僧顶一冠,道士顶十冠,蓬松其发,一断桥,甲士与民,各左右立以待渡,揭于城隍庙墙上。朝廷闻之,敕教坊司参究其事以奏云:"僧顶冠,有官无发;道士十冠,官多法乱;军民立桥边,过不得。"自是法网稍宽。

《昨非庵日纂》卷十五"官多法乱"

清·褚人获纂辑《坚瓠三集》卷一《城隍墙上画》,抄自《昨非庵日纂》,文字稍有改动,末尾加有"盖以滑稽而谏者"一语。

清·张贵胜辑《遣愁集》中的一则异文,情节多有变化。

> 明季有人画一僧,顶一冠;一道士,顶十冠;一断桥,甲士与百姓俱待渡,立桥左右,揭于墙壁。朝廷出见之,敕教坊参究其意来还。明日奏云:"僧,顶冠,有官无法;道士顶十冠,官多法乱;人立断桥,军民皆过不得。"上悚然,嗣此法纲从宽。

《遣愁集》卷九滑稽类"官多法乱"

---

① 见《河南民间文学集成·周口地区故事卷》。
② 见《王八吾》。
③ 见《中国民间故事集成·山东卷》。
④ 见《山西民间故事大系·晋南卷》。

第十二章 明代时期的民间故事类型

这一故事类型,现当代仍在江苏等地流布,譬如《官多法乱》①。

买猪千口型故事 大致写一县官字迹潦草,某次宴客,写条派皂隶买猪舌,"舌"字太长,皂隶误以为买猪千口,四乡寻买,只得到五百口,只好哀求减半。县官笑其误读。皂隶道:"今后要买鹅,千万写得短些,休要写成买我鸟!"这一故事类型,初见于明·乐天大笑生纂集《解愠编》。

> 一县官写字潦草,欲置酒延宾,批票付隶人买猪舌。"舌"字写太长,隶人错认只谓买猪"千口"。遍乡寻买,只得五百口,赴县哀告,愿减一半。县官笑曰:"我令你买猪舌,如何认作买猪千口?"隶人对曰:"今后若要买鹅,千万短写些,休要写作买我鸟!"
>
> 《解愠编》卷一《买猪千口》

明·冯梦龙辑《广笑府》卷一《买猪千口》、近人憨斋士纂辑《笑林博记》卷四《买猪千口》,均与此则悉同。

这一故事类型,现当代仍在福建、山西等地流布,譬如《买猪千口》②《买猪千口》③。

聂字三耳型故事 大致写一从事抄写的书吏经常出差错,造册时将"陈"字的左耳刀放反挨了二十板,后又将"郑"字的右耳刀放反,再挨了二十板。不久一姓聂的人托他写状,他大呼道:"我因两'耳'连打了四十,再给你写状,岂不送了我性命!"

---

① 见《中国民间故事集成·江苏卷》。
② 见《中国民间故事集成·福建卷·永定县分卷》。
③ 见《中国民间文学集成·山西卷·太谷民间故事集成》。

一书手写字多误落,遇造册时,将"陈"字着"阝"于右。被官责二十。书手性愚,误凡"阝"俱当在左,后又将"郑"字着"阝"于左,又被官责二十。后有聂姓者托写首状,书手大呼曰:"我因两'耳',一连打了四十;若与你写状,岂不送了我性命!"

《解愠编》卷一《聂字三耳》

明·冯梦龙辑《广笑府》卷一《聂字三耳》、近人憨斋士纂辑《笑林博记》卷四《聂字三耳》,均与此则悉同。

这一故事类型,现当代仍在上海等地流布,譬如《白字先生》①。

有天无日型故事 大致写盛夏欲寻避暑之地,众官多有议论,一皂隶(或众百姓)在一旁说公堂最凉快,因为此处有天无日。这一故事类型,初见于明·乐天大笑生纂集《解愠编》。

官值暑月,欲寻避暑之地,同僚纷议,或曰:"某山幽雅。"或曰:"某寺清凉。"一皂隶曰:"细思之,总不如此公厅上可乘凉。"官问何故,答曰:"此地有天无日头。"

《解愠编》卷二《有天无日》

明·冯梦龙辑《广笑府》卷二《有天无日》,与此则悉同。

清·石成金撰《笑得好》二集《有天没日》,情节小有变化,文字较为通俗。

夏天炎热,有几位官长同在一处商议公事,偶然闲谈天气酷

---

① 见《中国民间文学集成·上海卷·闸北区分卷》。

暑，何处乘凉，有云："某花园水阁上甚凉。"有云："某寺院大殿上甚凉。"旁边许多百姓齐声曰："诸位老爷要凉快，总不如某衙门公堂上甚凉。"众官惊问何以知之，答曰："此是有天没日头的所在，怎的不凉。"

近人憨斋士纂辑《笑林博记》卷二《有天没日》，与此则悉同。

清·游戏主人纂辑《笑林广记》卷一《避暑》，据《解愠编》改写，文字有所变异。

官值暑月，欲觅避暑之地，同僚纷议。或曰："某山幽雅。"或曰："某寺清凉。"一老人进曰："山寺虽好，总不如此座公厅最最凉快。"官曰："何以见得？"答曰："别处多有日头，独此处有天无日。"

《笑林博记》卷七《有天无日》，与此则相同，仅后一句中的"多"改作"都"。

明·乐天大笑生纂集《解愠编》所收一则异文，情节有变化，读来颇为有趣。

吴下一诗僧，牵累被讼。官信近习之谮，僧受屈称冤，官指厅伞，令赋诗面试实学。僧信口答曰："万骨攒来一柄收，行藏长得近诸侯；轻轻撑向马前去，真个有天无日头。"

《解愠编》卷二《诗僧咏伞》

明·冯梦龙辑《笑府》卷二《诗僧咏伞》，与此则悉同。

清·褚人获纂辑《坚瓠集》所收一则异文，文字略有不同。

苏州一僧人能诗，颇捷给，善谑。当涂遇太守失避，守命赋凉伞诗。僧赋云："众骨攒来一柄收，黄罗银顶覆诸侯。当时撑向马前去，真个有天没日头。"守闻之色愧。

《坚瓠三集》卷二《凉伞诗》

清·无名氏撰《增订解人颐新集》讥讽类"绛州僧诗"，据此则改写，文字稍有变化。

绛州有一僧能诗，途遇太守，守命以伞为题，僧立成一绝："众骨攒来一柄收，褐罗银顶覆诸侯；常时撑向马前去，真个有天无日头。"

近人李铎撰《破涕录》（四）"暗无天日"，由《笑得好》二集《有天没日》演化而成，不但文字较通俗，而且带有民国初年的时代特征。

某县知事，值夏日，酷热不可耐，欲求一避暑处。科员讲议，或云某山幽静，或云某谷深邃，纷纷聚讼，无所折衷。忽一老者趋进曰："即此法庭，凉快异常，何俟他求？"知事诘其故，曰："他处皆光天化日，有日即热，唯此法庭，暗无天日，其阴凉不亚森罗殿上也。"

这一故事类型，现当代仍在天津、河北、山西、陕西、湖北、上海、云南等地汉族和个别少数民族聚居区流布，譬如《找凉快》[①]、

[①] 见《天津民风》第 8 辑。

《有天无日》①、《避暑》②、《暗无天日》③、《有天无日》④、《暗无天日》⑤、《有天无日的地方》（白族）⑥。

难熬三年型故事　大致写新官到任，书吏说按例为官一年要清，二年半清，三年便混。官叹道："教我如何熬得到第三年！"这一故事类型，初见于明·乐天大笑生纂集《解愠编》。

> 新官赴任，问吏胥曰："做官事体当如何？"吏曰："一年要清，二年半清，三年便混。"官叹曰："教我如何熬得到第三年！"
>
> 　　　　　　　　　　　《解愠编》卷二《新官赴任问例》

明·冯梦龙辑《广笑府》卷二《新官赴任问例》、近人憨斋士纂辑《笑林博记》卷三《新官赴任问例》，均与此则悉同。

这一故事类型，现当代仍在湖北、河北等地流布，譬如《后来居上》⑦《难熬到三年》⑧。

判鱼判棺型故事　大致写二人为争鱼讼于官，官将鱼吞没。二人随后故意买一口棺材去打官司，以为官忌讳不会收留，谁知此官竟将棺材底留下喂马。这一故事类型，初见于明·乐天大笑生纂集《解愠编》。

---

① 见《耿村民间文化大观》。
② 见《中国民间文学集成·山西卷·长治市民间故事集成》。
③ 见《笑林拾零》。
④ 见《野山笑林》。
⑤ 见《中国民间文学集成·上海卷·黄浦区故事分卷》。
⑥ 见《白族民间故事》。
⑦ 见《野山笑林》。
⑧ 见《中国民间文学集成·保定市故事卷》。

张、贾二姓争买鱼，相殴讼于官。官素贪墨，能巧取民财，判云："二人姓张姓贾，争买鲜鱼厮打。两家各去安生，留下鱼儿作鲊。"二人既失望，乃故买一棺，假意争讼，料官讳此凶器，决无收留之理。及讼于庭，官为之判曰："二人姓张姓贾，争买棺材厮打。材盖与你收回，材底留我喂马。"

《解愠编》卷二《争鱼纳鲊》

明·冯梦龙辑《广笑府》卷二《争鱼纳鲊》，与此则悉同。清·石成金撰《笑得好》续集《判棺材》据此则改写，文字通俗易懂。

　　有张贾二姓，合网得一尾大鱼，各要入己，争打扭结到官，官判云："二人姓张姓贾，因为争鱼厮打，二人各去安生，留下鱼儿送与我老爷做鲊。"因而逐出。二人大失所望，俱各悔恨，公议假意同买一棺材，争打到官，料官忌讳凶器，决不收留，只看他如何决断。官判云："二人姓张姓贾，为买棺材厮打，棺盖与你们收去，将棺材筐底送与我老爷喂马。"

近人憨斋士纂辑《笑林博记》卷一《判棺材》，与此则悉同。
　　这一故事类型，现当代仍在湖北、河南、山西等地流布，譬如《棺材留下喂马》[①]《贪官判案》[②]《判词》[③]。

吏人立誓型故事　　大致写一吏人因贪赃致罪，后遇赦，发誓再接赃手当生恶疮。不久有一打官司者来行贿，吏不敢手接，想了想道："权且放在

---

① 见《野山笑林》。
② 见《中国民间故事集成·河南卷》。
③ 见《山西民间故事集成·晋中卷》。

我靴筒里吧。"这一故事类型，初见于明·乐天大笑生纂集《解愠编》。

> 一吏人犯赃致罪，遇赦获免，因自誓："以后再接人钱财，手当生恶疮。"未久，有一人讼者，馈钞求胜。吏思立誓之故，难以手接，顷之，则思曰："你既如此殷勤，且权放在我靴筒里。"
>
> 《解愠编》卷二《吏人立誓》

明·冯梦龙辑《广笑府》卷二《吏人立誓》、近人憨斋士纂辑《笑林博记》卷四《吏人立誓》，均与此则悉同。

服渣相见型故事 大致写一庸医下药医死病者，其弟哀哭如何再得相见？庸医说此事不难，将药渣找来再服一贴，即可相见。这一故事类型，初见于明·乐天大笑生纂集《解愠编》。

> 一庸医药死病者，主家锁系廊下，将送于官。死者有弟哀哭曰："我哥哥，如何再得相见也！"庸医应声曰："若要相见，甚易耳。"问其故，答曰："令兄药渣在否？再服一贴即相见。"
>
> 《解愠编》卷三《服渣相见》

明·冯梦龙辑《广笑府》卷三《服渣相见》，与此则相同，仅个别字有出入。

不语禅型故事 大致写一僧号"不语禅"，原本无知无识，一切全靠二侍者代答。一日侍者他出，恰有游僧来参拜，向"不语禅"问佛、法、僧、加持等，他均答不上来，一会儿东顾西顾，一会儿看上看下，一会儿瞑目，一会儿伸手，窘迫无措。游僧后遇侍者，侍者巧言作了辩解。侍者见到"不语禅",方知其种种动作的真正含义。这一故事类型,初见于明·乐天大笑生纂集《解愠编》。

一僧号"不语禅",本无所识,全仗二侍者代答。适游僧来参,问:"如何是佛?"时侍者他出,禅者忙迫无措,东顾复西顾。又问:"如何是法?"禅不能答,看上又看下。又问:"如何是僧?"禅无奈,辄瞑目矣。又问:"如何是加持?"禅但伸手而已。游僧出遇侍者,乃告之曰:"我问佛,禅师东顾西顾,盖谓'人有东西,佛无南北'也。我问法,禅师看上看下,盖谓'是法平等,无有高下也'。我问僧,彼是瞑目。盖谓'白云深处卧,便是一高僧'也。问加持,则伸手,盖谓'接引众生'也。此大禅可谓明心见性也。"侍者还,禅僧大骂曰:"尔等何往,不来帮我?他问佛,教我东看你又不见,西看你又不见。他又问法,教我上天无路,入地无门。他又问僧,我没奈何,只假睡。他又问加持,我自愧诸事不知,做甚长老,不如伸手沿门去叫化也罢。"

《解愠编》卷四《不语禅》

明·冯梦龙辑《广笑府》卷四《不语禅》、近人憨斋士纂辑《笑林博记》卷四《不语禅》,均与此则相同,仅个别字有出入。

这一故事类型,现当代仍在北京、山西、河南、湖北、湖南、广东、天津、江西、上海、甘肃、宁夏、山东、四川、重庆、新疆、青海等地流布,如《阴差阳错》[1]、《屠夫与驸马》[2]、《店家与三店客》[3]、

---

[1] 见《中国民间故事集成·北京卷》。
[2] 见《中国民间故事集成·山西卷》。
[3] 见《河南民间文学集成·嵖岈山民间故事》。

《年节猜谜》（土家族）①、《州官审哑谜》②、《鞋匠斗争法》③、《三个女婿拜年》④、《哑谜圣手》⑤、《三女婿猜哑谜》⑥、《打哑谜》⑦、《句句不离本行》⑧、《解哑谜》⑨、《哑谜考三婿》⑩、《打哑谜》⑪、《哑谜》⑫。

这一故事类型，相当于丁乃通编著《中国民间故事类型索引》924A。

驱蚊符型故事　大致写一人送钱从道士处请得驱蚊符，蚊害如旧，于是往问。道士说须将符贴在蚊背上（或帐子内）方见效。这一故事类型，初见于明·乐天大笑生纂集《解愠编》。

> 一道士，自言能书符驱蚊。市人信之，送钱请符，蚊为害如旧。因往诘之，道士问："符贴在何处？"答："贴壁上。"道士曰："可道不灵，必须贴在蚊背上，方有效验。"
>
> 　　　　　　　　　　　　　　《解愠编》卷四《书符驱蚊》

明·冯梦龙辑《广笑府》卷四《书符驱蚊》，与此则悉同。

---

① 见《中华民族故事大系》第5册。
② 见《中国民间故事集成·广东卷》。
③ 见《中国民间故事集成·天津卷》。
④ 见《中国民间故事集成·湖北卷》。
⑤ 见《中国民间故事集成·江西卷》。
⑥ 见《中国民间文学集成·上海卷·虹口区故事分卷》。
⑦ 见《中国民间故事集成·甘肃卷》。
⑧ 见《中国民间故事集成·宁夏卷》。
⑨ 见《中国民间故事集成·山东卷》
⑩ 见《中国民间故事集成·四川卷》。
⑪ 见《中国民间故事集成·青海卷》。
⑫ 见《中国民间故事集成·新疆兵团卷》。

明·醉月子辑《精选雅笑》中的一则异文,情节有一定变化,符贴帐内之语,被以后诸异文沿袭。

有卖驱蚊符者,一人买归贴之,而蚊毫不减,往咎卖者,卖者云:"定是贴不得法。"问贴于何处,曰:"须贴帐子里。"

《精选雅笑·蚊符》

明·无名氏撰《时尚笑谈·禁蚊子》,由《精选雅笑·驱蚊符》敷演而成,颇为生动。

昔人会禁蚊子,以符贴之,即无蚊虫。一人将几文钱买符一章,归家,贴在壁上,其蚊虫更多。其人往告卖符者,曰:"你家毕竟有不到处,待我往你家一看便知。"其人同归看之,卖符者曰:"难怪,你家没有帐子,要放在帐子里才好。"

近人憨斋士纂辑《笑林博记》卷三《禁蚊符》,抄自《时尚笑谈·禁蚊子》,文字悉同。

清·游戏主人纂辑《笑林广记》卷八《驱蚊》,参照《解愠编》《精选雅笑》写成,对现当代口传形态颇有影响。

一道士自夸法术高强,撇得好驱蚊符。或请得以贴室中。至夜蚊虫愈多,往咎道士。道士曰:"吾试往观之。"见所贴符曰:"原来用得不如法耳。"问:"如何用法?"曰:"每夜赶好蚊虫,须贴在帐子里面。"

第十二章　明代时期的民间故事类型　　　　　　　　　·1133·

这一故事类型，现当代仍在湖北等地流布，譬如《避蚊符》①。

吃"而已"型故事　大致写一学官正欲外出，恰有乡人来访，乃草草嘱其妻"待以菜酒而已"。其妻不知"而已"为何物，竟盛情款待。学官得知后大为叹息。日后出门时必叮咛"待客止用菜酒，切不可用而已"。这一故事类型，初见于明·乐天大笑生纂集《解愠编》。

> 一儒官，当迎候上司，方乘马出门。适乡人过访，不暇详曲，草草谓内人曰："待以菜酒而已。"内人不解文语，不知"而已"为何物。既而询诸婢仆，认"已"为"尾"，猜疑为所畜大羊也，乃宰羊盛具酒肴待之去。儒官归，问其故，叹息无端浪费，惆怅不已。其后但出门时，辄嘱内眷曰："今后若有客至，止用菜酒二字，切不可用而已。"
>
> 　　　　　　　　　　　　　　《解愠编》卷五《菜酒而已》

明·冯梦龙辑《广笑府》卷五《菜酒而已》、近人憨斋士纂辑《笑林博记》卷四《秋蝉》，均与此则悉同。

这一故事类型，现当代仍在湖北、河南、河北、吉林等地流布，譬如《吃"而已"》②《"而已"蛋》③《而已是小鸡》④《"而已"汤》⑤《酒菜而已》⑥。

蝉可跟主型故事　大致写仆人经常缺衣少食。当主人告知秋蝉吸风饮

---

① 见《湖北民间故事传说集·恩施地区专集》。
② 见《中国机智人物故事大观》。
③ 见《河南民间故事集成·淅川县卷》。
④ 见《河南民间故事集成·郸城县卷》。
⑤ 见《滦南民间故事选》。
⑥ 见《中国民间故事集成·吉林卷》。

露，且不用着衣时，仆人道："此蝉正好跟主人。"这一故事类型，初见于明·乐天大笑生纂集《解愠编》。

> 主人待仆从甚薄，衣食常不周。仆闻秋蝉鸣，问主人曰："此鸣者何物？"主人曰："秋蝉。"仆曰："蝉食何物？"主人曰："吸风饮露耳。"仆问："蝉衣着否？"主曰："不用。"仆曰："此蝉正好跟我主人。"
>
> 《解愠编》卷五《秋蝉》

明·冯梦龙辑《广笑府》卷五《秋蝉》、近人憨斋士纂辑《笑林博记》卷四《酒菜而已》，均与此则悉同。

这一故事类型，现当代仍在山西等地流布，譬如《蝉》①。

葡萄架倒型故事 大致写一惧内吏的面皮被妻抓破，太守（或县官，下同）见而问之，吏谎称系倒下的葡萄架刮破。太守责其胡说，差皂隶拿下。奶奶潜听，怒向堂外，太守忙道："你且暂退，我内衙葡萄架也倒了。"这一故事类型，初见于明·乐天大笑生纂集《解愠编》。

> 一县官极惧内，见吏呈押文案，面有伤痕，问其故。吏托辞答曰："昨天葡萄架下乘凉，风起架倒，面目被伤。"县官尝身被内人戏，不信其言，乃曰："你莫支吾，想必被妻打损。"因呼吏妻至厅，大骂曰："夫者妇之天，天可欺乎？罪不应恕，合杖八十。"不意夫人窥于厅后，即抛石打出，推倒公案，骂曰："她女流之辈，岂可责她？"县官惊叫吏人曰："你夫妻且回去，我衙里葡萄架也倒了。"
>
> 《解愠编》卷六《葡萄架》

---

① 见《中国民间文学集成·山西卷·长治市民间故事集成》。

明·冯梦龙辑《广笑府》卷二《葡萄架倒》,由《解愠编》之《葡萄架》改写,文字简练,笑话特点比较鲜明,但不如《葡萄架》生动、合理。

> 有一吏惧内,一日被妻抓碎面皮,明日上堂,太守见而问之。吏权词以对曰:"晚上乘凉,被葡萄架倒下,故此刮破了。"太守不信,曰:"这一定你妻子抓碎的,快差皂隶拿来!"不意奶奶在后堂潜听,大怒,抢出堂外。太守慌忙谓吏曰:"你且退下,我内衙葡萄架也倒了。"

明·冯梦龙辑《笑府》卷八刺俗部《葡萄架倒》,与此则相同,仅个别字句有出入。清·游戏主人纂辑《笑林广记》卷五《葡萄架倒》、近人杨汝泉编纂《滑稽故事类编》第十编《葡萄架倒了》、近人憨斋士纂辑《笑林博记》卷三"葡萄架倒",均与《广笑府》或《笑府》相同。

近人李铎撰《破涕录》(六)"葡萄架倒",由《广笑府》之《葡萄架倒》改写而成,情节发生一定变异,文字较陈旧,对艺术效果有一定影响。

> 甲乙二人,有季常之惧。然畏人知,辄讱讱然向人曰:"吾家娇妻,爱我爱我。"一日甲忤其妻,妻爪伤其面。至乙家,乙指爪痕询甲,甲曰:"偶行葡萄架下,架倒伤焉。"言时适乙妻在内,大声唤乙,乙曰:"我家葡萄架也要倒了。"

这一故事类型,现当代仍在四川、湖北、福建、浙江、河北、山西等地流布，譬如《葡萄架垮了》①《葡萄架倒了》②《葡萄架》③《葡萄架倒了》④《我的葡萄架也倒了》⑤《怕老婆》⑥。

江心贼型故事 大致写一人识字不多，误将寺院墙壁之江心赋认作江心贼。旁人道："此是'赋'，不是'贼'。"其人道："富便富了，终是有些贼形。"这一故事类型，初见于明·乐天大笑生纂集《解愠编》。

> 一人不甚识字，至江心寺，见壁间写《江心赋》一篇，急走出曰："江心贼在此，不可惹他。"寺僧留之曰："此是赋，不是贼。"其人摇头曰："你虽说富，我看他终是有些贼形。"

《解愠编》卷七《江心贼》

明·冯梦龙辑《笑府》卷一古艳部《江心贼》、明·冯梦龙辑《广笑府》卷七《江心贼》，与此则悉同。

明·无名氏撰《华筵趣乐谈笑酒令》卷四《谈笑门·嘲富人为贼》，亦颇有趣。

> 昔一人出外为商，不识字。航泊于江心寺，边携友游寺。见壁上写"江心赋"三字，连忙走出唤舡家曰："此处有'江心贼'，不可久停。"急忙下舡。其友之曰："不要忙，此是'赋'

---

① 见《中国民间文学集成·内江市卷》。
② 见《湖北民间故事传说集·恩施地区专集》。
③ 见《中国民间故事集成·福建卷·永安市分卷》。
④ 见《浙江民间故事集成·衢州市故事卷》。
⑤ 见《中国民间文学集成·邢台市故事卷》。
⑥ 见《山西民间故事集成·晋中卷》。

不是'贼'。"其人摇头答曰："富便是富，有些'贼'形。"

清·游戏主人纂辑《笑林广记》卷一《江心赋》，意同而文字略有变化。

有富翁同友远出，泊舟江中，偶散步上岸，见壁间题"江心赋"三字，错认赋字为贼字，惊欲走匿。友问故，指曰："此处有贼。"友曰："赋也，非贼也。"其人曰："赋（富）便赋了，终是有些贼形。"

清·游戏主人辑《笑林广记》卷二《赤壁赋》，情节变化比较大，相当生动。

庸师惯读别字。一夜，与徒讲论前后《赤壁》两赋，竟念"赋"为"贼"字。适有偷儿潜伺窗外，师乃朗诵大言曰："这前面《赤壁贼》呀。"贼大惊，因思前面既觉，不若往房后穿逾而入。时已深夜，师讲完，往后房就寝。既上床，复与徒论及后《赤壁赋》。亦如前读。偷儿在外叹息曰："我前后都藏，悉被此人识破。人家请了这样先生，看家狗都不消养得了！"

近人李铎撰《破涕录》（二）"前拆壁贼"，由《笑林广记》卷二《赤壁赋》演化而来，引人发噱。

偷儿夜半在某前门掘洞，屋内尚有人声，侧耳细听，乃高喊"前拆壁贼"四字，盗贼骇极，潜往屋后掘洞。不意刚欲动手，又闻屋内喊曰"后拆壁贼。"偷儿以为定被室中人觑破，遂狂奔而去，不敢再施其技。日后暗中窃探，始知是晚并非被人觑破，系一冬烘先生，读《前赤壁赋》、《后赤壁赋》两句。"赤"与

"拆"同音,而误读"赋"字为"贼"字也。

这一故事类型,现当代仍在河北、湖北等地流布,譬如《"赋"与"贼"》①《智讽恶霸》②《江心贼》③。

雪上加霜型故事 大致写一悍妇之夫常常叹息"别人鳏居,我不鳏居"。悍妇不解其意。回娘家后,老父教她回应"别人孤孀,我不孤孀"。日后丈夫又叹息,她竟说"别人生疮,我不生疮"。其夫笑道:"你若生疮,雪上加霜。"这一故事类型,初见于明·乐天大笑生纂集《解愠编》。

> 一丑妇性甚悍,其夫患之,每叹曰:"是人鳏居,我不鳏居。"丑妇不知所谓,归而质诸父,父曰:"无妻曰鳏,是愿汝死也。汝何不应曰:'是人孤孀,我不孤孀。'"既而归夫家,夫叹如前,妇记父语不真,仓忙应声曰:"是人生疮,我不生疮。"其夫笑曰:"你若生疮,雪上加霜。"
>
> 《解愠编》卷六《雪上加霜》

明·冯梦龙辑《广笑府》卷六《雪上加霜》,与此则悉同。

明·无名氏撰《笑海千金·雪上加霜》,情节略有变化,更为生动。

> 昔有一富家娶妻,每日竟闹不贤及容姿丑陋。夫每日叹曰:"是人鳏居,我不鳏居!"妇不解意。一日,归问其父曰:"我家

---

① 见《耿村民间文化大观》。
② 见《杏林春梦》。
③ 见《贱三爷》。

丈夫，每日讲口，常说'是人鳏居，我不鳏居'，如何解说？"父答曰："此乃恶你貌丑，要你早死：是曰鳏居。""然则将何言以应之？"父曰："我教你应他，他若再说，应曰：'别人孤孀，我不孤孀。'"他日，其夫又曰，其妻忘父教之言，乃曰："别人生疮，我不生疮。"夫笑曰："你若生疮，雪上加霜。"

死后不赊型故事　大致写一乡人富而贪吝，临终前吩咐他死后可将皮、肉、骨卖钱，气绝半日复苏，叮咛其妻："断不可赊账！"这一故事类型，初见于明·乐天大笑生纂集《解愠编》。

  一乡人，极吝致富，病剧，牵延不绝气。哀告妻子曰："我一生苦心贪吝，断绝六亲，今得富足，死后可剥皮卖与皮匠，割肉卖与屠，刮骨卖与漆店。"必欲妻子听从，然后绝气。既死半日，复苏，嘱妻子曰："当今世情浅薄，切不可赊与他。"

《解愠编》卷七《死后不赊》

明·冯梦龙辑《广笑府》卷七《死后不赊》、近人憨斋士纂辑《笑林博记》卷一《死后不赊》，均与此则悉同。

  明·憨憨子撰《笑林评》"死后不赊"，情节稍有变化，略云。

  一人临终嘱子曰："我死后不可入棺埋葬，我身子件件值钱，头发可换糖，皮可蒙鼓，肉可卖与屠，骨可做簪，下水可卖与酒店。"然后绝气。半日复苏，再嘱其子曰："如今世情险恶，切不可赊！"

  清·游戏主人纂辑《笑林广记》卷九《卖肉忌赊》，故事情节多有变异，描写较为细腻，相当诙谐风趣。

有为儿孙作马牛者,临终之日,呼诸子而问曰:"我死后,汝辈当如何殡殓?"长子曰:"仰体大人惜费之心,不敢从厚,缟衣布衾,二寸之棺,一寸之椁,墓道仅以土封。"翁攒眉良久,责其多费。次子曰:"衣衾棺椁,俱不敢用,但具稿荐一条,送于郊外,谓之火葬而已。"翁犹疾其过奢。三子默喻父意,乃诡词以应曰:"吾父爱子之心,无所不至,既经殚力于生前,并惜捐躯于死后,不若以大人遗体,三股均分,斩作一日之屠儿,以享百年之遗泽,何等不好。"翁乃大笑曰:"儿此语,适获我心。"复戒之曰:"对门王三老,惯赖肉钱,断断不可赊。"

近人憨斋士纂辑《笑林博记》卷一《死后不赊》,与此则悉同。

这一故事类型,现当代仍在甘肃、陕西、河南、山东、江苏、安徽、上海、福建、四川、河北、湖北、山西等地流布,譬如《一枚铜钱》①《死后不赊》②《老财迷》③《吝啬的财主》④《吝啬鬼》⑤《一文钱》⑥《啬老的遗嘱》⑦《一钱如命》⑧《吝啬鬼的遗嘱》⑨《你的舅舅喜欢赊》⑩《死后不赊》⑪。

这一故事类型,相当于丁乃通编著《中国民间故事类型索引》1305D。

---

① 见《中国民间故事集成·甘肃卷》。
② 见《笑话拾零》。
③ 见《中国民间故事集成·河南太康卷》。
④ 见《临邑县民间故事、歌谣、谚语汇编》。
⑤ 见《中国民间故事集成·江苏涟水县资料本》。
⑥ 见《中国民间文学集成·安徽卷·涡阳民间故事》。
⑦ 见《中国民间故事集成·福建卷·永定县分卷》。
⑧ 见《中国民间文学集成·西昌市资料本》。
⑨ 见《杏林春梦》。
⑩ 见《野山笑林》。
⑪ 见《山西民间故事集成·晋中卷》。

蝙蝠弄乖型故事 大致写凤凰寿诞，蝙蝠以其有足属兽类，不往祝贺；麒麟寿诞，蝙蝠则以其有翼属禽兽，不往祝贺。麟凤相会谈及蝙蝠，感叹不已。这一故事类型，初见于明·乐天大笑生纂集《解愠编》。

> 凤凰庆寿，百鸟皆贺，唯蝙蝠不至。凤责之曰："汝居吾下，何踞傲乎？"蝠曰："吾有足，属于兽，贺汝何用？"一日，麒麟生诞，而蝙蝠又不往。麟亦责之。蝠曰："我翼能飞，属禽者也，何以贺与？"后麟凤相会，各语及蝙蝠事，乃叹曰："世间自有这般推奸避事的禽兽，真是无可奈何。"

《解愠编》卷九《蝙蝠推奸》

明·冯梦龙辑《广笑府》卷九《蝙蝠推奸》，与此则悉同。

明·冯梦龙辑《笑府》卷二流腐部《不贺寿》，文字与此则略有变化。

> 凤凰寿，百鸟朝贺，唯蝙蝠不至。凤责之曰："汝居吾下，何踞傲乎？"蝠曰："吾有足，属于兽，贺汝何用？"一日，麒麟生诞，蝠亦不至。麟亦责之。蝠曰："吾有翼，属于禽，何以贺与？"麟凤相会，语及蝙蝠之事，互相慨叹曰："如今世上恶薄，偏生此等不禽不兽之徒，真个无奈他何。"

清·游戏主人纂辑《笑林广记》卷十一《讥人弄乖》与此则悉同。

明·无名氏撰《华筵趣乐谈笑酒令》卷四《谈笑门·讥人刁诈》，与《解愠编》等均略有不同。

> 凤凰生诞，百鸟皆贺，唯蝙蝠不至。凤凰责之曰："汝居吾下，何自傲乎？"蝠曰："吾有足，属兽，贺汝何也？"一日，麒

麟生诞，蝠亦不至。麟责曰："汝何如不贺？"蝠曰："吾有翼，属禽，何以贺欤？"后麟凤相会，语及蝙蝠之事，乃叹曰："世间有此刁诈之徒，直乃没奈他何！"

近人憨斋士纂辑《笑林博记》卷三《讥人刁诈》，与此则悉同。

这一故事类型，现当代仍在广东、福建、浙江、江苏、四川、云南、西藏、甘肃、宁夏、河北、黑龙江、山西、内蒙古等地汉族和一些少数民族聚居区流布，譬如《蝙蝠》①、《蝙蝠》②、《蝙蝠》③、《蝙蝠的传说》④、《蝙蝠》（藏族）⑤、《蝙蝠》（哈尼族）⑥、《蝙蝠》（景颇族）⑦、《蝙蝠成了免差户》（门巴族）⑧、《蝙蝠成了免差户》（珞巴族）⑨、《蝙蝠为啥夜间出来》、《蝙蝠晚间出来》⑩、《蝙蝠什么白天不出来》⑪、《蝙蝠的嘴脸》（鄂伦春族）⑫、《蝙蝠耍奸》⑬、《蝙蝠为什么昼伏夜出》（蒙古族）⑭。

这一故事类型，相当于丁乃通编著《中国民间故事类型索引》222A。

---

① 见《中国民间故事集成·广东卷》。
② 见《中国民间故事集成·福建卷·龙岩市分卷》。
③ 见《浙江民间文学集成·宁海县故事卷》。
④ 见《中国民间故事集成·溧阳县资料本》。
⑤ 见《中国民间故事集成·木里藏族自治县卷》。
⑥ 见《中华民族故事大系》第6册。
⑦ 见《中国少数民族寓言故事选》。
⑧ 见《中国民间故事集成·西藏卷》。
⑨ 见《中国民间故事集成·西藏卷》。
⑩ 见《中国民间故事集成·宁夏卷》。
⑪ 见《中国民间文学集成·海兴县资料集》。
⑫ 见《中华民族故事大系》第15册。
⑬ 见《中国民间故事集成·山西卷》。
⑭ 见《中国民间故事集成·内蒙古卷》。

摘瘿还瘿型故事 大致写一项上悬瘿人夜宿神庙时,悬瘿被神摘掉。又一项上悬瘿人随后也去神庙过夜,神竟把摘瘿拿给他,其人因此有了两个悬瘿。这一故事类型,初见于明·冯梦龙辑《笑府》。

> 一人项有悬瘿,因取凉夜宿神庙。神问:"此何人?"左右答云:"蹴气球者。"神命取其球来。其人失瘿,不胜踊跃而出。次日,又一瘿者闻其故,亦往庙宿。神问之,左右仍对如前。神曰:"可将昨球还他。"
>
> 《笑府》卷十形体部《悬瘿》

近人憨斋士纂辑《笑林博记》卷四《适得其反》,与此则悉同。

清·青城子撰《志异续编》中的一则异文,情节有很大变化,但仍然保留了两次奇遇——被神灵摘除病灶与归还病灶的模式。

> 某一足肿,色紫赤。……某患此数年矣,多方医治,毫不见效。偶夜行迷路,因步履维艰,不能前进。遇墦间,有树青葱如盖,可蔽雨露。因向一冢致礼借宿,遂睡于树下。夜深,梦中闻数人语曰:"此人一足著靴,殊不便爽,盍不代除之?"似有举其病足而曳之者。明日某起,病足已消,居然好足,感谢不尽。时有同病者,途遇某,见其病足顿消,叩故备告之。其人亦于墦间,向冢致礼宿树下,冀有所遇也。未几,梦中闻数人语曰:"今又有一足著靴者,昨夕所脱之靴现在,何不代伊著上,免致两足一轻一重。"言毕,似有举其好足而著之者。明晨其人起,好足已肿,与病足无二,不胜疲惫焉。
>
> 《志异续编》卷四《换足》

这一故事类型,现当代仍在西藏、四川、河北、辽宁等地的汉族和藏、朝鲜等少数民族聚集区流布,譬如《脖子上的喉瘤包》（藏族）①、《喇嘛跳锅庄》（藏族）②、《摘瘤子贴瘤子》（朝鲜族）③、《瘤子砍柴》④。

这一故事类型,相当于丁乃通编著《中国民间故事类型索引》503。

近视认匾型故事 大致写兄弟三人皆近视。一日同去某家,堂上挂有一"遗清堂"匾,老大误读为"遗精堂",老二误读为"道情堂",老三说二人讲的都不对,堂上哪里有匾！这一故事类型,初见于明·冯梦龙辑《笑府》。

> 兄弟三人,皆近视,同拜一客。登其堂,上悬"遗清堂"匾。伯曰："主人病怯耶？不然何为写'遗精堂'也。"仲曰："不然,主人好道,故写'道情堂'耳。"二人争论不已。以季弟少年目力使辨之,季弟张目曰："汝二人皆妄,上面那得有匾？"

《笑府》卷十形体部《近视》

明·冯梦龙辑《广笑府》卷十《认匾》,与此则悉同。清·游戏主人纂辑《笑林广记》卷四《兄弟认匾》,抄自《笑府》卷十形体部《近视》,文字略有改动。

清·崔述撰《崔东壁遗书》⑤"近视读匾"情节有所变化,更为接近现当代口传形态。这则异文略云：

---

① 见《中国民间故事集成·西藏卷》。
② 见《中国民间故事集成·四川卷》。
③ 见《中国民间故事集成·河北卷》。
④ 见《中国民间故事集成·辽宁卷》。
⑤ 《崔东壁遗书》,全八册,顾颉刚编订,上海古籍出版社1983年出版。

第十二章　明代时期的民间故事类型

甲乙二近视者均自夸视力殊好，互不服气。恰逢村中富人次日将挂门匾，二人乃相约同往认匾，藉以检验视力。二人事先均遣人暗中探知匾上大字、小字。届时二人同至富人门前，甲先指称门匾书"大字某某"，乙亦指称门匾书"小字某某"，随即请主人出，主人笑道："匾尚未挂出，门上本无字也。"

这一故事类型，现当代仍在河北、北京、上海、浙江、山西等地流布，譬如《仨瞎子比眼》①《哥仨看匾》②《五个近视眼》③《三个近视眼》④《比眼力》⑤《近视眼看匾》⑥。

这一故事类型，相当于丁乃通编著《中国民间故事类型索引》1703B。

鹅变鸭型故事　大致写一卖鹅者上厕所时，有人用鸭换走他的鹅。卖鹅者出来后惊叹："才一会它就饿得黑瘦啦！"这一故事类型，初见于明·冯梦龙辑《笑府》。

有卖鹅者，因如厕，置鹅于地，一人以鸭换去。其人解毕取视，叹曰："才一时不见，如何饿得黑瘦了？"

《笑府》卷六殊禀部《卖鹅》

清·游戏主人辑《笑林广记》卷五《鹅变鸭》，出自《笑府》，

---

① 见《耿村民间文化大观》。
② 见《中国民间故事集成·北京卷》。
③ 见《中国民间文学集成·上海卷·虹口区故事分卷》。
④ 见《浙江民间文学集成·衢州市故事卷》。
⑤ 见《民间笑话大观》。
⑥ 见《山西民间故事集成·晋中卷》。

文字有一些变化，更为生动。

> 有卖鹅者，因要出恭，置鹅在地。登厕后，一人以鸭换去。其人解毕，出视叹曰："奇哉！才一时不见，如何便饿得恁般黑瘦了。"

三婿赞马型故事　大致写丈人新买一马，命三个女婿作诗夸赞，长婿、次婿都夸赞得体，三婿甚呆，半晌不知从何赞起，忽听丈母撒一响屁，忙道："丈母撒个屁，丈人骑马到会稽，骑去又骑来，孔门犹未闭。"这一故事类型，初见于明·冯梦龙辑《笑府》。

> 一杭人有三婿，第三者甚呆。一日，丈人新买一马，命三婿题赞，要形容马之快疾，出口成文，不拘雅俗。长婿曰："水面搁金针，丈人骑马到山阴，骑去又骑来，金针还未沉。"岳丈赞好。次及二婿曰："火上放鹅毛，丈人骑马到余姚，骑去又骑来，鹅毛尚未焦。"再次轮到三婿，呆子沉吟半晌，苦无搜索，忽丈母撒一响屁，呆子曰："有了。丈母撒个屁，丈人骑马到会稽，骑去又骑来，孔门犹未闭。"
>
> 《笑府》卷六殊禀部《三婿赞马》

清·游戏主人纂辑《笑林广记》卷五《赞马》，与此则悉同。

这一故事类型，现当代仍在吉林、河北、山西、河南、湖北、四川、甘肃、上海、湖南、新疆、安徽、内蒙古等地流布，譬如《夸马》[1]《仨女婿夸马》[2]《三婿对诗》[3]《快诗》[4]《谁的马跑得快》[5]

---

[1]　见《中国民间故事集成·吉林卷》。
[2]　见《耿村民间文化大观》。
[3]　见《中国民间文学集成·山西卷·长治市民间故事集成》。
[4]　见《中国民间故事集成·河南新野县卷》。
[5]　见《野山笑林》。

《赠马》①《三个女婿比说快》②《三女婿赞马》③《三女婿饮酒作诗》④《三婿夸马》⑤《三个姑爷》⑥。

未会尊师型故事 大致写一塾师白昼瞌睡,醒来后谎称梦见周公。次日其徒仿效他白昼睡觉,师用界方将其击醒,徒讲他也去见了周公,周公说"昨日并不曾会尊师"。这一故事类型,初见于明·冯梦龙辑《笑府》。

> 一师昼寐,及醒,谬言曰:"我乃梦周公也。"明昼,其徒效之,师以界方击醒曰:"汝何得如此?"徒曰:"亦往见周公耳。"师曰:"周公何语?"答曰:"周公说:'昨日并不曾会尊师。'"
>
> 《笑府》卷二腐流部《梦周公》

明·冯梦龙辑《广笑府》卷一《梦周公》、近人憨斋士纂辑《笑林博记》卷四《梦周公》,均与此则悉同。

清·游戏主人纂辑《笑林广记》卷二《梦周公》,出《笑府》卷二腐流部《梦周公》,文字略有添加。

> 一师昼寝,而不容学生瞌睡,学生诘之,师谬言曰:"我乃梦周公也。"明昼,其徒亦效之,师以戒方击醒曰:"汝何得如此?"徒曰:"亦往见周公耳。"师曰:"周公何语?"答曰:"周

---

① 见《中国民间文学集成·四川省宜宾县资料卷》。
② 见《中国民间故事集成·上海卷》。
③ 见《中国民间故事集成·湖南卷·岳阳市分卷》。
④ 见《中国民间故事集成·新疆卷》。
⑤ 见《中国民间故事集成·安徽卷》。
⑥ 见《中国民间故事集成·内蒙古卷》。

公说,昨日并不曾会见尊师。"

这一故事类型,现当代仍在山西、陕西、四川、贵州等地流布,譬如《梦周公》①《梦周公》②《梦见周公》③《梦见周公》④。

丢失钱袋型故事 大致写有人去市场上买米,丢失了钱袋。他回家对妻子说,今天市场上没有好钱袋。妻子问他是不是把银子丢了?他说没事,我把银子紧紧拴在袋口上啦。这一故事类型,初见于明·冯梦龙辑《笑府》。

> 有持银入市籴米,失钱袋于途。归谓妻曰:"今日市中闹甚,没得好钱袋也。"妻曰:"你莫非也没了?"答曰:"随你好汉,便怎么?"妻惊曰:"银子何在?"答曰:"这倒没事,我紧紧缚在袋口上。"
>
> 《笑府》卷六殊禀部《钱袋》

明·浮白主人辑《笑林·叉袋》、清·游戏主人辑《笑林广记》卷五《籴米》,文字均与《笑府》卷六殊禀部《钱袋》基本上相同。

"川"与"三"型故事 大致写一蒙师只识一"川"字,要在书上找"川"字教学生,连翻几页都没有,忽然见到一"三"字,便骂道:"我到处都找不着,你却睡在这里!"这一故事类型,初见于明·冯梦龙辑《笑府》。

---

① 见《中国民间故事集成·山西卷》。
② 见《凤凰山的传说》。
③ 见《平昌县民间文学资料集成》第一卷。
④ 见《中国民间故事集成·贵州卷》。

> 一蒙师只识一"川"字，见弟子呈书，欲寻"川"字教之，连揭数叶，无有也，忽见"三"字，乃指而骂曰："我着处寻你不见，你倒睡在这里！"

《笑府》卷二腐流部《"川"字》

明·冯梦龙辑《广笑府》卷一《川字》、清·石成金撰《笑得好》二集《川字》、近人憨斋士纂辑《笑林博记》卷二《仅识一字》，均与此则相同，仅个别字句有出入。

这一故事类型，现当代仍在陕西、山西等地流布，譬如《只识一字的先生》①《"川"字睡觉》②。

士人求签型故事 大致写一士岁考时去庙里求签，希望得到六等。庙祝感到非常奇怪，他解释说，六等被黜退倒是干脆；如是四等，考官看了我的文字定被打死。这一故事类型，初见于明·冯梦龙辑《笑府》。

> 一士岁考求签，通陈考六等上上，四等下下。庙祝曰："相公差矣，四等止杖责，如何反是下下？"曰："此非你所知。六等黜退，极是干净；若在四等，看了我的文字，决被打杀。"

《笑府》卷二腐流部《求签》

清·游戏主人辑《笑林广记》卷二《求签》，与此则几乎相同。

讳输棋型故事 大致写有自负棋高者，与人下棋，连输三局。当别人

---

① 见《中国民间文学集成·陕西卷·咸阳故事集成》。
② 见《山西民间故事大系·晋南卷》。

问他胜负如何时，他道："第一局我不赢，第二局他不曾输，第三局我要和，他不肯。"这一故事类型，初见于明·冯梦龙辑《笑府》。

> 有自负棋名者，与人角，连负三局。他日人问之曰："前日与某人较棋几局？"曰："三局。"又问："胜负如何？"曰："第一局我不曾赢，第二局他不曾输，第三局我要和，他不肯，罢了。"
>
> 《笑府》卷十三闰语部《讳输棋》

明·冯梦龙辑《广笑府》卷八《讳输棋》、近人憨斋士纂辑《笑林博记》卷四《连负三局》，均与此则悉同。

清·游戏主人纂辑《笑林广记》卷三《讳输棋》，出自《笑府》卷十三闰语部《讳输棋》，文字略有改动。

> 有自负棋高，与人角，连负三局。次日，人问之曰："昨日较棋几局？"答曰："三局。"又问："胜负何如？"曰："第一局我不曾赢；第二局他不曾输；第三局我本等要和，他不肯罢了。"

近人李铎撰《破涕录》（五）"讳输"，据《笑府》卷十三闰语部《讳输棋》改写，文字变化较大。

> 一人性喜弈而不精，每输必讳言之。一日与客手谈，三战三北。既出，人问之曰："今日胜负何如？"答曰："第一局我是不赢，第二局他又不输，第三局我说和罢，他竟不肯和。"

这一故事类型，现当代仍有流布，譬如《不认输》[①]。

---

① 见《民间笑话大观》。

腌鸭生蛋型故事　大致写二人偶吃腌蛋，甲惊问此蛋何是咸的？乙道："是腌鸭子生的。"这一故事类型，初见于明·冯梦龙辑《笑府》。

> 甲乙两乡人入城，偶吃腌蛋，甲讶曰："此蛋何以独咸？"乙曰："我晓得了，是腌板鸭哺出来的。"
>
> 《笑府》卷六殊禀部《腌蛋》

明·冯梦龙辑《广笑府》卷五《腌蛋》，与此则悉同。

清·游戏主人纂辑《笑林广记》卷五《咸蛋》，出《笑府》卷六殊禀部《腌蛋》，文字略有改动。

> 甲乙两乡人入城，偶吃腌蛋，甲骇曰："同一蛋也，此味独何以咸？"乙曰："我知之矣，决定是腌鸭哺的。"

清·石成金撰《笑得好》二集《腌蛋》，据《笑府》卷六殊禀部《腌蛋》改写，文字通俗，情节更为合理。

> 甲乙两呆人偶吃腌蛋，甲讶曰："我每常吃蛋甚淡，此蛋因何独咸？"乙曰："我是极明白的人，亏你问着我，这咸蛋，就是腌鸭子生出来的。"

清·小石道人辑《嘻谈续录》卷上《乡人进城》，其中包含"腌鸭生蛋"的母题。

> 乡人进城赴席，在席上看见咸鸭蛋，怪而问之曰："我们乡下鸭蛋是淡的，城里鸭蛋是咸的，想是咸鸭子生的？"又看见棹围、椅披，叹曰："都说你们城里人舒服，连棹椅都是舒服的！

你看,棹子还穿着绣花裙子!椅子还穿着锦缎背心呢!"席散,乡人来到街前,见一太监,手把鹌鹑,乡下人问曰:"老太太,你这小鸡儿是多少钱买的?"太监怒曰:"你这小子,既认不得人,更不认得货!"

清·程世爵撰《笑林广记·乡人进城》,与此则悉同。

上海广益书局编辑部编《近人笔记大观》卷四《盐鸭生蛋》,故事情节有所拓展,成为一则绝妙的讽刺故事。

前清某孝廉,八股八韵索有斲轮之目,唯昧于世务。户限外事,往往不加经意。盖书呆之流亚也。尝过亲友,有以盐蛋饷之者,深以为异。揣摩久之,莫知其妙。将以俟博物者而考证之。后有人自南中归者,贻以盐鸭,始恍然曰:"数年疑团,至此揭破,吾故谓盐鸭蛋必有盐鸭以生之者,今果其然。宇宙之大,真无奇不有哉!"

这一故事类型,现当代仍在江苏、上海、河北等地流布,譬如《咸板鸭生蛋》①《板鸭生咸蛋》②《吃咸蛋》③。

奶奶属牛型故事 大致写一官寿诞,众吏(或民)闻其属鼠,便凑钱铸了一只金鼠去祝贺。官见而大喜,说道:"奶奶生日快到了,她是属牛的。"这一故事类型,初见于明·冯梦龙辑《笑府》。

一官府生辰,吏曹闻其属鼠,醵黄金铸一鼠为寿。官喜曰:

---

① 见《中国民间故事集成·江苏卷》。
② 见《中国民间文学集成·上海卷·卢湾区故事分卷》。
③ 见《民间笑话三百则》。

"汝知奶奶生辰亦在日下乎？奶奶是属牛的。"

《笑府》卷八刺俗部《奶奶属牛》

明·冯梦龙辑《广笑府》卷二《属牛》，近人憨斋士纂辑《笑林博记》卷三《胃口更大》，均与此则悉同。

清·石成金撰《笑得好》二集《夫人属牛》。情节略有改动，文字通俗易懂。

一官寿诞，里民闻其属鼠，因而公凑黄金铸一鼠，呈送祝寿。官见而大喜，谓众里民曰："汝等可知道我夫人生日，只在目下，千万记着夫人是属牛的，更要厚重实惠些；但牛像肚里，切不可铸空的。"

清·游戏主人纂辑《笑林广记》卷一《属牛》，亦据《笑府》卷八刺俗部《奶奶属牛》改写，文字有所添补。

一官遇生辰，吏曲闻其属鼠，乃酿黄金铸一鼠为寿，官甚喜曰："汝等可知奶奶生日亦在月下乎？"众吏曰："不知，请问其属？"官曰："小我一岁，丑年生的。"

这一故事类型，现当代仍在上海、河南、北京等地流布，譬如《送个大金牛》[①]《属鼠和属牛》[②]《县官过生日》[③]。

---

① 见《中国民间文学集成·上海卷·普陀区分卷》。
② 见《中国民间文学集成·淅川县卷》。
③ 见《中国民间故事集成·北京卷》。

骆驼蹄型故事　大致写一卖骆驼蹄者欺负乡人不认货，讲好只要乡人猜准三个字，便输个骆驼蹄给他吃。谁知乡人刚说出一个"落"字，卖者就让他吃个骆驼蹄。乡人接连吃了几个骆驼蹄后，卖骆驼蹄者才知道乡人猜的竟是"落花生"，甚是尴尬。这一故事类型，初见于明·冯梦龙辑《笑府》。

乡下人入城见鬻骆驼蹄者，倚担睨视。鬻者欺其乡人，谓曰："你识得此物，当输数枚。"其人笑曰："难道这物也不晓得？是三个字。"鬻者心念曰："是矣，你且说第一个字。"其人曰："落。"鬻者遽已服输，既啖毕，鬻者曰："我只是放心不下，你且说完看。"乡人曰："落花生。"

《笑府》卷六殊禀部《骆驼蹄》

明·浮白主人辑《笑林·骆驼蹄》、近人憨斋士纂辑《笑林博记》卷五《骆驼蹄》，均与此则悉同。

吃冻水型故事　大致写一呆女婿到舅家做客，觉得冻冰很好吃，便偷偷包一块拿回家去给妻子吃。回家后冻冰已化光，他竟以为美味逃跑啦。这一故事类型，初见于明·冯梦龙辑《笑府》。

一呆婿至妻家，舅留饭，偶吃冻水味美，乃以纸裹匿腰间，归谓妻曰："汝父家有佳味，我特携了啖汝。"索之腰间，已消矣，惊曰："出了一场尿，逃走了。"

《笑府》卷六殊禀部《冻水》

清·游戏主人辑《笑林广记》中的一则异文，由《笑府》卷六殊禀部《冻水》演变而来，文字稍有不同，比较口语化。

一呆婿至妻家留饭，偶吃冻水美味，乃以纸裹数块，纳之腰间带归，谓妻曰："汝父家有佳味，我特携了啖汝。"索之腰间，已消溶矣，惊曰："奇！如何撒出了一胖尿，竟自逃走了。"

《笑林广记》卷五《携冻水》

藏锄头型故事 大致写兄（或妻，下同）唤弟（或夫，下同）归，弟高声应道："待我藏好锄便来。"兄告戒弟藏物不宜高声。弟再回去看时，锄已被窃，忙低声道："锄头不见了。"这一故事类型，初见于明·冯梦龙辑《笑府》。

有兄弟耦耕者，其兄先归做饭。饭熟，声唤弟归。弟遥答云："待我藏锄田畔，即来也。"饭时兄谓之曰："凡藏物须密，如汝高声，人皆听见，岂不被偷？"弟唯唯。及饭毕下田，锄已失矣。因急归，低声附兄耳曰："锄已被偷去了。"

《笑府》卷六殊禀部《藏锄》

明·醉月子辑《精选雅笑·亡锄》，情节略有变异。

夫田中归，妻问锄放何处，夫大声曰："田里。"妻曰："轻说些，莫被人听见，却不取去。"因促之，往看，无矣，忙归附妻耳云："不见了。"

清·游戏主人纂辑《笑林广记》卷五《藏锄》，系参照上述两则写成，兼有两则的情节而自成面目。

夫在田中耦耕，妻唤吃饭。夫乃高声应曰："待我藏好锄头便来也!"及归,妻戒夫曰:"藏锄宜密,你既高声,岂不被人偷去。"因促之往看,锄果失矣。因急归,低声附其妻耳云:"锄已被人偷去了。"

这一故事类型,现当代仍在宁夏、河北等地流布,譬如《锄头丢了》①《干秘密事说话要小声点》②《愚二藏锤》③。

垛子助阵型故事 大致写一武官出征,因有神兵助阵而反败为胜。官叩问,神道:"我是垛子。感汝平时在教场不曾伤我一箭。"这一故事类型,见于明·冯梦龙辑《笑府》。

> 一武官出征将败,忽有神兵助阵,反大胜。官叩头请神姓名,神曰:"我是垛子。"官曰:"小将何德,敢劳垛子尊神见救?"答曰:"感汝平昔在教场,从不曾一箭伤我。"

《笑府》卷一古艳部《垛子》

明·冯梦龙辑《广笑府》卷十三《垛子助阵》、清·游戏主人辑《笑林广记》卷一《垛子助阵》、近人憨斋士纂辑《笑林博记》卷一《垛子助阵》,均与此则悉同。

明·浮白主人辑《笑林·堵子》,与《笑府》相同,仅个别字句有出入。

> 一武官出征,将败,忽有神兵助阵,反大胜。官叩头请神姓

---

① 见《中国民间故事集成·宁夏卷》。
② 见《中国民间文学集成·张家口市故事卷》。
③ 见《民间笑话大观》。

名，神曰："我是堵子神。"官曰："小将何德，敢劳堵子尊神见救？"答曰："感汝平昔在教场，从不曾一箭伤我。"

这一故事类型，现当代仍在贵州、河北等地汉族和个别少数民族聚居区流布，譬如《靶神报恩》（仡佬族）①、《靶子助阵》②。

跳蚤药型故事 大致写有人问叫卖跳蚤药者何以见效，其人说："以药涂它的嘴即死。"这一故事类型，见诸清·游戏主人辑《笑林广记》。

> 一人卖跳蚤药，招牌上写出"卖上好蚤药"。问何以用法，答曰："提住屹蚤，以药涂其嘴，即死矣。"
>
> 《笑林广记》卷三《跳蚤药》

这一故事类型，现当代仍在上海、湖北等地流布，譬如《卖跳蚤药》③《卖跳蚤药》④。

包殡殓型故事 大致写某医医死一病儿，答应带回去掩埋。或者途中死儿被别的病家发现，某医谎称是带回去包活的。或者途中某医将一死儿扔到河里，受到随行仆人怒斥时，某医忙说你家死儿还在。这一故事类型，见于明·冯梦龙辑《笑府》，其中包含两则异文。

---

① 见《（贵州）民间文学资料》第49集。
② 见《中国民间文学集成·保定市故事卷》。
③ 见《中国民间文学集成·上海卷·徐汇区故事分卷》。
④ 见《中国机智人物故事大观》。

一幼医药死人儿，儿家诟之曰："汝若好好殡殓我儿，我无言矣。"医许以带归处置，因置儿于药箱中。中途又遇一病家邀去，误露死儿。病家惊问，对曰："这是我带去包活的。"

《笑府》卷六殊禀部《包殡殓》之一

　　有医死人儿，许以袖回殡殓者，其家恐见欺，命仆随之。至桥中，忽取死儿掷诸河。仆怒曰："如何抛了我家小舍？"医曰："非也。"因举左袖曰："汝家的自在。"

《笑府》卷六殊禀部《包殡殓》之二

清·游戏主人辑《笑林广记》卷三《包殡殓》，与《笑府》卷六殊禀部《包殡殓》之二，文字几乎相同。
近人憨斋士纂辑《笑林博记》卷七《死人包活》，与《笑府》卷六殊禀部《包殡殓》之一，文字基本相同。

仨马虎型故事　大致写三人同卧，甲腿痒，恍惚中竟将乙腿抓至出血；乙摸湿处以为丙遗尿，叫丙起；丙去小便，闻隔壁榨酒滴沥声，以为己未尿完，竟站至天明。这一故事类型，初见于明·冯梦龙辑《笑府》。

　　三人同卧，一人觉腿痒甚，睡梦恍惚，竟将第二人腿上竭力抓爬，痒终不减，抓之愈甚，遂至出血。第二人手摸湿处，认为第三人遗溺，促之起。第三人起溺，而隔壁乃酒家，榨酒声滴沥不止，以为已溺未完，竟站至天明。

《笑府》卷六殊禀部《恍惚》

清·游戏主人辑《笑林广记》卷五《恍惚》、近人憨斋士纂辑《笑林博记》卷四《抓痒》，均与此则悉同。

清·陈皋谟辑《笑倒·恍惚》，与《笑府》卷六殊禀部《恍惚》相同，文字略有出入。

> 三人同卧，一人觉腿痒甚，睡梦恍惚，竟将第二人腿极力爬搔，痒终不减，爬搔愈甚，遂至血出。第二人手摸湿处，认为第三人遗尿也，促之起。第三人起溺，而隔墙乃酒家榨声，酒沥不止，以为己溺未完，站立天明。

近人李警众编《嚼舌录》卷十"二痴人"，由《笑府》演化而来，情节变异颇为明显。

> 有甲乙二人，至友也，痴名闻于遐迩，盖知觉之功用，不啻尽失之矣。一夕，大雨倾盆，二人同榻卧。夜半，甲忽醒，股上若有所扰，伸手触及乙股，以为己也，猛力搔之，皮破血流，不知也。未几，乙醒，觉被中潮湿，恍然曰："余殆遗尿耶？"甲急出外小便，适檐溜下注，绵绵不绝，彼疑溺犹未尽也。久之，乃曰："何尿之长耶？"乙见彼久不归，出而觅之，见甲呆立檐下，怒挞甲股，声震屋瓦，甲茫然曰："比邻豆腐店，工作何早耶？"盖犹未知己之被挞也。

这一故事类型，现当代仍在河北、宁夏、四川等地流布，譬如《三个马虎人》[①]《觉不着》[②]《三个大意》[③]。

---

① 见《中国民间文学集成·昌黎故事卷》。
② 见《中国民间故事集成·宁夏卷资料丛书·西吉民间故事》。
③ 见《中国民间故事集成·四川卷》。

这一故事类型，相当于丁乃通编著《中国民间故事类型索引》1288 与 1293。

打半死型故事 大致写富者与贪者道："我白送你一千两银，你让我打死吧？"贪者想一会儿道："只给我五百两，打个半死如何？"这一故事类型，初见于明·冯梦龙辑《笑府》。

> 一人性最贪，富者语之曰："我白送你一千银子，你与我打死了罢？"其人沉吟良久，曰："只打我半死，与我五百两，如何？"
>
> 《笑府》卷六殊禀部《打半死》

清·赵恬养撰《增订解人颐广集》"打半死"、清·游戏主人辑《笑林广记》卷九《打半死》，均与此则悉同。

清·石成金撰《笑得好》初集《打个半死》，与《笑府》卷六殊禀部《打半死》相同，文字略有变化。

> 一人极贪，富者语之曰："我白送你一千两银子，你与我打死了罢。"其人沉吟良久，曰："只与我五百两，打个半死何如？"

这一故事类型，现当代仍在河北等地流布，譬如《打个半死》[①]。

独脚管裤型故事 大致写一人极为吝啬，让裁缝用很少的布为其缝裤子。裁缝竟给他做了一条独脚管裤子，令他十分尴尬。这一故事类型，初见于明·冯梦龙辑《笑府》。

---

① 见《滦南民间故事选》。

一人谋做裤而吝布,连唤裁缝,俱以费布辞去。最后一裁缝至云:"只须布三尺。"其人甚喜,取布与之。乃缝一管,令穿二足在内。曰:"迫甚,如何行动?"裁缝笑曰:"如此要省,定行不动。"

《笑府》卷八刺俗部《裤》

清·游戏主人辑《笑林广记》卷九《独管裤》,由此则改写,文字稍有变化。

清·石成为金撰《笑得好》中的一则异文,变化较大,具有一定的口语化特征。

有命裁缝做裤者,以丈尺太多不从。末一工知意,曰:"我只用六尺足够做。"其人大喜,及至做成,乃是独脚裤子,穿起彳亍难走,对工人大笑曰:"省倒省了,只是一步也行不去。"

《笑得好》初集《独脚裤子》

愿换手指型故事 大致写一仙有点石成金之术,欲赠金于一人,点再大的石头此人都不要。仙家问他想要什么?其人道:"愿换上你的手指。"这一故事类型,初见于明·冯梦龙辑《笑府》。

一贫士,遇故人于途,故人已得仙术矣。相劳苦毕,因指道旁一砖,成赤金赠之。士嫌其少,更指一大石狮为赠。士嫌未已,仙曰:"汝欲如何?"士曰:"愿乞公此指。"

《笑府》卷八刺俗部《指石为金》

明·冯梦龙辑《广笑府》卷四《指石为金》,与此则悉同。

清·石成金撰《笑得好》初集《愿换手指》情节有明显变化，增加了"度化"的内容，生动有趣，讽刺性更为强烈。

> 有一神仙到人间，点石成金，试验人心，寻个贪财少的，就度他成仙，遍地没有，虽指大石变金，只嫌微小。末后遇一人，仙指石谓曰："我将此石，点金与你用罢。"其人摇头不要。仙意以为嫌小，又指一大石曰："我将此极大的石，点金与你用罢。"其人也摇头不要。仙翁心想此人，贪财之心全无，可为难得，就当度他成仙，因问曰："你大小金都不要，却要甚么？"其人伸出手指曰："我别样总不要，只要老神仙方才点石成金的这个指头，换在我的手指上，任随我到处点金，用个不计其数。"

近人憨斋士纂辑《笑林博记》卷三《愿换手指》，与此则悉同。

清·方飞鸿撰《广谈助》卷三十《谐谑篇》"欲汝此指"，与吕洞宾挂钩，情节有所浓缩，亦颇风趣。

> 一人贫苦特甚，生平虔奉吕祖，祖感其诚，忽降其家；见其赤贫，不胜悯之，因伸一指指其庭中磐石，粲然化为黄金，曰："汝欲之乎？"其人再拜曰："不欲也。"吕祖大喜，谓："子诚如此，便可授子大道。"其人曰："不然，我心欲汝此指头耳。"

这一故事类型，现当代仍在贵州、江苏等地的汉族和个别少数民族聚居区流布，譬如《换手指》（仡佬族）[1]、《只要手指头》[2]。

这一故事类型，相当于丁乃通编著《中国民间故事类型索引》775A。

---

[1] 见《（贵州）民间文学资料》第49集。
[2] 见《中国民间故事集成·江苏卷》。

你是瞎贼型故事　大致写有个匠人误将门闩装在门外，主人骂他"瞎贼"。他说主人才瞎，不然怎么叫我这样个匠人。这一故事类型，见于明·冯梦龙辑《笑府》。

> 一匠人装上门闩，误装门外，主人骂为"瞎贼"。匠答曰："你便瞎贼。"主人曰："我如何瞎？"曰："你有眼，叫我这一个匠人！"
>
> 《笑府》卷五广萃部《木匠》

明·冯梦龙辑《广笑府》卷十《木匠》、近人憨斋士纂辑《笑林博记》卷五《都是瞎人》，均与此则悉同。

清·游戏主人辑《笑林广记》卷三《木匠》亦出自《笑府》卷五广萃部《木匠》，文字稍有变化。

> 一匠人装门闩，误装门外，主人骂为"瞎贼"。匠答曰："你便瞎贼！"主怒曰："我如何倒瞎？"匠曰："你若有眼，便不来请我这样匠人。"

愿为母狗型故事　大致写　读别宁蒙师死后被阎王罚为狗，其人乃请为母狗。王问何意？其人道："《礼记》云：'临财母狗（毋苟）得，临难母狗（毋苟）免。'"这一故事类型，初见于明·冯梦龙辑《笑府》。

> 二蒙师死，见冥王，一系读别字者，一系读破句者，勘毕，别字者罚为狗，破句者罚为猪。别字者曰："请为母狗。"王曰："何也？"曰："《礼记》云：'临财毋苟（母狗）得，临难毋苟（母狗）免。'"做猪者请生南方。
>
> 《笑府》卷二腐流部《请为母狗》

明·冯梦龙辑《广笑府》卷一《别字》与此则相同，仅无"做猪者请生南方"一句。近人憨斋士纂辑《笑林博记》卷五《别字（二）》，与此则悉同。

清·方飞鸿纂辑《广谈助》卷三十《谐谑篇》"庸师罚猪狗"，由《笑府》卷上"破句"与"请为母狗"二则连串而成，文字均有不同程度的删改。

> 冥王恶世多庸师，不识句读，误人子弟，乃私行访之；闻有教《大学序》者，念曰："大学之，书古之，大学所以教人之。"即令鬼卒勾来责之曰："汝何甚爱'之'字，我罚你做一个猪。"其人临行曰："做猪所不敢辞，愿判生南方。"王问其故，曰："南方之（猪），强与北方之（猪）。"又有读别字者，罚作一狗，其人坚求做母狗，问其故，曰："临财毋苟得，临难毋苟免。"

这一故事类型，现当代仍在甘肃、陕西、河北、河南、四川、湖南等地流布，譬如《别字先生》①《"临财母狗得"》②《临财母狗得》③《就叫我当个母狗吧》④《白字先生》⑤、《要变母狗》⑥。

戴笆斗型故事 大致写一躲债者戴笆斗出门，被债主发现，便弹笆斗追讨，其人回应"明日还"。后来遇大雨，雨点不断点击笆斗，其人慌忙说"一概明日还"。这一故事类型，初见于明·冯梦龙辑《笑府》。

---

① 见《中国民间故事集成·甘肃卷》。
② 见《中国民间文学集成·陕西卷·千阳县民间故事集成》。
③ 见《丰润民间故事选》。
④ 见《中国民间故事集成·河南新野县卷》。
⑤ 见《中国民间文学集成·成都市崇庆县卷》。
⑥ 见《中国民间故事集成·湖南卷·双峰县资料本》。

> 有避债者,偶以事出门,恐人见之,乃顶一笆斗而行。为一债家所识,弹其斗曰:"所约如何?"姑应曰:"明日。"已而大雨作,斗上点击无算,其人慌甚,乃曰:"一盖明日。"
>
> 《笑府》卷三世讳部《戴笆斗》

明·浮白主人辑《笑林·戴笆斗》,与此则悉同。

我是取笑型故事 大致写一惧内者于老婆灵柩前挥拳发泄怨恨,忽然风吹动遗像,其忙缩手道:"我是取笑。"这一故事类型,初见于明·冯梦龙辑《笑府》。

> 一怕老婆者,老婆既死,见老婆像悬于柩前,因理旧恨,以拳拟之。忽风吹轴动,大惊,忙缩手曰:"我是取笑。"
>
> 《笑府》卷八刺俗部《婆像》

明·冯梦龙辑《广笑府》卷六《取笑》、清·游戏主人辑《笑林广记》卷五《理旧恨》、近人憨斋士纂辑《笑林博记》卷三《我是取笑》,与此则悉同,或者大致相同。

这一故事类型,现当代仍在山西等地流布,譬如《死了还怕》。①

合本做酒型故事 大致写二人合本做酒,甲让乙出米,自己出水。乙问如何算账?甲道:"酒熟时只消把水滗给我便了。"这一故事类型,见于明·冯梦龙辑《笑府》。

---

① 见《山西民间故事大系·晋南卷》。

> 甲乙谋合本做酒，甲谓乙曰："汝出米，我出水。"乙曰："米都是我的，如何算账？"甲曰："我决不欺心，到酒熟时，只逼还我这些水便了，其余都是你的。"

《笑府》卷八刺俗部《合作酒》

明·冯梦龙辑《广笑府》卷五《合做酒》与此则相同，仅改"逼"为"泌"。

这一故事类型，现当代仍在山西等地流布，譬如《酿酒分利》①。

不肯相让型故事 大致写有父子二人俱性刚。一日父命子买肉待客，归来时子与人各不相让，站了很久。父寻来对子道："你先拿肉回家请客，等我与他在此对立。"这一故事类型，初见于明·冯梦龙辑《笑府》。

> 有父子俱性刚，不肯让人者。一日父留客饮，遣子入城市肉。子取肉回，将出城门。值一人对面而来，各不相让，遂挺立良久。父寻至见之，谓之曰："汝姑持肉回，陪客饭，待我与他对立在此。"

《笑府》卷六殊禀部《性刚》

明·冯梦龙辑《广笑府》卷八《性刚》、近人憨斋士纂辑《笑林博记》卷一《性刚》，均与此则悉同。

清·游戏主人纂辑《笑林广记》卷五《刚执》，出《笑府》卷六殊禀部《性刚》，文字略有变化。

> 有父子性刚，平素不肯让人。一日，父留客饭，命子入城买

---

① 见《山西民间故事大系·晋南卷》。

> 肉。子买讫，将出城门，值一人对面而来，各不相让，遂挺立良久。父寻至见之，谓子曰："汝快持肉回去，待我与他对立看。"

这一故事类型，现当代仍在河北、山西、辽宁、陕西、湖北等地流布，譬如《过独木桥》①《倔犟的父子俩》②《倔犟父子》③《"看他让不让"》④《一步不让》⑤。

皮匠"本钱"型故事　大致写一皮匠，生平止用一双皮底。他替人钉鞋，皮底出门便掉下，他立刻捡回去。有一次他没捡到，就痛哭本钱完了。他回去才发现皮底竟落在家里啦。这一故事类型，初见于明·冯梦龙辑《笑府》。

> 一皮匠，生平止用皮底一双。凡替人矼鞋，出门必落，辄尾其后，拾取以为本钱。一日，尾之不获，泣曰："本钱送断矣。"及归，见底落户内。
>
> 《笑府》卷五广萃部《皮匠矼鞋》

明·冯梦龙辑《广笑府》卷十《皮匠》、清·石成金撰《笑得好》二集《掌落户内》，文字与此则大体相同。

家父烧了型故事　大致写一人远出，因其子呆笨，便将准备回答他人的话语写在纸上，以便其子应对。数日后其子以为无用，便将纸条烧了。次日竟有客登门问："令尊呢？"其子找不到纸条，慌忙说："昨

---

① 见《耿村民间文化大观》。
② 见《中国民间文学集成·山西卷·静乐民间文学集成》。
③ 见《中国传说故事大辞典·故事》。
④ 见《笑林拾零》。
⑤ 见《湖北省民间文学集成丛书·咸宁地区民间故事集》。

夜烧了。"这一故事类型，初见于明·冯梦龙辑《笑府》。

> 一人远出，嘱其子曰："如有人问你令尊，可对以小事出外，请进拜茶。"又以其呆，恐忘也，书纸付之。子置袖中，时取看，至第三日，无人来问，以此纸无用，付之灯火。第四日忽有客至，问令尊，觅袖中纸不得，因对曰："没了。"客惊曰："几时没的？"对曰："昨夜烧了。"
>
> 《笑府》卷六殊禀部《问令尊》

明·浮白主人辑《笑林·问令尊》、清·陈皋谟辑《笑倒·问令尊》，均与此则悉同。

清·游戏主人纂辑《笑林广记》卷五《烧令尊》，抄自《笑府》，文字略有改动。

> 一人远出，嘱其子曰："有人问你令尊，可对以家父有事出外，请进拜茶。"又以甚呆恐忘也，书纸付之。子置袖中，时时取看，至第三日，无人来问，以纸无用，付之灯火。第四日忽有客至，问："令尊呢？"觅袖中纸不得，因对曰："没了！"客惊曰："几时没的？"答曰："昨夜已烧过了。"

这一故事类型，现当代仍在陕西、河北等地流布，譬如《"家父烧了"》①《我爹没了》②。

懒得活型故事　大致写一人极懒，家人叫他吃饭，他懒得吃。家人说不吃饭要死，他说我也懒得活呀。这一故事类型，初见于明·冯梦龙

---

① 见《笑话拾零》。
② 见《耿村民间文化大观》。

辑《笑府》。

> 有性极懒者，卧而懒起家人唤之吃饭，复懒应。良久，度其必饿，乃哀恳之，徐曰："懒得吃。"家人曰："不吃便死，如何使得？"曰："我亦懒活矣。"
>
> 　　　　　　　　　　　　　　　　　　《笑府》卷六殊禀部《性懒》

清·游戏主人辑《笑林广记》卷五《懒活》出《笑府》卷六殊禀部《性懒》，文字几乎相同。

这一故事类型，现代仍在江苏等地流布，譬如《懒得动弹》①。

隔夜变粗型故事　大致写父亲抹桌时以湿布在桌上画了一画，问幼儿为何字，儿不识。父亲说是昨日所教'一'字。"儿道："隔一夜怎么大了许多？"这一故事类型，初见于明·冯梦龙辑《笑府》。

> 父写"一"字教幼儿。明日，儿在旁，父适抹桌，即以湿布画桌上问儿，儿不识。父曰："吾昨所教汝'一'字也。"儿张目曰："隔得一夜，如何大了许多？"
>
> 　　　　　　　　　　　　　　　　　　《笑府》卷六殊禀部《大一字》

明·冯梦龙辑《广笑府》卷十《大字》，与此则，仅多一"汝"字。

这一故事类型，现当代仍在江西、河北、山西等地流布，譬如《大字没有这样大》②《字长粗了》③《笨孩念书》④。

---

① 见《中国民间故事集成·江苏卷》。
② 见《中国民间故事集成·江西卷》。
③ 见《中国民间文学集成·保定市故事卷》。
④ 见《山西民间故事大系·晋北卷》。

母猪肉型故事　大致写某人去卖母猪肉时，叮咛其子勿对人讲。当有人来买肉时，其子忙说："我家的不是母猪肉。"来人一听便走。一会儿又有人来问："此肉皮厚，莫非是母猪肉？"其子立刻说："难道这话也是我先讲的？"这一故事类型，初见于明·冯梦龙辑《笑府》。

> 有卖猪母肉者，嘱其子讳之。已而买肉者至，子即谓曰："我家并非母猪肉。"其人觉之，不买而去。父曰："我已吩咐过，如何反先说起？"怒而挞之。少顷又一买者至，问曰："此肉皮厚，莫非是母猪肉乎？"子曰："何如？难道这句话，也是我先说起的？"
>
> 　　　　　　　　　　　《笑府》卷十一谬误部《猪婆肉》

清乾隆四十六年（1781）刊刻的游戏主人辑《笑林广记》卷五《母猪肉》、近人憨斋主纂辑《笑林博记》卷一《母猪肉》，文字与《笑府》卷十一谬误部《猪婆肉》相同。

这一故事类型，现当代仍在陕西、青海等地流布，譬如《爷俩卖肉》①《不是母猪肉》②《母猪肉》③。

吊我罢型故事　大致写酒店将嫌其酒酸者吊梁上。一客过而尝之，随即皱眉对店主道："可放此人，吊了我吧。"这一故事类型，初见于明·冯梦龙辑《笑府》。

> 有上酒店而嫌其酒酸者，店人怒，吊之于梁。客过问其故，诉曰："小店酒极佳，此人说酸，可是该吊。"客曰："借一杯我

---

① 见《中国民间文学集成·陕西卷·咸阳民间故事集成》。
② 见《中国民间故事集成·青海卷》。
③ 见《民间笑话三百则》。

尝之。"既尝毕，攒眉谓店主曰："可放此人，吊了我罢。"

《笑府》卷十二日用部《酒酸》

明·冯梦龙辑《广笑府》卷五《酸酒》、近人憨斋士纂辑《笑林博记》卷一《酸酒》，均与此则悉同。

这一故事类型，现当代仍在湖南等地流布，譬如《吊我罢》[①]《酒酸》[②]。

梦中酒型故事 大致写一人梦见自己将要饮酒，或者嫌冷要热一热，突然梦醒，或者被妻子惊醒，感到十分懊恼。这一故事类型，初见于明·冯梦龙辑《笑府》，共有两则异文。

一好饮者梦得美酒，将热而饮之，忽然梦醒，乃大悔曰："恨不冷吃。"

《笑府》卷六殊禀部《好饮》

一人梦赴戏酌，方定席，为妻惊醒，乃骂其妻。妻曰："不要骂，趁早睡去，戏文还未到半本哩。"

《笑府》卷十二日用部《梦戏酌》

明·冯梦龙辑《广笑府》卷五《好饮》，与《笑府》卷六殊禀部《好饮》悉同。

明·无名氏撰《华筵趣乐谈笑》中的一则异文，变化比较明显。

---

① 见《中国机智人物故事大观》。
② 见《民间笑话三百则》。

> 昔一人好酒，梦见有一人送酒与他吃，嫌冷，教人拿去暖热，不觉醒了，即啐云："早知就醒了，何不吃些冷的也罢。"

《华筵趣乐谈笑·嘲好酒人》

明·浮白主人辑《笑林·梦戏酌》、清·陈皋谟辑《笑倒·梦戏酌》、清·游戏主人纂辑《笑林广记》卷九《梦戏酌》，均与《笑府》卷十二日用部《梦戏酌》相同。

抢婚误背型故事　大致写有婚家女富男贫，男方去女家抢婚时，误将小姨背走。女家呼喊抢错了，小姨忙说："不错不错，快走！"这一故事类型，初见于明·冯梦龙辑《笑府》。

> 有婚家女富男贫，男家恐其赖婚也，择日率男抢女，误背小姨以出。女家人追呼曰："抢差了！"小姨在背上曰："莫听他，不差不差，快走！"

《笑府》卷九闺风部《抢婚》

明·浮白主人辑《笑林·抢婚》、明·冯梦龙辑《广笑府》卷六《抢亲》、近人憨斋士纂辑《笑林博记》卷六《抢婚》，均与此则相同。

清·游戏主人纂辑《笑林广记》卷八《抢婚》，文字稍有变化。

> 有婚家女富男贫，男家虑其赖婚，率领众人抢亲，误背小姨出。女家人急呼曰："抢差了！"小姨在背上曰："不差，不差！快走上些，莫听他哄你哩。"

谢周公型故事　大致写一女出嫁，哭问嫂，此礼何人制订？嫂说是周公，女大骂不止。满月回娘家时，女问周公何在，表示要做一双鞋谢周公。这一故事类型，初见于明·冯梦龙辑《笑府》。

> 有出嫁者，哭问嫂："此礼何人所制？"嫂曰："周公。"女将周公大骂。及满月归宁，问嫂："周公何在？"嫂云："寻他做甚？"女曰："欲制一鞋谢之耳。"
>
> 《笑府》卷九闺风部《谢周公》

近人憨斋士纂辑《笑林博记》卷四《谢周公》，与此则悉同。

清·游戏主人纂辑《笑林广记》卷六《谢周公》，据《笑府》卷九闺风部《谢周公》改写，文字略有添补。

> 一女初嫁，哭问嫂曰："此礼何人所制？"嫂曰："周公。"女将周公大骂不已。及满月归宁，问嫂曰："周公何在？"嫂云："他是古人，寻他做甚？"女曰："我要制双鞋谢他谢。"

和尚食虾型故事　大致写一和尚偷偷吃虾，看见虾在锅中乱跳，便假惺惺地说："阿弥陀佛，过一会儿就不疼了。"这一故事类型，初见于明·冯梦龙辑《笑府》。

> 和尚私买虾食，虾在热锅中乱跳，乃合掌低声向虾曰："阿弥陀佛，耐心，少时红熟，便不疼了。"
>
> 《笑府》卷五广萃部《虾》

明·浮白主人辑《笑林·虾》与此则悉同。

偷自家型故事　大致写一厨子在家切肉，竟偷一块藏在怀中。妻子骂他，他说："我忘了是在家里。"这一故事类型，见于明·冯梦龙辑《笑府》。

有厨子在家切肉，匿一块于怀中。妻见之，骂曰："这是自家的肉，何为如此？"答曰："我忘了。"

《笑府》卷五广萃部《厨子匿肉》

明·冯梦龙辑《广笑府》卷五《厨子》，与此则相同，仅一字有出入。

这一故事类型，现当代仍在青海等地流布，譬如《揣肉》①《偷肉》②。

待诏剃头型故事 大致写一待诏初学剃头，不断剃伤客人，不停用手指去掩伤口，弄得心烦意乱，便叫道："剃头真难，须是千手观音才好。"这一故事类型，初见于明·冯梦龙辑《笑府》。

一待诏初学剃头，每刀伤一处，则以一指掩之。以而伤多，不胜其掩，乃曰："原来剃头恁难，须得千手观音才好。"

《笑府》卷五广萃部《待诏剃头》

明·冯梦龙辑《广笑府》卷十《待诏剃头》、清·游戏主人纂辑《笑林广记》卷三《待诏》，均抄自《笑府》，文字几乎相同。

自咬耳朵型故事 大致写审一桩咬耳案时，被告辩称是原告自咬的。县官只见一吏人听罢正抓住自己的耳朵团团转，一问方知其人试验如何自咬耳朵。这一故事类型，初见于明·冯梦龙辑《笑府》。

---

① 见《中国民间故事集成·青海卷》。
② 见《民间笑话大观》。

> 有讼人咬去其耳朵者，被告辩云："是他自咬的，与小的无干。"吏在公座后抓己耳，团团走转。官回头见之，喝曰："这是甚么规矩？"禀曰："小的在这里详情。"
>
> 《笑府》卷六殊禀部《咬耳朵》

明·冯梦龙辑《广笑府》卷二《咬耳朵》，与此则悉同。

这一故事类型，现当代仍在江苏等地流布，譬如《嘴咬鼻子》①。

第一声像型故事　大致写一人陪客时偶然放一屁，很难为情，便接连用手指磨椅子作响声，加以掩饰。客道："还是第一声像。"这一故事类型，初见于明·冯梦龙辑《笑府》。

> 一人方陪客，偶撒一屁，愧甚欲掩之，乃连以指磨椅子作声。客曰："还是第一声像。"
>
> 《笑府》卷十形体部《椅响》

清·游戏主人辑《笑林广记》卷四《桌面响》与此则大致相同，将"乃连以指磨椅子作声"改为"乃佯将指头擦桌面作响声"。

清·石成金撰《笑得好》二集《屁响》，据此则改写，文字通俗，亦更生动。

> 有人在客座中偶然放一响屁，自己愧甚，因将坐的竹椅子摇拽作响声，掩饰屁响。有一人曰："这个屁响，不如先一个屁响得真。"

---

① 见《中国民间故事集成·江苏卷》。

这一故事类型，现当代仍在陕西等地流布，譬如《放屁》①。

写"滑"字型故事　大致写一东家给老师所吃的膳食极差，某日天雨馆童送饭来迟，老师罚其写"滑"字。馆童说："一点，一点，又斜坡一点，其余是骨头。"这一故事类型，初见于明·冯梦龙辑《笑府》。

> 主人见客好食火肉，盘中且尽矣，命童持内请益。童意内必有余，并啖所剩。而内已告竭，乃空手复命。主因索前剩盘，童伪曰："路滑，已跌失矣。"主怒曰："你说谎，若写得'滑'字出，当恕你。"童乃以指画掌曰："一点儿，又是一点儿，又一长点儿，其余是骨了。"
>
> 《笑府》卷十三闰语部《滑字》

清·陈皋谟辑《笑倒》中的一则异文，内容变化比较明显。

> 一家延师，供膳甚薄。一日，天雨，馆童携午膳至，肉甚少，师以其来迟呵之，僮曰："天雨路滑故也。"师曰："汝既云路滑，可写滑字与我看，便饶你的打。"僮曰："一点儿，又是一点儿，又是斜坡一点儿，其余都是骨头了。"
>
> 《笑倒·滑字》

清·游戏主人纂辑《笑林广记》卷九《滑字》、近人憨斋士纂辑《笑林博记》卷七《都是骨头》，均抄自《笑倒·滑字》，文字几乎相同。

贼遇偷型故事　大致写一贼入贫家偷仅有一小瓮米，方解裙铺地倒米，

---

① 见《中国民间文学集成·陕西卷·咸阳民间故事集成》。

其裙竟被抽走。主人急呼有贼，贼道："真个有贼，一条裙转眼就不见了。"这一故事类型，初见于明·冯梦龙辑《笑府》。

> 偷儿入一贫家，其家止米一小瓮，置卧床前。偷儿解裙布地，方取瓮倾米，床上人窃窥之，潜抽其裙去，急呼有贼。贼应声曰："真个有贼，方才一条裙在此，转眼就不见了。"
>
> 《笑府》卷三世讳部《贼遇偷》

清·游戏主人纂辑《笑林广记》卷十《被贼》与此则大致相同，仅个别字句有出入。

清·石成金撰《笑得好》二集《藏贼衣》，将《笑府》卷三世讳部《贼遇偷》作了改写，比较口语化，通俗易懂。

> 有一贼入人家偷窃，奈其家甚贫，四壁萧然，床头止有米一坛；贼自思将这米偷了去，煮饭也好，因难于携带，遂将自己衣服脱下来，铺在地上，取米坛倾米包携。此时床上夫妻两口，其夫先醒，月光照入屋内，看见贼返身取米时，夫在床上悄悄伸手，将贼衣抽藏床里。贼回身寻衣不见。其妻后醒，慌问夫曰："房中习习索索的响，恐怕有贼么？"夫曰："我醒着多时，并没有贼。"这贼听见说话，慌忙高喊曰："我的衣服，才放在地上，就被贼偷了去，怎的还说没贼？"

近人憨斋士纂辑《笑林博记》卷二《贼对贼》，与此则悉同。

这一故事类型，现当代仍在安徽、山东、上海、浙江、福建、河南、河北、山西等地流布，譬如《大褂子哪去了》[1]《谁说没有贼》[2]《偷米勿着蚀条裤》[3]《偷米不着蚀条裤》[4]《谁说没小偷》[5]《贼喊捉贼》[6]《小偷被偷》[7]《偷米》[8]。

床底羊眼型故事 大致写一妇人偷了邻居一只羊，叮嘱儿子不要多嘴。当邻居叫骂时，妇人用眼瞪儿子，其子便说我娘这双眼，活像床下的羊眼。这一故事类型，初见于明·冯梦龙辑《笑府》。

> 一妇攘邻家羊一只，匿于床下，嘱其子勿言。已而邻人沿街叫骂，其子曰："我娘并不曾偷你羊。"妇恶其惹事，以目睨之。子指其母言曰："你看我娘这双眼，活像床底下这只羊（眼）。"
>
> 《笑府》卷十一谬误部《攘羊》

清·石成金撰《笑得好》初集《攘羊》、近人憨斋士纂辑《笑林博记》卷二《不打自招》，均与此则相同。

金漆盒型故事 大致写一人近视，竟以为地上的一堆牛屎是个有用之物品。当他拾起后才知误会，便故意叹息它无用，或者说它太破旧。这一故事类型，初见于明·冯梦龙辑《笑府》。

---

[1] 见《中国民间文学集成·安徽卷·铜陵民间故事卷》。
[2] 见《中国民间故事集成·山东卷》。
[3] 见《中国民间文学集成·上海卷·黄浦区故事分卷》。
[4] 见《中国民间故事集成·浙江卷》。
[5] 见《中国民间故事集成·福建卷·三明市分卷》。
[6] 见《河南民间文学集成·山阳城民间故事》。
[7] 见《中国民间故事集成·河北卷》。
[8] 见《山西民间文学资料》第1辑。

一近视出门，见街头牛屎一大堆，认为路人遗下的盒子，随用双手去捧，见其湿烂，乃叹曰："好个盒子，只可惜漆水未干。"

《笑府》卷十一谬误部《金漆盒》

明·冯梦龙辑《广笑府》卷十《漆盒》、清·游戏主人辑《笑林广记》卷四《金漆盒》，均与此则相同。

明·无名氏撰《时尚笑谈》中的一则异文，文字颇为简约。

昔一人近视眼，清早开门，见一大堆牛屎，用手去摸，云："好一个金漆果盒，只是漆嫩些。"

《时尚笑谈·嘲近视》

这一故事类型，现当代仍在浙江等地流布，譬如《拾"毡帽"》（畲族）①。

因梦致争型故事 系"夫妻祷祝型故事"的亚型。大致写一贫士梦中得银，醒后便与妻子言及买田、置屋、讨小之事，想入非非，以致争闹不休，竟被四邻耻笑。这一故事类型，初见于明·冯梦龙辑《广笑府》。

贫士梦拾银三百两，既觉，谓其妻曰："若果得此，以百两买屋，以百两买田，又以百两聘二小妻，其乐何如！"妻即大怒曰："你只好冻，才有钱便想讨小！"争闹不已，就床打起。惊动四邻，急来相劝。问知其故，四邻笑曰："幸得是梦，你家若真有钱讨小妻，岂不打出人命。连累我乡邻耶！"

《广笑府》卷六《因梦致争》

---

① 见《中国机智人物故事大观》。

清·石成金撰《笑得好》中的一则异文,不但拓展想入非非的生活内容,而且融入了"瓮算"的某些情节,使这一故事类型更加充实有趣。

有一人极贫,将破酒瓮做床脚。一晚,夫妻同睡,梦见拾得一锭银子。夫妻商议,将此银经营几年,该利息许多,可以买田,可以造屋,一旦致富,就可以买官。但既然富贵,须要出入骑马,只是这马,我从不曾骑惯。因对妻子曰:"你权当作马,待我跨上来一试,何如?"不觉跨重了,将破酒瓮翻倒了,床铺同身子一齐都倒在地下,夫妻嚷闹不已。邻人问之,妻应曰:"我本好好的一个人家,只为好骑马,把家业都骑坏了。"

《笑得好》二集《骑马败家》

和尚挨打型故事 大致写某生与一和尚交恶,于是偷着和尚衣帽前去戏弄妇女,随即遁去,和尚因此被打。这一故事类型,初见于明·浮白斋主人撰《雅谑》。

吴中有石生者,貌类胡,因呼为石鞑子。善谑多智。尝因倦步至邸舍,欲少憩,有小楼颇洁,先为僧所据矣。石登楼窥之,僧方掩窗昼寝,窗隙中见两楼相向,一少妇临窗刺绣,石乃袭僧衣帽,开窗向妇而戏。妇怒,告其夫,因与僧闹,僧茫然莫辨,亟去,而石安处焉。

《雅谑·石鞑子》

明·冯梦龙编纂《古今谭概》儇弄部第二十二《石鞑子》"僧蒙冤"、明·冯梦龙编纂《智囊补》杂智部卷二十三《小慧·石鞑子》,均与此则悉同。

近人林纾撰《畏庐琐记·某茂才》，情节多有变化，较为曲折，使这一故事类型有所发展。

> 某茂才，讳其名。性滑稽，以讼师武断乡曲。某僧心弗善其所为，而指其短。某衔之，然不即发。一日与僧同舟，夜宿于水际。甫辨色，某起潜取僧衣着之，加以僧帽登岸。岸旁有妇人晨浣，某抱而强接其吻。妇大号，某遁归舟，还衣帽于卧僧，仍蒙被伪睡。少顷妇人告其夫，广集多人，见僧船仍泊旧处，则群趋下船，取卧僧于被池中，痛殴之。僧方惺忪，被楚痛极，乃不知祸之所至。夫拳而妇詈，僧百口不能自明。一频笑之微，所报如此之酷，某之智计亦狡矣哉！

近人杨汝泉编纂《滑稽故事类编》第九编《某茂才》，与此则悉同。

近人襟亚撰《中国恶讼师》录写的一则异文，情节更为曲折。其故事主人公为江南讼师谢方樽。

> 乡有夜航船，往来郡中。……某夕，（谢）方樽亦乘舟，登舱客已满，蜷伏舱角，视众客各据一方，坚不相让。方樽见一僧坐处甚宽，请略移将置身其间。僧不介，并曰："乘舟既先入坐定，决不相让，是名落船坞君岂不和耶？"方樽无以应，思僧之无良乃如此，必有以创之。
>
> 无何，舟既解维，黄昏来阗，舟中人语纷呶，坐者、卧者、喷喷夜谈者所言都不经，刺刺不堪入耳。僧亦坐起喧哗，谈谢方樽事，津津不倦。同舟咸为解颐，顾无有识方樽者。方樽侧耳而听，侧目而视。僧言语如潮，滔滔不倦，多诋毁方樽道听途说，一若目睹其事者。旁人亦同然一辞，随毁随谀。方樽默无以语。
>
> 洎乎夜阑，烛三见跋，僧始颓卧止喧，同舟咸息，万籁绝响，但闻橹声欸乃。方樽辗转不得入梦，谋有以报僧。久之天已微明，

橹声亦止，木叶萧萧，堕舷有声，方樽犹两目鳏鳏，意绪凄绝，从水窗外望，知舟已停泊于埠。

少顷，市人已有早起操作者，有一女郎方洗衣于水滨。方樽狡计顿生，视秃颅鼾鼾在睡乡，同舟客亦无醒者，即起身潜脱僧帽戴己首，蛇行出舱，向洗衣女就溺，口作秽声，不堪入女耳。女郎大忿，骂秃颅，即弃其衣入庐舍去。方樽急入舱，脱僧帽加僧首，而己则伴作鼾声。

有顷，女郎之父母兄弟操杖登鹚首，大骂秃颅无礼，声色俱厉，一舟皆醒，而方樽独枕舷而卧。女郎指僧告父曰："即此贼秃！"父不问情由，捉僧登岸，杖挞无算。僧于梦中方觉，惊出意外；问何所事？女郎之父怒斥其假作惺惺，重挞僧股，皮肉为裂。舟人不忍，起问情由，女郎具告之。闻者疑信参半。僧则力辩己冤。女郎犹痛诟之。方樽忽登岸，缓颊语僧曰："汝未辱女，女何仇而挞汝？汝自省，庸或有诸因。"力劝始止。时晨曦已放，舟中乘客皆散去，僧翻心德方樽之作解铃人，问方樽姓名。方樽实告之，曰："汝出家人，以后当留心口过。今日无我，颅必破矣。"僧嗒然丧气者久之。

《中国恶讼师·落船坞》

这一故事类型，现当代仍在河北、浙江等地流布，譬如《揍和尚》①《计害和尚》②。

这一故事类型，相当于丁乃通编著《中国民间故事类型索引》1807B*。

拉屎留名型故事 大致写某生记恨师长，夜半在其座上拉屎，并在上

---

① 见《王政故事集》。
② 见《徐文长故事》。

面留了自己的名字。师长早晨登座时弄得一身污秽,于是指责某生。某生进行辩解,称受人诬陷,因而脱了干系。这一故事类型,初见于明·浮白斋主人撰《雅谑》。

> 石生在太学时,每苦司成之虐,夜半于公座粪焉,植小竹枝为纸旗,而书己名。司成晨出登座,旗折;举火视之,污秽狼籍矣。见石名,呼欲加责。石流涕称冤曰:"谁中伤者?止由太宗师不相爱故耳。岂有某作此事,而自标求责者乎?"司成以为有理,竟不之罪。
>
> 《雅谑·公座粪》

明·冯梦龙编纂《古今谭概》儇弄部第二十二《石靴子》"粪座",与此则悉同。

这一故事类型,现当代仍在浙江等地流布,譬如《吃狗屎》①。

红米饭型故事 大致写某人母亲去世后偶尔吃了一顿红米饭,一迂腐的读书人以为红色是喜色,守孝的人吃这种饭不妥当。某人反问:"难道吃白米饭的,都是有丧的么?"这一故事类型,见于明·浮白斋主人撰《雅谑》。

> 近一友有母丧,偶食红米饭,一腐儒以为非居丧者所宜。诘其故,谓红,喜色也。友曰:"然则食白米饭者,皆有丧耶?"
>
> 《雅谑·红米饭》

明·冯梦龙编纂《古今谭概》塞语部第二十五《红米饭》,与此则

---

① 见《徐文长故事》。

悉同。

清·石成金撰《笑得好》初集《红米饭》，由此则改写，文字略有添补。

一人有丧，偶食红米饭，一腐儒以为非居丧者所宜，问其故，谓红色乃喜色也。其人曰："红米饭，有丧食不得，难道食白米饭的，都是有丧服么？"

这一故事类型，现当代仍在湖北等地流布，譬如《红米饭》①。

吊孝坠帽型故事 大致写某人吊孝时故意使自己的帽子落地，不以手拾，而用头顶，逗得孝子失笑。于是其子蒙不孝名声，或因此破财。这一故事类型，初见于明·浮白斋主人撰《雅谑》。

有子居丧不哀，杨南峰特制宽巾往吊。既下拜，巾脱落，滚入座下，杨即以首伸入，穿之而遽出，幕中哄然一笑。此子遂蒙不孝声。

《雅谑·吊丧》

明·冯梦龙编纂《古今谭概》儇弄部第二十二《吊丧》，内容与《雅谑·吊丧》相同，文字表述略有差异。

有丧家其子不戚。杨南峰为诸生时，特制宽巾往吊，既下拜，巾脱，滚入座下。杨即以首伸入穿之，幕中皆笑，杨遽出。此子遂蒙不孝声。

---

① 见《松滋县民间故事传说集》。

清·采蘅子撰《虫鸣漫录》采集的一则异文，情节有了明显变化，不带传说色彩，接近现当代口传形态。

> 有舅欲诈其甥者，适姊故，往吊拜时故令帽落，不以手拾，而以首凑之，宛转不已。甥不觉失笑。舅怒，以孝子三年不见齿叱之，并欲鸣官。甥惧，央人缓颊，贿以三百金，乃止。

《虫鸣漫录》卷二"舅诈甥"

近人徐珂编撰《清稗类钞·狱讼类》"吊丧坠帽"，记讼师袁宝光事，与《虫鸣漫录》之"舅诈甥"略有不同。

> 一日，袁（宝光）往富家吊丧，欲诈其财，乃将礼帽之项绳不系于颈，面灵礼拜，帽无绳，俯首而坠地，孝子窃笑。袁见之，怒曰："汝身居血丧，竟敢窃笑，其罪一；吾来吊丧，汝笑，非敬客之道，其罪二。有此二罪，我必讼之，以正浇风。"富家惧其善讼，出数百金谢之。

这一故事类型，现当代仍在福建、浙江、江苏、上海、湖北、湖南、河南、河北等地流布，譬如《敲财主竹杠》①《孝子笑起来》②《治"劣子"》③《吊丧》④《财主修桥》⑤《"上祭"》⑥《吊孝》⑦《揍和

---

① 见《智惩恶讼师》。
② 见《中国民间文学集成·浙江省·玉环县卷》。
③ 见《海安县民间故事选》。
④ 见《中国民间文学集成·上海卷·嘉定县故事分卷》。
⑤ 见《湖北省民间文学集成丛书·咸宁地区民间故事集》。
⑥ 见《机智人物故事大观》。
⑦ 见《中国民间文学集成·秦皇岛民间故事卷》。

尚》①。

靠父养活型故事　大致写一人二十岁生子。其子倚父为生，一直不能自立。一日，算命者告知"父寿八十，儿寿六十二"。其子大哭道："那两年我靠谁养活？"这一故事类型，初见于明·浮白斋主人撰《雅谑》。

> 吴中有呆子年三十，倚父为生。父年五十矣，遇星家推父寿，当八十，子当六十二。呆子泣曰："我父寿止八十，我到六十以后，那二年靠谁养活？"
>
> 《雅谑·呆子》

近人憨斋士纂辑《笑林博记》卷五《呆子》，出《雅谑》，文字悉同。
　　明·乐天大笑生纂集《解愠编》的一则异文，略有变化。

> 一蠢子，年三十不能自立，衣食皆资于父。时父年五十矣。术士推父寿当至八十，子寿当至六十二。蠢子哭而叹曰："我父何不寿八十二？若止于八十，我到六十以后那二年，靠谁养活好？"
>
> 《解愠编》卷九《八十二》

明·冯梦龙辑《广笑府》卷九《八十二》，出自《解愠编》，文字悉同。
　　清乾隆四十六年（1781）刊刻的游戏主人纂辑《笑林广记》卷五《靠父膳》，由《雅谑》《解愠编》脱胎而来，文字多有变化。

---

① 见《王二戏官的故事》。

一人廿岁生子，其子专靠父膳，不能自立。一日算命云："父寿八十，儿寿六十二。"其子大哭曰："这两年叫我如何过得去！"

近人憨斋士纂辑《笑林博记》卷五《呆子》，与此则悉同。

这一故事类型，现当代仍在湖南、河北等地流布，譬如《还有两年靠谁养》①《父与子》②。

王和尚型故事 大致写苏州王和尚富而还俗。一次他扮作起课先生去赴宴，有人问他起课甚灵，何以一贫如洗？他说："黄河尚有澄清日（王和尚有成亲日），起课人无得运时。"于是便逃席而去。这一故事类型，初见于明·浮白斋主人辑《雅谑》。

苏州有王和尚，富而还俗。赴优酌，适扮起课先生破衣上，人问曰："起课甚灵，何以一贫如是？"曰："被古人说绝了：王和尚有成亲日，起课人无得运时。"王竟逃席去。

《雅谑·王和尚》

明·冯梦龙辑《古今谭概》中的一则异文，情节有了明显变化。

吴僧姓王，因兄登第，还俗娶妇，而气极骄。众甚鄙厌。一日，偶同宴会。众谓优人曰："王和尚颇作怪，汝可诮之。"因演《苏季子》传奇，起课者有"黄河尚有澄清日，岂可人无得运时"之语。优念云："王和尚有成亲日，起课人无得运时。"众大笑，

---

① 见《中国民间故事集成·湖南卷》。
② 见《中国民间故事集成·河北卷》。

王逃席去。

《古今谭概》巧言部第二十八《王和尚》

这一故事类型，现代仍在湖北等地流布，譬如《娶亲》①。

幸不属虎型故事　大致写一客见同席者饮食太猛，十分惊讶，问知其属犬，乃叹道："幸不属虎，否则连我也吃了。"这一故事类型，见于明·浮白主人辑《笑林》。

> 一酒客讶同席者饮啖太猛，问其年，对以属犬。曰："幸是属犬，若属虎，连我也都吃了。"

《笑林·属犬》

明·冯梦龙辑《笑府》卷十二日用部《属犬》与此则相同，仅个别字句有出入。

> 一酒客讶同席的饮啖太猛，问其年，以属犬对。客曰："幸是犬，若属虎的，连我也都吃下肚了。"

明·冯梦龙辑《广笑府》卷十《属犬》与此则仅差一"也"字。清·游戏主人纂辑《笑林广记》卷九《喜属犬》与《笑府》卷十二日用部《属犬》悉同。

近人杨汝泉编纂《滑稽故事类编》第五编《属犬》，系改写，文字与《笑林》等则不太相同。

> 一人极贪嘴，遇酒宴，每每吃过人之分次。一日与一點客同

---

① 见《奇怪的家具——中国汉族劳动者机智人物故事选》。

席，點客惡其不遜，明知其屬犬，乃故意問曰："尊庚屬什么的？"对曰："属犬的。"客曰："还好。如其是属虎，连我都要吃下去了。"

这一故事类型，现当代仍在天津、山西、陕西、湖北、上海、山东等地流布，譬如《狼吞虎咽》①《属狗》②《多亏姓狗》③《属鼠的和属狗的》④《赴宴》⑤《幸亏属狗》⑥《属猪的》⑦。

借牛自来型故事　大致写有人送信向富翁借牛，翁不识字又怕人耻笑，看了看说："知道了，一会儿我自来！"这一故事类型，初见于明·浮白主人辑《笑林》。

> 有走柬借牛于富翁者，富翁方对客，讳不识字，伪启柬视之，对曰："知道了，少停我自来也。"
>
> 《笑林·借牛》

明·冯梦龙辑《笑府》卷一古艳部《借牛》、清·陈皋谟辑《笑倒·借牛》，与此则悉同。

清·方飞鸿撰《广谈助》卷三十《谐谑篇》"走柬借牛"，抄自《笑林》，文字略有添改。

---

① 见《天津民风》第8辑。
② 见《中国民间文学集成·山西卷·长治市民间故事集成》。
③ 见《中国民间故事集成·陕西卷》。
④ 见《野山笑林》。
⑤ 见《中国民间文学集成·上海卷·徐汇区故事分卷》。
⑥ 见《民间笑话三百则》。
⑦ 见《中国民间故事集成·山东卷》。

有走柬借牛于富翁者，富翁方对客，讳不识字，伪为启缄视之，曰："知道了，小待，我自来也。"傍观者皆窃以为笑。

清·游戏主人纂辑《笑林广记》卷一《借牛》，抄自《广谈助》，文字略有改动。

有走柬借牛于富翁者，翁方对客，讳不识字，伪启缄视之。对来使曰："知道了，少刻我自来也！"

这一故事类型，现当代仍在河南、山西、陕西、湖北等地流布，譬如《借牛》①《借牛》②《借牛》③《我就去》④。

豆腐是命型故事　大致写某人以豆腐待客，宣称"豆腐是我性命"。他日某至客家，客乃以鱼肉和豆腐为菜，某却专挑鱼肉吃。客问何故，某道："见了鱼肉，我性命都不要了。"这一故事类型，初见于明·浮白主人辑《笑林》。

一人留客饭，止豆腐一味，自言："豆腐是我性命，觉他味不及也。"异日至客家，客记其食性所好，乃以鱼肉中各和豆腐。其人择鱼肉大啖，客问曰："兄尝云：'豆腐是性命。'今日如何不吃？"答曰："见了鱼肉，性命都不要了。"

《笑林·豆腐》

---

① 见《中国民间文学集成·河南沈丘县卷》。
② 见《中国民间文学集成·山西卷·榆次民间故事集成》。
③ 见《笑话拾零》。
④ 见《鄂南民间故事集》。

明·冯梦龙辑《笑府》卷十二日用部《豆腐》和《广笑府》卷五《豆腐》，均与此则悉同。

近人徐珂编《清稗类钞》所收一则异文，变化较大。

> 某甲甚贫，日食唯豆腐一簋，或问曰："君日食豆腐，恐三月不知肉味矣。"甲曰："肉乎，肉为仇敌，豆腐乃视为性命，日食不厌，实爱憎之所系也。"他日，邻人召饮，甲恣啖肉，而于豆腐则不下箸。或又问曰："君以豆腐为性命，以肉为仇敌，今乃反是矣。"甲曰："否否仇敌当前，誓生吞之而后快，虽性命有所弗顾也。"
>
> 《清稗类钞·诙谐类·生吞仇敌》

这一故事类型，现当代仍在广西、江西、福建、上海、河南、河北、天津、山西、陕西、湖北等地流布，譬如《命都不要了》（壮族）①、《辣椒腌菜是我命》②《见了仇人不要命》③《见了鱼肉不要命》④《豆腐是命》⑤《豆腐是命》⑥《有肉就不要命了》⑦《见肉不要命》⑧《有了肉，命都不要哒》（土家族）⑨。

---

① 见《中国民间故事集成·广西卷》。
② 见《中国民间故事集成·江西卷》。
③ 见《中国民间故事集成·清流县分卷》。
④ 见《中国民间文学集成·上海卷·静安区故事分卷》。
⑤ 见《河南民间文学集成·太行山民间故事》。
⑥ 见《中国民间文学集成·昌黎县民间故事卷》。
⑦ 见《天津民风》第9辑。
⑧ 见《尹泽故事歌谣集》。
⑨ 见《细柳城——鹤峰民族民间故事传说集》。

这一故事类型，相当于丁乃通编著《中国民间故事类型索引》1704D。

合种田型故事 大致写兄弟合种田，秋收时分稻，兄分上截，让弟分下截。弟觉得不公平。兄道："明年你取上截，我取下截好了。"至次年弟催兄下谷种，兄道："我今年要种芋头。"这一故事类型，初见于明·浮白主人辑《笑林》。

> 有兄弟合种田者，禾既熟，议分之。兄谓弟曰："我取上截，你取下截。"弟讶其不平。兄曰："不难，待明年你取上，我取下，可也。"至次年，弟催兄下谷种，兄曰："今年种了芋艿罢。"

《笑林·合种田》

明·冯梦龙辑《笑府》卷六殊禀部《合种田》与此则悉同。清·游戏主人纂辑《笑林广记》卷九《兄弟种田》，与此则大致同，仅个别字句有出入。

清·石成金撰《笑得好》初集《兄弟合种田》，据《笑林》改写，描述多有发挥，而且文字更为通俗。

> 兄弟二人合种田，至秋收时，弟向兄分稻，兄谓弟曰："我与你是好兄弟，何必如此琐碎，恐旁人看见说我们较量彼此，有失雅道。不若今年我收得上头的稻谷，你只得下头的稻草。等到明年我得下头，你得上头，一递一年，何等至公。"弟从之。及至来年春间，弟向兄曰："目今该下秧了。"兄曰："且住，我闻得人说今年要旱，竟种芋头。只是记我收下头，你收上头，公平良心，一递一年，不许改换就是了。"

这一故事类型，现当代仍在西藏、四川、云南、贵州、广西、广东、福建、浙江、湖南、湖北、河南、山西、陕西、新疆、天津、河北等地汉族和诸多少数民族聚居区广为流布，譬如《各分一半》（藏族）①、《三气杜老财》②、《平分秋实》（彝族）③、《老财分租》（白族）④、《分边》（哈尼族）⑤、《种地》（佤族）⑥、《尖尖和根根》（布依族）⑦、《分庄稼》（侗族）⑧、《分耕》⑨、《农夫巧斗财主》⑩《分庄稼》⑪、《巧计分租》⑫、《农民和土地菩萨》（土家族）⑬、《要庄稼头，要庄稼根》⑭、《斗蝎子》⑮、《财主与佃户》⑯、《"蝎子虎"收地租》⑰、《刘三斗财主》⑱《胡蝎子租地》（满族）⑲。

这一故事类型，相当于丁乃通编著《中国民间故事类型索引》1030。

---

① 见《阿古登巴故事集》。
② 见《中国民间文学集成·四川内江市卷》。
③ 见《云南少数民族机智人物故事选》。
④ 见《云南少数民族机智人物故事选》。
⑤ 见《哈民族民间故事》。
⑥ 见《云南少数民族机智人物故事选》。
⑦ 见《甲金的故事》。
⑧ 见《侗族民间故事选》。
⑨ 见《机智列传》。
⑩ 见《中国民间故事集成·福建卷·宁德市分卷》。
⑪ 见《浙江省民间文学集成·嘉兴市故事卷》。
⑫ 见《机智人物故事大观》。
⑬ 见《落印潭——来凤民族民间故事传说集》。
⑭ 见《中国民间文学集成·河南桐柏县卷》。
⑮ 见《中国民间文学集成·山西卷·忻州民间故事集成》。
⑯ 见《中国民间故事集成·陕西卷》。
⑰ 见《天津民风》第8辑。
⑱ 见《三河民间故事》。
⑲ 见《中国民间故事集成·河北卷》。

牛鼓大话型故事 系"大浴盆型故事"的亚型。大致写甲胡吹其家（或某处）有一面鼓如何如何大，乙则说他家（或某处）有一头牛如何如何大。甲不信，乙道："没有这只牛，怎蒙得这面鼓？"这一故事类型，初见于明·浮白主人辑《笑林》。

> 甲曰："家下有鼓一面，每击之，声闻百里。"乙曰："家下有牛一只，江南吃水，头直靠江北。"甲摇头曰："那有此牛？"乙曰："不是这一只牛，怎幔得这一面鼓。"
>
> 《笑林·牛与鼓》

明·冯梦龙辑《笑府》卷八刺俗部《说大话》和《广笑府》卷八《大话》，均与此则悉同。

清·游戏主人纂辑《笑林广记》卷十二《谎鼓》，据《笑林》改写，文字较为通俗、生动。

> 一说谎者曰："敝处某寺中有一鼓，大几十围，声闻百里。"傍又一人曰："敝地有一牛，头在江南，尾在江北，足重有万余斤。岂不是奇事？"众人不信。其人曰："若没有这只大牛，如何得这张大皮，幔得这面大鼓？"

近人憨斋士纂辑《笑林博记》卷七《大牛皮》，又将此则作了改写，亦颇为通俗有趣。

> 一个喜欢夸嘴的人说："我们村里有一个大鼓，周围足有几十里。"另一个爱夸嘴的人说："我家有一头牛，头在江南，尾在江北，岂不是奇事？"那人不信。那人道："若是没有这只大牛，怎么会有这一张大牛皮，蒙得这一面大鼓。"

第十二章　明代时期的民间故事类型

这一故事类型，现当代仍在辽宁、陕西、宁夏、西藏、重庆、湖北、福建、湖南、广东、上海等地汉族和个别少数民族聚居区流布，譬如《对吹》①、《吹牛》②、《吹牛皮》③、《两个吹牛大王》（藏族）④、《吹牛皮的来历》⑤、《吹牛兄弟》⑥、《讲大"鼓"》⑦、《大牛皮》（土家族）⑧、《吹牛》⑨、《三小姐》⑩。

这一故事类型，相当于丁乃通编著《中国民间故事类型索引》1920A。

老爷糊涂型故事　大致写一青光眼者打官司，自诉眼瞎。官以为其人诈瞎，其人道："老爷看小人是清白的，小人看老爷是糊涂的。"这一故事类型，初见于明·浮白主人辑《笑林》。

> 一青盲人涉讼，自诉眼瞎。官曰："一双青白眼，如何诈瞎？"答曰："老爷看小人是清白的，小人看老爷是糊涂的。"
>
> 《笑林·青盲》

清·游戏主人纂辑《笑林广记》卷一《糊涂》，由此则改写，文字更为通俗。

---

① 见《中国民间故事集成·辽宁卷》。
② 见《中国民间文学集成·陕西卷·咸阳民间故事集成》。
③ 见《中国民间故事集成·宁夏卷》。
④ 见《中国民间故事集成·西藏卷》。
⑤ 见《中国民间故事集成·重庆市荣昌县卷》。
⑥ 见《湖北民间故事传说集·荆州地区专集》。
⑦ 见《中国民间故事集成·福建卷·安溪县分卷》。
⑧ 见《湘西民间文学资料》第一集。
⑨ 见《中国民间故事集成·广东卷》。
⑩ 见《中国民间故事集成·上海卷》。

一青盲人涉讼，自诉眼瞎。官曰："你明明一双清白眼，如何诈瞎？"答曰："老爷看小人是清白的，小人看老爷却是糊涂得紧。"

明·赵仁甫撰《听子》"见官就糊涂"，情节稍有变化，略云：

一人患眼病，目力不佳。一日上街冲撞了出巡的官老爷，受到严厉斥责。其人忙申诉自己眼睛有病。官老爷问他，难道你什么都看不见吗？其人答道："尚能看到一点，但见官老爷就是糊涂的。"

这一故事类型，现当代仍在浙江、湖北等地流布，譬如《青光盲》①《随从的眼睛有病》②《我看你也是昏的》③。

勿许日子型故事　大致写某人极吝啬，从不请客。一日邻人借其家设宴（或其仆到河边洗一篮碗），有人见了便问其仆，你家主人今日莫非请客？仆道："要我主人请客，除非来世。"主人听了大骂："谁要你许下日子！"这一故事类型，初见于明·浮白主人辑《笑林》。

一人性极吝，从不请客。一日，邻人借其家设宴。有见者，问其仆曰："汝家主今日请客乎？"仆曰："要我家主请客，直待那一世来。"主人闻而骂曰："谁要你许他日子。"

《笑林·不请客》

---

① 见《中国民间故事集成·浙江卷》。
② 见《野山笑林》。
③ 见《中国机智人物故事大观》。

明·冯梦龙辑《笑府》卷八刺俗部《不请客》、《广笑府》卷五《许日子》，均与此则悉同。

清·游戏主人纂辑《笑林广记》卷九《许日子》，据《笑林》改写，情节略有变化。

> 一人性极吝啬，从无请客之事。家僮偶持碗一篮，往河边洗涤，或问曰："你家今日莫非宴客耶？"僮曰："要我家主人请客，除非那世里去。"主人知而骂曰："谁要你轻易许下他日子。"

这一故事类型，现当代仍有流布，譬如《谁让你许他日子》①。

我也败家型故事 大致写一富人极吝啬，每顿饭只吃几颗盐豆（或以盐下饭）。听说儿子在外大肆嫖赌后，其人将一把盐豆尽放口中道："我也败些家当吧！"（或嚷道："我也买一块生豆腐受用！"）这一故事类型，初见于明·浮白主人辑《笑林》。

> 徽人多吝。有客苏州者，制盐豆置瓶中，而以箸下取，每顿自限不得过数粒。或谓之曰："令郎在某处大嫖。"其人大怒，倾瓶中豆一掬，尽纳之口，嚷曰："我也败些家当罢。"
>
> 《笑林·盐豆》

明·冯梦龙辑《笑府》卷八刺俗部《盐豆》，与此则相同，仅末句有变异。

> 徽人多吝，有客苏州者，制盐豆瓶中，而以箸下取，每顿自

---

① 见《民间笑话三百则》。

限不得过数粒。或谓之曰："令郎在某处大嫖。"其人大怒，倾瓶中豆一掬，尽纳之口，嚷曰："我也不做人家了。"

清·石成金撰《笑得好》所收一则异文，情节有了明显变化。

> 一人极富极啬，每日三餐，俱不设肴，只用盐些须，以箸少蘸咸味下饭。傍人谓曰："你如此省俭，令郎在外大嫖大赌。"翁曰："今后每顿，我也买一块生豆腐受用受用。"

《笑得好》初集《生豆腐》

近人憨斋士纂辑《笑林博记》卷二《想开了》，与此则悉同。

这一故事类型，现当代仍在湖北等地流布，譬如《"我也败些家当"》①。

吃糟饼型故事 大致写其人家贫而不善饮酒。一日，友人问其何有醉意？乃告以"食糟饼耳"。回家后妻子让其"便说饮酒，也装些门面"，可是他不会撒谎，接连两次都露了马脚。这一故事类型，初见于明·浮白主人辑《笑林》。

> 一人家贫而不善饮，每出，止啖糟饼二枚，即有酣状。适遇友人问曰："尔晨饮耶？"曰："非也，食糟饼耳。"归以语妻，妻曰："便说饮酒，也装些门面。"夫颔之。及出，遇此友，问其前，以吃酒对。友诘之曰："热吃乎？冷吃乎？"答曰："是燠的。"友笑曰："仍是糟饼。"既归而妻知之，咎曰："酒如何说燠？须云热饮。"夫曰："已晓矣。"再遇此友，不待问，即夸

---

① 见《松滋县民间故事传说集》。

云:"我今番的酒是热吃的。"友问曰:"尔吃几何?"伸指曰:"两个。"

《笑林·糟饼》

明·冯梦龙辑《笑府》卷六殊禀部《糟饼》、清·游戏主人纂辑《笑林广记》卷十《吃糟饼》,皆出自《笑林》,文字均小有变化。近人憨斋士纂辑《笑林博记》卷五《糟饼》,文字与《笑林·糟饼》悉同。

这一故事类型,现当代仍在湖南、江苏等地流布,譬如《刘二吃酒糟饼》①《酒吃糟饼》②。

一笑姻缘型故事 大致写某名士年少倜傥,出游时一家美婢见之嫣然一笑,不觉心动。某即跟至其家,改装求作佣书(或奴仆),因侍二子读书而得主家赏识,乃得以与所悦美婢成亲,喜结良缘。后主家得知某名士真实身份,颇为惊讶。这一故事类型,明代已广为流传,分别附会在唐寅、陈玄超、吉道人(华应生)、俞见安等人身上,而以唐寅的传闻较早,影响最大。

有关唐寅的传闻,分别见诸明·冯梦龙编纂的《情史》与《古今谭概》二书转引的两处记载,即明·周复俊撰《泾林杂记》和明·周玄暐撰《泾林续记》的相关记载。前者较为详细,后者较为简约。

> 唐伯虎(名寅,字子畏),才高气雄,藐视一世,而落拓不羁,弗修边幅,每遇花酒会心处,遂忘形骸。其诗画特为时珍重,锡山华虹山学士尤所推服,彼此神交有年,尚未觌面。唐往茅山进香,道出无锡,计返棹时,当往诣华倾倒。晚泊河下,登岸闲行,偶见乘舆东来,女从如云,有丫环貌尤艳丽。唐不觉心动,

---

① 见《中国民间故事集成·湖南卷》。
② 见《中国民间故事集成·江苏卷》。

潜尾其后，至一高门，众拥而入。唐凝盼怅然，因访居民，知是华学士府。唐归舟，神思迷惑，展转不寐。中夜忽生一计，若梦魇状，披发狂呼。众惊起问故，唐曰："适梦中见一天神，朱发獠牙，手持金杵云：'进香不虔，圣帝见谴，令我击汝。'持杵欲下，予叩头哀乞再三。云：'姑且恕尔，可只身持香，沿途礼拜，至山谢罪，或可幸免。不则祸立降矣。'予惊醒战悚。今当遵神教，独往还愿。汝辈可操舟速回，毋溷乃公为也。"即微服持包伞，奋然登岸，疾行而去。有追随者，大怒，遂回。

潜至华典中，见主柜者，卑词降气曰："小子吴县人，颇善书，欲投府上写帖，幸为引进。"即取笔书数行于一纸授之。主者持进白华，呼之入。见仪表俊伟，字画端楷，颇有喜色，问："平日业何业？"曰："幼读儒书，颇善作文。屡试不得进学，流落至此，愿备书记之末。"公曰："若尔可作吾大官伴读。"赐名华安，送至书馆。

安得进身，潜访前所见丫环，云名桂华，乃公所素宠爱者，计无所出。居久之，偶见郎君文义有未安处，私加改窜，或为代作。师喜其徒日进，持文夸华。华曰："此非孺子所及，必倩人耳。"呼子诘之，弗敢隐。因出题试安，援笔立就。举文呈华，手有枝指。华阅之，词意兼美，益喜甚，留为亲随，俾掌文房。凡往来书劄，悉令裁复，咸当公意。未几，主典者告殂，华命安暂摄，出纳惟慎，毫忽无私。公欲令即代，而嫌其未婚，难以重托，呼媒为择妇。安闻，潜乞于公素所知厚者云："安蒙忘分提拔，复谋为置室，恩同天地。第不欲重费经营，或以侍儿见配可耳。"所知因为转达。华曰："婢媵颇众，可令自择。"安遂微露，欲得桂华。公初有难色，而重违其意，择日成婚。另饰一室，供帐华侈。合卺之夕，相得甚欢。居数日，两情益投，唐遂吐露情实，云："吾唐解元也，慕尔姿容，屈身就役。今得谐所愿，此天缘也。然此地岂宜久羁，可潜遁归苏，彼不吾测，当图谐老耳。"女欣然愿从，遂买小舟，乘夜遁发。天晓，家人见安房门封锁，启视室中，衣饰细软，俱各登记，毫无所取。华沉思莫测其故，令人遍访，杳无形迹。

年余，华偶至阊门，见书坊中坐一人，形极类安。从者以告，华令物色之。唐尚在坊，持文翻阅，手亦有枝指。仆尤骇异，询问何人。旁云："此唐伯虎也。"归以告华，遂持刺往谒。唐出迎，坐定，华审视再三，果克肖。茶至指露，益信为安无疑。奈难以直言，踽踽未发。唐命酒对酌，半酣，华不能忍，因缕述安去来始末以探之。唐但唯唯。华又云："渠貌与指颇似公，不识何故？"唐又唯唯，而不肯承。华愈狐疑，欲起别去。唐曰："幸少从容，当为公剖之。"酒复数行，唐命童秉烛前导，入后堂，请新娘出拜。珠珞重遮，不露娇面。拜毕，唐携女近华，令熟视之，笑曰："公言华安似不佞，不识桂华亦似此女否？"乃相与大笑而别。华归，厚具装奁赠女，遂缔姻好云。事出《泾林杂记》。

《情史》卷五《唐寅》

唐子畏往茅山进香，道出无锡。晚泊河下，登岸闲步，见肩舆东来，女从如云，中有丫环尤艳。唐迹之，知是华学士宅，因逗留，请为佣书。改名华安，复宠任，谋为择妇，因得此婢，名桂华。居数日，为巫臣之逃。华令人索之，不得。久之，华偶至阊门，见书肆中一人持文翻阅，极类安。私询之，人云："此唐解元也。"明日，修刺往谒，审视无异。及茶至，而枝指露，益信，然终难启齿。唐命酒对酌，华不能忍，稍述华安始末以挑之。唐但唯唯。华又云："貌正肖公，不知何故？"唐又唯唯。华不安，欲起别去。唐曰："少从容，当有所请。"酒复数行，唐命烛导入后堂，召诸婢拥新娘出拜。华愕然。唐曰："无伤也。"拜毕，因携女近华曰："公向言某似华安，不识桂华亦似此女否？"

乃相与大笑而别。见《泾林续记》。

《古今谭概》佻达部第十一《佣》

清·梁维枢撰《玉剑尊闻》卷九"佣书华西",系据《古今谭概》改写,文字多有压缩。

唐子畏往茅山,道出无锡,晚泊河下,登岸闲步,见舆来,女从如云,中有丫环尤绝。唐迹之,知是华学士宅桂华。谋为佣书,改名华安,因此得婢。居数日逃还。久之,华偶谒唐,稍述华安始末以挑之,又云:"貌似肖公。"唐但唯唯。华起欲去,唐曰:"少从容。"命烛导入后堂,召诸婢拥新妇出拜,华愕然,唐曰:"无伤也。"拜毕,因携新妇近华曰:"公言我似华安,不识桂华亦似此妇否?"乃相与大笑而别。

根据唐寅与婢女的风流韵事改编、创作的文艺作品很多。首先要提及的是明代短篇白话小说《警世通言》卷二十六《唐解元一笑姻缘》。它取材于《泾林杂记》,写唐寅正倚窗独酌时,见驶来画舫上有一青衣小鬟对他掩口而笑,遂搭船跟踪至无锡,乃化名康宣,去华学士府上为公子伴读,暗中寻访意中人。他才华出众,颇得恩宠,得允从诸丫鬟中择妻,终于娶了秋香。新婚夜二人便留诗潜回苏州。后华学士与唐寅相会,厚具妆奁,结为亲家。此外尚有明·孟称舜撰《花前一笑》杂剧、明·卓人月撰《花舫缘》杂剧、清·朱素臣撰《文星现》传奇、《三笑》(又名《三笑姻缘》《九美图》)弹词等。

有关陈玄超的传闻,见诸明·王同轨撰《耳谈》。

陈玄超名玄,句吴人。父侍御,疏论严氏,谪死。玄少年倜傥不羁,尝与客登虎邱,见宦家从婢,姣好姿媚,笑而顾己。悦之，令人迹至其家，微服作落魄，求佣书焉，留侍二子，自是二子文日奇，父师大惊，不知出玄也。已而以娶告归，二子不从，曰："室中唯汝所择。"曰："必不得已，秋香可。"即前遇婢也。二子白父母以娶。玄既娶，婢曰："君非虎邱遇者乎？"曰："然。"曰："君既贵公子，何自贱若此？"曰："汝昔笑顾我，不能忘情耳。"曰："妾昔见君服丧，表素而华其里，少年拂挞可笑，非有他也。"玄谓不然，益两相欢。会有贵客过其主人，玄因假衣冠谒客，客与欢甚，从容言及白吏部，盖玄之外父。吏部正炳国尊显，主人闻，大骇，始悉玄始末。亟治百金装，併婢赠之。

《情史》卷五《唐寅》附录、清·黄文旸撰《曲海总目提要》卷二十《文星现》、清·俞樾撰《茶香室丛钞》卷十七《秋香》等，均曾引述此条。

有关吉道人（华应生）的传闻，见诸明·姚旅撰《露书》。清·翟灏撰《通俗编》卷三十七《秋春》引述了这一传闻。

姚旅《露书》：吉道人父秉中，以给谏论严氏，廷杖死。道人七岁为任子，十七，与客登虎邱。适上海一宦家大人，拥诸婢来游。一婢秋香，姣好。道人有姊之丧，外衣白衫，裏服紫袄绛裈，风动裾开，秋香见而含笑去。道人以为悦己，物色之。乃易姓名叶昂，改衣装作媭人子，往赂宦家缝人，鬻身为奴。宦家见其娴雅，令侍二子读书。二子爱暱焉。一日，求归娶。二子曰："汝无归，我言之大人，为汝娶。"道人曰："必为我娶者，愿得夫人婢秋香。他非愿也。"二子为力请，与之。定情之夕，解衣，依然紫袄绛裈也。秋香凝睇良久，曰："君非虎邱少年耶？君贵介，何以为人奴？"道人曰："吾为子含笑目成，屈体唯子故。"

会勾吴学博迁上海令，道人尝师事者，下车，道人随主人谒焉。既出，窃假主人衣冠，入见。令报谒主人，并谒道人。旋道人从兄东游，其仆偶见道人，急持以归。宦家始悉道人颠末，具数百金，装送秋香归道人。

道人名之任，字应生，江阴人，本姓华，为母舅赵子。按：今演其事为剧，移以属唐寅。

清·王士禛撰《古夫于亭杂录》卷四亦记有吉道人诡娶秋香事，与《露书》略有出入。

小说有唐解元诡娶华学士家婢秋香事，乃江阴吉道人，非伯虎也。吉父为御史，以建言谴戍。道人于洞庭遇异人得道术，能役鬼神。尝游虎丘，时有兄之丧，上袭麻衣而内著紫绫裈。适上海一大家携室亦游虎丘。其小婢秋香者见吉衣紫，顾而一笑。吉以为悦己也，诡装变姓名投身为仆，久之竟得秋香为室。一日遁去，大家迹之，知为吉，厚赠奁具，遂为翁婿。华则吉之本姓云。

有关俞见安的传闻，见清·俞樾撰《茶香室丛钞》卷十七《秋香》转引清·黄蛟起撰《西神丛话》。

国朝黄蛟起《西神丛话》云：俞宪号是堂，次子见安，偶从舟次见一女郎，心悦之，买舟尾其后。至吴门，知其为某富室青衣也，因语舟人与其仆曰："留此一月待我，勿移泊他所。"径独造女郎家，求为苍头。主人留伴其子读。见安为其子代笔，为塾师所觉，颇向主人称其才。主人将欲于群婢中择佳者授之室。时吴中大户，多以粮役倾家，主人深以为忧。苏郡守某，是堂之同年也，见安潜入己舟，呼仆随诣守署，以年家子晋谒，力为主人求罢役。守允其请。翌日，访见安居停答拜。主人初不知，见郡守无端及门，仓皇失措，而见安已出迎道款矣。守既别，主人揖见安上坐，问所欲，乃以实告。且闻重役已释，惊喜出意外，遂饰此青衣为己女，厚嫁之。

近人以其事为唐寅。余询其从孙祖源，始得其本末。女郎号美娘，盖好事者驾言子畏耳。

婆奸媳型故事　大致写一家儿子出外经商，婆母无端怀疑儿媳与公公有奸情，乃取翁衣帽夜入媳卧室拥抱儿媳。儿媳抓破其面。儿媳回娘家诉苦，其父往察亲翁脸面完好。儿媳因此自尽。后发现婆母面有伤，冤情才水落石出。这一故事类型，见诸明·冯梦龙编纂《古今谭概》。

万历辛卯间，阊门外有父子同居者。子商于外，妇事舅姑极柔婉，妪遂疑翁与妇通，乃夜取翁衣帽自饰，潜入妇寝怕，试抱持之。妇不得脱，怒甚，以手指毁其面。妪负痛，始去，明旦托病不起。妇潜归父母家，诉之。父往察，翁面无损，归让其女不实。女恚，竟自经。父讼于官，翁亦无以自明。邻里称妪面有伤痕，执妪鞫之，事乃白。时吴中喧传为"婆奸媳"。

《古今谭概》谬误部第五《婆奸媳》

这一故事类型，现当代仍在江苏等地流布，譬如《婆婆扒灰》①。

害人反害己型故事　大致写一富人欲以有毒饼饵毒死他人，谁知阴差阳错，竟将自己的亲人毒死。这一故事类型，初见于明·冯梦龙辑《古今谭概》。

金华有豪民李甲，克众肥家。居近古刹，有二僧颇为村人所

---

① 见《中国民间文学集成·江苏省镇江市卷本·丹阳的传说与歌谣》。

钦仰；往求施，人多喜捨，亦时时受甲妻之密惠。甲知之，衔忌尤深。一日，二僧以事至其家，甲故为殷勤之态，而私令仆干作四饼，置毒其中，以出劝二僧。僧方饭饱不下咽，乃怀其饼归寺。明旦，二小儿采衣垂发，入寺游观。问之，则甲之两子也。惊曰："此李公爱子，可以果饵延之。"命其徒遍搜于房，弗得，唯饼在几上，即取以饲之。二儿各食其一，仍怀其一还家。入门大呼腹痛，并仆地踯躅以死。甲莫喻其故，询其仆，搜其身，余饼在焉，乃知中毒而亡，吞声饮泣而已。

《古今谭概》贫俭部第十三《吝祸》、明·冯梦龙编纂《警世通言》卷五《吕大郎还金完骨肉》入话，均与此则相同。

计夺新靴型故事 大致写某甲故意将穿新靴戴新帽者的帽子扔到房顶，然后使其同伙出面相助，让其人脱靴踏己肩登上房顶取帽，乃乘机持其新靴而去。一说某甲故意让穿新靴者脱靴上树摘果，令他人窃走其新靴。这一故事类型，初见于明·冯梦龙编纂《古今谭概》。

  郑仁凯性贪秽。尝为密州刺史，家奴告以鞋敝，即呼吏新鞋者，令之上树摘果，俾奴窃其鞋而去。吏诉之。仁凯曰："刺史不是守鞋人。"
            《古今谭概》贪秽部第十五《偷鞋刺史》

此则情节颇简略，且与后世的异文差别较大，可视为这一故事类型的雏形。

  清代这一故事类型的异文渐多，故事情节有了明显发展、变化，生活味较浓。袁枚撰《子不语》录写的一则异文，基本上确定了清代诸多异文的格局。

或着新靴行市上，一人向之长揖，握手寒暄。着靴者茫然曰："素不相识。"其人怒骂曰："汝着新靴，便忘故人。"掀其帽，掷瓦上，去。

着靴者疑此人酗酒醉故，方徨徨间，又一人来笑曰："前客何恶戏耶！尊头暴烈日中，何不上瓦取帽？"着靴者曰："无梯，奈何？"其人曰："我惯作好事，以肩当梯，与汝踏上瓦，何如？"着靴者感谢。乃蹲地上，耸其肩。着靴者将上。则又怒曰："汝太性急矣。汝帽宜惜，我衫亦宜惜。汝靴虽新，靴底泥土不少，忍污我肩上衫乎？"着靴者愧谢，脱靴交彼，以袜踏肩而上。

其人持靴竟奔。取帽者高居瓦上，势不能下。市人以为两人交好，故相戏也，无过问者。失靴人哀告街邻，寻觅得梯才下，持靴者不知何处去矣。

《子不语》卷二十三《偷靴》

近人徐珂编撰《清稗类钞·棍骗类·骗靴》，与此则相同，仅个别字有出入。

高继衍撰《蝶阶外史》卷四"扔冠骗靴"，情节有所压缩，描写亦不如《子不语》卷二十三《偷靴》生动。

一人著新靴行市中，突有人搴其冠掷屋上，回视不知谁何，怅怅立。市人云："贵友亦太作剧，市头如此游戏也，既掷须升屋取，然无所得梯，我素喜行方便事，子踏我肩升屋，冠可得也。"某然之，即欲凭肩以上。其人又曰："君太不情，已欲得冠，而不为我衣计耶？脱靴乃免泥垢耳。"某果脱靴付其人，因凭肩升屋。既取冠，其人已持靴逸矣。

欧阳昱撰《见闻琐录》采写的一则异文，夺靴者为京师的一班无业游民，人称"小底"者所为，不但让人丢失新靴，而且骗走他人钱财,殊为可恶。

> 都中路旁屋多低,人长者,可探身上。某人身短,而头戴新瓜皮帽,足穿新靴。行路中,小底擡其帽,抛屋上便走。某方徬徨道左,忽一人至曰:"君胡为者?"某指屋上帽,欲得之。其人曰:"不难,君可以两足立在我两肩上,探身上取,易易耳。"某如言而行。其人忽抽去两肩,用两手脱其靴而去。其半身搁屋檐上,半身在下。方危急间,忽又一人至,笑曰:"君胡为者?"某又一一告之,其人曰:"能给我二百枚,我当以两肩承子下。"某遂失靴费钱,而帽终未得。及某去,小底即上屋取下矣。

《见闻琐录·小底》"失靴费钱"

这一故事类型,现当代仍在河北等地流布,譬如《扔帽子》①。

折芦辨盗型故事 系"摸钟辨盗型故事"的亚型。大致写某县令审金钗失窃案时,让被怀疑的两个仆妇各拿一芦管去,告之偷盗者的芦管必长二寸。次日察看,一仆妇的芦管被截去二寸,因她怕芦管长了会暴露。经审讯金钗果然是她偷盗的。这一故事类型,初见于明·冯梦龙编纂《古今谭概》。

> 刘宰之令泰兴也,富室亡金钗,唯二仆妇在。置之有司,咸以为冤。命各持一芦,曰:"非盗钗者,当自若。果盗,则长于今二寸。"明旦视之,一自若,一去其芦二寸矣。讯之,具伏。

《古今谭概》谲智部第二十一《诘盗智》"金钗案"

---

① 见《神眼渔郎》。

明·冯梦龙编纂《智囊补》察智部卷十《诘奸·刘宰》,记同一事,文字有一定变化。

> 宰为泰兴令。民有亡金钗者,唯二仆妇在,讯之莫肯承。宰命各持一芦去,曰:"不盗者,明旦芦自若。果盗,明旦则必长二寸。"明视之,则一自若,一去芦二寸矣。盖虑其长也。盗遂服。

明·王圻纂集《稗史汇编》卷二十八《人物门·循吏类·胡汲仲》、明·张岱撰《夜航船》卷七政事部《烛奸·折芦辨盗》、清·魏息园编《不用刑审判书》卷二《胡汲仲》,均与此则相同,仅个别字有出入。

这一故事类型,现当代仍在陕西、上海等地流布,譬如《短棍断案》①《神笔断案》②。

这一故事类型,相当于丁乃通编著《中国民间故事类型索引》$926E_1^*$。

丹客行骗型故事 大致写某富翁(或监生)酷信丹术,竟落入丹客设置的圈套,被骗去大量钱财。在追拿丹客时,不料再次上当受骗。这一故事类型,初见于明·冯梦龙编纂《古今谭概》。此书谲智部第二十一《丹客》,共有两则异文,一则为"富翁受骗"。

> 客有以丹术行骗局者,假造银器,盛舆从,复典妓为妾,日饮于西湖。鹚首所罗列器皿,望之皆朱提白镪。一富翁见而心艳之,前揖问曰:"公何术而富若此?"客曰:"丹成,特长物耳!"

---

① 见《中国民间故事集成·陕西卷》。
② 见《中国民间文学集成·上海卷·虹口区故事分卷》。

富翁遂延客并其妾。至家，出二千金为母，使炼之。客入铅药，炼十余日，密约一长髯突至给曰："家罹内艰，盍急往！"客大哭，谓主人曰："事出无奈何，烦主君同余婢守炉，余不日来耳。"客实窃丹去，又嘱妓私与主媾，而不悟也，遂堕计中。与妓绸缪数宵而客至。启炉视之，佯惊曰："败矣！汝侵余妾，丹已坏矣！"主君无以应，复出厚镪酬客。客作怏怏状去。主君犹以得遣为幸。

明·冯梦龙编纂《智囊补》杂智部卷二十七《狡黠·丹客》"富翁受骗"、明·王象晋撰《剪藩载笔·丹客记》，均与此则相似，文字有不同程度的变化。

明·冯梦龙编纂《古今谭概》谲智部第二十一《丹客》的另一则异文为"监生被骗"，情节有所不同。

嘉靖中，松江一监生，博学有口，而酷信丹术。有丹士先以小试取信，乃大出其金，而尽窃之。生惭愤甚，欲广游以冀一遇。忽一日，值于吴之阊门。丹士不俟启齿，即邀饮肆中，殷勤谢过。既而谋曰："吾侪得金，随手费去。今东山一大姓，业有成约，俟吾师来举事。君肯权作吾师，取偿于彼，易易耳！"生急于得金，许之。乃令剪发为头陀，事以师礼。大姓接其谈锋，深相钦服，日与款接，而以丹事委其徒辈，且谓师在，无虑也。一旦复窃金去，执其师，欲讼之官。生号泣自明，仅而得释。及归，亲知见其发种种，皆讪笑焉。

明·冯梦龙编纂《智囊补》杂智部卷二十七《狡黠·丹客》"监生被骗"，与此则悉同。

清·张胜贵辑《遣愁集》卷八《憨顽》"丹客再骗"，情节又有新的发展，更富有讽刺性。

明天启中，崑山有一富翁酷好丹术，遂为丹客所欺，盗去千金。忿甚，乃悬百金为赏，以物色之。逾数日，或报客在东门外酒肆中聚饮。密偕觇之，果然。索赏而去。主怒，急入肆。正欲发话，客笑容可掬，欣然起立，遽携主人手，止之曰："方与众有约，勿扬吾短。君物具在，且饮三杯，当即奉还。"主人喜而信之，坐与剧饮，连唤酒肴，杂沓而至。客起小便，伺间逸走。候久不来，问同席者，皆云："偶此群集，初不相识。"询之店家，云："彼来说是你请他，订此相候，钞自公出。"其人无奈，只得算还酒价。始悟报信者亦其党，因贪重犒，并来设骗耳。众询其由，皆为一笑。

清·曾衍东撰《小豆棚》所录一则异文，重点不在于戳穿青城道士的炼丹骗局，而在于揭露醉心于点金、成仙者孔氏父子的丑恶嘴脸，亦极具讽刺意味。其中对孔某一家三人的刻画，颇见功力。

刘向苦心力学，为一代儒家，乃得淮南黄白之法，上之天子。后以无验，下狱论死，幸克阳成侯乞入国以赎，方得减死。唐白乐天，亦为方士所惑。唯子瞻得方于扶风僧，程明道得书于佛腹中，而皆不为。可知世无此术也明矣。

汶上有孔姓者，父子惑于此。其先世家素丰给，有青城道士，精其术，谒孔。孔一见大悦，信如钟、吕，率其子弟从之，为之洁庐安鼎，焚香设帷；更出多金，以为炼汞之具。道人亦时时指点火候，传授心法。孔因自号为"神仙"，名其子曰"小神仙"，固以为丹成指顾，将一切飞升脱礼事似已先为布置者。

其妻问之曰："丹，何物也？"孔曰："至宝也。人服之而成仙，物点之而成金。"妻曰："诚如是，则异日丹成，将何以谢道人？"孔曰："汝何藐视，渠点石成金，何所不遂，岂区区为谢仪来哉？"妻曰："不訾之数，天下宁少求丹者，道人何必以丹传之汝?"孔曰:"渠谓我有仙骨。"妻曰:"仙骨何在?"孔乃自耸其臀,曳妻手而抠之,曰:"此一节是也。"妻笑曰:"即使成仙,将来亦是屁精。姑不具论。今看汝垂涎铅汞,亦不过平空欲得横财耳。然则蓬莱三岛、昆仑千仞之上,尽皆是几个守钱虏盘踞住乎?"

孔自妻讪后,不准不听其言,且信道人益笃。一日,婿来,妻谓孔曰:"婿贫,丹成之后,幸毋谓传子而不传女也。"孔嗫嚅,有难色。妻曰:"愚哉夫也!汝尚不肯以未成之丹私汝婿,道人岂遂肯以必成之丹私与汝?汝其为道人之子耶?不然道人何独厚于汝?"次日晨起,仆人告曰:"道人于昨夜不知所往。"孔披衣出视,则已踢倒丹炉,空无火焰,乃慨然曰:"吾师想服丹入九天矣。"妻曰:"恐窃金过别县耳。"孔摇首以为不然。

后其妻死,无人匡救。父子二人,始则同心合火,以望其成;继且分炉另灶,而私其秘。忽其子曰:"鼎中已见黄芽。"孔喜,欲一见,其子吝不与。孔日泣随之。后其子以之点红铜,不验,乃服之,遍身肿发,气结于喉,而睛突于眶。急服生绿豆,置身凉井中,浸之一日,而金石之毒乃解。由此家愈落,而年逾老,犹鳃鳃然日望大丹之成也。

余尝过汶阳之墟,式其居,见其人颇长厚,唯是幸获之念锢于中,遂至失其所向,流于邪僻而不知返,为可悲也。

《小豆棚》卷三《烧丹》

试骑骗马型故事 大致写某人着华贵衣饰往购鞍鞯,命店伙(或雇小童)负之随至骡马市买马(或骡,下同)。其人议价后,假意试骑,乘机将马骑走。马主久候不见踪影,一问负鞍鞯者并非其人的仆从,方知上当受骗。这一故事类型,初见于明·冯梦龙编纂《古今谭概》。

《湖海奇闻》：肢箧①唯京师为最黠。有盗能以一钱诳百金者，作贵游衣冠，先诣马市，呼卖胡床者，与一钱，戒曰："吾即乘马，尔以胡床侍。"其人许诺。乃谓马主："吾欲市骏马，试可乃已。"马主谨奉羁靮。其人设胡床而上，盗上马疾驰而去。马主追之。盗径扣官店，维马于门，云："吾某太监家人，欲叚匹若干，以马为质，用则奉价。"店睹其良马，不之疑，如数畀之。负而去。俄而马主迹至店，与之争马，成讼。有司不能决，为平分其马价云。

《古今谭概》谲智部第二十一《一钱诳百金》

明·冯梦龙编纂《智囊补》杂智部卷二十七《狡黠·一钱诳百金》，与此则悉同。这则故事，采用连环套的方式行骗，一再得手，骗术高明，足见"肢箧唯京师为最黠"。

清代的这一故事类型，大都只有骗马母题，而不是以连环骗的形态出现。高继衍撰《蝶阶外史》录写的一则异文，行文较为简约。

骡马市在西珠市口迤西，有客来市骡，衣甚华，类贵介。小童负匡床，手持纸裹，意是朱提。议价已定，客曰："不知驶否？试之归付直。"遂乘而驰，日夕不返。骡主问童："若主人居何处？"童泣曰："我在前门外，日负盘市糖。彼用百钱雇我来，并不知其姓名，何主人为？"启视纸里，累累然鹅卵石也。讼于南城，迄无踪迹。

《蝶阶外史》卷四"骗骡"

吴芗厈撰《客窗闲话》录写的一则异文，描写颇为生动。

---

① 肢箧：撬开箱子，此处用以指盗贼。

> 京师骡马市，大集也。有贵官，戴五品冠，服色甚丽，气象雄伟，似武弁入朝者。至鞍鞯市，择一佳者，出大银一锭，谓肆主曰："我仆因买他物，分遣开矣，烦汝伙肩此鞍至驴市，我欲试良马也。"主者即遣一人为负去。至市，择一大骡甚骏，价值数百金，命来人以鞍鞯备之，曰："汝在此姑待，我试骑之。"卖驴人见有仆在，任其鞭驰而去。
>
> 久不返，谓其人曰："汝主何往耶？"其人曰："我鞍鞯之伙，孰为我主？"卖驴人骇曰："是必骗子也！汝铺亦被诳矣！"其人曰："幸有银在。"于是偕往铺中，出银公估，则铅心伪物也。共鸣诸官，海捕而已。
>
> 《客窗闲话》续集卷五"试骑骗骡"

这一故事类型，现当代仍在辽宁、陕西等地流布，譬如《骗术》①《骗副鞍子捎带了一匹马》②。

东门王皮型故事 大致写某地东门王某以皮工起家致富，里人赠号或构楼请人题匾曰："闌玻"。后来方知其意为"东门王皮"，令人忍俊不禁。这一故事类型最初见于明·王同轨撰《耳谈》。明·冯梦龙编纂《古今谭概》儇弄部第二十二《兰（蘭）玻》云：

> 《耳谭》：青州东门皮工王芬，家渐裕，弃去故业。里人谋为赠号。芬喜，张乐设宴。一黠少曰："号兰玻，可乎？"众问何义。曰："兰多芬，故号兰玻，从名也。"芬大喜，重酬少年。诸人俱不觉其义，后徐思"兰玻"，依然"东门王皮"也。

---

① 见《中国民间故事集成·辽宁卷》。
② 见《老两口说古经》。

明·浮白斋主人撰《雅谑·王皮》，与此则悉同，仅未注明出自《耳谈》。

清·褚人获纂辑《坚瓠集》中的此条亦引自《耳谈》，文字略有出入。

> 《耳谭》：青州东门，皮工王芬。家渐裕，弃去故业。里人谋为赠号，芬喜，张乐设宴。一黠少题曰："蘭玻"。众问其义，曰："蘭多芬，故号蘭玻，从名也。"芬大喜，厚酬之。识者曰："汝试徐思，依然东门王皮也。"
>
> 《坚瓠七集》卷四《蘭玻》

清·周亮工撰《字触》卷五《闌玻》、近人曹绣君编《姓氏嘲谑录·依然东门王皮也》，与此则相同。

清·钱泳撰《履园丛话》二十一《闌玻楼》，情节有一定出入，故事发生地亦由山东变为江苏。

> 太仓东门有王某者，以皮工起家，至巨富。构一楼，求吴祭酒梅村榜额。梅村题曰："闌玻楼"。人咸不喻其意，以为必有出典。或以询梅村，梅村曰："此无他意，不过道其实东门王皮匠耳。"闻者皆大笑。

清·独逸窝退士编《笑笑录》卷五《闌玻楼》、近人杨汝泉编纂《滑稽故事类编》第五编《闌玻楼》，与此则相同。

这一故事类型，现当代仍在广东、云南、山西、湖北等地流布，譬如《阑玻》[1]《三丰写王皮也》[2]《段成章题匾》[3]《阑玻》[4]。

---

[1] 见《中国民间故事集成·广东卷》。
[2] 见《中国民间故事集成·云南卷》。
[3] 见《中国民间故事集成·山西卷》。
[4] 见《三戏蔡糊涂》。

春雨似油型故事 大致写解缙四岁出游遇雨跌倒,受到旁人讥笑,他起而吟诗,称"笑杀一群牛"。这一故事类型,初见于明·冯梦龙编纂《古今谭概》。

> 解缙四岁出游市中,偶跌,众笑之。吟曰:"细雨落绸缪,砖街滑似油。凤凰跌在地,笑杀一群牛。"

《古今谭概》机警部第二十三《解缙》"笑杀一群牛"

明代话本小说《解学士诗》(明·徐梁成刻本题作《学士诗》,明·郑象文刻本书名作《汇纂校正解学士诗》)亦有类似描写,其诗为:"春雨滑似油,下得满街流。跌倒解学士,笑杀一群牛。"

清·褚人获纂辑《坚瓠十集》卷一《解跌》,同《古今谭概》,文字小有改动。

近人吴个厂撰《笑话大观》卷二《笑煞群牛》,情节有一定变化,增加一句辩解之词。

> 解大绅四岁时,出游于市。天方阴雨,失足坠地,咸笑之。解起,遂吟曰:"春雨贵如油,下得满街流。跌了解学士,笑煞一群牛。"众问之,解曰:"我所言者,乃笑坏众公侯,非笑煞一群牛也。"

近人李警众编《嚼舌录》中的一则异文,故事主人公有所变更,诗句亦有差异。

> 华亭丁某,喜谑。一日傍晚,天雨途湿,偶失足,跌于路。旁人大笑,丁乃云:"麒麟一脱脚,笑煞两旁牛。"

《嚼舌录》卷十"笑煞两旁牛"

这一故事类型，现当代仍在上海、江西、江苏、河南、陕西、湖北等地流布，譬如《五岁出口成诗》①《题诗》②《春雨贵如油》③《滑倒稽学士》④、《春雨赋诗》⑤《警官赔情》⑥。

步步高型故事　大致写解缙与皇上同游，上桥时皇上问当作何语？缙答："一步高一步。"下桥时皇上又问，缙答："后面更高似前面。"皇上大悦。这一故事类型，初见于明·冯梦龙编纂《古今谭概》。

> 解缙尝从游内苑。上登桥，问缙："当作何语？"对曰："此谓'一步高一步'。"及下桥，又问之。对曰："此谓'后边又高似前边'。"上大悦。
> 　　　　《古今谭概》机警部第二十三《解缙》"步步高"

明·冯梦龙编纂《智囊补》语智部卷二十《善言·解缙》"一步高一步"，与此则意同，文字略有出入。

> 文皇与解缙同游。文皇登桥，问缙当作何语，缙曰："此谓一步高一步。"乃下桥，又问之，缙曰："此谓后面更高似前面。"

清·褚人获纂辑《坚瓠二集》卷一《解大绅》"一步高一步"与《古今谭概》之"步步高"几乎相同，仅首句略有变化。

这一故事类型，现当代仍在山东、上海、河北、黑龙江等地汉族

---

① 见《中国民间文学集成·上海卷·长宁区分卷》。
② 见《解学士传奇》。
③ 见《南通民间故事选》。
④ 见《庞振坤的故事》。
⑤ 见《老两口说古经》。
⑥ 见《猫子·老鼠和乌龟（陈细怪的故事）》。

和个别少数民族聚居区流布，譬如《皇帝登楼梯》①《步步高》②《刘统勋陪乾隆出游》③《步步登高》（满族）④。

东坡戏联型故事　大致写一古稀老翁生子，请苏东坡为其题诗。苏东坡乃云："夫人方当而立岁，老翁已及古稀年。"一时大噱。这一故事类型，初见于明·冯梦龙辑《古今谭概》。

> 东坡谪惠州日，与一村校书为邻。年已七十，其妾生子，为具邀公。公欣然往。酒酣乞诗。公问妾年几何，曰："三十。"乃戏赠一联云："圣善方当而立岁，顽尊已及古稀年。"一时大噱。
>
> 《古今谭概》文戏部第二十七《东坡戏联》

清·张贵胜辑《遣愁集》中的一则异文，描述略有变化。

> 东坡在丰城，有老人生子，为具召之，并求为诗。公问翁年几何，曰七十，问妇年几何，曰三十，乃即席赋云："圣善方当而立岁，贤尊已达古稀年。莫怨生来相较远，弄璋迟早却由天。"
>
> 《遣愁集》卷一绝倒类"老人生子"

须虱颂型故事　大致写有次上朝时，皇上看见一虱在某相胡须上爬，因而发笑，相本人却不知道。退朝后同僚调侃称此虱"屡游相须，曾

---

① 见《潍坊民间故事》。
② 见《中国民间文学集成·上海卷·黄浦区故事分卷》。
③ 见《神笔》。
④ 见《中国民间故事集成·黑龙江卷》。

经御览"。这一故事类型，初见于明·冯梦龙辑《古今谭概》。

> 王介甫、王禹玉同侍朝见。虱自介甫襦领而上，直缘其须。上顾之而笑，介甫不自知也。朝退，禹玉指告，介甫命从者去之。禹玉曰："未可轻去，愿颂一言。"介甫曰："如何？"禹玉曰："屡游相须，曾经御览。"众大笑。

《古今谭概》文戏部第二十七《须虱颂》

清·褚人获纂辑《坚瓠二集》卷三《须虱颂》，出自《古今谭概》文戏部第二十七《须虱颂》，文字有一定变化。

> 王介甫、王禹玉同侍朝。见虱自介甫襦领直缘其须。上顾之而笑，介甫不自知也。朝退，介甫问上笑之故，禹玉指以告。介甫命从者去之，禹玉曰："未可轻去，愿颂一言。"介甫曰："如何？"禹玉曰："某大臣，未可杀也，或曰放焉。"众大笑。

藏金失窃型故事 大致写某人离家多年后携金归，快至家时将金藏于一隐秘处。邻人（或亲属、与其妻私通者）窃听到某人夫妻谈话后，连夜盗金而去。经一清官问案，终于抓获窃金者，于是真相大白。这一故事类型，初见于明·冯梦龙编纂《智囊补》，带有传说色彩。

> 溧水人陈德，取妻林。岁余，家贫，庸于临清。林绩麻自活。久之，为左邻张奴所诱，意甚相惬。三载，陈德积数十金，囊以归。离家尚十五里，天暮且微雨，德虑怀宝为累，乃藏金于水心桥第三柱之穴中，徒步抵家。而林适与张狎，闻夫叩门声，匿床下。既夫妇相见劳苦，因叙及藏金之故。比晨往，而张已窃听，启后扉出，先掩有之矣。林心不在夫，既闻亡金，疑其诳，怨詈

交作。时署县事者，晋江吴复，有能声，德为诉之。吴笑曰："汝以腹心向妻，不知妻别有腹心也。"拘林至，严讯之，林呼枉。德心怜妻，愿弃金。吴叱曰："汝诈失金，戏官长乎？"置德狱中，而释林以归。随命吏人之黠者为丐容，造林察之，得张与林私问慰状。吴并擒治，事遂白。一云此亦广东周新按察浙江时事。

《智囊补》察智部卷十《诘奸·吴复》

这一故事类型在清代产生许多变异。成书于嘉庆二十二年（1817）的慵讷居士撰《咫闻录》采集的一则异文，记徽州郡司马江恂审失金案，故事情节曲折生动，在这一故事类型中比较突出。

有一民负微资作客于外，经年方归。积金百余镒，将至家时已戌亥之交矣。思妻颇有姿色，且有能名，吾装亏本回家以试之，看其情形，知其能不能也。于是将金埋于土地祠后桐树根下，徒肩行李而回。其妻问曰："此行得失若何？"答曰："非无得，且多失，奈何？"妻曰："命也，他日再作踌躇。然作客已久，今始回，可无一酌以洗尘乎？"乃燃灯提壶出街，敲肆门沽酒。

肆中小伙乃与妇同门分东西而居者，问曰："更已深，犹沽酒，饮谁乎？"女曰："吾夫回矣。"小伙暗思，若果夫回，何以夫不自沽，而令青年妇女黉夜沽酒？于理不顺，言未必真，吾将瞰也。伙亦归家，潜过其门，立而窃听。妻曰："吾日祝夫之得利而归，希冀稍安旦夕，何命之不良若此也！"泪下如雨。夫曰："子不必悲，吾乃装以试汝也。有金百镒，而埋于土地祠后桐树下。饮毕，吾往取之。"

小伙闻此言，即往是处挖取埋银而归。妻促夫立饮殚尽，夫即往取，见树下成一空圹，大惊失色，归告妻曰："银为他人掘去矣！"其妻疑夫本无银，饰言有银。不然，胡为乎埋哉。其夫疑妻有奸，故不以亏本为意，而亲往沽酒，此非饮我也，欲告我归而使奸夫敛迹。必以不遇，而奸夫仍至我室，闻我与妻言语而潜听之。至吐露埋银之处，彼因往掘而取之也。

两相争角，控之于官。江公（江恂）细问其情，曰："此乃疑案也，应拘土地问之。"即差扛土地到堂，系用徽缰①置之于旁。次早签挐小伙抵案。江曰："昨晚土地梦指埋银，乃尔窃听其夫妻私言，潜往挖取也。"小伙以所问之言与情相对，不敢狡辩，遂供吐实情。差押起赃给领，将小伙枷责完案。

《咫闻录》卷五"江恂审盗取埋银案"

成书于咸丰四年（1854）的高继衍撰《蝶阶外史》录写的一则异文，记述的是由失金引出的一桩命案，传说色彩已淡化，而破案情节中带有某些幻想成分。

静海张立，少孤贫。娶妻某氏，美而淑。寄居岳家，子方周岁。立贾于外，七年不归。一旦携资还乡里，埋金社公庙香炉灰中，易褴褛衣，作乞儿相，归至家，将以试其妻也。妻曰："子去家数年，仍未发迹耶？我无以生，日恃针黹供母子饘粥。昨市得百钱，可持出易升米作糜也。"立因言得金，并行李寄某所。待旦往取。

邻人朱喜，业市腐。日垂涎立妻。是日黄昏，见悬鹑男子入舍，尾其后，将执奸。既闻所言，阴趋至祠，攫炉中金，并衣装尽取去。凌晨立往取，则乌有矣。愧见其妻，缢于祠之楣。妻久待不至，迹之，见悬于梁，赴官诉焉。某明府素称廉明，验讫，命执社公，笞二十。数之曰："尔司香火，乃无所事事耶？罪人

---

① 缰：音"墨"，绳索。

不得，将再答。"俄见红蜘蛛裛一丝下垂明府冠。问立妻曰："汝邻人有朱姓者乎？"曰："朱喜者，素无赖，以市腐为业。"命执还署，研鞫，尽得其情。从腐釜中搜得金还立妻，俾营葬，而抵朱喜以法。

《蝶阶外史》卷二《张立》

光绪六年（1880）编定的俞樾撰《右台仙馆笔记》采集的一则异文，叙写恽敷做嘉善县知县时的一桩审案轶事，故事情节与以上诸则均有所不同。

有民某甲者，与季父同居，声相闻也。甲远归，欲知其妇贤否，以所赍金置社庙香炉中，伪为贫窭焉者而归，妇事之如初。既卧息，乃以实告，质明往取，金亡矣，讼于官。（恽敷）公至其家廉得状，又知其季父故尝谋黩其妇，非端人，必夫妇密语为季父所窃闻，晨往攫取之耳。乃伴曰："此当问之神。"翼日，使人异社庙神至，一邑之人皆至县中观其异，其季父亦在焉。公问神，神不答，命以大杖敲其头，则有片纸自神耳中出，曰："攫金者，其季父也。"其季父在旁失色，叩头服罪，其事遂白。神耳中书，实公伪为之者。

《右台仙馆笔记》卷十三"审案问神"

清末吴趼人撰《中国侦探案》录写的一则异文，情节富有变化，笔致细腻、质朴，对审案者之精察睿智，刻画尤为生动感人。

粤中故老相传有颠梅者，令于粤，有神明之目；大约系梅姓，而问案多类儿戏，粤人喜加人以诨号，故得此嘉名也。令某邑时，邑人某甲，自海外归，怀多金，行至日暮，仍未抵里门，惧遭强暴，四顾无人，即身蹲以所怀金埋树下，起立张望，确无人影，始匆匆归。抵家已二鼓矣，与妻话别后事。妻问奔波海外，亦有所获耶？曰："获若干金归，行至某处，日已暮，恐有御者，故埋某树下，明日当取归也。"晨起而出，觉重门皆虚掩者，大骇！检点室中，无所失，心始安。奔至树下，则所藏金亡矣，嗒然若丧！

既思颠梅令此，诉之，或可望也，乃具呈词至县控焉。梅得词，问其埋金甚悉。又问："汝客外若干年矣？"曰："四年矣。""有父母乎？"曰："无有也。""有子女乎？"曰："一子。""年几何矣？"曰："生四年矣，吾外出时，方娠也。""有妻乎？"曰："有。""有婢仆乎？"曰："乡妇任操作，无婢仆也。""然则汝出，室唯妻及子矣。"曰："然。""汝昨归，曾遇人乎？"曰："未也。""汝归，室有异乎？"曰："无。""汝埋金曾告人乎？"曰："未。""岂妻子亦不言乎？"曰："归来夜深，子已睡矣，唯言于妻。""言于妻喜乎怒乎？"曰："不喜亦不怒也。""汝试思之，汝归，室必有异。"曰："无异也。""果无异？吾无以白此案矣。"甲沉思曰："今晨起，重门皆虚掩者，不知是可谓之异乎？"梅忽大怒曰："是树之罪也，他人寄金于汝，胡为不慎守之！"呼役速拔树至！甲曰："树老而大，恐不得拔，奈何？"曰："截以来。"役承命去。乃谓甲曰："汝来告状，妻知之耶？"曰："不知。"曰："归不得告之，告，则惩汝。明日挈汝子来听审可也。"甲唯唯。归，果不敢言。妻问金，则含糊以应之，而不知其何意也。

翌日，抱子径去。役人之奉命截树也，树巨，塞衢而过，路人咸问故，得其实，则互相喧笑曰："颠梅颠又作矣，失金乃责树耶！"树至署，置庭下，围而来观者如堵也。梅遽命阖大门，令甲抱子立案前，叱观者群立东阶下，一一自东阶升，至案经过，复由西阶下，若点名然。经数十人，后一人复过，其子忽呼曰："叔叔抱我。"梅止其人曰："汝识此子否？"曰："不识。"试使此人抱其子,则张手求抱,状甚亲昵。梅叱其人曰:"盗金者汝也!速还其金,犹可恕,稍支吾,二罪俱罚矣。"其人固言无罪。乃使甲问其子曰:"此叔叔汝何处见来?"则曰:"此吾家叔叔也。"问"叔叔爱汝否?"曰:"爱,常饵我。"问:"叔叔住何处?"曰:"家里。"问:"谁家里?"曰:"我妈家也。"梅顾其人曰:"犹不供耶!昨晨甲家之重门虚掩者,非汝所为耶?"以严刑拟之,曰:"不吐实,且视此!"其人惧,始自承。命役押至家,起原赃,则分毫未动也。

或服其神明,梅曰:"何神明之有哉,此正吾以颠惑人耳。彼埋金,既无人见,且时在昏暮,更无人行,晨即往取,则已失之。乡人之早行者,类皆赶市集之流,何暇搜寻地下。言出于彼口,入于妇耳,使无从旁窃听者,谁复能知之。然终不敢断为何许人也。及闻其重门虚掩之言,则明明为妇之奸夫矣。甲归,奸夫必在室,妇匿之于一隅,闻其言,故先发以取之,此可料而得者也,然苦无证据。断无舍失金不问,而鞠其妇以奸夫之理。甲久客,则奸夫必恒踞甲室,踞甲室,则必与其小子稔,我乃得而利用之也。虽然,使吾不佯颠审树,耸人观听,彼奸夫者,又焉肯入我署哉。"

《中国侦探案·审树》

另外,明刊本《百家公案》(全称名《新刊京本通俗演义全像百家公案全传》,又称《镌全像包孝肃公百家公案演义》、《新刊京本通俗演义增像包龙图判百家公案》、《龙图公案》(全称《新评龙图神断公案》)和嘉庆年间刊行的佚名撰《施公案》(全名《施公案奇闻》,又名《施案奇闻》《施公案传》《百断奇观》)等公案小说的一些章回,都有相关的故事情节。《施公案》第四十三至四十四回的一桩审竹床断窃银案的故事,系据民间流布的这一故事类型改写而成,兹录于下,以资比较研究。

片时，又见堂下带上男女二人，披头散发，跪在左右。下役打干回话："小的把吵嘴之人拿到。"施公下看男女二人，带怒问说："你等系何亲眷？"男子见问，先就说话，口尊："老爷容禀，小的并非亲故，乃是夫妻，因事不明拌嘴，被老爷差人拿来。"施公闻听，心中不悦，一声大喝："哧！你们夫妻吵嘴，人间常有，缘何骂我，应该何罪？"那人见问，叩头："老爷容禀，小的姓戚名顺，本县居民，贸易为生。昨日讨账五十两银子，酒醉归家，暗把银子放在床下坛内。今朝不见，问妻不知，因此吵嘴。小的要当官鸣冤，狗妇失口冒犯，被老爷听见拿来，叩恳老爷公断。"贤臣闻听，并不生嗔，反倒带笑。又问那妇人："你的男人藏银，你没看见，因此争吵，是与不是？"那妇人说："老爷明见。"施公眉头一皱，计上心来。带怒叫："戚顺，你乃男子，带酒不自小心，失去银子，也是有的。误赖妻子，以致吵嚷，算无家教，理当归罪于你。人来！看守戚顺，明日重处。"其妻释放归家。

戚顺妻子下堂而去。瞧其光景，并无恋夫之意。下役带去戚顺。贤臣心生一计，叫声"人来"，近前附耳低言，唧唧叹叹。说罢，下役答应，退步下堂行事。施公退堂。

至次日，施公升堂，吩咐："今日尔等全班伺候出衙，本县行香。"众役答应。昨日奉差之人上堂，走至施公身边，低声复命。施公点头，那差人退下。

施公吩咐："搭轿。"又说："带戚顺同去。"不多时，到了戚顺家门。地方上前跪倒报名："地方接太爷。"施公摆手，地方站起。吩咐："带戚顺夫妻问话。"二人跪下。施公说："戚顺，你的银子放在床下坛内，除你夫妻，再无外人知晓？"施公又问戚顺之妻："本县问你，娘家姓什么？"那妇人说："小妇人娘家姓刁。"施公叫声刁氏："你夫带酒回家，银子放在床下坛内，你无看见，及你夫找银不见，你夫妻拌嘴。"那妇人说："是。"施公说："这就是了。本县问你，床坛在那屋里？"夫妻用手一指："就在正房。"施公起身说："你夫妻引路，本县验看。"答应，引领进屋。施公闪目细看床帐陈设，叫声："人来，把床搭起，本县过目。"众役答应，上前搭起竹床，放在一边。施公复验床下破绽，只见有往来手扒的手印，紧里边又有个人身子印子。施公验毕，心中明亮，出归房坐，故意施威："人来，快把大胆床坛拿来，本县严审。"差役跑进几人，把床坛拿出。施公大叫："床坛听真，尔等家主告你，问藏银，快快实讲。不然本县就要动刑！"复又故意点头："缘何你们说不知？岂有此理！人来，快把竹床重处，再问。"下役虽然答应，心里暗笑，不敢怠慢。施公又想一想，说："竹床翻过。"一看，床下蜘蛛结网全无，点了点头，吩咐："着实打起来！"登时把张床打的散烂。施公说："住刑。叫他诉招。"迟了一会，施公自言："怪不得，因年深月久，受了男女阴阳气候，得空参星拜斗，得了点精气，不能正果。偷了家主银五十两，交与城隍庙的小道，为的是好上供烧香祈神，脱他轮回之苦。"施公又说："偷银既与了道士，人来，即拿城隍庙的小道，一同戚顺、刁氏，赴县听审结案。将门封锁。"

  施公进衙，立刻升堂。只见下役把戚顺夫妻带来，跪在左右。差人退下。且说施公叫声戚顺："听本县吩咐，你银交与床坛，被人盗去，交给城隍庙的小道。竹床受刑俱招，都是刁氏之过。少不的本县就要难为汝妻。人来，把他拶起来再问。"众役发喊，一拥齐上，立刻拶上刁氏，只疼的粉面焦黄。刁氏忍刑不过，说："情愿实招。"施公摆手停刑。施公冷笑，骂声恶妇："哪怕你私心似铁，不怕你不招，快快说来！"刁氏回答："老爷在上，容小妇人细禀。小妇人今年二十九岁，半路改嫁戚门。是小道士的媒，是以认得往来。丈夫戚顺贸易，时常在外。前日夫主出去讨账，那晚小道在小妇人家中，不料丈夫半夜带酒归家叫门，慌的小妇人把小道藏在床下，披衣开户。丈夫大醉，小妇人又不敢秉灯，怕他看出形迹。细听睡熟，小妇人即便送小道出门。次早夫起，床下去摸，不见银子，赖小妇人偷去，因此吵嚷。"施公叫声戚顺："你的银子有了。你听见刁氏所供，有点不好。"戚顺闻听，只气得胡须乱竖，说："只求老爷把对头叫来治罪。"施公吩咐带小道问话。登时带至，跪在一旁。公差退下。施公下问小道："刁氏言说与你私通，盗去银子五十两。快快实招。"小道说："并无此事。"施公吩咐："动刑！"登时夹起。小道高声喊叫："招了，招了！"施公摆手，停住刑具。小道与刁氏成奸偷银之事，一一招认。施公闻听，前后相投，吩咐书吏按口词定了招稿，差人取银交戚顺。①

这一故事类型，现当代仍在甘肃、宁夏、山西、山东、江苏、海南、广西等地汉族和个别少数民族聚居区流布，譬如《县官审泥佛》②、《审树》③、《审槐树》④、《审土地爷》⑤、《审"土地"》⑥、《巧知府计捉通奸贼》⑦、《审"树"》（京族）⑧。

咬耳授计型故事　大致写某人殴父（或舅，下同）落齿，父讼于官府，将逆伦罪处死。其人惊惧，乃以重金求一讼师。讼师当即咬下其人耳轮，面授机宜。在公堂上，某以老父啮耳堕齿进行申辩，于是得免。这一故事类型，初见于明·冯梦龙编纂《智囊补》。

---

① 出自《施公案》，上海古籍出版社1993年版，第68—70页。
② 见《中国民间故事集成·甘肃卷》。
③ 见《中国民间故事集成·宁夏卷资料丛书·灵武民间故事》。
④ 见《中国民间故事集成·山西卷》。
⑤ 见《山东民间文学资料汇编·临沂地区专集》。
⑥ 见《中国民间故事集成·江苏卷》。
⑦ 见《中国民间故事集成·海南卷》。
⑧ 见《中华民族故事大系》第15卷。

浙中有子殴七十岁父而堕其齿者，父取齿讼诸官。子惧甚，迎一名讼师问计，许以百金。师摇首曰："大难事。"子益金固请，许留三日，思之。至次日，忽谓曰："得之矣。辟人，当耳语若。"子倾耳相就，师遽啮之，断其半轮，血污衣。子大惊，师曰："勿呼，是乃所以脱子也。然子须善藏，俟临鞫乃出。"既庭质，遂以父啮耳堕齿为辨。官谓耳不可以自啮，老人齿不固，啮而堕，良是。竟免。

　　　　　　　《智囊补》杂智部卷二十七《狡黠·啮耳讼师》

明·凌濛初撰《初刻拍案惊奇》卷十三《赵六老舐犊丧残生　张知县诛枭成铁案》入话也有类似的情节。

　　清·俞蛟撰《梦厂杂著·讼师果报记》"讼师啮耳"，记讼师郦允恭事，情节与上一则大体相似。

　　　　吴江郦允恭，刀笔铦利，经其谋讼，无不胜。一老翁殴子，其子抵触，陨翁二齿。翁鸣于官，子急以重金奉郦求计。郦曰："此死罪也，何能为？"子长跪哀之。郦不得已，徘徊庭中；忽呼子耳语，因啮其耳，血流被面，曰："汝得生矣。"授以辞，往见邑宰，号泣请死。宰诘之，对曰："因父噬耳急，痛极求脱，不图伤老亲齿也。"宰因不直其父，谓："子有过，箠楚以惩之，龁其肉以为快，非豺狼乎？"父无可置辩；而子得原情，薄责贳死。

　　清·采蘅子撰《虫鸣漫录》卷一"啮耳解狱"，情节略有变异，落齿者系母舅，文字颇简约。

　　　　有击母舅齿落者，舅怒讼官。甥急甚，投讼师求计，愿酬多金为谢。讼师令辟呵向前，遽啮其耳几落。麾之出，某大悟。俟对簿时，以舅啮耳，图脱力猛，致齿落为词，狱乃解。

近人徐珂编撰《清稗类钞·狱讼类·噬指胜讼》，记湖南讼师廖某事，情节亦有变化，改啮耳为噬指。

> 有某姓子者，素以不孝闻里中。一日殴父，落父齿，父诉之官。官将惩之，子乃使廖为之设法。廖云："尔今晚来此，以手伸入吾之窗洞而接呈词，不然，讼将不胜。"应之。及晚，果如所言，以手伸入窗洞，廖猛噬其一指，出而告之曰："讯时，尔言尔父噬尔指，尔因自卫，欲出指，故父齿为之落。如是，无有弗胜者。"及讯，官果不究。

这一故事类型，有时又与"盛夏披裘型故事"连串在一起。清代异文及现当代口传形态的异文均多有所见。清·丁治棠撰《仕隐斋涉笔》卷七"马贡生奇计"是现存最早一则由这两个故事类型连串而成的作品，故事性较强，对现当代的作品影响颇大。

> 有马贡生者，以健讼鸣，能出奇计，转败为功，百无一失者。适有富家子，淫荡而骄，父责之，不受杖，转伤父，堕其门牙。父怒，首官，欲置之死。子告急于马。马曰："此逆伦事，不易为计，能酬千金，当为运筹。"如数许之。马曰："尔少年子，多食言，须先兑银，后画策。如有失，我倍偿之。"子回取银，时当盛暑，再来，见马反著狐裘，坐书室中。烧火锅，食热面，床几皆铺豹皮褥。甚异之。马检银数不差，复命子置皮褥上。乃曰："计甚秘，当附耳言之。"子侧耳受计，马遽咬穿其耳，血流满颊。子大叫。马曰："勿惊，即秘计也，尔当官言：'父杖我，且咬耳，我护痛急走，带父扑门限上，因堕齿，适不觉也。请官验耳伤可证。'谨秘勿泄。"逮讯期，如计言之，官验耳伤，真齿咬痕也。转骂父老悖不仁，大失责子之道，叱下堂去。再谕子当孝父数语，亦命之下。父恶其计之毒也。见子下，扭其发詈曰：

"谁代作计？不言其人，当捶尔死！"子受逼不堪，以马贡生告。父愈怒，遽大声呼冤，当官供子受马计，去银若干两。官讯其子，亦言事真。立唤马赴案。马故着亮纱袍服，凉带扇插，气咻咻若甚畏暑者，跪堂辩曰："谁受尔贿？千金不易，必有兑银人与兑银地。"子供银交马手，且证以狐裘、火锅、皮褥等情。马笑曰："此何时哉？局著狐裘，食火锅，且置银皮褥上，真狂妄之论也！"官怒其悖谬，呵逐父子去，以和言谕马归。此不唯计之工，且防之预。真讼师中妙手空空儿也。

清末有关湖南零陵讼师曹某的轶闻，则又将这一故事类型与"盛夏披裘型故事"分开来讲述。

零陵曹某，工刀笔，日为人作讼词，以此致富。时有逆子殴父，落二门牙，赴愬于邑。令以变起人伦，将诛之以儆效尤。逆子大惧，访曹求方略，曹命近前耳语，而以齿力啮其耳。逆子痛甚呼号。曹贺曰："子有生机矣。"问何说，曹乃密授以计，嘱其勿泄。

令拘逆子至，略询姓名已，即喝隶速杖毙。逆子泣禀曰："小人尚有微情，容我告白，就死无憾。"令曰："尔尚有何言？"曰："小人虽愚，焉敢殴父。因父怒小人游荡，身被扭住，力啮小人耳，一时负痛疾走。父素龙钟，遽被牵仆，误落二齿，唯求鉴察。"令视其耳，啮痕宛然，而血迹尚模糊也，遂宥其死。

已而令知谋出于曹，恨为所欺，使人日伺曹隙，而阴图之。曹知之，深自韬晦。

《近五十年见闻录》卷六《讼师孽报》"啮耳授计"

近人襟亚撰《中国恶讼师·啮耳》，故事主人公为苏南讼师谢方樽，情节基本上相同，变化不大。

这一故事类型，现当代仍在河南、河北、山西、陕西、重庆、湖北、湖南、江苏、上海、浙江、福建、海南、安徽等地汉族和一些少数民族聚居区流布，譬如《咬状词》①、《咬牙印儿》②、《代写状子》③、《父子挨打》④、《哭笑官司》⑤、《巧救胡登高》（侗族）⑥、《咬指救命》⑦《智捉"毒蜈蚣"》⑧《夏穿冬衣》⑨《逆子与讼师》⑩《咬耳朵救人》⑪《牙齿写状》⑫《黟县辩才江可爱·咬耳朵》⑬。

这一故事类型，相当于《中国民间故事类型索引》1534E*。

真老乌龟型故事　大致写某名氏为一权贵祝寿题诗，暗骂其人是"皇老乌龟（或精老乌龟、真老乌龟等）"。这一故事类型，初见于明·阑庄撰《驹阴冗记》⑭，故事主人公为三山（福州别称）儒生郑唐（一作郑堂）。

　　　　三山士人郑唐，有逸才，好讥谑。有老人写真乞题，唐索饮，

---

① 见《河南民间文学集成·周口地区故事卷》。
② 见《中国民间文学集成·秦皇岛民间故事卷》。
③ 见《汉族机智人物故事选》。
④ 见《史阙疑的故事》。
⑤ 见《中国民间故事集成·重庆市巴县卷》。
⑥ 见《湖北民间故事传说集·恩施地区专集》。
⑦ 见《机智人物故事大观》。
⑧ 见《沈拱山的故事》。
⑨ 见《中国民间文学集成·上海卷·崇明县故事分卷》。
⑩ 见《中国民间故事集成·浙江卷》。
⑪ 见《中国民间故事集成·福建卷·连昌县卷》。
⑫ 见《中国民间故事集成·海南卷》。
⑬ 见《中国民间故事集成·安徽卷》。
⑭ 见《说郛续》卷十三（《说郛三种》第九册）。

题之曰:"精神炯炯,老貌堂堂,乌巾白发,龟鹤呈祥。"数年有读之者曰:"此四语横读,则'精老乌龟'也。"老人毁之。

《驹阴冗记·郑唐诙谐》"精老乌龟"

清·褚人获纂辑《坚瓠九集》卷二《郑唐诙谐》"精老乌龟",出《驹阴冗记·郑唐诙谐》"精老乌龟",文字稍有出入。

三山士人郑唐,有逸才,好讥谑。一老写真乞题,唐题曰:"精神炯炯,老貌堂堂,乌巾白发,龟鹤呈祥。"老人大喜。后有读之者曰:"横读则'精老乌龟'也。"老人毁之。

明·冯梦龙编纂《古今谭概》所收一则异文,故事主人公为杨南峰。

先是吴中皇甫氏最贵盛,而治家素宽。杨南峰献寿图,题诗其上曰:"皇老先生,老健精神,乌纱白发,龟鹤同龄。"皇甫公大喜,悬之堂。有识者笑曰:"此詈公也。"盖上列"皇老乌龟"四字。公乃悟。

《古今谭概》儇弄部第二十二《皇老乌龟》

清·褚人获纂辑《坚瓠二集》卷四《皇甫氏》,与此则相同,文字略有出入。

嘉靖中,吴中皇甫氏最贵盛,而治家素宽。杨南峰献寿图,题诗其上曰:"皇甫先生,老健精神。乌纱白发,龟鹤同龄。"皇甫公大喜,悬之堂。识者笑曰:"此詈公也。"盖上列"皇老乌龟"四字,公悟而去之。

近人曹绣君编《姓氏嘲谑录·皇老乌龟》，出《坚瓠二集》卷四《皇甫氏》，与此则悉同。

清·小石道人辑《嘻谈续录》卷下《题真》"画老乌龟"，据《驹阴冗记·郑唐诙谑》"精老乌龟"改写，已抹去传说色彩。

> 一秀才善讥谑。一老翁写真乞题，秀才题："画工真彩，老貌堂皇。乌巾白发，龟雀呈祥。"老翁大喜。后有读之者曰："横读则'画老乌龟'也。"老翁毁之。

清·程世爵撰《笑林广记·题真》"画老乌龟"，与此则悉同。

这一故事类型，现当代仍在安徽、江苏、上海、浙江、江西、福建、四川、陕西、湖北、湖南、广东、山西等地流布，譬如《真老乌龟》[①]《智送寿幅》[②]《真老乌龟》[③]《真老乌龟》[④]《写寿屏》[⑤]《"真老乌龟"做寿》[⑥]《真老乌龟》[⑦]《真老王八》[⑧]《祝寿条幅》[⑨]《裁四乌龟》[⑩]《李文固题像赞》[⑪]《题诗嘲宰相》[⑫]。

咸杀他型故事 大致写二童看腌鱼下饭，弟告状称哥多看了一眼，其

---

① 见《中国民间文学集成·安徽卷·铜陵民间故事分卷》。
② 见《中国民间文学集成·江苏昆山市资料本》。
③ 见《中国民间文学集成·上海卷·静安区故事分卷》。
④ 见《浙江民间文学集成·温州市故事卷》。
⑤ 见《解学士传奇》。
⑥ 见《中国民间故事集成·福建卷·永定县分卷》。
⑦ 见《中国民间故事集成·重庆市南桐矿区卷》。
⑧ 见《中国民间文学集成·陕西卷·咸阳民间故事集成》。
⑨ 见《松滋县民间故事传说集》。
⑩ 见《机智人物故事大观》。
⑪ 见《中国民间故事集成·广东卷》。
⑫ 见《山西民间故事大系·晋北卷》。

父竟说"咸杀他"。这一故事类型，见于明·醉月子辑《雅选雅笑》。

> 兄弟两童盛饭，问父："何物过饭？"父曰："挂在灶上熏的腌鱼，看一看，吃一口就是。"忽小者嚷云："哥哥多看了一看。"父曰："咸杀他罢。"
>
> 《精选雅笑·腌鱼》

近人憨斋士纂辑《笑林博记》卷三《腌鱼》，与此则悉同。

清·游戏主人纂辑《笑林广记》卷九《下饭》，由《精选雅笑·腌鱼》演化而来，更为通俗。

> 二子午餐，问父用何物下饭。父曰："古人望梅止渴，可将壁上挂的腌鱼，望一望，吃一口，这就是下饭了。"二子依法行之，忽小者叫云："阿哥多看了一眼。"父曰："咸杀了他。"

这一故事类型，现当代仍在福建、湖南、上海、江苏、陕西、河北、浙江等地流布。譬如《眼看咸鱼吃饭》[1]《咸鱼咽饭》[2]《吃咸鱼》[3]《老盯着看不怕咸死的》[4]《不怕咸》[5]《看咸菜吃饭》[6]《吝啬鬼打儿子》[7]。

这一故事类型，相当于丁乃通编著《中国民间故事类型索

---

[1] 见《中国民间故事集成·福建卷·龙岩市分卷》。
[2] 见《中国民间故事集成·湖南卷》。
[3] 见《中国民间文学集成·上海卷·黄浦区故事分卷》。
[4] 见《中国民间文学集成·江苏省镇江市卷本·扬中的传说与歌谣》。
[5] 见《笑林拾零》。
[6] 见《新笑林》。
[7] 见《中国民间故事集成·浙江卷》。

引》1704C。

如此搬家型故事　大致写某人不堪忍受左邻右舍击打声的折磨,便办酒席请其搬迁。二邻舍当场应允,承诺彼此换位而居,令某人哭笑不得。这一故事类型,最早为明·醉月子辑《精选雅笑·迁居》。

> 有中邻于铜铁匠者,日闻锻击声,不堪忍闻,因浼人求其迁去。二匠从之。其人喜甚,设酒肴奉饯。饯毕,试问何往?二匠同声对曰:"左边迁在右边,右边迁在左边。"

清·游戏主人纂辑《笑林广记》卷五《浼匠迁居》、近人憨斋士纂辑《笑林博记》卷一《互迁》,均由此则演化而来。

明·冯梦龙辑《笑府》中的一则异文,变化较大,别有趣味。

> 一人性好静,而所居介于铜、铁匠之间,朝夕聒耳,甚苦之,常曰:"此两家若有迁居之日,我愿作东款谢。"一日,二匠忽并至,曰:"我等且迁矣,足下素许作东,特来叩领。"问其期,曰:"只在明日。"其人大喜,遂盛款之。酒后问曰:"汝二家迁于何处?"二匠曰:"我迁在他屋里,他迁在我屋里。"

《笑府》卷六殊禀部《好静》

这一故事类型,现当代仍在贵州、山西等地流布,譬如《搬家》[1]《搬家》[2]。

---

[1] 见《中国民间故事集成·贵州卷》。
[2] 见《山西民间故事大系·晋南卷》。

割股救亲型故事　　大致写某人的老父身患重病，医生说只有割股才能救亲。他立刻提刀去割别人，并且扬言"割股救亲，天下美事"。这一故事类型，初见于明·醉月子辑《精选雅笑》。

  有父病延医者，医曰："病已无救，除非君孝心感格，割股可望愈耳。"子曰："这却不难。"遂抽刀以出，逢一人卧于门，因以刀刲之。卧者惊起。子抚手曰："不须喊，割股救亲，天下美事。"

《精选雅笑·割股》

清·石成金撰《笑得好》初集《割股》，由《精选雅笑·割股》脱胎而来，比较口语化。

  有父病延医用药，医曰："病已无效，除非君有孝心之子割股感格，或可回生。"子曰："这却个不难。"医去，遂抽刀出。是时夏月，逢一人赤身熟睡门屋，因以刀割股肉一块。睡者惊起喊痛，子摇手曰："莫喊、莫喊，割股救父母，你不晓得是天地间最好的事么？"

讼失牛型故事　　大致写某官审理失牛案时，一旁的小吏听了被告的回答，忍不住发笑。某官立刻说牛是小吏偷的，小吏便让某官来搜查。这一故事类型，初见于明·醉月子辑《精选雅笑》。

  有讼失牛于官者，吏问："几时失的？"答以明日。官吏不觉失笑，官怒指吏曰："是你偷在那里？"吏洒其两袖曰："凭爷搜。"

《精选雅笑·搜牛》

第十二章　明代时期的民间故事类型

明·冯梦龙辑《笑府》卷十一谬误部《讼失牛》，抄自《精选雅笑·搜失》，与此则几乎相同。

清·游戏主人辑《笑林广记》卷一《偷牛》，文字略有变化，更为生动。

> 有失牛而讼于官者，官问曰："几时偷去的？"答曰："老爷，明日没有的。"吏在傍不觉失笑，官怒曰："想就是你偷了！"吏洒两袖曰："任凭老爷搜。"

盗牛巧言型故事　大致写一贼因偷牛被枷，遇见熟人时他尽管巧言掩饰，仍无法遮盖其偷盗劣迹。这一故事类型，见于明·醉月子辑《精选雅笑》。

> 有盗牛而被枷者，熟识过而问曰："汝何事？"答云："悔气撞出来的，前在街上闲走，见地上草绳一条，以为有用，拾得之耳。"问者曰："然则罪何至此？"即复对云："绳头还有一小小牛儿。"
>
> 　　　　　　　　　　　　　　《精选雅笑·盗牛》

清·游戏主人辑《笑林广记》卷五《盗牛》，由此则改写而成，文字更为通俗易懂，诙谐有趣。

> 有盗牛被枷者，亲友问曰："汝犯何罪至此？"盗牛者曰："偶在街上走过，见地下有条草绳，以为没用，误拾而归，故连此祸。"遇者曰："误拾草绳，有何罪犯？"盗牛者曰："因绳上还有一物。"人问何物，对曰："是一只小小耕牛。"

这一故事类型，现当代仍有流布，譬如《偷牛》①。

这一故事类型，相当于丁乃通编著《中国民间故事类型索引》1800。

戏弄蛋贩型故事　大致写某人假意买蛋，令蛋贩在案（或石、坡）上以双臂圈蛋，不断垒高，随即离去；或者放出恶犬使蛋贩惊恐避走，将鸡蛋全部摔碎；或者让顽童将鸡蛋抢走却动弹不得。这一故事类型，自明末以来多有流布，最初见诸明末西周生撰《醒世姻缘传》②第六十二回"张茂实信嘲殴妇，狄希陈诳语辱身"。

> 一日，（狄希陈）往学里走，撞见一个人拿了一篮鸡蛋卖，他叫住，商定了价钱，要把那鸡蛋见一个清数，没处可放。他叫那卖蛋的人把两只手臂抄了一个圈，安在马台石顶上，他自己把那鸡蛋从篮中一五一十的数出在那人手抄的圈内。他却说道："你在此略等一等，我进去取一个篮来盛在里面，就取钱出来还你。"他却从东边学门进去，由西边棂星门出来，一直回到家中。哄得那卖鸡蛋的人蹲在那里，坐又坐不下，起又起不得，手又不敢开，叫那些孩子们你拿一个飞跑，我拿一个飞跑，渐渐的引得那叫花子都来抢夺，只待得有一个好人走来，方替他拾到篮内。

清光绪五年（1879）成书的独逸窝退士编《笑笑录》卷五《狄希陈》收入了此则故事。

清道光七年（1827）成书的许仲元撰《三异笔谈》③采录的一则异文，情节多有变化。

---

① 见《民间笑话三百则》。
② 见《醒世姻缘传》，岳麓书社1993年版。
③ 见《三异笔谈》，重庆出版社1996年版。

（袁丹叔）新建一书室，用三和土，须鸡卵研之。见一童携筐市蛋，呼入室中论价。筐约百卵，照时值给钱三百。童必欲枚数，公乃令童圈臂于案，唤仆一一数之，得百三枚。公诏仆先付钱足，然后收蛋，免令童恐汝短数也。仆甫入，一猁犬出，童大怖走避，蛋尽堕地。童惶极无辞，唯涕泣而已。公曰："若婺且幼，我即售汝碎蛋，盍为我检去其壳，掠之器，始可料理，作匠人饭菜耳。"童且拣且刮，终不得起，而卵已遍匀入土矣。公令仆照数付童，曰："吾虚费无偿，归告而父，为我助工三日可乎？"即公所居小阁，今已易砖。

《三异笔谈》卷三"售碎蛋"

清光绪中后期成书的丁治棠撰《仕隐斋涉笔》采录的一则异文，情节亦有变化。

安（士敏）因事到乡，有贩者，担蛋满挑，缀其后，安与之语，偶涉安事，贩者骂之。问识安否，曰："不识。"至一斜石坡，安诡言燕客，买蛋数百枚。捡其数，安故参差不符，教之曰："尔褰衣跪斜坡，我持蛋双双滚衣怀，彼此计数，则不差矣。"贩然其计，跪承之。数至百余枚，衣怀盈满，又迭磊焉。一松手，则衣开蛋散，滚落坡下，无完卵矣。安撒手去。贩护卵不能起，跪时许，有人过，代拾卵投担中，始起立焉。问"胡如此？"贩言其由，人曰："买蛋者即安也。"

《仕隐斋涉笔》卷七"安士敏买蛋"

这一故事类型，现当代仍在重庆、陕西、河南、河北、山西、福建、广东、浙江、江苏、上海、安徽、湖北、湖南、贵州、云南、四川等地的汉族和部分少数民族聚居区流传，譬如《整卖蛋的》①、《挑鸡蛋》②、《买鸡蛋》③、《治奸商》④、《再戏能不够》⑤、《邱蒙买鸡蛋》⑥、《捉弄卖蛋人》⑦、《"请你帮助多围一下"》⑧、《买蛋》⑨、《一篮鸡蛋》⑩、《巧计惩奸商》⑪、《买蛋黄》（土家族）⑫、《巧治多嘴妇》⑬、《买鸡蛋》（布依族）⑭、《麻老财卖蛋》（侗族）⑮、《抱鸡蛋》（纳西族）⑯、《惩罚蛋贩子》⑰。

这一故事类型，相当于丁乃通编著《中国民间故事类型索引》1530A*。

抬桶过桥型故事　写某人见一老者正欲担粪过高桥，便假意上前相助，愿一起抬桶过桥，当二人抬一桶过桥后，其人借故离去，让老者受窘，不知如何是好。这一故事类型，最初见诸明末西周生撰《醒世姻缘传》第六十二回"张茂实信嘲殴妇，狄希陈诳语辱身"。

---

① 见《中国民间故事集成·重庆市江北区卷》。
② 见《史阙疑的故事》。
③ 见《河南民间故事集成·新野县卷》。
④ 见《赵南星的传说》。
⑤ 见《中国民间文学集成·山西卷·襄汾民间故事集成》。
⑥ 见《中国民间故事集成·福建卷》。
⑦ 见《蛇郎中国民间故事汇编》。
⑧ 见《马坦》。
⑨ 见《苏州民间故事》。
⑩ 见《中国民间文学集成·上海卷·黄浦区故事分卷》。
⑪ 见《寿州的传说》。
⑫ 见《湖北民间故事传说集·恩施地区专集》。
⑬ 见《机智人物故事大观》。
⑭ 见《甲金的故事》。
⑮ 见《孃花与太阳的儿子》。
⑯ 见《云南少数民族机智人物故事选》。
⑰ 见《中国民间文学集成·宜宾地区民间故事卷》。

城里边有一座极大的高桥，一个半老的人，挑了一担黄呼呼稀流薄荡的大粪，要过桥来。他（狄希陈）走到跟前，一把手将那挑粪的人扯住，再三叫他放了粪担，说道："我见你也有年纪了，怎挑得这重担，过得这等的陡桥！你扯出担子来，我与你逐头抬了过去。"那人道："相公真是个好心人，甚是难为。但我这桥上是寻常行走的，不劳相公垂念。"狄希陈说："我不遇见就罢了，我既是遇见了，我这不忍之心，怎生过得去？若不遂了我这个心，我觉也是睡不着的。'老者安之'，我与你抬一抬，有何妨碍？"不由那人不肯，替他扯出扁担，安在筐上。那人只得合他抬了一筐过去。他却说道："你在此略等一时，我做一点小事便来。"抽身而去。哄得那人久候不至，弄得两筐大粪，一在桥南，一在桥北，这样臭货，别又没人肯抬，只得来回七八里路，叫了他的婆子来抬过那一筐去，方才挑了回家。

清光绪初成书的独逸窝退士编《笑笑录》，转引了这则故事，文字有所改动。

城内有座大高桥，一个老人挑一担粪要过桥来。狄希陈一把拉住，说："你有年纪了，怎过得去？你扯出担子来，我与你逐头抬过去。"那人道："相公真个好心，但我是惯的，不劳相公垂念。"他说："我不遇见就罢了，既遇见了，心上不忍。若不遂我心愿，我觉也睡不着的。老者安之，我与你抬一抬何妨。"不由那人不肯，替他抬过一筐。他却说道："你略等一等，我做点小事便来。"一溜而去，哄得那人久候不至。两筐粪，一在桥南，一在桥北，这样臭货，又没别人肯抬，只得来回七八里，叫了他婆子来，抬过那一筐，方才挑了回家。

《笑笑录》卷五《狄希陈》"抬粪过桥"

清光绪三年（1877）成书的采蘅子撰《虫鸣漫录》及光绪中期成书的丁治棠撰《仕隐斋涉笔》中采录的各一则异文，繁简有别，故事主人公亦不相同。

　　一日（陈全）行至高石桥，遇老翁担粪二桶，伛偻自南来。陈慰之曰："尔如许高年，负重焉能过桥，吾与尔作两次合力舁而过，如何？"翁曰："吾习惯，不为疲，不敢劳。"陈曰："不遇我则已，既遇矣，我不忍老者之仆仆也，必助力焉。"翁无已，卸担与陈，共舁一桶过桥。甫及桥北，陈曰："吾欲小遗，尔暂待。"翁诺之。陈间道遁去，翁久待不至，而桥南一桶，桥北一桶，无计合挑，遍哀路人，无肯与共舁者，不得已置桶于路，奔数里呼子至，始舁桥南一桶，合担而去。

《虫鸣漫录》卷二"舁桶过桥"

　　安（士敏）出门赴饮，与担粪者同行。是人不识安，偶言及安，骂焉。安忍受之。至一独木桥，安曰："桥窄且长，重担防误事。我代抬一桶过，再抬其二，方安稳。"是人从计。刚过其一，安遽去，呼之不转。桶隔一溪，无计可合。踟蹰半晌，遇相识者过，乃得合担而归。

《仕隐斋涉笔》卷七"抬粪过桥"

　　这一故事类型，现当代仍在重庆、湖北、湖南、浙江、上海、江苏、福建、广东等地流布，大多成为机智人物故事篇什，譬如《帮忙》[①]《好

[①] 见《中国民间故事集成·巴县卷》。

事图报答》①《太平识好歹》②《抬石磨过桥》③《扛粪》④《搭搭谈，鼻了烂》⑤《抬盐》⑥《偷粪人过独木桥》⑦。

这一故事类型，相当于丁乃通编著《中国民间故事类型索引》1528A*。

锯茅桩型故事 大致写故事主人公为了捉弄、报复他人，偷偷将茅坑前的小树锯去多半，或将茅坑前的木桩摇松，使对方蹲茅坑时，像往常那样去抓树桩，竟跌入茅坑，狼狈不堪。这一故事类型，最初见诸明末西周生撰《醒世姻缘传》第三十三回"劣书生厕上修桩，程学究裤中遗便"。

> 茅坑边一根树橛，先生每日扳了那根树橛，去坑岸上撅了屁股解手。他（狄希陈）看在肚里。一日，他却起了一个早走到书房，拿了刀把那树橛着根的所在周围削得细细的，止剩了小指粗的个蒂丝，仍旧把土遮了。先生吃过了早饭，仍旧又上坑解手，三不知把那树橛一扳，脑栽葱跌得四马攒蹄，仰在那茅坑里面，自己又挣不起来，小学生又没本事拉他，只得跑去狄家叫了两个觅汉，不顾龌龊，拉了出来。脱了一身衣裳，借了狄员外上下衣巾鞋袜，走了家去，把那粪浸透的衣裳足足在河里泡洗了三日，这臭气那里洗得他去。看那树橛，却是被人削细了那根脚。追究起来再没有别人，单单的就是狄希陈一个，告诉了狄员外。（狄

---

① 见《三戏蔡糊涂》。
② 见《机智人物故事大观》。
③ 见《中国民间文学集成·浙江省余杭县卷》。
④ 见《中国民间文学集成·上海卷·崇明县故事分卷》。
⑤ 见《海门县民间故事选》。
⑥ 见《中国民间故事集成·福建卷·政和县分卷》。
⑦ 见《机智列传》。

员外）只得再三与先生赔礼，将那借穿的一桄衣裳赔了先生。

清·独逸窝退士辑《笑笑录》卷五《狄希陈》中的"削树橛"，出《醒世姻缘传》，文字稍有改动。

这一故事类型，现当代仍在上海、湖南、湖北、四川、陕西、河南、河北、山西等地汉族和个别少数民族聚居区流布，譬如《拔橛》①、《戏先生》②、《先生上厕所》③、《"跟你学的"》（苗族）④《锯橛子》⑤《巧治恶棍》⑥《韩信拔橛儿》⑦《拔橛子》⑧。

这一故事类型，相当于丁乃通著《中国民间故事类型索引》1568B*。

---

① 见《中国民间文学集成·上海卷·徐汇区故事分卷》。
② 见《机智人物故事大观》。
③ 见《湖北民间故事传说集·襄阳地区专集》。
④ 见《中国民间文学集成·四川筠连县卷》。
⑤ 见《神府煤田故事集》。
⑥ 见《庞振坤的故事》。
⑦ 见《耿村民间文化大观》。
⑧ 见《中国民间文学集成·山西卷·襄汾民间故事集成》。

第十三章 清代时期的民间故事类型

　　清代历时将近三百年，是中国古代民间故事全面发展的鼎盛时期。中国古代民间故事类型在这个时期，除继续推动先前各个时期形成的诸多故事类型进一步演变、发展外，又新出现一百五十多个故事类型。这一批新出现的故事类型，门类相当齐全，大多颇为活跃。这是一个兼有总结与过渡特点的承上启下时期。在这个时期近三百年间，中国古代民间故事类型的产生、发展最终画上了一个句号，并以文献记载的形态定格。但是，中国民间故事类型并没有因这个时期的终结而不复发展、演变。就总体而言，中国民间故事类型在现当代时期进入了一个大发展的新阶段，其发展的势头远远盛过古代的任何一个时期。而现当代的大发展却是以古代民间故事类型为基础的。没有古代民间故事类型这个牢固的基础，就不可能出现现当代民间故事类型的蓬勃发展。清代的将近三百年，则是中国民间故事类型由古代阶段跨入现当代阶段的过渡时期。

　　清代与民间故事类型关系密切的书籍颇多，主要有褚人获纂辑《坚瓠集》（亡八无耻型故事、官多法乱型故事、寿诞题诗型故事、见鸡行事型故事首见于此书），蒲松龄撰《聊斋志异》（水灾救母型故事、舍命护金型故事、斫蟒救亲型故事、马曳贼亡型故事首见于此书），陈皋模辑《笑倒》（误哭遭打型故事、满盘都是型故事、望孙出气型故事、插草标型故事、脚像观音型故事、连偷骂型故事首见于此书),石成金撰《笑得好》(贪官誓联型故事、烂盘盒型故事、再出恭型故事、吃人不吐骨型故事、今年好晦气型故事、活脱话型故事、笑话一担型故事、驱鬼符型故事、长生药型故事、瞌睡法型故事、不利语型故事、出门一时好型故事、迁居送药型故事、门上贴道人型故事、赵钱孙李型故事、三字同形型故事首见于此书),游戏主人辑《笑林广记》(他更有理型故事、打喷嚏型故事、母猪肉型故事、跳蚤药型故事首见于此书),袁枚撰《子不语》(误杀奇案型故事、骗人参型故事、售墙行骗型故事、九九翁娶亲型故事、沙弥思虎型故事、雷击皮鼓型故事首见于此书),慵讷居士撰《咫闻录》(审笆斗型故事、审案济困型故事、巧辨子型故事、犀牛毛型故事、娶木偶型故事首见于此书),青城子撰《志异续编》(八钱宴客型故事、激怒痘发型故事、换画骗局型故事、倍与之钱型故事首见于此书),吴芗厈(炽昌)撰《客窗闲话》(谋夫疑案型故事、父似董卓型故事、移尸免祸型故事、妙计换人型故事、再打三斤型故事、乌须药型故事首见于此书),采蘅子撰《虫鸣漫录》(盛暑披裘型故事、戏僧罚资型故事、零买缸型故事、戏父遗矢型故事、鼠窃卵型故事、举手裤落型故事、甲乙争妻型故事首见于此书),独逸窝退士编《笑笑录》(报荒减粮型故事、戴高帽型故事、圣贤愁型故事、嘲太监型故事首见于此书),小石道人辑《嘻谈录》(萝卜对型故事、恭喜也罢型故事、官读别字型故事、读白字型故事、白字先生型故事、先生妙喻型故事、求你别写型故事、老前辈型故事、五大天地型故事、堂属问答型故事、问猴妙答型故事、半"鲁"席型故事、糊涂虫型故事、匾嘲二匠型故事、嘲医诗型故事、不改父业型故事、诓骗老虎型故事、城乡蚊子型故事、一厚一薄型故事、懒人吃饼型故事、瞎子吃鱼型故事、黄鼠狼型故事、武弁看戏型故事、还愿戏神型故事首见于此书),徐珂编撰《清稗类钞》(是狼是狗型故事、过去未来妙品型故事、门中一龟型故事、请上坐型故事、改字免死型故事、咬舌案型故事、巧审"善人"型故事首见于此书),李铎撰《破涕录》(清和桥型故事、父子骑驴型故事、先生我儿型故事、狗爹妈型故事首见于此书)。

这个时期与民间故事类型关系密切的书籍尚有赵吉士辑《寄园寄所寄》(巧制官衣型故事、"旦白堂"型故事、嘲死秃型故事首见于此书),王士禛撰《池北偶记》(仙佛留像型故事、妾击贼型故事首见于此书),钮琇撰《觚賸》(冥府延师型故事、佛寺人猬型故事、虎口余生型故事首见于此书),许仲元撰《三异笔谈》(吃粪解"毒"型故事、出游现丑型故事首见于此书),钱泳撰《履园丛话》(什么东西型故事、平上去入型故事首见于此书),程趾祥撰《此中人语》(不知修(羞)型故事、死鱼复活型故事首见于此书),丁治棠撰《仕隐斋涉笔》(改石碌型故事、订货骗局型故事首见于此书),刘铁冷撰《铁冷丛谈》(被子官司型故事、落臼关型故事首见于此书),憨斋士纂辑《笑林博记》(粗心妇型故事、父满门型故事首见于此书),以及屈大均撰《广东新语》、陈梦雷等原辑《古今图书集成》、东轩主人撰《述异记》、张潮辑录《虞初新志》、无名氏撰《施公案》、李元度撰《先正事略》、沈起凤撰《谐铎》,清凉道人编《听雨轩笔记》,乐钧撰《耳食录》,曾衍东撰《小豆棚》,纪昀撰《阅微草堂笔记》,俞蛟撰《梦厂杂著》,褚晦香辑《明斋小识》,许秋垞撰《闻见异辞》,钱泳、徐锡麟辑《熙朝新语》,朱梅叔撰《埋忧集》,胡式钰撰《窦存》,许奉恩撰《里乘》,陆长春撰《香饮楼宾谈》,黄协埙撰《锄经书舍零墨》,胡文炳编撰《折狱龟鉴补》,昭梿撰《啸亭杂录》,高继衍撰《蝶阶外史》,南山老人撰《香草谈荟》,黄钧宰撰《金壶七墨》,李霖撰《燕南琐记》,俞樾撰《茶香室续钞》与《一笑》,李庆辰撰《醉茶志怪》,梁溪坐观老人编述《清代野记》,李元伯撰《南亭四话》与《南亭笔记》,小横香室主人编《清朝野史大观》,拾遗室主人编《闲中话》,吴个厂撰《笑话大观》,杨汝泉编纂《滑稽故事类编》等。

在这个时期新出现的民间故事类型中,写实故事方面的故事类型最为丰富,八十多个,占总数的二分之一强。这些新出现的故事类型,门类相当齐全，涉及社会生活和家庭生活的许多方面。其中颇为引人注目的是讽刺故事、案狱故事、诗对故事和机智故事四种故事类型，前三种故事类型的数量与明代大致相同，继续保持了蓬勃发展的态势，后一种故事类型在写实故事方面的故事类型中第一次形成强势，更值得关注。

  这个时期新出现的讽刺故事方面的故事类型，触及面更广，亦颇辛辣、有趣，既有嘲讽贪官污吏腐败与昏庸的五大天地型故事、再出恭型故事、死要钱型故事、糊涂虫型故事、匾嘲二匠型故事、堂属问答型故事、乌须药型故事，又有讥刺为富不仁者劣迹与丑态的见鸡行事型故事、娶木偶型故事、吃人不吐骨型故事、"旦白堂"型故事；还有嗤笑世人各种缺点、毛病的戴高帽型故事、懒人吃饼型故事、父子骑驴型故事、粗心妇型故事。这一类故事类型，颇受民众喜爱，不胫而走。其中，有的在这个时期已多有记载，至现当代流传亦广。譬如，见鸡行事型故事，这个时期分别见诸《坚瓠集》、《笑林广记》（游戏主人辑）、《滑稽故事类编》、《笑林博记》等，现当代仍在川、陕、豫、晋、宁、沪等地流布。又如，五大天地型故事，这个时期分别见诸《嘻谈录》、《笑林广记》（程世爵撰）、《清稗类钞》、《笑林博记》等，现当代仍在京、沪、苏、浙、闽、湘、鄂、川、贵、陕、豫、晋、鲁、冀等地流布。有的这个时期记载不多，现当代却流传广泛。譬如，萝卜对型故事，这个时期见于《嘻谈录》、《笑林广记》（程世爵撰），现当代在沪、苏、浙、闽、湘、鄂、赣、豫、陕、晋、冀等地流传。又如，粗心妇型故事，这个时期仅见于《笑林博记》，现当代在川、陕、苏、皖、宁、黑等地流传。

  这个时期新出现的案狱故事方面的故事类型，有浮脂辨盗型故事、晒银字型故事、误杀奇案型故事、审笆斗型故事、审案济困型故事、谋夫疑案型故事、义犬告状型故事、谋杀奇案型故事、一女三配型故事、还叩头型故事、乡人拭粪型故事、斗米斤鸡型故事、咬舌案型故事、巧审"善人"型故事等十五个，从不同侧面揭露封建社会末期的各种社会矛盾和社会问题，表现了广大民众渴求惩恶扬善、扶危济贫、伸张正义的愿望，以及对富有智慧和同情心的清官廉吏的期盼，使中国古代案狱题材的故事类型更加充实、完善。这一批故事类型大都广为人知，二三百年来一直流传不衰。试看，误杀奇案型故事自《子不语》首次录写后，在《耳食录》、《北东园笔录》、《蝶阶外史》、《涂说》（缪艮撰）、《香草谈荟》、《醉茶志怪》、《札记小说》、《清朝野史大观》、《清稗类钞》等书中均有记载，变异颇多，现当代仍在浙、苏、冀、晋、川、辽、吉、内蒙古等地流布。审笆斗型故事分别见于《咫闻录》《中国侦探案》等书，现当代仍在皖、浙、闽、粤、吉、豫、冀、晋、宁等地流布。一女三配型故事在《南亭笔记》、《中国侦探案》、《不用刑审判书》、《清朝野史大观》、《清稗类钞》、《杂谈掇拾》（病尧撰）、《新世说》、《大清见闻录》等书中均有记载，异文迭出，现当代仍在沪、苏、川、贵、鄂、豫、冀、晋、琼、粤、桂、闽、内蒙古等地流布。

这个时期新出现的诗对故事方面的故事类型，数量不少，亦不乏精彩的内容。吟诗故事类型，有寿诞题诗型故事、八钱宴客型故事、圣贤愁型故事、柳絮飞来型故事、不知修（羞）型故事、嘲医诗型故事、清和桥型故事、拆字酒令型故事、三字同形型故事；对联故事类型，有亡八无耻型故事、什么东西型故事、贪官誓联型故事、萝卜对型故事、是狼是狗型故事、请上坐型故事、不改父业型故事、父满门型故事、端午妙对型故事。它们无论是比较文雅的，还是比较粗俗的，往往都明白晓畅，饶有兴味，在不同程度上展现出民众的艺术才华，并且闪烁着针砭时弊、嘲弄权贵、笑对人生的智慧火花，因而广为传播，风靡全国。其中，出现较早的故事类型，有不少屡见于文字记载，至现当代仍流布甚广。譬如，寿诞题诗型故事先后见诸《坚瓠集》《增订解人颐广集》《清朝野史大观》《笑话大观》《笑林博记》等，现当代流布于鄂、豫、冀、沪、苏、浙、赣、闽、川等地。又如，圣贤愁型故事先后见诸《笑笑录》、《嘻谈录》、《笑林广记》（程世爵撰)、《笑话大观》等，现当代流布于川、云、湘、鄂、赣、闽、桂、浙、沪、苏、皖、京、豫、鲁、黑、吉、冀、晋、陕、青、甘、宁、内蒙古等地。再如，什么东西型故事先后见诸《履园丛话》《笑笑录》《清朝野史大观》《清稗类钞》《大清见闻录》《南亭四话》《畏庐琐记》等，现当代流布于晋、冀、豫、鄂、湘等地。有的故事类型虽然出现较晚，见诸文字记载者不多，但在现当代却广为流布，知名度颇高。譬如，清和桥型故事仅见于《破涕录》，现当代流布于湘、鄂、赣、沪、皖、桂、云、晋、新、青、陕、甘、宁、豫、内蒙古等地。

这个时期新出现的机智故事方面的故事类型，数量甚多，远远超过此前的任何一个时期，有报荒减粮型故事、妾击贼型故事、马曳贼亡型故事、半"鲁"席型故事、倍与之钱型故事、出门一时好型故事、吃粪解"毒"型故事、戏僧罚资型故事、媒氏巧言型故事、出游现丑型故事、订货骗局型故事、戏父遗矢型故事、零买缸型故事、改石磙型故事、门中龟型故事、狗爹妈型故事、系裤带型故事等近二十个。这些故事类型，从各种不同的角度展现出故事主人公的智慧与谋略。它们多数涉及反抗掠夺、惩治奸徒、嘲讽不良世风等内容，具有一定的积极社会意义；也有一部分涉及捉弄妇女、欺负弱者等内容，格调不高，无积极意义可言。这个时期新出现的机智故事类型，有不少在当时已多有记载，至现当代流传更为广泛。譬如，吃粪解"毒"型故事，先后见诸《三异笔谈》《庸闲斋笔记》《仕隐斋涉笔》《清朝野史大观》《大清见闻录》《滑稽故事类编》等，异文颇多，现当代仍在豫、陕、川、鄂、湘、苏、浙、沪、赣、闽、台、桂、粤、贵、云、晋等地的汉族和某些少数民族聚居区流布。有一些故事类型，在这个时期记载不多，但在现当代却广为流布。譬如，半"鲁"席型故事，这个时期仅见于《嘻谈录》、《笑林广记》（程世爵撰），现当代则在鄂、湘、浙、冀、豫、陕、京、桂等地的汉族和个别少数民族聚居区流布。此类机智故事类型，在现当代大多附着在各种机智人物身上，所以流布日广，其思想倾向随之发生不同程度的变化，往往增加了一定的积极意义。

除了上述四类，这个时期新出现的写实故事方面的故事类型尚有两类比较引人注目，即与讼师有关的故事类型和与骗子有关的故事类型，前者有盛暑披裘型故事、移尸免祸型故事、改字免死型故事、父似董卓型故事、换人妙计型故事、咎由自取型故事，后者有骗人参型故事、售墙行骗型故事、换画骗局型故事、名医遇骗型故事、落臼关型故事。其中，有不少故事类型自清代以来一直广为流布，譬如，移尸免祸型故事，这个时期先后见诸《客窗闲话》《折狱龟鉴补》《清朝野史大观》《清稗类钞》《中国恶讼师》等，现当代流布于闽、浙、沪、豫、鄂、陕、冀等地。另有一些故事类型，这个时期记载不多，但现当代却流布甚广，譬如，父似董卓型故事，这个时期仅见于《客窗闲话》与《中国恶讼师》，现当代却流布于浙、沪、苏、闽、粤、赣、皖、鄂、陕、川等地。又如，落臼关型故事，这个时期仅见于《铁冷丛谈》，现当代却流布于鄂、川、云、桂、闽、浙、苏等地汉族和某些少数民族聚居区。

在这个时期新出现的写实故事方面的故事类型中，尚有家庭、亲友、工匠、僧侣、盗贼等内容的故事类型，数量不大，却有不少比较有名，如父子同拜堂型故事、日久见人心型故事、水灾救母型故事、巧制官衣型故事、沙弥爱虎型故事、获盗银型故事。其中，有一些故事类型至今仍广为流布。譬如，父子同拜堂型故事，这个时期分别见诸《埋忧集》《里乘》《清稗类钞》《稀奇古怪不可说》等，现当代流布于京、冀、豫、晋、甘、川、鄂、赣、浙、沪等地。又如，巧制官衣型故事，这个时期分别见诸《寄园寄所寄》《归田琐记》《履园丛话》《清稗类钞》等，现当代流布于苏、浙、冀、青、桂等地汉族和个别少数民族聚居区。

这个时期新出现的民间笑话方面的故事类型，数量虽不及明代多，但亦有三十多个，占总数近五分之一，而且有不少艺术质量较高，脍炙人口，像嘲讽笑话方面的，有烂盘盒型故事、再打三斤型故事、他更有理型故事、官读别字型故事、白字先生型故事、赵钱孙李型故事；劝诫笑话方面的，有望孙出气型故事、驱鬼符型故事、不利语型故事、求你别写型故事、恭喜也罢型故事；谐趣笑话方面的，有脚像观音型故事、笑话一担型故事、活脱话型故事、一厚一薄型故事、瞎子吃鱼型故事，都具有一定的代表性。其中，有不少故事类型长时间流布，至今为人们津津乐道。譬如，官读别字型故事，这个时期先后见诸《嘻谈录》、《笑林广记》（程世爵撰）、《笑话大观》等，现当代仍在川、陕、内蒙古、冀、豫、津、贵、闽等地流传。又如，不利语型故事，这个时期先后见诸《笑得好》、《嘻谈录》、《笑林广记》（程世爵撰）、《笑林博记》等，现当代仍在川、晋、冀、豫、鄂、陕、浙、苏、沪、闽等地流传。

这个时期幻想故事、民间寓言、民间传说方面新出现的故事类型，有二十多个，比明代稍多一些，但数量仍然有限。不过，其中每一个方面都有一些知名度较高的故事类型，它们至今仍在许多地区流布。幻想故事方面的斗阎王型故事这个时期仅见于《小豆棚》，现当代流布于黑、辽、京、宁、豫、冀、鲁、鄂、湘、浙、川、渝、云、藏、新等地。桃花女斗法型故事，这个时期仅见诸《闻见异辞》，现当代流布于冀、晋、豫、鄂、黑、琼等地。人事寓言方面的戴高帽型故事，这个时期先后见诸《笑笑录》《见闻琐录》《一笑》《笑林博记》等，现当代流布于沪、浙、赣、湘、鄂、川、陕、宁、冀、津、黑、鲁、内蒙古等地。动物寓言方面的城乡蚊子型故事，这个时期先后见诸《嘻谈录》、《笑林广记》（程世爵撰）、《笑话大观》等，现当代流布于冀、鲁、沪、浙、闽、鄂等地。名臣传说方面的老头子型故事，这个时期先后见诸《啸亭杂录》《椒生随笔》《清朝野史大观》《清稗类钞》《清代名人轶事》《破涕录》《滑稽故事类编》等，现当代流布于冀、鲁、陕、豫、晋、鄂、沪等地。个个草包型故事，这个时期先后见诸《锄经书舍零墨》、《嘻谈录》、《笑林广记》（程世爵撰）、《清朝野史大观》、《清稗类钞》、《新世说》、《清代轶闻》、《名人轶事》、

《破涕录》、《滑稽故事类编》、《笑林博记》等,现当代流传于苏、沪、浙、赣、鲁、冀、皖等地。地方传说方面的望娘滩型故事,这个时期先后见诸《广东新语》《井蛙杂记》《古今图书集成》等,现当代流布于川、云、贵、桂、沪、豫、浙、湘、陕等地。

巧制官衣型故事 大致写京师一有名缝人遇为官者制衣时,必问其年资等。顾主不解其意。缝人乃曰:"初为官者意高气盛,胸必挺,衣当后短前长;任久年长,内则消沉,背多弯曲,衣需前短后长。不知年资,难以称心如意。"这一故事类型,最早是清康熙三十五年(1696)刊刻的赵吉士辑《寄园寄所寄》所引《座右编》中的一则。

> 嘉靖中,京师缝人某姓者,擅名一时,所制长短宽窄,无不称身。尝有御史令裁员领,跪请入台年资。御史曰:"制衣何用知此?"曰:"相公辈初任雄职,意高气盛,其体微仰,衣当后短前长;在事将半,意气微平,衣当前后如一;及任久欲迁,内存冲挹,其容俯,衣当前短后长;不知年资,不能称也。"

《寄园寄所寄》卷十二《插菊寄》"京师缝人"

清道光年间梁章钜撰《归田琐记》卷七《缝人》有此一则,引自蒋伊臣撰《鉴录》,文字与《寄园寄所寄》卷十二《插菊寄》"京师缝人"小有出入。

清道光十八年(1838)刊刻的钱泳撰《履园丛话》所采写的一则异文,情节有相当变化。

> 成衣匠,各省俱有,而宁波尤多。今京城内外成衣者,皆宁波人也。昔有人持匹帛,命成衣者裁剪。遂询主人之性情、年纪、状貌,并何年得科第,而独不言尺寸。其人怪之。成衣者曰:"少年

科第者，其性傲，胸必挺，需前长而后短；老年科第者，其心慵，背必俯，需前短而后长；肥者其腰宽，瘦者其身仄；性之急者宜衣短，性之缓者宜衣长。至于尺寸，成法也，何必问耶！"余谓斯匠可与言成衣矣。今之成衣者，辄以旧衣定尺寸，以新样为时尚，不知短长之理，先蓄觊觎之心。不论男女衣裳，要如杜少陵诗所谓"稳称身"者，实难其人焉。

《履园丛话》卷十二《成衣》

近人徐珂编撰《清稗类钞·讥讽类·衣之尺寸》系根据《履园丛话》卷十二《成衣》改写，文字稍有不同。

这一故事类型，现当代仍在浙江、江苏、河北、广西、青海的汉族和个别少数民族聚居区流传，譬如《怪衣服》①、《做官服》②、《裁衣和官龄》③、《帮土司老爷做新袍》（壮族）④、《怪衣裳》⑤。

"旦白堂"型故事　大致写一骤富者曾为优人（或家奴），请名士某为其宅第题匾。某乃戏书"旦白堂"（或"旦堂""旦白室"），暗射"奴家"，讥其出身卑微。这一故事类型，最早见诸清·赵吉士辑《寄园寄所寄》。

一优骤富，起屋，乞扁，有士人题曰"旦堂"。仆亦喜，不知优人作旦者，开口曰奴家也。不谓此裁衣见识独超。

《寄园寄所寄》卷十二《插菊寄》"旦堂"

---

① 见《招宝山（民间文学集）》。
② 见《中国民间故事集成·江苏卷》。
③ 见《耿村民间文化大观》。
④ 见《中国民间故事集成·广西卷》。
⑤ 见《中国民间故事集成·青海卷》。

光绪四年(1878)成书的黄协埙撰《锄经书舍零墨》的一则异文,情节有所发展。

> 鹤沙有某姓者,幼尝自鬻为人奴,后以居积致巨富,大营轮奂,思借名人笔墨以为重。会同里吴稷堂先生休致归家,因以金币丐书斋匾。先生盛情难却,而意颇不屑,乃戏书"旦白堂"三字与之。客见之,以出处问。先生笑曰:"子不见梨园脚本耶?凡旦白之下果是何称呼乎?"其人顿悟,乃大笑而去。

《锄经书舍零墨》卷二《旦白》

清·小横香室主人编《清朝野史大观》卷十一《旦白室匾》与近人杨汝泉编纂《滑稽故事类编》第五编《吴稷堂》,均抄自《锄经书舍零墨》,文字全同。近人天台野叟撰《大清见闻录》下卷《旦白室匾》亦抄自此书,文字略有出入。

清·小石道人辑《嘻谈录》中的一则异文,情节有所变化。

> 一跟官人骤富,假冲阀阅世家,庭前匾对要请名人题写。一名士题曰"旦白堂",对是"家居化日光天下,人在春风和气中"。或问之曰:"何谓'旦白堂'?"答曰:"旦白者,小旦道白,未有不自称'奴家'者。"又问对联,则曰:"阅两联第一字,可想而知。"闻者释然。

《嘻谈录》卷下《家人匾对》

清·程世爵撰《笑林广记·家人匾对》抄自《嘻谈录》,文字相同。

近人徐珂编撰《清稗类钞》中的一则异文,故事主人公为吴稷堂,但文字与《锄经书舍零墨》多有出入。

嘉庆初南汇有富人某，大治第宅，欲乞名流题斋匾以增重。时吴稷堂省兰方解组归，乃介人赠金币乞书。吴知其幼尝为人奴也，意轻之，为书"旦白室"三字焉。或叩以何据，且疑为平旦之气之别解也。则曰："君亦知梨园脚本乎？旦之上场，作何声口？"客大悟。盖旦每自称奴家也。

《清稗类钞·讥讽类·旦白室》

嘲死秃型故事　大致写一寺僧请名人题写一首诗，悬于壁上。后有人见而大笑，指出其中隐藏"死秃"二字。这一故事类型，初见于清·赵吉士辑《寄园寄所寄》。

一高僧乞大老一诗，大老赞之云："一夕灵光透大虚，化身人去复何如。愁来不用心头火，炼得凡心一点无。"后一宦游者见之，笑曰："此'死秃'二字也。"然其语实得静功真诀，直可验诸存想不谬也。

《寄园寄所寄》卷十二《插菊寄·笑谭》"死秃"

近人憨斋士纂辑《笑林博记》卷七《死秃》，据此则改写，情节有所丰富，故事性较强。

杭州某寺住持僧某交际甚广，显宦名士，多与往来焉。一日，有某大老来游，僧忽向其乞诗，大老不辞，立赠一诗云："一夕灵光透太虚，化身人去复何如？愁来不用心头火，炼得凡心一点无。"僧得诗大喜，粘诸壁间，越日为某名士所见，询僧粘此何为？僧曰："诗不佳耶？"名士笑曰："佳则佳矣，不过难为汝耳。"僧瞠目不解，及询得故，急撕去，然外人已传作笑柄矣。盖大老恶僧蠢如鹿豕，胸无点墨，而犹貌托风雅，强作解人，故诗中藏"死秃"二字以詈之也。

第十三章 清代时期的民间故事类型

清·程趾祥撰《此中人语》卷一《死秃》，不但诗句有所变异，故事情节也不甚相同。

> 上海冯观察处书记某，与寺院某僧相善，投桃报李，不啻忘形。会冯观察有事北上，某未与之俱，遂失业。异乡落魄，景况萧条。僧固欺贫重富者，见某如此光景，未免相加白眼。某不与较，隐忍于心。乃否去泰来，某竟又得美馆，翩翩裘马，大异从前。僧复逢迎谄媚，羡苏季子之位尊金多，几次殷勤进谒。某难却其情，亦至僧处拜谢。僧置酒相款，酒酣，僧出自己小照求题，某遂援笔书曰：
>
> 一夕灵光出太虚，化身人去意何如？
> 秋丹不用炉中火，凡事心头一点除。
>
> 僧览诗甚喜，悬壁中，一年余无一识者。一日有数人至，看照毕，忽大笑不止。僧请其说。其人曰："诗中隐藏'死秃'二字，尔尚不之觉耶？"僧大悟，遽取其照而废之。此篇闻之顾梅生。

近人李警众编《嚼舌录》中的一则异文，故事情节与诗句均发生很大变化，更为曲折有趣。

> 某名家画法传神，得之者宝而藏之，以为荣贵。北京海珠寺僧，会恳绘中堂一轴，而不可得。僧乃极意逢迎，设宴款待，觥筹交错，尽美其欢。毕则坚请绘之。某名家被迫无奈，允之，立挥山水一幅，并题一诗云："一夕扬帆到海珠，化神人去奈何如，秋来不用烧丹火，一点凡心近却无。"僧将此画，藏之高阁，不啻珍器重宝，非有骚人墨客，不得一瞻此画也。
>
> 一日，某名士至，僧出之，求其品评。某名士一见，笑不可仰。僧询其故，曰："此中奥妙，非出四百金，不得而闻之。"僧慨诺，某名士曰："'一夕扬帆到海珠'，系一'歹'字，'化神

人去奈何如',系一'匕'字,两句合成一'死'字。'秋来不用烧丹火','秋'字去一'火'字,系一'禾'字,'一点凡心近却无','凡'字无心,系一'几'字,此两句合成一'秃'字,盖骂汝一'死秃'耳。"僧闻之,气忿难堪,碎此画而焚之,懊恼无及。

《嚼舌录》卷六"死秃"

望娘滩型故事　大致写一人得一宝珠,放口中误吞肚内,渴极求饮,入水竟化龙而去。因不忍与老母别离,连连回首望母,一回望则成一大滩,凡二十四回首,故有二十四滩,人称"望娘滩"。这一故事类型,由"吞珠化龙"与"望娘成滩"两个母题组成,分别见诸清代的笔记小说与类书。"吞珠化龙"的母题,见于清康熙年间成书的屈大均撰《广东新语》和清乾隆年间成书的李调元撰《井蛙杂记》。《广东新语》中的一则流传于广西。

合浦人向有得一龙珠者,不知其为宝也,以之易粟。其人纳之口中误吞之,腹遂胀满不能食,数数入水,未几遍体龙鳞,遂化为龙。所居室陷成深渊,故今谓之龙村。

《广东新语》卷十五"吞珠化龙"

《井蛙杂记》中的一则流传于四川。

大足化龙桥,相传溪中有珠,浮上,邑人聂姓,得而吞之,遂化龙去,因以为名。

《井蛙杂记》卷一"化龙桥"

"望娘成滩"的母题见于清康熙年间陈梦雷等原辑、雍正间蒋廷锡等重辑《古今图书集成》，流传于江苏。

> 安兴乡李溪有虞姬者，因骤雨，以杯承檐间水。水中浮红丝缕，饮之遂孕。及期产一蛇，身具五色。姬怖，裹而投之溪。每至溪浣洗，蛇辄来就乳。乳亦涌射，蛇以咽承之。既而厌恶之，砍以刀，正断其尾。蛇忽变头角，巨躯绛章，风雨大作，壅土成墩，而姬已葬其中矣。龙出溪去，行辄回首顾，凡回者二十有四，一回则成一湾，俗称"望娘湾"。

《古今图书集成·职方典》卷六六八引《高淳县志》"望娘湾"

这一故事类型，现当代仍在四川、云南、陕西、河南、上海、浙江、湖南、广西、贵州、内蒙古等地的汉族和某些少数民族聚居区流布，譬如《望娘滩》①、《望娘潭》（彝族）②、《九龙滩》③、《孝子成龙》④、《望娘滩》⑤、《望娘龙》⑥、《望福台》⑦、《望娘滩》（侗族）⑧、《宝龙珠》（水族）⑨、《望娘滩》⑩。

望夫云型故事　大致写往昔，一有异术的穷汉（或妖怪，下同）将南诏公主摄入玉局峰，结为夫妇。公主感到很冷，其人便飞往河东取高

---

① 见《中国民间故事集成·四川卷》。
② 见《中国民间故事集成·云南卷》。
③ 见《中国民间故事集成·陕西卷》。
④ 见《河南民间文学集成·南阳民间故事》。
⑤ 见《中国民间文学集成·上海卷·普陀区分卷》。
⑥ 见《中国民间文学集成·浙江省·杭州市富阳县卷》。
⑦ 见《中国民间故事集成·湖南卷》。
⑧ 见《侗族民间故事选》。
⑨ 见《水族民间故事选》。
⑩ 见《中国民间故事集成·内蒙古卷》。

僧的七宝袈裟。高僧发觉后,将其人溺死在水中。公主望夫不至,忧郁而死,精气化为云。此云一起便狂风大作,人称"望夫云"。这一故事类型,初见于清康熙中陈梦雷等原辑、雍正间蒋廷锡等重辑《古今图书集成》。

俗传昔有人贫困,遇苍山神,授以异术,忽生肉翅,能飞。一日至南诏官,摄其女入玉局峰为夫妇,凡饮食器用皆能致之。后问女安否,女云太寒耳。其人闻河东高僧有七宝袈裟,飞取之。及还,僧觉,以法力制之,遂溺死水中。女望夫不至,忧郁死,精气化为云,倏起倏落,若探望之状。此云起洱河,即有云应之,飓风大作,舟不敢行,因呼为望夫云,又呼为无渡云。

《古今图书集成·山川典》卷一九五引《大理府志》"望夫云"

《重印大理府志·精气化云》与此则悉同。

《大理县志稿·望夫云》,情节略有变化,最明显的变异为摄公主者非有异术之穷汉,而是妖怪。

俗传蒙氏时,有怪摄官中女,居于玉局峰巅。女所欲食,怪给之不绝。因山高候冷,女苦之,与索衣。怪慰之曰:"河东高僧有一袈裟,夏凉冬暖,可立致。"遂夜至洱河之东罗荃寺,将袈裟盗出。僧觉之,以咒厌,怪溺死寺西水中,化一大石坪,俗呼为石骡子。女望之不归,遂郁死;精气化为云,名望夫云。每每岁冬再现,即大风狂荡,有不将海中之石吹出不止之势。

成书于清光绪初年的俞樾撰《茶香室丛钞》收录的一则异文,情节变化甚大。兹录于下,以资比较。

国朝无名氏《述异记》云：赵州有洱海，土人诣大理府，必由之，然风波甚恶。其海中有望夫云起，则不敢行。相传镇一孽龙，在海中央。其雌龙居苍山，每欲相会，则苍山云起，排如阶级，环二十里，至海中而止。是日狂风拔木，然凝视天上云，未尝稍转移，真怪事也。

《茶香室续钞》卷一《望夫云》

这一故事类型，现当代仍在云南等地流布，譬如《望夫云》（白族）①。

仙佛留像型故事 写一道人（或丐者）于市（或寺）中被逐（或受款待）。离去后，其人所卧竹帘（或门板）上显现出神仙（或罗汉）像，栩栩如生，卖帘人（或寺院）大受其益。这一故事类型，最早见诸成于清·王士禛撰《池北偶谈》。

邯郸黄粱梦社会，有道人疥癞遍体，衣履土后敝，见市中粥竹帘者，辄卧其上。恶而逐之，每一帘辄有一韩湘子像，须眉宛然，人竞市之，粥者得利亡算。

《池北偶谈》卷二十五《韩湘像》

清光绪三年（1877）成书的陆长春撰《香饮楼宾谈》收有一则异文，情节颇多变化，描写更为细腻。

江西赣州府城有出水寺，以寺出泉水，故名。殿宇嵯峨，香火特盛，远方行脚多挂褡其中。一日，薄暮，有丐者十八人至寺假宿，寺僧憎其秽，拒不纳。丐曰："此处不留人，自有留人

---

① 见《中国民间故事集成·云南卷》。

处。"一丐以壁灰书殿楹云:"出水不出僧,只留一僧点香灯。"踏歌而去。

　　近城细村有古寺,倾陊已久,坏佛残僧,荒烟满径。是夕,群丐投宿于此,僧款待甚殷,支扉为床,铺草代荐,瓦灯无油,燔松枝以烛之。僧视群丐就寝,始去。次早寺门未辟,群丐已渺,所卧扉俱现罗汉形,若名手绘画,形貌如生。枕边各遗书一卷,视之乃罗汉经也。远近闻异,咸来瞻礼,舍金帛,就扉上形塑罗汉像十八尊。像成而扉痕灭。僧更募缘修殿宇,土木益举,金碧焕然,因即名罗汉寺。经函庋置小阁,求观者无虚日。……

《香饮楼宾谈》卷一《罗汉寺》

　　这一故事类型,现当代仍在河北、山西等地流布,譬如《韩湘子印像》①《关帝赐画》②《印画竹帘》③。

妾击贼型故事　大致写一经常受虐待的小妾,在群贼入室,举家惶懅、不知所措时,独自奋起迎贼,将盗贼击伤、击毙多人,余皆抱头鼠窜。事后其家夫妇对她倍加敬重。这一故事类型,最早见诸清·王士禛撰《池北偶谈》,故事发生在山东。

　　益都西鄙人某,娶妾甚美。嫡遇之虐,日加鞭棰,妾甘受之无怨言。一夜,盗入其居,夫妇惶懅不知所为。妾于暗中手一杖,开门径出,以杖击贼,踣数人,余皆奔窜。妾厉声曰:"鼠子不足辱吾刀杖,且乞汝命,后勿复来送死。"贼去,夫询其何以能

---

① 见《道教传说大观》。
② 见《中国民间故事集成·河北卷》。
③ 见《中国民间故事集成·山西卷》。

尔？则其父故受拳勇之技于少林，以传之女，百夫敌也。问何以受嫡虐而不言？曰："固吾分也，何敢言！"自是夫妇皆重之，邻里加敬焉。今尚在。

《池北偶谈》卷二十六《贤妾》

清·王士禛之挚友蒲松龄在《聊斋志异》中也采写了这则故事，文字与《池北偶谈》相比，有所变化。

益都西鄙有贵家某，巨富。蓄一妾，颇婉丽。而冢室凌折之，鞭挞横施。妾奉事惟谨。某怜之，常私语慰抚。妾殊无怨言。一夜，数人逾垣入，撞其屋门几坏。某与妻惶恐惴栗，不知所为。妾起，默无声息，暗摸屋中，得挑水木杖，拔关遽出。群贼乱如蓬麻。妾舞杖动，风鸣钩响，立击四五人仆地；贼尽靡，骇愕乱奔。墙急不得上，倾跌咿哑，亡魂失命。妾拄杖于地，顾笑曰："此等物事，不直下手打得，亦学作贼！我不杀汝，杀嫌辱我。"悉纵之逸去。某大惊，问曰："何自能尔？"则"妾父故枪棒师，妾得尽传其术，殆不啻百人敌也"。妻尤骇甚，悔向之迷于物色。由是善视女，遇之反如嫡。然而妾则终无纤毫失礼。邻妇谓妾曰："嫂击贼若豚犬，顾奈何俯首受挞楚？"妾曰："是吾分也，他何敢言。"闻者益贤之。

《聊斋志异》卷四《妾杖击贼》

清·吴芗厈撰《客窗闲话》录写的一则异文，故事发生地亦在山东，情节较以上二则曲折，更具有传奇色彩，对于故事主人公孙壮姑的刻画，颇为成功。其中虽然加入一定的创作成分，仍能窥见此民间故事类型的基本面貌。

乙巳之岁，山左大饥，盗贼蜂起，胶东为甚，小康之家，俱不自保。昌邑有镖客孙良，技勇绝伦。有女壮姑，悉传其术。时因道路梗塞，闭居授徒。大姓之虞暴客者，争以重金为聘。良悉纳之，乃分其徒十余部，各遣一队，以护大姓，而良周巡不息。盗贼不得肆志，咸憾之。

昌邑钱令，吴人也。捕得巨盗，诬指孙良为魁。械之至，良极口呼冤，曰："小人御盗，非为盗者！"尹曰："盗何仇而指汝？"良曰："邑中之巨室，彼窥伺已久。得小人捍卫，至今不得逞志。彼欲冤死小人，以遂其吞噬也！"尹察之信，遂诛盗而释良。良感甚，愿献女为妾。尹笑曰："解释诬枉，令尹之职，何足言恩！且法不得妾部民女，汝休矣！"良涕泣而去。

未几，钱尹因公被劾，将回吴下。宦囊甚充，宵小私议窃法。良知之，谓尹曰："凶年之后，道路难行。小人老矣，不能随护。民女虽陋，智勇具足请侍左右，以备非常。"尹鉴其诚，纳之。其女年未二十，而貌甚英武，遂与南行。

车仗数十，仆从如云，小伙不敢举事。盗探有充实可劫者，或众寡不敌，则知风下程，并伙而谋，获财均分，故发益迟，则盗益众。是时钱已去五六百里，至鲁界之朗月镇。觅宿地，得旅店后屋三楹，墙垣高峻周匝，仅容一门出入。尹喜其完固，必欲居之。壮姑知非善地，然已卸装矣，勉从之，谓钱尹夫妇曰："妾观此宅，似为谋禁客商之所。夜或有异，主君与夫人请卧观之，幸毋高声，妾有以处若辈。"尹虽唯唯，然未知其能，甚战栗也。

于是安尹夫妇于东室，呼二婢伏西室，曰："唤汝则出。"取夷灯之脐凸碧琉璃者置窗隙，院中明似月光。乃易短袄皮裤，鞋尖置铁，腰挟利刃；灭烛，一跃而登中门之颠，踞高以俟。

漏三下，内外俱寂。旅主马铁头，盗中巨擘也。密集群寇，择其能者，皆操白刃，自后垣登屋，余盗伏于四隅，以防逸出。先命一人下探之，久而不回。马曰："是多妇女，谅入安乐窝矣！"继命三人下，亦如之。马曰："真不了事！弱息数辈，尚烦乃公自往；若遇大敌，行见尔曹雌伏矣！"遂跃入院，四无人声。月光中视屋门已闭，甫拨关而欲入，额颅中伤甚重，如泰山压顶然，仰跌丈余。旋飞一人坐胸前，马举刀欲砍，被裂两肩窝而两臂软，刀自掷去；又被裂两胯，而两腿废，身不能转动。始闻娇声唤婢，两女举烛至。视之，一幼妇耳。哀祈之，壮姑曰："我见来势猛，知是能手，果恶奴也！汝为寓主，谅害行旅不少，本欲杀却，如此庸奴，徒污我刀，且留汝为作恶者戒！"遂命一婢取药来，壮姑以刀割铁头脸上肉，缕缕成条，以药揉之，血立止。时已天曙矣，仆从叩门请。壮姑以足踢马臀，拨关而叱曰："速去领尔徒尸，在东墙下积薪内也！"从容启尹夫妇，登车而行。

马被踢，则手足已复旧，抱惭而窜。自此脸上皮条，终不复合，丝丝悬挂，若世俗所画狮子然。

《客窗闲话》初集卷三《孙壮姑》

近人海上寓公编《茶馀随笔》①所收的一则异文，故事仍然发生在山东境内，亦以情节曲折见长，且多有变化。其中对故事主人公一十七岁的婢女的描绘亦相当成功。此女智勇双全，比孙壮姑更为出色。

陆定菴绍人，携眷北上时新购一婢，年十七矣，貌殊端正，意欲收为妾，而未果也。道鲁境，夜宿逆旅。二鼓余，有明火执杖者数十人蜂拥至，叱陆速以金献，不则全家当骈戮无赦。陆大懾，战栗不能声。家人亦齿震股栗，面色如土，而婢独不懼，徐起持梃击盗。盗大怒曰："汝以弱女子敢与我辈抗耶，其毋悼？"婢似不闻，持梃飞舞，盗众披靡，不能当，乃知婢非易与者，转

---

① 见《茶馀随笔》，上海会文堂书局1925年版。

身将遁，茜大呼曰："以须眉而见败于巾帼，岂不羞死！"盗众闻言，皆鼓勇与婢战。婢大怒曰："吾不欲置汝等于死地，今汝等憨不畏死，不得不与汝等一决胜负。"遂以梃击盗，须臾死二十余人，余盗知不能取胜，遂遁去。

婢亦不追逐，召逆旅主人至曰："速异尸去焚化之，否则当处汝以通盗罪。"主人唯唯。陆及家人均感婢救死恩，力慰藉之，并询婢以有此技能，婢嘿然良久曰："吾视诸盗如蚊蝇耳，不值一击也。"

陆既抵燕京，郁郁不得志，而前盗复贿通京官，谓陆系盗魁，将捕治之。陆不能居，挈眷南下，而捕者追至，婢怒曰："吾主人本清白之身，今为事势所迫，不得不铤而走险矣，尽击杀诸捕，据山为盗。"陆意不以为然。婢曰："事已至此，尚有何法以善其后？"陆亦无术，遂安之，一听婢之所为。婢遇他盗必未杀之，而不扰行旅一人。积二年余，杀盗无算。官以其为行旅除害，赦其罪，使捕盗。婢以陆冤已雪，遂与陆同归里。时陆方断弦，乃请于婢，愿为继配。婢许之，而终老矣。

《茶馀随笔·婢勇》

这一故事类型，现当代仍在河北等地流布，譬如《侠女》①。

冥府延师型故事 大致写某贫士被接到地府去教冥王之子，后因其无意间窥视到地府秘密，或因思家，于是被送还，得到了丰厚馈赠。这一故事类型，初见于清·钮锈撰《觚賸》。

李通判者，山西汾州人。其前世为乡学究，年逾五旬，闲居

---

① 见《中国传说故事大辞典·故事》。

昼卧，梦二卒持帖到门云："吾府延君教授，请速往。"挟之上马。不移时，至一府第，如达官家。青衣者引之入，重闼焕丽，曲槛纡迴，最后书室三楹。坐顷，两公子出拜，锦衣玉貌，皆执弟子礼。日夕讲课不辍。书室外院地逼厅事，时闻传呼鞭笞之声，特不见主人为怪，且不晓是何官秩。请于二子，二子曰："家君即出见先生矣。"未几，主人果出，冠带殊伟，晤语间礼意款洽。学究因言："晚辈承乏幕下，久且阅岁，不无故园之思。"主人微曰："君至此，已不可归。然自后当有佳处，幸勿复多言。"学究凄然不乐，竟忘其身在冥府也。一日主人开宴，邀学究共席。辞以寒素，不宜与先辈抗礼，强之乃行。厅事设有四筵，扫径良久，一僧肩舆而至，极驺从之盛，曰"大和尚"。又一僧至如前，曰"二和尚"，直据南面两筵。学究、主人依次列坐。主人与二僧语，学究皆不解。肴果亦并非人间物。酒半，忽见一梯悬于堂檐，二僧出蹑之，冉而去。主人促学究从而上，攀援甚苦，倏然堕地，则已托生本州李氏矣。襁褓中能语如成人，但冥府有勿言之约，不敢道前世事。生四岁握笔为制义，评骘其父文，可否悉当。后登崇祯一榜，顺治初通判扬州。天兵南下，出迎裕王，王手掖之，如旧相识，曰："当时事犹能记忆否？"一笑驰去。潜窥裕王状貌，即所见二和尚也。而大和尚未知出世为何如人。

《觚賸》卷五《李通判》

在此之后，又出现几则异文，故事情节多有变化。清·褚人获纂辑《坚瓠集》的一则异文，变化表现在馆师久处冥府思归和冥王所馈赠的礼物上面。

张恭锡尝于病中梦两青衣使者，持红帖邀至一大府第，云是冥王府。遥望堂上，冥王端冕执圭坐。其身大如世间所塑金刚，侍卫森严，不能仰视。使者令张且闭目。俄而开看，则王已缩小为常人，服常服。侍卫俱退，左右止数人。揖张升堂，叙主宾礼，曰："欲暂屈先生为馆师，训吾二子，作制举义，以便异日取科第耳。"张曰："王子当自有世爵，安用科第？"王笑曰："即吾亦不免轮回人世作公侯，况吾子耶。"引张入馆室，呼二子出拜师。子年可十三四，甚俊雅。王命以项仲昭煜刻稿与读。谓其文尖颖，长人神智也。张为讲解，二子特殊聪敏。恍惚间，觉坐馆之日已甚久。一旦，王开筵谢别。酒肴极丰，而张不思饮食。王亦不相强，谓张曰："先生自是科第中人，但艰于得子。吾今赠先生以后两子。"顾左右捧一金盘来，盘在坐二小儿，长不及尺，宛如粉孩。王曰："以此酬师足矣。"立即命令前青衣使送归。张顷刻至家，遂醒，身已僵卧两日矣。自是病愈，后果得二子。

《坚瓠秘集》卷六《冥府延师》

清·吴陈琬撰《旷园杂志》的一则异文，变化主要表现在离开冥府的原因上面。

仁和临平镇某生，贫而无馆。除夕，至小港闲步，忽见一舟来，系树下。有一役持柬疾走，访某名。某云："何事？"役云："我主人欲延某为师。"某云："即我也。"接其大字柬，姓吴名奎文，兼出聘金二十两。诣其家，某约于明春赴馆。役云："主人迫欲请，不能待。"随登舟。至其家，恍惚间门第巍焕，堂皇宏敞，但不设坐。俄而主人冕服出迎。至书馆，即入内，命其徒出拜。间翻架上书，皆非人世所有。问徒所从学，乃诗、古文也。一日，其徒他出赴宴，嘱其师云："堂侧廊房有门，封固不宜窥伺。"某心疑惧，至更余，步至其所，启门一缝，窥见主人端坐中堂，两廊皆胥役，门外有悲戚声，俱缧绁待审者，已而次第拷讯。某惊怖欲绝。次日，其徒至馆，云："昨嘱师勿往观，不意夜间潜窥，今缘尽不能复留矣。"某问故，卒不言，即赠半载脩金五十两，送之归。师弟亦流涕不忍别。至河干，乘舟仍在，其送者亦即前役也。比登岸，舟与役俱不见。

《旷园杂志·冥府延师》

清·程趾祥撰《此中人语》的一则异文，变化主要表现为阎王并未出面接待教师，而是从侧面描述阎王的威严与可怕，还揭示出教师家人的感受。

广东周生家贫，以授徒糊口，箪瓢陋巷晏如果也。一日暮眺江流，见一船状类官宦，方驻足间，船中人招之曰："先生快登舟，主人候久矣。"周不觉入其舱。忽闻狂风怒号，与波浪声相应。启窗窥视之，白练滔天，银涛万丈，不知身在何方矣。周大骇，询诸舟子，答曰："我主人闻君博学，请往课其子耳。"周复欲问，时船已触岸。导周至一宅，甲第大辟，与王侯无异。周入其室，即有一生执贽见礼，盖已为西席矣。周居其中，怏怏不得志。且主人并未谋面，姓氏不得知。屡询于生而终未得见。阅半载余，忽思归，因谓生曰："余每欲旋里，尝以未睹尊公芝范为憾。盍于明日导余一拜乎！"生踌躇久之曰："明日五更往可耳。"及时，生与周历数重门，至一处画栋雕梁，巍峨显赫，若宫殿然。自窗隙视之，中坐一人，冕旒蟒玉，面如黑漆，须及于胸，两眼碧光，与灯光相映射。阴风飒飒，冷气袭人，不禁毛骨悚然。谛视蓝胖差役，则牛马其首而人其身也。铁索锒铛，满堂响震，而拷掠之声与呼痛之声，不绝于耳。周惧极，战栗不能言。生乃扶周回书室，而谓之曰："家父本系阎君，故未与先生相接礼。今已示之，未免有明冥之异。况先生本有归志，请求整归鞭，以遂桑梓之愿可乎？"即出白金三百两，为周送行。周甚喜，遽谢别。方周之外出也，妻子并未知道之。许久不归，疑周已死。特未得实情，故未举哀。今见周回，喜出望外，无殊隔世重生。周为述阎君一事，皆为之惊异不已焉。

《此中人语》卷一《阎王》

寿诞题诗型故事 大致写某名士为一富翁之母题诗贺寿，先写"对门老妇不是人"，翁见书而惊；次写"好似南山观世音"，其人方悦；第三句写"生下儿子去做贼"，又不觉失色；末句写"偷得蟠桃献母亲"，满堂惊喜。这一故事类型，最早见诸成于清·褚人获纂辑《坚瓠集》。

唐伯虎对门一富翁之母七十寿诞，求诗于伯虎。伯虎援笔书曰："对门老妇不是人。"富翁见书而惊。又书曰："好似南山观世音。"意稍释。第三句曰："两个儿子都是贼。"见之又不觉失色。续更书曰："偷得蟠桃献母亲。"富翁怏怏，持之而去。

《坚瓠十集》卷四《寿诞题诗》

清·钱德苍重订《增订解人颐广集》收有一则异文，故事主人公由唐伯虎变为解缙。

人有求解缙题母七十寿诗，解首题云："这个婆娘不是人。"其人大讶，解次接云："九天降下一仙真。"其人方悦，又接三句云："养下儿来都像贼。"其人又讶，解又题末句云："偷得蟠桃献母亲。"其人大喜。

《增订解人颐广集·博趣集》"题寿诗"

第十三章 清代时期的民间故事类型

清·小横香室主人编《清朝野史大观》所收的一则异文,故事主人公则变为纪晓岚。

> 纪文达才调宏敏,尤善诙谐。一日为某词林太夫人寿,纪往贺。词林以祝诗请,纪即席应之曰:"这个婆娘不是人。"一座大骇。纪乃从容续曰:"九天神女下凡尘。"众始莞然。及其转句,又曰:"生下儿子去做贼。"众复愕然。纪曰:"此子却好:偷得蟠桃寿母亲。"一时传为佳话。

《清朝野史大观》卷九《贺寿诗》

近人吴个厂撰《笑话大观》卷二《偷桃献母》系《坚瓠集》改写,近人憨斋士纂辑《笑林博记》卷五《惊人诗》、卷七《颂诗惊人》都是据《清朝野史大观》改写。

这一故事类型,现当代仍在河北、河南、湖北、江西、上海、浙江、江苏、重庆、福建等地流布,如《写寿联》①《写四扇屏》②《文曲临堂拜寿庚》③《写寿屏》④《写寿联》⑤《乾隆皇帝写寿联》⑥《智送寿联》⑦《秀才献寿》⑧《题词戏道台》⑨。

---

① 见《清河掌故》。
② 见《庞振坤的故事》。
③ 见《猫子、老鼠和乌龟》。
④ 见《解学士传奇》。
⑤ 见《中国民间文学集成·上海卷·黄浦区故事分卷》。
⑥ 见《中国民间文学集成·浙江省丽水市卷》。
⑦ 见《中国民间文学集成·昆山市资料本》。
⑧ 见《中国民间故事集成·长寿县卷》。
⑨ 见《钟敬文采集口承故事集》。

见鸡行事型故事　写张三租田，田主不与，送鸡后便得应允。张三问他前后为何两种对待？田主道："起初是无稽（鸡）之谈，此刻是见机（鸡）而作。"这一故事类型，最早见诸清·褚人获纂辑《坚瓠集》。

> 崇明佃户揽田，先以鸡鸭送业主，此通例也。有张三者，向施氏揽田。施曰："此田不与张三种。"既而张三取鸡饴之，施转语曰："不与张三却与谁？"张三曰："施相公如何顷刻间两样说话？"施曰："方才这句话是无稽（鸡）之谈。此刻这句话倒是见机（鸡）而作。"
>
> 《坚瓠十集》卷四《揽田》

清·游戏主人辑《笑林广记》中的一则，很可能是根据《坚瓠集十集》卷四《揽田》改写，文字多有变化。

> 一富人有余田数亩，租与张三者种，每亩索鸡一只。张三将鸡藏于背后，田主遂作吟哦之声曰："此田不与张三种。"张三忙将鸡献出，田主又吟曰："不与张三却与谁？"张三曰："初间不与我，后又与我何也？"田主曰："初乃无稽（鸡）之谈，后乃见机（鸡）而作也。"
>
> 《笑林广记》卷一《田主见鸡》

近人杨汝泉编纂《滑稽故事类编》第一编谲谏类"揽田"与《坚瓠十集》卷四《揽田》相同，仅个别字有出入。近人憨斋士纂辑《笑林博记》卷一《田主见鸡》与《笑林广记》卷一《田主观鸡》相同，仅个别字有出入。

这一故事类型，现当代仍在山西、陕西、宁夏、河南、上海、重庆等地流布，譬如《王二借田》①《见"鸡"生情》②《见鸡行事》③《"鸡"上有文章》④《无稽之谈和见鸡行事》⑤《见"鸡"行事》⑥。

亡八无耻型故事　大致写有人送某官一联："一二三四五六七，孝弟忠信礼义廉。"某官不解其意。后经指点，方知内隐"亡八无耻"。这一故事类型，初见于清·褚人获纂辑《坚瓠集》。

《疑耀》载京师勾栏中诨语，谓给人者曰"黄六"。盖言黄巢兄弟六人，巢第六而多诈。故诈骗人者，詈为"黄六"也。又《七修》载，詈人曰"王八"。盖后五代王建行八，素无赖，盗驴马，贩私盐，故人詈曰"王八贼"。今俗误为"王霸"。闻之故老曰"忘八"。盖忘孝弟忠信礼义廉耻也。又闻一人为一绅对曰："一二三四五六七，孝弟忠信礼义廉。"众初不解，询之詈语，"忘八无耻"也。

《坚瓠广集》卷四《黄六王八》

清·蒲松龄撰《聊斋志异》所收的一则异文，与降清的明相有关联，时代感较强。

某中堂，故明相也。曾降流寇，世论非之。老归林下，享堂落成，数人直宿其中。天明，见堂上一匾云："三朝元老。"一联云："一二三四五六七，孝弟忠信礼义廉。"不知何时所悬。怪

---

① 见《山西民间文学资料》第1辑。
② 见《中国民间文学集成·西安莲湖区民间故事集成》。
③ 见《中国民间故事集成·宁夏卷资料丛书·罗平民间故事》。
④ 见《中国民间故事集成·河南太康卷》。
⑤ 见《中国民间文学集成·上海卷·崇明县故事分卷》。
⑥ 见《中国民间故事集成·重庆市江北区卷》。

> 之，不解义。或测之云："首句隐亡八，次句隐无耻也。"

《聊斋志异》卷八《三朝元老》

这一故事类型，现当代仍在湖北、上海、福建、山西等地流布，譬如《三戏蔡糊涂》①《忘八无耻》②《代写门联》③《对联赠贪官》④。

什么东西型故事 大致写某年工部衙门失火，皇上命大司空金简前往督修。有人出上联曰："水部火灾，金司空大兴土木。"一时无能对者。内阁中书舍人往求同乡纪晓岚应对，纪乃曰："北人南相，中书君什么东西。"闻者哄然。这一故事类型，初见于清·褚人获纂辑《坚瓠集》，其时尚不太成型。

> 万历中太监孙隆，织造来苏，甚作威福，仪卫严肃。一日出行，一生从小巷出，误触前导，执之以归。讯知生员，无可如何，令其属对云："手执夏扇，身着冬衣，不识春秋。"生即对曰："口食南禄，心怀北阙，少件东西。"隆因不敢轻待，遂成相知，甚得其济助。

《坚瓠十集》卷三《触导属对》

清·钱泳撰《履园丛话》中的一则异文，标志着这一故事类型正式形成。

---

① 见《三戏蔡糊涂》。
② 见《中国民间文学集成·上海卷·卢湾区故事分卷》。
③ 见《中国民间故事集成·福建卷·同安县分卷》。
④ 《山西民间故事大系·晋中卷》。

第十三章 清代时期的民间故事类型

乾隆戊申年，京师工部衙门失火，上命大司空金简鸠工新之。时京师有一联云："水部火灾，金司空大兴土木。"久之，无有对者。中书君某，河间人也，语于人曰："此非吾乡晓岚先生不能。"因诣纪求之。纪曰："是亦不甚难对。"踌躇有顷，先生忽笑曰："但有妨足下奈何？"中书曰："有对固无伤也。"先生曰："北人南相，中书君什么东西。"其人惭而退，都中人哄传。

《履园丛话》二十一《什么东西》

清·独逸窝退士编《笑笑录》也收有这则故事的异文，出自《巧对录》，文字简洁，与上一则略有出入。

乾隆间，工署火，金尚书督修之。有人出对云："水部火灾，金司空大兴土木。"适纪文达入朝，有中书某状貌魁梧，自负为南人北相，辄然曰："南人北相，中书科什么东西？"

《笑笑录》卷五《五行四方对》

清·李元伯撰《南亭四话》，文字多有出入。

昔尚书金某在都中造一华屋，时正寇患未平之际，同平章事某公嘲以一上联曰："火热水深，金司徒大兴土木"。金即应口而对曰："南腔北调，中书令什么东西？"盖其公不能作官音，时以土语对人也，都下传为噱谈。

《南亭四话》卷七庄谐联话《五方对五行》

近人笔记小说集有关这一类型的作品不少，情节与《履园丛话》

相似，而文字不尽相同。

  乾隆戊申工部被火，特命金简鸠工修复。有作上联者曰："水部火灾，金司空大兴土木。"久之无有对者。舍人某，（纪晓岚）先生同乡也，席间偶及之。先生略一凝思，笑曰："是亦不难，特有屈足下耳。"诘之，则曰："北人南相，中书君什么东西。"一座哄然。

小横香室主人编《清朝野史大观》卷九《巧对》

  乾隆某年，工部署被火而毁，高宗命侍郎金简鸠工修复。有作上联者曰："水部火灾，金司空大兴土木。"久之，无有对者。一日，纪文达遇一乡人之为内阁中书舍人者，谈次，中书述上联。文达曰："是不难，第恐累君耳。"中书诘之，文达曰："北人南相，中书君什么东西？"

徐珂编撰《清稗类钞·讥讽类·中书君什么东西》

  前此都下工部衙门灾，尚书金公合匠民大治之。有人出对句，以五行分按之，句云："水部火灾，金司空大兴土木。"一时无能对者。后此有某舍人，自南方来，人极丰肥，自矜为南人北相，终身贵不可言。于是轻浮子即取为对句曰："南人北相，中书公甚么东西。"见者大噱，舍人无如何也。

林纾撰《畏庐琐记·五行五方妙对》①

  这一故事类型，现当代尚在山西、河北、湖南、湖北、河南等地

---

① 引自《近代笔记大观》，上海文艺出版社 1993 年影印本。

流布，大多为机智人物故事，内容变化较大，譬如《咏联骂衙役》①《酒楼对诗》②《对县官》③《讽贪官》④《送寿礼》⑤《相讥》⑥。

佛寺人彘型故事 系"'活佛'骗局型故事"的亚型。大致写某生被奸僧药倒，剃光头并用百针密钉，成为人彘，抬至各地以拔针施银敛财。后为亲戚认出得救，奸僧终被法办。这一故事类型，初见于清·钮琇撰《觚賸》。

> 祥符县三教庵，距城十余里，僻在荒野，邻近并无居民。适有武衿王生者，康熙壬戌七月，自远道访旧而回，孑身无伴，暑渴且甚，暂憩斯庵。庵僧以茶饮之，生遂憒然不能言，但两目瞪视，形同木偶。随有一僧，以二寸许针，从左手腕刺入。初觉微痛，渐乃不省，遂解去生衣，髡其顶，复将百针自腰以上，凡肩背胸膊，悉用密钉，竟成人彘。乃以柳舆舁之出庵，周行村镇，口称佛号。且曰："有能施银钱者，为拔一针。"檀施颇集。旋至城市，观者如堵，众中一人，迫视久之，亟呼曰："此我表弟王生也，何以至是。"僧即骇走。市人擒僧鸣县，押取解药，为生去针尽，乃苏。时蒲坼黄岵云令祥符，鞫治得实，置僧于法。
>
> 　　　　　　　　　　　　《觚賸》卷五《豫觚·人彘》

近人小横香室主人编《清朝野史大观》卷十二《人彘》、近人天台野

---

① 见《中国民间文学集成·山西卷·襄汾民间故事集成》。
② 见《汉族机智人物故事选》。
③ 见《赵南星的传说》。
④ 见《中国机智人物故事大观》。
⑤ 见《中国民间故事集成·湖北卷》。
⑥ 见《庞振坤的故事》。

叟撰《大清见闻录》下卷《人猏》与此则悉同。近人徐珂编撰《清稗类钞·棍骗类·僧以王某为人猏》抄自《觚賸》，文字略有出入。

虎口余生型故事 大致写乡民某被虎啣到山沟中，以落叶覆盖后离去。某趁机爬上大树暂避，遥见虎背（或领）一怪兽（或豹，下同）至，欲献某供其果腹。不见某踪影，兽大怒，将虎触（或啮）毙而去。某始得生还。这一故事类型，最早见诸清·钮琇撰《觚賸》，故事发生地在山东。

山东莱州伐二者，村野人也，依山而居。一日采薪荒冈，腥风乍起，转盼间遇一斑斓猛虎，惧而伈地。虎以唇含其颈，竟不啮噬，啣二衣领，踰岭两重，置于山沟。沟中落叶积四五尺，虎以足开叶，藏二于内，仍以叶覆，眈视良久而逝。

二度虎去已远，从叶出，四望沟旁，适有大树，亟援以上，隐身高枝。缚薪之绳，犹在腰也，更解绳自缚于树，使不易堕。遥见前虎背负一兽，遍体斑文，状亦类虎，而马头独角，负之矩步缓行，若舆卒之异贵人者。渐近叶沟下而坐之，将献二以供其饱。忽失二所在，惊惶战慄，屈足前跪。兽怒以角触虎额去，虎脑溃而死。二乃下树脱归。

《觚賸》续编卷四《诒虎》

嘉庆二十二年（1817）成书的慵讷居士撰《咫闻录》采录的一则异文，情节略有变化，故事发生地在浙江。

浙宁镇海县姚墅山，有一人，遇大虎，爪抓其面，走投洼下，虎含柴掩之而去。移时，若人死而复苏，虽负疼胆落，犹冀躲避逃生，扶柴撑起，急升大树上，蹲踞密叶中。见虎同一豹至，视柴开人无，虎与豹若失所望，豹即动身欲走，虎咬其尾而留之。

虎乃东西四望，纵身上山，凡有凹曲之区，寻觅无踪。虎回，豹怒目张牙，向虎领一口，血流满地而死，豹即跑去。盖虎以得人邀豹同啗，豹不见人，怒恨肆怒，故啗虎焉。若人见虎毙豹远，心宁下树，尽力负虎而归，剥皮献庙，以作神褥，刳肉分邻，以尝野鲜，疗伤月余乃愈。然伤虽愈，而颜面五疤犹存，咸呼为虎口余生。

《咫闻录》卷九《虎口余生》

清道光中后期成书的朱翊清撰《埋忧集》采录的一则异文，变化较为明显，故事发生地为楚地。

楚中一孝廉，自山中入城，因有虎患，以两猎户持铁叉自随。日暮向邮亭小憩，忽一虎咆哮而来，两人置孝廉亭前树上，挺叉迎虎而斗。虎毙，又一虎偕二小虎至，两人力尽死。孝廉方惊悸，俄一物似狗而小，白毛红发，眼金色，走如飞，直前啗三虎，三虎伏不敢动，皆死，各食脑少许，先死者嗅而不食。须臾，至树下，望孝廉大叫，耸身一跃，忽坠崖下藤蔓中，胃之空中不能脱。孝廉惶骇，自念待死已愚，不如先杀之。遂下树，取叉刺而杀之，持送县令某。某取其皮为领，雪不沾衣。……

《埋忧续集》卷二《异兽》

这一故事类型，现当代仍在吉林、河南等地流布，譬如《刘二猎狼》①《狼狈为奸》②。

---

① 见《中国民间故事集成·吉林卷》。
② 见《中国民间故事集成·河南新野县卷》。

接生奇遇型故事　系"兽穴接生型故事"的亚型。大致写某稳婆夜间被请入神（或仙、鬼）宅中接生，所得酬谢至家即发生变化。这一故事类型，最早的一则见于清康熙年间东轩主人撰《述异记》。

徐滨溪言：其祖母盛氏，余杭右族也。祖母尝言在室时，见收生妇王老娘者，自言十月初十，夜半有扣门声音甚急。启视，则唤收生者也。有淡青色灯一对，引之上船，其行如飞。至其家，坐蓐者乃一红衣妇人，称"曰大娘"。其姑称太太者，与收生妇共食，但酒肴俱冷，不甚可口。食毕，临盆产一子。其姑与银半锭，大娘又私赠银五钱，复以原舟送之归，天尚未明也。少寐，觉腹痛异常，呕吐狼藉，皆树叶也。因惊疑昨晚产子者非人。检其所赠，乃冥镪半锭也。唯大娘之银则朱提焉。疑为殓时受含之物耳。

《述异记》卷下《鬼产收生》

清乾隆后期成书的袁枚撰《续子不语》所收的一则异文，情节多有变化。

嘉兴乡镇间祠杨老爷，神多灵验。稳婆阿凤者，以收生致富，远近生育之家，必延之至，始无难产。忽雪夜有人叩门，问何来，曰："冷水湾杨府生公子，主人命来，宜急就船。"凤袭裘同仆下船，果至冷水湾。第宅严丽，进门，主人临轩而立，见凤来，喜甚，命仆异入后堂，则产母方卧床，而呼众媪婢执烛而立，皆惨然曰："吾夫人产四日矣。"凤诊视之，盖肠盘于胎，急不得下也，以法救之，胎应手而出。报主人，主人赠金元宝二锭。凤纳之曰："后三朝，吾当来。"时天大雪，而房中热气甚逼，凤解衣从事。及出门就船，始记有外衣未著。归家，天已明，视元宝则金纸叠成而皮衣已送至家矣。由是乡人为老爷作三朝，行围盘钗果之礼，迎各庙诸神来贺。

《续子不语》卷九《杨老爷召稳婆收生》

到了清代后期，这一故事类型的异文不断涌现，色彩纷呈。清光绪初年成书的陆长春撰《香饮楼宾谈》卷一《徐稳婆》，记入鬼宅接生之事，情节曲折，描写细致，颇富传奇色彩。

杭州清波门稳婆姓徐，老于收生，凡有难产，或濒殆者，能转危为安，应手立效，故巨室临蓐，必迎致之。一日薄暮，有人坌息而至，问此是收生徐姥否？曰："然。"其人曰："家小主母坐草两日，而胎未下，势甚急。知姥好手，特令相迎，肩舆在门，请速去。"徐不暇详诘，仓猝登舆。

出城已昏黑，途径莫辨。约数里，其人曰："至矣。"见一巨宅，闳闶壮丽，从角门入。有翁彷徨室中，见其人问曰："收生来乎？"曰："来矣。"翁有喜色，谓徐曰："夤夜相招，累姥蒙犯霜露，心殊不安。"徐笑曰："我辈衣食在是，岂敢惮劳。十二时中生育不绝，谁家娘子能自主白日诞麟耶！"即有稗妪自内出，炳巨烛导入卧室，雕奁绣榻，锦幔金钩，光艳夺目。妇女数辈，衣饰俱华美，见徐入，共相迎劳。一紫衣妇年四十余，低与之曰："吾家娘子临盆久犹未免身，腹痛不可忍，将就殆，姥视之得无妨乎？"披帷见少妇拥红绣衾，叠枕而卧，眉黛紧蹙，娇喘欲绝。两美婢内外夹侍。徐以手入衾探之，曰："恭喜，男胎也，交子时即分娩矣。"因于腰间出红纸裹曰："此催生良药，服之当奇验。"紫衣妇即令煎饮。少顷，闻床上少妇宛转呼号，颦楚尤甚。徐曰："在此时矣。"解衣登床，为之收接。呱呱一声而儿已堕地，举室相庆。紫衣归取绣褓令徐绷裹讫，曰："姥大劳苦，扰攘半宵，而勺水未咽，将无馁耶！"因与俱出，翁亦称谢者再。即令进馔肉一碟，面一盘，别无他肴。徐窃怪其简，而味又恶劣不堪食，勉尽半器。

翁酬以大银两锭，仍以肩舆送归。比至，天将晓而城阖未辟。舆夫曰："我等奔走已倦，欲速归。此去姥家不远，请少憩，待城启而入，可乎？"徐许之，下舆坐城阙以俟，舁舆者疾驰去。

既至家，子妇咸来问讯。徐盛称其家居室、器服之美，并获厚赠，意甚得。出视之，乃纸锭，骇异失色，喉中咽咽作声，所食物一呕而出，面则蚯蚓，肉则癞蛤蟆也。始悟遇鬼，病累而瘥。后有昏夜邀其收生者，非素习之家，悉辞不往，盖有鉴于此云。

清·李庆辰撰《醉茶志怪》卷三《白塔寺》，记入仙居接生之事，殊为奇异。结尾处写接生妪撒豆之举，始怨后悔，多含寓意，给人以启迪，不落俗套。

杨青驿河干，有积柴如丘，相传仙居其内。旁建一祠曰"白塔寺"，乡人祈祷辄灵。

邻村有收生妪，夜半有人叩扉延请，云："已为姆备肩舆，敢奉劳也。"未暇详问，即扶入舆中，舁之而去。至一第，门仅如窦，入则楼阁连亘，服物奢侈。内室锦帐绣褥，坐一佳人，年二十许，美丽无比，绿蛾双蹙，红粉凝娇，似将分娩。旁立数婢，亦皆妖艳。妪使一婢登床抱产妇，使柳腰细弯，莲足高举。女产殊不艰涩，一举四男，体俱肥茁，惟尻际有小尾不时摇动，啼声啾啾。一婢奔出送喜。有美妇四五人，入室欢贺。邀妪至他室，盥以金盆，餤以肴酒，出黄豆升许赠之，云"将去一生吃着不尽"。

妪大失所望，方欲致辞，遽使人导出。回顾并无屋宇，乃麻秸垛也。深怨仙人吝啬，举袖中豆洒诸河干。及至家，袖底得珠二粒，始悔。再往寻之，乌有矣。

近人无名氏编《杂谈掇拾》① 中的《鬼产》（南村撰），与《香饮楼宾谈》卷一《徐稳婆》一样是写鬼宅接生之事，然较古朴，风格迥异。

湘阴有产婆王氏者，收生家之圣手也。居傍城隅，门巷极冷寂，去庐百而外，累累皆古冢，白杨萧瑟，向晚即绝人迹。王媪居此有年，惯习相安，亦不之惧。邑中有人生育事者，罔计远近，辄奔驰逆媪，盖媪之术久为众钦也。以故媪之行止，星夜靡常，篝灯首道，带月驱车，诚多见不鲜之事也。

一夜方二鼓，一灯萤然，媪尚拥儿未寝，忽闻叩门声，剥啄甚急，乃拔关纳客，则一伟丈夫笼炬立阶上，称其家有孕妇，将分娩，乞媪为之料理。媪诺之，延彼少憩。对曰："时甚迫，无多暇。媪摒挡速行，余立待可耳。"媪察其状甚躁急，亦不与问答，草草整装而往，其人持炬前导，媪随之行。夜色迷漫，不辨何处。约半时许，至一家，屋制甚古，若饱受风雨而欲颓朽者，有老人倚门而望，见媪来，趋前迎之，慰劳倍至，导媪至一室，室中设一案一榻，案上油灯一光，暗淡不明，产妇卧榻上，呻吟不已，状若甚痛楚者。媪就前探之，貌仅三十许。诊其脉息，知胎已动，遂参之立室中，指挥其男子。设施种种，乃以手为产妇按摩之。既而呱然一声，儿已堕地矣。视之男也，体干甚硕伟，其家人各相慰贺。于是延媪就外室，治酒食相款，出产妇所食鸡，为媪佐餐。饭已，媪询其家世，答言姓邹，家无多人，适坐产者乃其妇，逆媪者其弟也。言竟，命其弟复以炬送媪归，赠青蚨一贯，又以葵叶裹鸡肋，置之篮中，曰："此媪之所嗜也。"王媪逊

---

① 见《民权素笔记荟萃》，山西古籍出版社1997年版。

谢而归，抵家后，送者自别去，媪亦倦而就寝焉。逮次日，日三上竿，晨餐熟矣，子女促早膳，媪乃兴，亟检昨宵所获之鸡肋，思以佐饭，乃取篮观之，唯蜣螂足数枚耳，不觉噤惧不能声，始知昨宵所遇者皆鬼也。出钱验之，亦有花斑，然数百年物，惟幸尚未化耳，嗣后媪遂辍夜行焉。

这一故事类型，现当代仍在新疆、北京、山东、湖北、四川、浙江等地流布，譬如《鬼请杜大夫接生》①《收生婆》②《马老太奇遇》③《鬼请接生婆》④《夜半求医》⑤《给鬼接生》⑥。

马曳贼亡型故事 大致写一乱军士兵（或贼人）在荒野欲奸淫村妇某。某假意顺从，设法让其将马缰系在足上，随即猛刺马，使马狂奔，最后竟被奔马拖死。这一故事类型，最早见于清·蒲松龄撰《聊斋志异》。

> 甲寅岁，三藩作反，南征之士，养马兖郡，鸡犬庐舍一空，妇女皆被淫污。……一日，一兵至，甚无耻，就烈日中欲淫（张氏）妇。妇含笑不甚拒。隐以针刺其马，马辄喷嘶，兵遂絷马股际，然后拥妇。妇出巨锥猛刺马项，马负痛奔骇。缰系股不得脱，曳驰数十里，同伍始代捉之。首躯不知处，缰上一股，俨然在焉。

《聊斋志异》卷十一《张氏妇》

---

① 见《中国民间故事集成·新疆卷·巴里坤哈萨克族自治县分卷》。
② 见《中国民间故事集成·北京卷》。
③ 见《中国鬼话》。
④ 见《中国鬼话》。
⑤ 见《中国鬼话》。
⑥ 见《中国民间文学集成·浙江临安县卷》。

同治十三年成书的许奉恩撰《里乘》、光绪初年成书的宣鼎撰《夜雨秋灯录》和俞樾撰《右台仙馆笔记》，各采录了一则异文，故事情节均有变化。

先是，贼窜江南，至桐舒界，乡村男妇皇皇窜避。有女年十七八，以足纤不良于行，为贼所掠，搂坐马上。既至一山谷，贼眄无人，抱女下马求欢。女笑曰："固所愿也。然必须将马系住，否则奔逸奈何？"贼以为然。惟苦童山，无树木可以维系。贼欲焰正炽，踌躇无计。女笑曰："君何愚也！以马绳系君踝，复何虑耶？"贼大喜，如言缠绳于踝，摩挲妥帖。女急取贼所佩刀，力斫马尻，马负痛，曳贼足怒奔。贼猝不能脱，任其所之，竟不知胡所底止。女掩袂吃吃匿笑，以里党路熟，由巘道急遁，幸免于难。或谓贼为马所曳，脑裂肢解，身无完肤而毙。

《里乘》卷十"皖北奇女"

又闻一周姓妇，吾乡东鄙人，自恃足大善走，难将及，先嘱良人挈子女潜遁，己则摒挡长物。甫就绪，郊外边马已四出。无已，怀一利剪出门，将觅小道，寻亲串家，暂避其锋。

忽一贼目，自远道瞰妇，似有风致，扬鞭追及，喝之止。妇亦不惧，含笑相迎，宛如旧识。下马，推妇于地，将淫之。妇伴解裈带，而笑露其齿，嗤形于鼻。贼问云何？曰："我惜子愚耳，子等跳梁，全赖骥足，设与我苟合时，马遽逸，奈何？"贼思其言颇近理，又能慰己，然四顾荒郊，无一树一石可以揽辔，颇筹度。女云："献一策，然后为所欲为。"贼求计甚急，女大声曰："急煞儿，盍以缰系于两足乎！"贼抚掌称善。乃弯腰俯首，牢缚不稍松。

时妇之剪刀已在手，乘不意，蓦以剪刺马腹，马负痛，遽咆哮，拖贼绝尘奔。剪在腹肉中，愈走愈摇，愈摇愈痛，痛则狂奔如蹴电，如追风，十里外犹不辍。而贼肤裂额烂，骨折气竭，不似人形矣。

妇徐徐整衣裙，拾贼遗之包裹，遥望马拖贼去，觅路始行。及寻得良人，相与剪灯话终夜，吃吃笑不休。

《夜雨秋灯录》卷七《大脚仙杀贼三快》之一

咸丰三年，山东幅匪起，掠费县之仲村集。有一贼骑马走荒郊，遇少妇独行，遽下骑推妇于地，将淫之。不知此妇固娼也，殊不惭懼，乃反笑曰："汝骑将逸，奈何？"贼思其言良是，而四顾无可系马处。妇又笑曰："拙哉，贼也！何不即系于汝足？"贼亦笑曰："诺。"乃引马缰系己足上，解衣就妇。妇猛起拾地上贼刀，力斫马尾。马惊，又负痛，狂奔十余里不止。贼为其牵曳而去，颅碎胁折，生死不可知矣。妇望之，鼓掌大笑，检贼衣，得巨金数锭，怀之归。

《右台仙馆笔记》卷四"马曳贼去"

《洪杨异闻·智妓》①"周氏妇"抄自《夜雨秋灯录》，文字几乎无异。近人刘铁冷撰《铁冷丛谈》②卷一《智妓》系根据《右台仙馆笔记》改写，文字略有差异。

斫蟒救亲型故事 系"虎口救亲型故事"的亚型。大致写兄弟二人深山采樵，兄为巨蟒吞噬，弟拼死斫蟒救出兄长。这一故事类型，见诸清·蒲松龄撰《聊斋志异》。

---

① 见《清代异闻》第三卷，巴蜀书社1998年版。
② 见《铁冷丛谈》，上海小说丛报社1914年版。

第十三章　清代时期的民间故事类型

　　胡田村胡姓者，兄弟采樵，深入幽谷。遇巨蟒，兄在前为所吞；弟初骇欲奔，见兄被噬，遂怒出，樵斧斫蛇首。首伤而吞不已。然头虽已没，幸肩际不能下。弟急极无计，乃两手持兄足，力与蟒争，竟拽兄出。蟒亦负痛去。视兄则鼻耳俱化，奄将气尽。肩负以行，途中凡十余息，始至家。医养半年，方愈。至今面目皆瘢痕，鼻耳惟孔存焉。

《聊斋志异》卷一《斫蟒》

水灾救母型故事　大致写一年山洪暴发，孝子某弃妻小不顾，背老母疾奔山顶。越日水退，其家所居小村无恙，妻小平安。或言其妻儿遇险获救，未几水落，仍得安居。这一故事类型，最早见诸清·蒲松龄撰《聊斋志异》，故事发生在山东。

　　康熙二十一年，山东旱，自春徂夏，赤地无青草。六月十三日小雨，始有种粟者。十八日，大雨沾足，乃种豆。一日，石门庄有老叟，暮见二牛斗山上，谓村人曰："大水将至矣！"遂携家播迁。村人共笑之。无何，雨暴注，彻夜不止；平地水深数尺，居庐尽没。一农人弃其两儿，与妻扶老母，奔避高阜。下视村中，已为泽国，并不复念及儿矣。水落归家，见一村尽成墟墓。入门视之，则一屋仅存，两儿并坐床头，嬉笑无恙。咸谓夫妻之孝报云。此六月二十二日事。

《聊斋志异》卷四《水灾》

　　清道光初年成书的钱泳、徐锡麟辑《熙朝新语》收录的一则异文，故事发生地在河北。

　　定州唐河近村，为西山众水所归，骤长丈许，依阜而居者时遭水厄。有王某者耕于田，见水忽至，急趋至家，遇妻在户，即负之走。妻大声呼止之曰："母在内，何先顾我也！"某舍而负母，置之阜。归救妻，则水已及丈，居毁而妻无迹矣。奔告母，母痛甚，望水泣不已。寻见一浮尸追阜，某力挽出之。母益痛，抚尸大恸。某亦视而泣。妻忽苏，张目如梦醒然，形气无恙。母子憩告以故，始觉再生。未几水落，仍安居如故。

《熙朝新语》卷十五"水厄救母"

咸丰至光绪间，陆续出现一些异文，故事发生地与故事情节均有变化。高继衍撰《蝶阶外史》中的一则是：

古北口外多山，山水涨发往往漂没庐舍。某乙者，居半山小村落，年二十余，家有老母，授室甫年余，生一子。某乙日采樵，下山售卖养母。一日斫柴山椒，见白气漫天，波涛喷涌而至。念水至山半，村必不保，狂奔至家，负母疾赴山顶。比至，水已没足。因母子憩极高处弥望，滔滔汩天无际，度家人尽葬鱼腹矣。越日水退负母归，见他村尽墟，独所居小村无恙。至家闻儿啼室中，妻炊饭方熟，因食。母问之，云他无所见，惟浓阴一日，昏暗如昼晦耳。此事得诸贩羊人，言之凿凿，惜忘其姓名。

《蝶阶外史》卷一《某乙》

清·丁治棠撰《仕隐斋涉笔》引《劝善录》的一则是：

孝子某居山中，父母俱老。夫妇尽孝道，生二子尚稚。一夜雷雨交作，蛟水泛涨，地坼山崩，遍地成洪流，漂居人无数，孝子遭变，与妇谋，以儿可再生，失父母则终天抱恨，不可弃也。遂夫负父，妻负母，登山避之。时雨如悬溜，滑达不堪，竭蹶得上，水随涨十余丈，仅余山冢未没。正仓皇间，忽大声发水上，蛟尾扫一物，搁山顶，形蓬蓬甚巨，黑夜不能辨，自是水杀。黎明视之，已屋也。家具器物，随屋浮上，位置如常。而两儿犹酣睡床上，齁鼾未醒。夫妇稽首谢天。数日水落，下视居邻，漂泊一空。所毗连地，皆水冲沙埋。而孝子土田，方罫分明，若有阴为护之者。县令闻之，表其异，即以水淹无主地割畀之，家遂由此丰实焉。

《仕隐斋涉笔》卷一《孝免劫》"孝子救亲"

近人徐珂编撰《清稗类钞》中的一则异文增加了兄弟对比的情节，变化更为明显。

伊洛水溢之年，杨璞者，与其弟奉母居。弟饶于资，璞懦且贫。水至，弟以筏载其妻逃北山，母呼之不应，竟去。璞怒，襁母于背将浮沉。抵北窑，水势奔骤，若有挈之者，旋跃入大溜中。山上人望之，如鼋鼍湮渍不沉，亦下神隉滩，村民救之登岸。顷之，有一妇人抱子漂下，母遥望，忽号曰："吾妇与孙也！"拯之，果然，翼日归。其弟舟将抵北山下，山石崩，压舟，夫妇俱溺死。

《清稗类钞·孝友类·杨璞襁母逃水》

这一故事类型，现当代仍在上海等地流布，譬如《天灾之年》①。

舍命护金型故事 系"烈火救主型故事"的亚型。大致写某人携金外出时，家犬尾随其后，行为异常，多次呵逐方才离去。后来主人才发现自己遗失的银子被家犬护卫起来，分毫不损，然而家犬却为此献出

---

① 见《中国民间文学集成·上海卷·宝山区乡镇分卷》。

生命，深为感佩。这一故事类型，初见于清·蒲松龄撰《聊斋志异》。

潞安某甲，父陷狱将死。搜括囊蓄，得百金，将诣郡关说。跨骡出，则所养黑犬从之。呵逐使退；既走，则又从之，鞭逐不返。从行数十里。某下骑，趋路侧私焉。既，乃以石投犬，犬始奔去；某既行，则犬欻然复来，啮骡尾。某怒鞭之，犬鸣吠不已。忽跃在前，愤龁骡首，似欲阻其去路。某以为不祥，益怒，回骑驰逐之。视犬已远，乃返辔疾驰，抵郡已暮。及扪腰橐，金亡其半。涔涔汗下，魂魄都失。辗转终夜，顿念犬吠有因。候关出城，细审来途。又自计南北冲衢，行人如蚁，遗金宁有存理。逡巡至下骑所，见犬毙草间，毛汗湿如洗。提耳起视，则封金俨然。感其义，买棺葬之，人以为义犬冢云。

《聊斋志异》卷五《义犬》

清·慵讷居士撰《咫闻录》所收的一则异文，情节发生明显变化，且与"烈火救主型故事"连串在一起，描写颇为细致生动。

四川江津人某甲，身系四百金，清早出门干办急事，行路亦急，一气跑十里外，回头见家犬尾之而来，谓犬曰："因尔每行必跟我，殊属多事。今我须远走百里外，是以将尔闭置房中，且不教食。尔今如何又来？将来必力乏而死。"斥之转不去，猛踢两脚，狗乃解意，帖帖然去。

甲又走十里许，回头见狗仍在，因解橐中所藏干粱饲之。衔食尾行，紧慢相从。行至百里外，甲力疲而倦因将次可到，乃少驰而坐。犬亦旁侍而蹲。无何，甲乃悠悠睡入黑甜乡，固不知日之将暮也。

已而日已沉西，野火倏近。甲鼾睡不醒，任犬号跳，终不之觉。犬乃跑溪中，滚入水中，一身濡足，上主人睡处四周搅草使湿，不是者不知几次。甲仍不知觉，火将及身，犬啮其辫而拽之。甲乃醒，翻身起视，幸月色微茫，急急赶路。犬暴躁而号，甲不审何为。忽记银包尚在草堆，拾时始知草四处皆湿，感犬之义，不觉泪涔涔下。呼犬同行，犬走不十余步，嗷然一声，倒毙在地。甲乃推入坑中，还时葬之，且立义犬石以征之。

《咫闻录》卷十二《义犬》

鬼孝子型故事 大致写一孝子幼时丧父，不满十岁便以力养母。数年后孝子亡故，母无所依。他忽然作声告母，仍将尽力赡亲。随即于市中暗使挑担者力量大增，所获远多于平日，让其人分一半钱与寡母。鬼孝子每日暗助挑担者，使寡母自给至老。这一故事类型，最早见诸清康熙中期成书的张潮辑录《虞初新志》所收的宋曹撰《鬼孝子传》。

  海宁陆冰修述闽中高云客之言曰：某乡有鬼孝子者，生七八岁，父亡于外。家无宿粮，孝子即能以力养其母，俾母安其室而无他志。将束冠，聘某氏女，未及娶，孝子忽以疾死。自是母无所依。有邻人某者，将娶之，谓媒者曰："若之夫久相失矣，若之子又卒亡矣，若之家无三尺之童，且无衣无食矣！若其何以自终乎？予欲与若偕老，若其许之乎？"媒者悉以告其母，母将许之。孝子是夜忽声作于室，呜呜然环榻而告母曰："儿虽死，儿心未死也。儿与母形相隔，魂相依也。邻人欲夺吾母，母遂将从之乎？"母惊哭曰："失身岂吾素志？始汝父死，赖有汝；汝死，吾复何赖？汝为我谋，我何以生？"孝子曰："儿之生，曾以力养吾母；亦曾以余力聘某氏女。儿不幸早丧，母无所依，某当归吾聘资为母生计。"母曰："如不应何？"孝子曰："儿当语之。"是夜果见异于某家。某倍偿前资，以归其母。母于是自给。

  三年许，资尽，母复呼孝子之魂而告之。孝子曰："儿生能以力养吾母,死亦能以力养吾母。"母曰:"吾儿鬼矣,乌能复以力养?"孝子曰:"母当市中,语担者曰:尔倍平日所担,吾儿当佐汝。"母果入市语担者。担者曰:"若儿死矣,乌能佐吾担?"其母曰:"请试之。"担者果增以倍,孝子阴佐之,担者疾走如平日。因以所获钱谷,归半于其母。孝子日佐之无间,母以是自给至老。

清·褚人获纂辑《坚瓠集》成书的时间略晚于《虞初新志》,其中所收的一篇异文引自《北墅手述》,文字简约,很可能是据《鬼孝子传》缩写。

《北墅手述》,高云客言,鬼孝子,闽中人。幼失父,未十岁即能以力养,俾母安其室。越数年而孝子死,母无依,有欲诱而娶之者。孝子忽于空中作声,止母勿再适。母悲曰:"岂得已哉,无食何以为生。"孝子曰:"儿虽死,心未死。儿与母未相离,儿能赡母。母盍往市中语担者,令其倍担所市物,吾当佐其利三倍。"母果语担者,担者如其言,一人担两人之任,担加轻,力加倍,走如疾,空所市者加速也。以所获之半归其母,日以为常,勿敢欺。母获歌黄鹄以终老。

《坚瓠余集》卷二《鬼孝子》

清道光十二年(1832)成书的钱泳、徐锡麟辑《熙朝新语》中的一则,除个别细节有变化外,基本上与《坚瓠集余集》卷二《鬼孝子》相同,但描述更趋简略。

闽中有鬼孝子者,七岁丧父,家赤贫。孝子虽幼,即能以力养母。数年孝子死,邻人将夺母志,孝子为祟其家以止之,且托梦于母曰:"儿虽死,犹能以力养母。"母泣曰:"儿已鬼矣,安所用力为？"曰："母第适市语负担者，令加重焉，儿阴佐之力，使能胜，则其佣可倍获，母取其赢以给赡也。"母如其言，果赖以存活，守节至老。宋射陵曹为作《鬼孝子传》，见《虞初新志》。世之生而忘亲者，愧此鬼。

《熙朝新语》卷六"鬼孝子"

这一故事类型，现当代仍在四川等地流布，譬如《孝鬼》[①]。

晒银字型故事　大致写一店主昧心吞没客人某寄存之银子。某诉于官，官传唤店主夫妇后，独审店妇，以朱笔在其掌上画一银锭（或写一"银"字），跪晒于庭下，言明若系吞赖，则朱画退去。官随后又审店主，店主矢口否认，官即再三高声问庭下店妇银在否？店妇均应曰："在。"店主见其妻已供认不讳，便尽吐实情，客冤遂白，追回存银。这一故事类型流传于清代。但最初的故事形态已无从查考，目前只能从乾隆末嘉庆初成书的无名氏撰《施公案》第四至六回，根据此则民间故事改写的通俗公案小说中，窥见其基本面貌。

　　施公忽抬头，只见头门外跑进两个人来，扭在一处，你嚷他揪，扯的这个脸上青紫，那个衣服撕破衣衿。个个布衣，容貌平常，年纪不过四十上下。来到公堂，一齐跪下，满口乱嚷。施公喝住："你等无知，既来告状，何用吵嚷，慢慢说来。再要无礼，本县立刻用刑！"二人闻言，不敢高声。这个口尊："老爷，小人姓朱，名有信，祖居江都人氏。自幼攻书，颇知义礼，我现在小本贸易度日。只因前赴码头起货，路过钱铺，换银九两八钱，整整四块。掌柜的用秤子秤了。偏有小的母舅经过，慌忙放下银子，去迎母舅。相叙罢时，再来问银，他不承认。昧银拐赖，因此告

[①]　见《中国鬼话》。

状。求老爷判明。"诉罢，叩头碰地。施公问那一人："你是开钱铺的么？"那人见问，叩头禀道："小人姓刘，名永。本系徐州人氏，带领家口，来此江都，钱铺生理。开了已十余年，老少无欺。朱有信来，并未见他银子什样儿的，明明讹诈，撕破我衣衫。旁人来劝，破口大骂，平白向我要银四块——九两八钱银子。小的往日，并没会过，不知他是那里人氏。叩求老爷公断。若不与民人作主，只恐趁了刁人之心了。"

刘永诉罢叩首，屈的他二目垂泪。施公闻听，沉吟良久，想这江都民刁，颇能撒赖。此事无凭无据，怎得问明？再三踌躇，主意拿定。带笑叫声朱有信："本县问你，世界上银钱最为要紧，你自不小心，失落银两，先有罪过，还来告状？"那人气的满口大叫。施公故意动怒，断喝："下去，少时再问！"朱有信诺诺而退。

施公叫声刘永："本县问你，果真没有见他的银子么？"刘永说："小人实未见朱有信的银子。如若昧心，岂无个天理？"施公点头，说："你既没有见他银子，也就罢了。本县如今吩咐你，你要不遵，立刻重处。"施公说："你近前来听着。"刘永站起，走至公案旁边，才要下跪，施公摆手，他即站在一旁。施公提起朱笔，说："刘永，伸手过来！"刘永伸手在公案，施公写了"银子"二字，把笔放下，带笑吩咐说："刘永听真：你去面向外，跪在月台之上，不许东张西望，只瞅着手中'银子'二字。如若擦去一点，立刻叫你将银赔出，还要重责！"刘永答应，不敢不遵，心中含怒，走至月台跪下，只瞅着手中"银子"二字。施公又叫衙役上来，近前附耳低言，如此这般，疾去快来。

衙役答应出衙去后，施公又见打角门进来一个妇人，披头散发，脸上青肿，脚步忙乱，年纪约有五旬，喊叫冤枉。他口称"青天救命"，气的疯疯颠颠，跑至公案前跪倒，数数落落，悲声凄惨。施公叫声："那妇人有什么冤情，款款诉来，本县与你公断。"那妇人见问,停悲,口尊:"老爷,小妇人告夫主万恶!"施公一听,大怒道:"放刁胡言!自古至今,妻告夫,先有罪过。律有明条,难以容怒。你快把告夫情由说来,我立刻拿到对词。"那妇人口尊:"老爷!小妇人丈夫,名董六,嫖赌不规。求老爷差人拿来,当堂对词,就知小妇人的冤枉。"施公听罢,说:"既然如此,你下去等候。"那妇人答应,下堂伺候。施公即出签去拿董六,不在话下。

但见先所差去青衣,把钱铺刘永之妻,带上公堂跪下。施公见那妇人,雅淡不俗。就说:"你丈夫欠下官银数两,他叫把你传来交还,此款或有或无,快快说来!"妇人见问,口称:"老爷言之差矣!凡事自有家主,小妇人的丈夫,该下官银,理应追究他还。小妇人难道自有银偿还么?小妇人清白良家,闺阁女子,传我前来,什么缘故?抛头露面,进县见官见吏,岂不令人笑谈!知道的,言是丈夫连累了妻子;不知道的,说我败坏闺门。只恐娘家邻右,人言不逊。老爷本是一县之主,为民父母,作官不正,甚是糊涂,枉受皇家爵禄之封。"贤臣听民妇言之有理,心中倒觉欢悦,并不动怒。

且说贤臣含笑讲话,说:"那妇人,休得乱道。俗言为臣要忠,为子要孝,官清吏肃,萧何法律,朝廷定例公平,刚刀虽快,不斩无罪之人。你且休含怨,凡事自有神鉴。你今略待片时,就知详细。人起亏心,天必不容。"说罢,施公叫差役上来,细听吩咐。又叫那妇人:"不用你生气。你往那月台上瞧瞧。因你男人欠银不交,罚跪在那里。等本县当着你问他,听他说有银无银,你也就不怨本县了。"那妇人闻听,扭头一瞧,见男人果然跪在月台之上,低着头,不知瞅着手里的什么。妇人看了,正在纳闷。施公往下吩咐公差:"你去站立堂口,高声问刘永有银子没有?"公差答应,走至堂口,一声大叫:"刘永呵!老爷问你,银子有没有?"刘永只当问手内写的"银子"二字,高声答道:"银子有。"公差回禀:"老爷,方才那刘永答应,银子有,未敢动。"施公叫:"那妇人,你可听见你丈夫说:银子还未敢动,故此他叫本县将你传来的。本县想,你家中必有银子。你不肯实说,本县此时也不深究于你。你既不念夫妻之情,本县无怜民之意,严刑追迫你的丈夫,你可休怨本县!"一面说,一面偷看。那妇人听见这话,就有些惧怕之形。施公故意作威,将惊堂拍的连响振耳,喝叫:"快抬大刑伺候!"众役跑去,把夹棍抬来,哗啷一声,扔在当堂,真乃吓人。施公并不叫人动刑,倒望着旁边站立书吏说:"汝等伺候本县,也知道本县法重刑狠,铁面无私。本县甚有怜念贸易之人,苦挣财利,养妻赡子。今刘永之妻进衙,认赔官项,岂不大家省事,且显本县之德。那知这妇人不明道理,还怨本县。他不念夫妇之情,本县不得不用刑法了。"那书吏灵透,深知本官心事,回答道:"老爷圣明,理该重究,方服民心。"施公又看那妇人的动静,低垂粉项。施公又将惊堂连拍威吓,叫人动手,夹他男人。吓得妇人面目变色,在下连连叩头,说道:"青天,且莫动刑,我实说就是了。"贤臣坐上微微冷笑,回手一指,叫那妇人:"快讲,若是有理,就免动刑打你丈夫。"妇人道:"银子家中有一包,不知多少,丈夫叫我收起,不许言语。先蒙老爷追问,我不敢说出有银子的话来。方才老爷问他,他说有银子没动,小妇人方敢直诉。求老爷开恩,情愿将银子拿交官项,恳求宽免夫刑。"

施公闻听,哈哈大笑,传刘永问话。青衣答应,忙到堂口,高叫:"刘永上堂,与你妻对词。"刘永一听,爬起迈步答应,转身上行,来至堂上;看见妻子,不由吓了一跳,就知瞒银之事已露,面色顿改,无奈一旁跪下。施公叫声:"刘永,银子动了没动?"刘永见问,把手往上一伸,说:"银子还在。"施公点头,说:"有银子就好。"忽听刘永对他妻子说:"你不在家,为何到此?"吴氏见问,桃腮带怒,骂:"没良心还有脸问我!我且问你，你是男子，欠下官银，你自作主意，该交不该交，凭你，为何胡说，叫老爷把我女人家传进衙门，抛头露面？你可体面何存，你怎见亲朋？快些去拿你给我的银子——我藏在柜顶上皮箱里面。拿来交还官项，好求老爷免打。"吴氏这些话，把刘永说的目瞪口呆，无言可答。迟了一会。吴氏不知其故，偏偏追迫，说："你还不快去，难道发呆就算了账不成？"刘永闻听，一声大骂："好个蠢妇，谁叫你多话！"施公闻听他这事现已败露，心中大怒，一声断喝："咦！你夫妇再要争吵，掌嘴！"刘永、吴氏都吓得低头不语。施公带怒，叫声："刘永，你昧他这些银子，你已欺心。并不想天理昭彰，鬼神鉴察。该死奴才，人生天地之间，全凭忠孝礼义、廉耻信行。大丈夫严妻训子，须要守分。买卖交易，秉心公平，老少无欺。处处正道，神灵自然加护，贸易必得兴隆。害人之心将萌，孰料神佛先知，默默之中，早已照察。适才朱有信换银，你欲瞒昧，上天不容。还敢厮打到衙门来，仍是胡赖。非本县神明如电，赃证俱无，何处判断？你自知陡起亏心，你那知本县判事如神，略有小计，即入圈套。理应枷号，本县姑念你初犯无知，开恩罚银五两，自新改过。如再欺心，决然处死！"①

在这一故事类型中，作为民间故事出现的作品则始见于清·慵讷居士撰《咫闻录》。

有一肩箱摇鼓，贩卖碎小绸缎绒线者，寓于饭铺，将日逐售获之银寄存铺主，晚必算明存银数目。若人物已脱尽，又欲往贩，向铺主起取存银。欺无票据，吞之。客与铺主捐命，铺主匿身，而令妻与客敌。

---

① 见《施公案》，上海古籍出版社1993年版，第12—15页。

客乃情急，奔至旌德县堂，见官坐于公案，一一跪禀。江公（恂）立传铺之夫妇到案，先问其妻，竟供为客之图赖，再三驳诘，不得实情。问其夫亦如是。江公讯案，素不刑求。凝思半晌，命差将其夫带下，唤其妇起，至案傍，命伸手，提朱笔画一银锭于掌，著差押跪日中。谕曰："不许收掌。如果客银非尔吞赖，则朱画之银不能退去。若尔吞赖，则朱画之银必退，仍还白掌也。"遂又提其夫而问之，仍如前供。吓之以刑，矢口不移。江公高声问其妻曰："银子在否？"其妻应曰："银子在。"江公即诘其夫曰："尔妻现供说银在，尔尚敢狡赖乎？"其夫听妻已供认，即吐真情，立追缴案，给领，将铺主杖责示儆。

《咫闻录》卷五"晒银"

清·吴趼人撰《中国侦探案》①所收的一则异文，情节较曲折，多有变化。

有夜投逆旅者，举一囊以付主人，曰："此钱囊也，乞代贮之，明日还我。"主人诺之，即注于册曰："收某客钱囊一事"，复予以收券曰："凭券付还钱囊一事"，此盖逆旅之通例也。时则旅客踵趾相错，众目睽睽，咸共见之。及就寝，主人窃发其囊，则银也，遽以钱易之。诘旦，客持券取囊，发视之，累累者钱也。失声曰："死矣！吾本银囊，何得化为钱！"遽向主人理论。则注于册者钱，收券亦钱，昨夜众人所见者，亦曰："彼固付以钱囊也。"客不能辩，控诸官。传逆旅主人至，讯之，主人呈册卷，则册注曰钱，券署曰钱；传证人，客曰："吾等固见其以钱囊付主人也。"官乃叱而逐之。客徘徊终日，复具控，官怒，笞而复

---

① 见《我佛山人小说集》，花城出版社1986年版。

逐之，客益冤苦。及夜，赴水求死。适有邻邑宰某大令，以事晋省，泊舟其间，见有自溺者，呼舟人拯之。叩其故？曰："吾某店伙也，自他邑收债归，投逆旅宿，以银囊付主人，当时以投宿人众，恐有肰箧者流厕其间，故讳银为钱。晨起取囊，果尽钱矣，此必为逆旅主人所易。吾归无面目以见主人也，是以求死。"曰："盍控之官。"曰："已再控矣，官不我直也。"曰："是无伤，明旦以状来，吾为汝直之。"客谢去。翌日，果以状来，大令乃赴县署，陈其事。官曰："是痴人也，证据凿凿皆钱囊，彼且一再赴诉，吾已薄惩而遣之矣。"大令曰："否，此人必冤，不然，彼何至蹈水而求殉也。乞假我法堂，当为白之。"官不得已，如其请。大令乃尽传逆旅诸人至，鞠之。则册注钱，券署钱，愿为证人者，皆曰："彼固自言为钱囊也。"大令愕然，念无以白之，将遗笑柄。顾役问曰："逆旅诸人尽在是耶？"曰："主人有妇在，以此无预眷属事，未传来也。"曰："速为我传之来。"役去。乃谓诸人曰："客所付者实银囊，汝等故赖之，而孰为赖银者，吾不得知，然吾有术以破之也。"命各伸一掌来，以朱笔于掌中书一"银"字，令至庭中，跪烈日下，伸其掌以曝之。曰："赖银者，掌中'银'字，当为太阳摄去也。"于是诸人罗跪庭下。有顷，扬声问主人曰："某，汝'银'字在否？"应曰："在。"少顷，复问，则复应曰："在。"差役侍从及观审者，莫不笑之以鼻，以为若是者，直儿戏耳，讼乌得白。亡何，役传逆旅主妇至，诘之曰："汝与夫谋以钱易客之银，信耶？"曰："无也。"曰："汝夫已自承矣，何得云无！"妇仍狡展。则又扬声问曰："某，汝'银字'在否？"噭应曰："在。"顾妇曰："如何？汝夫已承'银子'在矣，再狡赖将刑汝矣。"妇疑其夫之果已自承也，遂尽吐其实，客之冤乃白。一时遐迩称神明焉。

《中国侦探案·晒银字》

这一故事类型，现当代仍在陕西、河南、浙江等地流布，譬如《手上的"银"字》①《手上的"金"字》②《审银子》③《陶县令审疑案》④。

浮脂辨盗型故事 大致写屠夫（或卖油果者）之钱被窃，某官问明情况后，以投钱于水中的方式断案，凭水面浮油捉住了窃贼。这一故事类型出现于清代中后期。李元度撰《先正事略》（一名《国朝先正事略》）中的一则，情节颇为简略。

> 有瞽者入屠者室，呼无人，窃其篆中钱而走。屠者追之，则搏膺而叫曰："天乎！彼欺吾瞽而夺之钱也。"〔赵廷臣〕公令投钱盂水中，见浮脂，以钱还屠者。
>
> 　　　　　　　　　　《先事正略》"浮脂辨盗"

陈康祺撰《郎潜纪闻》所收一则异文，故事情节有较明显的变化。

> 国朝浙闽总督铁岭赵清献公廷臣，惟良折狱，摘发如神，其最传人口者数事，杭人至今犹能道之。有盲者与屠者善，一日入屠室，虚无人，手篡篆中有钱五百，怀之走，屠者觉而追于途。盲者抚膺叫曰："天乎，我辛苦积此钱，乃欺吾瞽而要劫乎？"群众皆愤愤，公过，为遮诉焉。屠者亦泣陈。公笑命吏取盆水，投钱其中，浮脂荧荧也，乃断归屠者。
>
> 　　　　　《郎潜纪闻三笔》卷六《赵清献折狱之神》

---

① 见《中国民间故事集成·陕西卷》。
② 见《中国民间故事集成·陕西卷》。
③ 见《河南民间文学集成·南阳民间故事》。
④ 见《中国民间故事集成·浙江卷》。

近人徐珂编撰《清稗类钞·狱讼类·赵清献折狱》抄自《郎潜纪闻三笔》卷六《赵清献折狱之神》，文字小有出入。

泖滨野客撰《野客谰语》所收的一则异文，故事情节略有展开，并且点出事件的发生地在江苏常熟。

> 常熟县前有二石狮。适有卖油饼者，急欲小溲，以饼盘置狮上。溲罢，盘已失去，饼与钱俱在盘中。念归去无以见妻孥，遂向狮而哭。
>
> 邑令某，夙有神君之称。卤簿回衙，见而问之，告以故。官曰："此石狮不留心，当锁回衙中，待我审问。"吏役乃将石狮抬去。一时城内外居民，闻官将审石狮，一传十，十传百，争来观看。
>
> 官命于头门设大缸一，使水夫挑水满其中。俟观审者毕入，乃将头门关闭。令每人投一钱于水中，官立缸旁视之。有一人钱甫入，水面油花浮起。官命拿此人登堂鞠讯，果窃饼盘者也。重笞而薄罚之。水中之钱，概以与卖饼者，而遣之归。此其折狱之才有足多者，所谓兵不厌诈也。
>
> 《野客谰语》"审石狮"

鸥乡老人撰《老人梦语》"审石狮"，情节与此则大同小异。

清·吴趼人撰《札记小说》录写的一则异文，徐次舟观察在南海审理的一桩失钱案，描写较为细腻。

> 又一日呵殿出，遇一童子哭于途，观察顾见之，呼至舆前，问何哭？曰："筐有二百钱，为人攫去，故哭也。"问何业？曰："卖油果。"问油果安在？则举其筐曰："已售罄矣。"问筐盛油果者耶？曰："然。"曰："得钱亦置筐内耶？"曰："然。"曰："然则筐胡弗为汝守钱？致被人攫，吾当为汝审筐。"即带童子及筐

返署。一时途人哄传徐青天审筐也,争随至署观审筐。观察升坐大堂,纵人入观。于案上置水一盂,令来观者自东阶升,投钱一文于水中,然后自西阶下。差役往来弹压,毋少紊乱。诸人以一文钱细故,如命往投。观察高坐监视,忽一人投钱讫,将趋下,观察指之曰:"此抢钱贼也。"搜其身,二百文犹在橐。以赃及所投钱均给童子,而惩抢钱者。人问何以知其抢钱?曰:"一筐中杂置油果与钱,则钱必受油污,投之水中,油必上浮,故一望而知也。"曰:"何以知抢钱者之必来?"观察曰:"吾扬言审筐,一时路人争来传,彼方笑吾愚,而疑吾颠,乌有不来者。脱不来,则观者无虑数百人,所得钱尽以畀童子,偿所失,且有余,亦足以了一事矣。"

《札记小说》"油污辨盗"

这一故事类型,现当代仍在上海、福建、海南、河南、北京、宁夏、甘肃、陕西、湖南、湖北、四川、浙江、江苏、山东、河北、山西、江西、安徽等地汉族和个别少数民族聚居区流布,譬如《包公审石头》[1]、《唐世济审石头》[2]、《审石头》[3]、《包公审石头》[4]、《审石头》(回族)[5]、《张育世审石头》[6]、《包公断铜钱》[7]、《包公审石头》[8]、

---

[1] 见《中国民间文学集成·上海卷·普陀区分卷》。
[2] 见《中国民间故事集成·福建卷》。
[3] 见《河南民间文学集成·安阳故事卷》。
[4] 见《中国民间故事集成·北京卷》。
[5] 见《中国民间故事集成·宁夏卷》。
[6] 见《中国民间故事集成·甘肃卷》。
[7] 见《中国民间故事集成·陕西卷》。
[8] 见《中国民间故事集成·湖南卷·道县资料本》。

《伍二府审石头》①、《包公审案》（土家族）②、《县官审石板》③、《董知事审石狮》④、《包公审石头》⑤、《顾侍郎断碌碡》⑥、《巧捉贼》⑦、《包公审石》⑧、《一盆清水明如镜》⑨。

这一故事类型，相当于丁乃通编著《中国民间故事类型索引》926*D。

误哭遭打型故事 大致写某甲见一家办丧事，便进门大哭，称此翁与我最有交情，数月不见遂遭变故。其家颇受感动，便留他吃饭。与甲相识的某乙得知此事后，也想去骗酒食。次日乙往一丧家痛哭，称死者与我最相好，竟遭众人一阵乱拳。原来这家死的是一少妇。这一故事类型，始见于清·陈皋谟辑《增订〈一夕话〉新集》第三卷中的《笑倒》。

> 一无赖子饮食不敷，偶过一人家，有斗量在门，乃喜曰："有计矣。"遂进门对灵大恸。众皆不识其人，其人曰："此翁与不肖最莫逆，数月不晤，遂遭此变，适过门始知，故未及奉慰，先进一哭，以伸我情耳。"其家感其情，留饮馔而去。及回，遇一相识贫者，问曰："今日何处得酒食来？"具告其故，其人尤而效之，次日，亦往一丧家痛哭。举家问之，曰："死者与不肖最

---

① 见《武汉市民间故事传说集》。
② 见《中国民间文学集成·黔江土家族苗族自治县民间故事资料集》。
③ 见《中国民间文学集成·浙江省杭州市临安县卷》。
④ 见《中国民间文学集成·江苏盐城滨海县资料本》。
⑤ 见《临沂地区四老人故事集》。
⑥ 见《中国民间文学集成·海兴县资料卷》。
⑦ 见《中国民间文学集成·山西卷·榆次民间故事集成》。
⑧ 见《中国民间故事集成·江西分卷·宜春市资料本》。
⑨ 见《中国民间故事集成·安徽卷》。

相好。"言未毕,而众拳皆至其面矣。盖其家所丧,乃少妇也。

《笑倒·误哭遭打》

近人憨斋士纂辑《笑林博记》卷三《误哭遭打》,抄自《笑倒·误哭遭打》,完全相同。

这一故事类型,现当代仍在河北、上海、青海、云南、四川、内蒙古、山西等地汉族和一些少数民族聚居区流布,譬如《死人知道我知道》①、《吉高吊丧》②、《哭丧挨打》(藏族)③、《两个骗子》(阿昌族)④、《骗子哭丧》⑤、《出门人》⑥、《哭灵挨了打》⑦。

这一故事类型,相当于丁乃通编著《中国民间故事类型索引》1526A4。

满盘都是型故事　大致写请客时桌上无肉,客人假意称赞满盘都是菜,过于破费。主人道:"菜在哪里?"客道:"这不是菜,难道是肉不成?"这一故事类型,最早见诸清·陈皋谟辑《增订〈一夕话〉新集》第三卷中的《笑倒》。

客见座上无肴,乃作意谢主人,称其太费,主人曰:"一些菜也没有,何云太费?"客曰:"满盘都是,为何还说没有?"主人曰:"菜在哪里?"客指盘内曰:"这不是菜,难道是肉

---

① 见《中国民间文学集成·井陉民间文学集成》。
② 见《中国民间文学集成·上海卷·虹口区故事卷》。
③ 见《中国民间故事集成·青海卷》。
④ 见《中华民族故事大系》第13卷。
⑤ 见《中国民间文学集成·四川卷·成都市新津县卷》。
⑥ 见《中国民间故事集成·内蒙古卷》。
⑦ 见《山西民间故事集成·晋中卷》。

不成？"

《笑倒·满盘都是》

清·游戏主人辑《笑林广记》卷九《满盘都是》除少"为何还说没有？"数字外，余皆同于《笑倒·满盘都是》。近人憨斋主纂辑《笑林博记》卷三《满盘都是》，则与《笑倒·满盘都是》相同。

望孙出气型故事 大致写一子常殴其父，其父却甚爱孙。人问其故，父曰："我要他长大好替我出气。"这一故事类型，初见于清·陈皋谟辑《增订〈一夕话〉新集》中的《笑倒》。

一不肖子常殴其父，父抱孙不离手，甚爱惜之。邻人问曰："令郎不孝，你却甚爱令孙，何也？"答曰："不为别的，我要抱他大来好替我出气。"

《笑倒·望孙出气》

康熙年间刊刻的石成金撰《笑得好》初集《出气》及乾隆四十六年（1781）刊刻的游戏主人辑《笑林广记》卷五《望孙出气》均同于《笑倒》，仅个别字句有出入。

这一故事类型，现当代仍在上海等地流布，譬如《望孙出气》[1]、《替我出气》[2]。

脚像观音型故事 大致写一人自夸其妻美若观音，然后问一童子像不像？童子答道："脚像。"这一故事类型，见诸清·陈皋谟辑的《增订〈一夕话〉新集》第三卷中的《笑倒》。

---

[1] 见《中国民间文学集成·上海卷·卢湾区故事分卷》。
[2] 见《民间笑话大观》。

> 一人自夸妻美，指一童子问曰："我家这位娘子，可像一尊活观音？"童子云："极像。"又问："那一件像？"答云："脚像。"

《笑倒·脚像观音》

近人憨斋士纂辑《笑林博记》卷三《脚像观音》，与此则相同。

插草标型故事　大致写一仆随主人拜客，因怕羞，便将所拿匣子插上草标，别人要买，仆乃指主人道："前面这位买了。"这一故事类型，见诸清·陈皋谟辑《笑倒》。

> 有初靠人家作仆者，怕羞。一日，家主拜客，令拿拜匣，仆乃插一草标于上，假妆卖者，市人叫曰："卖拜匣的走来。"仆指家主曰："前面这一位买了。"

《笑倒·插草标》

清·小石道人辑《嘻谈续录》卷上《插草标》、《笑林广记·插草标》（清·程世爵撰），与此则相同，文字小有出入。

连偷骂型故事　大致写一种地吴人骂窃其蔬果者"春天偷我的婶（笋），夏天偷我的妹（梅）子，冬天还要偷我的老婆（萝卜）。"听了让人发笑。这一故事类型，初见于清·陈皋谟辑《笑倒》。

> 吴人种地者，为其邻窃蔬果，大骂曰："你们春天偷我的婶（笋），夏天偷我的妹（梅）子，到冬天还要偷我的老婆（萝卜）。"

《笑倒·连偷》

清·游戏主人辑《笑林广记》卷十二《连偷骂》，由《笑倒·连偷》改写而成，文字略有变化。

  吴人有灌园者，被邻居窃去蔬果，乃大骂曰："入贼娘，春天偷了我婶（笋），夏天又来偷我妹（梅）子，到了冬天还要偷我个老婆（萝卜）。"

《笑林广记》卷十二《连偷骂》

这一故事类型，现当代仍在浙江等地流布，譬如《骂贼》①。

贪官誓联型故事　大致写一贪官到县赴任后即贴出誓联，百姓以为其人清廉，不受贿，不徇情。岂知此官贪污异常。原来他对誓联自有解释。这一故事类型，见诸清康熙年间刊行的石成金撰《笑得好》和黄图珌撰《看山阁闲笔》。两则的故事情节略有不同。

  昔有一官到任后，即贴对联于大门曰："若受暮夜钱财，天诛地灭；如听衙役说话，男盗女娼。"百姓以为清正。岂知后来贪污异常，凡有行贿者，俱在白日，不许夜晚，俱要犯人自送，不许经衙役手，恐犯前誓也。

《笑得好》初集《誓联》

  有县令堂悬一联以誓曰："得一文，天诛地灭；听一情，男盗女娼。"然馈送金帛者颇多，无不收受，而势要说事，亦必徇情。有曰："公误矣，不见堂联所志乎？"令曰："吾志不失，所得非一文，所听非一情也。"

《看山阁闲笔》卷十五《誓联》

---

① 见《中国民间文学集成·浙江省兰溪县卷》。

这一故事类型,现当代仍在河南、河北、湖北等地流布,譬如《县官明志》①《县官的誓言》②《夜不收礼》③。

烂盘盒型故事　大致写一官上任之初向神发誓哪只手要钱就烂哪只手。不久欲受重贿,他自解道:"我取一空盘盒来取,就便烂也只烂盘盒,与我无干。"这一故事类型,初见于清·石成金撰《笑得好》。

> 昔有一官,上任之初,向神发誓曰:"左手要钱,就烂左手,右手要钱,就烂右手。"未久,有以多金行贿者,欲受之,恐犯前誓。官自解之曰:"我老爷取一空盘盒来,待此人将银子摆在内,叫人捧入,在当日发誓是钱,今日却是银,我老爷又不曾动手,就便烂也只烂得盘盒,与老爷无干。"
>
> 《笑得好》初集《烂盘盒》

近人憨斋士纂辑《笑林博记》卷三《烂盘盒》,抄自《笑得好》,文字相同。

这一故事类型,现当代仍在河北、天津、湖南、四川、贵州等地汉族和个别少数民族聚居区流布,譬如《县官的誓言》④、《烂茶盘》⑤、《发誓》⑥、《烂盘子》⑦、《两全其美》(仡佬族)⑧。

---

① 见《中国民间文学集成·河南淅川县卷》。
② 见《中国民间文学集成·保定市故事卷》。
③ 见《野山笑林》。
④ 见《中国民间文学集成·保定市故事卷》。
⑤ 见《天津民风》第8辑。
⑥ 见《中国民间故事集成·湖南卷·道县资料本》。
⑦ 见《中国传说故事大辞典·故事》。
⑧ 见《中国民间故事集成·贵州卷》。

再出恭型故事　大致写一农人（或生员）在儒学殿前（或泮池旁，下同）拉屎（或小便），被罚银一两五（或五两）。当其人交出一锭重三两（或十两）的银子时，县官（或教官）慌忙收入袖中，说道："这锭银子不必剪开，准你再去出大恭一次。"这一故事类型，初见于清·石成金撰《笑得好》。

村庄农人，不知礼，来至儒学殿前撒粪一堆，学师闻之，怒送县究。县官审问："因何秽触圣人？"村农曰："小人上城，每日皆从学前走，一时恭急，随便解手，非敢亵渎圣人。"官曰："你愿打愿罚。"村家畏打，曰："小人愿罚。"官曰："该问不应，纳银一两五钱，当堂秤下，不须库吏收纳。"村农取出银一锭，约有三两，禀官曰："待小人去剪一半来交纳。"官曰："取来我看。"见是纹银一锭，就和颜悦色先将银子慌忙纳入袖中，对村农曰："这锭银子，不须剪开，当我老爷说过，准你明日再到学殿前出一次大恭罢。"

《笑得好》初集《再出恭》

清·小石道人辑《嘻谈录》所收的一则异文，多有变化。

讹诈得财，蜀人谓之敲钉锤。一广文善敲钉锤，见一生员在泮池旁出小恭，上前扭住吓之曰："尔身在黉门，擅在泮池解手，无礼已极。"佯抢斗："押至明伦堂重楚，为大不敬者戒。"生员央之曰："生员一时错误，情愿认罚。"广文云："好在是出小恭，若是出大恭，定罚银十两。小恭，五两可也。"生员说："我这身边带银一块，重十两，愿分一半奉送。"广文曰："何必分，全给了我就是了。"生员说："老师讲明，小恭五两，因何又要十两？"广文曰："不妨，你尽管全给了我，以后准你泮池旁再出大恭一次，让你五两。千万不可与外人说，恐坏了我的学规。"

《嘻谈初录·小恭五两》

清·程世爵撰辑《笑林广记·小恭五两》，与此则悉同。

这一故事类型，现当代仍在湖北、云南等地汉族和个别少数民族聚居区流布，譬如《赐你再撒一泡尿》①、《欠你一泡屎》（白族）②。

吃人不吐骨型故事　大致写猫儿闭眼作打坐状，二鼠以为猫改善念经，便大胆出洞，被猫咬住一个，连骨俱吃完。一鼠跑脱对众鼠说："我只说他闭着眼念经，竟是个吃人不吐骨头的。"这一故事类型，初见于清·石成金撰《笑得好》。

> 猫儿眼睛半闭，口中呼呀呼呀的坐着。有二鼠远远望见，私谓曰："猫子今日改善念经，我们可以出去得了。"鼠才出洞，猫子赶上，咬住一个，连骨俱吃完。一鼠跑脱向众曰："我只说他闭着眼念经，一定是个良善好心，那知道行出来的事，竟是个吃人不吐骨头的。"

《笑得好》初集《吃人不吐骨》

近人憨斋士纂辑《笑林博记》卷三《吃人不吐骨》，与此则相同。

近人憨斋士纂辑《笑林博记》中的另外一则异文，故事情节变化较大。

> 某僧捻珠一串遗地，一猫憨卧，见珠，以爪戏弄，尾倦掉而

---

① 见《野山笑林》。
② 见《白族民间故事》。

不摇，腰慵伸而仍屈，口中喃喃似有所语。众鼠觑之，咸相庆曰："猫大哥寄托空门，亲聆说法，幸为慈悲所劝，得引皈依，今已持珠念佛殿阶，我等此后任意跳梁，可无忌惮矣。"内一鼠戒之曰："勿尔勿尔！闻之谚云：大凡诵经念佛茹素把斋者，乃吃人不吐骨者也。"

《笑林博记》卷七《不吐骨》

今年好晦气型故事　大致写父子三人除夕商议各说一句吉利话，保佑来年行好运。父曰："今年好。"长子曰："晦气少。"次子曰："不得打官事。"随即写成长条帖中堂。次早女婿来拜年，将帖分念为："今年好晦气，少不得打官事。"这一故事类型，见于清·石成金撰《笑得好》。

　　徽州人连年打官事，甚是怨恨。除夕，父子三人议曰："明日新年，要各说一吉利话，保佑来年行好运，不惹官事何如？"儿曰："父先说。"父曰："今年好。"长子曰："晦气少。"次子曰："不得打官事。"共三句十一字，写一长条帖中堂，令人念诵，以取吉利。清早，女婿来拜年，见帖分为两句上五下六念云："今年好晦气，少不得打官事。"

《笑得好》二集《不打官事》

近人憨斋士纂辑《笑林博记》卷一《不打官事》，与此则相同。

　　这一故事类型，现当代仍在湖北等地流布，譬如《图吉利》[①]。

活脱话型故事　大致写当父教子说话要放活脱些时，恰有邻家来借物件，父道："比如这家来借东西，不可竟说多有，不可竟说多无，只

---

① 见《湖北民间故事传说集·郧阳地区专集》。

说也有在家的,也有不在家的。凡事俱可类推。"子记之。他日有人上门问:"令尊在家否?"子答:"也有在家的,也有不在家的。"这一故事类型初见于清·石成金撰《笑得好》。

> 父教子曰:"凡人说话放活脱些,不可一句说煞。"子问:"如何叫做活脱?"此时适邻家有借几件器物的,父指谓曰:"假如这家来借物件,不可竟说多有,不可竟说多无,只说也有在家的,也有不在家的,这话就活脱了,凡事俱可类推。"子记之。他日有客到门,问:"令尊翁在家么?"子答曰:"也有在家的,也有不在家的。"
>
> 《笑得好》初集《答令尊》

清·游戏主人辑《笑林广记》卷五《活脱话》抄自《笑得好》,文字略有变化。

> 父戒子曰:"凡人说话放活脱些,不可一句说煞。"子问如何活脱时,适有邻家来借物件,父指而教之曰:"比如这家来借东西,看人打发,不可竟说多有,不可竟说多无;也有家里有的,也有家里无的,这便活脱了。"子记之。他日,有客到门问:"令尊在家否?"答曰:"我也不好说多,也不好说少,其实也有在家的,也有不在家的。"

近人憨斋士纂辑《笑林博记》卷七《活脱话》,与此则相同。

笑话一担型故事 大致写秀才年将七十,先后生三子,一名"年纪",二名"学问",三名"笑话"。三子年长入山打柴归,父问三子谁打得多,母曰:"年纪有了一把,学问一些也无,笑话倒有一担。"这一故事类型,初见于清·石成金撰《笑得好》。

> 秀才年将七十，忽生一子，即名曰年纪。未几，又生一子，似可读书者，因名曰学问。次年又生一子，笑曰："如此老年，还生此儿，真笑话也。"又名曰笑话。及三人年长无事，俱命入山打柴，及归，夫问曰："三子之柴孰多？"妻曰："年纪有了一把，学问一些也无，笑话倒有一担。"

《笑得好》初集《笑话一担》

清·游戏主人辑《笑林广记》卷十一《笑话一担》、近人憨斋士纂辑《笑林博记》卷三《笑话一担》，除个别字句小有改动，余皆相同。

这一故事类型，现当代仍在湖北、广东等地流布，譬如《秀才取名字》①《笑话一担》②。

驱鬼符型故事　大致写一道士为鬼所迷，被人搭救。他便奉送一道驱鬼符酬谢。这一故事类型，初见于清·石成金撰《笑得好》。

> 一道士被鬼迷住，竟将滋泥涂满身面，道士高喊救命。傍人闻知，忙来啐脸救活。道上感激曰："贫道承救命大恩，今有驱鬼符一道奉谢。"

《笑得好》初集《驱鬼符》

清·游戏主人辑《笑林广记》中的一则异文，文字有所变化。

> 一道士过王府基，为鬼所迷，赖行人救之，扶以归。道士曰：

---

① 见《中国民间故事集成·湖北卷》。
② 见《中国民间故事集成·广东卷》。

"感君相救，无物可酬，有避邪符一道，聊以奉谢。"

《笑林广记》卷八《谢符》

这一故事类型，现当代仍有流布，譬如《护身符》①。

长生药型故事　系"驱鬼符型故事"的亚型。大致写一医生将病死，乃喊道："谁能把我救活，我即以长生丹酬谢。"这一故事类型，见于清·石成金撰《笑得好》。

一医生自病将死，在枕上喊曰："若有好医师，能代我把病救好了，我现有长生丹药谢他，叫他吃了，好过上几百岁。"

《笑得好》初集《长生药》

瞌睡法型故事　大致写小儿啼哭不睡，乳母忙叫官人快拿书来。官人问其何用，答道："我常见官人一看书便睡着了。"这一故事类型，见于清·石成金撰《笑得好》。

有一乳母哺养小儿，因儿啼哭不肯安睡，乳母无奈，蓦然叫官人快拿本书来，官人问其何用，应曰："我每常间见官人一看书便睡着了。"

《笑得好》二集《瞌睡法》

近人憨斋士纂辑《笑林博记》卷二《瞌睡法》，与此则相同。

---

① 见《民间笑话大观》。

这一故事类型，现当代仍在新疆等地流传，譬如《新瞌睡法》①、《祈祷无用》(维吾尔族)②。

不利语型故事 大致写一人惯说不利语，人皆厌之。某日众人去祝贺一家五十得子，他事先应下一言不发的条件，方准同往。到彼家其人果然不发一言。临行时他对主人讲："今日我可一句话没说，我走后你的娃娃抽四六风死了，可不与我相干。"这一故事类型，出现于清代。清·石成金撰《笑得好》中有两则笑话，可视为其雏形。

> 有赴寿筵说寿字酒令，一人曰："寿高彭祖。"一人曰："寿比南山。"一人曰："受福如受罪。"众客曰："此话不独不吉利，且受字不是寿字，该罚酒三杯，另说好的。"其人饮完又率然曰："寿夭莫非命。"众嗔怪曰："生日寿诞，岂可说此不吉利话？"其人自悔曰："该死了，该死了。"
>
> 《笑得好》二集《寿字令》

> 痴儿好说失志话，因姊丈家娶亲，父携儿同往赴席，儿方欲开言，父曰："他家娶亲喜事，切不可说失志话。"儿曰："不劳你吩咐，我晓得：娶亲比不得送殡。"
>
> 《笑得好》二集《比送殡》

清·游戏主人辑《笑林广记》中的一则笑话，情节发生较大变化，标志这一故事类型正式形成。

> 一翁无子，三婿同居，新造厅房一所。其长婿饮归，敲门不

---

① 见《民间笑话三百则》。
② 见《阿凡提和"阿凡提"们》。

应,大骂:"牢门为何关得恁早!"翁怒,忽第二婿诉曰:"我此屋费过千金,不是容易挣的。出此不利之语,甚觉可恶。"次婿曰:"此房若卖也,只好值五百金罢了。"翁愈怒,又呼第三婿述之。三婿云:"就是五百金,劝阿伯卖了也罢,若然一场天火,连屁也不值。"

《笑林广记》卷七《不利语》

清·小石道人辑《嘻谈录》所收的一则笑话,有更多的发挥。

有一人惯说不利之语,人皆厌之。一富翁所造厅房一所,惯说不利者往看,亲至门前,敲门不应,大骂曰:"浪牢门,为何关的这样紧,想必是死绝了。"翁出而怪之曰:"我此房费尽千金,不见容易;你出此不利之言,太觉不情。"其人曰:"此房若卖,只好值五百金罢了,如何要这样大价?"翁怒曰:"我并未要卖,因何估价?"其人曰:"我劝你卖是好意,若遇一场天火,连屁也不值。"一家五十得子,三朝,人皆往贺,伊亦欲往,友人劝之曰:"你说话不利,不去为佳。"其人曰:"我与你同去,我一言不发何如?"友曰:"你果不言,方可去得。"同到生子之家,入门叩喜,直到入席吃酒,始终不发一言,友甚悦之。临行,见主人致谢曰:"今日我可一句话也没说,我走后,你的娃娃要抽四六风死了,可不与我相干。"

《嘻谈续录》卷下《不利语》

清·程世爵撰《笑林广记·不利语》、近人憨斋士纂辑《笑林博记》卷一《有言在先》,文字均与此则悉同。

这一故事类型,现当代仍在湖北、江苏、河北、山西、内蒙古、河南、陕西、上海、福建、四川、浙江、北京、天津等地汉族和个别少数民族聚居区流布，譬如《死人发火莫怪我》①、《吉利话》②、《打锅》③、《王麻子说话》④、《不吉利的话》（蒙古族）⑤、《不吉利的话》⑥、《别怪我》⑦、《孩子死了别怪我》⑧、《与我无关》⑨、《讨吉利》⑩、《不要怪我口彩不好》⑪、《不会说话》⑫、《赖不上我》⑬。

这一故事类型，相当于丁乃通编著《中国民间故事类型索引》1696*。

出门一时好型故事　大致写某客在旅途中煮饭时，得知饭店老板娘（或船老板娘）偷了自己的米（或肉），连忙说反话，称道："在家千日难，外出一时好。"或者运用其他妙语很诙谐地揭穿老板娘的花招，让其不得不退还所偷之米。这一故事类型，初见于清·石成金撰《笑得好》。

　　客人雇船往杭州，清早打米煮饭，梢婆背着客人，将淘过湿米，偷起一大碗，放在灶头里。客人瞧见，不便明言，坐在官舱内，连声高叫曰："在家千日难，外出一时好。"梢婆曰："客人

---

① 见《中国民间文学集成·湖北卷·蒲圻市卷》。
② 见《海安县民间故事选》。
③ 见《中国民间故事集成·河北卷》。
④ 见《中国民间文学集成·山西卷》。
⑤ 见《中国民间故事集成·内蒙古卷》。
⑥ 见《中国民间文学集成·河南郸城县卷》。
⑦ 见《笑林拾零》。
⑧ 见《中国民间文学集成·上海卷·普陀区分卷》。
⑨ 见《中国民间故事集成·福建卷·永定县分卷》。
⑩ 见《中国民间文学集成·四川卷·成都市金堂县卷》。
⑪ 见《中国民间故事集成·浙江卷》。
⑫ 见《中国民间故事集成·北京卷》。
⑬ 见《中国民间故事集成·天津卷》。

说差了,在家千日好,出外一时难。因何反说呢?"客人曰:"你既晓得我难,把那灶头里一碗米,求你放在锅里。"

《笑得好》二集《外出好》

近人憨斋士纂辑《笑林博记》卷七《出外难》与此则悉同。

这一故事类型,现当代仍在湖北、湖南、四川、江苏、河南、山西等地流布,譬如《在家千难,出门一时好》[①]《出门还好些》[②]《出门时时好》[③]《留肉》[④]《留下一半顾家小》[⑤]《巧敲店主》[⑥]《出门千日好,在家时时难》[⑦]。

赵钱孙李型故事　大致写一塾师为童子讲解《百家姓》首句云:"赵是精赵的赵字,钱是铜钱的钱字,孙是小猴狲的孙字,李是张三李四的李字。"童子问倒转来也讲得否?师曰:"姓李的小猴狲,有了几个铜钱就精赵起来。"这一故事类型,初见于清·石成金撰《笑得好》。

童子读《百家姓》,首句求师讲解,师曰:"赵是精赵的赵字。"因苏州人说放肆为赵也。"钱是有铜钱的钱字,孙是小猴狲的孙字,李是张三李四的李字。"童子又问:"此句可倒转来也讲得么?"师曰:"也讲得。"童曰:"如何讲得?"师曰:"姓李的

---

① 见《湖北机智人物故事集》。
② 见《湖北机智人物故事集》。
③ 见《机智人物故事大观》。
④ 见《中国民间故事集成·四川合川县卷》。
⑤ 见《沈拱山的故事》。
⑥ 见《庞振坤的故事》。
⑦ 见《山西民间故事大系·晋中卷》。

小猴狲,有了几个铜钱就精赵起来。"

《笑得好》二集《讲赵钱孙李》

清·游戏主人辑《笑林广记》中的一则,由《笑得好》改写而成。

有姓李者暴富而骄,或嘲之云,一童读《百家姓》首句,求师解释,师曰:"赵是精赵的赵字,钱是有铜钱的钱字,孙是小猢狲的孙字,李是姓张姓李的李字。"童又问:"倒转亦可讲得否?"师曰:"也得。"童曰:"如何讲?"师曰:"不过姓李的小猢狲,有了几个臭铜钱,一时就铎赵起来。"

《笑林广记》卷一《讲解》

这一故事类型,现当代仍在陕西、河南、河北、北京、宁夏、青海、北京、山西、上海等地流布,譬如《李万年教书》① 《比样教》②《赵钱孙李》③《学说百家姓》④《赵钱孙李》⑤《王先生教书》⑥《赵钱孙李》⑦《爷爷教字》⑧。

三字同形型故事 大致写行酒令时相约三字同行的两句开头,后以此两句出意。三人每行一酒令,引出一番笑话。这一故事类型,见诸

---

① 见《中国民间文学集成·陕西卷·咸阳民间故事集成》。
② 见《河南民间文学集成·信阳地区故事卷》。
③ 见《耿村民间文化大观》。
④ 见《中国民间故事集成·北京卷》。
⑤ 见《中国民间故事集成·宁夏卷》。
⑥ 见《中国民间故事集成·上海卷》。
⑦ 见《山西民间故事大系·晋北卷》。
⑧ 见《中国民间故事集成·青海卷》。

清·石成金撰《笑得好》。

有人行一酒令,要三个字同形的两句,后以二句出意。随说云:"大丈夫,江湖海,走过江湖海,方为大丈夫。"一人云:"官宦家,绫罗纱,穿的绫罗纱,才是官宦家。"一人云:"屎尿屁,讲说话,胡乱讲说话,就是屎尿屁。"

《笑得好》二集《三字同形》

这一故事类型,现当代仍在湖北、河北、北京、山西、青海、宁夏、湖南、广东、广西、江西等地流布,譬如《树下赛诗》①《诗讽富豪》②《三个姑爷拜寿》③《酒肉朋友》④《三字同头》⑤《杨林标》⑥《酒令》⑦《秀才朋友》⑧《劝官护田》⑨《行酒令》⑩。

迁居送药型故事 大致写一庸医搬家时给邻居送药,邻居都表示没有病人。他说吃了他的药,自然有病。这一故事类型,初见于清·石成金撰《笑得好》。

一医家迁居,辞邻舍曰:"向悉邻末目,今迁居,无物可为别敬,每位奉药一服。"邻人辞以无病,医人曰:"只吃了我的

---

① 见《湖北民间故事传说集·郧阳地区专集》。
② 见《杏林春梦》。
③ 见《中国民间故事集成·北京卷》。
④ 见《中国民间故事集成·青海卷》。
⑤ 见《中国民间故事集成·宁夏卷》。
⑥ 见《山西民间故事大系·晋北卷》。
⑦ 见《中国民间故事集成·湖南卷》。
⑧ 见《民间笑话大观》。
⑨ 见《中国民间故事集成·广东卷》。
⑩ 见《抚州地区民间文学集成·东乡县卷》。

药，自然有病了。"

《笑得好》二集《迁居奉药》

清·游戏主人辑《笑林广记》卷三《送药》，由《笑得好》二集《迁居奉药》演化而来，比较口语化。

一医迁居，谓四邻曰："向来打搅，无物可做别敬，每位奉药一帖。"邻人辞以无病，医曰："但吃了我的药，自然会生病来。"

门上贴道人型故事 大致写一人买门神，误买成道人画像，拿回去，贴在门上。妻子认为鬼不怕相貌忠厚的。丈夫说："如今外貌忠厚的，行事更毒更狠。"这一故事类型初见于清·石成金撰《笑得好》。

一人买门神，误买道人画贴在门上，妻问曰："门神原是持刀执斧，鬼才惧怕，这忠厚相貌，贴他何用？"夫曰："再莫说起，如今外貌忠厚的，他行出事来，更毒更狠。"

《笑得好》二集《门上贴道人》

近人憨斋士纂辑《笑林博记》卷，《不可貌相》，与此则悉同。

打喷嚏型故事 大致写一乡人进城打无数喷嚏，其妻说都因她在家想他。他日乡人挑粪过危桥连打数嚏，差点失足，便骂道："骚花娘，你想我也须看在什么地方！"这一故事类型，见于清·游戏主人辑《笑林广记》。

一乡人自城中归，谓其妻曰："我在城里打了无数喷嚏。"妻曰："皆我在家想你之故。"他日挑粪过危桥，复连打数嚏，几乎失足，乃骂曰："骚花娘，就是思量我，也须看甚么所在！"

《笑林广记》卷四《过桥嚏》

这一故事类型，现当代仍在江苏、湖北、山西等地流布，譬如《打喷嚏》①《打喷嚏》②《打喷嚏》③。

他更有理型故事　大致写一贪官审案时，因被告加倍行贿，不问情由便抽签竟打原告。原告示意说："小的是有理的。"贪官道："他比你更有理！"这一故事类型，见诸清·游戏主人辑《笑林广记》。

一官最贪，一日拘两造对鞠，原告馈以五十金，被告闻知，加倍贿托。及审时，不问情由，抽签竟打原告。原告将手作五数势曰："小的是有理的。"官亦以手覆曰："奴才，你虽有理。"又以手一仰曰："他比你更有理哩。"

《笑林广记》卷一《有理》

近人憨斋士纂辑《笑林博记》卷一《有理》，与此则相同。

这一故事类型，现当代仍在湖北、陕西、黑龙江、山西等地流布，譬如《谁更有理》④《"鱼"民不如"瓜"重》⑤《有理与有礼》⑥《他

---

① 见《中国民间故事集成·江苏卷》。
② 见《野山笑林》。
③ 见《中国民间故事集成·陕西卷》。
④ 见《野山笑林》。
⑤ 见《中国民间故事集成·陕西卷》。
⑥ 见《中国民间故事集成·黑龙江卷》。

比你有理》①。

误杀奇案型故事　大致写一日某甲之兄外出，其嫂亦回娘家，入夜有一女子（或嫂妹、妇人）来投宿。某因男女不便同处，乃去寺院（或酒肆、邻舍、嫂家）借宿。寺院弟子（或店伙计、无赖子、嫂弟）乘机潜去某家，抱女而卧（或与前来偷窃之邻妇苟合）。其兄夜归闻淫亵声，以为妻有外遇，怒断两头，奔告岳家。天明报官，具述始末，乃真相大白。这一故事类型，清代流布甚广，最初见诸乾隆后期成书的袁枚撰《子不语》和乐钧撰《耳食录》，其故事情节尚不甚复杂，但已初步显示出这一故事类型的容量较大，可塑性较强。

　　摆牙喇徐四，居京城金鱼胡同，家贫。屋内外五间，兄嫂二人同居。兄外出值宿。嫂素贤，谓徐四曰："北风甚大，室惟一暖炕。吾与叔俱畏寒，而又不便同炕宿。我今夜归宿母家，以炕让叔。"叔唯唯。嫂遂归宁。

　　夜二鼓，月色微明。有叩门者走入，美少年，貂帽狐裘，手挈一囊，坐炕上泣曰："君救我！我非男子，君亦不必问我所由来。但许我一宿，我以貂裘为赠。"解其囊示徐，金珠首饰，约直万金。徐年少，见其貌美怀宝，意不能无动。然终不知何家女，留之惧祸，拒之不忍。乃曰："奶奶姑坐，我与邻人商量即归。"妇曰："诺。"

　　徐自外掩门，奔往善觉寺告方丈僧圆智。圆智者，高僧有道，徐素所敬也。圆智闻之，亦大骇曰："此必大家贵妾，有故奔出，留之有祸，拒之不忍。子不如在我庵中坐以待旦，俟天明归家未迟。"徐以为然。圆智之弟子某，素无赖。闻之，乃伪作徐还家状，开门灭灯入，遽上炕，抱女子卧矣。

---

① 见《山西民间故事集成·晋中卷》。

是夜，其兄值宿苦寒，以取皮衣故，四更还家。持灯照炕下，有男子履。大怒，以为妻与叔奸，拔腰间刀连断两头，奔告岳家。入门大呼，妻自内走出，其兄惊仆地，以为鬼也。正喧嚷间，而徐四与圆智亦来，方知误杀之因。

相与报官，刑部以为杀奸律本勿论，但悬女头招尸亲，竟无认者。徐四怜女子之送死，鬻其金珠，为收葬焉。

《子不语》卷五《徐四葬女子》

乾隆四十三年春，保定清苑县民李氏女，嫁与西乡张家庄张氏子为室，相距百余里。李女归宁月余，新郎跨驴来迎，令妻骑驴，而己步行于后。路经某村，离家仅二十里。缘此村居民素与新郎熟识，必多调笑，且驴亦熟识归路，张乃令妻先行。

至六七里许，有三叉歧路，过西为张家庄大路，过东则任邱县界。有一少年控车，自西道辘辘而来，系任邱豪富刘某，将张妻驴冲向任邱道上相逼而行。天渐晚，张妻心慌，问少年曰："此地离张家庄几何？"少年答曰："娘子误矣，张家庄须向西而去。此是任邱大路，相距数十里，天晚难行，当为娘子择庄借宿，天明即遣人送往如何？"张妻无奈，勉强允从。

至前庄，系刘之佃户孔某家，备房安歇。其时适孔佃之女，亦新婚归宁。孔谓女曰："今晚业主借宿，不能违命。汝当暂回夫家，候业主去后，再来迎汝。"女从而归，其房为刘张共宿之所。刘之车夫，宿于房外。张之骑驴，系于檐下。次日将午，不见启户。孔佃窥于窗隙，见两尸在炕，头俱在地，檐下系驴亦失。孔佃与车夫颤栗莫制。佃乃密与车夫曰："汝家河南，离此甚远，何不载彼衣物速行窜归？一经到官，则尔我身命难保矣！"车夫从之，是晚即野瘗两尸，御车载物而去。

刘母见子久出不归，杳无音耗，即在任邱县控追车夫。张郎追妻不见，疑有别故，复又赶至清苑控告其岳父母。县官疑有冤，饬捕密访。其时有嗜赌无赖之郭三，鬻驴于市，恰与张供毛色相符。向郭盘诘，始知郭三向与孔佃之女有私。孔女归宁，郭从后窗潜入，见有二人共寝，一时气忿，杀此二人，并盗此驴。县令复唤孔佃，根诘尸首所在。亲往起尸，开土三尺，赫然一死人，乃秃头老和尚也。复又深掘，得所杀两尸。张冤既雪，刘死有踪，而和尚之尸又属疑案。

正怀疑间，天忽阴雨，乃避雨古庙，寂无人踪。询诸邻保，云此庵向有师徒二僧。后以师出云游，徒亦他往矣。即同邻保往视僧尸，咸云此即云游之僧也，遂缉拿其徒。访至河南归德地界，已蓄发娶妻，开张豆腐店。究其师死之由，缘僧徒所娶之妇，向与其师有奸。后徒渐长，复与此妇私通。其师每有不平，故共谋杀其师，弃庙远窜，遂成夫妇，乃置之法。

《子不语》卷二十《驴雪奇冤》

山西有书吏，自太原假归，携二仆，策蹇负囊。路遇少妇，亦骑驴相先后，从一童子，盖弟送其姊归其夫家者也。稍相问讯，遂与目成。童徐行，见道旁树巅有鹊巢，潜上取鷇，既下而妇远矣。度姊已至其家，遂不前而返。妇既偕吏行，乃忘分道，亦不知童之未从也。

日昃抵一村，吏之佃舍在焉。止妇与宿，夜将半，二仆相与谋攫囊橐逸去，绐佃舍佣者曰："我先归耳。"佣信之。已闻吏所声甚哗，亟起索烛往觇，则吏与妇并为盗所杀。浴血中得其家刈草刀，惧获罪，即瘗尸郊外。

数日，妇夫迎妇于妇家，家以既归对。诘诸童子，得中途探巢、妇与书吏偕行状，急踪迹之。至佃舍，曰："归矣。"至吏家，则讶曰："未归。"乃共执佣者讼之官。佣吐实，且曰："必二仆杀之,故逃。"官以为然,亟捕二仆讯之,则坚不承,曰:"窃窜不敢隐,实未杀人。"既往发尸,妇尸已不见,吏与一僧尸耳,而僧尸固无创,莫不骇异。狱遂久不决。

先是,佣者女尝与邻人之子私,既而绝之。其夜邻子复往,值妇与吏寝;疑女别遇,怼甚;索得厨中锉草刀杀之,逃去。既而知其误,复归调女,女不许。邻子怒且骂曰:"恨尔夜不曾杀汝!"女诧其语,窃告佣者白官。执邻子,一鞫而伏,终以杀僧无验,又不得妇尸,缓其狱。

遗胥挟童子,廉诸他邑。有妇浣溪上,童子乃言真其姊也,妇亦惊涕相向,遂告以由。方妇之瘗郊外也,迟明,有二僧过瘗所,觉土中触动,掘视,得二尸。妇伤刃未殊,已苏矣。一僧欲取为梵嫂,虑此僧见梗,遽扼杀,并吏掩之。负妇归寺中,潜蓄顶发,易衣冠,遁居他邑。至是僧他适,妇出浣衣,获遇其弟云。于是执僧并邻子抵罪,余各论律有差。

《耳食录》二编卷四《书吏》

自道光以后,这一故事类型异文渐多,故事情节日趋复杂多变,背景、人物关系等各不相同。清道光后期成书的梁恭辰辑《北东园笔录》就收有发生于一地之两则异文。

乾隆间,徽州黟县有男子娶妇,后父母俱亡,弟幼,兄嫂育之。兄营生于外。后弟年长,兄自外归,嫂置酒慰劳之。呼叔同饮,席间先敬叔,后敬其夫,兄惑焉。终一宿,凌晨即起,顾谓妻曰:"我贮货他处,须往发,必半月始归。"言已而去。嫂谓叔曰:"尔兄向日还,温言絮语,家人契阔,固应尔尔。昨归后,神气索然,剧可疑。今我还家视我父母,必尔兄归而后归也。箱箧皆封键,叔为我谨守房户可矣。"叔诺之而送于门。夜卧更余,闻叩门声甚急，起出讯之，不辨何人，启户则裸妇也。急欲闭户，而妇涕泣跪槛前，云有急难，非君嫂莫救。曰："嫂已归宁，家中只我一男子，不可留也。"妇紧持户，乞怜不已。无奈解衣遥掷之，令衣而入，宿嫂空房，已乃喟然叹曰："我一男子而深夜纳一妇人，何以自解？且渠无衣，天明又将何以遣之。"于是锁重门而出。嫂父家不远，夤夜往告之，使归与之衣而遣之。嫂曰："夜已半，我不可以归。"时嫂父在堂曰："若然叔亦暂留吾家，晨当同归善遣之。"叔遂归钥于嫂，而自寝别室。嫂之弟闻而生心焉，遂窃其钥而往。仓忙入户，不及键，与抱卧。适兄夜归推门已启，侧身潜进，历重门，伏于房外，闻秽亵声。怒甚，操刀而入，尽杀之，而奔告于妻家曰："尔女与叔通，我皆杀之矣。"妻父曰："尔何言，女与叔咸在是。"悉呼至。兄愕然曰："然则妇何人？"嫂与叔齐述夜事。兄憬然曰："误矣！然则男子何人？"嫂环顾一家，不见弟，急索钥不可得，曰："是必弟不肖，已为刀下鬼矣。"群奔至家，验之良是，而不知妇所从来。无何，有杀奸而逸其妻者，喧传遍索，导之使验曰："嘻！是也，幸代歼之矣。"乃共闻于官，令各掩埋而释之。

《北东园笔录》续编卷四《黟县二案》"误杀案"

黟县又有姐妹二人，所适夫家相去不远，每归宁，妹常便道至姐所，邀与俱归。暮则宿姐所，习以为常。一日，将祝父寿，约同往，姐置馔候之。日晡不来，谓其叔曰："此去涉岭路艰，势难久待，我先往。妹至，留宿我空房中，待旦而行可矣。"良久，妹至，叔迎门，述嫂意止之，款而宿焉。薄暮未瞑，叔不耐卧，反扃其门而游于市。过问沽酒肆，肆人呼与语，问何客来须置酒？叔告之故。肆人曰："然则子不便归，留此共酌可乎？"叔诺之。于是列佳肴，斟美醑，长谈畅饮。叔沉醉，隐柜而卧。

肆入窃其钥，悄然往。入门，瞰空房户牡以锥剔之。妹闻户有声，曰："叔向端谨，何忽有此举？"计床后有板扉，潜启而逸，匿于柴室丛中。肆入入户，登其床，虚无人也。曰："从他遁，我且伏而伺之。"月微明，见屋间有妇，匍匐而下，拥而纳诸床。事已，询妇。曰："吾某邻妇也。乘间思窃其物。尔音非叔，果何人乎？"肆人述其由。妇曰："素识也，可频来。"肆人患其扰，恶而贼之，潜归，叔犹然酣卧也。纳钥，呼之起，曰："天将明矣。"黎明，仓皇返。适妹自柴中出，让叔曰："汝何遽无良，剔我户牡。"叔力辩其无，举脱牡为证。叔讶而入，见尸于床。曰"此邻妇也，何自来哉？亦孰贼之？"乃鸣之官。官验讫，详讯夜来情状，曰："是必有异。"立拘肆人严鞫之，吐其实，乃定罪案，而叔之无辜以雪，妹亦免于难以保其身。

《北东园笔录》续编卷四《黟县二案》"邻妇被杀"

自咸丰以来，这一故事类型的异文继续增多，发展、变化的态势有增无减。清·高继衍撰《蝶阶外史》有一则。

某甲木工，谈者忘其里居，愿而憨。妻某氏极婉淑。母家邻村，相距二十余里。弟年十七，美如冠玉，读书极聪颖。一日某甲出，妻适归。妻妹来视姊，两不相值。妹与某甲弟同庚，明靓幽娴，尤胜于姊。弟为妹设馔，天倏大雨，妹欲归。弟曰："雨幢幢不止，汝独归既不可，吾送汝又无以别嫌。汝宿吾家，我出寄宿邻舍。早旦晴霁，汝自归。"妹不得已宿焉。

邻故场院，人众且杂。弟求寄宿，道所以，众贤之。贼某在坐，归述于妻。妻曰："孤女在室，盍窃诸。"贼曰："乘人之虚，不义，我不为也。"妻笑其迂，自往窃。时有无赖子，一村之蠹，亦在场院。闻弟言者，谋往就女求合。女已寝，见贼妻入，恐甚，伏床下。贼妻方上床检衣，被无赖子突入。贼妻疑某甲弟来就女，既喏其俊秀，喜过望。无赖子暗中摸索，贼妻已移船就岸，如白受杵。方极酣畅，某甲归。推门，阒而来遂。闻淫亵声甚秽，疑妻有外交，怒火中烧，解腰下斧次第斫两人，落其首。时窗纸未白，以败袄包两首，奔至岳家。

岳家见婿神色俱变，问故。甲曰："若女败门风，已并奸夫杀之矣。"岳大骇，妻亦自内出。甲惊愕不知所云。妻曰："所杀者必吾妹与若弟也。"岳偕甲夫妇同归，验之非是。从床下搜出女，战慄不能言。苏，半日乃言，初见贼，蒲伏，昏不知人。弟亦自邻舍归。鸣于官，令村人认尸。贼出直陈不讳，亦不索抵。无赖子家人亦来领尸。官廉得情，案定。某甲以疑杀予杖。俾其弟与女合卺焉。

《蝶阶外史》卷二《木工弟》

缪艮撰《涂说》有一则。

浙江湖州府归安县董生者，少失父，有遗腹弟。及四岁，母病又垂危。时生已娶妇，甚贤孝。姑执妇手，呜咽流涕语之曰："吾不幸，不及见汝小叔成立，彼生不识父，甚可悯，汝长嫂犹母也。我死，以幼儿累新妇，幸时期饥寒，爱护之，我在泉下，默佑汝得美报。"妇泣而受教。自姑没，抚叔如其弟，叔亦依嫂如亲姊。兄尝贸易四方，弟既弱冠，叔嫂家居无闲言。凡衣服饮食，必先叔而后夫，从遗命，体姑志也。兄疑有他，阴伺之，不得其隙，然语每侵妇，妇不觉也，而弟觉之。

一日，兄言将经纪某所，治装出门，寄宿附近。弟语嫂曰："嫂久不归宁，兄今远出，请送嫂暂归，俟兄返，乃奉嫂还。执爨事，我今长矣，可勉为之。"妇闻言心解，即命舟往母家。

是夜叔独居一室。邻有王郎者，夙与卖腐人某妻通，夫偶他出，王即奔妇寝。夫知之，排闼入，王逾垣走，因追之。妇畏死，乘间逃至董居扣门。董启户，见妇裸体至，不知所为，惧而走，就宿于其友。卖腐者不知妻之焉往也。王闻在董所，又知董出避，复往从之。适董之兄潜挟刃归。见户半掩，突入室，搴帷闻酣睡声，扪得两人头，怒其炽，以为吾疑果不谬也，竟杀之。即夜驰告外父母，曰："女无耻，吾并吾弟杀之矣。"外父母皆曰："汝已出，何复归？汝得非见鬼耶？吾女昨已归，现在室，汝得非见鬼耶？"婿曰："宁有是？"妇闻遽出，生顿足曰："误杀吾弟矣！此必与外妇通也。"归询知之，曰："姑没时以叔托我，今汝以禽兽心待人，致误杀弟，有何面目见汝母于地下乎？"因泣下，生亦股战不已。

事已无可奈何，因与妻之诸弟兄急奔归。至则门拥多人，弟亦在焉，益怪之。弟云："室中不知谁杀王郎及其腐佣妻也。"兄吐实。腐佣喜曰："此天假手于君，以逞吾志。"即割两人头，驰报官，具述始末。令既遣卖腐者，复斥生，而重奖其妇与弟。

《涂说·吴兴异闻》①

南山老人撰《香草谈荟》② 有一则。

清河南乡有弟与兄同居者，兄为漕辕旗牌，一夕奉差到郡，弟以与嫂同宅，恐涉瓜李嫌，乃送嫂宿母家，而独卧斋中。夜将半，忽闻叩门声，启视乃邻人妇也。妇素不贞，伺弟独寝，故私来就。拒之再三，妇竟解衣而卧。不得已寄宿邻人霍某家。霍询知其故，潜往偕妇宿。

---

① 转引自《清代笔记小说类编·案狱卷》，黄山书社1994年版。
② 《香草谈荟》，上海大达图书供应社1936年版。

天甫曙，其兄已回，将至署投递回文，道经其家，思小憩焉。叩户则双扉虚掩，入至己房不见其妻，至弟房抚衾中有二人。时晨光微白，不辨谁何，意必弟与妻私，怒而两杀之，以囊盛首，径往妇翁家叩门。门甫辟，遽掷首于地，翁大惊喊叫，其妻亦出，骇极狂奔。翁追之及衢，其弟亦至，益骇手足失措。弟告之曰："昨送嫂归宁，晚宿邻家，比晓抵家，见两尸无首，横陈榻上，不知何来？将告兄知，禀官讯验。光何惊异若是？"乃偕弟往视，始知两首为霍某与邻妇也，共赴县投首云。

《香草谈荟·巧杀》

李庆辰撰《醉茶志怪》有一则。

信都翁，年已七旬，娶继室于氏。少艾，风流挑达，顾影自怜。翁老迈于思，屡向床头弃甲。

氏与村中恶少通，遂与私奔。行十余里，日将西坠，妇足弱不能履。至一村，欲投宿处。

村中有邵姓者，居临野寺。有学究授徒寺中，徒十余人，率皆远近村者。中有林生，乃邵姓之婿，时尚未婚，故与邵不通来往。适塾师他出，众生拟共饮。因难林曰："汝能往邵家取下酒物来，不拘何物，不计多寡，我等即备东道。否则酒债汝自偿。"生踟蹰不愿往，众强之，不得已诣岳家。

邵翁媪皆往于田，家中唯邵女在。见生至，惊问故。生告以所求，女捡咸卵数枚付之，且速之行。生视家中无人，遽拥求欢。女云："身既许汝，有何不从？但父母即归，两俱无颜。"生犹纠缠，女指空室云："夜候于此，君其夜来。"盖托词以拒之也。生匆匆遂去。

邵翁媪自田归，时已薄暮，门前有少年夫妇，哀求寄宿。翁怜之，遽纳入，使息于空室。

生归塾，与众欢饮。席终，乘醉往邵家。直至空室，双扉虚掩，才上阶，闻室中低语。细闻之，尽床第狎亵词。疑女有他约，怒火中炽。摸砌下，得利刀，遽持之，尽力猛斫，双头并落。呼叟至而责之。叟云："小女伴老妻宿，安眠已久。汝所杀者何人？"生云："痴老翁，尚伴作不知？尔女与奸夫耳！"烛之，乃昨寄宿之夫妇也。翁大惊，怼生曰："此寄宿之人，尚未审其姓氏。尔遽杀之，重累老夫也！"生亦愕然，惊悔欲遁。翁挽其衣，两相争辩不休，而邻人满墙头矣。翁神色惶恐，并未询生因何而来；生肢体战栗，亦自忘其来因何事。媪与翁又相诟谇，邻人嘈杂，互为之解纷。

正喧哗间，天已曙，一叟自外至，审视其尸，大称"快事"。盖寄宿者，即于氏与恶少，叟即于氏之夫也。于是邵翁与生俱哀求叟，叟慨然曰："是我所欲为而未能者，重劳生焉！"赴官自任，生得免。此道光戊早四月事。

《醉茶志怪》卷一《信都翁》

到了清末，这一故事类型仍有异文出现。清·吴趼人撰《札记小说》有一则。

高密某甲，送妹归婿家，道远天暑，经道旁酒家，甲欲沽饮解倦，使妹跨驴先行，曰："吾饮三杯即至，缓行以俟我可也。"酒殊酦馥，饮之而甘，酾不已，遂乘醉暂眠。妹行三十里，甲未来，下驴止村中；候之日下舂，问后至者弗见甲也。妹窘甚！求宿于某翁媪，辞以室狭避嫌；妹乞哀至再，不肯行。媪言邻匠乙，佣作外县，妻归宁，倩丙妪守舍，幼妇可同栖；我为尔抹驴可也。妹喜谢，往投之，妪辄纳焉。晚食毕，妪暂归省其家，向其子丁言："有少妇宿乙家。"丁闻言，止其母勿往，儿行将伴之宿。妪竟从之，丁遂去，与妇戏狎成奸，居然同梦矣。

诋乙适自邻县归，夜深妻有外遇：大怒，踢门突入，锛斧乱下，杀两头；扪得裤，即以为囊，未及燃灯审察，又恐邻人捕系，仓皇负囊出奔，将赴县自首。行经妻父村，大骂门外；时已昧爽，妻披发应门。夫妇相见，互猜惑，妻问若负何物？来何早？夫大骇！问若尚在耶？抑鬼也？妻谓吾归甫三日，何云鬼？乙知误杀他人，弃囊疾遁。妻父以火至烛之，血液模糊，赫然两人首也。念苟惊邻人首于官，则婿不免杀人罪；不如弃之，就近有圊厕，将往投焉。提囊疾行，将近见厕上有黑影蠕蠕动，大惧！疑为鬼，举囊遥掷之；砉然有声，与囊同坠溷矣。及明有如厕者，见一人足露溷上，惊告里正出之，则村人戊也，并得血裤及人首，鸣于官。而前村乙家死两人，失某头之报亦至，验之，头与尸合。官循例责差役里正缉凶，而以戊为失足坠溷；而家属坚称戊久病痢，为人谋害者。亡何，甲亦访至，官令遍传两村邻里至；鞠之，得甲妹借宿状，某翁媪拒辞状，丙妪纵子行奸状；而究不知杀人者谁何，戊之坠溷何故也！乙妻族窃喜，谓婿可幸免矣！忽某僧踵门求贷十千，乙妻父拒之，僧悻悻去曰："吝此区区，请勿后悔！"遂去诣官投首，谓某夜至某处作佛事，天将明，事毕而归，经乙妻父门，见数人窃窃私议，因隐身暗入窃窥之，见其弃人头状，并谓戊适踞厕而私，渠等恐事泄而推之使坠者也。官疾提乙妻及其父至，严鞠之，得乙负人头经门外状；而执谓投头溷中者，亦乙所为，所以卸误杀戊之罪也。于是县拟杀人者为乙，缉之终不获，悬为疑案而已。夫翁媪避嫌，介绍于邻里，本无恶心；而守舍妪不禁其子，混置雌雄，实为祸首！所最可疑者，乙昏夜杀人，锛下则惊痛遮拒，在所不免，何以不闻有格斗状？且斧不及刀之长而利，持以杀人，殊觉笨重不灵，二尸岂僵卧待杀者？而两首齐断，如是其速，遂无一人焉起而号救哉？又暗中无灯，彼焉知裤之所在，而从容贮头？此皆不能无疑者也。高密老吏陈姓，举此事以语余。余举此疑以叩之，陈无以答也。余谓乙夜归杀人一节，特传者附会之辞耳；正惟不知其杀人情状，此案之所以为疑案也。

《札记小说·高密疑案》

清·小横香室主人编《清朝野史大观》卷四《中奇案州》，大意如下：

> 河南某村有个农夫去接妹子回娘家，中途肚痛上厕所，让妹子先走。等他回去一看，妹子并没有回家。原来妹子误入歧途，天黑时被某乙领回家去了。某乙他哥某甲是个屠夫，已经外出，他嫂嫂也不在家，当晚某乙便教此女住在哥嫂房里，自己到主人家去借宿。半夜此女听见隔篱"苏苏"有声，连忙用猪盆盖身，藏在地上。这时邻妇来偷此女的包袱，接下来又有一男子闯入，便与邻妇上床行奸。不久，某甲突然回家，误以为弟嫂通奸，立刻杀了二人。当他提头去岳父家问罪时，开门人竟是自己的妻子。他转身去弟弟主人家，开门人竟是自己的弟弟某乙。天亮后里正带领众人来验尸，这才发现夜里上门来打算奸污借宿女的，乃是弟弟的主人。

这一故事类型，现当代仍在浙江、江苏、四川、山西、河北、辽宁、吉林、内蒙古等地汉族和个别少数民族聚居区流布，譬如《错中错》①、《杀奸奇案》②、《恶有恶报》③、《一桩稀奇案》（苗族）④、《一

---

① 见《浙江省民间文学集成·舟山市故事卷》。
② 见《浙江省民间文学集成·武义县卷》。
③ 见《中国民间文学集成·江苏省镇江市卷本·句容传说与歌谣》。
④ 见《筠连苗族故事集》。

句闲话害了五条命》①、《木匠错杀妻》②、《错杀妻》③、《老二借宿》④、《托娅的故事》（达斡尔族）⑤。

九九翁娶亲型故事 大致写九十九岁樵翁从未婚配。一日他入山打薪得到金银无数，便用万金做聘礼，娶一个十九岁的姑娘为妻。年余喜得贵子，抱孙之后才去世，寿一百四十岁。老翁所居地，人称"百四十村"。这一故事类型，最早见诸清·袁枚撰《子不语》。

阁学周公煌，四川人。自言其祖樵也，孤身居峨嵋山，年九十九未婚。每日入山打薪，卖与山下吴姓鬻豆腐翁。吴夫妻二人，一女，每日买周薪为炊，交易甚欢。吴年六旬，告周曰："明日是吾生辰，叟早来饮酒。"周诺之。

已而不至，吴之妻曰："周叟颇喜饮，今不来卖薪，又不来称祝，毋乃病乎？盍往视之？"吴翌日往访，见周颜色甚和。问："昨何不来？"叟笑曰："我昨入山，将伐薪作寿礼，不意过一深溪，见黄白色累累，得毋世所称金银者乎？余竭力运之，现堆床下。若下山，则谁为守者？"吴视之，果金银。因代为谋曰："叟不可居此矣。叟孤身住空山，而挟此重物，何无盗贼虑耶？"周曰："微君言，吾亦知之。盍为我入城寻一屋，在人烟稠密处。"吴如其言，且助之迁居。

未几，周又至，面赧然有惭色，手百金赠吴，揖曰："吾有求于公，吾明年百岁矣，从未婚娶，自道将死，遑有他想？不料获此重资，一老身守之，复何所用？意欲求公作媒，代聘一妇。"

---

① 见《中国民间故事集成·山西卷》。
② 见《中国民间故事集成·河北卷》。
③ 见《中国民间故事集成·辽宁卷》。
④ 见《中国民间故事集成·吉林卷》。
⑤ 见《中国民间故事集成·内蒙古卷》。

吴睨其妻，相与笑吃吃不休，嫌其不知老也。周曰："非但此也，我聘妻非处子不可。若再醮二婚，非老人郑重结发之意。倘嫌我老者，请万金为聘，以三千金谢媒。"吴虽知其难，而心贪重谢，强应曰："诺。"老人再拜去。

月余，无人肯与老人婚。老人又来催促，吴支吾无计。时吴女才十九岁，忽跪请曰："女愿婚周叟。"夫妇愕然。女曰："父母之意，不过嫌周老，怜女少耳。女闻人各有命，儿如薄命，虽嫁年相若者，未必不作孀妇；儿如命好，或此叟尚有余年，幸获子嗣，足支门户，亦未可定。且父母无子，只生一女。女恨不能作男儿孝养报恩。如彼以万金来此，而又以三千金作谢，是生女愈于生男，而女心亦慰。女想此叟如许年纪获此横财，恐天意未必遽从此终也。"吴夫妇以女言告叟，叟跪地连叩头，呼岳父母者再。

嫁生一子，读书补廪，孙即阁学公也。老人年一百四十岁，吴女先卒，年已五十九矣。老人殡葬制服，哭泣甚哀。又四年，老人方卒。所居村，人题曰"百四十村"。

《子不语》卷二十一《百四十村》

清道光十二年（1832）成书的钱泳、徐锡麟辑《熙朝新语》中的一则，是据《子不语》缩写而成的。

涪州周大司马煌，其祖峨眉山樵也，年九十九未娶。一日忽于溪中得金银若干，与所善贫人吴翁谋迁居城中，且属为媒，愿以万金为聘，但非处子不可。吴笑诺之，归告妪，谓九十九老翁谁肯与为婚者？时吴女年十九，忽跪而请曰："父母贫且老，生女不生男何恃？今周叟高年骤获多金，天将福之，未必遽终于此，女愿嫁之。父母得万金之聘，可以娱老矣。人各有命，女如薄相，嫁年少者未必不孀也。"吴夫妇奇其言，以告叟，喜甚，即日委禽成婚。后年余生一子，时叟年百岁矣。及见其子游庠食饩，抱孙后乃卒，寿一百四十岁矣。女先一岁卒，已五十九岁。信人瑞也。

《熙朝新语》卷十"九九翁娶亲"

近人徐心余撰《蜀游闻见录》中的《百四十村》，也是据《子不语》改写的，文字与《熙朝新语》大致相同。

骗人参型故事　大致写一伙骗子假扮富豪之家往一人参行购参，嘱派人送数斤辽东参至府中楼上请主人验货。正当此时，主人谎称有人前来借贷，匆匆下楼，命送参者将货锁于箱内，坐箱守护。送参者久候不见主仆，开锁取参才发现是一只活底箱，所放人参全部被人从楼下取走。这一故事类型，最早见诸成于清·袁枚撰《子不语》。

京师张广号人参铺甚大。一日，有骑马少年负银一囊到店，先取百两与作样，而徐取参数包阅之，曰："我主人性琐碎，买参不如其意，必加呵责。我又不善择参，可否存此样银于店，命老成伙计，多带上等参同往主人处，凭其自择何如？"店家以为然，即收银，遣店中叟负参数手偕往，临行嘱曰："谨持参，勿落他人手也。"

进东华门，至一大府第，少年同登楼。楼上主人美须眉，披貂裘，戴蓝宝石顶，病奄然。倚枕踞床，目负参者曰："所携参果辽东顶上者耶？"店叟唯唯。旁两童捧参上，逐包开验，所批驳皆洞中行情。

阅未毕，忽门外车马声甚喧，一客入。主人惶遽，命侍者下楼，辞以病不能会客，低语负参者曰："此向我借债客也，断不可使上楼。彼上楼见我力能买参,则难以无钱相复矣。"客在楼下呼曰:"汝主病诈也,必是抱优童娶小奶奶,故不许我登楼。我偏欲上楼一看!"两侍者固拒之,争吵不已。主人愈惶急,又低语负参者曰:"速藏参,毋为恶客所见,床下竹箱可以安放。"以铜锁钥匙付之,曰:"汝坐箱上护守参,我自下楼见彼,或能止其上楼亦未可定。"跟跄下楼,与客始而寒暄,继而戏骂。客必欲上楼,主人又固拒之。客大怒曰:"汝不过防我借银耳,虑我见汝楼上有银故也。如此薄待我,我即去,永不再来!"主人阳为谢罪送客出,值仆亦随之出,许久寂然。

负参者端坐箱上以待,良久不至,始有疑意。开锁取参,参不见。藏参之箱,一活底箱也,箱底即楼板,方戏骂时,从楼下脱板取参,守参者不知也。

《子不语》卷二十三《骗人参》

近人徐珂编撰《清稗类钞·棍骗类·骗人参之一》,与此则相同,仅个别文字有出入。近人藕香室主人编《稀奇古怪不可说·店伙送参》据此则改写,文字有所压缩。

清·吴芗厈撰《客窗闲话》所收的一则异文,情节与故事背景均有变化,笔致细腻。

姑苏阊门外,通衢大道百货交集之区,而人参行尤盛。间有空宅,亦甚宽广。时有服四品衣冠者,迁于空宅,门悬候补府陈姓封条。其司阍司账司厨及侍从之仆数十人,出入乘四人舆,张红盖。现任之府州厅县,金鸣钲开道来拜。时亦宴客,舆马纷纭,参行人见之屡矣。

一日,有二仆衣履鲜华,相率至各参行,阅货问价。行主叩其主,则曰:"西人也,为陈天官之长公子,以荫生加纳太守,分发江苏候补者。家赀亿万,举家皆嗜人参以代茶饮。是以寓此就便也。主人命我等选择公平之家，以便长可交易。"于是行主争趋其仆，而仆游十余家，皆不合意。

是时，参业中专有陪宾之伙，已遍传各行，故二仆远至一里之外，行主皆知之，情愿许二仆重扣。仆喜。行主遣伙持参同去，其主先秤一两试尝之，价值三百余，换与宝银七提回。其伙佇张公馆内之华靡，且探知其太夫人每日须服参三钱，一年有十数万金交易，其眷属不日到矣。行主甚悦。

未几，其主艳服乘舆而来，谓行主曰："尔家货真价实，我太夫人将到，为所嗜好，须至佳者。"行主奉以顶奎，择定四十两，命二伙携偕往兑价，曰："兑齐后，遣工人抬送银封来也。"二伙相从至馆舍，登堂入室，旋达后楼。其主以楼上为房，房内罗账高悬，锦衾绣縟、洋表时钟之属，陈设焕然。其箱箧以四为式，自床东直至窗前数十号，乃命仆开第五排二十号贴地一箱。正拆银封秤兑，忽楼下有人操西童，天呼而来曰："今日虎邱之东，奈何不赴，我寻将来也。"其主谓二伙曰："客且坐此，我乡亲某刺史也。其向我借贷屡矣，不可使彼登楼，见如许物，则更扰累不清矣。"使仆以参及银，皆归箱内锁之，匆匆下楼。闻彼来客强拉之行。仆来送茶，传其主命曰："烦客略坐守，去即来也。"乃反扣楼门而去。

旋闻幼仆数人，在楼下戏谑，始而喧哗，继而揪斗。有老苍头来叱喝，不应。鞭挞从之，幼仆不服，哭声震耳，久之寂然。

至晚，无一人来。二伙馁甚，推窗望楼下，适行主同伙伴持灯唤入。二伙应曰："毋庸着慌，人参与银俱在此。"行主登楼，却叩入门，以火照之。二伙指此箱曰："参银都在内也。"行主曰："予自大门至楼，人物一空，似已迁去，不妨开其箱。"遂共观之，洞见楼下。细揣其箱底，与地板凿通，触机旋转。遍举各物，无甚贵重者。除罗帐外，其衾縟系高丽纸印洋花者，钟表仅有外面，中空无物。箱皆纸糊，中藏石块数包而已。始悟诸仆叫唤争斗时，正转运箱内之物，以入声嘈杂溷之，俾不觉。行主鸣诸官，且问与骗子往来之故。官曰："以都中枢密信来，不能不答。"乃为缉捕，杳无踪影。

《客窗闲话》续集卷二"骗参"

清光绪初年成书的宣鼎撰《秋灯夜雨录》卷二"骗参"、近人徐珂编《清稗类钞·棍骗类·骗人参之二》，均与此则相同，仅一些字句稍有出入。

售墙行骗型故事 大致写京师某甲制造王府欲出售旧墙（或殿廷旧料，下同）假象，让求购的富人落入圈套。待其人预付高额定银，前往王府拆墙时方知受骗，十分狼狈。这一故事类型，最早见诸清·袁枚撰《子不语》。

京中富人，欲买砖造墙。某甲来曰："某王府门外墙，现欲拆旧砖换新砖，公何不买其旧者？"富人疑之曰："王爷未必卖砖。"某甲曰："微公言，某亦疑之。然某在王爷门下久，不妄言。公既不信，请遣人同至王府，候王出，某跪请，看王爷点头，再拆未迟。"

富人以为然，遣家奴持弓尺偕往。故事：买旧砖者，以弓尺量若干长，可折二分算也。适王下朝，某甲拦马头跪，作满州语喃喃然。王果点头，以手指门前墙曰："凭渠量。"甲即持弓尺，率同往奴量墙，纵横算得十七丈七尺，该价百金。

归告富人，富人喜，即予半价，择吉日遣家奴率人往拆墙。王府司阍者大怒，擒问之。奴曰："王爷所命也。"司阍者启王，王大笑曰："某日跪马头白事者，自称某贝子家奴，主人要筑府外照墙，爱我墙式样，故来求丈量，以便如式砌筑。我以为此细事，有何不可，故手指墙命丈。事原有之，非云卖也。"

第十三章 清代时期的民间故事类型

富人谢罪求释，所费不赀，而某甲已逃。

《子不语》卷二十三《偷墙》

近人徐珂编撰《清稗类钞·棍骗类·骗墙》，抄自《子不语》卷二十三《偷墙》，文字完全相同。

清道光年间出现的异文，情况多有变化。

京师某王，因公受罚，缘是致贫，众所知也。时值创建大寺，布施已成，惟乏殿材，匠人各处购求。乃有随官服色者，登大匠之门，告曰："我为某王府四品护卫，今王当窘急之际，欲货其殿廷旧料，易以轻巧之木，冀得余赀以济急需。"匠知王为开国勋裔，其府第皆梓楠为之，欣然愿售，约日往观。

其人以亲王名柬至王府，告门官曰："我为某亲王护卫，今王欲新殿廷，慕府内规模宏大，谕我带同匠人观之，以便如式构造。"王许之。乃邀匠人入，指点其梁楹，筹度其丈尺，详细阅毕，偕至匠寓评价。其人曰："先王成此殿，费十万金，汝愿以若干售之，不妨明言。"匠曰："材料已旧，大而无当，将必改为小用，不过万金而已。"其人故作不愿，往来数次，曰："王今无奈，姑以售汝，当在某庄立券，汝先往俟之。"

是日，朱轮华毂，王果至庄。其人为前驱，带匠人入庄。王南面坐，匠跽请书券，王领之。命从官书就，亲笔佥押，先索定契银三千两，余俟拆换之日准算。其人偕匠入城交银，并索费，亦先给三百，约日而散。

至日，大匠带人往拆殿廷，门官拒之。匠告以故，门官入白王，王召匠入，仰观王貌，非前日之人矣。知为拐骗，无言而退。

吴芗厈撰《客窗闲话》续集卷七《假售殿材》

光绪初成书的宣鼎撰《秋灯夜雨录》"假售殿材",除两字有出入外,均与此则相同。

雷击皮鼓型故事 大致写海瑞脱下皮靴,穿草鞋朝九华山走去。参神时见庙鼓为牛皮所做,乃责问神明,话音刚落,鼓立即被雷击碎。从此庙鼓均以布代皮。这一故事类型,见于清·袁枚撰《续子不语》。

> 九华山最著神异。相传明季海公刚峰,雨中皮靴登山,同伴告以皮靴乃牛皮所作,是荤非素,不可著也。乃易草履,随众参神,指庙中鼓问神曰:"此亦皮也,宁非荤耶?"言毕,忽霹雳从庙起,将鼓击碎。至今庙鼓无敢用皮,以布代焉。

《续子不语》卷一《九华山》"雷击鼓"

清·乐钧撰《耳食录》卷三《邹忠介公》,内容与则相似。

这一故事类型,现当代仍在河南等地流布,譬如《海瑞罚祖师》①。

沙弥思虎型故事 大致写沙弥自幼从师修行,十余年从不下山。一日师徒下山见一少女,禅师虑其动心,说是吃人的老虎。晚间沙弥对禅师讲:"山下所见之物我都不想,只是舍不得那只老虎。"这一故事类型,见诸清·袁枚撰《续子不语》卷二《沙弥思老虎》。

> 五台山某禅师收一沙弥,年甫三岁。五台山最高,师徒在山顶修行,从不下山。
> 后十余年,禅师同弟子下山。沙弥见牛马鸡犬,皆不识也,

---

① 见《河南民间文学集成·南阳民间故事》。

师因指而告之曰:"此牛也,可以耕田;此马也,可以骑;此鸡犬也,可以报晓,可以守门。"沙弥唯唯。少顷,一少年女子走过,沙弥惊问:"此又是何物?"师虑其动心,正色告之曰:"此名老虎,人近之者,必遭咬死,尸骨无存。"沙弥唯唯。

晚间上山,师问:"汝今日在山下所见之物,可有心上思想他的否?"曰:"一切物我都不想,只想那吃人的老虎,心上总觉舍他不得。"

这一故事类型,现当代仍在陕西、甘肃、河北、湖北、浙江、福建、河南、江西等地流布,譬如《"我爱老虎"》①《"吃老虎"的故事》②《老虎真美》③《喜欢"老虎"》④《想老虎》⑤《我爱老虎》⑥《妖精好看》⑦《老虎最好》⑧。

这一故事类型,相当于丁乃通编著《中国民间故事类型索引》1678。

除恶情虎型故事　大致写某女之父被豪绅(或酷吏)害死,女一再发誓谁能替父报仇,就嫁与其人为妻。某日一虎将恶人咬死,径至其家将女接走。虎与女结为夫妇后,对其饮食起居百般照顾,体贴入微。后女病故,虎泪如雨下,无比悲痛。春秋节令,虎均衔果至坟茔祭奠。

这一故事类型,最早见诸清乾隆四十五至五十五年(1780—1790)间

---

① 见《中国民间文学集成·陕西卷·宝鸡民间故事集成》。
② 见《中国民间故事集成·甘肃卷》。
③ 见《中国民间文学集成·邢台市故事卷》。
④ 见《松滋县民间故事传说集》。
⑤ 见《浙江民间文学集成·临安县卷》。
⑥ 见《中国民间故事集成·福建卷·福鼎县分卷》。
⑦ 见《河南民间文学集成·新野县卷》。
⑧ 见《抚州地区民间文学集成·金溪县卷》。

的沈起凤撰《谐铎》，故事发生在陕西。

秦川女子霍小媖，有殊色。父与豪右某争田界，以他事诬诸官，竟毙于狱。母痛哭曰："家无男子，谁为父复仇者？恐白骨冤埋，终作千秋黑狱矣！"女含涕而进曰："儿不肖，髫龄稚齿，不能作赵家娥。有得仇人而杀之者，儿愿执箕帚事之。"母鉴其诚，日以其言祷诸西山之麓。

一日，闻某入城祝县令寿，路出西山，虎突起于前，啮喉而毙。母女方额手庆，忽一虎曳尾而来，径登堂上。母女变色却走。虎徘徊瞻眺，殊无恶意。母阖扉而语曰："今日杀某于道者，非汝也耶？"虎颔之。母曰："蒙君仗义，雪我前仇。茕茕母女，定当香花顶礼，用酬大德。未识降临玉趾，意欲何为？"虎怒目而视，似憎其爽约者，母曰："汝以我食言耶？息壤在彼，本宜敬将幼女侍奉裳衣。但起居寝食，彼此道殊，安得竟成伉俪？况我年近桑榆，家无兰玉，方将倚婿为活。汝为地下人报怨，独不为未亡人施德乎？谨陈衷曲，乞赐矜全。"虎闻其语，神凋气丧，垂头欲出，而一步九顾，依依不舍。女慷慨而前曰："君且住。妾有一言，幸垂明听。妾前以身相许，岂敢昧心。想衾裯之共，君亦知其不可。如不忘旧约，当扫除一室，与君终身相守，存夫妇之名可也。"虎首肯再三，欣然嘉纳。

女乃导虎入帷，营菟裘于绣榻之旁。食则同牢，居则同室。女晨起理妆，虎必潜身衾次，侧目偷窥。夜俟女卸装登床就寝，始伏于床下，竟夕不寐，恐以鼾声扰其清梦也。有时甘旨不给，则衔鹿脯以进。或抱小恙，焦思躁急，盘旋室内者无停趾。病愈，始欢跃如初。女习以为常。而母氏因年迈无依，时咎女之失计，而遇虎礼貌亦衰。虎一夕竟去。

母欲为择婿。女曰："背德不祥，负恩非福。况女子以心许人，岂必作形骸之论哉？"执不允。后女以郁疾死，停尸堂上。

虎忽嗥哭而来，泪下如雨，送殓者皆见之。继埋女于祖茔之侧。虎一日巡视者三。春秋令节，辄衔山果以奠。越三载如一日。母贫乏不能自活，虎犹日取山獐野兔，存恤其家云。

铎曰："有情痴者，必无傲骨。虎而痴，是失其虎性矣。然一言不合，掉头竟去，不依然虎性之难驯乎？痴而能傲，是为真傲；傲而能痴，是为真痴。"

《谐铎》卷一《虎痴》

清·程趾祥撰《此中人语》采录的一则异文，情节有所变化，故事发生地为四川。

有妪居蜀中，其夫为酷吏所毙，膝下唯一女，年已及笄，虽小家碧玉，而丰致嫣然，尤非寻常闺阁可比。妪每念丈夫枉死，沉冤莫泄，终日潸然。女多方劝慰之，妪歔欷曰："汝生不逢辰，幼年失父，家虽困苦，亦不得妄为择配。如有人为汝父伸不白之冤，我将以汝许之，则两愿俱毕矣。"女低头不语，捻裙带而已。嗣后虽行止坐卧，每以此言诵之于口。

一日，以女偕行林薄间，又语及此。忽闻虎啸声而至，惊声回家，然亦不以为意也。先是蜀中县令某，残虐不仁，贪心特甚。民虽切齿而莫敢谁何。女父亦遭其害。一日令乘舆公出，路过山城，有虎自洞中跃出，直奔舆前。舆夫等骇绝，弃舆走避。虎竟啣县令度山越岭而去。于是民间咸谓贪官污吏已入虎口矣。

妪知之大喜，以其虎也，略不忆及前言。孰知虎虽异类，未尝无心，径至妪家。妪方坐檐下绩麻，见虎至，猛然省悟。即亦不惧，谓虎曰："前者余虽出此言，奈人畜两途，恐不得同床共梦也。"虎闻言伏地上，点头摇尾，似有必欲如言之状。时女方梳洗毕，闻母言出视，虎见女急起至女前依身裙下，口内吱吱作声。女不禁泪下，因曰："我母一言既出，驷马难追。君既为我父报仇,是亦有恩于我也,岂敢违约。"于是与虎为夫妇。

虎每入房,声轻步缓,晚间俟女睡熟,则已睡于床下。女醒则虎已醒,盖虎自知鼻息甚大,恐惊女也。虎外出或一二日、三四日不归,归则携果物累累,供妪与女颇驯扰,却又不作登徒子之想。以是女并不厌虎,唯咎自己命薄。凄凄然泪痕渍衾枕矣。

会虎出未归,女忽得病,巫医无功,参苓罔效,红绡聚泪,竟至紫玉成烟。妪痛绝,典质殆尽,始殓女,停棺于破屋之中。时虎出已半月矣,忽归房中,寻女不得,又至妪前作问讯状。妪叹曰:"尔久出未归,焉知家事。我女已于前数日入夜台矣。"虎闻言泪如雨下,以足扯妪衣,欲为引导寻女棺,妪鉴其诚,即导之往。虎见棺以双足撮泥作小堆,殆亦撮土为香之意也。又向棺再拜哭失声,复向妪再拜而去。是事也,人谓之情虎。

《此中人语》卷三《情虎》

棺中鬼手型故事 大致写某人回家时路过山东一地,见寺庙中所停数十口棺材均伸出手要钱。他逐个给一钱后饥民鬼手就都缩回去了,唯独一手要了两贯钱才缩回去。他非常惊讶,定睛一看,那竟是当地官吏的棺材。这一故事类型,初见于清·沈起凤撰《谐铎》。

萧山陈景初,久客天津。后束装归里,路过山东界。时岁大饥,穷民死者无算,旅店萧条,不留宿客。投止一寺院,见东厢积棺三十余口,西厢一棺,肖然独存。三更后,棺中尽出一手,皆焦瘦黄瘠者,唯西厢一手,稍觉肥白。陈素负胆力,左右顾盼,笑曰:"汝等穷鬼,想手头窘矣。尽向我乞钱耶?"遂解囊橐,各选一大钱予之。东厢鬼手尽缩,西厢一手,伸出如故。陈曰:"一文钱恐不满君意,吾当益之。"增至百数,兀然不动,陈怒曰:"是鬼太作乔,可谓贪得而无厌者矣!"竟提两贯钱置其掌,鬼手顿缩。陈讶之，移灯四照，见东厢之棺，皆书饥民某字样，而西厢一棺，上书某县典史某公之柩，因曰："饥民无大志，一钱便能满愿，而此公惯受书仪，不到其数不收也。"已而钱声戛响。盖因棺缝颇窄，鬼手在内强拽，苦不得入。绷然一声，钱索尽断，青蚨抛撒满地。鬼手又出，四面空捞，而无一钱入手。陈睨视而笑曰："汝贪心大重，剩得一双空手，反不如若辈小器量，还留下一文钱看囊也。"而手犹掏摸不已。陈击掌大呼曰："汝生前受两贯钱，便坐私衙，打屈棒，替豪门作犬马，究竟积在何许？何苦今日又弄此鬼态耶？"言未已，闻西厢之鬼长叹，而手亦遂缩。天明，陈策蹇就道，即以地下散钱奉寺僧为房资焉。

《谐铎》卷八《棺中鬼手》

清·小石道人辑《嘻谈录》中的一则异文，由《谐铎》卷八《棺中鬼手》改写而成，文字比较简练。

一客束装归里，路过山东，岁大饥，穷民死者无算。旅店萧条，不留宿客。投一寺院，见东厢停柩数十口，西厢只有一棺，峭然独存。三更后，棺中各出一手，皆焦瘦黄瘠者，惟西厢一手，稍觉肥白。客素负胆力，左右顾盼，笑曰："汝等穷鬼，想手头窘甚，向我乞钱耶？"遂解囊各选一大钱与之。东厢鬼手尽缩，西厢鬼手伸如故。客曰："一文钱不满君意，吾当益之。"添至百数，犹然不动。客怒曰："穷鬼太作乔，可谓贪得无厌！"竟提两贯钱置其掌，鬼手顿缩。客讶之，移灯照，见东厢之棺，皆书"饥民某"字样，而西厢一棺书"某县典史某公之柩"。

《嘻谈续录》卷下《死要钱》

清·程世爵撰《笑林广记·死要钱》、近人憨斋士辑《笑林博记》卷五《死要钱》，均与此则悉同。

获盗银型故事　大致写某渔民夫妇一日捕鱼时在岸边（或滩上）的新棺中发现大量金银，疑为盗匪所藏赃银，入夜将其尽数取出藏于他处，仍旧布衣草履，照常过平素的苦日子。不久有一伙状貌凶恶之徒再三前来查问，一无所获。若干年后事已平息，其人始出银买田置地，家道遂富。这一故事类型，最早见诸清乾隆后期成书的清凉道人编《听雨轩笔记》。该书同时收有两则异文，故事情节均较为曲折。

泗州人张姓者，以渔为业，与其妻棹小舟往来洪泽湖。一日薄暮，见岸上有颀而髯者负行李伛偻而至，急声唤渡。张以正在下网辞之。其人曰："汝捕鱼不过欲得钱耳，今吾倍偿汝值，可乎？"张始允。其人至船，谓张曰："吾欲渡至某处，而天色已晚，且有病，不能夜行。今晚宿汝舟中，明日五更渡我上岸，多与渡资何如？"张亦许之。

其人卧于头舱，呻吟不绝。至夜半而声渐息。张于五更棹至其处，唤之起，不应，视之死矣，惊惶无措。与妻相商。将举而投诸水。异其身重甚，探之，则腰缠皆黄白物也。检视行囊亦然。妻曰："我得其若干财物，何忍弃其尸于水。若买棺以殓，则又恐人疑，奈何？"张曰："吾见某处墩上向厝一棺，今乘天色未明，掇开，而以此尸入之，何如？"妻然之，遂棹至其所。土墩周围皆水，四无人居。张先上岸，启棺盖则棺满几与盖平，上铺破衣数件，已微烂矣。其下但有骨殖，而无髑髅，细视皆羊豕骨也，尚有余臭。再掇其下，黄白之物满焉。张大喜，与妻共运于船，纳尸棺中，复为钉盖完固，弃羊豕骨及破衣于水而去。

嗣后仍每日捕鱼，以探此棺消息，而藏其物于隐密处，未敢用也。未几，邻县破一盗案。伙犯咸获矣，惟首在逃。伙犯招称

第十三章 清代时期的民间故事类型

所劫金银藏于某山者若干，藏于某湖者若干，而土墩棺中之物亦与焉。官带犯起赃，至其所启之，则并无财物，而有死尸，颜色未变。官诘盗，盗群视之，咸骇曰："此即盗首某也，何为入此！"官复视，与缉案所开之年貌同，捕役亦有识之者，然不解财去尸存之故。遂带犯回县，另审结案。张知之，益自韬晦。

事定数年，盗者之棺渐圮。张念之与妻私检其骨埋诸高阜。夜梦盗首谓曰："君取我财，原非有意。前既殓我，今又葬我，君施德于我者深矣。今当投为君之子，以报洪恩。"是年果生一子。张后不复业渔，渐出其所藏以营运，遂为富人。其子少时勇而尚气，然一闻父母呵叱，即屏息不敢动。后渐驯谨，能保其家业云。

《听雨轩笔记》卷一"泗州渔人"

绍兴偏门外有张凤翔者，孑然一身，以此（用跳白船捕鱼）为业。其叔开绸缎店于杭，屡招之往。张乐此，不愿改业也。一夕，棹船出，遥见义塚间火光杂起，有十余人笑语声，一船停于岸侧。比张至，人皆入船飞棹去。上岸视之，则傍河新厝一棺，纸钱之火犹荧然未灭。张心念此辈大抵皆舁棺者，然以其仓皇而去，疑之。

嗣后往来其处，渐见棺缝血水涓涓，秽气四达。张疑尸在棺底，何以近盖处亦有血流，且其臭亦不类死人溃烂之气夜。静无人，上岸开其盖而验之，见棺之上下，俱置猪肉半体，已发变矣。而其中悉贮黄白物。张知为豪客所藏也。因船小物多，不敢重载，每夕逐渐运回，穴地深埋于缸灶下，而棺则仍为盖掩之。私念若徙而他住，恐豪客寻求，反致不测之祸。因执故业自如，惟不敢至义冢旁，祗于南塘一带人烟稠密处跳白而已。后故于桥柱撞破其船，泅而得免，患病者月余，以船破不能捕鱼，渐至口食不充，行乞以度朝夕。

未几，有状貌魁岸者数人寻张买鱼，于其邻家察问张之行状。邻人以船破行乞告之。张适伛偻携篮归，启门而入，则萧然四壁，景状可怜。破船两截，犹存室中。数人皆周视点首而去。

又旬余，张乞食远出。偷儿夜入其室，凡卧床上下及缸瓮盆盎、灰堆草窠之属，检搜殆遍，无所得而去。盖若辈厝棺之时惟见一跳白船，至今所藏尽失，疑其所为。此外遍查又无敢取其物者，是以屡次向张寻求。幸其善于装饰藏弃，故不致为其所获耳。

张归，亦心知之，料其数觅见踪，应不复至，儳祸之心渐释，因潜至杭州，告其叔，密移所藏。人皆以为行乞远出，而不知其陆续运物也。

又数月，其叔至绍兴，伪为寻侄也，见其憔悴困苦，欲携之去。张故作不肯状，叔大骂，逼其同行。邻人咸劝之，于是张以屋托诸邻家，随其叔而去。于杭娶妻营运，遂为富人。每年两次还家，省其坟墓。然布衣草履犹不敢改其常也。

至五六年，见事已冷，借叔之名，渐于故乡置田产，买房屋。十余年后始移家而归，仍造一跳白船，常棹而夜出。所亲或劝之，张曰："此吾素业，安可以温饱而昧其本来。且吾非跳鱼，亦安能至是。"因举其人以告之，始知其致之由云。

《听雨轩笔记》卷二"跳白船"

清光绪初年成书的陆长春撰《香饮楼宾谈》所采录的一则异文，较为简略，情节亦有变化。

吾乡顾姓，捕鱼为业。一日晓起，荡舟出港，见有新棺弃芦滩上，倾侧欲坠。顾怜其近水，拽之起，棺盖忽脱，视之，则其中尽白镪也。至夜，告其妻，共移舟至棺所，尽取其银。棺中有猪首，亦携归熟而献神，埋其银于室中，而渔如故。

后有群丐数人，状貌凶恶不类丐，频来村中逻察，久之始不至。盖银实盗赃，捕急，故匿于棺，而置猪首其中者，欲日久臭达于外，使人不疑。群丐者，即群盗也。

后数年，顾始稍稍出其银营屋宇，置田亩，而家遂小康。

《香饮楼宾谈》卷一《盗银》

近人藕香室主人编《稀奇古怪不可说·渔人启棺》，系据《听雨轩笔记》卷一"泗州渔人"改写，文字有所压缩。

斗阎王型故事 大致写某人挨个戏弄阎王派来捉拿他的牛头马面，并且让阎王受骗上当，颇为狼狈。清·曾衍东撰《小豆棚》卷三《张二棱》，已经具有这一故事类型的雏形。

姓张，行二，济上人。性凶悍，故以棱名，书法也。为州小捕，乡人怖之。值岁奇荒，人相互食，流亡遍野，民不聊生。而张乃安享丰裕，自鸣其得意。

张尝在道旁俟来往行车，有推载小男女四五人者，知其为贩，截路而呼曰："何处私来人口，敢从官道扬鞭耶？随我官廨报验。"方出境，贩者恐，贿之如所愿，乃释。垂毙乞儿载满道路，张掖之，投乡中大户家。无何乞死，张必诈索，尽致方舁去。又或至乡中，与大户无故口角，或以石自破其颅，血横渍，得金以供十日醉。

城中有张姓商人，张思得其钞，觅一妓候之城隅。俟商过，妓肩挤之而喊。张诬商白昼戏良家妇，绁之当官，用数百缗赎免，以所获半入官衙，所以官知不治，反以为鹯，且任其蠹也。前村有乡甲，买一妾，张知其为远来逃亡者，携其夫往，初念无非索几缗以为快，遂排而入曰："尔何恃，娶活汉妻耶！"其妻闻之出，与其夫抱头哭，甚惨。张悯之，纵其夫妇。甲不敢声，复解囊令其团聚而去。张乃醉饱于乡甲之家，以防其袭。乡甲固畏其悍，莫之何。尝剥牛卖诸市，识者不敢指证其局。吓乡愚等事，张谓之为"配药"；而破颅异尸等事，张谓之为"打锅"。皆实录也。

一日午醉，休后园柳树下，忽二皂衣至，腰间出铁索，套其项。张曰："二位何事？我即有罪，曷缓此小青龙，为我留一线光。狐兔相怜，何太逼耶？"二皂曰："吾非阳世役隶，尔恶贯满盈，冥府察之，来勾尔魂。尚梦梦作咥何为？"张自思："我出入衙门三数十年间，不怵官长，撞成把势，岂冥地阴曹便打不开去？况阴阳并无二理，吾将试之。"曰："试固易易，但二位远来，曷少作浆水以劳困乏，可乎？"二皂许之。张入厨，先取灶灰，于前后门铺洒满地，复持长鞭而入，曰："何物鬼魅，敢来恐吓老张！"遂挥鞭按足迹而捶。二皂号啕万状，夺门，不敢履灰上，从窗隙中逸走，如人狼狈鼠窜去。张计得，嗣后尝以灰围其寝所。

越数日，如厕，一昂首，见马面者捉之，竟去。张欲言不得，至官庙，见南面怒容狰狞像，颇不似世间笑面官。曰："汝即拒捕者？罪恶累累，不自悛改，害人横暴，合置油铛。"南面笔判油单百斤，镬焉。众鬼牵至铛前，焰烈，鬼担油入。张曰："诸位，一言奉赠，镬一人，奚事百斤油？半用之，余者诸公携归，可以代膏灯半月。"众喜，张又曰："相煎略缓，假我一问阎君，返即就死，甘心也。"众以其减油，牵之堂下。王曰："复有何言？"张曰："油镬二棱，定以百斤，贵爪牙私吞其半。四体肥，入鼎不完其肤，乞赐灭顶之凶，较甚涸辙之苦，感德无既。"王大怒，众鬼慑然，令以蒺藜挞其鬼卒，流血满庭。一判稽簿进曰："此人尚有两善，合不当休。所以哓哓于鼎镬间也。"王阅簿，稍霁，点首曰："囚固狡狯，亦挞四十，始放还阳。"众按之阶下，捶楚交加。张固常受杖，鬼力尽而张不甚愈。杖毕，数十鬼呵逐之。

张曰："何所见而拘诣幽？何所见而还诸阳？望明示我。"判乃指簿示云："张某生平无一淫行，为第一善；又于某年月日，救人夫妻完聚，亦一善事。有此二条，准上百恶。但当痛改前非，否则重愆俱罚也。"张亦骇异。出，众鬼拦之，索讨钱文。张曰："我张二棱纵横一世，门中朋友党，未来有不拜下风者，一文钱真不费，尔等地游魂饿鬼，亦敢手中讨生活乎？"众恐其嘶喊，任其去，张苏时，而鸡已喔喔鸣矣。身热，两肘青肿，三十日痛苦不起床。张自此颇能改悔，誓行善事，以赎前愆。有人向张谈及往事，则如批其颊，赤赧不自容。后竟以寿终焉。

《小豆棚》卷三《张二棱》

不难看出，这一则故事中斗阎王的张二棱，是县衙里面的小班头，机灵多智，也干过不少坏事，是个亦正亦邪的角色，与现当代民间故事中斗阎王的主人公颇不相同。

现当代民间广为流传的斗阎王故事，其主人公大都是正面人物形象，而且往往是各民族各类机智人物，譬如汉族的张三、蒙古族的巴拉根仓、回族的伊斯哈、藏族的阿古登巴、土家族的陈二郎、傈僳族的光加桑、佤族的岩江片、纳西族的阿一旦、土族的张三、锡伯族的霍托。

这一故事类型，现当代仍在山西、内蒙古、黑龙江、辽宁、北京、宁夏、河南、河北、山东、湖北、湖南、浙江、重庆、云南、西藏、新疆、青海、陕西、四川等地汉族和许多少数民族地区广为流布，譬如《姐弟俩智斗阎王》[①]、《二蛮耍鬼当阎王》[②]、《斗阎王》（蒙古

---

① 见《山西民间故事大系·晋北卷》。
② 见《山西民间故事大系·晋中卷》。

族)①、《谎三》②、《张三斗鬼》③、《谎三巧斗两阎王》④、《张三捣鬼》（回族）⑤、《张三斗阎王》⑥、《智斗阎王》⑦、《牛头马面拉犁》⑧、《阎王的眼睛是瞎的》⑨、《斩阎王》⑩、《杀猪屠斗阎王》⑪、《用计换良马》（土家族）⑫、《整龙王》（傈僳族）⑬、《打死阎王》（佤族）⑭、《斗阎王》（纳西族）⑮、《龙王三请》（藏族）⑯、《与阎王斗智》（锡伯族）⑰、《张三斩阎罗》（土族）⑱、《智斗阎王小鬼》⑲、《王抄手打鬼》⑳。

戏谑大头鬼型故事 大致写某生夜半见一大头鬼现身，毫不畏惧，竟借其如炬目光读书，令其隐去。一夕某生如厕时，大头鬼再次现身。某生将蜡烛置鬼头顶，以秽纸拭鬼嘴，令其呕吐而逃，从此绝迹。这

---

① 见《中国民间故事集成·内蒙古卷》。
② 见《中国民间故事集成·黑龙江卷》。
③ 见《中国民间故事集成·辽宁卷》。
④ 见《中国民间故事集成·北京卷》。
⑤ 见《中国民间故事集成·宁夏卷》。
⑥ 见《中国传说故事大辞典·故事》。
⑦ 见《中国民间文学集成·邢台市故事卷》（下）。
⑧ 见《汉族机智人物故事选》。
⑨ 见《钱六姐与贱三爷》。
⑩ 见《中国机智人物故事大观》。
⑪ 见《中国民间故事集成·浙江卷》。
⑫ 见《土家族民间故事》。
⑬ 见《巧审"大善人"》（中国云贵川少数民族机智人物故事选）。
⑭ 见《巧审"大善人"》（中国云贵川少数民族机智人物故事选）。
⑮ 见《纳西族民间故事选》。
⑯ 见《阿古登巴故事集》。
⑰ 见《阿凡提和"阿凡提"们》。
⑱ 见《中国民间故事集成·青海卷》。
⑲ 见《中国民间故事集成·陕西卷》。
⑳ 见《赵巧儿送灯台》。

一故事类型见清·纪昀撰《阅微草堂笔记》。

南皮许南金先生，最有胆。在僧寺读书，与一友共榻。夜半，见北壁燃双炬。谛视，乃一人面出壁中，大如箕，双炬乃目光也。友股栗欲死。先生披衣徐起，曰："正欲读书，苦烛尽，君来甚善！"乃携一册，背之坐，诵声琅琅。未数页，目光渐隐，拊壁呼之，不出矣。又一夕，如厕，一小童持烛随，此面突自地涌出，对之而笑。童掷烛仆地。先生即拾置怪顶，曰："烛正无台，君来又甚善。"怪仰视不动。先生曰："君何处不可往，乃在此间？海上有逐臭之夫，君其是乎？不可辜君来意。"即以秽纸拭其口。怪大呕吐，狂吼数声，灭烛而没。自是不复见。

《阅微草堂笔记》卷六"许南金戏鬼"

这一故事类型，现当代仍在浙江等地流布，譬如《方孝孺戏大头鬼》①。

咎由自取型故事 大致写某甲一夕捉奸时将淫妇杀死，而奸夫竟夺门逃逸。某甲慄罪，求助于一讼师。讼师索取重金后，让某甲点灯室中，半掩家门，俟有人来即杀之，李代桃僵。某甲从其计杀一人，天明辨认，乃讼师之子。这一故事类型，最早见诸清嘉庆初年成书的俞蛟撰《梦厂杂著》②。

新昌有张二子者，货菽乳为业。一日晚归，见妻与邻人通，怒杀其妻；邻人夺门逸去。谚有杀奸必双之语，惶怖无策。里人

---

① 见《中国民间文学集成·浙江省宁波市宁海县故事卷》。
② 《梦厂杂著》，上海大达图书供应社1935年版。

陈某，讼师之黠者，因罄囊谋之。陈笑曰："此易与耳。明日昧爽，有诣菽浆者，绐使入室，挥以白刃，孰能起死者而问真伪乎？"次早，有少年叩门求浆，杀之，则陈子也。

《梦厂杂著·讼师果报记》"陈某果报"

道光至光绪年间，又出现不少异文，使这一故事类型有了进一步的变化、发展。钱泳撰《履园丛话》与方元鹍撰《凉棚夜话》各录写的一则异文，均与《梦厂杂著·讼师果报记》"陈某果报"比较接近。

湖州荻港某姓者，娶一妻颇有姿色，而冶容放诞，不异青楼，其夫愤之，未得问也。一夕，闻妻房中有人声，即持刀入，但杀其妻，而脱逃其奸者。其夫懊罪，即时商于地棍某。某曰："此事不难，必送吾三千金，方可救汝。"无可奈何，即出借票与之。棍乃为之计曰："尔急急回家，勿动声色，点灯室中而半掩其门，俟有人来，即杀之是已。"果如其言，天明辩之，即比棍之子也。辛亥六月间事。

《履园丛话》卷十七"地棍子被杀"

一日晨起，有开豆腐店者，踞于（讼师盛某）前曰："吾妻昨与人奸，吾手刃妻而奸夫已轶，奈何？"盛曰："奸不捉双，事败矣。能以圈中二猪见赠，当为划善策。"其人许之。曰："归，置妻于床，慎勿声。明日四更开店，赌坊中有来乞浆者，即杀之，以二首呈官可也。"其人归，果如计，杀一人，携至盛家。盛视之，乃其子头也，盖忘其日在赌坊耳。盛一恸而绝。天之报施恶人亦酷已哉！

《凉棚夜话》"盛某恶报"

清·曾衍东撰《小豆棚》中的一则异文,情节曲折而多变化,大异其趣。

甚矣,口生哜而口戕口。有吴慎修者,针工也,宁波人。妻袁氏,本苏宦之婢,即如苏人,面凹而口阔,身肥而足大,性荡佚。吴素不如所好。

邻有人马姓,伟而壮,屠羊为业。袁素倚门见之,喜其准高而力硕,以指示后,又掠裙跨步作态。马喜。屋后固有短垣,夜,马逾墙相从。且数,吴觉之,不敢发,诚以其妻悍而马恶。

吴有友李湘,好事而多言,且好雌黄人。一日,吴就李饮,将醉。吴忽垂首,咨嗟而涕洟。李问之,不答。固问,吴曰:"汝度人心事,试一猜之。"李曰:"汝不过意马而心猿。"吴愕然,既请受命。李笑曰:"是不难。闻汝妻悍,且凌汝,何不赠马,则马德汝,而妻不仇汝。"吴怪曰:"汝浑家何不赠之?"李曰:"我妇若此,刃之,如烹小鲜,岂似汝瓮中鳖缩缩然,使背高于首者!"吴曰:"我诚拼以命,何不可歼。但恐官方縶囚耳。"李乃指点吴曰:"汝好不惶愧,几曾见杀奸而抵者?且将邀厚赏焉。"

吴归,告其妻有夜工,伪出,挟刀俟于墙偶。更深,袁氏掩扉而脱衣,马来入室,即与妇奸,立于床下。吴挺刃入,马执灯檠格之,刀落,马夺门走。吴拾刃杀其妇而函其首,诣李曰:"如命,将求赏于官。"示以首。李大惊曰:"马首安在?"吴曰:"马逸去。"李曰:"无马首,汝不可。"吴曰:"汝使我杀妇,固未言马。无已,请以君首代。"遂欲杀李。李曰:"姑徐徐。今汝即杀我,不能移我尸于汝妇寝所。为汝计,莫若汝归候于门,有过者,乘黑杀之,移尸而入室,方可以代。"吴释李,仓皇归。

适一人暗中来,甫及门,吴促之入。其人慴栗不敢声,杀之。火而视，僧也。吴乃移尸扫迹，以二首鸣官，云其妻与僧奸宿，杀之当场。官抵吴所检焉。妇赤身而僧裹衣，于是解衣剥肤。件者喝报曰："衣者亦女也。"盖僧而尼。官大骇，鞫吴。吴不能讳，供以初谋于李，妻杀而马逸；继复谋于李，杀僧而化尼。

官乃捕马至。马伏罪，律以和奸而酿命，戍焉。而吴以擅杀而故杀，抵焉。至于李，始也，戏吴杀妻，而类同谋；继也，诡吴杀尼，而甚加功，亦拟辟，谳遂定。

《小豆棚》卷三报应部《李湘》

清·程趾祥撰《此中人语》录写的一则异文，与《梦厂杂著·讼师果报记》"陈某果报"相似，而描述较为细致，重点在于批判擅长阴谋诡计的恶讼。

讼师杨某逸其名，崇明人也。阴谋诡计，刀笔多锋，寄居吴门，凡民间讼事，他人不能胜，惟杨胜之，作恶多端，本造物所忌。后私囊富足，回崇明作山林终老之计。

同里有某甲者，作小本经纪。妻某氏徐娘半老，丰韵犹存，与某少年有私。甲虽有耳闻，而殊无目睹，姑听之。一夕甲醉后回家，见外间阒无一人。及至房外，则房门半掩，房内淫声亵语，殆不可听。盖妻与少年方赴阳台之会也。甲怒甚，遽取菜刀将共杀之。少年先觉，夺门而出。甲愈怒，遂杀妻。既而又懊悔曰："俗语云，捉奸捉双，今奸夫未获，将若之何？"

即求计于杨。杨曰："事已至此，不得不然。君速归，取银一锭置桌上，如有人窃取，可杀之作奸夫用。"甲如其言，回家静候之。崇明风俗，凡人行路困乏，所过人家无论是否相识，俱可进内稍息。甲待至二更，有一人携灯冉冉而至，甲极喜，果见

第十三章 清代时期的民间故事类型

其人入室自坐。甲出其不意，自套间中突出杀之。请杨来同议此事。杨见尸不禁大恸。盖所杀即杨之子也。

果报之巧如此，泚笔记之，为恶讼戒。

《此中人语》卷三《果报》

近人徐珂编撰《清稗类钞》中有一则异文，也是关于崇明讼师杨某的，可能源于同一则故事，文字有所差异。

写邻村某甲，乡农也，妻某氏有外遇，甲亦听之。一日甲他出，所欢复来，值甲醉归，与之遇，恣甚，操刃将杀之，少年惊逸。甲怒犹未已，遂杀其妻，醒而悔之，曰："我未获登徒子，杀妻无证，不将按律以偿命乎！"懊恨无及，求援于杨。杨曰："事已至此，可速归，今晚勿掩扉，擎孤灯于室中，操刃伺门后，苟有人至，急杀之，李代桃僵，罪可逭也。"盖旧律凡奸案男女同时并获者，本夫可以格杀勿论。甲如所言，返家静候之。其地风俗，凡人夜行困乏，途经庐舍，无论其居停是否相识，苟未阖户而有光，皆可入内休息。二更向尽，果有人携灯冉冉而至，入室少憩。甲大喜，乘其坐尚未定，出不意，突自后戕之。天未明，即叩门往告杨，邀共议事。杨甫至，急视尸，细审之，不禁大恸，盖所杀者为杨之子也。杨子久客经商，与甲素不相识，值省亲归，遂为甲所误杀矣。杨仅此一子，哀号而绝。甲不得已，诣县自陈。县宰廉其情，知杨咎由自取，乃更逮某少年，科以罪，笞甲而释之，令为杨子厚葬焉。

《清稗类钞·狱讼类·讼师伎俩》"咎由自取"

近人襟亚撰《中国恶讼师》中的一则异文，讼师仍为杨某，且具体道出名字为杨瑟严。其故事情节与以上两则大致相似，但变化不小，兹引述如下。

  邑之成生，娶奚氏妇名小翠。当小翠未嫁时，与比邻邵生有啮臂盟。后以母命背盟嫁成生，嫁后情丝未断，旧好复寻，伺成生商于外，邵生辄与小翠暗度陈仓，鲽鲽鹣鹣，笃于伉俪。乡人咸知之，秽声四布。成生归，不堪卒听，羞愧无地，宛劝其妻改行。小翠终不忍绝，成生亦无如何。

  岁阑，成生家居半月，佯治装出门，潜处戚家，俟夜半踰垣归。闻小翠与邵生正在神女会襄王，绸缪备至。成生愤不可忍，奋身入厨下磨刀霍霍怀之入房。邵生已闻声远飏，成生怒不可泄，立杀其妻小翠。血流浃席，惨不忍睹。

  既而自悔猛浪，盖捉奸捉双，今奸夫已飏，杀妻罪将不赦。心慴然恐，辗转思惟无策自全，坐以待旦。俟朝曦上窗，逸出谋于杨讼师瑟严。杨责之曰："君纵却奸夫而杀妻，闻于官，罪不可逃。君其殆哉！"成生悔已无及，曰："固自知罪大而求计于先生，先生幸以教我。我得以生，家所有即汝所有可耳。"杨苦思良久，捋须言曰："欲免一死，亦非大难，特不得不枉死一人耳。"成生请问其详。杨曰："君不知乡俗乎，夜半人家大门洞开，而犹举火者，行人过必入而问讯。今夜汝可燃烛于堂，开门操刀而待，则自有送死之人入汝门。汝力杀之，即可指为奸夫，汝方得免罪矣。速从吾计行，慎之毋忽。"

  成生去，如计以待。黄昏犹未阑，怪鸟夜啼，铜漏止滴，送死之人至矣。一少年翩翩裙屐，昂然入内。成生即执而杀之，置于床上，与妇尸并。明日即自首于官，官来验尸，杨亦茫止，见所杀者非他，乃己子。哑口无言，以为天谴，数不可逃。遂灰心世事，入山削发，归命空王云。

《中国恶讼师·误杀》

这一故事类型,现当代仍在上海、江苏、湖南等地流布,譬如《害人害自己》①《恶讼师害人反害己》②《坏人坏自身》③《自坏自》④《万刁》⑤。

还叩头型故事　大致写一乡人担粪入城时误触某武秀才,弄脏其人衣服。武秀才将乡人扭至县衙,必欲严惩。县令罚乡人叩头一百以谢罪。叩七十多次时,县令以武秀才只需叩五十为由,命衙役按武秀才向乡人还叩二十多下。武秀才叩毕悻悻而去,观者大笑。这一故事类型,最早见于清嘉庆年间成书的诸晦香辑《明斋小识》,故事主人公为许治。

　　华亭知县许公以廉明称,民无谤读言。有某武生扭乡人来禀,许悉其人,因询何事:某云:"我行街上,伊担粪污我衣。"许拍案曰:"尔乡氓,安得漫不经心,致坏相公衣,应重责不贷!"乡人哀求甚切。曰:"然则尔愿罚乎?可向相公叩首一百下。"即令某南向坐,乡人叩首于下,俾役数清楚。数至七十余,曰:"止。我亦鹘突,犹未问尔是文生,抑武生?"某对以武。曰:"误矣!文生值叩一百,若武生只须五十耳。当还叩二十。"又令乡人南向坐,某叩首于下。某不肯,两役交捼之。叩毕,武生愤愤而去。予于郡中晤某孙客,为戏述前事。迄今张汤杜周,俱有良子矣。

《明斋小识》卷一《还磕头》

---

① 见《中国民间文学集成·上海卷·崇明县故事分卷》。
② 见《中国民间文学集成·上海卷·闸北区分卷》。
③ 见《启东县民间故事选》。
④ 见《南通县民间故事选》。
⑤ 见《中国民间故事集成·湖南卷·道县资料本》。

清·独逸窝退士编《笑笑录》卷五《还磕头》，与此则相同，仅个别字有出入。

这一故事类型，在清末民初的笔记小说中亦有记载。其中的一篇仍具有传说特征，但故事主人公已变为樊樊山。

> 樊樊山先生早年宰某县时，以廉干名。一日有武生扭一乡人至县喧诉，樊讯其故，则乡人入城挑粪误触生污其衣，业经途人排解，令代其浣濯及服礼，而生不可，必须痛治之乃已。樊廉悉其情，亦拍案大怒曰："尔小人乃粗心污秀才衣，法当重责！"乡人惶恐乞怜，樊良久乃曰："姑宽宥尔。"令生坐于堂侧，而饬乡人向之叩头一百以谢罪。叩至七十余，樊佯作失惊状，蓦然曰："我几忘之，尔之秀才，文乎，武乎？"曰："是武者。"则又幡然曰："我大误！文秀才应叩头一百，武则半之可矣。今多叩二十余，尔应还之。"令乡人高坐，而捉武生还叩。生不肯，乃令皂隶挟持而抑其首叩还二十余，始释之。生大怒，然亦无可如何，懊恼而返。樊抚掌大笑，观者莫不捧腹。
>
> 　　　　　　　　　　　　　　　　静观撰《樊山谐判》①

另一篇则转化为一般的民间故事。

> 有一乡人提粪，误触某武生，污其衣。武生固虎而冠者，扭乡人至县署，必欲官痛挟之。官询得其情，佯怒曰："你小人乃粗心擅污秀才衣，自当重责。"乡人惶恐乞免，官曰："姑宽你。"令生坐堂隅，饬乡人叩头百以谢罪。叩至七十余，官忽矍然询武生曰："汝之秀才，文乎，武乎？"曰："武。"官曰：

---

① 见上海广益书局编辑部编《近人笔记大观》卷四，上海文艺出版社1993年影印本。

"然则误矣,文秀才应叩一百,武则半之。今多叩二十余头,你应还彼。"令乡人高坐,而促武生还叩。生不肯,令隶役强按其首叩二十余始释。武生且羞且怒,官抚掌大笑,观者无不大笑。

《慧因室杂缀·诙谐决狱》之二①

这一故事类型,现当代仍在上海等地流布,譬如《松江清官许为黎》②。

巧辨子型故事 系"二妇争子型故事"的亚型。大致写贫者迫于生活,鬻子于富家。其子长大成人后,贫者欲将其子赎回,遂讼于官,富者竟称此子为其亲生。官巧计辨别真伪,并妥善安排此子的归宿,让义父与生父各得其所。这一故事类型,见诸清·慵讷居士撰《咫闻录》。

一农人生子,家贫,甫生而鬻于富厚之无子者,乳母以养之。迨成人,貌极清秀,教以读书,文颇通顺。其生父爱慕是子,欲令还家。其子不知贫者乃是父也,享安闲之福久矣,焉肯舍锦袍而就韦布,去玉食而饮箪瓢,以故钩挑不动。硬向富者赎之,富者曰:"子乃断卖,难言赎也。吾养此子,已费数千金,如我金予子还。"贫者不能应,因谋于讼师,曰:"例载异姓归宗,子可控之于官,当断还于汝也,可不必以银赎之。"

作词以控。富者诉子以亲生,非由买来。官问之不能决。问其子,子亦不知身从何来也。官思何法以辨其真伪,因命原差,将其父子分三处以管之,勿令其亲戚探望。至五日,官又传差进

---

① 见《清代野史》第二卷。
② 见《中国民间故事集成·上海卷》。

而谕曰："汝于二老前，伪说子有病，次日又说病重，视二老之情形，密禀于我。"差领命而往，告于二老。贫者泪下，富者持银与差，使代延医以治之。差禀于官，又谕明日传知子死，再视其情形，密来禀知。黎明，差告二老曰："尔子于五更死矣。"贫者痛哭不已。富者口第叹气。差令其筹棺殓之。富者曰："彼认此子而讦讼，当令彼收殓而埋葬。"差又禀官。即坐堂审讯曰："子之真伪，已知之矣。"命原差一一质之，富者俯首无辞。断曰："买子延嗣，世或有之，例载归宗，姓难乱也。是子当以生父之姓为姓，以养父之姓为名。应考赴试，念其恩养已久，其子仍留义父之家，使之侍老，以报鞠育之恩。俟义父死后，方准归宗。将来为义父持丧期年，为生父斩衰三年。着义父须择立继子为后，其家产分给一半与义子。留则与之，不留仍与继子，不准带回生父之家。"

《咫闻录》卷二《辨子》

审案济困型故事 大致写一县令为了救助丢钱的老妇（或无钱娶妻而发怨言的穷汉），乃命衙役当众审导致丢钱的石头（或佯作割阴之状），使满堂观者哄然大笑，随即罚所有观者解囊，将全部罚资赏与老妇（或让穷汉拿去作为婚费）。这一故事类型，最早见诸清·慵讷居士撰《咫闻录》。

苏州长洲邑宰葛建楚，山东濮州孝廉也。鞫案出奇，办事如神。一日，有老妇纺织养生，筐盛钱一千二百枚，进城购棉。行至半途，如厕遗溺，将筐置于厕门。适有强人过，攫之而去。老妇大喊，急追不及。老妇哭曰："吾家之所仰赖者，惟此微赀，今为攫去，是绝我命也。"乃奔至县堂击鼓。葛公问悉前情，曰："不必饬捕，可于厕上条石，讯得其情也。"即差役带妇领厕石，命扛至署，一堂哄然大笑。而差以官命，不得不扛石而归，禀之于官，悬牌示审。牌内大书某日审某厕条石，以至阖郡喧传为异。至日，民之来观者，自头门以至大堂，拥挤无余。葛公乃坐大堂，命差紧闭大门，谕众民曰："此间非游牧之区，尔等应安居守业，奚可无故进衙？本欲扑作教刑，念尔等无知愚民，各罚钱一枚以放之。"民以所罚甚微，乐从其罚。各投一钱而去。拾其钱，竟有七八千之多，赏与老妇，以完其案。葛公曰："尔等笑我审石之痴，子不见是妇，乃贫老之妇也。若俟缉获追给，不知在于何日，老妇命难保矣。不审石，焉得如许人来？今吾于稠人之中，取兹蝇利，以助老妇，所谓众擎易举，而老妇又以一失而得七八倍之利，岂不佳乎？然得其钱者不追，则强横之风益炽。当另饬差认真跴缉，弋获追究，可也。"

《咫闻录》卷二"葛青天审厕石"

清·采蘅子撰《虫鸣漫录》采录了一则异文。

江宁某令，素称明敏。一日乘轩过市，闻茶肆中人语曰："是好官也。"旁一人哂曰："若果好，当代我穷人娶妻。"令闻之，唤令随入署，升大堂，叱曰："尔如此立言，必平日不习正务好淫之辈，吾将尔淫根削去！"饬役褫下衣，割其势。时观者千百如堵，役一手持刀，一手握其阴，作欲割之状。观者轰笑，令怒曰："何可笑！"命闭头门，问众曰："尔等扰乱堂规，愿责愿罚？"咸曰："愿罚。"乃命启门一隙，放人鱼贯而出，凡身携银钱，均命倾囊，无者则已。须臾人尽出，所留银钱约百缗，即付哂者曰："足敷尔婚费否？"命取去。哂者叩谢，携资出。此真创事，亦奇才也。

《虫鸣漫录》卷二《江宁某令》

近人易宗夔撰《新世说》①所收的一则异文,其中被救助者不是穷苦人,而是商人。

> 徐次舟令南海县,有商人携饼金二百元,途遇狂风骤雨,天色昏黑,仓皇触石而踣,昏不知人,醒则金失,亟诉于徐。徐斥不理。商人涕泣以求,徐乃询其石之所在,令役舁石来。沿途闻县官审石,随观者益多。徐出坐堂皇,历数石罪而杖之。观者大笑。徐乃拍案呵叱曰:"汝辈喧笑法堂,于律为有罪。今愿受责乎?抑受罚乎?"众曰:"愿罚。"徐乃朱书"人罚金一元"。计所得适如商人所失数,遂以畀之。
>
> 《新世说》卷二"县官审石"

这一故事类型,现当代仍在上海、陕西、河北、辽宁、吉林、山西等地流布,譬如《包公替人娶媳妇》②、《罚钱买驴》③、《审砖头》④、《审望石头》(朝鲜族)⑤、《判石头》⑥《店院审石头》⑦。

审笆斗型故事 系"鞭丝破案型故事"的亚型。大致写二店主争一柳斗(或笆斗),县令当堂命衙役扑打所争之斗,根据落下的碎屑使物归原主。这一故事类型,见于清代的笔记小说。清·慵讷居士撰《咫闻录》采录的一则,是有关长洲县令葛建楚审案的。

---

① 见上海古籍书店1982年,据1918年排印本缩版影印本。
② 见《中国民间文学集成·上海卷·虹口区故事分卷》。
③ 见《中国民间文学集成·陕西卷·咸阳民间故事集成》。
④ 见《耿村民间文化大观》。
⑤ 见《朝鲜族民间故事选》。
⑥ 见《中国民间故事集成·吉林卷》。
⑦ 见《山西民间故事大系·晋北卷》。

第十三章 清代时期的民间故事类型

有米行失一柳斗,见对门杂货铺内柳斗相若,径往携回,致相争殴,控之于官。葛公讯曰:"柳斗所值几何,并无记号。或属彼行,或属此铺,均可使得。今以一柳斗而至结讼,是罪在柳斗,不在于民也。"即抽签,将柳斗杖责二十板,众皆骇然。杖毕,葛公出位,诣杖地视有芝麻,问曰:"两家谁卖芝麻?"杂货铺曰:"小人铺内卖之。"米行人失色,磕头求恕。葛公曰:"冒认他物,本有应得之咎,念系经纪小民,姑从宽宥。"由是民皆呼为葛青天。

《咫闻录》卷二《葛青天》"审柳斗"

清·吴趼人撰《中国侦探案》采录的一则,写的是余姚县令忠若虚审案的故事。

砺之又言:大令一日坐堂,有互扭而来控者,则米店人控面店人吞没其笆斗也。面店人曰:"是固我物,彼强来诬我者。"米店人曰:"彼初来借用,云即还,讵久假不归,意图吞没。"大令笑曰:"是笆斗之罪也。"命覆斗阶下,呼役扑之,躬自离座监视,扑至数百,忽升座叱面店人曰:"是米店物,若何得吞没之!"面店人呼冤。则指覆斗处,令自视,曰:"初扑之,所出者面麸,扑至再三,则糠秕见矣。是非初为米店物,而为汝借用者乎?复乌乎赖!"两造皆拜服,遵断去。

《中国侦探案·打笆斗》

这一故事类型,现当代仍在宁夏、山西、河北、河南、浙江、安徽、福建、广东、吉林等地汉族和个别少数民族聚居区流布,譬如

《审笸篮》（回族）①、《县官拷打草笞料笤》②、《玉官审簸箩》③、《审簸箩》④、《汤知县审畚斗》⑤、《审簸箩》⑥、《断筛记》⑦、《审米斗》⑧、《审笸箩》⑨。

犀牛毛型故事　大致写某人见到卖柴人用细木棍挑二百来斤柴，十分惊讶。他发现其人棍尖上沾数根犀牛毛，便以一两白金求购。其人正欲加价，却因妻子得病而被家人叫走。次日，其人拿了一根很好的木棍来，希望某人加价，某人不再购买。细问方知前棍的由来，系卖柴人用棍击山中潭内大黑牛，棍上沾了牛毛，自此挑任何重物都觉轻松。这一故事类型，见于清·慵讷居士撰《咫闻录》。

甘肃宁（临）夏有蔡十者，家贫远游于黔，侨寄镇宁州。偶见市上负薪者，以漆木棍作挑，细小有力，可驾二百余斤，惊讶久之。俟其止足停薪，细视棍圆滑光润。俟过门时，唤入，饮以酒。其人将棍竖戤门首，见棍尖上沾犀牛毛数茎，遂以白金一两与渠换之。蔡即舞弄良久，负薪者以为合意，思欲加价。忽其弟来曰："嫂氏猝患痰症，急请去。"负薪者持棍而回，思欲增价。次日上山，寻取新柔坚润之木，另作挑棍，使合其用，乃能增价。遂往山寻而得之，刀锯治之，曰："此必

---

① 见《中国民间文学集成·宁夏卷资料丛书·泾源民间故事》。
② 见《中国民间文学集成·山西卷·和顺民间故事集成》。
③ 见《峰峰民间文学》第3期。
④ 见《河南民间文学集成·安阳故事卷》。
⑤ 见《中国民间故事集成·浙江卷》。
⑥ 见《中国民间故事集成·安徽卷·亳州传说故事》。
⑦ 见《中国民间故事集成·福建卷·三明市分卷》。
⑧ 见《中国民间故事集成·广东卷》。
⑨ 见《中国民间故事集成·吉林卷》。

合其意也,可图增价矣。"次早持棍特来,蔡见之大笑,令其自用,不复售矣。细问前条棍上有毛之故,对曰:"我在山中采薪,居人以牛犁田,见山中潭内,出有大黑牛,上岸出门,我用木棍击散,遂有毛在棍头上,挥之不去。此后不论重物,仔肩觉轻。"……

《咫闻录》卷三《蔡十》

这一故事类型,现当代仍在云南、青海等地汉族和个别少数民族聚居区流布,譬如《三丝犀牛毛》①、《宝扁担》(彝族)②、《宝扁担》③。

娶木偶型故事 大意写某甲以重金买妾(或娶妻),入洞房时才发现用彩舆迎归的不是事先窥见的美女,而是庙中的木偶(或泥佛、草人),方知被人耍弄。这一故事类型,清代各个期的笔记小说多有记载。

这一故事类型,最初见于清康熙末年成书的景星杓撰《山斋客谭》:

有商于亳者,觇桥北一妇艳甚,惑之。以谋娶,访于媒者。曰:"此孀妇也,誓志不嫁,奈何!"商切问计,媒测其可愚,曰:"彼夫唯有一耄叔在,或赂以主之,乃可。"商即以货畀之通叔。还报曰:"妇志莫夺,或给以归宁,舆至尔所,任之。不然,反尔赂,无他计也。"商惑甚,计以必得妇,立允之,且致厚聘。至期迎妇,方渡桥,妇忽跃出赴水死。商大恐,亟怀馀赀宵遁,

---

① 见《云南民间文学集成·陆良县卷》。
② 见《中华民族故事大系》第3册。
③ 见《中国民间故事集成·青海卷》。

终身不复至亳。然赴水者,桥北社庙土夫人也。

《山斋客谭·嫁神妪》

见诸成于清·慵讷居士撰《咫闻录》的一则是:

越人有一妻一妾,其妻老而妾多病,思欲再娶一女,以为篷室。常与人言,能与我作伐,得一美丽婵娟,愿出重价,厚纳媒礼。里中有矮妇,黑如熟藕,肥似冬瓜,身不满三尺,人皆呼为矮婆,专以媒合为业。能使女之矢志不失者改其心,以身分自重者愿为贱,其机械变诈,令人莫测。因闻若人之欲娶妾,设计骗之。随于十里外村中,有一绝色闺女,与其父母说通,送银十金,假作影子,移藏他宝,邀若人过视。若人见是女之姿色出众,心极欢乐,问价千金,许银五百。矮婆串出歹人作为女父,至师姑庵立券交银,择日迎娶。

先期三日,忽称女昨病疟,疟病不多日而愈,求缓期,病少瘥乃娶。若人爱怜此女,许之。至期天遣人来,复请展限。矮婆不依,曰:"彼女买以为妾,并非聘以为妻,不能再限时日。吾当往说迎回,以完其事。"去未几而返,曰:"事不谐矣。即备船,吾当纠人往抢。"若人从之,买船两只矮婆邀健徒十余人,至夜前往。将近女家,矮婆令娶妾者在船,停于僻处等候,自带健徒上岸,奋往直前。至三更,见健徒抱衾卷人而来,安卧舱中。矮婆嘱曰:"正在发疟,切勿惊动。俟疟退神清,彼自醒呼,尔可开衾照应,某等在后船跟行。"若人依言,静坐船中,默默伺候,若卖油郎之事花魁。

将次到家,女寂然不动,亦无抱病声气,用手摸之,面冷肉硬,疑为已死。急取火燃灯烛之,乃一白面木头观音。紧呼矮婆,舱后舟子应曰:"他船在后,当停舟待之。"若人曰:"有此奇事,竟以观音嫁我为妾也，恶亦极矣，俟其来而与之拼命！"谁知候至晓日飞腾，不见其来，心慌意乱，思以载回，非特受人取笑，且以亵慢神灵，众皆不依。愿央船友，嘱其停泊冷巷，重送船银，自即往寻矮婆。

谁知矮婆各分赃银躲开异地，觅至十余日并无踪迹。而矮婆乃一孀妇，并无子女弟侄，可以跟追。不得已，四处到庵堂寺观，挨查失观音之所，冀图密送归座。查至东村师姑庵内，有观音立像一座某夜被人窃去。是庵门户素不谨慎，因失观音而防范甚严，不能寂然进去。若人无法，将实情告诉师姑。姑怫然不悦，即欲喊同十方绅士与之理论。若人着急，愿送银十两。师姑讹得银三十两。约至夜静，接进安置。正在扛抬之际，又被赴宴醉归二人看见，立即喝住，曰："庵内观音，因何在于河干？"将若人捉获，追问缘由，严诘师姑，尽得其情。醉者曰："吾不管汝之受骗也，慢神有罪，子愿送官，愿受罚乎？"若人曰："吾愿受罪。"醉者命师姑邀请十方绅士，公议罚花银百元，以为修理之费，其事乃已。

后若人往邻邑探友，途遇矮婆，扭与理论。矮婆曰："世间美妇人宁有若观音之可爱乎？养妾伤财，不如供佛延福。吾之骗，正所以教尔回心也。此事私言之，我是骗；官言之，我必言尔见女之美，欲我说合通奸也。是女乃殷实端家之女，父乃体面著名之人。若令知之，彼必控告，且是晚写书受银者，并非伊父卖券，何妨言尔假造，尔有几许家当，恐不能抵此一场官事。我是单身女流，不过吃些小苦。我不犯奸，官亦不能加以杖责。银已化消，从何筹还？不如认作晦气为妙。"若人闻言，低头叹气，竟听其去。

《咫闻录》卷六《偶嫁观音》

宣鼎撰《夜雨秋灯录》卷九"娶木偶"与此则相同。近人徐珂编撰《清稗类钞·棍骗类·饰木偶为女以行骗》系据此则改写。

清·吴芗厈撰《客窗闲话》中的一则异文，情节有明显变化，而且文字亦较简略。

　　有贵公子，挟重赀游姑苏以买妾者，官媒唤来数十人，皆不合意。一老妪随舆而来曰："郎君法眼过高，此等人皆不中选，非我姨家瑶仙大姑不能如愿，惜身价过高耳。"公子闻之曰："如果真正佳人，何妨重价，第恐有名无实耳。汝姑带来一观。"妪笑曰："我知郎君只好看瘦马婢耳清白人家，即穷至不吃饭，何肯将娇女送与人家看耶？"公子谢过，愿同往访之。妪曰："我试言之，不知人家愿否？"公子许重给媒赀，妪请姑探之。

　　隔五六日，公子望眼几穿，妪始欣欣然来曰："凭我一片舌，煞费苦心，肯与郎君一面矣。"遂往观之。其女一拜而退，娉婷之态，秀丽之容，公子已神魂欲堕。旋闻琴韵铿然，和以燕语莺声，长吟度曲，公子几入痴魔。急问值价，妪忙掩其口扯之出曰："郎君几自误，此女不可唐突，当云聘作亚妻，则其父贪而好名，或可动之。既至尔家，则任分嫡庶矣。"又官："聘只千金，女须衣饰，尚须彩舆迎之，缺一不能成也。"公子已心醉，无不从命。乃立婚书纳聘，约吉迎娶。

　　公子雇巨舫作洞房，欲仿范蠡载西子游五湖故事，先买一婢以俟。至日，彩舆迎来，妪与婢扶新人入舱坐，妪乘闹逸去。公子揭去新人面巾，神色焕然，惟不言不动，爰设席遣婢，公子亲手扶之，新人失跌，其声秃然。以火照之，乃庙中木偶耳。急遣人追至女家，则门锁闭。访诸邻，曰："是家偶赁此宅以嫁女，兹已送女去，不知所之。"问诸官媒，无识妪者。计花费千余金，仅载二粗婢索然而归。

《客窗闲话》正集卷七"取木偶"

清光绪年间俞樾撰《右台仙馆笔记》和薛福成撰《庸庵笔记》录写的两则异文，简繁有别，情节亦多有变化、发展。

苏州阊门外李继宗巷有某甲者，以裁缝为业，年逾三十，家亦小康。偶见江北篷船一女子，颇有姿首，悦之。旋有人为之平章，以洋钱一百为聘。议既定，乃择日迓以彩舆，果见女子以红巾幂首，数人扶而就舆，并有一衣包，亦置舆中。鼓吹迎归，将扶女出，则弱不胜衣，玉山颓矣，审视之，一草人也。启视衣包，则砖石也，盖恐舆轻致疑，故以此压之。举家大哗，亟寻原媒，去如黄鹤矣。某怅然痴立，亦如木偶。

《右台仙馆笔记》卷二"娶草人"

吾乡有某生者，中年无子，谋置簉室，乃买舟渡江赴通州一带访购。某生既省小费，又欲速成。会有客来，言一乡民愿鬻其女。导往观之，其色甚美，问其价则甚廉，但须以花轿迎娶。某生大喜，亟与定议，届期以花轿迎至舟中。女家有二媪来扶女出轿登床，衣服楚楚，红帕障首。某生但觉其秾纤合度而已。然二媪方伴坐床上，不能遽前揭帕。

某生犒舆夫等既毕，二媪亦即辞去。某生步至床前，见新人端坐不动。私念此必因羞畏而矜持也，乃以手微撼之，仍不动。遽揭其帕，则一泥像，甚为端丽，盖系百年前所塑，近时无此良工也。

某生懊闷已极，正欲追媒媪理论，已有村人数十嚣噪而至，且曰："此吾村观音庵之大士像也，环而祈福者且千户，汝何得擅抬至此！"或欲锁其舟，或欲系其人，某生惶遽失措，一老翁出为排解。某生乃苦诉某见绐之状，老翁对众言曰："姑念此人异乡远客，愿诸君稍恕其亵嫚菩萨之愆，但令出洋银二百元以示薄罚，吾辈自舁佛回村何如？"众作勉强允许之状，某生不得已出洋银二百元付之,众共舁泥像欢呼驰去。

某生踉跄归里,大丧资斧,而妾仍未得。此可为见小欲速,谋事不慎者戒。

清·薛福成撰《庸庵笔记》卷四《娶妾得泥佛》

这一故事类型,现当代仍在福建、山西等地流布,譬如《戏弄恶棍》①《娶回泥菩萨》②。

八钱宴客型故事　大意写主人留客用餐,囊中羞涩,其仆用八文铜钱买鸡蛋、韭菜等做菜肴,并以杜甫一首七绝的四句诗分别命名,颇得奖赏。这一故事类型,最早见诸成于清·青城子撰《志异续编》。

有欲留客饮者,有酒无肴,搜囊止得铜钱八文,计甚窘。老奴知之,承言易办,以六文买两鸡蛋,一文买韭菜,一文买腐渣。第一肴,韭面铺两蛋黄,奴捧曰:"虽不成肴,却有取义,名为'两个黄鹂鸣翠柳'。"第二肴,韭面上砌蛋白一圈,奴曰:"是名'一行白鹭上青天'。"第三肴,炒腐渣,奴曰:"是名'窗含西岭千秋雪'。"第四肴,清汤一碗,两蛋壳浮汤面,奴曰:"是名'门泊东湖万里船',奴爱此诗,勉强凑成,幸勿见哂。"客大奖赏。

《志异续编》卷二《趣仆》

清·独逸窝退士编《笑笑录》卷六《八钱宴客》,抄自《聊斋续编》即《志异续编》卷二《趣仆》,仅有个别字句有出入。

刻于清·小石道人纂辑《嘻谈录》所收的一则异文,情节有一些

---

① 见《智惩恶讼师》。
② 见《山西民间故事大系·晋西卷》。

变化。

> 一厨子酷好吟诗，而最爱赚钱。每作菜，隐藏诗句在内。主人因其赚钱，有意难之，谓厨子曰："我与你二十文，令你作菜四碗，不准赚钱，更要合诗。如不贴切，加倍认罚。"厨子领钱，来到厨房，踌躇良久，买了两个鸡蛋煮熟，将两个蛋黄为一碗，蛋清切片为一碗，皮膜浮在碗内为一碗，蛋壳漂在碗内为一碗，用白水泡满，端在主人面前。主人一看，责之曰："蛋止两个，水分四碗，其赚钱不必说。不知与诗句有可相符？"厨子曰："一双蛋黄是'两个黄鹂鸣翠柳'。几片蛋清是'一行白鹭上青天'。皮膜飘飘，乃'窗含西岭千秋雪'。蛋壳荡荡，乃'门泊东吴万里船'。"主人怒曰："作菜合诗，乃强词夺理。赚钱欺主，于理难容。"逐之使去。
>
> 《嘻初谈录》卷上《厨子能诗》

这一故事类型，现当代仍在江苏、河南、江西等地流传，譬如《做菜配诗》①《巧宴客》②《儒厨》③。

倍与之钱型故事 大致写一次某人加倍付钱给一个剃发极草率的剃头匠。等他再来时，剃头匠事事周到，格外下功夫。剃完后某人只付了少许工钱。剃头匠不服，此人说："今日工钱前次给了，今日给的是前次的工钱。"这一故事类型，初见于清·青城子撰《志异续编》，描写颇为生动，引人发笑。

---

① 见《中国民间故事集成·江苏昆山市资料本》。
② 见《南阳民间故事》。
③ 见《抚州地区民间文学集成·金溪县卷》。

  吾乡有富人，自奉最俭，虽隆冬所衣，不过一旧布袄，所戴不过一旧毡帽，见者不知其为富人也。一日，入剃头店剃头。店中以为乡村愚人，草草完事。伊摇首云"不好不好"，解囊与铜钱二百文去。过半个月复来，剃头店主屈意奉承，轻剃细修，竭生平之技，犹恐稍不当意。完事后，解囊与铜钱八文。店主曰："前日甚愧草率，尚蒙厚赏；今日自信无差，仍见惠甚少？"曰："今日剃头钱前已开发了，今所开发乃前日剃头钱也。"

《志异续编》卷三"剃头钱"

  清·独逸窝退士编《笑笑录》所收录的一则异文，较为简略，亦颇有趣。

  有人剃头于铺，其人剃发极草率。既毕，特倍与之钱而行。异日复往，其人竭力为之剃发，加倍功夫，事事周到。既已，乃少给其资。其人不服，曰："前次剃头草率，尚蒙厚赐；此番格外用心，何可如此？"此人谓曰："今之资前已给过，今之所给，乃前次之资也。"一笑而行。

《笑笑录》卷六"倍与之钱"

  这一故事类型，现当代仍在湖北、湖南、新疆、上海等地汉族和个别少数民族聚居区流布，譬如《剃头》[1]、《剃头》[2]、《上次给过了》（维吾尔族）[3]、《徐文长剃头》[4]。

---

[1] 见《湖北民间故事传说集·武汉市专集》。
[2] 见《中国民间故事集成·湖南卷·临湘县资料本》。
[3] 见《阿凡提的故事》。
[4] 见《中国民间文学集成·上海卷·卢湾区故事分卷》。

激怒发痘型故事　大致写某名医外出，见一少妇（或少女）痘疹未发，有性命之忧。于是故意使其激怒而发痘，因得无恙。这一故事类型，初见于清·青城子撰《志异续编》，故事主人公为清代名医江苏叶天士。

　　（叶天士）又尝偕外甥闲游。甥年十五，经某家后园过，有女年约十六七，在园内摘花，问甥曰："佳否？"答曰："佳。"曰："汝可潜至后，齐腰抱之，我与汝聘为妇如何？"甥不敢。曰："我所命何妨。"促之去。

　　甥果逾墙，潜至后抱之女。大惊而□，家人至，拟执而鸣官。天士隔墙止之曰："无须，此我外甥也。"是家固与天士善者，曰："因何袖视，令外甥戏人闺女乎！"曰："此我命伊救令姑娘者。"曰："何谓救？"曰："三日后如不出痘，我自偕舍外甥来，负荆请罪。如出痘，则非我断不能治。"

　　是家素信天士医道通神，姑妄听之。三日后果出痘，群医咸谓不治之症。延天士至，天士曰："我固谓非我不可也。当用药二剂，即起水上浆。又二剂，结痂而愈。"遂为外甥求亲。是家感活命恩，许之。

　　后问何以知其将出痘，又何以为救？曰："吾观其耳后及太阳，痘纹甚现，故知将出痘。惟满面肝肾之色，其毒必深。恐出痘时，毒不能达，故猝然惊之。惊则不待痘发，其毒早已起，而离其原所矣。他人之所不能施治者，因其不知病源耳。我则知其毒发于惊，从此消息，故可治也。"

《志异续编》卷三《痘症》

此则作品，故事情节曲折有趣，笔致细腻，注重人物刻画，在展示一代名医过人的观察力和高超的医术时，还巧妙地穿插了为外甥保媒的情节，前后呼应，更增添了故事的人情味和文学性，远胜过其后的一些异文。

清·小横香室主人编《清朝野史大观》所收的一则异文,情节较简略,故事主人公亦为叶天士。

> 尝肩舆行乡村间,适有采桑少妇。(叶)天士令舆夫往搂抱之。桑妇大怒詈。其夫亦扭舆夫殴打。天士从旁解之曰:"此妇痘疹已在皮膜间,因火盛闭不能出,此我设法激其一怒,今夜可遽发,否则殆矣。"已亦果然。

《清朝野史大观》卷十一《叶天士遗事》"激怒痘发"

近人天台野叟撰《大清见闻录》下卷《叶天士遗事》"激怒痘发",与此则悉同。

近人辜鸿铭等撰《清代野史》第三卷《牧斋遗事》"少女得生",故事主人公为清代名医江俞嘉言,故事情节与上两则均不甚相同。

> 嘉言往乡舟过一村落,见一少女子,沙际捣衣,注视久之,忽呼停棹,命一壮仆曰:"汝登岸潜近此女身,亟从后抱住,非我命无释手。"仆如其言。女怒且骂大呼,其父母出欲殴之。嘉言徐谕曰:"我俞某,适见此女,将撄危症,故明救非恶意也。"女父母素闻俞名,乃止。俞问曰:"汝女未痘乎?"曰:"然。"俞曰:"数日将发闷痘,万无可救,吾所以令仆激其怒者,乘其未发,先泄其肝火,使势少衰。后日药力可施也。至期,可于北城外某处来取药无迟。"越数日忽有夜叩俞门者,则向所遇村中少女之父也。言女得烈疾烦燥不宁之状,俞问:"肤间有痘影否?"曰:"不但现影,且现形。"俞慰之曰:"汝女得生矣!"乃畀以托里之剂,其痘发透,此女得无恙。

换画骗局型故事 　大意写某人临摹同样两幅山水画,根据天气随时更换:天雨时挂出画中行客张伞的一幅,天晴时挂出画中行客荷伞的一幅。一富翁观察多日,以为此画可验阴晴,以重金购回后方知上当。此一故事类型,最早见诸清·青城子撰《志异续编》。

> 某性好古玩,尤爱字画,日日周流各古玩店。偶见一铺悬山水画,轴中有老人挟伞过桥。某喜其笔意萧疏,过辄谛视不已。
>
> 一日天雨,见画中人所挟伞忽张起,异而识之。至天霁过此,则画中人所挟伞仍掩。自后留心觇察,伞之张掩,与天之阴晴丝毫不爽。因问价几何。铺主曰:"此是祖遗手泽,并非待价而沽者。"某愿以百金买之,不允;益至二百金,铺主若甚不愿卖者。然迟回许久,而后许之。某大喜,当兑银讫,携画归,藏秘室。朝夕玩视,谓可为验阴晴。乃他日天雨,画中伞翕而不张,后乃知铺主以两画随时更调也。
>
> 《志异续编》卷三《好古玩》

清道光年间出现的异文,情节更趋丰富,并且增加了夺富济困的题旨。娄东羽衣客撰《镜花水月》中的一则是:

> 江左公子某,不丰于财,而家藏法书名画颇多。少时肆力于丹青,且赏鉴具只眼,宋元人画真赝立辨。以故神妙之品,聚于所好焉。生平爱客,好施与,花朝月夕,多文字之饮。而一见名人画,虽值空囊,必掇挡得之。
>
> 比邻某翁巨富而性悭吝,彼此不甚款接。岁时伏腊,从未一觞公子;公子开樽,翁则往往在其间。且书室中彝鼎珍玩,陈设可观。有一古砚,传家宝也,翁见,欲取去,公子笑领之而已。
>
> 是岁饥而兼疫,公子施粥、施药、施棺,为一邑倡。襄其事者本不乏人,而翁独置若罔闻。公子亲往劝之,竟亦一毛不拔。

公子恶之，而愠未尝见于面也。迨乐善事竣，即称疾不出，却于内书室将珍藏之《关山行旅图》临摹两幅，其烟岚之稠密，山川之高旷，无一不相肖；即山中之行客，其冠履衣褶，分寸毫厘莫辨。唯一幅荷伞于肩，一幅张盖于顶，则意制相诡耳。穷一月之力而始成，不独门下客不知，即诸童仆亦莫之知也。召良工装潢既就，落款图章，两幅若一。声言疾愈，与好友久阔，洁樽小酌，不招翁而使入，微示其意。

是日天阴，微露日光，命仆以荷伞之幅悬于斋中，密嘱下雨则易以张盖之幅，戒勿泄。辰后宾朋满坐，而翁亦为不速之客。时则或谈诗论文，又或焚香啜茗，或言时事，或述新闻。而主人独仰观名画，向门下客曰："荷伞之人，彼亦神气如生。"于是群焉附和，赞声不绝。未几，肆筵设席，主宾皆坐，凡尧葱舜韭、禹粮汤烹，酒号三辰，脯名千里者，不特翁口所未尝，即目亦所未见。先入酒泉之郡，客欲吐茵；继登饭颗之山，人皆果腹。方耳热酒酣之际，而帘外雨声潺潺矣。遂命撤席，主人延客入邃室，曲栏雕槛，别有洞天。或立或坐，徘徊久之，报道洗杯更酌，两重台仍设斋中。客与主人俱出复位，须臾，觥觞交错，玉山颓矣。主人见画已更换，遂目注心怡，首肯再四。客中之黠者急起往观，连呼怪事。众诘其故，则曰："画中人张盖矣！"遂共诧为神灵，而翁尤甚。公子则自谓司空见惯，无足怪者。

众客酒罢，着屐持伞告别，翁亦随出。时方夏日如年，尚未抵暮。出门后，翁揖公子门下客，入其堂，笑容可掬。谓客曰："愿以千金为公子寿，而偿之以画。"客曰："禁声！公子岂少此区区者？无已，请以虎贲之数恬之。"翁喜，即促客为之关说，客许以明日复命。

翁与公子家本咫尺耳，客见公子，笑述其言，并云："五千金可得。"公子初无难色，第云："翁故吝于财者，恐迟则生变。仗先生悬壶之口，俾如数辇金而至，即可交易。"客至明晨即诣翁所，嘱令勿作妄想。翁急问故，客云："公子始而作难，继而嫌少，唯临别时颜色已霁耳。为今之计，翁家白镪丰盈，以母权子，一岁之入何止万金？何惜万金而不得此神灵之物乎？"翁曰："亦太甚矣！得半可乎？"客曰："然则何以报我？"翁曰："俗所谓提篮钱者，五分用居多，加一唯命。"客云："若然，则不宜迟矣！"促令兑银送去，无虑公子之不割爱也。翁曰："无庸，我银每以五百两贮一囊，包裹完密。"遂命众役入银房取出十一包，以其一谢客。客即率其亲信家人某某及众役赍金到。

时公子适在斋中玩画，猝见金至，旋听客言，依依作不忍舍之状，而重违所请，随手抽一囊兑，见无缺，即命仆卷收此画，以授彼家人，且云："尚有五千金暂寄尔主库中，越日应付。"其家人唯唯，持画轴去。

是日雨尚未止，翁悬之于堂，画中人依然张盖，一家内外观者如堵墙。翁扬扬甚自得也，唯望天晴开筵，以夸耀于亲友。是晚云开见月，即折简招客，连夜治具，而公子则延为贵宾者也。诘朝风日晴朗，私视画中人如故，窃疑之。后客毕至，而公子三速不来。日正中，而画中人仍张盖。翁变色，急央前客之居其间者至公子家究诘焉。公子曰："此无他，徒以画既通灵，或有不敢忘故主之情。但将前画取来祝告一番，宜灵应如旧。"

客去取画，公子命仆迎候于门，接画以进，而潜以易之。遂呈于主前，公子即焚香祝告，倍致殷勤。乃展画谛视，则人已荷伞而行。客大悦，拉同公子径至翁家，备言其故。翁见之，大喜过望，而交口叹绝者，哄然一堂。客遂言公子前日本有后命，翁其归价勿吝。翁诺之，即揖公子践席。客皆坐，公子饮三爵即辞归。归而赍银者踵至。

乃不三日复大雨，而人仍荷伞。翁大怒，立召客同至公子家，坐索万金。公子谈笑自若，命童子持画一囊，相将登翁之堂，正襟而言曰："囊以游戏笔墨聊自怡悦，非敢侮弄也，亦翁之贪心所自取。今并以此画进，天雨则挂此，天晴则挂彼，其谁曰不然？且翁不记春间事乎？天灾流行而不知恤，翁之用财未得其道，我得此万金，非私诸己也，为翁广行善事，种福田而成因果也。"拱手大笑，出门而去。

《镜花水月·巧思破吝》①

张培仁编纂《妙香室丛话》中的一则，与此则大致相同，可能是根据此则改写而成。

公子取珍藏之《关山行旅图》临摹两幅，其烟岚之稠密，山川之高旷，无一不相肖。即山中之行客，其冠履衣褶分寸毫厘莫辨。惟一幅荷伞于肩，一幅张盖于顶，则意制相诡耳。召良工装潢既就，与好友洁樽小酌。是日天阴，微露日光，命仆以荷伞之幅悬于斋中；密嘱下雨则易以张盖之幅。辰后宾朋满座，而翁亦为不速之客。主人独仰观名画，向一门下客曰："荷伞之人亦神气如生。"方耳热酒酣之际，而帘外雨声潺潺矣。遂命撤席。主人延客入邃室，曲槛雕栏，别有洞天。主人见画已更换，遂目注心怡，首肯再四。客中之黠者急起往观，连呼怪事。众诘其故，则曰："画中人张盖矣。"遂共讶为神灵，而翁尤甚，揖公子门下客语曰："愿以千金为公子寿，而偿之以画。"

客至明晨，即诣翁云："公子始而作难，继而嫌少。为今之计，翁家白镪丰盈，何惜万金而不得此神灵之物乎？"翁曰："亦太甚矣，得半可乎？"客曰："然则何以报我？"翁曰："俗所谓提

---

① 见陆林主编《清代笔记小说类编·计骗卷》，黄山书社1994年版。

篮钱者，加一惟命。"遂命众役入银房取出五千五百之数。公子适在斋中，猝见金至，依依作不忍舍之状。即命仆卷收此画，以授彼家人，云："尚有五千金暂寄汝主库中，越日应付。"其家人唯唯，持画轴去。

翁悬之于堂，画中人依然张盖。一家内外，观者如堵墙。翁扬扬甚自得也，惟望天晴开筵以夸耀于亲友。是晚云开见月，即折简招客，连夜治具，诘朝风日晴朗，私视画中人张盖如故。窃疑之，央前客之居间者，至公子家究诘焉。公子曰："此无他，徒以画既通灵，或有不忘故主之情，但将前画取来祝告一番，宜灵应如旧。"客去取画，公子命仆迎候于门，接画以进，而潜以易之，遂呈于主前。公子即焚香祷告，倍致勤恳，乃展画谛视，则人已荷伞行矣。客大悦，拉同公子，径至翁家备言其故，翁见之大喜过望，而交口叹绝者，哄然一堂。客遂言公子前日本有后命，翁其归偿勿吝。翁诺之，即揖公子践席。客皆坐，公子饮三爵即辞归，归而索银者踵至。

不三日复大雨，而人仍荷伞，翁大怒，立召客同至公子家，坐索万金。公子谈笑自若，命童子持画一囊，相将登翁之堂，正襟而言曰："囊以游戏笔墨聊自怡悦耳，非敢侮弄也。贪心所自取，今并以此画进，天雨则挂此，天晴则挂彼。天灾流行而不知恤，翁之用财，未得其道。我得此万金，非私诸己也。为翁广行善事，种福田。"大笑而去。此所谓以诡道而行正法，亦古人蒙取救民之意也，亦巧亦正，故记之。

《妙香室丛话》卷四《巧思破吝》

这一故事类型，现当代仍在河南、上海等地流布，譬如《卖画》①

---

① 见《中国机智人物故事大观》。

《奇画》①。

吃粪解"毒"型故事 大致写某人出于报复，故意让乡人吃下事先备好的蒸饼（或饭菜、饽饽），谎称其中放有毒鼠的砒霜。其人惶恐万状，哀求解毒，竟喝了粪水。这一故事类型，最早见于清·许仲元撰《三异笔谈》。

秋晚（袁丹叔）遣仆赴近郊索租，佃欠颇多，仆欲缚之入城。佃邻某素横，助邻骂仆曰："若辈倚主势凌贫人，再来，必以粪灌！"仆归以告。公故为踏田者，造其居访之，曰："吾欲置产，闻汝与诸佃熟，偕我一视可乎？"邻固田保，聆言甚乐，即与周历。临行，与约曰："明日薄暮来我家，邀人立券，当奉倩作中。"邻如约往，公故曰："餐未？"邻谦言已食，公曰："买主须明晨来，汝宿我家可也。"乃强拉入书室，衾枕颇华。邻不敢辞，踽锝而已。草草阖户而去。邻黎明即起，四无人声，撼其扉，知反钥，未起，呼号数回，初无应者。至辰巳间，馁不可忍，乃遍索室中，冀有食物。忽见书架有蒸饼二，急取啖之，不啻陈仲子之咽蟪余也。食竟，旋闻有振钥者，主人致辞曰："城居多晏起，勿讶也。"方饬仆备晨馐，忽顾书架，谓仆曰："二馒头藏何所？"仆欲寻觅，邻赧然曰："缘饥甚，冒昧食之。"公乃顿足曰："祸矣，祸矣！"握邻手曰："吾留君而适害君，奈何？"且饬仆即往报县，呼地保打扫候验。邻骇绝，垂泣问公曰："尚可救乎？"公曰："蒸饼以毒鼠，中有砒霜。我阅方书，唯粪可解，然此秽物，胡可饷尔乎？"邻急曰："性命要紧，遑敢避也！"乃叩首仆前，乞为取粪。公乃另呼一仆举秽桶与之，给与一瓢，令自酌饮。邻斟饱满，举首见仆，公忽问："识此人否？"邻茫然，公乃笑

---

① 见《中国民间文学集成·上海卷·黄浦区故事分卷》。

第十三章 清代时期的民间故事类型

曰:"此即若欲灌粪之催租人也。今请君入瓮,报之已足。一语告君,无烦芥蒂,饼中并无砒霜耳!"邻大呕而去。

《三异笔谈》卷三《袁痴》"灌粪"

清同治年间成书的陈其元撰《庸闲斋笔记》采录的一则异文,也是以袁丹叔为主人公的,情节多有变化。

> 袁丹叔……自郡守解组归,居于苴城,屋滨大河。乡人每泊粪船于门外,先生恶之,乃买羊肉一盘,密置河畔。乡人担粪归,将饭见肉,疑为人所遗者,大喜,亟啖之。先生俟食讫,乃至岸侧,佯为周视,故作喜状曰:"这畜生,今日必死矣!"乡人惊问故,则曰:"此地有恶狗,吾买砒霜置肉内毒之,今既食,除一害矣。"乡人大恐,承系已食,恳其解救。先生阳惊曰:"我毒狗不毒人,此系尔自作之孽,非我罪过。"乡人愈哀,恳至涕泗。乃指粪曰:"亟啖此,或可解。"乡人畏死,从之,大吐委顿,则抚掌笑曰:"尔他日仍泊船于此,当令再吃粪也。"

《庸闲斋笔记》卷四"乡人吃粪"

清·丁治棠撰《仕隐斋涉笔》采录的一则异文,以市井为背景,故事主人公为安士敏。

> 又一日,安(士敏)在城买饽饽数枚,归遗小儿。出城,尾一担粪少年后,故询之曰:"尔识安先生否?"少年曰:"不识。但闻其人不是好人,惯作虐。我如遇之,当灌粪水一瓢。"安恶其语,突出其前,行数十步,故堕饽饽一枚。少年拾之,乘饥遽啖。安觑其食毕,故作惊皇状,回寻是物,问少年拾得否。初不

承。安曰："饽内夹砒霜，持归饲鼠者，人误食，药发立毙，故寻之，恐毒人也。"少年变色曰："予曾食之，奈何。"安亦作色曰："贪饕如此，是自寻死路，勿谓我不言也。"少年愈急，安曰："只一方，可解毒，不知尔能用否？"少年询方，安故不告。跪恳之，安曰："须食粪水一瓢，毒立解，少则不效。"少年难之，安曰："死期将至，舍此便无救药。"少年捏鼻张口，如方满饮。安谓之曰："尔欲以粪灌安先生，适以自灌，今而后，当识安先生矣。"一笑去。

《仕隐斋涉笔》卷七"少年饮粪"

这一故事类型，在近人的笔记小说集中多有所见，如清·小横香室主人编《清朝野史大观》卷十《袁痴》、近人天台野叟撰《大清见闻录》下卷《袁痴》、近人杨汝泉编纂《滑稽故事类编》第九编《袁痴》，都是抄自《三异笔谈》卷三《袁痴》"灌粪"或者《庸闲斋笔记》卷四"乡人吃粪"。

这一故事类型，现当代仍在上海、江苏、浙江、湖南、湖北、四川、陕西、河南、山西、宁夏、广西、云南、广东、江西、贵州、福建、台湾等地广为流布，变化层出不穷，而且大多成为机智人物故事的篇什，譬如《馋先生》[①]、《财主坐花轿》[②]、《热尿解毒》[③]、《到底哪个吃屎》（土家族）[④]、《饼子有毒》[⑤]、《癞皮吃屎》[⑥]、《喝尿》[⑦]、

---

① 见《中国民间文学集成·上海卷·崇明县故事分卷》。
② 见《中国民间故事集成·江苏无锡县卷》。
③ 见《巧换金罗汉》。
④ 见《机智人物故事大观》。
⑤ 见《猫子、老鼠和乌龟—陈细怪的故事》。
⑥ 见《中国民间文学集成·宜宾地区卷》。
⑦ 见《中国民间文学集成·陕西卷·佛坪县民间故事集成》。

《治舅子》①、《让他哪里进去还是从哪里出来》②、《尤掌柜吃屎》（回族）③、《粽子》（壮族）④、《师爷上当》（白族）⑤、《钱粮差吃鸡屎》⑥、《哄差役吃屎》⑦、《顾定安粪灌保丁》⑧、《"白吃先生"吃粪水》⑨、《贪吃的老师》⑩、《误吃"毒"包子》（侗族）⑪。

这一故事类型，相当于丁乃通编著《中国民间故事类型索引》1543E。

出游现丑型故事　大致写诸女眷出游（或观剧）时，某故意让其多饮茶水。众人情急之中竟遗尿于裤，大煞风景。这一故事类型，多见于清代笔记小说，最早见诸清·许仲元撰《三异笔谈》。

> 松郡敝俗，以上冢为名，妇女多作山游，余云尤盛。公袁丹叔侍姬怂恿内外诸孙买舟同往，公禁之不得，乃属庖人具盛馔，且多与之酒。登舟后渴甚，呼童烹佳茗沃之。至中途腹胀，公坐鹢首自言曰："我饮茶多，欲便无所，且取嚏以图通气。"遂向阳作嚏再三。诸女不臆其诈，或效之，则沛然莫御矣，乃急呼反棹。公亦不问。既登岸，乃佯惊："若等何故濡其衣襦耶？"众怩怩，乃徐曰："游山固雅事，然至松间作厕，反辱煞风景耳！"至今袁

---

① 见《南阳民间故事》。
② 见《中国民间文学集成·山西卷·襄汾民间故事集成》。
③ 见《回族民间故事选》。
④ 见《广西少数民族民间故事》。
⑤ 见《白族民间故事》。
⑥ 见《机智列传》。
⑦ 见《中国民间故事集成·江西卷》。
⑧ 见《中国民间故事集成·贵州卷》。
⑨ 见《中国民间故事集成·福建卷·永定县分卷》。
⑩ 见《澎湖民间故事》。
⑪ 见《中国机智人物故事大观》。

氏家法，闺人无登陇者。

《三异笔谈》卷三"计禁闺人山游"

清·黄钧宰撰《金壶七墨》录写的一则异文，故事主人公仍为袁丹叔，但情节有所变化。

一日邻庙演剧，眷属欲往观，又有亲串女客，禁不能止。乃盛肴馔，重咸味，各劝饱餐多饮以茶。观剧未半，女眷欲旋。袁坚留之不令去，曰："人众气杂，宜闻鼻烟。"已而喷嚏一声，泉流满地矣，嗣是不敢复观剧。

《金壶七墨》卷一"禁女眷观剧"

清·丁治棠撰《仕隐斋涉笔》录写的一则异文，故事主人公为安士敏，情节变化更为明显。

重庆值午节，龙舟竞渡，士女皆买舟游江，旧俗也。安买一舟，约岳家诸舅妇，游江玩景，多备茶果待之。茶中暗置巴菽，戒舟子曰："听我指挥，直放中流，不可擅泊舟。"诸妇饮茶，觉回肠轮转，势将作泻，急要泊岸。安故不许，迟之又久，诸妇皆遗便于裤。含垢回家，衔安刺骨，久欲报复之也。次年正月，安往岳家贺岁，诸舅妇以下药置酒中，欢劝之饮，不饮，又捉发提耳灌之。安大醉，扶卧楼榻，不置便器，倒锁之，故弄之出丑，以偿前虐。夜半，安酒醒，腹中作恶，屡欲大便，起摇门，不能开，呼之无应者。始知诸妇之报已也。暗中摸索，又无便器，惟壁间挂皮靴一双，即取下，一承大便，一承小便，汩汩受两靴将满，仍挂壁上。至晓，仆来开门，悄然去。诸妇意安贻羞走矣。验之，杳无秽迹。以为安体强，能胜药力。次日，大雨，舅取靴着之，若有异，抽足视之，矢浸两袜，臭气肮脏。咎诸妇作虐，适起秽以自臭也。

《仕隐斋涉笔》卷七"端午现丑"

这一故事类型，现当代仍在重庆等地流布，如《整舅母》①。

桃花女斗法型故事 大致写周某与桃花女同得异人传授。周见女搭救他想谋害的人，怀恨在心，便假意娶女为妻，以图报复。新婚时，桃花女执箭与筛，身藏宝镜，破了周某的法术。这一故事类型，源出元·王晔撰《桃花女破法嫁周公》（亦作《智赚桃花女》《讲阴阳八卦桃花女》《破阴阳八卦桃花女》，兼称《桃花女》）。此杂剧系由民间传说编写，述周公善卜卦，断祸福如神。然而，他的卦术常为桃花女所破。周公怀恨在心，欲骗娶女做儿媳，在迎娶时以法术谋害之，又为桃花女所破，只得当面认输。后来，周子终与桃花女结百年之好，一家团聚。清·许秋垞撰《闻见异辞》卷一《桃花女斗法》，直接采集自民间。它在记述桃花女斗法的同时，亦道出民间婚俗的由来。

周某与桃花女得异人传授，均有法术。有乡人得罪于周，欲谋害此人，彼自知不能挽回，因叩求术女。女曰："明日某山第七株竹内，有雄蜂飞出，变虎食人，汝明午，切勿出门。"应曰唯唯。周静伺数日，不见乡人，知术女道破，遂衔恨于心。即邀媒诳女，欲娶为妇，女亦不却。比届吉期，桃花女命老媪四人穿红，执箭并筛，兼藏宝镜，以辟妖魔，否则周家门限，尽变飞蛇也。新婚之夕，周翁令阿郎变蜂采花，以破此法，而新妇已张蛛网待之，蜂入洞房，竟被蛛丝所缚，周之技遂穷。……近日迎娶，用绵杈梗以当箭筛子，内用小镜以辟邪，殆本此意欤。

---

① 见《中国民间故事集成·重庆市合川县卷》。

这一故事类型，现当代仍在黑龙江、河北、山西、河南、湖北、海南等地流布，譬如《桃花女》①《周公与桃花女》②《桃花女吃红粥》③《桃花女》④《桃花和周公》⑤《桃花女斗周公旦》⑥。

父子同拜堂型故事　写某生与已缔姻之女未婚而孕，惧罪逃往异乡。某父母闻女已妊大喜，遂择日迎归，待生返家再为成礼。新妇分娩，产下一男，含辛茹苦将其抚育成人。正值其家为儿娶妻之时，某自外归，宾客交口称贺，于是父子婆媳同拜天地祖先而成亲。这一故事类型，最早见于清·朱梅叔撰《埋忧集》。

　　吾邑西北周家浒，有周鸣山者。生一子，年十八，始缔姻村中杨氏女，年十七矣。虽荆布不饰，而致极风骚。其家故与周对宇而居，咫尺蓬山，目招心许，竟潜通焉。后女觉腹中震动，枕边语及，恐为其父母知也，寝不成欢。天未晓，周氏子即起去。而其父早起，不见其子，觅之，数日不得，已绝望矣。即女家父母，亦并莫测所以，相对叹诧而已。

　　居久之，见其女腹大如壶，诘之，女初不言。父疑其有所私也，将致之死。女始吐实，兼述其夜所私语者。其父乃以商于周，周惊曰："若然，是吾儿以惧罪而逃也。"其妻在旁笑视周曰："吾夫妇年已垂老，今儿去不还，幸新妇已妊，若得产一男，是吾无子而有孙也。今新妇坐蓐有日，不如邀渠来家共视之，免致他虞。"夫思其计亦良得，遂择日迎归。未几遂娩，及坠地，男

---

① 见《中国民间故事集成·黑龙江卷》。
② 见《中国民间故事集成·河北卷》。
③ 见《中国民间故事集成·山西卷》。
④ 见《河南民间文学集成·嵖岈山民间故事》。
⑤ 见《湖北民间故事传说集·十堰市专集》。
⑥ 见《中国民间故事集成·海南卷》。

也。夫妇皆喜。妇亦喜，然每思其夫不见，则抚之而泣。

其后，儿年已十九，为之娶妇。拜堂甫毕，忽一人虬髯绕颊，荷担踵门而入，在坐皆不识，即其父亦不识。其人历述所自。适其妇在门后，窃听已审，遽出，指其儿骂曰："负心郎，遗此一块肉，而脱然远去，妾为汝几死者数矣。今日亦有面目复来相见耶？"翁笑曰："痴儿既不别而行，二十年杳无音耗，将置吾二老人于何地乎？"其子涕泣谢罪，为言始以惧罪而出，至松江卖饧以活，至是颇有余积。然以思亲故，不避罪责而来归。翁曰："吾二人幸犹无恙，但汝已有子有媳。汝妇尚发蓬蓬作处子装束，试看是何模样？"众客闻者亦为哄堂。因相与怂恿，即于是日为二人成婚。妇大惭，不能仰视，遂入。周翁亦入，与妻言之，妻亦笑不可止。因共促女妆，女不肯。众为之拢头抹粉，即衣以新妇所著绣袍红裙，扶掖出堂，喝令鼓吹。于是音乐更奏，女与其夫交拜，而后拜其父母，继令子妇参拜。拜毕，送入房中而合卺焉。是时女之父已前殁，周翁夫妇俱逾七十矣。

《埋忧集》卷三《双做亲》

清同治年间成书的许奉恩撰《里乘》中，又有一则异文：

曩游蜀中，闻土人言：乡有某生者，幼聘舅氏女一妹为妻，以中表亲，素不避面。生成童从塾师读，他日归，过舅氏之门，见女独自在家推磨。生入问舅妗，俱他出，戏曰："妹役良苦，我为效劳好否？"女曰："甚善。"时女已及笄，两人情窦俱开，调笑甚乐，以无人，遂私焉。生素畏舅，既讫事，自念女脱有孕，舅知之奈何？别女而出，徘徊中道，遂逃亡不知所之。越日，师使人探诸其家，家固以为在塾，彼此诘究，互相骇诧。到处使人踪迹之，卒无朕兆，而女身果妊。久之，腹渐膨脝。母察有异，诘之，计不能隐，遂吐其实，乃使人告生父母。其父母仅此一子，以出亡，方切隐忧，闻女有孕大喜，商诸冰人，以礼迎归，待生归家，再为成礼。初生出亡，乞食至汉口，质库主人某翁，见生貌不类乞人，留使学贾。即喜其勤谨，委司会计，大为宠任。生频年蓄积，不下万余金，爱与人合伙开张布店，特归省视。既至乡里，见道周鼓吹伶仃，车马喧耀，询之旁人，谓某氏子亲迎。是固有母无父者，今娶妻矣。生闻惊喜，既念生平只一索，那便有子。试详探之，果然。先是，一妹迎归分娩，果幸得男。比长，读书甚慧，十三岁应童子试，学使赏其文，拔冠一军，名噪庠序。同里某富翁有爱女，遂以字之，今适于归。生到家，见宾客满堂，姑与为礼。佥谓客从何来，生诡言至自楚北，为某生作寄书邮者。其子闻有父书，喜出叩见，问父书何在，生笑抚其背曰："儿不知耶，我即汝父是也。"问父母，以先生去世，不胜凄然。其子惊喜犹疑，生窥其意，谓曰："儿如不信，可呼汝母出见，自能知之。"其子不得已，入请母出。生遽前揖之曰："卿幸别来无恙？推磨推磨，不如我与汝磨。"其母闻之，喜谓其子曰："果儿父也。"盖生所云，乃当日推磨时相谑之词，非他人所与知也。宾客闻之，交口称贺，佥请具香烛酒醴，即于是日父子姑妇同拜祭天地祖先，行庙见礼而合卺焉。

《里乘》卷六《父子同合卺》

近人徐珂编撰《清稗类钞·婚姻类》的《父子同日合卺》、近人藕香室主人编《稀奇古怪不可说·父子同娶》均据《里乘》卷六《父子同合卺》改写，文字大体相同。

这一故事类型，现当代仍在湖北、上海、浙江、江西、四川、河北、北京、山西、甘肃、河南等地流布，譬如《双拜堂》①《父子同拜堂》②《父子双拜堂》③《父子同拜堂》④《父子共拜堂》⑤《双拜堂》⑥《儿子先结婚，老汉后结婚》⑦《儿子娶媳妇，爹娘先拜堂》⑧《先娶儿媳，后娶老妻》⑨《父子同日拜天地》⑩《王进宝下四川》⑪《父子同拜花堂》⑫。

平上去入型故事　大致写平宽夫续娶时，同僚某送诗韵一部为贺。平不解其意，某笑答："诗韵不外'平上去入'，以尊姓第一字作一读，下三字一气连读则得之矣。"宾客一听，无不捧腹。这一故事类型，见于清·钱泳撰《履园丛话》与清·朱梅叔撰《埋忧集》。

> 平宽夫侍郎官翰林日，新置一妾，同僚贺之。李松云先生以《诗韵含英》一部为贺，平纳之而不解其意，且怪其仪之轻也。明日李来，平诘其故，笑曰："此非四声韵乎？以尊姓第一字作一读，下三字一气连读，则得之矣。"平大惭，先生大笑。
>
> 《履园丛话》卷二十一《平上去入》

---

① 见《中国民间故事集成·湖北卷》。
② 见《中国民间文学集成上海卷·静安区故事分卷》。
③ 见《中国民间文学集成上海卷·松江县故事分卷》。
④ 见《中国民间文学集成·浙江省·宁波市镇海区故事、歌谣、谚语卷》。
⑤ 见《九江民间故事》。
⑥ 见《中国民间文学集成四川卷·成都市崇庆县卷》。
⑦ 见《中国民间文学集成·南溪县卷》。
⑧ 见《中国民间文学集成·张家口故事卷》。
⑨ 见《中国民间故事集成·北京卷》。
⑩ 见《中国民间故事集成·山西卷·朔县民间故事集成》。
⑪ 见《中国民间故事集成·甘肃卷》。
⑫ 见《中国民间故事集成·河南卷》。

山阴平公在京师续娶，纪晓岚先生使送贺礼，佐以诗韵一部，凡四册，分题以"之子于归"四字。平不解。既而先生来赴燕，洒半，平从容问曰："昨蒙宠贶，内有诗韵四册及所题文字，皆未识命意所在。今愿窃有请也。"先生曰："无他，诗韵者平上去入而已。子之于归，自应是平上去入矣。"合座大噱。

《埋忧集》卷五《送诗韵》

清·独逸窝退士编《笑笑录》所收的一则异文，略有变化，文字更为洗练。

纪文达虽一戏谑，亦令人不可思议。如有平某娶妻，公送《诗韵》一部，莫不怪之。平某思索数日，始知其取"平上去入"四字为谑也。

《笑笑录》卷五《纪文达语》"送《诗韵》"

寺僧辨诬型故事 大致写某妇为诈骗钱财，竟诬陷寺僧，行为非常卑劣，但最后并未得逞。这一故事类型，初见于清·朱梅叔撰《埋忧集》。

里有土妓某氏，其夫尝佣于密印寺。寺僧囊颇饶。或唆使控僧淫其妻。郡首陈公幼学批仰邬程提讯。某令略审一个过，挞僧申报。陈公疑之。亲提复审。密召铁佛寺一僧，置之闲房，而置其夫于门外。召妇问曰："若所告僧当熟识其面乎？"妇曰："淫我日久，送我某物，如何不认得。"乃趣召铁佛寺僧至，问妇曰："是乎？"妇曰："正是。"太守大笑，缚其夫进痛责之，妇亦去衣杖决，观者咸称快焉。

《埋忧集》卷八"寺僧《辨诬》"

清·吴沃尧撰《中国侦探案·诬控和尚》、清·俞樾撰《耳邮》卷二"姑苏某寺庙僧",均出自《埋忧集》,文字大致相同。

父似董卓型故事　大致写一人将被其父以忤逆罪告官,十分惊恐,连忙持重金向某讼师求助。讼师在其双掌上各写数字,让其自投公堂。官审案时,见其人左掌书"妻有貂蝉之貌",右掌书"父生董卓之心",遂叱其父老而无耻,将其逐出。这一故事类型,见诸清·吴芗厈撰《客窗闲话》。

> 有父送其子忤逆者,子大恐,持重金投师。师曰:"子无诉父理,奚以救为?"子出金跽请。师曰:"汝有妻乎?"子曰:"甚少艾。"曰:"汝能书乎?"子曰:"予曾应童子试,亦能书。"师受其金,曰:"得之矣!汝试作数字。"子书以示之,师熟视曰:"汝转背反手向予,试书符,手握之,见官云云,则无患矣。第不得私视掌,则符泄不灵,且致大患。慎之慎之!"子诺,听其书毕,亟握而去,自投公堂。官果诘问,子痛哭不对。官怒呼杖,子如师教,膝行而前,舒掌向官。官视其左手曰:"妻有貂蝉之貌",其右手曰"父生董卓之心。"官掷笔与之曰:"书来!"子书以献。官对其掌,字迹相同,遂叱其父曰:"老而无耻,何讼子为!其速退,勿干责也!"

《客窗闲话》初集卷二《书讼师》"父似董卓"

近人襟亚撰《中国恶讼师》录写的一则异文,情节略有变化,描写较为生动,故事主人公是苏州讼师诸福宝(亦作馥葆)。

> 郡之张翁,豪于资而艰于嗣,以侄作子。侄名某,不能悦翁意。后婚,媳亦与翁忤,不为礼。翁有悔意,将以他侄作子,恨

无隙可乘。

　　日者，侄以细故逆翁。翁怒，借端挞侄。不足，复自破其鼻，血淋漓下。投邑署，控子忤逆。宰信之，准翁诉，将以拘拏。侄惧，求计于（诸）福宝。福宝初不允任，某再三恳求，始允，设计谓某曰："汝袒然莅庭，口不必道一语，讼自可占优胜，父控必不得直，只须汝掌中我为书数字足矣。汝切不可示人，亦不可预视。违之，败矣。俟庭审时，宰再三逼问，始示诸掌，宰必不究汝。"某大慰感德，即伸掌任福宝书。福宝复掩其目，使不得见，然后捉管书其两掌，每掌六字，命紧握，去其掩，嘱勿私觑。

　　某谢而去，首于庭。宰严责某之逆父，某终不语。宰十问，某如哑。宰怒，大声痛斥，父亦在旁力证伪哑。宰将以挞某，某始举两手近案桌旁，以掌心文示宰。宰细睨之，恍然有会，不究某之不孝，翻责父之无行，曰："汝治家不道，有以致此，退不准诉！"父惘然如堕五里雾中，复欲置喙，而宰怒斥之曰："汝自无行，尚欲求子之孝顺，亦难矣哉！"忿然退堂，翁颓丧而归，终不知言之何所指。

　　某亦翩然归，喜行于色，出视掌心文，不觉愧赧无地，默然不语者久之。盖掌心十二字秽亵不足道。文曰："妻有貂蝉之美，父怀董卓之心。"某喟然叹曰："福宝狡哉！莫怪邑宰见之而斥我父也。我虽胜父，然而羞矣。"

《中国恶讼师·掌心文》

　　这一故事类型，现当代仍在浙江、江苏、上海、江西、福建、广东、安徽、湖北、陕西、四川等地流布，大都成为机智人物故事，譬如《爹告儿状》①《胡二服法》②《讼师打赌》③《比道》④《智惩恶讼师》⑤《师生打官司》⑥《不开口的官司》⑦《父子打官司》⑧《李范写诉状》⑨《暗语救好人》⑩。

再打三斤型故事　大致写一日突然有人喊冤，嗜酒如命的某官醉醺醺升堂，拍案喝打。衙役问打多少？官曰："再打三斤！"引得哄堂大笑。这一故事类型，见诸清·吴芗厈撰《客窗闲话》。

> 官饮量甚洪，日必沽酒数斤，怡然独酌。突有喊冤者，正醺醺时也。阻其雅兴，怀怒升堂，拍案喝打，并不掷签。役跪请曰："打若干？"官伸指曰："再打三斤！"吏役笑不可遏，竟至哄堂，官惭而退。
>
> 《客窗闲话》初集卷二"再打三斤"

清·独逸窝退士编《笑笑录》卷六《再打三斤》与此则文字相同。

这一故事类型，现当代仍在四川、重庆、湖北、河南、山西、陕西等地的汉族和某些少数民族聚居区流传，譬如《打三斤》⑪、《再打

---

① 见《中国民间文学集成·浙江卷·杭州市淳安县卷》。
② 见《曹瘦脸儿打官司》。
③ 见《中国民间文学集成·上海卷·黄浦区故事分卷》。
④ 见《中国民间文学集成·湖口县卷》。
⑤ 见《智惩恶讼师》。
⑥ 见《蛇郎（中国民间故事汇编）》。
⑦ 见《中国民间文学集成·安徽卷·黟县卷》。
⑧ 见《三戏蔡糊涂》。
⑨ 见《中国民间故事集成·陕西卷》。
⑩ 见《中国民间文学集成·宜宾地区故事卷》。
⑪ 见《中国民间文学集成·四川宜宾地区卷·汉族民间故事分册》。

三斤》(苗族)①、《给我打三斤》②、《再打三斤》③、《再打二斤》④、《酒县官审堂》⑤、《再打三斤》⑥、《再打四两》⑦。

妙计换人型故事 大致写某生与一年轻寡妇私通时为族人裸缚，连夜送官。因晚衙已闭，暂置生妇于密室，以待早衙呈报。生妻重金求救于一讼师。讼师疏通衙役，让生妻入密室探夫，随后让寡妇扮生妻出密室。次日官升堂审问，某生称夫妻在戚家同住时被误捉。验之果如其言，遂释放了某生夫妇。这一故事类型，见于清·吴芗厈撰《客窗闲话》。

  某生者，与同村之富室某姓中表也，素为司会计。某富室夭亡，仅遗少妇而无子。富室无族，争欲入继。妇曰："未亡人年未二十，若继幼嗣，不善抚育；若继长者，恐贻口实。请俟数十年，得为老妇，则惟命。"族人无词以答，然知其少艾，必不能安于其室，将乘隙以图之。

  贿仆婢以伺之，妇果与生通，始犹朝至暮归，继则与妇同寝处矣。族人得确耗，约仆婢启关，群哄入寝室。生与妇皆裸卧，不及遁，连卧具卷而缚之，送入城，喧传村落间。

  生之妻闻信大恐，亟叩讼师之门而求救。师曰："奸已执双，何从置辩？能从我计，尚可为也。"妻曰："生死唯命！"乃属其披发毁装，唤健妇扶而去之。

---

① 见《彭水民间故事》。
② 见《野山笑林》。
③ 见《中国民间故事集成·河南桐柏县卷》。
④ 见《中国民间文学集成·山西卷·阳泉市民间故事集成》。
⑤ 见《中国民间文学集成·山西卷·榆次民间故事集成》。
⑥ 见《笑林拾零》。
⑦ 见《中国民间故事集成·湖北卷》。

其时漏三下，晚衙已闭。巡逻之役见执奸至者，谕令姑停班馆，俟早衙呈报。于是安置生妇于密室，而群坐外室以待旦。师密持重金，偕生妻饮泣而来。役识讼师，金曰："先生何为暮夜至此？"师指生妻曰："是为予外妹，所执之男子，其夫也。妹误谓杀奸则夫已死，痛不欲生。予曰：'执奸者为族人，焉敢杀？'妹不信，必欲一睹夫面，予故偕来。"语次，以金授役。役笑曰："即为先生妹，请至密室观之，无恙焉。"健妇扶妻入。未几，天曙，传呼放衙。师呼妹出，仍披发掩面，唤舆送归。

无何，官升坐，讼者入告。命役将生与妇入帏而给衣。生出，诘之曰："儒者作奸犯科，可乎？"生曰："夫妇居室，人之大伦，何为不可？"官曰："被执者是汝妻耶？"生曰："然！"官曰："安得同宿某家？"曰："生与某姓至戚，向为司事。戚某死，其妇少寡，生欲别嫌，是以偕事同居，不意族人误执也。"遂唤生妻出。众见非妇，气馁而不敢辩。遂杖族人而释生夫妇。二人归，厚酬讼师。

《客窗闲话》初集卷二"换人得释"

近人襟亚撰《中国恶讼师》所录写的一则异文，情节变化明显，立意较新，拓展了这一故事类型的空间。

如皋汪姓，巨族也。有晋卿者，婚三月即下世。妇戚氏志操柏舟，矢不再嫁，奉养翁姑，曲尽孝道。历数载，翁姑罹疫逝世，家资百万悉戚氏主理之。族人涎非一日，遂欺其弱质，谋瓜分其产。顾计无所出，嗾无赖某横造蜚语，自承与戚氏有暧昧。族人从而逼嫁之。妇坚不可，誓之以死。族人一时计穷，而谋产之心终不死。

相安一载，戚氏戒备綦严，无隙可乘。一日，戚氏以夫死周年，招僧尼忏度，诵经三日。族人之黠者闻之，恶计陡生，喜溢眉宇。即报助手二人，入妇室捕之，并缚一僧同解邑署，诬为野鸳鸯双双捉住者。

事末庭讯，为邻右王肖卿所悉。王擅于讼事，多智计，性任侠。闻变，即微服入衙谒县令。县令陈，良吏也。王告以戚氏被屈及恶棍肆凶事，乞令保全名节，重惩恶棍。令求计，王曰："易耳。少须我当遣人赍书至，汝即可依吾计行，并利用赍书人。"令领之。

王即辞去，返家修一函，并招某庵尼至，出重金命送函邑署。令拆函阅竟不禁称妙。盖函中命易狱中之僧为尼耳。令安慰某尼，然后如其计，嘱令心腹照行。时戚氏及僧同缚在狱，族人坐守庭讯。令先命族人俟讯，俟出狱即以僧衣衣尼，尼衣衣僧。释僧去，缚尼如故。

令坐堂审问，初怒气勃勃，拍案者再，斥僧曰："汝出家人，六根俱净，四大皆空者，何得黉夜入寡归室，非奸即盗，从实供来！"僧顿首曰："某实非僧，尼也。以夫人家忏事晚归，为恶徒所执，缚送此间，请求明察。"令又不信，曰："汝母狡狯，狡狯当杖！"尼红涨于脸曰："是可验也，比丘何敢妄供。"时族人在旁，坚称僧而非尼。令命验之，果尼而非僧，于是释尼，重笞族人，并安慰戚氏送归，人皆称异，未知易僧为尼事。从此族人不敢谋戚氏产矣。

《中国恶讼师·尼欤僧欤》

这一故事类型，现当代仍在四川、河南、江苏、浙江、广东等地流布，大都成为机智人物故事，譬如《和尚变尼姑》[①]《计出班房》[②]

---

① 见《中国民间文学集成·宜宾地区故事卷》。
② 见《中国民间文学集成·河南扶沟县卷》。

《调包计》①《计救奸夫》②《通奸得救》③。

移尸免祸型故事 大致写一夜有人在某甲家门外上吊，某甲惧畏而求于一讼师。讼师得到酬金后让某甲将尸体解下过一阵再悬上，然后闭门高卧。天明保役报官，官府验尸颈有两缢痕，疑为移尸谋陷，便释放了某甲，具棺了案。这一故事类型，出现于清代后期，最早的一则见诸清·吴芗厈撰《客窗闲话》。

  某甲者，家小康。有中表某乙，孑然一身，贫而无赖，屡屡借贷，亦小周之。时值冬季，乙又向甲贷百千偿债。甲怒其无厌，挥诸大门之外而闭之。乙始而叫骂，继思无以对债主，遂缢于檐楹之下。甲久不闻声息，出后户探之，见悬尸，恐甚。幸暮无知者，即操巨金往投讼师。
  时师方与数友为叶子戏，甲备述来意，师曰："予戏大负，无暇虑也！"甲出金献，师曰："汝即回解尸下，毋令外人觉，再来有说。"甲受计往释尸。又至，则命其观局。约三时许，甲屡屡请祈。师曰："汝再回，悬尸故处。"甲曰："仍害小人，何以释累？"师怒曰："汝违吾教，看汝破家也！"甲惧而从之。又至，师笑曰："何不惮烦耶？汝回高卧，明日有叩门者，不得应。俟官至，唤汝方出。若诘问，则求验而已，不必辩，自有脱汝计。"甲如教。
  次日方保见尸，唤甲不应，即报官。官至，呼甲出，已解尸审视，曰："汝识是人不？"甲伪睨之，曰："小人中表也，何以死小人门死？"官曰："汝有仇乎？"对曰："无之。"时方保隶役，

---

① 见《沈拱山的故事》。
② 见《蛇郎（中国民间故事汇编）》。
③ 见《徐文长故事》。

皆昫甲财，告官曰："死者既为某甲之戚，必威逼所致。"官怒曰："予视尸领缢痕二，一浅一深，是移尸以图讹索者。汝等既诬甲威逼，必汝等为之！"叱杖保役，仅命某甲蠲棺以葬。

《客窗闲话》初集卷三"移尸再悬"

清光绪四年（1878）刊行的胡文炳编著《折狱龟鉴补》卷二"移尸诬人"，情节有了明显变异，移尸之举非为避祸，而为诬人，且与讼师无关。

山左，某甲与乙积不相能。适甲之妇因他故自缢，甲视为奇货，乘夜负尸于乙之门，悬于楣上。明日乙起，见而大惧。正皇遽间，甲至，伏尸哀恸，控于官。谓："与乙素相往来，昨以贫故令妇乞米，迨夜不归，方深疑虑，不知因何在其门首投缳毕命，乞官追究。"乙本谨愿，闻之益惴惴。

官至，解验毕，复谛视良久，谓甲曰："此非乙罪，是尔移尸。"甲哗辨。官曰："尔毋哓哓，吾有一言，令尔心服。昨夕大雨，方今街路泥泞，观尔妇弓鞋土燥而染薄，非尔负之而何？"甲失色，遂吐实焉。

清·小横香室主人编《清朝野史大观》卷十二"移尸避祸"与近人徐珂编撰《清稗类钞·狱讼类》"移尸避祸"，文字悉同，又接《客窗闲话》初集卷三"移尸再悬"，但其中的讼师为杨某，即崇明县的杨瑟（一作"圣"）严（一作"岩"）。

杨某，逸其名，崇明人也，而居于吴门。阴险而多谋，凡讼事，他人所不能胜者，必出奇以胜之。吴人某吝而多财，微时曾贷某孀妇金。后某富而妇转贫，屡挟券索偿。某不与，妇窘甚，乘暮缢于其门。某知之，急遣人邀杨。杨至，则与其仆从作摴蒲戏，意殊闲暇。某固求计，杨曰："若畏之乎？盍解之下。"某如其言。久之，杨逸兴遄飞，若无事者。某又促之，杨曰："若果胆怯，无宁仍悬之。"某复从之。杨嘱其闭门，勿复启。强其与共戏，日曰："事易为耳，毋以忐忑败清兴。"天明，里正过其门，见之大骇，叩扉而入，询某以故，某如杨所教，答以不知，即偕里正往，首于官。未几，吏役至。而妇之家人亦来，以索逋不偿冤愤屈死求昭雪。官验妇颈有两缢痕，疑为移尸谋陷，遂释某而反坐，盖皆杨有以致之也。

近人徐珂编撰《清稗类钞·狱讼类》的另一则异文"易履免祸"，情节有所变化，以换鞋代替再悬，讼师则为苏州陈社甫。

苏州有讼师曰陈社甫，其乡人王某富而懦，尝以金贷一孀，久不偿。遣人召孀至，薄责之，孀愧愤，夜半缢于王门。时适大雷雨，故不闻声，比晓始觉，惧而谋诸陈，陈曰："是须酬五百金，乃可为若谋。"王曰："诺。"陈曰："速为之易履。"王谨受教。陈振笔作状，顷刻千余言，中有警句云："八尺门高，一女焉能独缢？三更雨甚，两足何以无泥？"官为所动，以移尸图害论，判王具棺了案。

《清稗类钞·狱讼类》"易履免祸"

近人襟亚撰《中国恶讼师·环痕》，讼师为苏南谢方樽，故事情节多有变化，描写较为细腻。

有陈氏妇者，与比邻薛翁争产涉讼。翁苞苴当道，讼不得直。妇见势不可以力争，家且倾，冤难雪，痛不欲生。夜半，自经于薛氏门。明日，邻人先见者，走告妇之族人，族人控薛翁。翁畏罪，赍千金谋于（谢）方樽。方樽领之。俟日午口衔长烟管，目架大眼镜，缓步如尸所时，村人皆午膳，观者仅三四人。乡愿长者啧啧叹女死之惨。见方樽至，观者无论识与不识，均颔之。方樽视尸，忽惊讶失措，语人曰："诸君骇哉，彼妇犹未死也，目光尚炯炯，见余似作微睐。"言已取烟管叩尸体，侧耳而听，既而又曰："诸君诚骇哉，彼妇鼻息犹未绝。予细聆之，似作鼽鼽声，速解下，可以疗治。"旁人初笑其痴，继见方樽色庄而辞诚，疑信参半。方樽犹续续言曰："速解下！速解下！"旁有力伟者某甲，遂撩袖捋拳，跃跃而试，立负尸体脱环置地上。众以手抚额已冰，抚体已僵，方憮然而恐。方樽亦摸摹其四肢，既而脱去眼镜细视尸体，大笑曰："我误矣！妇固不可复活，我御眼镜时骤视其目若开且闭耳，君仍缢上。"甲不应，有难色。方樽作色曰："速缢！速缢！迟恐为他人见，将诬汝移尸矣。"甲恐，立负尸缢环中。方樽始无辞，旁人以方樽多狡狯，恐受其陷，深为甲虑，并以自慢，相将散去，不敢复至。

时薛翁亦未知也。方樽入内谒薛翁，坐谈移晷，即徐步归。及晚，邑令验尸已毕，将加罪于薛翁。翁目示心腹，呼方樽至。方樽仍徐步而至，见令慢不为礼，忽问令曰："验尸已毕事乎？"曰："毕矣。"方樽因至尸旁，周视数数，复问令曰："是殆移尸乎？"令愕然，惊问曰："君安得知为移尸？"方樽曰："此一望可知，岂公犹未验耶？"令益骇如堕五里雾中，姑应曰："某固不辨其为移尸。"方樽曰："鹘突哉！公也业验尸矣，尚不辨移尸与否，然则何用验尸，所验又何物耶？"令无以应，骇汗浃背。方樽起行徐步，招令曰："姑随我往验尸。"令此时不得不从。至尸所，方樽指示颈际环痕语令曰："公不见环痕有二乎？一深一浅，原缢之环痕深，移缢之环痕浅，一望而知，孩提且辨，公何愦愦耶？"令面颓，无以应，姑曰："某不敏，先生幸教我。"

谢始退。令遂以移尸定谳，而薛翁罪乃不及。薛翁初不悉其由，事后询方樽，方樽始方其故。盖尸经解下复缢，因之又增一痕。令草草验迄，未留意及此，为方樽唐突宜矣。

《中国恶讼师·环痕》

这一故事类型，现当代仍在上海、浙江、福建、湖北、河南、河北、陕西等地流布，大都成为机智人物故事，譬如《一条命案》①《巧办吊尸案》②《为叔父申冤》③《为邻施计遣尸还》④《换鞋灭祸》⑤《斗邪神》⑥《巧躲栽赃》⑦《移尸免祸》⑧。

乌须药型故事 大致写某学官年迈，将见憎恶白髯之学使（或将娶少妇续弦），欲染黑其斑白胡须。他用了一门生奉赠的"乌须药"，竟将胡须染成紫赤色（或使胡须粘成一片），方知上当。这一故事类型，出现在清代后期，初见于清·吴芗厈撰《客窗闲话》。

某学广文耄而贪，诸生皆恶之。适有少年科甲之学使来，最恶白髯，见之辄曰："汝已老大，好让后生矣。"必罢之。故斑白者皆闻声而惧。此广文须发皓然，遍求乌药，又不肯解囊，勒派诸生代觅。有谓之曰："门生之戚宦于东粤，有好乌须药，名透骨丹。初染色红，三复则黑如明漆，泽润有光，真无价之宝也。

---

① 见《中国民间文学集成·上海卷·崇明县故事分卷》。
② 见《浙江省民间文学集成·湖州市故事卷》。
③ 见《中国民间故事集成·福建卷·政和县分卷》。
④ 见《中国民间文学集成·湖北卷·英山县分卷》。
⑤ 见《河南民间故事集成·扶沟县卷》。
⑥ 见《蜘蛛写状子》。
⑦ 见《中国民间文学集成·秦皇岛民间故事卷》。
⑧ 见《史阙疑的故事》。

门生感受师恩，仅分得少许，敬以奉赠。"广文大悦，谢而受之。如法试验，一染而红，再染而绛，三染而紫赤色。愈洗则愈鲜明，俨如道院中所塑之祝融像。见者大笑。寻其门人，不知所往。竟不敢赴试，致仕归去。生始告人其药以龟溺熬紫草为之，即染鬃缨之法，岂能改色乎？此广文者，俾终生为红胡子矣。

《客窗闲话》初集卷七《某广文》

清光绪初年成书的宣鼎撰《夜雨秋灯录》卷九《某广文》系抄自《客窗闲话》，文字悉同。

清·丁治棠撰《仕隐斋涉笔》采录的一则异文，情节有所丰富，与现当代口传形态的作品颇为接近。

江北某学官，初莅任，忽丧偶。年六旬矣，欲续弦，且觅青年者。安（士敏）伺其意，代为之媒。且绐曰："少妇多不愿老人，公须白矣，当染乌药，貌作中寿，方得佳偶。"官曰："药从何购？"安曰："予蓄是药，染须立效，俟调配停匀，可来取。"官饬纪取药，安以锅烟调漆一杯，命小姊授之。官须多而密，糊其药，胶粘一片，见风立干。梳之，碎且断。屡濯不去。急呼安验之。安故惊曰："婢子误甚，所予药，乃胶漆合成，山荆用抹假篆者，胡颠倒至此？无法可解，不如髡之，返老为童，更中少妇意。"官惑其言，强剃之。

《仕隐斋涉笔》卷七"乌须药"

这一故事类型，现当代仍在重庆、四川、湖南等地流传，大都成为机智人物故事。譬如《青须药》①《治色鬼》②《县官剃胡子》③。

这一故事类型，相当于丁乃通编著《中国民间故事类型索引》1539B。

谋夫疑案型故事　大致写新婚后某夜，夫婿突然发狂，散发覆面，投水而没。经日夜捞救，不知尸身所在。经官府详加勘访、审问，终于真相大白：夺门投水者系他人假扮，夫婿则于是晚被奸夫淫妇谋杀、掩埋。罪犯败露，难逃法网。这一故事类型，最初见于道光年间成书的几部笔记小说。清道光十九年（1839）镌正集、清道光二十五年（1845）镌续集的吴芗厈撰《客窗闲话》的一则是：

粤东某生，娶某氏女，国色也。偶出观剧，被为富不仁者所见，重贿女母，私之，往来甚密。恐旁人执奸，乃于女卧榻下穿一地道，通后院密室中；倘有恶耗，为潜避计。未几，某生入泮，使媒来订婚期。富室与母女谋，使生入赘而毙之，母女皆诺。

告媒曰："婿家无父母，老妇亦无夫无子，两无依倚。如肯入赘，两得其便。否则姑缓待我卒也而后于归。"媒覆之生，欣然愿赘，期于清和之吉完姻。时男女亲朋集贺者数十人，同观花烛，无不啧啧羡新妇美者。生喜甚，送客入席，即归新房与妇对酌。时无一女客，生得畅意为欢。新妇不作恒常羞涩，意执爵相酬饮，生入醉乡。时外客闻内宅惨呼一声，共骇愕闻，见新郎衣履如故，散发覆面，狂跃而出。群欲询之，已疾奔出外。客皆追，行里许，遇大河，即跃入水而没。客呼渔舟捞救，经日夜不知尸所在，客叹息而返。新妇与母皆惶急，候于堂，见客来，即问新

---

① 见《中国民间故事集成·巴县卷》。
② 见《中国民间文学集成·四川南溪卷》。
③ 见《机智人物故事大观》。

郎所在。客告之故，并叩其由。妇曰："婿方在房中筵宴，忽发狂冲门出。我辈不知所以，谅出外，亲友必阻之使归，何任其投河而没耶？是客杀我婿也！"遂鸣诸官。官讯客，皆曰："我等猝不及防，追之无及。事出意外，岂有至亲好友，见死不救哉！"讯诸新妇及母，则哀求还尸而已，官至河浜验勘，荡荡大河，流长源远，无从求尸，遂为疑狱。

未几，易一令，有明察声。见前官交有是案，反复推求，恍然曰："婿投河而反诬客，非诬客也，欲客证新郎之死以实之也！是必有故！"变服为星卜流，访诸其邻。邻人曰："有某富室，素与妇女无亲故，忽往来甚密；我侪亦疑有故。但是日新郎投河，众目共睹，岂非怪事！"令曰："汝见之否？"对曰："我亦在坐。"令曰："汝视新郎貌作何色变？"对曰："披发覆面，不及见。"令曰："道在是也！富室安在？"对曰："今日犹见其入新妇家也。"

令辞去，易服，率健役百余，突至妇家，围其前后户而搜之。仅有母女在，叩官欲何为。令无辞以对，举步将入闺中。老妇横身阻曰："此孀女室，三尺童子，不许入门，况为民之父母，而不知礼乎？"令微哂曰："欲为汝婿明冤耳！"老妇曰："倘入室而无冤可明，将何如？"令曰："我偿汝婿命！"乃呼役掖老妇出。令入房，见铺陈精洁，皆是常用什物，无可疑者。正踌躇间，俯视床下，见一男子履，回顾新妇，骇然失色。令呼众役入，移床而观，则地板有新垫者。命役举之，地道见。令带役入，穿出至一密室，室隅一鲜衣少年伏焉，执之。推门至院落，见地有新挖状。命役启之，生尸在，经年不变，喉间扼痕显然。遂出，聚案内人证，一讯服辜，论如律。乃知生醉后，妇女与富室共扼其喉而毙，从地道异入后院埋之。投水之人，系富室以重价觅善泅者为之也。

《客窗闲话》续集卷二《粤东狱》

第十三章 清代时期的民间故事类型

清·梁恭辰辑《北东园笔录》与张培仁编纂的《妙香室丛话》各收的一则异文，很可能是同一篇故事的不同录写本，抑或《妙香室丛话》中的那则系根据《北东园笔录》中的异文改写而成。《北东园笔录》的一则是：

余侍宦袁浦时，闻幕中友沈香城廉言，乾隆末年，山东陶某年十八，无父母兄弟，从戚习幕成尤，流落淮安，充某邑刑胥。遂赁屋为家，买幼婢执炊，情如父女。越数年稍有蓄娶妻。时婢已及笄，妻欲卖之，陶某不忍，乃赠奁具嫁一民壮，并常恤其家。陶某疑妻之妒也，亦不与言。

年余邑署前寓一星士，推测富贵寿夭多有验。适公暇过而问焉。星士决其立冬日必死，为之忧疑不释。妻劝，忧亦不解。迨秋杪，陶某虽无疾而忧甚。妻曰："恐或无妄之灾，曷赴县乞假，勿出户，且邀平日故交为伴。"陶某从之，招友欢呼畅叙，流连晨夕，至立冬日幸如故。及更余客皆半酣，主人连日酬酢极困倦，因留客再饮，自退内室少息。忽闻其室轰如雷电，众惊而趋，见陶某头面俱破，血流满衣，披发夺户而出。众共追之，行甚疾，竟投河而没。打捞数日，亦无弋获。莫不以星士如神，谓陶负前生宿孽也。

陶某妻无所依，即再醮某甲。平日与陶某交好者皆听之。而旧嫁民壮之婢，一夜夫供役未返，忽闻鬼哭声，渐见陶某谓曰："我为人谋死，含冤莫伸，尔当为我报之！"婢惊，啼鬼即灭。告于夫，不信。未数日，民壮复路遇陶某泣血而前，责负往日情不代报冤。遂以夫妇所见状禀白本官。

适某进士为令，年少有治才，极留心民隐。陶某旧住屋尚无人居住，勘之，壁脚有未净血痕。周视内外，徘徊半日，觉房后地有松处。命奋掘，竟得陶某尸。询究其妻，乃知所醮某甲，素善泅水，少即私通，嫁后仍往来。先嘱星士惑之，并谂陶某每至二更神倦不可支，必就寝。乃藏某家，乘机杀死，自穿其血衣，披发蒙面，夺户投水。妻劝招故交饮酒为伴，实使为证。嘱陶某卖婢，亦碍见甲之来耳。立拘某甲到，供无二。遂同置诸法。凡谋杀亲夫，诡计百出未有如此周密者，卒之鬼能鸣冤，贤令尹又能实心查勘，人可欺，天可欺哉！

《北东园笔录》三编卷四《鬼乞申冤》

《妙香室丛话》的一则是：

山阴陶某幼依其戚，习幕怀安。戚死，留寓不能归，充某邑刑胥，买婢执炊，相依如父女。数年少有所蓄，前于本邑娶。无何，婢已及笄。妻欲鬻之，陶不忍，略备奁具，嫁一民壮为室。然贫甚，恒周恤之。

越年余，室中来一星士，推测多验。陶令推算，星士决其立冬日必死。陶为之忧疑不释，妻劝慰。秋杪，陶虽无疾，而怏悒日甚。妻曰："或恐有无妄灾，盍乞假闭门，邀一二知交相聚排遣何如？"陶从之，招友畅饮，流连晨夕，至立冬日竟无恙。更余，客皆半酣，陶入内室少憩，忽闻室中轰如雷。众趋视，见陶面血披发，拔扃出行甚驶。众挽之，遽投河没。数日，尸亦无踪，莫不谓星士如神，陶负宿孽矣。

妻无所依，醮某甲去。独所嫁婢痛如丧父母，闻鬼哭声，陶渐见形谓婢曰："我死甚惨，汝当为复仇。"其夫复途遇陶，浴血相向，责其不为申雪。时陶屋尚扃闭，而宰斯土者为少年科目，有治才，遂以夫妇所见密陈。官令导往，发扃周视，见壁角有血痕，房后地土亦微有迹。启之，陶尸俨然。拘妇刑讯，乃知所醮某甲善泅，素与妇奸，因预赂星士惑以生死。至日先伏某甲室中，陶入杀之掩埋，而甲诈为陶中恶状，夺门投河。先期设宴，欲令客左证其事，使人不疑也。得实，并置诸法。

《妙香室丛话》卷十三"陶某"

清光绪年间出现的异文，使这一故事类型继续有了变化、发展。清·采蘅子撰《虫鸣漫录》中的一则是：

陆梅溪言，直隶有女在室与人私，情好甚笃。嫁有日矣，与所私绸缪难舍，突然问曰："尔愿作长夫妻否？如愿则三年中不得入我门，我当设法归尔。"所私者允焉。女至夫家，事寡姑，先意承志曲尽妇道。脱有疾，衣不解带，百计调护。时说乡里俗事罕譬曲喻以解姑忧。姑爱之如掌珍。其待夫情意缠绵，欢然相得，邻里皆啧啧称羡，咸颂某家有贤妇矣。

夫家衣食仅足谋生计未有所属。女以无子，恒以各庙宇求子。姑又以独子雅不欲其远贸。适有盲者推算颇有效，偶过其门，女谓姑曰："何不令其一推，何时得子？"姑素不信术者言，重违其请，乃唤入，先以己命令推。盲者细述其何年得子，何年丧夫，何年娶媳，媳最得力，纤悉俱合，姑甚神之。末乃言惜子不克久侍，赖媳贤，老年不致冻馁云云。姑媳皆懼，复令代子推算。先述幼年所行之运，一一皆合。继乃迟疑良久，呐呐若难出口，惊骇神情若大可畏。固诘之，则曰："此人十日内有前生冤孽来寻，必遭横死，万难救免。慈母贤妻罹此荼苦，命也，如何！"再三惋惜而去。

女谓姑曰："此术士妄语耳。然不可不防。自今日姑，毋令尔子出庭户，我二人日夕守之。过十日可无事矣。"姑从之，守三日尚无恙。姑年六旬，精力衰迈，倦极难支。女曰："孽矣！世岂有为子者饱食酣寝，累高年不一交睫者。似此平安，可幸无事，姑盍返室暂寐。尚有七日期，势须轮守，庶免二人俱惫也。"

姑遂返己室，阖户就寝。三更后忽闻刀杖击格几案翻掷声。女大呼曰："尔子发狂，持刀砍我，且索母欲杀，慎毋启门。"旋闻击户声甚厉，大惧，以物抵门而慄。良久，女又呼曰："尔子狂奔持刀外出矣，请启门共往追之！"姑乃出，燃炬奔追。黑暗中遥见其子披发疾走，至村外溪河，涌身跃入，遗只履于河畔，确是子物，大呼邻里，百计捞救，数日不得尸，乃招魂设位，草草成服。

女日夕悲啼，若将身殉。姑再三劝止，稍进饮食，麻衣素裳，守礼惟谨，事姑益尽必力，缝纫以助甘旨。姑欢然竟胜于有子。岁余，邻女少孀无后，劝之改适。女伏地哀号，誓死不贰。

迨释服，生计日戚，姑从容谕之曰："家无担石储，我老不能助力。尔十指焉能供两口，矢志不嫁，势将俱毙，独不为我计乎？"女泣曰："姑言及此，我不能终节矣。然恐男子心肠易变，姑或冻馁，我罪益大。今与姑约，必求无父母兄弟，肯拜姑为母，奉养终身而又与故夫同姓者，我方嫁之。不则无夺我志。"姑乃遍托邻里，皆以难遇辞。

月余，有远村少年来赁屋设肆。初不经意，徐访之，一一与女言相合。乃倩媒作合而赘焉。少年事媪极孝，伉俪亦相得，远近皆称媪无子而有子，皆赖贤媳之福。媪亦矜矜自诩。少年即女在室所私者，既合卺心怯前夫寝室，与女谋迁于厨侧小厢，空其屋以贮杂物。

越二年，媪忽有弟在云南为显官司阍，积资既富，携妇归里。值岁暮，仓卒难觅屋，借住姊家，解囊橐于亡甥屋内，就故炕而宿。久客远归，人事杂沓，数日不能安寝。其妻检点衣履，时闻血腥以告夫。夫斥其妄，然询姊以甥亡之由，不能无疑。久之，其腥愈甚。夜半密挖炕土，则一尸支解埋其内。不告姊而鸣于官。启验之，尸得土气，且冤未伸，故不腐。集讯时，不特女与少年坚不肯承，即媪亦爱怜其媳，深怨弟之多事。狱数年不具，声闻遐迩,无不知者。

适都中新选邑宰,人皆曰:"彼邑有此案,君到将如何?"令曰:"吾自有发奸计。"及莅任,诣城隍祠,将男妇缚于两柱,令吏伏案下,余人悉散归。三鼓后,密遣人于殿后阶侧呜呜作鬼声。少年惧谓女曰:"殊可惧!"女叱曰:"何所畏!不过如此,数日即归矣。"吏出,录其供。令据此加以三木,少年始吐实。女亦不敢置辨。狱白,盖推命盲士,乃女所贿嘱。少年故善泅,是夜约之来,将夫杀毙,掩于炕中,伪作发狂,挺击赴水状,殆媪共追,入水时遗一履以坚其信,谋亦黠矣哉。惟炕埋一节,是其疏漏,亦天网恢恢,使不能逃罪耳。

临刑时,女唾少年曰:"无用子!吾目瞽,误识尔矣!"

《虫鸣漫录》卷一"直隶谋夫奇案"

玉溪居士编《见闻续笔》中的一则是:

镇江杨宇和述一事:有乡人新娶,满月后,送其妻归宁,途遇成衣匠某,谓乡人曰:"尔气色不佳,当有大难,须在房中暂避百日,方无事。"乡人信之,送妻至岳家而返。以告父母,果然足不出房。茶饭则其母从窗中送食。月余,其妻带箱而归,妻为送食,乡人复发狂疾。妇奔出房,将门倒锁。一日晚,妇曰:"房内便桶数日不倒矣。"乃开房门。忽乡人自内跑出外,投于河。众大哗救,杳不可得。烛之则遗乡人衣于河滩。妇号哭不已。乡人之父见子已死,妇又年少,不如嫁之。已为择配,妇不愿嫁。后其母主婚,为许配成衣匠某,即前途中所遇者,遂嫁之。后有人议曰:"投河无尸,一可疑也;公为择配,则愿守,母为择配则愿从,二可疑也。"于是讼于官。因思发狂投河,事甚匆忙,万无既到河边,犹从容脱衣之理。立提成衣匠及妇到案。严刑之下，尽得其实，从床下得乡人尸。奸夫淫妇，均置于法。初妇之未嫁也，与成衣匠有私；二人预为设计，先令避灾，不出房门。妇归时，某即藏于箱内，乘夜谋杀之，埋尸床下。某素识水性。佯狂投河，皆某所为。却从别处上岸，又置乡人之衣于水边，使人益信为乡人之死。其计甚巧，然终不免败露。官法难逃，世之作恶者，盍其鉴诸？

《见闻续笔》卷二十二《成衣匠佯狂投河》

近人徐珂编撰《清稗类钞·狱讼类》有一则《奸杀赘婿案》，抄自《客窗闲话》续编卷二《粤东狱》，文字稍有改动。

这一故事类型，现当代仍在山西、陕西、河北等地流布，譬如《洞房疑案》[1]《花烛疑案》[2]《奇案之谜》[3]《河边无头尸》[4]。

老头子型故事 大致写某大臣一日在朝房正赤身纳凉时，皇上骤至，亟伏御座下（或匿坑中）。久之问："老头子去否？"皇上厉声问："老头子何解？"某从容答道："万寿无疆之为老，顶天立地之为头，父天母地之为子。"皇上大悦，乃舍之。这一故事类型，最早见于清·昭梿撰《啸亭杂录》。

何义门先生值南书房时，尝夏日裸体坐，仁皇帝骤至，不及避，因匿坑中。久之，不闻王者，乃作吴语问人曰："老头子去否？"上大怒，欲置之法。先生徐曰："先天不老之谓老，首出庶

---

[1] 见《中国民间故事集成·山西卷》。
[2] 见《中国民间文学集成·山西卷·长治市民间故事集成》。
[3] 见《凤凰山的传说》。
[4] 见《刘凤岐故事集》。

物之谓头，父天母地之谓子，非有心诽谤也。"上大悦，乃舍之。

《啸亭杂录》卷九"老头子"

其后又见诸清光绪初年刊行的王之春撰《椒生随笔》。

相传乾隆间，有人呼上为"老头子"，为上所闻。上曰："何解？"刘文正公对曰："万寿无疆曰老，首出庶物曰头，父天母地曰子。"上粲然。

《椒生随笔》卷四"老头儿"

清·小横香室主人编的《清朝野史大观》与近人徐珂《清稗类钞》中各有一则异文，都是以纪晓岚为主人公的，以后一则较为生动而富于戏剧性，现当代口传形态的异文大都与此则接近。

河间纪晓岚先生一日在朝房待漏，坐久倦甚，戏语同僚曰："老头儿胡尚迟迟其来？"语未已，履声橐橐起于座后，高宗微服至矣，厉声问："'老头儿'三字何解？"先生从容免冠顿首谢曰："万寿无疆之谓老，顶天立地之为头，父天母地之为儿。"高宗乃悦。

《清朝野史大观》卷六《老头儿》

纪文达体肥而畏暑，夏日汗流浃背，衣尽湿。时入直南书房，每出，至直庐即脱衣纳凉，久之而后出。高宗闻内监言，知其如此。某日，欲有以戏之。会纪与同僚数人方皆赤身谈笑，忽高宗自内出，皆仓皇披衣，纪又短视，高宗至其前，始见之，时已不及著衣，亟伏御座下，喘息不敢动。高宗坐二小时不去，亦不言。纪以酷热不能耐，伸首外窥，问曰："老头子去耶？"高宗笑，诸人亦笑。高宗曰："纪昀无礼，何得出此轻薄之语，有说则可，无说则杀。"纪曰："臣未衣。"高宗乃命内监代衣之，匍匐于地。高宗厉声继问"老头子"三字何解。纪从容免冠顿首谢曰："万寿无疆之为老，顶天立地之为头，父天母地之为子。"高宗乃悦。

《清稗类钞·诙谐类·老头子》

民国年间刊印的笑话集所收的有关作品，均出自上述两书。近人李铎撰《破涕录》①四"老头子"与前一则相同。近人杨汝泉编纂《滑稽故事类编》②第四编《纪晓岚》，则是并列上述两则故事而成的。另外，《清代名人轶事·风趣类·何义门老头子对》抄自《啸亭杂录》卷九"老头子"，文字相同。

这一故事类型，现当代仍在山东、河北、陕西、山西、上海等地流布，譬如《老头子》③《纪晓岚巧解"老头子"》④《"老头子"的奇解》⑤《老头子》⑥《巧戏乾隆》⑦。

新娘互换型故事　大致写某地贫富两家同时迎亲，途中天气骤变，两乘花轿先后抬入庙中避风雨。雨过日暮，两乘花轿无意中互易，而两家均未发觉。次晨方知接错新娘，却木已成舟，致使贫家俊男配富家

---

① 《破涕录》，1914 年 11 月由上海民权出版社刊印，收入陈维礼、郭俊峰主编的《中国历代笑话集成》第五卷，时代文艺出版社 1996 年版。
② 《滑稽故事类编》，1924 年由天津《大公报》社刊印，收入陈维礼、郭俊峰主编的《中国历代笑话集成》第五卷，时代文艺出版社 1996 年版。
③ 见《潍坊民间故事》。
④ 见《中国民间故事集成·河北卷》。
⑤ 见《中国民间文学集成·陕西卷·咸阳民间故事集成》。
⑥ 见《中国民间文学集成·上海卷·黄浦区故事分卷》。
⑦ 见《山西民间故事大系·晋西卷》。

靓女，而富家麻面郎配贫家黑脸女。富家诉于公庭，知县认为是天作之合，平息了纠纷。这一故事类型，初见于清·胡文炳编撰《折狱龟鉴补》。

邑陈氏子稚齿即聘定徐女为妻，家皆素封。陈子旋出天花，面大麻，一睛突出，而背且驼焉。徐女及笄，娇娆绰约画中人也。其邻乡韦氏子，世业儒，幼聘定郑女为室。彼此皆以教读为业。韦子长而秀颖，而郑女乃青唇黑脸者。乡居同在数十里内知之者，咸谓天公错配为憾事也。

乾隆庚辰二月之望，二家同择此日婚娶，半途合路处两家相遇同行。乡间迎亲彩舆，贫富无甚异，道傍观者不辨其某乡某家也。是日，天气暗霾，至此更大雷雨以风，昏不见人，各舁入破庙中，接连并置而避之。约二时久，雨略小，而晦暝如故，且时值日暮，从人匆遽，昏里中舁肩舆分路行，初更方及门。富室鼓吹喧阗，然风雨益骤，堂中灯烛俱息，几不成礼，草草送入洞房。郎自惭形秽，急登床以被蒙首；新妇亦惟恐郎窥，以袖障面，潜就枕焉。郎素艳其妻，一旦偎红倚翠，不啻刘阮之到天台也，遂成于飞之乐。

次早，女先起，而东方白矣。郎随起，彼此觌面大惊，急唤伴娘询之，则与新人不相识，问为郑女，然后知避雨时与徐家错舁也。韦子家贫，门庭冷落，自归洞房花烛之前，女偷窥婿美秀而文；婿睨新人光艳夺目，异乎所闻，骇极，即告母询问，乃知其徐家女也。韦氏子以彼富我贫，齐大非耦，嘱母伴新人，而已出外舍亲朋，清谈达旦，急驰怦告其家。两家父母闻而疾至。徐母问女将何从，女曰："天也盖怀西祖意。"郑父母至陈家，见女归富室，喜溢眉宇，而陈子以妍易媸，不胜愤懑，口出嫌言。郑母曰："郎君与小女可谓相当相对，莫非前缘，何嫌之有？"陈以为诮己，益愤，讼之公庭。

此时仁和叶公世度以庶常改授阳春县，讯知陈郑业已成亲，韦子避嫌而俟堂审，于是义韦而斥陈，判曰："韦郎能守礼文，坐以待旦，陈子已成伉俪，讼则终凶。天孙女应嫁裴航，鸠盘荼合婚鬼卒，以故雨师引线，风伯为媒，人何与焉，天作合矣。贫富自安于命，妍媸各配其宜。其一切妆奁判归各女，仰其父母，即日亲自讨回，送婿家无违，速速。"其判出，一时传颂。陈子愧悔欲死。徐女奁赠丰厚，韦藉以起家，琴瑟调和，明年游泮，束脩有加，称小康焉。

《折狱龟鉴补》"风雨错接新娘"①

近人藕香室主人编《稀奇古怪不可说》② 中的一则异文，情节变化较大，拓宽了这一故事类型所反映的社会生活面。

崇仁有两家同日娶妇者，妇家一姓王，一姓吴。王婿为贾，富室也。吴婿为谢，士族也。王富而吴贫，两家香车过陌上，时适大雪，途径不能辨，行人不能见。车各饰以彩绘，覆以油幕，积雪封二寸许，同憩于野亭。舆夫仆辈，拾薪爇火以取暖。

久之，雪不止，恐日暮路远，各拥香车分道去。是夜，王女将寝，环顾室中奁具无一己物，情疑甚，乃问婿曰："吾之紫檀镜台安在？今将用以卸汝也。"婿笑曰："卿家未有此物，令我从何觅之？"王女曰："贾郎何必相诳。"婿又笑曰："吾乃真郎，非假郎也。"王女曰："吾谓郎姓贾耳。"婿曰："某何尝姓贾，某实姓谢。"王女闻言大惊，大呼："贼徒卖我！"婿亦不知所措。家人闻声集视，且问其故，王女泣不止。谢母怒曰："吾家虽寒素，世代书香，几曾作贼！汝家厌我贫寒，不应教汝作此伎俩。"王

---

① 转引自《中国古代办案百例》，中国社会科学出版社1980年版。
② 《稀奇古怪不可说》，上海中国第一书局1922年版。

女曰:"吾闻汝家本姓贾,今何以郎云姓谢?"母曰:"岂有临婚而改姓者乎?然则汝家亦不姓吴乎?"王女悟曰:"我知之矣,汝妇姓吴,我乃姓王。我在舆中,因避雪野亭,闻得遇一新嫁娘。旁人言此妇母家姓吴,今嫁于谢。此殆汝家妇也。吾之婿家实姓贾。其必于分道时两误之矣。速使人往贾氏一觇,当得其详。"

迨使者往贾氏,则吴女已同贾大夫射雉如皋矣。先是吴女谛视汝奁,略问姓氏,亦知其中有误,因心艳其富,姑隐而不言。今见事已败露,乃佯作怨恨状。奈覆水难收,而贾氏子亦不欲其别抱琵琶也,故遂安也。

使者返报,王女欲自尽。或劝之曰:"王谢良缘,本由天定。今吴已归于贾,则汝宜嫁谢。"王女初尚不可,谢乃驰书于王之父母,且告以故。王氏深异之,即遣媒者来告,愿结朱陈,而再赠女以奁具。女以父母之命,乃亦首肯,拜姑嫜而成合卺之礼。

厥后贾氏陵替,吴女以愤懑卒。谢补诸生,终身伉俪和谐。王女转以顺妇称。是雪也,人皆谓之雪媒云。

《稀奇古怪不可说·新娘错嫁》

谋杀奇案型故事 大致写一卖花人(或众客,下同)挑担(或抬柜)与二布客(或猪贩)投店共居一室。邻室贩沙壶(或瓷器,下同)者和盲人半夜忽闻哭声、斧声、呻吟声,知有变故。二人密语,让盲人故意哄闹并踢翻沙壶,惊醒四邻,佯称失钱,逐屋搜寻。竟于卖花人担(或柜)中搜出被肢解的二客尸体与钱财。送官审讯,始知卖花人担(或柜)中预藏二人,半夜出而谋财害命,以待天明以原人数出店,不为他人见疑。官赏盲人而将杀人夺财者置于法。这一故事类型,最早见诸清·高继衍撰《蝶阶外史》。

甲乙驱群豕出售,得金归,与卖花人同行。卖花人话之以情,告夜共宿沙河堡逆旅西偏屋。卖花人一担荷二箱，无余物。先是有贩沙壶客与瞽者同宿东偏屋，瞽夜闻西屋斧声甚厉，微闻人呻声；悄呼客醒，告以故。客无计，瞽曰："我碎汝壶，汝伪喧，以观其变。"

西屋三人闻喧出劝，二人争益力。瞽者谓失钱二缗，指客窃之，客不服。逆旅主人亦来劝。瞽者请搜，贩壶客搜迄无兆。瞽者曰："我无目，甚贫，卖卜积二缗大不易。今失去，将以性命博。凡寓此者，当悉索其装。"西屋三人曰："我好劝汝，乃诬我耶？"瞽曰："汝不来，何得相诬？既入我室，不得不搜！"逆旅主人亦劝启箱，以释瞽惑。三人有难色，众益疑。集寓中诸客，逼三人启箱，油纸包各一，血渍尚殷；解之，赫然支解二死人也。盖每箱预藏一人，俟甲乙熟眠，潜出斫杀，分置箱中。取其资谋乘夜出，人数既符，逆旅主人不得留也。

迹既露，缚送公庭，一讯伏辜。赏瞽者，而置卖花三人于法。

《蝶阶外史》卷二《卖花人》

自光绪以来，异文渐多，变化亦明显。成于清·采蘅子撰《虫鸣漫录》的一则是：

北方旅店，凡贫而单身者，共挤一室。稍有资者不屑居，必包赁一室另居，或两人共包一室，少可避嚣。有贩瓷器孤客，向晚投店，同众群居一室。入店时，见别室先有二布客居之，旋又有八人舁柜入，共居一室。至夜半，贩瓷者闻彼室中一客哭云："诸物不敢惜，但乞少资作归费。"似有一人允其请，又有一人云："尔不杀彼，彼必杀尔。"须臾，寂然无声。贩者疑必劫盗，暗蹴共卧之瞽者醒，密语之，嘱其伪为起溺，踢翻瓷器担，故与之扭结相哄。同室者相劝，故固不解，声闻满店。主客皆起入问。

贩者与店主耳语其事，主密戒备之。天甫晓，另室客舁柜出店，仍系十人，主故问何少二人，齐答曰："入店十人，出店十人，何问为？"语次色变。群起搜之，柜内血肉狼藉。怒，送之官。讯以三木，始供知布客携资，故于柜内先藏二人舁入，以备次早出店查数。其用心亦周密矣。不虞贩者之适醒，而闻乞命语也。天网恢恢，曾何漏哉！

《虫鸣漫录》卷一"布客被杀案"

孙静庵撰《栖霞阁野乘》的一则是：

有甲乙二人者，贩布于外，得厚利，携资以归。途遇一卖花者，与同行。夜宿沙河堡逆旅之西偏屋内。卖花者一担荷两箱，无余物。先有贩沙壶者，与一瞽者同宿东偏屋。瞽者中夜醒，忽闻西屋斧声甚厉，继以人呻吟声，已而寂然，第闻窸窣声而已。大疑，悄呼贩壶客醒，告之故，客不知所为。瞽者曰："我试碎君壶，君即起与我争，伪喧以观其变。"

西屋三人闻喧争，果出劝。二人争益力。瞽者谓失钱，三人指贩壶客窃，客不服，遂起相殴。逆旅主人亦来劝，请搜贩壶客之橐。搜之，迄无所得。瞽者则大哭曰："我无目而赤贫，卖卜积得两缗，易大不。今中夜失之，安知非西屋客所为？凡寓此者，当悉索其囊橐，否则以性命相搏，誓不出此门矣。"西屋三人曰："我好劝汝，乃诬我耶？"瞽者曰："汝不来，君那得相诬？既入我室，则不得不搜验矣。"

逆旅主人悯其无告，又虑有意外事，乃婉劝三人，启箱以释瞽惑。三人固不可，且神色仓皇。众益疑之，谓瞽钱必为所窃。尽集寓中诸客，迫三人启其箱。则油纸包各一，血渍殷然。解之，支解二死人也。盖每箱预藏一人，俟甲乙眠熟，潜出而砍杀之，分置箱中。拟未晓即启行，人数相符，逆旅主人必不疑也。不意为瞽者所觉,遂败。缚送官,一讯而服,赏瞽者而置三人于法。

此光绪初年北京事。

《栖霞阁野乘·沙河堡逆旅之谋杀客》

清·小横香室主人编《清朝野史大观》卷四《沙河堡谋杀案》抄自《栖霞阁野乘·沙河堡逆旅之谋杀客》,文字相同。

近人徐珂编撰《清稗类钞·狱讼类·沙河堡谋杀案》系根据《栖霞阁野乘·沙河堡逆旅之谋杀客》所写,文字有所变化。

光绪初,京师有布客甲乙二人携资归,途遇一卖花者与同行,至沙河堡,夜矣,舍于逆旅之西偏屋中。卖花者仅一担荷两箱而已。而东偏屋中,则先有贩沙壶客与一瞽者同宿。

夜半,瞽者闻西屋斧声,而呻吟声窸窣声继之,大疑,潜呼贩壶客醒,语之曰:"我姑碎君一壶,君即起而与我争,佯为喧扰者,以观其变。"于是,西屋中有三人出而劝其息争,店主亦往劝,请搜贩壶客之橐,无所得。瞽者大哭曰:"我以赤贫卖卜,积得两缗,大不易,今失之,安知非汝等所为?凡居此者当悉搜其箧,不然,誓不出此门矣。"西屋三人曰:"吾侪以相劝至此,乃诬我耶?"瞽者曰:"汝不至,吾安得诬汝?今既入吾室,自必搜检矣。"店主闵其无告,又虑有意外事,乃婉劝三人启箱以释其惑。三人固不可,众益疑,谓钱必彼窃。众起迫之,搜其箧,则有血渍殷然之油纸包各一。启之,支解之二尸在其中。乃缚之送官,一讯而服,尝瞽者,置三人于法。

日久见人心型故事 大致写甲远出经商后不久,甲妻派儿子到丈夫的好友乙处求助,一无所获。正犯愁时,乙家老仆登门看望,建议其家以刺绣谋生,并主动帮助采购、销售。自此甲家生活有着,并"渐有赢余"。三年后甲归家,方知这一切都是乙在背后所做的安排,用心良苦。这一故事类型，见诸清同治十三年（1874）成书的许奉恩撰《里乘》。

　　甲与乙为善友，甲贫而乙富。甲将远出贸易，托家室于乙，乙毅然诺之。甲既去匝月，妻以食用不给，遣子往乙求助。乙冷笑曰："曩与尔翁言，特戏耳，若眷口多人，将仰给于我，来日方长，但供给坐享，虽铜山亦易崩也。请别为计。"子闻言觖望。不得已，又哀恳之，乙拒益力，子怏怏归，返命于母。甲妻叹曰："今天下所谓金兰之友者，类如此矣。"米罄薪绝，举室愁对，计无所之。

　　忽乙之老仆来，甲妻数其主人负诺之非，仆亦颇为不平，义形于色，且曰："人情反覆如此，焉用友？夫人第请息怒。老仆闻夫人一家皆精女红，曷不以针黹生活，较胜求人？"甲妻曰："汝言固善，奈无资何？"仆曰："果尔，老奴自有良策。老奴常为主人会计各店，颇蒙取信。夫人应需何物，老奴可暂往各店支取，俟鬻物偿资，亦无不可。"甲妻大喜称谢，遂央仆贷得针线布帛等类，日督妾、女、子妇诸人，壹志刺绣，自旦达夜，不肯少休。每业一物，仆即携去代鬻于乙，乙赏其精巧，不吝厚价，甲一家食用，赖以不乏。

　　久之，渐有赢余，举家甚德老仆，而益不直乙。乙自甲去后，亦绝不过问。初甲出门，同人合权子母，三年客囊充牣，既归，见家室无恙，衣食丰腴，意是乙所赒恤。询之妻，妻唾且骂曰："君休矣！君若徒恃金兰之友，则一家之骨，不填沟壑也几希矣。"乃痛数乙所为，并颂仆德，备述颠缕。甲不胜诧异，将诣乙诘责。乙见甲归大喜，执手叙阔，情谊殷拳。甲忿不能遏，作色曰："别后以家室相累，今不致饿莩，微君之惠不至此！"乙笑曰："君疑仆耶？诚然。老仆之代夫人经营者，皆鄙人之所筹画，而指使之者也。鄙意如夫人暨诸弱息，皆在妙龄，君既远出，举家无主，若使坐食偷安，反恐逸荡生事，故藉针黹使之作苦，闲束身心。不有以难之，则有所恃而业不专；又高其值而利诱之，则更有所贪而益忘倦。仆之为君谋者，不可谓不忠矣，岂真需绣饰、藏为玩好者耶？"乃使左右舁一箱至，见频年所购各物，堆积其中，灿然如新。顾谓甲曰："仆留此实无所用，请仍携归。俟女公子迨吉，小助妆奁可也。"甲至此始知乙用心之深，用情之挚，把臂痛哭，再拜谢过。归述于妻妾子女，始各恍然，无不感激涕零。

嗟乎，如乙之于甲，是真不愧为友矣，安得今天下所谓金兰之友者，尽如是耶！

《里乘》卷六《甲与乙为善友》

这一故事类型，现当代仍在安徽、上海、福建、河南、河北、山西、陕西、黑龙江、云南、江西、广东、新疆、江苏、湖南、湖北、青海、山东、宁夏、内蒙古、辽宁等地流布，譬如《日久见人心》[①]《路遥知马力》[②]《路遥知马力》[③]《梁好和葛益》[④]《路遥知马力》[⑤]《路遥知马力》[⑥]《路遥知马力》[⑦]《路遥知马力，日久见人心》[⑧]《路遥知马力》[⑨]《仁义与财帛》[⑩]《路遥知马力》[⑪]《路遥知马力》[⑫]《路遥

[①] 见《中国民间故事集成·安徽卷·怀宁县民间故事集》。
[②] 见《中国民间文学集成·上海卷·黄浦区故事分卷》。
[③] 见《中国民间故事集成·福建卷》。
[④] 见《河南民间文学集成·贵地新野的传说》。
[⑤] 见《中国民间故事集成·河北卷》。
[⑥] 见《中国民间故事集成·山西卷》。
[⑦] 见《中国民间故事集成·新疆兵团卷》。
[⑧] 见《中国民间故事集成·陕西卷》。
[⑨] 见《中国民间故事集成·黑龙江卷》。
[⑩] 见《中国民间故事集成·云南卷》。
[⑪] 见《中国民间故事集成·江西卷》。
[⑫] 见《中国民间故事集成·广东卷》。

知马力》①《路遥知马力》②《路遥知马力，事久见人心》③《邢春风王下雨》④《路遥知马力》⑤《路遥知马力》⑥《路遥知马力》⑦《路遥知马力》⑧《路遥知马力》⑨。

柳絮飞来型故事 大致写某商在扬州平山堂宴客，席间以古人诗句"飞红"为酒令。至某商时，苦思未得，后来竟杜撰一句"柳絮飞来片片红"，一座哗然。一名士忙说是一首元诗，随即吟诵一首七绝为其人解围。这一故事类型，初见于清·陆长春撰《香饮楼宾谈》。

　　钱塘金寿门先生农客扬州，诸盐商慕其名，竞相延致。一日，有某商宴客于平山堂，先生首坐。席间以古人诗句"飞红"为觞政，次第至某商，苦思未得。众客将议罚，商曰："已得之矣：柳絮飞来片片红。"一座哗然，笑其杜撰。先生独曰："此元人咏平山堂诗也，引用綦切。"众请其全篇，先生诵之曰：

　　廿四桥边廿四风，凭栏犹忆旧江东。
　　夕阳返照桃花渡，柳絮飞来片片红。

　　众以先生博洽，始各叹服。其实乃先生口占此诗，为某商解围耳。商大喜，越日，以千金馈之。

《香饮楼宾谈》卷一《飞红》

---

① 见《中国民间故事集成·内蒙古卷》。
② 见《中国民间故事集成·江苏卷》。
③ 见《中国民间故事集成·湖南卷》。
④ 见《中国民间故事集成·湖北卷》。
⑤ 见《中国民间故事集成·青海卷》。
⑥ 见《中国民间故事集成·山东卷》。
⑦ 见《中国民间故事集成·宁夏卷资料丛书·隆德民间故事》。
⑧ 见《中国民间故事集成·内蒙古卷》。
⑨ 见《中国民间故事集成·辽宁卷》。

清·牛应之（即朱克敬）撰《雨窗消意录》卷三"柳絮飞来片片红"与近人佚名编纂《清代名人轶事》文艺类《金寿门口占七绝》，均与此则相同，仅《雨窗消意录》个别字有改动。

近人天台野叟撰《大清见闻录》所收的一则异文，情节多有变化。

> 乾嘉间扬州盐商豪侈甲天下，百万以下者皆谓之小商，彼纲总者得嘻笑而呼叱之。有皖人方某者，名下士也，会试落第后，贫无聊赖，思得一馆以糊口。遂有友人介绍于扬州盐商汪姓家，安徽人，乃小商也。念乡谊，又为京官所荐，虽留之，不之异也。一日纲总家大宴会，汪亦在坐。凡诸商宴集时，必各携一门客往，有觞政等事，可使之代也。是日主人行飞字令，以诗中有"红"字者饮。至汪，汪曰"柳絮飞来一片红"，众大笑曰："此杜撰也，柳絮焉得红，举罚觞以进。"方曰："诸公毋然，此明人诗也。吾居停不忆上句，故不与君等辩，非杜撰也。上句乃'夕阳返照长堤外'也。"众默然而罢。汪归谢以千金，谓非君解此围，则我为众辱矣！由是尊为上宾焉。

《大清见闻录》下卷《觞令解围之句》

这一故事类型，现当代仍在江苏等地流布，譬如《柳絮飞来片片红》①。

盛暑披裘型故事 大致写盛夏时节，某讼师替人写状子，恐日后出现变故，握笔时竟披裘衣，烤火炉，一反常态。后来告状者反悔，执该讼师对簿公堂，讲出当日写讼词情形，审案者以为他在胡言乱语，立

---

① 见《扬州八怪传说》。

即将他逐出。这一故事类型,初见于清·采蘅子撰《虫鸣漫录》。

有讼师六月为人作牒,预知其事必败,而贪贿不肯辞,乃重茧衣裘,蒸炉火,而为之握管。已而果败,追究主谋,执讼师至,极口呼冤,令与对簿。讼师曰:"尔何时请我作词?"以六月对。又问曰:"其时我作何状?"则以围炉披裘对。官哂然曰:"岂有盛暑而作是服饰者!"乃坐告者以诬而释讼师焉。

《虫鸣漫录》卷一"盛暑披裘"

这一故事类型,常与"咬耳授计型故事"串连在一起,如清·丁治棠撰《仕隐斋涉笔》卷七"马贡生奇计"。而在清末《近五十年见闻录》有关湖南零陵讼师曹某的逸闻中,它又与"咬耳授计型故事"分开来讲述。

一日,某甲因犯重罪,浼交好求曹(某)解救。曹初不应,继利其重赂,许焉,约次日来取讼词。时值六月炎蒸,曹预炽炭一炉,身披羊裘以待。甲至,曹故作拥炉战缩状,徐起据案舐毫。词成,授甲而去。

令阅词,知曹所为,故诘何人捉刀。甲初不肯直供。令大怒,飞签杖责。甲不胜敲扑,以实告,即饬差拘曹。既至,怒曰:"尔知罪否?"答:"不知。"令掷状词与观,曰:"尔既身列黉官,自当恪守卧碑,何得数唆词讼!"曹取视已,曰:"冤哉!生员因谤言日至,杜门谢客者数月于兹矣,焉敢故触法网,自取罪戾。"令冷笑,唤甲出使证成其罪。曹见甲故作惊讶状曰:"与兄何处相会,而诬人若此!"甲曰:"蒙惠代庖,何忍相累。实因受刑不过,不得已而招承耳。"曹斥其妄。甲曰:"吾岂妄言哉,先生是日方披裘拥炉挥毫,吾言岂妄哉!"曹笑曰:"父台明鉴,似此炎天酷暑,谁耐披裘拥炉,犹能构思挥毫,代作状词耶?即此可见诬妄一斑。"令以甲言涉支离,乃释之。

《近五十年见闻录》卷六《讼师孽报》"酷暑披裘拥炉"

清代末年这一故事类型的异文颇多,除湖南讼师曹某外,尚有以江苏讼师谢方樽、安徽讼师某某为主人公的。它们各有特点,使这一故事类型有了进一步的发展、变化。

近人襟亚撰《中国恶讼师》①中的异文,写讼师谢方樽以借贷方式讹高利贷者的钱财,可谓以恶制恶。

乡之周翁,操奇谋胜算,惟利是图,二十年中权子母致富,顾乡人多怨声,而翁犹锱铢必较。(谢)方樽嫉之,炎夏御重裘暖帽,往周翁家贷资。资既得,翁命署券。方樽手颤称疼而止,许翁以重利,及期固请偿翁利。入隆冬,方樽忽又衣葛衫草帽,帽中更贮以冰,又往翁家贷资。翁异而问之,则以疾作对。与之金又命署券。方樽正铺纸作字,而帽中冰泮淋漓下,如额汗津津。方樽频挥之,纸尽湿,又复中止。翁固信谢,不枯求,如是者二次。

方樽负翁逋千金矣,忽靳翁利。翁频频索。方樽初犹迁延。翁怒,方樽怒,讳言债,诡曰:"某生平丰衣足食,未贷人资。"翁骇讼方樽,方樽茫庭与翁辩。翁头头是道,告宰以夏月某日借银若干,冬月某日借银若干,历历可稽。宰初犹深信。方樽斥翁谎语,曰:"某生平足迹未尝一至汝家,汝殆梦呓乎?我借若金,若示我以契据来。"翁益愤,斥方樽曰:"狡狯哉,汝毋图赖。夏月某日,汝身披重裘至我家,既得资,署券因手颤而止。又冬月

---

① 《中国恶讼师》,上海襟霞阁1919年版。

某日，衣葛衫至我家，借资若干，署券时挥汗湿纸而止。前事历历如在目前，狡赖又何为！"方樽作冷笑语堂上曰："嘻！岂有人夏月披重裘犹手颤，冬月衣葛衫且挥汗之理乎？翁真梦呓哉。"

上官闻辩亦不禁笑翁言之不经，斥翁曰："我闻汝言，已知汝谎。汝已年迈，幸毋孜孜为利。他日撒手成空，子孙之能守与不能守，犹未可知耳。速退，不准谎诉以诬人。"翁哑口无言，嗒然丧气。方樽喜悦下堂，出语人曰："守财虏今日为我愚矣！"翁归语儿孙辈曰："设计之狡恶，天下恐无如谢方樽其人，汝辈忆之勿忘老身千金为彼所骗矣！"

《中国恶讼师·夏裘冬葛》

近人江荫香编《庄谐笔记大观》① 中的一则，写有正义感的讼师在扶危济困时不放松警惕性，善于自我保护。

皖者某讼师，性任侠，好为人鸣不平，以是凡被冤将刑而赖其笔底超脱者，实繁有徒。有某妪，豪于资，乡里之恶棍诞之，且欺其年迈无为，乃与邑宰通，假事诈其财。妪愤甚，鸣之官，不为直。再鸣之府，亦置若罔闻。妪自知旦夕且破产，途穷路末，惟终日饮泣而已。

有好事者悯之，告之曰："皖省有某讼师，专以锄恶扶危为任，若往求之，事必谐也。妪大悦，急访之，至其家求谒，一人自内出，询何事。妪告以故，曰："可于明午来，今他出矣。"

次日，妪又往谒，守者异之入，至厅前，妪见一人踞案坐，衣狐裘，覆毡帽，旁置火炉，兽炭正炽，赤焰熊熊可畏。而彼怡然把盏独酌，视其肴，则类鱼糕。异之。盖是时方炎暑，人皆葛衣芒履，执扇狂挥，尤频频呼热不已也。及闻守者告之曰："是

---

① 《庄谐笔记大观》，上海广益书局1930年版。

即讼师先生。"妪乃详告所求，哀乞援手。讼师曰："如是，明日来取稿去，投诸有司，必无妨也。"

次日，果得稿投之县，顿翻前案。旋有人举发其状为该讼师手笔，并云渠专恃包揽诉讼为生，宜处以罚，免未来者之效尤。有司惑焉，令衙隶拘之至。询之，否认。诘之妪，妪竟不能讳。讼师笑谓有司曰："可再询其人，晤谈之时作何装束，并为何事。如符，愿受笞责。"有司依其言诘之，妪则举囊所见以告。讼师益笑曰："据所言，直呓语耳，安有时当酷暑，衣狐裘、冠氈帽之理，即有之，亦乌能神色自若，而兼有鱼糕侑觞耶！吾恐愚者亦不之信也。"有司闻而默然，遂解其狱。噫，讼师诚狡矣哉。

《庄谐笔记大观》卷上《恶讼师》

这一故事类型，现当代仍在湖北、河南、河北、山西、陕西、四川、湖南、福建、浙江、江苏、上海等地汉族和某些少数民族聚居区流布，譬如《官司》（土家族）①、《巧救胡登高》（侗族）②、《翻穿皮袄吃西瓜》③、《控父扒灰》④、《代写状子》⑤、《三伏向火》⑥、《哭笑官司》⑦、《写状子》⑧、《咬耳朵救人》⑨、《智斗县官》⑩、《胡二服法》⑪、

---

① 见《湖北民间故事传说集·恩施地区专辑》。
② 见《湖北民间故事传说集·恩施地区专辑》。
③ 见《庞振坤的故事》。
④ 见《王八吾》。
⑤ 见《汉族机智人物故事选》。
⑥ 见《中国民间故事集成·陕西卷·紫阳民间故事集成》。
⑦ 见《中国民间故事集成·重庆市巴县卷》。
⑧ 见《机智人物故事大观》。
⑨ 见《中国民间故事集成·福建卷·连昌县卷》。
⑩ 见《中国民间文学集成·浙江省兰溪县故事卷》。
⑪ 见《曹瘦脸儿打官司》。

《夏穿冬衣》①。

这一故事类型，相当于丁乃通编著《中国民间故事类型索引》1534E*。

鼠窃卵型故事 大致写某官灯下观书，见鼠窃鸡蛋，以一鼠仰卧抱蛋，一鼠衔其尾拖走，不久便将一罐鸡蛋运完。次日夫人因丢失鸡蛋打婢女，某乃告鼠窃蛋情况，这才还婢女清白。某深有所悟，便辞官入山。这一故事类型，初见于清·采蘅子撰《虫鸣漫录》。

> 某官夜观书，闻案侧有声，视之则叠储鸡卵被鼠窃运，卵滑不能口衔，以一鼠仰卧抱卵，一鼠衔其尾倒拖之，一鼠从后推耸，顷刻运完。某未以告人。次早外出，及午方归，则夫人以失卵挞婢，婢亦诬服窃食。某恻然，备语鼠窃状，乃释婢，然体已无完肤矣。某顿悟世事若此者恒有，即偶尔不误，安必其终无不误耶，遂披发入山。
>
> 《虫鸣漫录》卷二"鼠窃卵"

清·李庆辰撰《醉茶志怪》及近人海上寓公撰《茶馀随笔》各收有一则异文，均保留《鼠窃卵》的前半部分，写鼠窃卵的技巧。

> 予友人，家多鼠，厨间食物，多为所啖。有鸡子数枚，亦失去，疑仆食之，仆辩其无。因复以数卵置案上，夜假寐以观之。有鼠二登案，一鼠抱卵仰卧，护以四足，一鼠衔其尾而倒曳之。从案落杌，从杌落地，卵无少损，旋曳之入穴而去。物之智，亦巧矣哉！
>
> 《醉茶志怪》卷二《鼠技》

---

① 见《中国民间文学集成·上海卷·崇明县故事分卷》。

> 鼠有五技……，五技之外，尚有一特长，复能善盗鸡卵。卵为圆滑之物，而鼠竟能盗取之。其法以两鼠同出，一鼠在前攫卵，以四足捧之，一鼠在后衔其尾，徐徐倒行，以至于穴。曩客邗江，逆旅多鼠。适友人以鸡子一筐相馈，越夕而失其数枚，方以为馆人之窃取也，深为疑讶。次夕闻窸窣声，见二巨鼠已近筐前，知其必盗卵也，乃秉烛潜观之。其状一如上述。始知其盗取之法固甚巧也。
>
> 《茶馀随笔·鼠盗》

这一故事类型，现当代仍在上海、湖南、青海等地流布，譬如《老鼠偷蛋》①《魏源为婢平冤》②《老鼠拉鸡蛋》③。

零买缸型故事　大致写某人以高价议定按斤买缸，过秤付款。缸店觉得有利可图，便派人送缸，将某人采购的物品一并抬走。到家后某人只买三斤，抬缸人愤怒无比，却也无可奈何，不得不把缸抬回去。这一故事类型，初见于清·采蘅子撰《虫鸣漫录》。

> 岁暮在城南买零星约担许，欲自携归，苦途遥十余里，乃赴缸肆伪买缸。缸价每储水一担，值钱二百。陈（全）忽云："原三文一斤。舁至家，秤后付值。"缸肆利之，命二人送缸。陈遂置零物于内，令舁而行。抵家，令俟门外，先取零物进，良久，一手持秤篮短斧，一手持钱九出云："止须敲买三斤。"舁缸人怒。陈云："在肆议明，有一斤算一斤，何悔焉！"舁缸者无如

---

① 见《中国民间文学集成·上海卷·黄浦区故事卷》。
② 见《中国民间故事集成·湖南卷》。
③ 见《中国民间故事集成·青海卷》。

何，怨怨异回。

《虫鸣漫录》卷二"敲买三斤"

近人徐哲身撰《绍兴师爷轶事》① 中录写的一则异文，情节有一定变化，故事主人公系一讼棍。

绍兴石讼师，有天在一家砖灰店里买石灰，买好之后，看百把斤石灰，无法送回家去，忽见二人共抬一只大缸走过他的面前。石师爷立刻见景生情，便说他要买缸，当下说定三百文的价目，不过要求卖缸的须得把这石灰装入缸内，抬回家中再行付钱。卖缸的不知是计，自然满口答应，就把石灰装在缸内，抬向石讼师的府上而去。

石讼师一边走着，一边即与卖缸的七搭八搭，瞎三话四。后来说到此缸太贵，最好让去几文。卖缸的发急道："价目业已说好，何如可以减去？况且此一百余斤，卖你三百文。不过三文一斤，真正便宜极了。"石讼师便说："难道你的缸也论斤计算不成？"卖缸的道："自然论斤计算，我们方才卖去的那一只，比这只仅大一点，便卖了四百文。"石师爷道："如此甚好。"

及到家里，石师爷眼看卖缸的把石灰倒去之后，即去前面等钱。谁知等了半天，不见石讼师出去，便在外面高叫起来。又过半天，始见石师爷手提一管小小天秤出来，道："舍下可巧不便，现在打算只买三五斤足矣。"卖缸的又气又好笑，道："真是真，玩是玩。石先生你可不要和我们开玩笑了。"石讼师正色道："谁和你们开玩笑！不是你们自己说的论斤计算吗？既是论斤计算，多买少买应该由我。"卖缸的忽然醒悟道："石先生，你要我们白抬石灰，老实说就是了，何必闹这把戏！"石讼师拱拱手道："两

---

① 《绍兴师爷轶事》，上海读者书店 1936 年版。

位既已代我说了，恕我不再重述一遍了。"

《绍兴师爷轶事·此缸几文一斤》

这一故事类型，现当代仍在广东、福建、浙江、江苏、湖北、四川、贵州、陕西等地的汉族及某些少数民族聚居区流布，大都成为机智人物故事，譬如《买缸》①、《买缸论斤两》②、《买缸》③、《吉高买缸——论斤不论只》④、《买缸》（土家族）⑤、《买缸》⑥、《买缸》（布依族）⑦、《买瓮》⑧。

这一故事类型，相当于丁乃通编著《中国民间故事类型索引》1633A*。

戏僧罚资型故事　大致写某家请僧人做佛事时，某人装扮成女人之手撩拨一僧，僧人心动，竟将手从窗缝伸入，被某人捉住，僧人再三哀求，罚了念经的钱才算完事。这一故事类型，见诸清·采蘅子撰《虫鸣漫录》，故事主人公为陈全。

一日家中延僧作佛事，陈（全）令击鼓。僧倚屏风坐。屏故有窗，陈贯钏于臂，约环于指，伪为女，手从窗隙出，摸僧颐，敲僧顶。僧初不敢答，撩之不已，僧心动，亦自窗隙探手入。陈

---

① 见《中国民间故事集成·广东卷》。
② 见《郑堂的故事》。
③ 见《巧换金罗汉》。
④ 见《海安县民间故事选》。
⑤ 见《湖北民间故事传说集·恩施地区专集》。
⑥ 见《中国民间文学集成·巴县卷》。
⑦ 见《甲金的故事》。
⑧ 见《史阙疑的故事》。

执其手，绳系而砖坠焉。僧坐屏风前，一日不敢动。饭至亦不能食。陈出佯为不见，俟法事毕，始向主僧，怒责其勾拨妇女，欲送官。僧哀之再三，方罚其经资而释之。

《虫鸣漫录》卷二"戏僧罚资"

近人襟亚撰《中国恶讼师》的一则异文，故事主人公为苏南讼师谢方樽，情节略有变化，描写颇为细腻。

海虞清虚观，僧众百计，都不守清戒，日务狎游，十里胭脂坡，时有缁衣髡首之踪，而以郡邑富豪为大施主。僧挥金如土，悉仰给之。

时（谢）方樽先生见而疾之。会从母丧期，谢导俗例，召僧百人，七期礼忏四十九日，一时称盛。铙钹之声洋洋乎盈耳。洎乎忏事将蒇，老衲索金百十。谢以过昂也，略靳之。众僧哗然不悦，哓哓索益。谢许以来朝补足，僧始首肯。素烛光中，众僧趺坐①合十，参天仙禅，谓足以使檀那大解脱，超出轮回，拔身天国，九幽放大慈悲光。在座施主亦得受无上福慧。主僧披袈裟居中，众僧环趺喃喃诵梵呗。

少间，请施主拈香，嘱令诚心诚意焉。正喧攘间，左趺僧某忽见壁穴通内室，伸出纤纤一手，肤理莹洁如脂，指甲染腥红一点，且约以金环灿然炫人眼帘。某僧心动，竟必主人姬妾暗挑己者，时不可失，因引手近穴握之。内亦不拒，而僧已软化矣。佛心忐忑，妄想萦迴，私忖和尚何幸，今日得亲芳泽握此，柔荑已觉，乐不可支，倘见娇容，尚不知销魂何地！正暝想间，己掌忽为纤手所握，反拽入穴。僧呼痛求释，觉掌已被缚，与麻索结不

---

① 趺坐：跏趺坐的略称，为佛教修禅者的坐法，即双足交叠而坐。

解缘矣。心急胆战，负痛呼号，诸僧咸惊骇。迫视见吠呐呐称怪，询其由，嚘焉不应。

少顷，主人出，见僧手伸缩不得出穴，佯惊问故。众僧均难以措一辞。主人作色，斥老衲曰："汝辈归依三宝，五蕴皆空者，今有某僧伸手入予内寝，非盗我物，即诱我姬耳。幸为我见，将何图赖！"众僧环跂瞠目，某僧仍难以脱缚，心急于火，额汗如雨，哀声求主人解释。主人语僧曰："汝掌不妨于我内寝作小勾留，俟予呼役人来送汝邑署去。"诸僧闻言大恐，卑躬下气，力为缓颊。老衲愿以三百金为主人寿，弥缝其事。主人初不允，衲叩首无算，始一笑许之，纳其金然后释僧手。

《中国恶讼师·纤手》

这一故事类型，现当代仍在浙江、四川、河北等地流布，譬如《装女调僧》①《小耍轻薄道士》②《吊孝》③。

戏父遗矢型故事 大致写某人与友打赌戏父。其父腹泻跑厕所时，故意制造假象让邻居将其父拽住。其父不得脱身，竟泻于裤中。这一故事类型，见诸清·采蘅子撰《虫鸣漫录》。

人见陈（全）所行如是，因语之曰："尔能戏尔父，则醵金饮尔。"陈曰："诺。"遇其父患泄，常侵晨出门如厕，乃先出叩拜四邻曰："父将呈送忤逆，乞劝阻焉。"四邻信之，共立门外以待。其父出，咸问曰："何往？"答以有事，众阻之。父曰："欲如厕。"言次腹痛色变，众愈疑，强拽之不令往。须臾腹鸣一声，

---

① 见《徐文长故事》。
② 见《中国民间文学集成·四川内江市卷》。
③ 见《王二戏官的故事》。

遗于裤矣。众乃知为陈所误。

《虫鸣漫录》卷二"戏父"

这一故事类型，现当代仍在四川、陕西、湖北、浙江、福建、河南、河北等地流布，譬如《戏弄赵老财》①《安世明整老汉》②《巴豆计》③《讲虚面子》④《戏叔出屎》⑤《小孙子作舍蔡六舍》⑥《劝父》⑦《戏耍跳大神的》⑧。

这一故事类型，相当于丁乃通编著《中国民间故事类型索引》1623B*。

举手裤脱型故事 大致写某人攀高或双手托物时，故意让自己的裤子脱落，使邻妇（或卖蛋女等）十分尴尬，连忙奔走，或不得不替他系裤带。这一故事类型，初见于清·采蘅子撰《虫鸣漫录》。

夏日晚间，邻妇数人过访其（陈全）妻。陈止衣单裤，折其腰而不系带，入室云："堂画不正。"登案正之，一举手而裤脱，两手握面，转身向外曰："丑丑！"邻妇惭而奔。

《虫鸣漫录》卷二"举手裤脱"

---

① 见《中国民间文学集成·南溪县卷》。
② 见《中国民间故事集成·长寿县卷》。
③ 见《史阙疑的故事》。
④ 见《湖北民间故事传说集·荆州地区专集》。
⑤ 见《徐文长故事》。
⑥ 见《中国民间故事集成·福建卷·石狮市分卷》。
⑦ 见《庞振坤的故事》。
⑧ 见《王二戏官的故事》。

这一故事类型，现当代仍在上海、浙江、湖北、四川、福建、广东、广西等地流布，譬如《崩断裤带子》①《落裤子》②《恶妇系裤》③《两手不空》④《侮辱卖蛋妇》⑤《落裤赶人》⑥《比计谋》⑦。

这一故事类型，相当于丁乃通编著《中国民间故事类型索引》1812C*。

甲乙争妻型故事 系"巧辨子型故事"的亚型。大致写某甲外出，多年不归。其妻及子衣食无着，乃招乙于家。半年后甲归来，告于官府。公堂对簿时二人互不相让，官乃诡称妇人"羞忿自尽"，问谁愿领尸棺殓。乙推诿而甲愿领殓，官乃将妇人断与甲。这一故事类型，见于清·采蘅子撰《虫鸣漫录》。

> 某邑甲，久客于外，十年无耗，妇及幼子贫窭实甚，乃招乙于家。乙故业成衣者，携货就妇居，新其屋宇，门设缝肆，俨然有妻有子。半载甲归，见门庭改易，不敢入，访知其故，鸣官。官传乙对簿，彼此争欲得妇，官不能决。密令隶卧妇于门板，覆以芦席，诡言某妇羞忿自尽，舁至堂上，谕曰："妇今已死，孰愿领尸棺殓？"乙云："我已豢养半年，所费不少，刻下本夫已归，不能再埋死妇。"甲云："久客无耗，其曲在我，妇改适非得已，今死，愿领殓。"官命启席，妇故无恙，乃断令甲领而逐乙

---

① 见《中国民间文学集成·上海卷·崇明县故事分卷》。
② 见《徐文长故事》。
③ 见《中国民间故事集成湖北卷·崇阳县民间故事集》。
④ 见《中国民间文学集成·四川省开县卷》。
⑤ 见《中国民间故事集成福建卷·晋江县分卷》。
⑥ 见《蛇郎（中国民间故事汇编）》。
⑦ 见《中国民间文学集成广西卷·宜山县卷》。

焉。亦巧矣哉!

《虫鸣漫录》卷一"巧断争妻案"

这一故事类型,现当代仍在广东等地流布,譬如《巧断争妻案》①。

个个草包型故事　系"东门王皮型故事"的亚型。大致写某权奸(或总兵、武弁)新屋落成,请一大学士(或举人、名士)题堂匾(或亭额),乃提笔书"竹苞堂"(或"竹苞")。后有人告之,其间隐藏"个个草包"也。这一故事类型,出现于清代后期,最早的一则见诸清光绪四年(1878)成书的黄协埙撰《锄经书舍零墨》。

> 云间郭友松孝廉福衡,颖悟异常人,年十一即补博士弟子员。于学无所不窥,尤喜谐谑,稠人广坐中,高谈雄辩,虽口若悬河者,无以折之。郡中有式弁某,性喜豪华,顾以弯两石弓起家,目中实未尝识丁字也。会新屋落成,以堂匾乞题。孝廉意颇不屑,辄援笔书曰:"竹苞堂。"弁喜,持而去。后有识者曰:"此隐藏'个个草包'四字也。"弁爱其名,终不忍去。

《锄经书舍零墨》卷一"竹苞堂"

清·小石道人辑《嘻谈录》所收的一则异文,情节变为塾师讥笑学生。

> 先生训蒙,满堂学生无一聪明可造就者,甚愤懑之,乃写"竹苞堂"三字悬之书房,辞馆而去。东家知之,来书房见匾上三字,不解所谓。请教于人,告之曰:"竹苞者,言学生个个草

---

① 见《中国民间故事集成·广东卷》。

包也,乃不屑教诲之词耳。"

《嘻谈录》卷上《竹苞堂》

清·程世爵撰《笑林广记·竹苞堂》,抄自《嘻谈录》卷上《竹苞堂》,文字全部相同。

清末民初出现的数则异文,大多写纪晓岚嘲谑和珅。清·小横香室主人编《清朝野史大观》的一则是:

> 纪文达公性机警敏给,好滑稽,与和珅同朝,恒隐相嘲谑,而和辄不悟。一日和乞书亭额,纪为作擘窠"竹苞"二大字。和喜而张之,偶值高宗临幸见之,笑谕和珅曰:"此纪昀詈汝之词。盖谓汝家个个草包也。"和珅闻而甚衔之。

《清朝野史大观》卷六"竹苞"

辜鸿铭、孟森等撰《清代野史》《名人轶事·纪晓岚逸事》"竹苞",与此则完全相同。

近人徐珂编撰《清稗类钞》的一则是:

> 某总兵予告归里,大起第宅,请于某名士,乞书堂扁,乃为书"竹苞堂"三字。盖总兵不知书,家中皆纨袴子弟,目不识丁,故以个个草包诮之也。

《清稗类钞·讥讽类·个个草包》

近人易宗夔撰《新世说》的一则是:

> 清高宗性极颖悟。一日临幸和珅家,见珅家亭额,纪晓岚为作擘窠大字二,曰"竹苞",笑谕珅曰:"此纪昀嘲汝之词,谓汝

第十三章 清代时期的民间故事类型

家'个个草包'也。"珅闻而衔之。

《新世说·捷悟》"竹苞"

近人李铎撰《破涕录》的一则是：

清和珅柄政时，权势赫奕，倾动一时，独纪晓岚（的）轻视之。一日和使人讽示，欲得一言以为荼。纪乃制额一方，亲书"竹苞"二字赠之。和大喜，悬诸厅事，以为典出《毛诗》，吉祥华贵语也。有谒和者，见额微哂。和诘之，曰："纪亦恶作剧哉！'竹'字从二'个'，'苞'字从'草'从'包'，言个个都是草包也。"和因是衔之甚。后纪遣戍伊犁，论者谓其祸原即基于此。

《破涕录》二"竹苞"

近人憨斋士纂辑《笑林博记》的一则是：

权奸和珅在宅第内新筑一座亭子，请纪（晓岚）题额，纪不能不应命。但他素来蔑视和珅不学无术，就用擘窠书法题了"竹苞"二字，横读起来成为"个个草包"。有人搬嘴弄舌，和珅明了内情后衔恨在心。

《笑林博记》卷七《个个草包》

近人杨汝泉编纂《滑稽故事类编》的一则是：

和珅柄政时，声势赫奕，倾动一时，内而尚侍，外而督抚，莫不出其门。招权纳贿，无所不至，得君又最专，朝士无敢言者。乾隆赐之以第，建筑甫竣，争献诗词以为阶进。纪文达素轻和之为人，佯为不知。和珅慕其重名，欲得一言以为光荣，特使人风谕之。文达乃亲书"竹苞"二字，制成匾额一方以为贺。和珅目不识丁，询之门客"是何取义"，有解之者曰："竹苞松茂，出自《毛诗》，吉祥华贵语也。"和珅大喜，悬之中厅，逢人辄道纪晓岚厚情。一日乾隆幸其宅，见额微哂，徐言曰："纪昀亦恶作剧哉！"和珅愕然。乾隆曰："竹苞者，言个个都是草包也。"和珅色变，衔之。

《滑稽故事类编》第二编《竹苞》

这一故事类型，现当代仍在上海、浙江、江苏、江西、山东、河北、安徽等地流布，大多汇入机智人物故事，譬如《神童题匾》[1]《智讽渔霸》[2]《竹苞堂》[3]《个个草包》[4]《题匾讥权贵》[5]《丞相府赋竹苞》[6]《草包亭》[7]《祝枝山题字》[8]。

报荒减粮型故事 大致写官问报荒者收成，其人道，麦收三分，棉收二分，稻收二分。官怒曰："有七分年岁，怎能告荒！"其人道，某活一百多岁，实未见此奇荒。官问他，他云："某年七十余，长子四十余，次子三十余，共一百几十岁。"哄堂大笑。这一故事类型，见于清·独逸窝退士辑《笑笑录》（引自《丹午杂记》）。

有告荒者，官问："麦收若干？"曰："三分。"又问："棉花

---

[1] 见《中国民间文学集成·上海卷·长宁区分卷》。
[2] 见《中国民间文学集成·上海卷·嘉定县故事分卷》。
[3] 见《浙江民间文学集成·台州地区温岭县故事卷》。
[4] 见《曹瘦脸儿打官司》。
[5] 见《解学士传奇》。
[6] 见《潍坊民间故事》。
[7] 见《机智故事一百二》。
[8] 见《中国民间故事集成·安徽卷》。

若干？"曰："二分。"又问："稻收若干？"曰："二分。"官怒曰："有七分年岁，尚捏称荒耶？"对曰："某活一百几十岁矣，实未见如何奇荒。"官问之，曰："某年七十余，长子四十余，次子三十余，合而算之，有一百几十岁。"哄堂大笑。

《笑笑录》卷四《告荒》

这一故事类型，现当代仍在湖北、河南、河北、江苏、内蒙古、云南、山东、浙江等地的汉族及某些少数民族聚居区流布，大多成为机智人物故事的篇什，譬如《最好的收成》①、《六成收》②、《智斗县官》③、《告荒减粮》④、《祖孙三代一百岁》⑤、《算账妙法》（蒙古族）⑥、《报荒》（白族）⑦、《告荒抗粮》⑧、《百姓告荒》⑨。

嘲太监型故事 大致写某日一太监拦路让纪晓岚讲故事，纪说了一句"有一个人"便一言不发。太监忙问："下边如何？"纪曰："下边没有了。"太监一听，方知被其耍笑。这一故事类型，初见于清·独逸窝退士辑《笑笑录》。

散朝时，一老公留说一笑话，公沉思曰："昔有一内监……"

---

① 见《野山笑林》。
② 见《新笑府》。
③ 见《南阳民间文学》。
④ 见《王八吾》。
⑤ 见《沈拱三的故事》。
⑥ 见《巴拉根仓故事》。
⑦ 见《白族民间故事》。
⑧ 见《机智故事一百二》。
⑨ 见《中国民间文学集成·浙江省余杭县卷》。

此句之后，不发一言。老公俟之移时，问曰："底下如何？"公曰："底下一样没有！"闻者绝倒。

《笑笑录》卷五《纪文达语》"嘲内监"

清末小横香室主人编《清朝野史大观》收有一则异文：

纪（文达）每入值，内监辈皆索其嘲谑。一日有内监某遮路请纪讲故事，纪辞之。内监请益固，纪作思索状，曰："得之矣！有一个人。"言讫默然注视内监。内监见其不复语，乃叩之曰："这个人下边还有何事？"纪曰："下边没有了。"内监知被其揶揄，乃相与大笑而去。

《清朝野史大观》卷九《纪文达嘲内监》

近人徐珂编撰《清稗类钞》收有一则异文：

纪文达在直庐待漏，方与同直者谐谑，忽一小阉至，曰："公等所说笑话，可得闻欤？"文达曰："无笑话，惟今有一人……"语至此，默然。小阉曰："其下如何？"文达曰："其下无之矣。"

《清稗类钞·诙谐类·其下无之矣》

近人吴个厂撰《笑话大观》与近人杨汝泉编纂《滑稽故事类编》各收有一则异文：

晓岚学士，好讲笑话。一日入宫，一太监拦之曰："你老讲个笑话去。"纪不可却，乃故作细思曰："昔日有一太监。"言毕，往内就走。太监仍拦之曰："还有下头呢？"纪曰："下头没有了。"太监不悟，曰："何以没有了？"曰："有了下头，还能成个笑话吗？"

《笑话大观》卷四《晓岚笑话》

散朝时，一老公留说一笑语，（纪文达）公沉思曰："昔有一内监。"此句之后，不发一言，老公俟之，移时问曰："底下如何？"公曰："底下一样没有。"闻者绝倒。

《滑稽故事类编》第五编《底下一样没有》

这一故事类型，现当代仍在江苏、河北等地流布，譬如《说故事》①《戏太监》②。

圣贤愁型故事 大致写一白食者与吕洞宾、汉钟离（或铁拐李）在酒肆共饮，相约以"圣贤愁"中一字打头吟诗助兴。二仙相继吟罢，各剜一块肉下酒。其人末后吟诗，并拔下眉毛置于席上。二仙不允，其人道："若非遇见二位大仙，我一毛尚且不拔。"这一故事类型，最早为清·独逸窝退士辑《笑笑录》引《皆大欢喜》一则和清·小石道人辑《嘻谈录》中的一则。

钟吕二仙饮于肆，每遇一人，雅相亲热，入坐共饮。钟疑为吕之友，吕疑为钟之友，其实皆非也，二仙具知之。一日，复饮于肆，其人又来，益加熟悉。钟欲难之，因出一令曰："口耳王，圣人饮酒亦何妨，壶中有酒盘无菜。"言至此，即向纯阳背上拔出利剑，自剜臂肉一块，置于席间曰："借汝青锋割一方。"次至

---

① 见《海安县民间故事选》。
② 见《赵南星的传说》。

吕仙接令曰："臣又贝，贤人饮酒亦何碍，壶中有酒盘无菜。"言至此，亦拔剑剜臂肉置席上，曰："自把青锋割一块。"次及其人，其人苦思良久，因曰："禾火心，愁人说与圣贤听，壶中有酒盘无菜。"言至此，向眉毛间拔数茎，置之席，曰："拔把眉毛当点心。"二仙不允，曰："我辈俱是剜肉相待，足下何仅以眉毛了事？"其人曰："小弟苟非二位大仙面上，一毛尚且不拔！"

《笑笑录》卷五《一毛不拔》

　　有一姓白，绰号白吃，无论何处宴会，不请即至，坐下就吃。村中人甚恶之，会议在村前三圣祠立一匾，上写"圣贤愁"三字。一日，吕洞宾、铁拐李云游至此，看见匾上"圣贤愁"三字，不解所谓。遂化作云游道人，访问情由。土人云："我们这里有一白吃者，吃遍一方。见了他，虽圣贤亦要愁，故有此匾。"洞宾说："我二人虽不是圣贤，见了断不至于愁，倒要会会他，看他有何吃白之术。"二人坐在庙台之上，吕祖吹了一口仙气，变了一壶酒，几碟菜。刚要斟酒，白吃已至面前，说："你二位在此，多有失陪。"坐在一傍，就要动手吃酒。二仙急忙拦阻说："我们这酒，不是白吃的，要将匾上三字，各吟诗一首，说对了方准吃酒，说不对驱逐出境。"白吃说："请二位先说。"洞宾即指匾上第一"圣"字说："耳口王，耳口王，壶中有酒我先尝。席上无肴难下酒……"拔出宝剑将耳朵割下，说："割个耳朵尝一尝。"铁拐李又指匾上第二"贤"字说："臣又贝，臣又贝，壶中有酒我先醉。席上无肴难下酒……"将洞宾手内宝剑接过，把鼻子割下来，说："割下鼻子配了配。"白吃看了大惊，说："我从来没见过如此请客者。轮到我，不能不说。"指着匾上第三"愁"字说道："禾火心，禾火心，壶中有酒我先斟。席上无肴难下酒，拔根寒毛表寸心。"二仙说："你真岂有此理！我们一个割耳，一个割鼻，你因何只拔一毛？"白吃说："今日是遇见你二位，若要是别人，我连一毛也不拔。"

《嘻谈续录》卷下《圣贤愁》

清·程世爵撰《笑林广记·圣贤愁》与《嘻谈录》卷下《圣贤愁》相同。

近人吴个厂撰《笑话大观》卷四《二仙受愚》，系由《笑笑录》卷五《纪文达语》"嘲内监"改写而成。

钟、吕二仙饮于杏花村某酒家，忽遇一不相识者，雅相亲热，入坐共饮。二仙喜其伶牙利齿，并不难为。一日复饮于肆，其人又来，更加较前亲热。钟欲难之，因出一令曰："口耳王，圣人饮酒亦何妨，壶中有酒盘无菜。"言至此，拔剑剜肉一方置席间曰："借汝青锋割一方。"次至吕仙，接令曰："臣又贝，贤人饮酒亦何碍，壶中有酒盘无菜。"言至此，亦剜臂肉置席上曰："自把青锋割一块。"次及其人。其人苦思良久，始曰："禾火心，愁人说与圣贤听。"言至此，向眉间拔毛数茎，续曰："聊拔眉毛当点心。"二仙不允曰："我辈俱是剜肉相待，足下何仅以眉毛了事？"其人曰："苟非二位大仙之面，一毛尚且不拔呢！"

这一故事类型，现当代仍在四川、重庆、云南、湖南、河南、内蒙古、湖北、福建、江西、安徽、浙江、上海、江苏、山东、黑龙江、吉林、河北、山西、陕西、甘肃、宁夏、广西、北京、青海等地汉族和一些少数民族聚居区流布，譬如《白得吃拔毛》[①]（土家族）、《一

[①] 见《中国民间故事集成·四川卷》。

毛不拔》①（苗族）、《圣贤愁》②、《圣贤愁酒店》③、《圣贤愁》④、《圣贤愁割头换向》⑤、《圣贤愁》⑥、《神仙酒》⑦、《失去一毛》⑧、《"圣贤愁"的故事》⑨、《吃神仙的白食》⑩、《拔根眉毛吃白食》⑪、《一毛不拔》⑫、《"一毛不拔"的来历》⑬、《圣贤愁》⑭、《圣贤愁》⑮、《吝啬鬼斗八仙》⑯、《一毛不拔》⑰、《白吃》⑱、《圣贤愁》⑲、《由赖》⑳、《圣贤愁》㉑、《圣贤愁》㉒、《白吃酒》㉓。

这一故事类型，相当于丁乃通编著《中国民间故事类型索引》1526A_2。

---

① 见《彭水民间故事》。
② 见《普洱民族民间传说故事选》第一集。
③ 见《中国民间故事集成·湖南卷·道县资料本》。
④ 见《湘潭民间故事选》。
⑤ 见《中国民间故事集成·河南卷》。
⑥ 见《中国民间故事集成·内蒙古卷》。
⑦ 见《新笑府》。
⑧ 见《中国民间故事集成·福建卷·罗源县分卷》。
⑨ 见《九龙传灯》。
⑩ 见《浙江省民间文学集成·杭州市故事卷》。
⑪ 见《中国民间文学集成·上海卷·嘉定县故事分卷》。
⑫ 见《江苏民间故事集成·泗洪县资料本》。
⑬ 见《临沂地区四老人故事集》。
⑭ 见《中国民间故事集成·黑龙江卷》。
⑮ 见《中国民间故事集成·吉林卷》。
⑯ 见《杏林春梦》。
⑰ 见《中国民间文学集成·山西卷·阳泉矿区民间文学集成》。
⑱ 见《神府煤田故事集》，陕西人民出版社1991年8月版。
⑲ 见《中国民间故事集成·甘肃卷·兰州市分卷》。
⑳ 见《中国民间故事集成·宁夏卷》。
㉑ 见《中国民间文学三套集成广西卷·玉林市民间故事集》。
㉒ 见《中国民间故事集成·北京卷》。
㉓ 见《中国民间故事集成·青海卷》。

萝卜对型故事 大致写东家给教书先生的伙食开得很差,每餐只上萝卜一道菜。东家以对课测试学生时,先生均示意让学生以"萝卜"对答。东家怒责先生,先生道:"你天天叫我吃萝卜,为何倒叫我不教令郎对萝卜!"这一故事类型,首见于清·小石道人辑《嘻谈录》。

> 东家供先生饮馔甚薄,每饭只用萝卜一味。先生怨而不言。一日,东家请先生便酌,欲考学生功课。先生预属曰:"令尊席前若要你对对,你看我的筷子夹何物,即以何物对之。"学生唯唯。次日,设席,请先生上坐,学生侧坐。东家曰:"先生逐日费心,想令徒功课,日有成效矣。"先生曰:"若对对尚可。"东家说:"我出两字对与学生对,曰:'核桃。'"学生望着先生,先生拿筷子夹萝卜,学生对曰:"萝卜。"东家说:"不佳。"又曰:"绸缎。"先生又用筷子夹萝卜,学生对曰:"萝卜。"东家曰:"绸缎如何对萝卜?"先生曰:"萝是丝罗之罗,卜乃布匹之布,有何不可?"东家抬头一看,见隔壁东岳庙,又曰:"鼓钟。"先生又用筷子夹萝卜,学生又对萝卜。东家说:"这更对不上了。"先生说:"萝乃锣鼓之锣,卜乃铙钹之钹,有何不可?"东家说:"勉强之至。"又出二字曰:"岳飞。"先生又夹萝卜,学生仍对萝卜,东家说:"这更使不得。"先生说:"岳飞是忠臣,萝卜乃孝子,有何不可?"东家怒曰:"先生因何总以萝卜令学生对?"先生亦怒曰:"你天天叫我吃萝卜,好容易请客,又叫我吃萝卜,我眼睛看的也是萝卜,肚内装的也是萝卜,你因何倒叫我不教令郎对萝卜?"

《嘻谈初录》卷上《萝卜对》

清·程世爵撰《笑林广记·萝卜对》,抄自《嘻谈初录》卷上《萝卜对》,文字相同。

这一故事类型,现当代仍在浙江、上海、江苏、福建、湖南、湖北、陕西、山西、河南、河北、江西等地流布，譬如《对萝卜课》①《对课题》②《萝卜》③《对对》④《万能的萝卜》⑤《吃萝卜教萝卜》⑥《先生巧对戏财主》⑦《对对联》⑧《萝卜对》⑨《吃萝卜的先生》⑩《萝卜对子》⑪。

这一故事类型，相当于丁乃通编著《中国民间故事类型索引》1567A*。

恭喜也罢型故事 大致写某甲生子，邻人道："恭喜。"某乙生女，邻人道："也罢。"乙怒曰："人家生儿你说恭喜，我家生女你说也罢，未免太势利了！"恰好有一官太太经过，乙便对邻人道："你看那不是四个'恭喜'抬着一个'也罢'。"这一故事类型，初见于清·小石道人辑《嘻谈录》。

　　三人同院居住，左右邻生了娃娃，同院人问左邻曰："你家生了什么？"答曰："生了儿子。"其人曰："恭喜。"又问右邻曰："你家生了什么？"答曰："生了女儿。"其人曰："也罢。"右邻怒曰："人家生了儿子，你说恭喜，我家生了女儿，你说也罢，未免太势利了。"恰巧有一官太太经过，遂指而告同院人曰："你

---

① 见《中国民间故事集成·浙江卷》。
② 见《中国民间文学集成·上海卷·南市区分卷》。
③ 见《中国民间文学集成·溧阳县资料本》。
④ 见《中国民间故事集成·福建卷·漳州市分卷》。
⑤ 见《中国机智人物故事大观》。
⑥ 见《野山笑林》。
⑦ 见《中国民间文学集成·陕西卷·宝鸡民间故事集成》。
⑧ 见《中国民间文学集成·山西卷·太谷民间故事集成》。
⑨ 见《中国民间文学集成·河南桐柏县卷》。
⑩ 见《中国民间文学集成·武安民间故事卷》。
⑪ 见《抚州地区民间文学集成·金溪县卷》。

看那不是四个'恭喜'抬着一个'也罢'了。"

《嘻谈初录》卷上《恭喜也罢》

清·程世爵撰《笑林广记·恭喜也罢》，与此则悉同。

这一故事类型，现当代仍在福建、河北、河南、湖北、上海、山西等地流布，譬如《四个"恭喜"不如一个"也罢"》[①]《恭喜与也罢》[②]《"恭喜"与"也好"》[③]《恭喜与也罢》[④]《四个"妙哉"抬一个"亦好"》[⑤]《"很好"和"也罢"》[⑥]。

求你别写型故事　大致写一书法拙劣而又好写字者，欲给人白扇写字，其人长跪不起，喜写字者说写几个字不必下此大礼，其人道："我是求你别写。"这一故事类型，初见于清·小石道人辑《嘻谈录》。

> 一人最喜与人写字，而书法极坏。一日，有人手摇白纸扇一柄，伊欲为之写字。其人乃长跪不起，喜写字者曰："不过扇子几个字耳，何必下此大礼？"其人曰："我不是求你写，我是求你别写。"

《嘻谈初录》卷上《喜写字》

清·程世爵撰《笑林广记·喜写字》抄自《嘻谈录》，文字相同。

---

① 见《中国民间故事集成·福建卷》。
② 见《耿村民间文化大观》。
③ 见《河南民间文学集成·贵地新野的传说》。
④ 见《中国民间故事集成·湖北卷》。
⑤ 见《中国民间文学集成·上海卷·卢湾区故事分卷》。
⑥ 见《山西民间故事大致系·晋西卷》。

这一故事类型，现当代仍在河南、陕西等地流布，譬如《求你别写》①《爱写字》②。

先生妙喻型故事 大致写一次东家派长工送训蒙先生回家，途中作诗嘲笑先生的工价与自己一样。先生大怒，次日往告东家时遇见奶妈，奶妈说自己才与先生一样，都是哄孩子的。先生与之争吵，东家所招的妓女出来相劝，称自己倒与先生一样，一个用下头嘴挣钱，一个用上头嘴挣钱。这一故事类型，见于清·小石道人辑《嘻谈录》。

> 一乡下训蒙先生，在馆遇雨，东家使长工持伞送之回家。行至中途，先生问长工："识字不识？"答曰："岂止识字，还会作诗。"先生说："何不以送我为题，作诗一首？"长工说："先生不要怪我，诗曰：'山前山后雨濛濛，长工打伞送长工。酒席筵前分上下，一年工价一般同'。"先生大怒，说："你敢与我比并！明日一定告诉东家。"次日，来到书房，遇见奶妈送学生上学，将长工之事告之。奶妈说："他也配比先生，我才与先生一样呢。"先生诧异，问："如何一样？"答曰："我也是哄孩子，你也是哄孩子，岂不是一样？"先生又与奶妈争吵。适东家接一妓在家，出而劝之曰："先生不必生气，先生倒与我一样。"问："何故？"妓曰："我用下头嘴挣钱，你用上头嘴挣钱，岂不是一样？"

《嘻谈初录》卷上《先生妙喻》

清·程世爵撰《笑林广记·先生妙喻》，与此则悉同。

这一故事类型，现当代仍在贵州、河南等地流布，譬如《对诗》

---

① 见《中国民间文学集成·河南沈丘县卷》。
② 见《中国民间文学集成·陕西卷·咸阳民间故事集成》。

(布依族)①、《长工做诗戏先生》②。

匾嘲二匠型故事　大致写铁匠、皮匠兄弟骤富,一名士应邀为其题写匾额,铁匠匾曰"二酉堂",皮匠匾曰"甲乙堂"。二人挂上颇为得意。后有人告之,二匾无不形似所用利器:前者像砧子与风箱,后者像钢锥与皮刀。这一故事类型,初见于清·小石道人辑《嘻谈录》。

  兄铁匠,弟皮匠,一旦骤富,堂构焕然一新,要求名士匾额,欲掩其出身之贱。一名士题其兄之匾曰"二酉堂",弟之匾曰"甲乙堂"。各人悬挂中堂,自鸣得意。或告之曰:"此二匾大有讲究。"弟诘之,答曰:"二匾皆像形也。二酉者,一酉立看颇似砧子,一酉横看颇似风箱,乃令兄应用之要物也。甲乙者,甲似钢锥,乙似皮刀,又为足下必需之利器也。"
《嘻谈初录》卷下《二匠骤富》

清·程世爵撰《笑林广记·二匠骤富》与此则悉同。近人李警众编《嚼舌录》卷六《二匠暴富》亦与此则相同,仅个别字小有出入。

这一故事类型,现当代仍在四川等地流布,譬如《巧题二酉堂》③。

堂属问答型故事　大致写一捐资买官者不懂官话,拜谒上司时给上司回话全都牛头不对马嘴,闹出许多笑话来。这一故事类型,初见于清·小石道人辑《嘻谈录》。

  一捐班不懂官话,到任后,谒见各宪上司,问曰:"贵治风

---

① 见《中国机智人物故事大观》。
② 见《中国民间故事集成·河南卷》。
③ 见《中外机智人物故事大鉴》。

土何如?"答曰:"并无大风,更少尘土。"又问:"春花何如?"答曰:"今春棉花每斤二百八。"又问:"绅粮何如?"答曰:"卑职身量,足穿三尺六。"又问:"百姓何如?"答曰:"白杏只有两棵,红杏不少。"上宪曰:"我问的是黎庶。"答曰:"梨树甚多,结果子甚小。"上宪曰:"我不是问什么梨杏,我是问你的小民。"官忙站起答曰:"卑职小名叫狗儿。"

《嘻谈续录》卷上《堂属问答》

清·程世爵撰《笑林广记·堂属问答》及近人憨斋士纂辑《笑林博记》卷二《堂属问答》,均抄自《嘻谈录》,文字相同。

这一故事类型,现当代仍在河北、山西、陕西、四川等地流布,譬如《狗旦知县》①《七品知县》②《卑职小名叫狗儿》③《糊涂知县》④。

白字先生型故事 大致写训蒙先生爱读白字。东家议明教一白字罚谷一石,教一句白字罚钱二千。一次上街,先生误将"泰山石敢当"念作"秦川右取堂",被罚谷一石。教《论语》时,"曾子曰"读作"曹子曰","卿大夫"读作"乡大夫",将三石酬金全罚光。随后又将"季康子"读作"李麻子","王曰叟"读作"王四嫂",连全年四个伙食费也扣完。这一故事类型,初见于清·小石道人辑《嘻谈录》。

训蒙先生爱读白字。东家议明:每年租谷三石,火食四千,如教一个白字,罚谷一石,如教一句白字,罚钱二千。到馆后,

---

① 见《中国民间文学集成·武安民间故事卷》。
② 见《中国民间文学集成·山西卷·长治市民间故事集成》。
③ 见《凤凰山的传说》。
④ 见《中国民间文学集成·四川宜宾地区卷·汉族民间故事分册》。

与东家街上闲走，见石刻"泰山石敢当"，先生误认"秦川右取堂"。东家说："全是白字，罚谷一石。"回到书馆，教学生读《论语》，"曾子曰"读作"曹子曰"，"卿大夫"念为"乡大夫"。东家说："又是两个白字，三石租谷全罚，只剩火食钱四串。"一日，又将"季康子"读作"李麻子"，"王曰叟"读作"王四嫂"。东家说："此是白字两句，全年火食四千，一并扣除。"先生作诗以叹曰："三石租谷苦教徒，先被'秦川右'取乎。一石输在'曹子曰'，一石送与'乡大夫'。"又曰："四十火食不为少，可惜四季全扣了；二千赠与'李麻子'，二千给与'王四嫂'。"

《嘻谈初录》卷上《白字先生》

清·程世爵撰《笑林广记·白字先生》及近人憨斋士纂辑《笑林博记》卷二《白字先生》，均与此则相同。

这一故事类型，现当代仍在四川、湖南等地流布，譬如《别字先生》①《"曾子曰"与"鲁子曰"》②。

嘲医诗型故事 大致写一人自诩善医诗。见杜牧"清明时节雨纷纷，路上行人欲断魂，借问酒家何处有，牧童遥指杏花村"，以为太肥，应各减二字。见"久旱逢甘雨，他乡遇故知，洞房花烛夜，金榜挂名时"，则以为太瘦，应各添二字。有人见他擅自添减成诗，便将他讥笑、嘲弄一番。这一故事类型，初见于清·小石道人辑《嘻谈录》。

一人喜改成诗，自称善医诗。常言古诗皆有语病，必须经他医治，方成完璧。或问之曰："杜牧之'清明时节雨纷纷'

---

① 见《中国民间故事集成·长寿县卷》。
② 见《中国民间故事集成·湖南卷·湘潭县资料本》。

一首,有何病?"答曰:"此诗太肥了,宜消导。'清明时节雨纷纷',下雨何必尽是清明?只用'时节雨纷纷'就是了。'路上行人欲断魂',行人不在路上,在哪里?只用'行人欲断魂'就是了。'借问酒家何处有',此句下五字即是问,只用'酒家何处有'就是了。'牧童遥指杏花村',山下岂止牧童?只用'遥指杏花村'就是了。如此消导,自然气爽神清。"人又问之曰:"'久旱逢甘雨,他乡遇故知。洞房花烛夜,金榜挂名时'此诗有何病?"答曰:"此诗太瘦了,宜滋补。'久旱逢甘雨',哪晓得旱了好久?必要'十年久旱逢甘雨''他乡遇故知',究竟他乡有好远?必要'千里他乡遇故知''洞房花烛夜',花烛人之常理,必要'和尚洞房花烛夜''金榜挂名时',乃读书人分内之事,必要'监生金榜挂名时'如此滋补,自然气足神完。"一外科先生闻之,曰:"此人将成诗擅自添减,弄得溃烂臃肿,待我用降药医治,方可平复。他说'十年久旱逢甘雨',下的都是雪弹子。'千里他乡遇故知',遇见乃是债主子。'和尚洞房花烛夜',偏偏是个实女子。'监生金榜挂名时',台上作戏梨园子。"

《嘻谈初录》卷上《医诗》

清·程世爵撰《笑林广记·医诗》与此则悉同。

这一故事类型,现当代仍在河北、北京、江苏等地流布,譬如《医诗》①《给诗治病》②《"诗医"蒲松龄》③。

---

① 见《耿村民间故事集》。
② 见《中国民间故事集成·北京卷》。
③ 见《中国民间故事集成·江苏卷》。

半"鲁"席型故事 大致写把兄弟俩善于诙谐逗趣。一次把兄发请帖邀弟吃酒,届时桌上只有一盘鱼。把弟问是否还有别的菜,把兄道:"帖上写明'半鲁候叙'。鱼者,鲁之半也。"翌日把弟将同样请帖送去后把兄亦赴约。赤日当空,晒得难受却一点东西也没吃上。把弟曰:"你昨日用的是上半鲁,我今日用的是下半鲁。吾兄自好晒晒日头了。"这一故事类型,初见于清·小石道人辑《嘻谈录》。

> 把弟兄善诙谐。把兄具帖,请把弟吃酒,上写:"某日某时,半鲁候叙。"把弟看帖,不解所谓。至日赴约,桌上只有鱼一盘,至终席别无他菜。把弟曰:"不识尚有别味否?"把兄曰:"帖上写明'半鲁候叙'。鱼者,鲁之半也。照帖治席,夫复何求?"把弟怫然而去。翌日,把弟请把兄,亦写"半鲁候叙"。把兄赴约,只见院中设摆桌椅,桌上毫无一物。让坐后,但见赤日当空,晒不可当。把兄谓把弟曰:"今日拜领厚赐,因何酒菜俱无?即半鲁之鱼,亦我所欲也。"把弟曰:"你昨日用的是上半鲁,我今日用的是下半鲁。上半鲁,鱼也;下半鲁,日也。吾兄自好晒晒日头罢。"
>
> 《嘻谈初录》卷下《半鲁》

清·程世爵撰《笑林广记·半鲁》,与此则悉同。

这一故事类型,现当代仍在湖南、湖北、河南、河北、陕西、浙江、广西、北京等地的汉族和某些少数民族聚居区流布,大多汇入机智人物故事,譬如《半鲁席候驾》[1]、《半头"鲁"的故事》[2]、《吃

---

① 见《中国机智人物故事大观》。
② 见《中国机智人物故事大观》。

鲁》①、《请吃半鲁》②、《请客》③、《"鲁"字一半》④、《鲁字的交情》（毛南族）⑤、《吃"半鲁"》⑥。

老前辈型故事　大致写一再嫁妇人清明时去给前夫扫墓，称前夫为"先天"，恸哭不已。后夫颇受感动，亦欲同哭。妻子问他用什么称呼？后夫道："他娶你在先，我只好称他'老前辈'。"这一故事类型，初见于清·小石道人辑《嘻谈录》。

> 一妇人再醮，与后夫甚睦。时值清明，谓夫曰："前夫待我不薄，我欲到坟前祭扫。"夫曰："甚好，我与你同去。"二人来至坟前，夫问妇曰："你已嫁我，你哭他用何称呼？"妻曰："夫是我夫，他是先天，你是后天，我哭他先天为是。"妇人于是恸哭先天不已。夫见其哭之恸，情不自禁，亦欲同哭。妻曰："你哭他用何称呼？"夫曰："他娶你在前，我娶你在后，你称他先天，我只好称他老前辈了。"
>
> 《嘻谈初录》卷下《老前辈》

清·程世爵撰《笑林广记·老前辈》，与此则悉同。

这一故事类型，现当代仍在云南等地流布，譬如《老前辈》（白族）⑦。

---

① 见《南阳民间故事》第2集。
② 见《机智故事一百二》。
③ 见《中国民间文学集成·陕西卷·洋县民间故事集成》。
④ 见《中国民间故事集成·浙江卷》。
⑤ 见《中华民族故事大系》第12册。
⑥ 见《中国民间故事集成·北京卷》。
⑦ 见《白族民间故事》。

糊涂虫型故事 大致写一糊涂虫县官断事不明，民怨沸腾，贴诗讥诮其人。此官即发签命衙役三日内捉回三个糊涂虫。三日到时，衙役只捉到两个，请求宽限。过堂审过头一个骑马头顶被包者后，又审第二个拿竹竿不能进城者，此官训斥道："你为何不把竹竿锯成两段，岂不早进城去了？"衙役闻言忙道："第三个糊涂虫已有了。等下任太爷来了，小的便会拿他。"这一故事类型，初见于清·小石道人辑《嘻谈录》。

一官断事不明，百姓怨恨，名之为糊涂虫，并作诗以诮之曰："黑漆皮灯笼，半天萤火虫。粉墙画白虎，青纸写乌龙。茄子敲泥磬，冬瓜撞木钟。天昏与地暗，哪管是非公。"满壁贴起，以彰盛德。太爷看见壁上招贴，传仆役责之曰："外边出示要拿糊涂虫，你们因何不拿，致使民怨；定限三日，要拿糊涂虫，三个少一个，立毙杖下。"判行发签，催之使去。捕役领签下堂，怨之曰："这样官，出这样签，叫我何处去拿？"然上官所差，自好前去。出得城来，见一人头顶被包，骑在马上，奇而问之曰："因何被包不梢在马后？"答曰："恐马负太沉，顶在头上，可省马力。"差人一闻此言，说："此人可算糊涂虫了，带去见官。"又来至城门，见一人手拿竹竿，直进则城门矮，横进则城门窄，徘徊良久，竟不能进。差人说："这也是一个糊涂虫，也把他带去。"尚少一个，无处可寻，自好先带去，再求宽限。遂将二人带至堂前，官问骑马曰："你头顶被包，要省马力，糊涂已极，算得一个。"又问拿竹竿曰："你拿竹进城，直进，城矮，横进，竹长，你为何不借一把锯来锯为两段，岂不早进城去了？"差人一闻此言，忙跪禀曰："第三个糊涂虫已有了。"问是谁，答曰："等下任太爷来了，小的便会拿他。"

《嘻谈续录》卷上《糊涂虫》

清·程世爵撰《笑林广记·糊涂虫》，与此则悉同。

这一故事类型，现当代仍在四川、重庆、陕西、山西、甘肃、河北、河南、湖北、湖南、江苏、北京、黑龙江等地流布，譬如《糊涂虫》①《第三个又奸又憨的人》②《您也是笨蛋》③《三个糊涂虫》④《县官抓笨人》⑤《糊涂虫》⑥《三个糊涂虫》⑦《大糊涂虫》⑧《蠢君王审蠢虫》⑨《捉拿糊涂》⑩《三个糊涂虫》⑪《第三个笨蛋》⑫。

五大天地型故事　大致写一贪赃枉法的官吏离任时，众绅民送他一个上书"五大天地"的德政碑。官不解其意，众人作答，揭露他的劣迹和怨愤之情。这一故事类型，见于清·小石道人辑《嘻谈录》。

一官好酒怠政，贪财酷民，百姓怨恨。临卸篆，公送德政碑，上书"五大天地"。官曰："此四字是何用意？令人不解。"众绅民齐声答曰："官一到任时，金天银地；官在内署时，花天酒地；坐堂听断时，昏天黑地；百姓含冤的，是恨天怨地；如今交卸了，谢天谢地。"

《嘻谈续录》卷上《五大天地》

---

① 见《中国民间文学集成·四川省内江市卷》。
② 见《中国民间故事集成·重庆市永川县卷》。
③ 见《笑林拾零》。
④ 见《中国民间文学集成·山西卷·阳泉矿区民间故事集成》。
⑤ 见《中国民间故事集成·甘肃省兰州市分卷》。
⑥ 见《耿村民间故事集》。
⑦ 见《河南民间文学集成·太行山民间故事》。
⑧ 见《野山笑林》。
⑨ 见《中国民间故事集成·湖南卷》。
⑩ 见《中国民间文学集成·江苏省镇江市卷本·扬中的传说与歌谣》。
⑪ 见《中国民间故事集成·北京卷》。
⑫ 见《中国民间故事集成·黑龙江卷》。

第十三章　清代时期的民间故事类型

清·程世爵撰《笑林广记·五大天地》、近人憨斋主纂辑《笑林博记》卷一《五大天地》均与此则相同。

近人徐珂编撰《清稗类钞》所收的一则异文，用以嘲讽张之洞，变化较为明显。

　　张文襄由晋抚擢督两广，命下，粤中舆情大欢，几有我后来苏之望。乃下车后首开赌禁，办事者务铺张，以建筑广雅书院言之，且糜帑至数一万。督粤未一年怨言繁兴，殆为左右所累也。其尤不慊于张者，歌之曰："闻公之名，惊天动地。望公之来，欢天喜地。见公之事，乌天黑地。愿公之去，谢天谢地。"

　　　　　　　　　　　　　　　《清稗类钞·讥讽类·谢天谢地》

这一故事类型，现当代仍在上海、江苏、浙江、福建、湖南、湖北、四川、贵州、陕西、山西、河北、北京、山东、河南等地汉族和个别少数民族聚居区流布，譬如《四天四地》①、《五大天地》②、《五大天地》③、《五大"天地"》④、《四天地》⑤、《新官上任》（土家族）⑥、《送匾》⑦、《五大天地》⑧、《五大天地》⑨、《赃官卸任》⑩、《五

---

① 见《中国民间文学集成·上海卷·嘉定县故事分卷》。
② 见《中国民间故事集成·江苏卷》。
③ 见《浙江民间文学集成·杭州市故事卷》。
④ 见《中国民间故事集成·福建卷·漳洲市分卷》。
⑤ 见《中国民间故事集成·湖南卷·永州市资料本》。
⑥ 见《落印潭——来凤民族民间故事传说集》。
⑦ 见《中国民间故事集成·重庆市沙坪坝区卷》。
⑧ 见《中国民间故事集成·贵州卷》。
⑨ 见《中国民间文学集成·陕西卷·汉中间故事集成》。
⑩ 见《中国民间文学集成·山西卷·太谷民间故事集成》。

大天地》①、《五大天地》②、《五大天地》③、《五大天地》④。

问猴妙答型故事　大致写闲谈时上司问县官某县内的猴子有多大？某道："大的有大人那么大。"觉其失言，连忙道："小的有卑职那么大。"这一故事类型见诸清·小石道人辑《嘻谈续录》。

　　一县官谒见大宪，谈毕公事，大宪闲谈问曰："闻得贵县出猴子，不知都有多大？"答曰："大的有大人那么大。"既而觉其失言，乃惶悚欠身而复言曰："小的有卑职那么大。"

《嘻谈续录》卷上《问猴》

清·程世爵撰《笑林广记·问猴》和近人憨斋士纂辑《笑林博记》卷一《问猴》均与此则相同。

这一故事类型现当代仍有流布，譬如《大小猴子》⑤。

读白字型故事　大致写一监生爱读白字。一日看《水浒》时，友人问他看何书？答曰："木许。"友人闻言大为诧异，忙问书中有何人？答曰："有一季达（李逵），手使两把大爹（斧），有万夫不当之男（勇）。"这一故事类型，初见于清·小石道人辑《嘻谈录》。

　　一监生爱读白字，而最喜看书。一日，看《水浒》，适有友人来访，见而问之曰："兄看何书？"答曰："木许。"友人诧异，

---

① 见《中国民间文学集成·保定市故事卷》。
② 见《中国民间故事集成·北京卷》。
③ 见《中国民间故事集成·山东卷》。
④ 见《河南民间文学集成·周口地区故事卷》。
⑤ 见《民间笑话大观》。

说："书亦甚多，木许一书，实所未见。请教书中所载，均是何人？"答曰："有一季达。"友人曰："更奇了，古人名亦甚多，从未闻有名季达者。请问季达是何样人？"答曰："手使两把大爹（斧），有万夫不当之男（勇）。"

《嘻谈续录》卷上《读白字》

清·程世爵撰《笑林广记·读白字》及近人憨斋士纂辑《笑林博记》卷一《读白字》，均与此则相同。

这一故事类型，现当代仍在上海、河北等地流布，譬如《读白字》①《错别字先生》②。

官读别字型故事 大致写一捐官识字不多，问案传原告郁工耒，错叫："都上来。"原、被、证三人一齐而上。书吏忙说原告另有叫法。捐官又点被告齐卞丢，误叫："齐下去。"三人一齐而下。书吏又说被告亦另有叫法。捐官便问干证如何念？书吏道："新釜。"捐官道："你若不提醒，我就叫'亲爹'了。"这一故事类型，初见于清·小石道人辑《嘻谈录》。

一捐官不大识字，坐堂问案。书吏呈上名单，上开原、被、证三人，原告叫郁工耒，被告叫齐卞丢，干证叫新釜。官执笔点原告郁工耒，因错唤曰："都上来。"三人一齐而上。官怒曰："本县叫原告一人，因何全上堂来？"吏在旁不好直言其错，因禀曰："原告名字，另有念法，叫郁工耒不叫'都上来'。"官又点被告齐卞丢，误叫："齐下去。"三人一齐而下。官又怒曰："本县叫被告一人，因何又全下去？"吏又禀曰："被告名字，亦另有

---

① 见《中国民间文学集成·上海卷·卢湾区故事分卷》。
② 见《（保定市新市区）民间故事选》。

念法，叫齐卞丢，不叫'齐下去'。"官曰："既是如此，干证名字，你说该念什么？"吏说："叫新釜。"官回嗔作喜曰："我就估量他必定也另有念法，不然我要叫他作'亲爹'了。"

《嘻谈续录》卷上《官读别字》

清·程世爵撰《笑林广记·官读别字》、近人吴个厂撰《笑话大观》卷一《官读别字》均与此则相同，仅个别字句有出入。

这一故事类型，现当代仍在河南、河北、天津、福建、贵州、四川、陕西、内蒙古、山西等地流布，譬如《白肚子县官》①《白字县官》②《熊大人审案子》③《喊"干爹"的县太爷》④《县官读别字》⑤《县官认别字》⑥《白老爷认"干爷"》⑦《白字县令》⑧《考试官点名》⑨。

不改父业型故事 大致写一皂隶骤富，其子读书仍不改父业。一日先生让其子对课，先生出一句，其子对一句，句句不离父业。先生有气，说："打胡说。"其子对："往下站。"先生说："放屁。"其子对："退堂。"先生"哼"，其子"喝"。这一故事类型，初见于清·小石道人辑《嘻谈录》。

---

① 见《河南民间文学集成·信阳地区故事卷》。
② 见《神笔——热河民间故事之八》。
③ 见《天津民风》第5辑。
④ 见《中国民间故事集成·福建卷·三明市分卷》。
⑤ 见《中国民间故事集成·贵州卷》。
⑥ 见《中国民间故事集成·重庆市南桐矿区卷》。
⑦ 见《中国民间文学集成·陕西卷·咸阳民间故事集成》。
⑧ 见《中国民间故事集成·内蒙古卷》。
⑨ 见《山西民间故事大系·晋南卷》。

> 一皂隶骤富，使其子读书，欲改换门楣。然其子已习父业，不改父行。一日，隶兄手持羽扇而来，先生出对叫学生对曰："大伯手中摇羽扇。"学生对："家君头上戴鹅毛。"又出六字对："读书、作文、临帖。"对曰："传呈、放告、排衙。"又出五字对："读书宜朗诵。"对曰："喝道要高声。"又出四字对："七篇古文。"对曰："四十大板。"先生有气，说："打胡说。"学生说："往下站。"先生说："放屁。"学生说："退堂。"先生："哼。"学生："喝。"
>
> 《嘻谈续录》卷上《不改父业》

清·程世爵撰《笑林广记·不改父业》、近人李铎撰《破涕续录》"皂隶骤富"、近人憨斋主纂辑《笑林博记》卷二《不改父业》，无不与此则相同。

这一故事类型，现当代仍在辽宁、河北、湖北等地流布，譬如《三句话不离本行》①《三句话不离本行》②《三句话不离本行》③。

诓骗老虎型故事 大致写一次小骗对大骗说，你能骗了老虎，我拜你为师。于是大骗倚山靠树而坐，见一只老虎来了，便说："我刚吃下一豹一虎，肉老塞了我的牙。"随即用柳树作剔牙状。老虎一听，就往回跑，遇到一只猴。猴不以为然，要领虎去看个究竟。虎不放心，把猴拴在背上才一起上路。大骗一见，大骂猴子不讲信用，大半天才送一只虎来。虎闻言掉头就跑，猴从虎背上掉下来，竟被树枝挂住，一命呜呼。这一故事类型，初见于清·小石道人辑《嘻谈录》。

---

① 见《中国民间故事集成·辽宁卷》。
② 见《中国民间故事集成·河北卷》。
③ 见《中国民间故事集成·湖北卷》。

都中用大话熏人，谓之唠。东城有一大唠，西城有一小唠。这一日，小唠找大唠，而难之曰："你名大唠，你能唠得动老虎，我拜你为师。"大唠说："这有何难。你不信，我们立刻找老虎去。"二人同入深山，来寻虎穴。小唠说："此处乃虎豹出没之地，你在此等虎，我上山去看你如何唠法。"大唠即倚山靠树而坐，忽见一只猛虎咆哮而来。大唠忙回手拔小柳树一棵，说大话唠之曰："我刚才吃了一只豹，没吃饱，又找补了一只虎，肉老塞了我的牙。"用柳树作剔牙之状。老虎一听，回头就跑，逃回洞中。遇一猴子，老虎说："好利害的人！吃了一虎一豹，在那里拿柳树剔牙，我如何敢吃他，还怕他要吃我！"猴子说："你也太胆小了，我要同你看一看，到底是一个什么人？"老虎说："我不放心，你要同去，必须把你拴在我背上。"猴子应允。老虎把猴头拴好，套在背上。猴子骑在老虎身上，来至大唠面前。大唠一见，高声大骂说："好一个撒谎的猴儿崽子！昨日我捉住你，要当点心吃，你再三哀求，许下今日一早送虎二只，豹二只，供我早膳。想不到天已过午，只送了这一只瘦山猫来搪塞我！"老虎一听此言，说："了不得！我受了猴子的骗了。"回头就跑。谁知老虎跑得快，猴子掉下虎来，被树枝牵挂，虎身上只剩了一个猴头。老虎逃至洞中，喘息良久，回头来找猴子，但见绳子上拴着一个猴头。老虎大惊，说："幸亏我跑得快，饶这样，还把猴子下截留下了！"

《嘻谈续录》卷上《大唠小唠》

清·程世爵撰《笑林广记·大骗小骗》，与此则相同，仅其中的"唠"改作"骗"。

这一故事类型，现当代仍在西藏、宁夏、陕西、河北、福建、青海、湖南等地汉族和某些少数民族聚居区流布，大都演化为动物故事，譬如《青蛙与老虎》（门巴族）①、《害人如害己》②、《老虎猴子和山羊》③、《老虎和驴》④、《老虎和獐》⑤、《猴子和驴骗老虎》（撒拉族）⑥、《小白兔与狼》⑦。

这一故事类型，相当于丁乃通编著《中国民间故事类型索引》78B。

城乡蚊子型故事　大致写城乡二蚊结拜后，乡蚊让城蚊带自己进城品尝美味，城蚊带至大佛寺让它吃哼哈二帅，它叮不进去。乡蚊抱怨道："你们城中这大人倒真大，却半天钻不动，不但毫无滋味，而且连一点血也没有。"这一故事类型，初见于清·小石道人辑《嘻谈录》。

　　蚊子结拜，城中蚊子是把弟，乡下蚊子是把兄。把兄谓把弟曰："你城中大人，珍馐适口，美味充肠，肌肤嫩而腴，尔何修有此口福？我乡下农夫，藜藿充饥，糠秕下咽，血肉粗而浇，我何辜甘此淡泊？"城蚊曰："我在城中，朝朝宴会，日食肥甘，甚觉餍腻。"乡蚊曰："你先带我到城中只领大人恩膏，然后带你到城外遍尝乡中风味。"城蚊应允，把乡蚊带至大佛寺前，指哼哈二帅曰："此是大人，快去请吃。"乡蚊飞在大人身上，钻研良久，怨之曰："你们城中这大人倒真大，却舍不得给人吃，我使

---

① 见《中国民间故事集成·西藏卷》。
② 见《中国民间故事集成·宁夏卷》。
③ 见《中国民间文学集成·陕西卷·咸阳民间故事集成》。
④ 见《耿村民间故事集》。
⑤ 见《中国民间故事集成·福建卷》。
⑥ 见《中国民间故事集成·青海卷》。
⑦ 见《中国民间故事集成·湖南卷》。

劲钻了半天,不但毫无滋味,而且连一点血也没有。"

《嘻谈续录》卷上《蚊虫结拜》

清·程世爵撰《笑林广记·蚊虫结拜》与此则相同。

近人吴个厂撰《笑话大观》收有一则异文,文字略有变化。

> 城蚊与乡蚊交友甚契。一日乡蚊曰:"汝于城中珍馐适口,美味充肠,肌肤脆嫩而肥。尔何修到如许口福哉?乡下农夫藜藿充饥,糠粃下啖,血肉粗糙而浇。我何辜甘此淡泊?"城蚊曰:"我在城中,日食肥甘,甚觉厌腻。"乡蚊曰:"既若是,可否请汝携至城中,一领大人恩膏;然后请汝至城外,遍尝乡村风味,如何?"城蚊允之。将乡蚊携至大佛寺中,指哼哈二帅曰:"请一尝其味可也。"乡蚊飞腾而上,钻研良久,怨声恨曰:"汝城中大人真大,却舍不得给人吃。我呼吸半天,不但毫无滋味,而且一点血都没有。"城蚊曰:"你可别怨我,都被这班贪官污吏吸尽了,还有什么血呢?"

《笑话大观》卷四《蚊虫交友》

这一故事类型,现当代仍在福建、河北、湖北、上海、山东等地流布,譬如《城里的人没人味》[1]《蚊子请客》[2]《无人味》[3]《两只蚊子》[4]《蚊子请客》[5]。

---

[1] 见《中国民间故事集成·福建卷·寿宁县分卷》。
[2] 见《滦南民间故事选》。
[3] 见《湖北民间故事传说集·荆州地区专集》。
[4] 见《中国民间文学集成·上海卷·闵行区分卷》。
[5] 见《临沂地区四老人故事集》。

一厚一薄型故事 大致写某人错穿靴子，靴底一厚一薄，却误以为道路不平。旁人提醒他可能是穿错了靴子。某派家人回家去取，家人却空手而返，说家里的那两只也是一厚一薄。这一故事类型，见于清·小石道人辑《嘻谈录》。

> 一人错穿靴子，一只底儿厚，一只底儿薄，走路一脚高，一脚低，甚不合式。其人诧异曰："今日我的腿，因何一长一短？想是道路不平之故。"或告之曰："足下想是错穿了靴子。"忙令人回家去取，家人去了良久，空手而回，谓主人曰："不必换了，家里那两只，也是一厚一薄。"
>
> 《嘻谈续录》卷上《恍惚》

清·程世爵撰《笑林广记·恍惚》和近人憨斋士纂辑《笑林博记》卷一《恍惚》，均与此则相同。

这一故事类型，现当代仍在山西、陕西等地流布，譬如《夸官》[①]《一高一低》[②]《一厚一薄》[③]。

黄鼠狼型故事 大致写有一次，几个官太太在一起谈论自家老爷的诰封。当别人讲过以后，营官太太竟说营官是"黄鼠狼"，因为他每次下乡查场都拿回许多鸡。这一故事类型，初见于清·小石道人辑《嘻谈录》。

> 县官太太与学官、营官太太共席闲谈，问及诰封是何称呼？县官太太说："我们老爷称文林郎。"学官太太说："我们老爷称

---

① 见《中国民间文学集成·山西卷·长治市民间故事集成》。
② 见《笑话拾零》。
③ 见《民间笑话三百则》。

修职郎。"问营官太太是何称呼,营官太太说:"我们老爷是黄鼠狼。"问因何有此称谓?营官太太说:"我常见我们老爷下乡查场回来,挐回鸡子不少,自然是个黄鼠狼了。"

《嘻谈续录》卷上《黄鼠狼》

清·程世爵撰《笑林广记·黄鼠狼》、近人憨斋士纂辑《笑林博记》卷二《黄鼠狼》,均与此则悉同。

武弁看戏型故事 大致写有文武两个官员一道看戏,演的《七擒孟获》,一个说孟获是孟子后代,一个说孔明是孔子后代,让人忍俊不禁。这一故事类型,初见于清·小石道人辑《嘻谈录》。

武官与文官同日看戏,演《七擒孟获》。武官曰:"这孟获如此蛮野,不服王化,七擒七纵,犹且不服。想不到孟子后代竟会有这样桀骜不驯之人!"众皆掩口而笑。一文官曰:"吾兄所说极是,到底还是孔子的后代孔明,比孟获强多了。"

《嘻谈续录》卷上《武弁看戏》

清·程世爵撰《笑林广记·武弁看戏》、近人憨斋士纂辑《笑林博记》卷二《武弁看戏》,均与此则悉同。

近人憨斋士纂辑《笑林博记》卷七《孔孟后裔》,由《嘻谈续录》卷上《武弁看戏》演化而来,多有变异。

从前有两个人,一个姓张,一个姓李。一天同去看戏,那时候,台上刚做《七擒孟获》,张道:"这孟获这样野蛮,不听皇上的命令,七擒七放,还不肯服从,想不到孟子后代,有这样不驯

第十三章 清代时期的民间故事类型

的人。"李道:"不错!到底是孔子的后代,孔明比他好得多了。"

瞎子吃鱼型故事 大致写一群盲人用大锅熬鱼汤尝鲜,将活鱼扔进锅后,小鱼蹦在锅外却未发觉,一个劲赞道:"好鲜汤!好鲜汤!"那鱼蹦到一盲人脚上,他忙喊:"鱼没在锅内!"众人叹道:"亏得鱼在锅外,否则大家都要鲜死了!"这一故事类型,初见于清·小石道人辑《嘻谈录》。

> 众瞎子打平伙吃鱼,钱少鱼小,鱼少人多,只好用大锅潽汤,大家尝尝鲜味而已。瞎子没吃过鱼,活的就往锅里扔,小鱼蹦在锅外,而众瞎不知也。大家围在锅前,齐声赞曰:"好鲜汤!好鲜汤!"谁知那鱼在地下蹦,蹦在瞎子脚上,呼曰:"鱼没在锅内。"众瞎叹曰:"阿弥陀佛,亏得鱼在锅外,若在锅内,大家都要鲜死了。"
>
> 《嘻谈续录》卷下《瞎子吃鱼》

清·程世爵撰《笑林广记·瞎子吃鱼》、近人憨斋主纂辑《笑林博记》卷一《瞎子吃鱼》均与此则相同。

这一故事类型,现当代仍在湖北、浙江、黑龙江、青海等汉族和个别少数民族聚居区流布,譬如《喝鱼汤》①、《两瞎子吃鱼》②、《瞎子煮鱼》③、《盲人吃鱼》(回族)④。

懒人吃饼型故事 大致写一人极懒,丈夫(或妻子,下同)出远门时,

---

① 见《细柳城——鹤峰民族民间故事传说集》。
② 见《中国民间文学集成·浙江省台州地区玉环县故事卷》。
③ 见《中国民间故事集成·黑龙江卷》。
④ 见《中国民间故事集成·青海卷》。

烙一大饼套在其人项上。夫归时其人已饿死，项上烙饼只吃了近口处一缺，其余未动。这一故事类型，初见于清·小石道人辑《嘻谈录》。

> 一妇人极懒，日用饮食皆丈夫操作，她只知衣来伸手，饭来张口而已。一日，夫将远行，五日方回，恐其懒作挨饿，乃烙一大饼，套在妇人项上，为五日之需，乃放心出门而去。及夫归，已饿死三日矣。夫大骇，进房一看，项上饼只将面前近口之处吃了一缺，饼依然未动也。
>
> 《嘻谈续录》卷下《懒妇》

清·程世爵撰《笑林广记·懒妇》、近人杨汝泉编纂《滑稽故事类编》卷一《懒妇》，均与此则相同。

这一故事类型，现当代仍在上海、江苏、台湾、安徽、湖南、黑龙江、四川、河南、河北、山西、新疆、陕西等地的汉族及某些少数民族聚居区流传，譬如《懒汉吃饼》[1]、《懒大嫂》[2]、《懒人的故事》[3]、《懒夫妻》[4]、《宝贝儿之死》[5]、《懒人吃饼子》[6]、《懒王》[7]、《懒婆娘》[8]、《溺子》[9]、《懒汉》（锡伯族）[10]、《懒婆娘》[11]、《懒汉》[12]。

---

[1] 见《中国民间文学集成·上海卷·普陀区分卷》。
[2] 见《中国民间文学集成·江苏淮阴宿迁市卷本》。
[3] 见《台湾桃竹苗地区民间故事》。
[4] 见《寿州故事传说》。
[5] 见《中国民间故事集成·湖南卷·道县资料本》。
[6] 见《中国民间故事集成·重庆市大渡口区卷》。
[7] 见《中国民间文学集成·河南太康卷》。
[8] 见《三坡民间故事选》。
[9] 见《中国民间文学集成·山西卷·榆次民间故事集成》。
[10] 见《新疆民间文学》第12集。
[11] 见《中国民间文学集成·陕西卷·咸阳民间故事集成》。
[12] 见《中国民间故事集成·新疆兵团卷》。

这一故事类型，相当于丁乃通编著《中国民间故事类型索引》1387*。

还愿戏神型故事 大致写土地爷日子清苦，就串通小鬼，摄来一个骑马人，保佑他大发其财，以便日后好好还愿。谁知此人致富后来还愿，竟将小鬼和土地爷戏弄一番。这一故事类型，初见于清·小石道人辑《嘻谈录》。

土地见山神，各道贫穷。山神说："何不开门管事，收些香火才好。"土地说："这时候像你我这小衙门，不管事也倒罢了。"山神不听，使小鬼作祟，往来行人多有染病还愿者，一时香火甚盛。土地鬼卒偶来山神庙前，见桌前遍插高烛，鼎俎满献三牲，庙貌庄严，金身整肃，不胜涎羡之至。回庙见土地，述说山神何等威阔，何等兴隆，"我们这般清苦，何不尤而效之，小鬼等亦可稍沾馀润。"土地说："我若要管事，必须大作威福，弄一分大大香火。若止寸楮瓣香，何济于事？汝等先在本境访查，如有交好运之人，摄之使来。"鬼卒在本境访查数日，不得其人。土地说："自好越境访查。"小鬼出境，等候良久，见一骑马人，相貌魁梧，红光满面。小鬼遂将此人摄至。土地用瞌睡虫使他睡熟，梦中属曰："我保佑你发财，你要大大还愿。"其人许唱戏挂袍，三牲供献。许毕醒来，却是一梦，上马寻大路而回。未及一年，果然贸易致富。路过土地祠，许回家再来还愿。土地使小鬼坐索，迷住不放。其人曰："行路人未及制办香楮，现有铜钱二串，供献神前。你老人家喜欢吃何物，随意自买。所许神戏，自好我唱。"手执马鞭，神前舞蹈。唱毕，讨赏，又将桌上铜钱拿下，作为赏资。将行路蜡烛，拿出两枝点燃，插在小鬼臀上；将帐簿拆开，贴了土地一身，即算挂袍了愿，骑马而去。小鬼见此人已走，握住屁股，诉曰："鬼卒并未得受分文，叫我们无辜坐烛，实在难受。"土地说："我本不愿管事，都是尔等怂恿，弄了我一身债账，叫我何日才能还清！"

《嘻谈续录》卷下《土地还愿》

清·程世爵撰《笑林广记·土地还愿》与此则悉同。

这一故事类型，现当代仍在广东、海南等地流布，譬如《酬神》[①]《张七酬神》[②]。

不知修（羞）型故事　大致写二狂生在郊原闲步时，见一群白鹅在河边戏水，便吟道："湖边一群鹅，我来赶下河。"自以为出口成章，生怕英年早逝，便放声大哭。一老者见状，问明缘由，续道："白毛浮绿水，红掌泛青波。"二生大骇，忙问："公莫非欧阳脩先生乎？"老者笑道："'修'字尚且不认识，还不赶快用功去！"这一故事类型，见诸清·程趾祥撰《此中人语》。

有二狂生郊原闲步，至河边见白鹅一群互相征逐，一生吟曰："湖边一群鹅。"一应曰："我来赶下河。"两人拍手大笑，且曰："我等出口成章，实非易易。具此才华，何患不出人头地也！"既而又大哭曰："颜回三十而卒，王勃早岁而亡。我二人者，得勿亦为苍苍所忌耶。"言未毕，有一老者至，苍头白发，衣冠洒然，问曰："若辈何为哭？"二生以前言告，老者曰："我为续之。"遂吟曰："白毛浮绿水，红掌泛青波。"二生不禁大骇曰："公莫非欧阳脩先生乎？"老者笑曰："'修'字尚且不识，盍速用功！颜回、王勃面上俱生奇骨，二公无之，无虑寿之不永也。"二生闻

[①] 见《中国机智人物故事大观》。
[②] 见《中国民间故事集成·海南卷》。

言惭愧交集，老者亦忽失所在。

《此中人语》卷二《狂生》

这一故事类型，现当代仍在陕西、河南、江苏、湖南等地流布，譬如《访欧阳修》①《欧阳修的传说》②《同访欧阳修》③《欧阳修的传说》④《欧阳修续诗》⑤。

这一故事类型，相当于丁乃通编著《中国民间故事类型索引》1313D。

死鱼复活型故事 大致写某人一晚偶闻神（或鬼）语，得知明日八仙将过此。次日果见八仙冉冉而至，某乃拉李铁拐衣袖求仙度。李不得已，便将一个药丸或一把疮疤递给他。某人用此物将死鱼救活，得了许多钱，逐渐富裕。一日有人欲夺此物，某速将此物放进口中，于是腾空而去。这一故事类型，初见于清·乐钧撰《耳食录》。

  捕鱼仙者，不知何许人也，以捕鱼得仙，故云。

  仙性憨而诚。家近大溪，捕鱼为业。兄某甲客于边地，十余年未归。仙竭力奉母，未尝缺乏。

  一夜宿溪畔，闻鬼语曰："明午铁拐仙人过此，吾辈当远避。"仙尝闻里老谈说，知铁拐乃八仙之一，并识其状类丐者，因跪而俟之。

  次日午晌，果见一丐者蓬头跣足，蹒跚而来，疮秽臭恶，不可向迩。仙候其过，抱其足，乞大仙度世。丐者笑曰："尔知我

---

① 见《中国民间故事集成·陕西卷》。
② 见《河南民间文学集成·信阳地区故事卷》。
③ 见《中国民间故事集成·江苏卷》。
④ 见《中国民间故事集成湖南卷·怀北地区分卷》。
⑤ 见《中国民间故事集成·安徽卷》。

仙乎？视尔缘分。"因探葫芦中得药一丸，如樱桃大，谓仙曰："是尔造化，尚带得此丸，可将去。"仙拜受之，视丐者，忽不见。

仙得丸，喜极玩弄。归以告母及邻人，人咸嗤之。后偶以丸置鱼瓮中，鱼死者尽活，仙益喜。每鱼死，辄丸活之，用是卖得数倍利，乡之人始闻其异矣。有谲者私计是丸殆者仙丹也，以投鱼，活鱼；若以咽人，当不死；谋夺之。仙觉而吞之，忽点首大悟曰："原来如此！"自是言未来事，无不奇中，而神施妙用不可测识矣。

一日，谓母曰："儿当迎兄归，计明日可到。"母虽知其术，犹未甚信。仙别去，明日兄果归。母惊问其得归状，兄曰："弟昨暮省我。我以离家久，初犹不识，叩其姓字，乃知弟也。大怪其来，弟乃言来迎我。我辞以程远费乏，不然，且早归。弟笑曰：'无虑也，顷刻即至耳。'我深嗤其妄。弟言：'试一行，何害？'因令我附肩上，坚戒闭目。时已四更余，但觉风声贯耳，云气侵肌，迅鸟奔马莫喻其速，殆凌虚也。终食之间，倏已投地，令我开目，曰：'兄可步行以归，吾访青城山人去，不日亦返。'言讫不见。我视其地，依稀记是某村，去家十余里，遂寻路得归。今见阿母，犹疑梦中也。"母告以吞丸之事，于是咸知仙盖已仙云。

数日，仙归，曰："母子兄弟阔绝多岁，今得聚首，良可乐也。当大会宾客亲朋，以贺斯遭。第舍宇太隘，当少谋之。然明日便可召客，毋迫于事。"至明日，舍外甲第大启，杰阁重门，雕栏曲榭，广十余亩。供帐之盛，埒于公侯。酒肴歌舞，莫不极精尽妙。鲜衣盛饰，进母及兄。客至，罔不骇异，见所未见也。庆宴三日，远近来观。

先是，溪旁有高塔，名会仙塔。新宅甫成，适当门庭之要。仙漫言当移之他所，乃不碍车马辐辏。言罢，伏几而寐。有顷，客且至，兄乃呼之。仙醒而愠曰："适移塔南海之岸，安置未正，兄乃促我归，亦缺事也。"兄趋视门外，塔已不见。后有乡人游南海，见塔于岸上，"会仙"二字依然，虽欹侧而终不倾塌，盖仙故为之，以留奇迹也。

后辞家人入武夷山，遂不返。其捕鱼敝筍，一日风雨之际，忽化为青龙，腾空而去。

《耳食录》卷十《捕鱼仙》

清·程趾祥撰《此中人语》，收有一则异文，故事情节发生一定的变化，重点在于取宝，对成仙只是一笔带过。

有张邋遢者，江宁人，孑然一身，家赤贫，与乞丐无以异。终岁不洗浴、不更衣，因以邋遢名之，张亦不辞也。居无屋舍，夜卧石桥上，寒暑不惧。一夕曚眬未睡，恍惚有人问曰："明日有何神明过此，有劳长者洒扫？"张方骇异间，俄一人答曰："明日有八洞神仙绕道，故预备相迎耳。"盖夜游神与土地相问答也。张窃记之，至天晓，凝神静候。日将午，见一群人冉冉而来。细视之，其数恰八。中有一女，虽莲钩窄窄，而步履如飞，殆所谓仙姑也。末一丐，形容跛陋，衣破碎若鹑衣然，皮肉尽露，张暗思此必李铁拐无疑矣。遽前持其袖曰："仙度我，仙度我！"丐笑道："谁其仙哉！"说毕望前直行。张不放之，丐不得已，即于身上取疮疤一握付张，曰："持此去，随心所欲矣。"张接之异香扑鼻，神气一清，遂拜谢。转瞬间八人已不知所往。

明天气甚酷，鱼肆中鲜鱼逾时多死，遂倾弃道旁。张拾之，盛以水，以疮疤少许入之，鱼俱活。张喜极，肩挑出卖，得钱数百文。次日赁一屋，尽收死鱼，仍如前法，竟利市百倍。市中人无不惊讶，未审是何幻术也。

一日，张闭户活其鱼。众由门隙偷窥，见张笑容可掬，以死鱼入缸中，须臾取出，尽皆活跳。众骇极，破门而入。张大笑，以疤疤尽掩入口，腾空而去。

《此中人语》卷四《张邋遢》

民国《天门县志》收有一则异文《刘邋遢成仙》①大意云：

> 相传刘邋遢名天亨，以贩鱼为生，常宿土地庙，初一十五奉一炷香，以作宿资。一日，刘于庙中拾珠一颗，握于手中一晃，担中之鱼立时鲜活无比。自此刘专买坏鱼，以珠照活。鱼行主得知此事，命店伙前去搜身夺珠，刘吞珠口中，顿时消失。日后常见刘仙骨道风，扶助贫苦渔民。

这一故事类型，现当代仍在江苏等地流布，譬如《张邋遢成仙》②。

乡人拭粪型故事 系"还叩头型故事"的亚型。大致写某乡人担粪入城时不慎将粪汁洒于衣肆门外，店主欲脱乡人衣服拭粪。正相持不下时，县令经过此处。他让乡人脱衣拭粪后，又让其穿上从衣肆中取的一件棉袄离去，观者无不称快。这一故事类型，见于清末的笔记小说，其一出自黄钧宰撰《金壶七墨》，其一出自星珊撰《慧因室杂缀》，前者具有传说特征，后者则为民间故事。

> 钱塘赵芥堂明府，令长洲多惠政。……冬月有乡民担粪而倾于衣肆之门。主人怒其不祥，欲褫其衣拭之。乡民乞哀，左右劝解，皆不听。明府适至，叱乡民曰："尔自不谨，即褫衣拭地固当。不从，将重责！"时大寒风雪交作，乡民解衣裸体，伛偻战栗，从地上浣涤污秽。市人窃窃怜之，谓县官助富贾欺穷民。拭

---

① 见《中国传说故事大辞典·地方志中的传说故事》。
② 见《中国民间故事集成·江苏卷》。

既净，公问主人："尔意释乎？"主人喜而谢。公曰："穷民无衣，冻死奈何？"主人曰："惟公所命。"即使民自就衣架取之。民跼蹐取衣衫一。赵曰："单衣不足御寒，易之。"易絮袄。曰："絮不如裘。"遂取一羊裘，值十余金。赵使民披裘担具先行。主人徒目送之，俯首而入。

《金壶浪墨》卷八《赵芥堂》

某乡人入城担粪，偶不慎，倾粪汁于某衣肆之门，肆中人汹汹以为不吉，必欲褫乡人身上衣拭之，且叩头服礼，相持不下，聚而观者益众。邑令行经其处，诘问故，众以实对。令乃假坐店中，叱乡人跪于前，而数之曰："汝担粪而不谨慎小心，致粪泼出，罪一；粪泼出而不择地，乃敢适污巨肆之门，罪二；既犯重罪，犹敢不自揣身分，断断与贵商抗争，罪三。速如主人言，拭去粪秽，本县恕汝，否则重责不贷。"乡人不得已，脱衣拭之。时届严冬，朔风凛烈，乡人单衣露体，觫缩不堪。令顾谓店主曰："已如汝意处罚矣，惟彼离乡数里，身上破袄，污不能著。因此而冻毙路中，谅汝亦所不忍，汝可畀以一衣。"店主唯唯。随谕乡人自往检取，乡人不敢，令曰："本县命汝，店主许汝，何疑虑为？"卒检壁上绸袄使著之去，观者称快。

《慧因室杂缀·诙谐决狱》之一①

清·南山老人撰《香草谈荟》"折狱"②、清末小横香室主人编《清朝野史大观》卷六《赵芥堂》、近人葛建初撰《折狱奇闻·赵芥堂》③亦系此类型的异文，三则均与《金壶浪墨》卷八《赵芥堂》相

---

① 引自辜鸿铭、孟森等撰《清代野史》第二卷，巴蜀书社1998年版。
② 见《香草谈荟》，上海大达图书供应社。
③ 见《折狱奇闻》，上海会文堂书局1922年版。

同，仅个别字句稍有改动。

近人黄觉撰《觉园笔记》① 中的"乡农拭粪"一则，情节有一定的变异，较为生动。

> 某县令性滑稽，善于折狱。初履任，微服出，值乡农担粪者，过衣肆前失足倾跌，粪流街中。肆主责其洗街。担水洗已，犹苛责之。市人聚观者众，令察听之，有识者呼曰："官来。"乡农跪乞哀，肆主犹哓哓语弗已。令曰："污街洗街，理宜然，何不谨乃尔！"肆主声益张曰："阶石尚未净，当揩拭。"令曰："然水安能使净，其脱尔褴褛衣拭之，以示警。"
>
> 乡农无敢辩，吞声忍气，解敝衣俯拭。时正严寒，战栗无已。肆主色动，观者胥不平。拭已，令谓肆主曰："彼只一敝衣，已拭秽，宁忍听其裸体归去耶？架上衣累累然，盍与之一袭以御寒，可乎？"肆主嗫嚅，不得已择一短且旧者给之。令曰："是解衣久，虑中寒，且洗街有微劳，汝亦当酬之。"因向架上取一棉袄，给乡农曰："速衣此，毋使寒侵肤将致疾。天且暝，宜速归，家人望汝矣。"农拜谢，服袄担桶匆匆去。
>
> 观者哄然曰："快哉！"肆主瞠目结舌，敢怒而不敢言。令笑曰："有过当罚，有功当赏。尔罚之厚，故我为尔赏之亦厚，何怏怏为！"大笑而去。

这一故事类型，现当代仍在宁夏、上海等地流传，譬如《徐知县断案》②《松江清官许为黎》③。

---

① 《觉园笔记》，上海道德书局1933年版。
② 见《中国民间故事集成·宁夏卷》。
③ 见《中国民间文学集成·上海卷·虹口区故事分卷》。

媒婆巧言型故事　大致写某甲中年娶亲，媒氏巧言掩盖了女方的生理缺陷。过门之后方知实情，已无法改变。这一故事类型，见诸清·李霖撰《燕南琐记》。

> 某甲中年娶妇，声言不求美丽，能操井臼足矣。适媒氏言一妇人，年貌颇惬心怀。媒氏曰："尚有一事不敢不先说明，已瞽一目矣。"某甲亦以为可。顷之，媒氏又曰："瞽一目矣，尚请斟酌，无贻后悔。"某曰："瞽一目无足介意，既言之矣。唯足之大小应请赐教。"媒氏曲其肱而扬两指，曰："足不过如此大。"某甲视之约三四寸耳，大喜过望，遂满口承诺。及妇归，则两目尽瞽，莲船盈尺。责媒氏曰："汝谓瞽一目，今如何？"媒氏曰："我固先言瞽一目，后言瞽一目，非已声明尽瞽耶？"又曰："汝谓足只三四寸，何亦差谬？"媒氏曰："我曲肱而示之，原谓自肩至指，其间适可一尺，谁许汝三寸金莲耶？"闻者无不绝倒。
>
> 　　　　　　　　　　　　　　《燕南琐记·媒氏》

这一故事类型，现当代仍在辽宁、河北、河南、湖北、广东、陕西、青海、江西、内蒙古、北京等地汉族和某些少数民族聚居区流布，譬如《巧嘴媒婆》①、《巧媒婆》②、《张媒婆说亲》③、《说长道短念之乎》④、《单眼与跛脚成婚》⑤、《说媒》⑥、《怨不着媒人》（回族）⑦、

---

① 见《中国民间故事集成·辽宁卷》。
② 见《神笔》。
③ 见《中国民间故事集成·河南淅川县卷》。
④ 见《野山笑林》。
⑤ 见《中国民间故事集成·广东卷》。
⑥ 见《中国民间文学集成·陕西卷·咸阳民间故事集成》。
⑦ 见《中国民间故事集成·青海卷》。

《巧配姻缘》①、《高明的媒人》（蒙古族）②、《说媒》③。

名医遇骗型故事 大致写某日一人至誉满全城的名医处，送上厚礼（或银两）请其为自己的外甥治痔疾（或臀风），事先叮嘱外甥害羞，勿于人前说破。此人接着至一大绸庄，采购价值数百金的绸缎，让绸庄派一学徒往名医府上取银。此人领学徒见过名医后，名医误以为学徒即求治的外甥，当即让其人进医室诊治。待名医要学徒脱裤就诊时，问明情况，二人方知上当受骗。急追来人，早无踪迹。这一故事类型，见于光绪中后期的笔记小说，其一为梁溪坐观老人编述《清代野记》④，故事发生地在金陵。

> 光绪中叶，金陵有外科王立功者，合城知名者也。设医室于三山大街。一日晨，有人以银饼二圆馈王，且曰："吾外甥为绸庄学徒，遭人奸骗，致患臀风。吾今薄暮约其来求诊，先以此为赠。第外甥畏羞，请勿于人前说破也。"王允之。其人遂至绸庄购绸缎约三百金，谓庄主曰："请遣一学徒随我往外科王先生处付银。"市人皆知王，固无不信者，即遣徒挟货物随之行。至王室门外，其人曰："以货与我，在此坐候，尔随王先生上楼可也。"王见其人偕一童子来，以为必其外甥也，相喻无言，邀童子登楼，童子以为必给银也。孰料王谓之曰："尔有病勿害羞，请脱袴，我为尔治之。"童大怒。王曰："尔母舅先言之矣，勿讳疾也。"童曰："孰为我母舅者，其人来我肆购物，我随来取资耳，何病之有？"王至此始悟遇骗，亟下楼视其人，已杳矣。乃

---

① 见《抚州地区民间文学集成·乐安县卷》。
② 见《中国民间故事集成·内蒙古卷》。
③ 见《中国民间故事集成·北京卷》。
④ 《清代野记》，山西古籍出版社1996年版。

第十三章　清代时期的民间故事类型

讼于官。时湖南翁延年令上元，断令王赔其半，绸庄亦认其半，而骗子终不可捕。

《清代野记》卷中《疡医遇骗》

其二为清·丁治棠撰《仕隐斋涉笔》，故事发生地在重庆。

骗局夥矣，其狡而趣者，莫如重庆府王桂林事。王为时医，性机警，多奇中，视病开方，快如旋风。临街设馆，每日就视者，踵相接也。王踞高座，排条榻坐病者，依先后进。自晨至午，无一暇晷。钱包累一席俱满，包必百钱，不百者不再视也。午后乃坐三人轿，应各大户请，户酬钱或千或四六百不等，无三两百者，日得若干钱。不数年，累数万金，遂买屋置产，作富人居。子女二三，皆婚大姓。

某年秋，为长女出阁期。府俗奢，储千金办奁具。先期之数月，王自外归，隐几小憩。有乡老，布衣修洁，年五十以来，携火肘暨山鸡兔鹿等物，价值数千钱，踵门馈王曰："慕高艺之日久矣，予有外甥，家素封，年少得痔疾，百方不治。攀驾又难到乡，故备小礼先达。俟甥能坐舆，便来就医。如获痊，谢百多不惜也。"值王闲，辄来倾谈，嘱治甥病，谆切异常。三五日必具食盘酒榼，皆佳品，就王燕饮。问王年，适同庚，遂结庚兄弟焉。甫半月，情意款洽，若旧相识者。一日谓王曰："得甥信，病缠绵，难遽来，祈庚兄先寄一方服之，稍瘥，方可来城。兼甥家开有药室，缺药十余品，亦须购归。烦书药物一纸，代量时价，明日向行户买成，好和同寄去也。"王欣然，伸纸开方，又书所买药价一纸付之，实一买药单也。机变由此遂生。

次日，是人用抜帜易帜计，另造一单，带从者二三，向府街大绸号买各色货。托言："为王内戚，又庚兄弟，伊女嫁某大家，一切妆奁，托我代办，伊开有单，如不信，随我到馆询明，再来定价，何如？"号主亦知王喜期，是其言，著徒随问，适王诊脉倥偬时也。是人持单遥问曰："庚兄昨所开单，依样买定矣。"王以为药也者，应之曰："照买不差。"号徒以为真诺矣，回号定价。买各绸缎及金丝刺绣，皆苏杭高色，价值三百金以上。顾定打包，仍交号主曰："暂存号，俟三两日攒齐银两，再来取货，不然，号主不放心也。"遂去。又数日，是人承前单告王曰："蒙灵方，甥病有起色，能乘舆，昨到城矣，明日来一视。但此病须得秘地，就庚兄书房视之可乎？"王领之。是人殆为号徒兑银预占地步，而王不之知也。次日辰刻，是人偕多人到绸号报曰："王银已备，皆正色票锭，请将货付仆持归，可命少先生随我到馆取银，尽数兑足，王平生不欠人账也。"号主点货，交付仆人去。是人乃从容吸烟，约半时许，偕号徒到王馆。王视众病，正纷拿不遑。是人囫囵报曰："庚兄，人来矣。"王以为其甥也，应曰："可到书房坐，稍间便来从事。"是人引徒坐房内，代奉烟茶，复殷勤曰："坐片时，俟伊有间，便来兑银。"随出房呼王曰："庚兄缓缓到房斟酌，予有帕，忘带来，暂取之。"飘然去。历时许，伍恐伊甥之久待也，入视之。谓号徒曰："脱裤！"徒讶曰："脱裤何为？"王曰："勿羞，脱了裤，横陈榻上，方好下手。"徒大惊，以为淫已也。勃然曰："我来兑银，胡出此言？"王闻兑银，疑兑谢金矣，复笑曰："俟事毕，兑银不迟。"徒见逼奸势真，愈怒，拍案大言曰："尔在号买货，我来兑绸缎银，何无礼如此！"王亦大惊曰："尔舅父引来医痔疮，谁取绸缎者？"彼此急辩，始知为念秧所赚。急寻其人，已杳。盖觑王之应接不暇，乘其隙而逗骗之。技亦狡矣。迭投街保理论，皆断王前照单，又许引入小房，且是人系庚兄弟，往来稠密，无论真伪，当偿银。王不服，质于官，官如街保断。王无已，如数偿之，人多为王抱屈。或笑曰："王医攫人金多矣，今被人骗，亦天道好还。不意脱裤数言，乃如此之巧合而趣也。"阖府闻之，传为笑柄。

《仕隐斋涉笔》卷七《趣骗》

清末佚名编《后聊斋志异》①所收的一则异文，故事情节与前两则近似，但末尾增加了骗子得报和医生持原物归还绸铺的描写。

王翁远之福山人，疡医也，善医痔。一日有轻年造其庐，自言钱塘贾某，华服鲜美，谓有亲眷患痔，先议值而后就诊，明订番鹰六翼，为包治，出定洋二元而去，临行时谓医曰："患在下体，施之众目昭彰之地，殊不雅观。患者必有难色，宜引入幽室。"医领之。越日，贾某向绸铺置绸绫几色，计值银九十余两，蓦问："铺中某处有王翁医者，知其人否？"曰："知之。"曰："某即下榻在被，可遣人同去取银。"绸铺亦不之疑，令伙随往。及至，医生笑而起，寒暄数语，即返身入内，以手招伙者再。伙意其付银也，随之入，而不解医之阖户为何故。略道酬应一二语，即请解裈衣裤。伙愕然不知所对。医疑其忸怩速之。伙大怒，各道所以然，始知受诓。急出招贾，而已飏去。贾纵步之江滨，挂帆直下。讵料风雨交加，乌气四盖，霹雳一声，贾之舟全身覆没。移时见贾双膝跪诸江滨，手托原物，仰天自诉。医者闻知，旋踵其地，原件拿还该铺，天亦如此昭彰耶。

《后聊斋志异·受骗》

近人徐珂编撰《清稗类钞》所收的一则异文，故事发生地在吉林。

光绪时，吉林有某骗子至绸缎店购货，检定，告店伙曰：

---

① 见晓园客编《清说七种》，上海文艺出版社1992年影印本。

"余未挈现款，请遣人从余往取。"店主乃令一学徒与之偕行。某导入一外科医室，坐定，乃曰："请稍待，余出即回。"学徒静俟之，久不至。医请诣内室，曰："驰里衣。"学徒本十六七岁之少年，温婉若处女，闻之愕然。医又连促之曰："既至此，何羞为！"学徒面愈赪，久之，乃曰："余来此乃取货价，若意欲何为？同来者非汝家人乎？"医曰："安有是！余素不审其人，渠晨来，曰余有幼弟以生殖器患疡，乞与诊治，弟年少羞怯，须于无人时唤至密室，缓商之。君岂其弟耶？"学徒乃大愕，始悟两人均已受骗也。急踪其人，无及矣。

《清稗类钞·棍骗类·绸缎店与外科医室之受骗》

这一故事类型，现当代仍在河南等地流布，譬如《王医生受骗》①。

改石磙型故事　大致写某人为报复石匠，将其领至一家屋外，让其截断石磙以作他用。屋主闻声而出，见石磙已断，大怒，责令再造一石磙。石匠叫苦不迭。这一故事类型，见于清·丁治棠撰《仕隐斋涉笔》。

安（士敏）在路，有工二人前行，挑捶楔铁器等具，似完工归者。且行且语，道安怨尤，不识安也。至一屋侧，有大碾盘，石磙在焉。安弄之曰："尔二人作工否？"应曰："可。"安曰："此我家也。嫌此磙粗笨，欲从中截两段，就孔插晒衣杈，最便。可照式为之，予归取烟茶供尔。"遂从屋边遁。二人即取铁具，凿眼加楔，大声扬锤，呵击之。不数锤，石磙中断矣。屋主人闻声出视，见二人击断其磙，大呼曰："尔何人？敢毁我物！"工述其故。主人曰："谁命之？尔遇魔矣。"工道其貌，主人曰："貌

---

① 见《中国民间文学集成·河南沈丘县卷》。

似安先生，尔为所诳，须偿我物也。"两工张目咋舌，唯唯服罪。费数日工，造一磙，主人供饮食焉。

《仕隐斋涉笔》卷七《截石磙》

这一故事类型，现当代仍在湖北、湖南、浙江、重庆等地流布，譬如《戏谑周石匠》①《凿猪槽》②《戏弄石匠》③《打碾磙》④。

假订货型故事　大致写某人与一店有嫌隙，假意去店中订货，预付了定金。其店按其特殊式样制作出一批货后，竟无人来取，却又难以出售，蒙受很大损失。这一故事类型，见于清·丁治棠撰《仕隐斋涉笔》。该书卷七《恶趣》共录写了两则异文，都是以重庆府江北厅（今重庆市江北县）游猾巧黠之人安士敏为故事主人公。一则为"订做满鞋"：

（安士敏）与重庆府鞋店有隙。……一日，变衣装，托为成都满城人，到鞋店订做满鞋五十双。言满妇女着鞋，多笼前趾，踏而行，以后跟为赘物，特作无跟鞋若干双。省工不精，故来府另作。用杭缎绣小花，每双价千钱，准半月后来取。当交定钱千，且嘱精制为要。鞋店如式作成，及期，无取鞋者。而无跟之鞋，不能另卖。无已，将跟补缀，贱价售之，耗本资十之五六矣。

另一则为"订做窑器"：

安在街买窑器，窑工昂其价，安恨之。探窑在某地，扮作仆

---

① 见《猫子·老鼠和乌龟》。
② 见《机智人物故事大观》。
③ 见《徐文长故事》。
④ 见《中国民间故事集成·重庆市巴县卷》。

隶状,到窑造女夜器百具。每具百钱,授以式,圆长而扁,无嘴无绊,中开一缝,大致与女阴似,便妇溺也。交定钱数百,托云:"某富家,开大燕,男女客百余席,故作此器,供女客用。作成,送家偿值。"遂去。窑工烧就,送某家索钱。某见此器,惊且笑曰:"谁教作此?"窑工述有雇工,前交定钱可质。某言家无此仆,并不需此怪器,怒叱之。窑工知受弄,又计器状之丑,不堪出售,立碎之,未获一钱去。

这一故事类型,现当代仍在四川、广东等地流布,譬如《无把水瓢》①《陈鉴订做纸屋》②。

一女三配型故事 系"巧辨子型故事"的亚型。大致写某女被父、母、祖(或舅)先后许配于三家。三家争持不下,乃诉于县。县令设计让某女佯死,问谁家愿殓其尸?其中两家推诿,独有一家愿意。某女苏醒后,便与此家之子成亲。这一故事类型,初见于清·李元伯撰《南亭笔记》③,故事发生地在江苏丹徒。

丹徒某姓有女,其祖商于粤,以女字粤人某甲。其父客于陕,又以女字陕人某乙。其母家居,亦以女字戚人某丙。彼此道远,不相闻问。迨祖与父既归,始知女已受聘,丞贻书甲乙两家求退婚。两家大忿,俱来控。

(丹徒令)王(芝兰)初堂传讯之下,三家各有婚书、有媒妁,无从判断,惟略检其文定时日之先后而默识之,而令退堂,越日复讯。谓女曰:"尔一女子,而受三姓之聘,从其一则负其

---

① 见《中国机智人物故事大观》。
② 见《中国民间故事集成·广东卷》。
③ 《南亭笔记》,江苏古籍出版社 2000 年版。

二，生也不如其死也。"女唯啜泣。王拍案曰："欲死则死耳，不死非贞烈女子。"命取阿芙蓉生膏，和以汾酒，授女使饮。女一饮而尽，晕绝于地。

王婉慰其祖父母，给赏五十金，以红纸封裹遣之归。既而问甲曰："尔愿领尸乎？"甲以道远携榇为难，问乙亦然，皆令具结毁婚书。次至丙，亦复不愿受尸。王怒曰："尔不受，女将奚归！"命人舁至其家，女之祖父母相随俱往，罗守哭泣。至夜半女忽苏，方惊喜间，闻门外人声喧嚷，叩问谁何？则曰："县官传谕，今宵乃黄道吉日，命送鼓吹花烛来，俾尔成亲。"遂妆女行合卺礼，一室欢腾。盖女所饮者，乃益母膏，非阿芙蓉。因酒醉而晕耳。明日甲乙两家知之，悔恨莫及矣。

《南亭笔记》卷七"一女许三家"

清·吴趼人撰《中国侦探案》①的一则异文，故事发生地在安徽。

孙大令，传者佚其名，强项令也。令合肥时，不避权贵，李文忠严惮之。时有三夫共争一妻者来控，大令断之，一邑称神君焉。先是部民某，与某武弁交厚，会二人之妻皆有娠，遂相与订曰："设皆男也，则兄弟之；女也，则姊妹之；一男一女，则结婚姻焉。"至产期，则弁举男，而某生女，遂订姻好。越数岁，弁以事挈眷返籍，音问遂梗，某亦旋卒。女年已十八，其母不能待，遂别字一商人。既纳采，商人又他去，久无消息，母又别字一邑人。娶有日，商人忽至，遣冰人来订婚期，母骇愕，不知所措。正遑急间，而弁子亦具羔雁来，将行亲迎礼，母益无主，左右不知所可。三家媒妁，奔走辩论，各执一词，终莫能决，遂涉

---

① 见《我佛山人小说集》，花城出版社1984年版。

讼。大令得三家呈词，传其母至，询得颠末，一时亦莫能断。终夕寻想，得一策。明日，复升堂，传女至，使跪案下，复传三人跪女后。先叱女，使抬头，既见其貌，则调笑之曰："妖艳哉！无怪彼三人者之相争也。"语近狎屑，女羞愧惶恐，伏地不敢仰视。则谓之曰："汝一身，势不能事三姓，彼三人者，亦必不容汝兼事他人，而汝母实皆受其聘焉，本县亦不能为左右袒，今三人具在，惟汝自择焉可也。"女羞缩不知所对，逼迫之，惟饮泣而已。曰："岂三人皆不如汝愿耶？"不答。再问，再不答，盖已羞愤备至矣。曰："然则汝愿如何？"曰："愿死。"笑曰："果能死以息争，亦美事也，恐汝无此烈志耳。"曰："宁独愿死，且愿速死也。"曰："可嘉哉！吾已为汝备鸩矣。"呼鸩至，命饮之，女略逡巡，则叱之曰："不饮，将提耳而灌之！"女不得已，一引而尽。母在堂下，号呼奔救，为役牵止之。女饮鸩后，仍伏案下，俄然倒仆，辗转遂僵。隶役抚之，报曰："已冰矣。"令呼邑人曰："若已定吉期，奈女已死，当领尸去，礼葬之，俟续弦可也。"邑人曰："吾所欲娶者生人，奈何娶死者，彼既有前夫，吾当让之。"乃问商人，商人曰："吾亦无用此死人为也，请让诸先我而有者。"以问弁子，则泥首曰："嘉礼虽未成，然指腹为婚，先人实命之，结发之义，不敢以死生而渝，请具领。"大令喜曰："义夫也。"顾商人及邑人曰："若二人者，徒争之于生前，复委之于死后，殊昧夫妇人伦之始之义，宜各罚十缗，佐彼棺殓。"二人遵谕缴罚。弁子舁女尸归寓所，至则苏矣。盖适之所谓鸩者，蒙汗药也。

《中国侦探案·三夫一妻》

《不用刑审判书·三夫一妻》与《中国侦探案》的这一则相同。

近人天台野叟撰《大清见闻录》① 中的一则异文，故事发生地在上海。

陆春江之知上海县也，颇以清廉著。时乡民有杜某者，有女已及笄，许字于赵姓子矣。同里某固惯作冰人者，因未审其女之已许于人，谓杜某妻："愿为令爱作伐。"氏固悍妇，恶其夫之擅以女妻人而不之谋也，又许之。女之舅氏闻其事，又复以女许婚于某姓子焉。杜某昏愦性成，又慑于阃威，不之察。无何，三姓之子婚各有日矣，月老相将持聘礼至，杜某争持之，迄久不能决，乃相与诉于陆春江之庭。陆悉召三姓之子若父，与杜某夫妇而聚讯焉。首诘杜某以许婚状，曰："男有家，女有室，古之善训也。女年长而不以与人，非礼也，故许女于赵姓耳。"次讯氏以重许状，曰："怀胎十月，抱负三年，自呱呱坠地，以迄长成，提携捧抚，慈母之力为多，而乃父擅以许人，我何为独不然？"三而询及女之舅氏，舅氏曰："女不更贰夫，礼也。乃若父若母以一女而再许人，吾舅氏宁不可三之哉？"陆念言各有礼，无从下判，乃质女以所愿。女泣曰："从其一，则负其二矣。负父母为不孝，负长老为不敬，有一于此，吾宁死也。"陆乃故迫之曰："愿乎？"曰："愿也。"曰："死则不能复生，尔无悔。"女曰："死则死耳，不悔也。"言次令胥吏取鸦片至，令死。女无言，立取仰之，须臾，作忍痛不堪状，倒卧地上，游魂四散，尸已殭矣。呜呼，生也何难，杀之何易。只以家庭专制，不忍分爱而瞑目以死，彼女子抑何烈也。而陆某亦太酷虐矣。若父若母，睹此情景，不禁放声大恸，而三姓之子，亦顿时呆定，相顾惨沮，噤不一声。陆宣言曰："有欲收其尸首乎？"皆不应，独赵氏子挺身曰："愿收其尸。"陆讯其故，赵氏子曰："予家贫，不能再娶，行且生为旷

---

① 《大清见闻录》，中州古籍出版社2000年版。

夫。死作孤鬼，荒丘埋骨，垒垒者将谁与伴耶？女也不幸，香消玉碎，已先我而去，缘已终悭，恨何能补？桐棺练衾，冷饭浊酒，聊尽寸心，吾所愿也。"言已，呜咽不成声。陆嘉其诚，曰："有是哉，良心也。"遂促该两姓，具结存案，而以尸归赵氏，且以彼两姓之聘仪为赙。而嘱其厚葬焉。悲夫，鸾镜已破，那有重圆之日？洎乎日落兮凄复恻，鸟无偶兮飞寂寂。赵氏子舆其妻归，一片断肠情景，殆难消受。孰知雀巢瑞木，未获返魂之草，而悲怨丛中，竟来融泄之乐。赵某始也，惧其肉走尸行，继则审夫魂归魄聚，真有出于意料之外者。一时林畔樵夫，河滨渔者，争来问讯，或者且疑为天公福善之证，喧传远近，群称其异。既而探知其实，乃陆春江之伪药为之也，迨药力已尽，则人复如初耳。须臾之死，技至此乎。时人遂传为奇案。

《大清见闻录》上卷《一女三婚案》

近人苏曼殊等撰《民权素笔记荟萃》中的《杂谈掇拾·一女三婚案》与《大清见闻录》的这一则相同，仅将"陆春江"作"鹿春江"。而近人易宗夔撰《新世说》中的一则，据这一则改写，文字较简略。

陆春江为上海令，乡民杜某有女及笄，以许字赵子，而不告其妻。妇固悍妇，复不谋于夫，而许字王氏子。女之舅氏不知其事，又以女许婚某姓子焉。无何三姓之子婚各有日矣。杜争持之，久不决，相与诉于县。

陆悉召三姓之子与杜之妻女而集讯之，并质女以所愿。女泣曰："从其一则负其二矣，吾宁死也。"陆故迫之曰："愿乎？"曰："愿也。"曰："死则不能复生，汝无悔？"女曰："死则死耳，何悔为！"陆令胥吏饮以芙蓉膏，须臾僵矣。杜及妻大恸，三姓之子亦惨沮无言。陆曰："谁愿敛其尸者？"赵氏子挺身曰："愿。"遂以尸归赵氏，且以他两姓之聘仪为赗，而嘱其厚葬焉。既而女复苏，众始悟所饮非芙蓉膏，乃陆所以委曲成全之也。

《新世说》卷二"陆春江巧断婚案"

近人徐珂编撰《清稗类钞·狱讼类·上海三姓娶女案》亦是据《大清见闻录》的这一则改写而成，文字与《新世说》卷二"陆春江巧断婚案"稍有出入。

这一故事类型，现当代仍在河南、广西、山西、河北、四川、江苏、上海、福建、海南、广东、内蒙古、湖北、贵州等地汉族和一些少数民族聚居区流布，譬如《三合配》①、《巧办婚事》②、《吴夫人巧断鸳鸯案》③、《巧断争亲案》④、《巧断婚案》⑤、《一女嫁三婿》⑥、《三婿争妻》⑦、《知县夫人断案》⑧、《一女三夫》（蒙古族)⑨、《张大娘巧选门婿》⑩、《巧断争妻案》⑪、《一女三夫》（蒙古族)⑫、《一个姑娘三

---

① 见《中国民间文学集成·河南桐柏县卷》。
② 见《中国民间文学三套集成·博白县民间故事集》。
③ 见《中国民间故事集成·山西卷》。
④ 见《耿村民间文化大观》。
⑤ 见《走马镇民间故事》。
⑥ 见《中国民间文学集成·江苏盐城滨海县资料本》。
⑦ 见《中国民间文学集成·上海卷·虹口区故事分卷》。
⑧ 见《中国民间故事集成·福建卷·永安市分卷》。
⑨ 见《中国民间故事集成·内蒙古卷》。
⑩ 见《中国民间故事集成·海南卷》。
⑪ 见《中国民间故事集成·广东卷》。
⑫ 见《中国民间故事集成·内蒙古卷》。

个女婿》（苗族）①、《生要见人，死要见尸》（布依族）②。

端午妙对型故事　大致写过端午节包粽子时，小叔与嫂子以五月五日为题对对子，相互逗趣。这一故事类型，见于清末李元伯撰《南亭四话》③。

  长沙某氏儿甚聪颖，叩以书史，对答如流，杨梅孔雀之对，不能过也。午日，其嫂在厨中煮粽，儿索之急，嫂戏出一联曰："五月五日，五弟厨房讨粽子。"儿曰："得之矣，若毋怒，吾始言之。"嫂曰："可。"儿即应声对曰："三哥三嫂，三更……"言至此，嫂为赧颜，匆匆废炊而出，究不知下五字作何语。或曰儿即某祭酒，未知确否。

《南亭四话》卷七庄谐联话《三哥三嫂》

这一故事类型，现当代仍在河北、河南、湖北、山西等地流布，譬如《端午送粽》④《吃粽子》⑤《巧对三嫂子》⑥《李调元应对吃粽子》⑦。

要加盐（檐）型故事　大致写某年县里重修天后宫大殿，竣工后众人发现大殿不如原先的好看，却不知是何缘故。恰好有个疯老头到庙前说，美食虽好，只是短盐，然后狂笑而去。领头的工匠听了他的话，

---

① 见《中国民间故事集成·湖北卷》。
② 见《中国传说故事大辞典·故事》。
③ 《南亭四话》，江苏古籍出版社 2000 年版。
④ 见《蜘蛛写状子》。
⑤ 见《庞振坤的故事》。
⑥ 见《湖北民间故事传说集·咸宁地区专集》。
⑦ 见《山西民间故事大系·晋北卷》。

突然悟出是檐短了。他们把檐椽接长，一下就大为改观。大伙到处去找疯老头，却找不到，有人说："那不是鲁班爷吗？"这一故事类型，见于清·李庆辰撰《醉茶志怪》。

邑天后宫建自前明，乾隆年重修大殿告成，众视式不如旧，然均未能指其所以然也。适有颠者至寺前，云美馔其适口，但短盐耳。言之不休。或嘲之曰："是何处骗得饮食，犹嫌无滋味也？"其人狂笑而去。工师见其行止非常，忽悟云："盐者檐也，得毋檐微短乎？"再接檐椽数尺，视之则鸟革翚飞，形势殊可观矣。遍觅其人，不可得，或曰："是鲁班也。"

《醉茶志怪》卷四《公输子》"盐（檐）短"

这一故事类型，现当代仍在北京等地流布，譬如《重檐阁》①。

鸡鸣停工型故事 大致写鲁班建桥，商定以鸡叫为限。姐姐怕他累坏了，便提前学鸡叫，他只好停工。一说鲁班一夜要建三座桥，妹妹怕他累坏了，当他修建第三座桥时，便学鸡叫，他只好停工。这一故事类型，见于清·俞樾撰《茶香室续钞》。

初五日，次上花园，河中石柱林立。相传鲁班作桥于此，期以鸡未鸣而成。其姊修静此山，勿使弟劳，预为鸡鸣，遂辍工。

《茶香室续钞》卷五引《奉使俄罗斯日记》"鲁班姊"

这一故事类型，现当代仍在河北、北京、陕西等地流布，譬如

---

① 见《中国民间传说故事大辞典·传说》。

《鲁班兄妹比修桥》①《鲁班一夜修仨桥》②《开凿石门》③。

这一故事类型相当于艾伯华著《中国民间故事类型》"186．一夜之功"。

不识一字型故事　　大致写某家请老师教子，主人声称家贫，无奴婢，来后素食，且各项杂务都得自己做。老师应承说完全可以，只是有言在先，我实不识一字。这一故事类型，见诸清·俞樾撰《俞楼杂纂》卷四十八《一笑》。

> 有延师教其子者，师至，主人曰："家贫，多失礼于先生，奈何！"师曰："何言之谦，仆固无不可者。"主人曰："蔬食，可乎？"曰："可。"主人曰："家无臧获，凡洒扫庭除，启闭门户，劳先生为之，可乎？"曰："可。"曰："或家人妇子欲买零星什物，屈先生一行，可乎？"曰："可。"主人曰："如此，幸甚！"师曰："仆亦有一言，愿主人勿讶焉。"主人问何言。师曰："自愧幼时不学耳！"主人曰："何言之谦。"师曰："不敢欺，仆实不识一字。"
> 　　　　　　　　　　　　　　　　　《一笑》"不识一字"

近人憨斋士纂辑《笑林博记》卷一《原不识字》，出自《一笑》，文字悉同。

这一故事类型，现当代仍在山西等地流布，譬如《一字不识》④。

---

① 见《中国民间故事集成·河北卷》。
② 见《鲁班传说故事集》。
③ 见《中国民间故事集成·陕西卷》。
④ 见《山西民间故事大系·晋中卷》。

第十三章　清代时期的民间故事类型

斗米斤鸡型故事　大致写某日一乡民进城为父亲请医生，不慎踩死米店一只雏鸡。店主以养数月可重九斤为由，索赔九百钱。县令偶出相遇，问明情况，即命乡民脱衣典得三百，连同所带三百一并付与店主，不足的三百由县令替他补上。店主得钱正高兴时，县令道，如今你的雏鸡已死，无须喂养。谚云斗米斤鸡。你速将省下的九斗米还给乡民。店主无言以对，只得拿出九斗米让乡民背走。观者无不称颂。这一故事类型，见于清末小横香室主人编《清朝野史大观》。

段广清，苏人也，前清同治间知浙江鄞县时，以廉明称。

一日驺从偶出，远见人如蚁簇，环立某米店门首，众口喧腾，似有哗辩。段颇以为诧，命二快隶往问。旋偕二人来伏舆前，一自称乡中人，一则米店东也。乡人供以父病来城延医，道经某米店，误践其雏鸡致毙。店东索赔钱九百，小人囊中仅得铜钱二三百枚，不足以偿。因与争论耳。段曰："雏鸡值几何，乃索偿九百乎？"乡人曰："店东言雏鸡虽小，厥种特异，饲之数月，重可九斤。以时值论，鸡一斤者厥价百文，故索赔九百，小人无以难也。"段顾米店东曰："乡人言真乎？"店东曰："真。"段笑曰："索赔之数殊不为过，汝乡人行路不慎，毙人之鸡，夫复何言？应即遵赔。"乡人曰："吾非不遵，奈囊资不足耳。"段曰："汝可典衣以足之，再不足，本县为汝足之可也。"

时环观者啧啧骂县官之昏愦，以一雏鸡断偿九百，胡有是理？然其时民威重，不敢诘难也。乡人亦唯唯听命，解衣付典，得钱三百，合囊资共得六百。段以三百补之，立以付米店东，且笑语曰："汝真善营生哉！以一雏鸡而换钱九百，如此好手段，不愁不致富也！"店东面有喜色，叩首称谢，携钱而起。段忽命之回，两人复跪舆前，段曰："吾顷所判尚有未妥当处。汝店东之鸡虽饲数月而可得九斤，实则未尝饲至九斤也。谚有云：斗米斤鸡，饲鸡一斤者，例须米一斗。今汝鸡已毙，不复用饲，岂非省却米九斗乎？鸡毙得偿，而又省米，事太便宜，汝应以米九斗还乡人，方为公允。"店东语塞，乃遵判以米与乡人，乡人负米去。

时观者一片声喧，颂神君妙断。又嘲骂店东，店东颜色赧然，不敢驻足店中云。

《清朝野史大观》卷七《段广清之折狱》

近人徐珂编撰《清稗类钞·讥讽类·段光清判毙鸡案》，系据此则改写，文字稍有出入。近人天台野叟撰《大清见闻录》中卷《段广清折狱》和近人杨汝泉编纂《滑稽故事类编》第七编《段广清》，与此则完全相同。

这一故事类型，现当代仍在安徽、江苏、浙江、新疆等地流布，譬如《彭大铁断鸡案》①《汤展文断赔鸡案》②《斗米斤鸡》③《芝麻官巧断赔鸡案》④。

请上坐型故事 大致写大学士阮元告老后游扬州平山堂，僧主见其像村叟，漫呼曰："坐，具茶。"叩其姓氏，僧以为是阮元族人，便以礼相待，云："请坐。"并呼泡茶。当得知他是阮元时，忙拂炕请上坐，叫泡好茶。僧请他赐书，他写下联语："坐请坐请上坐，茶泡茶泡好茶。"这一故事类型，见诸近人徐珂编撰《清稗类钞》。

扬州之平山堂有僧主之，阮文达尝于予告后往游焉。时僧方据纸作楹帖，文达布袍葛履，旁立观之。僧以为村叟也，漫呼曰：

---

① 见《中国民间文学集成·安徽卷·铜陵民间故事卷》。
② 见《中国民间故事集成·江苏卷》。
③ 见《中国传说故事大辞典·故事》。
④ 见《中国民间故事集成·新疆卷》。

"坐，具茶。"书罢，叩其姓，文达以告，僧以为文达之族人也，遽加礼，云："请坐。"并呼泡茶。坐定，叩何字，文达以实告。僧惶遽失措，拂炕，请上坐，亟令泡好茶。旋以所备纸墨乞文达作书。文达濡毫据案，沉吟曰："无好联语。"俄书云："坐请坐请上坐，茶泡茶泡好茶。"

《清稗类钞·讥讽类·请上坐泡好茶》

这一故事类型，现当代仍在四川、江苏、浙江等地流布，譬如《写对联》①《请上坐，泡好茶》②《请上坐》③。

过去未来妙品型故事　大致写乙吝啬多诈，一日以四枚鸡蛋作贺礼送甲，并附一纸说明"此乃未来之肥鸡也"。甲收下后，又送帖邀乙赴席。届时甲在桌上放一竹竿，说道："此过去之嫩笋也。"这一故事类型，见诸近人徐珂编撰《清稗类钞》。

　　某乙性吝、多诈。一日，其中表某甲五秩寿诞，乙具礼物一器，遣使赍往。甲揭视之，乃鸡卵四枚。附有说明书，曰："此未来之肥鸡也。兄千秋令节，为时过早，若可迟三月者，一群凤雏，行将引吭而啼矣。"甲见之，不笑亦不怒，直受之。翌日，甲折柬招乙，乙欣然往。至，则见灯烛辉煌，肆筵设席。席客已满。别有一种酒肉香味充杂空气中，度入鼻观，直沁心脾。觉甘美无伦。乙至此馋涎欲滴。甲与寒暄毕，肃之，趋堂东，凭空案，使独坐。乙待良久，不见肴馔。正企盼间，忽睹甲手持青竹一竿至，置于案，谓乙曰："此过去之嫩笋也，弟来何其迟！如早数

---

① 见《中国历代文化名人珍闻录》。
② 见《郑板桥的传说》。
③ 见《民间笑话大观》。

月者，鲜肥之笋，尚未成竹，正可下酒也。"语已，自去。

《清稗类钞·诙谐类·过去未来之妙品》

这一故事类型，现当代仍在四川、陕西、湖北、广西、湖南、江苏、浙江、安徽等地汉族和某些少数民族聚居区流布，譬如《肥鸡婆与鲜竹笋》①、《吝啬亲家》②、《来早了和来晚了》③、《早和晚》（毛南族）④、《幌江山炒竹子》（苗族）⑤、《精灵鬼送礼》⑥、《肥鸡与嫩笋》⑦、《表弟与表哥》⑧。

门中一龟型故事　大致写甲见乙在门内站着，故意问乙"阉"字如何写？乙曰："门中一龟是也。"这一故事类型，见诸近人徐珂编撰《清稗类钞》。

王某与陈某善，一日，王倚门眺远，陈过其门，趋而与之言，又问之曰："今日事大急，因有人析产，托予代书分单，析产时必拈阉，阉字如何写，仓卒忘之，敢问。"王曰："门中一龟是也。"

《清稗类钞·诙谐类·门中一龟》

---

① 见《中国民间文学集成·四川省宜宾县资料本》。
② 见《中国民间文学集成·陕西卷·汉中民间故事集成》。
③ 见《中国民间故事集成·湖北卷》。
④ 见《中国民间故事集成·广西卷》。
⑤ 见《中国民间故事集成·湖南卷》。
⑥ 见《中国民间故事集成·江苏昆山市资料本》。
⑦ 见《中国民间故事集成·浙江卷》。
⑧ 见《中国民间故事集成·安徽卷》。

这一故事类型，现当代仍在湖北等地流布，譬如《门里站着一个龟》①。

是狼是狗型故事　大致写纪晓岚宴于某尚书家，某御史在座。御史见一狗乃佯问："是狼（侍郎，指纪）是狗？"纪急答："是狗。"尚书问何以知之？纪曰："狗与狼之尾有别，下垂是狼，上竖（尚书）是狗；狗与狼食物有别，狼非肉不食，狗则遇肉吃肉，遇屎（御史）吃屎。"针锋相对，令人叫绝。这一故事类型，见于近人徐珂编撰《清稗类钞》。

> 纪文达宴于某尚书家，同座有某御史，亦滑稽者流，见一狗从庑前过，乃佯问曰："是狼是狗？""侍郎"与"是狼"同音，意指文达也。文达急对曰："是狗。"尚书问曰："何以知之？"文达曰："狗与狼有不同者二：一则视其尾之上下而别之，下垂是狼，上竖是狗；一则视其所食之物而别之，狼非肉不食，狗则遇肉吃肉，遇屎吃屎。"盖"上竖"与"尚书"同音，"遇屎"又与"御史"同音也。
>
> 《清稗类钞·诙谐类·是狼是狗》

近人李铎撰《破涕录》收有一则异文，情节略有变化。

> 有御史与侍郎，均善诙谐。一日偕行野外，互相嘲笑。见有一犬自远来，御史问曰："是狼（侍郎）是狗，果何物也？"侍郎答曰："遇屎（御史）而吃，非狗乎？"针锋相对，令人叫绝。
>
> 《破涕录》（四）"互嘲"

---

① 见《中国民间故事集成·湖北卷》。

这一故事类型，现当代仍在山西、河南、上海、湖北等地流布，譬如《御史官与侍郎官》①《御史骂侍郎》②《"狼"和"狗"》③《"侍郎"和"御史"》④。

咬舌案型故事　大致写一秀才娘子被与某武举有染的尼姑灌醉后，让武举奸污了。她在尼姑的诱劝下，竟继续与武举私通。秀才外出归来得知此情后，嘱妻子当晚与武举幽会，乘机将其舌头咬下。秀才则闯入尼庵杀尼，置舌于尼口。次日官府来验尸，随即捉下失舌的武举抵命。这一故事类型，见诸近人徐珂编撰《清稗类钞》。

　　某县有秀才某，妻美而艳。秀才教读于外，恒不家，妻独处。村有一尼庵，妇与尼善，恒相过从。一日，尼从妇家出，妇送之门。同村某武孝廉与尼有染，艳妇色诣尼求达意，欲通之。尼曰："是难以言辞相强也。欲遂意须诱之来庵，醉以酒，君愿可偿。彼醒已晚，再以言劝之，可长与往来，保无他虞也。"孝廉然之。又一日尼诱妇至，设酒劝饮。妇醉，尼扶之卧旁室。孝廉出，潜就淫之，醒而尼又劝之，乃勉从。

　　久而秀才知之，归谓妇曰："闻汝为尼所诱，致遭某污，非汝罪也。今晚我故作赴馆状，匿家中，汝约孝廉来，咬去其舌，我不汝谴；不然，难容汝也。"妻从之。夕约孝廉至，妇抱之，以舌入口而相戏，乘不意，骤咬之，孝廉大号，失舌而去。秀才夜持刀径往庵，杀尼，置舌于尼口，遂归家。次日里正报案，官诣验，睹尼口中舌，使人捉无舌者，而孝廉以失舌故，痛极狂奔，

---

① 见《中国民间文学集成·山西卷·晋中民间故事集成》。
② 见《中国民间故事集成·河南太康卷》。
③ 见《中国民间文学集成·上海卷·黄浦区故事分卷》。
④ 见《谷城民间传说故事》。

为人所觉，告之官，官以孝廉抵偿。秀才自此薄其妻，纳一妾，
妻宠骤衰。

《清稗类钞·狱讼类·咬舌案》

近人藕香室主人撰《稀奇古怪不可说·女尼含舌》与此则相同，文字略有出入。

这一故事类型，现当代仍在上海、浙江等地流布，譬如《桃花村除两害》[①]《巧计除恶棍》[②]。

巧审"善人"型故事　大致写一富室子与某寡妇私通，被寡妇夫家告发。其人以行善辩解，于是官将其留下看官府审案。当审欠债案时，官令其人代为偿债，审忤逆案时，官令其人代受鞭笞，其人叫苦不迭。这一故事类型，见诸近人徐珂编撰《清稗类钞》。

易州有富室子私某孀妇，其夫弟讼之官。官讯之，则对曰："吾与其兄相友善，兄既死，彼不能养其嫂，吾时时周卹之。彼因愧生忿，且与吾有夙嫌，故以是相诬耳。"官乃叱讼者曰："汝以小嫌诬及汝嫂，俾尔兄蒙羞地下，诚莠民也。其归善视尔嫂，敢再讼者当重笞。"讼者惧而退。乃顾谓富室子曰："汝诚善人也，且跪案侧，视我折他狱。"

官至是，令吏以他案进，则有以欠债讼者，讯其数，对曰："渠欠我钱六十千，三年矣，子母犹未偿，吾今亦苦贫，故不得已而讼之。"讯被告者则顿首曰："吾非不欲偿，奈力不足何！"官沉吟曰："一欲缓偿而不能待，一欲速偿而无所出，将何以处此耶？"既而辴然曰："是无足虑，有善人在。"乃顾谓富室子曰：

---

① 见《中国民间文学集成·上海卷·闸北区分卷》。
② 见《中国机智人物故事大观》。

"彼两人如此艰窘,亦为善者之所哀怜也,为代偿此债可乎?"某不敢辞,亟应曰:"诺。"欲起,则止之曰:"且少留,尚有一案未审,曷尽此然后归?"又提第二案至,乃一被控其子忤逆者,问子安在,则先逃矣。官徐慰之曰:"尔子不孝若此,当为尔责惩,以期改行,顾以逃去,安从觅之?老年人气愤无所泄,将郁而生疾,可若何?"有顷,曰:"得之矣。"又顾谓富室子曰:"汝既力行善事,今代彼子受笞如何?"某顿首曰:"此事乌可代者!"曰:"何不可?此亦善举也。"遂笞之三十。笞已,笑问曰:"尚欲行善否?吾案牍山积,盍一一为吾了之?"则泥首谢曰:"不敢矣。"乃释之去。

《清稗类钞·狱讼类·滑稽判案》

近人杨汝泉编纂《滑稽故事类编》第七编《善人》与此则相同,仅某些字句略有出入。

这一故事类型,现当代仍在云南等地流布,譬如《巧审大善人》(白族)①。

改字免死型故事　大致写一人持刀(或斧,下同)不慎伤人致死,按律应抵命。谋于讼师,讼师将诉状中的"用刀"改为"甩(或甪)刀",力陈其为无心误杀,因而减等免死。这一故事类型,初见于近人徐珂编撰《清稗类钞》。

王振斋与李子仙善,旬日必相见。振斋好武艺,善舞刀,子仙欲就学之。一日,访振斋。留饭,餐毕,振斋出新购倭刀与观,刃犀利,盖新出于硎者,相与摩挲玩赏。振斋乐甚,持而舞之,旋转如意,寒芒逼人。子仙欣羡不已,自其手夺之而效颦焉,用

---

① 见《中国机智人物故事大观》。

力过猛，偶不慎，及振斋颈，殊焉。振斋之家属以子仙用刀杀人控于官，将论抵。子仙知之，谋于讼师。讼师为改"用"为"甩"，狱上，遂减等免死。盖"用刀"为有心故杀，"甩刀"为无心误杀也。甩者，手不经意而滑，以致伤人也。

《清稗类钞·狱讼类》"改字免死"

近人林纾撰《畏庐琐记》录写的一则异文，与上则大同小异，可资比较。

甪里先生，"甪"字读若律，闽人谓无意中先脱走越者，咸曰"甪手"。有人持斧伤人，罪属故杀，而讼师状中，自叙用斧劈柴，竟至伤及人命，云云。观者以为用斧劈柴，何至伤人。更延一名讼师改削。讼师至而笑曰："我但用一点半画，此呈即可用。"凶主求教。讼师索百金，迫议减至半。讼师将"用斧劈柴"四字颠倒，于"用"字上加一撇曰："劈柴甪斧，竟至伤人"。呈入，狱果得缓。

《畏庐琐记·甪斧》

这一故事类型，现当代仍在湖北、江西、广东、上海、江苏、湖南、福建等地汉族和个别少数民族聚居区流布，譬如《巧添一笔》[①]、《一竖胜讼》[②]、《一字解是非》[③]、《发现浮尸以后》[④]、《巧改状子》[⑤]、

---

① 见《一毛不拔》。
② 见《中国民间文学集成·湖口县卷》。
③ 见《钟敬文采集口承故事集》。
④ 见《中国民间文学集成·上海卷·崇明县故事分卷》。
⑤ 见《苏州民间故事》。

《只差一笔画》（畲族）①。

农妇巧答型故事　大致写农妇得知丈夫被人提问难住，便为其指点，甚至亲自出面应对，使故意刁难者语塞而退。这一故事类型流传于清代，见诸近人拾遗室主人编《闲中话》②。

> 有方生者，好滑稽。一日，游于乡间，见农夫种苗，问之曰："几行矣？"曰："三行矣。"曰："几株矣？"农夫莫对。生曰："少顷，我即来，须告我。"遂彳亍而去。
>
> 农夫归家，命其妻代种，已将株数数之。妻问何故，农夫告之。妻曰："易耳，可勿数也。待彼来时，可问其行径几街几步，彼必不能答。"如其教，果不能答。
>
> 方生问何人所教，曰："妻也。"方请见其妻，许之。至其家，跨一足于槛内，一足留于槛外，问其妻曰："汝知余此足进乎，抑此足出乎？"农人之妻即至内取马子出，坐其上而问曰："汝知余为溺乎，为粪乎？"生语塞，不能答，遂惧而遁。

《闲中话》下册《方生》

这一故事类型，现当代仍在湖北、宁夏、山东、云南、上海等地汉族和某些少数民族地区流布，譬如《输马》③、《三个没说过一个》④、

---

① 见《中国民间故事集成·福建卷·福鼎县分卷》。
② 《闲中话》，上海国华书局1913年版。
③ 见《巧媳妇》。
④ 见《中国民间故事集成·宁夏分卷资料丛书·隆德民间故事》。

《聪明的媳妇》①、《巧女》（白族）②、《秀才嘴巴贴膏药》③。

这一故事类型，相当于丁乃通编著《中国民间故事类型索引》876、艾伯华著《中国民间故事类型》"滑稽故事28．聪明的女人Ⅱ：完美的回答"。

被子官司型故事 大致写某人外出时，为了报复在背后辱骂他的人，悄悄在那人的被子（或袍子、雨伞等，下同）上做了暗记。分手时为争夺被子，二人上了公堂。官府凭暗记将被子断与某人。出了衙门，某人将被子退还那人。然后跑回公堂告那人抢走了被子，使那人再次受到惩罚。这一故事类型在清代已逐渐传播开来，至清末方被录写成文字。近人刘铁冷撰《铁冷丛谈》④录写的一则，故事主人公为翁咸。

> 翁咸松江人，清道咸间岁贡也，性灵敏，语言辩给，少具讼才……一日，翁乘邮船往沪，舱中旅客济济，行商野老，枯坐无聊，或吸烟草以消忧，或话桑麻以遣闷，偶有道及翁咸谐谑事、词讼事者，雄辩高谈诋毁无状，不知翁即在坐中也。翁恨之切骨，不便自首，惟闷闷不乐而已。
>
> 未几，时近昏黄，江犹泛白，孤灯一盏，摇橹几声，众客闲谈已倦卧游仙枕上入黑酣乡去。翁独坐沉思良久，谋所以报之之术，初无所得，继拽某客布被掩身寝，忽感而悟曰："得之矣！"悄然抽身起，取笔濡墨，私拆某被角书己姓名于上，折之如初。迨一觉醒来，东方既白，舟已抵日晖港，上洋早在望矣。众起身收拾行囊将作登岸计，翁争卷某被，认为己物。其不服，诟谇不

---

① 见《临沂地区四老人故事集》。
② 见《巧女的故事》。
③ 见《中国民间故事集成·上海卷》。
④ 刘铁冷：《铁冷丛谈》，上海小说丛报社1914年版。

休，舟子及众客莫辨曲直，无从置喙。

抵岸两人控诸官，官问某曰："汝识汝被颜色若何？汝絮新旧若何？"某答——不爽，知必为乡人物。翁某乃有意欺之也。既提翁问曰："汝读书人何欺一乡愚？汝谓被为汝物，汝有特别标识乎？"曰："有。凡余被角皆有余姓氏，恐为他人误取也。"官随命吏检之，果验，即断被与翁，斥某退去。某出署愤愤不平，泪珠欲滴。翁见之，笑谓某曰："吾戏汝耳，被在此可取去。"某勉受之，然心中怏怏不乐，犹形于色。讵怒方未已，祸已重来。盖翁还被于某后，又入署控告谓被为某抢去也。官闻言，怒甚，命吏复捉某官署里去重笞二百而逐之。既出又遇翁于途，翁掷被与之，曰："我非爱汝被也。我郎汝所骂之翁咸，汝识我乎？"某且惭且恨，犹思报复。既而吏胥劝止之，谓彼弄法舞文之辈，素具枭獍之名，固无可抗敌也。且汝冰清玉洁之身已受锻炼之刑，即抚敌而胜，又何以洗涤乎！某聆其言，知冤无可伸，遂垂头而去。

《铁冷丛谈》卷二《恶讼师》

近人襟亚撰《中国恶讼师》①**录写的一则，故事主人公为杨瑟严。**

崇明有杨瑟严，性狡黠多智计，一时赫名讼师，乡人畏之如虎。……一日，杨乘夜航船至某所。同舟有一苍头年老矣，犹精神矍铄，健谈不倦，顾所谈皆杨讼师事，痛诋其恶。同舟和之，哗然不宁。杨隐忍之。

夜半天寒，严霜堕舟，杨瑟缩无行囊，见苍头被甚大，请略移覆足。苍头初不允，杨善为说辞，始首肯。杨狡计顿生，探囊出康熙钱一文啮作两半，半藏于囊，半纳苍头被中。及抵埠，杨

---

① 《中国恶讼师》，上海襟霞阁1919年版。

负苍头被登岸。苍头惊出不意，追及夺被，杨直批其颊曰："老奴何得白昼夺人物！"苍头愤然曰："汝自夺吾物，乃犹诬人夺汝物耶！"杨曰："我被也，乃言汝物耶！"

苍头大不平，痛斥杨之无耻，而终未识杨。于是两造争执不白，扭入邑署。宰登堂严讯，先问苍头何得白昼劫夺。苍头称冤曰："老奴佣于某家，今日归里，被本己物，不敢劫人。彼实劫我被也。"宰曰："被既尔物，有何暗记？"老奴曰："花表白里耳。"宰曰："此不足为暗记。盖花表白里人皆见之，人皆知之耳。"苍头默然。宰问杨曰："彼既无暗记，汝有暗记乎？"杨应声曰："有被角中康熙钱半文，囊中亦有半文，合之可符。"出呈宰，宰解被亦得钱，合之无差累黍，乃以被付杨，严斥苍头，谓本将重笞，以汝年迈，宽宥汝，速退安分。

两人出，杨谓苍头曰："汝今日识我杨讼师否？"苍头闻杨讼师名，惊出意表，急自承过。杨暗思老奴诟谇，本将创之，假手于宰笞其股，今乃不得，心犹未平，因伪曰："汝既承过，布被还汝可耳。"苍头信以为真，负之将行。杨忽奔入邑署，告宰曰："老奴无赖，才出县门，又攫被去矣。"宰怒，遣吏追之返。苍头称杨诈被自还我者，杨莞尔曰："我物也，岂肯畀汝，畀汝则不讼矣。"苍头语塞。宰因命重挞叟，怒曰："恶奴果不可以姑惜也。"笞罢，逐出。

杨气始平，苍头已痛不能行。杨复谓之曰："被愿得乎？"苍头掉首不顾，归家自忖曰："出言不慎，致遭屈辱。虽然杨讼师如此狡恶，其能有后乎？"

《中国恶讼师·攫被去矣》

这一故事类型，现当代仍在湖北、湖南、江苏、上海、浙江、安徽、福建、广东、广西、贵州、云南、四川、宁夏、河南、河北等地汉族和一些少数民族聚居区流布，大多成为机智人物故事，譬如《智擒金拐子》①、《打官司》②、《智斗赛瘟神》③、《徐文长巧惩恶和尚》④、《施计惩王三》⑤、《再挨五十大板》⑥、《巧讨地毯》⑦、《妙策惩恶少》⑧、《恶棍的下场》（仫佬族）⑨、《智斗劣绅》（侗族）⑩、《打官司》（彝族）⑪、《我就是怕你的那个冉广盘》（土家族）⑫、《阿卜杜和曼苏尔》（回族）⑬、《到底清不清》⑭、《行李卷案》⑮。

这一故事类型，相当于丁乃通编著《中国民间故事类型索引》1642A_1。

落臼关型故事 大致写某日有一个似巫非巫的婆子，自称善断吉凶，精于小儿关煞等事。她见某妇家并无他人，乃谎言其怀抱中的小儿犯了"落臼关"，可为之施法解除。随即往其家堂西偏檐下，将小儿置于臼中，出符压小儿背上，让某妇力撑臼杵，作舂米之势。之时，此婆子便入内室将其家金银及贵重物品裹走。某妇恐小儿被巨石压死臼中，不敢松手，只好眼巴巴望着她背负财物而去。这一故事类型，见于近人刘铁冷撰《铁冷丛谈》。

① 见《中国机智人物故事大观》。
② 见《中国机智人物故事大观》。
③ 见《巧断奇案》。
④ 见《中国民间文学集成·上海卷·虹口区故事分卷》。
⑤ 见《浙江省民间文学集成·湖州市故事卷》。
⑥ 见《中国民间故事集成·安徽卷·怀宁县民间故事集》。
⑦ 见《中国民间故事集成·福建卷·东山县分卷》。
⑧ 见《钟敬文采录口承故事集》。
⑨ 见《仫佬族民间故事》。
⑩ 见《中国机智人物故事大观》。
⑪ 见《中国机智人物故事大观》。
⑫ 见《土家族民间故事》。
⑬ 见《回族民间故事选》。
⑭ 见《庞振坤的故事》。
⑮ 见《中国民间文学集成·秦皇岛民间故事卷》。

田舍翁吴某，奉贤人，耕于邑之南桥，勤操作，节衣食，储蓄半生，家可小康。……忽一日有妇人者，似为淮北产，年四十许，首戴黑头巾，两耳大环垂肩，布裙束腰，行不曳地，短衫袖大，可惹春风蹀躞而来，似巫非巫，非癫似癫，手执竹板二，行则击以自鸣，又袖针一长四五寸，不知何许人。乡人佥曰挑牙虫者也，沿门售技，见人窃喃喃自言不休，谓善相，断吉凶，判休咎，无不验，且能摄死者灵至喉中，啯啯作鬼语，尤精知小儿关煞等事云。乡里愚妇，受其欺者比比皆是。适过翁门，翁妻扶儿嬉戏。妇殷勤握儿手曰："相公福相，后当为封翁。"翁妻不应。继又问曰："相公春秋几何？"翁妻曰："三易寒暑。"妇闻言，颦眉若有所思，直视小儿面，久之，摇首弄唇，欲言嗫嚅者再，继语翁妻曰："娘子怒我唐突，令郎今岁关煞甚恶，宜善处之。"翁妻疑其言，使妇道其故，曰："落臼关耳。"翁妻曰："有法解除否？"曰："有。"曰："一试何如？"曰："报酬金一元可。"

翁妻然其言。妇曰："主人杵臼安在？"曰："堂西偏檐下。"曰："请导往。"曰："篱落无人，村尨远逸，吾殊不宜他往。"妇曰："吾为若抱儿，闭门同入何如？"翁妻许之，妇随之入。翁妻殷殷指示其处，妇曰："汝为吾拂其尘垢，去其障碍物。"翁妻如其言，理毕。妇使翁妻立架上，力撑其杵，己则置儿于臼，口中窃窃私语，并出符压于儿背，须作舂势，所以应其说也。其支杵当以一时为期。翁妻不敢违，然杵则下有铁齿，上有巨石，锋利且重，一失足小儿立成齑粉。

翁妻踏之，耸然震骇。末几，儿亦惊哭不已，翁妻甚心酸，妇则入内室囊括藏金，及贵重衣饰，启柜倾箱，砉然有声。翁妻闻之，大呼救命，无一应者。自忖欲捉妇则杵下之儿死，欲爱儿则妇去而财失，愤急无策，惟偕儿上下其音，哭泣而已，目睹妇负囊而去，无如之何。……

《铁冷丛谈》卷二《落臼关》

这一故事类型，现当代仍在广西、云南、四川、湖北、江苏、浙江、福建等地汉族和某些少数民族聚居区流布，譬如《骗子受骗（壮族）》①、《碓中孩儿》（彝族）②、《十砣银子》（彝族）③、《碓臼关》④、《盗米》⑤、《治"步碓病"》⑥、《犯"碓劫"》⑦。

清和桥型故事　大致写二仙与白食者以"清和桥"三字行令饮酒。一仙以"清"行令，吟罢割鼻置于桌上，一仙以"和"行令，吟罢割耳置于桌上。白食者以"桥"行令，欲拔眉毛当酒菜，二仙不许，其人道："今日我与二位初交，否则我一毛不拔！"这一故事类型，见于近人李铎撰《破涕录》。

有仿圣贤愁之令嘲吃白食者，易以"清和桥"三字。意虽骈枝，而心思尚觉新颖。爰录之云："有二仙化身在世界上，偶至桥边酒肆。临流沽酒，桥名'清和'。一吃白食者贸贸然来，不问如何，一拱手即便入座。二仙甚恶之，乃曰：'今日吃酒，须行一令。'即以'清和桥'三字为令。一仙曰：'有水谓之清，无水也叫青（清青同音）。去了清边水，加争便成静。清清静静人人爱，割个鼻头当酒菜。'言毕即出刀，自将鼻头割下，置诸桌上。又一仙曰：'有口谓之和，无口也叫禾（和、禾同音）。去了和边口，加斗就成科。五子登科人人爱，割只耳朵当酒菜。'言毕，即出刀，自将耳朵割下，亦置桌上。吃白食者见之大窘，乃

---

① 见《中国民间故事集成·广西卷》。
② 见《云南民族民间文学集成·沅江县卷》。
③ 见《中国民间文学集成·四川省西昌市资料卷》。
④ 见《三戏蔡糊涂》。
⑤ 见《海安县民间故事选》。
⑥ 见《巧换金罗汉》。
⑦ 见《泉州民间传说》一集。

第十三章 清代时期的民间故事类型

续曰：'有木谓之桥，无木也叫乔（桥、乔同音）。去了桥边木，加女就成娇。娇娇滴滴人人爱，拔根眉毛当酒菜。'二仙嚷曰：'我等血淋淋割去鼻耳，你只拔一毛，未免不伦。'吃白食者曰：'谈何容易！今日我与二公初交，否则我一毛不拔也。'"

《破涕录》（五）"清和桥"

这一故事类型，现当代仍在云南、广西、湖北、安徽、上海、河南、河北、江西、湖南、陕西、甘肃、宁夏、青海、内蒙古、新疆、山西等地的汉族和某些少数民族聚居区流布，譬如《清和桥》（彝族）①、《两个儿子跟娘来》②、《对诗清和桥》③、《增和桥》④、《村姑戏和尚与秀才》⑤、《清和桥对诗》⑥、《村姑和秀才》⑦、《清和桥》⑧、《吟诗清和桥》⑨、《秀才与村姑》⑩、《村妇巧对》⑪、《村妇智斗秀才和和尚》⑫、《增和桥》（回族）⑬、《和尚、秀才和尼姑》⑭、《增和什桥》⑮、《增和桥》⑯。

---

① 见《云南民间文学集成·玉溪地区民间故事集成》。
② 见《中国民间故事集成·广西卷》。
③ 见《湖北民间故事传说集·十堰市专集》。
④ 见《中国民间文学集成·安徽卷·铜陵民间故事卷》。
⑤ 见《中国民间文学集成·上海卷·虹口区故事分卷》。
⑥ 见《河南民间文学集成·贵地新野的传说》。
⑦ 见《中国民间故事集成·河北卷》。
⑧ 见《中国民间故事集成·新疆兵团卷》。
⑨ 见《中国民间故事集成·四川卷》。
⑩ 见《中国民间故事集成·湖南卷》。
⑪ 见《中国民间文学集成·陕西卷·咸阳民间故事集成》。
⑫ 见《中国民间故事集成·甘肃卷》。
⑬ 见《中国民间文学集成·宁夏卷资料丛书·同心县卷》。
⑭ 见《中国民间故事集成·青海卷》。
⑮ 见《中国民间故事集成·内蒙古卷》。
⑯ 见《山西民间故事大系·晋中卷》。

先生我儿型故事 大致写一家办丧事时，教书的先生、送殓的僧道、做寿衣的裁缝等欲嘲弄死者的继母。此妇人心生恨，入殓时哭道："我未生，先生我的儿，我未死，倒死（道士）我的儿。若说是我儿，何尝（和尚）是我的儿。若欲逢我儿，除非我死才逢（裁缝）我的儿。"先生等听了很不开心，却无言以对。这一故事类型，见诸近人李铎撰《破涕录》。

> 富翁某，娶继室年二十九，长子时已三十岁矣。一日长子死，翁与继室，俱痛悼异常。命裁缝做冥衣，僧道来送殓，家中西席亦帮忙照料。至午饭后事稍毕，先生与僧道、裁缝等闲话，共虑亡者年大于继母，入殓时，继母不哭，人将谓其忍；哭又难于措词。人多语杂，适为其继母所窃听，心恨之。至殓时，乃伏儿痛哭曰："我未生，先生我的儿；我未死，倒死（道士）我的儿。若说是我儿，何尝（和尚）是我的儿。若欲逢我儿，除非我死才逢（裁缝）我的儿。"先生等闻之，大沮。
>
> 《破涕录》（五）"先生我的儿"

近人李警众编《嚼舌录》所收的一则异文，情节变化较大，然而也包含反唇相讥、嘲讽先生的内容。

> 有妇抱孪生子立于门，学究某过之，问曰："那个是先生的，那个是后生的？"妇误以为戏己，乃从容答曰："先生也是我生的，后生也是我生的。"
>
> 《嚼舌录》卷二"先生也是我生的"

近人憨斋士纂辑《笑林博记》卷七《先生后生》，文字与此则几乎相同。这一故事类型，现当代仍在青海等地流布，譬如《先生和后生》

（回族）①。

父子骑驴型故事　大致写父子二人进城，有人见父骑驴上，便道："让小孩步行，于心何忍！"立刻改由子骑驴。又有人道："不孝敬老父，岂有此理！"于是父子都骑驴前行。又有人道："两人共骑，要把驴活活累死！"父子二人连忙牵着驴走。又有人笑道："有驴不骑，太傻了！"父子不知所措，只好抬着驴飞奔，边跑边喊："畜生来也！"这一故事类型，见于近人李铎撰《破涕录》。

　　某乡父子二人同进城，父骑一驴，子执鞭从其后，得得而来。忽闻一人叹曰："令此稚弱者徒步行，不几疲于奔命耶？是何忍心而出此也？"父乃下驴，令其子乘之，而己代其职。又闻一人诧曰："此人奴视父，岂有此理！"父乃跨而上，与子并乘之。又闻一人笑曰："以一疲驴而载二人，是欲速其毙也。"父乃与子并牵之行。又闻一个嗤曰："有驴不骑，而某缓步，此人殆痴矣。"父子无可如何，因出绳索，缚其驴而扛之飞奔。恐人之不知避而为之撞倒也，因口中大呼曰："畜生来也！"

《破涕录》（五）"父子骑驴"

　　这一故事类型现当代仍在上海、陕西、广西、福建、安徽等地的汉族和某些少数民族聚居区流布，譬如《没有主张的老人》②、《没有主见的人》③、《有马怎样骑》（毛南族）④、《父子赶城》⑤、《驴子

---

①　见《中国民间故事集成·青海卷》。
②　见《中国民间文学集成上海卷·普陀区分卷》。
③　见《中国民间文学集成·陕西卷·咸阳民间故事集成》。
④　见《中华民族故事大系》第12册。
⑤　见《中国民间故事集成·福建卷》。

难骑》①。

狗爹妈型故事 大致写友人要某甲先后说一字令妇笑骂。一日邻妇立门前，某甲见旁是一犬，先叫狗一声"爹"令妇笑，后叫邻妇一声"妈"令其骂，友人只好认输。这一故事类型，见于近人李铎撰《破涕录》。

> 苏人陆某，善诙谐。邻妇素正经，不苟言，不苟笑。人谓陆曰："汝能说一字，能令邻妇笑；复说一字，能令邻妇骂，吾辈当具酒食饷汝。"陆曰："何难之有！"一日，妇正立门首，一狗伏于前。陆趋前向狗长跪曰："爷。"妇果大笑。陆复昂首向妇曰："妈。"妇又大骂不止。陆起向众人曰："诸君东道输矣。"众皆服，相与饮酒，尽欢而散。
>
> 《破涕录》（六）"狗爷妈"

近人憨斋士辑《笑林博记》卷七遣愁部《狗父》由此则改写，文字有所压缩。

> 陆某善说笑话。有邻妇性不好笑，其友谓之曰："汝能说一字令彼妇笑，又说一字令彼妇骂，则吾愿以酒菜享汝。"
>
> 一日，妇立门前，适门前卧一犬，陆向之长跪曰："爷！"妇见之不觉好笑；陆复仰首向妇曰："娘！"妇闻之大骂。

这一故事类型，现当代仍在湖北、重庆、河北、浙江、吉林等地

---

① 见《中国民间故事集成·安徽卷》。

汉族和某些少数民族聚居区流布，譬如《小意不亏人》①、《"爸"和"妈"》②、《两个字赢四两银》（土家族）③、《打赌请客》④、《狗爹爹》⑤、《抬着毛驴赶路》（朝鲜族）⑥。

这一故事类型，相当于丁乃通编著《中国民间故事类型索引》1559E。

粗心妇型故事　大致写某夜一妇人接到带来的信后，匆忙抱上孩子赶回娘家。半道上在瓜田里跌了一跤。等到娘家后才发现抱的是一个西瓜。掌灯去瓜田找孩子，只找到一个枕头。赶回家中一看，孩子还在床上睡觉。这一故事类型，见于近人憨斋士纂辑《笑林博记》。

　　有个妇人，丈夫出去了，晚上独个在哄小孩睡觉。忽有人打门，他娘家带信来，叫她快些回去，那妇人着急得了不得，赶忙抱了孩子就走。哪知天上没月亮，误入瓜田，被瓜藤绊了一大跤，孩子也跌去了。她又连忙爬起来，再抱了孩子去，到了娘家，灯下一照，她手里抱的，并不是孩子，乃是一个西瓜。她大为吃惊，连忙掌了灯，到田里找孩子，哪知小孩也没有，只找到一个枕头。又从原路上找到家里，孩子却好好的睡在床上。

　　　　　　　　　　　　《笑话博记》卷七遣愁部《大意》

这一故事类型，现当代仍在四川、陕西、宁夏、黑龙江、河北、

---

① 见《顺藤牵宝》。
② 见《中国民间故事集成·巴县卷》。
③ 见《土家族民间故事》。
④ 见《王二戏官的故事》。
⑤ 见《徐文长故事》。
⑥ 见《中华民族故事大系》第4册。

江苏、上海等地流布，譬如《马虎的媳妇》①、《慌女子》②、《马虎女人》（回族）③、《粗心的女人》④、《毛脚媳妇》⑤、《拉魂腔》⑥、《频轮大嫂》⑦。

父满门型故事　大致写某人喜欢抄袭他人的东西。有一次他妈去寺庙祈寿，他便将"天增岁月人增寿，春满乾坤福满门"这副春联改为寿联送给老母，书曰："天增岁月娘增寿，春满乾坤父满门。"这一故事类型，见于近人憨斋士纂辑《笑林博记》。

> 某喜剿袭，凡诗文诸艺，无不拾人牙慧。见春联曰："天增岁月人增寿，春满乾坤福满门。"因默记之。其老母，平时辄诣各庙祝增寿，爰袭是联而径书之曰："天增岁月娘增寿。"与娘作对者厥惟父耳，乃将"父"字对"娘"字曰："春满乾坤父满门。"

《笑林博记》卷七遣愁部《父满门》

这一故事类型，现当代仍在青海、陕西、广东、江西、四川、新疆、山西等地流布，譬如《改对联》⑧《蠢财主改对联》⑨《父满门》⑩

---

① 见《中国民间故事集成·长寿县卷》。
② 见《中国民间文学集成·陕西卷·咸阳民间故事集成》。
③ 见《中国民间故事集成·宁夏卷》。
④ 见《中国民间故事集成·黑龙江卷》。
⑤ 见《中国民间故事集成·河北卷》。
⑥ 见《中国民间故事集成·江苏卷》。
⑦ 见《中国民间故事集成·上海卷》。
⑧ 见《中国民间故事集成·青海卷》。
⑨ 见《中国民间故事集成·陕西卷》。
⑩ 见《民间笑话大观》。

《贾财主改春联》①《春满乾坤爷满门》②《秀才改字》③《写对联》④。

此地无银型故事 大致写某人将得到的银两藏于栏下后,恐其被窃,乃写"此地无银三十两"。阿二见到此语将银窃去后,又写"对门阿二弗曾偷"。这一故事类型,见诸近人杨汝泉编纂《滑稽故事类编》。

> 昔戏剧中有一笑谈。窭人子得三十金,无安置之所,藏之栏下,恐人之窃去也。乃标题其上曰:"此处无银三十两。"对门居之阿二睹其标题语,窃其银去,又恐人之知其窃也,亦标题其上曰:"对门阿二弗曾偷。"
>
> 《滑稽故事类编》第八编《阿二弗曾偷》

这一故事类型,现当代仍在上海等地流布,譬如《此地无银三百两》⑤。

这一故事类型,相当于丁乃通编著《中国民间故事类型索引》1341B1。

拆字酒令型故事 大致写某次宴饮,众人相约以拆字加减法并取二句成语行酒令,一客讥免职高官道:"有水便成溪,无水便是奚,去了溪边水,添鸟使成鸡(鷄)。得志猫儿成猛虎,败翎鹦鹉不如鸡。"此人知其嘲己,乃道:"有水亦是淇,无水便是其,去了淇边水,添欠便成欺。鱼游浅水遭虾戏,虎落平阳被犬欺。"主人一听忙劝解道:"有水也是湘,无水也是相,去了湘边水,添雨即是霜。各人自扫门前雪,莫管他家瓦上霜。"这

---

① 见《中国民间故事集成·广东卷》。
② 见《抚州地区民间文学集成·临川县卷》。
③ 见《中国民间故事集成·新疆兵团卷》。
④ 见《山西民间故事大系·晋西卷》。
⑤ 见《民间笑话大观》。

一故事类型，见于近人吴个厂撰《笑话大观》。

  某显者免职归里，有友招饮。一陪客与显者有夙怨，于席次创行酒令，用拆字加减法，取用成语二句。即起令曰："有水便成溪，无水便是奚，去了溪边水，添鸟使成鸡。得志猫儿成猛虎，败翎鹦鹉不如鸡。"语涉讽刺。显者知其嘲己，一笑置之。寻续令曰："有水亦是淇，无水便是其，去了淇边水，添欠便成欺。鱼游浅水遭虾戏，虎落平阳被犬欺。"客为之赧然。主人接令，为双方排解曰："有水也是湘，无水也是相，去了湘边水，添雨即是霜。各人自扫门前雪，莫管他家瓦上霜。"

《笑话大观》卷三《拆字酒令》

  这一故事类型现当代仍在上海、吉林、河北、甘肃、青海、四川、江西、湖南、广东、福建等地汉族和个别少数民族聚居区流布，譬如《作诗斗智》[①]、《行酒令》[②]、《酒令》[③]、《白吃不喝》[④]、《酒肉朋友》[⑤]、《行酒令》（苗族）[⑥]、《自讨没趣》[⑦]、《酒令》[⑧]、《三个县官》[⑨]、《周瑜、鲁肃和诸葛亮行酒令》[⑩]。

---

① 见《中国民间文学集成上海卷·卢湾区故事分卷》。
② 见《中国民间故事集成·吉林卷》。
③ 见《中国民间故事集成·河北卷》。
④ 见《中国民间故事集成·甘肃卷》。
⑤ 见《中国民间故事集成·青海卷》。
⑥ 见《中国民间故事集成·四川卷》。
⑦ 见《抚州地区民间文学集成》。
⑧ 见《中国民间故事集成·湖南卷》。
⑨ 见《中国民间故事集成·广东卷》。
⑩ 见《中国民间故事集成·福建卷》。

中国古代民间故事类型的汉字笔画索引

一 画

一女三配型故事	1488	一钱莫救型故事	1055
一字笑话型故事	964	一笑姻缘型故事	1199
一厚一薄型故事	1469		

二 画

二妇争子型故事	172	八钱宴客型故事	1374
十七字诗型故事	959	人妖公案型故事	799
十兄弟型故事	986	人参精型故事	428
丁兰刻木型故事	357	人兽婚配型故事	341
七德鸡型故事	1065	入仙洞型故事	582
八王四鬼型故事	968	九九翁娶亲型故事	1335

三 画

三毛饭型故事	756	三字同形型故事	1319

三笑事型故事	963	义犬鸣冤型故事	822
三婿赞马型故事	1146	义犬除奸型故事	389
干红猫型故事	813	义兽救人型故事	383
士人求签型故事	1149	亡八无耻型故事	1273
大浴盆型故事	1060	门上贴道人型故事	1321
才在口边型故事	1064	门中一龟型故事	1500
山神娶亲型故事	177	尸变奇案型故事	738
千日酒型故事	258	小名和尚型故事	706
"川"与"三"型故事	1148	马曳贼亡型故事	1284
个个草包型故事	1439	乡人拭粪型故事	1478

四　画

王和尚型故事	1187	不识一字型故事	1496
井水化酒型故事	885	不识翁仲型故事	1101
夫妻祷祝型故事	123	不识镜型故事	200
天妃救厄型故事	788	不改父业型故事	1464
无头尸案型故事	667	不肯下剪型故事	1088
云中落绣鞋型故事	319	不肯相让型故事	1166
木鸢姻缘型故事	559	不知修（羞）型故事	1474
五大天地型故事	1460	不语禅型故事	1129
五仙五羊型故事	283	不误反误型故事	442
不死药型故事	120	不臭不好型故事	1090
不死酒型故事	170	止风药型故事	1063
不利语型故事	1315	日久见人心型故事	1422

中山狼型故事	936	父满门型故事	1518
见鸡行事型故事	1272	今年好晦气型故事	1311
见屈原型故事	556	凶宅得金型故事	220
牛郎织女型故事	273	勿许日子型故事	1196
牛鼓大话型故事	1194	丹客行骗型故事	1209
"升仙"奥秘型故事	261	乌须药型故事	1405
长生药型故事	1314	斗米斤鸡型故事	1497
长江作浴盆型故事	1067	斗阎王型故事	1351
长竿入城型故事	210	计夺新靴型故事	1206
长鼻子型故事	638	心在哪里型故事	1054
什么东西型故事	1274	以文断案型故事	780
片言决狱型故事	760	劝阻念佛型故事	1111
化缘簿型故事	1058	双头鸟型故事	489
介子推型故事	108	书是印成的型故事	1107
父子扛酒型故事	1092	书家题扇型故事	514
父子同拜堂型故事	1390	书僧笔冢型故事	589
父子骑驴型故事	1515	水灾救母型故事	1287
父似董卓型故事	1395	水鬼得升型故事	766

五　画

未会尊师型故事	1147	巧卖鬼型故事	216
巧求笔迹型故事	658	巧制官衣型故事	1253
巧判还银型故事	893	巧审"善人"型故事	1503
巧析家产型故事	186	巧借地型故事	891

巧媳妇型故事	481	失尸冤案型故事	955
巧辨子型故事	1363	失印复归型故事	940
去年历日型故事	1058	仨马虎型故事	1158
古冢奇迹型故事	193	代打致谢型故事	1023
石发者型故事	507	仙女寄信型故事	1091
石佛出世型故事	1116	仙佛留像型故事	1261
石贤士神型故事	182	仙窟艳遇型故事	316
石敢当能言型故事	1021	白字先生型故事	1454
龙子祭母型故事	297	白蛇传型故事	604
平上去入型故事	1393	他更有理型故事	1322
打半死型故事	1160	瓜异案型故事	1073
打是不打型故事	719	包殡殓型故事	1157
打得好型故事	1066	半饼充饥型故事	464
打喷嚏型故事	1321	半"鲁"席型故事	1457
东门王皮型故事	1214	宁受脚踢型故事	1097
东坡戏联型故事	1218	写"滑"字型故事	1176
东食西宿型故事	178	让墙诗型故事	1028
"旦白堂"型故事	1254	尼庵命案型故事	928
甲乙争妻型故事	1438	出门一时好型故事	1317
田螺女型故事	287	出米洞型故事	1115
只选瘦人医型故事	1061	出游现丑型故事	1387
兄弟争雁型故事	998	奶奶属牛型故事	1152
四官争大型故事	724	皮匠"本钱"型故事	1167
生妪相嘲型故事	399	圣贤愁型故事	1445

对偶亲切型故事	721	母猪肉型故事	1170

六　画

动物鸣冤型故事	1070	吃冻水型故事	1154
寺僧辨诬型故事	1394	吃粪解"毒"型故事	1384
老头子型故事	1414	吃糟饼型故事	1198
老爷糊涂型故事	1195	因梦致争型故事	1179
老前辈型故事	1458	先生我儿型故事	1514
机关木人型故事	135	先生妙喻型故事	1452
吏人立誓型故事	1128	丢失钱袋型故事	1148
再打三斤型故事	1397	迁居送药型故事	1320
再出恭型故事	1309	自咬耳朵型故事	1174
有天无日型故事	1124	后夫伏法型故事	829
夸年高型故事	118	行善积德型故事	229
夺妻阴谋型故事	810	全都试过型故事	465
灰姑娘型故事	631	合本做酒型故事	1165
死后不赊型故事	1139	合种田型故事	1192
死鱼复活型故事	1475	合穿靴型故事	1016
过去未来妙品型故事	1499	杀姘妇型故事	942
此地无银型故事	1519	众鸟举网型故事	195
吊孝坠帽型故事	1184	名医遇骗型故事	1482
吊我罢型故事	1170	多忧者型故事	998
吃人不吐骨型故事	1310	刘三妹型故事	1075
吃"而已"型故事	1133	问活佛型故事	476

问猴妙答型故事	1462	戏后误国型故事	115
问靴价型故事	693	戏弄蛋贩型故事	1238
江中宝镜型故事	659	戏谑大头鬼型故事	1354
江心贼型故事	1136	戏僧罚资型故事	1434
守株待兔型故事	121	戏髑髅型故事	900
讳输棋型故事	1149	观仙对弈型故事	367
讼失牛型故事	1236	观音负石型故事	1081
讽观竞渡型故事	1113	买猪千口型故事	1123
农妇巧答型故事	1506	羽衣仙女型故事	267
如此吃菱型故事	1030	羽客钱库型故事	811
如此贺银型故事	1012	红米饭型故事	1183
如此搬家型故事	1235	寿诞题诗型故事	1270
如何下得手型故事	1111	孝妇神鞭型故事	400
戏父遗矢型故事	1436	孝媳善报型故事	781

七　画

苏空头型故事	1094	抄斩淫僧型故事	844
巫祝毒计型故事	786	折芦辨盗型故事	1208
吾冻汝儿型故事	971	折箭训子型故事	467
豆腐是命型故事	1190	抢婚误背型故事	1172
两蛇相斗型故事	391	报荒减粮型故事	1442
还叩头型故事	1361	求你别写型故事	1451
还愿戏神型故事	1473	步步高型故事	1217
连偷骂型故事	1306	助寡改嫁型故事	1117

县令除虎型故事	603	迎请文成公主型故事	899
呆人买鞋型故事	122	床底羊眼型故事	1178
呆子学舌型故事	487	弃老复归型故事	470
男人生子型故事	868	判鱼判棺型故事	1127
秀才买柴型故事	1022	沙弥思虎型故事	1342
秀才康了型故事	723	沉尸讹人型故事	977
我也败家型故事	1197	冶银致富型故事	759
我今何在型故事	991	补针鼻型故事	1102
"我来也"型故事	838	改石碌型故事	1486
我是取笑型故事	1165	改字免死型故事	1504
何以做人型故事	1041	妙计换人型故事	1398
何地可容型故事	707	妒妇改过型故事	448
你是瞎贼型故事	1163	鸡卵梦型故事	1026
佛寺人猬型故事	1277	鸡鸣停工型故事	1495
近视认匾型故事	1144	驱走缢鬼型故事	403
邻家去痛型故事	1033	驱鬼符型故事	1313
邻僧积饭型故事	844	驱蚊符型故事	1131
肚里无有型故事	1047		

八　画

武弁看戏型故事	1470	柜中熊型故事	647
幸不属虎型故事	1188	画女钉心型故事	359
幸戴毡帽型故事	1019	画中人型故事	641
取书作枕型故事	1009	画佛募缘型故事	588

画扇判案型故事	727	刮地皮型故事	691
卧冰求鱼型故事	349	和尚"放生"型故事	1023
雨中逐客型故事	1017	和尚食虾型故事	1173
雨中疑鬼型故事	962	和尚挨打型故事	1180
奈何姓万型故事	995	凭污捉盗型故事	168
妻手如姜型故事	1108	舍命护金型故事	1289
妻妾镊须型故事	723	金人现身型故事	444
拔树防盗型故事	935	金银化蛇型故事	677
拆字酒令型故事	1519	金漆盒型故事	1178
抱瓜伏罪型故事	676	觅凳脚型故事	934
拉屎留名型故事	1182	受罚背石型故事	923
抬桶过桥型故事	1240	贪官誓联型故事	1307
斩除蛇精型故事	340	贫人瓮算型故事	466
虎口余生型故事	1278	服"毒"寻死型故事	499
虎口救亲型故事	918	服渣相见型故事	1129
虎为媒型故事	622	鱼腹失物型故事	338
虎报恩型故事	360	兔杀狮型故事	713
虎妻子型故事	615	狐假虎威型故事	132
虎恤人型故事	571	狐精为祟型故事	322
虎送亲型故事	559	狗爹妈型故事	1516
明年同岁型故事	709	咎由自取型故事	1355
忠娘孝娘型故事	984	变畜赎罪型故事	600
罗汉骗局型故事	704	夜宿听棋型故事	585
制伏灭虎型故事	562	庙宇画鸽型故事	652

放不放由你型故事	1063	定婚店型故事	595
放驴捉贼型故事	451	审笆斗型故事	1366
放鳖喝水型故事	121	审案济困型故事	1364
妾击贼型故事	1262	官多法乱型故事	1122
刻舟求剑型故事	128	官读别字型故事	1463
刻意炫耀型故事	999	空中落龟型故事	238
学狗叫型故事	501	诓骗老虎型故事	1465
学官索节型故事	1109	试骑骗马型故事	1212
河伯娶妇型故事	159	姓氏伍陆戚型故事	1098
治驼背型故事	208	虱异致祸型故事	835
定不出来型故事	1018	孟姜女型故事	142
定水带型故事	856		

九　画

春雨似油型故事	1216	相思树型故事	234
城乡蚊子型故事	1467	柳絮飞来型故事	1425
城陷为湖型故事	150	要加盐（檐）型故事	1494
赵钱孙李型故事	1318	咸杀他型故事	1233
垛子助阵型故事	1156	斫蟒救亲型故事	1286
某生被诬型故事	944	拷打羊皮型故事	590
草荐挂须型故事	1003	拾金不昧型故事	873
茶酒争高型故事	679	拾金自累型故事	629
枯井尸案型故事	611	觇妪获贼型故事	539
相互暗算型故事	753	临危救主型故事	336

是个虱子型故事	1087	独行生意型故事	1100
是狼是狗型故事	1501	独脚管裤型故事	1160
蚁蝼感恩型故事	327	急送公文型故事	1046
咬奶头型故事	1082	逆妇恶报型故事	518
咬耳授计型故事	1227	烁身铸剑型故事	167
咬舌案型故事	1502	烂盘盒型故事	1308
钥匙尚在型故事	540	举手裤脱型故事	1437
看门戏主型故事	462	举哀还儿型故事	674
信风水型故事	1050	"活佛"骗局型故事	950
鬼母育儿型故事	729	活脱话型故事	1311
鬼孝子型故事	1291	神言发迹型故事	653
鬼欺老翁型故事	130	误杀奇案型故事	1323
鬼魂报冤型故事	103	误哭遭打型故事	1303
待诏剃头型故事	1174	诱出户型故事	1034
待诏掏耳型故事	1096	退物无忧型故事	785
须虱颂型故事	1218	除恶情虎型故事	1343
食不厌精型故事	1103	骆驼蹄型故事	1154
狮子与豺型故事	558		

十　画

赶山鞭型故事	280	获盗银型故事	1348
聂字三耳型故事	1123	恶少剃眉型故事	1053
恭喜也罢型故事	1450	真老乌龟型故事	1231
莫射虎皮型故事	1098	真假新娘型故事	980

桃花女斗法型故事	1389	郭巨埋儿型故事	354
索烛觅菜型故事	1091	病鬼延医型故事	449
烈火救主型故事	329	剖伞决疑型故事	1004
捞鱼去型故事	1036	剖鸡辨食型故事	454
捉弄女巫型故事	933	旅客变驴型故事	649
换刀擒凶型故事	665	悭师授术型故事	1048
换代物型故事	164	烧猪判案型故事	672
换画骗局型故事	1379	海岛历险型故事	781
换鹅书型故事	516	海岛妇人型故事	794
热得好型故事	1090	浮脂辨盗型故事	1300
晒银字型故事	1293	害人反害己型故事	1205
晒腹书型故事	403	家父烧了型故事	1167
剔灯棒型故事	1102	请上坐型故事	1498
哭夫不哀型故事	124	请客留茶型故事	1093
贼遇偷型故事	1176	请贼关门型故事	1106
铁杵磨针型故事	858	读白字型故事	1462
笑话一担型故事	1312	被子官司型故事	1507
借牛自来型故事	1189	冥府延师型故事	1266
借官衔型故事	702	谁先开口型故事	463
倍与之钱型故事	1375	难熬三年型故事	1127
健忘者型故事	503	桑中生李型故事	181
射石饮羽型故事	126	验刀擒凶型故事	1006
狼外婆型故事	573		

十一画

勘钉案型故事	837	移鱼谐谑型故事	729
娶木偶型故事	1369	第一声像型故事	1175
娶妇得郎型故事	840	做屁文章型故事	1020
黄雀伺蝉型故事	113	袋中奸夫型故事	969
黄鼠狼型故事	1469	偷自家型故事	1173
黄粱梦型故事	310	售墙行骗型故事	1340
萝卜对型故事	1449	假订货型故事	1487
梦中酒型故事	1171	假鬼骇巫型故事	921
梦得金型故事	1031	假亲骗局型故事	860
盛暑披裘型故事	1426	假银也收型故事	1057
匦嘲二匠型故事	1453	假假真真型故事	967
雪上加霜型故事	1138	脚像观音型故事	1305
接生奇遇型故事	1280	象报恩型故事	437
救产妇型故事	973	猫儿更名型故事	987
救命得报型故事	902	猫喇嘛型故事	591
堂属问答型故事	1453	祭屈原型故事	459
野兽求医型故事	831	麻风女型故事	541
蛇郎娶妻型故事	377	望夫云型故事	1259
蛇衔草型故事	441	望夫石型故事	425
蛇精行淫型故事	625	望孙出气型故事	1305
银人求宿型故事	670	望娘滩型故事	1258
移尸免祸型故事	1401	阎王访名医型故事	1042

粗心妇型故事	1517	清和桥型故事	1512
断绢得奸型故事	184	婆奸媳型故事	1205
剪箭管型故事	1024	梁山伯祝英台型故事	508
兽穴接生型故事	333	谋夫疑案型故事	1407
兽异避祸型故事	326	谋杀奇案型故事	1419
盗牛巧言型故事	1237	隐身草型故事	206

十二画

煮竹席型故事	212	鹅变鸭型故事	1145
董永行孝型故事	213	鹅笼书生型故事	394
葡萄架倒型故事	1134	禽兽相争型故事	864
落几尺型故事	1052	腌鸭生蛋型故事	1151
落地与及第型故事	1088	鲁班造桥型故事	890
落臼关型故事	1510	猴子取心型故事	243
棺中鬼手型故事	1346	猴子救月型故事	400
揠苗助长型故事	108	道人画鹤型故事	888
插草标型故事	1306	割股救亲型故事	1236
紫荆树型故事	458	谢周公型故事	1172
蛴螬炙型故事	324	犀牛毛型故事	1368
智判牛案型故事	1068	隔夜变粗型故事	1169
智审匿产案型故事	525	媒婆巧言型故事	1481
智毁赝品型故事	696	骗人参型故事	1337
等桌"知音"型故事	1044		

十三画

禁蚊符型故事	1110	锯茅桩型故事	1243
想得利市型故事	1086	锯酒杯型故事	1085
雷击皮鼓型故事	1342	鼠窃卵型故事	1431
零买缸型故事	1432	鲍君神型故事	179
摸钟辨盗型故事	699	痴人买帽型故事	502
搬坏祖师型故事	1010	痴婿吊丧型故事	211
愚公移山型故事	134	新妇制贼型故事	1008
跨鸭归去型故事	1104	新娘互换型故事	1416
跳蚤药型故事	1157	满盘都是型故事	1304
跳窗者我型故事	1014	塞翁失马型故事	140
错死人型故事	1038		

十四画

聚宝盆型故事	685	鲛人泪型故事	191
酷好古物型故事	871	端午妙对型故事	1494
愿为母狗型故事	1163	端午竞渡型故事	461
愿换手指型故事	1161	慢性子型故事	867
摘瘿还瘿型故事	1143	寡妇讼子型故事	536
蝉可跟主型故事	1133		

十五画

辘角庄型故事	966	瞌睡法型故事	1314

瞎子吃鱼型故事	1471	嘲医诗型故事	1455
瞎子坠桥型故事	997	蝙蝠弄乖型故事	1141
瞎子摸象型故事	256	靠父养活型故事	1186
嘲太监型故事	1443	熟能生巧型故事	695
嘲死秃型故事	1256	糊涂虫型故事	1459

十六画

燕化女子型故事	663	懒人吃饼型故事	1471
辨尸察奸型故事	701	懒得活型故事	1168
辨毒平冤型故事	813	激怒发痘型故事	1377

十七画

戴笆斗型故事	1164	藏锄头型故事	1155
戴高帽型故事	1000	鹬蚌相争型故事	133
藏金失窃型故事	1219		

十八画

鞭丝破案型故事	457

中国古代民间故事类型的汉字拼音索引

B

八钱宴客型故事	1374	蝙蝠弄乖型故事	1141
八王四鬼型故事	968	鞭丝破案型故事	457
拔树防盗型故事	935	匾嘲二匠型故事	1453
白蛇传型故事	604	变畜赎罪型故事	600
白字先生型故事	1454	辨毒平冤型故事	813
搬坏祖师型故事	1010	辨尸察奸型故事	701
半饼充饥型故事	464	病鬼延医型故事	449
半"鲁"席型故事	1457	补针鼻型故事	1102
包殡殓型故事	1157	不臭不好型故事	1090
报荒减粮型故事	1442	不改父业型故事	1464
抱瓜伏罪型故事	676	不肯下剪型故事	1088
鲍君神型故事	179	不肯相让型故事	1166
倍与之钱型故事	1375	不利语型故事	1315
被子官司型故事	1507	不识镜型故事	200

不识翁仲型故事	1101	不误反误型故事	442
不识一字型故事	1496	不语禅型故事	1129
不死酒型故事	170	不知修（羞）型故事	1474
不死药型故事	120	步步高型故事	1217

C

才在口边型故事	1064	城陷为湖型故事	150
藏锄头型故事	1155	城乡蚊子型故事	1467
藏金失窃型故事	1219	吃冻水型故事	1154
草荐挂须型故事	1003	吃"而已"型故事	1133
插草标型故事	1306	吃粪解"毒"型故事	1384
茶酒争高型故事	679	吃人不吐骨型故事	1310
拆字酒令型故事	1519	吃糟饼型故事	1198
觇妪获贼型故事	539	痴人买帽型故事	502
蝉可跟主型故事	1133	痴婿吊丧型故事	211
长鼻子型故事	638	出门一时好型故事	1317
长竿入城型故事	210	出米洞型故事	1115
长江作浴盆型故事	1067	出游现丑型故事	1387
长生药型故事	1314	除恶情虎型故事	1343
抄斩淫僧型故事	844	"川"与"三"型故事	1148
嘲死秃型故事	1256	床底羊眼型故事	1178
嘲太监型故事	1443	春雨似油型故事	1216
嘲医诗型故事	1455	此地无银型故事	1519
沉尸讹人型故事	977	粗心妇型故事	1517

错死人型故事　　　　　　1038

D

打半死型故事	1160	丁兰刻木型故事	357
打得好型故事	1066	定不出来型故事	1018
打喷嚏型故事	1321	定婚店型故事	595
打是不打型故事	719	定水带型故事	856
大浴盆型故事	1060	丢失钱袋型故事	1148
呆人买鞋型故事	122	东门王皮型故事	1214
呆子学舌型故事	487	东坡戏联型故事	1218
代打致谢型故事	1023	东食西宿型故事	178
待诏掏耳型故事	1096	董永行孝型故事	213
待诏剃头型故事	1174	动物鸣冤型故事	1070
袋中奸夫型故事	969	斗米斤鸡型故事	1497
戴笆斗型故事	1164	斗阎王型故事	1351
戴高帽型故事	1000	豆腐是命型故事	1190
丹客行骗型故事	1209	独脚管裤型故事	1160
"旦白堂"型故事	1254	独行生意型故事	1100
盗牛巧言型故事	1237	读白字型故事	1462
道人画鹤型故事	888	肚里无有型故事	1047
等桌"知音"型故事	1044	妒妇改过型故事	448
第一声像型故事	1175	端午竞渡型故事	461
吊我罢型故事	1170	端午妙对型故事	1494
吊孝坠帽型故事	1184	断绢得奸型故事	184

对偶亲切型故事	721	夺妻阴谋型故事	810
多忧者型故事	998	垛子助阵型故事	1156

E

鹅变鸭型故事	1145	恶少剃眉型故事	1053
鹅笼书生型故事	394	二妇争子型故事	172

F

放鳖喝水型故事	121	服渣相见型故事	1129
放不放由你型故事	1063	浮脂辨盗型故事	1300
放驴捉贼型故事	451	父满门型故事	1518
讽观竞渡型故事	1113	父似董卓型故事	1395
佛寺人猬型故事	1277	父子扛酒型故事	1092
夫妻祷祝型故事	123	父子骑驴型故事	1515
服"毒"寻死型故事	499	父子同拜堂型故事	1390

G

改石磙型故事	1486	恭喜也罢型故事	1450
改字免死型故事	1504	狗爹妈型故事	1516
干红猫型故事	813	古冢奇迹型故事	193
赶山鞭型故事	280	瓜异案型故事	1073
割股救亲型故事	1236	刮地皮型故事	691
隔夜变粗型故事	1169	寡妇讼子型故事	536
个个草包型故事	1439	观仙对弈型故事	367

观音负石型故事	1081	鬼欺老翁型故事	130
官读别字型故事	1463	鬼孝子型故事	1291
官多法乱型故事	1122	柜中熊型故事	647
棺中鬼手型故事	1346	郭巨埋儿型故事	354
鬼魂报冤型故事	103	过去未来妙品型故事	1499
鬼母育儿型故事	729		

H

海岛妇人型故事	794	狐假虎威型故事	132
海岛历险型故事	781	狐精为祟型故事	322
害人反害己型故事	1205	糊涂虫型故事	1459
合本做酒型故事	1165	虎报恩型故事	360
合穿靴型故事	1016	虎口救亲型故事	918
合种田型故事	1192	虎口余生型故事	1278
何地可容型故事	707	虎妻子型故事	615
何以做人型故事	1041	虎送亲型故事	559
和尚挨打型故事	1180	虎为媒型故事	622
和尚"放生"型故事	1023	虎恤人型故事	571
和尚食虾型故事	1173	化缘簿型故事	1058
河伯娶妇型故事	159	画佛募缘型故事	588
红米饭型故事	1183	画女钉心型故事	359
猴子救月型故事	400	画扇判案型故事	727
猴子取心型故事	243	画中人型故事	641
后夫伏法型故事	829	还叩头型故事	1361

还愿戏神型故事	1473	黄鼠狼型故事	1469
换代物型故事	164	灰姑娘型故事	631
换刀擒凶型故事	665	讳输棋型故事	1149
换鹅书型故事	516	"活佛"骗局型故事	950
换画骗局型故事	1379	活脱话型故事	1311
黄粱梦型故事	310	获盗银型故事	1348
黄雀伺蝉型故事	113		

J

机关木人型故事	135	见鸡行事型故事	1272
鸡卵梦型故事	1026	见屈原型故事	556
鸡鸣停工型故事	1495	健忘者型故事	503
激怒发痘型故事	1377	江心贼型故事	1136
急送公文型故事	1046	江中宝镜型故事	659
计夺新靴型故事	1206	鲛人泪型故事	191
祭屈原型故事	459	脚像观音型故事	1305
家父烧了型故事	1167	接生奇遇型故事	1280
甲乙争妻型故事	1438	介子推型故事	108
假订货型故事	1487	借官衔型故事	702
假鬼骇巫型故事	921	借牛自来型故事	1189
假假真真型故事	967	今年好晦气型故事	1311
假亲骗局型故事	860	金漆盒型故事	1178
假银也收型故事	1057	金人现身型故事	444
剪箭管型故事	1024	金银化蛇型故事	677

近视认匾型故事	1144	救命得报型故事	902
禁蚊符型故事	1110	举哀还儿型故事	674
井水化酒型故事	885	举手裤脱型故事	1437
九九翁娶亲型故事	1335	锯酒杯型故事	1085
咎由自取型故事	1355	锯茅桩型故事	1243
救产妇型故事	973	聚宝盆型故事	685

K

勘钉案型故事	837	空中落龟型故事	238
看门戏主型故事	462	枯井尸案型故事	611
拷打羊皮型故事	590	哭夫不哀型故事	124
靠父养活型故事	1186	酷好古物型故事	871
瞌睡法型故事	1314	夸年高型故事	118
刻意炫耀型故事	999	跨鸭归去型故事	1104
刻舟求剑型故事	128	诓骗老虎型故事	1465

L

拉屎留名型故事	1182	老头子型故事	1414
懒得活型故事	1168	老爷糊涂型故事	1195
懒人吃饼型故事	1471	雷击皮鼓型故事	1342
烂盘盒型故事	1308	吏人立誓型故事	1128
狼外婆型故事	573	连偷骂型故事	1306
捞鱼去型故事	1036	梁山伯祝英台型故事	508
老前辈型故事	1458	两蛇相斗型故事	391

烈火救主型故事	329	辘角庄型故事	966
邻家去痛型故事	1033	旅客变驴型故事	649
邻僧积饭型故事	844	罗汉骗局型故事	704
临危救主型故事	336	萝卜对型故事	1449
零买缸型故事	1432	骆驼蹄型故事	1154
刘三妹型故事	1075	落地与及第型故事	1088
柳絮飞来型故事	1425	落几尺型故事	1052
龙子祭母型故事	297	落臼关型故事	1510
鲁班造桥型故事	890		

M

麻风女型故事	541	觅凳脚型故事	934
马曳贼亡型故事	1284	妙计换人型故事	1398
买猪千口型故事	1123	庙宇画鸽型故事	652
满盘都是型故事	1304	名医遇骗型故事	1482
慢性子型故事	867	明年同岁型故事	709
猫儿更名型故事	987	冥府延师型故事	1266
猫喇嘛型故事	591	摸钟辨盗型故事	699
媒婆巧言型故事	1481	莫射虎皮型故事	1098
门上贴道人型故事	1321	谋夫疑案型故事	1407
门中一龟型故事	1500	谋杀奇案型故事	1419
孟姜女型故事	142	某生被诬型故事	944
梦得金型故事	1031	母猪肉型故事	1170
梦中酒型故事	1171	木鸢姻缘型故事	559

N

奶奶属牛型故事	1152	逆妇恶报型故事	518
奈何姓万型故事	995	聂字三耳型故事	1123
男人生子型故事	868	宁受脚踢型故事	1097
难熬三年型故事	1127	牛鼓大话型故事	1194
尼庵命案型故事	928	牛郎织女型故事	273
你是瞎贼型故事	1163	农妇巧答型故事	1506

P

判鱼判棺型故事	1127	凭污捉盗型故事	168
皮匠"本钱"型故事	1167	婆奸媳型故事	1205
片言决狱型故事	760	剖鸡辨食型故事	454
骗人参型故事	1337	剖伞决疑型故事	1004
贫人瓮算型故事	466	葡萄架倒型故事	1134
平上去入型故事	1393		

Q

七德鸡型故事	1065	迁居送药型故事	1320
妻妾镊须型故事	723	悭师授术型故事	1048
妻手如姜型故事	1108	抢婚误背型故事	1172
蛴螬炙型故事	324	巧辨子型故事	1363
弃老复归型故事	470	巧借地型故事	891
千日酒型故事	258	巧卖鬼型故事	216

巧判还银型故事	893	请贼关门型故事	1106
巧求笔迹型故事	658	求你别写型故事	1451
巧审"善人"型故事	1503	驱鬼符型故事	1313
巧析家产型故事	186	驱蚊符型故事	1131
巧媳妇型故事	481	驱走缢鬼型故事	403
巧制官衣型故事	1253	取书作枕型故事	1009
妾击贼型故事	1262	娶妇得郎型故事	840
禽兽相争型故事	864	娶木偶型故事	1369
清和桥型故事	1512	去年历日型故事	1058
请客留茶型故事	1093	全都试过型故事	465
请上坐型故事	1498	劝阻念佛型故事	1111

R

让墙诗型故事	1028	如此搬家型故事	1235
热得好型故事	1090	如此吃菱型故事	1030
人参精型故事	428	如此贺银型故事	1012
人兽婚配型故事	341	如何下得手型故事	1111
人妖公案型故事	799	入仙洞型故事	582
日久见人心型故事	1422		

S

仨马虎型故事	1158	三笑事型故事	963
塞翁失马型故事	140	三婿赞马型故事	1146
三毛饭型故事	756	三字同形型故事	1319

桑中生李型故事	181	十七字诗型故事	959
杀姘妇型故事	942	十兄弟型故事	986
沙弥思虎型故事	1342	什么东西型故事	1274
晒腹书型故事	403	石发者型故事	507
晒银字型故事	1293	石佛出世型故事	1116
山神娶亲型故事	177	石敢当能言型故事	1021
烧猪判案型故事	672	石贤士神型故事	182
蛇精行淫型故事	625	拾金不昧型故事	873
蛇郎娶妻型故事	377	拾金自累型故事	629
蛇衔草型故事	441	食不厌精型故事	1103
舍命护金型故事	1289	士人求签型故事	1149
射石饮羽型故事	126	试骑骗马型故事	1212
神言发迹型故事	653	是个虱子型故事	1087
审案济困型故事	1364	是狼是狗型故事	1501
审笆斗型故事	1366	守株待兔型故事	121
"升仙"奥秘型故事	261	寿诞题诗型故事	1270
生妪相嘲型故事	399	受罚背石型故事	923
圣贤愁型故事	1445	售墙行骗型故事	1340
盛暑披裘型故事	1426	兽穴接生型故事	333
尸变奇案型故事	738	兽异避祸型故事	326
失尸冤案型故事	955	书家题扇型故事	514
失印复归型故事	940	书僧笔冢型故事	589
虱异致祸型故事	835	书是印成的型故事	1107
狮子与豺型故事	558	熟能生巧型故事	695

鼠窃卵型故事	1431	死鱼复活型故事	1475
双头鸟型故事	489	四官争大型故事	724
谁先开口型故事	463	寺僧辨诬型故事	1394
水鬼得升型故事	766	讼失牛型故事	1236
水灾救母型故事	1287	苏空头型故事	1094
烁身铸剑型故事	167	索烛觅菜型故事	1091
死后不赊型故事	1139		

T

他更有理型故事	1322	田螺女型故事	287
抬桶过桥型故事	1240	跳窗者我型故事	1014
贪官誓联型故事	1307	跳蚤药型故事	1157
堂属问答型故事	1453	铁杵磨针型故事	858
桃花女斗法型故事	1389	偷自家型故事	1173
剔灯棒型故事	1102	兔杀狮型故事	713
天妃救厄型故事	788	退物无忧型故事	785

W

亡八无耻型故事	1273	未会尊师型故事	1147
王和尚型故事	1187	问猴妙答型故事	1462
望夫石型故事	425	问活佛型故事	476
望夫云型故事	1259	问靴价型故事	693
望娘滩型故事	1258	我今何在型故事	991
望孙出气型故事	1305	"我来也"型故事	838

我是取笑型故事	1165	五大天地型故事	1460
我也败家型故事	1197	五仙五羊型故事	283
卧冰求鱼型故事	349	武弁看戏型故事	1470
乌须药型故事	1405	勿许日子型故事	1196
巫祝毒计型故事	786	误哭遭打型故事	1303
无头尸案型故事	667	误杀奇案型故事	1323
吾冻汝儿型故事	971		

X

犀牛毛型故事	1368	咸杀他型故事	1233
戏髑髅型故事	900	县令除虎型故事	603
戏父遗矢型故事	1436	乡人拭粪型故事	1478
戏后误国型故事	115	相互暗算型故事	753
戏弄蛋贩型故事	1238	相思树型故事	234
戏僧罚资型故事	1434	想得利市型故事	1086
戏谑大头鬼型故事	1354	象报恩型故事	437
瞎子吃鱼型故事	1471	小名和尚型故事	706
瞎子摸象型故事	256	孝妇神鞭型故事	400
瞎子坠桥型故事	997	孝媳善报型故事	781
仙佛留像型故事	1261	笑话一担型故事	1312
仙窟艳遇型故事	316	写"滑"字型故事	1176
仙女寄信型故事	1091	谢周公型故事	1172
先生妙喻型故事	1452	心在哪里型故事	1054
先生我儿型故事	1514	新妇制贼型故事	1008

新娘互换型故事	1416	兄弟争雁型故事	998
信风水型故事	1050	秀才瘋了型故事	723
行善积德型故事	229	秀才买柴型故事	1022
幸不属虎型故事	1188	须虱颂型故事	1218
幸戴毡帽型故事	1019	学狗叫型故事	501
姓氏伍陆戚型故事	1098	学官索节型故事	1109
凶宅得金型故事	220	雪上加霜型故事	1138

Y

揠苗助长型故事	108	一笑姻缘型故事	1199
腌鸭生蛋型故事	1151	一字笑话型故事	964
阎王访名医型故事	1042	移尸免祸型故事	1401
验刀擒凶型故事	1006	移鱼谐谑型故事	729
燕化女子型故事	663	以文断案型故事	780
咬耳授计型故事	1227	蚁蝼感恩型故事	327
咬奶头型故事	1082	义犬除奸型故事	389
咬舌案型故事	1502	义犬鸣冤型故事	822
要加盐（檐）型故事	1494	义兽救人型故事	383
冶银致富型故事	759	因梦致争型故事	1179
野兽求医型故事	831	银人求宿型故事	670
夜宿听棋型故事	585	隐身草型故事	206
一厚一薄型故事	1469	迎请文成公主型故事	899
一女三配型故事	1488	有天无日型故事	1124
一钱莫救型故事	1055	诱出户型故事	1034

鱼腹失物型故事	338	鹬蚌相争型故事	133
愚公移山型故事	134	愿换手指型故事	1161
羽客钱库型故事	811	愿为母狗型故事	1163
羽衣仙女型故事	267	钥匙尚在型故事	540
雨中疑鬼型故事	962	云中落绣鞋型故事	319
雨中逐客型故事	1017		

Z

再出恭型故事	1309	智毁赝品型故事	696
再打三斤型故事	1397	智判牛案型故事	1068
贼遇偷型故事	1176	智审匿产案型故事	525
摘瘿还瘿型故事	1143	中山狼型故事	936
斩除蛇精型故事	340	忠娘孝娘型故事	984
赵钱孙李型故事	1318	众鸟举网型故事	195
折箭训子型故事	467	煮竹席型故事	212
折芦辨盗型故事	1208	助寡改嫁型故事	1117
真假新娘型故事	980	捉弄女巫型故事	933
真老乌龟型故事	1231	斫蟒救亲型故事	1286
止风药型故事	1063	紫荆树型故事	458
只选瘦人医型故事	1061	自咬耳朵型故事	1174
制伏灭虎型故事	562	做屁文章型故事	1020
治驼背型故事	208		

主要引用书目

二画

七修类稿　明·郎瑛	中华书局本
九朝野记　明·祝允明	丛书集成初编本
九龠集　明·宋懋澄	中国社会科学出版社本

三画

三异笔谈　清·许仲元	笔记小说大观本
三借庐笔谈　清·邹弢	笔记小说大观本
大唐新语　唐·刘肃	上海古籍出版社本
大清见闻录　近人天台野叟	中州古籍出版社本
山居新语　元·杨瑀	上海古籍出版社本
广东新语　清·屈大均	中华书局本
广州记　晋·顾微	说郛本
广异记　唐·戴孚	中华书局本
广笑府　明·冯梦龙	冯梦龙全集本

尸语故事　　　　　　　　　　　西藏人民出版社本
小豆棚　清·曾衍东　　　　　　齐鲁书社本
子不语　清·袁枚　　　　　　　上海古籍出版社本

四画

元明事类钞　清·姚之骃　　　　四库笔记小说丛书本
艺文类聚　唐·欧阳询　　　　　中华书局本
开颜录　宋·周文玘　　　　　　说郛本
井蛙杂记　清·李调元　　　　　河北教育出版社笔记小说本
不下带编　清·金埴　　　　　　中华书局点校本
不用刑审判书　清·魏息园　　　商务印书馆
五杂俎　明·谢肇淛　　　　　　中华书局本
五卷书　　　　　　　　　　　　人民文学出版社本
太平广记　宋·李昉等　　　　　中华书局本
太平御览　宋·李昉等　　　　　中华书局重印本
太平寰宇记　宋·乐史　　　　　光绪八年金陵书局刻本
中国历代笑话集成　　　　　　　时代文艺出版社本
中国侦探案　清·吴趼人　　　　我佛山人短篇小说集本
中国恶讼师　近人襟亚　　　　　上海襟霞阁本
中洲野录　明·程文宪　　　　　说郛续本
见闻琐录　清·欧阳昱　　　　　岳麓书社本
仇池笔记　宋·苏轼　　　　　　四库笔记小说丛书本
分门古今类事　宋·委心子　　　中华书局点校本
风俗通义　汉·应劭　　　　　　四库笔记小说丛书本

六度集经	三国吴·康僧会	花城出版社本
水经注	后魏·郦道元	四部丛刊书
水经注异闻录	近人任松如	上海文艺出版社影印本
尹文子		诸子集成本
书断	唐·张怀瓘	说郛本

五画

札记小说	清·吴趼人	我佛山人短篇小说集本
艾子后语	明·陆灼	商务印书馆本
艾子杂说	宋·苏轼	顾氏文房小说本
玉芝堂谈荟	明·徐应秋	四库笔记小说丛书
玉堂闲话	五代·王仁裕	说郛本
古小说钩沉	鲁迅	人民文学出版社本
古夫于亭杂录	清·王士禛	四库笔记小说丛书本
古今图书集成	清·陈梦雷等	上海中华书局影印本
古今注	晋·崔豹	汉魏六朝笔记小说本
古今说海	明·陆楫	四库笔记小说丛书本
古今情海	近人曹绣君	上海文艺出版社影印本
古今谭概	明·冯梦龙	文学古籍刊行社本
世说新语	南朝宋·刘义庆	四库笔记小说丛书本
东轩笔录	宋·魏泰	上海古籍出版社本
东坡志林	宋·苏轼	四库笔记小说丛书本
东游记	明·吴元泰	上海古籍出版社四游记本
石田杂记	明·沈周	丛书集成本

右台仙馆笔记　清·俞樾	上海古籍出版社本
左传	十三经注疏本
龙图公案　明·佚名	天一出版社本
可书　宋·张知甫	四库笔记小说丛书本
归田录　宋·欧阳修	中华书局点校本
归田琐记　清·梁章钜	上海古籍出版社本
北东园笔录　清·梁恭辰	笔记小说大观本
北史　唐·李延寿	中华书局点校本
北窗炙輠录　宋·施德操	四库笔记小说丛书本
史记　汉·司马迁	中华书局点校本
仕隐斋涉笔　清·丁治棠	四川人民出版社本
仙媛记事　明·杨尔增	明万历三十年刻本
冯梦龙全集　明·冯梦龙	上海古籍出版社本
记事珠　唐·冯贽	说库本
汉书　汉·班固	中华书局点校本
汉武帝别国洞冥记　汉·郭宪	汉魏六朝笔记小说本
汉唐地理书钞　清·王谟	中华书局影印本
礼记	十三经注疏本
玄中记　晋·郭璞	古小说钩沉本
玄怪录　唐·牛僧孺	中华书局点校本
民权素笔记荟萃　近人苏曼殊等	山西古籍出版社本
发蒙记　晋·束皙	说郛本

六画

权子	明·耿定向	明末杭州刊雪涛谐史本
西吴里语	明·宋雷	适园丛书本
西湖二集	明·周楫	中国文学珍本丛书本
西湖佳话	清·古吴墨浪子	浙江人民出版社本
西湖游览志	明·田汝成	中国文学参考资料小丛书本
西湖游览志馀	明·田汝成	浙江人民出版社本
西樵野记	明·侯甸	说郛续本
耳食录	清·乐钧	笔记小说大观本
耳谈	明·王同轨	金陵世德堂本
耳新	明·郑仲夔	说库本
列子		诸子集成本
列异传	三国魏·曹丕	古小说钩沉本
百喻经	伽斯那	文学古籍刊行社本
夷坚志	宋·洪迈	中华书局点校本
此中人语	清·程趾祥	笔记小说大观本
吕氏春秋		诸子集成本
曲洧旧闻	宋·朱弁	四库笔记小说丛书本
虫鸣漫录	清·采蘅子	笔记小说大观本
舌华录	明·曹臣	笔记小说大观本
先进遗风	明·耿定向	四库笔记小说丛书本
传奇	唐·裴铏	上海古籍出版社本
华筵趣乐谈笑酒令	明·佚名	中国历代笑话集成本

自警编　宋·赵善璙	中国历代笑话集成本
行营杂录　宋·赵葵	说库本
行都纪事　宋·杨和甫	说郛本
投辖录　明·王明清	四库笔记小说丛书本
后汉书　南朝宋·范晔	中华书局点校本
全唐小说　王汝涛	山东文艺出版社本
杂宝藏经　北魏·吉迦夜等	花城出版社本
齐谐记　南朝宋·东阳无疑	古小说钩沉本
庄子	诸子集成本
庄谐笔记大观　近人江荫香	上海广益书局本
江南余载　宋·郑文宝	说库本
江淮异人录　宋·吴淑	四库笔记小说丛书本
池北偶谈　清·王士禛	中华书局点校本
论衡　汉·王充	诸子集成本
纪闻　唐·牛肃	全唐小说本
异苑　南朝宋·刘敬叔	中华书局点校本
异闻总录　宋·佚名	笔记小说大观本

七画

戒庵老人漫笔　明·李诩	中华书局点校本
志异续编　清·青城子	笔记小说大观本
志怪　晋·祖台之	古小说钩沉本
志怪录　唐·陆勋	说郛本
芦浦笔记　宋·刘昌诗	笔记小说大观本

赤雅　明·邝露	说库本
两山墨谈　明·陈霆	丛书集成本
孝子传　唐·徐广	说郛本
酉阳杂俎　唐·段成式	中华书局点校本
还冤志　隋·颜之推	四库笔记小说丛书本
折狱龟鉴　宋·郑克	丛书集成本
折狱龟鉴补　清·胡文炳	光绪四年刻本
折狱奇闻　近人葛建初	上海会文堂书局本
投辖录　宋·王明清	四库笔记小说丛书本
坚瓠集　清·褚人获	笔记小说大观本
听雨轩笔记　清·清凉道人	笔记小说大观本
时兴笑话　明·陈眉公	中国历代笑话集成本
时尚笑谈　明·佚名	中国历代笑话集成本
吴越春秋　汉·赵晔	岳麓书社本
里乘　清·许奉恩	笔记小说大观本
我佛山人短篇小说集　清·吴趼人	花城出版社本
何氏语林　明·何良俊	四库笔记小说丛书本
佛本生故事选　郭良鋆等	人民文学出版社本
余冬序录　明·何孟春	丛书集成本
近人笔记大观	上海文艺出版社影印本
近五十年见闻录	上海进步书局本
应谐录　明·刘元卿	明末杭州刊雪涛谐史本
闲中话　近人拾遗室主人	上海国华书局本
宋史　元·托克托等	中华书局点校本

宋朝事实类苑	宋·江少虞	上海古籍出版社本
启颜录	隋·侯白	上海古籍出版社本
灵应录	唐·傅亮	说郛本
灵鬼志	晋·荀氏	古小说钩沉本
妙香室丛语	清·张培仁	笔记小说大观本
妒记	南朝宋·虞通之	古小说钩沉本

八画

青琐高议	宋·刘斧	上海古籍出版社本
枝山前闻	明·祝允明	丛书集成初编本
松窗杂录	唐·韦叡	顾氏文房小说本
枕中记	唐·沈既济	唐宋传奇集本
茅亭客话	宋·黄休复	四库笔记小说丛书本
枣林杂俎	明·谈迁	笔记小说大观本
述异记	南朝齐·祖冲之	古小说钩沉本
述异记	南朝梁·任昉	四库笔记小说丛书本
述异记	清·东轩主人	说库本
雨窗消意录	清·牛应之	笔记小说大观本
事林广记	宋·陈元靓	江苏人民出版社本
拊掌录	宋·邢居实	商务印书馆本
抱朴子	晋·葛洪	诸子集成本
虎苑	明·王穉登	说郛续本
虎荟	明·陈继儒	丛书集成本
贤弈篇	明·刘元卿	中华书局点校本

贤博编　明·叶权	中华书局点校本
贤愚经　北魏·慧觉等	花城出版社本
岭表录异　唐·刘恂	说郛本
明斋小识　清·诸晦香	笔记小说大观本
明道杂志　宋·张耒	顾氏文房小说本
国老谈苑　宋·王君玉	四库笔记小说丛书本
国语	国学基本丛书本
果报闻见录　清·杨式传	影说铃本
牧斋遗事	清代野史本
金壶七墨　清·黄钧宰	笔记小说大观本
金陵琐事　明·周晖	文学古籍刊行社本
周书　唐·令狐德棻等	中华书局点校本
夜雨秋灯录　清·宣鼎	岳麓书社本
夜航船　明·张岱	四川文艺出版社本
夜谭随录　清·和邦额	中华书局点校本
庚巳编　明·陆粲	中华书局点校本
怪异笔记菁华　近人时希圣	上海新民书局本
法苑珠林　唐·释道世	中华书局点校本
河东记　唐·薛渔思	说郛本
治世馀闻　明·陈洪谟	丛书集成本
祗可自怡　清·退一步居散人	清光绪寄舫刊行本
姓氏嘲谑录　近人曹绣君	中国历代笑话集成本
驹阴冗记　明·阑庄	说郛续本
绍兴师爷轶事　近人徐哲身	上海读者书店本

孟子	诸子集成本

九画

珍珠船　明·陈继儒	丛书集成本
春诸纪闻　宋·何薳	中华书局点校本
荆楚岁时记　南朝梁·宗懔	中华书局点校本
南史　唐·李延寿	中华书局点校本
南北史续世说　唐·李垕	东方出版中心本
南亭四话　清·李伯元	江苏古籍出版社本
南亭笔记　清·李伯元	江苏古籍出版社本
南皋笔记　清·杨凤辉	笔记小说大观本
南唐近事　宋·郑文宝	四库笔记小说丛书本
南海古迹记　元·吴莱	说郛本
南墅闲居录　元·佚名	说郛本
茶馀随笔　近人海上寓公	上海会文堂书局本
茶香室丛钞　清·俞樾	笔记小说大观本
荀子	诸子集成本
拾遗记　前秦·王嘉	四库笔记小说丛书本
战国策	国学基本丛书本
昨非庵日纂　明·郑瑄	笔记小说大观本
贵耳集　宋·张端义	四库笔记小说丛书本
畏庐琐记　近人林纾	近人笔记小说大观本
幽闲鼓吹　唐·张固	四库笔记小说丛书本
幽明录　南朝宋·刘义庆	古小说钩沉本

秋灯丛话	清·王椷	黄河出版社本
香草谈荟	清·南山老人	上海大达图书供应社本
香饮楼宾谈	清·陆长春	笔记小说大观本
侯鲭录	宋·赵令畤	四库笔记小说丛书本
独异志	唐·李亢	中华书局点校本
独醒杂志	宋·曾敏行	四库笔记小说丛书本
施公案	清·佚名	上海古籍出版社本
李史	清·王希廉	上海大达图书供应社本
闻见异辞	清·许秋垞	笔记小说大观本
闻见总录	宋·佚名	笔记小说大观本
闻纪	明·江盈科	雪涛小说本
闻奇录	唐·佚名	说郛本
闽小记	清·周亮工	说库本
洪杨异闻		清代野史本
洛中纪异记	宋·秦再思	四库笔记小说丛书
觉园笔记	近人黄觉	上海道德书局本
宣室志	唐·张读	上海古籍出版社本
宣政杂录	宋·谯郡公	说郛本
宦游纪闻	明·张谊	说郛续本
客窗闲话	清·吴芗厈	笔记小说大观本
类说	宋·曾慥	四库笔记小说丛书本
说文解字	汉·许慎	中华书局影印本
说库	近人王文濡	浙江古籍出版社本
说苑	汉·刘向	商务印书馆本

说郛（一百卷） 明·陶宗仪	说郛三种本
说郛（一百二十卷） 元·陶宗仪	说郛三种本
说郛续（四十六卷） 明·陶珽	说郛三种本
说郛三种	上海古籍出版社本
语怪编 明·祝允明	广百川学海本
神录 晋·刘之遴	古小说钩沉本
咫闻录 清·慵纳居士	笔记小说大观本
癸辛杂识 宋·周密	上海古籍出版社本

十画

埋忧集 清·朱梅叔	笔记小说大观本
桂苑丛谈 唐·严子休	四库笔记小说丛书本
栖霞阁野乘 近人孙静庵	山西古籍出版社本
桃园手听 宋·陈宾	说郛本
都公谈纂 明·陆采	丛书集成本
晋书 唐·房玄龄等	中华书局点校本
破涕录 近人李铎	中国历代笑话集成本
原化记 唐·皇甫氏	说郛本
原李耳载 明·李中馥	中华书局点校本
晏子春秋	诸子集成本
铁围山丛谈 宋·蔡絛	上海古籍出版社本
铁冷丛谈 近人刘铁冷	上海小说丛报社本
笑林 三国魏·邯郸淳	玉函山房辑佚书本
笑林 明·浮白主人	中国历代笑话集成本

笑林广记	清·游戏主人	齐鲁书社本
笑林广记	清·程世爵	齐鲁书社本
笑林博记	近人憨斋士	中国历代笑话集成本
笑话大观	近人吴个厂	中国历代笑话集成本
笑府	明·冯梦龙	冯梦龙全集本
笑笑录	清·独逸窝退士	中国历代笑话集成本
笑海千金	明·佚名	中国历代笑话集成本
笑得好	清·石成金	中国历代笑话集成本
笑禅录	明·潘游龙	中国历代笑话集成本
笑赞	明·赵南星	明刊赵南星全集本
笔记小说大观		江苏广陵古籍刻印社本
秘阁闲谈	宋·吴淑	类说本
殷芸小说	南朝梁·殷芸	上海古籍出版社本
高坡异纂	明·杨仪	说库本
高斋漫录	宋·曾慥	丛书集成本
唐国史补	唐·李肇	四库笔记小说丛书本
唐语林	宋·王谠	四库笔记小说丛书本
唐阙史	唐·高彦休	四库笔记小说丛书本
病逸漫记	明·陆釴	说库本
阅微草堂笔记	清·纪昀	上海古籍出版社本
涑水记闻	宋·司马光	上海古籍出版社本
涌幢小品	明·朱国祯	上海古籍出版社本
益智编	明·孙能传	清光绪刻本
益都耆旧传	晋·陈寿	说郛本

兼明书	唐·丘光庭	四库笔记小说丛书本
谈丛	明·江盈科	雪涛小说本
冥报记	唐·唐临	全唐小说本
陶朱新录	宋·马纯	四库笔记小说丛书本
能改斋漫录	宋·吴曾	上海古籍出版社本
通俗编	清·翟灏	丛书集成本

十一画

聊斋志异	清·蒲松龄	上海古籍出版社本
菽园杂记	明·陆容	中华书局点校本
梦厂杂著	清·俞蛟	上海大达图书供应社本
梦溪笔谈	宋·沈括	上海古籍出版社本
雪涛小说	明·江盈科	上海古籍出版社本
雪涛谐史	明·江盈科	雪涛小说本
啸亭杂录	清·昭梿	上海古籍出版社本
趼廛笔记	清·吴趼人	我佛山人短篇小说集本
庶斋老学丛谈	元·盛如梓	笔记小说大观本
庸闲斋笔记	清·陈其元	中华书局点校本
庸庵笔记	清·薛福成	笔记小说大观本
情史	明·冯梦龙	冯梦龙全集本
清平山堂话本	明·洪楩	上海古籍出版社本
清代野史	近人辜鸿铭等	巴蜀书社本
清代野记	近人梁溪坐观老人	山西古籍出版社本
清波小志	清·徐逢吉	丛书集成本

清朝野史大观　清末小横香室主人	上海书店本
清尊录　宋·佚名	古今说海本
清稗类钞　近人徐珂	中华书局本
渑水燕谈录　宋·王辟之	上海古籍出版社本
淮南子	诸子集成本
渊鉴类函　清·张英等	点石斋缩印本
渔樵闲话　宋·苏轼	说郛本
寄园寄所寄　清·赵吉士	上海大达图书供应社本
谐史　宋·沈俶	古今说海本
谐铎　清·沈起凤	岳麓书社本
谐谑录　唐·朱揆	明末杭州刊雪涛谐史本
随隐漫录　宋·陈世崇	上海古籍出版社本
续玄怪录　唐·李复言	中华书局点校本
续齐谐记　南朝梁·吴均	四库笔记小说丛书本
续夷坚志　金·元好问	中华书局点校本
续神仙传　唐·沈汾	说郛本
绿窗新话　宋·佚名	艺文杂志本

十二画

琱玉集　唐·佚名	全唐小说本
博异志　唐·郑还古	丛书集成本
博物志　晋·张华	四库笔记小说丛书本
椒生随笔　清·王之春	岳麓书社本
韩非子	诸子集成本

书名	版本
韩诗外传	四部丛刊本
朝野佥载　唐·张鷟	上海古籍出版社本
搜神记　晋·干宝	中华书局点校本
搜神记（句道兴本）	敦煌变文集本
搜神记（稗海本）	中华书局搜神后记本
搜神后记　晋·陶潜	中华书局点校本
辍耕录　元·陶宗仪	四库笔记小说丛书本
雅谑　明·浮白斋主人	中国历代笑话集成本
稀奇古怪不可说　近人藕香室主人	上海中国第一书局本
智囊补　明·冯梦龙	商务印书馆本
锄经书舍零墨　清·黄协埙	笔记小说大观本
集异记　唐·薛用弱	四库笔记小说丛书本
集异志　唐·陆勋	说库本
粤剑编　明·王临亨	中华书局点校本
遁斋闲览　宋·陈正敏	说郛本
释常谈　宋·佚名	说郛本
番禺杂记　唐·郑熊	说郛本
猥谈　明·祝允明	说郛续本
觚賸　清·钮琇	上海古籍出版社本
然犀录　近人猛盦老人	上海商务印书馆本
湖海新闻夷坚续志　元·佚名	中华书局点校本
湖壖杂志　清·陆次云	丛书集成本
滑稽故事类编　近人杨汝泉	中国历代笑话集成本
游宦纪闻　宋·张世南	四库笔记小说丛书本

寓圃杂记	明·王锜	中华书局点校本
道山清话	宋·王晫	四库笔记小说丛书本

十三画

幕府燕闲录	宋·毕仲询	说郛本
蓬窗日录	明·陈全之	上海书店影印本
蓬窗类记	明·黄暐	上海书店出版社本
虞初新志	清·张潮	笔记小说大观本
遣愁集	清·张胜贵	商务印书馆本
稗史汇编	明·王圻	北京出版社本
解学士诗	明·佚名	明郑象文刻本
解愠编	明·乐天大笑生	中国历代笑话集成本
新世说	近人易宗夔	上海古籍书店影印本
新序	汉·刘向	中华书局点校本
窦存	清·胡式钰	北京市中国书店影印本
群书类编故事	明·王罃	文献书目出版社本
群居解颐	宋·高怿	说郛本

十四画

榖山笔麈	明·于慎行	中华书局点校本
熙朝新语	清·余金	上海古籍书店影印本
舆地纪胜	宋·王象之	中华书局影印本
睽车志	宋·郭彖	上海古籍出版社本
管子		诸子集成本

鄱阳记	晋·刘澄之	说郛本
潇湘录	唐·柳祥	说郛本
漫笑录	宋·徐慥	说郛本
精选雅笑	明·醉月子	中国历代笑话集成本
谰言长语	明·曹安	四库笔记小说丛书本
疑狱集	五代·和凝等	复旦大学出版社本

十五画

慧因室杂缀	清·星珊	清代野史本
增订解人颐广集	清·钱德苍	中国历代笑话集成本
醉茶志怪	清·李庆辰	齐鲁书社本
醉翁谈录	宋·罗烨	上海古典文学出版社本
嘻谈录	清·小石道人	中国历代笑话集成本
蝶阶外史	清·佚名	笔记小说大观本
影谈	清·管世灏	申报馆排印本
墨子		诸子集成本
墨余录	清·毛祥麟	笔记小说大观本
稽神录	五代·徐铉	上海古籍出版社本
憨子杂俎	明·屠本畯	世界文库本
履园丛话	清·钱泳	中华书局点校本

十六画

| 醒世姻缘传 | 明·西周生 | 岳麓书社本 |
| 儒林公议 | 宋·田况 | 四库笔记小说丛书本 |

十七画

檐曝杂记　清·赵翼	中华书局点校本
魏书　北齐·魏收	中华书局点校本
濯缨亭杂记　明·戴冠	说郛续本

二十画

嚼舌录　近人李警众	上海震亚图书局本

二十一画

露书　明·姚旅	福建人民出版社本

初版后记

民间故事类型研究是故事学的一个重要组成部分。长期以来，民间故事类型研究在我国基本上处于停滞状态，近一二十年才逐渐有了改变，出现了复苏的可喜势头。

我即将奉献给学界同仁和读者朋友的这部有关中国古代民间故事类型研究的专著，写作时间长达五年光景，且不说还有一个相当长的前期准备阶段。然而，对于中国古代民间故事类型的梳理，是一件非常艰巨繁难的工作。本书对于中国古代民间故事类型的梳理与论析，只是初步的，尚待学界同人补充、指正。倘若本书能对我国的民间故事类型研究以及今后的中国民间故事类型索引的编纂工作有所促进，有所帮助的话，我无疑会感到十分欣慰。

本书是1999年经批准立项的中国社会科学院老年科研资助的一个课题，在出版时又得到中国社会科学院出版基金的资助和文学研究所民间文学室的支持。本书在科研课题结项和申请出版资助时，中国社会科学院的民间文学专家仁钦道尔吉、吕微两位先生，拨冗撰写专家鉴定书和推荐意见。河北教育出版社社长兼总编邓子平先生、文化编辑室主任郝建国先生对本书的出版给予热情的支持。在此，谨向我院、我所主管部门和上述诸位先生表示谢忱！

祁连休

2004年5月18日于北京

修订本后记

  本书自 2007 年 5 月问世以来，已经过去三年多时间了。万事起头难。本世纪初，我在撰写这部书稿时，由于它带有相当的草创性质，加之时间、精力等的限制，还存在某些不足之处。趁本书再版之机，我对它进行一次全面、系统的修订。

  此次修订，我两年来早有准备，做得颇为认真，主要工作涉及以下方面：

  （1）增加了烁身铸剑型故事、古冢奇迹型故事、斩除蛇精型故事、熟能生巧型故事、迎请文成公主型故事、靠父养活型故事、吃糟饼型故事、官多法乱型故事、出门一时好型故事、咸杀他型故事、如此搬家型故事、戏谑大头鬼型故事、巧辨子型故事、连偷骂型故事、端午巧对型故事等十五个故事类型。至此，全书所梳理、归纳出来的中国古代民间故事类型共计五百二十个。

  （2）给介子推型故事、鬼欺老翁型故事、河伯娶妇型故事、山神娶亲型故事、东食西宿型故事、治驼背型故事、董永行孝型故事、牛郎织女型故事、赶山鞭型故事、龙子祭母型故事、仙窟艳遇型故事、烈火救主型故事、卧冰求鱼型故事、虎报恩型故事、驱走缢鬼型故事、人参精型故事、祭屈原型故事、梁山伯祝英台型故事、逆妇恶报型故事、制伏灭虎型故事、猫喇嘛型故事、虎妻子型故事、画中人型故事、燕化女子型故事、聚宝盆型故事、巧析家产型故事、辨尸察奸型故事、兔杀狮型故事、对偶亲切型故事、移鱼谐谑型故事、尸变奇案型故事、孝媳善报型故事、救产妇型故事、辨毒平冤型故事、义犬鸣冤型故事、邻僧积饭型故事、定水带型故事、借官衔型故事、男人生子型故事、拾金不昧型故事、道人画鹤型故事、巧借地型故事、杀姘妇型故事、雨中疑鬼型故事、一字笑话型故事、巧计沉尸型故事、天妃救厄型故事、等桌"知音"型故事、宁受脚踢型故事、盗牛巧言型故事、讽观竞渡型故事、石佛出世型故事、莫射虎皮型故事、打半死型故事、第一声像型故事、望夫云型故事、亡八无耻型故事、插草标型故事、误杀奇案型故事、还磕头型故事、什么东西型故事、谋夫疑案型故事、接生奇遇型故事、名医遇骗型故事、嘲太监型故事等六十多个故事类型新补充了异文。

（3）给狐假虎威型故事、孟姜女型故事、二母争子型故事、鲍君神型故事、不识镜故事、隐身草型故事、千日酒型故事、羽衣仙女型故事、牛郎织女型故事、田螺女型故事、龙子祭母型故事、云中落绣鞋型故事、丁兰刻木型故事、虎报恩型故事、蛇郎娶妻型故事、两蛇相斗型故事、望夫石型故事、人参精型故事、金人现身型故事、紫荆树型故事、谁先开口型故事、折箭训子型故事、换代物型故事、弃老复归型故事、问活佛型故事、呆子学舌型故事、健忘者型故事、梁山伯祝英台型故事、逆妇恶报型故事、放驴捉贼型故事、制伥灭虎型故事、狼外婆型故事、虎妻子型故事、虎为媒型故事、灰姑娘型故事、长鼻子型故事、无头尸案型故事、银人求宿型故事、聚宝盆型故事、巧析家产型故事、兔杀狮型故事、四官争大型故事、相互暗算型故事、救产妇型故事、水鬼得升型故事、禽兽相争型故事、义犬鸣冤型故事、野兽求医型故事、井水化酒型故事、受罚背磨型故事、假鬼骇巫型故事、吾冻汝儿型故事、天妃救厄型故事、十兄弟型故事、猫儿更名型故事、抱瓜伏罪型故事、鸡卵梦型故事、让墙诗型故事、悭师授术型故事、一钱莫救型故事、咬奶头型故事、请贼关门型故事、妻手如姜型故事、不语禅型故事、蝙蝠弄乖型故事、三婿赞马型故事、未会尊师型故事、奶奶属牛型故事、莫射虎皮型故事、仨马虎型故事、贼遇偷型故事、幸不属虎型故事、合种田型故事、老爷糊涂型故事、步步高型故事、咬耳授计型故事、望娘滩型故事、亡八无耻型故事、仙佛留像型故事、误哭遭打型故事、烂盘盒型故事、不利语型故事、赵钱孙李型故事、三字同形型故事、他更有理型故事、误杀奇案型故事、审案济困型故事、审笆斗型故事、神言型发迹故事、吃粪解"毒"型故事、父子堂型故事、谋夫疑案型故事、日久见人心型故事、个个草包型故事、圣贤愁型故事、高帽子型故事、先生巧喻型故事、堂属问答型故事、官读别字型故事、诓骗老虎型故事、媒人巧妙言型故事、一女三配型故事、过去未来妙品型故事、清和桥型故事、父子骑驴型故事、父满门型故事、拆字酒令型故事等将近一百一十来个故事类型新补充了现当代的流传地区和流传作品。

（4）将黄粱梦型故事、郭巨埋儿型故事、丁兰刻木型故事、虎报恩型故事、燕化女子型故事、明年同岁型故事、片言决狱型故事、娶妇得郎型故事、定水带型故事、借官衔型故事、拾金不昧型故事、多忧者型故事、动物鸣冤型故事、刘三妹型故事、劝阻念佛型故事、助寡改嫁型故事、一女三配型故事等近二十个故事类型的分析文字做了一定的补充润饰。

（5）改正或补充不死酒型故事、治驼背型故事、人兽婚配型故事、梁山伯祝英台型故事、制伥灭虎型故事、定婚店型故事、画中人型故事、巧求笔迹型故事、刮地皮型故事、巧析家产型故事、罗汉骗局型故事、兔杀狮型故事、鬼母育儿型故事、冶银致富型故事、水鬼得升型故事、人妖公案型故事、"我来也"型故事、假亲骗局型故事、井水化酒型故事、巧借地型故事、巧判还银型故事、戏髑髅型故事、觅凳脚型故事、某生被诬型故事、"活佛"骗局型故事、跳窗者我型故事、梦得金型故事、刘三妹型故事、驱蚊符型故事、助寡改嫁型故事、和尚挨打型故事、丹客行骗型故事、马曳贼亡型故事、晒银字型故事、咎由自取型故事、犀牛毛型故事、神言发迹型故事、谋夫疑案型故事、甲乙争妻型故事、乡人拭粪型故事等近四十个故事类型的一些错字或漏字。

（6）对于第二章"中国古代民间故事类型的发展态势"作了部分修改。对于第十章"隋唐五代时期的民间故事类型"、第十一章"宋元时期的民间故事类型"、第十二章"明代时期的民间故事类型"、第十三章"清代时期的民间故事类型"的论述，进行了全面的修改。

（7）全面调整了各个时期某些故事类型的编排，使其更为准确、更为合理。

（8）对"主要引用书目"亦有所补充、修改。

（9）增加中国古代民间故事类型的"笔画索引"和"拼音索引"，以供读者检索之用。

最后，我要借本书修订、再版之机，向关心、厚爱本书的学界前辈和新老朋友表示谢忱，并且再一次向河北教育出版社的领导和同人致意。

祁连休

2010 年 12 月 10 日

典藏版后记

《中国古代民间故事类型研究》是一部具有一定独创性的学术著作，立足故事类型的本土归纳与本土命名，在我国民间文学界影响比较大。它刊行于2007年。2011年出版了修订本。此后的十余年间，我在撰写《中国民间故事史》《中国民间故事通览》等书的过程中，又积累了大量有关古代民间故事类型的资料，为再一次补充、修订本书打下了坚实的基础。

《中国古代民间故事类型研究》曾经获得第二届中国出版政府奖图书奖提名奖、第四届中国社会科学院离退休人员优秀科研成果奖一等奖等。新近修订出版的《中国大百科全书》还将其列为独立的词条，收进《中国文学卷》。长期以来，我深切地感到，自己应当倾注全力把这部书稿修改好，以此来回报社会，回报读者。从去年以来，我用了将近一年的时间，对此书再次进行全面、系统的修改和补充，尽力将其提高到一个新的水准上，希望读者从中得到更多的补益，并且对我国民间故事类型研究产生积极的影响。

本书的初版和修订本，均由河北教育出版社承印。此次全面补充和修订，得到了河北教育出版社的热情支持，仍然愿意承印，并且决定将其刊印为"典藏版"。

这部典藏版修订稿，主要涉及十二个方面的内容：

1. 对上编里面的一些论述和例证进行了补充与修正。

2. 对下编总共七章所有的导言——进行了补充、修改。

3. 新增加了痴婿吊丧型故事、行善积德型故事、兽穴接生型故事、生妪互嘲型故事、孝妇神鞭型故事、石发者型故事、木鸢姻缘型故事、虎恤型人故事、变畜赎罪型故事、拾金自累型故事、庙宇画鸽型故事、金银化蛇型故事、问靴价型故事、智毁赝品型故事、小名和尚型故事、何地可容型故事、巫祝毒计型故事、干红猫型故事、羽客钱库型故事、义妇复仇型故事、后夫伏法型故事、好古物型故事、救命得报型故事、忠娘孝娘型故事、刻意炫耀型故事、草荐挂须型故事、皮匠本钱型故事、石敢当能言型故事、代打致谢型故事、和尚"放生"型故事、急送公文型故事、去年历日型故事、化缘簿型故事、只选瘦人医型故事、才在口边型故事、七德鸡型故事、打得好型故事、是个虱子型故事、想得利市型故事、不肯下剪型故事、热得好型故事、不臭不好型故事、仙女寄信型故事、请客留茶型故事、苏空头型故事、待诏掏耳型故事、姓氏伍陆戚型故事、独行生意型故事、不识翁仲型故事、书是印成型故事、讼失牛型故事、禁蚊符型故事、出米洞型故事、服渣相见型故事、雪上加霜型故事、摘瘿还瘿型故事、鹅变鸭型故事、丢失钱袋型故事、士人求签型故事、骆驼蹄型故事、吃冻水型故事、跳蚤药型故事、包殡殓型故事、独脚管型故事、你是瞎贼型故事、戴笆斗型故事、梦中酒型故事、抢婚误背型故事、和尚食虾型故事、待诏剃头型故事、写"滑"字型故事、床底羊眼型故事、金漆盒型故事、王和尚型故事、迁居送药型故事、害人反害己型故事、须虱颂型故事、割股救亲型故事、冥府延师型故事、门上贴道人型故事、棺中鬼手型故事、斗阎王型故事、寺僧辨诬型故事、黄鼠狼型故事、武弁看戏型故事、还愿戏神型故事等近百个故事类型，本书现有古代民间故事类型六百多个。

4. 由于后来发现一批古代民间故事类型的早期文本，因而把断绢得奸型故事、巧析家产型故事、不误反误型故事、鞭丝破案型故事、放驴捉贼型故事、神言发迹型故事、抱瓜伏罪型故事、借官衔型故事、慢性子型故事、天妃救厄型故事、假亲骗局型故事、受罚背磨型故事、官多法乱型故事、戴高帽型故事、母猪肉型故事、盗牛巧言型故事、什么东西型故事等一批民间故事类型的初始时间前提了两三百年，有的甚至前提了近千年。

5. 为黄雀伺蝉型故事、塞翁失马型故事、城陷为湖型故事、隐身草型故事、断绢得奸型故事、巧析家产型故事、凶宅得金型故事、五仙五羊型故事、牛郎织女型故事、黄粱梦型故事、人兽婚配型故事、两蛇相斗型故事、人参精型故事、金人现身型故事、谁先开口型故事、折箭训子型故事、换代物型故事、梁山伯祝英台型故事、逆妇恶报型故事、放驴捉贼型故事、钥匙尚在型故事、麻风女型故事、剖鸡辨食型故事、鞭丝破案型故事、画中人型故事、抱瓜伏罪型故事、刮地皮型故事、罗汉骗局型故事、明年同岁型故事、妻妾镊须型故事、尸变奇案型故事、相互暗算型故事、不误反误型故事、义犬鸣冤型故事、兽穴接生型故事、娶妇得郎型故事、借官衔型故事、假亲骗局型故事、井水化酒型故事、虎口救亲型故事、受罚背磨型故事、尼庵命案型故事、"活佛"骗局型故事、吾冻汝儿型故事、搬坏祖师型故事、如此贺银型故事、做屁文章型故事、剪箭管型故事、鸡卵梦型故事、让墙诗型故事、等桌"知音"型故事、落几尺型故事、智判牛案型故事、索烛觅菜型故事、父子扛酒型故事、助寡改嫁型故事、官多法乱型故事、有天无日型故事、江心贼型故事、慢性子型故事、母猪肉型故事、豆腐是命型故事、如此搬家型故事、什么东西型故事、浮脂辨盗型故事、不利语型故事、误杀奇案型故事等大量的故事类型，补充了一些同时代的和后世的异文，使其内容更为充实，更有研究价值。

6. 补充了书中的不死药型故事、放蟹喝水型故事、守株待兔型故事、呆人买鞋型故事、折箭训子型故事、白蛇传型故事、灰姑娘型故事、我来也型故事、袋中奸夫型故事、十兄弟型故事、我今何在型故事、跳窗者我型故事、剪箭管型故事、不知修（羞）型故事、跨鸭归去型故事、一钱莫救型故事、咸杀他型故事、误哭遭打型故事、鸡鸣停工型故事、父满门型故事、此地无银型故事等中国古代民间故事类型，与美籍华人丁乃通著《中国民间故事类型索引》（采用AT分类法）、德国艾伯华著《中国民间故事类型》两书中相对应的一些类型资料，以增加本土化研究学术价值。

  7. 为狐假虎威型故事、城陷为湖型故事、烁身铸剑型故事、二妇争子型故事、巧析家产型故事、不识镜型故事、空中落龟型故事、猴子取心型故事、赶山鞭型故事、龙子祭母型故事、云中落绣鞋型故事、斩除蛇精型故事、郭巨埋儿型故事、丁兰刻木型故事、虎报恩型故事、望夫石型故事、蛇郎娶妻型故事、人参精型故事、不误反误型故事、看门戏主型故事、谁先开口型故事、折箭训子型故事、换代物型故事、弃老复归型故事、问活佛型故事、健忘者型故事、书家题扇型故事、逆妇恶报型故事、寡妇讼子型故事、放驴捉贼型故事、狼外婆型故事、剖鸡辨食型故事、枯井尸案型故事、柜中缘型故事、换刀擒凶型故事、断绢得奸型故事、聚宝盆型故事、兔杀狮型故事、四官争大型故事、互相暗算型故事、画扇判案型故事、水鬼得升型故事、以文判案型故事、海岛妇人型故事、天妃救厄型故事、辨毒平冤型故事、义犬鸣冤型故事、野兽求医型故事、巧借地型故事、慢性子型故事、中山狼型故事、吾冻汝儿型故事、袋中奸夫型故事、救产妇型故事、十兄弟型故事、猫儿更名型故事、奈何姓万型故事、搬坏祖师型故事、梦得金型故事、捞鱼去型故事、等桌"知音"型故事、咬奶头型故事、宁受脚踢型故事、剪箭管型故事、让墙诗型故事、讽观竞渡型故事、判鱼判棺型故事、不语禅型故事、葡萄架倒型故事、死后不赊型故事、近视看匾型故事、"川"与"三"型故事、合本做酒型故事、隔夜变粗型故事、吃糟饼型故事、真老乌龟型故事、如此搬家型故事、望娘滩型故事、寿诞题诗型故事、亡八无耻型故事、咸杀他型故事、如此搬家型故事、浮脂辨盗型故事、误哭遭打型故事、不利语型故事、赵钱孙李型故事、三字同形型故事、他更有理型故事、误杀奇案型故事、审案济困型故事、娶木偶型故事、神言发迹型故事、老头子型故事、日久见人心型故事、甲乙争妻型故事、报荒减粮型故事、恭喜也罢型故事、官读别字型故事、懒人吃饼型故事、不知修（羞）型故事、改石磴型故事、一女三配型故事、端午妙对型故事、不识一字型故事、清和桥型故事、狗爹妈型故事、父满门型故事等一大批古代故事类型，补充了现当代的流传地区与流传作品，进一步增加了本书信息量。

8. 除原来已经标出的亚型外，此次修订又对一批未曾标出的亚型逐一进行补充，使中国古代民间故事类型的亚型梳理工作更为完整。此次新添补的亚型有：临危救主型故事（系"烈火救主型故事"的亚型）、贫人瓮算型故事（系"夫妻祷祝型故事"的亚型）、画扇判案型故事（系"书家题扇型故事"的亚型）、海岛妇人型故事（系"海岛历险型故事"的亚型）、鸡卵梦型故事（系"夫妻祷祝故事"的亚型）、个个草包型故事（系"东门王皮型故事"的亚型）、乡人拭粪型故事（系"还叩头型故事"的亚型）、一女三配型故事（系"甲乙争妻型故事"的亚型）。

9. 本书卷上、卷中、卷下都增加了一批注释。

10. 修改和补充本书的目录，订正了全书中的一些错字、错标点，修改了个别不太准确的表述。

11. 补充、订正了本书的汉字笔画索引和汉字拼音索引。

12. 补充、订正了本书的主要引用书目。

需要声明的是，此次修订本书，仍不免留下若干遗憾。其一，一些引文在注释上未能标出具体页码；其二，书末"中国古代民间故事类型的汉字笔画索引"和"中国古代民间故事类型的汉字拼音索引"，都未能完全按照笔形与音序排列，给查找与检索带来一些不便，尚望见宥。另外，全书各卷的注释涉及《中国民间文学集成》与《中国民间故事集成》，包括其省、市、自治区卷，地市卷，县（市）卷的诸多版本。由于工作时间跨度长达二十多年，出版的时间参差不齐，因而出现各地的版本格式大同小异、不完全一致的现象，特此加以说明。

　　这次再修订本书，前前后后耗费了将近一年的时间，直到今年年初完成。本书从刊行初版、修订本到典藏版，一直得到河北教育出版社的鼎力支持。十几年间，河北花山文艺出版社的郝建国，河北教育出版社的郝建东、马海霞等几位出版界的朋友都给予很多帮助，在此一并表示真挚的谢意。

祁连休

2022 年 3 月于北京寓所